和歌童蒙抄注解

黒田彰子

青簡舎

目　次

凡例

【使用本文】

・底本は、前田尊経閣文庫蔵『和歌童蒙抄』（以下、流布本と称する。原装影印版古辞書叢刊、雄松堂書店、昭和五十年九月）、異本は書陵部蔵『和歌童蒙抄』（510－810）に拠る。

・尊経閣本の書誌については同本解題（川瀬一馬氏）にゆずる。

【本文】

・異本の存在する箇所は、流布本の配列に従って併置し、独自本文は巻九末に一括する。

・和歌は流布本底本では上句下句の二行書きだが、これを一行書きとし、上句下句の間を一字分あけた。但し一部上句下句の分け方に疑問の箇所があるが、これも底本通りとした。

・流布本所収和歌は歌頭に新編国歌大観番号を示す。新編国歌大観番号のない場合は、「25'」の如く示す。異本所収和歌は、私に通番を付す。

・用字は通行の字体を使用するが、「哥」「謌」「歌」、「島」「嶋」などの例外がある。

・判読困難な文字は文字数分を□で示す。

・墨消されている文字は文字数分を■で示す。墨消されている文字が判読できる場合は、【本文覚書】に示す。

・ミセケチ記号は三種類使用されている（ヒ・ミ・○）が、「ミ」に統一し、左傍に付した。

・注文の改行は底本どおりとし、丁付けは示さない。

・「程〱」、「花ミ」等の踊り字は、「程々」、「花々」とした。

・割書は〈 〉に入れ、／で改行を示した。
・傍書は、右傍の場合は右傍に、左傍の場合は左傍に、底本どおり示す。
・補入記号は「・」で示す。
・文字の入れ替えを示す符号がある場合は、改めた本文をしめし、「†」を付す。
・声点、合符は示さない。

【本文覚書】
・異同のある箇所には「＊」を付し、対照本文を示した。その際の略号は以下の通りである。

内	内閣文庫本（202－98）
和	内閣文庫蔵和学講談所旧蔵本（202－95）
筑A	筑波大学図書館蔵（ル－212－78 M）
筑B	筑波大学図書館蔵（ル－212－77 M）、平仮名本、巻九、十欠。
谷	宮内庁書陵部谷森文庫本（谷 17 M）
刈	刈谷図書館村上文庫本
書	宮内庁書陵部蔵（152－5）
東	東京大学国語研究室蔵本（特・22A・174・L 52 295）
狩	東北大学狩野文庫蔵本（狩28 142）、巻一〜四欠
岩	西尾市立図書館岩瀬文庫蔵本
大	日本歌学大系本

【出典】
・童蒙抄に記される出典を示し、新編国歌大観により歌集名、歌番号、作者名を記す。但し、作者名について追補が

必要な場合は括弧に入れて示す。また被注歌が和歌童蒙抄の示す出典注記と異なる場合は、あるいは該当する和歌未見の場合は「存疑」とする。

・万葉集の出典がある場合には、以下のごとくする。

まず、現行の万葉集の一つである新日本古典文学大系の本文を示す。その上で、本文異同については、校本萬葉集に基づき、和歌童蒙抄本文と非仙覚本（次点本）の訓とに見える異文を全て〈校異〉に示した。また、和歌童蒙抄本文と一致する非仙覚本の訓が認められない場合は「未見」と記し、仙覚本の訓も示した。その他、和歌童蒙抄本文と非仙覚本に異文が認められ、仙覚本に非仙覚本に関する内容がある場合はそれも記した。なお、和歌童蒙抄本文に傍記がある場合は両方とも校異の対象とし、見せ消ちや誤脱を補う訂正の場合は訂正後の本文のみを校異の対象とする。ただし、訂正前と訂正後の本文がともに非仙覚本に認められる場合は両方を校異の対象とした。

「校異」の内容は以下の基準に基づいて作成した。

1　万葉集伝本の表示は原則として校本萬葉集の略記に従うが、「神」は「紀」と改める。また、校異の対象に加えた田中大士氏「嘉暦伝承本万葉集の新出断簡―宮内庁書陵部蔵鷹司家旧蔵本『萬葉集巻第十一』―」（『古筆と和歌』二〇〇八年十一月〈笠間書院〉）は「嘉」と表記する。

2　異文は原則各句ごと（①〈初句〉～⑤〈第五句〉）に分け、各句内に確認される異文箇所を記す。一首に異文のない場合は非仙覚本を挙げた上で「異同なし」と記す。異文がある場合、和歌童蒙抄と一致する伝本を示した後、異文とその伝本を記す。なお、仮名遣いの違いは原則異文として問わない。また、訓に記された合点等の記号は省略する。

3　異文は原則として校本萬葉集の表記に従って記すが、伝本を複数列挙する場合、代表本文は「平仮名別提訓→片仮名別提訓→片仮名傍訓」の優先順位で記す。

4　万葉集伝本には書入訓が多数認められる。書入訓は底本の訓に断片的に記す場合がほとんどであり、それを網羅的に示すと校異の内容が煩雑になる。そこで、まず、見せ消ちなどの訂正の書入については、原則として、底本の訓と同色、同一の仮名表記で明らかな誤写の訂正と判断される場合は校異として記さない。また、字体明記と考えられる書入は色や表記を問わず校異として記さない。その上で、書入訓が底本の訓を元に書き加えたと考えられるため、底本の訓をふまえて書入訓を含む一句を推定し、それを和歌童蒙抄本文と比較した結果を記す。

5　書入訓の表示については、訓・漢字本文の左右下にある書入は「右」「左」「下」と記し、書入訓・漢字本文の箇所を可能な限り具体的に示す。ただし、書入が一句分ある場合は訓の傍記箇所はとくになにもことわらず、その場合、漢字本文の傍記例は「漢右（左・下）」とのみ記す。また、書入訓に「イ」「或」などと記される場合、複数の伝本を列挙する場合は「右（左・下）或」「右（左・下）イ」などと記し、その他は原則として校本萬葉集の記述に従って記す。書入訓の朱や赭などの色はその都度記し、墨は省略して色の違いを区別する。なお、書入訓は、和歌童蒙抄本文と一致する場合や伝本を列挙する場合は推定や省略を伴うことが多いため、書入訓のある箇所を括弧でくくり、書入訓を単独で示す場合と区別する。その上で、書入訓を別提訓、傍訓の伝本とともに列挙する場合は、別提訓、傍訓の伝本の後に「及び」とことわった上で記す。

6　西本願寺本（巻十二）の書入や紀州本や元暦校本の朱書入には仙覚本の影響と思われる例があり、廣瀬本には近世説の書入とされる例が認められる。元暦校本、紀州本の朱については判断しがたい部分もあるため、全てを校異の対象に加える。また、西本願寺本（巻十二）、廣瀬本については可能な限り仙覚点、近世説の訓を除き、判断が難しい場合は校異の対象とする。ただし、廣瀬本の朱の書入は影印では判読できないため校異には記していない。また、仙覚本の一本である神宮文庫本にも近世の書入と考えられる例があるが、これも可能な限り除いた。

7　漢字本文は原則異文の対象としないが、和歌童蒙抄本文、注釈等に記された漢字本文の中で注意すべき例、万葉歌の異文において漢字本文の異なりが原因と考え得る例がある場合などはそのありようを記す。

【他出】
・被注歌の他出状況を示す。掲載範囲は鎌倉初期頃までとするが、特に必要と思われる場合はこの限りではない。
・歌句に異同のある場合は当該歌句を示す。引用は基本的に新編国歌大観に拠るが、必要に応じて、私家集大成等に拠る場合がある。人麿集については、人麿集Ⅰ～Ⅳの本文のうち、原則として童蒙抄本文に最も近いものをあげる。
・万葉集については異同の有無にかかわらず、新日本古典文学大系によって一首全体を示す。
・松か浦嶋は、和歌の有無のみを示す。

【注】
・引用の和歌は基本的に新編国歌大観に拠り、必要に応じて私家集大成を参照する。私家集については、新編国歌大観巻七にのみ該当歌が所収されている場合、歌集名の前に☆を付す。
・引用の歌学書は基本的に日本歌学大系に拠り、通行の字体に改めて引用する。但し、以下は例外とする。
俊頼髄脳　『顕昭本　俊頼髄脳（第一稿）』（俊頼髄脳研究会編、平成八年三月三十日）に拠り、私に句読点を付す。
教長古今集注　複製本（貴重図書影本刊行会、一九三一年）に拠る。
古来風体抄　初撰本のみを示す。
奥義抄　慶應大学図書館藏志香須賀文庫旧蔵本（Ⅰ類本）により、必要に応じて、Ⅱ類本（大東急記念文庫蔵本）、版本を参照した。
袋草紙　新日本古典文学大系『袋草紙』に拠る。
袖中抄　『歌論歌学集成　袖中抄上（下）』に拠る。
和歌色葉　静嘉堂文庫本に拠り、異同のある箇所は括弧内に示した。
別本童蒙抄　山田洋嗣氏「〈資料紹介〉［別本］童蒙抄」（『福岡大学総合研究所報』119、一九八九年三月）により、必要に応じて書陵部蔵本を参照した。
・以上の資料については、私に句読点を付す場合がある。
・日本書紀は『日本古典文学大系　日本書紀』（上下）の校訂本文に拠り、必要に応じて同書の訓を示す。
・日本書紀以外の史書は、特にことわらない限り新訂増補国史大系に拠る。
・散文の引用に関しては、特にことわらないかぎり新日本古典文学大系に拠る。
・その他の文献については、初出の際に依拠本文を示す。
・漢籍は『新釈漢文大系』、『漢文大系』に拠る。これに収録されないものについては、以下の資料に拠った。
博物誌、拾遺記、異苑、燕丹子　『古小説叢刊』（中華書局）
荊楚歳時記、続斉諧記、古今注　『漢魏叢書』（大化書局）
漢書、後漢書、史記、晋書、南史　（中華書局、評点本）
釈名　『釈名研究』（大化書局）
広博物志　『広博物志』（岳麓書社）
劉随州集　『劉長卿詩編年箋注』（中華書局）
白氏六帖　『白氏六帖事類集』（各大書局）
類説　『類説校注』（福建人民出版社）
爾雅　『十三経注疏』（芸文印書館）
呂氏春秋　『呂氏春秋校釈』（学林出版社）
風俗通義　『風俗通義校注』（中華書局）
説郛　『説郛三種』（上海古籍出版社）
神異経　『歴代小説筆記選　漢魏六朝』（商務印書館）

事類賦　『事類賦注』（中華書局）
西京雑記　『西京雑記校註』（上海古籍出版社）
抱朴子　『抱朴子内篇校釈』（中華書局）
酉陽雑俎　『酉陽雑俎校箋』（中華書局）
芸文類聚　『芸文類聚』上下（上海古籍出版社）
初学記　『初学記』（中文出版社）
太平御覧　『太平御覧』（中文出版社）
白孔六帖、庾子山集、昭明太子集、文子　『四庫全書』

・漢詩を引用する際は、「千載佳句・八月十五夜・二五二」、和漢朗詠集（十五夜・二五三）」のごとく、詩題と番号を併記する。作者名は記さない。

【参考】

和歌童蒙抄と密接な関係にある疑開和歌抄（疑開抄と略称する）、松か浦嶋、八雲御抄、また万葉集抄の関係箇所を掲出した。

八雲御抄　伝伏見院筆本（『八雲御抄　伝伏見院筆本』、八雲御抄研究会、和泉書院、二〇〇五年）により、必要に応じて、国会本等に拠る（『八雲御抄の研究　枝葉部言語部　本文編・索引編』、片桐洋一、和泉書院、二〇〇六年）。

疑開和歌抄　村山識氏「願得寺蔵『疑開和歌抄』解題と翻刻」（『詞林』44、二〇〇八年十月）に拠る。

松か浦嶋　宮城県図書館伊達文庫蔵本の複写により、私に句読点を付した。

万葉集抄『冷泉家時雨亭叢書』三十九巻（朝日新聞社、一九九四年）に拠る。なお訓は一括して括弧内に示した。

【補説】

・【注】の範囲を超える問題について記す。

【参考文献】

川瀬一馬『古辞書の研究』（講談社、一九五五年）
太田晶二郎「和歌色葉はどなたの為に作つたか」（『前田育徳会尊経閣文庫小刊』4、一九七七年五月）
滝沢貞夫「『和歌童蒙抄』について」（『中古文学』24、一九七九年一月）
山田洋嗣「和歌童蒙抄の形成―平安後期の注釈の問題として―」（『立教大学日本文学』52、一九八四年七月）
同氏「『和歌童蒙抄』の注釈―『古歌』の問題を中心として―」（『和歌文学研究』49、一九八四年九月）
黒田彰子「和歌注釈をめぐって―和歌童蒙抄と和歌色葉―」（『和歌文学研究』53、一九八六年十月）
田中幹子「『和歌童蒙抄』所収の「御覧」について」（『史料と研究』18、一九八八年十月）
今井明「〈翻〉伊達文庫蔵「松か浦嶋」―散佚書『疑開抄』の手掛かりとして」（『鹿児島短期大学研究紀要』48、一九九一年十月）
浅田徹「疑開抄と和歌童蒙抄（上）」（『教育と研究』15、一九九七年三月、浅田論文1）
同氏「疑開抄と和歌童蒙抄（下）―童蒙抄の流布本と異本」（『国文学研究資料館紀要』24、一九九八年三月、浅田論文2）
同氏「和歌童蒙抄補考」（『国文学研究資料館紀要』25、一九九九年三月、浅田論文3）
黒田彰子「和歌童蒙抄から五代集歌枕へ―範兼の歌学書とその時代―」（『鎌倉室町文学論纂』、二〇〇二年五月）
村山識「願得寺蔵『疑開和歌抄』解題と翻刻」（『詞林』44、二〇〇八年十月）
黒田彰子「三教指帰注は和歌童蒙抄の依拠資料か」（『愛知文教大学比較文化研究』9、二〇〇八年十一月）
黒田彰子「和歌童蒙抄はいかなる歌学書か」（『和歌文学研究』102、二〇一一年六月）

黒田彰子「和歌童蒙抄の配列と目録」（『愛知文教大学論叢』19、二〇一六年十一月）

黒田彰子「和歌童蒙抄異本攷（承前）」（『愛知文教大学比較文化研究』14、二〇一六年十一月）

黒田彰子、大秦一浩「和歌童蒙抄輪読一」（『愛知文教大学比較文化研究』7、二〇〇五年十一月』）、「同二」（『愛知文教大学比較文化研究』8、二〇〇六年十一月）、「同三」（『愛知文教大学論叢』10、二〇〇七年十一月）、「同四」（『愛知文教大学論叢』11、二〇〇八年十一月）、「同五」（私家版、二〇〇九年十一月）、「同六」（『愛知文教大学比較文化研究』10、二〇一〇年十一月）、「同七」（『愛知文教大学論叢』14、二〇一一年十一月）、「同八」（『愛知文教大学論叢』15、二〇一二年十一月）、「同九」（『文藝論叢』81、二〇一三年十月）、「同十」（『愛知文教大学論叢』16、二〇一三年十一月）、「同十一」（『文藝論叢』82、二〇一四年三月）、「同十二」（『文藝論叢』83、二〇一四年十月）、「同十三」（『愛知文教大学論叢』17、二〇一四年十一月）、「同十四」（『文藝論叢』84、二〇一五年三月）、「同十五」（『文藝論叢』85、二〇一五年十月）「同十六」（『愛知文教大学論叢』18、二〇一五年十一月）

注解

和哥童蒙抄第一
天部
天　日　月〈春月夏月／秋月冬月〉風　雲　雨〈春雨五月雨／時雨〉霞　露　霧　霜　雪　春雪　霰

和謌童蒙鈔巻第一
天部
天　日　月〈春月　夏―／秋―　冬―〉風　雲　雨〈春―　五月―／晴（ママ）〉霞　露
霜　雪〈春―〉霰

天部

天

1 フカミトリイロコトナリヤアサマタキ　カスミノヒマニ†ミユルオホソラ

古哥ナリ。ミトリノソラハ、青天碧空ナリ。ツネノコトナリ。*楼灰経云、須弥山ハ四宝ノナセルトコロナリ。黄金白銀水精瑠璃也。タカサ三百卅六里、シモ海ニイレリ。カタチツ、ミノヤウニテ、コシホソシ。東面ハ黄金、西面ハ白銀、北面ハ水精、南面ハ瑠璃也。サレハコノ南瞻浮州ノソラハ碧瑠璃ニテ、ミトリニミユルナリ。

天

1　ふかみとり色ことなりやあさまたき霞の隙にみゆる大空

古歌なり。みとりの空は、青天碧空也。常事也。楼炭経云、須弥山は四宝のなせる所也。黄金白銀水精瑠璃也。高さ三百卅六里、しも海にいれり。かたち鼓の様にて、腰ほそし。東面は黄金、西面は白銀、北面は水精、南面は瑠璃也。されは、此南瞻浮州の空は碧瑠璃にて、緑《ミトリ》にみゆるなり。

【本文覚書】○ミユル…底本「ミルユ」とし入れ替え記号を付す。○楼灰経…楼炭経（和・筑A・刈・岩・東・大）

【出典】古歌

【注】○**ミトリノソラハ**　「青天」「碧空」は漢籍に多用される。但し「青天碧空」として使用した例は未見。「ひさかたのみどりの空のくもまより声もほのかにかへるかりがね」（海人手古良集・八）、「霞はれみどりの空ものどけくてあるかなきかに遊ぶいとゆふ」（和漢朗詠集・四一五）○**楼灰経云**　須弥山については大楼炭経、起世経、倶舎論など、様々の経典に書かれるが、童蒙抄の注文と完全に一致するもの未見。「須弥山ハ、四宝ヲ以テ合成セリ。東ハ銀、南ハ吠瑠璃、西は頗昵迦宝、北ハ金也。仍、南瞻部州ハ、瑠璃ノ色ニテ天ノ色青シ。是以テ、蒼天トモ碧天トモ云。殊ニ春ノ色ハ、青ヲ主ル故ニ、緑空ト云ナルヘシ」（120歌注）、「婁炭経云、閻浮提有閻浮樹、故云閻浮提」（三教指帰成安注、本文は『三教指帰注集の研究』〈佐藤義寛、大谷大学、一九九二年十月〉に拠る）、「南州ノソラハシヌ（マヽ）レバ、ヨルヒルイハズミドリナリ。サレバ蒼天トモ碧落トモイフナリ」（古今集注）、「高三百三十六万里、四宝所成、東面黄金、南面瑠璃、西面白銀、北面玻瓈、在大海中亦深三百三十六万里」（法苑珠林巻四）、「婁炭経曰、須弥山王以四宝瑠璃水精金銀作成之」（庾子山集巻十二）。楼炭経は、童蒙抄中、31歌注（婁炭経）、696歌注に見えるが、童蒙抄がどのような楼炭経に拠ったかは特定できない。牧達玄「大楼炭経の同本異訳を巡る二三の問題」（『印度仏教学研究』52、一九七八年三月）

【参考】「みとりのそらといふは、楼炭経説、南浮州は須弥山碧瑠璃うつりてみとりなりといへり」（八雲御抄）

2　ワカソノニムメノハナチルヒサカタヤ　アメヨリユキノナカレクルカモ

万葉集四ニアリ。ヒサカタトハ、ソラヲ云。ヒサシクカタシト云心ナリ。久堅トカケリ。天ノ字ヲアメトヨメハ、ヒサカタノ月、ヒサカタノ†アメトイハム、ヲナシコ、ロナリ。

2　わかそのに梅の花ちるひさかたやあめより雪のなかれくるかも

万葉集四にあり。ひさかたとは、空を云。ひさしくかたしといふこゝろ也。久堅とかけり。天字をあめとよめは、ひさかたの月、ひさかたのあめといはむ、同こゝろなり。

【本文覚書】〇アメト…底本「アトメ」とし入れ替え記号を付す。

【出典】万葉集巻第五・八二二「和何則能尓《わがそのに》　宇米能波奈知流《うめのはなちる》　比佐可多能《ひさかたの》　阿米欲里由吉能《あめよりゆきの》　那何列久流加母《ながれくるかも》」〈校異〉②「ムメ」は類が一致。細、廣、紀「ウメ」③「ヤ」未見。非仙覚本及び仙覚本は「の」

【他出】袋草子・七三六（三句「ひさかたの」五句「ながれつるまで」）

【注】〇**ヒサカタトハ**　「ひさかたや」は万葉集に例無く、以降の用例も少ない。また、「君が代は幾代もしらずひさかたやみそらの月のすまむかぎりは」（林下集・三七一）、「よそにみて幾代になりぬひさかたやあさくら山の雲間もる月」（壬二集・一一一〇）の如く、天象に関わると同時に「久し」の意味を重ねるのが通例。〇**久堅トカケリ**　万葉集中「久堅」と表記するのは二十七例。「ヒサカタトハ、月ヤソラナトヲコソヨメレ。ミヤコヲヨメルハ、ヒサシクカタシトイフ義歟」（370歌注）。以下、万葉集の表記に基づいて意を取るという姿勢が見える。

3 ヒサカタノアマテルツキノカクレナハ　ナニ、ヨソヘテイモヲシノハム

同十一ニアリ。アメトイヒ、アマトイフ、又同事也。サレハ、ソラテルトヨメルナリ。

3 久堅のあまてる月のかくれなはなに丶よそへていもをしのはん

同十一にあり。あめといひ、あまといふ、又同事也。されは、そらてるとよめるなり。

【出典】万葉集巻第十一・二四六三「久方《ひさかたの》天光月《あまてるつきの》隠去《かくりなば》何名副《なにになそへて》妹偲《いもをしのはむ》」〈校異〉③は類が一致。嘉、廣「いりゆかは」④「ヨソヘ」は嘉、類が一致。廣「ナツケ」

【他出】綺語抄・六

【注】〇**アメトイヒ**「天」の被覆形、露出形についての認識か。

4 アマノカハクモノナミタチツキノフネ　ホシノハヤシニコキカクサレヌ

同七ニアリ。詠天哥ナリ。アマノカハ丶、漢河也。アマノカハ《ト》・イフニツキテ、フネニ月ヲタトヘ、ホシヲハヤシニナセルナリ。

4 天の川雲のなみたち月の舟ほしのはやしにこきかくされぬ

同七にあり。詠天哥也。あまのかは丶、漢河也。あまのかはといふにつきて、舟に月をたとへ、星を林になせる也。

【出典】万葉集巻第七・一〇六八「天海丹《あめのうみに》雲之《くもの》波立《なみたち》月船《つきのふね》星之《ほしの》林丹《はやしに》榜隠《こぎかくる》所《み》レ見《ゆ》」〈校異〉①「カハ」は紀、及び類（「はら」右）が一致。類「はら」。廣、極「ウミニ」⑤「カクサレヌ」は紀、極及び類（「るみゆ」右朱）、廣

(「ル」下或）が一致。類及び廣（「サレル」左）、極（「隠所見」左）「かくるみゆ」。廣「カクサレル」

【他出】拾遺集・四八八、古今六帖・二五一、人麿集Ⅰ・二三四（初句「あまのうみに」）、人麿集Ⅱ・一八三（初句「あめのうみに」）、人麿集Ⅲ・六七〇（初句「アマノカハニ」）、古来風体抄・七三

【注】**漢河**　漢語としては黄河をさすものと思われるが、「河漢」すなわち天の川を意味すると解釈できる詩もある（「蕭条景気叶芳遊　料識二星定慰愁　紹介波通牛渚下　来由風告鵲橋頭　雖歓七夕逢佳節　還恨一年不再秋　終夜罷夢空乞巧　廻眸遥望漢河流」〈本朝無題詩「思牛女」〉）。「毛詩云惟天有漢伝曰天河也」（三教指帰成安注）。「天河兼名苑云、天河、一名天漢、〈今案又一名漢河、一名銀河、和名阿万乃加波〉」（箋注倭名類聚抄）、「河〈音河カハ和又カ〉天—〈アマノカハ〉漢—〈同〉」（名義抄・観）、「天河〈アマノカハ〉…漢河〈同〉」（色葉字類抄）　○**フネニ月ヲタトヘ**　万葉集には他に「春日在《かすがなる》　三《み》笠乃《かさの》山二《やまに》　月船出《つきのふねいづ》」（一二九五）、「天海《あめのうみに》　月船浮《つきのふねうけ》　桂梶《かつらかぢ》」（一二二三）があり、平安期には「こぎゆけどはなれぬかげをひさかたの月のふねとや人や見るらむ」（家経集・七三）、「天の戸を長閑に渡る月のふね今夜は雲の浪なかりけり」（久安百首・七四一・実清）、「月のふねひかりをさしていでぬめりこやひこぼしのあまのとわたり」（顕輔集・八五）など作例は多い。なお中宮亮重家朝臣家歌合で、「あきの夜は月の舟にやのりぬらんあかしの浦へゆくこころかな」（師光・六八）詠に対し、判者俊成は「月のふねにやのりぬらんとならば、あまのかはらなどやいますこしいはれたらん」と述べている。「月舟」はもと漢語で、「影娥池中、有遊月船、触月船鴻毛船、遠見船載数百人」（広博物志巻四十）などとある他、詩にも用例は多い。○**ホシヲハヤシニ**　原拠未詳。「ほしのはやしは万葉によめり」（散木集注）

【参考】「雲　くものなみといふは、にたるなり」（八雲御抄）

アマノカハウキ、ニノレルワレナレヤ　アリシニモアラスヨハナリニケリ

ムカシミカトウネメヲメシメクミタフ。心地レイニソムケリケレハマカリイテタルニ、ヲモヒワスレサセタマヒテ、ノチマイリタルニ、アリシニモアラサリケレハ、タテマツレリケル哥ナリ。コレニヨリテ、モトヨリモケニモテ《ナ》・サセタマヒケルホトニ、ホトナクカクレサセタマヒケレハ、御ハカニヲサメタテマツルニ、コノウネメイキナカラコモリニケリ。サテソノ御ハカハ、イケコメノミサ、キトテ、ヤクシテラノウシロイクハクモノカテアリ。

ウキ、ニノレルトハ、金谷園記曰、漢武帝、張騫牽牛国イタリテ、タナハタノカハノホトリニテ紗ヲアラフヲミル。騫曰、漢帝ノ使ニテ、河ノミナモトヲキハムルナリ。タナハタノノタマハク、キハムル事ウヘカラス、スミヤカニカヘリサリテ漢帝ニマミユルコトヲエヨ。スナハチヒトスチノウキ、ヲアタヘテ、ノセテカヘラシム。又、一ノ塊石ヲエタリ。東方朔ソノイシヲミテ、タナハタノ支機石トソイヒケル。サレハヒコホシノクニ、テ、アラヌヨノコ、チノシケルヲオモヒテヨメルナルヘシ。

天の河うきゝにのれるわれなれやありしにもあらすよはなりにけり

昔みかと采女をめしめくみ給。心地例にそむけりけれはまかりいてたるに、おもひわすれさせ給ひて、後まいりたるに、ありしにもあらさりけれは、たてまつれりける歌なり。是に依て、もとよりもけにもてなさせ給ける程に、程なくかくれさせ給けれは、御はかにおさめたてまつるに、此采女いきなからこ

もりにけり。さて其御はかは、いけこめのみさゝきとて、薬師寺《テラ》のうしろいくはくものかてあり。うきゝにのれるとは、金谷園記曰、漢武帝張騫を使として、河の源をきはめしむ。騫牽牛国にいたりて、たなはたの河の辺にて紗をあらふをみる。騫云、漢帝の使にて、河の源をきはむるなり。たなはたの、たまはく、きはむる事不可得《ウヘカラス》、早《スミヤカ》ニ還去《カヘリサリ》テ漢帝にまみゆることをえよ。すなはちひとすちのうきゝをあたへて、のせてかへらしむ。又、一の塊石をえたり。東方朔其石をみて、たなはたの支機石とそいひける。されははひこほしの国にて、あらぬよの心地のしけるを思てよめるなるへし。

【本文覚書】異本によれば、流布本の「漢武帝、張騫牽牛国イタリテ」の箇所に目移りによる脱文があると思われるが、流布本諸本とも異同なし。

【出典】明記せず

【他出】俊頼髄脳・二七六、奥義抄・三九四、和歌色葉・一六三、八雲御抄・一九三、色葉和難集・五三五

【注】○**金谷園記**　唐書芸文志には、「唐、李邕撰一巻」とあり、崇文総目では「歳時類」に入る。逸書であろう。逸文を若干拾うことができるが、本条と一致するもの未見。童蒙抄にもこの箇所に引用されるのみ。当該説話については、後藤祥子「浮木にのって天の河にゆく話　「松風」「手習」の歌語」（『源氏物語の史的空間』、東京大学出版会、一九八六年二月。初出『国文目白』22、一九八三年三月）、黒田「張騫考―俊頼髄脳へのアプローチ―」（『中世和歌論攷　和歌と説話と』、和泉書院、一九九七年五月。初出『国語国文』58・10、一九八九年十月）参照。

【参考】「昔いつれの御時にか有けん、うねめをめしたりけるか、無何おほしめしわすれ給にけるをなけきてたてまつりけるとなん。さてもとよりもけに御寵有けり……うき木は有本説。金谷園記曰、漢武帝張騫をつかひとして、河のみなもとをきはめしむ。騫牽牛国にいたりてたなはたの川辺にて沙をあらふを見。騫いはく、漢帝の使は川の源をき

はむるなり。たなはたのいはく、きはむる事うへからす。、みやかにかへりさりて漢帝にまみゆる事をえよとて、すなはち一のうき、をあたへてのせてかへらしむ。又一の塊石をえたり。東方朔その石をみて云、たなはたの支機石也とそいひける。されはあらぬ心ちするによめるは、ありしにもあらすおほゆるといへる也。三年ありて帰と云歟。猶々可尋」（八雲御抄）

日

6 アカネサスヒハテラセトモム《ウ》ハタマノ　ヨワタル月ノカクラクヲシモ

万葉二ニアリ。アカネサストハ、アカキヒカリサストイヘルナリ。日ハ、日本紀第一ニ、伊弉諾伊弉冉二神生日神。コノミコヒカリ国ノウチニテリトホル。コノ時ニ天地アヒサレル事イマタトヲカラス。アメノミハシラヲモテ、アメニアク。*サヘクルニアマノハラノコトヲス。次ニ月神ヲウメリ。ソノヒカリヒニツケリ。ヒニナスラヘテ、マタアメ□ヲクル。

一書曰、二神アメノシタヲサム珍子ヲウマムトヲモフ。スナハチヒタリノテヲモテ白銅鏡ヲトリタマフ。スナハチ化出神。コレ日神トイフ。右手ニマスミノカヽミヲトリタマフナリ。イツルカミヲ月神トイフ。月神、一云、月弓尊。又月夜見尊、月読尊。

日

6 あかねさす日はてらせともうは玉のよわたる月のかくらくをしも

万葉にあり。あかねさすとは、あかきひかりさすといへるなり。日は、日本紀第一ニ、伊弉諾伊弉冉二神生日神。此みこ光《ヒカリ》国の中にてりとほる。此時に天地あひされる事いまたとをからす。あめのみはしらをもて、あめにあく。さつくるにあまの原のことをす。次月神をうめり。その光ひにつけり。日になすらへて、又あめにをくる。一書云、二神あめのしたおさむ珍子をうまむと思ふ。即左の手をもて白銅鏡をとり給ふ。すなはち化出神。是日神といふ。右手にますみの鏡をとり給ふ。化いつる神を月神と云。月神、一云、月弓尊、又、月夜見尊、月読尊。

【本文覚書】○サヘクルニ…サヘ《ツ》クルニ（和）、サツクルニ（筑A）、まつくるに（筑B）、サヅクルニ（刈・東）、さへ□《クイ》るに（岩）

【出典】万葉集巻第二・一六九「茜刺《あかねさす》 日者雖《ひはてらせれど》二照有一 烏玉之《ぬばたまの》 夜渡《よわたる》 月之《つきの》 隠良久惜毛《かくらくをしも》」〈校異〉②は金、類、廣、古、紀が一致。紀漢左朱「テラセレト」③は金、類、古、紀が「ウハタマノ」で童蒙抄の傍記と一致。廣「ムマタマノ」で右「ハ伊云ハ伊云」左「伊云御本云ム字ウ」。童蒙抄と同様に「ム」とあるのは廣のみ。

【他出】人麿集Ⅲ・六三一（三句「ウハタマノ」）、人麻呂勘文・七、色葉和難集・七九四

【注】○**アカネサス** 近藤信義「あかねさす考—枕詞各論—3」（『古代ノート』四、一九六六年十月）、恒松侃「枕詞〝あかねさす〟の解釈をめぐって」（『解釈』40-1、一九九四年一月）、木村紀子「あかねさす紫・うちひさす宮—万葉歌ことばと明日香の先端技術」（『叙説』22、一九九五年十二月）参照。○**日本紀第一ニ** 「次生レ海。次生レ川。次生レ山。次生二木祖句句廼馳一。次生二草祖草野姫一。亦名二野槌一。既而伊奘諾尊・伊奘冉尊共議曰、吾已生二大八洲国及山川草木一。何不レ生二天下之主者一歟。於レ是共生二日神一。号二大日孁尊一。〈大日孁貴、此云二於保比屢咩能武智一。孁音力丁反。一書云、天照大神。一書云、天照大日孁尊。〉此子光華明彩、照二徹於六合之内一。故二神喜曰、吾息雖レ多、未レ有二若レ此

霊異之児一。不レ宜三久留二此国一。自当下早送二于天一、而授以中天上之事上。是時、天地相去未レ遠。故以二天柱一、挙二於天上一也。次生二月神一。〈一書云、月弓尊、月夜見尊、月読尊。〉其光彩亜レ日。可二以配レ日而治一。故亦送二之于天一。次生二蛭児一。雖二已三歳一、脚猶不レ立。故載二之於天磐櫲樟船、而順レ風放棄。次生二素戔鳴尊一。〈一書云、神素戔鳴尊、速素戔鳴尊。〉此神有二勇悍以安レ忍。且常以二哭泣一為レ行。故令二国内人民多以夭折一、復使二青山変レ枯。故其父母二神勅二素戔鳴尊一、汝甚無道。不レ可三以君二臨宇宙一。固当遠適二之於根国一矣、遂逐之。一書曰、伊奘諾尊曰、吾欲レ生二御寓之珍子一、乃以二左手一持二白銅鏡一、則有二化出之神一。是謂二大日孁尊一。右手持二白銅鏡一、則有二化出之神一。是謂二月弓尊一」（日本書紀・神代上）

【参考】「あかねさす〈万には　あかねさすひとよめり〉」「あさひかけにほへるやまにてるつきの……凡日月は日本紀第一云、伊弉諾伊弉再《(ママ)》二神生日神。此子光うるはしくして国のうちにてりとおる。この時天地あひされることいまたとをからす。あめのみはしらをもてあめにあく。さつくるにあまのはらのことをす。次に月神をうめり。その光日につけり。日になすらへて又あめにをくる。又書曰、二《(ママ)》神あめのしたおさめむ祢《ウハフミコ》子うまむと思。すなはち尼手をもてますかゝみをとり給。則化出神これ日神と云。又石手にますかゝみをとり給なり。いつる神を月神といふ。月神月よみの神也」（八雲御抄）

7
アサヒカケニホヘルヤマニテルツキノ　アカサルイモヲヤマコシニヲキテ
同四ニアリ。コレハ、アサ・《ヒ》ノイツルマテアリアケノ月ノニシノヤマニノコリタルカ、アカスワリナクヲモフニヨセテ、恋ノコ、ロヲヨメルナリ。ニホヘルトハ、アサヒノカケニ映シアヒタルトイフ心也。

7　あさ日かけにほへる山にてる月のあかさるいもを山こしにをきて

同四日《（ママ）》にあり。是は、あさひのいつるまてあり明の月の西の山にのこりたるか、あかすわりなく思ふによせて、恋のこゝろをよめるなり。にほへるとは、あさひの影に映しあひたりといふこゝろなり。

【出典】万葉集巻第四・四九五「朝日《あさひ》影《かげ》 尓保敝流《にほへる》山尓《やまに》 照月乃《てるつきの》 不レ猒君乎《あかざるきみを》 山越尓《やまごしに》置手《おきて》」〈校異〉④は元、類が一致。金及び廣（「アカレヌ」右或）「あかさるきみを」。細、廣、紀「アカレヌキミヲ」⑤「ヤマコシ」は元、類及び廣（「ヤマコヘニヲ」右或）が一致。金、細、廣、紀「やまこえ」。なお、紀下に「又本云アサヒカケニホヘルヤマニテルツキノコヒシカルキミヲヤマコエニヲキテ」とある。

【他出】和歌一字抄・一〇三九、袋草紙・六九〇、八雲御抄・一八四。猿丸集・一四（下句「よそなるきみをわかまゝにして」）、綺語抄・一二（四句「あかれぬきみを」）

【注】○ニホヘルトハ　先行歌学書に「アサヒカケニホヘル」を注するものは未見だが、袋草紙では、「異なる事を詠める歌」として掲出される。「あさひかげにほへるやまのさくら花つれなくきえぬゆきかとぞ見る」（新古今集・九八）

【参考】「これはあさ日の出まてありあけの月の西の山に有を、あかす思によせて恋によめり。山こしといへるも其心也。にほへると云は、日に月の映たると故人いへれとも、たゝ日の山に映たる也」（八雲御抄）

8

タマハヤスムコノワタリノアマツタフ　ヒノクレユケハイヘヲシソ*ヲモソ

同十七ニアリ。ムコトハ、ツノクニヽアリ。タマハヤストハ、珠ハ海ニアルモノナレハ、タマヲホカルトイフコヽロニヤ。*アマツタマトハ、ソラツタフトヨメルナリ。サレハ、ツノ国ノムコノウミニフネニノリテ、ユフクレニイエヲコヒテヨメルウタナリ。

8　たまはやすむこのわたりのあまつたふひのくれゆけは家をしそ思ふ

同十七に有。むことは、摂州《ツノクニ》なり。たまはやすとは、珠は海にあるものなれは、たまおほかるといふこゝろにや。あまつたふとは、そらつたふとよめるなり。されは、つのくにのむこの海に舟に乗《ノリ》て、夕暮にいゑをこひてよめる哥なり。

【本文覚書】○ヲモソ…諸本「ヲモフ」、「オモフ」 ○アマツタマ…アマツタフ（和・刈・東）、天つたふ（岩）、あまづたふ（大）

【出典】万葉集巻第十七・三八九五「多麻波夜須《たまはやす》 武庫能和多里尓《むこのわたりに》 天伝《あまづたふ》 日能久礼由気婆《ひのくれゆけば》 家乎之曾於毛布《いへをしそおもふ》」〈校異〉②は類及び元（「し」右赭、「に」右赭）が一致。元「むしのわたりに」。廣「ムコノワタリニ」。なお、元、類、廣「和多里尓」③「ツタフ」は類、廣が一致。元「つたひ」⑤「ヲモソ」未見。非仙覚本及び仙覚本は「おもふ」

【他出】五代集歌枕・八八六（二句「むこのわたりに」）、八雲御抄・一八五、色葉和難集・七九八（二句「むこのわたりに」）

【注】○**ムコトハ、ツノクニ、アリ**　「いなのとわ、つのくに、あるのなり。むこかさきもをなしくに、あり」（口伝和歌釈抄）。五代集歌枕においても、「海」部で「武庫」を摂津の歌枕とする。○**タマハヤストハ**　「たまはやす」は「武庫」の枕詞とされるが、語義、掛かり方等は未詳。西崎亨「「たまはやす　むこ」小考―「むこ」の地名語源―」（『阪神間の文学』、一九九八年十月）。○**アマツタフトハ**　通常「天伝ふ」と表記。天空を伝ってくるの意。枕詞。

【参考】「むこはつの国の海也。たまはやすは、珠は海の物なれは玉多といふ心也と故人説也。あまつたふひはよのつねのこと也。日のくるれは家の恋しきよしなるへし。無指心歟」（八雲御抄）

9　ユフツクヒサスヤカハヘニツクルヤノ　カタチヲヨシミシカソヨリクル

同十六ニアリ。ユフツクヒトハ、夕附日トカケリ。サスヤカハヘトハ、反照ハ東山ヲテラセハ、東山ノ西ノフモトニナカレタルカハトソイフヘキ。カタチヲヨシミトハ、地形ノヨケレハ、ヨリキタルナリトヨメルナリ。シカソトハ、シカ《鹿》ニハアラス、コトハナリ。

9　ゆふつくひさすやかはへにつくるやのかたちをよしみしかそよりくる

同十六にあり。ゆふつくひとは、夕附日とかけり。さすやかはへとは、反照は東山をてらせは、東山の西のふもとになかれたるかはとそいふへき。かたちをよしみとは、地形のよけれは、よりきたるなりとよめるなり。しかそとは、鹿にはあらす、詞なり。

【出典】万葉集巻第十六・三八二〇「夕附日《ゆふづくひ》　指哉《さすや》河辺《かはへ》尓《に》　構屋《つくるや》之《の》　形乎《かたを》宜美《よろしみ》　諾《うべ》所《よ》レ因来《そりけり》」〈校異〉⑤「シカソ」は尼（「に」右朱）が一致。尼、類「しにそ」。廣「シキワ」で右「サモヤ」、「キ」左「カ」

【他出】綺語抄・一三、八雲御抄・三一一。古今六帖・二七九（二句「さすやをかべに」）

【注】○**ユフツクヒトハ、夕附日トカケリ**　万葉集の表記をいう。万葉集に「ゆふづくひ」は一例のみしか見えない。

○**反照ハ東山ヲテラセハ**　「説文曰…日将落曰薄暮、日西落、光反照於東、謂之反景」（芸文類聚巻一）。また白詩に使用例が多い（「答元八宗簡同遊曲江後明日見贈」、「和行簡望郡南山」、「窓中列遠岫詩」等）。日本漢詩にはそれほど用例は多くはないようである。「雪白初冬晩　山青反照前　誤雲独宿磵　疑鶴未帰田　不放行看賞　無端坐望憐　客魂易消滅　遇境独依然」（菅家後集「東山小雪」）、「華堂插著白雲端　微微寄送鐘風響　略略分張塔露盤　未得香花親供養　偏将水月苦空観　仏無来去無前後　唯願抜除我障難」（同「晩望東山遠寺」）。「反照光生向晩飃　蜘蛛網□浪花

時　情来却問西京事　百子池頭五色糸」（田子家集「七夕池上即時」）
【参考】「ゆふつく日は夕附とかけり。さすやかはへとは無風情夕陽映川也。かたちをよしみは地形のおもしろきよし也。しかそよりくるは鹿にはあらす、ことはなり」（八雲御抄）

月

10 ツキタチテタ、ミカツキノマユネカキ　ケナカクコヒシキミニアヘルカモ
11 フリアフキミカツキミレハヒトメミシ　ヒトノマヒキノヲモホユルカモ
万葉集第六ニアリ。ホソキツキノ女ノマユニ、タルナリ。月眉トイヘリ。ケナカクトハ、イキナカクトイヘルナリ。
次哥、マユニ、タルハ、若月ヲミルニ*マユキヲモヒイテラル、トヨメリ。

三日月

246 月たちてた、みか月のまゆねかきけなかく恋しきみにあへるも
万葉第六に有。みか《ホソキ或》月の女のまゆににたるなり。本文に月眉といへり。けなかくとは、いきなかくといへるなり。
247 ふりあふきみかつきみれはひとめみし人のまひきのおもほゆるかも
同に有。まひき、とよめり。若月《ミカツキ》とかけり。まゆににたれは、みかつきをみるに、まひきおもひ出らる、

とよめり。
【本文覚書】○マユキ…マヒキ（和）、マユヒキ（刈）
【出典】10 万葉集巻第六・九九三「月立而《つきたちて》 直三日月之《ただみかづきの》 眉根掻《まよねかき》 気《け》長恋之《ながくこひし》 君尓相有鴨《きみにあへるかも》」〈校異〉非仙覚本（類、細、廣、紀）異同なし。 11 万葉集巻第六・九九四「振仰而《ふりさけて》 若月見者《みかづきみれば》 一目見之《ひとめみし》 人乃眉引《ひとのまよびき》 所念可聞《おもほゆるかも》」〈校異〉①未見。元、類、細、廣、紀「ふりあふきて」。元「あふき」右赭「サケ」。細、廣は「アフキ」を「サケ」に訂正。仙覚本は「フリサケテ」④「マヒキノ」は元、類、細、廣が一致。紀及び元（「まひきの」右イ）「マユヒキ」。
【他出】10 古今六帖・三五一（五句「君にあへるらん」）、高良玉垂宮神秘書紙背和歌・一二六七、色葉和難集・六二二。
11 古今六帖・三五二、高良玉垂宮神秘書紙背和歌・一二六四
【注】○**月眉** 「花色重重徳及隣 青松引照仮濃春 露瑩不暗含煙暮 霞映猶明凝雨晨 翠竹簾前紅袖透 翠蘿山上月眉新 使君今有芳心属 零落翰林栄望頻」（本朝麗草・花色照青松）など。○**ケナカクトハ** ケを万葉集の表記「気」の文字通りに「息」と解釈する。○**若月** 万葉集における「若月」の表記は他に、「若月《みかづきの》 清不見《さやにもみえず》 雲隠《くもがくり》 見《みまくそ》欲《ほしき》 宇多手比日《うたてこのころ》」（万葉集・二四六四）がある。○**マユニ、タルハ** 被注語として不審。異本独自異文との関わりあるか。
【参考】「大伴坂上郎女初月哥 月立而直三月之眉根掻気長恋之君爾相有鴨（タチテ タ、ミカ ノ マユネカキ ナカクコヒシキキミニアヘルカモ）三日月ノ、マユネニ、タレハ、本文也。人ノツメヲキリタルハ、三日月ニ似タリ。三日月ハ、仏ノ眉ニ似タリ。マユネカキテ恋キ人ニアフト云事ハ、遊仙崛と云文ニ有也。マユネカユカリテ、恋人ニアフト云事也（万葉集抄）、「みか月みればひとめみし人のまひきの、なといへるは女の眉に似也。月の眉と云り」（八雲御抄）

12 ユフツクヨアカツキカタノアサカケニ　ワカミハナリヌキミヲモフカネニ
万葉十一ニアリ。ユフツクヨトハ、ヨヒニイテ、トクイルヲイフナリ。サレハ、アカツキカタノ*アサアケニトヨメル。ウチキクハアヤシキヲ、ワカミノコヒニヲトロヘテ、アラヌサマニナリタルナム、ヨヒニツキイリタルアケカタノソラノ、ミトコロモナキニ、タルトヨメルナルヘシ。

月

10 ゆふつくよあかつきかたのあさかけにきみ（お《マ》もひか《マ》ね）に
万葉十一にあり。ゆふつくよとは、よひにいて、とくいるをいふなり。されは、暁方《アカツキカタ》の朝影《アサカケ》にとよめる。うちきくはあやしきを、我身の恋におとろへて、あらぬさまになりたるなむ、よひに月いりぬるあけかたの空の、見ところなきににたるとよめるなるへし。

【本文覚書】○アサアケ…アサカケ（内・和・筑A・刈・東）、あさかけ（筑B）、朝影（岩・大）○異本の和歌、四句を欠く。

【出典】万葉集巻第十一・二六六四「暮月夜《ゆふづくよ》　暁《あかときや》闇《み》夜乃《の》　朝影尓《あさかげに》　吾身《あがみ》者《は》成奴《なりぬ》　汝《な》乎《を》念金手《おもひかねて》」〈校異〉②は類が一致。嘉、廣「あかつきやみの」。類「かつき」右「ケクレノ」⑤「キミヲモフカネニ」未見。類「ひとおもひかねに」で「ひと」右「キミ」が近い。嘉「きみをおもひかね」。廣「キミヲ、モヒカネニ」。仙覚本は細、宮「キミヲオモヒカネニ」で漢左「ナレヲオモフカニ」。西、温、矢、京、陽「ナレヲオモフカニ」で紺青（西、矢、京、陽）。京「レ」を赭で消し、その右赭「ム」。京漢左「キミヲオモヒカネ」。なお、西貼紙別筆「カネニ古点」あり。

【他出】猿丸集・四四（二句「あか月かけの」五句「こひのしけきに」）、伊勢物語二一五（五句「君を恋ふとて」）、口伝和歌釈抄一八七（五句「きみをもふまに」）、綺語抄・一七（二句「あか月山の」五句「こひのしげきに」）、和歌一字抄・一〇四一（二句「あかつきやみの」五句「君を思ひかね」）、袋草紙・六九二（二句「明くれがたの」五句「君を思ひかね」）

【注】○**ユフツクヨトハ**　「暮月云々、いふくれの月をいふ」（口伝和歌釈抄）、「ゆふづくよ　ゆふぐれの月なり」（綺語抄）、「ユフヅクヨトハ暮ノ月夜也。ユフサリ西ノ山ノハニミエテイリヌル月也」「上旬ノ月也」（古今集注）

【参考】「暮月夜暁闇乃朝影爾吾身者成汝乎念々丹（ユフツクヨアカツキヤミノアサカケニワカミハナリヌキミヲオモヒカネ）此哥ハ、人ノ心エカタカリナン。ユフツクヨト云テ又暁ヤミノアサカケニトヨメルハタ、我身ノ物ヲ思テカケ□ニタルト云ハントテヨメルナリ。ソレニマタサレトモ心□ヨメリ。ユフツクヨトヨミタルハ、ヨヒヲヨメルニハアラス。ヨヒニ月ヨナルオリハ、暁ハヤミニテアレハ、ヨヒニハ月アリテ暁ニナルトキ、トヨメルナリ（万葉集抄）、「ゆふつくよあか月やみと云は、夕月ころは暁やみなる也」（八雲御抄）

13　ヤマノハニイサヨフ月ヲイテムカト　マチツ、ヲルニヨソフケニケル

同七ニアリ。イサヨヒトハ、十六日ノヨノツキヲイフナリ。サレハ、マツトテヨモスコシフクヘシ。本集ニハ、不知夜トカキテ、イサヨヒトハヨミタレハ、*ヨヲシテトクイツルカトミユルヲ、不知トイフハ、イサトイフコトナレハ、カクカケルナルヘシ。

11　山のはにいさよふ月をいてんかとまちつゝをるによそふけにける

同七にあり。いさよひとは、十六日の夜の月をいふ也。されは、まつとてよもすこしふくへし。本集には、不知夜とかきて、いさよひとはよみたれは、よをしらてとくいつるかとみゆるを、不知といふは、いさ

といふことなれは、かくかけるなるへし。

【本文覚書】○ヨヲシテ…ヨヲシラチ（筑A）

【出典】万葉集巻第七・一〇七一「山末尓《やまのはに》　不知夜歴月乎《いさよふつきを》　将レ出香登《いでむかと》　待乍居尓《まちつつをるに》　夜曾降家類《よそふけにける》」〈校異〉①「ハニ」は類、廣、紀及び元（下の「ま」右赭）が一致。元「まに」②「カ」は元、類、廣、紀が一致。廣「カ」右「或ヤ」

【他出】古今六帖・三三五、綺語抄・三四、袖中抄・九五二、八雲御抄・一〇七、続後撰集・一一〇五、別本童蒙抄・一九。

【注】○**イサヨヒトハ**　「イサヨウ月トハ、山ノハヨリサシイツルヲ云」（別本童蒙抄）○**本集**　万葉集を指す。童蒙抄中「本集」の語は、36歌注に見えるが、それも万葉集本文を指す。○**本集ニハ**　論旨難解だが、これは袖中抄の指摘するようにイサヨフを十六日と捉えたことに因るものか。童蒙抄は、万葉集の表記「不知夜歴月」「不知夜経月」の「歴」「経」を無視しているわけで、袖中抄の指摘はそのことに拠る。「今云、本集とは万葉にや。山のはより不知夜歴月とこそ書《カキ》たれ、十六日をいさよひと詠める歌にはあらず」（袖中抄）

【参考】「いさよひとは、十八日のゆふへをいふ」（松か浦嶋）、「いさよふ月はいさよひの月にあらさるか。万十七、山のはにいさよふ月をいてんかとまちつゝをるに夜そふけにける、是非十六日月也」（八雲御抄）

14　テルツキヲユミハリトシモイフコトハ　ヤマヘヲサシテイレハナリケリ

ユミハリトハ、釈名ニ云、ユミハリハ、月ノナカハナル名ナリ。ソノカタチ、ヒトカタハマカリ、ヒトカタハウルハシクテ、ユミヲハレルツルニニタルナリ。

12　てる月をゆみはりとしもいふことは山へをさしていれはなりけり

ゆみはりとは、釈名云、ゆみはりは、月のなかはなる名なり。其形、ひとかたはまかり、一かたはうるはしくて、弓をはれるつるににたるなり。

【出典】大和物語・二〇八
【他出】大鏡・八二、万代集・二九七一
【注】ユミハリトハ「弦月半之名也。其形一旁曲、一旁直、若張弓施弦也」（釈名巻一）
【参考】「ゆみはりの月〈非三日月、半月也。是故人説也〉」（八雲御抄）
【補説】童蒙抄には他に二箇所釈名が引用されている。「釈名云、望ハ月ノミチル名也。日月ノハルカニ相望カユヘニソノカタチノカケヌナリ。日ノチカキカタノカクルナリ」（147歌注）「釈名曰、下有水田沢。言潤沢也」（216歌注）。このうち、14、147歌注引用部分は芸文類聚等の類書に見えるが、216歌注引用部分は太平御覧には見えるものの、童蒙抄当時の類書に見えない。

15 タマタレノコスノマトホシヒトリヰテ　ミルシルシナキユフツクヨカナ
万七ニアリ。コスノマトホシトハ、小簾間通トアリ。ミルシルシナシトハ、コスノヒマヨリミレト、ミルトイフヘキ心チモセス、カヒナクイリヌト云心ナリ。

13 玉たれのこすのまとほしひとりゐてみるしるしなきゆふつくひ哉
万七にあり。こすのまとほしとは、こすの《小簾》間通とかけり。みるしるしなしとは、こすの隙より見れと、みるといふへき心地もせす、かひなくいりぬといふこゝろなり。

【本文覚書】497に重出
【出典】万葉集巻第七・一〇七三「玉垂之《たまだれの》　小簾之間通《をすのまとほし》　独居而《ひとりゐて》　見験無《みるしるしなき》　暮月夜鴨《ゆふづくよかも》」〈校異〉②は類及び廣（「ミ」右）が一致。廣「ミスノマトホシ」。紀「コスノトホシヒ」⑤「カナ」未見。非仙覚本及び仙覚本は「かも」
【他出】古今六帖・三五六（三句「こすのまとほり」）、口伝和歌釈抄・一八八（初二句「たまのみすのほとりに」）、袋草紙・四六（三句「こすのまとほり」）、色葉和難集・七〇四
【参考】「簾　又たまたれのこすのまとほしと云、小簾《万》間通とかけり。みすのひまより通心也」（八雲御抄）

16
ヲホフネニマカチシ、ヌキウナハラヲ　コキテ、ソクル月人ヲトコ
同十五ニアリ。シ、ヌクトハ、シケヌクト云ヲ、ナヲサシヌキトヨ《ミ》ヨメルニヤ。ウナハラハ、ウミヲイフ。日本記蒼溟トイヘリ。月人男ハ、月読男也。

237　おほふねにまかちしゝぬきうなはらをこきてゝわたるつきひとおとこ
同十五に有。しゝぬきとは、しけくぬくといふを、なをさしぬきとよめるにやとそおほゆる。うなはらとは、海をいふ。日本紀蒼溟《アヲウナハラ》といへり。月ひとおとことは、月読男なり。

【出典】万葉集巻第十五・三六一一「於保夫祢尓《おほふねに》　麻可治之自奴伎《まかぢしじぬき》　宇奈波良乎《うなばらを》　許芸弖天和多流《こぎでてわたる》　月人乎登祜《つきひとをとこ》」〈校異〉④未見。非仙覚本（天、類、廣）及び仙覚本は「こきてゝわたる」

【他出】人麿集Ⅰ・五八、人麿集Ⅱ・二六九、以上初二三句「まかちしけぬきおはかちをこきつゝわたる」。綺語抄・二九（初句「おほぞらに」四句「こぎてきわたる」）、五六五（四句「こぎてきわたる」）、人麻呂勘文・五六（四句「こぎでてわたる」）、袖中抄・七四七（四句「こぎいでてわたる」）、色葉和難集・四四一

【注】○シヽヌク　注文の「シケヌク」は万葉の表記（万葉集・三六八、二〇八九等の表記「真《ま》梶《かぢ》繁《しじ》貫《ぬき》」「真《ま》梶《かぢ》繁《しじ》抜《ぬき》」）に拠る。シジニで、びっしりと、隙間もなく、の意。「万葉には繁と書きてしゞと読めり。梶を繁貫《シゲヌク》をば、しげぬくと読み、又しゞぬくと読めり」（袖中抄）○**日本紀蒼溟トイヘリ**　日本書紀第二十三に「汝祖等、渡二蒼海一」とある。「溟」字を使用する日本紀伝本未確認。「慧水若シレ写グカ二滄溟一」（続日本紀・養老三年十一月）○**月人男ハ**　「月読尊、是ハ、二神ノ日ノ神生給テ後、月夜見ノ尊ヲ生給也」（信西日本紀鈔）。袖中抄「さゝらえをとこ」の項参照。「次生二月神一。〈一書云、月弓尊、月夜見尊、月読尊。〉」（日本書紀・神代上）

【参考】「うなはらとは、海をいふ」（松か浦嶋）、「月　月人おとこ、かつらおとは《(ママ)》さゝらえ《佐々良援》おとこ、月よみ《読》おとこ〈た丶月よみとも〉。これらみな月の名也」（八雲御抄）

17　ヤマノハノサヽラエヲトコアマノハラ　トワタルヒカリミラクシヨシモ

同六ニアリ。サヽラヘヲトコモ、カツラヲトコナリ。

230　山のはのさゝらへおとこあまのはらとわたるひかりみらくしよしも

同第六に有。さゝらへおとことは、桂男《カツラヲトコ》なり。

【出典】万葉集巻第六・九八三「山葉《やまのはの》　左佐良榎壮子《ささらえをとこ》　天原《あまのはら》　門度光《とわたるひかり》　見良久之好藻《みらくしよしも》」〈校異〉②「サヽラエ」は元、類、紀及び細（「ハ」右或、左朱）、廣（「榎」左或、「ハ」左）が一致。細、廣「ササラハ」④「トワタル」は元、類、紀及び細（「トリタル」右或）、廣（「トリタル」右或）が一致。細、廣「トリタル」⑤「ヨシモ」は元、類、細、廣が一致。紀「モヨシ」

【他出】綺語抄・三三一、袖中抄・七四一、高良玉垂宮神秘書紙背和歌・二六五、色葉和難集・八二二

【注】○サ、ラヘヲトコモ　「さゝらへをとこ」「かつらをとこ」はいずれも月の別名。これについては、袖中抄「さ、らへをとこ」に詳細な検証がされている。またそこに引用される童蒙抄本文「月よみをとことは、かつらをとこなりと云々」に相当する本文は異本231歌注に見える。

【参考】「さくらゑ《（ママ）》をとことは、月をいふ」（松か浦嶋）、「山葉左佐良榎壮子天原門度光見良久之好藻（ヤマノハノサ、ラエオトコアマノハラトワタルヒカリミラクシヨシモ）サ、ラヘオトコトハ、月ノ別名也。コレヨリ後、月ヲサ、ラヘオトコト云事ハ有也トソ此集ニモイヘル」（万葉集抄）

アメニマスツキヨミヲトコヌサハセヨ　コヨヒノナカサイヲヨツケコソ

同六ニアリ。アメニマス、ソラニアルトイフナリ。イヲヨツケコソトハ、五百夜ヲツケトイフナリ。又コソトハ、カシトイヘルコトハニヤ。月ヨミハ日部ニミエタリ。

231　あめにます月よみおとこぬさはせんこよひのなかさいをよつけて《こ》そ

同巻に有。あめにますとは、空にますと云也。月よみおとことは、かつらおとこ也。いをよつけこそとは、五百夜《イヲヨ》を続《ツケ》といふなり。又こそとは、かしといへることはにや。月よみは日部にみえたり。

【出典】万葉集巻第六・九八五「天尓座《あめにます》　月読壮子《つくよみをとこ》　幣者将ㇾ為《まひはせむ》　今夜乃長者《こよひのながき》　五百夜継許増《いほよつぎこそ》」〈校異〉③未見。元、細、廣、紀は「ぬさはせむ」で、類「ぬさひせむ」の「ひ」を「ハ」に訂正。細、廣は右「或マヒハセム」。仙覚本は「マヒハセム」で、京「幣」左赭「ヌサ」④「コヨヒ」は元、類、廣、紀が一致。細「ヨヒ」⑤は元が一致。元「けこ」右朱「キニ」。類「いほよつきこそ」。細、廣「イホヨツチコソ」。紀「イホヘツケコソ」

【他出】古今六帖・三四三（三句「まひなはん」五句「いほよつげそも」）、綺語抄・二一七（五句「いほよ月こそ」）、袖中抄・一一二（三句「まひはせむ」）、七四二（三句「幣はせん」）、高良玉垂宮神秘書紙背和歌・二六六（三句「まひはさむ」）、色葉和難集・四四二（三句「ぬさはせむ」）・六四五（三句「まひはせむ」）

【注】○**イヲヨツケコソトハ**　和歌に「五百夜」の用例ほとんどなく、歌語としての定着はなかったか。○**月ヨミハ、日部ニミエタリ**　6歌注の「月神、一云、月弓尊。又、月夜見尊、月読尊」をさすか。

【参考】「月よみをとことは、かつらをとこ也」（松か浦嶋）、「天爾座月読壮子幣者将為今夜乃長者五百夜継許於増（アメニマス　ヨミオトコヌサハセムコヨヒノナカサイホヨツキコソ）アメニマストハ、空ヲ云也。ツキヨミ男トハ、月ヲ云。ヌサハセントハ、神ニ奉ル物ヲハヌサト云ナリ。今夜ノナカサハ月ヲ見テ、イミシクアカシトテ、カク今夜アカキカ月出ニ依テ、イヲヨアレトヨメルナリ。イヲヨトハ、五百ト云也」（万葉集抄）

19

ヲホトモノミツトハイハシアカネサス　テレル月ヨニタヽニアヘリトモ

同四ニアリ。月ヲアカネサス、トヨメリ。

229　おほとものみつとはいはしあかねさすてれる月よにたゝにあへりとも

同第四に有。月をあかねさす、とよめり。

【出典】万葉集巻第四・五六五「大伴乃《おほともの》　見津跡者不レ云《みつとはいはじ》　赤根指《あかねさし》　照有月夜尔《てれるつくよに》　直相在登聞《ただにあへりとも》」〈校異〉③「サス」未見。非仙覚本（桂、元、類、廣、紀）及び仙覚本は「さし」④「月ヨ」は類「月よ」とあり一致するが、他の非仙覚本は「つきよ」。仙覚本も同じ。

【他出】綺語抄・三八・三六六、五代集歌枕・一六六五（四句「てる月よだに」）、色葉和難集・七九六、以上すべて三句「あかねさし」

【注】○**月ヲアカネサス、トヨメリ**　19歌は通常当該句を「あかねさし」と訓むが、童蒙抄では本歌をアカネサスとした上で「月」にかかる枕詞のように扱う（6歌注参照）。また、万葉でのアカネサシの例は、二例しかなく、月にかかる。19歌及び「赤根刺《あかねさし》　所光月夜尓《てれるつくよに》」（二三五三）。新古今和歌集の「天の原あかねさし出づる光にはいづれの沼かさえ残るべき」（巻十八・一六九一）のアカネサシに対して、「「照る」の枕詞に用いるが、ここは「射し出づる」と融合した表現」（新日本古典文学大系『新古今和歌集』脚注）とする如く、連用形で用いることで、枕詞的な要素が後退するか。また、アカネサスを月に用いる例はほとんどなく、その意味で、「月ヲアカネサス、トヨメリ」という注文は、例外的な用例という認識での発言かと思われる。

20

ミナソコノタ*ニサヘキヨクミツヘクモ　テルツキヨカモヨノフケユケハ

同七ニアリ。タ*ニミツヘシトハ、水ノソコニアラムタマヲミエヌヘシトヨ*メカ。又、洛水高低両顆珠トツクレルヤウニ、月ノ水ニヤトリテ珠トミユヘキニヤ。月ノウツラムコ、ロハツヨケレトモ、フチノソコニヤアラムタマモミエヌヘシ、トヨメラムハ、ツキノア《カ》・サマサルヘシ。

14　みなそこの玉さへきよくみつへくもてる月夜かもよのふけゆけは

同七にあり。たまみつへしとは、水の底にあらんたまをみえぬへしとよめるか。又、洛水高低両顆珠とつくれるやうに、月の水にやとりて珠と見ゆへきにや。月のうつらむ心はつよけれとも、淵のそこにあらんたまもみえぬへし、とよめらむは、月のあかさまさるへし。

【本文覚書】○タニ…タマ（和・筑A・刈・東）、たま（筑B）、玉（岩）　○タニ…玉（和・筑A・岩・大）、たま

（筑B）、タマ（刈・東）○ヨメカ…ヨメリ（和・筑A・東）、よめるか（筑B）、ヨリ（刈）、よめり（岩・大）

【出典】万葉集巻第七・一〇八二「水底之《みなそこの》 玉障清《たまさへさやに》 可レ見裳《みつべくも》 照月夜《てるつくよ》鴨《かも》 夜之《よの》深去者《ふけゆけば》」〈校異〉①「ノ」は元、類、紀及び廣（「二」右或）が一致。廣「二」②「タニ」未見。非仙覚本及び仙覚本は「たま」③「ヘクモ」は類、廣、紀が一致。元「くきも」で「き」を消す。⑤「フケユケハ」は類、廣、紀が一致。元「ふけゆけは」

【注】○**洛水高低両顆珠** 「月好共伝唯此夜 境閑皆道是東都 嵩山表裏千重雪 洛水高低両顆珠 清景難逢宜哀惜 白頭相勧強歓娯 誠知亦有来年会 保得晴明強健無」（白氏文集巻六十五「八月十五夜同諸客翫月」）。また千載佳句（二五二）、和漢朗詠集（二五三）にも見える。

21

タヒニアレハヨ中ヲサシテ、ルツキノ　タカシマヤマニカクラクヲシモ

同九ニアリ。ヨナカヲサシテトハ、廿日ノ月ナルヘシ。タカシマハ、アフミノ国ニアリ。

235 たひにあれはよなかをさしててる月のたかしま山にかくらくをしも

同第九に有。よなかをさしてとは、廿日の月なるへし。たかしま山は、あふみのくに、あり。かくらくとは、かくなといふなり。

【本文覚書】○岩・大、末尾に「或説に世中は近江の名所世中潟と」の一文あり。

【出典】万葉集巻第九・一六九一「客在者《たびなれば》 三更判而《よなかにわきて》 照月《てるつきの》 高嶋山《たかしまやまに》 隠《かくらくをしも》惜毛」〈校異〉非仙覚本（藍、類、壬、廣、紀）異同なし。

【他出】五代集歌枕・三三二

【注】○**ヨナカヲサシテ** 陰暦二十日の月を目指して。「廿日ノ月」は亥の刻に出るため。○**タカシマ** 五代集歌枕で

は、「山」の項目中「近江」の部に出る。
【参考】「かくらくとは、かくるゝをいふなり」（松か浦嶋）

22 ツキ、ヨミコスエヲメクルカサヽキノ　ヨルヘヲシラヌミヲイカニセム
古哥ナリ。ヨルヘモシラストハ、魏武帝短哥行曰、月明星稀　烏鵲南飛　繞樹三匝　何枝可依、トイヘル
コ、ロナルヘシ。

15 月きよみこすゑをめくるかさゝきのよるへもしらぬみをいかにせん
古歌なり。よるへしらすとは、魏武帝短哥行曰、月明星稀　烏鵲南飛　繞樹三匝　何枝可依、といへる
こ、ろなるへし。

【出典】古歌
【他出】八雲御抄・一九〇
【注】○**魏武帝短哥行曰**　「月明星稀　烏鵲南飛　繞樹三匝　何枝可依」（文選巻二十七）。文治二年歌合「すみのぼる月にあはれをうちそへてなきこそわたれかささぎのこゑ」（四〇）に対する判詞に「右歌、またこれも本文にて侍るとかや、さたしあはれて侍り、文集に、月明星稀烏鵲南飛、繞樹三匝何枝何可依、といふことなり、と申しあはれたり、これらおもひたまふるに、めぐること三匝侍るが、こゑをばいと申さざるにや」とある。
【参考】「我身のよるへもしらぬによせたり。このかささき無由緒。魏武帝、月明星稀　烏鵲南飛　繞樹三匝　何枝可依、と云心也」（八雲御抄）

23 ユッカツラスヱハモリクルツキカケノ　シタテルヒメノヤトヲサスラム

古哥ナリ。ユツカツラトハ、神代下ニ、アメワカヒコツカヒトシテ、アシハラノナカツクニノアシキモノヲハラフコ、*ロヨメナラスシテ、スナハチ顕国玉ノムスメシタテルヒメヲメ・《ト》ル。仍テカヘリコト申サス。コノトキタカムスヒノミコヲアヤシミテ、ナ、シキ、シヲツカハス。アメノワカヒコノ、カトノマヘノユツカツラニト、マルト云々。

16 ゆつかつら末はもりくる月かけのしたてるひめのかとをさすらん

古歌なり。ゆつかつらとは、神代下に、あめわかひこ使として、あしはらの中国のあしきものをはらふこゝろまめならすして、すなはち顕国玉のむすめしたてるひめをめとる。仍てかへり事まうさす。此時たかひむすひのみことあやしみて、無名雉《ナヽシノキジ》をつかはす。あめわかひこの、門《カト》の前のゆつかつらにとゝまると云々。

【本文覚書】○ヨメナラス…ヲメナラス（内）、マメナラス（筑A）、まめならす（筑B・岩・大）

【出典】古歌

【他出】八雲御抄・一九一

【注】○**ユツカツラトハ、神代下ニ**　「故高皇産霊尊、召二集八十諸神一、而問之曰、吾欲レ令レ撥二平葦原中国之邪鬼一……僉曰、天国玉之子天稚彦、是壮士也……此神亦不二忠誠一也……遂不二復命一。是時高皇産霊尊怪三其久不二来報一、乃遣二無名雉一伺之。其雉飛降、止二於天稚彦門前所レ植〈植、此云二多底屢一。〉湯津杜木之杪一。〈杜木、此云二可豆邏一。〉」（日本書紀・神代下）

【参考】「ゆつかつらとは、神代に天雅彦を使として葦原中国の邪鬼をはらふ。心まめならすして即顕国王之女子下照姫をめとる。仍かへり事申さす。このときに高皇霊尊あやしみてな、き、しをつかはす。き、《（ママ）》あめわかひこのかとまへのゆつかつらにと、まると云り」（八雲御抄）

24 ウナハラノソコマテスメル月カケニ　カソヘツヘシヤハタノセハモノ

古哥ナリ。ハタノセハモノトハ、チヒサキイヲナリ。日本記ニ、鰭広、鰭狭トイヘリ。

17 うなはらのそこまてすめる月かけにかそへつへしやはたのせは物

古歌なり。はたのせはものとは、ちひさき魚なり。日本紀ニ、鰭広、鰭狭といへり。

【出典】古歌

【他出】八雲御抄・一二八

【注】○ハタノセハモノ　「又嚮レ海則鰭広鰭狭亦自レ口出」（日本書紀・神代上）、「時海神便起ニ憐心一、尽召ニ鰭広鰭狭一而問之」（同）。他に「鰭背」「鰭手」という例がある。「鰭」はヒレのこと。和歌における用例は、これ以外には「あさき瀬にあらはれいづる埋木の人しれぬ底のはたのせば物」（逍遊集・二五一五）を見るのみ。「ハタノヒロモノ　鰭広　ハタノせハモノ　鰭狭　是ハ、海ノ魚ヲ（云）也。ウケモチノ神司給。有略也」（信西日本紀鈔）

【参考】「せは物〈古哥曰　うなはらのそこまてすめる月かけにかそへつへしやはる《（ママ）》のせは物　日本紀曰、鰭広《ハタラヒロモノ》　鰭《ハタラ》狭《セハモノ》、是等ちゐさき魚也〉」（八雲御抄）

春月

25 アサカスミハルヒクルレハコノマヨリ　ウツロフ月ヲイツトカマタム

万十ニアリ。コレハアシタニハカスミタリツル、ハレテクレヌレト、コノマウツロフ月ノ心モトナキ心ヲヨメルナルヘシ。

春月〈第一巻月下〉

48 あさ霞春日くるれはこのまようつろふ月をいつとかまたん

万葉十に有。是は朝にはかすみたりつるに、はれてくれぬれと、このまうつろふ月の心もとなきこゝろをよめるなるへし。

【出典】万葉集巻第十・一八七六「朝霞《あさがすみ》　春日之晩者《はるひのくれば》　従二木間一《このまより》　移歴月乎《うつろふつきを》　何時可将レ待《いつとかまたむ》」〈校異〉②未見。廣、紀「ハルヒノクレハ」。廣「クレハ」右「クルレハ」が近い。仙覚本は「ハルヒノクレハ」。なお、類は訓なし。

【他出】古今六帖・二八二（二句「はるひのくれは」下句「いさよふ月をいつしかも見ん」）、赤人集・一六九（二句「はるひくれなは」五句「いつかたのまん」）

26　ハレモセスクモリモハテヌハルノヨノ　ヲホロツキヨニシクモノソナキ
大江千里カ哥也。文集詩、非明非暗朧々月、トイフ句ヲ題ニテヨメルナリ。

49　晴もせすくもりもはてぬ春のよのおほろ月夜にしく物そなき
大江千里歌なり。文集詩云、非明非晴朧々月、といへる詩意歟。

【出典】大江千里集・七二、初句「てりもせず」
【他出】俊頼髄脳・一六二、新古今集・五五、定家八代抄・七七、初句いずれも「てりもせず」
【注】○**非明非暗朧々月**　千里集の題は「不明不暗朧朧月」。「不明不闇朧朧月　非暖非寒慢慢風　独臥空牀好天気　平明閑事到心中」（「嘉陵夜有㆑懐二首」の第二首。白氏文集巻十四）。白氏文集諸本に「非明非暗」とするもの未見。ただし、御定全唐詩、唐英歌詩は「非明非暗朧朧月　不暖不寒慢慢風」とする。

夏月

27　ナツノヨモスヽシカリケリツキカケハ　ニハシロタヘノシモトミエツヽ
朗詠集ニアリ。月照平沙夏夜霜、トイフ詩ノコヽロナリ

夏月〈第一巻　春月下〉

186　夏の夜もすゝしかりけり月かけはにはしろたへの霜とみえつゝ
朗詠集にあり。月照平沙夏夜霜、といふ詩のこゝろなり。

【出典】存疑

【他出】高陽院水閣歌合・一、栄花物語・三八六、奥義抄・二〇五、袋草紙・三一二、古来風体抄・四二〇、和歌色葉・三七四

【注】○**朗詠集ニアリ**　誤り。おそらく「月照平沙夏夜霜」の詩句が和漢朗詠集のものであるところからの錯誤であろう。該歌は頼通主催高陽院水閣歌合の折の歌。作者行経とあるが、後拾遺には長家として入る。これについては代作説が定着している。判詞には、朗詠集所収詩との関連は指摘されていない。なお、出典注としての和漢朗詠集の名称は、「朗詠」、「朗詠集」、「朗詠集上（下）」など、一定しない。○**月照平沙夏夜霜**　和漢朗詠集（一五〇）第一句「風吹枯木晴天雨　月照平沙夏夜霜」。「海天東望夕茫茫　山勢川形闊復長　灯火万家城四畔　星河一道水中央　風吹古木晴天雨　月照平沙夏夜霜　能就江楼銷暑否　比君茅舎校清涼」（白氏文集巻二十「江楼夕望招客」）

28

秋月

マツノハニ月ハウツリヌモミチハノ　スキヌヤキミニアハヌヨヲホク

万葉二ニアリ。コレハ、ヒトニ・《ア》ハヌヨヲホクスキヌ、トイハムトテ、マツノハニウツリヌトイヒテ、モミチノハノトハヨメルナルヘシ。又、コノハノチリテ、透タルニヨソヘタルニヤトモコ、ロエラレタリ。

240 松の葉に月はうつりぬもみち葉のすきぬや君にあはぬよおほく

万葉二に有。是は、人にあはぬ夜おほくすきぬ、といはむとて、松のはにうつりぬといひて、紅葉はのとはよめるなるへし。又、このはのちりて、透《スキ》たるによそへたるにやとも心得られたり。

【出典】万葉集巻第四・六二三「松之《まつの》葉《は》尓《に》　月者《つきは》由《ゆ》移去《つりぬ》　黄葉乃《もみぢばの》　過哉《すぐれや》君之《きみが》　不レ相《あはぬ》夜多焉《よのおほき》」〈校異〉④「キミニ」は

金、類、廣、紀が一致。元「きみか」⑤「ヲホク」は元、金、類、廣が一致。紀「ヲホシ」
【他出】和歌一字抄・一〇四五（松葉月移）、袋草紙・六九九（松葉移）、八雲御抄・一八七
【参考】「是は人にあはぬよおほくすきぬといはんとて、松の葉にうつりぬといひて、紅葉はの、とはよめるなり。又この葉ちりて透たると範兼説とい《（ママ）》へり」（八雲御抄）

29
キミコフトシナヘウラフレワカヲレハ　アキカセフキテ月カタフクヲ
万葉十ニアリ。シナヘウラフレトハ、ナケキモノヲモフトイフナリ、見古語集。

236 きみこふとしなえうらふれわかをれは秋かせふきて月かたふくを
同《秋月内也》第十にあり。しなえうらふれとは、なけきもの思ふといふなり。見古語集。

【出典】万葉集巻第十・二二九八「於《き》レ君恋《みにこひ》　之奈要浦觸《しなえうらぶれ》　吾居者《あがをれば》　秋風吹而《あきかぜふきて》　月斜焉《つきかたぶきぬ》」〈校異〉①は紀が一致。類「きみをこひ」。元（赭）、類（「を」右朱）「キミニコヒ」⑤「カタフクヲ」は類及び元（赭）が一致。紀「カタフキヌ」。なお、元は平仮名訓がなく漢字本文右に赭訓あり。

【他出】古今六帖・二六九一、袖中抄・一〇二八、秋風集・七八二
【注】〇シナヘウラフレ　「之奈要宇良夫礼《しなえうらぶれ》」（万葉集・四一六六）〇古語集　未詳。この箇所にのみ見える。袖中抄で「古語云」とするものが書名であろうとの指摘があり（『袖中抄の校本と研究』）、あるいは何らかの関係があるか。

【参考】「しなえうらふれとは、なけき物思といふなり」（松か浦嶋）、「うら《裏》ふれ《触》〈さしあたりてと云心也。哥にても有。源氏寄水也。公任卿説曰、物思苦けなる也。木たゝ、同事也。うらみたるよし也。たとへは思苦也。万葉に、きみこふとしなへてうらふれわかをれは、と云。いつれも物思と云心也と。在古語〉」（八雲御抄）

30 モミチスル*ツキニナルラシツキヒトノ　カツラノエタノイロツクミレハ

同十二ニアリ。

241 もみちする月になるらし月ひとのかつらの枝の色つくみれは

同十二にあり。

【本文覚書】〇ツキニナルラシ…ツキニ《ア》・ナ《ヤ》ラシ（内）
【出典】万葉集巻第十・二二〇二「黄葉為《もみちする》　時尓《ときに》成良之《なるらし》　月人《つきひとの》　楓　枝乃《かつらのえだの》　色付見者《いろづくみれば》」〈校異〉②「ツキ」未見。非仙覚本（元、類、紀）及び仙覚本は「とき」
【他出】和歌一字抄・一〇四三、袋草紙・六九七、色葉和難集・四四四、以上二句「時になるらし」

31 ヒサカタノツキノカツラモアキクレハ　モミチスレハヤテリマサルラム

古今ニアリ。コノツキノカツラトハ、兼名苑云、月中江。々ノ上ニカツラキアリ。タカサ五百丈。シタニヒトリノ人アリ。樹ヲキル。姓呉、名剛文、*西阿人、年十六ニテ、仙ヲマナヒエテノチコ、ニアリト云々。コレヲカツラヲトコトイフナルヘシ。

外典言、月中ニ桂アリ。シカハアラス。婁炭経云、閻浮提ノ地ニ閻浮樹アリ。一名ハ波利質多、一名竜樹。タカサハ八万四千里、樹影月中ニ現セリ。*世又月ヲミルニ樹アリ。マコトニハナシ。スナハチコレ閻浮樹ノカケナリ。

244
久かたの月のかつらも秋くれはもみちすれはやてりまさるらん

古今に有。月桂とは、兼名苑云、月中に江あり。江上に桂木有。高五百丈、下に一人の人あり。木をきる。姓は呉、名は剛文、西河人、とし十六にて仙をまなひえて後、こゝに有と云々。是をかつら男とはいふなるへし。外典云、月の中に桂あり。しかはあらす。婁炭経云、閻浮提の地に閻部樹あり。一の名は波利質多、一の名は竜樹《リウシュ》。高八万四千里、木のかけ月の内に現せり。世又月を見るに木あり。まことにはなし。すなはち是閻浮樹の影なり。

【本文覚書】○西阿…西河（和・筑A・刈・東・岩・大）○世又…世人（刈）、又（岩・大）

【出典】古今集・一九四・ただみね、第三句を「あきくれは」とする伝本は雅俗山庄本のみ。

【他出】是貞親王家歌合・五八、古今六帖・三〇七、忠岑集・三・一七七、新撰和歌・六四、秀歌大体・七〇、定家八代抄・三〇七、以上三句「秋はなほ」

【注】**○兼名苑**　兼名苑は唐の僧遠年撰。逸書。日本国見在書目録に「兼名苑《ミヤウエン》十五（今案卅巻）」とあり。三教指帰諸注、倭名類聚抄、本草和名等にも逸文がある。童蒙抄では、31、328、696、847歌注に引かれる。逸文と近いものに847歌注の「兼名苑云、蜥蜴一名守宮、形鱓、器ヲモテカフ」がある。その他は逸文集成にも見えない（『兼名苑輯注』〈中華書局、二〇〇一年〉）、『本邦残存典籍による輯逸資料集成』『続』（京都大学人文科学研究所、一九六八年）参照。31歌注については、逸文中に童蒙抄の引用する文未見。但し、酉陽雑俎の説に近い。あるいは、兼名苑が同書を引用したか。「旧言、月中有桂、有蟾蜍。故異書言、月桂、高五百丈、下有一人、常斫之樹。創随合人。姓呉名剛、西河人。学仙有過謫令伐樹。釈氏書言、須弥山南面有閻扶樹。月過、樹影入月中。或言、月中蟾桂、地影也。空処、水影也。此語差近」（酉陽雑俎巻一、「天咫」）。西河人剛が桂の樹を切る話は、たとえば古今事文類聚には「呉剛斫樹」と

して酉陽雑俎の説を引く。また、類説には「呉剛伐樹」とする。○**婁炭経**　1歌注参照。○**閻浮提ノ地ニ**　「閻浮樹は波利質多であり、竜樹ともいう」との説は未見。広博物志には、「復何因縁、月宮殿中有諸影現。此大洲中有閻浮樹。因此樹故名閻浮洲。其樹高大影現月輪（起世経）。由大海中有魚鼈等影月輪。故其内有黒相現（瑜伽論）」（巻一）とあり、経典との関わりから生じた説か。なお696歌注に「兼名苑云、月中有河、々水之上有桂樹高五百丈云々。外典云、月中有桂樹、不然。楼炭経云、閻浮提地有閻浮樹、一名波利質多、一名竜樹、高八万四千里、樹影現月中。世又《人歟》見月有実無樹、即是閻浮樹之影也」と、ほぼ同内容の注が付される。

【参考】「凡月のかつらと云事、有説々歟。兼名苑云、月中有河、々上有桂、たかさ五百丈、したにひとりの人あり、樹をきる。姓呉石剛父、西河人、年十六、仙をまなひえてこゝにありといへり。是をかつらおとこと云事、外典云、月中に桂あるにあらす。婁炭経云、閻浮堤地に閻浮樹あり。一名波利質多、一名竜樹。たかさ八万四千里、樹陰月中に現せり。誠にうつれるかたち也云々。されと月の中のかつらはよみならへることなり」（八雲御抄）

32

ツネヨリモテリマサルカナヤマノハノ　モミチヲワケテイツルツキカケ

拾遺第十ニアリ。屛風ヱヲ貫之カヨメル也。ツネヨリモアキノ月ヲ*テルマサルト。*コレナラス古今イフコトハ、御覧ノ月部河図帝覧嬉曰、立春々分月東ノカタ青道ヨリス。立秋々分ハ月西ノカタ白道ヨリスト云。シカレハコトニ光ノシロキナルヘシ。

242 つねよりもてりまさるかな山のはのもみちを分て出る月かけ

拾遺第十に有。屛風のゑを貫之かよめる也。つねよりも秋月をてりまさると。これならす古今いふことは、御覧の月部河図帝覧嬉曰、立春之分月東《ノカタ》青道よりす。立秋之分は月西のかた白道よりすといふ。しかれはことに光のしろきなるへし。

【本文覚書】〇テル…テリ（和・筑A・刈・東）、照（岩・大）　〇コレナラス古今イフコトハ…是ならずとも今いふことは（大）
【出典】拾遺抄・五〇三・つらゆき
【他出】貫之集・四〇（三句「秋山の」）、古今六帖・二九七、拾遺集・四三九
【注】〇**屏風ヱヲ貫之カヨメル也**　拾遺集詞書は「屏風のゑに」〇**古今イフコトハ**　未詳。〇**御覧ノ月部**　修文殿御覧。本条は、①太平御覧とは巻が異なること、②太平御覧の将来が『山槐記』治承三年二月十三日の記事から治承三年であることが確認できること、から、修文殿御覧に拠ると考えるべきであろう。田中幹子「『和歌童蒙抄』所収の「御覧」について」（『史料と研究』18、一九八八年十月）参照。〇**河図帝覧嬉曰**　河図帝覧嬉は緯書。経義考に「佚」とある。太平御覧には「又（竜魚河図）」として「立春春分月、従東青道。立秋秋分、従西白道」とある。また漢書にも同様の記事が見える。

33
スタキケム、カシノヒトモナキヤトニ　タ、カケスルハアキノヨノ月
後拾遺第五ニアリ。河原院ニテ恵慶カヨメルナリ。スタクトハ、多集トカキテ万葉集ニヨミタレハ、ヲホクアツマルヲイフコトハナリ。

245 すたきけむ昔の人もなきやとにた、かけするは秋の夜の月
後拾遺第五に有。河原院にて恵慶かよめるなり。すたくとは、集多《アツマリヲホシ》とかきてそ万葉によみたれは、おほくあつまるをいふ詞なり。又、出入をいふなとそ申すめれと、無下の僻事也。

【出典】後拾遺集・二五三・恵慶法師
【他出】恵慶集・八〇、新撰朗詠集・四九七、口伝和歌釈抄・六一、綺語抄・五九五、後六々撰・二七、奥義抄・三六六、和歌色葉・一三五、色葉和難集・九九四
【注】○後拾遺第五　33歌は巻四に入る。○河原院ニテ　「河原院にてよみはべりける」（後拾遺集・二五三、詞書）○**多集トカキテ、万葉集ニヨミタレハ**　万葉集に「多集」の用例は以下の一例。「葦鴨之《あしがもの》　多集池水《すだくいけみづ》　雖レ溢《はふるとも》　儲《まけ》溝方尓《みぞのへに》　吾《われ》将レ越《こえめ》八方《やも》」（二八三二）、「すだくとは、さわぐといふにやあらん」（綺語抄）、「又すたくとは啼といふことも也」「問云……又すたくはあつまると云事にはあらぬにや」「すたくとは一説にはいていりとこそまうすめれ。後拾遺哥云　すたきけん昔の人もなき宿に只かけするは秋の夜の月」（奥義抄）。異本独自異文は奥義抄の所説と関連するか。「スタクトハ、イキ物ノハタラクヲ云也。虫ノ鳴ヲモ云」（別本童蒙抄）。なお、「すだく」に対する注は750、760番歌注にもほぼ同文で見える。山口明穂「「すだく」について」（『国語研究室』3、一九六四年九月）、島津忠夫「歌語ひとつ―「すだく」考」（『語文』48、一九八九年二月）参照。
【参考】「すたくとは、いていりすといふ也。なくともいふ」（松か浦嶋）、「すだく〈た、あるともいふ心なり　万葉には　多集とかけり　あつまる心にいふへし　二宝鳥のすたく池水には潜をすたくといへり〉」（八雲御抄）
【補説】異本には、「又出入をいふなとそ」以下の一文がある。松か浦嶋に「すたくとは、いていりすといふ也、なくともいふ」の一文があるので、注文がいずれの歌につけられたものかは不明であるが、童蒙抄が疑開抄の説を否定している可能性がある。この点については、村山識「願徳寺蔵『疑開和歌抄』をめぐって―散佚歌学書『疑開抄』の全体像から『和歌童蒙抄』との関係性に及ぶ―」（第五十四回和歌文学会大会口頭発表、平成二十二〇〇八年十月十九日、於鶴見大学）において言及された。

アキノツキシロクソテレルウナハラヤ　アヲフシカキモイロカハルマテ
古哥ナリ。アヲフシカキトハ、日本記ニ事代主神、海中ニ八重蒼柴籬ヲツクリテカヘリサリヌトイヘリ。不委シ。

243 秋の月しろくそてれるうのはなのあをふしかきも色かふるまて
古歌なり。あをふしかきとは、日本紀に事代主神、海中に八重《ヤヘ》蒼柴《アヲフシ》籬をつくりてかへりさりぬといへり。
不委之。

【出典】古歌
【他出】八雲御抄・一八九（三句「わたのそこ」）
【注】○**アキノツキシロクソテレル**「東船西船悄無言　只見江心秋月白」（新撰朗詠集・遊女・六七一）○**アヲフシカキトハ**「時事代主神、謂二使者一曰、今天神有二此借問之勅一。我父宜三当奉レ避。吾亦不レ可レ違。因於二海中一造二八重蒼柴籬一、〈柴、此云二府璽一。〉蹈二船枻一〈船枻、此云二浮那能倍一。〉而避之」（日本書紀・神代下）。和歌に詠まれた例はほとんどない。「すめみまにやしまをさりてなみのうへのあをふしかきにたびゐするかた」（延喜六年日本紀竟宴和歌・一二）
【参考】「わたのそこは海也。あをふしかきと云は日本紀に云、事代主神海中に八重蒼柴籬をつくりてうつりさりぬといへり」（八雲御抄）

冬月

【本文覚書】○「冬月」以下六行分空白あり。諸本にこの欠脱を補いうるもの未見。

35　風

アマキリアヒ、カタフクラシミツクキノ　ヲカノミナトニナミタチワタル

万葉七ニアリ。＊ヒサタトハ、タツミノカセノフクヲイフナリ。

18　風

あまきりあひひかたふくらしみつくきのをかのみなとになみたちわたる

万葉七ニあり。ひかたとは、巽《タツミノ》風のふくをいふなり。

【本文覚書】274に重出。○ヒサタ…ヒカタ（内・和・筑A・刈・書・東）、ひかた（筑B・岩・大）

【出典】万葉集巻第七・一二三一「天霧相《あまぎらひ》　日方吹羅之《ひかたふくらし》　水茎之《みづくきの》　岡水門尔《をかのみなとに》　波立渡《なみたちわたる》」〈校異〉④「ヲカノ」は元、廣、紀が一致。類「をきの」。なお、西、温、陽に「日方範兼云巽風也清輔云坤風也」とある。

【他出】五代集歌枕・一六九八、袖中抄・一〇三八、高良玉垂宮神秘書紙背和歌・九四・九七、色葉和難集・九五一

【注】○**ヒサタトハ**　「ひかたと云る風あり。たつみのかせなり」（俊頼髄脳）。袖中抄「ひかた」の項に詳論される。なお、「ひかた」を詠んだ和歌は僅少で「しながどりゐなのはやまに旅ねしてよはのひかたにめをさましつつ」（堀河百首・一四六四・俊頼）、「ひかたふくよさの浦浪たかからじ汀の千鳥むれて立つなり」（正治初度百首・一七六八・生蓮）を見る程度である。

【参考】「ひかた〈日方、ひつしさる。俊頼抄、巽風也。範兼はこちかせの吹やまぬ也〉」（八雲御抄

アユノカセイタククフクラシナコノアマノ　ツリスルヲフネコキカヘルミユ

同・十七ニアリ。アユノカセトハ、越俗語東風謂之安由乃可是也、ト本集ニハカ、レタルヲ、カノクニノヒトハ、ミナミノカセヲイフトソ申ナルハ、ムカシトイマトコトハノタカヘルニヤ。

19　あゆのかせいたくふくらしなこのあまのつりするを舟こきかへるみゆ

同十七にあり。あゆのかせとは、越俗語東風謂之安由乃可是也、と本集にはか、れたるを、彼国の人は、南の風をいふとそ申ナルハ、昔ト今ト詞のたかへるにや。

【出典】万葉集巻第十七・四〇一七「東風《あゆのかぜ》　越俗語東風謂二之安由乃可是一也　伊多久布久良之《いたくふくらし》　奈呉乃安麻能《なごのあまの》　都利須流《つりする》　乎夫祢《をぶね》　許芸可久流見由《こぎかくるみゆ》」〈校異〉⑤「コキカヘル」は元が一致。類、廣「こきかくる」

【他出】綺語抄・七八、五代集歌枕・九二二（三句「なごのうみに」五句「こぎかくるみゆ」）、古来風体抄・一八七（五句「漕ぎ隠る見ゆ」）、袖中抄・七六三、高良玉垂宮神秘書紙背和歌・九六（五句「こぎかくるみゆ」）

【注】○**アユノカセ**　「又あゆのかせといへる風あり。それ又ひんかしのかせなり」（俊頼髄脳）。童蒙抄のいう「南風」説は独自で、類説を見ない。袖中抄「あゆのかぜ」参照。「あゆのかぜ」を詠んだ和歌は僅少で「こしの海あゆの風ふく奈呉の海に舟はとどめよ浪枕せん」（堀河百首・一四四七・仲実）、「あゆの風はや吹きかへせなごのあまのしほたれ衣うらみのこさで」（李花集・七二四）を見る程度である。

【参考】「東風傷吹良之名子乃海人乃釣為小舟漕隠見（アユノカセイタクフクラシナコノアマノツリスルヲフネコキカクルミユ）　アユノカセトハ、コシノ国ノナラヒニテ、東風ヲ云也」（万葉集抄）、「あゆ〈東の風とかけり。これ家持か越中守時作哥也。是北陸道詞也〉」（八雲御抄）

37 アサコトニヰテコスナミノタヤスニモ　アハヌモノユヘタキモト、ロニ

万十一ニアリ。井堤ハヒキナレハ、風ノフカムニナミノコヘムコトヤスキナリ。サレハ、アフコトノヤスカラヌモノユヘヲトニタテツ、トヨメルナリ。タキモト、ロニトハ、コヘニタテ、人ニミナシラレヌトイフ心也。

20 あさことにゐてこすなみのたやすにもあはぬものゆへたきもと、ろに

万十五に在。井堤はひきなれは、かせのふかむに浪のこえむ事はやすきなり。されは、あふことのやすからぬものゆへをとにたてつ、とよめるなり。たきもと、ろにとは、こゑにたて、人にみなしられぬといふ心なり。

【出典】万葉集巻第十一・二七一七「朝東風《あさごち》尓《に》　井堤《ゐで》超浪之《こすなみの》　世《よ》染《そめ》似《に》裳《も》　不レ相《あはぬ》鬼故《ものゆゑ》　瀧毛《たきも》響動二《とどろに》」〈校異〉①「コト」未見。非仙覚本（嘉、類、廣、古）及び仙覚本は「こち」

【他出】古今六帖・一六二八（三四句「たやすくもあはぬいもゆゑ」）、八雲御抄・一九二（初句「あさごちに」）、高良玉垂宮神秘書紙背和歌・九五（初句「あさごちに」）

【注】○**ヒキナレハ**　「僥　ミシカシ　ヒキナリ」（名義抄）○**タキモト、ロニトハ**　「コヘニタテ、人ニミナシラレヌ」とするので、泣き声の比喩と解しているとみられるが、37歌の「タキモト、ロニ」は噂の比喩とする解がほとんどである。八雲御抄は、童蒙抄の説に拠ると考えられる。「タキモト、ロニ」を鳴き声の比喩とする歌に「伊波婆之《いはばし》流《る》　多伎毛登杼呂尓《たきもとどろに》　鳴蝉乃《なくせみの》　許恵乎之伎気婆《こゑをしきけば》　京師之於毛保由《みやこしおもほゆ》」（万葉集・三六一七）がある。

【参考】「是はゐてこすなみとはひきなるつゝみなれは、風のふかむになみのたゝんことはやすき事なるを、あふことやすからぬものゆへこゑにたつと云心也」「こち〈東風也。あさこちた、こちとも〉」（八雲御抄）

38
コロモテニヤマヲロシフキテサムキヨヲ　キミシマサスハヒトリカモネム
同十三ニアリ。ヤマヲロシトヨミテ、カセトイハネト、カクヨメリ。
21　衣手に山おろしふきてさむきよを君しまさすはひとりかもねん
同十三に有。山おろしとよみて、風といはねと、かくよめり。

【出典】万葉集巻第十三・三二八二「衣袖《ころもで》丹《に》　山下《あらしの》吹而《ふきて》　寒夜《さむきよ》乎《を》　君不レ来者《きみきまさずは》　独鴨寐《ひとりかもねむ》」〈校異〉④未見。元、天、類、廣「きみきまさすは」。元「さ」右赭「セ」。仙覚本は「キミキマサスハ」

【他出】古今六帖・四二六（四句「君きまさねば」）、新古今集・一二〇八（四句「きみきまさずは」）

【注】○**カセトイハネト**　童蒙抄が指摘するような詠に、「秋たつといぶきの山の山颪のたもと涼しく吹きつなるかな」（堀河百首・五六七・仲実）、「かたがたにあはれつきせぬ寝覚かな山颪吹きて時雨ふるなり」（親盛集・六〇）がある。

【参考】「風　風ともいはて山おろしふくともいへり」（八雲御抄）

39
キミマツトワカコヒヲレハワカヤトノ　スタレウコカシアキカセソフク
同四ニアリ。マチカネテヰタルニ人ハコヌニ、アキカセソスタレヲウコカス、トヨメルナリ。
22　君まつとわか恋をれはわかやとのすたれうこかし秋風そふく
同四にあり。まちかねてゐたるに人はこぬに、秋かせのすたれをうこかす、とよめるなり。

【出典】万葉集巻第四・四八八「君待登《きみまつと》　吾恋居者《あがこひをれば》　我屋戸《わがやど》之《の》　簾動之《すだれうごかし》　秋風吹《あきのかぜふく》」〈校異〉④「ウコカシ」は金、類、細、廣、紀が一致。元「おこかし」⑤は元、金、類、細、廣、紀が一致。元「かせそ」左緒「ノカセ」、「そ」右緒「ノ」。（同巻第八・一六〇六「君待跡《きみまつと》　吾恋居者《あがこひをれば》　我屋戸乃《わがやどの》　簾令レ動《すだれうごかし》　秋之風吹《あきのかぜふく》」）

【他出】家持集・九〇（初二句「君ゆえにわれこひをれは」）、古今六帖・四〇一（二句「こひつつふれば」四句「すすきうごきて」）、新勅撰集・八八二

雲

論衡云、雲ハ霧雨ノ徴也。夏ハ露トナリ、冬ハ霜トナリ、アタ、カナレハ雨トナリ、寒ハ雪トナル。則霜雪雨露凍凝者皆地ヨリヲコリテ天ヨリクタラス。

雲

論衡云、雲は霧雨の徴也。夏は露となり、冬は霜となり、あたゝかなれは雨となり、寒すれは雪となる。則霜雪雨露凍凝者皆地より起《ヲコリ》て天よりくたらす。

【注】○**論衡云**　【補説】参照。

【参考】「あまはり　是雨晴也。論衡曰、雲霧雨之徴也。夏為露冬為霜、温則為雨寒則為雪。々霜雨露凍凝者、皆由地発不従天降」（八雲御抄）

【補説】童蒙抄には三箇所にわたり論衡が引用されている。しかし、引用本文は現行論衡に完全には一致しない。以下に論衡所説として引用する注文と、論衡を対照する。

①論衡云、雲ハ霧雨ノ徴也。夏ハ露トナリ、冬ハ霜トナリ、アタ、カナレハ雨トナリ、寒ハ雪トナル。即霜雪雨露凍凝者、皆地ヨリヲコリテ、天ヨリクタラス。（雲・題注）

雲霧、雨之徴也。夏則為露、冬則為霜、温則為雨、寒則為雪。雨露凍凝者、皆由地発、不従天降也。（論衡巻十一・説日篇）

②論衡曰、淮南王得道□薬。在庭畜産舐之、皆得仙。犬吠天上、鶏鳴雲中。（45'歌注）

儒書言、淮南王学道、招会天下有道之人、傾一国之尊、下道術之士。是以道術之士、並会淮南。奇方異術、莫不争出。王遂得道、挙家升天。畜産皆仙、犬吠於天上、鶏鳴於雲中。此言仙薬有余、犬鶏食之、并随王而升天也。（論衡・道虚）

③論衡曰、孟嘗君叛出秦。関鶏未鳴。関不開。下座賤客鼓臂為鶏鳴、而群鶏和之。乃得出焉。未牛馬以同類相応而鶏人。亦以殊音相和之、験未乙以効同類也。（788歌注）

斉孟常君、夜出秦関、関未開、客為鶏鳴、而真鶏鳴和之。夫雞可以姦声感、則雨亦可以偽象致、三也。（論衡・乱竜）

孟嘗君夜出秦関、雞未鳴、而関不闔。下坐賤客、鼓臂為雞鳴、而雞皆和之、関即闔而孟嘗得出。又雞可以姦声感、則人亦可以偽恩動也。人可以偽恩動、則天亦可巧詐応也。動致天気、宜以精神、而人用陽燧取火於天。（論衡・定賢）

①は、論衡との異同がもっとも少ない。異同が認められるのは、傍線部分の「即霜雪」のみである。しかし現行の論衡本文には、この三文字を有するものを見出せない。②は、論衡との異同がかなり大きい。童蒙抄は相当程度類書を使用していると思われるが、②は芸文類聚の以下の文により近い。

論衡曰、伝言淮南王得道、畜産皆仙、犬吠天上、鶏鳴雲中（巻九十一）

しかし、芸文類聚に拠ったとしても、巻九十一当該箇所のみに拠るのではなく、他の箇所も参照しているようだ。同書巻七十八には、

俗伝、安之臨仙去、余薬器在庭中、雞犬舐之、皆得飛升。

の一文がある。神仙伝巻六・淮南王の「雞犬舐薬器者、亦同飛去」に基づくかと思われるが、これら芸文類聚の記事を取り合わせて注としたのではなかろうか。劉安登仙の話は様々の書に見えるから、なお童蒙抄の依拠資料を特定するには至らないが、論衡曰としつつ、現在確認しうる論衡の記事とはかなり異なることを確認しておく。世俗諺文は出典を神仙伝とし、後世の資料ではあるが、文鳳抄には「淮南王劉安好デ致二方術之士一。王得レ道テ畜産皆仙（トナリ）、犬吠二天上一、鶏鳴二雲中一。漢書」（巻一）とある。③は著名な孟嘗君説話である。これまた論衡の記事とは完全には一致しない。むしろ芸文類聚の記事とかなり近い関係にあることが注意される。同書は、②の「鶏鳴雲中」の話の直後に、以下の話をおく。

又曰、孟嘗君叛出秦、関雞未鳴関不開。下座賤客、鼓臂為雞鳴、而群雞和之。乃得出関。夫牛馬以同類相応。而雞人亦殊音相和応和之。験未足以效同類也（同書巻九十一）

40

ワタツミノトヨハタクモニイリヒサシ　コヨヒノツキヨスミアカクコソ

万一ニアリ。トヨハタトハ、ヲホキナル旗トイフ。豊字ヲトヨトヨム。ヲホキナリトイフコトハナリ。ユフヒヤケシテアカキクモノ紅旗ニ、タルミレハ、アメノフラヌニヨリテ、コヨヒノ月ハ、レタラムスル、トヨメリ。

23 わたつみのとよはた雲にいりひさしこよひの月よすみあかくこそ

万一に有。とよはたとは、おほきなる旗と云。豊字をとよとよむ。おほきなりと云詞なり。夕日《ユフヒ》やけしてあかきくもの紅旗ににたるみれは、あめのふらぬによりて、こよひの月はれたらんする、とよめるなり。

【出典】万葉集巻第一・一五「渡津海乃《わたつみの》　豊旗雲尓《とよはたくもに》　伊理比沙之《いりひさし》　今夜乃月夜《こよひのつくよ》　清明己曾《さやけかりこそ》」〈校異〉①「ワタツミノ」未見か。冷、廣、紀「ワタツウミノ」。元「わたつ。《ウ》みの」、類「わたつ。《う》みの」とあり訂正とも追記とも見える。仙覚本は「ワタツミノ」③「サシ」は元、類、冷、廣、紀が一致。元（「ひ」右或本朱）、廣（「ヒ」右）「ネ」。なお、「沙」は元、類「弥」、冷、廣「祢」、紀「佐」。仙覚本は「祢」だが、細、宮は「沙」で左「祢《子》イ」とある。④「ツキヨ」は元、冷、廣、紀が一致。元（「つきよ」右或本朱）、廣（「ツキヨ」右伊）「ツクヨ」。類「月よ」
【他出】俊頼髄脳・二二九、綺語抄・四二、袖中抄・三〇、色葉和難集・一九三・五七八
【注】**○豊字ヲトヨトヨム**　「ゆたかなるはらへとかきて、とよのみそきとよめり」（口伝和歌釈抄）。例えば万葉集・九八九の「豊御酒《とよみき》」が、古事記の表記「登与美岐」に比定されて「とよみき」と読み得ることに証される。**○紅旗ニ、タル**　俊頼髄脳脳の説に拠るか。「とよはたくもといふも、くものはたてにといふも、おなしことなり。日のいらんとするときに、あ《(に)》しの山きはに、あかくさま〳〵なるくものみゆるは《(か)》、はたのあしのかせにふかれて、さはくににたるなり。はたといふは、つねにみゆる佛の御まへにかくるはたにはあらす。まことの儀式にたて、たゝかひの庭なとにたつるはたなり。そのはたににたるくものたへまより、いり日のさしていりぬれば、三日斗は雨ふらすして、そらもこゝろよくてるなり。されは、こよひの月はすみあかからんすらんとよめるなり」（俊頼髄脳）。袖中抄「くものはたて」の項に詳論される。
【参考】「渡津海乃豊旗雲爾伊理比佐之今夜乃月夜清明己曽（ワタツウミノトヨハタ□モニイリヒサシコヨヒノツキ□スミアカクコソ）　古語、豊旗雲云ハ、海ノ雲ノ古語也云々。瑞応図□豊旗雲ハ、瑞雲也。帝徳ノ至ル時出現雲也。雲勢似旗也云々」（万葉集抄）、「とよはたくもは大きなるはたにゝてあかき夕の雲なり」（八雲御抄）

41 シラクモノイオヘ、*タテ、トヲクトモ　ヨカレスヲミムイモカアタリハ
万十ニアリ。七夕ノ哥也。イヲヘトハ、五百重ナリ。

24 しら雲のいをへかくれてとをくともよかれすをみむいもかあたりを
万十二に有。七夕の歌なり。いをへとは、五百重なり。

【本文覚書】○、タテ、…へたて、《かくれて本》（岩）
【出典】万葉集巻第十・二〇二六「白雲《しらくもの》　五百遍隠《いほへにかくり》　雖レ遠《とほくとも》　夜不レ去将レ見《よひさらずみむ》　妹当者《いもがあたりは》」〈校異〉②「ヘタテテ」未見。非仙覚本（元、天、類、紀）及び仙覚本は「かくれて」④「ヨカレスヲ」は元、天が一致。類及び元（「すを」右赭）「よかれせす」。紀「ヨカレセレ」⑤「ハ」は元、天、類が一致。紀「ヲ」
【他出】人麿集Ⅲ・一四四（二句「イホヘカクレテ」）、赤人集・二九一（しらくもをいろ〳〵たてしとほくともよふこゑをみむいもかあたりを）
【注】○**七夕ノ哥ナリ**　41歌は、万葉集巻第十「秋の雑歌」のうちの「七夕」歌群に見える。○**イヲヘトハ**　イホに関わる語を、童蒙抄では、イホヨ（18）、イホハタ（455）で注するが、いずれも「五百（また多数）」の意とする。
【参考】「しらくものいほへなどは五百えなり」（八雲御抄）

42 カスカヤマアサタツクモノケヌヒナク　ミマクノホシキ、ミニモアルカナ

43 クチヤマノユフヰルクモノウスカラハ　ワ・カ《レ》コヒムナイモカメヲホク
万第四、第十一ニアリ。アシタニタチテユフヘニヰルヰル*、トミエタリ。

25 かすか山あさたつ雲のけぬひなくあ《ミ歟》まくのほしき君にも有哉
26 くちやまの夕ゐる雲のうすらか《（ママ）》はわれかこひんないもかめおほく
　万第四、第十一に有。あしたにたちてゆふへにゐる、と見えたり。

【本文覚書】○キル…諸本ナシ。

【出典】42 万葉集巻第四・五八四「春日山《かすがやま》　朝立雲之《あさたつくもの》　不レ居日無《ゐぬひなく》　見巻之欲寸《みまくのほしき》　君毛有鴨《きみにもあるかも》」〈校異〉①は桂、元、類、廣が一致。紀「ヒサカタノ」③未見。非仙覚本及び仙覚本は「ゐぬひなく」⑤「カナ」は桂が一致し、類は「かな」の「な」を「も」に訂正。元、廣、紀「かも」　43 万葉集巻第十一・二六七四「朽網山《くたみやま》　夕居雲《ゆふゐるくもの》　薄往者《うすれいなば》　余者将レ恋名《あれはこひむな》　公之目乎欲《きみがめをほり》」〈校異〉①未見・類「くちいやま」。嘉、廣「クタミヤマ」。仙覚本は「クタミヤマ」で、西、温は「朽網」左「クチミ」③「ウスカラ」は類、廣が一致。嘉「うすらか」④「カ」未見。非仙覚本及び仙覚本は「は」⑤未見。類、廣「いもかめをほり」が近い。嘉「きみかめおほり」。仙覚本は「キミカメヲホリ」

【他出】42 五代集歌枕・九八（三句「ゐぬひなく」）　43 五代集歌枕・五〇三（初句「くたみ山」）

【注】○アシタニタチテ　未詳。二首をまとめて被注歌とした理由は、雲が朝立って夕方に居ると考えたためか。八雲御抄はこの点を批判して、「朝居る雲」もあるとする。対句的な発想によるものか。

【参考】「雲　あさたつ、ゆふゐる……た《（ママ）》にたつといふ。雲名也。本文に、朝にたちて夕にゐるといへり。たゝしあさゐるくもともいふ」「くたみ《同朽網》〈夕ゐる雲〉」（八雲御抄）。なお八雲御抄のいう「本文」の出典未詳。

ウラフレテモノナヲモヒソアマクモノ　タユタフ心ワカヲモハナクニ
万十一ニアリ。タユタフトハ、ウカレサタマラストイフナリ。

27 うらふれて物な思ひそあま雲のたゆたふ心わかおもはなくに
　万十一に有。たゆたふとは、うかれさたまらすといふなり。

【出典】万葉集巻第十一・二八一六「浦触而《うらぶれて》　物莫《ものな》念《おもひそ》　天雲之《あまくもの》　絶多《たゆた》不《ふ》心《こころ》　吾念莫《わがおもはな》国《くに》」〈校異〉非仙覚本（嘉、廣）異同なし。

【他出】色葉和難集・四〇五。人麿集Ⅳ・二六三（五句「われおもはなくに」）

【注】〇**タユタフトハ**　「たゆたふとは、くものした也」（能因歌枕）、「同集には、猶予と書てたゆたひとよめり。是も物を思ひさためぬ心也」（奥義抄）、「やすらふ心也」（顕注密勘）、「万　おほ舟のたゆたふうみにいかりおろしいかにしてかもわが恋やめん　和云、たゆたふとは、集には浮動とかけり。また猶予ともかけり。物を思ひさだめず、ためらひやすらふよしなり。大船のたゆたふうみにいかりおろしといへるは、浮動とかきたるにかなへり。ゆられうかべるなり。うらぶれてものな思ひそあまぐものたゆたふ心わがおもはなくに　とよめるは、猶予とかきたる心なり」（色葉和難集、但し万葉集に「浮動」の表記未見）

【参考】「たゆたふ〈絶多とかけり。舟なとの動ゆるく也。但源氏に、いみしくおほしたゆたひつゝ、年月をふる、と有。これもわつらふ心也。万七、わかこゝろゆた《湯谷》のたゆた《絶谷》にうきぬれはへにもおきにもよりやかねまし　是もあつかふ心也〉」（八雲御抄）

45　ワタツミニシマモアラヌニアマノハラ　タユタフナミニタテルシラクモ
万七ニアリ。シマモナケレトナミニクモタツ、トヨメリ。アマノハラトハ、シラクモトヨマムトテヲケルナルヘシ。

28　わたつみにしまもあらぬにあまのはらたゆたふなみにたてる白雲
万七に有。しまもなけれとなみに雲たつ、とよめり。あまのはらとは、白雲とよまむとてをけるなるへし。

【出典】万葉集巻第七・一〇八九「大海尓《おほきうみに》　嶋毛《しまも》不レ在尓《あらなくに》　海原《うなはらの》　絶塔浪尓《たゆたふなみに》　立有《たてる》白雲《しらくも》」〈校異〉①は元、類、廣が一致。紀「ワタツウミニ」。元（右赭）、廣（「ワタツミ」右）「ヲホウミニ」③は元、類、廣、紀が一致。元（右赭）、廣（右）「ウナハラノ」

【他出】人麿集Ⅱ・一九〇（上句「おほうみは島もあらなくにうなはらや」）、人麿集Ⅳ・四三（初句「わたつみの」）、古今六帖・一七六二（上句「おほうみにしまもあらなくにうなばらの」）、続古今集・一六五四（上句「おほうみはしまもあらなくにうなばらや」）

【注】○アマノハラトハ　アマノハラには「雲」が下接することを指摘する。「白雲」が下接する例は他に見られない。「あまのはらいざよふくももふきはれてひかりすみそふあきのつきかげ（雲居寺結縁経後宴歌合・一二・仲実）、「あまのはらよこぎるくもにはらはれて月のかがみぞあかくなりゆく」（行宗集・七六）

45' コレヲオモヘハ　ケタモノヽ　クモニホエケム　コヽチシテ
古今ノ忠峯カ古哥ニクシテタテマツル短哥ノ中ニヨメリ。ミハアヤシケレトミカトノヲホセコトヲウケタマハルナムメテタキ、トイフニヨセテヨメルナリ。
ケタモノクモニホユトハ、論衡曰、淮南王得道余薬。在庭畜産舐之。皆得仙。犬吠天上、鶏鳴雲中。

29 これをおもへは　けたものゝ　くもにほえけむ　こゝちして
古今の忠峯か古哥にくしてたてまつる短哥のなかにかくよめり。身はあやしけれとみかとの仰事をうけたまはれるなんめてたき、といふによせてよめるなり。けたものゝ雲にほゆとは、論衡云、淮南王得道余薬。有庭畜産舐之。皆得仙。犬吠天上、鶏鳴雲中。

【出典】古今集・一〇〇三・壬生忠岑
【他出】忠岑集・八一、古今六帖・二五〇六、疑開抄・一〇一
【注】〇**古哥ニクシテタテマツル短哥**　古今集・一〇〇三の詞書による。なお童蒙抄の短歌説については、童蒙抄巻十「長歌」「短歌」の項参照。〇**ミハアヤシケレト**　忠岑の古今集・一〇〇三長歌中の「身は下ながら　言の葉を天つ空まで　聞えあげ」等に拠るか。〇**論衡曰**　本文は芸文類聚に拠るか。論衡本文とは異同が認められる。「雲」題注参照。「これは淮南王劉安が、仙薬を服して仙にのぼれる時、そのくすりをなめたりし鶏・犬、みな仙になりて雲のうへにほえたりといふ事也」（僻案抄）。世俗諺文は出典を神仙伝とする。
【参考】以下、願得寺本疑開和歌抄（以下、疑開抄と略称する）に記事が見える場合は該当箇所を掲載する。本文は、村山識氏「願得寺蔵『疑開和歌抄』解題と翻刻」（『詞林』44、二〇〇八年十月）に拠る。「獣　101けたものゝくもに

ほえけむこゝちして　古今第十九巻にあり。旧哥にくはへてたてまつれりける短哥なり。忠峯かよめるなり。昔もろこしに淮南王劉安と云ものありき。薬を食して仙をゐたり。あまりの薬の器につきたるを、鶏犬ねふりてみなとひてそらにのほれり。故に鶏は雲の中になき犬は天上にほゆ、と云事はあるなり。委見。六帖第二十九巻□彼を本文にして、けたもの、雲にほえけんとはよめるなり。此けたものとよめるは犬なり」（疑開抄）、「犬　けたもの、雲にほえけんと云は師子又犬也。食味けた《淮南に薬なめたる也》　物仰天て吠也」（八雲御抄）

46 アマクモノヤヘクモカクレナルカミノ　ヲトニノミヤモキ、ワタリナム
万十一ニアリ。ヤヘクモカクレトハ、カナラスヤヘトイフニアラス。クモアツシトイフ心ナリ。八ハカスノキハメナレハ、*ヤミノキ、ス、ヤツヲノツハキ、ナトイフカコトシ。

30 あま雲のやへくもかくれなるかみのをとにのみやはきゝわたりなん
万十一に有。やへくもかくれとは、必やへといふにあらす。雲あつしと云心なり。やつはかすのきはめなれは、やみねのきゝす、やつをのつはき、なといふかことし。

【本文覚書】○ヤミノ…ヤミネノ（和・刈・東）、やみねの（筑B）、八峯の（岩・大）

【出典】万葉集巻第十一・二六五八「天雲之《あまくもの》　八《や》重《へ》雲《くも》隠《がくり》　鳴神之《なるかみの》　音耳尓《おとのみに》八方《やも》　聞度南《ききわたりなむ》」〈校異〉④「ヤモ」未見。非仙覚本（嘉、類、廣）は「やは」。仙覚本は「ヤモ」で童蒙抄と一致。

【他出】古今六帖・八〇九（下句「おとにのみやは聞きわたりなん」）、人丸集・一九（下句「おとにのみやはききわたるべき」）、拾遺集・六二八（下句「おとにのみやはきき渡るべき」）

【注】○**八ハカスノキハメナレハ**　童蒙抄は、253、265歌注でも「八」に言及するが、265歌注が最も詳細である。○**ヤ**

ミノキ、ス、ヤツヲノツハキ　「八峯之雉《やつをのきぎし》」（万葉集・四一四九）、「夜都乎乃都婆吉《やつをのつばき》」（同・四四八一）。

【参考】「やへくもはもの丶かすのきはまりにて重たるをいふ。一切物かならすやへなけれともかさなるものをは、やま、かすみ、さくら、きくなとをもよめり」「算術にも以九々八十一為員限云々」（八雲御抄）

47
アマクモヲフロニフミアタシナルカミモ　ケフニマサリテカクニケメヤモ
万十九ニアリ。フロニアタシトハ、アマクモヲハレニイタシテナルトイフニヤ。

31　あま雲をふろにふみわたしなる神もけふにまさりてかくにけめやも
　万十九に有。ふろにふみわたしとは、あまくもをはれにいたしてなるといふにや。

【出典】万葉集巻第十九・四二三五「天雲乎《あまくもを》　富呂尓布美安太之《ほろにふみあだし》　鳴神毛《なるかみも》　今日尓益而《けふにまさりて》　可之古家米也母《かしこけめやも》」〈校異〉②「フロ」は廣及び元（「ほろ」右赭）が一致。元、類、古「ほろ」⑤「カクニ」未見。非仙覚本及び仙覚本は「かしこ」

【他出】古今六帖・八〇四（二句「ほろにふみあらし」五句「こしらへんやは」）、袖中抄・一七五（五句「かしこけむかも」）

【注】○フロニアタシトハ　この一文、意を取るのは困難。袖中抄所引童蒙抄では、「童蒙抄云、ふろにあたしとは、あまぐもをはしに渡してなるといふにや」とある。顕昭は、「ホ」は「あらはなる詞」、「ロ」はやすめ字、「アタシ」は「わたし」と同じであるとする。

【参考】「万十九、あまくもをふろにふみあたしとは、あまくもをはれにいたしといふ心と範兼説也」（八雲御抄）

48 雨
ワキモコカアカモノスソヲソメムトテ　ケフノコサメニワレモヌラスナ
万七ニアリ。コレハ、ソメムトテトハ、タヽヌラサムトテ、トイフコヽロナリ。モスソヲヌラスヘキコサメニワレサヘヌレシ、トヨメルナルヘシ。

雨
32 わきもこかあかものすそをそめむとて今日のこさめにわれもぬらすな
万七に有。是は、そめむとてとは、たゝぬらさんとて、と云こゝろなり。もすそをぬらすへきこさめにわれさへぬれし、とよめるなるへし。

【出典】万葉集巻第七・一〇九〇「吾妹子之《わぎもこが》　赤裳裾之《あかものすその》　将二染埿一《ひづつらむ》　今日之霡霂尓《けふのこさめに》　吾共所レ沾名《われさへぬれな》」〈校異〉②「スソヲ」は元、類、紀及び廣（「コシヲ」右或）が一致。廣及び元（「すそ」右緒）「コシヲ」⑤未見。元、類、廣、紀は「われとぬらすな」。元「らすな」右緒「レヌナ」。仙覚本は「ワレトヌレヌナ」で、京「ヌレヌナ」を緒で消しその右緒「ヌレスナ」、「所沾名」左緒「ヌラスナ」

【他出】人麿集Ⅲ・六七九（二三句「アカモノスソノソミヌレハ」五句「ワレトヌラスナ」）、人麿集Ⅳ・四四（五句「われそぬれぬる」）、古今六帖・四四六（三四句「しみぬらんけふのこし雨に」）、綺語抄・三二九（三句「しめぬらん」五句「われをぬらすな」）

【注】**○ワレサヘヌレシト**　「シ」は被注歌の五句に拠れば、打消意志か。綺語抄の五句も「われをぬらすな」である。

49　イモカコ*トユキスキカテニヒチカサノ　アメモフラナムアマカクレセム

ヒチカサアメトハ、ニハカニアメノフリテソテヲカツクヲイフ、トソイヒツタヘタル。

33　いもかこ《か》とゆきすきかてにひちかさの雨もふらなむあまかくれせん

ひちかさあめとは、俄に雨のふりて袖をかつくをいふ、とそいひつたへたる。

【本文覚書】○コト…カト（和・筑A・刈）、門（筑B・大）

【出典】明記せず

【他出】万葉集・二六八五（「妹門《いもがかど》　去過不勝都《ゆきすぎかねつ》　久方乃《ひさかたの》　雨毛零奴可《あめもふらぬか》　其乎《そを》　因将レ為《よしにせむ》」）。古今六帖・四四八（二三句「ゆきすぎかねつひぢかさ雨」）、俊頼髄脳・二〇七、綺語抄・五一・四四六、袖中抄・一二、一四（二句「ゆきすぎかねつ」）、別本童蒙抄・二六（五句「アイヤトリセン」）、色葉和難集・九三三、以上初句「いもがかど」。袖中抄「ひぢかさあめ」の項で、48歌は万葉集・二六八五歌の異伝との指摘をし、色葉和難集もこれを受ける。

【注】○**ヒチカサアメトハ**　「ひぢかさあめ　にはかにふる雨をいふ」（綺語抄）、「ひちかさあめといふは、にはかにふる雨をいふへきなめり。にはかにてかさもとりあえぬほとにてそてをかつくなり。されはひちかさあめと云なり」（俊頼髄脳）、「雨　ヒヂカサアメ〈ニハカニフルアメ〉」（和歌初学抄）、「ヒチカサ雨トハ、俄ニ降雨ヲ云」（別本童蒙抄）。この言葉を使用した和歌は僅少で「わが袖をひぢかさ雨にそほぬれてさぼすといはん君もぞおこる」（散木奇歌集・一〇八七）、「いとはればただにはいらじいもがかどすぎばふらなむひぢかさの雨」（頼政集・四一三）を見る程度である。

【参考】「ひちかさ〈さとふるにひちをかさにするなり〉」（八雲御抄）

50 ツレ〳〵トアメフルサトノニハタツミ　スマヌニカケハミユルモノカハ
コノウタ、ムカシモノカタリニ、人ノメヲサレリケルニ、カケナルムマノハナレテウセタリケルヲ、アメノフリケルヒ、*アメフルサトニモト《ヤ》ノハミニテイタルトテ、タツネテキタリケレハ、モトノメノヨメルナリ。コレヲタヽヨメルトヲモフニ、淮南子ニ、人莫鑑於沫雨者、雨潦上沫起覆盆也。言其濁不見人形也、トイへルニコソ。コレヲミテハヨモヨマサリケメトモ、ヲノツカラカナヒタルシモメテタクコソアレ。

34 つれ〳〵と雨ふるさとのにはたつみすまぬにかけはみゆるものかは
此歌、昔物語に、人の妻《メ》をされりけるに、かけなる馬のはなれてうせたりけるを、あのふるさとにやもとのふるさとにていたるとて、尋きたりけれは、もとの妻のよめるなり。これをたゝよめるとおもふに、淮南子に、人莫鑑於沫雨者、雨潦上沫起覆盆也。言其濁不見人形也、といへるにこそ。是をみてはよもよまさりけめとも、をのつからかなひたりしもめてたくこそあれ。

【本文覚書】○アメフルサトニモト《ヤ》ノハミニテイタルトテ…アメフルサトニモトノハミニテイタルトテ（筑A・筑B・刈・和・東）、「アメフルサトニヤトノハミニテイタルトテ」（内・書）、あめふる里にもとのは《みイ》にて《脱字》至るとて（岩）、あめふる里にもとのはみにて至るとて（大）
【出典】昔物語
【注】○ニハタツミ　田中直「雨水と泡―「にはたづみ」と「うたかた」」（一）～（四）（『銀杏鳥歌』4～7、一九九〇年六月、十二月、一九九一年六月、十二月）。袖中抄「うたかた」の項参照。○ムカシモノカタリニ　【補説】参照。○淮南子ニ　「人莫鑑於流沫、而鑑於止水者、以其静也〈沫雨潦上沫起覆甌也。言其濁擾不見人形也〉」（淮南子・

假真訓、括弧内は高誘注）。童蒙抄の注文は淮南子の本文と高誘注とを混在させたものとなっている。同様の例は山海経等の引用についても見られる。なお類似の話が荘子にも見える。〇**コレヲミテハ**　和歌が漢詩文の表現内容と通じるとの指摘は、347、351、353歌注等にも見える。

【参考】「たつみとはあめのふりたるおりの水なり。庭たつみなともいふ」「庭たつみ〈庭にたまりたる水也〉」（八雲御抄）

【補説】50歌と注文は、一条摂政御集所収歌、拾遺集所収歌と近似する。童蒙抄のいう「昔物語」が何を指すのか判然とせず、なお後考を要する。「たえだえになり給て、この御むまのはなれてきたるをつながせてあはれがるに、たづねに人のきたれば、むまのいろなるかみにかきて、をにゆひつけて　つれづれにながむるやどのにはたづみすまぬにみゆるかげもありけり」（一条摂政御集一四六）、「男のまかりたえたりける女のもとに、雨降る日、見なれて侍る従者の、鹿毛の馬求めにとてなんまうできつると言ひ侍ければ　よみひとしらず　雨降りて庭にたまれる濁り水誰がすまばかはかげの見ゆべき　世と共に雨降る宿の庭たづみすまぬに影は見ゆる物かは（拾遺集・一二五三・一二五四）

春雨

51
ハルノアメハイヤシキフルニムメノハナ　イマタサカナクイトワカミカモ
万葉第四ニアリ。イヤシキトハ、イヨ〳〵シキリニトイフナリ。

春雨〈第一巻　雨内〉

71　春雨はいやしきふるに梅のはないまださかなくいとわかみかも
万葉第四に有。いやしきとは、いよ〳〵しきりにふるといふなり。

【出典】万葉集巻第四・七八六「春之雨者《はるのあめは》　弥布落尓《いやしきふるに》　梅花《うめのはな》　未咲久《いまださかなく》　伊等若美可聞《いとわかみかも》」〈校異〉①「ノアメハ」は桂、元、類、廣、紀が一致。廣「ノアメ」右「或サメハ」②「フル」は桂、類、廣、紀が一致。元「ふた」④「サカナク」は桂、元、類及び廣（「サカナイ」右或）が一致。廣「サカナイ」。紀「サカナ□」
【注】○イヤシキトハ　「いやしきふる　弥フル也」（和歌初学抄）
【参照】「雪　いや《弥》し《也》きふる」（八雲御抄）

52
ハルサメノタナヒククケフノユフクレハ　月モカスミニヲトラサリケリ
万葉第十ニアリ。本文、細雨霞聳、トイフニヨリテヨメルナリ。

72 春雨のたなびく今日の夕暮は月も霞にをとらさりけり
同十に有。本文、細雨《ホソキアメノコト》　霞《カスミノコトクニ》　聳《ヒク》、といふによりてよめるなり。

【出典】存疑
【他出】能因歌枕・九、類聚証・四、以上四句「月もさくらに」
【注】○万葉第十ニアリ　万葉集巻十で52歌に近似するもの未見。「ハルサメノタナヒク」という歌句を有する歌に、綺語抄・五〇、和歌一字抄・一〇六一、袋草紙・七一七、別本童蒙抄・二七の「春さめのたなびく山の桜ばなはやく見ましをちりうせにけり」があるが、これは人麿集Ⅱ・二五の「春かすみたなびくやまのさくらはなはやくみてまし散過にけり」（二五、新拾遺集一六五）の異伝かと思われる。「あめをたなびくとよめり」（綺語抄）、「タナヒク雨トハ、霞テフル雨ヲ云」（別本童蒙抄）○**細雨霞聳**　「細雨」「霞聳」の用例はあるが、「細雨霞聳」未見。

53 ミツノヲモニアヤヲリミタルハルサメヤ　ヤマノミトリヲナヘテソムラム

六帖第一ニアリ。波文常ノコトナリ。古詩云、池有波文氷尽開、トイヘリ。コレハアメノフリテタ*ツミノアヤヲルトヨメルナリ。

73 水の面にあやをりみたる春雨や山のみとりをなへてそむ覧

六帖第一に有。浪ノ綾常事也。古詩云、池有波文氷尽開、といへり。これは雨のふりて、たつみ《な歟》のあやおるとよめるなり。

【本文覚書】○タツミノ…タ《ニハ》ツミ《落字歟》（筑A）、タツミ《ナ歟》ノ（和）、タツナミノ（刈・東）、たつなみの（大）

【出典】古今六帖・四六〇

【他出】新撰万葉集・一、伊勢集・一〇三、寛平御時后宮歌合・一九、新撰朗詠集・七七、新古今集・六五、定家八代抄・七二。綺語抄・二一四（二句「あやおりかくる」）

【注】○**古詩云、池有波文氷尽開**　「柳無気力条先動　池有波文氷尽開　今日不知誰計会　春風春水一時来」（白氏文集巻五十八「府西池」）。和漢朗詠集（四）、千載佳句（一）にも入る。

【参考】「水のあやは浪文也」（八雲御抄）

54 アフコトノカタイトナレハシラタマノ　ヲヤマスハルノナカメヲソスル

同ニアリ。コレハコヒノコ、ロヲヨミテ、アフコトノカタケレハナカメヲノミス、トハ、、ルノモノトテトイヘルコ、ロニテヨメリ。タマノヲトイフコトノアレハ、シラタマノトイヒテ、ヲヤマストツ、ケタルナリ。

あふことのかたいとなれはしら玉のおやます春のなかめをそする

同に有。是は恋のこゝろをよみて、あふ事のかたけれはなかめをのみす、とは、はるの物とてといへる心にてよめるなり。たまのをといふことのあれは、しら玉のといひて、をやますとてつゝけたるなり。中疑《本定》にこそあしくこゝろえてかきためれ。

【出典】古今六帖・四七〇

【注】○、（ハ）**ルノモノトテ**　古今集・六一六の業平詠を指す。○**中疑にこそ**　未詳。

【補説】異本には「中疑」「中疑抄」の名が三箇所に引用される。当該箇所の注文は以下の通りである。

①中疑《本定》にこそあしくこゝろえてかきためれ。（流布本54歌注。但し当該箇所を欠く）

②或説ニ、嬾字ハ、ワカキトヨムヘキナリトイヘルハ、僻事也。嬾字ヲコソワカシトハヨムメレ。（流布本541歌注）
中疑抄《或説トモ》云、嬾字はわかきとよむへきなり。嬾といへるは、僻事也。嬾字をこそわかしとはよむめれ。作を不弁歟。
（異本77歌注）

③（流布本670歌注。但し当該箇所を欠く）
又は、さくらの花こゝかしこにみありくをさくらかりといふなり。此哥の心は、すこしくらかりて、雨はふりきぬとよめるなりと、中疑にはかけり（異本96歌注）。

いずれも流布本には「中疑」「中疑抄」の書名は見えない。但し、②では、異本で「中疑抄《或説トモ》云」とする箇所を、「或説ニ」とする。また①③は異本の独自異文である。中疑、あるいは中疑抄については、村山識「『和歌童蒙抄』異本をめぐって―『疑開抄』との関係を中心に」（大阪大学古代中世文学研究会第二百十一回例会、二〇〇九年六月十三日、口頭発表）に詳しい。

55 フルトシモミエテフリクルハ・《ル》サメハ　ハナノシヘユフイトニソアリケル
同第一ニアリ。古詩、細雨滋衣看不見、トツクレリ。如糸トハ、張孟陽詩曰、騰雲似涌煙　密雨如散糸。

75 ふるとしもみえて降くる春雨ははなのしへいふいとにそ有ける
六帖第一に有。古詩、細雨濕衣看不見、とつくれり。如糸とは、張盃《孟》陽詩云、騰雲似涌煙　密雨如散糸。

【出典】古今六帖・四七一、四句「花のしめゆふ」

【他出】八雲御抄・一八二

【注】**○古詩、細雨滋衣看不見**　「細雨湿衣看不見　閑花満地落無声」（千載佳句・春興・五八）、「春風倚棹闔閭城　水国春寒陰復晴　細雨湿衣看不見　閒花落地聴無声　日斜江上孤帆影　草緑湖南万里情　東道若逢相識問　青袍今日誤儒生」（劉随州集「別厳士元」）**○張孟陽詩曰、騰雲似涌煙**　密雨如散糸　「金風扇素節　丹霞啓陰期　騰雲似涌煙　密雨如散糸　寒花発黄采　秋草含緑滋　閑居玩万物　離群恋所思　案無蕭氏牘　庭無貢公綦　高尚遺王侯　道積自成基　至人不嬰物　余風足染時」（文選巻二十九「雑詩」）

【参考】「是は只景気にもさることなれと、細雨湿衣不見と詩にもあり。又、騰雲如涌煙　密々如散糸、といへれはたゝ、雨の似糸よしなるへし」（八雲御抄）

56 ヨモヤマニコノメハルサメフリヌレハ　カソイロハトヤハナノタノマム
堀川院百首ニ江中納言ノヨメルナリ。本文云、雨為花父母、トイヘリ。又、父母ヲハカソイロハトイヘリ。

76 四方山にこのめ春雨ふりぬれはかそいろはとや花のたのまん
堀川院百首に江中納言のよめる也。本文に、雨為花父母、といへり。又、父母をはかそいろはといへり。

【出典】堀河百首・一六二・匡房
【他出】匡房集☆・一二、千載集・三一
【注】○**本文云、雨為花父母**　「養得自為花父母　洗来寧弁薬君臣」（和漢朗詠集・八二）○**父母ヲハ**　「父…―母〈カゾイロハ俗云チ、ハ、〉」（観智院本名義抄）。「母」は日本書紀古訓にイロ・イロハ両形が見られる。築島裕『平安時代の漢文訓読語につきての研究』（東京大学出版会、一九六三年）第二章第二節「日本書紀古訓の特性」参照。
【参考】「かそいろ　父母也〈父はかき《そ》、母はいろと云り〉」（八雲御抄）

57

五月雨

サミタレニナヘヒキカフルタコヨリモ　ヒトヲコヒチニワレソヌレヌル
六帖第一ニアリ。タコ《田子》トハ、ナヘトリ*ウフルヒトヲイフナリ。ヒチトハ、泥ヲイヘハ、コヒチニヨソヘタルナメリ。

133

五月雨〈第一巻　春雨下〉

五月雨になへてひ《ミ》きうふるたこよりも人を恋ちにわれそぬれぬる
六帖第一に有。田子とは、なへとりうふる人をいふなり。ひちとは、泥をいへは、恋路によそへたるなめり。
【本文覚書】○ウフル…ヒキウフル（刈）、ヒキカ《ウ》フル（和）、ひきううる（大）
【出典】古今六帖・八八、二句「苗ひきううる」

【他出】袖中抄・七七五（二句「なへひきうゝる」）

【注】○タコ《田子》トハ「たことは、田うゆるものをいふとをもへは」（口伝和歌釈抄）○ヒチトハ「泥 孫愐曰、泥、〈奴低反、和名比知利古、一云古比知、〉土和」水也」（箋注倭名類聚抄）。「こ」を接頭語とすること通説。袖中抄「こひぢ」参照。

【参考】「たことは、なえとりかふる物をいふ」「こひちとは、ていをいふ」（松か浦嶋）、「土　泥〈ひちと云　ちりひちも塵土也〉」（八雲御抄）

58

時雨

シクレノアメマナクナフリソクレナヰニ　ニホヘルヤマノチラマクヲシミ

万八ニアリ。シクレハヒトムラ〳〵トヲリテ、ソラハ、レヌルヲマナクフル、トヨメレハ、サミタレヲイハムコ、チスレト、コレハマコトニヒマノ《ナ》キニハアラス。シケシトイハムコ、ロニテ、マナシトハヨメルナリ。モミチヲ、ニホフ、トヨメリ。

時雨〈初冬下〉

295 しくれのあめまなくなふりそくれなゐににほへる山のちらまくをしみ

万八にあり。時雨はひとむら〳〵とをりて、空ははれぬるをまなくふる、とよめれは、さみたれをいはむこゝちすれと、是はまことにひまのなきにはあらす。時雨といはん心にて、まなしとはよめるなり。もみちを、にほふ、とよめり。

【本文覚書】685に重出

【出典】万葉集巻第八・一五九四「思具礼能雨《しぐれのあめ》　無レ間莫《まなくな》零《ふりそ》　紅尓《くれなゐに》　丹保敝流《にほへる》山之《やまの》　落巻惜毛《ちらまくをしも》」〈校異〉⑤「ヲシミ」未見。類、廣「をしも」。紀「モヲシ」。仙覚本は「オシモ」

【他出】閑月和歌集・二八二

【注】○**シクレハヒトムラ〳〵トヲリテ、ソラハ、レヌルヲ**　「時雨かなと云は、十月のそらのにはかにくもりて、ひとむらさめふりて、ほどもなくはる丶なり」（俊頼髄脳）、「時雨カナト云ハ、十月ノソラニハカニ陰リテ一時雨フリテ、ホドモナクハル丶也」（五代勅撰）。「おほかたのみそらははれてひとむらのくものしたにもふるしぐれかな」（風情集・一八九）、「くもりくるあとははれゆくそらみればただひとむらのしぐれなりけり」（頼輔集・四三）○**マナクフル、トヨメレハ、サミタレヲイハムコ、チスレト**　五月雨の降り方について「ひまなし」という表現はあるが、「まなくふる」という例は少なく、むしろ時雨について定型的にいうことが多い。「四具礼能雨《しぐれのあめ》　無レ間之《まなくし》零者《ふれば》　真木葉毛《まきのはも》　争不勝而《あらそひかねて》　色付尓家里《いろづきにけり》」（万葉集・二一九六、新古今集・五八二）○**モミチヲニホフ、トヨメリ**　58歌の「クレナヰニホヘル」を紅葉と解して、「紅葉にほふ」という表現に言及する。「紅葉ばのにほひはしげししかはあれどまつなしの木ををりてかざさん」（古今六帖・四二六六、和歌一字抄・一一一二）

59
ナカツキノシクレノアメニソメカヘリ　カスカノヤマハイロツキニケリ
万十ニアリ。山ノイロソメカヘリ、トヨメリ。

296
なかつきのしくれの雨にそめかへりかすかの山は色つきにけり
万十にあり。山の色そめかへり、とよめり。

【出典】万葉巻第十・二一八〇「九月乃《ながつきの》　鍾礼乃雨丹《しぐれのあめに》　沾通《ぬれとほり》　春日之山者《かすがのやまは》　色付丹来《いろづきにけり》」〈校異〉③未見。元「そめかへて」が近い。類、春、紀及び元（右イ）「ぬれとをり」。仙覚本は「ヌレトホリ」

【他出】古今六帖・一八五（三句「ぬれとほり」）、家持集・一三三（三句「そほちつゝ」）、五代集歌枕・一一〇（三句「ぬれとほり」）

【注】○**ソメカヘリ**　「カヘリ」はある状態になりきる意を表わす接尾語カヘル。平安期から鎌倉初期にかけての「そめかへり」の用例未見。

60

シクレノアメマナクシフレハマキノハモ　アラソヒカネテイロツキニケリ

万葉第十ニアリ。

297　時雨のあめまなくしふれはまきのはもあらそひかねて色つきにけり

万葉第十にあり。

【出典】万葉集巻第十・二一九六「四具礼能雨《しぐれのあめ》　無レ間之零者《まなくしふれば》　真木葉毛《まきのはも》　争不勝而《あらそひかねて》　色付尓家里《いろづきにけり》」〈校異〉非仙覚本（元、類、紀）異同なし。

【他出】人麿集Ⅰ・一三一・二二二（五句「紅葉しにけり」）、人麿集Ⅱ・一六一、新古今集・五八二、定家八代抄・五〇三（二句「まなくもふれば」）

61　ワカヤトノ*アサケイロツクフナハリノ　ナツミノウヘニシクレフリツヽ
同マキニアリ。

298　わかやとのあさち色つくふなはりのなつみのうへに時雨ふりつゝ
同巻にあり。

【本文覚書】〇アサケ…アサケ《チ》（和）、アサチ（筑A・刈・東）、あさち（岩）、あさぢ（大）
【出典】万葉集巻第十・二二〇七「吾屋戸之《わがやどの》　浅茅色付《あさぢいろづく》　吉魚張之《よなばりの》　夏身之上尓《なつみのうへに》　四具礼零疑《しぐれふるらし》」〈校異〉②「アサケ」未見。非仙覚本及び仙覚本は「あさち」⑤「フリツヽ」は元、類、古及び紀（「ラシ」下本）が一致。紀及び古（「零疑」左）「フルラシ」
【他出】五代集歌枕・一二七一（五句「しぐれふるらし」）、雲葉集・七四九

62　カミナツキシクルヽトキソミヨシノヽ　ヤマノミユキモフリハシメケル
後撰第八ニアリ。

299　神無月しくるゝ時そみよしのゝ山のみゆきもふりはしめける
後撰第八にあり。

【出典】後撰集・四六五・よみ人も（読人不知）
【他出】五代集歌枕・一二三八

63

霞

トキハイマハルニナリヌトミユキフル　トホキヤマヘニカスミタナヒク

万葉第一ニアリ。ユキフリナカラ霞タナヒク、トヨメリ。

霞〈天部　時雨下〉

61 ときはいまは春に成ぬとみゆきふるとをき山へにかすみたなひく

万第一に有。ゆきふりなから霞たなひく、とよめり。

【出典】万葉集巻第八・一四三九「時者今者《ときはいま》　春尓成跡《はるになりぬと》　三雪零《みゆきふる》　遠山辺尓《とほきやまへに》　霞多奈婢久《かすみたなびく》」〈校異〉①「イマ」未見。非仙覚本（類、廣、紀）及び仙覚本は「いまは」

【他出】古今六帖・六二九、綺語抄・六七、新古今集・九、秀歌大体・一二

【注】**○万葉第一ニアリ**　巻第八所収歌を巻第一とする理由未詳。**○ユキフリナカラ、霞タナヒク**　この趣向は、万葉集に見えるが、三代集には見えない。以後、匡房の「あたごやままだふるゆきもきえなくにしきみがはらにかすみたなびく」（江帥集・五）あたりから、雪と霞の併存に興味が生じたらしく、綺語抄が当該歌を収め、新古今集で、当該歌と「風まぜに雪はふりつつしかすがに霞たなびきはるは来にけり」（新古今集・八・読人不知）が入集するに至る。

64 ハルカスミナカル、トモニアヲヤキノ　エタクヒモチテウクヒスソナク

同第十ニアリ。カスミナカル、トヨメリ。本文ニ流霞トイヘリ。

62 春霞なかるゝ《タテルト》ともにあをやきのえたくひもちて鶯そなく

同十に有。かすみなかる、とよめり。本文に流霞といへり。

【出典】万葉集巻第十・一八二一「春霞《はるかすみ》　流共尓《ながるるなへに》　青柳之《あをやぎの》　枝啣持而《えだくひもちて》　鸎鳴毛《うぐひすなくも》」〈校異〉②「ナカル、」は元、紀が一致。類、廣及び元（「なかるゝ」右赭）、紀（「流」左）「たてると」⑤「ソナク」未見。非仙覚本及び仙覚本は「なくも」

【他出】赤人集・一二四（二句「わかれてともに」五句「うくひすなきつ」）、類聚抄・三（五句「うぐひすのなく」）、綺語抄・四六（四句「いとくひもちて」）、和歌一字抄・一〇六七、袋草紙・七二三、高良玉垂宮神秘書紙背和歌・二三二（二句「ながるるもとに」五句「うぐひすのなく」）

【注】**○本文ニ流霞トイヘリ**　漢籍における「流霞」は仙家に類する用例が多い。「いづくとも霞ながれてみえぬかなたかせのよどの曙の空」（元久詩歌合・二〇・蓮性）

【参考】「万に、かすみゐる、またかすみなかるゝ、なかるゝかすみといへるなり」（八雲御抄）

65 ハルノキルカスミノコロモヌキヲウスミ　ヤマカセニコソミタルヘラナレ

古今ノ第一ニアリ。在原行平カ哥也。カスミノ衣トハ、本文ニ、霞衣トイヘリ。詩云、去衣曳浪霞応湿濕云々。

63 春のきる霞のころもぬきをうすみ山かせにこそみたるへらなれ

古今第一ニ有。在原行平歌也。かすみの衣とは、本文に、霞の衣といへり。詩云、去衣曳浪霞応湿云々。

【出典】古今集・二二三・在原行平朝臣
【他出】古今六帖・六〇七、新撰和歌・七三、定家八代抄・六七、高良玉垂宮神秘書紙背和歌・二〇八
【注】○カスミノ衣トハ　「霞衣席上転　花袖雪前明」（李嶠百二十詠・舞、本文及び注は天理図書館蔵本に拠る）。和歌における「霞の衣」は「霞」を衣に見立てた語として用いられるが、漢籍における「霞衣」は、たとえば白孔六帖などの類書では、「仙」の項目に見えるなど、仙家との関わりが深い。○詩云　「去衣曳浪霞応湿　行燭浸流月欲消」（和漢朗詠集・二一六）
【参考】「霞の衣は本文也。詩にもあり」（八雲御抄）

66　ヤマカセノハナノカ、トフフモトニハ　ハルノカ*スミソホタシナリケル
後撰第二ニアリ。寛平御時、花ノイロ霞ニコメテミセス、トイフコ、ロヲ興風カヨメルナリ。花ノカ*、ミトフトハ、カヲヤトヒテクトイフコ、ロナリ。

64　山かせの花のか、とふふもとには春のかすみそほたしなりける
後撰第二に有。寛平御時花の色かすみこめて見せす、といふ心を興風かよめる也。はなのか、とふとは、かをかとひてくといふなり。

【本文覚書】○カスミソ…カスミヲ《ソ歟》（筑A・和）○カ、ミトフトハ…アト、フトハ（和・筑A・）、か□かとふとは（筑B）、香カドフトハ（刈・東）、かかどふとは（大）、底本「ミ」にミセケチあるか。
【出典】後撰集・七三・藤原興風
【他出】古今六帖・六〇六、興風集・一九、色葉和難集・三三二

【注】○**寛平御時**　後撰集詞書「寛平御時、花の色霞にこめて見せずといふ心をよみてたてまつれとおほせられければ」○**花ノカ、ミトフトハ**　「花香勾引《カドフ》也。花のかぬすめなどいへる、おなじ心なり」（後撰集正義）、「和云、かどふとは勾引なり」（色葉和難集）、「誃〈玄音折曲也加止不又久自久〉」「句引〈加度布〉」（新撰字鏡）、「誘〈…サソフ…アザムク…カトフ〉」（名義抄・観）、「勾〈カトフ〉拘〈カトフ〉」「勾引〈カトフ〉」（色葉字類抄）

67

露

ウハタマノワカクロカミニフリナツム　アマノツユシモトシ*ハキエツ、

万葉第七ニアリ。ツユシモフリナツム、トイヘリ。ツユシモトハ、ツユムスヒテシモトナルトイフナリ。

露〈天部　霞下〉

201 うは玉のわかくろかみにふりなつむあまの露しもとれはきえつゝ

万第七にあり。露しもふりなつむ、といへり。露しもとは、露むすひて霜となると云也。

【本文覚書】○トシハ…とれは（岩）、とれば（大）

【出典】万葉集巻第七・一一一六「烏玉之《ぬばたまの》　吾黒髪尓《わがくろかみに》　落名積《ふりなづむ》　天之露霜《あめのつゆしも》　取者消乍《とればけにつつ》」〈校異〉①「ウ」は元、紀が一致。類、廣及び元（「う」右赭）「ム」③「フリ」は廣、紀が一致。元、類「おち」⑤「トシハ」未見。非仙覚本及び仙覚本は「とれは」。なお、廣はよみを平仮名別提訓で示す。

【注】○**ツユシモトハ**　「露霜」の義については議論があったようである。「右陣云、露じもといふはつゆにしものおきぐするなり、又難云、露じもはつゆとしもとのともにおくにこそ」（六百番歌合・秋霜・四六四「おもふよりまたもあはれはかさねけり露にしもおく庭のよもぎふ」詠に対する論難）。「ツユシモトハ、古物ニ秋ノシモヲイフトアリ。」

本文ニ露結為霜トイフ心歟。但、新院御本ニハ……此ツユシモノ詞、古今万葉共不定歟」（古今集注）。573歌注に「露シモトハ、毛詩ニ、蒹葭蒼々白露為霜イヘリ。露ノシモトハナレハ、ツユシモチイフナリ。露ト霜トフタツニハアラヌナリ」とあり、語義解釈の一助に毛詩を置いていたことがわかる。「ツユシモトハ、八月九月ハカリノ霜ヲ云ヘキ也」（万葉集抄）。なお「白露為霜」は仁明天皇の代に詩題となっている。

【参考】「露霜ふりなつむと云り〈万哥也〉」「露結て霜とはなる也。非別物依天気かはる也」（八雲御抄）

68

アキハキノエタモトヲ、ニヲクツユノ　ケニハケヌトモイロニイテメヤ

万葉第八ニアリ。トヲ、トハ、タワ、トイフナリ。ケニハトハ、キエニハトイフナリ。

202 秋はきの枝もとを丶にをく露のけにはけぬとも色に出めや

万葉第八に有。とを丶とは、たわ丶といふなり。けにはとは、きえにはといふなり。

【出典】万葉集巻第八・一五九五「秋芽子乃《あきはぎの》　枝毛十尾二《えだもとををに》　降露乃《おくつゆの》　消者雖消《けなばけぬとも》　色出目八方《いろにいでめやも》」〈校異〉②「トヲ、ニ」は紀及び廣（「トヲラニ」左）が一致し、類は「とをしに」の「し」を「ヲ」に訂正。廣「トヲラニ」で右「或トホヲニ」④未見。類「けなはけぬとも」。廣「キエハキユトモ」。紀「キエハケヌトモ」。仙覚本は「ケナハケヌトモ」で、京「雖消」左緒「キユトモ」⑤「イテメヤ」未見。類、紀「いてめやも」。廣「イテヌカモ」。仙覚本は「イテメヤモ」で、温「イツメヤモ」、細「イテヤモ」

【他出】綺語抄・四五一（三句「けなばけぬとも」）・七〇三（三句「けなばけぬとも」）、新古今集・一〇二五（三句「けさきえぬとも」）、定家八代抄・一〇〇四（三句「けさきえぬとも」）、色葉和難集・二〇二（三句「きえばきゆとも」）

【注】○トヲ、トハ　「とを、、木草の末のたはみのく也」（奥義抄）、「枝もとを、とは、万葉には枝もとを、とよみ、又枝もたわ、ともよめり。たわ、とは、枝のたわみたる心歟。とを、、たわ、、ととたと同五音也。をとわと同五音也」（顕注密勘）○ケニハトハ　「ケ」を動詞キユ未然形・連用形キエの変化したものとする。通説に同じ。
【参考】「たわ、　たわむ也」「とを、〈ひし／＼也。十尾かけり。清輔は、たはみのくと云　是も同事〉」（八雲御抄）

69

クサノイトニヌクシラタマトミエツルハ　アキノムスヘルツユニソアリケル
後撰第五ニアリ。クサノイト、ハ、古詩ニ草縷ト作レリ。

203　草のいとにぬく白玉と見えつるは秋のむすへる露にそ有ける
後撰第五にあり。草のいと、とは、古詩に草縷《クサノイト》と作れり。

【出典】後撰集・二七〇・藤原守文
【注】○**古詩ニ、草縷ト作レリ**　「津橋東北斗亭西　到此令人詩思迷　眉月晩生神女浦　瞼波春傍窈娘堤　柳糸嫋嫋風繰出　草縷茸茸雨剪斉　報道前駆少呼喝　恐驚黄鳥不成啼」（白氏文集巻二十八「天津橋北馬上作」）。これ以外の「草縷」の用例は、管見の限り詩人玉屑の「女夷鼓歌」詩のみ。おそらくは白詩の用例に拠るのであろう。
【参考】「後撰に、草のいと、いへるは、詩に草縷といふもの也」（八雲御抄）

70
アシノハニヲクシラツユヤシケカラム　サハヘノタツノコエノキコユル
*無名集ニアリ古哥也。ツユサムクテツルナクトハ、風土記曰、白鶴性警、至テ八月ニ白露降テ流於草葉ノ上、滴々有声即鳴。

204 あしのはにをく白露やさむからんさはへのたつの声のきこゆる
古歌なり。露さむくてつるなくとは、風土記曰、白鶴性敬言（マヽ）ム、至テ八月ニ白露降テ流於草葉ノ上、滴々タルトキニ有声即鳴。


【本文覚書】○無明集ニアリ…当該傍記を有《ゆう》するもの、内・谷・刈・書。

【出典】古歌
【他出】八雲御抄・一二五（三句「さむからん」）

【注】**○風土記曰**　芸文類聚以下の類書に見えるが、童蒙抄の記述は太平御覧に最も近い。「風土記曰、鳴鶴戒露、此鳥性警、至八月白露降、流於草上、滴滴有声、因即高鳴相警」（芸文類聚巻九十）、「周処風土記曰、白鶴性警。至八月露降、流於草上、滴滴有声則鳴」（太平御覧巻一二）。周処風土記は逸書か。

【参考】「鶴　霜さむくてなくと云。古哥にも多。又本文也。古哥、あしのはにをくしらつゆやさむからんさはへのたつのこゑのきこゆる」（八雲御抄）

71 アスカ、ハカハヨトサラスタツキリノ　ヲモヒスクヘキ、ミニアラナクニ

万三ニアリ。コレハコトナルウタカヒナシ。河キリノタチサルコトモセヌヤウニ、キミヒトリニコ、ロノトマリテ、思スクヘキカタモナシ、トヨメリ。

霧〈天部〉

205 あすか川かはよとさらすたつ霧の思ひすくへき君にあらなくに

万三にあり。これはことなるうたかひなし。川霧のたちさる事もせぬやうに、君ひとりにこ、ろのとまりて、思ひすくへきかたもなし、とよめり。

【出典】万葉集巻第三・三二五「明日香河《あすかがは》　川余藤《かはよど》不レ去《さらず》　立霧乃《たつきりの》　念応レ過《おもひすぐべき》　孤悲尓《こひに》不レ有国《あらなくに》」〈校異〉①「アスカ、ハ」は類、廣、古が一致。紀「アスカラカハ」⑤「キミ」未見。非仙覚本及び仙覚本は「こひ」

【他出】古今六帖・六六二（下句「思ひすつべき君ならなくに」）、赤人集・三五三（五句「ことならなくに」）、五代集歌枕・一一九八（下句「おもひつくべきこひにあらなくに」）

72

*ユカユヘニ*クモナケクラムカサハヤノ　ウラノヲキツニキリタナヒケリ
万葉第十五ニアリ。カサハヤノ浦ハイヨノ国ニアリ。

206　ゆかゆへにくもなけくらんかさはやのうらのおきつに霧たなひけり
　万葉第十五に有。かさはやの浦は伊予国に有。

【本文覚書】○ユカ…ワカ（刈）、ユカ《ワカ》（東）、わが（大）○クモ…ヲモ（筑A・刈）、ヲモ《ク歟》（内）

【出典】万葉集巻第十五・三六一五「和我由恵仁《わがゆゑに》　妹奈気久良之《いもなげくらし》　風早能《かざはやの》　宇良能於伎敝尓《うらのおきへに》　奇里多奈妣家利《きりたなびけり》」〈校異〉①「ユカ」未見。非仙覚本（類、廣）及び仙覚本は「わか」②未見。非仙覚本及び仙覚本は「いもなけくらし」④「ヲキツ」未見。非仙覚本及び仙覚本は「おきへ」

【他出】五代集歌枕・一〇八八（初二句「わかゆゑにいもなけくらし」四句「うらのおきへに」）

【注】**○カサハヤノ浦ハ、イヨノ国ニアリ**　五代集歌枕では「駿河」の位置にあるが、「鎮西海路作歌之由見集、如何」の注記がある。八雲御抄では、同じく「かさはやの〈万、かさはやのみほのうらと云り〉」として、「同（駿）」の注記を有する。「風早の浦」は万葉集に数例見えるが、三六一五番歌が備後と安芸の間で詠まれている。「みほのうら」は万葉集二九九歌に見えるが、題詞に「駿河浄見埼一作歌二首」とあるので、駿河の美保の浦である。五代集歌枕、八雲御抄はここから駿河としたのであろう。但しすでに堀河百首で「かざはやの沖つ塩さゐたかくともいたてにはしれむこのうらまで」（一四四一・公実）と詠まれており、駿河に比定することに不審が残る。童蒙抄の伊予説の根拠は未詳である。五代集歌枕の注記については、黒田「天理図書館蔵五代集歌枕注記考」（『神女大国文』13、二〇〇二年三月）参照。

73
アキ、リニヌレシコロモヲホサスシテ　ヒトリヤキミカヤマチコユラム
類聚抄ニアリ。キリニヌル、トヨメリ。ヨフコトリノウタニモアリ。

207 秋霧にぬれし心《衣歟》もほさすしてひとりや君かやまちこゆらん
類聚抄ニあり。霧にぬる、とよめり。喚子鳥歌にもあり。


【出典】類聚抄。ただし、万葉集巻第九・一六六六「朝霧尓《あさぎりに》　沾尓之衣《ぬれにしころも》　不レ干而《ほさずして》　一哉君之《ひとりかきみが》　山道将レ越《やまぢこゆらむ》」の異伝歌か。

【他出】古今六帖・六六一（二句「ぬれにし袖の」）、袋草紙・七二八、新古今集・九〇二、定家八代抄・七七六（二句「ぬれにし袖を」）、以上初句「朝霧に」

【注】**○類聚抄**　童蒙抄が510、718歌の出典としている。類聚抄については未詳だが、袖中抄には見えない。八雲御抄巻一正義部巻末「私記」に「類聚」という書名を載せる。直前は「疑開」、直後は「狂言集」（慶算法眼）、「問答抄」と続く。また、和歌色葉「撰抄時代者」には、「疑開類聚問答抄」の書名を載せる。**○ヨフコトリノウタニモアリ**　728「アサキリニシヌ、ニヌレテヨフコトリミフネヤマヨリナキワタルミユ」歌注にも「キリニヌルトヨミタリ」とある。

【参考】「秋きりにぬるとは　あきゝりにぬれし衣をほさすしてと古哥にあり」（八雲御抄）

74
シラカリヰ《ト》ナノヲユケハアリマヤマ　キリタチコムルムコカサキカナ
古来難義也。サマ〳〵ノ議ノ中ニ、シラカトリトイヘルハ、モシ日本記景行天皇*卅年云、日本武尊進入信濃。是国也、山高谷幽《フカクシ》、翠嶺万《タケトヲク》重《カサナレハ》、人倚《ツカレ》杖而難昇*。馬頓《ナツミテ》轡而不進。然日本武尊遥逮于峯。飢之食《ミヲシス》於山中。山神令苦王、化白鹿立於王前矣。以一箇蒜弾〈ハシキ／カケ〉白鹿。則中眼而殺之。爰王忽失道不知

所出。時白狗来導王。仍得出美濃。先是度信濃坂者、多得神気以瘼臥。但従殺白鹿々後*、踰是山者嚼蒜塗人及牛馬目*不中神気也。然者津国《ツノクニ》有馬山者雖非信濃坂霧立渡テ失路心ニテ、白鹿トリタリケムトキニ、タリトヨメルニヤトソコヽロエラレタル。

208　しらかとりゐなか《（ママ）》をゆけはありまやま霧立こむるむこかさき哉

古来難儀也。さま〳〵の儀の中に、しらかとりといへるは、若日本紀景行天皇卌年云、日本武尊進入信濃。是国也、山高谷幽《フカシ》、翠嶺万重《タケトヲクカサナレハ》、人倚《ツカレ》杖而難殊。馬頓《ナツミテ》轡而不進。然日本武尊遥逮千峯。飢之食《ミヲシス》於山中。山神令苦王、化白鹿立於王前異《（ママ）》。以一箇蒜弾《ハシキカケ》白鹿。即中眼而殺之。爰王忽失道不知所出。時白狗来導王。仍得出美濃。先是度信濃坂者、多得神気以瘼臥。但従殺白鹿之後、踰是山者嚼蒜塗人及牛馬自不中神気也。然者津国《ツノクニ》有馬山者雖非信濃坂霧立渡テ失路心にて、白鹿とりたりけむ時にたりとよめるにやとそこヽろえられたる。

【本文覚書】○卌年…四十年（東）、卌年（大）　○昇…諸本「昇」あるいは「舛」の識別困難。昇（刈・東）、昇《紀作竹》（岩）
○々…内・谷・書以外「之」　○目…自《目》（和）、自（筑A・岩・大）

【出典】明記せず

【他出】綺語抄・一七二（初句「しながどり」三句「きりたちわたる」五句「むこがさきまで」）、口伝和歌釈抄・五、袖中抄・二八二、別本童蒙抄・二五四。なお古今集のうち、元永本、筋切本、唐紙巻子本に見える。

【注】○シラカトリ　「能因歌枕には二のきあり。一には六位のしたかさねともいふ。二にはそうしてとるをいふといへり。又ある人の説云、行幸にみかりのありけるに、ゐはなくしてしろきしかのありけれは、しなかとりとはゐふな

り……いのし、をいふきは、本文ありとの給へり」（口伝和歌釈抄）。「シナカトリトハ、ツノ国ノヰナ野ト云野ニテスイコテン王ノ狩シタマヒケルニ、白鹿ノトラレタリケルニ、其ヲシナカ鳥ト云ナルヘシ。或ハヰノ鹿ノ白ヲ云。又カリキヌノシリトルヲ云。公任ノ云ク、六位ノシタカサネ取ヲ云」（別本童蒙抄）。袖中抄「しながどりいなの」参照。

○**日本紀景行天皇卅年**　「則日本武尊進二入信濃一。是国也山高谷幽、翠嶺万重、人倚レ杖而難レ升。巌嶮磴紆、長峰数千、馬頓レ轡而不レ進。然日本武尊披レ烟凌レ霧、遥径二大山一。既逮二于峰一、而飢之、食二於山中一。山神令レ苦レ王、以化二白鹿一立二於王前一。王異之、以二一箇蒜一弾二白鹿一。則中レ眼而殺之。爰王忽失レ道、不レ知レ所レ出。時白狗自来、有二導レ王之状一。随レ狗而行之、得レ出二美濃一。吉備武彦自レ越出而遇之。先レ是度二信濃坂一者、多得二神気一以瘼臥。但従下殺二白鹿一之後上、踰二是山一者、嚼レ蒜而塗二人及牛馬一、自不レ中二神気一也」（日本書紀・景行天皇四十年）。五代集歌枕は「しながどりゐなのをゆけばありま山夕霧たちぬ宿はなくして」（二九六）、「しながどりゐなのをゆけばありま山ゆふぎりたちぬあけぬこのよは」（二九七）を収録する。『歌論歌学集成袖中抄』（以下、川村『袖中抄』と略称する）頭注は、74歌を万葉集・一一四〇の異伝歌とする。

【参考】「鹿（日本紀）　しろしか　日本武尊信乃山にてひからなけかけ給しかなり」「猪　しなかとり　白猪云能因説。俊頼云、雄略天皇ゐなのにてかりし給けるよ白きしゝのみありて、猪のなかりけれは、しなかとりゐなのとは云り……景行天皇御宇日本武尊於信乃国所見白猪なといふにもあれと、其も異説也。凡如此事説々多。皆不可決定」（八雲御抄）

75
ナサケナクウキヨトヲモヘハアキ、リノ　フカキヤマチヲイテムモノカハ

古哥ナリ。ムカシノ人ヨヲウラミテヒエノヤマニコモレリケルニ、ソノシルヨシアル人、イツカイテムコト、イヘリケレハヨメルヲ、ウチキクハコトアリケモナキニ、ヨクヲモヒツ、クレハ、博物志トイフ書二、王爾《ワウシ》、張衡、馬掏《ハタウ》トイフ三人、モロトモニ霧ヲワケテ山ヲコユ。ヒトリハツ、カナク、一人ハヤミ、又一人

ハシニ、ケリ。ソノツ、カモナキハ酒ヲノミ、ヤメル食ヲシ、、ヌルハ空腹ニテナムアリケルトシルセルコトヲ、モヒテ、タ・《タ》カクテヲシナムトヨメルトヲモヘハ、イトナムメテタキ。

209 なさけなく憂世と思へは秋霧のふかき山路をいてんものかは

古歌也。むかし人世をうらみて比叡山にこもれりけるに、そのしるよしある人、いつかいてんこと、いへりけれはよめるを、うちきくはことありけもなきに、よくおもひつゝくれは、博物志といふ書に、王爾《ワウシ》、張衡《チヤウカウ》、馬掬《ハタウ》と云三人、もろともに霧をわけて山をこゆ。ひとりは無恙、一人はしにゝけり。そのつゝかもなきは酒をのみ、やめるは食をし、しぬるは空腹にてなんありけるとしるせる事をおもひて、たゝかくておしなむとよめるとおもへは、いとなむめてたき。

【出典】古歌

【他出】和歌色葉・四四三（四句「ふかき山ぢに」）、八雲御抄・一八三

【注】〇**博物志トイフ書ニ**　「王爾、張衡、馬均皆冒重霧行、一人無恙、一人病、一人死。問其故、無恙人曰、我飲酒、病者食、死者空腹」（博物志巻十）。なお芸文類聚は三人の名を「王蕭、張衡、馬均」とする。「あきやまにいりにし人のこひしきにふもとをこめてきりたちにけり　この哥は、なさけなくうきと思へはあきゝりのふかき山ちをいてんものかは、といふ哥を証哥にて基俊朝臣のよめる也。この心はむかしの、人をうらみてひらのやまにこもりけるに、そのしるよしありける人の、いつかいてむするといひけれはよめりける哥也。これは本文をよめる也。書云、生（王）璽《シク》、張衡、馬陶《タウ》といふ三人、もろともにきりを・《わ》けて山をこふる（コユル）に、一人はつゝかなし。一人はやむ。一人はしぬ。そのつゝかなきは酒をのみ、病は食をし、死るは空腹にてなんありける。このふみを、もひてたゝ

かくてをしなんとよめる也。」（和歌色葉）、「王蕭長衡馬陶三人ともに霧を分て山に入し事也。此三人、一人は恙なし。一人は病。一人は死。恙なき人は酒を飲し故也。悪風も身を三寸離る故に、酒を二横と云。又神酒とも書。又、棄木の三椏《マタ》なる所に鴛常に居。其翼の滴積て酒と成事有し也。何酒を三木といふなり」（陽明文庫古注。以下堀河百首注は、橋本不美男・滝沢貞夫『校本堀河院御時百首和歌とその研究』に拠る）。古今集注は「酒ハ霧三寸ヲフセグ」として、霧と酒の関係に言及する。

【参考】「昔よをうらみてひえの山にこもれりける人を、しるよしありて、いつかいてんと云たりけれはかくよめる。うちきくはことありけもなきに、おもひつゝくれは殊勝也。博物志といふ書に、王粛、張衡、馬掬といふ三人、霧をわけて山をこゆ。一人は無別事、一人はやむ、一人は死。其無為なるは酒をのみたりけり。やみけるはものをくひたりけり。死はものもくはすといへり。是を思て、なさけなくとはよめる也と、故人説也。但普通には難心得歟」（八雲御抄、諸本中、「馬掬」を「馬均」「馬陶」とするものあり）

【補説】75歌注は、博物志を依拠資料とし、和文化されているが、概ね博物志の本文に沿っている。博物志は597歌注、600歌注でも依拠資料とされる。それぞれの注文を博物志本文、及び関連の資料とを比較する。

・張華博物志、舜死ニ、妃涙下染竹即斑。妃為湘水神。故曰湘妃竹（597歌注）
　堯之二女、舜之二妃、曰湘夫人。舜崩、二妃啼、以涕揮竹、竹尽斑（博物志巻八）
　張華博物志、舜死二妃涙下染竹即斑。妃死為湘水神。故曰湘妃竹（初学記巻二十八）

・博物志曰、合歓蠲忿、萱草忘憂（600歌注）
　合歓蠲忿、萱草忘憂（博物志巻四）

600歌注では、博物志と注文に違いはなく、博物志に拠ったと考えてもよい。また、初学記には当該記事が見えない。しかし、597歌注は、博物志本文との違いが大きく、むしろ初学記の記事に近い。したがって引用に際し、直接博物志に拠ったと判断できる箇所もあり、また他の資料を介して引用したと見るべき箇所もあるというに止まる。

ミタヤモリナルコノツナニテカクナリ　ハレマモヲカヌキリノミナカニ
堀河院ノ百首哥ニ越前守仲実カヨメルナリ。ミナカトハ、モナカトイフ心ナリ

210 みや《（ママ）》たもりなるこのつなにてかくなりはれまもをかぬきりのみなかに

堀河院の百首歌に越前守仲実かよめる也。みなかとは、もなかといふこゝろか。

【出典】堀河百首・七四三・仲実

【他出】和歌色葉・四四一（四句「はれまも見えぬ」）、八雲御抄・二一三、色葉和難集・八七七（下句「晴間もみえぬ霧のもなかに」）

【注】○ミナカトハ　「麻等保久能《まとほくの》　野尓毛安波奈牟《のにもあはなむ》　己許呂奈久《こころなく》　佐刀乃美奈可尓《さとのみなかに》　安敝流世奈可母《あへるせなかも》」（万葉集・三四六三）。万葉歌以外では、「もなか」を「みなか」と詠ずる例はほとんどない。「みなかにとは、最中也。もなか也。中と云也。みの字はやすめ字也」（陽明庫本古注）。「霧のみ中は、深き也。み雪、みやまのるい也。きけはやすきやうなれとも、知人まれなる詞也。取用らるへし」（堀川百首肝要抄）

【参考】「もなか〈是は物のも中といふを、水の哥には藻によせてよめり。又堀河院百首に越前守仲実か、みたやもりなるこのつなこ《（ママ）》てかくなりはな《（ママ）》まもをかぬきりのみなかに、と云。みなかも同心也。すこしむつましき詞歟〉」（八雲御抄）

霜

77 ヨヤサムキコロモヤウスキカサヽキノ　ユキアヒノマヨリシモヤヲクラム

昔住吉明神ノ天降*タマヘルリケルトキ、ツクリタリケル神殿ノ、年月多ツモリテ、アハレタリケレハ、ソノヨシヲミカトニシラセタテマツラムトテ、カノ明神ノミカトノ御ユメニミセタテマツリタマヘル哥也。カサヽキトハ、アヤマテルナリ。カタソキトイフヘキナリ。神ノホクラノツマニ、*カタノヤウニテタテタル木ヲイフナリ。ソノキヲハ、チキト云ナリ。

霜　〈天部　霧下〉

320 よやさむき衣やうすきかさゝきのゆきあひのまより霜やをくらん

昔住吉明神の天降《アマクタリ》給へりけるとき、つくりたりける神殿の、年月おほく積て、あはれたりけれは、そのよしをみかとにしらせたてまつらむとて、彼明神のみかとの御夢にみせたてまつりたまへる歌なり。かさゝきとは、あやまてる也。かたそきといふへきなり。神のほくらのつまに、かたなの様にてたてる木をいふなり。その木をはちきといふなり。

【本文覚書】○タマヘルリケルトキ…タマヘイリケルトキ（内・書）、タマヘリケルトキ（和・築A・刈・東）、たまへりける時（筑B・岩・大）○カタノ…カタナノ（刈）
【出典】明記せず
【他出】古今六帖・四四八九、綺語抄・五九八、奥義抄・四〇九、袖中抄・八七三、和歌色葉・一八〇、色葉和難集・

三〇五、以上三句「かささぎの」。俊頼髄脳・六三、袋草紙・二〇四、新古今集・一八五五、定家八代抄・一七五〇、定家十体・九三、以上三句「かたそぎの」

【注】○**昔住吉明神ノ**　「是は御社の年つもりてあれにけれは、み《(か)》との御夢に見せたてまつらせ給へるなり。かたそきと云は、神の社のむねに《た。》かくさしいてたる木の名なり。住吉の御社は二の社のさしあひてあれは、そのふたつのみ社のくちにたるよしをよませ給へるにや。かたそきをかさゝきとかける本もある《イにや》。哥論議にたかひにあらそへることあり。かさゝきといひてはこゝろもえす」（俊頼髄脳）。後藤祥子「住吉社頭の霜─『源氏物語』「若菜」社頭詠の史的位相─」（『「源氏物語」とその受容』、一九八四年十一月、『源氏物語の史的空間』〈一九八六年二月〉に採録）、黒田彰「千木の片殺神さびて─源平盛衰記難語考─」（関西大学『国文学』73、一九九五年三月）

【参考】「かたそきとは、神のほくらのつまに、かたなのやうにてたてる木をいふ、その木をは千木ともいふ」（松か浦嶋）

78　アシヘユクカモノハカヒニシモフリテ　サムキユフヘノコトヲシソヲモフ

万一ニアリ。ハカヒトハ、、ネカヒトイフナリ。

321　あしへ行かものはかひに霜ふりてさむき夕のことをしそ思ふ

万一に有。はかひとは、はねかひといふなり。

【出典】万葉集巻第一・六四「葦辺行《あしへゆく》　鴨之羽我比尓《かものはがひに》　霜零而《しもふりて》　寒暮夕《さむきゆふへは》　倭之所レ念《やまとしおもほゆ》」〈校異〉④は元、類、冷、廣、紀が一致。元「きゆふへの」右赭「ケキヨヒハ」。廣「ノ」右「ハ」⑤は元、類、廣、紀が一致。冷「コトシソオモフ」。元「ことを」右朱「ヤマト」。廣「コトヲ」右「アマトシ」。なお、類下に「又さむけもよひはやまとをそおもふ」

【他出】綺語抄・五九九（五句「人をしぞおもふ」）、古来風体抄・二二一（下句「寒き夕に大和しぞ思ふ」）、新勅撰集・四九八

【注】○**ハカヒトハ**　「はがひとははねかひなり」（散木集注）。鳥などの翼の意のハ（羽）と交差する意のカヒ（交）から成る語。左右の翼が重なる部分。

【参考】「鴨　かものはかひ〈はねかひ也。範兼抄〉」（八雲御抄）

79

ユフコリノシモヲキニケリアサトイテニ　アトフミツケテヒトニシラスナ

万十一ニアリ。ユフコリトハ、夕凝トカケリ。ユフヘニコリヰタル心ナリ。サレハ、アサトヲイテ、アトフミツケテハヒトシリナム、トヨメルナリ。

322 ゆふこりの霜をきにけりあさといてに跡ふみつけてひとにしらすな

万十一に有。ゆふこりとは、夕凝とかけり。夕へにこりゐたる心也。されは、あさとをいて、跡ふみつけては人しりなむ、とよめるなり。

【出典】万葉集巻第十一・二六九二「夕凝《ゆふこりの》　霜置来《しもおきにけり》　朝戸《あさと》出《で》尓《に》　甚践而《いたくしふみて》　人尓《ひとに》所レ知名《しらゆな》」〈校異〉⑤「シラスナ」未見。非仙覚本（嘉、類、廣）は「しらるな」。仙覚本は「シラルナ」で、細（「所知名」左）、宮（「知名」左）、京（「所知名」左赭）「シラスナ」が童蒙抄と一致。

【他出】古今六帖・二六七三（初二句「ゆききりのしもおきぬらし」五句「人にしらるな」）

【注】○**夕凝**　和歌における用例は僅少で「ゆふごりのはだれ霜ふる冬のよは鴨のうは毛もいかにさゆらん」（堀河百首・霜・九一三・公実）の他、建保期に若干の用例を見るのみである。

80 シモノウヘニアラレタハシリイヤマシニ　アラレマヰコムトシノヲナカク
万廿ニアリ。マヰコムトハ、メクリコムトイフ心ナリ。

【本文覚書】97に重出。異本では、流布本80歌の位置に当該歌はなく97歌の位置に置かれる。重出歌である上に、80は「霜」の部であるから、歌の内容からして「霰」の部の方が適当との判断であろう。

【出典】万葉集巻第二十・四二九八「霜上尓《しものうへに》　安良礼多婆之里《あられたばしり》　伊夜麻之尓《いやましに》　安礼波麻為許牟《あれはまゐこむ》　年緒奈我久《としのをながく》」〈校異〉④未見。元「あれはましらむ」で、「し」右「ヰ」。類「あれはましこむ」。古「アレハマヰコム」。廣「アレハマヒコム」。仙覚本は「アレハマヰコム」

【他出】綺語抄・五七（四句「あれはまゐこん」）、古来風体抄・二〇四（四句「吾はましこむ」）

【注】**○マヰコムトハ**　「遇…メクル…マイル」（名義抄）、「マヰコムトハ、メクリコムトイフナリ」（97歌注）

【参考】「あられたはしりとは、たはしりとは、たまのやうにてとはしるをいふ」（松か浦嶋）、「大伴家持之家宴　霜上爾安良礼多波之里伊夜麻之爾安礼波麻為許牟年緒奈我久（シモノウヘニアラレタハシリイヤマシニアラレマヰセントシノヲナカク）　霜ノ上ニアラレタハシリト云ハ、本文也。露結為霜々凝為電雷ト礼正義ト云文ニ見ユル也。タハシリトハ、トハシルトモ云。又、オホカルヲモ云ナリ」（万葉集抄）、「まゐこむ〈万廿、あれはまゐこん年のをなかくと云り。めくりこんと云。範兼説と云〉」（八雲御抄）

81 タテモナクヌキモサタメヌヲトメコカ　ヲレルモミチニシモナフラセソ
万葉第八ニアリ。シモフル、トイヘリ。

323 たてもなくぬきもさためぬをとめこかおれる紅葉に霜なふらせそ
　万葉第八に有。しもふる、といへり。


【出典】万葉集巻第八・一五一二「経毛無《たてもなく》　緯毛不レ定《ぬきもさだめず》　未通女等之《をとめらが》　織黄葉尓《おるもみちばに》　霜莫零《しもなふりそね》」〈校異〉②「サタメヌ」は類、紀が一致。廣「サタメス」③「コ」は類が一致するが、朱で「こ」を「ラ」に訂正。廣、紀「ラ」⑤「フラセソ」未見。類「ふらしそ」が近い。廣、紀「フリソネ」。仙覚本は「フリソネ」で、京「零」左赭「フラシソ」

【他出】古今六帖・四〇九一（三句「をとめらが」五句「しもふるなゆめ」）、綺語抄・六九（五句「しもなふらしそ」）・七四五（二句「ぬきもさだめず」五句「しもなふらしそ」）、八雲御抄・一一九（二句「ぬきもさだめず」五句「しもなふらしそ」）

【注】○**シモフルトイヘリ**　「霜降る」という表現は相当数の用例を見ることができる。

【参考】「詠紅葉木　万に、たてもなくぬきもさためすおとめらかをれるもみちにしもなふらしそ」（八雲御抄）

82 アマクモノヨソニカリカネキ、シヨリ　ハタレシモフリサムシコヨヒハ
同第十二アリ。ハタレシモフリ、トヨメリ。

324 天雲のよそにかりかねき〻しよりはたれ霜ふりさむしこよひは
　同第十に有。はたれ霜ふり、とよめり。

【出典】万葉集巻第十・二一三二「天雲之《あまくもの》 外雁鳴《よそにかりがね》 従㆓聞之㆒《ききしより》 薄垂霜零《はだれしもふり》 寒此夜《さむしこのよ》者《は》」〈校異〉⑤「コヨヒハ」は元、類及び紀（「此夜者」左）が一致。紀「コノヨハ」
【他出】人麿集Ⅰ・一〇九。人麿集Ⅱ・一六七、古今六帖・六七八、以上五句「さむしこのよは」。家持集・二四九（下句「あられしもふりさむきこよひか」）、色葉和難集・一一八
【注】○ハタレシモフリ　三代集には使用例が見えないが、堀河百首の頃から詠歌例が見える。「風さむみはだれ霜ふる秋のよは山したとよみ鹿ぞなくなる」（堀河百首・鹿・七一五）、「ゆふごりのはだれ霜ふる冬のよは鴨のうは毛もいかにさゆらん」（同・霜・九一三）。袖中抄「はだれ」、「うすらひ」参照。
【参考】「はたら、はたれとも。またら也」（八雲御抄）

アマトフヤカリノツハサノヲホヒハノ　イツコモリテカシモノヲクラム
同巻ニアリ。アマトフトハ、ソラヲトフトイフナリ。ツハサノヲホヒハ、トヨメリ。

325 あまとふやかりのつはさのおほひはのいつこもりてか霜のをくらん
同巻に有。あまとふとは、空をとふと云也。

つはさのおほひは、とよめり。

【出典】万葉集巻第十・二二三八「天飛也《あまとぶや》 鴈之《かりの》翅乃《つばさの》 覆羽《おほひば》之《の》 何処《いづく》漏香《もりてか》 霜之《しもの》零異《ふりけ》牟《む》」〈校異〉①は紀及び元（右赭）が一致。元「そらをとふ」。類「そらとふや」②「ツハサノ」は類、紀及び元（「うはゝ」右イ）が一致。元「うはゝ」④は元、類が一致。紀「イツクモルカ」⑤は元（「ふりけ」右赭）が一致。元「しものふりけむ」。類及び元（「りけ」左赭）「しものふるらむ」。紀「シモフルコトニ」

【他出】人麿集Ⅱ・一八一（四句「いつくもりてか」）、人麿集Ⅲ・一九〇（ソラヲトフ《アマトフヤ》カリノウ《ツ》ハ、ノ《サ》オモ《ホ》ヒハノイツコモル《リ》コ《テ》カシモ《ノ》フルト《ラ》ニ《ム》）、奥義抄・四一二（初句「そらをとぶ」五句「しものふるらむ」）、和歌一字抄・一〇七四（「露布留」五句「露のふるらん」）、袖中抄・八七六（初句「空をとぶ」五句「霜のふるらん」）、和歌色葉・一八三（初句「空をとぶとりのつばさの」五句「しものふるらん」）、色葉和難集・三〇八（初句「空をとぶ」）

【注】**○ツハサノヲホヒハ**　和歌における用例はほとんどない。「ゆふぐれはかりのつばさのおほひばをもりて降りくる秋のむら雨　かりのつばさのしもも雪ももりくる物になりにければ其難は侍らねど、このおほひばことにえんにはきこえずや侍らむ」（建保四年内裏百番歌合・一一一・家衡、判詞は衆議に基づき、定家執筆か）

【参考】「あまとふとは、そらをとふといふ也」（松か浦嶋）、「鴈　つはさ、おほゐは、あまとふや」（八雲御抄）

タカサコノヲノヘノカネノヲトスナリ　アカツキカケテシモヤヲクラム

堀河院百首ニ匡房卿ノヨメルナリ。モロコシニ豊山トイフトコロアリ。ソノミネニ鐘アリ。シモノクタルヲマチテナルナリ。

326 高砂の尾上のかねの音すなりあかつきかけて霜やをくらん

堀河院百首に匡房卿のよめる也。もろこしに豊山といふところあり。そのみねに鐘あり。霜のくたるをまちてなるなり。

【出典】堀河百首・九一四・匡房

【他出】松か浦嶋、千載集・三九八、和歌色葉・四四八、匡房集・七九（三句「音ずれり」）、定家八代抄・五二三、色葉和難集・九一五、和漢兼作集・九九八

【注】○**モロコシニ豊山トイフ**　「豊山有鐘九耳霜降則鳴〈山海経〉」（白氏六帖巻十八）。「又東南三百里、曰豊山……有九鐘焉。是知霜鳴〈霜降則鐘鳴。故言知也。物有自然感応、而不可為也〉」（山海経巻五、括弧内は郭璞注）」。又、「鐘」の題注でも山海経を引用する。
【参考】「たかさこのをのえのかねのをとすなりあか月かけてしもやをくらん　もろこしに、ほう山といふ所あり、その山のみねにかねあり、しものくたるをまちてなる也」（松か浦嶋）、「霜　かねのこえ　かねはしもにひゝく也」「鐘　しものかねは霜にひゝく也〈豊山かね也〉」（八雲御抄）

85

雪

ワカヲカノヲカミニイヒテフラシメシ　ユキノクタケノソラニ《コ》*チルケム
万葉第二ニアリ。ヲカミトハ、ヲカニヰテマモルモノナリ。又、ユキノクタケ、トヨメリ。

雪〈天部〉

327 わかをかのをかみにいひてふらしめし雪のくたけの空に散けん
万葉第一に有。をかみとは、をかにゐてまもる物なり。又、雪のくたけ、とよめり。

【本文覚書】○チルケム…チル《リ》ケム（和）、ちるらん（筑B）、チリケム（刈・東）、ちりけん（岩・大）
【出典】万葉集巻第二・一〇四「吾岡之《わがをかの》　於可美尓言而《おかみにいひて》　令落《ふらしめし》　雪之摧之《ゆきのくだけし》　彼所尓塵家武《そこにちりけむ》」〈校異〉③は類、紀及び元（「むる」右赭）、廣（「ムル」右伊云御本云）が一致。元、金、廣及び類（「めし」右）、紀（漢左）「ふらしむる」④「クタケノ」は廣（「ケテ」右或）が一致。元、金、廣、紀「くたけて」。類「くたけか」⑤は金が一致。また、元「そこにちるかも」で「かも」右朱「ケム」とあり童蒙抄の傍記と一致。類「そらにちりけむ」で「ら」右朱

「コ」。廣「ソラニチルカモ」で「ラ」右「コ歟」。紀「ソコニチリケム」

【注】○**ヲカミトハ**　龗（おかみ）は水を司る竜神か。「龗、此云二於箇美一」（日本書紀・神代上）。「龗、竜也」（説文）。「ことだまのおぼつかなさにをかみすとこずゑながらも年をこすかな」（堀河百首・除夜・一一一二）について、「おかみとは、師趨の除夜に高岡に登て蓑を逆に着て吾宅を顧は、年中の吉凶悉く見ゆるなり」（陽明文庫古注）、「岡見とはしはすの大つこもりの夜たかき岡にのほりて蓑をさかさまにきてはるかにわか家をみは吉凶ことゝゝくみゆると也田舎にてする事なり」（書入本注）などとする。また同様の説が「をかみとはしはすのおほつこもりのよ、たかきをかにのほりて、蓑《ミノ》をさかさまにきて反閇《ハイ》して、をはりに我いゑをみれは、としのうちによきあしき事のみゆるをいふ也」（和歌色葉）。これらを勘案するに、注文の「ヲカニヰテマモル」は、「岡（をか）」で「見る」との謂か。○**ユキノクタケ**　名詞形「くだけ」の用例は他に未見。すべて動詞形「くだく」の用例のみ。「あは雪のたまればがてにくだけつつわが物思ひのしげきころかな」（古今集・五五〇）

【参考】「万三に、ゆきのくたけ《雪之摧》といへり」（八雲御抄）

86 カセマセノユキハフレトモミニナラヌ　ワカイエノムメヲハナニチラスナ

同巻ニアリ、カセマセ、トヨメリ。

328 風ませに雪はふれともみにならぬわか家の梅を花にちらすな

同巻にあり。かせませに、とよめり。

【本文覚書】○カセマセノ…カセマセニ（筑A）

【出典】万葉集巻第八・一四四五「風交《かぜまじり》　雪者《ゆきは》雖レ零《ふるとも》　実尓《みに》不レ成《ならぬ》　吾宅之《わぎへの》梅乎《うめを》花尓《はなに》　令レ落莫《ちらすな》」〈校異〉①未見。非

仙覚本（類、廣、紀）は「かせませに」。仙覚本は「カセマセニ」で、細（漢左イ）、宮（漢左イ）、京（「交」左赭）「カセマシリ」。西漢左イ「カサマシリ」②「フレ」は類、紀が一致。廣「フル」③「ナラヌ」は類、廣が一致。紀「ナラス」。廣「ナラヌ」右「或ナサテ」④「ムメ」は類、紀が一致。廣及び類（「む」右朱）「ウメ」

【他出】家持集・五一（上句「かせましりゆきはふるともみになさす」）

【注】○カセマセ　「風まぜに」の平安時代の用例は少ない。「吹きちらす梢の花を天の原風まぜに降る雪とこそ見る」（頼政集・七八）。新古今集に「風まぜに雪はふりつつしかすがに霞たなびきはるは来にけり」（八）が入集して以後、鎌倉初期に用例が増える。

タナキリアヒユキモフラヌカムメノハナ　カサ*ヌハカリニソヘテタニミム

同一ニアリ。タナキリアフ、トヨメリ。

330 たなきりあひ雪もふらぬか梅の花さかぬはかりにそへてたにみん

同一に有。たなきりあふ、とよめり。

【本文覚書】○カサヌ…カザス（筑A・書）、カサス《ヌ歟》（刈）、かざす（大）

【出典】万葉集巻第八・一六四二「棚霧合《たなぎらひ》　雪毛《ゆきも》零奴《ふらぬ》可《か》　梅花《うめのはな》　不《さか》レ開《ぬ》之代尓《がしろに》　曾倍而《そへて》谷《だに》将《み》レ見《む》」〈校異〉④未見。紀「サカヌハカリニ」が近いか。類、廣「さかぬかはりに」。仙覚本は「サカヌカハリニ」⑤「ソヘテ」は類が一致。廣、紀「ヨソヘテ」

【注】○タナキリアフ　和歌における用例はほとんどない。「たなきらひ」「たなきらふ」も同様。

【参考】「たな《棚》きりあふ」（八雲御抄）

88 ウカラフトミルヤマユキノイチシルク　コヒヲハイモナヒトノシラムカ
同巻ニアリ。窺良布跡《ウカラフト》カケリ。

331 うからふとみるやま雪のいちしるくこひをはいもな人のしらんか
同巻に有。窺良布跡《ウカラフト》、とかけり。


【出典】万葉集巻第十・二三四六「窺良布《うかねらふ》　跡見山雪之《とみやまゆきの》　灼然《いちしろく》　恋者妹名《こひばいもがな》　人将レ知可聞《ひとしらむかも》」〈校異〉①は類、紀及び元（「、」右）が一致。元は「うか丶ふと」③「シルク」は類、紀が一致。元「しろく」④は類（「に」右）が一致。元、紀「こひはいもかな」。類「こひをはいもに」⑤未見。類、紀「ひとしらむかも」、元「ひとのしらむかも」。仙覚本は「ヒトシラムカモ」

【注】○とかけり　異本以外、ここに「と」を入れる伝本未見。

【参考】うからふ〈うか丶ふ也〉」（八雲御抄）

89 タチヤマニフリヲケルユキトコナツニ　ケステワタルハカク《モ》ナカラトソ
同第十七ニアリ。タチヤマトハ、越中国ニアリ。夏モユキツネニアリ。カモナカラトソトハ、カクモナカラムトイフナリ。

332 たちやまにふりをける雪とこなつにけすてりたらは《ワタルハ》かく《モ》なからとそ
同第十七に有。たち山とは、越中国に有。夏も雪つねにあり。かもなからとそとは、かくもなからんといふなり。

【出典】万葉集巻第十七・四〇〇四「多知夜麻尓《たちやまに》　布理於家流由伎能《ふりおけるゆきの》　等許奈都尓《とこなつに》　気受弖和多流波《けずてわたるは》　可無奈我良等《かむながらと》曾《そ》」〈校異〉①「たち」は元、天が一致し、類は「たか」の「か」を「ち」に訂正。廣「タカ」。古「立山ニ」で不明。②「ユキ」未見。元、天、類、廣「ゆきの」、古「雪ヲ」。仙覚本は「ユキノ」⑤「カク」未見。元、類が「かも」で童蒙抄の傍記と一致。天、廣、古「カム」。仙覚本は「カム」。

【他出】五代集歌枕・四一七、八雲御抄・二一四、色葉和難集・一八六（四句「わけてわたるは」）

【注】○タチヤマトハ　五代集歌枕等の歌枕書も「立山」を越中とする。

【参考】「かもなから〈かくもなからと云也範兼説。万十七　立山にふりをけるゆきとこなつにけすてわたるはよもなから（ママ）とそ〉」（八雲御抄）

90

シハスニハアハユキフルトシラヌカモ　ムメノハナサクツホメラススシテ
万八ニアリ。シハス、トヨメリ。

334　しはすにはあは雪ふると知らぬかも梅の花さくつほめらすして
万八にあり。しはす、とよめり。

【本文覚書】155に重出

【出典】万葉集巻第八・一六四八「十二月尓者《しはすには》　沫雪零跡《あはゆきふると》　不レ知可毛《しらぬかも》　梅花開《うめのはなさく》　含不レ有而《ふふめらずして》」〈校異〉②「フルト」は廣、紀が一致。類「ふれと」④「ハナサク」は類、紀が一致。廣「ハナカサ」⑤は廣（左）、類（訓下一云）が一致。類「ふゝみてあらて」。廣は「クハ、ミテアラテ」で「クハ、ミ」右「或ツホミテ」。紀「フクミテアラテ」

【他出】古今六帖・二二八（五句「ふくめらずして」）、綺語抄・六八（五句「つぼめえずして」）、袖中抄・七八六

（五句「つつみてあらで」）

【注】○**シハス、トヨメリ**　万葉集における「しはす」はこの一例のみ。他に「志毛月志波須乃　加伊古本千」（「霜月師走のかい壊ち」神楽歌・早歌六八末）。袖中抄には、「淡雪」を春雪とする説を前提として90番歌を冬雪にも詠む証とする。袖中抄の言う如く、また「雪」の項にあることからも、淡雪を十二月に詠む例もあることを示すか。

【参考】「雪　あは〈冬始つかた《冬始つかた》、春雪也。但万八に、十二月にあはゆきふるといへり。何も不可違…〉」（八雲御抄）

91

333 ア《マ》《ミ》キノウヘニフリヲケルユキノシラ〳〵ニ　ヲモホユルカモサヨトワカセコ
同八ニアリ。シラ〳〵ニトハ、スサマシトイフ心ナリ。サヨト、ハ、セハキ夜トノワカセコトイフナリ。
まきのうへにふりをける雪のしら〳〵におもほゆるかもさよとわかせこ
万八にあり。しら〳〵にとは、すさましといふ心也。さよとゝは、せはき夜とのわかせことといふなり。

【出典】万葉集巻第八・一六五九「真木乃於尓《まきのうへに》　零置有雪乃《ふりおけるゆきの》　敷布毛《しくしくも》　所レ念可聞《おもほゆるかも》　佐夜問吾背《さよとへわがせ》」〈校異〉②「ユキノ」は類、紀及び廣（「キニ」右或、左）が一致。廣「ユキニ」③未見。類、紀、廣「しく〳〵も」。廣「ニシク」左「シクモ」。仙覚本は「シク〳〵モ」⑤は廣、紀が一致。類「さりやわかせこ」で「りや」右「モヤ」。廣左「サヨトフワカセ」

【他出】古今六帖・六八九（三句「しばしばも」）

【注】○**シラ〳〵ニトハ**　現訓では「しくしくも」で「重ね重ね」の意とする。童蒙抄は「しらしらに」として、「すさまじ」と同じとするから、「寒々としている」の意に解している。○**サヨト、ハ**　童蒙抄の解、他に未見。

【参考】「真木乃於上零置有雪乃敷布毛所念可聞佐夜問吾背（マキノウヘニフリヲケルユキノシク〳〵モオモホユルカモサヨノワカセコ）　シク〳〵トハ、雪ノフリシクヲ云也」（万葉集抄）、「しら〳〵〈万にあり。冷き心也。〉」（八雲御抄）

アハユキノホトロ〳〵ニフリシケハ　ナラノミヤコシヲモホユルカナ
同八ニアリ。ホトロ〳〵トハ、モノ、ホ・《ト》リ〳〵ニフリシケハ、トヨメルナリ。ユキノイタクフラヌホトハ、
モノ、キハ〳〵ニタマルナリ。

329 あは雪のほとろ〳〵にふりしけはならの都しおもほゆるかな
同八巻にあり。ほとろ〳〵とは、物のほとり〳〵にふりしけは、とよめるなり。雪のいたくふらぬ程は、
物のきは〳〵にたまるなり。

【出典】万葉集巻第八・一六三九「沫雪《あわゆきの》　保杼呂《ほどろ》〻〻尓《ほどろに》　零敷者《ふりしけば》　平城京　師《ならのみやこし》　所レ念可聞《おもほゆるかも》」〈校異〉②「ニ」は類、廣が一致。紀「ト」④「シ」は類、廣、紀が一致。廣「シ」右「或ノ」⑤「カナ」未見。非仙覚本及び仙覚本は「かも」

【他出】袖中抄・二四七

【注】○ホトロ〳〵トハ　「ほどろ」は雪がまだらに降り積もるさまで、「はだら」「はだれ」の母音交代形と考えられる。注文にいう「ほとり」の根拠は未詳ながら、あるいは「ほどろ」の結果として生じた場からの類推があるか。用例は僅少で「風に散る花かとぞみる空さえてほどろほどろにふれるしら雪」（久安百首・一五五・公能）「わらびをりしくるすのをのをきてみれば雪ふりにけりほどろほどろに」（正治初度百首・九六七・季経）を見る程度である。319、742歌が「ほどろ」を含み、319歌注では「よのほどろとは、夜の程といふなり」とし、742歌注では、「よのほどろにも」があるが無注。

【参考】「沫雪乃保杼呂々々零敷者平城京師所念聞（アハユキノ）ホトロ〳〵トハ、カキタレテフルト云也」（万葉集抄）、「ゆきをほとろ〳〵にふりしけはといふ。辺々云。故人説也」（八雲御抄）

93 シラユキノトコロモワカスフリシケハ　イハホニモサクハナカトソミル
古今第六ニアリ。紀秋峯カ哥也。イハホニサク花トハ、本文ニ巌花トイヘリ。
335 白雪のところもわかすふりしけはいはほにもさく花かとそみる
古今第六に有。紀秋峯歌也。いはほにさく花とは、本文に巌花といへり。
【出典】古今集・三二四・紀あきみね
【他出】古今六帖・七一八、千五百番歌合・一八三五判、袖中抄・八二七、以上五句「花とこそ見れ」
【注】○本文ニ巌花トイヘリ　「巌花鏡裏発　雲葉錦中飛」（李嶠百二十詠・石）、「嶺檜風高多学雨　巌花雪閉未知春」（本朝無題詩「春日遊天台山」）。詩には「巌花」の用例多く韻書にも立項される。「石巌花鏡裏発　武都大夫、化してをんなの身となれり、すがたかたち世に勝れたりければ、蜀王のきさきとなりぬ、其後ひさしからずして命終りにけり、武擔山の上にはぶりて、其前に石の鏡をかけたり、鏡の中にいはほの花うつるといへり、石中菱花発　むかしみしにほひはいづら鏡山いはねの花のかげばかりして」（百詠和歌・一二三）

94 トシフレトイロモカハラヌマツノエニ　カ、レルユキヲハナトコソミレ
後撰第八ニアリ。題不知読人不知トカケリ。松花ハ一千年ニサク、ト本文ニイヘリ。
336 年ふれと色もかはらぬ松のえにかゝれる雪を花とこそみれ
後撰の第八に有。題不知読人不知とかけり。松花は一千年にさく、と本文にいへり。
【出典】後撰集・四七五・よみ人も（読人不知）

【他出】古今六帖・七四〇（三句「松がえに」五句「花かとぞ見る」）
【注】○松花ハ　「徳是北辰　椿葉之影再改　尊猶南面　松花之色十廻　聖化万年春」（新撰朗詠集・六一五）に拠るか。以後「松の花十かへり咲ける君が代になにとあらそふ鶴のよはひぞ（基俊集☆・四四）、「まことにやまつはとかへり花さくときみにそ人のとはんとすらむ（長秋詠藻・九七）、「きみがよのかものやしろのひめこまつとかへりはなぞさかんとすらん」（長秋詠藻・一三八）、「いくとせもさらにかぎらじ君が代はまつにとかへりはなのさくまで」（風情集・一五四）など、院政期以降に詠出例が見える。

春雪

95 ウチナヒキハルサリクレハシカスカニ　アマクモキリアヒユキハフリツヽ
万葉第一哥也。シカスカトハ、サスカニトイフ。

残雪〈天部　春雪　雪下〉

56 うちなひき《キラシ》春さりくれはしかすかにあま雲きりあひ雪はふりつゝ
万第一歌也。うちきらしとは、うちなひきといふなり。しかすかにとは、さすかにといふ。あま雲とは、そらの雲なり。

【出典】万葉集巻第十・一八三二「打靡《うちなびく》　春去来者《はるさりくれば》　然為蟹《しかすがに》　天雲霧相《あまくもきらひ》　雪者零管《ゆきはふりつつ》」〈校異〉非仙覚本（元、類、廣、紀）異同なし。

【他出】人麿集Ⅲ・一三、古今六帖・二二（二句「はるさめくらし」）、赤人集・一一九（二句「はるさりくれて」四句「そらくもりあひ」）、綺語抄・五八

【注】○**うちきらしとは**（異本）「うちきらし」を「うちなひき」と解すること不審。「なひき」に「キラシ」の異文注記を示すが、そのことと関わるか。「うちきらし　四条大納言歌枕に、ゆきのふるにかきくらがるをいふ」（綺語抄）。また「うちきらしあまぎるそらと見しほどにやがてつもれる雪の白山」（永縁奈良房歌合・雪・五一・弁得業）に対して、「うちきらし、心えず、ふりきらし、といはばやな」（判詞）とする。また、袋草紙に「「うちきらし」「あまぎるそら」已に重言なり」とある如く、釈意に若干の混乱があったか。「うちきらしとは、そらのかきくらすをいふ」（僻案抄）○**シカスカトハ**　「古歌枕云、しかすかにはさすかといふ事也」（口伝和歌釈抄）
【参考】「しかすかにとは、さすかにといふ也」（松か浦嶋）、「うちきらし〈きりたる也〉」「しかすか《然為我》〈さすか也〉」（八雲御抄）

霰

アラレフリイタマカセフキサムキヨハ　マタヤコヨヒモワカヒトリネム
万葉第十一ニアリ。イタマカセフキ、コ、ロヲホカリ。

霰〈天部　春雪下〉

300 あられふりいたまかせ吹さむきよはまたやこよひもわれひとりねん
万葉第十に有。いたま風ふき、心おほかり。

【出典】万葉集巻第十・二三三八「霰落《あられふり》　板屋風吹《いたやかぜふき》　寒夜也《さむきよや》　旗野尓今夜《はたのにこよひ》　吾独寐牟《あがひとりねむ》」〈校異〉①「あられ」は元及び紀（「霰」左江）が一致。類、紀及び元（「あられ」右赭）「みそれ」②は類、紀及び元（「うふるかせふく」右赭）が一致。元「いたうるかせふく」で、赭「うふるかせふく」を消す。③未見。類「さむきよや」。元「さむきや」で

「きや」右緒「ヨ」。紀「サムキヨヲ」。仙覚本は「サムキヨヤ」④未見。非仙覚本及び仙覚本は「はたのにこよひ」

【他出】人麿集Ⅱ・一七九（二句「いたくもふゝき」下句「はたのにこよひかり人のねむ」）、六百番陳状・一二九（三四五句「寒き夜やはたのに今夜わが独ねむ」）、色葉和難集・八九（みぞれふりいたま風吹きさむき夜や旗野にこよひ我がひとりねむ）・九二五（みぞれふりいまだ風ふきしむる夜にはたのにこよひわが独ねん）

【注】○**イタマカセフキ**　平安期の用例は僅少である。「いでてみよいたまかぜふきさえさえてひまこそしらめゆきやふりぬる」（中古六歌仙・一九三・俊恵、但し、月詣集・九三八では二、三句「板まの風は吹きさえて」）

97

シモノウヘニアラレタハシリイヤマシニ　アラレ*マヰ《ハ》コムトシノヲナカク

同第廿ニアリ。タハシリトハ、トハシリトイフコトナリ。マヰコムトハ、メクリコムトイフナリ。

301 霜のうへにあられたはしりいやましにあはれまゐこん年のをなかく

同第廿に有。たはしりとは、とはしりと云ことなり。まゐこんとは、めくりこむといふなり。

【本文覚書】80に既出。底本和歌上部余白に「霜ニモアリ」と注記する。底本「ラ」を墨消。

98

ミヤマニハアラレフルラシトヤマナル　マサキノカツライロツキニケリ

古今第廿ニアリ。朗詠ニモイレリ。委見神楽云々。

302 み山にはあられふるらしと山なるまさきのかつら色つきにけり

古今第廿に有。朗詠にもあり。真《マ》砕葛《サキノカツラ》色つく、とよめり。委見神楽部。

【出典】古今集・一〇七七・（とりもののうた）

【他出】古今六帖・二二六、新撰和歌・一二八、新撰髄脳・一三、金玉集・三七、九品和歌・三、深窓秘抄・五八、和漢朗詠集・三九、和歌体十種・七、俊頼髄脳・三八・一六九、奥義抄・七一・八九・一〇八、袖中抄・三四八、和歌十体・四、定家八代抄・一七二五

【注】○**朗詠ニモイレリ**　和漢朗詠集・三九二。「美也末耳波　安良礼不留良之　止也末奈留　末佐支乃加津良　以呂津幾耳計里　色津支尓計里」（「深山には霰降るらし外山なる眞拆の葛色づきにけり色づきにけり」神楽・庭燎）。○**真《マ》砕　葛《サキノカツラ》**　表記の根拠未詳。○**委見神楽**　異本は「神楽部」とするが、流布本には神楽部なし。

ミヤマヘノコノクレコトニソメワタル　シクレトミシハアラレナリケリ

六帖ニアリ。コノクレトハ、木ノシケリアヒテクラキヲイフ。

303 み山へのこの暮ことにそめわたる時雨とみれはあられ成けり

六帖に有。この暮とは、木のしけりあひてくらきをいふ。

【出典】存疑

【他出】口伝和歌釈抄・一六七（四句「しぐれとみれば」、作者名を家持とする）、綺語抄・七二五（初句「みやまのき」四句「しぐれと見れば」）、別本童蒙抄・三〇八（初二句「ミ山キノコノウレコトニ」）

【注】○**コノクレトハ**　「このくれとわ、しけりてくらきをいふ也」（口伝和歌釈抄）、「このくれ　きのしたのしげりてくらきをいふ」（綺語抄）、「このくれ、木のしけき所也」（奥義抄）、「このくれ〈木ノシゲキトコロナリ〉」（和歌初学抄）、「木ノクレトハ、木ノシケリテクラキヲ云」（別本童蒙抄）

【参考】「このくれとは、木のしけりあひてくらきをいふ」（松か浦嶋）

和哥童蒙抄第二
時節部
春
早春　七日〈在若菜／白馬〉　子日　卯杖　三月三日　雑春　三月尽
夏
更衣　神祭　夏夜　納涼　氷室　晩夏　六月祓
秋
早秋　七夕　八月十五夜　駒迎　九月九日　九月尽
冬
初冬　冬夜　仏名　歳暮　除夜
和哥童蒙抄巻第二
時節部
春
早春　七日〈在若菜／白馬〉　子日　卯杖　三月三日　雑春　三月尽
夏

更衣　神祭　夏夜　納涼　氷室　晩夏　六月祓

秋

早秋　七夕　八月十五夜　駒迎　九月九日　九月尽

冬

初冬　冬夜　仏名　歳暮　除夜

春　ツカサトル神ヲ、サヲヒメトイフナリ。
正月　コノ月ニシタシクヲモフ人ニユキアヒムツフル《ニ》ヨリテ、ムツキトイフ。
二月　コノ月ニサラニサムキカセフキテ、イマサラニキヌヲキルニヨリテ、キサラキトイフ。
三月　コノ月ニモロ〳〵ノクサノイヤヲヒニヲフルニヨリテ、ヤヨヒトイフ

春　つかさとれる神をさをひめといふ
正月〈この月にしたしくおもふ人にゆき／むつふるによりて、むつきといふ。〉
二月〈この月にさらにさむき風ふきて今更に／きぬをきるによりて、きさらきといふ。〉
三月〈この月にもろ〳〵のくさ木のいやをひに／おふるによりて、やよひといふ。〉

【注】○春　「さほひめとは、春をそむる神也。異本夏をそむる神なりとも」（能因歌枕）、「さほひめ　春をそむる神也」（綺語抄）、「神　サホヒメ〈春ヲソムル神也〉」（和歌初学抄）、「さをひめ　春をそむる神也」「四季つかさとる神

の中に、春の季の神をはさをひめといふ也」（和歌色葉）、「四季をつかさどれる神あり。春の神はさほひめなり」（色葉和難集）。袖中抄「さほひめ」参照。〇**正月**　「正月〈むつき〉　たかきいやしきゆき〻たるかゆへむつびづきといふをあやまれり」（奥義抄）、「正月〈むつき、たかきもいやしきもゆき〻たるかゆへにむつひ月といふなり〉」（和歌色葉）、「元三のあひだは、たふときいやしき拝賀の礼をいたす。これによりてむつび月といふなり。また、春のわかけばは、む月といふなり」（十二月事）〇**二月**　「二月〈きさらき〉さむくてさらにきぬをきれはきぬさらきといふをあやまれり」（奥義抄）、「二月〈きさらき、さむくてきぬをさらにきれはきぬさらきといふなり〉」（和歌色葉）、「正月はやはらかにあた〻かなるに、此月にいたりて空のけしきうた〻さむければさらにふゆのころもをきる。これによりてきぬきさらぎといふ」（十二月事）〇**三月**　「三月〈やよひ〉風雨あらたまりて草木いよ〳〵おふる故にいやをひつきといふをあやまれり」（奥義抄）、「三月〈やよひ、あめかせあた〻かにてくさ木のいよ〳〵をふれはいやよ（ヲ）ひつきといふなり〉」（和歌色葉）、「この月、あめかぜともにあた〻かにして、くさきいよ〳〵おふ。このゆへにいやおひといふ」（十二月事）。

【参考】「春をつかさとる神をは、さをひめといふ　ふるき哥に、いやしけよこと〻よめるは、いよ〳〵しけくふることはといふ也」（松か浦嶋）

【補説】四季神、月の異名については、後世多くの資料に言及されるものの、その始発を確定することはできなかった。また、月の異名や景物を列記した『十二月事』という書が樋口芳麻呂氏によって紹介されている（「『十二月事』とその考察」〈『平安文学研究』48、一九七二年六月〉）。氏は同書を「平安末期ごろの撰とみるのが妥当ではなかろうか」とされる。月の異名に関しては、童蒙抄以前のまとまった資料未見のため、しばらく該書の記事を紹介しておく。

100 早春

ムツキタチハルノキタラハカクシコソ　ムメヲ、リツ、タノシキヲツメ

万葉五ニアリ。タノシキヲツメトハ、老子ニ、衆人凞々如登春台、トイフナリ。凞々ハ、タノシフカタチナリ。ハルハヲホカタモノ、イロモコヱモヨロコヒ、人ノコ、ロモタノシムナリ。

春部

立春〈早春〉

35 むつきたち春のきたらはかくしこそむめを折つゝたのしきをつめ

万葉五にあり。たのしきをつめとは、老子に、衆人熙々如登春台、といへり。熙々は、たのしふかたちなり。春はおほかたものゝ色もこゑもよろこひ、人の心もたのしむなり。

【出典】万葉集巻第五・八一五「武都紀多知《むつきたち》　波流能吉多良婆《はるのきたらば》　可久斯許曾《かくしこそ》　烏梅乎〃岐都〃《うめををきつつ》　多努之岐乎倍米《たのしきをへめ》」〈異文〉⑤未見。類、細、廣、紀「たのしきをへめ」。細（「タノ」右）、廣（「タノシ」右）「若ヌカ」。仙覚本は「タノシキヲヘメ」で、温「タヌシキヲヘメ」

【他出】若宮社歌合・九〇判詞、六百番陳状・二

【注】○**老子ニ**　「衆人凞凞、如享太牢、如春登台」（老子・異俗）。老子の引用はこの一箇所のみ。「凞凞」につき、道徳経註は「熙熙寛易和楽也」とする。また、童蒙抄の如く、「衆人凞々如登春台」の形で引用するのは、荊楚歳時記、説郛等である。なお太平御覧は二箇所に引用するが、一方は童蒙抄の形と同じである。

101 ムツキタツハルノハシメニカクシツ、　アヒシヱミテハトシハケメハモ
万十四ニアリ。アヒシヱミテハトハ、トシノハシメニハ、シタシキ人ニハカナラスアヒミエテ、ヨロコヒヲナシイハフナリ。トシハメトハ、トシハヘメトイフナリ。

36 むつきたつ春のはじめにかくしつ、あひしゑみてはとしはけめはも
万十四に有。あひしゑみてはとは、年の始には、したしき人には必あひみえて、慶《ヨロコヒ》をなしいはふなり。
としはけめとは、としはへめといふなり。

【出典】万葉集巻第十八・四一三七「牟都奇多都《むつきたつ》　波流能波自米尓《はるのはじめに》　可久之都追《かくしつつ》　安比之恵美天婆《あひしゑみてば》　等枳自家米也母《ときじけめやも》」
〈校異〉⑤未見。非仙覚本（元、類、廣、古）及び仙覚本は「ときしけめやも」
【他出】六百番陳状・三（五句「ときじけめやも」）、八雲御抄・一七八
【参考】「牟都奇多都波流能波自米爾可久之都追安比之恵美天婆等枳自家米也母（ムツキタツハルノハシメニカクシツ、アヒシヱミテハトキシケメヤモ）ムツキトハ、正月ヲ云也。源順カシタル和名抄ノ月トモノナノ所ニミヘル也」（万葉集抄）、「あひしゑみてはと云は、年のはじめにはしたしき人にかならすあひ見えてよろこひをなしいはふなり。としはけめと云は年はへめといふなり。是範兼説也」（八雲御抄）

102 フユスキテハルハキヌレハトシツキハ　アラタマレトモヒトハフリユク
万十二ニアリ。フリユクトハ、トシノカサナリテヲイユクトイフナリ。

37 冬すきて春はきぬれはとしつきはあらたまれとも人はふりゆく

万十二に有。ゆくとは、としのかさなりておいゆくと云なり。

【出典】万葉集巻第十・一八八四「寒過《ふゆすぎて》　暖来者《はるのきたれば》　年月者《としつきは》　雖二新有一《あらたなれども》　人者旧去《ひとはふりゆく》」〈校異〉②未見。類「はるのきぬれは」。廣、古、紀「ハルシキヌレハ」。仙覚本は「ハルシキヌレハ」

【他出】人麿集Ⅲ・六六〇（二句「ハルシキヌレハ」）、赤人集・一七九（初二句「ふゆはすきはるはきぬれと」）、家持集・七（初二句「さむさすきはるはきぬらし」）

103

マキムクノアナシノヒハラハルタテハ　ハナカユキカトミユルユフシテ《カケ》

万葉集ニ詠山哥也。類聚三代格ノ第二云、大和国丹生《ニフ》川上《カハカミ》穴師《アナシノ》神社《ヤシロ》トイヘリ。

45　まきもくのあなしのひはら春たてははなか雪かとみゆる夕かけ

万葉二に詠山歌也。類聚三代格の第二云、大和国丹生《ミフノ》川上《カハカミ》穴師《アナシノ》神 社《カミノヤシロ》といふなり。

【出典】存疑。異本に「万葉二」とするも該当する和歌未見。好忠集・三七一の誤りか。奥義抄、和歌色葉は、それぞれ「曾丹歌」、「好忠歌云」とする。なお万葉集で「詠レ山」に該当する歌は、巻第七・一〇九二歌（「動神之《なるかみの》　音耳《おとのみ》　聞《ききし》　巻向之《まきむくの》　檜原《ひばらの》　山乎《やまを》　今日見鶴鴨《けふみつるかも》」）のみである。また、五代集歌枕には103歌は収録されていない。

【他出】好忠集・三七一、奥義抄・五九三、和歌色葉・二九七、新勅撰集・二〇（三句「はるくれば」）、色葉和難集・六一七、以上五句「見ゆるゆふしで」

【注】○類聚三代格ノ第二云　同書の第二巻は「仏事上」であり、「神社事」を載せる巻第一の誤りか。同書巻第一には、寛平七年六月二十六日の太政官符に「応レ禁二制大和国丹生川上雨師《アマシ》神社界地一事」とある。

ユキノウチニハルハキニケリウクヒスノ　コホレルナミタイマヤトクラム
古今一ニアリ。二条后哥也。トリハナケトモソノナミタマナコニミエストイヘトモナク、トイフニツキテカクヨメリ。

38　雪のうちに春はきにけり鶯のこほれるなみたいまやとくらん

古今第一に有。二条后歌也。鳥はなけとも其涙眼に雖不見《ミエストイヘトモ》なく、といふにつきてかくよめり。

【本文覚書】726に重出

【出典】古今集・四・（二条后）

【他出】新撰和歌・一七、古今六帖・四四〇五、和歌体十種・三六、俊頼髄脳・三四七、綺語抄・五六八、新撰朗詠集・六三、和歌十体・一五、奥義抄・一一九・四三六、和歌一字抄・一〇八一、袋草紙・七四〇、古来風体抄・二一八、和歌色葉・七（五句「けふやとくらむ」）、定家八代抄・二七

【注】○ソノナミタマナコニミエストイヘトモ　「鶯のなかむには、なみたやはあるへきとうたかはれしを、人の申ゝは……うくひすのなみたはなけれとも、なくといふことにひかされてよめるなり……されとなくといふにつきて、なみたとよまむにとかなし。しかはあれと、鶯のなくはさへつるなり。なくにはあらす。たとひなみたはありとも、いつくにとまりてか、冬はこほりて、春ひんかし風にあたりて、とくへき。そらことゝもなれはあやしともいひつへけれとも」（俊頼髄脳）。726では、「本文ニ、トリハナケトモソノナミタマナコニミエストイヘリ」とあり、何らかの典拠があったかと思われるが未見。鳥の涙については、道真の「鳥如知意晩啼頻」（菅家文草巻第三「中途送春」）、あるいは芭蕉の「行春や鳥啼魚の目は泪」など、いずれも杜詩「春望」の影響を受けたとされる。また日蓮の「諸法実相抄」にも、「鳥と虫とはなけどもなみだをちず、日蓮はなかねどもなみだひまなし」とあり、広く享受されたものと思われる。

ウクヒスノタニヨリイツルコヱナクハ　ハルクルコトヲタレカツケマシ
古今一ニ友則哥也。谷ヨリイツトハ、毛詩伐木篇曰、出自幽谷　遷于喬木。

39 鶯の谷より出る声なくは春くることをいかてしらまし
　古今一に友則哥なり。谷よりいつとは、毛詩伐木篇曰、出自幽谷　遷于喬木。

【出典】古今集・十四・大江千里
【他出】新撰万葉集・二六一（四句「春者《はるは》来鞆《くるとも》」）。古今六帖・三三一、奥義抄・一三五、以上五句「たれかしらまし」。口伝和歌釈抄・一六四（下句「はるくるほとをいかてしらまし」）。寛平御時后宮歌合・二二、古今六帖・四三九六、以上五句「誰かつげまし」。綺語抄・五七〇、俊頼髄脳・一七九、袋草紙・六〇四、以上五句「いかでしらまし」。八雲御抄・六二（五句「いかでしらまし」、同抄伝伏見院本には、「たれかしらまし」の「たれ」を見消にして、「いかて」と傍記）
【注】**○友則哥也**　諸資料大江千里詠、袋草紙は作者名「忠峯（千里か、如何）」、口伝和歌釈抄は棟梁とする。古今集では、直前の一三番歌「花のかを」が友則詠。寂恵本「読人しらす」。**○毛詩**「伐木丁丁　鳥鳴嚶嚶　出自幽谷　遷于喬木」（詩経・小雅「伐木」）。105歌が毛詩によるとの説は古今余材抄に見える。「毛詩ニ云、伐ルコトレ木丁《タウ》々タリ、鳥ノ鳴コト嚶々タリ出テ、レ自ニ幽谷一遷ルニ于喬木一ニといへり」（古今余材抄第二）
【補説】105歌の本文は古今集伝本の中でも異同がある。五句「たれかしらまし」雅俗山庄本、静嘉堂本、六条家本、永治本、前田本、天理本、伝寂蓮筆本、雅経本（「たれかつけ《しら》まし」）、「いかてしらまし」筋切本、元永本、私稿本、また基俊本は「春といふことをいかにしらまし」。また、童蒙抄が毛詩を引用するのは三箇所で、他に106、573歌注。注を含む引用は106歌注のみで、鄭箋である。

106 タニカセニトクルコホリノヒマコトニ　ウチイツルナミヤハルノハツハナ

古今ニアリ。タニカセトハ、タヽヨメルニハアラス。毛詩云、習々谷風。注曰、習々和舒之貌、東風謂之谷風、陰陽和則谷風至云々。サレハ、東風ノコヽロヲヨメルナリ。サレハ、天徳哥合ニ、源順鶯哥ニモ、106' コホリタニトマラヌハルノタニカセニナヲウチトケヌウクヒスノコヱ、トヨメリ。

40 たにかせにとくる氷の隙毎にうち出るなみや春のはつ花

古今に有。谷風とは、たゝよめるにはあらす。毛詩曰、習々谷風。注云、習々和舒之貌、東風謂之谷風、陰ニ陽和則谷風至云々。されは、東風のこゝろをよめるなり。されは、天徳哥合に、源順鶯哥にも、41 氷たにとまらぬ春の谷風に猶うちとけぬ鶯のこゑ、とよめり。

【出典】106 古今集・十二・源まさずみ　106' 天徳歌合・三

【他出】106 新撰万葉集・二三九、金玉集・五、和漢朗詠集・一六、寛平御時后宮歌合・二、定家八代抄・一三
106' 順集・一八五（四句「などうちとけぬ」）、拾遺集・六、金葉集初度本・一三、同三奏本・一〇、新撰朗詠集・六五、後葉集・七、袋草紙・三〇六・六三八、和歌色葉・五五、八雲御抄・七三、前摂政家歌合・四〇〇判詞

【注】○**毛詩云**　「習習谷風　以陰以雨〈興也。習習和舒貌。東風謂之谷風。陰陽和而谷風至。夫婦和而室家成。室家成而継嗣生〉」（詩経・邶風「谷風」、括弧内は鄭箋）○**コホリタニ**　天徳内裏歌合二番、鶯、左勝順」

【参考】「谷風にとくる氷は、是毛詩心也。謂東風云々。尤凍可解風也。但非春谷風又多」（八雲御抄）

107 フクカセヤハルタチキヌトツケツラム　エタニコモレルハナサキニケリ
後撰第一ニアリ。読人不知。后宮哥合ニヨメリ。先遣和風報消息、トイヘル詩ノ心歟。

46 ふく風や春立きぬとつけつらん枝にこもれる花咲にけり
後撰第一に有。読人不知。后宮《キサキノミヤ》の歌合によめり。先遺《(ママ)》和風報消息、といへる詩の意歟。

【出典】後撰集・十二・よみ人しらず
【他出】新撰万葉集・一五、古今六帖・三九一
【注】○**先遣和風報消息**「春生何処闇周遊　海角天涯遍始休　先遣和風報消息　続教啼鳥説来由　展張草色長河畔　点綴花房小樹頭　若到故園応覓我　為伝淪落在江州」（白氏文集巻十七「潯陽春三首春生」）。和漢朗詠集（一〇、三四句を収める）、千載佳句（八）。童蒙抄は、和歌の上句が白詩の第三句に拠っているだけでなく、第六句「点綴花房小樹頭」が、下句「エタニコモレルハナサキニケリ」の典拠となっていることをも含めて指摘している。

108 タツノスムサハヘノアシノシタネトケ　ミキハモヘイツルハルハキニケリ
後撰《拾遺歟》第一ニアリ。天暦三年太政大臣七十賀シハヘリケルニ、能宣カヨメルナリ。経信卿、サハヘトミキハトイヘル、義ノヤマヒナリト難セラレタリ。モエイツトハ、ヲヒイツトイフナリ。萌《キサス》コ、ロナリ。

47 たつのすむさはへのあしのしたねとけみきはもえ出る春はきにけり
後拾遺第一に有。天暦三年太政大臣七十賀し侍けるに、能宣かよめるなり。経信卿、沢辺ミキハトいへる、義の病也と難せられたり。もえ出るとは、おひいつると云也。萌《キサス》こゝろなり。

【出典】後拾遺集・九・大中臣能宣朝臣
【他出】能宣集〈西本願寺本〉・一一六、能宣集〈書陵部本〉・一（二句「かはべのあしの」）、難後拾遺・一、麗花集・二、口伝和歌釈抄・九六、袋草紙・五六五、御裳濯集・一〇
【注】○**経信卿**　「さはべといふことばとみぎはといふことば、おなじことなるうへに、みぎはにもえ出るところそいふべけれ。みぎはもえいづるとあれば、にもじいるべうこそおぼゆれ。げにくはしからねど、そのわたりの事なれば、かやうにもよみたる歌もあらん。ふるきうたに、もがりぶねいまぞなぎさにきよすなるみぎはのたづのこゑさわぐなる、といへるもおなじことぞかし。それもよにうたのなんにこそさふ（らふ・補入）なれ」（難後拾遺）。袋草紙では難後拾遺説を引用。○**ヤマヒナリ**　童蒙抄巻十「歌病」の八病、同心には「いまぞなぎさにといひて、みぎはのたづのとよめるなり」を例歌の一としてあげる。○**モエイツトハ**　「萌　キザス　モユ」「牙　キザス　ヲヒテタリ」（名義抄）、「もゆとは、はる草のはじめてもえいづるを云、草はもえなむとよめり。春の柳はもえにけるかなとも」（能因歌枕）、「木草ノメグミイヅルヲバモエトイフ」（古今集注）、「木草ノオヒイヅルヲバモエトイヘバ」（詞花集注）、「もえいつとはめくみいつる也」（和歌色葉）

109
フルユキニミノシロコロモウチキツヽ　ハルキニケリトヲトロカレヌル

トシユキノ朝臣、ムツキノツイタチノ日、キサイノミヤニマイリタリケルニ、ユキノフリケレハ、ヲホウチキヲタマハリテヨメル哥ナリ。ミノシロコロモトハ、ユキノフルニウヘニキタレハ、ミノシロトヨメルナリ。ハルキニケリトハ、トシノハシメニコトサラニトテ、オホウチキヲタマハリタルカメツラシキヨシナメリ。コノウタヲタメシニテ、109' ヤマサトノクサ*ハツユモシケカラムミノシロコロモヌハストモキヨ、トヨメ

リ。正月ツイタチニユキノフレルニコロモヲタマハルコト、モロコシニアリケルヲ、コトノヲコリニスルニヤ。宋書ニ、孝武帝大明五年正月ツイタチニユキフレリ。*江夏生義恭衣ヲモチテユキヲウケテ六出ノ花ヲナシテ瑞トス。帝ハナハタヨロコヒテ、タマフニコロモヲモテストイヘリ。

42 ふる雪にみのしろころもうちきつゝ春きにけりとおとろかれぬる

敏行朝臣、むつきのついたちの日、后宮にまいりたりけるに、雪のふりけれは、おほうちきをたまはりてよめる哥なり。みのしろ衣とは、雪のふるにうへにきたれは、みのしろとよめる也。春きにけりとは、年の始にことさらにとて、おほうちきをたまはりたるかめつらしきよしなめり。この歌をためしにてとよめり。

43 山里の草葉の露もしけからんみのしろ衣ぬはすともきよ

正月ついたちに雪のふれるに給事、もろこしにありけるお、とこ《(ママ)》のおこりにするにや。宋書云、孝武帝大明五年朔に雪ふれり。江夏生《(ママ)》義恭衣をもちて雪をうけて六出の花をなして瑞とす。帝甚悦て、たまふに衣をもてすといへり。

【本文覚書】109は458に重出。○クサハツユモ…草ハ《クサハ》露モ（和）、草葉の露も（筑B）、クサバ、ツユモ（刈）、クサハハツユモ（東）、草場は露も（岩）、草場も露も（大）　○江夏生…江夏生《王》（和）、江夏王（刈・東）

【出典】明記せず

【他出】109 敏行集・一（詞書「正月一日、二条の后宮にて、しろきおほうちきをたまはりて」）、口伝和歌釈抄・二九

九、俊頼髄脳・二六六、奥義抄・二七五、古来風体抄・二九九、八雲御抄・一七九、定家八代抄・八、色葉和難集・八五七、前摂政家歌合・二六二判詞、以上初句「ふるゆきの」、なお「ふるゆきに」とするもの、顕昭本系俊頼髄脳に多い。109′後撰集・一三五四、口伝和歌釈抄・三〇二、俊頼髄脳・二六七、童蒙抄・四五九、奥義抄・二七六、和歌色葉・三一二、色葉和難集・八五九

【注】○トシユキノ朝臣　「是は敏行かむつきの朔の日、后の宮に参たりけるに、雪の降けれはおほうちきを給て讀る哥也。みのしろ衣といへるは、雪の降に・《うへに》かひ〳〵しくうちきたる也。はるきにけりと《なんみのしろ衣とおほゆるとよめる》云は、春のはしめなれはことさらにとておほうちきを給りたるかめつらしさに、はるきにけりとはよめるにや《なりイ》。次の哥ははしめの哥をためしにて旅の道・《に》はつゆけからん、みのしろにきよとてぬはすともとよめる也。せなかためみのしろ衣うつときそそら行鴈のねもまかひける　是も同心なり」（俊頼髄脳）○宋書ニ　宋書にこの話見えず。「又（沈約宋書曰）、孝武帝大明五年正月旦雪、江夏至（四部本、王）義恭、以衣承雪、作六出花、進以為瑞、帝大悦」（太平御覧巻一九）、「六出花　宋江夏王義泰（四部本、恭）、正旦以衣承雪、作六出花、進以為瑞」（類説巻六十）。なお「六出花」は雪の形容として詩文に多く見える。八雲御抄の所説はこの点を考慮したものか。宋書については116歌注参照。

【参考】「みのしろ〈みのかはり也(ママ)。さてふるゆきのはみの、かはり也〉」「是正月朔日雪ふりけるに、おほうちきを給て、敏行かよめる哥也。みのしろ衣は雪のふるにうへにみの〻しろきにきると云也。さらに無子細。而或説に有本説云々。誠叶例所はあれとも、必不可依其儀。只自然事歟。孝武帝崩五年正月朔日雪降日、江夏王義蔡(ママ)衣をもちて雪をうけて六出の花をなして瑞とす。帝甚よろこひて給に衣をもてすといへり」「衣　みのしろ　むらさきのみのしろ衣と狭衣哥也。所詮只衣也、それを蓑にも寄たる也……ふるゆきのは、ゆきのふるに上にきると云心也。其後つゆにもよめり。同心也」（八雲御抄）

【補説】「みのしろ衣」は、後撰集に入集した敏行の「ふるゆきの」詠、同じく後撰集巻第十九羇旅に入る「山里の」詠を嚆矢とするようだ。僻案抄は「万葉集にはみのしろ衣といふ事見えす」と言っているから、平安初期に詠出され

たものと見て良い。「みのしろ衣」詠歌史の始発にあるのは上の二首だが、後撰和歌集聞書は「山里の」歌について、「中原宗興此歌の後によめるとみゆ」と述べている。宗興は生没年とも未詳、勅撰入集歌もこの一首のみだから、確実なところは不明である。また、口伝和歌釈抄には「ぬき、するみのしろころもかわらすはとをなからにも思ひをこせよ」(三〇〇・兼綱中将)、「人しれぬよその思ひはかいもなしみのしろころもと、めてもきし」(三〇一・女)の贈答を載せている。この二首は他に見えない。「みのしろ衣」は、俊頼髄脳を始めとする院政期以降の歌学書に登場するが、その段階で加わる歌がある。「せながためみのしろ衣うつときぞ空行く雁のねもまがひける」という出典未詳歌で、「みのしろ衣」を擣衣、蘇武譚に結びつけたものである。この歌につき僻案抄は「哥のさまにもふるくはきこえず。遠人のため、みのしろ衣とよめるにや。蘇武、耿莽なとを思よそへてよめる哥なれは、上古の哥とは見えず」と断じている。あるいは院政期流行の中国故事に関わって新たに詠出されたものかもしれない。但し、和歌における「みのしろ衣」の本意は敏行詠にあったと見るべきで、擣衣・蘇武譚を揺曳させる和歌はそれほど多くない。正徹の「春のきるみのしろ衣打ちかすみ山風吹けばあは雪ぞふる」に対して、兼良は「みのしろごろもはるのきるべき事はいかがとおぼえ侍り、又敏行朝臣の、ふるゆきのみのしろ衣打ちきつつは、おほうちきを給はれるにそへたるにや、このうちかすみも下に、あは雪ぞふるなど侍れば敏行がうたをとられ侍りとはおしはかられ侍れど、又古歌に、せながためみのしろ衣うつ時ぞ空行く雁のねもまがひける、と侍るによらば擣衣の心にもやとりなされ侍らん」(嘉吉三年前摂政家歌合)と評して負けにしている。語義は「蓑代衣」「身代衣」二説が指摘されている。宗興歌は詞書によれば女の許に「絹」を残して去る時の詠であるから、両義が掛けられていることになる。院政期以降詠歌例は、俊頼の「おのれかつ散るを雪とやおもふらんみのしろ衣花もきてけり」を始めとして、六条院宣旨、覚性、有房、経家、定家、顕昭、良経などがあり、建保期歌壇にも若干の用例がある。今井源衛「為信集と源氏物語」(『今井源衛著作集一』)、初出『語文研究』20、一九六五年六月)、斎木泰孝「狭衣物語における竹取物語と隠れ蓑物語—「天の羽衣」と「蓑代衣」と「隠れ蓑」—」(『安田女子大学大学院博士課程開設記念論文集』、一九九七年三月)

110
アツマチハナコソノセキモアルモノヲ　イカニシテカハ、ルノキツラム
後拾遺ニアリ。春ハヒムカシヨリキタル、トイフ心ヲヨメルナリ。礼記曰、立春之日、天子迎春東郊云々。

44 あつまちはなこそのせきもあるものをいかにしてかは春のきつ覧
後拾遺に有。春は東よりきたる、といふ心をよめるなり。礼記云、立春之日、天子迎春於東郡《ママ》云々。

【出典】後拾遺集・三・源師賢朝臣
【他出】和歌一字抄・一、五代集歌枕・一八四〇、古来風体抄・三九六
【注】○**春ハヒムカシヨリ**「春はひむがしよりきたるといふ心をよみ侍ける」（後拾遺集・三詞書）○**礼記曰**「是月也、以立春、先立春三日、太史謁之天子曰、某日立春、盛徳在木、天子乃斎。立春之日、天子親帥三公九卿諸侯大夫、以迎春於東郊、還反賞公卿大夫於朝」（礼記月令第六）
【参考】「な《陸》こその、後拾遺賢」（八雲御抄）
【補説】礼記が書名を明記して引用されるのは、110、731、740、782、832歌注である。また、書名を明記しないものの、礼記によると考えられるのは131である。このうち、740歌注を除くと、本文のみを引用するのは110、131、782歌注、注を含んで引用するのが731、832歌注である。引用される注は諸注を比較した結果、鄭玄注とみてよい。また、複数の資料から引用し、検討すべき問題を含むのが740歌注である。これらの資料を引用する童蒙抄の本文は、尊経閣本、異本ともに若干の混乱が認められ、本文校訂の点からも、引用本文の確認が必要である。また、童蒙抄が礼記そのものから引用しているのか、あるいは類書に拠っているのかという問題もある。類書に拠る場合も、すべて類書によるのか、一部は礼記そのものに拠りつつ、一部類書を利用しているのかの判断も必要であろう。以下に尊経閣本、異本本文を併記し、礼記該当箇所を掲げる。なお740歌注は、礼記を含んで複数の書から引用するので、①から⑦に分かって検討

する。なお太平御覧は童蒙抄の披見は想定できないが、童蒙抄が修文殿御覧を引用している可能性は高いので、二書の関係を前提として、間接的な証左となることを考慮して言及することとする。なお童蒙抄引用文末尾に尊経閣本は（尊）、異本は（異）として本文を、その後に礼記本文を示す。

110歌注

礼記曰、立春之日、天子迎春東郊云々（尊）

礼記云、立春之日、天子迎春於東郡《ママ》云々（異）

立春之日、天子親帥三公九卿諸侯大夫、以迎春於東郊、還反賞公卿大夫於朝

（礼記月令第六）

この注は、礼記そのものから引用したと考えても良い。類書（古今事文類聚前集巻六、太平御覧巻二十）にも同様の記事はあるが、礼記の抜粋箇所まで一致するものではない。

131歌注

又、迎秋於西郊云々（尊）

又、迎秋於西郡《ママ》云々（異）

天子親帥三公九卿諸侯大夫、以迎秋於西郊、還反、賞軍帥武人於朝（礼記月令第六）

この注は、礼記から引用したかと思われるが、出典名を示さない。

731歌注

礼記曰、仲春之月、玄鳥至。々之日、以太牢于高媒。注曰、玄鳥燕。時以其来巣室宇、嫁娶之象也。媒氏以之為作《ママ》（尊）。

礼記曰、仲春之月、玄鳥至。々之日、太牢 礼《ママ》于高媒。注曰、玄鳥燕。時以其来巣室宇、嫁娶之象也。媒氏以之為作《ママ》（異）

仲春之月……是月也。玄鳥至、至之日、以大牢祠于高禖。天子親往〈玄鳥燕也。燕以施生時来。巣人堂宇而孚乳。嫁娶之象也。媒氏之官以為候。高辛氏之世、玄鳥遺卵。娀簡呑之而生契。後王以為媒官嘉祥。而立其祠焉。変媒言禖。神之也〉（礼記月令第六、括弧内鄭玄注）

童蒙抄本文に相当の混乱が認められるが、礼記及び鄭玄注からの引用と見ることも可能である。但し、芸文類聚にはこの部分が複数箇所に引用される。そのうち鄭玄注をも含んで引用するのは、巻四十「婚」である。以下に掲出する。

礼記曰、仲春之月、玄鳥至、至之日、以太牢祀高禖〈玄鳥燕也。燕以来巣、室于嫁娶之家、媒氏以為候也〉（芸文類聚巻四十）

引用箇所から推すに、あるいは芸文類聚からの引用であるかもしれない。

740歌注。

この注には複数の資料が引用されるので、資料別に①〜⑦に分けて述べる。まず書式であるが、尊経閣本は①の前行に「伯労」と項目を置く。①と②は改行せずに続け、③で改行し、④で改行したあと⑦までを続けて書く。異本は「伯労」がなく、①から⑦まですべて改行せずに続けて書く。以下、①から順に出典との関係を示す。

①大戴礼曰、五月鴂則鳴。鴂者鶪也。鳴者相命也（尊）
大載礼曰、五月鴂則鳴。鴂者伯鶪也。鳴者相命也（異）

五月……鴂則鳴。鴂者百鶪也。鳴者相命也。其不辜之時也。是善之。故尽其辞也。
（大戴礼「夏小正　第四十七」、同書に「伯労」の語見えず）

①は太平御覧にもある。

②左伝昭曰々々。郯子曰、少皞鳥師而鳥伯趙氏司重・者也。注曰、伯趙労也。夏至鳴冬至止也（尊）
左伝昨（マヽ）日云々。郯子曰、少皞鳥師而鳥伯也（異）

引用されているのは、春秋左氏伝の昭王十七年の条。該当箇所は以下の通りである。童蒙抄と関連する部分のみ括弧内に示した。注は杜預注である。

秋。郯子来朝。公与之宴。昭子問焉曰。少皞氏、鳥名官、何故也。郯子曰。吾祖也。我知之。昔者、黄帝氏以雲紀、故為雲師而雲名。炎帝氏以火紀。故為火師而火名。共工氏以水紀。故為水師而水名。大皞氏以竜紀。故為竜師而竜名。我高祖少皞摯之立也。鳳鳥適至。故紀於鳥。為鳥師而鳥名。鳳鳥氏歴正也。玄鳥氏司分者也。伯趙氏司至者也〈伯趙伯労也。以夏至鳴。冬至止〉。青鳥氏司啓者也。丹鳥氏司閉者也。祝鳩氏司徒也。鴡鳩氏司馬也。鳲鳩氏司空也。爽鳩氏司冦也。鶻鳩氏司事也　（春秋左氏伝・昭王十七年）

左氏伝から直接引用したとは考えにくく、本文もかなり混乱している。ことに「少鴡鳥師而鳥」の部分は、左氏伝のどこに対応するのか判断に困る程である。類書では、

左伝曰、郯子云、少皞祝鳩氏司徒也（芸文類聚巻九十二）

左伝曰、郯子云、少皞時伯趙氏司至者也〈杜預注云、伯趙伯労也。夏至鳴冬至止〉（太平御覧巻九二三「伯労」）

とあり、この箇所は類書からの引用ではないかと考えられる。

③爾雅曰、鵙伯労也（尊）

又雅曰、鵙伯労也（異）

鵙伯労也。（爾雅）

引用が短く、爾雅そのものに拠るのか否か判断は難しい。

④礼記月令云、仲夏之月々、無声云々（尊）

礼記月令云、仲夏之月云々、無声（異）

この部分については疑問がある。該当箇所は⑥と同じであり、何故同じ典拠を二度にわたって、同じ注文中におかねばならなかったのかが理解できない。あるいは、このことが740歌注そのものの、複層的な成立を示唆するかもしれ

ない。

⑤風土記曰、祝鳩之也。祝鳩ハ鵙也（尊）

風土記曰、祝鳩之也。祝鳩ハ鵰也（異）

風土記は日本国見在書目録に見えない。芸文類聚、太平御覧には以下のように引用されており、ここは類書からの引用と見て良いのではないかと考える。なおこの箇所は、漢籍にも逸文が少なく、管見に入ったものとしては、爾雅翼（宋・羅願撰）巻十四「反舌」の項に「風土記以為反舌則非其類」とあるのを見る程度である。

風土記曰、祝鳩反舌也（芸文類聚巻九十二）

風土記曰、祝鳩反舌也。鄭注礼記云、反舌百舌鳥」（太平御覧巻九二三「百舌」）

⑥礼記月令、仲夏之月小暑至リ蜋生、鵙始鳴。反舌《ウクヒス》無声。注、賞《(ママ)》蜋ハ螵蛸《ヘウセウ》母也。賜《(ママ)》伯労也。反舌者百舌鳥也（尊）

礼記月令、仲夏之月小暑至ル。蜋生《ナル》。鵙始反舌《ウクヒス》無声。注、雲《(ママ)》蜋ハ螵蛸《ヘウセウ》母也。鵙伯労也。反舌者百舌鳥也（異）

仲夏之月……小暑至。螳蜋生、鵙始鳴、反舌無声〈皆記時候也。螳蜋螵蛸母也。鵙博労也。反舌百舌鳥〉

（礼記月令第六、括弧内は鄭注）

⑦高誘《(ママ)》テ曰、是月陰作於下陽発於上ニ。伯労夏至後応シテ陰ニ而殺蚍ヲ、礫《ハリ》テ之棘上ニ而始鳴也。反舌者百舌也。爰其剋效百鳥之鳴。故謂之百舌也（尊）

高誘テ《(ママ)》曰、是月陰《(ママ)》　候於下陽散於上ニ。伯労夏至後応シテ陰ニ而殺蚍ヲ。礫《ハリテ》之棘上ニ而始　鳴也。反舌者百舌也。爰其剋效百鳥之鳴。故謂之百舌也（異）

⑥⑦は後述の事情から、一括して扱う。まず、⑦には出典が書かれておらず、「高誘テ曰」から始まる点が不審である。両本とも明らかに「テ」とあるが、あるいは誤写であろうか。⑥は前述の如く、④と同じ部分を引用している。その結果、740歌注は、注として混乱しているといわざるを得ず、何故そういったことが起きたのかを考える必要がある。⑥は単独で見た場合、礼記からの引用と考えても特に問題はない。しかし続く⑦の注が問題である。「是月陰作

於下」以下の文言は、天中記、格致鏡原、六家詩名物疏など後代の類書や詩書に載るが、すべて「呂覧（呂氏春秋）注云」とあり、呂氏春秋を注した高誘の名をあえて書くものはない。管見の限り、「高誘」（後漢）の名が見えるのは、清の御定淵鑑類函巻十四「夏至」の項、「高誘礼記注曰、鵙伯労也。伯労夏至後」（高誘が礼記の注を著したとの説は聞かない。これを礼記注と誤ったのは、後述の如く、呂氏春秋の注文が礼記注と酷似するからであろう）の一文でのみである。ここはやはり⑦の出典注記が曖昧であることを考慮して、⑥との関連を検討する必要がある。その結果、童蒙抄が参照した文献として考えられるのは初学記である。以下に該当箇所を示す（割り注は括弧内に入れ、⑥と一致する部分には傍線を、⑦と一致する部分には二重傍線を付す）。

月令曰、仲夏之月、日在参、昏角中、暁危中〈鄭玄注曰…〉
律中蕤賓〈高誘曰、是月月陰気萎蕤在下、象主人、陽気在上、象賓客〉
小暑至、螳蜋生、鵙始鳴、反舌無声〈螗蜋、螵蛸母也、鵙伯労也、反舌、百舌鳥、高誘曰、螗蜋代謂之天馬、一名齕疣、兗予謂之巨斧、是月陰作於下、陽散於上、伯労、夏至後応陰而殺蛇、乃磔之棘上而始鳴也、反舌百舌也、変易其声、倣百鳥之鳴、故謂之百舌也〉
（初学記巻三）

初学記の本文と注を見る限り、高誘があたかも礼記の注を書いたように見えるが、実はこの部分は呂氏春秋と内容が重なるのである。以下に呂氏春秋を掲げる（高誘注文は括弧内に入れる）。

仲夏之月、日在東井、昏亢中、旦危中……律中蕤賓〈蕤賓、陽律也。是月陰気萎蕤在下。象主人、陽気在上、象賓客…〉。其数七。其味苦。其臭焦。其祀竈。祭先肺。小暑至。螳蜋生〈小暑、夏至後六月節也。螳蜋於是生。螳蜋、一曰天馬、一曰齕疣、兗州謂之拒斧也〉。鵙始鳴。反舌無声〈鵙、伯労也。是月陰作於下、陽発於上、伯労夏至後応陰而殺蛇、磔之於棘而鳴於上〉

右のような経緯を考慮すると、童蒙抄が参照したのは、初学記であろうと考えられる。④と⑥が同じ箇所を引用した注文であることも、⑥⑦で依拠資料を変えたために生じた混乱だと考えれば納得できる。

782歌注
①大戴礼曰、正月雉震雊《フルヒナク》（尊）
大戴礼曰、正月雉震雊（異）
正月……雉震呴。呴也者鳴也。震也者鼓其翼也（大戴礼「夏小正　第四十七」）
芸文類聚には以下の如くある。
大戴礼……正月、雉震鳴鴝、鼓其翼也（芸文類聚巻二）
どちらが出典かを特定することは難しいが、740歌注①でも大戴礼を引用しているので、ここも直接大戴礼から引用したかもしれない。
②礼記月令、律中大呂雉雊鶏乳云々（尊）
礼記月令、律中大呂雉雊鶏乳云々（異）
其日壬癸……其音羽、律中大呂、其数六……雁北郷、鵲始巣、雉雊、雞乳…（礼記巻六）
礼記からの引用は、相当に抜粋的である。一方類書では、初学記が当該箇所を引くが、以下の如く、抜粋的である。
律中大呂、雁北嚮、鵲始巣、雉雊鶏乳（初学記巻三）
あるいはここも類書に拠るのではないだろうか。このように礼記を抜粋的に引用するものに、古今事文類聚がある。
832歌注
礼記月令曰、季夏之月腐草為蛍。注、蛍ハ飛虫、蛍火也（尊）。
礼記月令曰、季夏之月腐草為蛍。注、蛍ハ飛虫、蛍火也云々（異）
季夏之月……温風始至。蟋蟀居壁、鷹乃学習、腐草為蛍〈皆記時候也。鷹学習謂習攫也。夏小正曰。六月鷹始摯。蛍飛虫蛍火也〉（礼記月令第六）
礼記を注（鄭玄注）と共に引く。芸文類聚は、以下の如く、「飛虫」以下が注であることを示さない。

礼記曰、季夏之月、腐草為蛍、飛虫蛍火也（芸文類聚巻九十七）

また初学記は、本文のみを引き、注を引かない。したがって、ここは直接礼記に依拠したのではないかと思われる。

童蒙抄の礼記摂取は、上述の如く、礼記自体を、注をも含んで引用する場合と、類書に拠る場合が混在している。このことが、童蒙抄注文自体の構造、すなわち、童蒙抄の依拠資料にすでに礼記に関する記事が存在し、それを受け継いだ箇所と、童蒙抄が新たに付加した箇所からなる、複層的なものであることに拠るのか、童蒙抄自身が資料の扱い方を変えているのかは判然としない。

七日　在若菜　白馬

*荊楚歳記曰、正月七日為人日〈正月一日為鶏、二日／為狗、三日為猪、四日／為羊、五日為牛、／六日為馬、七日為人〉以七種菜為*美食之、令人無万病。

七日〈在若菜　白馬〉

荊楚歳時記云、正月七日為人日、正月一日為鶏、二日為狗、三日為楮《ママ》、四日為羊、五日為牛、六日為馬、七日為人、以七種菜為羹食之、人無病。

【本文覚書】○荊楚歳記…荊楚歳時記（和・東・大）　○美…内・谷以外「羹」

【注】○**荊楚歳（時）記曰**「正月七日為人日。以七種菜、為羹。剪綵為人、或鏤金箔為人、以貼屏風。亦載之頭鬢。亦造華勝以相遺。登高賦詩。〈按董勛問礼俗云、正月一日為雞、二日為狗、三日為羊、四日為猪、五日為牛、六日為馬、七日為人…〉」（荊楚歳時記）。所謂「人日」の事は、早く中国においてもその起源は不明となっていたらしい。守屋美都雄『校註荊楚歳時記─中国民俗の歴史的研究』（帝国書院、一九五〇年）、同『荊楚歳時記』（東洋文庫、平

凡社、一九七八年）参照。「羹食之令人無万病」（流布本）、「食之人無病」（異本）に該当する部分は、荊楚歳時記関係の書に見えない。「節日由緒　七日採七種羹〈七日七種羹。先嘗味、除邪気之術也〉」（二中歴・五・歳時）。後のものだが、下学集は「人日」の項に荊楚歳時記を引き、七種の菜で羹を作って食すると息災であるとの説を「或書曰」として引く。「人日〈正月七日也。凡毎年正月一日曰雞日〉、見荊楚歳時記矣。或書曰、人日以七種菜作羹、食之則諸人無病患也」（下学集上・時節）

111

カスカノ、トフヒノ、モリイテ、ミヨ　イマイクカアリテワカナツミテム

古今第二巻ニアリ。ムカシモロコシニイクサセシトキ、ヲホキナルタイマツヲヤマノミネコトニタテ、、イクサヲコリクレハ、次第ニヒヲトモシレツ、、一月ニユクホトナレハ一日シル。コレヲ烽燧トイフ。ムカシ奈良ノ京時、アツマヨリイクサキタラムトセシニ、カノトフヒヲアケタリシニ、コノカスカノニタテハシメテ、マモリ人ヲ、キタリキ。ソレヨリトフヒノトイフナリ。山ノミネナラヌソ本文ニハタカヒタル。イツレノ帝ノ時ソ。タシカニタツヌヘシ。

若菜〈第二　早春下〉

52 春日の、とふひの野もり出てみよいまいくか有てわかなつみてん

古今第二巻ニ有。昔もろこしにいくさせし時、おほきなるたいまつを山のみねことにたて、、いくさをより（ママ）くれは、次第に火をともしつ、、一月にゆく程なれは一日にしる。これを烽燧と云。昔奈良の京

の時、あつまよりいくさきたらむとせしに、かのとふ火をあけたりしに、この春日野《カスカノ》にたてはて（ママ）をして、まもり人をきたりき。それよりとふひ野と云なり。山の峯ならぬを（ママ）本文にはたかひたる。いつれの帝の時そ。たしかに可尋之。

【出典】古今集・一九・よみ人しらず

【他出】新撰和歌・二五、古今六帖・九、口伝和歌釈抄・二五一、俊頼髄脳・三一七、五代集歌枕・六七二、奥義抄・四三八、袖中抄・三一二、和歌色葉・二二九、秀歌大体・六、定家八代抄・一六九、色葉和難集・一五八

【注】○**ムカシモロコシニ**　「烽燧　説文云烽燧〈峯遂二音度布比〉辺有警則挙之唐式云諸置烽之処置台台上挿擨〈音厥俗云保久之〉」（二十巻本倭名類聚抄）、「㷭燧　トフヒ」（名義抄）○**ムカシ奈良ノ京時**　烽燧の事、日本書紀・天智天皇三年条に、「是歳、於二対馬嶋・壱岐嶋・筑紫国等一、置二防与一レ烽」とある。

【参考】「かすか〈…とふひのはかすかのにあり。とふひならねといへるは、火のゆへにつきたる名なれは也〉」「野　とふひの、へ〈春日野也〉」（八雲御抄）

ケフヨリハヲキノヤケハラカキワケテ　ワカナツミニトタレヲサソハム

後撰一春部ニアリ。平兼盛詠也。ヤケハラカキワケテ、*トヨミカタケレト、カクヨメリ。

53 けふよりはおきのやけはらかき分てわかなつみにと誰をさそはん

後撰第一巻に有。平兼盛詠也。やけはらかきわけて、とよみかたけれと、かくよめり。

【本文覚書】○トヨミカタケレト…ヨミカタケト（内・書）、ト、ヨミガタケレド（刈）、とみがたければ（大）

【出典】後撰集・三・兼盛王
【他出】大和物語・一二〇、後六々撰・一三一、袋草紙・三五、袖中抄・九五一、定家八代抄・一五
【注】**○平兼盛詠也**　当歌、非定家本では「兼覧王」詠。袋草紙は、作者名の混乱を指摘している。**○ヤケハラカキワケテ、トヨミカタケレト**　「かきわけて」という語に対する評か。袖中抄は、「かき分けて若菜つむなど詠めるぞ、折まだしけれど、やけの、草の末黒きをかき分くべきにこそ」と、時期が早い場合は焼野の草をかき分けるべきであろうと注している。あるいは、「荻の焼け原」はかき分けるようなものではない、と言う意味か。「かき分く」という語は万葉集に見える。「かきわけて」の用例も多い。

白馬

光仁天皇宝亀六年正月七日、楊梅院ノ安殿ニ御シテ、宴ヲ五位已上ニマウケテ、内厩《ウチミマヤ》ニ宴シ給テ*、青御《アヲキヲ》馬《ムマ》ヲタテマツラシム。兵部省ノ五位已上ヲス、メテ、馬ヲカサラシム。委見日本記。

白馬〈第二　若菜下〉

光仁天皇宝亀六年正月七日、楊梅院の安殿ニ御して、宴を五位已上にまうけて、内厩《ウチミマヤ》に宴し給て、青《アヲキ》御馬《ヲホムマ》をたてまつらしむ。兵部省の五位已上をすゝめて、馬をかさらしむ。委見日本紀。

【本文覚書】○給テ、…谷以外「給テ」
【注】**○光仁天皇**　当該箇所について、先行文献未見。後出の資料に以下のものがある。「七日　官曹部類《クハンサウブルイニク》云、宝《ホウ》亀《キ》六年正月七日、天皇御《スベラキマシ〱テ》二楊梅従一殿《ニ》一、設《マウク》二宴《エンヲ》於五已《位歟》上一、中納言石上朝臣《イソノカミアシタニ》、就《ツク》二皈位《ヘンイニ》一、宣命其詞《ソノニ》曰《ク》、今詔《セウスラク》、今日《フハ》正月の七日豊明聞食《ノノリキス》日在《ヒニリ》、是以岡《テ》小登羹具遊《ト》いとも思云々、明《リ》の庭《ニハニ》遊《アソビ》御座《マシマス》諸《モロ〱ニ》　今日《ケフ》羹《アツモノヲ》神酒《ンミキ》常《ツネニ》青馬《アヲムマ》見退《ミマカデント》為《シテ》

被賜宣《フスマタマヘトノタマウ》」（袖中抄。川村『袖中抄』頭注は官曹部類を逸書とする）、「白馬　光仁天皇宝亀六年正月七日、天皇御楊梅院安殿、設宴於五位已上、既而内厩宴進青御馬、兵部省進五位已上、装馬已上、両条見本朝事始」（伊呂波字類抄）、「宝亀六年正月七日。天皇御楊梅院安殿。設宴於五位已上。中納言石上朝臣進就版位宣命。其詞曰。令詔久。今日ハ正月乃七日乃豊明聞食日爾在。是以岡爾登遊止云々。青馬見多末倍氏退止云云」（年中行事抄、続群書類従本に拠る）

ミツトリノカモノハイロノアヲキムマヲ　ケフミル人ハカキリナシテフ

万葉第廿ニアリ。

54　水とりのかものは色のあをき馬を今日みる人はかきりなしといふ

　万葉第廿に有。

【出典】万葉集巻第二十・四四九四「水鳥乃《みづとりの》　可毛能羽伊呂乃《かものはいろの》　青馬乎《あをうまを》　家布美流比等波《けふみるひとは》　可芸利奈之等伊布《かぎりなしといふ》」〈校異〉②未見。元「かものはのいろの」。類「かもはのいろの」。仙覚本は細、宮、西、紀「カモハノイロノ」。温、矢、京「カモノハイロノ」で童蒙抄と一致。なお、元、類、細、宮、西、紀「可毛羽能伊呂乃」、温、矢、京「可毛能羽伊呂乃」。廣は「可毛羽伊呂乃」で「毛羽」右「能」⑤「テフ」未見。非仙覚本及び仙覚本は「といふ」。なお、廣は訓なし。

【他出】古今六帖・五〇（四句「けふくる人は」）

【参考】「鴨　かものはいろ〈春山色也〉。万八、水鳥のかものみい（ママ）ろの春山云」（八雲御抄）

114

子日

ハツハルノハツネノケフノタマハヽキ　テニトルコトニユラクタマノヲ

万葉第廿ニアリ。家持詠也。タマハヽキトハ、ヰナカノコカヒスルヤヲ、子日ノコマツニ著《メト》ヲユヒクハヘテ、子午ノトシノ女ノコカヒニヨキシテハカストイヒツタヘリ。カク万葉集ニ家持カウタニテアルヲ、経信卿ノモトニ能因カマカリテ、コノウタハ時平大臣ノ御女ニ京極ノミヤストコロト申ケル、志賀寺ヘマイリタマヒケルニ、チカクナリテ、トコロサマノヲモシロサヲ、クルマノモノミヨリコラムシケルニ、イトチカクキシノウヘニ、クサノイホリノウチヨリヲイタルホウシニメヲミアハセタマヘリケレハ、イトムツカシクヲホシケリ。サテツキノ日、コノヲイホウシ、フタエニカヽマリタルカ、ツエニスカリテ参テ、昨日シカニテ見サムシハヘリシヲヒホウシナムマイリタル、トイヘト、キヽイルヽヒトナシ。ヒメモスニヰコウシテ、アマリニイヒケレハ、カヽル事申モノ侍、ト申ケレハ、サル事アラム、ミナミヲモテヘ、トヲホセラレテ、メシヨセテ、イカナルコトソ、トヽハセタマヒケレハ、ヨクタメラヒテ、シカニコノ七十年ハカリハヘリテ、ヒトヘニコセホタイノコトヲイトナミ侍リツルニ、ヲモハサルホカニ見サムヲシテノチ、イカニモ〳〵コトコ、ロナク、イマヒトタヒケムサムヲセムノ心ハヘリテ、トシコロノヲコナヒモイ・《タ》ツラニナリナム事ノカナシサニ、モシタスケヤセサセヲハシマストテ、ツエニスカリテナク〳〵マイリテハヘルナリ、ト申ケレハ、イトヤスキコトナリ、トノタマヒテ、ミスヲスコシアケテミエサセタマフ。シロキマユノシタヨリ、ヲイカハリテヒト、モヲホヘヌマナコシテ、トハカリマモリタテマツリテ、ソノ御テヲシハシタマハラム、トマウスニシタカヒテ、サシイタシタマヒケルヲ、ワカヒタヒニアテヽ、不覚ノナミタヲ、トシテ、コノウタヲヨミカケマウシテ、コトシ九十ニヲヨヒハヘリヌルニ、カハカリノヨロコヒハヘラス。コノ縁ヲモテ、ヲモヒノコトクニミタノ浄土ニムマレナハ、カナラスミチヒキタテマツラム、又浄土ニムマレタマハヽ、ミチヒカセタマヘ、トソ申ケル御返事ニ、114' ヨシサラハマコトノミチノシルヘシテワレヲミチヒケユラクタマノヲ、コレヲキ、テヨロコヒナカラカヘリニケリ、トナムカタリケル。能因ムケナラムコトハカタラシトヲモフヲ、イカカ、ヲホツカナキコトナリ。

子日〈第二白馬下〉

50 はつ春のはつねの今日のたまはゝきてにとるからにゆらく玉のを

万葉第廿に有。家持詠也。玉はゝきとは、ゐなかのこかひする屋を、子日の小松に著をゆひくはへて、子午のとしの女のこかひによきしてはかすといひつたへたり。かく万葉集に家持か哥にてあるを、経信卿の許に能因法師かまかりて、此歌は時平大臣の御女に京極御息所と申ける、志賀寺へ参給けるに、ちかく成て、所さまのおもしろさを、車の物見より御覧しけるに、いとちかくきしの上に、草の菴の内より老たる法師にめをあはせ給へりけれは、いとむつかしくおほしけり。さて次の日、此老法師、ふたへにかゝまりたるか、杖にすかりて参て、昨日志賀にて見参し侍し老法師なむ参たる、といへと、聞入人なし。ひねもすに居こうして、あまりにいひけれは、か丶る事申物侍、と申けれは、さることあらん、南面へ、と仰られて、召よせて、何事そ、ととはせ給けれは、よくためらひて、志賀に此七十年侍て、ひとへに後世菩提のことをいとなみ侍つるに、おもはさる外に見参をして後、いかにもこと心なく、いま一と見参をせむの心侍て、年来の行《ヲコナヒ》も徒に成なむ事のかなしさに、若たすけやせさせ御《ヲハ》しますとて、杖にすかりてなく〳〵参て侍なり、と申けれは、いと安事なり、との給て、御簾をすこしあけてみえさせ給ふ。しろき眉のしたより、老かはりて人ともおほえぬ眼して、とはかりまほりたてまつりて、其御手をしはしたまはらむ、と申に随て、さしいたしたまひけるを、わかひたひにあて丶、不覚の涙をおとして、此歌をよみかけ申て、今年九十にをよひはへりぬるに、かはかりの賀はへらす。此縁をもて、思のことく弥陀の浄土に生なは、必導たてまつらん、又浄土に生給は丶、導かせたまへ、とそ申ける御返事に、

51 よしさらはまことの道のしるへしてわれをみちひけゆらく玉のを

これを聞て悦なからかへりにけり、となんかたりける。能因むけならむことはかたらしとおもふ、いか丶、おほつかなきことなり。

【出典】114 万葉集巻第二十・四四九三「始春乃《はつはるの》 波都祢乃家布能《はつねのけふの》 多麻婆波伎《たまばはき》 手尓等流可良尓《てにとるからに》 由良久多麻能乎《ゆらくたまのを》」

〈校異〉②は元、類が一致。元「ねの」右「はる」とあり墨、赭ともこれを消す。④「コトニ」未見。非仙覚本及び仙覚本は「からに」。なお、廣は訓なし。114' 明記せず

【他出】114 古今六帖・三六、俊頼髄脳・二七八、綺語抄・五五四（四句「てにとりもちて」）、奥義抄・三六八、袖中抄・八五三、宝物集・四〇二、和歌色葉・一三七、古来風体抄・二一〇、新古今集・七〇八、定家八代抄・五八三、八雲御抄・一六七、色葉和難集・三七六。114' 俊頼髄脳・二八〇、袖中抄・八五五、色葉和難集・三七七。古来風体抄・二一一、和歌色葉・一三八、以上二句「まことの道に」

【注】○著《メ》「著　蘇敬本草注云著〈音戸和名女戸〉以其茎為筮者也」（二十巻本倭名類聚抄）。「著　音戸　メト　メトハ、キ」（名義抄）

【参考】「たまはゝきとは、松を、はゝ木につくりて、こかひする所を、正月はしめ・《のね》の日はくをいふ、ゆらくたまのをとは、ゆたかなる命といふ也」（松か浦嶋）、「著《ハヽキ》　たま〈是はゐ中にこかひといふ事するに、初春子日小松にはゝきをゆひ加て、子午女にこをはきよせさすと云り。有説々〉」「ゆらくたまのを　延命也」「此哥は天平宝字二年正月三日召侍従竪子王世令侍於内裏之東屋垣而即賜玉箒肆宴。于時内相〈録子〉藤原朝臣、奉勅宣諸王卿等随堪任意作哥賦詩。仍応詔旨各陳心緒作也。右云右中弁大伴宿祢家持作、但依大蔵政不堪奏云也。これによりて心えは、たゝはつ春のはつねにかゝれはいのちものふとよめるなり。而俊頼口伝、たまはゝき致不審、著《ハヽキ》と申きに子日松を引具ては、ゝきにつくりて、むつきのはつねの日かひこかふやをはくなりといへり。又たゝ物をほむるゆへにたまはゝきといへるか。両説にいへり。なつめかもとをかきはかむためといへるは、まことにたゝのはゝきときこえたり。されはたゝのはゝきをほめむとても玉はゝきと云へし。又かのはゝきをもたまはゝきといふらめと、此哥の心はいつれなるへしともみえす。たゝ松なとをもやいふらん。是もさしてみえたる事もなし。彼京極御息所の聖人か申せるは、かならすたゝいまよますともふる哥をもや申けんなれは、あなかちの不審あるへからす。たまはゝきはいつれもあなかちの事たかひあるへきことにてはなき也」（八雲御抄、余白書入「風俗之弟詠尤不審」「能因以此哥称上人詠哥、余事也。俊成もいへり。只彼上人は古哥をいへる也。如伊せ物語、如此事多。彼上人はわれをいさなへの哥歟。同体なれはもし思度歟」）

【補説】注文は俊頼髄脳に拠ったと考えられる。ただし、俊頼髄脳は、京極御息所と寛平法皇の件に関わる話、「はつはるの」詠が万葉集歌であることに関する補説をのせるが、童蒙抄はその部分に言及せず、出典を万葉集と述べるに止まる。「玉はゝきと云るは、蓍と申木に子日の小松をひきくしては、きにつくりて、ゐ中人の家にむ月のはつねの日、かひこかふやをはこやとぞ申なる、其やを子午の歳むまれたる女のこかひするものよきをかひめとつけて、それしてはきそめさせて、いはひの詞にいへる哥也とそいゝつたえたる……其御息所の昔は、三井寺のかたはらに志賀寺とて、事の外にけむし給所有けるに参給けるに、彼寺ちかくなりて、所のさまこのましくおほえ給ければ、御車の物みをひろらかにあけて、水海の方なとは・《みまは》させけるに、いとちかく岸の上にあさましけなる草の庵のありけるか・《まとのうちよりイ》事外にをひおとろへたる老法師の白き眉のしたより目をみあはせ給へり。いとむつかしき物にもみえぬるかなとおほして、ひきいらせ給にけり。さて帰給て又の日、老法師のこしのふたえにかゝまりたるか、つへにすかりて参て、中門の邊にたゝすみて、昨日志賀にて見参し侍し老法師こそ参たりと申させ給といひければ、しはしきゝいるゝ人もなかりけれと、ひねもすにゐくらしてあまりいひければ、かゝる事なん申物の侍と申ければ、しか、さる事あらん、と仰られて、南面のひかくしの前に古《〔召寄〕》哥て、いかなる事ぞとゝはせ給ければ、しはしはかりためらひて、志賀に此七十年侍て、偏に後世菩提の事をいとなみ侍つるに、はからさる外に見参をして、いかにもたのおもひなくいまひとたひ見参をせんの心のはへり・《て》、念仏もせられす仏にもむかはれさりつれは、年来のおこなひのいたつらになりなん事のかなしさに、もしたすけもやせさせをはしますとて、つゐにすかりてなく〳〵参て侍なりと申ければ、いとやすき事なりとの給て、みすをすこしまきあけて見えさせ給ければ、をもてのしはかすもしらすまゆの白さ雪なとよりもまさりてをひかはりて、人ともおほえす。實にをそろしけ・《な》なる《か歟》さましてまもり入て、とはかりありて、其御手をしはし給らんと申ければ、中にしたかひて御手をさしいたさせ給たりければ、我ひたいにあてゝよろつもおほえすなきて、彼てにとるからにと云る哥を讀かけ申て、すか《〔こ〕》しゐのくやうにて、此世にむまれ候て後九十年に及侍ぬるに、またかはかりのよろこひはんへらす。此つとめをもて若思のまゝに弥陀の浄土にむまれなは、必みちびきたてまつらん。浄土にむまれさせ給はみちひかせ給へと申てなきけれは、御返事　よしさらはまことの道にしるへして我をいさなへゆらく玉のを、とそ仰られ、是をき、てよろこひなから返にけりと、能因法師故帥大納言に語申けるに……きはめておほつかなきなり。よくたつぬへし」（俊頼髄脳）。萩原義雄「室町時代の古辞書『運歩色葉集』の語注記について―「志賀寺聖人」逸話譚そして「玉箒」「子日」―」（『駒沢短大国文』30、二〇〇〇年三月）、柴田芳成「お伽草子における説話引用態度―志賀寺上人譚を通して―」（『京都大学国文学論叢』4、二〇〇〇年六月）。なおこの歌を京極御息所詠とする説、及び万葉集との関係については、寺島修一「歌道家と万葉集の伝来―巻二十の末尾を欠く本をめぐって―」（『王朝文学の本質と変容　韻文編』、二〇〇一年十一月）参照。

卯杖

持統天皇三年正月、天皇《イ無》万国ニ朝セシメテ、前殿ニシテ上卯ニ当テ大舎人寮ヨリ杖八十枝*ヲタテマツラシム

卯杖　〈第二　子日下〉

持統天皇三年正月、万国に朝せしめて、前殿ニして上卯に当て大舎人寮より杖八十枚をたてまつらしむ。

【本分覚書】枝…杖（内・和・筑A・書・岩・大）、枚《杖》（刈）

【注】○**持統天皇三年正月**　「三年春正月甲寅朔、天皇朝万国于前殿。○乙卯、大学寮献杖八十枚」（日本書紀・持統天皇三年）、「卯日御杖　持統天皇三年正月乙卯。大学寮献㆓杖八十枚㆒」（類聚国史・歳時部・卯日御杖条）、「卯杖本朝事始云、持統天皇正月朝朔万国、於前殿乙卯大学寮献杖八十杖（枚）。式云、正月卯日、以桃枝作剛卯杖厭鬼也」（伊呂波字類抄）。

ウツヱツキツマ、ホシキハタマサカニ　キミカトフヒノワカナ、リケリ
後拾遺哥也。正月七日卯ニアタリタリケルニ、ケフハウツヱツキテヤ、ナト通宗朝臣ノイヘリケレハヨメル。

55　卯杖つきつま、ほしきはたまさかにきみかとふひの若な成けり
後拾遺歌也。正月七日卯にあたりたりけるに、今日は卯杖つきてや、など通宗朝臣のいひければよめる。

【出典】後拾遺集・三三・伊勢大輔
【他出】伊勢大輔集・四、難後拾遺・六、御裳濯集・一三
【注】○**正月七日卯ニアタリケルニ**　「正月七日卯日にあたりてはべりけるに、けふはうづゑつきてやなど通宗朝臣のもとよりいひにおこせてはべりければよめる」（後拾遺集・三三詞書）

三日

舎衛国ノ競伽河ニ三月三日ソノ水ヲアミ、河ノホトリニシテ逍遥スレハ、諸罪ヲ滅ストイヘリ。見内典。

三日〈第二巻　卯杖下〉
舎衛国の競伽河ニ三月三日其ノ水をあみ、河の辺ニシテ逍遥すれは、諸罪を滅すといへり。〈見内典〉。

【注】○**見内典**　袖中抄は「今云（ヘル）事不（ル）レ叶（ハ）二今（ノ）歌（ニ）一歟」とする。『袖中抄の校本と研究』は大唐西域記をあげるが、三月三日との関係は存疑とする。
【参考】「三月　やよひ　三日以桃為曲、此日可逍遥川辺。内典は舎衛国競伽河辺逍遥除諸罪云々、外典は曲水宴也」（八雲御抄）

カラヒトノフネヲウカヘテアソヒケル　ケフソワカセコハナカツラセヨ

万葉第十五ニアリ。曲水宴。宋書曰、自魏已後但用三日。不復用已也。*続斉階記曰、昔周公卜城洛邑、因流水以汎酒。故詩曰、羽觴随波。又秦昭王三月上巳置酒河曲。有金人自淵而出奉水心剣曰、令君*別有西夏此乃其処也。因立為曲水二濆相治。皆為盛集云々。曲水ニソヒテサカツキヲナカストイフニ、コノ哥ハフネニノリテアソヒス、トヨメリ。

93　から人の舟をうかへてあそふてふ今日そわかせこ花かつらせよ

万葉十五ニ有。〈曲水宴〉

宋書云、自魏之後但用三日。不復用已也。続斉諧記曰、昔周公卜城洛邑、因流水以沈《ママ》酒。故詩曰、羽觴《ママ》随波。又秦昭王三月上巳置酒河曲。有金人自淵而出在《ママ》水心剣曰、令君別《ママ》有西夏此乃其処也。因立為曲水二濆相治。皆為盛集云々。曲水ニそひてさかつきをなかすといふに、此哥は舟にのりてあそひす、とよめり。

【本文覚書】○続斉階記…続斉諧記（和・筑A）○別…制（刈・東・大）

【出典】万葉集巻第十九・四一五三「漢人毛《からひとも》　筏浮而《いかだうかべて》　遊云《あそぶといふ》　今日曾和我勢故《けふそわがせこ》　花縵世余《はなかづらせよ》」〈校異〉①「ノ」は類が一致するが、「の」を「も」に訂正。元、廣「も」。②は廣及び元（「衣」右赭）、類（「いかた」左朱、「うけ」左朱）が一致。元「衣ねをうかへて」。類及び廣（右）「いかたをうけて」③「ケル」未見。元、類「てふ」。廣「トイフ」。仙覚本は「テフ」④「セコ」は元、廣が一致し、類は「せに」の「に」を「こ」に訂正。⑤「セヨ」は元、廣が一致。類「せな」

【他出】古今六帖・六〇、綺語抄・三五三、新撰朗詠集・四〇、新古今集・一五一、袖中抄・一六〇（三句「あそぶといふ」）、定家十体・二六三

【注】○**宋書曰、自魏已後但用三日不復用巳也**　「自魏以後但用三日不以巳也」（宋書巻十五）。宋書当該部分は類書に未見。あるいは116歌注のみ直接引用したか。109歌注参照。○**続斉階記曰**　「昔周公成洛邑、因流水泛酒。故逸詩云、羽觴随波流。又秦昭王三月上巳、置酒河曲、見金人自河而出。奉水心剣曰、令君制有西夏、及秦覇諸侯。乃因此処、立為曲水、二漢相縁、皆為盛集。帝曰、善。賜金五十斤、左遷仲治、為城陽令」（続斉諧記）、「続斉諧記曰……尚書郎束晳曰、仲治小生、不足以知此、臣請説其始、昔周公城洛邑、因流水以汎酒、故逸詩曰、羽觴随波、又秦昭王三日置酒河曲、見有金人出、奉水心剣曰、令君制有西夏、及秦覇諸侯、乃因此処立為曲水祠、二漢相縁、皆為盛集、帝曰、善賜金五十斤、左遷仲治為陽城令」（芸文類聚巻四）。続斉諧記の引用はこの条のみ。同書本文と芸文類聚を比較すると、童蒙抄は若干続斉諧記本文に近いかとも思われるが、童蒙抄本文にも混乱が認められ、この条のみから、続斉諧記に拠った否かを判断するのは難しい。○**故詩曰**　未詳。刈谷本には、この箇所に「逸詩也ト云々」の傍記、及び上部余白に「春水云、円機詩学第三巻ニモ此文少出」とある。

【参考】「三月、やよひ……宋書曰、自魏已後用三日。又用上巳。続斉諧記曰、周公卜城洛邑流水泛酒。秦昭王三月上巳河上泛酒。金人出自淵水心剣奉、君をして西夏を治しむ。是則曲水宴始也」（八雲御抄）

117

雑春

イマサラニユキフラメヤハカケロヒノ　モユルハルヘトナリニシモノヲ

万十ニアリ。カケロヒモユトハ、カケロフノ文字、ヒ文字ニカヨヘルユヘニ、ヒカレテモユルトハヨメルナルヘシ。

雑春〈三日下〉

107 今さらにゆきふらめやはかけろひのもゆる春へと成にしものを

万十ニ有。かけろひもゆとは、かけろふふ《ママ》のふ文字、ひ文字にかよへる故に、ひかれてもゆるとはよめるなるへし。

【出典】万葉集巻第十・一八三五「今更《いまさらに》　雪零目《ゆきふらめ》八方《やも》　蜻火之《かぎろひの》　燎留《もゆる》春部《はるへ》常《と》　成西物乎《なりにしものを》」〈校異〉②「ヤハ」は類、廣及び紀（「方」左）が一致し、廣は「ハ」の上から「モ」。元、天、紀「やも」③「カケロヒ」は類、廣が一致。元、天、紀、及び類（「ひ」右朱）、廣（「ヒ」右朱）「かけろふ」

【他出】人麿集Ⅲ・二六（二句「ユキフラメヤモ」）、赤人集・一三四（二三句「ゆきふらめやはかけろふの」）、古今六帖・一一（三句「かげろふの」）

【注】○**カケロヒモユトハ**　フとヒの音通から「火モユ」を導くが付会か。「炎　ホノホ　カケロフ」（名義抄）。「又かげろふの春と続けたるは、万葉にはかげろふのもゆる春べと詠めり。春のうらゝかなる空にかげろふといふ虫は遊べば、もゆといふ詞を略してかげろふの春とは続くるなり」（袖中抄）。ここは異本本文が優良か。

【参考】「かけろふ〈是草をいふといへるは異説也。ゆきふらめやもかけろふのもゆる春日となりにしものを、と云は、かけろひもゆるといへるなり。是故人説也。虫にはあらす。たとへはひかれてもゆるといへるなり。是故人説也〉」（八雲御抄、なお、「かげろふ」を「草」とする説未詳）

118 ノヘミレハヤヨヒノツキノハツカマテ　マタウラワカキサヰタツマカナ

後撰《拾遺カ》第二ニアリ。民部大夫藤原義孝哥也。サヰタツマトハ、クサノナニハアラテ、ハルノワカクサヲイフナリ。

春草〈雑春下〉

108 野へみれはやよひの月のはつかきて《（ママ）》またうらわかきさゐたつま哉

後拾遺に有。民部《此官不重》大夫藤原義孝哥なり。さゐたつまとは、草のなにはあらて、春の若草をいふなり。

【本文覚書】○異本、「民部大夫」の傍書「此官不重」は、「不審」の誤りか。

【出典】後拾遺集・一四九・藤原義孝

【他出】口伝和歌釈抄・一八六、隆源口伝・一八、綺語抄・六五六、袖中抄・五〇九、色葉和難集・八一八（初句「春の野に」）

【注】○**民部大夫**　義孝（のりたか）は、従五位下伊勢守。康平元年（一〇五八）に伊勢神宮御厨を焼き、同三年土佐に配流。父は、民部大輔敦舒。あるいは、父の官名と誤ったか。○**サキタツマトハ**　「さいたつまとは、すへてくさをいふなり」（口伝和歌釈抄）、「サイタツマトハ、草ヲ云」（別本童蒙抄）。袖中抄所引綺語抄には、「さゐたづまとは若く生ひ出でたる草の名なり」とあるが、現行綺語抄には「くさをいふ」とあるのみ。

【参考】「さいたつま〈草名也。範兼説、春草云〉」（八雲御抄）

119 アハツノ、スクロノス、キツノクメハ　フユタチナツムコマソイハユル

後拾遺第一ニアリ。権僧正静円カヨメル哥ナリ。スクロノス、キトハ、春ノ、ヲヤキタルニタテルヲス、キヲイフナリ。コノウタヨメリケルトキハ、カケノヤウナルモノ、コヱシテイハク、ワレハ素性法師ナリ、シカルヲコノヨミタマヘルウタイミシクコノモシクヲモフスチナレハ、メツル心ニタヘテナムマウテタル、ト

ナムイヒケル。

春駒〈雑春下〉

109 あはつのゝすくろのすゝきつのくめは冬たちなつむ駒そいはゆる

後拾遺第一に有。権僧正静円かよめる哥也。すくろのすゝきとは、春の野をやきたるにたてるすゝきをいふなり。此歌よめりける時は、影の様なる物のこゑしていはく、我は素性法師なり、然は此よみたまへる歌いみしくこのもしくおもふすちなれは、めつる心にたへてなんまうてきたる、となむいひける。

【出典】後拾遺集・四五・権僧正静円

【他出】口伝和歌釈抄・二三八、隆源口伝・三一、綺語抄・六九四、五代集歌枕・七二〇、袖中抄・九四八、色葉和難集・九八四、別本童蒙抄

【注】**○スクロノスヽキトハ**　万葉集・一四二一「開乃乎為黒爾」（神「セキノヲスクロニ」）。「乎為黒爾《ヲスクロニ》」（万葉集抄）。すくろとは、すえくろしといふ事也。すゝき、をき、はき、なんとの春やけて、もとくろくしてたてるをいふ也。すゝきのみにはかきらす」（口伝和歌釈抄）、「すぐろの薄……焼きたる薄より生ひ出でたるなり」（隆源口伝）、「すぐろのすゝき　やきなどしたるすゝきのもとなどのくろき也。すぐろしといふ也」（綺語抄）、「スクロノスヽキトハ、ヤキタルス、キノ春生出ニスト云物、カハノヤウナルカカレテクロキ也。其カ中ヨリ生出タルヲスクロノスヽキトハ云也。春ヤキタルカ末ノ黒テヲウル也。サレハ末黒薄トソ書タル」（別本童蒙抄）、「すぐろの薄とはすぐろしといふことなり。やきたる野に萌え出づるすゝきのもとのくろきをいふなり。しかればすゝきにもかぎらじ。をぎにもいひてん」（色葉和難集）。薄以外に、「冬草」「下草」などの詠歌例もある。「小笠原すぐろにやくる下草になづまずあるる鶴ぶちの駒」（堀河百首・春駒・一八三・仲実）。川村『袖中抄』補注一二三参照。**○コノウタヨメリケルト**

キハ　依拠資料未詳。当該話は顕昭の古今集注にほぼ同文で引かれ、顕注密勘「たむけにはつゞりの袖も」歌注にも「此歌は深覚僧正の夢に、素性が我一の歌と申けるとぞ語伝て侍」とある。
【参考】「すくろのすゝきとは、野やきなとしたるに、たてるをいふ、・やきなとしたる《これは和哥のき、よにあり》野にあれは、もとのくろき也。春よむへし」（松か浦嶋）、「さきのをすくろ《開之乎為墨》云は、春やけたる也。すくろのすゝき、同事也」「あはつ　後拾　静円僧正」（八雲御抄）

120

カスミハレミトリノソラモノトケクテ　アルカナキカニアソフイトユフ
朗詠下ニアリ。古詩云、天外遊糸或有無、トイヘリ。野馬也。庄子曰、野馬者遊塵也。成英疏ニ、細塵ノ馬ノイキヲエテアカルナリト云々。ハルノヒノウラ、カナルニミユルカ、野馬ノハシリアカルニモニタリ。又イトノアソフニモニタルナリ。
遊糸〈第二　雑春　春物下〉
87　かすみはれみとりの空ものとけくてあるかなきかにあそふいとゆふ
朗詠下に有。古詩云、天外遊糸或有無、といへり。遊糸は野馬也。庄子曰、野馬者遊塵也。成英疏に、細塵の馬のいきをえてあかるなりと云々。春の日のうらゝかなるにみゆるか、野馬のはしりあかるにもにたり。又いとのあそふにもにたるなり。
【出典】和漢朗詠集・四一五
【注】○古詩云「林中花錦時開落。天外遊糸或有無」（和漢朗詠集・四一三）。○野馬也　野馬、遊糸に関する論考には

以下のものがある。川口久雄「かげろふ日記の書名について―「かげろふ」の語義とその変遷」（『国文学言語と文芸』、一九六五年七月）、稲田利徳「糸遊の歌―「草根集」の素材に関する考察」（『国語国文』41・9、一九七二年九月）、星谷昭子「『蜻蛉日記』の書名について―「かげろふ」の語義の変遷―」（『日本大学短期大学部（三島）研究年報』1、一九八九年二月）、新間一美「平安朝文学における「かげろふ」について―その仏教的背景―」（『源氏物語と日記文学　研究と資料』、一九九二年）○**成英疏ニ**　成玄英の疏。「成英（荘子）疏」（三教指帰成安注など）と称していたらしい。なお、日本国見在書目録に「荘子疏十（西華寺法師成英撰）」とある。「野馬也塵埃也。生物之以息相吹也〈□疏爾雅云、邑外曰郊、郊外曰牧、牧外曰野。此言、青春之時、陽気発動、遥望藪沢之中、猶如奔馬。故謂之野馬也、揚土曰塵、塵之細者曰埃。天地之間、生物気息、更相吹動、以挙於鵬者也。夫四生雑沓、万物参差、形性不同、資待宜異。故鵬鼓垂天之翼、託風気以逍遥、蜩張決起之翅搶楡枋。而自得斯皆率性、而動稟之造化非有情於遐邇。豈措意於驕矜体。斯趣者、於何而語夸企乎〉」（荘子釈。同書は、十巻、清・郭慶藩、郭象注、成玄英疏、陸徳明音義に、清代の見解を付加したもの）。「注云荘子云、野馬は遊気《イウキ》也、疏に云、春之時陽気動発《キオコク》、遥に望《ノゾムハ》藪沢の中を、猶奔ル馬の謂之野[馬]と、玉篇云、野馬は疾風也、内典云諸法如炎如野馬也」（三教指帰成安注）。童蒙抄の野馬の説については補説参照。

【参考】「草　のへのむま〈遊糸名也。草にはあらす。或説草といへる、可尋〉」「遊糸　不可入虫とも、事体又似虫、仍入之。庄子曰、野馬者遊塵也。成英疏細塵鳥のいきをひてあかると云り。非有情非々情歟。あそふいと、又いとゆふ、のへのむまと云り。はるありて夏はなし。はれたるそらのもの也」（八雲御抄）

【補説】歌学書に見える「カゲロフ」を列記すれば、「若詠夏時　かげろひのと云」「かげろふ、ゑにゝたる黒虫、ほのかなる物にたとふ」「夏をば、かげろふといふ」（倭歌作式）、「あるかなきかなる物を、かげろふといふ」「かげろふ、くろき虫なり」（能因歌枕）、「かけろふは、ゝるのひのうら、かなるにみゆるものなれは」（口伝和歌釈抄）、「かげろふ　春夏のゆふぐれのそらにあるやうにみゆるちひさきむし也」「かげろふ　かげろふ《玉蜻蜓》ほのかに見えてわかれなばもとなやこひんあふときまでは」（綺語抄）、「夏　かけろふのと云」（俊頼髄脳）、「かけろふと云物は、有ともなくなしともなく、慥にも見えぬ物なれは、それかあらぬかとたとらんとて、かけろふとはをけり」「かけろふに見しはかりとは、ほのかにみしとよめる也」（奥義抄）、「ほのかなる事には、イサリビ、ユフヅクヨ、ガゲロフ、クモマノホシ、コノマノ月」（和歌初学抄）、「かけろふといふむしは、ありともなくなしともなくたしかにもみへぬものなれは、それかあらめや《ぬか》とたとえんとてかけろふとはをけり。このむしはとうはうのちゐさきやうなる物の、春の日のうら〳〵とあるに、ものゝかけなんとのやうにてほのめくなり」「かけろふにみしはかりとは、ほのかにみしとよめる也」（和歌色葉）、「かげろふのそれかあらぬか春雨のふる人みれば袖ぞぬれぬる　かげろふと云物は、ありともなく、なしともなく、慥にみえぬ物なれば、それかあらぬかとたどらんとて、かげろふとはおけり。かげろふは、詩にも歌にもさま〳〵に云て、一すじならず。遊糸は或有無とも作れり。野馬は遊糸とは同物ともいへり。又蜻蛉をかげろふといへり。又あきつむしとは、とばうを云。とばうをば、せいれいとも云。ちひさくて青色にて、はねをせなかに一所にすゑて、物にゐる虫ともみえたり。或は春夏の木の下にかげろふ虫ともいへり。されどそれは蚊と云虫也。ふる人と云はんとて春雨とはおけり。昔の人みれば袖ぞぬるゝ、とよめり」（顕注密勘）、「祐云、かげろふとは虫なり。とんばうのちひさきやうなるものゝ、はるの日のうら〳〵とあるにほのめくなり」（色葉和難集）。また、和歌においても、「いとゆふのおなじなのみやまがふらんかすみのうちの野べの春駒」（土御門院御集・二一二）などと詠まれた。童蒙抄は、遊糸は野馬であり、野馬は遊塵であるという荘子説を引く。つまり、「かすみはれ」の「あそぶいとゆふ」、同じく朗詠集「春興」詩の「遊糸」、いずれも荘子のいう「野馬者遊塵也」に当たるものとの説である。遊糸については、前掲新間論文が体系的にまとめているが、童蒙抄の野馬・遊糸に対する理解は、新間論文が示すような漢詩文の流れに即したものということができる。また、童蒙抄虫部には「蜻蛉」の項を立て、「ツレ〳〵ノ春ニヒマヨフカケロフノカケミシヨリソ人ハコヒシキ」（843）を置く。その注文に、「カケロフトハ、クロキトウハウノチヒサキヤウナルモノヽ、春ノ日ノウラ〳〵トアルニ、モノカケルコトノヤウニテ、ホノメクナリ。尸子曰、昔荊在王養由基ニ命シテ、蜻蛉ヲイサシム。王ノ曰、吾イケナカラコレヲエムトヲモフ。由基弓ヲヒイテイルニ、ヒタリノハネヲハラヒツ。王大ニヨロコフ」とあり、野馬・遊糸とははっきり区別していたことがわかる。

三月尽

121 コ、ロウキトシニモアルカナハツカアマリ　コ、ヌカテフニハルノクレヌル

長能カ四条大納言家ニテ三月尽ノ小月ナル心ヲヨメルナリ。大納言ウチキ、ケルマ、ニ、ヲモヒモアヘス、ハルハ卅日ヤハアル、ト許マウサレタリケルヲキ、テ、長能講モハテ、ヤカテイテニケリ。サテ又ノトシ、ヤマヒカキリニナリタリトキ、テ、トフラヒツカハシタリケレハ、ヨロコヒテウケタマハリヌ。タ、シコノヤマヒハ去年三月尽日、ハルハ卅日ヤハアルトヲホセラレシニ、コ、ロウキコトカナトウケタマハリシカヤマヒニナリテ、ソノ、チイカニモ、ノ、タヘラレテ、カクマカリナリタル、トマウシテ、又日ウセニケリ。大納言コトノホカニナケカレタリトソ。

三月尽〈雑春　遊糸下〉

123 心憂年にも有かなはつかあまりこ、ぬかてふに春のくれぬる

長能か四条大納言家にて三月尽の小月なる心を読なり。大納言うちき、けるま、に、おもひもあへす、春は卅日やは有、と許まうされたりけるを聞て、長能講もはて、やかていてにけり。さて又のとし、病限に成たりと聞て、とふらひにつかはしたりけれは、悦てうけたまはりぬ。但此病は去年三月尽の日、

春は卅日やはあると仰られしに、心憂事かなと承しか病になりて、其後いかにも物のたへられて、かくまかりなりたり、と申て、又の日うせにけり。大納言ことの外になけかれけりとぞ。

【出典】明記せず

【他出】長能集・六八（五句「はるはくれぬる」）、俊頼髄脳・四三四、袋草紙・六三、古本説話集・五六

【注】**○四条大納言家ニテ** 「花山院に、三月になりし時、春の暮をしむ心人人よみしに」（長能集詞書）。袋草紙は花山院での歌合とし、古本説話集は歌合のあった場所を明記しない。四条大納言家での歌会とするのは俊頼髄脳。「こゝろうきとしにもあるかなはつかあまりこゝのかとふに春のくれぬる　これは四条大納言の家にて、春のくるゝを、人々あつめて、くれぬる春を惜心をよみけるに、長能《たう》かよめるうたなり。大納言うちきゝけるまゝに、思ひもあへす、春は卅日やはある、とか申〔ママ〕されたるをきゝて、長能・《披講を》きゝはてゞ、やかていてにけり。さて又のとし、病をしてかきりになりたりときゝてとふらひにつかはしたりけれは、よろこひてうけ給りぬ。但此病は、去年の春のつくるは卅日やはあると仰られしに、心うき事かなとうけ給りしに、病になりて、そのゝちいかにもゝのゝくはれ候はて、かくなりて候なり、とぞ申ける。さて又の日うせにけり。大納言事のほかになけかれけるとそうけ給りし。されはかはかり思ふはかりの人の哥なとは、おほつかなき事ありとも、難すましき料にしるし申なり」（俊頼髄脳）

夏　ツカサトルカミヲツ、ヒメトイフ。

四月　コノ月ニ卯花サクニヨリテ、卯月トイフ。

五月　コノ月サナヘヲト□ウフルニヨリテ、サナヘツキト云。

六月　コノ月ニモロ〳〵ノクサキノヒニヤケテツクルニヨリテ、ミナツキトイフ。

夏　つかさとれる神をつゝひめといふ。

四月〈この月に卯花のさくによりて、／う月といふ。〉

五月〈この月にさなへをとりうふるによりて、／さ月といふ。〉

六月〈この月にもろ〳〵の草木の日にやけて／つくるによりて、みなつきといふ。〉

【注】○**四月**「四月〈うつき〉波流《ウノ》花さかりにひらくる故卯の花つきといふをあやまれり」（奥義抄）、「四月〈うつき、波流花のさかりにひらくれはうのはなつきといふなり〉」（和歌色葉）、「この月にやまざとのかきねにうのはなさかりにさけり。このゆゑに、うのはなづきといふ」（十二月事）○**五月**「五月〈さつき〉田うふることさかりなる故さなへ月といふをあやまれり」（奥義抄）、「五月〈さつき、田をうふる事のさかりなれはさなへつきといふなり〉」（和歌色葉）、「この月にさなへをひく。このゆへにさなへづきといふなり」（十二月事）○**六月**「六月〈みなつき〉農の事ともみなしつきたるゆへにみなしつきといふをあやまれり。一説には此月俄にあつくしてことに水泉かれつきたる故みつなし月といふをあやまれり」（奥義抄）、「六月〈みなつき、農のいとなみゝなつきたれはみなつきといふ也。又まとに（マコトニ）あつ□き《（ママ）》ともいふなりくて水も泉もかれつくれはみなつきともいふなり〉」（和歌色葉）、「このつきに農の事みなおはりぬ。はるきよねみなつきぬ。あたらしきむぎいできぬ。このゆへにみなつきといふ」（十二月事）

更衣

仁明天皇承和三年、紀朝臣乙魚授従四位下。柏原天皇ノ更衣也。委見日本紀。更衣彼時ヨリハシマレリトミヘタリ。

夏

更衣〈第二巻〉

仁明天皇《深草帝也》承和三年、紀朝臣乙魚授従四位下。柏原天皇之更衣也。委見日本紀。更衣彼時よりはしまれりと見えたり。

【注】○**更衣**　后位としての更衣について注すること不審。○**仁明天皇承和三年**　童蒙抄以前に依拠資料未見。「更衣カウイ〈本朝事始云、仁明天皇承和三年、紀朝臣乙魚授従四位下、柏原天皇之更衣也〉」（伊呂波字類抄三）、「更衣事　仁明天皇承和三年、正五位上紀朝臣乙魚女、被レ授二従四位下一ヲ、為二更衣一。柏原ノ天皇ノ更衣也（是更衣ノ初メ也）」（河海抄巻一）

122　ハナノイロニソメシタモトノヲシケレハ　コロモカヘウキケフニモアルカナ

拾遺抄第二ニアリ。冷泉院東宮ニヲハシマシケルトキ、百首哥タテマツリケルニ、帯刀長源重之カヨメルナリ。

124　花の色にそめしたもとのおしけれは衣かへ憂けふにも有かな

拾遺抄第二に有。冷泉院東宮におはしましける時、百首歌けて（ママ）まつりけるに、帯刀長源重之かよめるなり。

【出典】拾遺抄・五五・順

【他出】古今六帖・七四、如意宝集・二、重之集・二四一、拾遺集・八一、和漢朗詠集・一四六、玄玄集・三三一

【注】○**百首哥タテマツリケルニ**　冷泉天皇春宮時代の行事と推測されるが年次等不明。この時の重之の詠は、拾遺集はじめ、後拾遺集、詞花集等に入る。○**帯刀長源重之カヨメルナリ**　拾遺抄諸本のうち、流布本、貞和本は作者を

重之とし、書陵部本は順とする。如意宝集の詞書と作者は「冷泉院の東宮におはしましける時、百首の和歌たてまつりけるなかに　帯刀長源重之」。拾遺集は重之。童蒙抄が拾遺抄に拠っていること等、同抄と童蒙抄の関係については、田中幹子「『和歌童蒙抄』所収『拾遺抄』歌の周縁」（『史料と研究』17、一九八七年六月）参照。

123 ケサカフルセミノハコロモキテミレハ　タモトニナツハタツニソアリケル
堀河院百首、基俊作也。蝉翼トハ、夏衣ヲイフ。ウスキコヽロナリ。

125 けさかふるせみのは衣きてみれはたもとに夏は立にそ有ける
堀河院百首、基俊作也。蝉翼とは、夏衣をいふ。うすきこゝろなり。

【出典】堀河百首・三三一・基俊

【他出】千載集・一三七

【注】○蝉翼トハ　「羅　唐韻云羅〈魯阿反此間云ㇾ良一云蝉翼〉綺羅亦網羅也」（箋注倭名類聚抄）。「光如雪華　軽比蝉翼〈魏文帝説諸物曰、江東葛為可、寧比総絹之繐輩、其白如雪華、軽譬蝉翼〉」（初学記巻二十七）、「羅　蝉翼〈並羅名〉」（白孔六帖巻八）、「蝉紗　泉女所織絹、細薄如蝉翼、名蝉紗」（類説巻六）、「蝉飛翼転軽　羅衣飄蝉翼と、せみのはね軽くうすくして羅衣に似たり、蝉翼、羅と云へり」（百詠和歌・羅・一三三注）、「嬋娟両鬢秋蝉翼」（和漢朗詠集・七〇八）、「未収蝉翼衣間汗」（類題古詩・早涼秋尚嬾）、「鬢鬢迎枝蝉翼薄」（経国集・奉和鞦韆篇）、「注云、羅又名蝉翼」（三教指帰成安注）。蝉翼を「蝉の羽」と和語化して詠む例はすでに古今集に見える（「蝉の羽の夜の衣はうすけれど移り香こくもにほひぬるかな」八七六）が、「蝉のはごろも」は、後拾遺集時代の例が早い。

【参考】「衣　せみのは衣は有本文。蝉翼夏衣也」（八雲御抄）

神祭

124 サカキトルウツキニナレハカミヤマノ　ナラノハカシハモトツハモナシ

後拾遺第三ニアリ。曽丹哥也。神山トハ、カモノウシロナル山ヲイフナリ。モトツハトハ、フルキハトイフ也。故人ヲハモトツヒトヽソ万葉集ニヨメル。

神祭〈更衣下〉

130 榊とるうつきになれは神山のならのはかしはもとつはもなし

後拾遺第三に有。曽丹歌。神山とは、かものうしろなる山をいふなり。もとつはとは、ふるきはといふなり。故人をはもとつ人とそ万葉集によめる。

【出典】後拾遺集・一六九・曾禰好忠

【他出】新撰朗詠集・一四〇、好忠集・九五（五句「もとつはもあらじ」）、後六々撰・五四、定家八代抄・二〇六、八代集秀逸・三二

【注】**○神山トハ**　能因歌枕には、山城国の山として「かも山」を上げる。五代集歌枕目録によれば「神山」の項があったようだが、現存五代集歌枕本文には見えない。「かみやまとは、賀茂山也」（後拾遺抄注）**○モトツハトハ**「ならのはがしはもとつはもなしとは、神祭にみなとられて本のはなしと云也。もとつはとは古と云也。古人とかきて、万葉集にはもとつひとゝよめり。されば、ふるき柏葉みなゝしと読也。或人云、木にはもとは、すゑはとてあれば、木のもとにあるはをもとつはとは云也、とまうしたれど、それは此歌のこゝろにはかなはず」（後拾遺抄注、なお、五代勅撰にも類似する注が見られる）**○故人ヲハ**　「本人《もとつひと》　霍公鳥乎八《ほととぎすをや》　希将見《めづらしみ》　今哉汝来《いまかながこし》　恋乍居者《こひつつをれば》」（万葉

集・一九六二)、「橡之《つるばみの》 衣解洗《きぬときあらひ》 又打山《まつちやま》 古人尓者《もとつひとには》 猶不レ如家利《なほしかずけり》」（同・三〇〇九）、「富等登芸須《ほととぎす》 奈保毛奈賀那《なほもなかな》牟《む》 母等都比等《もとつひと》 可気都ゝ母等奈《かけつつもとな》 安乎祢之奈久母《あをねしなくも》」（同・四四三七）

【参考】「葉 抑もとつ葉とは、ふるき葉也と範兼いへり。古人をもとつ人と万葉にいへりといふ。但是は非其儀。神まつる卯月にはかしはをとるゆへに、もとのはもなしといふなり」「かみやま《山城神》〈賀茂、山下水、ならのは、郭公、自中古或加其字。範兼説。賀茂のうしろに有とも。是同事也〉」（八雲御抄）

125 夏夜

ワカクサノイモカキナレシナツコロモ　カサネモミエスアクルシノ、メ

玄々巻上ニアリ。長能カ哥也。ワカクサトハ、女ヲイフナルヘシ。シノ、メト綾晨**トソカキタル。物理論曰、夏ハ陽サカリニシテ陰ヲトロフルカユヘニ、日ナカクヨミシカシ、ト云。冬ニハ陰サカリニ陽ヲトロフ。カルカユヘニヒルミシカクヨナカシ。

131 夏夜〈神楽下〉

わかくさのいもかきなれの夏衣かさねもあへす明るしの、め

玄々集上に有。長能歌也。わかくさとは、女をいふなるへし。しの、めとは、凌晨とそかきたる。物理論曰、夏は陽さかりにして陰おとろふるゆへに、日なかく夜みしかし。冬陰さかりに陽おとろふ。かるかゆへに、ひるみしかく夜なかしと云々。

【本文覚書】○ト…トハ（和・筑A・刈・東）、とは（筑B・岩・大）○綾晨…凌晨（和・筑A）

【出典】玄々集・六八・長能、二句「妹が手なれの」
【他出】長能集・七一（二三四句「いもがきなれのからごろもかはしもあへず」）、口伝和歌釈抄・一九（二句「いもかきなれの」）、続詞花集・五五一、秋風集・二〇三（二句「いもがきなれぬ」）、別本童蒙抄・一〇五（二句「イモカキナレノ」）
【注】○**玄々巻上ニアリ**　玄々集を上下巻の構成とする徴証見えず。517、518歌も「玄々集」の出典注記を持つが巻は示さない。○**ワカクサトハ**　「若詠婦時　わかくさのと云」（倭歌作式）、「わぎめをば、わかくさといふ」（能因歌枕）、「女をははかくさともいふなるへし」（口伝和歌釈抄）、「婦　わかくさのと云」（俊頼髄脳、「婦」に「イモ」の訓を付す伝本がある）。「婦　わかくさ」「わかくさとは婦をいふ也」（奥義抄）、「ワカクサトハ、ヲトコヲモ、メヲモイフコトナレバ」（古今集注）、「若キ妻ヲハ、若草ト云」（別本童蒙抄）。「若草の妹」用例は少なく、通常は「若草のつま」○**シノヽメトハ**　「暁、あかつきはなるゝ程をば、しのゝめと云、あけはなるゝそらのしのゝめにたる也」（能因歌枕）、「しのゝめとは、あか月のそらをいふ。又すへてよるをいふともあり。又ひかきなんとのはさまの、まろにあきたるか、めにゝたるとてしろくなるをもいふ。これらいみしく人々あらそいゝふ事也」（口伝和歌釈抄）、「しのゝめ…家経は、すべてよるをいふとぞいひける。能因があか月といひけるに、いみじき論にぞしける。能因が注云、あけはなるゝほどのそらの雲のしのゝめに似たる也……なほあけゆく程なるべし」（綺語抄）、「暁　しのゝめといふ」（俊頼髄脳）、「古物ニ、シノヽメトハアカツキヲイフトイヘリ。又万葉ニハ、イナノメトモヨメリ」（古今集注）○**綾晨**　「凌晨」の誤写か。早朝の意。○**物理論曰**　物理論を引用するのはこの箇所のみ。逸書。晋・楊泉撰（隋志）。「物理論曰、日者太陽之精也。夏則陽盛陰衰、故昼長夜短。冬則陰盛陽衰、故昼短夜長。気引之也。行陽之道長、故出入卯酉之北行。陰之道短、故出入卯酉之南。春秋陰陽等、故日行中平、昼夜等也」（太平御覧巻四、この一文、芸文類聚、初学記等に見えず）
【参考】「わかくさとは、おさなき女をいふ」（松か浦嶋）、「妻　わかくさ一説若妻也」（八雲御抄）

ナツノヨハウラシマノコカハコナレヤ　ハカナクアケテクヤシトヲモ《カルラム》ヘハ
四条大納言和哥論議ニアリ。*委見疑開抄。泊瀬朝倉、ハセアサクラ宮也。委見日本記第十四。雄略天皇廿二年秋七月ニ、丹波国余社ノ郡ノ管川《ツヽカハ》人水江《ミツノエ》ノ浦嶋子、舟ニノリテツリス。ヲホキナルカメヲエタリ。便化シテヲトメトナル。*コ、ロニウラシマノコ婦トス。アヒシタシヒテウミニイリヌ。蓬莱山ニイタリテ仙衆歴《ヒシリヲメクリ》観《ミル》。語在別巻。

又云、元明天皇六年夏四月ニ丹波国五郡ヲ割テ始テ丹後国ヲ、ケリ。委見国史。天長二年乙巳丹後国ノ余佐《与謝》郡ノ人ミツノエ浦嶋子、コノ年*松舟ニノリテ故郷ニイタレリ。爰闔邑ナミニ没シテ人物トモニムカシニアラス。山川アヒウツリ人居フチトナレリ。于時ウラシマノコ四方ニハシリテ三族ヲトフラフニアヘテシレルモノナシ。但ヒトツノ老嫗アリ。コレニ問テ曰ク、ナムチイツレノサトノヒトソヤ。又ワカ根元ヲシレリヤ、老嫗コタヘテイハク、ワレコノサトニムマレテ百有七年ナリ。アヘテキミカコトヲシラス。タ、ワカヲホチノ口伝ニイハク、ムカシミツノエノウラニツリヲコノムヒト・《ア》リケリ。ナヲウラシマノコトイヒケリ。ウミニアソヒテカヘラス。ソノ、チイク百年トイフコトヲシラス。コノコトヲキキテ神女ノ所ニカヘラムトスルニ、アヘテシルコトナシ。神女ヲコヒテカノアタヘシトコロノ玉匣ヲヒラクトコロニ、ムラサキノ雲クシケノウチヨリタチノホリテ、ニシヲサシテサリキ。但浦嶋子カヘレルトキワカキワラハノコトシ。ハコヲヒライテノチ老大スミヤカニイタリテ行歩ニタヘスナムアリケル。彼雄略天皇廿二年ヨリコノ淳和天皇天長二年

132

ニイタルマテ、三百四十八年トイフニカヘリキタレリ。

夏の夜はうらしまのこかはこなれやはかなく明てくやしかるらん

四条大納言の和歌論義にあり。委見疑開抄。雄略天皇泊瀬《ハセ》朝倉《アサクラ》宮也。委見日本紀第十四廿二年秋七月に、丹波国余社郡《ヨサノコホリ》管川《ツヽカハノ》人《ヒト》水江《ミツノエ》浦嶋子《ウラシマノコ》、船にのりてつりす。大亀《ヲヽキナルカメ》をえたり。便化《クエ》してをとめとなる。爰《コヽニ》浦嶋のこ婦とす。あひしたしひて海にいりぬ。蓬莱山《トコヨノクニ》にいたりて仙衆歴覩《ヒシリヲメクリミル》。語在別巻《フミ》。

又云、元明天皇六年夏四月ニ丹波国五郡《イツコホリ》を割《サイ》て始テ丹後国を、けり。委見国史。

天長二年乙巳丹後国の与謝の郡の人みつのえの浦嶋子、このとし松船に乗テ故郷にいたれり。爰閭邑波に没して人物ともに昔にあらす。山川相移《アヒウツリ》人居ふちとなれり。于時浦嶋子四方にはしりて三族をとふらふにあへてしれるものなし。但一人老媼有。是に問《トフ》て曰、なんちいつれの里の人そや。又吾根元をしれりや。老媼答云、我此郷にうまれて百有七年也。あへて君か事を知らす。たゝしわか祖父《ヲホチノ》口伝に曰、昔みつのえの浦につりをこのむ人ありけり。名を浦嶋のことといひけり。海にあそひてかへらす。其後幾百年と云事を知らす。この事を聞て神女の所にかへらむとするに、あへてしる事なし。神女を恋て彼あたへしところの玉匣《タマクシケ》をひらくところに、むらさきの雲くしけのうちよりたちて、西をさしてさりき。但浦嶋子かへれる時わかき童のことし。匣《ハコ》を開《ヒライ》て後は老大すみやかに至《イタリ》て行歩にたへすなんありける。彼雄略天皇廿二年より此淳和天皇天長二年にいたるまて、三百四十八年といふにかへりきたれり。

【本文覚書】○委見疑開抄。泊瀬朝倉、ハセアサクラ宮也…小字傍記（岩）、ナシ（大）○コ、ロニ…こゝに（筑B・大）、コ、ニ（刈）、ココニ（東）○松舟…釣舟（岩・大）
【出典】四条大納言和歌論議
【他出】拾遺抄・八一、拾遺集・一二二、口伝和歌釈抄・六、綺語抄・二九一・五四一、新撰朗詠集・一四四、俊頼髄脳・二九〇（初句「みづの江の」）、色葉和難集・五二五（二句「うらしまがこの」）、以上五句「くやしかるらん」
【注】○**委見疑開抄**　童蒙抄にこの書名が見えるのは、この箇所のみ。○**泊瀬朝倉**　傍書が本文化したか。○**委見日本記第十四**　「秋七月、丹波国与社郡管川人瑞江浦嶋子、乗レ舟而釣。遂得二大亀一。便化二為女一。於是、浦嶋子感以為レ婦。相遂入レ海。到二蓬莱山一、歴二覩仙衆一。語在二別巻一」（日本書紀・雄略天皇二十二年）○**委見国史**　この箇所、古事談巻第一、二の浦嶋伝に近い。古事談の浦嶋説話は「扶桑略記欠落部分が直接の出典か」とされる（新日本古典文学大系『古事談』脚注）。

127 マツカケノイハヰノミツヲムスヒアケテ　ナツナキトシトヲモヒケルカナ
朗詠上ニアリ。イハヰトハ、イシヲツ、ニタ、ミタルヲイフナリ。

納涼

納涼《スヽミ》〈第二巻　夏夜下〉
174 松かけのいはゐの水を結ひあけて夏なきとしと思ひける哉
朗詠上に有。いはゐとは、いしをつゝらにたゝみあけたるをいふなり。
【出典】和漢朗詠集・一六七

【他出】拾遺抄・八三、拾遺集・一三一、綺語抄・二一八、後六々撰・二三（初句「松風の」）、古来風体抄・三五四、別本童蒙抄・六八
【注】○イハヰトハ　「二にはいわいのし水、いしをかさねてしたれはゐふなり」（口伝和歌釈抄）、「いは井　磐井也。石の中よりいづる水也」（綺語抄）、「石をつゝにしたる井をば、いは井のし水と読り」（顕注密勘）、「イワトト（ママ）ハ、石ノ中ヨリヲツルヲ（以下空白）」（別本童蒙抄）
【参考】「井　石井　いはゐ」（八雲御抄）

カハソヒノヤナキノカケニスヽミシテ　タエスヲトナフカサヲキノコヱ
古哥也。カサヲキトハ、ウソフキシテカセヲマネクトイフコトナリ。
*無自籠ノ所ニミエタリ。

175 河そひの柳のかけにすゝみしてたえすをとなふかさおき《ナ》のこゑ
古歌なり。かさおきとは、うそふきしてかせをまねくと云事也。無目籠の所にみえたり。
【本文覚書】○無自籠…無目籠（刈・東・大）
【出典】古歌
【注】○カサヲキトハ　「嘯　蘇予反歗（弔）字同宇曽牟（久）」（新撰字鏡・天治本）○無自籠ノ所ニミエタリ　「宜在海浜仆《シタカヘカナサテ》風招〈々々即蕭也〉」（508歌注）、「天孫宜在㆓海浜㆒、以作㆓風招㆒。風招即嘯也」（日本書紀・神代下）

氷室

仁徳天皇《大鷦鷯天皇》六十二年五月ニ、額田大中彦皇子《ヌカタノヲホナカヒコノ》、闘鶏《ツケ》猲《カリ》ス。時ニ皇子山ノウヘヨリ野ノ中ヲ瞻ニ物有。其形廬ノコトシ。使ヲシテミセシム。カヘリ曰《マウサク》、窟《ムロ》也。因テ闘鶏ノ稲置《イナキ》大山主《オホヤマヌシ》ヲ喚テ此ヲ問。曰氷室也。皇子曰ク、其蔵《ヲサムルコト》如何。曰ク地ヲ掘コト丈余シテ、草ヲ以テ其ノ上ニ蓋、敦《アツクチ》茅荻《ヲキ》ヲ敷テ氷ヲトリテ其ノ上ニ置ク。夏ノ月ヲ経テ泮*トス。皇子則其氷ヲ御所ニタテマツル。天皇コレヲ歓。コレヨリ季冬ニ氷ヲ蔵テ、春ノ分ニ氷ヲ散也。委見日本記。氷室ハコレヨリハシマレリ。

氷室〈第二巻　納涼下〉

仁徳天皇六十二年五月に、額田大中彦皇子、闘鶏《ツケ》に猲す。時に皇子山の上より野中《ノナカ》を曠《ミル》に物あり。其ノ形廬《イホ》のことし。使をしてみせしむ。かへりてまうさく、窟《ムロ》なり。因て闘鶏《ツケ》の稲置《イナキ》大山主を喚《メシ》て此を問《トフ》。曰《マウサク》氷室也。其レ蔵《ヲサムルコト》如何。曰ク地ヲ掘《ホルコト》丈余して、草をもて其上へに蓋《フキ》、敦《アツチ》茅荻《チヲキ》をしきて氷をとりて其上ヘに置。夏の月を経て泮《トケ》す。皇子即其氷を御所に献《タテマツル》。天皇是を歓《ヨロコフ》。これより季冬に氷を蔵て、春の分に氷を散《アカフ》也。委見日本紀。氷室はこれよりはしまれり。

【本文覚書】○泮トス…泮《キエ》ス（刈・東）、○異本「散《アカフ》」のルビ「アカツ」か。

【注】○**仁徳天皇六十二年五月ニ**「是歳、額田大中彦皇子、猟二于闘鶏一。時皇子自二山上一望之、瞻二野中一、有レ物。其形如廬。乃遣二使者一令レ視。還来之曰、窟也。因喚二闘鶏稲置大山主一、問之曰、有二其野中一者何窨矣。啓之曰、氷室也。皇子曰、其蔵如何。亦奚用焉。曰、掘レ土丈余。以レ草蓋二其上一。敦敷二茅荻一、取レ氷以置二其上一。既経二夏月一而

129

不レ泮。其用之、即当二熱月一、漬二水酒一以用也。皇子則将二来其氷一、献二于御所一。天皇歓之。自レ是以後、毎レ当二季冬一、必蔵レ氷。至二于春分一、始散レ氷也」（日本書紀・仁徳天皇六十二年）、「氷室　ヒムロ　仁徳天皇六十二ー己卯始之」（伊呂波字類抄）

【参考】「凍　氷室は仁徳天皇六十二年五月、額田大中彦皇子、闘鶏にかりするとき、皇子自山上見野有物、其かたち如廬、遣使令見氷也。其時奏後始れり。茅荻をあつく、草を其上にふくと云り」（八雲御抄）

スヘラキノミコトノスエシキエセネハ　*イフモヒムロニヲモノタツナリ
堀川院百首、俊頼哥也。氷ヲハヒノヲモノト云也。

182 すへらきのみことのすゑしきえせねは今日もひむろにおものたつ也
堀河院百首、俊頼歌也。氷をはひのおものと云也。

【本文覚書】○イフモ…イマモ（内・和・筑A・刈・書・東）、今も（岩・大）

【出典】堀河百首・五二〇・俊頼

【他出】散木奇歌集・三三五、和歌色葉・四三二、色葉和難集・九八七、別本童蒙抄・一三九（二三句「ミ門ノスヱモキヘサネハ」）

【注】○**氷ヲハ**　「おものとは氷のをものなり」（和歌色葉）、「おものたつとは、天子の供御にそなへんとてもてまいる使のことにや」（堀河院百首聞書）、「おものは聞食物也。たつは、きる也」（堀川百首肝要抄）。「氷のおもの」の用例は僅少。「みのりとくさ月の比のひのおもの大宮人のてごとにぞとる（安嘉門院四条五百首・四三九・氷室）

晩夏

フシノネニフリヲケルユキハミナツキノ　モチニキユレハソノヨフリケリ

万葉第三ニアリ。富士トハ郡ノ名ヲトレル也。富士山ハ駿河国ニアリ。其ノ高ハカルヘカラス。峯ノコトクニ起テ、天際ニアリ。タ、ヒトソノフモトヲスキテ数日アリテカヘリミレハ、ナヲソノフモトニアリ。蓋神仙ノ遊萃スルトコロナリ。承和年中ニ山ノミネヨリ珠玉ヲチキタレリ。玉ニチヰサキアナ*、コレ仙簾ノ貫珠也。又貞観十一年十一月五日吏民フルキニヨリテ祭ヲス。日ノ午ナルニ天ヨクハレタリ。アフキテヤマノミネヲミレハ、白衣ノ美女二人アリテナラヒマフ。山ノイタ、キニ一尺余ノ土人トモニミユ。古老伝云、神マス。浅間ノ大神トナツク。イタ、キノウヘニ平地一許里、中央ノホカニシテ、体コシキヲカシクカコトシ。コシキノソコニ神池アリ。池ノ中ニ大石アリ。石体アヤシクシテウスクマレル虎ノコトシ。ソノコシキノ中ニツネニ気アリ。ソノイロ鈍青《ニフアヲ》ナリ。ソコヲミレハ湯ノコトクニワキアカル。トホクシテノソメハツネニ煙火ノコトシ。ソノイタ、キノウヘニ、地ヲメクリテ生竹青紺柔濡セリ。宿雪春夏キエス。ヤマノコシヨリシモ、腹《フトコロ》ノモトニト、マテ達スルコトエス。コレ白砂ノナカレクタルユヘナリ。相伝、昔役居士ソノイタ、キニノホルコトエタリ。其後ノホルモノナシ。腹ノ下ヨリ大河ナカレタリ。山ノ東ノフモトニ小山アリ。土俗コレヲ新山トイフ。本ハ平地ナリ。延暦廿一年三月雪霧《雲》*ヒヤクリヤシテ十月ノ、チ成《ナレリ》山一ト。蓋神造也。委見都《良》・香富士山記。フシノネハ夏モユキアリトミヘタリ。

晩夏

183

ふしのねにふりをける雪はみな月のもちにきゆれはその夜ふりけり

万葉第十三に有。富士とは郡のなをとれる也。富士山は駿河国にあり。其ノ高《タカサ》はかるへからす。峯《ミネ》のことくに起《ヨコリ》て、天際に有。旅人そのふもとをすきて数日ありてかへりみれは、猶そのふもとにあり。蓋神仙の遊萃《ユフスイ》《アソヒアツマル》する所なり。承和年中に山の峯より珠玉おちきたれり。玉にちいさきあな有。是仙簾貫《センレンノツラヌケル》 珠《タマ》なり。又貞観十一年十一月五日吏民ふるきによりて祭をす。日の午なるに天よく晴たり。あふきて山の峯をみれは、白衣の美女二人有てならひまふ。山のいたゝきに一尺余の士人ともにみゆ。古老伝云、山に神ます。浅間大神となつく。いたゝきの上に平地一許里、中央のほかにして、体こしきをかしくかことし。こしきの底《ソコ》に神池有。池の中に大石あり。石の体あやしくしてうすくまれるとらのことし。そのこしきの中につねに気あり。その色鈍青《ニフアヲ》也。そこをみれは湯のことくにわきあかる。とをくしてのそめは常に煙火のことし。そのいたゝきのうへに、地をめくりて生竹青紺シ柔濡なり。宿雪春夏きえす。山の腰よりしも小松おひたり。山の腹《フトコロ》のもとにとゝまて達する事えす。是白砂のなかれくたるゆへなり。相伝《アヒツタヘラク》、昔役居士そのいたゝきにのほることをえたり。其後のほるものなし。腹のもとより大河なかれたり。山の東のふもとにこ山あり。土俗これを新山《ニヒヤマ》といふ。本は平地也。延暦廿一年三月雪霧《(ママ)》ひやくりやくして十日のゝち成《ナレリ》㆓山㆒ト。蓋し神透《(ママ)》なり。委見都《ト》良香《リヤウキヤウカ》 富士山記。

ふしのねは夏も雪ありと見えたり。

【本文覚書】○アナ…アナアリ（和・筑A・刈・東）、穴あり（岩・大）○ヒヤクリヤ…ヒヤクヤク（和・筑A・刈・東）、ひやくやく（岩・大）

【出典】万葉集巻第三・三二〇「不尽嶺尔《ふじのねに》　零置雪者《ふりおきしゆきは》　六月《みなづきの》　十五日消者《もちにけぬれば》　其夜布里家利《そのよふりけり》」〈校異〉②「ヲケル」は類、古が一致。廣、紀「ヲク」④「キユレハ」は類、紀が一致。廣「ケヌレハ」。古「キエテハ」。なお、廣は片仮名別提訓ではなく、漢字本文右に片仮名傍訓あり。

【他出】五代集歌枕・五五一、前摂政家歌合・一四六判詞、以上二句「ふりおく雪は」四句「もちにけぬれば」

【注】○**委見都《良》・香富士山記**　本条は都良香の「富士山記」に拠っている。漢文脈をそのままに移すのではなく、かなり和らげてはいるが、原拠に忠実である。「富士山者在二駿河国一。峰如二削成一、直聳属レ天。其高不レ可レ測。歴二覧史籍所レ記、未レ有下高二於此山一者上也。其聳峰欝起、見在二天際一、臨二瞰海中一。観二其霊其所二盤連一、亘二数千里間一。行旅之人、経二歴数日一、乃過二其下一、去レ之顧望、猶在二山下一。蓋神仙之所二遊萃一也。承和年中、従二山峰一落来珠玉、玉有二小孔一。蓋是仙簾之貫珠也。又貞観十七年十一月五日、吏民仍レ旧致レ祭。日加レ午天甚美晴。仰観二山峰一、有二白衣美女二人一、双二舞山巓上一。去レ巓一尺余、土人共見。古老伝云、山名二富士一、取二郡名一也。山有レ神、名二浅間大神一。此山高、極二雲表一不レ知二幾丈一。頂上有二平地一、広一許里。其頂中央窪下、体如二炊甑一。甑底有二神池一、池中有二大石一。石体驚奇、宛如二蹲虎一。亦其甑中、常有レ気蒸出。其色純青。窺二其甑底一、如二湯沸騰一。其在レ遠望者、常見二煙火一。亦其上々、匝レ池生レ竹。青紺柔愞。宿雪春夏不レ消。山腰以下生二小松一、腹以上無二復生レ木。白沙成レ山。其攀登者、止二腹下一、不レ得レ達レ上。以二白沙流下一也。相伝、昔有二役居士一、得レ登二其頂一。後攀登者、皆点二額於腹下一。有二大泉一、出レ自二腹下一、遂成二大河一。其流寒暑水旱無レ有二盈縮一。山東脚下、有二小山一。土俗謂二之新山一。本平地也。延暦廿一年三月、雲霧晦冥、十日而後成レ山。蓋神造也。（本朝文粋巻十二）

【参考】「不尽嶺爾零置雪者六月十五日消者其夜布利家利（フシノネニフリシクユキハミナツキノモチニキエテハソノヨフリケリ）」（万葉集抄）

131 ニシヘタニナツノユキセハシタヒツ、　ヤカテコヒシキアキハミテマシ

六帖第一《ニ》アリ。此哥ノコ、ロハ、秋ハニシヨリキタルトイフニヨリテヨメルナリ。本文、西商《ト》・イヘリ。又、迎秋於西郊云々。

184 にしへたに夏のゆきせはしたひつ、やかて恋しき秋はみてまし

六帖第七に有。此歌の心は、秋は西よりきたるといふに依《ヨリ》てよめる也。本文に、西商といへり。又、迎秋於西郡（ママ）云々。

【出典】古今六帖・一一二三、二句「夏のいにせば」

【注】○西商「白露凄以飛兮、秋風発乎西商」（曹植集巻四「離繳雁賦」）○迎秋於西郊　110歌注参照。

132 サハヘナスアラフルカミモヲシナヘテ　ケフハナコシノハラヘナリケリ

荒和祓

拾遺抄ノ第二《ニ》アリ。藤原長能哥也。昔天照大神皇孫《スヘミマコ》ヲ葦原ノ中国ノ主トセムトス。而彼ノ地ニ多蛍火《サハニホタルヒ》ノ光《カヽヤク》神及蝿声邪《サハヘナスアシキ》神アリ。又草木コト〴〵ヨクモノイフ。カルカユヘニ八十諸神ヲツトヘテ問テノタマハク、

葦原ノ中国ノ邪鬼《アシキモノ》ヲ撥平《＊ウラヒタヒラケ》シメムニタレカエケム。ネカハクハ爾諸神《イマシカムタチ＊》ナカクマシソ。ミナマウサク、天穂《ノホ》日命コレ神ノ傑《イサヲ》ナリ。又云、葦原ノ中国ハ磐ノ根木《ネコ》ノ株《モト》草葉《カキハ》是ナトヨクモノユフ。夜ハ若煙火《コトクホヘノモロコヒノ》シテ喧響《ヲトナヒ》、昼如《ヒルハクシテ》二五月《サヘ》蠅《ナスカ》シテ沸騰《ワキアカル》。委見日本記第二巻。

荒和祓

185　さはへなすあらふる神もをしなへてけふはなごしのはらへ成けり

拾遺抄第二に有。藤原長能歌也。昔天照太神皇孫をあしはらの中国の主《キミ》とせんとす。而彼ノ地多《クニサハニ》蛍火《ホタルヒノ》乃光《カヽヤク》神及蠅声邪神《サハヘナスアシキカミ》有。又草木こと〳〵くによくものいふ。かるかゆへに八十諸神をつとへて問ﾃのたまはく、あしはらの国の邪鬼《アシキモノ》を撥平《ハラヒタヒラケ》しめむにたれかよけん。願《ネカハク》は爾諸神《イマシモロ〳〵ノカムタチ》なかくしましそ。みなまうさく、天穂日命是神傑《イサヲ》なり。又云、葦原乃中国は磐の根木《ネコ》の株《モト》草の葉《カキハ》もなをよくものいふ。夜《ヨル》は若《コトク》二煙火《ホヘノモロコヒノ》一して喧響《ヲトナヒ》、昼如《ヒルハクシテサハヘナスカ》二五月蠅一沸騰《ワキアカル》。委見日本紀第二巻。

【本文覚書】○撥《ウラヒ》…撥《ハラヒ》（和・筑A・筑B・刈）ナカクマシソ…ナカクシマシソ（刈・東）、なかくしましそ（筑B・岩・大）

【出典】拾遺抄・八五・長能

【他出】拾遺集・一三四、後十五番歌合・二二、長能集・六、口伝和歌釈抄・一九四（初句「さはりなす」）、綺語抄・二七四（下句「けふはなごしと人はいふなり」）、俊頼髄脳・二六五（五句「はらへといふなり」）、後六々撰・一二三（五句「はらひなりけり」）、奥義抄・二五二、宝物集・二一七、和歌色葉・三五二、八雲御抄・一六二、色葉和難集・四八二・八一四、別本童蒙抄・三二三（初句「サハヘナル」五句「ハラヘヲソスル」）

【注】○昔天照大神　「天照大神……遂欲㆘立㆓皇孫天津彦彦火瓊瓊杵尊㆒、以為㆗葦原中国之主㆖。然彼地多有㆓蛍火光神、及蠅声邪神㆒。復有㆓草木咸能言語㆒。故……召㆓集八十諸神㆒、而問之曰、吾欲㆑令㆑撥㆓平葦原中国之邪鬼㆒……惟爾諸神、勿㆓隠所㆑知。僉曰、天穂日命、是神之傑也」「葦原中国者、磐根木株草葉、猶能言語。夜者若㆓熛火㆒而喧響之、昼者如㆓五月蠅㆒而沸騰之、云云」（日本書紀・神代下）。「あらぶるかみとは、あしきかみをいふ也」（口伝和歌釈抄）。「さばへなす　衆蚊成㆑雷といふ心也」（綺語抄）。俊頼髄脳は日本紀に拠る。

【参考】「日本紀曰、天照大神御孫室孫命を、あしはらのなかつくにのあるしとせんとおほすに、彼国多《七八》に蛍火か《光》、やく神をよひ蠅群邪神多已下。たとへは夏のはへの乱たるやうに邪神の有也。これをはらへなこめんとて、六月祓する也。衆蚊成雷といふはひかこと也。さはへははへ也。草木こと〳〵くものいふ。かるかゆへに八十諸神をつとへて問てのたまはくは、こひしつめんにたれかよけん、願はいまし神たちなかくし給そ。みな申（空白）天隠見聞是神の傑也。葦原中国はいはの根、このもと、草の葉かきもなをよくもの云。夜は若煙《ホヘウモコロニ》火しておとなひ、ひるは如五月蠅云々。古序に引入哥也。哥根源也」（八雲御抄）

秋　ツカサトルカミヲ、タツタヒメトイフ。
七月　コノ月ノ七日モロ〳〵ノ文ヲサラスニヨリテ、フ月トイフ。
八月　コノ月ニヨモノクサキノハノイロツキヲツルニヨリテ、八月トイフ。
九月　コノ月ヨノナカキニヨリテ、ナカツキトイフ。
秋　つかさとる神をたつたひめといふ。
七月　〈この月七日もろ〳〵の文をさらすに／より、ふん月といふ。〉

八月〈この月によもの草木のはの色つき／おつるによりて、はつきといふ。〉
九月〈この月夜のなかきによりて、／なかつきといふ。〉

【注】○**秋**「たつた姫とは、秋の神をいふ、秋をそむる神とも、秋の山をすむる神也」（能因歌枕）、「たつたひめあきをそむる神也」（綺語抄）、「神　タツタヒメ〈秋ヲソムル神〉」（和歌初学抄）、「たつたひめ　あをきをそむるかみなり」（和歌色葉）、「たつたひめとは秋のいろをそむる神なり」（色葉和難集）○**七月**「七月〈ふみつき〉七日たなはたにかすとてふみともをひらく故文ひらき月といふをあやまれり」（奥義抄）、「七月〈ふんつき、七日は七夕にかすとてふみともをひらくゆへに・《ふみ》ひらき月といふ也〉」（和歌色葉）、「このつきにたなばたにふみかすとて、にはにひろげさらす。このゆへにふみひろげづきといふ」（十二月事）○**八月**「八月〈はつき〉木の葉もみちておつる故はをち月といふをあやまれり」（奥義抄）、「八月〈はつき、木のはのもみちてをつれははをちつきといふ也〉」（和歌色葉）、「このつきにこの葉やう〳〵おつ。このゆへにこのつきをはづきといふ」（十二月事）○**九月**「九月〈なかつき〉夜やう〳〵なかき故よなか月といふをあやまれり」（奥義抄）、「九月〈なか月、夜のやうやく長くなれはよなきかつきといふなり〉」（和歌色葉）、「このつき、よやう〳〵ながし。これによりてながつきといふ也」（十二月事）

【参考】「秋をつかさとる神をは、たつたひめといふ」（松か浦嶋）、「姫……たつた〈同上〉」（八雲御抄）

133

早秋

アサマタキタモトニカセノス、シキハ　ハトフクアキニア*リヤシヌラム

堀河院百首ニ、顕季卿詠哥也。ハトフクアキトハ、立秋ノ日ヨリハトナクナリ。フクトハ、ナクトイフナリ。

古哥ニイハク、

134 ミヤマイテ、ハトフクアキノユフクレハ　シハシトヒトヲイハヌハカリソ
諺ニ、ハトフイタリトイフハ、スサマシキコヽロ也。

秋

立秋〈第二巻　秋部　早秋〉

187 あさまたきたもとにかせのすゝしきははとふく秋に成やしぬらん

堀河院百首に、顕季卿詠歌也。はとふく秋とは、立秋の日よりはとなく也。ふくとは、鳴といふなり。古歌云、188 み山出てはとふく秋の夕暮はしはしと人をいはぬはかりそ、諺に、はとふいたりといふ。すさましきこゝろなり。

【本文覚書】○アリヤ…ナリヤ（和・筑A・刈・東）、なりや（筑B・岩・大）

【出典】133 堀河百首・五六五・顕季　134 古歌

【他出】133 六条修理大夫集・二一六、袖中抄・六八三、別本童蒙抄・一一四　134 今物語・五二

【注】○**ハトフクアキトハ**　「はとふく秋のを《と》は、礼記月令云、秋日より鳩鳴と云本文をよめる也」（和歌色葉、礼記月令には「季春之月」の項に「鳴鳩払其羽、戴勝降于桑」とあるのみ）○**ハトフイタリトイフハ**　諺未詳。「はとふくは、鳩をまねびて人のふく也」（能因歌枕）、「てをあはせて吹をはとふくとは云也……あきとしもよめるは、鹿の秋はつまをこふる心なれは、笛しゝとて笛にてしゝの声をまねひて、我は隠て待事有也」（奥義抄）、袖中抄「はとふくあき」参照。

【参考】「はとふく秋とは、たつ秋の日より、はとなく」（松か浦嶋）、「鳩　はとふくは、鳩をまねひて人のふく也。

あきのはしめよりなくゆへに、はとふくといふ。範兼説。はとふくと云、れうしの所為也。恋の心にいふは、まふしさすしつをの身にもたえかねて、といふ哥心也」「はとふくあき　是在仲実哥。かりをするに、手にてはとのまねをするなり。狩は秋することなれはいへり。必恋の心にはあらす。まふしさすしつをのみにたえかねてといへるは、た、よせてよめる也。また範兼説、秋始鳩なけは秋始也。無其謂歟」（八雲御抄）

135 アキタチテイクカモアラネトコノネヌル・アサケノカセハタモトス、シモ
万七ニアリ、アサケトハ、朝開トカケリ。アサアケトイヘルナリ。

189 秋立ていくかもあらねとこのねぬる朝けのかせは袂さむしも
万第七に有。あさけとは、朝開とかけり。あさあけといへるなり。

【出典】万葉集巻第八・一五五五「秋立而《あきたちて》　幾日《いくか》毛《も》不レ有者《あらねば》　此宿流《このねぬる》　朝開《あさけ》之《の》風者《かぜは》　手《た》本寒母《もとさむしも》」〈校異〉②「アラネト」は廣、春が一致。類「あらぬに」。紀及び類（「ぬに」右朱）「アラネハ」⑤「ス、シモ」未見。非仙覚本及び仙覚本は「さむしも」

【他出】拾遺抄・五八一、拾遺集・一四一、右衛門督家歌合・三三判詞（二句「いくかもあらぬに」）、定家八代抄・二七六、詠歌大概・二三、秀歌大体・四八。敏之集・二〇、和漢朗詠集・二一一、深窓秘抄・三六（二句「いくかもあらねば」）、宝篋印陀羅尼経料紙和歌・四九、以上五句「たもとさむしも」

【注】○アサケトハ　「あさけ　旦開也〈又朝食と云は別義也〉」（奥義抄）、「アサケハ朝ナリ。アサアケトモイフ。朝明ナリ。朝食トモ云也」（拾遺抄注、拾遺集141歌注）

【参考】「朝　あさけ《朝開朝飯をも》云、あさあけ」（八雲御抄）

136 ヲナシエヲワキテコノハノイロツクハ　ニシコソアキノハシメナリケレ

古今第五ニアリ。貞観ノ御時、綾綺殿ノマヘニ梅ノ木アリ。西ノカタニサセルエタノモミチハシメタリケルヲ、藤勝臣カヨメルナリ。

190 おなしえを分てこのはの色つくは西こそ秋のはしめなりけれ

古今第五に有。貞観御時、綾綺殿のまへに梅木有。西の方にさせる枝のもみちはしめたりけるを、藤勝臣かよめるなり。

【出典】古今集・二五五・藤原かちおむ、三句「うつろふは」。古今集諸本において三句を「いろづくは」とするもの　基俊本、筋切、元永本、雅俗山庄（右傍、ウツロフハ）、六条家（右傍、うつろふはイ）、雅経本、建久本、高野切。「うつろふは」の右に「いろつくは」と傍書するもの　永治本、前田本、天理本、永暦本、昭和切、寂恵本。

【他出】新撰和歌・五二（初句「おなじえに」三句「うつろふは」）

【注】**○貞観ノ御時**　「貞観御時、綾綺殿のまへに梅の木ありけり、にしの方にさせりけるえだのもみぢはじめたりけるをうへにさぶらふをのこどものよみけるついでによめる」（古今集・二五五詞書）

七夕

137 タナハタノソテツクヨルノアカツキハ　カハセノタツハナカスシモアラシ

万八ニアリ。ソテツクトハ、袖続トカケリ。サレハ二星ノアヒチカツク心ナリ。ソテツクハカリ、トイフウタアリ。ソノ心カハリタリ。

191
七夕

七夕のそてつくよるのあかつきは河せのたつはなかすしもあらし

万第八にあり。そてつくとは、袖続とかけり。されは二星のあひちかつくこゝろなり。又そてつくはかり、といふ歌あり。そのこゝろかはりたり。

【出典】万葉集巻第八・一五四五「織女之《たなばたの》 袖続三更之《そでつぐよひの》 五更者《あかときは》 河瀬之鶴者《かはせのたづは》 不レ鳴友吉《なかずともよし》」〈校異〉②「ヨル」は廣が一致。類及び廣（「ルノ」右或）「よは」。紀「ヨヒ」⑤未見。非仙覚本及び仙覚本は「なかすともよし」

【他出】袖中抄・七四〇（二句「袖つく夜半の」五句「なかずともよし」）

【注】○ソテツクトハ　「継　ツグ　ツラヌ」（名義抄）○ソテツクハカリ、トイフウタ　「広瀬《ひろせ》河《がは》　袖衝許《そでつくばかり》　浅乎《あさきを》也《や》　心深目手《こころふかめて》　吾念《あがおもへる》　有良《ら》武《む》」（万葉集・一三八一）を指すか。該歌は古今六帖・一五八一、五代集歌枕・一二八三に見え、後に「あふせがはそでつくばかりあさけれどきみゆるさねばえこそわたらね」（重家集五一三）、「なにとかくこひわたるらんさはだがはそでつくばかりあさきこころを」（経正集八三）などが詠出される。「漬　ヒタス　ツク」（名義抄）○ソノ心カハリタリ　「ソテツク」は、万葉集では「袖漬」（六一四）「袖衝」（一三八一）「袖続」（一五四五）があり意味が異なることを言う。

【参考】「そてつくよるのあか月といへるは、二星のあふよし也。袖続とかけり」（八雲御抄）

138
ヤチトセノカミノミヨ、リトモシツマ　ヒトシリニケリツケテシヲモヘハ

万十ニアリ。ヤチトセトハ、八千歳トカケリ。ソノカミトサシタルコトミエス。タ、ヒサシキコ、ロヲヨメルナリ。トモシツマトハ、乏孋トカケリ。アフコトスクナキツマトイフナリ。ツケテシトハ、告テトイフナリ。

192　やちとせの神のみよゝりともしつま人しりにけりつけてし思へは

万十にあり。やちとせとは、八千歳とかけり。そのかみとさしたることとみえす。たゝひさしきことをよめるなり。ともしつまとは、乏孋とかけり。あふことすくなきつまといふ也。つけてしとは、告と云也。

【本文覚書】524に重出

【出典】万葉集巻第十、二〇〇二「八千《やち》戈《ほこの》　神《かみの》　自《み》二御世《よより》一　乏孋《ともしづま》　人知尓来《ひとしりにけり》　告思者《つぎてしおもへば》」〈校異〉①未見。非仙覚本及び仙覚本は「やちほこの」。漢字本文も諸本「八千戈」②は類、紀及び元（「のよ」右）が一致。元「かみのよゝり」③「ツマ」は元、類及び紀（「孋」左江）が一致。紀「ヘノ」⑤は類が一致。元「つきてゝみれは」で「ゝみれ」右緒「シヲモヘ」。紀「ツケテオモヘハ」。なお、西貼紙別筆「ツキテシ古本同」あり。また、京「ツケテシオモヘハ」の「テシ」右緒「江本」、京歌頭に緒「江本告《ツケテシ》」あり。

【他出】人麿集Ⅲ・一二三九（初句「ヤチホコノ」下句「ヒトリニケリツキテシオモヘハ」）

【注】○ヤチトセトハ　「八千年尓《やちとせに》」（万葉集・一〇五三）○トモシツマトハ　「トモシ（乏）」は、少ない、乏しいの意。また、逢うことが少ないため心惹かれる状態をいう。「乏子等」（同・二〇〇四）。「ともしつま」の用例は僅少、「ともしづま行きあふ比に成りにけり雲井にみゆる天の河波」（紫禁和歌集一〇七八）、「銀河くらしかねたるともし妻わたりをいそぐぬさたむくなり」（建長八年百首歌合・四二一・顕朝）

【参考】「八千歳《戈歟》神自御世乏孋人知爾来告思者（ヤチホコノカミノミヨヽリトモシツマヒトシリニケリツケテオモヘハ）　ヤチホコトハ、日本紀云、アメツチ開始之時ニ、国常尊空ニヤチホコト云ホコヲモテ下シテ、此国ヲカキサクリ給ケルニ、モノヽサハリケレハ、ワレカオリヰルヘキ所アリケリトテ、アマクタリソメ給ケルトソシル」（万葉集抄）、「七夕名、ともし《乏》つま《孋》〈一説月入会、但非灯歟〉」（八雲御抄、御抄の引く一説未詳）

139 アマノカハコソノワタリノウツロヘハ　カハセフムマニヨソ*タケニケル

同ニアリ。ワタセ《リ》ウツロフ、トヨメリ。

193 天河こその渡りのうつろへはかはせふむまによそふけにける

同ニ有。わたせうつろふ、とよめり。

【本文覚書】○タケニケル…流布本諸本異同ナシ。

【出典】万葉集巻第十、二〇一八「天漢《あまのがは》　去《こ》歳渡代《ぞのわたりで》　遷閇者《うつろへば》　河瀬於レ踏《かはせをふむに》　夜深去来《よそふけにける》」〈校異〉④「フムマニ」は元、紀が一致。類「をふむに」⑤「タケ」未見。非仙覚本及び仙覚本は「ふけ」

【他出】人麿集Ⅰ・七六（五句「夜そふけにける」）、人麿集Ⅱ・三八（四句「あさせふむまに」）、人麿集Ⅲ・一三五（五句「ヨソフケニケル」）、赤人集・二八五（二句「そらのわたりの」四五句「かはらをゆくによそふけにける」）、拾遺集・一四五、秀歌大体・五〇（下句「あさせふむまに夜ぞふけにける」）

【注】○**ワタセ《リ》ウツロフ**　瀬が変わって去年渡った浅瀬がなくなったことを言う。同様の趣向を詠んだ歌はそれほど多くない。「天の川こぞのわたりはうつろへど深きちぎりやかはらざるらん」（千五百番歌合・一一二四・二条院讃岐）、「これもまたまれなる中はしかすがのわたりさへこそうつろひにけれ」（壬二集・七六九）

【参考】「七月　あさせふむまなともよめり」（八雲御抄）

140 アキカセノフキタ、ヨハスアシラクモハ　タナハタツメノアマツヒレカモ

同ニアリ。アマツヒレトハ、天津領巾トカケリ。ヒレトハ、女ノキモノニ裙帯領巾《クンタイヒレ》トイフモノアリ。

194 秋かせのふきた、よはすしら雲は七夕つめのあまつひれかも

同ニ有。あまつひれとは、天津領巾とかけり。ひれとは、をむなのきものに裙帯領巾と云物あり。

【出典】万葉集巻第十・二〇四一「秋風《あきかぜの》　吹漂蕩《ふきただよはす》　白雲者《しらくもは》　織女之《たなばたつめの》　天津領巾毳《あまつひれかも》」〈校異〉⑤「アマツ」は類が一致。紀「アマノ」

【他出】古今六帖・三二五六（五句「あまごろもかも」）、続後撰集・二五二

【注】○ヒレトハ　「裙帯領巾クンタイヒレ青羅イ｜是也」「領巾ヒレ婦人頂上飾也」（伊呂波字類抄）

【参考】「袖〈袂〉万わかひれといふは、そて也」（八雲御抄）

アキカセニカハナミタチヌシハラクモ　ヤソノフナツニミフネト、メヨ

同ニアリ。ヤソノフナツトハ、八十舟津トカケリ。

195 秋かせに川なみたちぬし・ら《は》雲《く》もやそのふなつにみふねと、めよ

同ニ有。やそのふなつとは、八十舟津とかけり。

【出典】万葉集巻第十・二〇四六「秋風尓《あきかぜに》　河浪起《かはなみたちぬ》　暫《しましくは》　八十舟津《やそのふなつに》　三舟停《みふねとどめよ》」〈校異〉③「モ」は紀が一致。元、天、類及び紀（「モ」右）「は」④「ふなつ」は元、天、紀が一致。類「ふねつ」⑤「ト、メヨ」未見。非仙覚本及び仙覚本は「と、めむ」

【他出】赤人集・三〇八「あきかせにかはなみたつなた、しはしやそふねつにふねと、めむ」

【注】○ヤソノフナツトハ　用例は多くない。「たなばたのあまつひれふく秋かぜにやそのふなつをみふねいづらし」（千載集・二三六・隆季）、「あまの河やそのふなつにきりはれてとわたる月のかげぞさやけ」（楢葉集・二三六・観英法師）

142 アマノカハヤソセヨリアヘリヒコホシノ　トキマツ《フ》・ネハイマコキクラシ

同ニアリ。ヤソセトハ、八十瀬トカケリ。ヨリアヘリトハ、時マツフネノワタレハ、セモヨリアフヤウニナムミユル、トヨメルナルヘシ。

196 天河やそせよりあへりひこほしのときまつ舟はいまこきくらし

同ニ有。やそせとは、八十瀬とかけり。よりあへりとは、時まつ舟のわたれは、せもよりあふやうになむみゆる、とよめるなるへし。

【出典】万葉集巻第十・二〇五三「天漢《あまのがは》　八十瀬《やそせ》霧合《きらへり》　男星之《ひこほしの》　時待船《ときまつふねは》　今滂良之《いましこぐらし》」〈校異〉②「ヨリアヘリ」未見。非仙覚本は「きりあへり」。仙覚本は「キリアフ」で、細、宮、温「キリアヘル」④「ハ」は元、紀が一致。類及び元（「は」右赭）「ソ」⑤「こきくらし」は元、類が一致。紀「コクラシ」。なお、類は平仮名訓がなく、漢字本文左に墨片仮名訓あり。

【他出】赤人集・三二五（あまのかはやそせよりあふひこほしのときにゆくふねいまやこくらん）

【注】○**ヤソセトハ**　「ヤソセトハ多ノ瀬と云也。アマノ川ニモヨメリ」（詞花集注）○**ヨリアヘリトハ**　赤人集はこのような訓みの存在を示すか。用例は僅少で「天川うきつのなみのあき風にやそせよりあひみふねいづらし」（柳葉集・九五）を見る程度である。

【参考】「七月　このかはには、川と八十ありといへり」（八雲御抄）

143
アマノカハヤスノカハラノサタマリテ　コ、ロクラヘハトホキマタナクニ
万葉第十ニアリ、ヤスノカハラトハ、ヤセトイフナリ。アマノカハニアリ。天照大神ノカクレキマシタリシトキ、ヤヲヨロツヨノカミタチノツトヒテ、大神ヲヲノ〳〵イノリイタ*ルタテマツラムトハカリコトセシメタマヒシトコロナリ。委見鹿部ニ。コレ古人マトヘリケルコトナリ。

197 天河やすのかはらのさたまりて心くらへはとをきまたなく
万葉十ニ有。やすのかはらとは、やせといふなり。あまのかはにあり。天照太神のかくれまし〳〵たりし時に、やをよろつの神達のつとひて、大神を各いのりいたしたてまつらむとはかりことせしめ給し所なり。委見鹿部。これ古人まとへりける事なり。

【本文覚書】○イタル…イタシ（和・刈・東）、いたし（筑B）、出し（岩・大）
【出典】万葉集巻第十・二〇三三「天漢《あまのがは》　安川原《やすのかはらに》　定而　神競者　磨待無」（第三句以下、定訓ナシ）〈校異〉②「カハラノ」は元、類が一致。紀「カハラニ」。ただし、紀「ニ」は「ノ」を削って記す。⑤は元、紀が一致するが、類は「とほきまたなくに」で訂正前の本文と一致。
【他出】人麿集Ⅲ・一二五（二句「ヤスノカハラニ」）、赤人集・二九七（下句「かかるわかれはとくとまたなん」）、以上二句「やすのかはらに」
【注】○ヤスノカハラトハ　「やすのかはら」を「やせ」と解することは、古語拾遺の表記「天八《あめのや》湍河原《せのかはら》」と同様か。「万葉に天河やすの渡りに船うけてとあり。やすとは、八十也。すとそと五音同」（陽明文庫古注）。用例は僅少である。「あまのがはやすのかはらにふなでしてたなばたつめの今日やあふらん」（為家千首・三一二）○**天照大神ノ**

「ムカシアマテル大神、アメノイハヤニイハトトヲサシテ、カクレマス。クニノウチトコヤミナリ。時ニラロ（ママ）ツノ神タチ、アメノヤスノカハラニツトヒテマストコロノカキヲイフナリ」（376歌注）○**委見鹿部ニ**　818歌注参照。

【参考】「やすのかはらとは、やせといふ也、あまの川にあり」（松か浦嶋）、「や《安》すのかはら」「やすのかはらは、天昭大神のかくれゐまし給たりし所也。諸神いのり給し所也。是故人説、人不知事也。正説た《な》り」（八雲御抄）

144　ワカコフルニホヘルイモ、コヨヒカモ　アマノカハラニイソマクラマク

同第十ニアリ。イソマクラ、トヨメリ。マクトハマウクトソ人ハイフナレト、タマクラヲマクトアマタイフナレハハ*巻トソイハレタル。

198　わかこふるにほへるいもゝこよひかもあまのかはらにいそ枕まく

同第十に有。いそまくら、とよめり。まくとはまうくとそ人はいふなれと、たまくらをまくとあまたいふなれは巻とそいはれたる。

【本文覚書】○底本、「ハ」に取消線を引く。

【出典】万葉集巻第十・二〇〇三「吾等恋《あがこふる》　丹穂面《にのほのおもわ》　今夕母可《こよひもか》　天漢原《あまのかはらに》　石枕巻《いしまくらまく》」〈校異〉②未見。元、紀「にほへるいもは」で、元「へ」右赭「フ」。類「にほくるいもは」で「いもは」右朱「オモハ」。仙覚本は「ニノホノオモハ」で「ホノオモハ」紺青（陽。西もと紺青）。京漢左赭「ニホヘルイモハ」③「カモ」は元、紀が一致。類「もか」

【他出】人麿集Ⅲ・四五〇（二句「ニホヘルイモハ」）

【注】○**イソマクラ**　「磯枕とは、石枕なり。石と書て、いそとよめり」（陽明文庫古注586歌「ひこぼしの天の岩ふね船出してこよひや磯にいそ枕する」注）、「イソマクラトハ、石枕也。石と書て、イソトヨメリ。五音相通スル也」

（書入本注）。○**マクトハ**　「まうく」の説未見。八雲御抄の引く一説と関わるか。

【参考】「あまのかはらにいそまくらまくと云は、儲心巻心、両説也」「石　石枕」「枕　いそ　石の」（八雲御抄）

145 アヒミマクアキタラストモイナノメノ　アケハテニケリフナテセムツマ

六帖第一ニアリ。人丸哥也。イナノメトハ、アカツキヲイフナリ。シノ、メヲナシコトナリ。

199 あひみまくあきたらすともいなのめの明はてにけりふなてせんつま

六帖第一に有。人丸歌也。いなのめとは、あかつきをいふなり。しの、め同事なり。

【出典】古今六帖・一四六

【他出】万葉集・二〇二二（「相見久《あひみらく》　猒《あき》雖《だら》レ不《ね》レ足《ども》　稲目《いなのめの》　明去《あけさり》来理《にけり》　舟出《ふなで》為《せ》牟《む》嬬《つま》」）、綺語抄・一三二（あひみらくあきたらねどもいなのめのあけゆきにけりふなでせんいも）、袖中抄・七三二（下句「あけゆきにけりふなでせんいも」）

【注】○**イナノメトハ**　「しの、めとはあか月のそらをいふ。又すへてよるをいふともあり……これらいみしく人々あらそい、ふ事也」（口伝和歌釈抄）、「いなのめ　よるをいふか。稲目」（綺語抄）、「又あかつきをば、いなのめともいへり。しの、めと同事なり。いとしと同ひゞきなり。のとなと同音なり」（袖中抄）、「古物ニ、シノ、メトハアカツキヲイフトイヘリ。又万葉ニハ、イナノメトモヨメリ。七夕歌ニ、アヒミラクアキタラズトモイナノメノアケユキニケリフナデセムイモ、稲目トカケリ」（古今集注）

【参考】「いなのめとは、あか月をいふ」「あか月をは、いなのめとも云り。稲目とかけり。在六帖」（松か浦嶋）、「暁　いなのめ」（八雲御抄）

146 アマノカハトタエモセナムカサ、キノ　ハシモワタサテタ、ワタリナム

後撰第五ニアリ。鵲橋トハ、李嶠詩橋扁、烏鵲河可波トイヘリ。又鵲篇、愁随織女帰ト作レリ。注ヲ可引勘也。

200 天河とたえもせなんかさゝきのはしもわたさてたゝ渡りなん

後撰第五ニ有。鵲橋《カサヽキノハシ》とは、李嶠詩橋篇に、烏鵲河満といへり。又鵲篇、愁随織女帰と作れり。注を可引勘なり。

【本文覚書】○烏鵲河可波…烏鵲河可レ渡（刈・東）、底本「波」重書。

【出典】存疑。古今六帖一五一歌に拠るかと思われるが、同一五二歌が後撰集・二四一歌（「けふよりはあまの河原はあせななんそこひともなくただわたりなん」）と一致する。何らかの錯誤があったか。

【他出】貫之集・六二三（二句「水たえせなん」四句「橋をしらず」）、古今六帖・一五一（二句「みだえもせなん」五句「ただわたりせん」）

【注】○**鵲橋トハ**　「烏鵲填応満　黄公去不帰　色疑虹始見　形似雁初飛　巧作七里影　能図半月暉　即今滄海晏　無復白雲威」（李嶠百二十詠・橋）。童蒙抄の引く詩句、現存李嶠百二十詠諸本に一致するもの未見。これについて福田俊昭氏は「これは「橋」詩の第一句「烏鵲塡應滿」の注か又は改竄された詩句が存在していたのかもしれない」とする（『李嶠と雑詠詩の研究』第二章）○**又鵲篇**　「不分荊山抵　甘従石印飛　危巣畏風急　遶樹覚星稀　嘉遂行人到　愁随織女帰　儻遊明鏡裏　朝夕生光暉」（同・鵲）○**注ヲ可引勘也**　張庭芳の注を指すか。「烏鵲填応満」に対する注は「風俗記曰、七月七日織女会牽牛、烏填河為橋。故敍信詩曰、寄語彫陵鵲填河。未可飛事已具鵲詩也」（天理図書館蔵「百廿詠詩註」、慶応大学本もほぼ同じ）。「愁随織女帰」に対する注は「淮南子曰、乾鵲去リ来テ、七月七日、烏鵲填レチテ河ニ成レ橋ヲ、織女渡ル。一本、風俗記曰、七月七日鵲毛填レ河為レ橋ト与《クミヲ》織女一ニ過也《スコスナリ》。或主本ニ、乾ヲ作レル干《カンニ》也。

鏡中鋳鵲形亦名鵲鏡也」（陽明文庫本「註百詠」）。李嶠百二十詠を引用するのはこの箇所のみ。

【参考】「橋　又かさゝきのわたせるもあり」（八雲御抄）

147
十五夜

水ノヲモニテルツキナミヲカソフレハ　コヨヒソアキノモナカナリケル

拾遺第三ニアリ。源順哥也。モナカトヨメルヲ時ノ人、ワカノコトハトヲホエスト難シケルヲ、ウタカラノヨケレハエラヒニイレリ。釈名云、望ハ月ノミテル名也。日月ノハルカニ相望カユヘニソノカタチノカケヌナリ。日ノチカキカタノカクルナリ。

248
十五夜　〈七夕下〉

水の面にてる月なみをかそふれはこよひそ秋のもなかなりける

拾遺第三に有。源順歌なり。もなかとよめるを時の人、和歌のことはともおほえすと難しけるを、歌からのよけれはえらひにいれり。釈名云、望は月のみてる名なり。日月遥に相望か故にそのかたちかけぬなり。日のちかきかたのかくるなり。

【出典】拾遺抄・一一五・源順

【他出】順集・二八九（初句「池のおもに」）、拾遺集・一七一、前十五番歌合・二六、三十人撰・八六、和漢朗詠集・二五一、三十六人撰・一〇四、深窓秘抄・四五、古来風体抄・三五九、俊成三十六人歌合・七七、時代不同歌合・二〇一、和漢兼作集・七一九

【注】○モナカトヨメルヲ　「もなか　是は物のも中といふを水の哥には藻によせてよめり」（八雲御抄）とある如く、「もなか」には「藻中」の意がある。和漢朗詠集所載の詠に対しては、「八月ハ秋ノ中、十五夜ハ月ノ中ナレハ、其ヲ水中ノ月ナレハ、藻ニヨセテ読リ」（和漢朗詠集和談鈔）と注され、拾遺抄詞書の「屏風に八月十五夜にいけ有るいへにてあそびたるかた有る所に」を含めて理解する必要があろう。平安期の「もなか」の用例は少ない。「いけ水のもなかにいでてあそぶいをのかずさへみゆる秋のよの月」（公忠集・一〇）、「月かげも秋の日かずをかぞへてやこよひもなかにてりまさるらん」（永久百首・八月十五夜・二四二・忠房）。なお「藻中」については、和漢朗詠集の「岸白還迷松上鶴　潭融可算藻中魚」（二四七）の影響を指摘するものもある（嘉吉三年前摂政家歌合・一〇二番判詞）。○時の人　未詳。○釈名云　「望月満之名也。月大十六日小十五日、日在東月在西遥相望也」（釈名巻一）

ナニハカタシホミチクレハヤマノハニ　イツルツキサヘミチニケルカナ

六帖第一ニアリ。月ノ水ニシタカヒテ十五日ニハシホモタカクミツナリ。抱朴子曰、日月ノ精生水、是八月盛而*濤湖大云々

249 難波かたしほみちくれは山のはにいつる月さへみちにけるかな

六帖第一に有。月のみつに随て十五日《モチ》には塩もたかくみつなり。抱朴子云、月精生水、是八月盛而濤潮大云々。

【本文覚書】○濤湖…濤潮（内・筑B）

【出典】古今六帖・一七一

【他出】貫之集・二三二、八雲御抄・一八〇

【注】○**月ノ水ニシタカヒテ**　異本の如く「月のみつに随て」か。流布本に異同なし。○**抱朴子曰**　「又（抱朴子）曰、月之精生水、是以月盛而潮濤大」（太平御覧巻四）、現存抱朴子にこの一節見えず。『抱朴子外篇校箋』（新編諸子集成・楊明照撰）逸文第三に御覧を引く。いずれも童蒙抄本文とは異同がある。童蒙抄は修文殿御覧等に拠ったか。
【参考】「月の望をはみつと云。しほも十五日にはみつ也。故いへるか。凡抱朴子曰、月之精生水是以月盛而濤潮大た《（ママ）》。これは大意にてしほにしたかひて山のはの月もみつやうなる景気によむへし。いつれも不可違」（八雲御抄）

149

駒迎

アフサカノセキノイハカトフミナラシ　ヤマタチイツルキリハラノコマ

拾遺第三ニアリ。大弐高遠カ少将ニハヘリケル時ヨメルナリ。キリハラハ、ムサシノクニノムマキノナ、リ。*コノフミナラシコソフミナラシ《鳴》、此又フミナラシカ。フタヤウニテコ、ロエカタケレ。

250

駒迎

あふさかの関のいはかとふみならし山たちいつるきりはらのこま

拾遺第三に有。大弐高遠か少将に侍ける時よめるなり。きりはらは、武蔵国の牧の名なり。このふみならしこそふみならし《鳴》歟、又ふみならし《平》歟。ふた様にて心えかたけれ。

【本文覚書】○コノフミナラシコソフミナラシ《鳴》、此又フミナラシカ…コノフミナラシコソ、フミナラシ《馴》歟、又フミナラシ《鳴》カ（刈）

【出典】拾遺抄・一一三・左衛門督高遠

【他出】古今六帖・一八〇、拾遺集・一六九、金玉集・二六、後十五番歌合・二八、高遠集・四、玄玄集・三九、口伝和歌釈抄・一九五（三句「ふきならし」）、後六々撰・一一一、古来風体抄・三五七、西行上人談抄・四二、色葉和難集・八三四

【注】○**大弐高遠カ**　拾遺抄・一一三詞書「少将に侍りける時こまむかへにまかりて」。○**キリハラハ**　「もち月きり《き》はら《はと》ころのな〻り。」（口伝和歌釈抄）「キリハラノコマハ、桐原ノ御牧ノ駒也。在二信濃国一」（拾遺抄注）。なお、五代集歌枕「牧」の項には、「きりはらの牧」を収めない。○**コノフミナラシコソ**　顕昭は「いはかど」を「石ノ廉」と解して「フミナラシ」を釈する。「セキノイハカドトハ石ノ廉ナリ。石門ニハアラズ。フミナラシトハ踏平と万葉ニハカケリ。石門ナラバイカヾフムベキ。」（拾遺抄・一一三「あふさかの」歌注）。「いはかどとは、いしのはを云」（能因歌枕）

【参考】「きりはらのこまとは、きりはらのまきより、ひけるむま也」（松か浦嶋）、「関の石かとは非門、石のかとをふみならすなり」（この一節、伝伏見院筆本、内閣文庫本にはない。国会図書館本により掲出する）「ふみならし〈ならす心、鳴心、故人有両説。何可依上。せきのいはかとはいか〻心ゆへき。いつれも無強相違歟〉」「牧　き《信》りはらの」「馬　きりはら」（八雲御抄）

150 アフサカノセキノシミツニカケミエテ　*イヤヒクラムモチツキノコマ

同ニアリ。延喜御時月次屏風哥也。貫之作也。モチツキハ、シナノ、クニノマキノナヽリ。

251 相坂の関のし水にかけみえていまやひくらんもちつきの駒

同に有。延喜御時月次屏風哥なり。貫之作なり。もち月は、信濃国の牧の名なり。

【本本覚書】○イヤ…諸本「イマヤ」
【出典】拾遺抄・一一四・貫之
【他出】貫之集・一四、貫之集☆・一二、古今六帖・一七六、拾遺集・一七〇、金玉集・二五、三十人撰・一四、九品和歌・四、深窓秘抄・三八、三十六人撰・二〇、口伝和歌釈抄・一九六（五句「もち月のころ」）、奥義抄・九〇、五代集歌枕・一八二六、古来風体抄・三五八、西行上人談抄・四一、色葉和難集・九七〇
【注】○**延喜御時**　拾遺抄・一一四詞書「延喜御時月令の御屏風にこまむかへのかた有る所に」○**モチツキハ**　「モチヅキノコマハ、是モ信濃国ノ望月ノ御牧ノ駒ナリ」（拾遺抄注）
【参考】「もちつきのこまとは、しなの丶国に、もち月のまきより」（松か浦嶋）、「馬　又もち月」（八雲御抄）

151
九日
ナカツキノコ、ヌカノヒノモ、シキノ　ヤソウチヒトノワカユトイフキク
六帖第一ニアリ。モ、シキトハ、内裏ヲイフ。ヤソウチヒトトハ、伴人《トモヒト》也。ワカユトハ、トシツミテヲイスイノチナカキナリ。

273
九日
なかつきのこ丶ぬかのひのも丶しきのやそうち人のわかゆといふきく
六帖第一に有。も丶しきとは、内裏をいふ。やそうち人とは、伴人《トモヒト》也。わかゆとは、としつみておひすいのちなかきなり。

【出典】古今六帖・一八七

【注】○モヽシキトハ 「内裏 もゝしきと云」（倭歌作式）、「内裏、もゝしきの宮といふ」（能因歌枕）、「内裏 もゝしきのと云、又こゝのへと云」（俊頼髄脳）。○ヤソウチヒトトハ 内裏に務める伴部のことを言うか。440参照。○ワカユトハ ワカユは若やぐ・若くなる意。「巫覡等遂詐、託二於神語一曰、祭二常世神一者、貧人致レ富、老人還少」（「老いたる人は還りて少《わか》ゆ」日本書紀・皇極紀三年）。「をる菊の雫をおほみわかゆといふぬれ衣をこそ老の身にきれ」（貫之集・八一二）、「よろづよをわかゆるきくぞおくつゆのまゆをひらくるときはき」（忠見集・二四）、「九月九日、従一位倫子菊のわたをたまひて、おいのごひすてよと侍りければ　きくのつゆわかゆばかりにそでふれて花のあるじに千世はゆづらむ」（新勅撰集巻七・四七五・紫式部）など、重陽に寄せて「わかゆ」と詠む例もある。

【参考】「やそうち《八十氏》人はたゝの人也。宇治にはあらす」「やそうち人〈八十氏人なり。よろつの人也。而近日宇治によめり。やそうちともうち人ともいへは、同事なれと、不可別。道ゆき人なとの多也〉」（八雲御抄）

九月尽

152 カセノヲトハカキリトアキヤセメツラム　フキクルコトニコエノワヒシキ

後撰第七ニアリ。読人不知。

九月尽〈九日下〉

291 風の音はかきりと秋やせめつらんふきくることにこゑのわひしき

後撰第七に有。読人不知。

【出典】後撰集・四二一・よみ人しらず

冬　ツカサトルカミヲ、ラツタヒメトイフ。*

十月　コノ月ヨロツノカミタチノ出雲国ヘヲハシマスニヨリテ、神無月トイフ。

十一月　コノ月ニシモイタクサユルニヨリテ、シモ月トイフ。

十二月　コノ月ニヤマテラノ師ノイノリノ巻数ヲ檀越ノモトヘヤルトテハシリアヘルニヨリテ、シハストイフ。

冬　つかさとる神をうつたひめといふ。

十月〈この月よろつの神たちの出雲の国へ／おはしますに依て、神な月といふ。〉

十一月〈この月に霜のいたくさゆるに依て、／しも月といふ。〉

十二月〈この月に山寺の師のいのりの巻数／を檀越の許へやるとてはしりあへるに／依て、しはすといふ。〉

【本本覚書】○ラツタヒメ…ツタヒメ（和・筑A・刈・岩・東）

【注】**○冬**「和云、四季をつかさどれる神あり……冬はうつた姫」（色葉和難集）**○十月**「十月〈神無月〉天の下のもろ〳〵の神出雲国に行てこの国に神なき故神なし月と云をあやまれり」（奥義抄）、「十月〈かみなつき、天下のもろ〳〵の神達出雲のくに丶ゆきて余国に神のおはせぬ故に神無月といふなり〉」（和歌色葉）、「この月、天下のもろ〳〵のかみ、いづものくに丶、あつまりたまひて、そのくにのさかひをいでたまはず。これによりてかみなづきといふ」（十二月事）**○十一月**「十一月〈しもつき〉霜しきりにふる故しもふり月といふをあやまれり」（奥義抄）、「十一月〈しもつき、霜のしきりにふれは霜ふりつきといふ也〉」（和歌色葉）、「このつき、そらさむくしてしもくだる。こ

れによりてしもつきといふ」（十二月事）○十二月　「十二月〈しはす〉僧をむかへて仏名をおこなひ、あるひは経よみ《ま》せ東西にはせはしる故師はせ月といふをあやまれり」（奥義抄）、「十二月〈しはす、僧をむかへて仏名を行ひ経をよませ東西にはせはしる故にしはせ月といふ也〉」（和歌色葉）、「この月、ほうしをむかへて仏名をおこなひ、しはすど経をす。これによりててら〳〵のほうしいとまなくはせありくによりてしはすといふ」（十二月事）

【参考】「冬をつかさとる神は、うつたひめといふ」（松か浦嶋）

初冬

153 カミナツキシクレノツネカワカセコカ　ヤトノモミチノチルヘキモミム

万十九ニアリ。神無月ノコト、カミニミエタリ。シクレノツネカトハ、神ナ月ニシクレツネニストイフナリ。

冬

初冬

293 神無月しくれのつねかわかせこかやとの紅葉のちるへきもみん

万十九に有。神無月のこと、上にみえたり。・時雨つねにす《時雨のつねかとは神無月に》といふなり。

【出典】万葉集巻第十九・四二五九「十月《かみなづき》　之具礼能常可《しぐれのつねか》　吾世古河《わがせこが》　屋戸乃黄葉《やどのもみちば》　可レ落所レ見《ちるべくみゆる》」〈校異〉②「ツネカ」は元が一致し、類は「あめか」の「あめ」を「つね」に訂正。元「つね」右赭「トキ」。廣「ツネニ」で右「トキハ」③「モミチノ」は元、類が一致。廣「モミチハ」⑤は廣及び元（「ゆ」左赭）が一致。元、類「ちるへきもみゆ」。元「るへきもみゆ」右赭「ラムトソミル」。

【注】○**神無月ノコト**　異本は巻二時節部冒頭に、項目及び各季の月異名を一括して掲出する。流布本は、月異名は季毎に置く。○**シクレノツネカトハ**　「十月の雨をば、しぐれといふ」（能因歌枕）

154 アシノハニカクレテスミシワカヤトノ　コヤモアラハニフユハキニケリ
重之哥也。コヤモアラハニトハ、アシノハフユカレテアラハニミユトイフナリ。

294 あしのはにかくれてすみしわかやとのこやもあらはに冬はきにけり
重之歌なり。こやもあらはにとは、あしのは冬かれてあらはにみゆといふなり。

【出典】明記せず
【他出】拾遺抄・一三五、重之集・二八七、拾遺集・二二三（三句「つのくにの」）、千五百番歌合・一九二九判詞
【注】○**コヤモアラハニトハ**　童蒙抄では該歌を特定の土地と結びつけてはいないようである。「第三句ツノクニノト書ル本モアリ。サレド多本ニハ我屋トアリ。アシノハニカクレテスムトハ葦辺ノ家ナリ。コヤトハ摂津国ニアル所名也……但此歌ハ、コヤノシノヤナド云テ、別ニ家ノ名ヲモ云也……コヤモ、アシヤモ、共ニツノクニノ所名ナレド、別ノ家ニソヘテ皆読来ナリ」（拾遺抄注）

155 シハスニハアハユキフルトシラヌカモ　ムメノハナサクツネ《ホ》メラストモ
万八ニアリ。シハス見上。コノ哥別ウタカヒナシ。
【本文覚書】90に既出

【注】○シハス見上　月の説明の項にあることを言うか。155歌は重出歌であるから、「コノ哥別ウタカヒナシ」というように、この位置に置くことが目的であったと考えられる。あるいは依拠資料の配列によるか。

冬夜

156
ヤマサトハヨトコサヘツ、アケニケリ　トカタソカネノヲトノスナルハ
山家冬夜トイフ心ヲ経信卿ノ読也。イツカタソトイフヘキヲ、トカタソ、トヨメル、イカニ。

冬夜〈初冬下〉

319
山里はよとこさえつゝ明にけりとかたそかねのをとのすなるは
山家冬夜と云心を経信卿の読也。いつかたそといふへきを、とかたそ、とよめる、いかに。

【出典】経信集・一六七
【他出】金葉集初度本・三九五、金葉集二度本・二六九、金葉集三奏本・三〇一、以上詞書「旅宿冬夜といへることをよめる」。和歌一字抄・六九二（「旅宿冬夜」、四句「とばたぞ鐘の」）、色葉和難集・二〇五（下句「どかたをかねのこゑきこゆなり」）。以上初句すべて「たびねする」
【注】○**山家冬夜**　経信集・一六七詞書「土左守頼仲が、長岡といふ所に、夜とまりて、山家冬夜」。金葉集初度本、二度本とも詞書は「旅宿冬夜といへることをよめる」。○**イツカタソト**　「どかたとは何方ぞといふなり。つねにはどなたといふをどかたとよめり」（色葉和難集）
【補説】156歌の題が経信集に一致し、金葉集とは異なることにより、滝沢貞男夫氏は「範兼が本書執筆の時点では逆に「金葉集」を見ていない事情を窺わせている」とされる（同氏「「和歌童蒙抄」について」〈『中古文学』24、一九

七九年十月〉）。童蒙抄には、出典として金葉集はあがっていないが、堀河百首は採っている。金葉集が被注歌出典にないことを成立時期の問題に結びつけることには慎重であるべきか。後年の成立である五代集歌枕も万葉集から後拾遺集の範囲である。童蒙抄に後拾遺集まで、という和歌史に対する規範意識のようなものがあった可能性もあり、なお検討を要する。

仏名

157 アラタマノトシモツクレハツクリケム　ツミモノコラスナリヤシヌラム
朗詠集ニアリ。ツミモノコラストハ、仏名懺悔ノ心ナリ。

仏名　〈冬夜下〉

342 あら玉の年もつくれはつくりけむつみも残らすなりやしぬらん
朗詠集に有。つみものこらすとは、仏名懺悔のこゝろなり。

【出典】和漢朗詠集・三九五、二句本文には「としもつくれは」「としもつもれは」「としもつきなは」がある。
【他出】宝物集・四六五（二句「年も暮るれば」）
【注】○ツミモノコラストハ　「罪モ残ラストハ、歳末ニ仏名経ヲ礼テ、罪業ヲ懺悔スレハ、年ノクル、ト同□、罪モ不残ナリヌラムト云ナルヘシ」（和漢朗詠集和談鈔）○仏名懺悔　「己亥《十五》。天皇於二清涼殿一。修二仏名懺悔一。限以二三日三夜一……内裏仏名懺悔自レ此而始」（続日本後紀・仁明天皇承和五年十二月）

158

歳暮

ツキヨメハイマタフユナリシカスカニ　カスミタナヒクハルタチヌトカ

万葉集ニアリ。月ヨメハトハ、月ナミヲカソフレハトイフナリ。シカスカトハ、シカハアレト、イフコトニヤ。

歳暮

343 月よめはいまた冬なりしかすかに霞たなひく春たちぬとか

万葉に有。月よめとは、月なみをかそふれはと云也。しかすかとは、しかはあれと、云事にや。

【出典】 万葉集巻第二十・四四九二「都奇余米婆《つきよめば》　伊麻太冬奈里《いまだふゆなり》　之可須我尓《しかすがに》　霞多奈婢久《かすみたなびく》　波流多知奴等可《はるたちぬとか》」〈校異〉④「タナヒク」は元、類が一致するが、類は「く」を「キ」に訂正。なお、廣は訓なし。

【他出】 家持集・一（五句「はるはきぬとか」）、能因歌枕・二（五句「春はたちきぬ」）、口伝和歌釈抄・二四九（五句「はるたつ□ん」）、俊頼髄脳・二九四（五句「春立ちぬとは」）、綺語抄・三三

【注】 ○**月ヨメトハ** 「月よめはといふは、月なみをかそふれはといふなり」（俊頼髄脳）。「つきよめば　四条大納言云、月夜にあればといふ事也。よそめはなどいふやうなる事なり」（綺語抄）○**シカスカトハ** 「古歌枕云、しかすかは、さすかといふ義也」（口伝和歌釈抄）、「しかすかといふは、さすかにといふ詞也」（俊頼髄脳）。童蒙抄は逆説の意を強調する。「且者雖《かつはしれども》レ知　之加須我仁《しかすがに》　黙然得不《もだもえあらねば》レ在者」（万葉集・五四三）

【参考】 「つきよめは〈月なみをかそふる也。在同抄（注、俊頼抄）〉」（八雲御抄）

本
元久三年四月十六日於長尾房以証
本令校合畢
以書本一校了
【注】奥書については、浅田徹氏「疑開抄と和歌童蒙抄（下）―童蒙抄の流布本と異本」（『国文学研究資料館紀要』24、一九九八年三月。以下浅田論文2とする）参照。

和歌童蒙抄第三

地部

地儀部

土

オホツチモトレハツクテフヨノナカニ　ツキセヌモノハコヒニソアリケル

万葉ノ十一ニアリ。オホツチモトハ、大地トイフナリ。ヨクヒロクテ、キハメナキニヨリテ、ツキセヌコトニタトヘタリ。

【出典】万葉集巻第十一・二四四二「大土《おほつちは》 採雖《とりつくすとも》レ尽 世中《よのなかの》 尽不《つくしえぬ》レ得物《ものは》 恋在《こひにしありけり》」〈校異〉①②は廣二が一致。嘉「もと、れはつくといふとも」。類「おほつちもとれはつくといふ」。廣一「モト、レハツクトイヘトモ」。なお、嘉、廣一は「本採雖盡」、廣二は「大土採雖盡」⑤類、廣一が一致。嘉、廣二「こひにさりけり」

【他出】人麿集Ⅲ・三〇三
【注】○大土　万葉集巻第十三・三三四四に「蛍《ほたる》成《なす》　髣髴聞而《ほのかにききて》　大土乎《おほつちを》　火穂踏而《ほのほとふみて》」とあるが、平安期の用例未見。
「出吹二生大地海原之諸神一矣」（「大地海原《おほつちうなばら》の」日本書紀・神代上）

160
シロタヘノミツノハニフノイロニイテ、　イハステノミソ我コフラクハ
同二《十一》ニアリ。ハニフトハ、黄チ《土》トカケリ。
【出典】万葉集巻第十一・二七二五「白細砂《しらまなご》　三津之黄土《みつのはにふの》　色出而《いろにいでて》　不レ云耳衣《いはなくのみそ》　我恋楽者《あがこふらくは》」〈校異〉②「ハニフノ」は類、廣、古が一致。嘉「はにふ□」
【他出】五代集歌枕・一六六八、袋草紙・八四七
【注】○ハニフトハ　「岸之黄土《きしのはにふを》」（万葉集巻・一一四八）、「岸乃黄土《きしのはにふに》」（同・一〇〇二）
【参考】「土　はにふ《黄土》」（八雲御抄）

国

161
トヨクニノカ、ミノヤマニイハトタテ　カクレニケラシマテトキマサス
万葉集第三ニアリ。トヨクニトハ、ヤマトシマネノ名歟。日本記ニ、トヨアシハラノミツホノクニトイヘリ。
又豊前豊後国ヲイフ歟。
【出典】万葉集巻第三・四一八「豊国乃《とよくにの》　鏡山之《かがみのやまの》　石戸立《いはとたて》　隠尓計良思《こもりにけらし》　雖レ待不二来座一《まてどきまさず》」〈校異〉②「ニ」未見。

類、古「の」。細二、廣、紀「ヲ」。仙覚本は「ノ」⑤「ス」は類、細二、廣、紀が一致。古「ヌ」

【他出】古今六帖・一二八三（四句「くもりにけらし」）、和歌色葉・一一四、色葉和難集・六〇

【注】**○トヨクニトハ**「トヨクニ」を日本の名称とする説及び用例未見。和歌色葉は童蒙抄の説を受け、「とよくにとは日本とよあしはらのみづほの国といへるなり」とする。「とよくに」の詠歌例に「あきかぜにくさばはまかすとよくにのたみのなびかむためしと思へば」（国基集・九九）がある。五代集歌枕は、上巻「鏡山（豊前）」に二首、「ゆふ山」に一首、下巻「まののはま（豊前）」に一首、「きくのたかはま（豊前）」に三首、「とよくに」を詠む歌を収める。**○日本記ニ**「昔我天神、高皇産霊尊・大日孁尊、挙二此豊葦原瑞穂国一、而授二我天祖彦火瓊々杵尊一」（日本書紀・神武天皇即位前紀）

【参考】「とよ国は豊前、豊後也。而範兼抄、只ゆたかなる国也云々」（八雲御抄）

イナトイハムコトヲモシヒシ、キシマノ　ヤマトノクニノ人ヤタヘタル

礒城嶋ハ、大和ノ名也。礒城郡。

【出典】明記せず

【他出】古今六帖・二一二四、口伝和歌釈抄・三三三、隆源口伝・四八（初二句「いまとゝはむ人をばしばし」）

【注】**○礒城嶋ハ**「若詠倭時　しきしまと云」（倭歌作式）、「しきしまとは、やまとを云」「国をば、しきしまといふ」「このよは、しきしまといふ」（能因歌枕）、「やまとのくに、しきしまといふかみのあるなるへし。それによそへて、かくよめるか。たゝすへて日本国をおほや（ママ）としきしまといふなるへし」（口伝和歌釈抄）、「大和　しきしまと云」（俊頼髄脳）、「しきしまのやまと、常につゞくる事なり。礒城島は大和にある所名なり」（散木集注）、「シキシマトハ、日本国ノ名也。日本紀云、志貴嶋、ミカトニハ又云、山トノ国ニ、シキシマノミヤコトテ、フルキミヤコニテモアル

ナリ」（万葉集抄）、「本朝〈しきしま〉」（和歌色葉）、「和云、しき嶋のやまととは日本国の名也。又大和の国にしき嶋のこほりと云ふところもありと云ふ義もあり、清」（色葉和難集）

163
タマカキノウチオサマレルヨノナカハ　ツキヒノカケモノトケカリケリ

古哥也。日本紀第三神武天皇卅三云々。昔伊弉諾尊自《*ミ》此国曰、日本《ヤマト》者浦安《ウラヤスノ》国細戈千足《ホソホコチタシノ》国、磯輪上《キワカミノ》秀真国《ホツマノクニ》、復大巳貴大神自*之曰、玉墻内《タマカキノウチノ》国云々。

【本文覚書】〇自…目（筑A・岩・大）、目《ナツケテ》（刈）〇自之…目之（筑A・刈・岩・東・大）

【出典】古歌

【注】〇**日本記第三**「昔伊弉諾尊目二此国一曰、日本者浦安国、細戈千足国、磯輪上秀真国〈秀真国、此云二袍図莽句儞一。〉復大己貴大神目之曰、玉牆内国」（日本書紀・神武天皇三十一年）

【参考】「古哥曰、たまかきのうちおさまれるは、この国をはたまかき《玉牆》の内の国と」（八雲御抄）

164
山

アシヒキノヤマヘハユカシ、ラカシノ　エタモタワ、ニユキノフレ、ハ

此哥、素戔烏尊ノ詠也トイヘリ。但日本紀ニ不見。アシヒキトハ、ムカシアメ地サキワカレテ、泥湿イマタカハカス。仍山ニスミテユキカヘルアトオホシ。故コノクニノハシメノ名ヲヤマト、ナツケタル也。言ハ、ヤマノコト、イフナリ。委見日本紀問答抄。サレハヤマノツチカハカスシテ、アシヲヒク義ニヨリテ、アシ

ヒキノヤマトハイフ歟。又波羅捺国ニ一角仙人トイフ仙人アリ。ヒタヒニヒトツノツノオヒテ、カセキノアシアリ。四無量ヲ修シテ五神通ヲエタリ。雨フリテヤマノミチアシ。タフレテアシヲソコナヘリ。〈委見智度／論第十七〉。サテ、アシヲヒキシニヨリテモイヘル歟。

【出典】明記せず

【他出】万葉集・二三一五（「足引《あしひきの》　山道《やまぢも》不レ知《しらず》　白粧杙《しらかしの》　枝母等乎〻尓《えだもとををに》　雪落者《ゆきのふれれば》」）、人麿集Ⅰ・一五八、人麿集Ⅱ・四二一、人麿集Ⅲ・一九九、古今六帖・二三一五（二句「枝にも葉にも」）、拾遺抄・一五〇（二句「枝にも葉にも」）、拾遺集・二五二（二句「枝にも葉にも」）、綺語抄・一五一（二三句「やまべくらしと山かしの」）、四五三（四句「枝もとををに」）・七〇二、（四句「枝もとををに」）、新撰朗詠集・七四六（二句「枝にも葉にも」）、以上二句「山ぢもしらず」。和歌色葉・一二一（二句「山べもしらず」）、別本童蒙抄・五二（二句「山路ハクラシ」）・三一三（二三句「山路モシラス白波ノ」）

【注】○**此歌、素戔嗚尊ノ詠也トイヘリ**　「山、あしびきといふ、しなてるやともいふ、そさのをのみことの、あしびきの山へいらじと云けるをはじめていひそむ」（能因歌枕）、「あしびき　やまをいふ。素盞嗚尊歌云、あしびきのやまべくらしと山かしのえだもたわゝにゆきのふれゝば　悪日に山路をゆきける、大雪にあひたりけるより、やまをあしびきといふとぞ」（綺語抄）○**アシヒキトハ**　「あしびきは山の異名也……山をあしびきと云事、ふるき物にさまぐ〜に云へり。或は悪日来、すさのを尊山に入給りけるに、深雪にあひてあしき日きたりと、のたまふなりと云へり。この万葉に悪日来とかけるに付て云へる事歟。或足引、是はすさのをの尊山に入て狩し給ふに、くひをふみて足を引給故と云。此も万葉集に足引と書るに付る歟。此等説、日本紀にこそあるべきに、不見者也。」（顕注密勘）○**日本紀問答抄**　未詳。○**委見智度論**　「満月生子形類如人。唯頭有一角其足似鹿。鹿当産時至仙人菴辺而産。見子是人。以付仙人而去。仙人出時見此鹿子。自念本縁。知是己児取已養育。及其年大懃教学問。通十八種大経。又学坐禅行四

無量心。即得五神通。一時上山値大雨。泥滑其足不便。躄地破其鉀持。又傷其足。便大瞋恚。以鉀持盛水呪令不雨」（大智度論巻十七）

【参考】「あしひきとは、昔天地さきわかれて、泥湿いまたかはかす。仍山にすみてゆき返あとおほし。故にこの国のはしめの名を山と、なつけたる也。いふこゝろは、山のあとゝ云也。委は日本紀問答抄に見たり。されは山のつちかはかすしてあしをひく義によりて、あしひきの山といふにや。又、波羅捺国に一角仙人といふ仙有。ひたひに一の角おひてかせきのあしあり。四無量を修て五神通をえたり。雨ふりて山のみちあし。たふれてあしをそこなへり。さてあしをひきしによりてもいへるか。委見智度論第十七といへり。所詮只あし引は山名也。子細はいつれにてもありなん」（八雲御抄）

トフサタテアシカラヤマニフナキコリ　キミカヘリヌトアタラフナキヲ

万葉第三ニアリ。トフサタテトハ、タツキタテトイヘルコトハ也。

【出典】万葉集巻第三・三九一「鳥総立《とぶさたて》　足柄山尓《あしがらやまに》　船木伐《ふなぎきり》　樹尓伐帰都《きにきりゆきつ》　安多良船材乎《あたらふなぎを》」〈校異〉①「タテ」は紀が一致。類、古「たち」。細二、廣「タツ」②「ニ」は類、古、紀が一致。細二、廣「モ」。なお、紀は「アシ」朱。③「コリ」未見。類、古、紀及び細二（「トリ」右）、廣（「トリ」右）「きり」。細二、廣「トリ」。仙覚本は「キリ」で、京「伐」左赭「コリ」が童蒙抄と一致。④未見。類「。《きに》かはりぬと」とあり近い。古「キニカハリキツ」。細二、廣、紀「キニキリヨセツ」。細二、廣は「ヨセ」右「カヘ」。仙覚本は「ヨセ」。なお、類、古「樹尓代帰都」、細二、廣「樹尓帰都」、紀「樹尓伐帰都」⑤「フナキ」は類、細二、廣が一致。紀「フキキ」で上の「キ」右朱「ナ欤」

【他出】袖中抄・七五五、八雲御抄・一四〇、以上四句「きにきりかへつ」

【注】〇**トフサタテトハ**　袖中抄には、「童蒙抄云、とぶさ立てとは、たつき立てといへる詞なり。と、たと、ふと

つと同音なり。さときと変りたれど、両字同によるべし」（以下、「今云」と続く）とある。これによれば、童蒙抄が、五音相通説によって解していたと考えられる。「朶　トフサ　エタ」（色葉字類抄）。「とぶさ　木草のすゑ也」（奥義抄）、「とぶさ　木草末也」（和歌初学抄）、「とふさとは木草の末也」（和歌色葉）、「とぶさとは梢を云ふなり。とぶれといふ、同じ心なり」（散木集注）

【参考】「とふさは鳥総とかけり。又万十七、とふさたてふなきゝるといふのとのしま山、とよめるには、登夫佐多氏かけり。是万葉のならひ也。これはいつれも木の梢也。杣に入て木をきりてはかならす木のすゑをきりて、きりたる木のあとに立也。たとへはかはり也。仍きにきりかへつとはよめるなり。ふなきはふれはする也。抑此哥満誓か筑紫観音寺造おりの哥也。あしから山は未之。故人もとふさたてとはたつきたてと云心と心と《ママ》いへり。同事也」（八雲御抄）

【補説】袖中抄は「童蒙抄云」として、流布本と一致する注「とぶさ立てとは、たつき立てといへる詞なり」を掲げ、続けて【注】に掲げた流布本には見られない「と、たと、ふとつと」以下の注を載せる。これについて『袖中抄の校本と研究』は「底本、童蒙抄本文と同じ高さ、ただし童蒙抄本文ではない」とする。一方川村『袖中抄』は、全体を童蒙抄本文とする。ここは、袖中抄の依拠した童蒙抄が、流布本か否かという問題の解決が必要であろう。浅田徹氏は「顕昭は基本的には流布本を使用していることが引用から推測される」（浅田論文2）とするが、なお後考を期したい。童蒙抄が五音相通説を最初に援用した歌学書であるとの説は、岡崎真紀子「院政期における歌学と悉曇学―五音相通説をめぐって―」（『和歌文学研究』107、二〇一三年十二月）参照。

イニシヘノヒトヲハシラスワレミテモ　ヒサシクナリヌアマノカコヤマ

万七ニアリ。アマノカコヤマトハ、アマリニタカクテソラノカノカ、ヘクルニヨリテイフ、ト日本紀ニミエタリ。

【出典】万葉集巻第七・一〇九六「昔者之《いにしへの》 事波《ことは》不レ知乎《しらぬを》 我見而毛《われみても》 久成奴《ひさしくなりぬ》 天之香具山《あめのかぐやま》」〈校異〉②未見。非仙覚本は「ことはしらぬを」。仙覚本は「コトハシラヌヲ」で、細、宮「コトハシラスヲ」⑤「カコ」は元及び廣（「ク」右）が一致。類、廣、古、紀「かく」

【他出】古今六帖・八五八、五代集歌枕・二二六、古来風体抄・七六、続古今集・一七四六。

【注】○**アマリニタカクテ**　未詳。日本紀及び、日本紀注にも未見。あるいは「香具山」の万葉集表記「高山」「香山」をもふまえた注文か。「高」「香」のカグの訓みは借音。「又童蒙抄云……又天のかご山天にありといふ事、如何。又日本紀に天の香来《（タル）》事、如何」（袖中抄）

【参考】「あまのかこ山は、あまりにたかくて、そのかのか、えくるによりていふと、日本紀にみえたりと云り」（八雲御抄）

オホナムチ、ヒサミカミノツクリタル　イモセノヤマヲミルカナツクモ

万七ニアリ、大穴道小御神トカケリ。コノ神ノツクリタマヘルヤマトミエタリ。コノヤマキノクニ、アリ。

【出典】万葉集巻第七・一二四七「大穴道《おほなむち》 少御神《すくなみかみの》 作《つくらしし》 妹勢能山《いもせのやまを》 見吉《みらくしよしも》」〈校異〉①「ナムチ」は類、廣、古、紀が一致し、元は「なみち」の「み」を「む」に訂正。②は廣（漢右）が一致。元、類、古、紀「すくなみかみの」。廣「メクナミカミノ」。類「御神」右朱「ミコカミノ」。紀「少」右「チイサイ」。③「タル」は類（「けむ」右朱）、廣（漢右）が一致。元「ける」。類、廣、古、紀及び元（「る」右赭）「けむ」。なお、廣漢右は「朱チヒサミカミノツクリタル」とある。⑤未見。元、類、古「みれはしよしも」。廣、紀及び古（「吉」左）「ミレハウレシキ」。仙覚本は「ミレハシヨシモ」で、細、宮、西「ミルハシヨシモ」

【他出】人麿集Ⅰ・二三八（二句「すくなひ神の」五句「みるそうれしき」）、人麿集Ⅱ・二〇九（二三句「すくなみ

かみのつくれりし」五句「みれはともしも」）、人麿集Ⅲ・六〇一（五句「ミルハシヨラモ」）、古今六帖・八二九（二句「すくなびこなの」五句「みるはしもよし」）、拾遺集・六一九（三句「つくれりし」）、奥義抄・三八九（五句「見ればしよしも」）、五代集歌枕・三六二（五句「みるはしもよし」）、袖中抄・六三四（五句「見ればしよしも」）、和歌色葉・一五四（五句「みればしよしも」）、色葉和難集・二三八（五句「みればしよしも」）、以上二句「すくなみかみの」

【注】○大穴道小御神　「おほなんちすくなみかみのつくりたりいもせの山をみれはしよしも　是は神ふたりの名也。大己貴神はすさのをの、国つ神のむすめにうませ給へる子也。小彦神《スクナヒコノ》は高皇産霊尊《タカミムスヒノ》の子也。とこよの国をのかれてともに心をひとつにして天下をいとなみてあをひとくさけもの丶ために病をいやす方をさため、鳥獣をはらひ、はむ虫のわさはひをましなひやむる法をさためて、百性いまに恩頼《ミタノフユ》をかふる。このゆへにかくよめり。この大なんちの神は大和国城上郡大三輪神是也。日本記に見えたり」（奥義抄）、和歌色葉はこれを抄出。**○コノヤマ**　「きのくに　いもせ山」（能因歌枕）、「顕昭云、妹背の山とは紀伊国にあり」（袖中抄）、「紀伊国にいもの山せの山とて、吉野河をへだて丶さしむかへる二つの山あり。いもうと丶せうと丶二のみねにたちて、所領堺を論じけるによりて、いもせの山とつけたりと申つたへたるにこそ……又かの土民の申けるは、いもの山せの山の外に、又別にいも山と云山ありといへり。只一つの山の定にていもせ山とよみあへり」（顕注密勘）、五代集歌枕では「いもせ山　紀伊」とする。

【参考】「神　おほなんち〈そさのをのみことの御子也。作山也〉　すくなみ神〈山作〉」「山　いもせ《同妹背》〈せの山は同事也。又いもとせの山といへり。吉野河落中、後撰にも妹に寄たり。万、せの山にた丶にむかへるいもの山と云り。別山歟。可尋。まきのはのしたふ〉」（八雲御抄）

セノヤマニタ、ニカヘレルイモノヤマ　コトタユレヤモウチハシワタス

同ニアリ。セノヤマイモノヤマ、アヒナラヘルナルヘシ。

【出典】万葉集巻第七・一一九三「勢能山尓《せのやまに》　直向《ただにむかへる》　妹之山《いものやま》　事聴屋毛《ことゆるせやも》　打橋渡《うちはしわたす》」〈校異〉②未見。非仙覚本は「た、にむかへる」。仙覚本は「タ、ニムカヘル」で、細、宮「タ、ムカヘル」③「ノ」は類、廣、古が一致。紀「カ」④「タユレ」未見。類、廣、古、紀「ゆるす」。廣「ユルス」右「キコユ」。仙覚本は「ユルス」で、西もと紺青か。細、宮、京赭は「聴」左「キコユ」⑤「ワタス」は廣（「ル」右或）が一致。類、古、紀「わたる」

【他出】古今六帖・一六一七（四句「こときこゆやも」）、五代集歌枕・三六三、和歌初学抄・一五七、袖中抄・六三一

【注】〇**セノヤマイモノヤマ**　五代集歌枕は「いもせ山」の項に、「せの山」（三五八～三六〇、三六七～三六八）、「いもせの山」（三六一～三六二、三六四、三六九～三七一）、「いもの山・せの山」（三六三）、「いもとせの山」（三六五～三六六）の歌を収める。

【参考】「山　いもせ〈せの山は同事也。又いもとせの山といへり。吉野河落中。後撰にも妹に寄たり。万、せの山にた、にむかへるいもの山、と云り。別山歟、可尋。まきのはのしたふ〉」（八雲御抄）

スハニアルイハクニヤマヲコエムヒハ　タムケヨクセヨアラシソノヤマ

万ニアリ。スハニアルトハ、周防ニアルトイヘルナリ。イハクニヤマ、カノクニ、アリ。

【出典】万葉集巻第四・五六七「周防在《すはにある》　磐国山乎《いはくにやまを》　将レ超《こえむ》日者《ひは》　手向好為与《たむけよくせよ》　荒其道《あらしそのみち》」〈校異〉①未見。非仙覚本（桂、元、類、廣、紀）及び仙覚本は「すはうなる」③は桂、元、類、紀が一致。廣「コエムハ」⑤未見。非仙覚本は「あらしそのみち」。仙覚本は「アラキソノミチ」で、京「荒」左赭「アラシ」

【他出】古今六帖・一二七九（三句「越えくれば」）、五代集歌枕・四二七（五句「あらしそのみち」）

【注】○スハニアルトハ　「周防〈須波宇〉」（二十巻本倭名類聚抄）、「周防　スハウ」（色葉字類抄）○イハクニヤマ「いはくに山　磐国山　周防」（五代集歌枕）。この地名を詠む例は少ない。「あふ事は君にぞかたき手向していはくに山は七日越ゆとも」（壬二集・一三二一、万代集・一九八六）、「うごきなき岩くに山に宮木ひくたみの数そふ世にもあるかな」（宝治百首・三五七五・定嗣）

【参考】「いはくに《周磐国》〈周防なる、あらし其道と云り〉」（八雲御抄）

トヲツヒトマツラサヨヒメツマコヒニ　ヒレフリシヨリオヘルヤマノナ

万五ニアリ。ソテカキニイハク、大伴佐提比古監郎子、特被朝命奉使漢国、妾松浦〈佐用嬪／面〉、コノワカレノヤスキコトヲナケキ、カノアフコトノカタキコトヲナケキテ、タカキヤマノミネニノホリテ、ハルカニワカレサルフネヲノソムニ、キモタエ、タマシヒキエヌ。ツヒニ領巾ヲヌイテサシマネク。コノユヘニ、コノヤマヲヒレフルミネトイフナリ。

肥前国風土記曰、昔武小《タケヲ》広国押楯《ヒロクニヲシタテ》天皇之世ニ大伴狭手彦連、任那ノクニヲシツメカネテ、百済国ヲスクハム*カタメニコトノリヲウケタマハリテ、コノムラニイタリツキヌ。スナハチ篠原村*弟日姫子ヲ娉シツ。ソノカタチヒトニスクレタリ。ワカレサル日、カ、ミヲトリテ、婦ニアタフ。婦ワカレノカナシヒヲイタキテ、クリカハヲワタル。アタフルトコロノカ、ミヲエテ、イタキテカハニシツミヌ。コ、ヲカ、ミノワタリトイフ。狭手彦連フネヲイタシテサルトキ、弟日姫子、コ、ニノホリテソテヲモチテフリマネク。コノユヘニソテフルミネトイフト云々。コノ狭手彦連事、スコシカレコレタカヒタリ、又筑前国風土記、ウチアケハマノトコロニイハク、狭手彦連フネニノリテウミニト、マリテ、ワタルコトヲエカタシ。爰石勝推テイハク、コノフネノユカサルコトハ、海神ノコ、ロナリ。ソノ神ハナハタ狭手彦連カヰテユクトコロノ妾字那古若*ヲシタフ。コレヲト、メハワタルヘシ。于時彦連、妾トアヒナケク。皇命ヲカ、ムコトヲ、ソレテ、ウツクシヒヲタチテ、コモノ上ニノセテナミニハナチウカフト云々。コレハマタコト妾ヲアヒトモナヒテ、ウミヲワタリケルトミエタリ。

【本文覚書】○タメニコトノリヲ…タメミコトノリヲ（和・筑A・刈・袖中抄目・東）、ためにみことのりを（筑B）、為詔りを（岩・大）○弟日姫子…弟四姫子《ヨヒノ》（刈）、弟四姫子（書・岩）、弟四姫子（東）、内閣本等は「第四姫子」とする。「弟」の異体字を「第」と解したか。○那古若…底本「若」字、「君」との判読困難。

【出典】万葉集巻第五・八七一「得保都必等《とほつひと》　麻通良佐用比米《まつらさよひめ》　都麻胡非尓《つまごひに》　比例布利之用利《ひれふりしより》　於返流夜麻能奈《おへるやまのな》」〈校異〉非仙覚本（類、廣、古、紀）異同なし。

【他出】綺語抄・三〇六・三二四、五代集歌枕・五〇六、袋草紙・五八一、古来風体抄・六四、人麻呂勘文・五七、袖中抄・一八五・三二〇、八雲御抄・一二九

【注】**○ソテカキニイハク**　万葉集巻第五・八七一題詞「大伴佐提比古郎子、特被二朝命一、奉二使藩国一、艤棹言帰、稍赴二蒼波一。妾也松浦佐用嬪面、嗟二此別易一、歎二彼会難一。即登二高山之嶺一、遥望二離去之船一、悵然断レ肝、黯然銷レ魂。遂脱二領巾一麾之。傍者莫レ不レ流レ涕。因号二此山一、曰二領巾麾之嶺一也。乃作レ歌曰、」**○肥前国風土記曰**「鏡渡　昔者、檜隈廬入野宮御宇武少広国押楯天皇之世、遣二大伴狭手彦連一、鎮二任那之国一、兼救二百済之国一、奉レ命到来、至二於此村一、即娉二篠原村〈篠謂二志弩一〉、弟日姫子一成レ婚〈日下部君等祖也〉、容貌美麗、特絶二人間一、分別之日、取レ鏡与レ

婦、々含二悲涕一、渡二粟川一、所レ与之鏡、緒絶沈レ川、因名二鏡渡一。褶振峯　大伴狭手彦連、発船渡二任那一之時、弟日姫子登レ此、用レ褶振招因名二褶振峯一」（肥前国風土記、松浦郡）○**筑前国風土記**　未詳。今井似閑が万葉緯に引く。

【参考】「まつら《肥前万通良》　異名曰　ひれふる山」「昔大伴狭堤比古郎子持被朝命奉使蕃国、さよひめわかれをおしみてまつらのみねにのほりて、はるかに離去ふねをまねきて、たましゐをけし涙をなかしゝなり。うなはらは海也。ひれはそてをふるなり。此事又有異説とも。以是可為指南歟。肥前国風土記曰、昔武小広国押猪天皇の世に、大伴狭乎彦造任那国をしつめかねて百済国をすくはんか為に、詔を承てこの村にいたりつきぬ。則篠原村身四《（ママ）》姫子を娉しつ。其馬弓人に勝たりし。別さる日かゝみをとりて婦にあたふ。婦別をかなしひて、追てく《（ママ）》わ川をわたるとき、かの鏡河にしつみぬ。使乎爰連舟を出てさかとき第《（ママ）》四姫子上山て袖をふりまねく。仍ゝゝ〈ひれふる山也〉。是一説歟」（八雲御抄）

イハタ、ミケハシキヤマトシリツ、モ　ワレハコフルカトモナラナクニ

万七ニアリ。盤畳、トカケリ。イハホカサナリテケハシト云也。

【出典】万葉集巻第七・一三三一「磐畳《いはたたみ》　恐《かしこき》山常《やまと》　知管毛《しりつつも》　吾者《あれは》恋香《こふるか》　同等不レ有尓《なみならなくに》」〈校異〉②「ケハシキ」は類が一致。元「かしこき」。廣、紀及び元（「かしこき」右赭）、類（「けはしき」右朱）「アヤフキ」④「コフルカ」未見。元、廣、古、紀及び類（「ふる」右朱）「こひむか」。類「こひふる」。仙覚本は「コフルカ」で童蒙抄と一致。⑤は類及び元（右赭）が一致。元、廣、紀「ひとしからぬに」。古「ヒトシカ□ヌニ」。類左朱「ト、シカラヌニ」。なお、元、類は「盤疊」、廣、紀は「磐疊」

【他出】古今六帖・三二一七

【参考】「いた《は》たゝみは磐畳書、いはねふみは石根踏、いはかねは石金と書り、みなしけき山なり」（八雲御抄）

イハネフミカサナルヤマニアラネトモ　イ*ハヌヒアマタコヒワタルカモ

万十一ニアリ。石根蹈、トカケリ。

【本文覚書】○イハヌヒアマタ…あはぬひあまた（筑B・岩）、アハヌヒアマタ（筑A・和）

【出典】万葉集巻第十一・二四二二「石根《いはね》蹈《ふむ》　重成山《かさなるやまは》　雖レ不レ有《あらねども》　不レ相日数《あはぬひまねみ》　恋度鴨《こひわたるかも》」〈校異〉④未見。嘉、類、廣、古「あはぬひかすを」。古「日数」左「ヒアマタ」。仙覚本は「アハヌヒアマタ」で、温「アハスヒアマタ」

【他出】人麿集Ⅲ・五六八（四句「アハヌヒアマタ」）

【注】○**石根蹈トカケリ**　「石根」の語義については、174参照。

【補説】伊勢物語・一三四（岩ねふみ重なる山にあらねども逢はぬ日おほく恋ひわたるかな）、人丸集・二〇七（いはねふみかさなる山はなけれどもあはぬ日かずをこひわたるかな）、業平集・九九（いはねふみかさなるやまはへだてねどあはぬ日おほくこひわたるかな）、拾遺集・九六九、定家八代抄・一一三七（いはねふみかさなる山はなけれどもあはぬ日かずをこひやわたらん）、以上は万葉歌の異伝、類歌とされる。

マユノコトクモヰニミユルアハノヤマ　カケテコクフネトマリシラスモ

万六ニアリ。マユノコト、ハ、アヲキマユスミノヤウニテホソクテハルカニミユルナリ。モロコシナラヌクニ、モ、ムカシノ女ハ、ナシテウス〳〵トソマユヲハツクリケル。サレハソレニ、タリトヨメル也。

【出典】万葉集巻第六・九九八「如レ眉《まよのごと》　雲居尓所レ見《くもゐにみゆる》　阿波乃山《あはのやま》　懸而榜舟《かけてこぐふね》　泊不レ知毛《とまりしらずも》」〈校異〉非仙覚本（元、類、細、廣、紀）異同なし。

【他出】五代集歌枕・四二三（五句「とまりすらしも」）、和歌口伝・一一六三

【注】○マユノコト、ハ　蒙求和歌「文君当鑪」に「マユハ遠山カトオホエ、マナブタハ芙蓉ニ似タリ」の一節がある。西京雑記の「文君姣好、眉色如望遠山、瞼際常若芙蓉、肌膚柔滑如脂」（巻二）に拠るかと思われるが、蒙求諸注には見えない。童蒙抄が「モロコシナラヌクニ、テモ」と言うのはこのためか。広田社歌合「海上眺望」二番の実定詠「むこのうみをなぎたる朝にみわたせばまゆもみだれぬあはのしまやま」に対し、判者俊成は「まゆもみだれぬあはのしま山、といへる、かの黛色臨迴蒼海上といひ、竜門翠黛眉相対などいへる詩おもひいでられて幽玄にこそみえ侍れ」と、やはり漢詩の影響を示唆する。上掲二詩のうち、和漢朗詠集「山」の「黛色臨迴蒼海上　泉声遥落白雲中」（四九二）について、朗詠集諸注の多くは「文君黛似遠山」を文選注あるいは、文集注としてあげるが、いずれにも該当本文は見えない。おそらくは西京雑記との混乱があろう。なお「竜門」詩は「五鳳楼晩望」（白楽天）の一句。

イハカネノコリシクヤマニイリソメテ　ヤマナツカシミイテカテニカモ

万七ニアリ。イハカネトハ、石金トカケリ。モノフタツナリ。コリシクトハ、凝敷トカケリ。

【出典】万葉集巻第七・一三三二「石金之《いはがねの》　凝敷山尓《こごしきやまに》　入始而《いりそめて》　山名《やまな》付染《つかしみ》　出《いで》不ㇾ勝《かてぬ》鴨《かも》」〈校異〉④は元、廣、古、紀が一致し、類「やまなへかゝみ」で「へ」を「ツ」、「ゝ」を「シ」に訂正。⑤未見。元、類、廣、古、紀「いてかてぬかも」。廣「イテカネヌカモ」で、「カモ」右「或テ」。元右緒「イテソカネツモ」。仙覚本は「イテカテヌカモ」

【他出】古今六帖・八三二（五句「いでがてぬかも」）、袖中抄・三七九

【注】○イハカネ　童蒙抄は「石」「金」二つの意とする。顕昭は袖中抄でこれに反論する。「いはがねとは岩の根といふなり。かりがねなどいふが如し。磐金とも書けり」「二物《（ノ）》義歟。不ㇾ可《（カラ）》ㇾ用《（ウ）》」（袖中抄）。八雲御抄（171歌注参照）は語義には及ばない。○コリシクトハ　同じく袖中抄は「こりしくとは凝敷と書けり。岩ねのたゝみ敷ける心なり」（同）とする。「いはがねのこりしく（山）」は、堀河院歌壇期から用例が見えるようになる。

ミヨシノ、キサヤマキハノコスエヨリ《ニハ》　コ、タモサハク鳥ノコエカナ

万葉第六ニアリ。キサヤマトハ、チカキヤマトイフナリ。コ、タモトハ、ソコソハクトイフナリ。

【出典】万葉集巻第六・九二四「三吉野乃《みよしのの》　象山《きさやまの》 際乃《まの》　木末尓波《こぬれには》　幾許毛散和口《ここだもさわく》　鳥之声可聞《とりのこゑかも》」〈校異〉③未見。非仙覚本（元、類、細、廣、紀）及び仙覚本は「には」で童蒙抄の傍記と一致。⑤「カナ」未見。非仙覚本及び仙覚本は「かも」

【他出】五代集歌枕・一六一（三句「こずゑには」五句「鳥の声かも」）、和歌初学抄・一五九（三句「こずゑには」）

【注】○**キサヤマトハ**　「ミヨシノ、象山際《キサヤマギハ》《カギ》ノコズヱニハコ、ダモサワグトリノ声カモ　キサヤマ、吉野ニアリ。カギハキハナリ。嶋カギトヨメルモ、シマギハナリ」（詞花集注）○**コ、タモトハ**　童蒙抄中「コ、タモ」「コ、タ」「コ、タク」に注する箇所が五箇所あるが、それぞれ「ソコソハク」「ソコラ」「コ、ラ」「ソコハク」の語をもって注する。「こ、たくとは、そこはくといふなり」（松か浦嶋）、「こ、たくに　こ、にといふ心也。又、幾字をかきてもよめり。それは、いくはくといふ心也。万葉十而同十八両様也。但多心歟。仍付幾」「そこばく〈万に、千万とかけり〉」（八雲御抄）。また綺語抄は「こ、だくの」を立項し、例歌のみあげるが、例歌の「こ、だくの」に「幾許」の字を充てる。「如許　己々良志己曽波」（「ここら」新撰字鏡）。「幾許　ソコハク」「幾多　イクソハク」（名義抄）、「幾許　イクソハクソ」「幾多　イクソハクソ」（伊呂波字類抄）

【参考】「きさ山きはとは、ちかき山きは也」（松か浦嶋）。

シラツユハムヘ《*ウツ歟》シナリケリミツトリノ　アヲハノヤマノイロツクミレハ
同第八ニアリ。アヲハノヤマハ、ワカサノ国ニアリ。サレトコノウタハソコトモサヽス、タヽ青ヤマトヨメルナメリ。

【本文覚書】○ムヘシナリケリ…「ムヘシ」右に「ウツ歟」と傍記（内・和・谷・書）、かつしなりけり（筑B）、ウツシナリケリ（筑A・刈）、うつし成けり（岩）

【出典】万葉集巻第八・一五四三「秋露者《あきのつゆは》　移尓有家里《うつしにありけり》　水鳥乃《みづとりの》　青羽乃山能《あをばのやまの》　色付見者《いろづくみれば》」〈校異〉①は類及び廣（右）が一致。廣、紀「アキノツユ」。類「しら」右「アキ」②「ムヘシ」未見。類、廣は「うつし」で童蒙抄の傍記と一致。紀「ウツ、」。仙覚本は「ウツシ」。

【他出】古今六帖・一六八（二句「うつしなりける」）・九二一、五代集歌枕・三五四

【注】○アヲハノヤマハ　五代集歌枕当該歌には「若狭国」の注記がある。「あをはのやまとは、なつのやまをいふ也」（口伝和歌釈抄）、「山　同（陸奥）　あをばの山、水鳥ノアヲバナドニソフ」（和歌初学抄）、「たちよればすゞしかりけり水鳥のあをばの山の松の夕風」（新古今集・七五五）は建久九年大嘗会悠紀歌（近江）、八雲御抄は若狭としつつ諸説を並記する。童蒙抄は「青葉（羽）山」の所在を若狭とした上で、万葉歌は特定の土地を指さないとする。童蒙抄がなぜ若狭の名所としたのかは不明。夫木抄、歌枕名寄等は若狭とする。

【参考】「あおはの《同青羽》〈又在尾張国丹波境歟。可尋。清輔抄、在陸奥国名山歟。水鳥の、〉」（八雲御抄）

ミコシチノユキフルヤマヲコエムヒハ　トマレルワレヲカケテシノハセ

同第九ニアリ。*三越地トハ、越前越中越後ヲミコシトイフナリ。サレハカノクニノミチヲハミコシチトハイフヘキカ。

【本文覚書】〇三越地…三越路（筑B）、刈、岩は「三越地」として和歌本文に「三越路」と傍記、岩は和歌本文を「みこし路」と表記する。

【出典】万葉集巻第九・一七八六「三越道之《みこしぢの》　雪零山乎《ゆきふるやまを》　将レ越日者《こえむひは》　留有吾乎《とまれるわれを》　懸而小竹葉背《かけてしのはせ》」〈校異〉①「コシ」は藍、元、類、紀及び廣（「エ」右或）が一致。廣「コエ」⑤「シノハセ」は藍、元、類、紀及び廣（「ハム」右或）が一致。廣「シノハム」

【他出】綺語抄・一六四、五代集歌枕・一八六三

【注】〇**三越地トハ**　ミは美称。コシヂは「越道（路）」。万葉集における表記は「越道」（当該歌、及び三一四四）であり、ヂを「地」とすること不審。五代集歌枕では「道」の項に「みこしち」として立項する。童蒙抄は「三」を文字通り越三国と解していたのであろう。「越路」の用例は多いが、「み越路」は久安百首（「しらせばやうらみこしぢの船ならばおしかへしたる恋にこがるる」花園左大臣家小大進）あたりから若干の用例が見られ、「見」を掛ける用法が多い。「ながめやる雲のいくへをみこしぢの空にきえ行く春の雁がね」（壬二集・二一五九）

【参考】「御こし《万三越》《越前 越中 越後》」（八雲御抄）

ナラヤマノコノテカシハノフタヲモテ　トニモカクニモネチケヒト《佞人》、モ万第十六ニアリ、ナラヤマトハ、崇神天皇《磯城瑞籬宮也》十年秋七月丙戌朔巳酉武埴安彦《タケハニヤスヒコ》与妻吾田《アタ》媛《ヒメ》謀反逆《ミカトカタフケム》トシテ、師ヲ興シテ忽ニ至テ、各道ヲ分《クハリ》テ夫ハ山背《シロ》ヨリ、婦ハ大坂ヨリ入テ、帝京《ミヤコ》ヲ襲《ヲソハム》トス。時ニ天皇五《イ》十《ホ》狭《サ》芹《セリ》彦命ヲツカハシテ、吾田媛ノ師ヲ撃《ウツ》。即大坂ニ遮テ吾田媛ヲ殺テ、悉ニ其軍ヲ斬ツ。復大彦与彦国葺《ヒコクニフク》ヲツカハシテ、山背ニ向テ、埴安彦ヲ撃ツ。爰忌瓮《イハヒヘ》ヲモテ和珥ヲ武鐰坂《タケスリサカ》ノ上ニ鎮坐《スヘ》テ、即精兵《シラケ》ヲ率《ヒキヰ》テ進テ、那羅山ニ登テ、軍タツ時ニ、官《ミ》軍屯聚《イサミアツマリ》テ草木ヲ蹢跡《フミナラス》。因テ其山ヲ那羅山トイフ也。〈委見日本／紀第五〉。爰ニ忌瓮《イハヒヘ》ヲ以テ和珥ノ武鐰坂ノ上ニ鎮坐《チンシスフ》トイヘリ。此忌瓮ハ、アヲシナリ。サレハアヲシヨキナラ、トハイフ也。アヲキトハ、訛《ヨコナマレル》也。

【出典】万葉集巻第十六・三八三六「奈良山乃《ならやまの》　児手柏之《このてかしはの》　両面尓《ふたおもに》　左毛《かにも》右毛《かくにも》　佞人之友《かだひとがとも》」〈校異〉②「コノテ」は尼、類、廣、古が一致。廣「テ」右「チイ」③未見。類、廣、古及び尼（「り」右朱）「ふたおもてに」。尼「ふたをりてに」。仙覚本は細、宮が「フタオモテ」で童蒙抄と一致し、西は「フタオモニ」の「ニ」を「テ」に訂正。温、京「フタオモテニ」。矢、陽「フタオモニ」。なお、細、宮は「両面尓」の「尓」なし。⑤は廣（漢右イ）と一致。ただし、廣は第五句の別提訓がなく「本無」とある。類「ねちけたるひとも」で「たる」を消す。尼は第五句の別提訓がなく、朱で「ネチケヒトカナ」。古「ネチケヒトカモ」

【他出】古今六帖・四三〇三（五句「ねぢけ人かも」）。五代集歌枕・七二、袖中抄・三〇六、以上五句「ねぢけ人ども」。奥義抄・三七一、和歌色葉・一四一、以上五句「ねぢけ人かな」。古来風体抄・一七七（五句「ねぢけ人かも」）

【注】○**崇神天皇十年秋七月**　九月壬子が正しい。袖中抄も「秋七月」とする。○**武埴安彦**《タケハニヤスヒコ》　「於是、更留二諸将軍一、

而議之。未二幾時一、武埴安彦与二妻吾田媛一、謀反逆、与レ師忽至。各分レ道、而夫従二山背一、婦従二大坂一、共入欲レ襲二帝京一。時天皇、遣二五十狭芹彦命一、撃二吾田媛之師一。即遮二於大坂一、皆大破之。殺二吾田媛一、悉斬二其軍卒一。復遣三大彦与二和珥臣遠祖彦国葺一、向二山背一、撃二埴安彦一。爰以二忌瓮一、鎮二座於和珥武鐰坂上一。則率二精兵一、進登二那羅山一而軍之。時官軍屯聚、而蹢二跙草木一。因以号二其山一、曰二那羅山一」（日本書紀・崇神天皇十年）**〇爰ニ忌瓮《イハヒヘ》ヲ以テ**以下の所説、日本書紀に見えず。袖中抄は「あをによし」の項で、童蒙抄と同じ所説を「顕昭云」として説くが、当該部分については、「今云、此青瓮文出二日本紀一者、尤可レ用レ之。私詞ナラバ不レ可レ用。慥可レ考二本文一也」とする。

マカネフクキヒノナカヤマヲヒニセル　ホソタニカハノヲ《ト》ノサヤケサ

古今第二十ニアリ。マカネフクトハ、クロカネヲフキワカスヲイフ也。鉄ヲカノヤマニトル也。キヒノナカヤマハ、備中備後ノ中ニアル也。ソノヤマノコシニホソタニカハ、ナカレタレハ、オヒニセル、トハヨメリ。

【出典】古今集・一〇八二・（かへしもののうた）

【他出】古今六帖・一二七八、口伝和歌釈抄・一四、綺語抄・二二三、奥義抄・五九七、五代集歌枕・四二一、和歌初学抄・二二四、袖中抄・二六五、和歌色葉・二九八、定家八代抄・一七三〇、色葉和難集・六二四

【注】**〇マカネフクトハ**　「まがねふくとは、くろがねをふくをいふ」（能因歌枕）、「まかねふくとは、能因《タカ》かうたまくらにわ、くろかねふくをいふなり。きひの中山とわ、ひせんひんこの両国の中にありといふ。その山、ほそたにかわをゝいに《（ママ）》せり」（口伝和歌釈抄）、「まがねは鉄なり。此山にて彼かねをほりてはふきあはすれは、まかねふくとは云へり。山のこしにほそき川のめくりたれば帯にせるとはよめる也。備中国也」（奥義抄）、「まがねふくとは、つちの中なるくろがねのあらがねを、水にてゆりあつめて、たゝらと云物にてふきわかす也。まがねとは金をいへば、鉄

をもあらがねにむかへて云とこそ」（顕注密勘）○**キヒノナカヤマハ**　現在の吉備津神社後方の山を指す（『歌ことば歌枕大辞典』）と言われるが、特定しがたい。童蒙抄（及び、口伝和歌釈抄、和歌色葉）は「なかやま」を備中備後の間という位置づけに関わらせて解しているようだが、承和の大嘗会主基歌は備中であり、五代集歌枕でも「備中」とする。また、「きびの山ほそ谷川をおびにしてしたもといろにさくつつじかな」（出観集・一二六126）のように「きびのやま」と詠む例も若干見られる。「備中備後両国のあひたにあり」（和歌色葉）○**ホソタニカハ**　本来は特定の川を指すものではなかったと考えられる。当該歌の元となったと言われる万葉歌「大王之《おほきみの》　御《み》笠山之《かさのやまの》　帯尓《おびに》為《せ》流《る》　細《ほそ》谷川之《たにがはの》　音乃《おとの》清也《さやけさ》」（一一〇二）では普通名詞である。

カヒカネヲサヤニモミシカケ*、レナク　ヨコホリフセルサヤノナカヤマ

同ニアリ。カヒカネトハ、カヒノクニノヤマヲイフ。サヤニモミシカトハ、サヤニミテシカナトイフ也。ケ、レナクトハ、コ、ロナクトイフ也。ヨコホリフセルトハ、ヨツノコホリニフセルトソフルクハマウシタメレトモ、ヨコホリフセルトソイフヘキ。貫之カ土佐日記ニ、ヨコホレルヤマアリ。ハヤ、マサキナリケリトミルモ、ミヤコヘキニケルトヲモフアハレナリ、トカケルニテコ、ロヘラレハヘルソ。マタクヤルトハ、フセルトイフコトハナリ。スルカノクニノ風俗也。

【本文覚書】○ケ、レナク…け、らなく（大）

【出典】古今集・一〇九七・（かひうた）

【他出】俊頼髄脳・二九二（四句、定家本系「よこほりくやる」）、綺語抄・四四一（三句「けけらなく」）、奥義抄・一四六・六〇四、五代集歌枕・四三三、和歌初学抄・一七六、袖中抄・四〇〇、和歌色葉・三〇一、定家八代抄・一

七四三、八雲御抄・一七五、色葉和難集・三四四・六五六（三句「けけらなく」）

【注】○カヒカネトハ　甲斐の国の山。但し、袖中抄、和歌色葉は白根とする。**○ケ、レナクトハ**　俊頼髄脳以下、「心なく」と釈する。教長古今注（欠脱部分、顕昭古今注による）のみ、五音相通により「かくれなく」の意とする。なお、綺語抄、童蒙抄諸本に「けけらなく」とするものがある。綺語抄は、徳川黎明会藏本、歌学大系ともに「けけらなく」、童蒙抄は、歌学大系本以外は、尊経閣本を始め殆どが「けけれなく」である。**○ヨコホリフセルトハ**　「よこをりふせるとは、ことのほかにたかくなかき山なれは、四郡にはゝかりて甲斐のしらねをふたけてみせねは、よめる也」（俊頼髄脳）、「顕昭云《ク》、横ほりこせるとはふせるといふ詞なり。或本にくやると書けるもふせるといふ同詞也。ふせると書《かけ》る本もあれど、それはあまねからず。証本とおぼしきにはこせると書けり」（袖中抄）「よこほりこせるさやの中山と云は、よこさまなるをばよこたはると云也」（顕注密勘）**○貫之カ土佐日記ニ**　「よこほる」の例として土佐日記を引用するのは、童蒙抄と奥義抄。顕昭の言う如く童蒙抄の引用は正確ではない。「かくて、さし上るに、東の方に、山の横ほれるを見て、人に問へば、「八幡の宮」と言ふ。これを聞きて喜びて、人〴〵拝み奉る」（土佐日記）**○マタ、クヤルトハ**　「くやるといへる詞は、駿河國のふせりといへる詞也」（俊頼髄脳）。なお古今集諸本のうち、「くやる」大江切、御家切、後鳥羽院本、高野切、「こやる」元永本、雅経本、「くせる」関戸本、六条家本、「こせる」寛親本、前田本、天理本。俊頼髄脳諸本では、定家本系は「くやる」、顕昭本系は「ふせる」である。

【参考】「此哥は一説によこほりこせるともいへり。俊頼は四郡といへり。又古人この哥を釈していはく、かひかねとは、かひの国の山也。さやにもと云は、さやかにもといふ心也。けゝれなくは心なくなり。よこほりふせるとは、四のこほりにふせるとそふるくは申たれと、よこほりふせるとそいふへき。貫之か土左日記に、よこほれる山あり。はや山さきなりけりとみるも、みやこへきにけりとおもへはあはれなり、とかけるに心えられ侍。又くやるとは、ふせるといふ詞なり。これするかの国の風俗也。一説に、よこほりくやるさやの中山といへり」（八雲御抄

181

サ、ナミヤヒラノヤマカセ《アラシノ》ウミフケハ　ツリスルアマノソテカヘルミユ

万葉第　ニアリ。サ、ナミトハ、昔天智天皇ノ御時、王城ハ近江国大津ノ宮ニアリキ。テラヲタテタマハムトコロヲ祈願シ給フヨルノ御夢ニ、法師キタリテイハク、コレヨリハイヌヰノ方ニスクレタル地アリ。トクイテ、ミタマヘ。ユメサメテイテ、ミタマフニ、ヒノヒカリアキラカニソヒケリ。スナハチツカヒヲツカハシテ、タツネタマフニ、ツカヒカヘリテ奏スラク、日ノヒカリノトコロニチヰサキ山寺アリ。マタ一人ノ優婆塞アリテメクリヲコナフ。トヘトモコタヘス。ソノカタチアヤシ。ヨノ人ニ、ス。ミカトヨロコヒタマヒテ、ソノトコロニミユキシタマフ。優婆塞イテテムカヘタテマツル。ミカト、ヒタマフニ、コタヘマウス。古仙ノ霊窟伏蔵地佐々名実《ナミ》長等《ナカラノ》山、ト申テウセヌ。アクル甲辰年正月ニ、ハシメテ寺ヲツクリタマフトテ、ツチヲヒキヤマヲホルニ、宝鉢ヲエタリ。マタシロキハシアリ。ヨルヒカリヲハナツ。ミカトイヨ〱ツ、シミタマヒテ、堂ヲツクリ、仏ヲアラハシマシマス。ミカトノ左无名指《ナ、シノユヒ》ヲキリテイシノハコニイレテ、灯機ノツチノモトニホリヲキタマヒツ。参議兼兵部卿正四位下橘朝臣奈良麻呂、天平勝宝八年二月五日ハシメテ法会ヲコノテラニツタヘテヲコナフ。ソレヨリイマニイタルマテ、橘氏人マイリテヲコナハシム〈委見志賀／縁起〉。

【出典】万葉集巻第九・一七一五「楽浪之《ささなみの》　平山風之《ひらやまかせの》　海吹者《うみふけば》　釣為海人之《つりするあまの》　袂変《そでかへる》所レ見《みゆ》」〈校異〉①は類、壬、古が一致。藍「さくらなみ」。廣、紀「サ、ナミノ」②は藍、壬、古が一致するが、壬は「の」を消し「せ」下に朱で「の」を補う。類、廣、紀「ひらやまかせの」。なお、童蒙抄の傍記「アラシノ」未見。仙覚本は「ヒラヤマカセノ」

⑤「カヘル」は藍、類、壬、廣、古が一致。紀「カヘリ」

【他出】和歌一字抄・一一五五、和歌初学抄・一〇〇、袖中抄・四七九、和歌色葉・八〇、千五百番歌合・一九八三判詞。秋萩集・一七（二句「いたやまかぜの」）、古今六帖・四四〇（上句「ささなみのいた山かぜのうちふけば」）、綺語抄・八一（二三句「ひらやまかぜの浦ふけば」）。奥義抄・六一七、五代集歌枕・三三〇（二句「ひら山風の」）。新古今一七〇二（初句「さざなみの」）。二句「ひらのあらしの」とするもの未見。

【注】○サ、ナミトハ　本注の諸説については、川村『袖中抄』に詳しい。袖中抄、及び和歌色葉は日本紀の説とするが日本紀には見えない。又、志賀寺縁起の名を上げるのは童蒙抄と和歌色葉だが、和歌色葉は童蒙抄に依拠したと考えられる。童蒙抄が志賀寺縁起を参看したものか。なお志賀寺縁起は、扶桑略記・天智天皇六年条、同七年条に逸文を収める。類話は、三宝絵・下、今昔物語集巻第十一・二十九に見える。

サ、ナミノヲホヤマモリハタカタメニ　ヤマニシメユフキミモアラナクニ

同第四ニアリ。サ、ナミノコト神功皇后ノ御時ニモアリ。凡近江国名トミエタリ。委見坂部。

【出典】万葉集巻第二・一五四「神楽浪乃《ささなみの》　大山守者《おほやまもりは》　為レ誰可《たがためか》　山尓標結《やまにしめゆふ》　君毛《きみも》不レ有国《あらなくに》」〈校異〉③未見。類、古、紀及び廣（「シク」右伊云御本云）「たかためか」。金「たかしてか」。廣「タカシクカ」。仙覚本は京「タカタメニ」が童蒙抄と一致。細、宮、西、矢、陽「タカタメカ」。温「タカタメソ」。温、矢は漢左「タレストカ」。なお、西、温、矢、京は「為誰可」の「可」なし。⑤は金、廣、古、紀及び類（「まさ」右）が一致。類及び紀（「不所国」左）「きみもまさなくに」。廣「モアラナクニ」右「同云ナサナクニ」（同は③「伊云御本云」を指す）。なお、紀は「キミモアラナクニ六条本」「マサナクニ御本云々」とある。

【他出】古今六帖・二四四〇（初句「ささらなみ」）、袖中抄・四七七

【注】○サ、ナミノコト　194歌注に、「軍衆走《ニケ》テ狭《サ》々《サ》浪《ナミ》ノ栗林《クルス》ニ及テ多《サハ》ニ斬《キル》」とあるも、「サ、ナミ」の語義等については触れていない。○委見坂部　童蒙抄巻三「坂」194歌注。

【参考】「都　さ《近》ゝなみの〈しかのとも〉」（八雲御抄）

183
ミワノヤマイカニマチミムトシフトモ　タツヌルヒトモアラシトヲモヘハ
コレハ、イセカ枇杷ノヲト、ニワスラレテ、ヲヤノヤマトノカミツキカケカモトニマカルトテヨメル也。ミワノヤマヲタツヌトイヘルコトハ、ムカシヤマトノクニ、女アリ。ヲトコヨル〳〵キツ、ヒルミエス。女カタチヲミヌコトヲウラミケレハ、イトコトハリナリ、ワカ、タチヲヲソレナムコトヲ、モフナリ、トイヒケレハ、ソノカタチミニク、トモ、ネカハクハミエタマヘ、トイフ。サラハソノミクシケノウチニヲラム、ヒトリアケテミヨ、トイヒテカヘリヌ。イツシカミルニ、チヰサキクチナハワタカマリテアリ。ヲトロキテフタヲ、ホヒツ。ソノヨマタキテ、ヲトロキヲモヘル、コトハリ、マタキタラムコトヲハチ、ナキテワカレサリヌ。女ウトマシナカラコヒシカラムコトヲオモヒテ、ヲノマキアツメタルヲカリキヌノシリニサシツ。ヨアケテソノヲ、シルシニ《ニ》テ、タツネユキテミレハ、ミワノ明神ノ御ホクラノウチニイレリ。ソノヲノ、コリミワケノコレリケレハ、ミワノ山トイヘリ。
【本文覚書】856に重出
【出典】明記せず
【他出】古今集・七八〇、新撰和歌・七八〇、伊勢集・三、古今六帖・八七八・二八七〇、金玉集・六三、三十人撰・

四〇、深窓秘抄・一〇〇、三十六人撰・三七、口伝和歌釈抄・四三、俊頼髄脳・六六、五代集歌枕・二三三、袖中抄・三一一・三六〇、俊成三十六人歌合・一一、定家八代抄・一三四三、近代秀歌・九七、西行上人談抄・二二、時代不同歌合・五七、女房三十六人歌合・九

【注】○**コレハ**　「伊《イ本是ヨリ別段》勢か枇杷大臣にわすられたてまつりて、をやの大和守つきかけかもとへまかるとてよめる哥……杉をしるしにてみわのやまをたつねぬとよむも、皆ゆへあるへし」（俊頼髄脳）。古今集、伊勢集の詞書とは一致しない。「仲臣平朝あひしりて侍りけるをかれ方になりにければ、ちちがやまとのかみに侍りけるもとへまかるとてよみてつかはしける」（古今集詞書）、「かく人のむこになりにければ、いまはとはじとおもひて、ありしやまとにしばしあらむとおもひて、かくいひやりける」（伊勢集詞書）。以下の三輪山説話も俊頼髄脳に拠ったもの。同書の説話は古事記（崇神天皇条）に由来する。同系の説話は、今昔物語集巻三十一・三十四にある。また、別系の伝承を707歌注に載せる。鈴木徳男「三輪山説話の受容」（『俊頼髄脳の研究』、和泉書院、二〇〇六年）参照。○**ミワノヤマタツヌトイヘルコトハ**　「昔大和國に男女あひすみて年来になりにけれと、ひるとゝまりて［ひ］・《イたかちに》みる事《のイ》なかりけれは、女のうらみて、年来のなかなれといまたかたちをみる事なしとそうらみけれは、をとこうらむる所實にことはりなり、但我かたちみては、定てをちをそれむかいかに、といひけれは、このなからひ《イの》年をかそふれはいくそはゝ《く歟》そ、たとひそのかたちみにくゝと云ともたゝ・《イねかはくは》見え給へといへは、しかなり、さらはそのみくしけの中にをらん、ひとりひらき給と云へ《イて》も返ぬ。いつしかあけてみれは、くちなはわたかまりてみゆ。おとろきおもひてふたをゝほゐてのきぬ。その夜又きたりて、我をみておとろきおもへり。誠にことはりなり。我もまたきたらん事はちなきにあらすといひちきりて、なく〳〵別さりぬ。女うとましながらこひしからん事をなけき思て、をのまきあつめたるをはへそと云り、そのへそにはりをつけて、そのはりをかりきぬのしりにさしつ。よあけぬれはそのをゝしるへにて尋行てみれは、三輪の明神の御ほくらの内にいれり。そのをのこりのみわけのこりたれは、三わの山とは云なりと云り」（俊頼髄脳）

【参考】「此因縁は昔山との国に女あり。男よる〳〵きてひるみえす。女かたちをみぬ事をうらみけれは、いとことけ

りなり、但わか丶たちをみはをちおそれなんといひけれは、そのかたちみにく丶ともねかはくはみせ給へといふ。さらはそのくしけのうちにをらん、ひとりあけてみよといひてかへりぬ。いつしかあけてみるに、ちゐさきくちなはわたかまりてあり。おとろきてふたをおほひつ。そのよ又きて、おとろきおもへることはりなり。又きた覧事をはちなきてわかれさりぬ。女うとましなからこひしからん事をおもひて、をのまきたるをかりきぬのしりにさしつ。そのをしるしにてたつねゆきてみれは、みわの明神の御ほくらの中に入り、そのを丶こり三わけのこれりけれはみわといふ。この心ともいへり」（八雲御抄）

嶺

ツクハネノソカヒニミユルアシホヤマ　アシカルトカモサネミエナクニ

万葉十四ニアリ。ツクハネトハ、ミネヲイフ歟。マタヲホカタノヤマノナ、リトモイフナルヘシ。*ソカヘトハ、スチカヘトイフナリ。*アカルトハ、南山ノ妻*不賽《アカラ》、トイヘル本文也。サネトハ、マコトニトイフナリ。

【本文覚書】○ソカヘトハ…ソカヒトハ（和・刈）、そかひとは（岩）○アカル…ツカル（内・書）、アシカルトハ（刈・東）、あしかるとは（大）○不賽…不蹇《アカラ》（刈）

【出典】万葉集第十四・三三九一「筑波祢尓《つくばね》《に》　曾我比尓美由流《そがひにみゆる》　安之保夜麻《あしほやま》　安志可流登我毛《あしかるとがも》　左祢見延奈久尓《さねみえなくに》」〈校異〉①「ノ」未見。非仙覚本（元、天、類、廣、古）及び仙覚本は「に」④は類、古が一致。元「あかるとわれも」。天「あしか□かも」。廣「アシカルトワレモ」

【他出】五代集歌枕・四七二、古来風体抄・一五六、色葉和難集・四三三、以上初句「つくばねの」。和歌初学抄・一

六三、僻案抄・四六、以上初句「つくばねに」

【注】○**ツクハネトハ**　「つくばねとは、山のみねを云也。山の月のかさなれる也」（能因歌枕）、「つくはねとは、みねをいふ」（口伝和歌釈抄）、「筑波根、峯をいふなるべし。又云、しばを云」（隆源口伝）、「つくばねは嶺をも云。又木のあまたおひたるところをも云」（奥義抄）、「つくはねと云は、木のをひたる所といえる也」（俊頼髄脳）、「つくばねは筑波山也。在常陸国」（顕注密勘）、八雲御抄は、地儀部「嶺」に「つくばね」を立項、名所部「山」に「つくば」、「嶺」に「つくばねの」を置く。○**ソカヘトハ**　万葉集における表記は「曽我比」。語義をめぐっては、古来風体抄、六百番歌合顕昭陳状（秋下、「九月九日」条）に詳しい。この語は「さくら花吹くや嵐のあしほ山そがひになびく峰の白雲」（壬二集・二一八二）、「あしほ山やまず心はつくばねのそがひにだにもみらくなき比」（建保名所百首・七五九・筑波山・定家）等の歌で復活したものと思われ、建保歌壇期に用例が集中している。○**アカルトハ**　和歌本文との違いについて未詳。「南山ノ妻」未詳。あるいは「南山ノ寿」の誤りか。「如南山之寿、不騫不崩」（詩経・小雅「天保」）。童蒙抄諸本のほとんどが、「不賽」あるいは「不蹇」に「アカラ（ず）」の読みを付する。古辞書等に「アカル」の訓未見。○**サネトハ**　「真　マコトニ　サネ」（名義抄）。

【参考】「つくはね　又在名所」「つくは〈橋の下吹風。つくはねともいふ。かしまなるともいへり〉」「つくはねの陽成御哥、惣て嶺名云一説也」「そかひにみゆる　俊頼曰、をいすかひなといふこゝろなり。そかきくもおなし心といへり」（八雲御抄、但し、「俊頼曰」とするは誤り）

185 ツクハネノコノモカノモニカケハアレト　キミカミカケニマスカケハナシ

古今廿ニアリ。ヒタチウタ也。ツクハヤマトイフ山ノカノ国ニアル也。サレハカクヨメルカ。コノウタニハタヽ、ミネノナトハミエス。或人云、ツクハヤマハ八面アリ。サレハコノモカノモトハ、コノヲモテカノヲモテトイフ也。

【出典】古今集・一〇九五・（ひたちうた）

【他出】五代集歌枕・五七七、和歌色葉・三〇三、定家八代抄・一七四一、色葉和難集・四四〇、以上五句「ますかげはなし」。奥義抄・三六一、和歌初学抄・九七、袖中抄・六五四、以上五句「ますかげぞなき」

【注】○**ヒタチウタ也**　古今集に「常陸歌」とあり。なお五句を「ますかげぞなき」とするのは、基俊本。○**或人云**　未詳。但し、袖中抄「このもかのも」には、二条院殿上歌合の際、基俊説を支持していた範兼、俊成等に対して、清輔が証歌をもって反論したとある。基俊の説は、「あらしの山などには、このもかのもは許すべきやうなし。只つくばねといふ山のみぞかくは詠みて侍る。彼山《ノ》は面は一なれば、此面彼面と詠み侍《はべる》なり」（袖中抄）、であったようだから、「ツクハヤマハ八面アリ」というのは基俊以外の説ということになろう。五代勅撰には、顕昭の説として「ツクバ山ハ八面アレバ」とある。「山風ノフキノマニ〳〵モミヂバ、コノモカノモニチリヌベラナナリ　コノモカノモハツクバネナラヌ処ニハヨムベカラズ。ツクバ山ハ八面アレバコノモカノモ、カノオモテト云也。サレバ古今ニモ、ツクバネノコノモカノモニカゲハアレド、読也ト、基俊判詞ニ書テハベレド、ソノイハレナキヨシ、清輔朝臣於二条院一考申キ。躬恒仮名序ニ、天河ノコノモカノモニ鵲ノヨリバノ橋ワタシトカケリ。河ダニカケリ。マシテ他山乎。此歌モツクバネトサヽズ。只惣ジテ山ヲヨメルトミエタリ」（五代勅撰）。西村加代子「筑波嶺の「このもかのも」の論争」（『平安後期歌学の研究』、和泉書院、一九九七年）○**コノモカノモトハ**　「このもかのもとは、このを■てかのをもてといふなるへし。よもなんといふか。又四面なんといふかことなるへし」（口伝和歌釈抄）、「このもかのも此面彼面也」（和歌初学抄）

186

嵩

アナシカハカハナミタチヌマキモクノ　ユ月カタケニクモタテルラシ

万葉第七ニアリ。ミナ同所ノ名トモ也。山トニアリ。

【出典】万葉集巻第七・一〇八七「痛足河《あなしがは》　河浪立奴《かはなみたちぬ》　巻目之《まきむくの》　由槻我高仁《ゆつきがたけに》　雲居立良志《くもゐたつらし》」〈校異〉①「アナシ」は元、類、極、紀及び廣（「ミ」右或、「ミナ」左）が一致。なお、廣「ミナシ」とあるが、この「ミ」は「ア」に近似する片仮名字体の「ミ」を誤写したか。④は極及び元（「を」右赭）が一致。元、紀「をつきかたけに」。類「をつきかたかに」。廣「ヲツキカタネニ」⑤未見。元、類、廣「くもゐたつらし」。極「クモヰタツルラシ」で「立」左「タ、」。紀「クモヰタテラシ」。仙覚本は「クモタテルラシ」で童蒙抄と一致するが、西、細、宮は「クモタタルラシ」で、西下の「タ」もと紺青か。

【他出】人麿集Ⅲ・六七五、五代集歌枕・一二八〇、古来風体抄・七五（三句「槻が高嶺に」五句「雲居立つらし」）

【注】〇ミナ同所ノ名トモ也　五代集歌枕には「あなしがは」「まきもくやま」を立項しており、「ゆづきがたけ」はない。あるいは「まきもくやま」の一峰と解したか。いずれも大和の地名。

【参考】「槻　ゆつき〈はつせ〉」「山　まきもく《同 巻向》〈霞、霧、ひはらの山、こらかてを、、、みつもろのそま山〉」「嵩　ゆつきか《同(大)》〈万〉」「河　あなし《同(大)》〈万、まきもくの、、、〉」（八雲御抄）

187

岳

アキカセノヒコトニフケハミツクキノ　ヲカノクスハモイモツキニケリ*

万葉十ニアリ。

【本文覚書】○イモツキニケリ…いろつきにけり（筑A）、いろ付にけり（筑B）、イロヅキニケリ（刈）、イモウキニケリ（内）、イロツキニケリ（和）、色付にけり（岩）
【出典】万葉集巻第十・二一九三「秋風之《あきかぜの》　日異吹者《ひにけにふけば》　水茎能《みづくきの》　岡之《をかの》木葉《このは》毛《も》　色付尓《いろづきに》家里《けり》」〈校異〉④「クスハ」未見。非仙覚本（元、類、紀）及び仙覚本は「このは」⑤「イモ」未見。非仙覚本及び仙覚本は「いろ」
【他出】人麿集Ⅱ・一〇五、古今六帖・一〇三八、五代集歌枕・六〇三、秀歌大体・七二、以上四句「岡の木のはも」

188

谷

アサカヤマカスミノタニノカケクモリ　ワカモノヲモヒハル、ヨモナシ

六帖第二ニアリ。アサカヤマハミチノ国ニアリ。霞谷、トイへリ。

【出典】古今六帖・一〇一三、二三句「かすみのたにしふかければ」
【注】○**アサカヤマハ**　後世の松葉名所和歌集のように霞谷を名所として立項するものもある。当該歌によって陸奥（二八三八）、また古今集の「草ふかき霞の谷に影かくしてるひのくれしけふにやはあらぬ」（古今集仮名序・八四六）によって山城（二二九七～二二九九）の二箇所を立てる。「霞谷　深草有此谷名歟、雖未決依歌暫立之」（歌枕名寄）

189

杣

アラレフルタカミノ山ニミヤキヒク　タミヨリモケニモノヲコソヲモヘ

万第三ニアリ。タカミノ山ハアフミノ国ニアリ。宮材引《ヒク》トカケリ。コノヤマイミシクサカシ。サレハカクヨメルカ。

【出典】存疑

【他出】口伝和歌釈抄・一三九（二句「たなかみ山に」）

【注】○**タカミノ山ハ**　当該歌は万葉集に見えない。又、口伝和歌釈抄は師頼、夫木抄・八四二八は相模の詠とする（家集に未見）。又、正治初度百首（八八一）の隆房詠「物おもへばあはれくるしきたぐひかなたかたの杣に宮木ひく人」が歌枕名寄（六二七七）所収歌では「たかみのそまに」とある。又、近世の松葉名所和歌集は「高見山」を立項し、当該歌、隆房歌、源仲業の「萌出る時はきにけり岩そゝくたかみの山の嶺の早蕨」を夫木抄から採歌した旨示すが、夫木抄には「たるみの山　建長七年顕朝卿家千首歌　源仲業　もえいづる時はきにけり岩そそくたるみの山の峰のさわらび」とある。歌枕名寄は「たかみの山、高見、近江又豊前」とする。又「こだかみ山」の項に「或抄云高見山同山也云云、今案云庄号児田上、寺号木高見、字者息言歟」とする。要するに「たかみ山」「たかみの山」いずれも典拠曖昧であり、童蒙抄が何をもって万葉歌としたか不明。また、五代集歌枕には当該歌は収められず、名所としても立項されていない。八雲御抄にも見えない。「師頼歌云、あられふるたなかみ山にみやきひくたみよりもけにものをこそをもへ」（口伝和歌釈抄・一三九）○**宮材引**《ヒク》「宮材《みやぎ》引《ひく》　泉之《いづみの》追馬《そま》喚犬二《に》　立民乃《たつたみの》　息時無《やすむときなく》　恋度《こひわたる》可聞《かも》」（万葉集・二六四五）を確認しうるのみ。同歌は古来風体抄一三一、歌枕名寄八〇九にも入る。

キミカユキケナカクナリヌヤマタツノ　ムカヘニユカムマチニハマタシ

同第二ニアリ。ヤマタツトハ、ソマ人ヲイフ。ヤマタチトイフコトハナナリ。

【出典】万葉集巻第二・九〇「君之《きみが》行《ゆき》　気《け》長久《ながく》成奴《なりぬ》　山多《やまた》豆乃《づの》　迎乎《むかへを》将レ往《ゆかむ》　待尓者《まつには》不レ待《またじ》」〈校異〉④「ニユカム」未見。元、金、類、廣「をゆかむ」。紀「ヲユカハ」。仙覚本は「ヲユカム」

【他出】古事記・八八（下句「牟加閇袁《むかへを》由加牟《ゆかむ》　麻都爾波《まつには》麻多士《またじ》」）、古今六帖・二八三九（四句「むかへをゆかん」）、綺語抄・三二二三（初句「きみがゆきて」）・四四二（三四句「やまたづねむかへかゆかん」）、袖中抄・三八四（四句「むかへかゆかん」）・三八五（三四句「山多豆禰むかへかゆかん」）、色葉和難集・六一一（四句「むかへかゆかん」）

【注】○**ヤマタツトハ**　万葉集は九〇番歌本文に続いて以下の細注を載せる。「此云二山多豆一者、是今造木者也」。「やまたづ」は「造木（接骨木にわとこ）」の古名。「接骨木　本草云接骨木〈和名美夜都古木〉」（二十巻本倭名類聚抄）。「やまたづ」の語義、用例については、川村『袖中抄』頭注、補注参照。

【参考】「杣人　山たつといふ。木を造者也」（八雲御抄）

191

マキハシラツクルソマ人イサ、メニ　カリホノタメトツクリケムカモ

同第七ニアリ。イサ、メトハ、カリソメトイフ歟。

【出典】万葉集巻第七・一三五五「真木柱《まきばしら》　作蘇麻人《つくるそまびと》　伊左佐目丹《いささめに》　借廬之為跡《かりほのためと》　造計米八方《つくりけめやも》」〈校異〉④は元が一致。類「かりいほのせむと」。廣及び元（右赭）「カリホニセムト」。古「カリホ□セムト」。紀「カリイホニセント」⑤「ケムカモ」は元（「めやも」右赭）が一致。元「けめやも」。類、紀「けむやは」で、類は「は」を「も」に訂正。廣、古「ケメヤハ」

【他出】古今六帖・一〇一七（三句「いささめの」五句「おもひけんやは」）、綺語抄・一四二（下句「かりいほせんとつくりてんかも」）、僻案抄・四〇（下句「かりほにせむとつくりけめやは」）、色葉和難集・二八（下句「かりほにせんとつくりけめかも」）

【注】○**イサ、メトハ**　「いさゝめとは、たゝしはしといふ事也。四条大納言歌枕にわ、かりそめといふこと也といへり。いさゝめをかりそめといはん事は、いとしもなくや。たつぬへし」（口伝和歌釈抄）、「いさゝめ　かりそめといふ事にや」（綺語抄）、「いさゝめにといへるは、たゝしはしといへる詞なり」（俊頼髄脳）、「いさゝめとは、かりそめ

也……又しはしと云義も有。同心也」（奥義抄）、「いさゝめとは、かりそめ也　又同集（万葉集）に、いざなみ、率爾と云詞、此同心歟」（顕注密勘）、「イサ、メトハ、カリソメニアルヲ云」（別本童蒙抄）

【参考】「いさゝめ〈ちと也。いさゝかのほとなと云心也。かりそめといへり。同事也。公任説也〉」（八雲御抄）

坂

192 アシカラノミサカノ《カ》《カミ》シコミクモリヨノ　アカシタハヘヲコチテツルカモ

万第十四ニアリ。・シコミトハ、ミチノアシキヲイフ。

【出典】万葉集巻第十四・三三七一「安思我良乃《あしがらの》　美佐可加思古美《みさかかしこみ》　久毛利欲能《くもりよの》　阿我志多婆倍乎《あがしたばへを》　許知弖都流可毛《こちでつるかも》」

〈校異〉②は元、類、古が一致。廣「ミサカノシコミ」で童蒙抄の訂正前の本文と一致。④「シタハヘ」は元、類、古が一致。廣「シタルヘ」

【他出】五代集歌枕・六三九（下句「あがしたそへをうちでつるかも」）

【注】○**カシコミトハ**　「坂」を「かしこし」とする用例は、以後の和歌にはほとんど見えない。本歌の「カシコミ」は、万葉集・一八〇〇「恐耶《かしこきや》　神之《かみの》三《み》坂尓《さかに》」と同様、畏怖の意であるが、童蒙抄はこれを坂が険しい意に解する。「威　オソロシ　カシコマル　イカメシ　カシコシ」（名義抄）、「かくらくのとよはつせぢはとこなめのかしこきみちぞこふらくはゆめ　和云、かしこしとはおそろしといふなり。勅なればいともかしこしといふも怖きなり」（色葉和難集）

193 ヒナクモリウスヒキ《ノ》《ミ》サカヲコエシタニ　イモカコヒシサワスラレヌカモ

同廿ニアリ。ウスヒノコト見女部。

【出典】万葉集巻第二十・四四〇七「比奈久母理《ひなくもり》　宇須比乃佐可乎《うすひのさかを》　古延志太尓《こえしだに》　伊毛賀古比之久《いもがこひしく》　和須良延奴加母《わすらえぬかも》」
〈校異〉②「ウスヒノ」は元、類、廣が一致。古「ウス□ノ」④「コヒシサ」未見。非仙覚本及び仙覚本は「こひしく」⑤「ワスラレ」は類、廣が一致。元「わすこえ」。春、古及び元（「こ」右）「ワスラエ」
【他出】五代集歌枕・六三八（下句「いもがこひしくわすれえぬかも」）
【注】○**ウスヒノコト**　童蒙抄巻第四「女」304歌注に、「甲斐国ヨリ武蔵上野ヲメクリテ、西方碓日坂ニヲヨヘリ」とある。

194
アフサカノアラシノカセハサムケレト　ユクエシラネハ*ワスツ、ソフル

古今第十八ニアリ。アフサカトハ、神功皇后元年、武内宿禰三軍《ミタムロ》ニ令《ノリコト》シテイハク、各儲弦《ウサユツル》ヲ髪《タキフサ》ノナカニカクシ木刀ヲ佩《ハケリ》。既而テ皇后ノ命《ミコト》ヲノタマヒ挙《アケ》テ、忍熊《ヲシクマノミコ》王ヲ誘《ヨコツリ》テ曰《マク》、吾ハ天下ヲ貪《ムサホラム》コトナケレハ、唯幼王ヲ懐テ君王《キンタチ》ニ従《シタカハム》トナリ。豈距《フセキ》戦コトアラムヤ。願ハ共ニ弦《ユツル》ヲ絶《タチ》兵ヲステ、、与《トモ》ニ連和《ウルハシカラム》。然則君王天業《アマツヒツキ》ヲ登《シラシメ》テ席《ミマシ》ヲ安シ枕ヲ高シテ、専万《タウメヨロツ》ノ機《マツリコト》シマサム。則軍中ニ令シテ、悉ニ弦ヲ断、刀ヲ解テ、河水ニ投《ナケイル》。忍熊王其誘言《ヲコツリコト》ヲ信《ウケタマハ》テ、悉ニ衆ニ令テ兵解テ河水ニ投シテ、弦ヲ断。爰武内宿禰三軍ニ令シテ、儲弦ヲ出シテ、更ニ張真刀ヲ佩テ河ヲ度テ進。熊王欺《アサムカ》レヌルコトヲ知テ稍々退テ、武内宿禰追フ。適逢《アフ》坂*一遇《アフ》テ破。故号逢坂也。軍衆走《ニケ》テ狭々浪《ササナミ》ノ栗林《クルス》ニ及テ多《サハ》ニ斬《キル》。血流テ栗林ニ溢《ツク》。故是事ヲ悪《ニク》テ今ニ至《マ》テ、栗林《クルス》菓ヲ御所《ヲモノニ》不進。忍熊王逃テ入《カクル》、所ナシ。則五十狭茅《イホサチ》ノ宿禰ヲメシテ歌《ウタヨミシテ》白ク、
194' イサアキクサチスクネタマキハルウ*チノミソカクフツチノイタテヲハスハニホトリノカツキセナ

則共ニ瀬田《セタ》ノ済《ワタリ》ニ沈《シツム》テ死《シヌ》。于時武内宿禰哥テ曰、

195 アフミノセタノワタリニカツクトリ　メニシミエネハイキトホルシモ

於是其屍ヲ探トモ得スシテ、数日ヲヘテ菟道河《ウチ》ニ出タリ。武内宿禰亦哥曰

196 アフミノミセタノワタリニカツクトリ　タナカミスキテウチニトラヘツ

〈委見日本紀／第九〉

【本文覚書】196は801'に重出。○ワス…ワヒ（和・筑A・刈・東）、わひ（筑B）、侘（岩・大）○一遇《アフ》テ…ニ遇テ（和・筑A・刈・東）、に遇て（岩・大）○ウチノミソカ…ウチノアソカ（和・筑A）、うちのあそか（筑B・岩）、ウチノアソガ（刈・東）、うちのあそが（大）

【出典】194 古今集・九八八・よみ人しらず、二句「嵐のかぜは」五句「わびつつぞぬる」194' 伊弉阿芸《いざあぎ》　伊佐智須区禰《いさちすくね》　多摩枳波屢《たまきはる》　于知能阿曾餓《うちのあそが》、勾夫菟智能《くぶつちの》　伊多氏於破孺破《いたておはずは》　珥倍廼利能《にほどりの》　介豆岐斉奈《かづきせな》（日本書紀・神功皇后摂政元年）195 阿布瀰能瀰《あふみのみ》　斉多能和多利珥《せたのわたりに》　伽豆区苔利《かづくとり》　梅珥志瀰曳泥麼《めにしみえねば》　異枳廼倍呂之茂《いきどほろしも》（同）196 阿布瀰能瀰《あふみのみ》　斉多能和多利珥《せたのわたりに》　介豆区苔利《かづくとり》　多那伽瀰須疑氏《たなかみすぎて》　于泥珥等邏倍菟《うぢにとらへつ》（同）

【他出】194 新撰和歌・三四三（あふさかのあらしのかぜのさむければゆくへもしらずわびつつぞゆく）、古今六帖・四三三（三四句「はやけれどゆくへしらねば」）、五代集歌枕・六二六（二句「嵐の風は」五句「こひこひぞふる」）、西行上人談抄・二五（二句「関のあらしは」五句「わびつつぞふる」）196 袖中抄・四一三

【注】○**アフサカトハ**　「三月丙午朔庚子……時武内宿禰、令㆓三軍㆒悉令㆓椎結㆒。因以号令曰、各以㆓儲弦㆒蔵㆓于髪中㆒、且佩㆓木刀㆒。既而乃挙㆓皇后之命㆒、誘㆓忍熊王㆒曰、吾勿㆑貪㆓天下㆒。唯懐㆓幼王㆒、従㆓君王㆒者也。豈有㆓距戦㆒耶。願共絶㆑弦捨㆑兵、与連和焉。然則、君王登㆓天業㆒、以安㆑席高㆑枕、専制㆓万機㆒。則顕令㆓軍中㆒、悉断㆑弦解㆑刀、投㆓於河水㆒。

忍熊王信二其誘言一、悉令二軍衆一、解レ兵投二於河水一、而断レ弦。爰武内宿禰、令二三軍一、出二儲弦一、更張、以佩二真刀一。度レ河而進之。忍熊王知レ被レ欺、謂二倉見別・五十狭茅宿禰一曰、吾既被レ欺。今無二儲兵一。豈可レ得レ戦乎、曳レ兵稍退。武内宿禰出二精兵一而追之。適遇二于逢坂一以破。故号二其処一曰二逢坂一也。軍衆走之。及二于狭々浪栗林一而多斬。於是、血流溢二栗林一。故悪二是事一、至二于今一、其栗林之菓不レ進二御所一也。忍熊王逃無レ所レ入。則喚二五十狭茅宿禰一、而歌之曰、伊弉阿芸、伊佐智須区禰、多摩枳波屢、于知能阿曾餓、勾夫菟智能、伊多氐於破孺破、珥倍廼利能、介豆岐斉奈。則共沈二瀬田済一而死之。于時、武内宿禰歌之曰、阿布弥能弥、斉多能和多利珥、伽豆区苔利、梅珥志弥曳泥麼、異枳廼倍呂之茂。於是、探二其屍一而不レ得也。然後、数レ日之出二於菟道河一。武内宿禰亦歌曰、阿布瀰能瀰、斉多能和多利珥、介豆区苔利、多那伽瀰須疑氐、于泥珥等邏倍菟」（日本書紀・神功皇后摂政元年）

林

タキ、ツキユキフリシケルトリヘノハ　ツルノハヤシノコ、チコソスレ

後拾遺第十ニアリ。入道前太政大臣ノサウソウノアシタユキフリハヘリケレハ、忠命法橋ノヨメル也。鶴ノ林トハ、昔釈迦如来ノ入滅シ給時ニ、沙羅林ノ花葉イロシロクナレリ。仍鶴林ト云。委見止観。

【出典】後拾遺集・五四四・法橋忠命

【他出】奥義抄・二二〇、和歌色葉・三八六

【注】**○入道前太政大臣ノ**「入道前太政大臣のさうそうのあしたに人人まかりかへるにゆきのふりてはべりければよみはべりける」（後拾遺集・五四四詞書）**○鶴ノ林トハ**「鶴林者。在拘尸城阿夷羅跋提河辺。樹有四双。復云双樹。四方各双故名為双。又云。根分上合故名為双。仏於中間而般涅槃。涅槃之時其林変白猶如白鶴因名鶴林。中阿含云牛

角娑羅林恐是以城而名林也」（摩訶止観輔行伝弘決）、「爾時拘尸那城婆羅樹林。其林変白猶如白鶴」（涅槃経一）、「鶴の林とは沙羅林と云也。仏の入滅の時、木のかれて白靏の色になれりしより靏林とは云也」（奥義抄、和歌色葉もほぼ同様の注）

【参考】「林　鶴林は仏滅所也〈木々枯て似鶴也〉」「仏所　仏滅をはつるのはやしといふ。鶴林は林みなかれて白くなりたるか鶴に、たる也。沙羅林也」（八雲御抄）

杜

モノ、フノイハセノモリノホト、キス　イマモナカナムヤマノトカケニ

万第八ニアリ。イハセノモリハヤマトニアリ。マタツノクニヤシナノニモアリ。山ノトカケトハ、常影トカケリ。マタ跡陰トカキテ、フモト、モ、マタトカケトモヨメルハ、フモトノコ、ロニヤ。

【出典】万葉集巻第八・一四七〇「物部乃《もののふの》　石瀬《いはせ》之《の》社乃《もりの》　霍公鳥《ほととぎす》　今毛《いまも》鳴奴《なかぬ》香《か》　山之《やまの》常《と》影尓《かげに》」〈校異〉①「モノ、フ」は廣、紀が一致。類「もの、へ」④「ナカナム」未見。非仙覚本及び仙覚本は「なかぬか」

【他出】高良玉垂宮神秘書紙背和歌二三三。古今六帖・四四一五（五句「山のこかげに」）、五代集歌枕・八三三、袖中抄・一〇三七、色葉和難集・二〇一、以上四句「今もなかぬか」

【注】○イハセノモリハ　能因歌枕では、「大和」「摂津」にあり。五代集歌枕では「大和」の位置にあり。「信濃」とする根拠未詳。○マタ跡陰トカキテ　万葉集巻第十・二一五六の「山之《やまの》跡《と》陰爾《かげに》」において、元は訓の右に赭「ヤマノフモトニ」とある。川村『袖中抄』「やまのとかげ」参照。用例も同書補注に掲出されているが、院政期末期に注目された歌語であったことが知られる。

【参考】「物部乃石瀬乃杜乃霍鷲今毛鳴奴山之常影爾（モノ、フノイハセノモリノホト、キスイマモナカナン　ノトカケニ）　山ノトカケトハ、日クレカタノ山カト云也」（万葉集抄）、「杜　いはせの〈神なひの、、、もの、ふの、、、、同上所也。又摂津信乃にもいはせのもりは有云々〉」（八雲御抄）

イカニセムウサカノモリニミヲスレト　キミカシモトノカスナラヌミハ

ウサカノモリハ越中国ニアリ。ソノカミノマツリノ日ネキノ、ト申時ニ、トシノウチニ女ノヲトコシタル、オトコノ女《メ》シタルカスヲ申サスル也。サテスハヘヲモチテ女ノシリヲウツ。サレハシリウチノマツリトナムイヒツタヘタル。又ミヲスレト、ハ、神ニモノヲマイラスルヲイフ。進食《ミヲシス》トカケリ。〈委見日本／紀第七〉。

【出典】明記せず

【他出】俊頼髄脳・二三七（三句「みはすとも」）、散木奇歌集・八五六（なお【注】参照）、和歌色葉・一九五、色葉和難集・五四四（三句「みはぬとも」）

【注】**○ウサカノモリハ**　俊頼髄脳、夫木抄等、すべて越中とする。**○又ミヲスレト、ハ**　俊頼髄脳諸本では、当該歌三句は「みわすとも」「みはすとも」「見えすとも」「みえすとも」などであり、童蒙抄本文に近いものとしては、静嘉堂文庫本「俊頼口伝集」傍記の「を一本」があるのみである。またその意味については、「『見は為』か。見に行くことをしても、の意か」（日本古典全集『歌論集』頭注）とされる。また散木奇歌集標注は、「みはすともは、みわにて、神酒為ともにや」とし、『散木奇歌集集注篇』は「「見はしても」の意か」とする。また、色葉和難集は「俊頼云」として俊頼髄脳を一部省略するもののほぼ忠実に引用し、末尾に「日本紀第七に見えたり、云々」とする。「これは越中《後イ》国にうさかの明神と申す神のまつりの日、榊のしもとゝ《イ无》して女のおとこしたるかすにしたかひてうつなり。

女のそのをりになりて、祢宜にしりをまかせてふせり。ねきしもとをもちて数をとふ。かすのことくにはしめのなへのことし。おほる《かイ》るおんなは、はちかましさにかくしてすこしをいへは、たちまちにはなちには《イ无》なちあえて《本ノマヽ》、まさゝまにはちかる《まイ》しきことのあるなり。たゝしふるき哥のみえねは俊頼か哥をしはしかきて候なり」（俊頼髄脳）〇**進食トカケリ**　「八月、到二的邑一而進食」（「進食《みをし》す」日本書紀・景行天皇十八年）

【参考】「うさかのつゑ〈これは越中国うさかの明神祭日榊本にて女の男のかすに祢宜をうつ事也。彼祭をはしりたちの祭と云〉」「杜　うさか《越中》の〈俊頼哥也〉」（八雲御抄）

200

ナケキノミシケクナリユクワカミカナ　キミニアハテノモリニヤアルラム

康平三年三月十九日、高倉一宮ノ国々ノ名所ヲアハセサセタマヒケルニ、サカミカヨメル也。アハテノモリハヲハリニアリ。ムカシメヲトコアヒミムトテタカヒニユキシニ、カノモリニユキツキテ、アヒモミテシニキ。コレニヨリテナツケタリ。ソノクニヲヲハリノクニトイフ、終トカケリ。尾張トハ訛也。

【出典】後朱雀院一宮歌合

【他出】和歌色葉・二二七

【注】〇**康平三年三月十九日**　康平四年三月十九日祐子内親王名所歌合（平安朝歌合大成一七五）、後朱雀院一宮歌合（和歌大辞典）。本文は現存せず。萩谷朴氏は二十一首を当該歌合詠と認定している。〇**高倉一宮**　祐子内親王。後朱雀天皇第三皇女。後朱雀中宮嫄子の第一女。和歌合抄目録にも「祐子　号高倉一宮」とある。道長から頼道に伝わった高倉殿で出生し伝領したため高倉宮と号した。〇**アハテノモリハ**　未詳。歌枕の類は尾張とする。「ふるき物には風土記を引て、あはでの杜とも、わらふ山など云所をも、みなかやうにいひあらはせり」（顕注密勘）とあるが、風

土記等に未見。和歌色葉は童蒙抄に拠っている。祐子内親王家歌合以降、山家五番歌合で、「つひになほあはでのもりのほととぎすしのびかぬなるこゑたてつなり」（二三・郭公・琳賢）と詠まれるのが古い例。なお琳賢詠は、童蒙抄の伝える伝承を踏まえているとも解される。建保名所百首で名所題になり尾張国に比定され、近世の資料では尾張の萱津辺に比定する。○**尾張トハ訛也**　童蒙抄には「訛」を用いて語の変化を説明する箇所があるが、「あをじ（忌瓮）」から「あをに」へ（178歌注）、「めづら（梅豆羅）」から「松浦」へ（831歌注）の変化をも言い、又、「召」から「刀自」への変化（311歌注）も「訛」とするなど、音の変化のみに限らない。

【参考】「杜　あ《尾》はての」（八雲御抄）

野

クレナヰノアサハノ、ラニカルクサノ　ツカノアヒタモワレワスレスナ

万葉第十一ニアリ。ノラトハ、クサヲイフカトヲモフニ、コレハノラニクサカルトイヘレハ、野ハラナトヲイフトミエタリ。

*アサノニタツミワコスケ、トイフ哥アリ。サレハアサハノトイフ野ノアル也。クレナヰノトイフコトハ、イロナレハアサシトイハムトテスヘタルニヤアラム。

【本文覚書】○アサノ…アサハノ（和・筑A・刈・東）、浅葉《野イ》（岩）、浅葉野（大）

【出典】万葉集巻第十一・二七六三「紅《くれなゐの》之　浅葉《あさは》乃《の》野《の》良《ら》尓《に》　刈草乃《かるかやの》　束之間《つかの》毛《あひだも》　吾忘《あをわすらす》渚《な》菜」〈校異〉③「クサ」は廣及び古（「カヤ」右）が一致。嘉、類、古「かや」④「アヒタモ」は廣、古が一致。嘉「まもなく」。類「まもわか」⑤未見。嘉「わかわすれめや」。類「わすられぬをな」。廣、古「ワレワスレスモ」。廣「スモ」右「メヤ」。仙覚本は

「ワレワスレスナ」で童蒙抄と一致するが、紀及び西（「忘渚菜」左）、温（「忘渚菜」左）「ワレワスラスナ」。細、宮は「忘渚」左「ワスラレ」。京「忘」左「ワスラ」。なお、嘉「吾忘渚菜」類「吾忘緒菜」、廣「吾忘諸毛」とある。

【他出】人麿集Ⅱ・三一二（下句「つかの間もなくわすられなくに」）、綺語抄・一三九（三四五句「かるかやのつかのまも我がわすられぬなり」）・一六九（下句「つかのまもなくわれわすれずも」）、五代集歌枕・七六一（三四五句「かるかやのつかのまもなくわが忘れめや」）、色葉和難集・五七三（五句「我わすれめや」）

【注】○**ノラトハ、クサヲイフカトヲモフニ**　「ノラトハ清輔云、野也。万葉ニハ草トカキテノラトヨメリ」（古今集注）とあるが、「草」をノラと訓む万葉歌未見。「のら　曠野」（綺語抄）「藪　オトロ　ノラ　ヤブ」（名義抄）○**アサノニタツミワコスケトイフ哥**　「浅葉《あさは》野《のに》　立神古《たちかむさぶる》　菅根《すがのねの》　惻隠誰故《ねもころたがゆゑ》　吾不レ恋《あがこひなくに》　或本歌曰、誰葉野尓立志奈比垂《たがはのにたちしなひたる》」（万葉集・二八六三）○**アサハノトイフ野**　五代集歌枕は「あさはの」を「以下国不審」の項に入れ、歌枕名寄は武蔵国とする。平安期以降の用例によっても「あさはの」の位置は不明。

【参考】「野　あさは〈万、紅の、、、かるかや、すけ、あさまのこらと云り〉」（八雲御抄）

ハルナレハモスノクサクキミエストモ　ワレハミヤラムキミカアタリヲ

六帖第六ニアリ。モスノトハ、ヤマシロノクニ、アル野ヲイフ也。クサクキトハ、クサノクキトイフ也。又ハモスノ草クキトハ、カスミヲイフナリトモ。可尋也。

【出典】古今六帖・四四九一、初句「春されば」五句「君があたりをば」

【他出】万葉集・一八九七（「春之在者《はるされば》　伯労鳥之草具吉《もずのかやぐき》　雖不所見《みえずとも》　吾者見将遣《われはみやらむ》　君之当乎婆《きみがあたりをば》」）、俊頼髄脳・三〇七（二句「みせずとも」五句「君があたりは」）、綺語抄・六五七（初句「春くれば」三句「みえねども」）、奥義抄・

六二〇、袖中抄・一六（初句「春野在ば」）、和歌色葉・八三、古来風体抄・一〇〇、八雲御抄・一五二（三句「みえねども」）、色葉和難集・九五四（初句「春しあれば」三句「みえずとも」）、以上異同を明記しないものはすべて初句「春されば」

【注】〇モスノトハ　「もずの」を特定の土地とする説については、六百番歌合一〇五四歌に対する論難にも見える如く、否定的意見が多い。袖中抄は、登蓮が「もずの」を山城とする説を唱えたが用いられなかったことを記す。〇クサクキトハ　「もすのくさくきは、かすみとそ申す。みゑたる事もなし。をしはかりことにや」（俊頼髄脳）、「人をたづぬる事には　スギノシルシ　モズノクサグキ」（和歌初学抄）、「むかしおとこ野を行くに女にあひぬ。とかくかたらひつきてその家を問ふに、女もすのゐたるくさくきをさしていはく、わが家はかのくさくきのすちにあたりたる里にある也とをしふ……をしへしくさを見るにかすみことく〳〵な《そ》ひきてすへて見えす……これ故将作のつたへ也」（奥義抄）、「もずの草ぐきとはもずの草くぐるといふ也」（袖中抄）、「或説に云、くさくきとは木葉茂くなりてしるしの草木みえぬをいふ也」（和歌色葉）。「もずのくさぐき」を男が女を訪ねる話として語るのは奥義抄が初見か。八雲御抄は清輔説に拠っている。

【参考】「作者不詳　春之在者伯労鳥之草具吉雖不見吾者見将遣君之当乎波（ハルクレハモスノクサクキミエネトモワレハミヤランキミカアタリヲハ）　モスノ草クキトハ、古人ノイヒ伝ケルハ、モスト云鳥ノ、郭公ノクツテヲ取テアリケルカ、ホト、キスニエイタサ、リケルトキニ、イキタルムシ、カヘルナトヲ取テ、サシテ、ホト、キスノタメニトテカクルヲ、モスノクサクキトハイフトソ云ケル」（万葉集抄）、「もすのとは、山しろの国にある野をいふ。くさくきとは、くさのといふ也」（松か浦嶋）、「是有様之由いふ人あれとも、所詮たゝもすのある草くきをさして、しるへにいひけるを、後にたつぬるにそのあともなしといへる心なり。清輔抄にもとけり」（八雲御抄）

原

203　ナホタノメシ*メチカハラノサシモクサ　ワカヨノナカニアラムカキリハ

シメシノハラトハ、ソコトサシタルトコロナシ。タ、シメタルノトイフナルヘシ。マタノ説ニ、シメチノハラトイフ。シメチトハ、シモツフサノ国ニ、シメツノハラトイフトコロナリ。ソノハラニサシモクサヲホクヲヒタリ。サレハシ*メツトヲシメチトイフカ。ツトチトハヲナシコト也。マタ云、サシモクサトハ、ヨモキヲイフ。又ヨモキニ、タルクサトモイフ。マタ云、シメレ《シイ》トハ、夏ノ一名也。サレハ夏ノ原トイフヘキナリト云々。

【本文覚書】○シメチカハラノ…シメシカハラノ（内・谷・書）、しめしか原の（筑B）、しめちか原の（岩）、しめぢが原の（大）○シメツトヲシメチト…しめつをしめちと（筑B・岩）、シメヅシメヲシメヂト（刈）、シメツシメヲシメツト（東）、しめづをしめぢと（大）

【出典】明記せず

【他出】袋草紙・二一八、袖中抄・八五（三句「させも草」）・八七（二句「しめしのはらの」）、和歌色葉・三八八、新古今集・一九一六、定家八代抄・一七七五、色葉和難集・七一三

【注】○**シメシノハラトハ**　童蒙抄諸本203歌二句を「シメシノハラノ」とするものなし。顕昭は袖中抄において203歌が古今六帖の「下野やしめづの原のさしま草おのが思ひに身をや焼くらむ」と関係するかとの推測から、「シメシノハラ」を下野の野ではないかとする。童蒙抄の注は、後掲松か浦嶋に近似している部分がある。疑開抄に拠ったか。○**シメチトハ、シモツフサノ国ニ**　前掲六帖歌によるか。○**サレハ、シメツトヲシメチトイフカ**　「しめぢが原、しめづの原、しめじの原は同事なり。ちとつと同五音なり」（袖中抄）○**サシモクサトハ**　「さしもぐさとは、あれ野に

おふ、山のきしにおふ」(能因歌枕)

【参考】「しめちかはらのさせもくさとは、そこと、さしたる所なし、にわなとのくさをひたる所をいふとも、又、下総《ツケ》にしめちかはらといふ所有、そのはらにさし《本まゝ》もくさおほくをひたり、又いはく、さし《本まゝ》もくさといふは、よもきに、たるくさ也、又よもきのなともいふ、又は、しめしとは夏の一名なり、されは夏のはらへをいふへき也、これそ正きにてあるへきさたしわつらふ事となん申つたえたる」(松か浦嶋)、「野　夏のをはしめしといふ。しめちかはらも、しめしのはらといふ説あり」「蓬　よもきかそまといふは、よもきのそまのやうに生たる也。さしも草といふ。或は非蓬似蓬草とも云り」「野　同しめしの〈是在清輔初学抄。野名事否事猶可尋。しめのは大和にあり〉」(八雲御抄)

田

ヲホクラノイリエナルナリイメヒトノ　フシミカタヰニカリワタルラシ

万葉九ニアリ。

【出典】万葉集巻第九・一六九九「巨椋乃《おほくらの》　入江《いりえ》響《とよむ》奈理《なり》　射目《いめ》人乃《ひとの》　伏見何田井尓《ふしみがたゐに》　鴈渡良之《かりわたるらし》」〈校異〉①は壬及び廣(「モ」右或)が一致。藍、廣「おもくらの」。類「おほのくらの」。紀及び壬(「ほ」右)「ヲムクラノ」③「ナル」未見。非仙覚本及び仙覚本は「ひゝく」

【他出】五代集歌枕・七七四、袖中抄・四九八

205
スミヨシノキヲ《シ》タニホリマキシイネノ　シカモカルマテアハヌキミカナ

同十二アリ。

【本文覚書】○十二…十二（谷・刈）、十二に（筑B）、十二（東）、十に（岩・大）

【出典】万葉集巻第十・二二四四「住吉之《すみのえの》 岸乎田尓墾《きしをたにほり》 蒔稲《まきしいね》 秀而及レ刈《ひでてかるまで》 不レ相公鴨《あはぬきみかも》」〈校異〉②「ホリ」未見。天、類及び元（「る」右赭）「はり」。元「はる」。紀「ハカ」。仙覚本は「ハリ」④「カルマテ」は天、類、紀及び元（「るま」左）が一致。元「るまて」⑤「カナ」未見。非仙覚本及び仙覚本は「かも」

【他出】拾遺集・八三六（四句「かるほどまでも」）、人麿集Ⅰ・一四三（四句「かるなるまでに」）、人麿集Ⅱ・三一〇（四句「かるほとまても」）、五代集歌枕・一六四七（二句「きしをたにはり」五句「あはぬきみかも」）

206
アキノタノホタノカリハカ、ヨリアハ、　ソコモカヒトノワカコトナサム

万葉四ニアリ、カリハトハ、サカリカトイフナリ。

【出典】万葉集巻第四・五一二「秋田之《あきのたの》 穂田乃刈婆加《ほだのかりばか》 香縁相者《かよりあはば》 彼所毛加人之《そこもかひとの》 吾乎事将レ成《わをことなさむ》」〈校異〉②「カリハカ」は元、金、類、紀が一致。桂、細、廣「かりほか」③は細（右）、廣（右）が一致。桂、元、金、類、細、廣、紀「よりあひなは」。元右赭「カヨヒアハ、」④「ソコモカ」は桂、細、廣、紀が一致。元、類「いつこもか」。金「いつくもか」⑤「ワカ」は桂、細、廣、紀が一致。元、金及び類（「を」右朱）「われか」。ただし、類は朱「カ」をすり消す。類「われを」

【他出】色葉和難集・一四七

【注】○カリハトハ　被注語は「カリハカ」とあるべきか。「カリバトハカリシホ也。可刈シホニナルヲ云フ」（古今

集注頭書)、「和云、万葉には秋田の苅期とかけり。ほに出たる田をほだとはいひ、かりごに成りたるをかりばとはいふなり」(色葉和難集)。現在の解は「刈り–量」

207

アキタカルカリホモイマタコヲタネハ　カリカネサムシ、モ、ヲカヌニ《ヲカヌカニイ本》

万葉八ニアリ。カリホトハ、カリノイホトイフ也。

【出典】万葉集巻第八・一五五六「秋田刈《あきたかる》　借廬《かりほ》毛《も》未《いまだ》レ壊者《こほたねば》　鴈鳴《かりがね》寒《さむし》　霜毛《しもも》置奴我《おきぬが》二《に》」〈校異〉②「カリホ」未見。非仙覚本及び仙覚本は「かりいほ」③未見。類、廣「こほれぬに」。廣「コホレ」右「或タネハ」が近い。春「コホレネハ」。紀「コホレヌハ」。仙覚本は「コホタネハ」で、京漢左赭「コホレネハ」⑤未見。類「しもおきぬかに」。廣、春「シモノヲカヌカニ」。廣「シモ」左「シモ、」紀「シモノヲカヌカモ」。仙覚本は「シモモオキヌカニ」で、細「シモ、ヲキスカニ」

【他出】六百番陳状・一一二(三句「こぼれぬに」五句「霜おきぬがに」)

【注】○**カリホトハ**　「かりほは、かりのいほ也……かりいほを詞を略してかりほと云也。かりほとは、刈穂かと申人あれど、其は別事也」(顕注密勘)、「和云、仮庵なり。かりそめにつくりたるいほなり」(色葉和難集)

208

ツクハネノスソハノタヰニアキタカル　イモカリヤラムモミチタヲルナ

同九ニアリ。ツクハネノスソハノタヰトハ、ヤマノスソメクリノタ、トヨメル也。

【出典】万葉集巻第九・一七五八「筑波嶺乃《つくばねの》　須蘇廻乃田井尓《すそみのたゐに》　秋田苅《あきたかり》　妹許将《いもがりやら》レ遣《む》　黄葉手折奈《もみちたをらな》」〈校異〉②「スソハノ」は類、廣、紀及び元(「はる」右赭)が一致。藍、元「すそはる」で、元赭「はる」を消す。③「カル」は藍、元、類、廣、紀が一致。廣「カル」右「或カリ」④は廣、紀及び元（「ゆか」右赭）が一致し、類は「いもりやらむ」で「もり」右「カ」。藍、元「いもかりゆかむ」⑤「タヲルナ」は藍、元、紀が一致し、類「たをるかな」の「か」を消す。廣「タヲハナ」

【他出】五代集歌枕・五六七

【注】**○ツクハネノスソハノタヰトハ**　疑開抄によるか。「すそわのたゐ」は堀河百首以降に詠歌例を見ることができる。「わぎも子がすそわの田井に引きつれてたごのてまなく取るさなへかな」（堀河百首・四〇五・顕季）

【参考】「つくはねのすそた（ママ）のたゐとは、山のふもとの田《タ》といふ也」（松か浦嶋）、「つくはねのすそわの田井とは、やまのすその田也」「廻　す《万》そ〈山のすそ也。つくはねのすそわのたゐと云り〉」（八雲御抄）

アキノタノカリホスイホノトマヲアラミ　ワカコロモテハツユニヌレツヽ

天智天皇御製也。後撰第六ニアリ。イホノトマ、トヨメリ。

【出典】後撰集・三〇二・天智天皇御製、二句「かりほのいほの」

【他出】古今六帖・一一二九（三句「とまをせみ」）、口伝和歌釈抄・一四二。万葉時代難事・一一二九、古来風体抄・三一三、定家十体・一二、定家八代抄・三三二、詠歌大概・三四、近代秀歌・四二、秀歌大体・五四、八代集秀逸・一三、百人秀歌・一、百人一首・一、八雲御抄・六九、新時代不同歌合・七、以上二句「かりほのいほの」

【注】**○カリホスイホノ**　後撰集諸本のうち第二句を「カリホスイホノ」とするのは白川切。「後撰にはかりほのいほといふ歌は刈穂也」（顕注密勘）**○トマ**　「苫　爾雅注云苫〈士廉反止万〉編二菅茅一以覆レ屋也」（箋注倭名類聚抄）、「苫　トマ」（名義抄）

210
イソノカミフルノワサタハヒテストモ　ツナタニハヘヨモリツ、ヲラム
万葉第七ニアリ。不秀《ヒテス》トモトハ、ヨカラストモトイフヘキニヤ。
【出典】万葉集巻第七・一三五三「石上《いそのかみ》　振之《ふるの》早田乎《わさだを》　雖レ不レ秀《ひでずとも》　縄谷延与《なはだにはへよ》　守乍将レ居《もりつつをらむ》」〈校異〉①「イソ」は元、類、廣、紀が一致。元「いそ」右赭「イハ」②「ワサタハ」未見。廣「早田ヲ」で「早田」右「サハタ」左「ワセタ」。元、類、紀「わさたを」。仙覚本は「ワサタヲ」で、細「ワサタハ」が童蒙抄と一致し、宮は「ワサタヲ」の「ヲ」を「ハ」に訂正。なお、細、宮は「振之早田乎」の「乎」が「者」とある。④「はへよ」は類、廣、紀が一致。元「のへよ」⑤「モリツ、」は元、廣、紀が一致。類「まもりつ、」。元「もりつ、」右赭「マリツ、本」
【他出】古来風体抄・八二、和歌色葉・九一（二句「布留の秋田を」）、色葉和難集・九五二（二句「ふるの早田の」）
【注】○**不秀トモトハ**　「和云、ひでずともとはよからずともといふなり。秀は熟也。不秀とは不熟也」（色葉和難集）

211
ワカマケルワサタノホタチツクリタル　ホクミヲミツ、シノヘワカセコ
同第八ニアリ。ホクミ、トヨメリ。
【出典】万葉集巻第八・一六二四「吾之業有《わがなれる》　早田之穂以《わさだのほもち》　造有《つくりたる》　縵曾見乍《かづらぞみつつ》　師努波世吾背《しのはせわがせ》」〈校異〉①「マケル」未見。類「つくる」。廣、紀「ツケル」。廣「ツケル」右「或シタル」。仙覚本は「ワサナル」で「ワサナ」紺青（陽、西もと紺青）。矢、京「ワサ」紺青。京赭で「ワサ」を消し右に「ツクル」。細、宮及び京（「蒔有」左赭）、近（「ワサナル」右）「マケル」で童蒙抄と一致。なお、類、廣、紀「業有」、仙覚本は「蒔有」で西、温、矢、京は「蒔」左に「業ィ」あり（西のみ「業《ツク》ィ」）。ただし、京赭で「イ」を消す。④未見。類、廣「ほくみそみつ、」。紀「カツラソミツ、」。仙覚本は「カツラソミツ、」で、西、矢、京は「蘰」左「ホクミイ」、温「蘰」左「ホクミ」。ただし、京

緒で「イ」を消す。⑤は廣が一致。類「しのはせわかせこ」で「こ」を朱で消す。紀「シノハセワカセ」

【他出】古今六帖・三一六二（初句「わがはかの」下句「かづらぞわがせしのばせわがせ」）、口伝和歌釈抄・一二四（はかはるのわさたほたりてつくりたるかつらそみつゝみのはせはかせ）、隆源口伝・六（我はかのわさ田を多く作りたるかづらと見つゝ忍ばせ我を）

【注】○**ホクミ**　「秋の田のかりほのほくみいたづらにつみあまるまでにぎはひにけり」（新撰六帖・六五四・信実）、「露むすぶわさだのほぐみ打ちとけてかりほのとこにいやはねらるる」（宝治百首・一四五九・蓮性）などの用例がある。

アシヒキノヤマノフモトニナクシカノ　コエキカムヤハヤマタモルスコ

万葉十二アリ。フモト、ハ、跡陰《フモト》トカケリ。ヤマタモルスコトハ、イホニヒトリヲルヒトヲイフ也。

【出典】万葉集巻第十・二二五六「足日《あしひ》木《き》乃《の》　山之《やまの》跡《と》陰尓《かげに》　鳴鹿之《なくしかの》　声聞為《こゑきかす》八方《やも》　山田《やまだ》守酢《もらす》児《こ》」〈校異〉②「フモト」は元（右赭）が一致。元、紀「とかけ」④「キカムヤハ」は元（右赭）が一致。元、紀「き、つやも」。紀「方」左「ハ江」。なお、類は平仮名訓がなく「聞為《キコユ》」のみあり。

【他出】綺語抄・一八二（二句「山のとかげに」四句「こゑきこゆやは」）、袖中抄・一〇三六（二句「山の跡隠に」四句「声ききつやも」）

【注】○**ヤマタモルスコトハ**　「守酢児」をモルスコと訓み、「もる-すご」と分節した解釈。袖中抄は言及しない。院政期には「やまだもるすごのすまゐのひまをあらみいかが身にしむ秋のはつかぜ」（殷富門院大輔集・五〇）、「山田もるすごがあさぎぬひとへにて今朝たつ秋の風はいかにぞ」（小侍従集・四七）などの詠歌例があり、六百番歌合でも「やまだもるすごがなるこにかぜふれてたゆむねぶりをおどろかすなり」（有家）が詠まれた。判詞には「「たゆ

む眠りを」といへる心、「素見」とは覚えず。老翁などの守りけるにや」とある。
【参考】「人　すこ《酢児》（山田もるもの也）」（八雲御抄）

213

アシヒキノヤマタツクルコヒテストモ　ツナタニハヘヨモルトシリカネ

同ニアリ。山タツクルコ、トヨメリ。

【出典】万葉集巻第十・二二一九「足曳之《あしひきの》　山田《やまだ》佃子《つくるこ》　不レ秀友《ひでずとも》　縄谷延与《なはだにはへよ》　守登《もると》知金《しるがね》」〈校異〉③「トモ」は類、紀及び元（「て」右赭）が一致。元「とて」④「ツナ」は類及び紀（「縄」左）が一致。元、紀「しめ」。なお、「縄」は類のみ「綱」に近い字体。⑤「シリカネ」未見。元、紀「シルカネ」が近い。類「しるかに」。仙覚本は「シルカネ」

【他出】六百番陳状・一一四（五句「もるとしるがね」）、古来風体抄・一〇九（五句「守ると知るがね」）

【注】○**山タツクルコ、トヨメリ**　「足引の山だつくると聞くなへにひきうるたぞいとなかりける」（定頼集☆・一六五）を見る程度である。

214

タ、ナラス五百代小田《イホシロヲタ》ヲカリミタリ　イホニシヲレハミヤコヲモホユ

万葉第八ニアリ。

【出典】万葉集巻第八・一五九二「然不レ有《しかとあらぬ》　五百代《いほしろ》小田乎《をだを》　苅乱《かりみだり》　田廬《たぶせ》尓居者《にをれば》　京師《みやこし》所レ念《おもほゆ》」〈校異〉①「タ、」は類、廣が一致。紀「タ、ニ」④「イホニシ」未見。類「たいをに」。廣、紀「タイホニ」。仙覚本は「タフセニ」で「フセ」紺青（矢、京、陽。西もと紺青）。細、宮及び京（「田廬」左赭）「タイホ」⑤「ヲモホユ」は廣（「ラル」右或）が一致。類、廣、紀「こひらる」

【他出】綺語抄・一八一（四句「たいほにをれば」）、袖中抄・六九三（下句「田廬をみればみやここひらる」）、和歌色葉・四二〇（三四句「かきみだりいなにしをれば」）、色葉和難集・四八（三四句「かきみだりゐなにしをれば」）

イクシタテミワスヱマツルカモヌシノ　ウスノタマカケミレハトモシモ

ヰナカニ田ツクルヲリニ、クニノ神ヲマツルトテ、幣ヲ五十ハサミテ田ノクロニタテ、マツル。サケヲソノレウニキヨクツクルナリ。ソノサケヲミワトイフ。ウスノタマカケトハ、マメヲツラヌキテウスノヤウニシテカサリニスルトソ。

【出典】明記せず

【他出】万葉集・三二二九（「五十串立《いぐしたて》　神酒座奉《みわすゑまつる》　神主部之《はふりへが》　雲聚玉蔭《うずのたまかげ》　見者乏文《みればともしも》」）、俊頼髄脳・三二三、古来風体抄・一五〇、八雲御抄・一三八、色葉和難集・四七（二句「みわすゑまつり」）

【注】**○ヰナカニ田ツクルヲリニ**　「これは田舎にたつくるおりにすることなり。田のかみまつるときに、御幣を五十はささ〔ママ〕みて、田のくろといふところにたてゝ、酒なともそのれうとて、きよくつくりまうけてまつるなり。その酒のなをみわけとは申なめり。うすのたまかけとは、まめをつらぬきて、うすのやうにして、かさりにするとそうけ給る」（俊頼髄脳、なお「みわけ」「みわ」両本文あり）。「谷水をせくみな口にいぐしたていほしろを田に種蒔きてけり」（堀河百首・一二三一・仲実）など、堀河百首頃からの詠歌例がみられる。**○ウスノタマカケ**　万葉集以外に用例未見。「うずは飾馬の尾の上にある物なり。いぐしは、五十串をたてて祭るなり。年つくりえ、としつくりはえむといふなり。みわは神酒なり……うずも雲聚とかけり。俊頼髄脳云、うずのたまかげとは、大豆をつらぬきてうずのやうにしてかざりにするとぞかける」（散木集注）

【参考】「幣　いくし〈紙を木に挿たる也。五十のくしとかけり〉」「神　うす《雲聚》のたま《玉》かけ《蘂》云は、神主之所属也」「うすのたまかけ〈是は田つくるおり、田の神まつるとて、いくしたて、みわすゑなとするに、大豆をつらぬきて、うすのやうにするといへり。俊頼抄〉」（八雲御抄）

沢

サヌラクハタマノヲハカリコフラクハ　フシノタカネノナルサハノコト

万葉十四ニアリ。ナルサハトハ、フシノヤマノ上ニアリ。ツネニナカレテヲトタエセヌナリ。サヌラクトハ、スコシヌルコトハタマノヲ許ニテ、コフルコトハナルサハノコトニタヘス、トヨメル也。

釈名曰、下有水田沢、言網沢也。風俗通曰、水草交曰沢。言、潤万物以皁氏*用。

【本文覚書】○網…内・谷以外「潤」、底本及び内、谷、判読困難。あるいは「涸」か。○氏…民（刈）

【出典】万葉集巻第十四・三三五八「佐奴良久波《さぬらくは》　多麻乃緒婆可里《たまのをばかり》　古布良久波《こふらくは》　布自能多可祢乃《ふじのたかねの》　奈流佐波能其登《なるさはのごと》」

〈校異〉①は類が一致。廣「イヌラクハ」。なお、廣は「佐奴良久波」の「佐」が「伊」とある。

【他出】五代集歌枕・七七三、古来風体抄・一五二、袖中抄・二九三、和歌色葉・一〇五、色葉和難集・六五七

【注】○**ナルサハトハ**　俊頼、基俊あたりからの使用例がある。「雲のゐるふじのなるさはかぜこしてきよみが関ににしきおりかく」（散木奇歌集・五八四）、「かぎりあれば富士の高ねになるさはの我がおとづれにあにまさらめや」（基俊集・九三）○**サヌラクトハ**　「さぬらくとはすこしぬるなり」（和歌色葉）○**釈名曰**　「下而有水曰沢言潤沢也」（釈名巻一）、この一節芸文類聚、初学記に見えない。○**風俗通曰**　「伝曰、水草交厝、名之為沢、沢者、言其潤沢万物、以阜民用也」（風俗通義巻十）。但し童蒙抄の引く本文は太平御覧（巻七二）所引風俗通義の文に近い。あるいは類書

から引用したか。

【参考】「ふしのなるさはとは、ふしの山の上にあり、つねになかれて、をとたえぬ也」（松か浦嶋）、「沢　《駿》なるさはは〈万、ふしのなるさは也。たかねのなるさはと云り。なかれてやとたえぬ。よりてなるさはと、範兼説〉」「さぬらくは〈万に、こ《(ママ)》ぬらくはたまのをはかりこふらくはといへり。すこしぬると云心也〉」（八雲御抄）

キミカタメヤマタノソフニヱクツムト　*ユキケニミツニモスソヌラシツ

万葉十二アリ。ソフトハ、サハトイフ也。ソトサト、フトハトハ、カヨフコヱナリ。マタヱクトハ、ヒトノクフクサ也。マタヱクトカケルトコロヲセリトヨメリ。サレハヱクトセリトハヒトツノナトミエタリ。

【本文覚書】○ユキケニ…ユキケノ（筑B・刈）

【出典】万葉集巻第十・一八三九「為レ君《きみがため》　山田《やまだ》之《の》沢《さはに》　恵《ゑ》具《ぐ》採跡《つむと》　雪消《ゆきげ》之《の》水尓《みづに》　裳裾所レ沾《ものすそぬれぬ》」〈校異〉②「ソフ」未見。非仙覚本及び仙覚本は「さは」⑤は元、紀が一致。類「ものすそぬれぬ」。廣「モノスソヌラス」。元「ぬらしつ」右緒「ヌレヌ」

【他出】人麿集Ⅲ・六（二句「ヤマタノサハニ」五句「モノスソヌラス」）、赤人集・一三八（二句「やまたのさはに」）、家持集・六一、能因歌枕・一六（二句「山田のさうに」）、古今六帖・三九二三（初句「あしひきの」五句「ものすそぬらす」）、口伝和歌釈抄・三〇四、綺語抄・二一五（二句「やまだのそふに」）、袖中抄・七六九、和歌色葉・一〇六（二句「やまだのそふに」）

【注】○ソフトハ　「そぶとは、かり田などに水のたまりたるを云」（能因歌枕）、「そうとは、哥枕には、かりたるたなんとにうまりたる水をいふ」（口伝和歌釈抄）、「そふ　さはのやうなるところをいふ。金葉にはさはなり。そふ、

同伝也……万葉集に、沢字をそふとよめり」（綺語抄、この金葉歌とは「人ごころあささはみづのねぜりこそこるばかりにもつままほしけれ」〈二度本・四六一〉のことか）、「私云《(ニ)(ク)》、世俗には沢をばそふ〳〵とはいへど、此万葉沢字をそふとよみたる本は、いまだ見及び侍らず」（袖中抄）。景井詳雅「歌学書の中の万葉歌―巻十・一八三九歌に見る平安時代の万葉歌享受の一様相―」（『日本文学研究ジャーナル』5、特集「万葉集はどう読まれてきたか」、二〇一八年三月）参照。○**ヱクトハ**　「ゑくとはせり也」（口伝和歌釈抄）。

【参考】「作者未詳　為君山田之沢恵具採跡雪消之水爾裳□□□（キミカタメヤマタノサハニヱクツムトユキケノミツニモスソヌラシツ）　ヱクトハ、セリヲ云也。風土記ニ見タリ」（万葉集抄）、「そふとは、さわをいふ、又せはき道なとに、あさゝかにてなかるゝ水をもいふ。ゑくとは、くさなり、ある本に、ゑくとかける所をせりとよめり、されはゑくとは、せりのへ《(ママ)》のなゝり」（松か浦嶋）

関

モノ、フノイツサイルサニシホリスル　トヤ〳〵トリノフヤ〳〵ノセキ

古哥也。モノ、フトハ、タケキモノヲ云也。ミチノクニイテハノ国ノ中ニユキカヨフ山アリ。ツネニヒトモアリカスシテコシケシ。、カルヲシホリウチシツ、タトリツ、アリク。サレハトヤ〳〵トリハ、トヤ〳〵トホリトイフナリ。フヤ〳〵ノセキトハ、ソノヤマノミチノクチノ出羽国ノカタニアルセキヲイフ也。ホヤ〳〵モヲナシコトナリ。マタモヤ〳〵ノセキトモイヘリ。コレハ日本紀第七ニ不便《モヤ〳〵》トヨメリ。サレハソコトサ、ス、タヨリナラスト、コホルトコロヲイヘルトオホエタリ。マタシホリトハ、カヘラムミチノシルシニ

木ノエタヲヽリカケテユクナリ。シルシニヲルトイフコトナリ。

【出典】古歌

【他出】綺語抄・三四四（三句「しをりせる」）、和歌色葉・一九八、八雲御抄・一九六、色葉和難集・一七五（五句「うやむやのせき」）・九一七、蓮性陳状・一三

【注】○モノヽフトハ　「人をば、おのがといふ、ものゝふといふ、たけきものをばものゝふといふなるべし」（能因歌枕）、「ものゝふとはたけきものといへとも、只おとこをなへていふにこそ」（奥義抄）○ミチノクニイテハノ国ノ中ニ　未詳。和歌色葉、色葉和難集に類似の説が見える。○フヤ〳〵ノセキトハ　色葉和難集には「能因歌枕云、ふや〳〵の関は出羽の国にありといへり」の一文を含む顕昭説を載せる○トヤ〳〵トリハ　未詳。色葉和難集所引の顕昭説にも見える。また同書は「密伝」説として、鷹の意ともする。○モヤ〳〵ノセキトモイヘリ　「然於レ吾而不便」（「不便《もやもやもあら》ず」日本書紀・景行天皇四年）○シホリトハ　「しをりとは、木ををりかけてしるしにする也」（綺語抄、なお「とや〳〵とり　一云。むや〳〵のせき　一云」と続く。脱文あるか。

【参考】「しをりとは、木をゝりかけて、道のしるしにするをいふ也」（松か浦嶋）、「物のふとはたけき人也。只遠国者をは云也。陸奥与出羽の中にゆきかよふ山あり。こしけくはしけくゆきゝにたやすからす。仍しほりうちしてたとりゆく。されはとやゝゝとほりと云也。むや〳〵は波山口《（ママ）》にある関名也。在出羽方」（八雲御抄）

219

道

ニヰハリノイマツクルミチサヤケクソ　キコエケルカモイモカウヘノコト

万葉十二ニアリ。ニヰハリトハ、新作《治イ》トカケリ。アタラシクツクルトイフナリ。

【出典】万葉集巻第十二・二八五五「新治《にひばりの》 今作路《いまつくるみち》 清《さやかにも》 聞鴨《ききてけるかも》 妹於事矣《いもがうへのことを》」〈校異〉③「ソ」は尼、廣、古、西が一致。類「て」

【注】○ニヰハリトハ 「作」に異同注記「治」があるのは、当該歌第一句と第二句との錯誤が反映するか。また、「作」「造」の字形の類似によるか。用例は僅少で「にひばりのうしろの門田うゐしより秋は閨こそ定めざりけれ」（堀河百首・一五〇五・公実）、「にひばりの道のよこ田をひきすてて世世のふるあとのさなへとらなむ」（為家五社百首・一八二）を見る程度である。「常陸国 新治〈爾比波里〉」（二十巻本倭名類聚抄）

【参考】「田 にゐはりとは、あおき田也」「にゐはり〈青時也〉」（八雲御抄）

石

タノミツ、キカタキヒトヲマツホトニ　イシニワカミソナリハテヌヘキ

シラ、ノモノカタリノ第二ニアリ。シラ、ノヒメキミ、ヲトコノ少将ノムカヘニコムトチキリテ、ヲソカリシヲマツトテヨメルナリ。イシニナリヌトヨメルハ、幽明録ニ昔貞婦アリキ。*ヲフトイクサニシタカヒテトヲクユク。婦ヲサナキコヲクシテ武昌ノ北山マテヲクル。夫ノユクヲノソミテタテリ。ヲフトカヘラスナリヌ。婦タチナカラシヌ。化シテイシニナリヌ。カタチヒトノタテルカコトシ。ソノ、チソノ山ヲ望夫山トイフ。ソノ石ヲ望夫石トイフ云々。

望夫石、世説曰、武昌北山上有々々状若人。古老伝云、昔有貞婦。其夫従役、遠越国難*。婦携弱子餞送此上、立而為石。

【本文覚書】○ヲフト…オツト（和）、オフト（筑A・東）、オホツト（刈）、夫（岩・大）○国難…国疆《サカヒヲ》（刈・東）、国疆（大）

【出典】シラ、ノモノカタリ

【他出】和歌色葉・二〇〇、八雲御抄・一八一

【注】**○シラ、ノモノカタリノ第二ニアリ**　石川徹「『しらら（白良）』物語考」（『帝京大学文学部紀要』22、一九九〇年十月）参照。**○幽明録ニ**　散逸箇所のため現行本は初学記で補う。初学記には以下の如くある「劉義慶幽明録曰…又曰、武昌北山上望夫石、状若人立、古伝云昔有貞婦、其夫従役、遠赴国難、携弱子銭送此山、立望夫而化為立石、因以為名焉」（巻五）。童蒙抄が幽明録を引くのは220歌注と348歌注のみ。同書は日本国見在書目録に未見。**○世説曰**

本条は現行世説新語に見えない。「世説曰、武昌陽新県北山上有望夫石。状若人立者。伝云、昔有貞婦。其夫従役、遠赴国難。携弱子餞送此山。立望而化為石」（太平御覧巻五二）。童蒙抄は初学記に拠ったか。但し、初学記依拠の箇所は和文化しており、ほぼ同内容の世説新語引用箇所は、漢文体のままであるのは、望夫石譚については、複数資料を参看したためか。

【参考】「是しら、と云物語の第二にあり。石になると云事は、幽明録にあり。昔自婦あり。夫いくさにしたかひて遠くゆく。彼めおさなき子をくして武昌の北山までをくる。夫のゆくをのそみてたてり。夫かへらすなりぬ。めたちなからしぬ。やかて石になりにけり。其かたち人のたてるかことし。其後彼山を望夫山と云。彼石を望夫石といふ。在武昌北山、是難有異説付一様也。他（空白）も無強相違歟」（八雲御抄）

221
イサヤキミコサノムラナル《コノサノムレナルイ本》イハニヰテ　ナカ、ラムヨノコトヲチカハム
古哥也。日本紀神功皇后卌*九年云々。千熊長彦至百済国登辟支山《ヘキムレ》盟之後、登古沙山共《ムレ》居リ磐上。百済王盟曰、若敷草《苹イ本キシキ》為坐、恐見火《コトヲ》焼。且取《テ》木為坐、恐為水流。故居石盟者、示長遠不朽者也云々。

【本文覚書】○卌…卅（内・筑A・筑B・刈・書）

【出典】古歌

【注】○**日本紀神功皇后卌九年云々**　「唯千熊長彦与二百済王一、至二于百済国一、登二辟支山一盟之。復登二古沙山一、共居二盤石上一。時百済王盟之曰、若敷レ草為レ坐、恐見二火焼一。且取レ木為レ坐、恐為レ水流。故居二盤石一而盟者、示二長遠之不レ朽者也（日本書紀・神功皇后摂政四十九年）

222
キミタニモワレニナケチ*ハソ*シムラモ　カ、ヤクタマニヲトリシモセシ
古哥也。本*紀ニ石礫ヲノ*シムラトヨメリ。

【本文覚書】○チ…ケ（筑A・大）、な（筑B）、チ（和、判読困難）○ソシムラ…いしむら（筑B）、ヲシムラ（筑A・内・和・刈）○本紀…日本紀（刈・筑B・大）○ノシムラ…ソシムラ（刈）、いしむら（筑B）

【出典】古歌

【注】○**石礫**　「染二於石礫樹草一」（日本書紀・神代上）「飫朋佐介珥《おほさかに》　菟芸迺煩例屡《つぎのぼれる》　伊辞務邏塢《いしむらを》　多誤辞珥固佐麼《たごしにこさば》　固辞介氏務介茂《こしかてむかも》」（同・崇神天皇十年）

水

223 イニシヘノ、中ノシミツヌルケレト　モトノコ、ロヲシルヒトソクム

古今第七ニアリ。ノナカノシ水河内国ニアリ。又ハリマノ国ニモアリ云々。ミツトハ、妙*清水トモ水トソ本文ニハカキタル。

水〈地儀部　石下ニあり〉

173 いにしへの野中の清水ぬるけれともとの心をしる人そくむ

古今十七に有。野中のし水は河内国にあり。又播磨国にも有云々。清水とは、妙美水《清水ト云》とそ本文にはかきたる。

【本文覚書】○妙美水トモ水トソ…妙美水ト云水トソ（刈・東）、妙美水とぞ（大）

【出典】古今集・八八七・よみ人しらず

【他出】和漢朗詠集・七四八、口伝和歌釈抄・五三、奥義抄・五五四、袖中抄・四一四、和歌色葉・二八〇、定家八代抄・一四九四（五句「しる人ぞしる」）、色葉和難集・五七二

【注】○**ノナカノシ水**　「三には野中《ノナカノ》のし水、かうちのくにゝあり。又はりまのいなみのにあり」（口伝和歌釈抄）。「此水は播磨のいなみ野に有也」（奥義抄）。袖中抄所引の和語抄は河内にもありとする。顕昭は播磨説。○**ミツトハ**　異本本文が妥当か。「日本紀私記云　妙美井〈之三豆〉」（箋注倭名類聚抄）。なお237歌注参照。

【参考】「水　のなかのし〈いなみにあり。又在河内。以播磨為本〉」（八雲御抄）

氷

224 イハマニハコホリノクサヒウチテケリ　タマヒ《ヰ》シミツモイマハモリコス
*後撰《後拾也如何》第六ニアリ。題不知トカケリ。曽丹カ哥也。

氷〈地儀部　水下にあり〉

337 岩まには氷のくさひうちてけりたまゐし水も今はもりこす
後拾遺第六に有。題不知とかけり。曽丹歌也。

【本文覚書】○後撰《後拾也如何》第六…後拾也名ノ（内）、後拾遺第六（筑B）、「後撰第六」として傍記なし（筑A・和・刈）
【出典】後拾遺集・四二一・曾禰好忠
【他出】好忠集Ⅰ・三一九（下句「もりこしみづもたえておとせず」）、好忠集Ⅱ・四三七、口伝和歌釈抄・二一九、新撰朗詠集・三六一（三句「さしてけり」）、古来風体抄・四三七
【注】○**題不知トカケリ**　後拾遺集詞書及び作者名「題不知　曾禰好忠」○**曽丹歌也**　好忠の呼称は、124、224、841歌注では「曽丹」、565歌注では「好忠」。呼称が一定しない理由は不明。

225 マスラ《ヲノ》・モフシツカ・ナ《フ》フシツケシ　カヒヤカシタハモミチ《コホリ》シニケリ
堀川院百首ニ春宮大夫ノ哥也。モフシツカ・ナ《フ》トハ、鮒ノ哥ニ見タリ。フシツケトハ、河ノヨトミニシハヲキリツケテイヲノイレルヲトルヲイフ也。カヒヤノコトハ、蝦ノ哥ニミエタリ。

338 ますらおのもふしつかふなふしつけしかひやか下はこほりしにけり

堀河院百首に春宮大夫の詠也。・《も》ふしつかふなとは、鮒の歌に見えたり。ふしつけしとは、かはのよとみにしはをきりつけていをのいれるをとれる也。かひやのことは、蝦の歌に見えたり。

【出典】堀河百首・九九三・公実、初句「ますらをが」、五句「氷りしにけり」

【他出】奥義抄・六一四（四句「かひやがしたに」）、袖中抄・二四（初句「ますらをが」）、六百番陳状・六十七（初句「ますらをが」）

【注】○**春宮大夫ノ哥也**　公実。堀河百首作者名には「正二位行権大納言兼春宮大夫藤原朝臣公実」とある。○**モフシツカフナトハ**　830歌注に「モフシツカフナトハ、モニフシタルヒトニキリノフナトイフナリ」とある。「もふしつかふなとはもにふしたるふる《な》をいふ也。藻卧東（束）鮒と書けり。もにふなのあつまりたるをつかふなといふとみえたり。ての心にとらるゝほとの小鮒也」（和歌色葉）○**フシツケトハ**　「フシツケトハ、水ニ柴ヲキリツケテ其アタヽマリニ魚ヲアツメテトルナリ。柴ナラネド、たゞ木ヲモ水ニツクルナリ。罧《フシツケ》トカキテフツヅ《(ママ)》ケトヨメリ。涔ノ字モ同。涔《フシツク》レ澱《ヨトミニ》トカケリ。涔字ヲバタゞフシトモヨメリ。日本紀ニハ、柴ト書テフシトヨメリ」（拾遺抄注「フシツケシ」歌注）○**カヒヤノコトハ**　846歌注参照。

226　アシロキニモミチコキマセヨルヒヲハ　ニシキヲアラフコヽチコソスレ

後拾遺第六ニアリ。少納言橘義通カヨメル也。ニシキヲアラフトイフコト、紅葉哥ニ見タリ。

339　あしろきに紅葉こきませよるひをはにしきをあらふこゝちこそすれ

後拾遺第六に有。少納言橘義通かよめる也。錦を洗と云事、紅葉の歌にみえたり。

【出典】後拾遺集・三八五・橘義通朝臣

【他出】口伝和歌釈抄・七二、奥義抄・二二四、和歌色葉・三八一
【注】○**少納言橘義通**　御堂関白記、権記等に寛弘五年から八年にかけて橘義通の名が見えるが、蔵人左兵衛少尉とあり、少納言であった記事は見えない。口伝和歌釈抄は「義通歌」とする。○**ニシキヲアラフトイフコト**　「本文云魚鱗洗錦文撰ニアリ」（口伝和歌釈抄）、「蜀江濯《アラフ》レ錦ヲといふ文也……又魚鱗錦といふことあり。二説あり。一には魚鱗はにしきに似たるなり。一には魚鱗を焼て、其はひを錦にさせは色のよき也」（奥義抄）○**紅葉哥ニ見タリ**　童蒙抄巻五宝貨部「錦」408歌注。
【補説】「錦を洗う」という表現は、すでに是貞親王家歌合に見える（「紅葉はの流るる秋はかはごとに錦あらふと人は見るらん」）。童蒙抄が言う紅葉歌とは、掲出した408番歌のことであろうが、その歌注には「錦を洗う」の出典が二つ上げられる。一つは、文選「蜀都賦」の「闤闠之裏、伎巧之家、百室離房、機杼相和、貝錦斐成、濯色江波」。今一つの「益州有青衣水。益州人織錦。既竟先須此水洗之」は依拠資料未見。すでに文選注に「譙周益州志云、成都織錦既成、濯於江水。其文分明勝於初成。他水濯之不如江水也」として益州志が引かれているが、その引用本文とも一致しない。そもそも「青衣水」という語は、初学記巻六に「案水経及荊州記云、江出岷山……与青衣水、汶水合、至洛県」と見える他、地誌類に見える程度である。口伝和歌釈抄の引用する本文は文選には見えない。また、奥義抄の所説についても依拠資料未見。

波

227
アフサカヲウチイテ、ミレハアヲウミノ　シラユフハナニナミタチワタル
万葉十三ニアリ。シラユフ花ニナミタチワタル、トヨメリ。

【出典】万葉集巻第十三・三二三八「相坂乎《あふさかを》　打出而《うちいでて》見者《みれば》　淡海《あふみ》之《の》海《うみ》　白木《しらゆ》綿《ふ》花尓《はなに》　浪立渡《なみたちわたる》」〈校異〉「ウチ」は元、天、廣が一致。類「たち」③未見。元、類、廣「あふみのうみの」で、元下の「の」を消す。天「あふみのうみ」。仙覚本は「アフミノウミ」で、温「アフミノウミノウミ」

【他出】綺語抄・二二八、五代集歌枕・八九一、以上三句「あふみのうみ」

【注】◯**シラユフ花**　「しらゆふはな　白木綿花」（綺語抄）。231歌注参照。「シラユフ花ニナミタチワタル」という表現は当該歌以外未見。

【参考】「浪　しらゆふ花」（八雲御抄）

228

ワタツウミノカサシニサセルシロタヘノ　*ナミモテユヘル・ハ《ア》チシマヤマ

古今十七ニアリ。

【本文覚書】◯底本「ナミモテ」の「テ」、「チ」との判別困難。

【出典】古今集・九一一・よみ人しらず

【他出】新撰和歌・二二五（五句「あはぢしまかな」）、古今六帖・一九一四（五句「あはぢ島みん」）、五代集歌枕・一四九二、定家八代抄・一六六一、秀歌大体・一〇六、以上すべて四句「なみもてゆへる」

229

アシヒキノヤマシタ、キツイサナミノ　コ、ロクタケテヒトソコヒシキ

六帖四ニアリ。イサナミ、トイヘリ。

【出典】古今六帖・二〇一六、三句「いはなみの」

【他出】貫之集・二〇三、新古今集・一〇六七、以上三句「いはなみの」

【注】○イサナミ 「いさなみに いさなみにいまも見てしがあきはぎのしなひにあらんきみがすがたを」（綺語抄）、「いさつみ（イサナミ）とはともなうといふき也。引率とかきていさなみとよめり」、（和歌色葉）、「又、いさなみ。率爾といふ詞、おなじ心歟」（僻案抄）、「和云、いざなみとは引率と書てよめり。いざなひともなふ由にや」（色葉和難）。229歌の三句については、管見に入る古今六帖諸本、及び他出資料にも「いさなみの」とするもの未見。八雲御抄は童蒙抄に拠ったか。あるいは万葉のいさ浪との混同か。544歌注に「イサナミハ、引率《イサナミ》トカケリ。イサナハレテトイフコヽロナリ。催字ヲハ、イサホヒトソ日本記ニハヨミタル」とある。

【参考】「浪 万いさゝ〈浅浪也〉 いさ六帖 山下たきついさ浪のこゝろくたけてと云り」（八雲御抄）

チトリナクサホノカハラノサヽラナミ ヤムトキモナシワカコフラクハ
同六ニアリ。サヽラナミ、トヨメリ。
【出典】古今六帖・四四五九、四句「やむときもなく」
【他出】万葉集・五二六（「千鳥鳴《ちどりなく》 佐保乃河瀬之《さほのかはせの》 小浪《さざれなみ》 止時毛無《やむときもなし》 吾恋者《あがこふらくは》」）、五代集歌枕・一二三九（二句「さほのかはせの」）
【注】○サヽラナミ 万葉集・五二六の「小浪」に「さゝらなみ」（類）、「サヽラナミ」（古、神、宮）の訓がある。「さゝれ石とは沙也……万葉には小石と書て、さゞれともよめり。浪の小き立をもさゞら浪と云、同事也」（顕注密勘）
【参考】「浪 さゝら」（八雲御抄）

231

河　付柵

ハツセカハシラユフハナニヲチタキツ　カハセキヨシトミニコシワレソ*

万葉第七ニアリ。白木綿花ノヤウニヲチタキツ也。

【本文覚書】○ワレソ…ワレヲ（筑A・和）

【出典】万葉集巻第七・一一〇七「泊瀬川《はつせがは》　白木綿花尓《しらゆふはなに》　堕多芸都《おちたぎつ》　瀬清跡《せをさやけみと》　見尓来之吾乎《みにこしわれを》」〈校異〉②「ハナ」は類、廣、古が一致。紀「ナミ」④未見。類、紀及び廣（「キヨミア」右或）「セヲサヤケシト」。廣「セヲキヨミアトヲ」。古「セヲキヨミト□」。仙覚本は宮、西、温、矢「セヲサヤケクト」で、宮「ク」を「シ」に訂正。細、京「セヲサヤケシト」。細（漢左）、宮（漢左イ）、京（右赭）「セキヨキアトヲ」。京「清跡」左赭「サヤケクハ」⑤未見。類「みつ、こしわれを」。廣、紀「ミニコシワレヲ」。古「ミニキシワレヲ」。仙覚本は「ミニコシワレヲ」

【他出】綺語抄・二二五（四句「せをさやけしと」）、和歌色葉・一〇〇、以上五句「みにこしわれを」

【注】○**白木綿花ノヤウニ**　「しらゆふとは白木錦（綿）と書けり。そのしらゆふ花のやうにおちたきつ也」（和歌色葉）。

232

コノカハノミナワサカマニユクミツノ　コトハカハラシヲモヒソメテキ

同十一ニアリ。ミナワサカマニトハ、水ノアハサカマキトイフ也。

【出典】万葉集巻第十一・二四三〇「是川《うぢかはの》　水阿和逆纒《みなあわさかまき》　行水《ゆくみづの》　事不ㇾ反《ことかへらずそ》　思始為《おもひそめてし》」〈校異〉②は類が一致。ただし、類「に」を「き」に訂正。嘉、廣「みなあはさかまき」。古「ミナワサカマキ」④「カハラシ」は嘉、廣が一致。類、古「かへらし」⑤「ソメテキ」は嘉、廣、古が一致。類「そめなり」で「な」を「タ」に訂正。

【他出】人麿集Ⅲ・四八九（下句「コトカヘサフナオモヒコメタリ」）、古今六帖・二五七三（二句「みなわうづまき」四句「ことはかへさで」）、綺語抄・一九四（このかはのみあはさかまきゆく水のことはかへらじおもひそめたり）、色葉和難集・八八〇（此川のみなわさかまき行く水のことかへさすな思ひそめたり）

【注】○**ミナワサカマニトハ**　童蒙抄諸本「サカマニ」。「みなは、水沫也」（奥義抄）、「和云、みなわとは水の泡なり。さかまきとはさかさまにくる〱とめぐるをいふなり」（色葉和難集）

イヌカミノトコノヤマナルイサヤカハ　イサトコタヘヨワカナモラスナ

古今第十三《万葉第七ニアリイ本》二イレリ。トコノヤマ、イサヤカハ、近江ニアリ。

【出典】古今集墨滅歌。古今集伝本のうち該歌を巻十三に配するのは元永本、六条家本、志香須賀本、中山切。

【他出】万葉集・二七一〇（「狗上之《いぬかみの》　鳥籠山尓有《とこのやまなる》　不知也河《いさやがは》　不知二五寸許瀬《いさとをきこせ》　余名告奈《わがなのらすな》」）、口伝和歌釈抄・二九一、五代集歌枕・三二〇（五句「わが名つげすな」）・一三〇四（二句「いさら河」）、和歌初学抄・二一八（四句「いさとこたへて」）、袖中抄・五〇五（三句「いさら川」）、色葉和難集・三（四句「いさとこたへて」）

【注】○**トコノヤマ、イサヤカハ**　「犬上は近江国の郡の名なり。とこの山、いさ、河、彼所にある歟」（顕注密勘）。「いさやかは」「いさらかは」の関係については、川村『袖中抄』補注20参照。

【参考】「狗上之鳥籠山爾有不知也河不知二五寸許瀬余吾名告奈（イヌカミノトコ□ヤマナルイサヤカハイサトコタヘヨワカナツケスナ）　イサヤカハトハ、近江国イヌカミト云所ニアリ」（万葉集抄）、「山　とこの《同鳥籠之》〈いさやかは　いぬかみの、、、〉」「河　いさや《近》〈万　とこの山なる〉」（八雲御抄）

234

モカミカハノホレハクタルイナフネノ　イナニハアラスシハシハカリソ

古今廿ニアリ。コノカハ出羽国ノタチノマヘニナカレタリ。ソレヨリコホリ〳〵ノイネヲフネニツミテノホルニ、カハ、ヤクシテノホリテハクタリ〳〵シテツヒニノホリヌ。サレハカクヨメリ。マタ云、カハノハヤクテノホルフネノカシラヲフルヲイナフネトイフナリト云々。

【出典】古今集・一〇九二・（みちのくうた）、五句「この月ばかり」とする伝本が多数。志香須賀本「しはしはかりそ」、六条家本五句に「しはしはかり」の右傍書あり。

【他出】口伝和歌釈抄・三、綺語抄・五六二、俊頼髄脳・四二〇、和歌色葉・三〇五、定家八代抄・一七三八。古今六帖・三〇一二、奥義抄・五九九、五代集歌枕・一三七四、袖中抄・四九九、色葉和難集・二一、以上五句「この月ばかり」

【注】〇コノカハ　「もかみかわゝ、てはのくにゝたちのまへよりなかれてある・《かは》なり。それにこほり〳〵よりいねをふねにつみて、たちへもてゆくに、そのかはあまりはやくて、かまへてさしのほせたれは、又くたらんとするなり。されとも、ついにはのほれは、いなふねのしはしはかりそ、とはいふなり」（口伝和歌釈抄）、類似の注が綺語抄にも見える。〇マタ云　類似の説は俊頼髄脳に見えるが、同書は最上川が「いづも」にあるとする。袖中抄は「出雲」説を誤写によるかとする。「カシラヲフル」という説を、奥義抄は「或物」に見えるとするが、未詳。

【参考】「舟　いな〈もがみ川〉」「いなふね〈出羽国もかみ河。稲つめる舟川早によりて上は下ゆへ也。つゐに上ゆへにこの月はかりとは云。舟のかしらをふるをいなにはと云、謬説也〉」「川　もかみ〈いな舟、早き河也〉（八雲御抄）

235
ミワカハノキヨキナカレニス、カレシ　ワカナヲサラニマタヤケカサム

朗詠下ニアリ。玄賓カ山トノ国ノミワトイフ所ニコモリヰタリケルヲミカトノメシケレハ、ヨミテタテマツレル哥也。カノミワカハニヨセテ、三輪清浄ノ心ヲヨメルナリ。

【出典】和漢朗詠集・六一二、三句「すすきてし」

【他出】江談抄・二（下句「衣の袖は更にけがさじ」）、袋草紙・二四〇（五句「又はけがさじ」）、古事談・二〇（四句「衣の袖を」）、続古今集・八〇一（四句「わが名をここに」）、発心集・一（下句「衣の袖をまたはけがさじ」）、以上三句「すすぎてし」

【注】**○玄賓**　興福寺僧。玄賓が三輪に隠棲したとの説は古事談等に見える。**○ミカトノ**　桓武天皇。桓武天皇が三輪隠棲中の玄賓を召したとの説は、古事談、発心集に見える。**○三輪清浄**　身・口・意の三業が清浄であること。また、布施に際して、施者・受者・施物に執着しないという意味で、三輪清浄という。「賓ハ南都山階寺ノ住侶、三論宗ノ碩学タリシカ、三輪明神ノ御利生ニテ、大道心ヲ得タリシ人也。天子ヨリ召レケル時ノ勅答ノ哥也ト云々……三輪明神ト申スハ、三点ノ輪光ニテ顕レ御座ス故也。是則、本釈大ノ三論、法報応ノ三身、空仮中ノ三諦、境行果ノ唯識、三世了達不可得ノ妙体也」（和漢朗詠集和談抄）。但し、当該歌を三輪清浄に結び付けて解する説未見。

236
ミカノハラワケテナカル、イツミカハ　イツミトキケハキミカコヒシキ

六帖第三ニアリ。イツミカハトハ、崇神天皇ノ官軍更《マタ》那羅山ヲ通テ進《スヽム》テ、輪韓《ワカラ》河ニ到テ、武埴安彦《タケハニヤスヒコ》河ヲ挟《ハサメ》テ屯《イサミ》テ、各相挑《アヒイトム》故ニ、時ノ人其河ヲ改テ、挑河《イトミ》トイフ。今泉河トイフハ訛也。委見日本紀第五。

【出典】古今六帖・一五七二、現行古今六帖本文は「みかのはらわきてながるるいづみがはいつみきとてかこひしか

るらん」であって、236歌との異同が大きい。

【他出】和歌初学抄・二三一、俊成三十六人歌合・三九、新古今集・九九六、定家八代抄・九一二、時代不同歌合・九五、百人秀歌・三六、百人一首・三六、詠歌一体・四七、いずれも二句「わきてながるる」、下句「いつみきとてかこひしかるらむ」

【注】○**イツミカハトハ**　「更避二那羅山一、而進到二輪韓河一、与二埴安彦一、挟レ河屯之、各相挑焉。故時人改号二其河一、曰二挑河一。今謂二泉河一訛也」（日本書紀・崇神天皇十年）

237

ワカヤトノイサラヲカハノマシミツニ　マシテソヲモフキミヒトリヲハ

同第五ニアリ。イサラヲカハトハ、カ*ヤリミツナトノアサヤカニテナカル、ヲイフナリ。マシ水トハ、ヨクイツルヲイフ。妙美水《シミツ》トソカケル。又云ヤマトノクニ、率川《イサ》トイフ所アリ。サレトモコノウタハヤリミツトミヘタリ。

【本文覚書】○カヤリミツ…ヤリミツ（和・筑A・刈・東・大）、やり水（岩）
【出典】古今六帖・二六四一、現行古今六帖本文初句は「わがことの」、他出及び後出後拾遺抄注参照。
【他出】口伝和歌釈抄・二九〇（二三句「いさらをはわのまし水の」）、綺語抄・一九七、袖中抄・五〇七（初二句「わがかどのいささをがはの」）。和歌色葉・二二二、色葉和難集・六（初句「我が門の」）
【注】○**イサラヲカハトハ**　「万葉云、アフミヂノトコノ山ナルイサヤガハ云々。イサヤトハ、不知哉トカケリ。イサラガハトハ付何歌乎。古歌云、カキネユクイサラヲガハノマシ水ノマシテゾオモフキミヒトリヲバ」（後拾遺抄注）。223歌注参照。○**マシ水トハ**　「ましみづ　せきいる、水をいふ。有二二説一。一は真清水、一は天之清水云也。わが、

どのいさゝをがはのましみづのましてぞおもふきみひとりをば　是也。此いさゝをがはといふ事は、人のしらぬ事なり。秘事也。ゆふだちなど、もしはにはかに雨ふりてにはのみづなどのまさりて、かどよりながれいづるをいふ也。それを此比の歌仙、いぬがみのとこのやまなるいさらがはいさとこたへてわがなもらすなといふ歌の、いさらをがはなりとありけるを、人々わらはるとかや。これはいさやをがはなり。くはしくはよしなし」（綺語抄、現行本による。但し袖中抄所引本文によれば、「天之清水」ではなく「益水」）。袖中抄（第十二「いさやがは」）が「童蒙抄云《ニ》《ク》、大旨如《シ》二和語抄《ノ》一。仍《テ》略《ス》レ之《ヲ》。妙美水とぞ書きたる」と指摘するごとく、童蒙抄の説は袖中抄所引の本文によれば、和語抄に近いと考えられるが、「ヨクイツルヲイフ。妙清水トソカケル」は、223歌注の「ミツ（清水・異本）トハ、妙清水トモ（とぞ・異本）水トソ本文ニハカキタル」を考慮すると整合性を欠く。**○率川**　奈良市にある神社。また、率川は菩提川の上流を言う。年中行事歌合「三枝祭」詠に対する判詞に「率川社にて三枝祭は侍る由神祇令にも載せたればﾞ」とあるのを見る程度である。

【参考】「いさらを川とは、かり水也、いつみのしりなとの、にはよりあさやかにてなかるゝをいふ。まし水とは、よくなかるゝをいふ」（松か浦嶋）、「六帖云、いさらおつ（ママ）とは、やり水なと也」（八雲御抄）

238

柵《シカラミ》

ヲホヰカハコ、ロシカラミカミシモニ　チトリシハナクヨソフケニケル

六帖第三ニアリ。コ、ロシカラミ、トヨメリ。

【出典】古今六帖・一六三四

【注】○コ、ロシカラミ「しがらみとは、しばをしきてそれによこざまにからみて水をせくをいふ」（能因歌枕）。「しがらみ」は「心」と共に詠まれることが多いが、「こころしがらみ」と続ける例は当歌以外未見。

239
ワカソテハツユソヲクナルアマノカハ　クモノシカラミナミヤコスラン
後撰第六ニアリ。題読人不知トカケリ。
【出典】後撰集・三〇三・よみ人しらず、初句「わが袖に」
【他出】新撰朗詠集・三二二（初句「我が袖に」）
【注】**○題読人不知トカケリ**　後撰集詞書「題しらず」作者名「よみ人しらず」。但し、敢えてこれを注する意味は不明。

滝

240
ヤマタカミシラユフハナニヲチタキツ　タキノカウチハミレトアカヌカモ
万葉第六ニアリ。カウチトハ、カハノウチト云也。
【出典】万葉集巻第六・九〇九「山高三《やまたかみ》　白木綿《しらゆふ》花《はなに》　落多芸追《おちたぎつ》　滝之《たきの》河内《かふち》者《は》　雖レ見《みれど》不レ飽香聞《あかぬかも》」〈校異〉②「ニ」は元、金、類、古一、古二、紀が一致。ただし、古二「シラユフ□ニ」。細、廣、春「ノ」④「カウチ」は元、金、類、春、古二が一致。紀及び元（「う」右青）「カフチ」。細、廣、古一「カワウチ」
【他出】人麿集Ⅳ・二六九（二句「しらゆふはなの」）、古今六帖・一七一〇、綺語抄・二二七
【注】**○カウチトハ**　諸本「カウチ」。河内は、「カハ-ウチ」の縮約形「カフチ」と解するのが通例だが、注文に表記「カウチ」として「カハノウチ」と説くので、「カハ」の「ハ」の脱落と見たか。「河内〈加不知〉」（二十巻本倭名類聚抄）

241
ミナ人ノイノチモワレモミヨシノ、　タキノトコハノツネアラムカモ
同巻ニアリ。トコハノトハ、トコノイハトイフ也。
【出典】万葉集巻第六・九二二「人皆乃《ひとみなの》　寿毛《いのちも》吾母《われも》　三吉野乃《みよしのの》　多吉能《たきの》床磐乃《ときはの》　常有沼《つねならぬ》鴨《かも》」〈校異〉①は元、類、細、廣が一致。古「ヒトミナノ」。紀「ミナヒトハ」④「とこはの」は元が一致。類及び元（「とこ」右イ、「床磐」左赭）「ゆかはの」。細、廣、古「ユカイワノ」。紀及び細（「ユカ」右或）、廣（「ユカ」右或）「トコイハノ」⑤「アラム」未見。元、類、細、廣「ならむ」。古、紀「ナラヌ」。仙覚本は「ナラヌ」で、京「有沼鴨」左赭「ナラムカモ」
【他出】五代集歌枕・一四二六（下句「たきのとこいはのつねならぬかも」）
【注】○トコハノトハ　「常なる物をば、ときとなし、とこはとも」、「常なるものをば、とこはといふ」（能因歌枕）。常磐を「トコノイハ」とするのは、240注と同様、「イハ」の「イ」脱落と捉えるか。

池

242
ミツトリノカモノスムイケノシタヒナク　ユカシキキミヲケフミツルカモ
万葉十一ニアリ。シタヒナクトハ、イケノシリヘニシタニ樋ヲワタシテ水ヲトホスナリ。サレハヲモヒヤルカタモナキニヨセテヨメルナルヘシ。
【出典】万葉集巻第十一・二七二〇「水鳥乃《みづとりの》　鴨之《かもの》住池之《すむいけの》　下樋《したび》無《なみ》　欝悒君《いぶせききみを》　今日見《けふみ》鶴鴨《つるかも》」〈校異〉③「ナク」は嘉が一致。類、廣、古「なる」④「を」は嘉、類、廣が一致。古「ノ」
【他出】古今六帖・一六二二（下句「いぶかしきいもをけふみつるかな」）・二五八一（下句「いぶかる君をけふみつるかな」）、袖中抄・三八二、和歌色葉・一〇二（五句「けふみつるかな」）、色葉和難集・六七〇（三句「したびな

み」五句「けふみつるかな」）

【注】○**シタヒナクトハ**　「阿志比紀能　夜麻陀袁豆久理　夜麻陀加美　斯多備袁和志勢」（古事記下）。「阿資臂紀能　椰摩娜烏莵勾利　椰摩娜箇弥　斯哆媚烏和之勢　志哆那企弐　和餓儺勾菟摩　箇哆儺企弐　和餓儺勾菟摩　去鐏去曾　椰主区泮娜布例（日本書紀・允恭天皇二十三年）。四句の訓は「下樋《したび》を走《わし》せ」。「下樋」の用例は僅少。弘長百首・六四六、草根集・一八二九など。

沼

ヲクヤマノイハカキヌマノミコモリニ　コヒヤワタラムアフヨシモナミ

同十一ニアリ。ミコモリトハ、ミツカクレトイフ也。水籠《ミツコモリ》、トカケリ。

【出典】万葉集巻第十一・二七〇七「青山之《あをやまの》　石垣沼《いしかきぬ》間《ま》乃《の》　水《み》隠尓《ごもりに》　恋哉《こひや》将レ度《わたらむ》　相縁乎《あふよしを》無《なみ》」〈校異〉①「ヲク」は類（「あ」右朱）が一致。嘉、類、廣、古「あを」⑤「モ」未見。非仙覚本及び仙覚本は「を」。なお、万葉集諸本は「水隠」とある。

【他出】人麿集Ⅱ・二九九、古今六帖・一六八一、拾遺集・六六一、綺語抄・一五六（初句「青柳の」四句「こひはわたらん」）、五代集歌枕・一四六二（初句「あをやまの」）、古来風体抄・三七六、和歌色葉・一〇四、定家八代抄・九四六、秀歌大体・九二、色葉和難集・八八二（初句「青山の」）、以上五句「あふよしをなみ」

【注】○**ミコモリトハ**　「みごもる　水籠也」（和歌初学抄）、「ミガクルトハ、水ニ隠ナリ。ミゴモリトイフモ、水ニコモルナリ」（古今集注）

【参考】「みこもりとは、水かくれといふ也」（松か浦嶋）、「みかくるゝ、みこもるなとは、水にかくれたる也」（八雲御抄）

244

カクレヌノシタニコフレハアキタラス　ヒトニカタリツイムヘキモノヲ

同ニアリ。カクレヌトハ、ウヘハ草ナトシケ・ル《レ》ヌマヲイフナリ。

【出典】万葉集巻第十一・二七一九「隠沼乃《こもりぬの》　下尓《したに》　恋者《こふれば》　飽不レ足《あきだらず》　人尓《ひとに》　語都《かたりつ》　可レ忌物乎《いむべきものを》」〈校異〉⑤「イムヘキ」は廣、古が一致。嘉「わするへき」。類「いむてふ」

【他出】古今六帖・一六八七、和歌色葉・一〇三

【注】○**カクレヌトハ**　「かくれぬとはうへにはくさなんとしけりたるぬまをいふ也。又池の異名ともいへり」（和歌色葉）

【参考】「かくれぬとは、うゑは、くさなとのをひて、したはぬまにてあるをいふ」（松か浦嶋）、「かくれぬは、草にかくれたる也。たゝぬまと云は、水のたまりたるなり」（八雲御抄）

245

ミチノクノアサカノヌマハ《ノ》ナカツミ　カツミルヒトヲコヒシキヤナソ《ヤワタラムィ》

古今第十四ニアリ。花カツミトハ、コモノハナヲイフ。コモヲカツミトイフナリ。

【本文覚書】826に重出

【出典】古今集・六七七・よみ人しらず、四句を「かつみる人を」とするもの志香須賀本。基俊本、寂恵本傍記。五句を「こひしきやなそ」とするもの元永本。

【他出】古今六帖・三八一七、俊頼髄脳・三〇一、綺語抄・六七八、袖中抄・二八九、以上五句「こひしきやなぞ」。新撰和歌・二二八、口伝和歌釈抄・一七八、五代集歌枕・一四六四、和歌色葉・三〇六、定家八代集・一一六〇、色葉和難集・七五、以上五句「こひやわたらん」

【注】花カツミトハ「薦、はながつみと云」（倭歌作式）、「こもの花をば、はながつみといふ」（能因歌枕）、「はなかつみとは、こものはなをいふ」（口伝和歌釈抄）、「かつみ、こもなるべし。はながつみとはこもの花なるべし」（隆源口伝）、「かつみといふは、こもをいふなり」（俊頼髄脳）、「薦〈かつみ／はなかつみ〉」（奥義抄）

【参考】「みちの国には、花かつみと云。たゝかつみとも」「沼　陸あさかの〈古、はなかつみ、あさかのぬま、詠昌蒲ひかこと也。彼国無昌蒲。仍かつみを五日もふく也と俊頼抄にあり〉」（八雲御抄）

淵

玉蜻*ノイハカキフチノカクレニハ　フシテシヌトモナカナハイハシ

万葉第十二ニアリ。イハカキフチ、トヨメリ。

【本文覚書】○玉蜻…玉蜻《カケロフ》（刈・東）

【出典】万葉集巻第十一・二七〇〇「玉蜻《たまかぎる》　石垣淵之《いはかきふちの》　隠庭《こもりには》　伏雖ㇾ死《ふしてしぬとも》　汝名《ながな》羽《は》不ㇾ謂《のらじ》」〈校異〉⑤「ナカナ」は嘉、廣、古が一致し、類「なかす」で「す」右「な欤」。なお、①「玉蜻」は非仙覚本、仙覚本とも「かけろふの」とよむ。

【他出】古今六帖・二九六八（五句「ながれはいはじ」）、千五百番歌合・二二八七判詞、色葉和難集・三一八、以上初句「かげろふの」

【注】○**イハカキフチ**　顕昭は、「いはかき紅葉」についての注文で「イハガキ紅葉トハ、石垣ナドシコメタルモミヂ歟。イハガキシ水、イハガキヌマ、イハガキ淵ナドモヨメリ」とする（詞花集注）。「いはがきふち」の用例は万葉以後殆ど見えず、院政期末期から用例が見え始める。「おく山のいはかきふちのかくろへてふかき心をしる人ぞなき」（出観集・七一八）

【参考】「淵　いはかきふち〈石の廻たる也〉」（八雲御抄）

247 カミナヒノウチマフサキノイハフチニ　カクレテノミヤワカコヒヲラム

六帖第五ニアリ。

【出典】古今六帖・三一一三、初句「神なびに」

【他出】万葉集・二七一五（「神名火《かむなびの》　打廻前乃《うちみのさきの》　石淵《いはぶちの》　隠而耳八《こもりてのみや》　吾恋居《あがこひをらむ》」）、古今六帖・一七三七（初句「かみなびを」三句「いは淵の」五句「我がこひをせん」）

潮

248 コレヤコノナニヲフナルトノウツシホニ　タマモカルテフアマヲトメトモ

万葉第十五ニアリ。ウツシホトハ、シホノウツマキタルヲイフ。アマヲトメトハ、アマノコノマタヲトコセヌナリ。未通女トカケリ。

【出典】万葉集巻題十五・三六三八「巨礼也己能《これやこの》　名尓於布奈流門能《なにおふなるとの》　宇頭之保尓《うづしほに》　多麻毛可流登布《たまもかるとふ》　安麻乎等女杼《あまをとめど》毛《も》」〈校異〉④「テフ」未見。非仙覚本（類、廣、古）及び仙覚本は「とふ」⑤「トモ」は類、古が一致。廣「ラモ」

【他出】五代集歌枕・一七一〇

【注】○**ウツシホトハ**　用例は僅少。近世以前には「恋ごろもいかになるとのうづしほにたまもかるあまもそではほすらん」（為家千首・六七九）がある程度。○**アマヲトメトハ**　「あまをとめご　万葉云、海女」（綺語抄）、「をとめは、万葉には、未通女とかけり」（奥義抄）、「若女　ヲトメゴ　ヲトメ」（和歌初学抄）。万葉集に「海未通女」の表記は八例ある。

【参考】「あまをとめとは、あまのむすめの、またをとこせぬをいふ」（松か浦嶋）

249 シホヒナハマタモワレコムイサユカム　ヲキツシホサヰタカクタチキヌ

同ニアリ。シホサヰトハ、シホノサシアフナミヲイフ也。

【出典】万葉集巻第十五・三七一〇「之保非奈婆《しほひなば》　麻多母和礼許牟《またもわれこむ》　伊射遊賀武《いざゆかむ》　於伎都志保佐為《おきつしほさゐ》　多可久多知伎奴《たかくたちきぬ》」

〈校異〉非仙覚本（天、類、廣、古）異同なし。

【参考】「しほさゐと、《（ママ）》しほのたちあふなみをいふ」（松か浦嶋）、「塩　しほさゐは〈しほ指合浪也〉」（八雲御抄）

海

250 ケヒノウミノニハ、ヨクアラシカリコモノ　ミタレテミユルアマノツリフネ

万葉三ニアリ。ケヒノウミトハ、日本紀曰、御間城天王世、額有角人乗一舟泊于越国笥飯浦。故其処曰都怒餓。

【出典】万葉集巻第三・二五六「飼飯海乃《けひのうみの》　庭好有之《にはよくあらし》　刈薦乃《かりこもの》　乱出所レ見《みだれていづみゆ》　海人釣船《あまのつりぶね》」〈校異〉②「ニハ、ヨク」未見。類、廣、古「にはよく」。紀「ニハニテ」。仙覚本は「ニハヨク」。なお、廣は片仮名別提訓ではなく、漢字本文左に片仮名傍訓あり。

【他出】五代集歌枕・九〇九

【注】**○ケヒノウミトハ**　「一云、御間城天皇之世、額有レ角人、乗二一船一、泊二于越国笥飯浦一。故号二其処一曰二角鹿一也」（日本書紀・垂仁天皇二年）、「けひのうみ　越前　飼飯海」（五代集歌枕）

【参考】「浦　けひの《越前》〈万、つるか也〉」（八雲御抄、「海」の項になし）

ナニタカキタカツノウミノヲキツナミ　チヘニカクレヌヤマトシマネハ
万葉三ニアリ。タカツノウミトハ、ナムハノウミヲイフ也。ヤマトシマネトハ、日本ノスヘタルナヽリ。

【出典】万葉集巻第三・三〇三「名《な》細寸《ぐはしき》 稲見《いなみ》乃《の》海之《うみの》 奥《おき》津《つ》浪《なみ》 千《ち》重《へ》尓《に》隠《かくり》奴《ぬ》 山跡《やまと》嶋根《しまね》者《は》」〈校異〉①は類、廣、紀が一致。紀漢左朱「ナクハシキ」とあるが、仙覚本では紺青訓。②未見。非仙覚本及び仙覚本は「いなみのうみの」

【他出】人麿集Ⅲ・六〇七（二句「イナミノウミノ」）、五代集歌枕・九〇七（二句「いなみのうみの」）、八雲御抄・二一九

【注】〇**タカツノウミトハ**　「難波京ニ高津宮アリ」（五代勅撰）、「たかつのうみ」の詠歌例は「おきつなみたかつのうみにたたぬ日も雲こそかかれ山としまねは」（熱田本日本書紀紙背和歌・三八七・藤原秀繁）を見る程度である。童蒙抄所引の万葉集本文は存疑であるが、注釈が松か浦嶋の注文と一致するので、疑開抄所引万葉本文に拠ったかと思われる。〇**ヤマトシマネトハ**　「やまとしま」に接尾語「ね」の接した語。「楠生㆓於井上㆒。朝日蔭㆓淡路嶋㆒、夕日蔭㆓大倭嶋根㆒」（播磨国風土記逸文）、「やまとしまねとは日本名也」（和歌色葉）、「ヤマトシマネトハ、日本ノ名ナリ」（769歌注）

【参考】「たかつの海とは、なんはの海をいふ。山としまねとは、この日本のそうしての名也」（松か浦嶋）、「海　たかつの海〈是は、難波海を云也。万、名にたかきたかつのうみのおきつ浪ちえにかくれぬやまとしまねは、と云事、山としまねは、凡対国山名と云也〉」「地　しまのね　あらかね」（八雲御抄

252

ヲクウミノシホヒノカタノカタヲモヒニ　ヲモヒヤユカムミチノナカテニ

同四ニアリ。ヲクノウミトハ、ミチノクニノウミトヨメル也。ミチノクニヲハ、ヲクトイフナリ。

【出典】万葉集巻第四・五三六「飫宇能海之《おうのうみの》　塩干乃鹵之《しほひのかたの》　片念尔《かたもひに》　思哉将レ去《おもひやゆかむ》　道之永手呼《みちのながてを》」〈校異〉①未見。桂、元、古、紀「おうのうみの」。類、廣「をくのうみの」。仙覚本「ヲウノウミノ」。注釈に「ヲクノウミ」とあることをふまえると、万葉歌本文には「ノ」の脱落が生じているか。④「ヤユカム」は元、類、廣、古が一致。桂、紀「やるかも」⑤「ニ」は桂が一致。元、類、廣、古、紀「を」

【他出】五代集歌枕・九三三（初句「おうのうみの」）

【注】○ヲクノウミトハ　「おうのうみ　飫―　出雲」（五代集歌枕）、「おくのうみ、陸奥」（夫木抄・一〇三四九～一〇三五二詞書）。「をふの海」については、出雲説、伊勢説がある。後者は「おふの浦」（古今集・一〇九九・伊勢）によるか。

【参考】「海　おふ《出雲》の〈万、かはらのちとり〉」（八雲御抄）

253

ウナハラヲヤソシマカクリキヌレトモ　ナラノミヤハ*ワスレカネツモ

同十五ニアリ。ウナハラトハ、ウミヲイフナリ。ヤソシマトハ、八十嶋トイフヲ、コレハタ、アマタノシマトイヘル心ナリ。ヤツヲカスノカキリニスルコ、ロナリ。カクリトハ、カクレトイフ也。レリトハ、同コヱナレハナリ。

【本文覚書】○ミヤハ…ミヤコハ（筑A、筑B・刈）

【出典】万葉集巻第十五・三六一三「海原乎《うなばらを》　夜蘇之麻我久里《やそしまがくり》　伎奴礼杼母《きぬれども》　奈良能美也故波《ならのみやこは》　和須礼可祢都母《わすれかねつも》」〈校

異〉①「ヲ」は廣が一致し、類「の」を「ヲ」に訂正。④「ミヤハ」未見。非仙覚本及び仙覚本は「みやこは」

【他出】袖中抄・九二〇

【注】○ウナハラトハ　「うなばら　うみをいふ」（綺語抄）○ヤソシマトハ　「やそしまといふ事に二つの様あり。一には出羽国にやそしまといふ所侍り。一には八十《ヤソ》のしまといふなり。それはひと所を指すにあらず、あまたの島をいふなり」（袖中抄）。「やそしまのうらのなぎさにかぞへつつとまれるとしもあまたへぬべし」（元真集三〇、詞書「いではのやそ島に、船にのりて人あそぶ」）○ヤツヲカスノ　「八ハカスノキハメナレハ」（46歌注）、「又八つは陰《イム》の数《カズ》のきはなれば、よろづの物の数をいふには八重と詠めり」（袖中抄）、「物のおほかる数には、やへともいひ、年のひさしきをばやそとも、やちよとも云也」（顕注密勘）。265歌注参照。○カクリトハ　「かくり」は「隠る」の四段活用、「かくる」は下二段活用であるが、上代語では、四段・下二段ともに自動詞として存在し、下二段優勢に次代を迎える。「山かくりむらさめにして過れはや　みねの木のはを染はつすらん」（長方集・九九）

【参考】「うなはらとは、海をいふ。やそしまとは、あまたのしまといふ也」（松か浦嶋）、「うなはらは海也」「やそ嶋は、さる所名もあれと、たゝ嶋々多也」「嶋　やそ〈清輔云、出羽にあり云々。普通には只八十嶋也〉（八雲御抄）

254

ムコノウミノニハヨクアラシイサリスル　アマノツリフネナミノウヘニミユ

同巻ニアリ。ムコノウミトハ、ツノクニ、アリ。

【出典】万葉集巻第十五・三六〇九「武庫能宇美能《むこのうみの》　尓波余久安良之《にはよくあらし》　伊射里須流《いざりする》　安麻能都里船《あまのつりぶね》　奈美能宇倍由見《なみのうへゆみ》由《ゆ》」〈校異〉⑤「ウヘニミユ」は類、廣が一致。天「うへみゆ」。古「ウヘユミユ」。なお、天、類「宇倍由」の「由」なし。

【他出】五代集歌枕・八八五、人麻呂勘文・五四

【注】○ムコノウミトハ　「ムコトハ、ツノクニ、アリ」（8歌注）、五代集歌枕では「海　摂津」の項にあり。
【参考】「海　同（播）むこの〈万　いさりする〉」（八雲御抄）

255
フセノウミノヲキツシラナミアリカヨヒ　イヤトシノハニミツ、シノハム
同十七ニアリ。
【出典】万葉集巻第十七・三九九二「布勢能宇美能《ふせのうみの》　意枳都之良奈美《おきつしらなみ》　安利我欲比《ありがよひ》　伊夜登偲能波尓《いやとしのはに》　見都追思奴播牟《みつつしのはむ》」〈校異〉非仙覚本（元、類、廣、古）異同なし。
【他出】五代集歌枕・九一七、袖中抄・一〇二四、新勅撰集・四九五
【参考】「いやとしのはにとは、年事にといふ」（松か浦嶋）、「海　同（越中）ふせの〈水海也。凡北陸海をいふとも云り〉」（八雲御抄）

江

256
ホリエヨリアサシホミチニヨルコツミ　カヒニアリセハツトニセマシヲ
万葉廿ニアリ。ホリエトハ、ツノクニノヨシノカハノホリエナリ。コツミトハ、キノクツノヨリタルナリ。
ホリエノコト見五節部。
【出典】万葉集巻第二十・四三九六「保理江欲利《ほりえより》　安佐之保美知尓《あさしほみちに》　与流許都美《よるこつみ》　可比尓安里世波《かひにありせば》　都刀尓勢麻之乎《つとにせましを》」
〈校異〉②「ニ」は元、廣、古が一致。類「き」

【他出】五代集歌枕・九八四、和歌色葉・一〇一、古来風体抄・二〇七、千五百番歌合・二四一七判詞、色葉和難集・七〇五

【注】〇**ホリエトハ**　「ナニハホリエトテ堀入タル江也。タヾホリ江トモヨメリ」（詞花集注）、「堀江とは摂津国に堀江と云所あり。難波堀江と云。うるはしき難波江は別にあるにや。ほりえとて、わざと海より堀いれたる也。堀江川ともよめり」（顕注密勘）。「ヨシノカハノ」未詳。色葉和難集には「ほりえはつのくにのよど河のほり江なり」とある（但し、静嘉堂文庫蔵片仮名本などは「ヨシノ河」）。童蒙抄諸本に異同なし。〇**コツミトハ**　「こつみ、木積也」（奥義抄）〇**見五節部**　童蒙抄に五節の項目なし。但し村山識氏は、松か浦嶋の「おほみとは、おみころもをいふ」という一文を「五節」の注とみて、疑開抄時節部に「五節」の項目があったと推測されている（54歌注に掲出の口頭発表）

【参考】「こつみ〈木のくつ也〉」（八雲御抄）

257

浦

ヲホフネノツモリノウラニツケムトハ　マサシニシリテワカフタリネシ

万葉第二ニアリ。ツモリノウラハツノクニノスミヨシニアリ。

【出典】万葉集巻第二・一〇九「大船之《おほふねの》　津守之占尓《つもりがうらに》　将告登波《のらむとは》　益為久知而《まさしくしりて》　我二人宿之《わがふたりねし》」〈校異〉③「ツケ」は元、金、古、紀及び廣（「キ」右）が一致。廣「ツキ」⑤「ワカ」は元、金、廣、古が一致。紀「ワレ」

【注】〇**ツモリノウラハ**　五代集歌枕はこの地名を立項しない。童蒙抄執筆から五代集歌枕に到るまでの期間に、範兼が訂正すべしと見做す資料を得たのであろう。「ツモリノウラ」は、万葉集・一〇九歌では「津守の占」で、地名

ではない。万葉歌以降しばらく用例はなく、次にこの語を詠んだのが明らかなのは行宗で「保延三年九月十四日、三井寺歌合に、人にかはりて」の詞書を持つ一首「まさしてふつもりのうらにものとひてあはじといはばこひやしぬべき」（行宗集・一三七）を詠むが、地名ではない。地名としての「津守の浦」の初例として確認できるのは、続詞花集に入った隆季の「神代よりつもりのうらにみゆきしてへにけんとしのかぎりしられず」（三六九、詞書「中納言家成すみよしにまうでて、人人歌よみけるに」）である。この歌は千載集に入り、「津守の浦」の勅撰集初例となった。なお俊成は五社百首で「津守の浦」を地名として二首詠出している。

【参考】「つもりのうらとは、津の国のすみよしに有」（松か浦嶋）、「浦　つもりの〈万　すみよしの〉」（八雲御抄）

ヲキツナミヘナミノキヨルサタノウラノ　コノサタスキテノチコヒムカモ

同十一ニアリ。ヘナミトハ、ホトリノナミトイフナリ。

【出典】万葉集巻第十一・二七三二（巻第十二・三一六〇に重出）「奥波《おきつなみ》　辺《へ》浪之《なみの》来《き》縁《よる》　左太能浦之《さだのうらの》　此《この》左太《さだ》過而《すぎて》　後《のち》将レ恋《こひむ》可聞《かも》」〈校異〉①「ツ」は嘉、類、古二が一致。廣、古一「ノ」

【他出】五代集歌枕・一一二七（五句「のちこひれかも」）

【注】○ヘナミトハ　「へなみは〈辺波也。又船のはしるにへにたつなみをもいへり〉」（和歌色葉）。平安期以降の用例はほとんどない。

【参考】「へなみとは、ほとりのなみをいふ也」（松か浦嶋）、「浪　へ〈万　辺〉」（八雲御抄）

259

ムラサキノナタカノウラノナヒキモノ　コヽロハイモニヨリニシモノヲ

同ニアリ。

【本文覚書】644に重出

【出典】万葉集巻第十一・二七八〇「紫《むらさきの》之　名《な》高乃《たかの》浦之《うらの》　靡藻《なびきも》之《の》　情者《こころは》妹尓《いもに》　因西鬼乎《よりにしものを》」〈校異〉非仙覚本（嘉、類、廣、古）異同なし。

【他出】古今六帖・一八四八、疑開抄・五四、五代集歌枕・一〇八一、袖中抄・七〇七（五句「よせてしものを」）

【参考】「54むらさきのなたかの浦のなひきもの心はいもによせてしものを　六帖第十三(ママ)巻にあり。なひきも、とよめり」（疑開抄）、「なたかの浦　遠江」（五代集歌枕）、「浦　な《遠》たかの〈万、むらさきのしらつ(ママ)也〉」「藻　なひき」（八雲御抄）

260

ムコノウラノイリエノストリハク、モル　キミヲハナレテコヒニシヌヘシ

同十五ニアリ。ムコノウラハツノクニ、アリ。ストリトハ、スニタテルトリトヨメリ。

【出典】万葉集巻第十五・三五七八「武庫能浦乃《むこのうらの》　伊里江能渚鳥《いりえのすどり》　羽具久毛流《はぐくもる》　伎美乎波奈礼弖《きみをはなれて》　古非尓之奴倍之《こひにしぬべし》」

〈校異〉非仙覚本（類、廣）異同なし。

【他出】五代集歌枕・一〇〇四

【注】○ムコノウラハ　「いなのとはつのくにゝあるのなり。むこかさきもをなしくにゝあり」（口伝和歌釈抄）。五代集歌枕でも「摂津」とする。○ストリトハ　「すとりは〈すにたてたるなり〉」（和歌色葉）、童蒙抄以前の注未見。「伊美豆河伯《いみづかは》　美奈刀能須登利《みなとのすどり》」（万葉集・三九九三）。「すどり」の用例は宝治百首頃から見える。「人しれぬ音をこ

そなかめまとかたの湊のす鳥なみにぬれつつ」（蓮性・二七七七）
【参考】「浦　むこの《同（播）》〈万　あはしまをうしろに見　いりえのすとり〉」「鳥　す《万》〈海洲也〉」（八雲御抄）

261
シロタヘノフチエノウラニイサリスル　アマトヤミラムタヒユクワレヲ
同巻ニアリ。
【出典】万葉集巻第十五・三六〇七「之路多倍能《しろたへの》　藤江能宇良尓《ふぢえのうらに》　伊射里須流《いざりする》　安麻等也見良武《あまとやみらむ》　多妣由久和礼乎《たびゆくわれを》」
〈校異〉④「アマ」は天、廣、古が一致し、類「いま」の「い」を「ア」に訂正。
【他出】五代集歌枕・一〇四二、人麻呂勘文・五二
【参考】「浦　ふちえの《同（播）》〈万、白妙の、、、〉」（八雲御抄）

262
オキツトリカモツクシマニワカヰネシ　イモハワスレシヨノコト〳〵ニ

嶋

日本紀第二ニアリ。天御神ノ孫《ミマコ》ノ児彦波瀲《ミコヒコナキサ》武鸕《*ウ》鷀草葺不合尊《カヤフキアハセスノミコト》ヲ海童《ワタツミ》ノムスメ豊玉姫ウミタマヒテノチ、ウミヲワタリテサリタマヒニキ。仍天御孫カノ哥ヲ詠シテ豊玉姫ノヲト、玉依姫ニツケテヤリタマヒツ。ソノ、チ乳母《チモ》ヲトリテヤシナヒタマフ。コノヨノヒトノメノトヲトリテコヲヤシナフハ、コレニヨリテナリ。其時ワタツミノ*ミムスヒメコノミコノ端正《キラ〳〵シキ》ヲキ、テ、ヲト、タマヨリヒメヲツカハシテ、ヤシナヒマツル。コノ玉依姫ニツケテコノウタノカヘシヲタテマツリタマヘルニイハク、

262' アカタマノヒトリハアリトヒトハイヘト＊　キミカヨソヒシタフトクアリケリ、トナムアリケル。ヲホヨソコノ贈答二首ハ挙哥トナツケタリ。古今序ニ、天神《アマツカミ》ノ孫《ミムマコ》　海童ノ女《ムスメ》トイヘルコレナリ〈委見日本／紀〉

【本文覚書】○鸕《ウ》慈草《カヤ》…鸕萱草（和・筑A・刈・東）、鸕萱（大）　○ミムスヒメ…ミムスメ（和・筑A・刈・東）、みむすめ（筑B）、むすめ（大）　○ヒトリ…ヒカリ（和・筑A・刈・東）、ひかり（筑B・大）

【出典】262 日本書紀・五「飫《お》企《き》都《つ》猫《と》利《り》　軻《か》茂《も》豆《づ》句《く》志《し》磨《ま》爾《に》　和《わ》我《が》謂《ゐ》禰《ね》志《し》　伊《い》茂《も》播《は》和《わ》素《す》邏《ら》珥《じ》　譽《よ》能《の》據《こ》鄧《と》馭《ご》鄧《と》母《も》」　262' 日本書紀・六「阿《あ》軻《か》娜《だ》磨《ま》廼《の》　比《ひ》訶《か》利《り》播《は》阿《あ》利《り》登《と》　比《ひ》鄧《と》播《は》伊《い》珮《へ》耐《ど》　企《き》弭《み》我《が》譽《よ》贈《そ》比《ひ》志《し》　多《た》輔《ふ》妬《と》勾《く》阿《あ》利《り》計《け》利《り》」

【他出】262 日本書紀・五、歌経標式・一九（四句「いもはわすれじ」）、古今六帖・三〇七九（四句「いもはわすれず」）、奥義抄・三八、六〇七、和歌色葉・一五九、色葉和難集・二六〇　262' 奥義抄・六〇九、古来風体抄・三、和歌色葉・一六〇

【注】○**日本紀第二**　既児生之後、天孫就而問曰、児名何称者当可乎。対曰、宜レ号二彦波瀲武㲲猫草葺不合尊一。言訖乃渉レ海徑去。干時、彦火火出見尊、乃歌之曰、飫企都鄧利、軻茂豆勾志磨爾、和我謂弥志、伊茂播和素邏珥、譽能據駁猫母。亦云、彦火火出見尊、取二婦人一為二乳母・湯母、及飯嚼・湯坐一。凡諸部備行、以奉レ養焉。干時、権用二他婦一、以レ乳養二皇子一焉。此世取二乳母一、養レ児之縁也。是後、豊玉姫聞二其児端正一、心甚憐重、欲二復帰養一。於レ義不レ可。故遣二女弟玉依姫一、以来養者也。干時、豊玉姫命寄二玉依姫一、而奉二報歌一曰、阿軻娜磨廼、比訶利播阿利登、比鄧播伊珮耐、企弭我譽贈比志、多輔妬勾阿利計利。凡此贈答二首、号曰二挙歌一（日本書紀・神代下）　○**古今序ニ**「其後雖二天神之孫。海童之女一。莫乙不下以二和歌一通上レ情者甲」（古今集真名序）

263　アハシマニコキワタラムトヲモヘトモ　アカシノトナミマタサハキケリ
万葉第七ニアリ。アハシマトハ、阿波ヲイフ。トナミトハ、アカシノセトノナミトイヘリ。

【本文覚書】「あかしのとなみまたさはきけり　同巻にあり。あはしまとは、あはと云也。となみとは、あかしのをきのなみと云也」（伝藤原清輔筆古筆切）。なお当該古筆切は、263〜265歌注にわたる十行からなり、浅田徹氏が言及されているが（同氏「和歌童蒙抄補考」〈『国文学研究資料館紀要』25、一九九九年三月〉。以下浅田論文3とする）、氏も「同巻にあり」の一文から、「本断簡が流布本とは異なった配列を持つ本であった可能性を否定することはできない」とされる。

【出典】万葉集巻第七・一二〇七「粟嶋尓《あはしまに》　許枳将ㇾ渡等《こぎわたらむと》　思鞆《おもへども》　赤石門浪《あかしのとなみ》　未佐和来《いまださわけり》」〈校異〉①は元、廣、春、古、紀が一致。類「あはのしま」②「ワタラム」は元、類、春、古が一致。廣「コタラム」。紀「ワタルラム」⑤は元（漢右赭）が一致。元、廣、古、紀「いまたさわけり」。類「なをさはけり」。元右「ナヲサハキケリイ」。春「イマタサリケリ」

【他出】和歌初学抄・二四〇（初句「あはぢ島を」五句「なほさわぎけり」）

【注】○**アハシマトハ**　五代集歌枕に「あはしま　阿波」の項目があるが、当該歌を撰入していない。「あはしま、粟、淡路又阿波」（夫木抄）○**トナミトハ**　「はりまがたあかしのとなみさわぐめりしばしな出でそかこの船人」（久安百首・羇旅・七九六・実清）

【参考】「嶋　あは《同（近）》〈万〉」「浪　と　あしのとなみ」（八雲御抄、同書諸本とも異同がないが、あるいは「あかしのとなみ」か）

264
コトシユクニヰシマモリノアサコロモ　カタノマヨヒハタレカトリミム
同ニアリ。ニヒシマモリトハ、アタラシキシマモリトイフ也。
【本文覚書】477に重出。「ことしゆくにひしまもりのあさころもかたのまよひはたれかとりけむ　同□にあり。にひしまもりとよめり」（伝藤原清輔筆古筆切）
【出典】万葉集巻第七・一二六五「今《こ》年去《としゆく》　新嶋守之《にひさきもりが》　麻衣《あさごろも》　肩乃《かたの》間乱《まゆひ》者《は》　誰取見《たれかとりみむ》」〈校異〉非仙覚本（元、類、廣、古、紀）異同なし。
【他出】古今六帖・三三一五（二句「にひしまもりの」四句「かたのまよひを」）、定家物語・七
【注】○ニヒシマモリトハ　用例は院政期以降に見え、「いかにせんにひじまもりがあさごろもあさましきまであはぬ君かな」（六条修理大夫集・三五四）などがある。多くは万葉歌を本歌とする。但し、万葉歌における「しまもり」は「防人」の意だが、「しまもりとは嶋を守る神也」（奥義抄）との理解もあり、童蒙抄がどの意味に解していたかは不明。後鳥羽院の「我こそは新島守よ沖の海の荒き波風こころして吹け」（遠島百首・九七）は、後者の理解から発したものと思われる。

265
ワタノハラヤソシマカケテコキイテヌト　ヒトニハツケヨアマノツリフネ
古今九ニアリ。小野篁ノ卿ノ刑部大輔ナリケルトキ、モロコシノツカヒニツカハストキ、ヲホツカヒト・《フ》ネノコトアラソヒタリトテ、隠岐国ニナカシツカハストキニ、フネニノリテサシイツトテヨメルナリ。ワタノハラトハ、海ノ名ナリ。ヤソシマトハ、ヲホクノシマトイフコ、ロナリ。出羽国ニヤソシマトイフシマハアレトモ、ソレハカナハス。・《凡》モロ〳〵ノカスハヤツヲハシメトスル也。イハユル九々八十一也。コレヲ算術

ノツモリノハシメノキハメニセリ。サレハ、シモヤタヒヲケトモチラヌサカキハノ、トモ、ヤシホノコロモ、トモ、カヤウニイヒナラハシタル也。

【本文覚書】「わたのはらやそしまかけてこきてぬと人にはつけよあまのつりふね　古今第十九巻にあり。小野篁刑部大輔なりける時、もろこしのつかひにつかはす時、大使と船のこと」（伝藤原清輔筆古筆切）

【出典】古今集・四〇七・小野たかむらの朝臣

【他出】新撰和歌・一八六、新撰髄脳・六、金玉集・五六、深窓秘抄・八〇、和漢朗詠集・六四八、和歌体十種・二〇、今昔物語集・一二七、口伝和歌釈抄・一〇四、袖中抄・九一九、水鏡・三（三四句「こぎ出でぬ人にはかたれ」）、宝物集・二〇〇、和歌色葉・三〇七、古来風体抄・二六八、定家十体・一二三、定家八代抄・七七九、時代不同歌合・一九、百人秀歌・七、百人一首・一一、色葉和難集・二六五

【注】○**小野篁ノ卿ノ**　隠岐に配流された時、篁は刑部大輔であった。「（承和二）二月七刑部少輔。同三正七正五下。七月五転大輔。同五年十十五止官配流隠岐国」（公卿補任）○**隠岐国ニナカシツハカストキニ**　篁は遣唐大使と争い、病と称して副使を辞し、咎められて西道謡を作り、嵯峨上皇の逆鱗に触れ隠岐配流となった。続日本後記承和五年十二月十五日条。○**ワタノハラトハ**　「海〈わたつみ／わたのはら〉」（奥義抄）○**ヤソシマトハ**　253歌注参照。出羽の八十島を詠んだ歌には、「ひとしれずおもふこころのふかければいはでぞしのぶやそしまのまつ」（一条摂政御集・四五、詞書「備後のめのと、いではのくににくだりけるに、うへのせんせさせたまひけるに、殿上の人もうたよみけるを、いかでかききけん」）、「やそ島をまことにいかでみてしかな春のいたらぬうらはありやと」（源順集・二六三、詞書「永観元年、一条の藤大納言のいへの寝殿の障子に、国国の名あるところを、ゑにかけるに、つくるうた」）等があり、また「一条どののさうじ十四枚がうた」という詞書を持つ歌が、能宣集、兼澄集等に見え、そこに「やそしま、はる」があり、この時代に出羽の八十島の詠歌例が多く見られるが、院政期になると殆ど見えなくなる。なお、「八

十の湊」については、273歌注参照。○**凡モロ〳〵ノカスハ**　「八」を数の始めとする説、未詳。中国においては九を陽数の極とする。八は陰数だが、これを極とする説未見。また「八ハカスノキハメナレハ」（46歌注）、「ヤツヲカスノカキリニスルコヽロナリ」（253歌注）等の所説が見え、数の概念については日本独自のものがあったか。童蒙抄諸本では、刈が「ヤツヲハジメトスル也」と濁点を付し、筑Aが「ヤツヲシメトスルナリ」と「ハ」字がないか、あるいは文字の右半分だけがあるように見える。なお、童蒙抄の所説がどのような資料に依拠しているのかは不明であるが、袖中抄の引用する歌論義には以下の如く類似の説がある。「但歌論義に難じていはく、多かる事をいはゞ、千鳥とも百島とも詠むべし。何云二八十島一乎、答云、ちしまもゝしまと詠む事もあり。又八つは陰の数のきはなれば、よろづの物の数をいふには八重と詠めり。また八しほの衣とも霜八たび置くともいふなり。又やそのつゞき、やそのふなつ、やそのちまた、やそうぢひと、やそのくまわ、やそくに、やそせ、やそのしまわなど詠むなり。又算術にも、九々八十一とて、八十を多かる数の初めにもするなり」。また、同趣の注は古今集注、顕注密勘等、顕昭の著作にも見られる。○**イハユル九々八十一也**　九九については、源為憲の口遊に九九、八十一から始まるかけ算が見える。九九から始めるのが通常で、一一から始めるのは室町時代以降（幼学の会『口遊注解』）。但し、九九から始めるのは、九が陽数の極だからではないか。前文とのつながり不審。和漢両様の説を述べるためか。○**ツモリノハシメ**　ツモリは積のこと。「積〈乗成之数也〉」（説郛巻百八）。ハシメは九九の最初の意。○**キハメ**　キハメは「果て」の意か。○**シモヤタヒヲケトモ**　「しもやたびおけどかれせぬさかきばのたちさかゆべき神のきねかも」（古今集・一〇七五）、二句を「ヲケトモチラヌ」とする本文未詳。○**ヤシホノコロモ**　シホは助数詞。「入　シホ」（伊呂波字類抄）

浜　付塩竃

シホヒレハタマモカリヲサメイヘノイモカ　ハマツトコハ、イカ、シメサム

万葉三ニアリ。ハマツト、、ヨメリ。

【出典】万葉集巻第三・三六〇「塩干去者《しほひなば》　玉藻刈蔵《たまもかりつめ》　家妹之《いへのいもが》　浜裹乞者《はまづとこはば》　何矣示《なにをしめさむ》」〈校異〉①「ヒレハ」は廣、紀が一致。類及び紀（「干去者」（「去」は朱）左朱）「ひなは」②「ヲサメ」未見。類「てん」。廣、紀「ツム」。紀「蔵」左朱「ツメ」。仙覚本は西、矢「ツメ」で「メ」紺青（西もと紺青）。温、陽「ツミ」で陽「ミ」紺青。細、宮及び京（「蔵」左赭）「ツム」。京「ツ□」③は廣、紀が一致。類「わかやとの」④は廣、紀が一致。類「いもかはまつと」⑤未見。類「こは、なにそや」。廣、紀「イカ、コタヘム」。紀漢左「イカニイラハム」。紀漢下「ナニヲシメサム」。仙覚本は「ナニヲシメサム」で紺青（西、矢、京、陽）。細「ナニヲシメサン」。宮「□ヲシメサム」で□は切り取られ、その下に別筆で「ナニ」。細、宮は「示」左「コタエンイ」。京漢左赭「イカ、コタエム　イカニイラヘム」

【注】○ハマツト　「躶〈以贄与人也　贄也　豆止又太加良也〉」（新撰字鏡）。「浜づと」の用例は僅少。「あま人もおものの浜のはまづとを月にあけぬと今やいそがむ」（宝治百首・一六一九・蓮性）

サカミチノヨロキノハマノマナコナス　コラハカナシクヲモハル、カモ

同十四ニアリ。ヨロキトハ、コホリノ名也。サカミチ、トイヘリ。

【出典】万葉集巻第十四・三三七二「相模治乃《さがむぢの》　余呂伎能波麻乃《よろぎのはまの》　麻奈胡奈須《まなごなす》　児良波可奈之久《こらはかなしく》　於毛波流留可毛《おもはるるかも》」

〈校異〉①「サカミチ」は元、類、古が一致。廣「サカミネ」

【他出】五代集歌枕・一五六一

【注】○**ヨロキトハ**　五代集歌枕には「よろきのはま　相模」で立項する。古今集東歌以降、「こゆるぎ」「こよろぎ」と詠まれることがほとんど。「ゆるぎ（の杜）」は近江の歌枕。○**コホリノ名也**　余綾郡（伊呂波字類抄）○**サカミチ**　用例は僅少。「このたびは心もゆかぬさがみぢにいたりにしよりものをこそ思へ」（相模集・八九）をみる程度である。

塩竈

ミチノク・《ノ》チカノシホカマチカナカラ　カラキハキミニアハヌナリケリ

昔ミチノクニノカミ、シホカマノ明神ニチカヒ申コトアリテ、ヒトリムスメヲヰテマイリテ、カノ神ノ宝殿ノウチニヲシイレテカヘリケリ。コノムスメナキカナシヒテ神殿ヨリサシイテタリ。チ、コレヲミケルニ心マトヒニケリ。ソレヨリコノ神ノ命婦ハミヤツカサノカサラムカキリハヲヤコタカヒニミユマシトチカヘリ。年ニヒトタヒノマツリノヒナラヌカキリハヒトニアヒミエス。件ノムスメノ子孫、イマニツキテソノ命婦タリ〈委見陸奥国／風俗〉。

【出典】明記せず

【他出】古今六帖・一七九九（下句「はるけくのみもおもほゆるかな」）、松か浦嶋、袖中抄・三三九、和歌色葉・一九七、続後撰集・七三八（四句「からきは人に」）

【注】○**昔ミチノクニノカミ**　松か浦嶋に見える他、未見。袖中抄、和歌色葉が引用する。○**件ノムスメノ**　未詳。これ以下の文、松か浦嶋にも見えない。○**委見陸奥国風俗**　未詳。

【参考】「みちのくのちかのしほかまちかなからからきは君にあはぬなりけり　これは、陸奥守なりける人、ちかひ申す事ありて、ひとりむすめを、かのしほかまにすみ給、神のみもとにゐてまいりて、神殿にをしいれけり、この女なきかなしみて、かの神殿よりさしいてたりけり、ち、これをみけるに、心まとひにけり、それよりこの神の命婦は宮つかさのかさらんかきりは、をやこたかひに見ゆましと、ちかえり、年に一たひのまつりの日ならぬかきりは、人にあひみえす、されはかくよめり」（松か浦嶋）

269

ワカセコヲミヤコニヤリテシホカマノ　マカキノシマノマツソコヒシキ

万葉廿ニアリ。マカキノシマ、シホカマノウラノヲキニアリ。

【出典】「万葉廿」は「古今廿」の誤りか。万葉集に未見。五代集歌枕の集付は「古廿」。古今集・一〇八九

【他出】五代集歌枕・一五一五（五句「松ぞひさしき」）、和歌初学抄・二四三（五句「まつぞわびしき」）、袖中抄・三四一、定家八代抄・一七三五

【注】**○マカキノシマ**　「シホガマノウラハ、ミチノクニ、アリ。ソノオキニマガキノシマハアリ。イトオモシロキ所ナリ」（古今集注）

【参考】「まかきのしまは、しほかまのうらのをきにあるなり」（松か浦嶋）、「嶋　同（陸）まかきの〈後撰　しほかまの、、、しほかまのうらのおきにあり〉」（八雲御抄）

洲

270 コラカアラハフタリキカムヲオキツスニ　ナクナルタツノアカツキノコエ

万葉六ニアリ。

【出典】万葉集巻第六・一〇〇〇「児等之有者《こらしあらば》　二人《ふたり》将レ聞乎《きかむを》　奥渚尓《おきつすに》　鳴成多頭乃《なくなるたづの》　暁《あかときの》之声《こゑ》」〈校異〉①「コラカ」は元、類、細、廣が一致。紀「コ、ラ」②「キカムヲ」は元、類、廣、紀が一致。細「キカム」③は元、類、紀及び細（右或）、廣（右或）が一致。なお、細は「或ヲキツスニ」の「スニ」が朱。細、廣「ヲキヘスニ」④「ナクナル」は元、細、廣、紀が一致し、類「なくなり」の「り」右「ル歟」

271 ナツソヒクウナカミカタノオキツスニ　フネハト、メムサヨフケニケリ

万葉十四ニアリ。

【出典】万葉集巻第十四・三三四八「奈都素妣久《なつそびく》　宇奈加美我多能《うなかみがたの》　於伎都渚尓《おきつすに》　布祢波等杼米牟《ふねはとどめむ》　佐欲布気尓家里《さよふけにけり》」〈校異〉②「ウナ」は元、類、廣、春が一致。古「ウミ」③「ス」は元が一致。類、廣、古「を」。なお元「渚」、類、廣、古「緒」とある。春は訓、漢字本文とも不明。

【他出】古今六帖・一九六六、五代集歌枕・一五九〇

潟

272 ヲ《*トイ》キツカセフクヘクナリヌカスヒ《*シイ》カタ　シホヒノハマニタマモカリテナ

万葉第六ニアリ。

【本文覚書】○ヲ《トイ》キツカセ…筑A・和・刈、異本注記なし。○スヒ《シイ》…筑B、異本注記なし。内「トイツカセフクヘクナリヌレイヒカタシホヒノハマニタマモカリテナ」

【出典】万葉集巻第六・九五八「時風《ときつかぜ》　応レ吹成奴《ふくべくなりぬ》　香椎潟《かしひがた》　潮干汭尔《しほひのうらに》　玉藻刈而名《たまもかりてな》」〈校異〉①未見。非仙覚本及び仙覚本は「ときつかせ」で童蒙抄の傍記と一致。③は元、類、紀及び細（「ス」右朱）、廣（「ス」右）、古（「推」左）が一致。細、廣、古は「カスヒ」で童蒙抄の訂正前の本文と一致。なお、「スヒ」と「シイ」のゆれは「推」と「椎」のちがいと関わるだろうが、万葉集諸本は細の他は「椎」とある。ただし、細と同系統の廣は「推」とも「椎」とも見える字形である。④「ハマ」未見。元「きち」。類、細、廣、古「きは」。紀「カタ」。仙覚本は「キハ」⑤「テ」は元、細、廣、古、紀が一致。類「に」

【他出】五代集歌枕・一五九三（初句「ときつかぜ」三四句「かすひがたしほひのきはに」）

【参考】「風　と《万》きつ」「潟　か《筑》すひ〈万〉」（八雲御抄）

273

湊

イソサキヲコキテメクレハアフミナル　ヤソノミナトニタツナキワタル

万葉三ニアリ。ヤソトハ、八十トカケリ。コレモヲホクノミナトニトイフナリ。

【出典】万葉集巻第三・二七三「礒前《いそのさき》　榜手廻行者《こぎたみゆけば》　近江海《あふみのうみ》　八十之湊尔《やそのみなとに》　鵠佐波二鳴《たづさはになく》」〈校異〉②は廣、紀が一致。類「ゆきまひゆけは」。古「コキマヒユケハ」③は廣、紀が一致。類「あふみのうみ」。古及び廣（右）「アフミノウミノ」⑤未見。類、廣、古、紀「たつさはになく」で類訓下「或本」あり。仙覚本は「タツサハニナク」

【他出】五代集歌枕・一六九六、和歌初学抄・二六一（二三句「ゆきまひゆけばあふみのうみの」）、袖中抄・六七七

（二三句「こぎまひ行けばあふみのうみや」）

【注】○ヤソトハ　童蒙抄では地名と解していないようだが、五代集歌枕では「やそのみなと　近江国」として273歌を挙げる。夫木抄は歌枕とし、歌枕名寄は、「今案云、万葉第七歌者湊之数歟、但先達歌枕并信実朝臣歌用名所分明也、磯崎又近江有此名、但又他所多詠之、惣名歟」とする。「やそのみなと」を詠む歌には「水うみのともよぶちどりことならばやそのみなとにこゑたえなせそ」（紫式部集・二九詞書「あふみのかみのむすめ、けさうすときく人の、ふたごころなしなど、つねにいひわたりければ、うるさくて」）、「かぜさゆるやそのみなとのあくるよにいそざきかけてちどりなくなり」（万代集・一四二一・信実）などがある。

【参考】「湊　やそのみなと〈惣て近江湖やそのみなとの有也。但是は其所とよめり。鶴有。たつさはになくと云り〉」（八雲御抄）

274 アマキリアヒ、*タカフクラシミツクキノ　ヲカノミナトニナミタチワタル
同七アリ。カセノトコロニミエタリ。
【本文覚書】35に重出。○、タカ…、カタ（和・筑A・刈・書）、ヒカタ（東）、ひかた（筑B・岩）
【注】○カセノトコロニ　35歌注参照。

津

275 サ、ナミノシカノツコラカマカリミチノ　カハセノミチハミレハカナシモ
万葉二ニアリ。志賀津子等カ、トヨメリ。

【出典】万葉集巻第二・二一八「楽浪之《ささなみの》　志我津子等何《しがつのこらが》〈一云。志我乃津之子我《しがのつのこが》〉　罷道之《まかりぢの》　川瀬道《かはせのみちを》　見者《みれば》不怜毛《さぶしも》」

〈校異〉②は廣が一致。廣「カノ」右「ツノ」、「カ」右「或本ノ」、「ツコラカ」左「伊云シ」。類、古「しかつのこらか」。紀「シカノツノコラカ」③未見。廣及び古（漢左）「マカリチノ」が近い。類、古「ユクミチノ」。紀「ユフミチノ」。なお、廣「伊云シ」下に「同御本ツコラカユクミチノ」あり。仙覚本は「ユクミチノ」で、京漢左緒「マカリチノ」④は類、紀が一致。類「みちは」右朱「ミレハ」、「瀬道見者」右朱「セノミチノ」。廣「カハセニミレハ」。古「カハセチミレハ」⑤は類、紀及び類（漢右朱）が一致。古及び類（右朱）、廣（「ハチ」左伊云）「アハレナルカモ」。廣「アハチナルカモ」。紀「不怜」左朱「サヒシ」。なお、廣③④⑤右に「或本ユクミチノカハセノミチヲミレハカナシモ」あり。

【他出】拾遺集・一三一五（二三四句「しがのてこらがまかりにし河せの道を」）、五代集歌枕・一六八五（三四句「ゆくみちのかはせのみちは」）

【注】○志賀津子等カ　後世の用例は少ない。「さゝなみやしかのつこらかたはれいてゝすゝむこよひの月のさやけき」（私家集大成・有房中将集・一一二、国歌大観二句「しがのてこらが」）、「たわれいつるしかつのこらになれぬれやみきははなれぬすかのむらとり」（同・二七二、国歌大観二句「しがつのこゑに」）、「おほわだのはまのまつ吹くうら風にしがのてこらがそでかへるみゆ」（夫木抄一一八〇二、一三八一七・基家）

【参考】「津　しかつ《近思我》〈万〉」（八雲御抄）

ヲシテルヤナニハノツヨリフナヨソヒ　アレハコキヌトイモニツケコソ
ヲシテルヤナニハノツヨリフナヨソヒ　アレハコキヌトイモニツケコソ
同廿ニアリ。ナニハノツ、トヨメリ。

【本文覚書】底本、276歌を二度書く。

【出典】万葉集巻第二十・四三六五「於之弖流夜《おしてるや》　奈尓波能都由利《なにはのつゆり》　布奈与曾比《ふなよそひ》　阿例波許芸奴等《あれはこぎぬと》　伊母尓都岐許曽《いもにつぎこそ》」

〈校異〉⑤「ツケ」は元、廣、古が一致。類「つき」

【他出】五代集歌枕・一六七三（五句「いもにつぎこそ」）、袖中抄・一五〇
【注】○ナニハノツ　「なにはづ」「なにはのみつ」は用例が多いが、「なにはのつ」は僅少。序として使用したかと思われる「つのくにのなにはのつみのむくひにてわが身ひとつをあしくかきけん」（言葉集・二九九・顕昭、詞「王昭君心を」）を見る程度である。

277

磯

ミツ、テノイソノウラワノイハツ、シ　キクサラミチヲマタモミムカモ*
万葉第二ニアリ。ミツ、テトハ、水伝トイフナリ。
【本文覚書】○キクサラミチヲ…トクサラミテヲ（和）、キクサクミチヲ（筑B・刈）、トクサラミラヲ（筑A）
【出典】万葉集巻第二・一八五「水伝《みなつたふ》　礒乃《いその》浦廻《うらみ》乃《の》　石上《いは》乍自《つつじ》　木丘《もく》開道乎《さくみちを》　又将《またも》レ見《みむ》鴨《かも》」〈校異〉④「キクサラ」未見。類、紀及び廣（「キミサエ」右）「キクサク」が近い。金、廣「きみさへ」。仙覚本は「モクサク」で「モク」紺青（矢、京）。京「モクサク」右赭「キクセキ」。細、宮は「木」左「キ」
【注】○ミツ、テトハ　用例僅少。「みづつての磯まのつつじさきしよりあまのいさりびよるとやはみる」（新撰六帖・つつじ・二四九一・家良）

278

サヽナミノイソコス《せ》チナルノトセカハ　ヲトノサヤケサタキツセコトニ

同三ニアリ。

【出典】万葉集巻第三・三一四「小浪《さざれなみ》　礒越道有《いそこしぢなる》　能登湍河《のとせがは》　音之清《おとのさやけさ》左　多芸通瀬毎尓《たぎつせごとに》」〈校異〉①は紀が一致。類、廣、古「さゝらなみ」②は類及び古（「越」左）が一致。廣、紀「コエ」。古「イソコシチナ□」。なお、西、温「イソコセチナル」（西「セ」もと紺青）で「セ」右「シ古」あり。

【他出】五代集歌枕・一三〇三（五句「たきのせ《かせ》ごとに」）、和歌初学抄・二一五（初句「さざらなみ」五句「たきつせのごと」）

【補説】のとせ河は、所在未詳。五代集歌枕には、「のとせかは　能登瀬―　近江」「のとせかは　（河内）」の二項をあげ、それぞれ、万葉集・三一四歌、三〇一八歌（高湍尓有《たかせなる》　能登瀬乃川之《のとせのかはの》　後《のち》将レ合《もあはむ》　妹者《いもには》吾者《われは》　今尓《いまに》不レ有十《あらずと》方《も》）を掲げる。また八雲御抄は、後者のみをあげ、併せて摂津説に言及する。用例は僅少で「白波の岩こすほどもたかせなるのとせの河の五月雨のころ」（柳葉集・六九四）を見る程度。「河　の《河》とせの〈万、のとせ河は摂津国にも有と一説也。たかせなる、、、〉」（八雲御抄）

279

アマサカルヒナノアライソニキミヲ、キテ　ヲモヒツ、アレハ・《イ》ケルトモナシ

同四ニアリ。ヒナノアライソ、トヨメリ。アマサカルトハ、ヒナハエヒスナレハ、ホトノハルカニヲナシソラニモアラヌホトナルクモヰノハテ、トイヘルナメリ。天離トソカキタル。

【出典】万葉集巻第二・二二七「天離《あまざかる》　夷之荒野尓《ひなのあらのに》　君乎置而《きみをおきて》　念乍有者《おもひつつあれば》　生刀毛無《いけるともなし》」〈校異〉②「イソ」未見。非仙覚本及び仙覚本は「の」④は金、類、廣、紀が一致。古「ヲモヒツ、アラハ」。廣「オモヒツ、」右「伊云コヒ

ツ、御本如今本」⑤「イケル」未見。非仙覚本及び仙覚本は「いけり」

【他出】綺語抄・一七六（二句「ひなのあらのに」下句「こひつつあればいけりともなし」

【注】○アマサカルトハ　「アマサカルトハ、天離トカケリ。クモヰハルカニヲナシソラニモアラヌ、然ニトイフ心ナリ」（349歌注）。この語は「天離る」「天下る」の両様に捉えられるが、後者の例は少なく（「天佐《あまさ》我留《がる》」〈万葉集・五〇九〉）、前者が本来的かと思われ、童蒙抄は「天離」の意に解している。「あまざかるとは空なり。あまざかる日とは、日の影は空よりさがりて山にも入、海にもいれば、いふなり」（色葉和難集、清濁使用本文のまま）

コユルキノイソタチナラシイソナツム　アメサシヌラスヲ《ナ》キニヲレナミ

古今廿ニアリ。サカミウタナリ。カノクニ、コユルキノイソハアリ。

【出典】古今集・一〇九四・（さがみうた）、初句「こよろぎの」

【他出】古今六帖・一九四三、奥義抄・六〇三、袖中抄・九七（初句「こよろぎの」）、和歌色葉・三〇〇、定家八代抄・一七四〇（初句「こよろぎの」）、色葉和難集・八四三

【注】**○サカミウタナリ**　古今集には「相模歌」とあり。「こよろきのいそ　相模」（五代集歌枕、但し同書に当該歌を入れず不審。なお五代集歌枕の撰歌基準については、赤塚睦男「『五代集歌枕』の凡例」〈『国語国文学研究』18、一九八三年二月〉）参照。「万葉にはこよろきのいそとよめり」（奥義抄、被注歌は「こゆるぎの」）、「オホアラギノモリ、所名ナリ。古物ニハ杜ヲバオホアラギトイフトイヘリ。コユルギノイソトイフニツキテ、イソヲバコユルギトイフトイヘリ、同事ナリ」（拾遺抄注、同様の注は後拾遺抄注などにもあり）、「こよろぎのいそとは、こゆるぎのいそともかけり。五音かよへり」（顕注密勘）

【参考】「磯　こ《相》よろきの〈古、敏之、すへていそをいふ〉」（八雲御抄）

281

埼

カマクラノミコシノサキノイハクエノ　キミカクユヘキコ、ロハモタシ

万葉十四ニアリ。カマクラノトハ、相模国ニアル郡ノ名也。イハクエトハ、クツレタルトコロナルヘシ。

【出典】万葉集巻第十四・三三六五「可麻久良乃《かまくらの》　美胡之能佐吉能《みごしのさきの》　伊波久叡乃《いはくえの》　伎美我久由倍伎《きみがくゆべき》　己許呂波母多自《こころはもたじ》」

〈校異〉⑤「モタシ」は元、類、廣が一致。古「モナシ」

【他出】五代集歌枕・一六二〇、和歌初学抄・一六五（五句「こころはもたず」）

【注】○**カマクラノトハ**　「相模国　鎌倉郡　鎌倉〈加万久良〉」（二十巻本倭名類聚抄）○**イハクエトハ**　「く（イ）はくえは〈くつれたるところ也〉」（和歌色葉）。用例は近世まで未見。

282

岸

シラナミノチエニキヨスルスミヨシノ　キシノハキフニ、ホヒテユカム

万葉六ニアリ。キシノ萩フ、トヨメリ。

【出典】万葉集巻第六・九三二「白浪之《しらなみの》　千重来縁流《ちへにきよする》　住吉能《すみのえの》　岸乃黄土粉《きしのはにふに》　二宝比天由香名《にほひてゆかな》」〈校異〉④「ハキフニ」未見。元、細、廣、古、紀「はにふに」。類「はにつち」。仙覚本は「ハニフニ」。なお、諸本「黄土」だが、紀のみ「黄生」とある。⑤「ム」未見。非仙覚本及び仙覚本は「な」

【他出】五代集歌枕・一六四〇（下句「きしのはにふににほひてゆかな」）

【注】○キシノ萩フ　童蒙抄伝本における表記は「キシノ萩フ」、「キシノ萩生《フ》」（刈のみ）であり、「ハニフ」とするもの未見。誤写によるか。また、「萩生」の用例未見。

【参考】「土　はにふ《黄土》……はにつち〈住吉〉」（八雲御抄）

和哥童蒙抄第四

人部

帝王　皇子　大臣　兵衛　聖　父母　乳母　児童　夫女　姑　翁　使　海人

人体部落歟

面影　咲　髪　眉　涙　肝　命　魂　詞　夢　述懐　別　羇旅　思　恋　祝

【本文覚書】○人体部落歟…この一文、行間細字補入。

人倫部

帝王

アマノハラフリサケミレハヲホキミノ　ミイノチハナカクアマタリシアリ《天足有》

万二ニアリ。フリサケトハ、フリアフキトイフ也。アマタリシアリトハ、ソラニタルマテト云也。

【出典】万葉集巻第二・一四七「天原《あまのはら》　振放見者《ふりさけみれば》　大王乃《おほきみの》　御《み》寿《いのち》者《は》長久《ながく》　天足有《あまたらしたり》」〈校異〉④は廣が一致し、類「いのちはなかく」の「い」の上に「ミ」を補う。また、廣「ノミイ」左「伊云御本云」と「ミイノチハナカク」をつなぐ線あり。金、古、紀「いのちはなかく」。紀漢左イ「オホミイノチハ」⑤は類、廣が一致。金及び廣（「リ」右）、紀（「タリアリシ」右）「あまたらしあり」。古「アマタリシアレ」。紀「アマタリアリシ」で、漢左「ナカクテタレリイ」。なお、廣④⑤右に「或イノチナカクテタレリトカクヘキカ」、左に「伊云アマタトシアリ同云御本云アマタリシタリ」とあり。

【注】○フリサケトハ　「ふりさけみれはとわふりあほいてみるといふことなり」（口伝和歌釈抄）、「ふりさけみれば

ふりあふいでみればといふ事也」（綺語抄）、「ふりさけとは、ふりあふのきと云心也」（奥義抄）、「ふりさけとはふりあふく也。振放と書けり」（和歌色葉）、「フリサケミレバトハ、教長卿云、フリアフギト云也。僻ト云文字ハ、サカルトイフ。此心ニテモアリ、サカルハハルカナル義ナリ……顕昭考云、フリサケヲバ、フリアフギテト古物ニミナシルシテ侍メリ……世俗ノ詞ニフリアフギテミルトイフコトバヲヨムトミエタリ」（古今集注）、「ふりさけみれば……和云、振別見なり。ふりあふぎてみるよしなり」（色葉和難集）○**アマタリシアリトハ**　童蒙抄の訳語存疑。用例は近世まで未見。

【参考】「ふり《振》さけ《放》みる〈あふきて也。ふりいつみるとも万葉にはよめり。同字也。心また同〉」（八雲御抄）

284

ヒサカタノソラミシカコトクアフキミシ　ミコノミカトノアレマクヲシモ

同二二アリ。ミコノミカトノトハ、親王ヨリ位ニツキタマヘルトイフコ、ロ歟。

【出典】万葉集巻第二・一六八「久堅乃《ひさかたの》　天見如久《あめみるごとく》　仰見之《あふぎみし》　皇子乃御門之《みこのみかどの》　荒巻惜毛《あれまくをしも》」〈校異〉②未見。金、類、廣及び古（「見如久」左）「そらみることく」。古、紀及び廣（「コト」右伊云御本云）「ソラミルカコト」。紀「ト」下朱「ク」。仙覚本は「アメミルコトク」で「アメ」紺青（矢、京）。京「天」左赭「ソラ」、「アメ」左赭「アマ」。温「□ミルコトク」。なお、西貼紙別筆「ソラ」あり。

【他出】人麿集Ⅱ・二五九（二句「あめのふること」四句「みこのみことの」）、人麿集Ⅲ・六五七（二句「ソラミルカコト」五句「アレマクヲシミ」）、人麻呂勘文・六（二句「空みるごとく」五句「あれまくもをし」）

【注】○**ミコノミカトノトハ**　和歌に用例未見。○**親王ヨリ位ニツキタマヘル**　284歌が草壁皇子の死を悼んだもので、草壁が日並皇子と言われたことによるか。なおこの歌では通常「ミカト」を建物と解する。

ヤスミシルワカヲホキミノミケクニハ　ミヤコモヒナモヲナシトソヲモフ

同六ニアリ。八隅知トハ、ヲホヤケノ八方ヲシロシメストイフナルヘシ。ヒナトハ、エヒスヲイフナリ。世治マツリコトスナヲナレハ四夷賓服ス。サレハ、エヒスモミヤコモトヲキトナクチカキトナクアフキタテマツレルコトヲナシ、トイフコヽロ也。

【出典】万葉集巻第六・九五六「八隅知之《やすみしし》　吾大王乃《わがおほきみの》　御食国者《をすくには》　日本毛此間毛《やまともここも》　同登曾念《おなじとぞおもふ》」〈校異〉③は元、類、紀及び細（上の「ニ」右或、上の「ニ」左朱）、廣（「ク」左或）が一致。細、廣「ミニクニハ」。廣「ニク」右「或ク」④未見。細、廣「ミヤコトヒナモ」が近い。細「トヒナモ」左朱「モムナモ」。廣「トヒナモ」左「モムナモ」。元、類、紀「やまともこゝも」。仙覚本は「ヤマトモコヽモ」

【注】○八隅知トハ　「やすみしる　公は八方をしろしめす」（口伝和歌釈抄）、「国王〈みかど、やすみしる、八方自在故也〉」（和歌色葉）○ヒナトハ　「ひな　ゐなかをいふ。さてかたくなはしきものを、ひなれたりといふ」（綺語抄）、「ひなといふは、田舎をいふなり」（俊頼髄脳）、「ひなとはゐなかを云也。万葉には夷とかきてひなとよむ也」（奥義抄）。「夷者雖レ有《ひなにはあれど》」（万葉集二九）、「夷之荒野尓《ひなのあらのに》」（二二七）、「夷之長道従《ひなのながちゆ》」（二五五）など。童蒙抄がヒナを夷の意とするのは、表記に拠って解釈するためか。349・350歌注参照。○世治マツリコトスナヲナレハ　未詳。○四夷賓服ス　「方今区宇一家。煙火万里。百姓艾安。四夷賓服。此又天意、欲レ寧二区夏一」（日本書紀・雄略天皇二十三年）。「四夷賓服」は漢籍に頻出する定型表現。「薄伐獫狁、至於太原。出車彭彭、城彼朔方。是時四夷賓服、称爲中興」（漢書巻九十四）

【参考】「帝王　やすみしる　すへらき〈すへらきみとも、すへらとも〉」「鄙　ひな《夷》〈ゐ中也〉」（八雲御抄）

286 スメラキノミヨ、ロツヨニカクシコソ　ミセアキラメ、タツトシノハニ

同十九ニアリ。スメラキトハ、天皇ヲ申ス也。

【出典】万葉集巻第十九・四二六七「須売呂伎能《すめろきの》　御代万代尓《みよよろづよに》　如是許曽《かくしこそ》　見為安伎良目米《めしあきらめめ》　立年之葉尓《たつとしのはに》」〈校異〉①「ラ」未見。非仙覚本（類、古）及び仙覚本は「ろ」。なお、廣は第一、二句の訓なく、第三～五句に片仮名左傍訓あり。

【注】○スメラキトハ「皇帝　すべらぎと云」（喜撰式）、「御門をば、すべらぎとまうす」（能因歌枕）、「皇帝　すへらきのと云」（俊頼髄脳）

287 ミツキモノハコフヨホロヲカソフレハ　二万ノサトヒトカスソヒニケリ

後三条院大嘗会哥ニ藤原家経カヨメル也。ミツキモノトハ、貢調也。ヨホロトハ、ハコフ夫也。時人此哥ヲ難シテイハク、委*哥ナレトモ帝徳ノコトニハイカ、トソ申ケル。其故ハ、皇極天皇六年大唐将軍蘇定方、新羅ノ軍ヲヒキヰテ百*斎ヲウツ。百*斎ツカヒヲタテマツリタスケラレムコトヲコフ。天皇ツクシニミユキシテタスケムトス。其時天智天皇、太子トシテ摂レ政テ行路ニシタカヘリ。備中国邇磨郷ヲミタマフニ、甚盛也。詔ヲ、クリシニイクサヲメスニ、スナハチ勝兵二万人ヲエシメタマヘリ。仍コノサトヲ二万郷トナツ・《ケ》タリ。ノチニアラタメテ邇磨トハカケリ。天皇筑紫ノ行宮テ崩シタマヒヌ。ツヒニコノイクサヲツカハサスナリニケリ。然者コトノヲコリ不宜歟。

日本摂政ノヲコリ、カノ天智天皇太子ノ時ヨリハシマレリ。モロコシニハ、周成王ノヲチ、周公旦ノ時ヨリ始レリト云々。

【本文覚書】○委哥…秀歌（筑B・岩・大）、哥（刈）○百斎…百済（和・筑B・岩・東・大）、百済《クタラ》（刈）○百斎…前項に同じ。

【出典】大嘗会悠紀主基和歌・三九三・木工権頭兼文章博士讃岐権介藤原朝臣家経

【他出】金葉集初度本・四五六、金葉集二度本・三一三、金葉集三奏本・三一八、宝物集・三五六（五句「数そひてけり」）、色葉和難集・八六六

【注】○**後三条院大嘗会哥ニ**　後冷泉院の誤り。永承元年十一月十五日大嘗会主基方和歌「楽急、二万郷」○**藤原家経**　正暦三年―康平元年。文章博士。○**ミツキモノトハ**　「みつぎ物とはおほやけの年貢を云なり」（色葉和難集）、「貢　ミツキ物」（名義抄）、「冬十二月、百済遣レ使貢レ調」（日本書紀・継体天皇六年）、「貢調極テ重シ」（続日本紀和銅七年二月）○**ヨホロトハ**　「よぼろとは年貢をはこぶ夫をいふなり。仕丁などを云。丁の字をよぼろとはよむなり」（色葉和難集）、「みつぎものはこぶよほろしおほかれば路もさりあへずあふさかのせき」（顕輔集・一二九・会坂関運調物人馬多）、「みつぎものはこぶよほろのひざをなみおほくらやまのとのどひらけり」（仁安三年大嘗会主基方和歌・大倉山・清輔）、「丁〈ヨホロ　仕丁　白丁〉」（伊呂波字類抄）○**時人**　未詳。○**皇極天皇六年**　「皇極天皇六年、大唐将軍蘇定方、率新羅軍伐百済。百済遣使乞救。天皇行幸筑紫、将出救兵。時天智天皇為皇太子、摂政従行、路宿下道郡。見一郷戸邑甚盛、天皇下詔、試徴此郷軍士。即得勝兵二万人。天皇大悦、名此邑曰二万郷。後改曰邇摩郷。其後天皇崩於筑紫行宮、終不遣此軍。然則二万兵士、弥可蕃息……自皇極天皇六年庚申至縁起十一年辛未、纔二百五十二年。衰弊之速、亦既如此」（意見十二箇条）○**日本摂政ノヲコリ**　天智天皇は斉明天皇崩御の後、皇太子のまま国政を執った。「七年七月丁巳崩。皇太子素服称制」（日本書紀・天智天皇即位前紀）○**モロコシニハ**　「周公旦者文王

之子武王之弟　自知其貴　忠仁公者皇后之父皇帝之祖　世推其仁」（和漢朗詠集・六七八）によれば、執政として周公旦と良房が並べられる。「周公旦、摂政也。貴、いみじかりし人也」（和漢朗詠集永済注）、「周公恐天下聞武王崩而畔。周公乃践阼、代成王摂行政、当国」（史記・魯周公世家）、「成王既幼、周公摂政、当国践祚」（史記・燕召公世家）。周公旦については、山田尚子「周公旦の故事と摂政―平安期の辞表をめぐる一考察―」（『国語国文学研究』49、二〇一四年三月）参照。

皇子

ハシキカモミコノミコトノアリカヨヒ　ミシイクミチノミチアレニケリ

万葉三ニアリ。ミコノミコト、ハ、東宮ノミコト申ナリ。東宮トモマタ青宮*トモイフ。ソノユヘハ、東方朔神異経曰、東方明山有宮焉。青石牆面コトニ一門アリ。々有銀牓以青石碧鏤題曰、天地長男之宮〈皇天后／地也云々〉。春宮ト申モ、東ハ、ルノ方ナレハナリ。

【本文覚書】○青宮…春宮（筑A・筑B・和・刈・岩・大）

【出典】万葉集巻第三・四七九「波之吉可聞《はしきかも》　皇子之命乃《みこのみことの》　安里我欲比《ありがよひ》　見之活道乃《めししいくぢの》　路波荒尓鶏里《みちはあれにけり》」〈校異〉④「イクミチ」未見。非仙覚本（類、細二、廣、古、紀）及び仙覚本は「いくめち」で、京「イクメチ」を緒で消し右緒「イクチ」、「活道」左緒「イクメチ」⑤未見。非仙覚本及び仙覚本は「みちはあれにけり」

【他出】綺語抄・四〇九（四句「みしいくめけの」）、袖中抄・七二（四句「見しいくめぢの」）、色葉和難集・一一二（四句「みしいそべぢの」）、以上五句「みちはあれにけり」

【注】○**ミコノミコト、ハ**　「立二正妃一為二皇后一、々生二草壁皇子尊一」（日本書紀・天武天皇二年）。また草壁皇子挽歌

に「吾王《わがおほきみ》　皇子之命乃《みこのみことの》」（万葉集・一六七）とある。○**青宮**　「青宮　玄圃東方朔神異経曰、東方東明山有宮、青石為牆……天地長男之宮…」（初学記巻十）、「東宮、はるのみや」（奥義抄）、「ハルノミヤトハ、春宮ヲ申」（別本童蒙抄）○**東方朔神異経曰**　「東方有宮、青石為牆、高三仭、左右闕高百尺、画以五色、門有銀牓、題曰天地長男之宮（神異経）神異経を引用するのはこの箇所のみ。芸文類聚にも神異経が引かれる。「神異経曰、東方有宮、青石為牆、高三仭、左右闕高百丈、画以五色門有銀榜、以青石碧鏤、題曰天地長男宮」。童蒙抄ががどちらに拠ったかは判断しがたいが、語句の順序等、若干芸文類聚に近いようにも思われる。

【参考】「春宮　春のみや　あおきのみや　みこのみや　まうけのみや」（八雲御抄）

289

キミカタメイハフコ、ロノフカケレハ　ヒシリノミヨノアトナラフトソ

後撰廿ニアリ。今上ノ*ウチ宮トキコヘシトキ、太政大臣ノ家ニワタリヲハシマシテ、カヘリタマフ御ヒキテ物ニ手本タテマツルトテヨミタマヘルナリ。ヒシリノミヨトハ、カシコキミカトノ御トキトイフナリ。

【本文覚書】○和歌上部余白に「或本ニハ此哥尺等聖部ニアリ」とあり。289歌を「聖」部に置く伝本未見。当該注記を持たない伝本は、筑Bのみ。○ウチ宮…トウ宮（和・筑A）、帥宮《ソツノ》（刈）、とう宮（岩・大）

【出典】後撰集・一三七八・太政大臣（忠平）

【他出】古今六帖・三三八五、古来風体抄・三三九、定家八代抄・六三二（五句「跡ならへとよ」）

【注】○**今上ノウチ宮ト**　「今上帥のみこときこえし時、太政大臣の家にわたりおはしましてかへらせ給ふ御おくりものに、御本たてまつるとて」（後撰集詞書）○**手本**　後撰集諸本のうち、承保三年奥書本は「手本」○**ヒシリノミヨ**　「日知之御世従《ひじりのみよゆ》」（万葉集・二九）

【参考】「帝王　ひしりの御よ《日知之御世》〈聖代也。在万葉〉」（八雲御抄）

大臣

290 マスラヲノトモノオトスナリモノ、フノ　ヲホマウチキミ*タテマツラシモ

万葉二ニアリ。ヲホマウチキミトハ、大臣ヲイフ也。

【本文覚書】○タテマツラシモ…たてたつらしも（岩・大）

【出典】万葉集巻第一・七六「大夫之《ますらをの》　鞆乃《ともの》音為《おとす》奈利《なり》　物部乃《もののふの》　大臣《おほまへつきみ》　楯立良思母《たてたつらしも》」〈校異〉②は類、古、紀及び元（「との」右朱）、冷（「ネスナリ」右或本）、廣（「ネスナリ」右或本）が一致。元「とのおとすなり」。元「音為」右朱「オトス」。冷、廣「トモノネスナリ」③「モノ、フ」は元、冷、廣、古、紀が一致。類「もの、へ」⑤未見。元、類、冷、廣、古「たてたつらしも」。紀「タチタツラシモ」。仙覚本は「タテタツラシモ」

【他出】古来風体抄・二五、色葉和難集・六三三、以上五句「楯立つらしも」

【注】○**ヲホマウチキミトハ**　「大臣　オホマウチギミ　オトヾ　オホイマウチギミ」（和歌初学抄）、「オホイマウチギミハ大臣ナリ。万葉ニハオホマウチギミトヨメリ」（拾遺抄注）、「大臣　オホイマウチキミ」（名義抄）、「大臣　於保伊万宇智岐美」（二十巻本倭名類聚抄）

兵衛

291 ヒトシレスタノメシコトハカシハキノ　モリヤシニケムヨニチリニケリ

拾遺抄第九ニアリ。右近少将季縄カムスメノウタナリ。中納言敦忠兵衛佐ニハヘリケルトキニ、シノヒテイ

ヒチキリケルコトノヨニキコヘテハヘリケレハ、ツカハシケル。兵衛ヲカシハキトハイフナルヘシ。

【出典】拾遺抄・四五一・左近少将季縄が女、五句「よにみちにけり」

【他出】拾遺集・一二二二、五代集歌枕・八二九、以上五句「よにふりにけり」

【注】○**右近少将季縄カムスメ**　「中納言敦忠が兵衛佐にて侍りける時に、しのびていひはべりけることのよにきこえて侍りければ、左近少将季縄が女」（拾遺抄）、拾遺集では、「中納言敦忠兵衛佐に侍りける時に、しのびていひちぎりて侍りけることのよにきこえ侍りにければ　右近」○**兵衛ヲ**　「柏木、いとをかし。葉守の神のいますらむもかしこし。兵衛の督、佐、尉など言ふも、をかし」（枕草子・花の木ならぬは）、「兵衛をば、かしはぎといふ」（能因歌枕）、「兵衛　かしはきのと云」（俊頼髄脳）、「かしはきとは、兵衛のつかさ也」（奥義抄）

【参考】「左右兵衛　かしはき」（八雲御抄）

聖

イニシヘノナ、ノカシコキヒト、モノ　*ホシカルモノ*コトサラニコソ

万葉三ニアリ。ナ、ノカシコキヒト、ハ、魏氏春秋曰、阮籍、嵆康、山濤、向秀、阮咸、王戎、劉霊《令歟》、アヒトモニ竹林ニアソフ。ミナサケヲコノム、コレヲ七賢トス。

【本文覚書】○ホシカルモノ…ホシカルモノハ（和・筑A）、ホシガルモノハ（刈）、ほしかるものは（筑B・岩）、ほしがるものは（大）　○コトサラニコソ…さけにしあるらし（筑B）

【出典】万葉集巻第三・三四〇「古之《いにしへの》　七賢《ななのさかしき》　人等毛《ひとたちも》　欲為物者《ほりせしものは》　酒西有良師《さけにしあるらし》」〈校異〉③未見。非仙覚本「ひとともゝ」で、廣「ヽモ」右「タチ」。仙覚本は細、宮、西、温「ヒトトモモ」。西上の「モ」右「チイ」。矢、京「ヒ

トトチモ」で「チモ」紺青。陽「ヒト、ラモ」④未見。類、廣、古、紀「ほしかるものは」。紀「欲為」左朱「ホリスル」。仙覚本は「ホリスル」で紺青（矢、京、陽。西もと紺青）。細、宮及び京（「欲為」左赭）「ホシカル」。温「ホリス□」。⑤未見。類、廣「さけにそあるらし」。古「サケニシアルラシ」。紀「サケニアルラシ」。仙覚本は「サケニシアルラシ」。童蒙抄の本文は直前三三九の第五句「言乃宜左」が影響するか。

【他出】和歌色葉・四五八（二句「ななのかしこき人どもも」五句「酒にぞありける」）

【注】○**魏氏春秋曰**　魏氏春秋は逸書。晋、孫盛撰。童蒙抄における引用はこの箇所のみ。なお、同じ箇所は三教指帰覚明注にも引用される。「魏氏春秋曰、嵆康寓居河内。与之遊者、未嘗見其喜慍之色。与陳留阮籍、河内山濤向秀、藉兄子、瑯琊王戎、沛人劉伶、相与友善、遊於竹林、号曰七賢」（太平御覧巻四〇七）、但し魏氏春秋逸文では七賢が酒を好んだことは書かれていない。○**ミナサケヲコノム**　七賢が酒を好んだことについては、晋書等の史書、また芸文類従等の類書、蒙求にも見える。「酒　ひしり〈見万葉集〉」（奥義抄）。酒を好んだ七賢を「聖」の項に置くのは、万葉集で292歌と並ぶ「酒《さけの》名《な》乎《を》　聖《ひじり》跡《と》負師《おほせし》　古昔《いにしへの》　大《おほき》聖之《ひじりの》　言乃宜左《ことのよろしさ》」（万葉集・三三九）に拠る。

【参考】「太宰帥卿讃酒歌十三首中　古之七賢人等毛欲為物者酒而有良師（イニシヘノナヽノカシコキヒトヽモヽホシカルモノハ　ニソアル）　古ノ七賢人ト云ハ、晋書云、昔七人賢人、世ヲ捨テヽ、竹林ノ中ニ入テ、人モシタカハヌニイリケルニ、各皆酒ヲハタヽテクシテ入ニケリ。サテハ山中ニテ、琴ヲヒキ、詩ヲタシナムテスクシケルナリ。ソノ七人者、嵆康、阮籍、阮咸、向秀、王戎、山濤、劉伶也」（万葉集抄）、「人　なゝのかしこき人〈是七賢也〉」（八雲御抄）

父

タレソコノヤトニキテトフタラチネノ　ヲヤニイサワ〔或ハ〕レモノヲモフワレヲ

万葉十一ニアリ。タラチネトハ、チ、ヲイフ也。イサワレトハ、イサメラレトイフナリ。

【出典】万葉集巻第十一・二五二七「誰《たれ》此《そこ》乃《の》　吾屋《わがや》戸《ど》来《き》喚《よぶ》　足千根《たらちね》乃《の》　母《はは》尓《に》所レ嘖《ころはえ》　物思《ものおもふ》吾呼《われを》」〈校異〉②未見。嘉「かとにきてよふ」。類「わかやとにきてよふ」。廣「ヤトニキテヨフ」。仙覚本は「ワカヤトキヨフ」で紺青（文、西、矢、京、陽）④未見。非仙覚本は「おやにいはれて」。仙覚本は細、宮及び京（「所嘖」左赭）が「オヤニイサハレ」で童蒙抄の傍記と一致。文、西、矢、京、陽「ハ、ニイハサレ」で「ハ、」紺青。文、西、温、矢、京は「母」左「オヤ」。細、宮は「母」左「ハ、」、「所嘖」左「イハサレ」。なお、西貼紙別筆「イサハレ古点」あり。

【他出】人麿集Ⅱ・四三六（初句「誰かこの」四句おやにいはれて）、人麿集Ⅳ・二一一（初句「たれそこの」四句「おやにいはれて」）

【注】○タラチネトハ　293歌の出典である万葉集歌では、四句が「母尓所レ嘖」で、「母」を「オヤ」と訓ずるものは多いが、「チ、」とするものはない。したがって293歌をもって「父」の例歌とすることは不審である。「若詠父時、たらちねと云」（喜撰式）「たらちね　ち、をいふ。但、万葉集、たらちねのは、云々」（綺語抄）「父　たらちをのと云」（俊頼髄脳）、「父をはたらちを、母をはたらちめとそしりたれとも、いつれをもたらちねとよみはへり」（奥義抄）。「たらちねも又たらちめもうせはててたのむかげなき歎をぞする」（拾玉集・一〇四）○イサワレトハ　近世以前の歌に用例未見。「伊左不　又佐支奈牟」（新撰字鏡）、「叱　イサフ　サイナム」（名義抄）

【参考】「父母　たらちね　たらちめ〈母〉……たらちねは母、たらちをは父云〈在俊頼抄〉」（八雲御抄）

母

294　カソイロハイカニアハレトヲモフラム　ミトセニナリヌアシタ、スシテ

承平竟宴哥ニ、伊弉諾尊ヲ得テ従四位下行民部大輔兼文章博士大江朝臣朝綱カヨメルナリ。朗詠下ニイレリ。昔陽神《ヒコ》ハ左ヨリメクリ。陰神《ヒメ》ハ右ヨリメクリ、国ノ柱ヲワカレメクリテ、ヲナシク一面ニアヒヌ。于時陰陽《神歟》マツトナヘテノタマハク、喜　哉《アナウレシヤ》ウマシオトコニアヒヌ。陽神ヨロコヒスシテノタマハク、吾《ヤツカレ》ハコレ男子《マスラヲ》也。理《コトハリ》マサニマツトナフヘシ。イカソ婦女《タヲヤメ》ノカヘテコトハヲサイタツル。ユヘニ蛭児ヲウメリ。コノ児三歳マテニアシナホタ*ス。次ニ天ノ磐橡樟船ヲウマシメテ、タヤスクヒルコヲノセテ、順風《カセノマヽ》ハナチスツ。ヨノヒトヒルコヲウムコトコレ也。又云、葦ノ舟ニノセテコレヲナカストモイヘリ。カソトハ、チ、ヲイフ。イロトハ、ハ、ヲイフナリ。又云、朝綱弁官ヲ放テノチ三年ニヲヨヘリ。故ニイヘリ。見西宮記。

【本文覚書】○タス…諸本「タ、ス」

【出典】天慶六年日本紀竟宴和歌・六六・大江朝綱、二三句「あはれとみずやひるのこは」

【他出】和漢朗詠集・六九七、綺語抄・三〇三、俊頼髄脳・二五八（二句「あはれといかに」）、奥義抄・四二一、袖中抄・三四四、和歌色葉・二〇二、色葉和難集・二八二

【注】○承平竟宴哥ニ　294歌は、天慶六年の竟宴和歌。「此歌は、江相公の日本紀竟宴に、第一巻の伊弉諾伊弉冉、第三蛭子《ヒル》の事をよむ也」（綺語抄）、また後掲西宮記参照。承平六年に講義がなされ、宴は天慶六年であった。○昔陽神《ヒコ》ハ「便以㆓磤馭慮嶋㆒、為㆓国中之柱㆒……而陽神左旋、陰神右旋。分㆓巡国柱㆒、同会㆓一面㆒。時陰神先唱曰、憙哉、遇㆓可美少男㆒焉……陽神不㆑悦曰、吾是男子。理当㆓先唱㆒。如何婦人反先㆑言乎……次生㆓蛭児㆒。雖㆓已三歳㆒、脚猶不㆑立。

故載二之於天磐櫲樟船一、而順レ風放棄」（日本書紀・神代上）○**葦ノ舟ニ**「此子者入二葦船一而流去」（古事記）○**カソトハ** 56歌注参照。○**朝綱弁官ヲ**「得伊弉諾尊、民部大輔大江朝綱　駕祖《カソ》色馬《イロハ》如何《イカ》尼《ニ》憐度思《アハレトオモフラム》藍《ミ》三年《トセ》尼《ニ》鳴《ナリ》奴《ヌ》足不立《アシタヽズ》子手《シテ》　放弁官之後三年也、故号」（西宮記巻十五）

【参考】「子　ひるこ　いさなきのみこと先生之葦舟に入其流。三年たつ事なし」（八雲御抄）

295

乳母

クヤシクモヲヒニケルカモワカセコカ　モトムルチモ《ニ》ユカマシモノヲ

万葉十二ニアリ。チモトハ、メノトヲイフ也。乳母トカケリ。

【出典】万葉集巻第十二・二九二六「悔毛《くやしくも》　老尓来鳴《おいにけるかも》　我背子之《わがせこが》　求流乳母尓《もとむるおもに》　行益物乎《ゆかましものを》」〈校異〉②「ヲヒ」は元、尼、類、古、西が一致。廣「オモ」④は元、廣、西及び尼（右朱）が一致。類、古「もとむるめのとに」。尼及び西（右）「とむるめのとに」。なお、温漢字左「モトムルチモニ古本」あり。また、尼左朱「□チ□モニ」とあり。

【注】○**チモトハ**「乳母　文字集略云、〈乃礼反　弁色立成云嬭母　知於毛〉乳レ人母也　唐式云、皇子乳母、皇孫乳母〈和名女乃度〉」（箋注倭名類聚抄）

【参考】「乳母　乳母といふ。是ちの物なり」（八雲御抄）

296

児

カツミツ、アナヰニオチヰ《イ》ルミトリ《ユツル》コノ　マトヘルコヒモワレハスルカナ

六帖ニアリ。アナヰトハ、ツ、ナキヰヲイフ也。小児ヲミトリコトイフコトハ、八児七八《或無》歳ニイタルマテハ、

春ノ生益トス。アヲキハコレハルノイロナリ。コノユヘニヲサナキチコノコロモノイロトス。童子ヲハ青衣トカラノフミニモツクレルハコレナリ。七歳以前イトケナクシテ、ヲソル、コトカキリナシ。クレナヰスワウナトハ鬼神ノフケルイロニテ、ヲノツカラソノナヤミヲウルコトアルナリ。ミトリコアナヰニヲチヰルトハ、晋書鮑靚字*太玄、ウマレテ五歳ニシテソノ父ニイヒテイハク、モトハコレ曲阿李家児ナリ。ヰニヲチテシニタリ。ソノ父タツヌルニマコトニテナムアリケルト云々。コレヲヨメルニヤト見タリ。

【本文覚書】○フケル…スチル（内）、スケル（書）、すける（大）

【出典】古今六帖・一四二〇、三句「みづとりの」

【注】**○アナヰトハ**　和歌に用例なし。**○小児ヲミトリコトイフコトハ**　「ミドリゴハ嬰孩也。ヲサナキ子也」（五代勅撰）、「青是春色、為小児衣色。是故世人、呼小児為緑子」（東山往来）、「嬰児」（箋注倭名類聚抄）、「阿孩児」（新撰字鏡）、「嬰孩」（名義抄）**○童子ヲハ青衣ト**　漢籍には「嘗昼独坐、忽有一青衣童子年可十三四、持一青嚢授含、含開視、乃蛇膽也」（晋書巻八十八）、「苻堅屏人作赦文、有蠅入室、驅之復来。俄而人知者、有赦詰其所。自皆云、有青衣童子呼於街中。堅曰、是前青蠅也」（白孔六帖）など、「青衣童子」という語がある。また仏典では、青衣童子は金剛童子を言う。**○ミトリコアナヰニヲチヰルトハ**　「鮑靚字太玄、東海人也。年五歳、語父母云、本是曲陽李家児、九歳墜井死。其父母尋訪得李氏、推問皆符験」（晋書巻九十五）、同様の話は、古今事文類聚「能記堕井」、蒙求「鮑靚記井」の注に見える。なお古今六帖現行本文には疑問がある。黒田「古今和歌六帖と和歌童蒙抄―古今和歌六帖本文の復元をめざして―」（『愛知文教大学論叢』12、二〇〇九年十一月）参照。

【参考】「子　みとりこ」（八雲御抄）

タチハナノテ*レルナカヤマワ*レヰネハ　ウナヰハナレハカミアケツラムカ

万十六ニアリ。ナカヤトハ、ナムチカヤトイフ也。ウナヰトハ、ワラハヲイフナリ。

【本文覚書】○テレルナカヤマ…テレルナカヤト（筑A）、テレルナカヤト（和）、テレルナガヤドニ（刈）、テレルナカヤマ（内・筑B・谷・書）、テレル長屋に（岩）○ワレヰネハ…ワレヰネノ（筑A）

【出典】万葉集巻第十六・三八二三「橘之《たちばなの》　光有《てれる》長屋《ながや》尓《に》　吾率《わがゐ》寝《ね》之《し》　宇奈為《うなゐ》放尓《はなりに》　髪挙都良武香《かみあげつらむか》」〈校異〉②未見。尼、類、古「てれるなかやに」。廣「チラノナカヤニ」で「ラノ」右「レル」。仙覚本は「テレルナカヤニ」③未見。非仙覚本及び仙覚本は「わかゐねし」④「ハナレハ」は類が一致。尼「はなりに」。廣、古「ハナリハ」⑤は尼、類、廣が一致。古「カミニアケツラムカ」

【他出】古今六帖・一四一八（二三句「てれるながやにわがゐねし」五句「かみあげつらん」）、五代集歌枕・八七九（二三四句「てらのながやにわがゐねしうなひはなりは」）

【注】○ナカヤトハ　「ナカヤ」は万葉集用字通り「長屋」と解され、「汝が家」と説くのは不審。「きみがこしながやの道も草むしてとふふすばかり成りにけるかな」（登蓮恋百首・一一）は「ながや」を「汝が家」の意で用いたものかと思われるが本文に不審があり確定はできない。「なが」に関する問題は、古今集・一四七の「ほととぎすながなくさとのあまたあれば猶うとまれぬ思ふものから」に対する注釈で、顕昭古今注以下に言及される。「ながなくとは、なむぢがなくと云也。万葉には汝とかきて、ながとよめり。長鳴と云人はひが事也」（顕注密勘）。○ウナヰトハ　「うなゐご　垂髪　謂二童子一也」（綺語抄）、「童　ウナヒゴ　アゲマキ　ウナヒ」（和歌初学抄）、「髫髪　後漢書注云、髫髪〈召反和名宇奈為〉」（二十巻本倭名類聚抄）

【参考】「郭公　うなひこ〈童になるゆへ也〉」（八雲御抄）

298 ウナキコカ、ミフリシツルフチノハナ　ソテナツカシクヲモホユルカナ

六帖ニアリ。カミフリシツルトハ、フリタルト云也。

【出典】古今六帖・一四一六、四句「きるなつかしく」

【注】○**カミフリシツルトハ**　意不詳。振分髪と捉えるか。「わぎもこがまたあさがほやつつむらんかみふりかけておもかくしつる」（新撰六帖・八六三・知家）

299 男夫

ワレノミソキミニハコフルワカセコカ　コフトイフコトハコトノナクサソ

万葉四ニアリ。ワカセコトハ、ヲトコヲイフ。コトノナクサソトハ、コトノナクサメソトイフナリ。

【出典】万葉集巻第四・六五六「吾耳曾《あれのみそ》　君尓《きみに》者《は》恋流《こふる》　吾背《わがせ》子《こ》之《が》　恋云事波《こふといふことは》　言乃《ことの》名《な》具《ぐ》左《さ》曾《そ》」〈校異〉②は元が一致し、廣「キミニハコヲル」の「ヲ」を「フ」に訂正。ただし、この訂正は後人か。類及び元（「に」右緒）「きみをはこふる」。紀「キミニハコユル」⑤は桂、元、廣、紀が一致。類及び元（「こと」右緒）「こひ」。なお、桂は第一～四句途中までの訓を欠く。

【他出】古今六帖・三一〇三（二句「きみをばおもふ」）、綺語抄・四二〇（初句「これのみは」）

【注】○**ワカセコトハ**　「めをば、つまといふ、わがいもともいふ。わがせことも」（能因歌枕）、「おとこをは、わかせこといふへし」（口伝和歌釈抄）、「せこ　をとこをいふ」（綺語抄）、「女　わきもこと云　わかせことも云」（俊頼髄脳）。「わがせこ」が男女のいずれを指すかについては、俊頼髄脳、及び顕昭の著作に言及がある。○**コトノナクサソトハ**　「ことのなぐさ」の用例は僅少。「おもふとはわれをしらなむあだ人のうちかたらふはことのなぐさぞ」（行

宗集・二五八)、「いかがせむいつはりにてもわびつつはただたのめなんことのなぐさに」(重家集・二二三)
【参考】「わかせことは、我をとこといふ也」(松か浦嶋)

300 カネテヨリヒトコトシケクカクアラハ　シヱヤワカセコイカ、アルカモ
*同二二アリ。ワカセコトハ、ヲトコヲイフナリ。シヱトハ、ヨシヤトイフナリ。

【本文覚書】○同二二…「同に」(大)
【出典】万葉集巻第四・六五九「予《あらかじめ》 人事《ひとごと》繁《しげし》 如是有者《かくしあらば》 四恵也吾背子《しゑやわがせこ》 奥裳何如荒海藻《おきもいかにあらめ》」〈校異〉③は紀が一致。元、廣「かくしあらは」⑤未見。元、紀「おきもいか、あるも」。元「ある」右「セムイ」。廣「ヲキモイカ、アルカモ」。仙覚本は「オキモイカ、アラモ」で、宮、西「荒海藻」左「アルカモ」。京「荒」左緒「アル」。西「奥裳」左「コ、モ」
【他出】綺語抄・四一一「かけてよりひとごとしげしかくしあらばしゑやわがせこおきもいかいか」
【注】○ワカセコトハ　299歌注参照。○シヱトハ　「シヱヤトハ、ヨシヤトイフナリ」(330歌注)、「シヱヤトハ、ウレシトイフナリ。思咲《シエヤ》トカケリ。喜 哉《アナウレシヤ》。」(542歌注)、袖中抄「よしゑやし」参照。顕昭は「よしゑやし」「よしゑや」「しえや(ママ)」「をしゑやし」を同意に解している。用例は僅少。「ときはるしゑやといひてけなましを我が身はさちもしこりさまねば」(散木奇歌集・一四四二)「まゆねかきひもときたれてまためやもしゑやこよひといひてしものを」(久安百首・五七一・隆季)
【参考】「をしへやし《愛八師》〈愛はちかしともよめり。若近心歟。範兼説如何。あいする也。イ説男也〉 よしえやし《能咲八師》〈わらふ也〉」(八雲御抄)

301

クサマクラタヒユクコマノ《*セコカ*》マロネヲ《せ》ハ　イハナルワレハヒモトカスネム

同廿ニアリ。セコカトハ、ヲトコヲイフ。イハナルトハ、イヘナルトイフナリ。ハトヘトハ同コエナリ。

【本文覚書】○コマノ《セコカ》…こま《せこ》（筑B）、セコガ（刈）、コマノ（和）　○マロネヲ《せ》ハ…マロネセハ（和）、マロマネハ（筑A）、マロネセバ（刈）

【出典】万葉集巻第二十・四四一六「久佐麻久良《くさまくら》　多比由苦世奈我《たびゆくせなが》　麻流祢世婆《まるねせば》　伊波奈流和礼波《いはなるわれは》　比毛等加受祢牟《ひもとかずねむ》」

〈校異〉②「コマノ」未見。非仙覚本及び仙覚本は「セナカ」で童蒙抄の傍記に近い。③未見。元、類、古「まるねせは」で童蒙抄の傍記に近い。廣「タヒネセハ」。仙覚本は「マルネセハ」④「ワレハ」は類、古が一致。元「われに」。廣「ワレモ」

【注】○**セコカトハ**　299歌注参照。○**イハナルトハ**　東国語形か。ハとへとの音通により「家（イハ）」と「家（イヘ）」は同じとする。301歌は、夫の詠んだ前歌（四四一五）に対する妻の詠であり、前歌句「家（イヘ）なる妹を」に301歌句「家（イハ）なる我」が応じている。

302

ワカ、トニチトリシハナクヲキヨ〳〵　ワカ、クレツマヒトニシラルナ

万十七ニアリ。ツマトハ、ヲトコモヲムナヲハツマトイヒ、ヲムナモヲトコヲツマトイフヘキナメリ。コレハシノヒタルヲトコ《ト》・ミヘタリ。

【出典】万葉集巻第十六・三八七三「吾門尓《わがかどに》　千鳥数鳴《ちとりしばなく》　起余〻〻《おきよおきよ》　我一夜妻《わがひとよつま》　人尓《ひとに》所レ知名《しらゆな》」〈校異〉④「カクレツマ」未見。尼、類、古「ひとよつま」。廣「ヒトヨマツ」。仙覚本は「ヒトヨツマ」

【他出】俊頼髄脳・四一二（初句「わがかどの」下句「わが一夜づま人に知られじ」）

【注】○ツマトハ　「をこと《（トコ）》をば……つまといふ」「めをば、つまといふ　わがせことも」（能因歌枕）、「つまとは人々あまたの事をいはると云々」（隆源口伝、以下男女両説を例歌により示す）、「妻ツマ　めをいふ。論ある事也。をとこをもいふにやあらん」（綺語抄）、「おとこはめをわかせこといひ、女はをとこをわかせこと申なり」（俊頼髄脳、以下同書は男性を「つま」とする例歌をあげつつ、「つま」の用字から「おとこをもなとかよまさらむと人申、をんなをつまとは《本ノ》なり」と結論する）○コレハシノヒタル　「かくれづま」の用例は万葉歌以後ほとんどないが、古今六帖では「わぎもこ」「わがせこ」「かくれづま」が立項される。

【参考】「吾門爾千鳥数鳴起余々我一夜妻人爾知名（ワカ、トニチトリシハナクオキヨ〳〵ワカヒトヨツマヒトニシラスナ）……ソレニ、此哥ハ、人ノメヲシノヒテアヒテアルニ、夜ハアケナントス、人ニミエス不知シテオキナント云也」（万葉集抄）、「つま〈夫をもいふ〉……つま　是も男女共いへる也。経信与通俊論之。所詮両方同事なれと多は妻也。夫をも又つまとは云有例。経信は、女をつまといふといへり。誡夫をもいふといへる説はあれと猶可為妻と云。通俊証云、むさしのはけふはなやきそ、経信、此哥かきたかへたると云。通俊云、万葉、とをつ人まつらさよひめつまよひにひれふりしよりおへるこの名、又、たなはたのつまゝつよひの秋風にわれさへあやな人そこひしき。両首夫をつまとよめり云々。通俊、女も非無其理歟」（八雲御抄）

303

女

コモリエノハツセヲトメカテニマケル　タマハミタレテアリトイハシヤハ

万三ニアリ。ヲトメトハ、イマタヲトコセヌ女ヲイフ。未通女トカケリ。

【出典】万葉集巻第三・四二四「隠口《こもりく》乃《の》　泊瀬《はつせ》越《を》女我《とめが》　手《て》二《に》纏在《まける》　玉者《たまは》乱而《みだれて》　有《ありと》不《い》レ言《はず》八方《やも》」〈校異〉①未見。類一、

古及び紀（漢左朱）「かくらくの」。類二、細二、廣、紀「かくれぬの」。仙覚本は「コモリクノ」で「コモリ」紺青（西、矢、京、陽）なお、紀の「口」は「江」に近い字体。②は古及び細二（右）、廣（右）が一致。類一「とませをちめか」。類二、細二、廣、紀「せきをとめらか」。古「泊瀬」左「ト□セ」⑤未見。類一、細二、廣及び古（漢左）「ありといはしやも」が近い。類二、紀「いはすあらむやは」。古「イハスアラムヤモ」。仙覚本は「アリトイハシヤモ」で、細一「アリトイハマシヤモ」、宮「アリトイハハムヤモ」（上の「ハ」は後人か）で「ハム」を朱で消し、「ハム」右「マシ」

【他出】綺語抄・二二〇（隠口のはつせをちめがてにまけるたまをみだれてありといはじや）、色葉和難集・二〇七（初二句「かくれくのとませをちめが」五句「ありといはずや」）

【注】○ヲトメトハ　248歌注参照。

304

ニハニタツアサテカリホシ、キシノフ　アツマヲムナヲワスレタマフナ

万四ニアリ。藤原宇合大夫遷任上京常陸娘女贈哥一首トカケリ。イトアハレトヲモヒケレト、カキリアリケレハノホリニケリ。シキシノフトハ、シキリニシノフトイフナリ。アツマトハ、日本紀七云、日本武尊、相模国ヨリ上総国ニ往《イテマサム》トス。海中ニシテ暴風《アラキカセ》急ニ起テ、王《ミ》船漂蕩シテ、渡ヘカラス。王ニシタカヘル女《ヲトメ》アリ。弟橘媛トイフ。穂積氏忍《ヲシ》山ノ宿孫ノ女ナリ。王ニ啓シテ曰ク、風起浪泌シテ王船没ス。コシカナラス海神心ナリ。願者賤妾カ身、王ノ命ヲ贖テ海ニ入ト申ス。言訖テ乃ナミヲカフリテイル。カセスナハチヤムテ、船キシニツクコトヲエタリ。故ニ時人、其海ヲ号シテ、馳水トイフ。上総国ヨリ陸奥国ニ転《ウツリ》入。蝦夷既ニ平。*又曰、高見ノ国ヨリ還テ、西南ノ方常陸ヲヘテ、甲斐国ニイタリテ、酒折宮ニ居シタマヘリ。甲斐国ヨリ武

蔵上野ヲメクリテ、西方碓日《ウスヒ》坂ニヲヨヘリ。時日本武尊、毎ニ弟橘媛ヲシノヒタマフミコ、ロアリ。故ニ碓日ノ嶺ニノホリテ、東南方ニ望テ、三歎テ曰ク、吾嬬《ツマヲ》者耶、故山東ノ諸国ヲ号シテ吾嬬国《アカツマノ》トイフ。サレハ東《アツマ》トイフコトハコレヨリハシマレリ。日本武尊ハ景行天皇ノ子也。同胞ニシテ双生《フタコニムマル》。未即位親王ニシテ崩シタマヘリ。年卅*。

【本文覚書】○又曰、高見ノ国…又曰《日》高見の国（筑B）、又日高見《ヒタカミ》ノ国（刈・東）○年卅…年卅（筑B・刈・東）、年三十（岩・大）

【出典】万葉集巻第四・五二一「庭立《にはにたつ》 麻手苅干《あさでかりほし》 布暴《ぬのさらす》 東女乎《あづまをみなを》 忘賜名《わすれたまふな》」〈校異〉①は元、廣、古、紀が一致。類「にはたちの」②「アサテ」は元、廣、古、紀が一致。類及び元（「て」右赭）、古（「手」左の傍記「乎」右）「あさを」。なお、元、紀「手」、類「乎」、古「手」左「乎《ヲ》」。また、廣は「テ」を「ヲ」に訂正し、「手」を「乎」に訂正するが、いずれも後人か。④「ヲムナ」は類、廣、古、紀及び元（「も」右）が一致。元「をもなを」。紀「女」左朱「ヲトメ」。なお、廣は「ヲムナ」の「ムナ」を「トメ」に訂正するが、これも後人か。

【他出】綺語抄・三二一・三二八（初句「にはにおふる」）・四三二、奥義抄・三七五、古来風体抄・五〇、色葉和難集・七五八

【注】○**藤原宇合大夫**「藤原宇合大夫遷レ任上レ京時常陸娘子贈歌一首」（万葉集題詞）○**イトアハレトヲモヒケレト**

この一文、依拠資料あるか、未詳。○**シキシノフトハ**　俊頼以降、用例多数。○**アツマトハ**「亦進二相模一、欲レ往二上総一……乃至二于海中一、暴風忽起、王船漂蕩、而不レ可レ渡。時有二従レ王之妾一。曰二弟橘媛一。穂積氏忍山宿禰之女也。啓レ王曰、今風起浪沁、王船欲レ没。是必海神心也。願賤妾之身、贖二王之命一而入海。言訖乃披レ瀾入之。暴風即止。船得レ著レ岸。故時人号二其海一、曰二馳水一也。爰日本武尊、則従二上総一転、入二陸奥国一……蝦夷既平、自二日高見国一還之、

西南歴二常陸一、至二甲斐国一、居二于酒折宮一……則自二甲斐一北、転二歴武蔵・上野一、西逮二于碓日坂一。時日本武尊、毎有下顧二弟橘媛一之情上。故登二碓日嶺一、而東南望之三歎曰、吾嬬者耶〈媛、此云二菟摩一〉。故因号二山東諸国一、曰二吾嬬国一也」（日本書紀・景行天皇四十年）。歌学書で「あづま」の説明に日本紀を用いるものに、拾遺抄注（「おろかにもおもはましかば」注）がある。また八雲御抄の記述は童蒙抄に拠るか。〇**サレハ**「故山東ノ諸国ヲ号シテ、アガツマノクニト云ナリ」（拾遺抄注）、「アカツマヤ　吾妻　是ハ、ワカツマト（云）詞也。昔大和武ノ尊、メニヲクレテ、上野国ウスヒノ坂と云処テ、アカツマヤ〳〵、ト三度ノ給ケリ。メトハ、弟橘婦也。コレヨリ、東国ヲバ、アツマノ国ト云也」（信西日本紀鈔）〇**日本武尊ハ**「后生二二男一。第一曰二大碓皇子一。第二曰二小碓尊一……其大碓皇子・小碓尊、一日同胞而双生」（日本書紀・景行天皇二年）

【参考】「人　あつまおとめ〈東国者、根源は常陸女也〉」（八雲御抄）

305

カウチメノテソメノイトヲクリカヘシ　イモニアヘリトモタエムトヲモヘヤ

万七ニアリ。カウチメトハ、河内国ノ女トイフ也。

【出典】万葉集巻第七・一三一六「河内《かふち》女《め》之《の》　手《て》染之《そめの》糸乎《いとを》　絡反《くりかへし》　片糸尓《かたいとに》雖レ有《あれど》　将レ絶跡《たえむと》念也《おもへや》」〈校異〉①は元、類、紀が一致。廣「カフチメノ」。元「の」右赭「カ」③「クリ」は元、類、古、紀が一致。廣「イリ」④未見。元「いとにあれとも」。古「イトニアリトモ」。類、廣、紀「かたいとにありとも」。元右赭「カタイトニアレト」。仙覚本は「カタイトニアリト」で、西、温は「リ」右「レ」、矢、京、陽は「リ」左紺青「レ」。なお、古「片」なし。⑤「ヲモヘヤ」は元が一致。類「おもふな」。廣「ヲフナ」。古「ヲモフヤ」。紀「オモハムヤ」

【他出】古今六帖・三五三三（下句「いとにありともたえんとおもふな」）、綺語抄・三二二（下句「かたいとにありともたえんとおもふな」）

306

【注】〇カウチメトハ　正しい表記は「カフチメ」。240歌注参照。

【参考】「人　かうちめ《万手染糸》〈河内也〉」「糸　てそめの〈河内めか〉」（八雲御抄）

キノフミテケフコソハヒマワキモコカ　コヽタシク〳〵《ツキテ》ミマホシキカナ

万十一ニアリ。ワキモコトハ、女ヲイフ。コヽタトハ、ソコラトイフナリ。シク〳〵トハ、シキリニトイフナリ。

【出典】万葉集巻第十一・二五五九「昨日《きのふ》見《み》而《て》　今日《けふ》社《こそ》間《へだて》　吾妹児《わぎもこ》之《が》　幾許《ここだく》継《つぎ》手《て》　見《み》巻欲《まくほしき》毛《も》」〈校異〉②は「ハヒマ」は廣が一致。嘉及び廣（「ヒマ」右）「あひた」④未見。嘉、廣は「こゝたくつきて」で童蒙抄の訂正、傍記と一致。仙覚本は「コヽタクツキテ」⑤未見。嘉、廣「みまくほしかも」。仙覚本は「ミマクホリカモ」で「リ」紺青（文、矢、京）。温「ミマクホ□カモ」。細、宮「ミマクホシキモ」。西、文、温、矢、京は「欲」左「ホシ」

【他出】人麿集Ⅳ・二二二六（二句「けふこそあひた」下句「こゝたくつきてみまくほしかも」）、古今六帖・二七五一（昨日見てけふこそあひだわぎもこにここばくつきもみまくほしけん）

【注】〇ワキモコトハ　「若詠女時〈はしけやしと云、又わぎもこと云〉」（喜撰式）、「めをば、いもといふ、わぎもことといふ、しらとゆき共云」（能因歌枕）、「わぎもこ　めをいふ」（綺語抄）、「女　わきもこと云、わかせことも云」（俊頼髄脳）、「ヲトコヲワギモコトヨメル歌ハミエズ」（古今集注）〇コヽタトハ　175歌注参照。〇シク〳〵トハ「しき〳〵とは、古歌枕にはしきりにといふとなん」（口伝和歌釈抄）。306歌四句には「コヽタクツキテ」とするべき傍記が施されており、この傍記は万葉の訓として妥当なものである。一方注文は「コヽタシク〳〵」に基づいている。

【参考】「こゝたくに〈こゝにといふ心也。又、幾字をもかきてよめり。それは、いくはくといふ心也。万葉十而同十八両様也。但多心歟。仍付幾〉」（八雲御抄）

ナニハメノアシヒタクヤノス、タレト　ヲノカツマコソトコメツラシキ

同ニアリ。ナニハメトハ、ツノクニノ女也。ス、タレトハ、ス、タレコトイフナリ。

【出典】万葉集巻第十一・二六五一「難波人《なにはひと》　葦火燎屋之《あしひたくやの》　酢四手雖レ有《すしてあれど》　己妻許増《おのがつまこそ》　常目頬次吉《とこめづらしき》」〈校異〉①は類（「ひと」右朱）が一致。嘉、類、廣、古「なにはひと」②「ノ」は嘉、廣、古が一致。類「は」

【他出】人麿集Ⅳ・一五三、拾遺集・八八七、古今六帖・二九四六、綺語抄・四八八、以上五句「とこめづらなれ」。綺語抄・三二七、千五百番歌合・二四〇三判詞、以上初句「なには人」。隆源口伝・五二（初句「なにはのに」三句「すしたれど」五句「めづらしきかな」）。定家八代抄・一一六五（初句「難波人」五句「とこめづらなれ」）

【注】○ナニハメトハ　「ナニハメ」は万葉集の訓としては類聚古集の書き入れのみである。人麿集Ⅰ、Ⅱ及び国歌大観本人丸集は初句「なにはひと」。「なにはめをけふこそみつのうらごとにこれやこのよをうみわたるふね」（業平集・三二）など用例は多数あるとともに、「なにはびと」も又多く詠まれている。また綺語抄は「なにはびと」、「なにはめ」、「なにはをとこ」を立項する。口伝和歌釈抄は、「なにはめのこやによふてうあまのたしのひにたにもあふよしもかな」（「難波めのこやによふけてあまのたくしのびにだにもあふよしもがな」〈古今六帖・七八六、新勅撰集等では初句「なにはえの」〉）を掲出し「なにはめとはつのくにのなにはのあまをいふなるへし」と注する。○ス、タレトハ　「ス、タレ」を「ス、タレコ（煤垂児）」と解すること不審。「煤垂れるまやのあれよりもる雪やみししほこしのひにもふるらむ、すゝたれるとは、怡煤の垂也。万葉には、すしたれとよめり。すとしと、五音同ゆゑなり。なにはびとあしびたくやは酢四たれどおのがつまこそとこめづらしき」（散木集注）

【参考】「難波人葦火燎屋之酢四平雖有己妻許増常目頬次吉（ナニハヒトアシヒタクヤニス、シタレトヲノカツマコソトコメツラシキ）ナニハカタトハ、摂津国ノナニハノ浦ヲ云也。葦火タクトハ、其国ノ者ハ、葦ヲカリテタク也。ス、シタレトハ、ス、ヲ云也。アシヲタキテ、火ノス、ノタレカ、ルヲ云也」（万葉集抄）、「人　なには」（八雲御抄）

308 タヲヤメノソテフキカヘスアスカヽセ　ミヤコヲトヲミイタツラニフク

万一ニアリ。タヲヤメトハ、婇女トカケリ。日本紀ニハ婦女トカキテカクヨメリ。アスカ、セトハ、ナラノ京ニアスカトイフ所ニフクカセナルヘシ。

【出典】万葉集巻第一・五一「婇女乃《うねめの》　袖吹反《そでふきかへす》　明日香風《あすかかぜ》　京都乎遠見《みやこをとほみ》　無用尓布久《いたづらにふく》」〈校異〉①は元、類、俊、冷、廣が一致。紀「オホヤメノ」。元漢左朱「ウネメノ或」。類「婇女」左「ウナラメ」③「アスカ」は元、俊、廣、紀が一致し、類「にし」を「アスカ」に訂正。冷「カ、カ」⑤は元、類、俊、紀が一致。冷、廣「イタツラニソフク」

【他出】綺語抄・八四・三二七、色葉和難集・三七五、雲葉集・九七七

【注】○**タヲヤメトハ**　「女をば、はしけやといふ、たをやめとも」（能因歌枕）、「たをやめ　幼婦……婇女　うねこめ或本」（綺語抄）、「タヲヤメ　是ハ、ワカキ女也」（信西日本紀鈔）。万葉集中の「タヲヤメ」の表記は、「手弱女」「幼婦」で「婇女」は一例のみ。○**日本紀ニハ**　日本書紀における「タヲヤメ」の表記は、「女」「婦女」「美人」「手弱女人」「婦」「婦人」がある。

【参考】「人　たをやめ〈日本紀云、わかき女〉」「風　あすかゝせ　はつせかせ　さほかせ〈已上三は所名也。万葉にあり〉」（八雲御抄）

309 カスカノハケフハナヤキソワカクサノ　ツマモコモレリワレモコモレリ

古今一ニアリ。伊勢物語哥也。カノモ*ノカリニハムサシノハトカケルヲ、古今ニハカスカノハトカケリ。ムサシノ国イルマノコホリニカスカノサト、イフトコロナリ。サレハカクテモタカハヌニヤ。

【本文覚書】○モノカリ…モノカタリ（和・筑A・刈・東）、物かたり（筑B）、物語（岩・大）
【出典】古今集・十七・よみ人しらず
【他出】五代集歌枕・六七一、定家八代抄・三九。伊勢物語・一七、俊頼髄脳・四一〇、袖中抄・一八三、色葉和難集・四四七、以上初句「武蔵野は」
【注】○**伊勢物語哥也**　伊勢物語十二段。「むさしのはけふはなやきそわかくさのつまもこもれりわれもこもれり　この哥もいせものかたりに…」（俊頼髄脳）。伊勢物語歌と古今集歌では初句が異なることについては袖中抄等が補説している。「伊勢物語ニハムサシノハトテアリ」（永暦本古今集傍書）○**ムサシノ国**　袖中抄は当該箇所を引用して「思違たるなめり」と童蒙抄の誤認を指摘する。309歌は十二段であるが、童蒙抄の言う「イルマノコホリノカスカノサト」の一文があるのは十段で、かつ「みよしのの里」である。注文に脱落等を想定すべきか。

姑

イマコムトイヒシハカリヲイノチニテ　マツニケヌヘシサクサメノトシ
後撰十八ニアリ。昔人ノムコノイマコムトイヒテマカリニケルカ、フミカヨハスヒトアリトキ、テヒサシクマテコサリケレハ、アツマウタノコ、ロヲトリテ、女ノハ、カクイヒツカハシケル。
【出典】後撰集・一二五九・（女のはは）
【他出】口伝和歌釈抄・二九八、俊頼髄脳・二五六、奥義抄・三三七、袖中抄・三三〇、和歌色葉・三四七、色葉和難集・八一二
【注】○**昔人ノムコノ**「人のむこの、今まうでこむといひてまかりにけるが、ふみおこする人ありとききてひさしう

まうでこざりければ、あどうがたりの心をとりてかくなん申すめるといひつかはしける　女のはは」（後撰集詞書及び作者）○**アツマウタノコ、ロヲトリテ**　後撰集詞書は「あどうがたりの心をとりて」とある。「あとうがたりの心をとりてと云はなぞ〳〵也」（後撰和歌集聞書注）。なお、袖中抄は「又このことばをも童蒙抄には、二人の心をとりてと書けり。奥義抄にはあどうがたりの心をとりてと書けり。或本にはあづまうたの心をとりてと書けり。或本にはあづまがたりの心とありき」とする。本条は異本を欠くが、流布本系諸本に「二人の心をとりて」とするもの未見。また袖中抄のいう「或本」の載せる一文は童蒙抄流布本に一致するが、これを童蒙抄の一本と確定する根拠を欠く。

ソノ返哥ニイハク

カスナラヌミノミモノウクヲモホエテ　マタル、マテモナリニケルカナ

トテウルサシトイフマテニソマウテキケル。サテサクサメノトシトハ、シウトメノトシヲイタルトイフナリ。委見東古語。又、劉安列女伝ニイハク、老母ヲ謂テ屓《トシ》トスル也。俗ノタメニハ、刀自ノ二字ヲ用ハ訛也。アツマノクニ、サクサメトイフトコロアリトイヘリ。コレハ古来難義ニテ、四条大納言和哥論義ニ、コノコトイヒキカセム人モカナトカケリ。サレハマシテイカ、ハタシカニシレル人アルヘキ。

【出典】後撰集・一二六〇・（むこ）

【他出】俊頼髄脳・二五七、源氏釈・九三

【注】○**トテ、ウルサシト**　この一文後撰集には見えない。あるいは同集一二六一歌の詞書「つねにくとてうるさがりてかくれければ、つかはしける」に拠るか。○**サクサメノトシトハ**　古来所説あり。「しうとをば、さくさめといふ」（能因歌枕）、「さくさめとわ、ふるき歌枕には、しうとめをいふ。四条大納言もゑしらて、いふ人もかな、とあ

りけるとなん。或説云、さくさめとは、はかき女をいふとなん。をとこのたのめてこさりけれは、女は、かよめるなり」（口伝和歌釈抄）、「さくさめのとし　或人云、前（赤・徳川黎明会本、島原本）旧若歳云々。丑歳名也。或人云、丙寅歳云々。或人云、しうとめの名也。後々同レ之。或人云、さくさめのしうとめをいふ。能因抄にも如レ之。愚案作《本》咢《ノ》歳歟。酉歳名也」（綺語抄）、「さくさめのとは云るは、しれるひとなし。行成大納言のかきたりける後撰にはてのとしと云る文字をとし《刀自》とかゝれたりけるに、あはせて匡房中納言のまうしゝ。き《[さ]》くさめとはしうとめの異名也とそまうしゝ。されはその哥のはてのとしと云るは、としにはあらて、刀自也。そのしうとめか刀自にてありけるなめりとそきこゆる」（俊頼髄脳）、「としは女の惣名と日本記に見えたり」（奥義抄）、「讃岐入道顕綱朝臣説とて　さくさめの年といふ、早蕨、早苗の早字、わか草、はつ草の草、未通女、たをやめ、はつせめなどいふめの字、わか草めの年にて、待つにきえぬべしとよめるか」（僻案抄）○**委見東古語**　未詳。○**劉安列女伝ニイハク**　未詳。列女伝の著者は劉向。あるいは淮南王の劉安を言うか。諸本に異同なし。「負　劉向列女伝、云古語謂二老母一為レ負〈今案和名度之、俗用二刀自一字一者訛也〉」（和名抄十巻本）、「劉向列女伝、魏曲沃負者魏大夫如耳之母。此古語謂老母為負耳」（説郛巻十七）

【参考】「親族　さくさめ、しうとめをいふなり。匡房説之由在俊頼抄」（八雲御抄）

翁

モ、トセニヲイク*チヒソミナリヌトモ　ワレハワスレシコヒハマストモ

六帖ニアリ。字*抄哥也。

【本文覚書】○クチ…たち（筑A・大）、○字抄…筑Bは左に傍線を付す。岩は右に「本」と傍記する。

【出典】古今六帖・一四〇九、五句「こひやますとも」
【他出】万葉集・七六四（「百年尓《ももとせに》　老舌出而《おいしたいでて》　与余牟友《よよむとも》　吾者不レ猒恋者益友《あれはいとはじこひはますとも》」）
【注】〇**字抄**　未詳。

ヲイヌレハカシラノカミモシラカハノ　ミツハクムマテナリニケルカナ

六帖ニアリ。ミツハクムトハ、支離トソカケル。サレハエタモハナレ〳〵ニナリヌレハ、ツキメモサ、ヘスヲイカ、マリテ、ヒサノ左右ノミ、ノウヘマテサシアカリタルヲイフ也。

【出典】存疑
【他出】檜垣嫗集・二三、袋草紙・一一一、以上初句「おいはてて」。奥義抄・一四四（初句「としふれば」五句「老にけるかな」）。後撰集・一二一九、五代集歌枕・一三九四、色葉和難集・八九〇、以上初二句「年ふればわがくろかみも」。大和物語・二〇二（初二句「むばたまのわがくろかみは」）
【注】〇**ミツハクムトハ**　「みつわさすとは、老かゞまるをいふ」（能因歌枕）、「みつわさす　老テカゞマル也」（和歌初学抄）、「おいぬれば七夕づめに事よせて鳥も渡らぬみづわをぞくむ　みづわくむとは、おいぬるをいふなり。みづわさすともいふ。支離とかけり」（散木集注）、「支離疏者、頤隠於斉、肩高於頂、会撮指天、五管在上、両髀為脅。挫鍼治繲、足以餬口、鼓筴播精、足以食十人。上徴武士、則支離攘臂於其間」（荘子・人間世）、「支離〈ミツハサス〉」（伊呂波字類抄）

314

ヲキナサヒ、トナトカメソカリコロモ　ケフハカリトソタツモナクナル

伊勢物語ニアリ。仁和帝セリカハノ行幸セサセタマヒケル日、タカ、ヒニテカリキヌノタモトニツルノカタヲスリテ、行平朝臣カキツケテハヘリケル哥也。コレコ、ロエヌ人ハ、今日ハカリトソ申ナル。ケフハ雁トソ鶴モナクナルトコソイハレタレ。仁和帝トシヲトナニヲハシマシケルニ、カクイヘリトテ、御気色アシクテナムコモリヲリケル。ヲキナサヒトハ、ヲキナアソヒソトモ、マタヲキナサレトモイフナリ。

【出典】伊勢物語・一九五

【他出】業平集・一〇八（五句「かりもなくなる」）、後撰集・一〇七六、古今六帖・一三九六（五句「たづもなくなり」）・三三〇七（初句「おいさみを」）、俊頼髄脳・三二六、奥義抄・三二一（五句「たづもなくなり」）、万葉時代難事・六四、袖中抄・二三三、宝物集・一一、和歌色葉・三三六、定家八代抄・一四四九、色葉和難集・二二八

【注】○**仁和帝セリカハノ行幸セサセタマヒケル日**　「仁和の御門芹河に行幸したまひける時」（伊勢物語・百十四段）○**タカ、ヒニテ**　「大鷹の鷹飼にて」（伊勢物語）、「おなじ日たかがひにて」（後撰集・一〇七六詞書）○**カリキヌノタモトニ**　「すり狩衣のたもとに」（伊勢物語）、「かりぎぬのたもとにつるのかたをぬひて」（後撰集）○**カキツケテハヘリケル哥也**　「書きつけける」（伊勢物語）、「かきつけたりける」（後撰集）○**御気色アシクテナム**　「おほやけの御けしきあしかりけり」（伊勢物語）○**コモリヲリケル**　「行幸の又の日なん致仕の表たてまつりける」（後撰集）○**コレコ、ロエヌ人ハ**　「ケフハカリ」の意について袖中抄は、「今日許り」「今日は雁」「今日は狩」の三種の解があることを指摘し、童蒙抄の説を「又童蒙抄に、けふ許にはあらず、今日は雁とぞ鶴も鳴くなると侍る、おぼつかなし」と評する。○**ヲキナサヒトハ**　「おきなさひといふは、おきなされとと《(ママ)》いふ詞なり」（俊頼髄脳）、「翁さひとは、おきなされともまうす。又おきなすさひともいへり。すさひはあたにうちすることも也。おひさひと云も此心也」（奥義抄）、

「翁さびは翁すさびといふ詞なり……翁あそびの義もいたう不《(ル)》違《(ハ)》歟。あそびをあをば略して、そびといふは、さとそと同音なる故歟」（袖中抄）

【参考】「おきなさひといへるも、おきなされといふ心ととしよりはいへり」（八雲御抄、細川幽斉筆本）

使

モミチハノチリユクナヘニタマホコノ　ツカヒヲミレハアフヒシヲモホユ

万二ニアリ。タマホコノツカヒ、トイヘリ。

【出典】万葉集巻第二・二〇九「黄葉之《もみぢばの》 落去奈《ちりゆくな》倍《へ》尔《に》 玉梓之《たまづさの》 使乎《つかひを》見者《みれば》 相日《あひしひ》所ㇾ念《おもほゆ》」〈校異〉②「チリ」は金、類、廣、古、紀が一致。廣「チリ」右「伊云御本オチ」⑤「アフヒシ」未見。金、古「あひし」。ただし、古「アヒシ□ホユ」。類及び廣（「ヒシ」右伊云御本云）「あふひ」。廣、紀「アヒシヒ」及び類右「或本あひし日おもほゆとも」が近い。ただし、類「日」「とも」を消す。仙覚本は「アヒシヒオモホユ」で「ヒシヒ」紺青（矢、京）。温、矢、京は「相日」左「ミシヒ」で京赭で「ミシヒ」を消す。細「相」左「ミシ」。宮「相」左「ミシイ」。京「アヒシヒ」右赭「アフニ」。温「□オモホユ」

【他出】人麿集Ⅲ・六五一（五句「アヒシオモホユ」）

【注】○**タマホコノツカヒトイヘリ**　「たまほこのつかひ」は、万葉集次点本、新点本の一部の伝本にあるのみで、古今六帖では「つかひ」の項に三首が見えるが、以後の用例は僅少である。「わぎもこやいたくなわびそたまぼこのつかひかよはぬものならなくに」（古今六帖・一〇九六）。「万葉集ニハ、タマホコノキミガツカヒナドモヨメリ。又タマホコノイモ、タマホコノサトビト、タマホコノツカヒトモヨメリ」（古今集注）、「玉鉾とは道を云。喜撰が式にい

へり。但、万葉には玉鉾の使、玉ほこのいも、玉ほこの里などよめり。されど打任ては道を読ならはせり。玉鉾の使之来、以道行物也。玉ほこの妹道にこそはいで、侍けめ、里道を行てすぐる所なり。是等やがてかなひてこそ侍」（顕注密勘）

【参考】「たまほことは、つかひをもいふ也」（松か浦嶋）

316 タマホコノキミカツカヒヲマチシヨノ　ナコリソイマモイネヌヨノヲホキ

同十ニアリ。タマホコトハ、ミチヲイフトソシレルヲ、ツカヒヲモイフヘキニヤ。マタミチヲカヨフモノナレハカクヨメルニヤ。

【出典】万葉集巻第十二・二九四五「玉梓之《たまづさの》　君之《きみが》使乎《つかひを》　待之《まちし》夜乃《よの》　名《な》凝其《ごりぞ》今毛《いまも》　不レ宿夜乃《いねぬよの》大寸《おほき》」〈校異〉③は廣、西及び元（「り」右赭）が一致。元「まちしより」⑤「イネヌ」は元、古、西が一致。廣「ネヌ」

【注】○タマホコトハ　「若詠道時　玉ほこのと云」（喜撰式）、「道　たまほこといふ」（能因歌枕）

317 ワカヤトノワサタカリアケテニヱストモ　キミカツカヒヲカヘシハヤラシ

コノニヱストモトヨメルハ、ハルサハリナキヒトヲカスヲサタメテモノナトクワセテ、トシキトイフモノキラセテヲキテ、ソノアキツクリタルタヲハシメテカリテ、ハルトシキ、リシヒトヲヨヒテ、カトヲサシカタメテクヒモノヲシテクヒノ、シルホトニ、*キルヒトニハアヒコトヲタニセヌニ、キミカツカヒナラハカヘサシトヨメルナリ。

【本文覚書】○キルヒト…トルヒト（筑A）、来《ク》ルヒト《人》（刈）、クルヒト（東）、とる人（岩）、くる人（大）

【出典】明記せず

【他出】家持集・二二九（三四五句「かへすともきみかつかひはた〻にはやらし」）、古今六帖・一一〇二（三句「かへすとも」）、俊頼髄脳・二一〇、色葉和難集・一三六（二句「わさだかりあげ」）

【注】○ニヱス　本注は俊頼髄脳に依拠したと考えられる。「わかかとのわさたかりあけにえすともきみかつかひをかへしはやらし　にえすといふは、春田つくらんとする時によろつに・《イもの》よき人のさはりなきをいく・《たり》とも・《イなく》かすをさためて家によひ・《イあ》つめてたうふ・《イナシ》るにしたかひてものをくはせ、きやうをうして、年木と云物をきらせて《イする也》、家のうしろのそのにたつるなり。その木は、ほそたかなる木の枝もなきをきりて、さきにちひさきかめに水をいれて、おとといへるものをくして、さきにゆひつけて、《イ家のしりへに》たて、そのとしの秋《イ田のかるへき程に成ぬる時にかのとしき、りし人をよひあつ［めて］》つくりたる田をはしめてかりて、門をさしかためて、さはりのいてこぬさきにおものにして、くひの〻しるなり。そのほとにきたる人には、いかにもあひことをたにもせさるなり。たとへはとしひさしく田舎なとにありつるをやの、めつらしくのほりて、これあけよといひてた〻きたてるをもいれぬなり。さらんをりなりとも、きみか使をかへさてよひいれんと、心さしあるさまをよめるなり」（俊頼髄脳）

海人

シホカレノミツノアマメノク、ツモテ　タマモカルラムイサユキテミム

万葉三ニアリ。ク、ツトハ、カタミヲイフ也。

【出典】万葉集巻第三・二九三「塩干乃《しほかれの》　三津之《みつの》海女乃《あまめの》　久具都持《くぐつもち》　玉藻《たまも》将レ苅《かるらむ》　率行見《いざゆきてみむ》」〈校異〉②「アマメノ」は紀（「海女乃」左朱）が一致。類、廣、紀「あまひと」

【他出】五代集歌枕・一六六四（二三句「みつのあま人くらべもて」）、袖中抄・一〇〇（二句「みつのあま人」）・七六八、色葉和難集・八四六（二三句「みつの海士人久具都もち」）

【注】○ク、ツトハ「く、つは　したみ也」（和歌色葉）、「世にくゞつ目と申すは、さやうの籠の目のつまれたるをいふ歟。和語抄云(二)(ク)、くゞつとはかたみをいふなり」（袖中抄）。用例は近世に至るまで未見。

【参考】「角麿哥　塩干乃三津之海女久具都持玉藻将刈率行見（シホカレノ　ククツモチタマモカルランイサユキテミン）ク、ツトハ、ホソキナハヲモテ、モノイル、モノニシテ、ヰナカノモノ、モツ也」（万葉集抄）、「く、つもち〈海人のもなとかる也。在万葉三〉」（八雲御抄）

人体部

面影

ヨノホトロワカイテ、クレハワキモコカ　ヲモヘリシクヨヲモカケニミユ

万四ニアリ。ヨノホトロトハ、ヨノホトイフ也。

【出典】万葉集巻第四・七五四「夜之穂杼呂《よのほどろ》　吾出而来者《わがいでてくれば》　吾妹子之《わぎもこが》　念有四九四《おもへりしくし》　面影二三湯《おもかげにみゆ》」〈校異〉非仙覚本（桂、元、紀）異同なし。なお、廣は訓なし。

【他出】袖中抄・二五〇

【注】○ヨノホトロトハ「今云(ク)、これらも夜のまだらといふか。ひとへにあかくもならぬ心にや」（袖中抄）。なお袖中抄所引童蒙抄本文は、末尾に「ろは語の助なり」の一文を持つ。同様の伝本未見。「ホトロ〳〵トハ、カキタレテフルト云也」（万葉集抄）

320

咲

ヲモハスニイモカヱマユヲユメニミテ　コヽロノウチニヱミツヽソヲル

万四ニアリ。ヱマユトヨメリ。

【出典】万葉集巻第四・七一八「不レ念尓《おもはぬに》　妹之《いもが》咲《ゑ》儛乎《まひを》　夢見而《いめにみて》　心中二《こころのうちに》　燎管曾《もえつつぞ》呼留《をる》」〈校異〉②未見。元、廣、紀「いもかゑまひを」。元「いも」右赭「キミ」。仙覚本は「イモカエマヒヲ」⑤「ヱミツヽ」未見。元、廣「もえつゝ」。元「も」右赭「ミ」。紀「モユツヽ」。仙覚本は「モエツヽ」

【他出】古今六帖・三〇八二（二句「いもがゑまひを」五句「こふるこのごろ」）

【注】○ヱマユ　「ゑまゆ」の用例は未見。「ゑまひ」は、「春くれど野べのかすみにつつまれて花のゑまひの口びるもみず」（永久百首・未発花・七二一・仲実）、「けさよりはいもがゑまひをおもひいでてくれをまつまのおもひでにせん」（行宗集・二五五）などがある。

321

髪

ウハタマノクロカミシキテナカキヨヲ　タマクラノウヘニイモマツラムカ

万十ニアリ。ウハタマノト《ハ》・クロシトイフ也。

【出典】万葉集巻第十一・二六三一「夜《ぬ》干《ば》玉之《たまの》　黒髪色天《くろかみしきて》　長夜畳《ながきよを》　手《た》枕之《まくらの》上尓《うへに》　妹待覧蚊《いもまつらむか》」〈校異〉非仙覚本（嘉、類、廣、古）異同なし。

【他出】古今六帖・三一六六（初句「むばたまの」）、袖中抄・四四四

【注】○ウハタマノトハ　「むばたまとは、くろき物をいふ」（能因歌枕）、「むばたま　よる、くろし、ゆめ」（綺語

抄）。袖中抄「むばたまのよる」に詳説する。
【参考】「髪　むはたまのと云」（八雲御抄）

322
ワキモコカヒタヒノカミヤシ、クラム　アヤシクソテニスミノツクカナ
世諺云、人ヲコフルヒト、ヒタヒノカミシ、ク。人ニコヒラル、人、ソテニスミノツクトイヘリ。
【出典】明記せず
【他出】俊頼髄脳・二五一、奥義抄・四三一、和歌色葉・二一五、色葉和難集・四一八・九四二
【注】○世諺云　書名か否かは不明だが、童蒙抄に「世諺」の語はここに見るのみ。「人をこふる女のひたひのかみのし、くといへることのある也。人のかみはぬれぬるをなてつくろふにこそか、りたれ。涙にぬる、ひたひのかみを、こひするほとによろつをわすれてうつふしる《(ふ)》したれは、ひたひのかみのし、けんことはり也」（俊頼髄脳）。「人に恋らる、人は袖にすみつく、又こひすれはひたいのかみし、くともよめり」（奥義抄）
【参考】「ひたひのかみし、く〈是は人をこふる女の髪し、くと云也〉」「そてにつくすみ〈是も人にこひらる、こと也〉」（八雲御抄）

323
ワキモコカネクタレカミヲサルサハノ　イケノタマモトミルソカナシキ
拾遺抄*第十二アリ。人丸カ、ナラノミカトノサルサハノイケニミユキシタマヒテ、ウネメノミナケタルヲアハレヒテ、*ヒトニウタヨマセタマウケルニ、御トモニテヨメル也。ネクタレカミトハ、ツトメテナトネヲキタルカミトソキコエケレハ、ミナケタラムヒトノカミニハタカヒタルヤウニコソキコユルハヒカコトヲ、モ

フニヤ。タ、カミノミタレタルヲイフヘキカ。

【本文覚書】○第十二…第十二三（和・刈・東）、第十二に（筑B・岩・大）○ヒトニ…人丸に（大）

【出典】拾遺抄・五五五・柿本人丸、詞書「さるさはのいけにうねべのみなげてはべりけるを見はべりて」

【他出】人麿集Ⅰ・二二九、人麿集Ⅱ・二五八、人麿集Ⅲ・六四四、大和物語・二五二、拾遺集・一二八九、三十人撰・一〇、三十六人撰・九、綺語抄・三三一、五代集歌枕・一四四六、袋草紙・二一、万葉時代難事・三四、人麻呂勘文・二四・四七

【注】○**人丸カ**「むかし、ならの帝に仕うまつるうねべありけり……猿沢の池に身を投げてけり……池のほとりにおほみゆきしたまひて、人々に歌よませたまふ。かきのもとの人麻呂」（大和物語第百五十段）○**ネクタレカミトハ** 童蒙抄の趣旨は、ねくたれ髪を身投げをした人の髪とする理解に対する反論であるが、どのような資料に対するものであるかは不明。また、ねくたれ髪を死者の髪の様とする詠歌例も未見。

【参考】「髪　ねくたれ」（八雲御抄）

眉

324

イトマナキヒトノマユネヲイタツラニ　カ、シメツ、モアハヌキミカナ

万四ニアリ。マユネカキテハコヒシキ人ヲミルトイヘリ。

【出典】万葉集巻第四・五六二「無レ暇《いとまなく》　人之《ひとの》眉根《まよね》乎《を》　徒《いたづらに》　令レ掻乍《かかしめつつも》　不レ相《あはぬ》妹可聞《いもかも》」〈校異〉④未見。桂、廣、紀「かゝしめつゝら」。元「かくしめつゝら」で「ら」右赭「モ」。仙覚本は「カ、シメツ、モ」で童蒙抄と一致。⑤「キミカナ」未見。桂、元、廣、紀「いもかも」。元「も」右赭「ナ」。仙覚本は「イモカモ」

【注】○**マユネカキテハ**　「まゆねかきてはめつらしき人にあふといふ事あり」（口伝和歌釈抄）、「こひしき人をみむとするをりには、まゆのかゆき也」（俊頼髄脳）、「めつらし（メツラシキ）人をみんとては、ひもとけ、まゆのかゆかり、はなをひるといへり」（和歌色葉）、「マユネカキテ恋キ人ニアフト云事ハ遊仙窟ト云文ニ有也。マユネカユカリテ恋人ニアフト云事也」（万葉集抄、「下官カ曰。昨ノ夜眼皮瞤《メノフチカユカリテ》。今朝《ケサ》見《ル》ニ好《ヨキ》人ヲ一」〈蔵中進『江戸初期無刊記本遊仙窟本文と索引』による〉）、「マユネカクトハ、恋シキ人ニアワントテハ眉ノカユキ也」（別本童蒙抄）

【参考】「無暇人之眉根乎徒爾令掻乍不相妹可聞（イトマナキヒトノマユネヲイタツラニカキシメツヽモアハヌイモカモ）　マユネヲカクトハ、本文也。恋人ヲミムトテハ、マユノカユキ也」（万葉集抄）、「まゆねかきはなひゝもとく〈人まつ心也〉」「まゆねかく〈是人をみんとする相也。万葉にいへり。鼻ひ剣（ママ）ときなと云、皆同相也。左てのゆみとるかたのまゆねかくなといふ〉」（八雲御抄）

涙

シキタヘノマクラヲヽ*クルナミタニソ　ウキネヲシケルコヒノシケサニ

万四ニアリ。マクラクヽル、トイヘリ。

【本文覚書】○ヲヽクル…ヲクヽル（筑A・和）、ヲクヾル（刈）、ヲククル（東）、をくゝる（筑B・岩）、をくゞる（大）

【出典】万葉集巻第四・五〇七「敷細乃《しきたへの》　枕従久〻流《まくらゆくくる》　涙二曽《なみたにそ》　浮宿乎思家類《うきねをしける》　恋乃繁尓《こひのしげきに》」〈校異〉②未見。元、金、細、廣「まくらをくゝる」。紀及び細（「ヲ」右或）、廣（「ヲ」右或）「マクラニクヽル」。仙覚本は「マクラヲクヽル」で、宮「マクラヨリクヽル」の「ヨリ」を「ヲ」に訂正。ただし、この訂正後筆か。なお、注釈には「クヽル」

とある。万葉歌本文は誤写か。③「ニソ」は元、細、廣、紀が一致。金「こそ」⑤「シケサ」は元、金、細、廣が一致。紀「シケキ」

【他出】秋風集・七八九（二句「まくらをくぐる」）

【注】○**マクラク、ル**　用例は僅少。「あひそめぬよるはうきねの心ちして枕をくぐるなみだやはひし」（久安百首・五七六・隆季）、「水くゞるとは紅の木のはの下を水のくゞりてながると云歟。潜字をくゞるとよめり」（顕注密勘）、「潜　ククル水流也」（名義抄）

チノナミタヲチテソタキツシラカハ、　キミカヨマテノナニコソアリケレ

古今十六ニアリ。前太政大臣白河ワタリニヲキケルヨ、素性カヨメルナリ。文選ニ、ナミタツキヌルトキニハ、ツクニ血ヲモテストイヘリ。後漢書云、至レル宝《タカラ》ハ衆妙ニ不同、故卞和泣血トイヘリ。チニナクコト、卞和泣玉ヨリヲコレルナルヘシ。委見韓子ニ。

【出典】古今集・八三〇・そせい法し

【他出】素性集・四一、新撰和歌・一六四、古今六帖・二四五一、和歌体十種・九、俊頼髄脳・二七七、大鏡・一〇、奥義抄・五五〇、五代集歌枕・一一五四、古来風体抄・二八二、定家八代抄・六四三、色葉和難集・二一三

【注】○**前太政大臣**　「さきのおほきおほいまうちぎみをしらかはのあたりにおくりける夜よめる　そせい法し」（古今集詞書）○**文選ニ**　「此少卿所以仰天槌心、泣尽而継之以血者也」（文選巻三十九「詣建平王上書」）、なお李善注は韓子を引いて注する。○**後漢書云**　「至宝不同衆好、故卞和泣血」（後漢書巻三十六）○**委見韓子**　韓非子巻四・和氏第十三。俊頼髄脳、奥義抄も卞和故事を引くが、出典は明示せず、本文も和文化されている。

327 キミコフルナミタノトコニミチヌレハ　ミヲツクシトソワレハナリヌル

古哥也。ミヲツクシトハ、カハノフカキシルシニ、木ヤタケナトヲタテタルヲイフナリ。

【出典】古歌とするも古今集歌。この箇所諸本に異同なし。

【他出】寛平御時后宮歌合・一五九、新撰万葉集・四四六、興風集・九（五句「われはなりける」）・六四、古今集・五六七、古今六帖・一九六一、三十人撰・七九、三十六撰・一〇九、袋草紙・五一、袖中抄・九三二、定家八代抄・一一二三（五句「我は成りける」）、色葉和難集・八六二

【注】○ミヲツクシトハ　「みをつくしとは、水のふかきところに立たる木をいふ」（能因歌枕）、「みをつくし　水ノ深シルシ也」（和歌初学抄）、「みをつくしとは河江などに、水の深き所を澪といふ。或《（八）》澱とも書けり。そのみをのしるしに立つる木をいふなり」（袖中抄）

【参考】「みをつくしとは、川やゑなとに、ふねつなくとてたてるを《木ヲ》いふ」（松か浦嶋）、「しらつくし〈みをつくし同物也。水の浅深のしるし也。みをつくしは河にてもす。在清輔抄。なへては江なとによむ也〉」（八雲御抄）

328 ナミタカハナニミナカミヲタツネケム　モノヲモフトキノワカミナリケリ

古今哥也。ナミタカハトイフコト、タ、コ、ニノミイフニアラス。外国記云、狗戸那国ニ血河アリ。ムカシホトケ涅槃ニイラセタマヒケレハ、モロ〳〵ノ天人ナクナミタカハヲナセリ。故血河トイフ。マタ涙河トイフ。兼名苑ニ出タリ。

【出典】古今集・五一一・読人しらず

【他出】五代集歌枕・一三二三、定家八代抄・九四一

【注】○**ナミタカハトイフコト**　「涙河」は日本だけで言うのではない、の意か。五代集歌枕で「涙河」を立項したことと関わるか。【補説】参照。色葉和難集は、「祐云」として、南仲記、外国記の記事を引用するが、いずれも出典を確認できなかった。南中記は逸書、外国記は童蒙抄と同内容の記事。○**外国記云**　外国記、逸書か。法苑珠林、太平御覧等に逸文があるが、涙河に関わるもの未見。また、「外国志」（和名類聚抄に逸文あり）の書名もあるが、外国記と同一のものか不明。「南中記云……外国記云、拘戸那国仏入滅、諸天人尽血涙流成レ河。故曰ニ拘戸那国血河流一也云々。或云、伊勢国になみだ川とてあり」（色葉和難集）○**兼名苑ニ**　逸文集成に未見。31歌注参照。

【参考】「河　なみ《伊せ》た〈古今〉」（八雲御抄）

【補説】五代集歌枕「なみたかは」の項には三十八首が収められる。前項が「す丶かかは」「みもすそ河」「わたらひかは」で、「す丶かかは」に「伊勢」と付されるから、伊勢の歌枕と位置付けられていると考えてよいだろう。三十八首のうち、依拠資料に「なみたかは」の所在を示す詞書の類のあるものは、以下の一首のみである。

をとこの伊勢のくにへまかりけるに

君がゆく方に有りてふ涙河まづは袖にぞ流るべらなる（後撰集・一三二七、五代集歌枕・一三三九）

また、当該項に置かれる理由がよく理解できない歌もある。例えば、「いせわたる河は袖よりながるれどとふにとはれぬ身はうきぬめり」（後撰集・一二五六、「題しらず」伊勢、同一三三七）は、歌中に涙川の語がない。現代の注では「いせ」が作者「伊勢」をかけ、「河は袖よりながる」が「涙川」を意味すると解している（新日本古典文学大系『後撰和歌集』）。奥義抄、和歌色葉は、当該歌への注で「いせ」が「五十瀬」「五の瀬」であると注するのみである。したがって「いせ渡る河」は間接的に「涙川」を指しているとの解釈であろう。なお五代集歌枕（天理図書館蔵、以下同）はこの歌の上部余白から行間にかけて「後撰十九云、オトコイセヘマカリケルニヨメリ。サレハ伊勢国ト見タリ。又袖ヨリナカルトハ、涙トキコエタリ。伊勢ノワタリトヨメルナリ…」の書き入れがある。一三三九歌に基づき、涙川の所在は伊勢ということになったのであろう。また、極めて不審なのは「たもとよりおつるなみたはみちのくのころもかはとそいふへかりける」（拾遺抄・三一一、同一三四〇番）を「なみたかは」の項に入れることである。現代の諸注にもこの歌と涙川の関係に言及するものはない。五代集歌枕にはこの歌が「ころもかは」の箇所に重出しており（一三八〇番）、上部余白には「此哥入涙河如何」の書き入れがある。なぜ衣川の歌が涙川の項に入るのか判然としないが、あるいは次の記述が参考になるかもしれない。「涙川といふことは、兼盛が人にかはりて、よそへて遣りけるなり。衣河きて渡るべき様なればこひはひもせぬものにぞ有りける」（類聚証）。「衣河きて渡るべき」は、出典未詳で詳細は不明である。類聚証に誤写があるのかもしれず明確なことは言えない。次に、一三四八番歌「いにしへのなにはのことはかはらねとなみたのかはるたひはなかりき」は、後拾遺集・五九五歌だが、四句は「涙のかかる」である。おそらく童蒙抄の拠った伝本の問題であろうが、やはり上部余白には「如二条師伊房卿自筆集者カ、ル也。然者不可入河部、如何、并京極黄門本同前」とある。いずれにしても、童蒙抄は涙川を普通名詞とはせず、伊勢の歌枕と見なしていたのであろう。童蒙抄の「タ、コ、ニノミイフニアラス」は、涙川が日本だけでなく、中国、天竺にもあると述べているのだと解したい。なお、涙川の所在については、中世の古今注が八幡説をあげるなど諸説あり、伊勢説は有力な一説というにすぎない。童蒙抄がこの項を地名として立項したのは、中国・天竺にも血河、涙河があるのだから、本邦にもあってしかるべきだという判断があったのかもしれない。

329

肝

ムラキモノコ、ロクタケテカクハカリ　ワカコフラクヲシラスヤアルラム

万四ニアリ。ムラキモ、トヨメリ。

【出典】万葉集巻第四・七二〇「村肝之《むらきもの》　情摧而《こころくだけて》　如此許《かくばかり》　余恋良苦乎《あがこふらくを》　不レ知香安類良武《しらずかあるらむ》」〈校異〉⑤「ヤ」未見。

非仙覚本（元、廣、紀）及び仙覚本は「か」。

【他出】綺語抄・三六三（五句「しらずやあらん」）

【注】○**ムラキモ**　「むらぎも　村肝也」（綺語抄）。「むらぎも」の用例は近世以前にはほとんど見えない。

命

330
タマチハラ《フ》カミヲハワレハウチステ、　シヱヤイノチノヲシケクモナシ

万十一ニアリ。タマチハフトハ、アラタニ霊ノアラハレテヒカリトフトイフナルヘシ。シヱヤトハ、ヨシヤトイフナリ。


【出典】万葉集巻第十一・二六六一「霊治波布《たまぢはふ》　神毛《かみも》吾者《われをば》　打棄乞《うつてこそ》　四恵也《しゑや》寿之《いのちの》　悋無《をしけくもなし》」〈校異〉①未見。非仙覚本及び仙覚本は「たまちはふ」で童蒙抄の傍記と一致。②「カミヲハ」未見。非仙覚本及び仙覚本は「かみをも」で、京「カミ□モ」③「ステ、」は嘉、類が一致。廣「ステキ」④「シヱヤ」は廣が一致。嘉、類「よしゑや」

【他出】袖中抄・三九一、色葉和難集・四一三（二三句「かみをもわれはうちすてき」）

【注】○**タマチハフトハ**　袖中抄は「チハフ」を「給ふ」の意に解し、「たまちはふ神とは、たまはたましひなり。霊と書けり。ちはふはたばへといふ歟。たばふはたまふなり。たましひをたまふ神といふなり」とする。「招魂とてまつりするかみ歟」（色葉和難集）。「影護　知波不」（新撰字鏡）、「援　護チハフ」（類聚名義抄）。この語の和歌における近世以前の用例未見。また、「ヒカリトブ」について未詳。○**シヱヤトハ**　300歌注参照。

331
カヒカネノヤマサトミレハアシタツノ　イノチヲ*モテルヒトソスミケル

六帖ニアリ。ツラユキカ哥也。カヒノクニノツルノコホリニ菊*ヲヒタリ。ヤマアリ。ソノヤマノタニヨリナカル、ミツ、菊ヲアラフ。コレニヨリテソノミツヲノムヒトハ、イノチナカクシテ、ツルノコトシ。仍コホリノ名トセリ。彼国風土記ニミヘタリ。モロコシノ酈県ニ、タル所也。

【本文覚書】○モテル…モタル（和・筑A・大）○ヲヒタリ…オヒタル（和・筑A）、おひたる（筑B）、生たる（岩・大）

【出典】古今六帖・一四〇五、初句「かひがねを」四句「いのちをもたる」

【他出】貫之集・一六一（四句「命をもたる」）

【注】○**ツラユキカ哥也**　現行古今六帖・一四〇五歌は作者名を貫之とする。○**カヒノクニノツルノコホリニ**　未詳。夫木和歌抄に「雲のうへにきくほりうゑてかひのくにつるのこほりをうつしてぞみる」（五九〇〇、「家集、中宮御歌合、翫菊といふことを　権大納言長家卿」、左注「此歌注云、風土記に甲斐国鶴郡有菊花山、流水洗菊、飲其水人寿如鶴云云」）があり、何らかの伝承があったかと思われるが未詳。○**モロコシノ酈県ニ**　588歌注参照。

332
タマキハルイノチモカフルワキモコヲ　イカニセヨトカタヒニユクラム

六帖ニアリ。タマキハルトハ、イノチヲイフ也。

【出典】古今六帖・二五一五、二三句「いのちにむかふわがせこを」

【他出】綺語抄・三九二（二三句「いのちにかふるわがせこは」）、袖中抄・四〇七（二三句「いのちにかふるわがこひを」）

【注】○タマキハルトハ「たまきはるとは、件の集ニハ玉切《タマキル》かくかきてしかよめり。たましひと□といふなるへし。四条大納言歌枕歌枕云、たまきはるとはいやしき人のた□をもいふしつまともいふ」（口伝和歌釈抄）、「たまきはる二説あり。いのちのきはまるをいふ……ものをほむる時にもよむべし。たまのうてなどいふさまなるべし」（綺語抄）。「たましひきはまりぬと云ることとなり」「玉といへることは、よろつの物をほめんとおもふをりに、なに、も玉といへることはをそえてよむなり」（俊頼髄脳）。801歌注では「玉キハルトソノコロホヒトイフニヤ。イノチヲハル時ヲソ玉切命トヨミナラハシタル」と解している。なお「玉切命」は、「玉切《たまきはる》命向《いのちにむかひ》」（万葉集・一四五五）、「玉《たま》切《きはる》不レ知レ命《いのちもしらず》」（二三七四）、「玉切《たまきはる》命《いのち》者《は》棄《すてつ》」（二五三一）に拠る。平安期の用例は僅少で、堀河百首の「玉きはる命もしらず別れぬる人をまつべき身こそ老いぬれ」（一四八二・顕仲）、「恋しともいはでぞ思ふ玉きはるたち帰るべきむかしならねば」（一五二八・俊頼）が早く、以後、家隆、定家頃まで用例は見えない。

【参考】「たまきはる〈是は命極也。但又物をほめんとてもたまきはると云り。俊頼同存之。けにも然〉」（八雲御抄）

魂

モノヲモヘハサハノホタルヲワカミヨリ　アクカレイツ《*ニタ》ルタマカトソミル
後拾遺ノ廿ニアリ。和泉式部、保昌ニワスラレテハヘリケルコロ、キフネニマイリテ、ホタルノトフヲミテヨメル也。
【本文覚書】○イツ《ニタ》…ニタ（内・筑A）、イツ（和・東）、にた（筑B）、イヅ（刈）、イツ《マタ》（書）、出（岩）
【出典】後拾遺集・一一六二・和泉式部
【他出】和泉式部集Ⅲ・一二五、Ⅳ・二〇八、俊頼髄脳・七〇（四句「あくがれにける」）、関白内大臣歌合・四〇判詞（二句「さはのほたるを」四句「あくがれにける」）、袋草紙・二一〇、後六々撰・八、古本説話集・二〇、無名草子・八四、時代不同歌合・二九九、世継物語・一四

【注】**○和泉式部、保昌ニ**　「をとこにわすられて侍けるころきぶねにまゐりてみたらしがはにほたるのとび侍けるをみてよめる」（後拾遺集詞書）、「和泉式部か保昌にわすられて貴ふねに参てよめる哥」（俊頼髄脳）

ヲクヤマニタキリテヲツルタキツセノ　タマチルハカリモノナヲモヒソ

トナム、キフネノ大明神ヲトコノコヱニテ詠シヲハシマシケル。式部ソノ、チ重明親王ノオホエタクヒナクシテ、ワカレニナムアリケル。親王カクレタマヒテノチハ、アマニナリニケリトソ。

【出典】後拾遺集・一一六三・（貴船明神）

【他出】和泉式部集Ⅳ・二〇九、俊頼髄脳・七一、関白内大臣歌合・四〇判詞、古本説話集・二一、無名草子・八五以上三句「滝つせに」。袋草紙・二〇九、世継物語・一五

【注】**○キフネノ大明神**　「このうたはきぶねの明神の御かへしなり、をとこのこゑにて和泉式部がみみにきこえけるとなんいひつたへたる」（後拾遺集左注）、「をとこ声にて、耳に聞えけるとかや」（古本説話集。袋草紙、世継物語もほぼ同じ）、「しのびたる御声にて」（十訓抄、著聞集）**○式部ソノ、チ**　重明親王と式部の関係未詳。年代的にもあわない。童蒙抄諸本に異同なし。また晩年尼になったとの説も未詳。但し、中世以降は和泉式部が出家したとの伝は多い。

詞

335 ヒトコトノヨコスヲキ、テタマホコノ　ミチヨリアハストイフワカセコ

万十二ニアリ。ヨコストハ、讒《サム》トイフコト也。

【出典】万葉集巻第十二・二八七一「人言之《ひとごとの》　讒乎聞而《よこしをききて》　玉桙之《たまほこの》　道毛不レ相常《みちもあはじと》　云吾妹《いへりしわぎも》」〈校異〉②「ヨコスヲ」は廣、西が一致。類「よこすと」④「ヨリ」未見。非仙覚本及び仙覚本は「にも」⑤未見。西、廣「トイフワカイモ」。廣「ワカ」右「本」。類「といへるわきもこ」。仙覚本は「ツネイフワキモ」で紺青（矢、京、陽）。京漢左緒「トイフワカイモ」

【注】○ヨコストハ　和歌における用例はほとんどない。「讒　毀也　与己須　又不久也久」（新撰字鏡）

336 シルシナキヲモヒトソキクフシノネモ　カコトハカリノケフリナルラム

同*十四《後撰》ニアリ。朝頼朝臣ノ思ヒカケタル人ノ許ニツカハシケル哥ニ

337 フシノネヲヨソニソキ、シイマハワカ　ヲモヒニモナ《ユ》《ミ》ルコ、ロナリケリ

トイヘル返哥也。カコト、ハ、カコツト云詞也。

【本文覚書】○同十四《後撰》…後撰十四（筑B）、同十四（和・筑A・谷・刈）、万十四《後撰恋六》（岩）、万十四（大）

【出典】336 後撰集・一〇一五・よみ人しらず　337 同一〇一四・あさよりの朝臣

【他出】336 五代集歌枕・五六二。袖中抄・三三二、色葉和難集・二九一、以上五句「ちかひなるらむ」）。和歌色葉・七七（三句「ふじのねの」五句「ちかひなるらむ」）　337 朝忠集・五九（三句「けふとわが」）、五代集歌枕・五六一

【注】○朝頼朝臣ノ　「思ひかけたる女のもとに　あさよりの朝臣」（後撰集・一〇一四詞書）○カコトヽハ　「かことゝいふはかこつと云事也」（奥義抄）、「このひたち帯の歌、富士のねの歌、源氏の詞、三つにはかごとばかりといへり。ちかごとばかりあはんとも、かこちばかりあはんともいふべくもなし。かごとはかたの如くの事といふかとぞ覚えたる。されば古き物に、かごとはことばばかりといふなりといへり。同心なり」（袖中抄）、「かことは誓言なりといへとも、たゝかこつといふことなり」（和歌色葉）

【参考】「かこと〈一説かこつ也。但又ちとゝいふことにも多よめり。源氏玉鬘巻云、しやうしみはたかことはりにてもまことのおやの御けはひならはこそうれしからめ、と云へり。只ちと也。其上みちのはてなるといへるも、この心也〉」（八雲御抄）

【補説】出典注記に異同がある。当該二首は後撰集歌で、335歌が万葉集歌であるから、「後撰十四」とあるべきだが、「同十四」とあるのは、童蒙抄の依拠した資料では、当該二首の前に後撰集歌があったと解するべきであろう。

キカハヤナヒトツテナラヌコトノハヲ　ミトノマクハヒマテモヲモハス

ミトノマクハヒトハ、為夫婦トカキテヨメリ。

【出典】明記せず。綺語抄、奥義抄は「古歌云」とする。

【他出】俊頼髄脳・四二三、奥義抄・三九一（初句「きかばやと」）、和歌色葉・一五六、色葉和難集・八六九（五句「まては思はず」）

【注】○ミトノマクハヒトハ　「みとのまぐはひ　夫婦あひあふ事をいふ也」（綺語抄）、「みとのまくはひとは、まことにしたしくなるといふことなり」（俊頼髄脳）、「日本記には欲共とかきてみとのまくはひとよめば、文字にあらはも也。男女したしくなること也。或本には為二夫婦ト一ともかけり」（奥義抄）、「みとのまぐはひ　男女合事也」（和歌

初学抄）○**為夫婦**「因欲三共為夫婦、産二生洲国二」（日本書紀・神代上）、「為二美斗能麻具波比一〈此七字以音〉」（古事記・上）。奥義抄の説は存疑。なお「ミトノマグハヒ」の用例は僅少、匡房、顕季、清輔等の詠歌例があるのみ。

【参考】「妻　抑みとのまくはひといへるは、夫婦事也。自神代男女と成事也」「みとのまくはひ〈神代にわか国をうまんと、を神め神と成給よりこのかた夫妻に成を云也〉」（八雲御抄）

339

夢

アラタマノツキタツマテニキマサネハ　ユメニミエツ、コヒソワカセシ

同第八ニアリ。トシヲコソアラタマトハヨメレ。タ、シコレハイツルツキニハアラテ、月建《タツ》ナルヘシ。アラタマトハ、アタラシトイフ心也。璞*二月ノニタルトイフコトニヨリテヨメル、トイフ人アリ。ヒカコトナリ。

234

あらたまの月待までにきまさねは夢にみえつ、こひそわかせし

同第八に有。としをこそあらたまとはよめれ。但是はいつる月にはあらて、月建《タツ》といふなるへし。あらたまとは、あたらしといふ心なり。瓊《アラタマ》に月のにたるといふことによりてよめるか。

【本文覚書】○同…万葉（筑B）○璞…蝶（筑A、和、刈、大）、蝶諧（内、書）

【出典】万葉集巻第八・一六二〇「荒玉之《あらたまの》　月立左右二《つきたつまでに》　来不レ益者《きまさねば》　夢西見乍《いめにしみつつ》　思曽吾勢思《おもひそあがせし》」〈校異〉③は廣、紀が一致。類「きさらねは」④は廣が一致。類、紀及び廣（「ミエツ、」右或）「ゆめにしみつ、」

【他出】綺語抄・九五（五句「こひぞわがねし」）

【注】○**アラタマトハ**「若詠歳事、あらたまのと云」（喜撰式）、「あらたまとは、みたといふ、としのかはるを云」

（能因歌枕）、「あらたま　としをいふ。つきにもよみたり」（綺語抄）、「年　あらたまのと云」（俊頼髄脳）。「アラタマトハ　年ヲ云」（別本童蒙抄）。奥義抄は、アラタマは年を言うとしつつ、月にも詠む例、改まる意の例を上げる（「しきたへの」歌注）○**璞ニ月ノニタル**　未詳。
【参考】「月　あらたまの月〈是は年心也〉」（八雲御抄）

340
ウタ、ネニコヒシキヒトヲユメニミテ　ヲキテサクルニナキソワヒシキ
陳皇后長門賦曰、忽寝寐而夢想《ス》兮。魂若《シ》君之在傍《ニ》一惕《エキトシテ》寐《ネ》覚《サメ》而、無見兮。魂匡《ヲトロヒ》々《トシテ》若三有二亡《ウシナヘルコト》一。コノコ、ロニヨクカヨヒタリ。
【出典】明記せず
【他出】俊頼髄脳・一三七。「愛《うつくし》等《と》　念《おもふ》吾妹《わぎも》乎《を》　夢見《いめにみ》而《て》　起《おき》而《て》探《さぐる》尓《に》　無之《なきが》不怜《さぶしさ》」（万葉集・二九一四）の類歌か。同歌は拾遺集、抄にも入る。
【注】○**陳皇后長門賦曰**「忽寝寐而夢想兮、魄若君之在旁、惕寐覚而無見兮、魂迋迋若有亡」（文選巻十六「長門賦」）。陳皇后は司馬相如に賦の製作を依頼した人物。芸文類聚は「漢司馬相如陳皇后長門賦曰」として本賦の一部を引く。

341
イヲシネハユメニモヒトヲミルヘキニ　ウチハヘサムルメコソツラケレ
文選寡《寡》婦賦曰、願《フニ》三■《仮テ》レ夢《ヲ》以通《コトヲ》二霊《ヲ》一、目烱々《トシテ》而不寝イヘル心也。
【出典】明記せず
【他出】歌合大成は「いをしねばゆめにもひとをみるべきをよなよなさむるめこそつらけれ」（陽成院親王二人歌合・

九）と「いをしねばゆめにも人をみるべきにこふとおもへばただにあかしつ」（古今六帖・二〇四五）を当該歌の異伝歌と見る。また和泉式部続集に「いをしねば夜のまものはおもはましうちはへさむるめこそつらけれ」（一四七）がある。

【注】○**文選寡婦賦曰**　「願仮夢以通霊兮、目炯炯而不寝」（文選巻十六「寡婦賦」）

342

ユメニミシヒトヲウツヽニエシヨリソ　ヨモスナホニハ、ヤナリニケル

堀河院百首夢哥ニ、越前守藤原*中実朝臣ヨメルナリ。殷武丁位ニツキテマタ殷ヲ、コサムトヲモフニ、ソノ佐ヲエスシテ三年マツリコトヲイハス。武丁夢ニ聖ヲエタリ。名ヲ説トイフ。ユメニミシトコロヲモテ、群臣百吏ニミセシムルニ、皆非ナリ。コヽニスナハチ百工ヲシテ野ニイトナミモトメシムルニ、説ヲ傅巌ノ中ニエタリ。武丁ニマミユ。ノタマハク、是ナリ。コレヲカタラフニハタシテ聖人也。*奉シテ為相。殷ノ国ヲホキニヲサマル。ツヒニ傅巌ヲ姓トシテ号シテ傅説トイフト云々。見殷本紀。

【本文覚書】○中実…仲実（刈・東・大）　○奉…谷以外「挙」

【出典】堀河百首・夢・一五四三・仲実、三句「えて後ぞ」

【注】○**殷武丁位ニツキテ**　「帝武丁即位、思復興殷。而未得其佐。三年不言、政事決定於冢宰、以観国風。武丁夜夢、得聖人、名曰説。以夢所見視群臣百吏、皆非也。於是廼使百工営求之野、得説於傅険中。是時説為胥靡、築於傅険。見於武丁。武丁曰、是也。得而与之語、果聖人。挙以為相。殷国大治。故遂以傅険姓之、号曰傅説」（史記・殷本紀）。傅説については和漢朗詠集、百詠等に見えるが、和歌に詠まれた例は多くない。堀河百首諸注共に傅説の故事を注する。

343
ヨヒノマニマクラタニセヌウタ、ネノ　ユメニユメヲモアハセツルカナ
同百首ニ夢ニ基俊ヨメル也。コレハ夢中説夢両重虚トイヘル文集詩ノ心ナルヘシ。
【出典】堀河百首・一五四七・基俊、二句「枕さだめぬ」
【注】○**夢中説夢**「須地諸相皆非相　若住無余却有余　言下忘言一時了　夢中説夢両重虚　空花豈得兼求果　陽焔如何更覓魚　摂動是禅禅是動　不禅不動即如如」（白氏文集巻六十五「読禅経」）

344
述懐
カラクニ、シツメルヒトモワカコトク　ミヨマテアハヌナケキヲソセシ
堀河院百首述懐ニ基俊ヨメル也。漢武故事曰、上嘗輦至郎暑。郎鬢眉皓白衣服不完。問、公何時為郎何其老也。対曰、姓顔名駟、江郡人。以文帝時為郎。上問曰、何其不遇。駟曰文帝好文、而臣好武。景帝好老、而臣尚少。陛下好少、而臣老也。是以三世不遇。感其言為会稽都尉。
【本文覚書】○郎暑…帰《郎》署（和）、郎署（筑A・東）、郎着（刈）
【出典】堀河百首・一五八〇・基俊、二句「しづみし人も」
【他出】千載集・一〇二五、和歌色葉・四七三（五句「なげきをぞする」）、定家八代抄・一五五〇、以上二句「しづみし人も」
【注】○**漢武故事曰**「漢武故事曰、上嘗輦至郎署、見一老髭鬢皓白衣服不完。上問曰、公何時為郎、其老矣。対曰、臣姓顔名駟、江都人也。文帝時為郎。上問曰、何不遇也。駟曰、文帝好文、臣好武。景帝好老、臣又少。陛下好少、

臣已老。是以三世不遇。上感其言、拝為会稽都尉」（太平御覧巻三八三、また巻七七四にも）。文選「思玄賦」李善注、蒙求徐子光注も漢武故事を引く。芸文類聚等には見えず。これらを比較すると、童蒙抄の注文にもっとも近いのは太平御覧の記事である。和歌色葉の注は漢書を引くが漢書に同文見えず。堀河百首の諸注も顔駟の故事をもって注する。

345

ミノウサヲエソイヒ、ラクカタモナキ　ヨハウツムロノコ、チノミシテ

古哥也。日本紀皇孫天降於日向ノ襲ノ之高千穂峯云々。到於吾《ア》田長屋ノ以笠狭之碕《サキニ》　其地《クニ、》　有一人。自号事勝国勝長狭〈事勝神者伊弉諾尊之／子也。亦塩土老翁〉時彼国有美《ヲムナ》　人名木花之開耶姫《ト》。皇孫問曰、誰之子耶《ムスメソヤ》。対曰、妾《ヤツコハ》　天神《ノ》娶山祇神《ツミ》所生《ウマシメタル》　也。皇孫因幸。一夜《ニシテ》有娠《ハラミヌ》。皇孫未　之信《イツハリコトヲホシ》曰、何能一夜《ヒトヨノ》之間《＊カウニ》　令人有娠乎。汝所《ハラメルトコロハ》　懐者必非我子歟。故木花之開耶《姫》・忿恨《イカリテ》乃作無戸室《ウツムロヲ》入居。其内《ニ》誓《ウケ》曰、所娠若非天孫之胤必当焦滅《ヤケホロヒナム》云々。サレハウツムロトハ、トモナキムロナレハ、ヒラクカタモナク、イフセキコ、ロニヨセテヨメルトミヘタリ。

【本文覚書】○間《カウニ》…諸本とも傍訓の「ウ」、「ラ」との識別困難。

【出典】古歌

【注】○日本紀「皇孫……天二降於日向襲之高千穂峯一矣……到二於吾田長屋笠狭之碕一矣。其地有二一人一。自号二事勝国勝長狭一……時彼国有二美人一。名曰二鹿葦津姫一。〈亦名神吾田津姫。亦名木花之開耶姫〉。皇孫問二此美人一曰、汝誰之子耶。対曰、妾是天神娶二大山祇神一、所生児也。皇孫因而幸之。即一夜而有娠。皇孫未信之曰、雖二復天神一、何能一夜之間、令二人有娠一乎。汝所懐者、必非二我子一歟。故鹿葦津姫忿恨、乃作二無戸室一、入二居其内一、而誓之曰、妾所

娠、若非二天孫之胤一、必当爨滅（日本書紀・神代下）○**ウツムロトハ**「無戸室　ウツムロ」（名義抄）、「無戸　ウツムロ」（伊呂波字類抄）

別

346 カクシツ、ヲホクノヒトハヲシミキヌ　ワレヲ、クラムコトハイツソモ

後拾遺八ニアリ。源為善カ伊賀ニマカリケルニ、人々餞タマヒケルニ、カハラケトリテ源兼澄カヨメルナリ。餞序ニ、楊岐路滑　我之送人多年　李門波高　人之送我何日ソ、トカケルコヽロヲトレルナリ。

【出典】後拾遺集・四八八・源兼澄

【他出】兼澄集・五〇（三句「をしへきぬ」五句「としはいつそは」）、奥義抄・二一九（三句「をしへきぬ」）、和歌色葉・三八五

【注】○**源為善カ**「ためよしいがにまかりはべりけるに人人餞たまひけるにかはらけとりて　源兼澄」（後拾遺集詞書）○**餞序ニ**「楊岐路滑　吾之送人多年　李門浪高　人之送我何日」（和漢朗詠集・六三四）。奥義抄、和歌色葉とともに、346歌と当該詩が関係することを指摘する。また奥義抄諸本では、当該歌の三句「をしみきぬ」「をしへきぬ」両様あって一定しない。

347 キミカスムヤトノコスヱヲユク〳〵ト　カクルヽマテニカヘリミシカナ

拾遺抄別部ニアリ。菅家ノナカサレサセタマヒテノチ、ヨミテヲクラセタマヘリケル御哥也。文選別賦ニ、

視喬木於故里、トツクリタルコ、ロニヲナシ。モシコレヲオホシメシテヤヨマセタマヘリケムト申モカタシケナシ。

【出典】拾遺抄・二二七・贈太政大臣（菅原道真）

【他出】拾遺集・三五一（二句「やどのこずゑの」五句「かへりみしはや」）、金玉集・五五、深窓秘抄・八三（二句「やどのこずゑの」）、和歌体十種・二二（五句「かへりみしはや」）、奥義抄・一一三、和歌十体・九、大鏡・一五（五句「かへりみしはや」）、六百番陳状・一八三、古来風体抄・三六八（下句「隠るるまでもかへりみしはや」）、宝物集・五三六、定家八代抄・八〇六（五句「かへりみしはや」）

【注】**○菅家ノ**「ながされはべりて後めのとのもとにいひおこせて侍りける」（拾遺抄詞書）**○文選別賦ニ**「至如一去絶国、詎相見期、視喬木兮故里、決北梁兮永辞、左右兮魂動、親賓兮涙滋」（文選巻十六「別賦」）

ワカレユクキミカスカタヲヱニカキテ　ムネノアタリヲサシヤトメマシ

古哥也。昔人女ノトヲキクニヘマカリニケルヲコヒワヒテヨメル也。コレハ幽明録トイフフミニ、顧長康トイフ人、ヒトリノ女ニアヘリ。女イヘニカヘルコトホトナシ。コヒヲモフコトヤスメカタシ。スナハチ女ノカタチヲヱニカキテ、ソノムネノホトニカムサシヲサシテカヘニサシツ。女ユクコト十里ハカリ、タチマチニムネノイタキコトサスカコトシ。マタユクコトアタハストイヘルコ、ロナリ。

【出典】古歌

【注】**○昔人女ノ**「幽明録曰、顧長康在江陵、愛一女子、還家。長康思之不已。乃画作女形、簪着壁上、簪処正刺心。

女行十里、忽心痛、如刺不能進」（太平御覧巻七四一）。該話は現行幽明録に見えない。童蒙抄が幽明録を引くのは220歌注及び当該歌注のみ。同書は日本国見在書目録に見えない。

羇旅

349　アマサカルヒナニイクトセスマヒツ、　ミヤコノテフリワスラレニケリ

万葉五ニアリ。ヒナトハ、古人ヲホクヰナカヲイフトソカキタル。サモトキコユルコトナシ。万葉集ニ夷トカキタルハ、東《アツマヘ》イカムヲ、ヒムカシノエヒスノ*ワカレト、ホトヲハルカニイヒナストソ心エラレタル、ヒカコトニヤ。アマサカルトハ、天離トカケリ。クモヰハルカニヲナシソラニモアラヌ、然ニ、トイフ心ナリ。ミヤコノテフリトハ、フルマヒトイフトソフルクハ申ケル。

【本文覚書】○ワカレト、ホトヲ…ワカレノホトヲ（刈）、別る、程（大）

【出典】万葉集巻第五・八八〇「阿麻社迦留《あまざかる》　比奈尓伊都等世《ひなにいつとせ》　周麻比都々《すまひつつ》　美夜故能提夫利《みやこのてぶり》　和周良延尓家利《わすらえにけり》」〈校異〉②「イクトセ」未見。非仙覚本及び仙覚本は「いつとせ」。⑤は類及び細（「エ」右）、廣（「エ」右）が一致。細、廣、春、紀「ワスラエニケリ」

【他出】奥義抄・五六八、袖中抄・二〇三・六一六（三句「すまひつつ」）、古来風体抄・六五、和歌色葉・一〇八、秋風集・一〇〇九（五句「わすられにける」）

【注】○**ヒナトハ**　285歌注参照。○**万葉集ニ夷トカキタルハ**　万葉集における「夷」の用例は十例ほどで、「ヒナ」「イ」と訓じ、「ヒナ」の多くは「比奈」と表記される。新撰字鏡の掲出字に窺えるように（「蝦夷衣比須」）、「えびす」は「えみし」から転じた形であり、その意味では東国を想起させるが、童蒙抄の理解は、袖中抄の言う「四方の

境」であり、「エヒスノワカレ」はその意味に理解したい。350歌注に「ヲキノクニノ、ホトハルカニ蛮狗ノトナリナレハ」とするのと同意である。この点については、顕昭がより詳細な記述を残している。「彼の四方のゑびすになずらへて、日本にても四方の境をゑびすといふべきなめり」（袖中抄）。○**アマサカルトハ**　この語は「天離る」「天下る」の両様に捉えられるが、後者の例は少なく（279番歌注参照）、前者が本来的かと思われる。童蒙抄は「天離」の意に解している。○**ミヤコノテフリトハ**　「振る舞い」「馬のはなむけ」両説がある。袖中抄は「都のてぶりとは都のふるまひといふ事なり……都の人はそのこと、なく手うち振りて遊びありくといひつべし」とした上で、後掲公実詠は「馬のはなむけ」と解するべきとし、童蒙抄説については、「追考、童蒙抄云……不《(ザル)》レ違《(ハ)》二愚儀《(ニ)》一歟」とする。また同書は綺語抄の説として「馬のはなむけ」説を引くが、現行綺語抄に未見。「都ノテフリトハ、イナカナトヘ人ニ馬ノハナムケニトラスルモノヲイウ」（別本童蒙抄）。「帰りこんほどもさだめぬ別路は都の手ぶりおもひ出でにせよ」（堀河百首・雑・一四七四・公実）。平安期における用例は少ない。

【参考】「み《万七》やこのてふり〈公実卿詠之。俊成《(ママ)》抄曰、みやこのうるひ《(ママ)》と云り。委可尋〉」（八雲御抄）

350

ヲモヒキヤヒナノ*ワカレテヲトロヘテ　アマノナハタキイサリセムトハ

古今十八ニアリ。小野篁刑部大輔ナリケルトキ、モロコシノツカヒニツカハスニ、ヲホツカヒトフネノコトアラソヒタリトテ、隠岐国ニナカサレテヨメル也。ヒナノワカレトハ、ヲキノクニノホトハルカニ蛮狛ノトナリナレハヨメルナメリ。ヒナトハ、エヒストイフコトナリ。マタ恒山ノ四鳥トヒワカレタルニヨリ、雛ノワカレトイフコトモアリ。イツレニテモタカハサルヘシ。アマノナハタキトハ、ナハタクリトイフコトハナリ。クリヨスルヲ、タクトイフ也。サレハ、アマノ栲縄トハイフ也。

*或本此詞又有又云、恒山ノ四鳥ノ雛ニナリテワカレシコヱノカナシカリシコトヲヨメルニソカナヒテキコユル。マタミヤコニナレスアリツカヌモノヲハヒナヒタリトイヘハ、ヒナノワカレトハ、ヰナカニアリクヲイフヲハムケニワロシ。エヒスヲヒナトイフナラハ、文字コソカハリタレ、四方ニアルモノナレハ、イツレノカタニテモナトカハイハサラム。アマノナハタキトイフハ、タクナハトイハ、、イサリセムトハイフコトノアシケレハ、アマノナハタクリトヨメルナリ。タクトハ、タクナトイフコト也。

孔子家語曰、孔子在衛、顔回侍。聞哭声甚哀ヲ。子曰、回汝知此何哭。対曰、此哭非役為死、又為生離。回曰、聞桓山之鳥生*曰子、羽翼既成、将分四海、悲鳴而送之。哀声似此。孔子使問之、父死家貧*責子葬。

【本文覚書】○ワカレテ…ワカレニ（和・筑A・刈・東）、わかれに（筑B）、別れに（岩・大）○或本此詞又有又云、恒山ノ…右傍記を有するのは、筑B・谷・書 ○生曰子…生四子（刈・岩・東・大）○責子…貴子（筑B）、売子（刈・東・大）

【出典】古今集・九六一・たかむらの朝臣

【他出】新撰和歌・二三五（四句「あまのはまゆふ」）、古今六帖・二三六〇（下句「あまのなはたくあさりせんとは」）、俊頼髄脳・三二八（四句「海士のなはたく」）、奥義抄・五六七、袖中抄・六一四、和歌色葉・三〇八（四句「あまのなはたく」）、古来風体抄・二九二（四句「あまの縄たく」）、定家八代抄・七八〇、時代不同歌合・二一、色葉和難集・九五〇

【注】○**小野篁刑部大輔ナリケルトキ** 265歌注参照。○**ヒナノワカレトハ** 349歌注参照。○**アマノナハタキトハ**「あまのなはたくとは、あまのすむわたりによりて、ものもとめてくはんとはおもはさりきとよめるなり」（俊頼髄脳）、「此哥あまのなはたくとかける本もあり……あみのなはなとくると云心也とぞふるき物には申したる。たくとはくると云事也。たくなはなと云、此心也。たくるなと云こともはへり」（奥義抄）、「あまのなはたきとは、あまの縄手く

るといふ詞なり」（袖中抄）、「あまのなはたくとは、あまのあみのなはくると云詞也。たくとはたぐると云也。たくなはなど云も此心也。やがてたくなはといふは、たぐるなはといふを略たり」（顕注密勘）○**エヒスヲヒナト**　この箇所、袖中抄所引童蒙抄本文は「ゑびすをひなといふならば、文字こそ変はりたれ、東夷、南蛮、西戎、北狄とあるなり。四方にあるものなれば、いづれの方にてもなどかいはざらむ」とある。○**孔子家語曰**　「孔子在衛。昧旦晨興。顔回侍側。聞哭者之声甚哀。子曰。回。汝知此何所哭乎。対曰。回以此哭声。非但為死者而已。又有生離別者也。子曰。何以知之。対曰。回聞。桓山之鳥。生四子焉。羽翼既成。将分于四海。其母悲鳴而送之。哀声有似於此。謂其往而不返也。回竊以音類而知之。孔子使人問哭者。果曰。父死家貧。売子以葬。」（孔子家語巻五）、本話は太平御覧等にも載るが、童蒙抄の本文がどちらに拠るのか判然としない。ただ、孔子家語が「桓山」とするのに対し、孔子家語引用箇所では「桓山」とし、注文中では「恒山」とする。また恒山四鳥の語が繰り返されるなど、注文は複層的である。

【参考】「ひなひたる〈ゐ中ひたる也。源氏清少抄にも同事也〉」（八雲御抄）

フルサトヲコフルコヽロソマサリケル　アハノホタリヲミル《ニ》ツケテモ

古哥也。昔人タヒニイテ、アハノホノイテタルヲミテヨメルナリ。文選思玄賦曰、既垂《タレ》二穎《カヒ》一而顧《ル》二本《モトヲ》一。注曰、穎穂也。言《イフ心ハ》、禾垂穎以顧本。人ノ故居ヲ思カコトシ云々。コレラヲモヒテヨメルナルヘシ。

【出典】古歌

【注】○**昔人**　未詳。○**アハノホノイテタルヲミテ**　「幾之間丹《いつのまに》　秋穂垂濫《あきほたるらむ》　草砥見芝《くさとみし》　程《ほど》幾《いくばく》裳《も》　未歴無国《いまだへなくに》」（新撰万葉集下・三三七）、「はか《（ママ）》はるのわさたほたりてつくりたるかつらそみつゝ《（ママ）》みのはせはかせ」（口伝和歌釈抄・一二

四、万葉集・一六二四の異伝歌か。初二句「吾之業有《わがなれる》　早田之穂以《わさだのほもち》」〇**文選思玄賦曰**「既垂穎而顧本兮、亦要思乎故居〈穎穂也。善曰、言禾垂穎以顧本猶人之思故居也〉」（文選巻十五「思玄賦」、李善注）

352

カマノツチトラマシモノヲカクハカリ　ミヤコ、ヒシキモノトシリセハ

古哥也。昔人遠クニ、マカリテヨミケルウタナリ。コレハ淮南万畢術ニ、竈之土不思故郷、注曰、カマノマヘ三寸ホルコト方寸半シテ、ナカノツチトリテモチテトヲクユケハ、故郷ヲ、モハストイヘリ。

【出典】古歌

【注】〇**淮南万畢術ニ**　「又（淮南万畢術）曰、竈之土不思故郷〈取竈前三寸方半寸、取中土持之遠出令人不思故郷〉」（太平御覧巻三七）。淮南万畢術は逸書か。日本国見在書目録に見えず。芸文類聚、初学記ともに同書を引くが、当該箇所は見えない。同書は、806歌注にも和文化して引用される。

353

思

アカテコソヲモハムナカハ、ナレナメ　ソヲタニノチノワスレカタミニ

漢書曰、李夫人得幸武帝。夫人病以馬*。上自臨臨*作之。夫人蒙被謝曰、妾久寝病、形貌毀不可以見。帝上復言、欲女見之。夫人遂転向壁歔欷。上不悦而起夫人。姉妹譲之曰、独不可一見、上属託兄弟耶。夫人曰、不見帝者乃欲深託兄弟也*。以包事人者、色衰則愛絶。上所以恋々顧念我以平生容貌也。今見我毀懐顔色、非昔必且畏悪。我尚肯陰思録其兄弟哉。コノコ、ロニアヘルシモメテタク。

【本文覚書】○以馬…篤（刈）、以篤（大）。なお底本には、一文字を二文字に分割して写した箇所が散見する。○臨作之…臨レ之作（刈・東）○以包…以色（筑Ｂ・刈・東・大）

【出典】明記せず

【他出】古今集・七一七、古今六帖・三四六八（三句「わかれなめ」）、俊頼髄脳・一四二、千五百番歌合・二五二一判詞、定家八代抄・一一五〇、詠歌一体・六〇

【注】○**漢書曰**　漢書巻九十七に見えるが、芸文類聚所引漢書に近い。また、太平御覧には二箇所に亙って引かれる。「漢〈漢下脱書字〉張敞為婦画眉……又、李夫人得幸武帝而卒、上憐憫焉、図画其像於甘泉宮、初李夫人病篤、上自臨候之、婦人蒙被謝曰、妾久寝病、形貌毀壊、不可以見帝、上曰、夫人病亦甚、殆将不起、一見我、属託王及兄弟、豈不快哉、夫人曰、尊官在帝、不在一見、上復言、欲必見之、夫人遂転面向壁歔欷、上不悦而起、夫人姉妹譲之曰、独不可一見上、属託兄弟耶、夫人曰、不見帝者、乃欲深託兄弟也、夫以色事人者、色衰則愛弛、上所恋恋念我、以平生容貌也、今見我毀壊、顔色非昔、必且畏悪我、尚肯思復録其兄弟哉」（芸文類聚巻三十二）

ソウモクカヲモヒニイカ、タトフヘキ　コハイナツマノヒカリハ*リソ

ソウモクトハ、唐ノ人ナリ。ヲホケナキ心ヲコシタリシモノナリ。

【本文覚書】○ハリソ…諸本とも「ハカリソ」

【出典】明記せず

【他出】口伝和歌釈抄・三五三

【注】○**ソウモクトハ**　「そうもくとは、たうの人のなゝり。おほけなき心を□（さ歟）してみもくたかれしひとなり、とそいふめる。くわしからす、たつぬへし」（口伝和歌釈抄）、「或説云、宗則ト云人、五月五日ニ菖蒲ノ冠ヲシテ行《ユクニ》道一ヲ、見テ

女人美ナルヲ、オホケナキ心ツキテ思死ニ死ニ、キ。菖蒲も宗則モ共ニクチナハニ成リニケリ。ソレヨリ菖蒲ヲアヤメト云也。蛇ヲアヤメト云故也」（和漢朗詠註抄）、「皆用菖蒲ヲ事ハ、昔、舒王、一人ノ有逆臣。名宗則ト云フ。王是ヲ罪ス。恨成而死、已ニ忽毒虵ト化シテ為滅ントレ国ヲ。取降伏之治術ヲ智臣ノ云、彼虵ハ身ハ青ク頭赤シ。似タリ菖蒲ニ。以彼□頭、剰其体、入酒ニ、飲之ヲ、不成害ヲ。仍、用之也。アヤメト云ハ虵ノ名也。相似タル故ニ菖蒲ノ異名トス」（和漢朗詠集和談鈔）。「アヤメトハ、クチナハノ名也。虵ニ似ル故ニ、アヤメ草ト云。一日是ヲキサミテ酒ニ入テ服シ、頭腰ニ帯シヌル事ハ、彼宗則、字ハ文広カ、毒虵ト成テ災ヲ成ヘキヲ、調伏スル義也。依之、上天子ヨリ下万民ニ至マテ、菖蒲酒ヲ用也（和漢朗詠集和談鈔〈歌注〉）。宗則については荊楚歳時記五月五日「浴蘭節」の注に宗則字文度が艾をとって灸をした話が載るが、菖蒲とは直接関わらない。あるいは「浴蘭節」の「採艾以爲人、懸門戸上、以禳毒気。以菖蒲、或鏤或屑以泛酒」から混乱が生じたか。宗則は南斉書に見える宗測（字は文度ではなく敬微）か。

355 イキテノヨシニテノ、チノ、チノヨモ　ハネヲカハセルトリトナリナム

御返事

356 アキチキルコトノハタニモカハラスハ　ワレモカハセルエタトナリナム

コレハ天暦ノミカト、師尹ノヲト、ノ芳子女御ニツカハシケル御哥也。御カヘシイトメテタシ。長恨哥ノ天ニアラハネカハクハ比翼ノトリトナリ、地ニアラハネカハクハ連理ノ枝トナラム、コノコ、ロ也。比翼トハ、、ネトフコトヲエス、ソノナヲハ兼々トイフ。注曰、*イロナクアヲシ。一目一翼アリテ・《ア》ヒエテスナハチトフト云々。連理トハ、唐書曰、貞観中山南献木、連理交玲瓏、有同羅。一丈之幹ニ枝ヲアハセタルコトニ、

十余所。又曰、貞観中玉華宮李連理、隔澗合枝云々。

【本文覚書】○イロナクアヲシ…イロナクテヲシ（和）、色なし《本》てをし（岩）、色なくてをし（大）

【出典】明記せず

【他出】355 村上御集・一〇七、大鏡・三二、万代集・二一九三　356 村上御集・一〇八、大鏡・三三、万代集・二一九四

【注】○**コレハ天暦ノミカト**「もろまさの朝臣のむすめの女御に」（村上天皇御集・一〇七詞書）○**長恨哥ノ**「七月七日長生殿、夜半無人私語時、在天願作比翼鳥、在地願為連理枝」（長恨歌）○**比翼トハ**「南方有比翼鳥焉。不比不飛、其名謂之鶼鶼」（爾雅）○**注曰**「山海経云、崇吾山有鳥、状如鳧一翼一目相得乃飛鶼、音兼」（爾雅注）、「注似鳧青赤色一目一翼相得乃飛」（爾雅注疏）。注文の「イロナクアヲシ」存疑。また【補説】参照。○**連理トハ**　現行唐書にこの記事未見。「唐書曰、貞観中、南献山木連理、交錯玲瓏、有同羅木、一丈之幹。并枝者二十余所」（太平御覧巻九五二）。また太平御覧巻八七三には、「唐書曰、貞観十八年、山南献木連理。交錯玲瓏、有同羅日一丈之幹。并枝者二十余所」とあり、その直後に「又曰、二十一年、玉華宮李樹連理、隔澗合枝」が引かれる。【補説】参照。○**又曰**　現行唐書にこの記事未見。「又曰、貞観中、玉華宮李樹連理、隔澗合枝」（太平御覧巻九六八）

【補説】童蒙抄には、爾雅による注が三箇所見える。

比翼トハ、、ネトフコトヲエス、ソノナヲハ兼々トイフ。注曰、イロナクアラシ。一目一翼アリテ、アヒエテスナハチトフト云々。（355、356歌注）

集注爾雅曰、朮ハ花アリトイヘト、ヒラケサルコトシトイヘリ。サレハ時ナキモノヲトヨメリ。ヲケラヲウケラトイフナリ。（616歌注）

又雅曰、鵙伯労也。（740歌注→110歌注参照）

日本国見在書目録には、「爾雅三巻（郭璞注）、々々三巻（孫氏注）、々々集注十巻（沈旋撰）、々々図十巻（郭璞注）、々々々讃二巻、々々音二巻、々々々決三巻（釈智騫撰）」とあるが、傍線を付したものは散佚書である。355、356歌注に引く注文は、爾雅本文と郭璞注にほぼ一致するが、太平御覧にも以下のようにあり、和文化されていることも合わせ考えると、類書に拠った可能性も完全には否定できない。

　爾雅曰南方有比翼鳥焉。不此不飛其名曰兼兼〈郭璞註曰、似鳥赤色一目一翼相得乃飛也〉（太平御覧巻九二七）

616歌注に引くのは集注爾雅で、和文化されているが、逸書であるため確認はできない。また、管見の限りでは、集注爾雅の名は、書目として見えるのみで、類書等にも見えず、いかなる経路で集注爾雅の説が採られたのか不明である。740歌注に引くのは爾雅本文のみである。

恋

357 玉勝間アハムトイフカタレナルカ　アヘルトキサヘヲモカクレスル

万葉十二ニアリ。

【出典】万葉集巻第十二・二九一六「玉勝間《たまかつま》　相登云者《あはむといふは》　誰有香《たれなるか》　相有時左倍《あへるときさへ》　面隠為《おもかくしする》」〈異同〉②「カ」未見。非仙覚本及び仙覚本は「は」④「アヘル」は廣、西及び元（「つ」右赭）が一致。元「あつる」。なお、①は非仙覚本及仙覚本「たまかつま」とよむ。

【他出】袖中抄・八一一（二句「あはむといふは」）

358 コヒ〳〵テヒトニコト〳〵コヒシナハ　モエムケフリハコヒノカヤセム

六帖ニアリ。コヒニモエムケフリトハ、白毫式ニ、ムカシ天竺ニ術婆迦トイフ童子アリ。ソノ母トシコロキサキニツカマツリケリ。コノワラハ、ヲモハスニキサキヲミタテマツリケルヨリイカテトヲモフコ、ロツキテ、ヒトシレスイモネスヤセユキケリ。ハ、アヤシミテトヘトイハスシテモノヲモヘルケシキアラハナリ。母ノイハク、ナニ、ヨリテカワレニカクスヘキ、トセメトヒケレハ、アリノマ、ニコタヘケリ。母ヲモヒクラシテイハク、江ノ*ホリニユキテイヲ、ツリテ毎日ニキタレ。ワレトリツキテキサキニタテマツラム、トヲシフ。コレニヨリテ、ヒコトニ鯉ヲツリテキタレハ、シタカヒテ母コレヲキサキニタテマツルコト三年ニナリヌ。キサキコ、ロサシノフカキコトヲアハレヒテ、ヨキヒマニトヒタマフ。イカナルコトヲ、モヒテスルワサソ、ト。母ヲソレナカラコノワラハノヲモヘルコトヲモラシ申。天竺ノナラヒ、コ、ロニヲモヒコトハニイヒツルコトヲタカヘサリケレハ、アフヘキヨシヲチキリタマヒツ。キサキタヨリヲエムコトカタケレハ、、カリコトヲナシテノタマハク、術婆迦マツ自在天神ニマイリテ、ソノ宝殿ノウチニカクレヲレ。マイリテアハム、トチキリテミユキシテ、自在天神ノ宝殿ニミコシヲヨセテ、ヒトヨスコサシメタマフ。ヒトシツマリヨフケテ、后術婆迦ヲルトコロニユキタマヘルニネイリテシラス。ソノシルシニタマノカムサシヒトスチヲ、キテ、コシノモトヘカヘリタマヒヌ。マタユキタマヘルニヲトロカス。ソノシルシニ又カムサシヒトスチヲ、キテカヘリタマヒヌ。コ、ニ母術婆迦ニトフニ、ネイリテオホヘス。タ、コノタマノカムサシハカリアリ、トコタフ。母イマハチカラヲヨフヘカラス、トイフヲキ、テ、術婆迦カムネヨリ火イテキテ、モエテケフリニナリテウセヌト云々。カノ鯉ヲツリテコトヲ通セシヨリコヒトハイフナリ。モロ〳〵ノコヒノヲコリ、コノ術婆伽ヨリハシマレリ。

【本文覚書】○ホリ…諸本「ホトリ」

【出典】古今六帖・一九九三、初二句「こひこひにひとこひこひに」四五句「もえんほのほもこひのかやせん」

【注】○白毫式ニ　「白毫式」未詳。三角洋一氏は「三教しき」の誤写かとされる（同氏「空海『三教指帰』の影響史」〈『礫』、二〇〇一年一〇月〉）○ムカシ天竺ニ　原話は智度論に見える。「説国王有女名曰拘牟頭。有捕魚師名述婆伽。随道而行。遥見王女在高楼上窓中見面。想像染著心不暫捨。弥歴日月不能飲食。母問其故以情答母。我見王女心不能忘。母諭児言。汝是小人。王女尊貴不可得也。児言。我心願楽不能暫忘。若不如意不能活也。母為子故入王宮中。常送肥魚美肉以遺王女而不取価。王女怪而問之欲求何願。母白王女。願却左右当以情告。我唯有一子敬慕王女情結成病。命不云遠。願垂愍念賜其生命。王女言。汝去月十五日於某甲天祠中住天像後。母還語子。汝願已得告之如上。沐浴新衣在天像後住。王女至時白其父王。我有不吉須至天祠以求吉福。王言大善。即厳車五百乗出至天祠。既到勅諸従者。斉門而止独入天祠。天神思惟。此不応爾。王為世主不可令此小人毀辱王女。即厭此人令睡不覚。王女既入見其睡。重推之不悟。即以瓔珞直十万両金遺之而去。去後此人得覚見有瓔珞。又問衆人知王女来。情願不遂憂恨懊悩。婬火内発自焼而死。以是証故知。女人之心不択貴賤唯欲是従」（大智度論巻十四）。当該注については黒田「三教指帰注は和歌童蒙抄の依拠資料か」（『愛知文教大学比較文化研究』9、二〇〇八年九月）参照。

359 ミスモアラスミモセヌヒトノコヒシクハ　アヤナクケフヤナカメクラサム

古今十一ニアリ。在中将右近馬場ノヒヲリノヒ、ムカヒニタテリケル車ノシタスタレヨリ女ノカホ、ノカニミエケレハ、ツカハシケル。ソノカヘシニハ

360 シリシラヌナニカアヤナクワキテイハム　ヲモヒノミコソシルヘナリケレ

此哥ヲ古今ニハカキタルヲ、本哥ノ心ニハタカヒテシタルカヘシトミユルヲ、ヤマト物語ニハ、360′ミモミスモタレトシリテカコヒラル、ヲホツカナミノケフノナカメヤ　コレコソコ、ロニハカナヒタレ。コノウタノカヘシニ、シリシラヌナニカアヤナク、トハヨメルナリ。サレト古今ノ撰者ヨモアヤマテルニハアラシ。コノ、タレトカシリテコヒラル、、トヨメルカ心ニモカナハス、思ノミコソ、トヨメルカイミシクヲホヘケレハ、タ、カヘシトカキテイレラレタルトソコ、ロエラレタル。ヒヲリノヒトイフコトハ、フルキウタカヒナリ。兼久ハ、マユミイムトスルトキニ、カチノシリヲウチサマニヒキヲリテハサムヲイフナリ、トソ申ケル。但イツレノ日モサコソハスメレハ、コレヒカコトニヤ。

アルヤウコトナキヒトノアリケルハ、左近馬場ノミナミ、洞院ヨリハヒムカシニヒキイリタルトコロアリ。ソコヲヒヲリトイフナリ。サラハ左近トカクヘキヲ、右近トハカキアヤマテルニヤ。業平カテツカラカミヤカミニカケル伊勢物語ノ朱雀院ノヌリコメニアリケルニハ、・《只》右近ノ馬場ノ日、ムカヒニタテリケル女ノカホシタスタレヨリホノカニミエケレハ、トソカケリケル。サレハ日ヲリノヒトカキアヤマテルニヤ。

【出典】359 古今集・四七六・在原業平朝臣　360 古今集・四七七・よみ人しらず　360′ 大和物語・二七七（三句「おぼつかなさの」）

【他出】359 業平集・二二、業平集☆・七一、伊勢物語・一七四、大和物語・二七六（三句「こひしきは」）、俊頼髄脳・一九五（三句「恋しきは」）、今昔物語集・八六、和歌色葉・七二（三句「こひしきは」）、定家八代抄・八四三

360 業平集・二四、業平集☆・七二、伊勢物語・一七五、古今六帖・二五四一、俊頼髄脳・一九六、今昔物語集・八七、和歌色葉・七三、定家八代抄・八四四　360′ 業平集・二三、伊勢物語・二四〇（初句「見もみずも」）

【注】○**此哥ヲ古今ニハ**　業平集によれば、この贈答は三首からなる。「見ずもあらず見もせぬ人のこひしくはあやなくけふやながめくらさむ」（二二）「見も見ずもたれとしりてかこひらるるおぼつかなみのけふのながめや」（二三）「しるしらぬなにかあやなくわきていはむおもひのみこそしるべなりけれ」（二四）、また御所本業平集、古今集、伊勢物語では、二二と二四で贈答歌となっており、大和物語では、二二と二三で贈答歌としている。○**ヒヲリノヒトイフコトハ**　「ひをりの日　右近馬場の手結の日を云也。五月四日也」（綺語抄）、「右近の馬場のひをりのひ　まゆみのま手結の日也。五月五日也。此日はかちのしりをひきをりたれは、ひをりのひとは云なりとそ秦兼方は申しけれとも、あらてつかひの日も引をれり。おほつかなし」（奥義抄）。「ヒヲリノ日トハ、五月四日ヲ云」（別本童蒙抄）。「ひをりの日」については、袖中抄が詳細な検討をしている。童蒙抄の説は疑開抄に拠った可能性が高い。○**兼久**　松か浦嶋はこの二字補入する。奥義抄は兼方。○**朱雀院ノヌリコメニ**　童蒙抄のあげる本文は、塗籠本に一致しない（加藤洋介『伊勢物語校異集成』〈和泉書院、二〇一六年〉）

【参考】「なかきねもはなのたもとにかえるなりけふやまゆみのひをりなるらん　ひをりとは、まゆみいんとする時、かちのしりをうちさまにひきをりて、はさむをいふ也と《為久》・申せともいつれの日なりとも、まゆみいんには、かちのしりはさまぬ時やあるへき、これひか事なるへし、あるやん事なき人の給けるは、左こんのむま、いのみのとう院よりは、ひんかしに、よきいりたる所あり、そこをひをりといふ也、もしさらは、右こんのむまはとは、さらにかくへからす、これもひか事なるへし、なりひらか、かやかみにみつからかける、いせ物かたりの、しゅしやく院のぬりこめにありける本には、たゝ右近のむまはのひんかしに、たてりけるとかきたる、されは、ひをりの日といふは、ひか事なるへし」（松か浦嶋）

361
ワカコ、ロイトモアヤシナシコメトハ　ミユモノカラニヤクサマルラム
古哥也。日本紀ニ、醜女《ミニクキヲムナ》トカキテシコメトヨメリ。又不平トカキテ、ヤクサム、トハヨメリ。
【出典】古歌
【注】○**日本紀ニ、醜女《ミニクキヲムナ》トカキテ**　「泉津醜女八人」（「よもつしこめやひと」日本書紀・神代上）など。「鬼みめと云《イこゝめと云》」（俊頼髄脳）、「しこめは鬼の名也」（和歌色葉）、「醜女　日本紀私記云、醜女〈志古女〉或説黄泉之鬼也、今世人為レ恐二小児一之称二許々女一者、此語之訛也」（箋注倭名類聚抄）、「醜女シコメ　コ、メ」（名義抄）○**不平トカキテ**　「由是、日神、挙レ体不平」（「体挙りて不平《やくさ》みたまふ」日本書紀・神代上）、「ヤクサミ　不平　此ハ、ナヤム詞也。天照太神、御心ニカナハヌ事アリテ、ナヤミ給ケリ。其ヲ、ヤクサミ給ト云也」（信西日本紀鈔）

362
ワカコ、ロツ*ヲシトヒトノウトメハヤ　ソノミアハシノイツトキモナキ
古哥也。日本紀ニ将婚トカキテ、ミアハシ、トヨメリ。又ツラシトハ、悪《シ》トイフコ、ロナリ。最悪不順《イトツヲクシ》教《ヲシヘ》云々。
【本文覚書】○ツヲシ…ツラシ（和・筑A）、つらし（筑B）
【出典】古歌
【注】○**将婚トカキテ**　「然後、行覓二将婚之処一」（「行きつつ婚《みあはし》せむ処を覓ぐ」日本書紀・神代上）○**最悪不順《イトツヲクシ》教《ヲシヘ》**「其中一児最悪、不レ順二教養一」（日本書紀・神代上）

トキトナクイサチナケトモコト、セテ　サモマツロハヌヒトコ、ロカナ

古哥也。日本紀ニ哭泣トカキテ、イサチナクトヨミ、不順トカキテ、マツロハストカケリ。*

【本文覚書】○カケリ…ヨメリ（筑B・刈・大）

【出典】古歌

【注】○**哭泣トカキテ**　「且常以㆓哭泣㆒為㆑行」（「且常に哭《な》き泣《いさ》つるを以て行とす」日本書紀・神代上）、「イサチ　坐泣　此ハ、ナクト㆓云詞也」（信西日本紀鈔）○**不順トカキテ**　「誰復敢有㆓不㆑順者㆒」（「誰か復敢へて順《まつろ》はぬ者有らむ」日本書紀・神代下）、「誅㆓諸不㆑順鬼神等㆒」（「諸の順《まつろ》はぬ鬼神等を誅ひて」、同）

【参考】「いさつる、泣也」「いさち、泣」（八雲御抄）

ハナレヌシナカヨリヒトヤトヲリケム　マタアヒカタキコヒモスルカナ

古哥也。ナカヨリトホルヲイムコト、盤亘菩薩伝云、昔阿修羅ノイモト、天ノメトナル。アスライカリテ天トタ、カフ。天修ラカ、シラキル。手ヒチヲキルニ、カヘリツクコトモトノコトシ。コ、ニ修羅ノイモト、天ニサトラシメムカタメ、青蓮華ヲフタツニワケテ各左右ニチラシテ、ソノ女ナカヨリユク。天スナハチサトリテ、修羅ノ手足ヲキリテ、左右ニナケテ、天ナカヨリサル。修羅ノミハナレテ、マタアフコトヲセス。ツヒニイノチヲハリニキ。コレニヨリテ、ナカヨリトホルヲイムナリ。

【出典】古歌

【注】○**盤亘菩薩伝云**　未詳。○**昔阿修羅ノイモト**　阿修羅が帝釈天と戦った話は、涅槃経巻三十三、大智度論巻五

十六、雑阿含経巻四十などに見える。また、帝釈天の妻となったのは妹ではなく、娘の舎脂とされる。

人事

祝

365 キミカヨハタエシトソヲモフ神風ヤ　ミモスソカハノスマムカキリハ

承暦二年四月廿八日ノ殿上ノ哥合ニ、大宮権亮源道時カヨメル也。神風トハ、日本紀ノ六ニ、垂仁天皇廿五年三月丁亥朔丙申、天照大神和姫命ニ誨テ曰、是神風伊勢国ハ、即常世之《トコヨノ》浪重浪帰《シキナミヨル》国也云々。

365' *カミカセヤイセノウラワニシキヨスル　トコヨノナミヤキミカヨノカス　此心ナリ。

或本ニ此哥コヽニアリ。然而本ニ奥ニアリ。

又同九云、*気長足姫ノ尊神功皇后、仲哀天皇ノ神ノ*シヘニシタカヒテ、筑紫ノ橿日《カシヒ》ノ宮ニハヤウセタマヒツルヲイ*タムタマヒテ、タヽル神ヲシリテ、タカラヲモトメムトヲホシメシテ、ツカサ〳〵ニミコトノリシテ、ツミヲハラへ、トカヲアラタメテ、斎宮《イミノミヤ》ヲ小山田邑《ヲヤマタムラ》ニツクリテ、三月壬申朔ニ皇后吉日ヲエラヒテ、ミツカラ神主トナリタマフ。武内宿禰ニヲホセテ、琴ヲヒカシム。中臣ノ烏賊《イカツ》ノ使主《ヲム》ヲメシテ、審神者《メニハ》トス。ヨリテ千繒高繒《チハタタカハタ》ヲモテ、琴《ミコト》カミコトシリニヲイテ、請シテイハク、サキノ日ニ天皇ニヲシヘタマヒシハイツレノ神ソ、ネカハクハソノミナヲシラムトヲモフ。七日夜ニイタテ、スナハチ答シテノタマハク、神風《カム》伊勢・《国》ノ百伝《モヽツタフ》度逢県《ワタラヒアカタノ》之析鈴《サクスヽ》五十《イホ》・鈴《スヽノ》之宮《ミヤ》ニ居《ヲル》所神也。ナヲ撞賢木《ツキサカキ》厳《イツノ》之御魂《ミタマ》天疎《アマサカル》*向津媛《ヒカツヒメ》ノ命《ミコト》トイフナリ。

【本文覚書】○「カミカセヤ」以下の二行、和歌、注文を行間に記し、冒頭に鉤点を付す。筑B、大はこの二行なく「又同九云」以下の注に続く。浅田論文2参照。○「気長足姫」の「気」、あるいは「兼」か。○ノシへ…ノヲシへ（和・筑B）、ノヲシエ（刈）、ヲシへ（筑A）、の教（岩・大）○イタム…イタミ（刈・東）、いたみ（岩・大）○向津媛《ヒカツヒメ》…向津媛《ムカツヒメ》（和・筑A・東）

【出典】365 承暦二年四月二十八日内裏歌合・二七・道時朝臣、「みづがき《きみかよ》はつきじとぞおも《見る》ふかみかぜ《師具本有見字云云》やみもすそがはのすまむかぎりは」、365'は367参照。

【他出】365 後拾遺集・四五〇、経信集・一八八、口伝和歌釈抄・二二九、袋草紙・二五二、五代集歌枕・一三一一、古来風体抄・四四〇、袖中抄・四八八、定家十体・一四八、定家八代抄・五八八、詠歌大概・六五、近代秀歌・二一・五六、八代集秀逸・三四、時代不同歌合・四、以上二句「つきじとぞおもふ」

【注】○**大宮権亮源道時カヨメル也**　承暦四年四月二十八日内裏歌合十四番左歌。作者名「道時朝臣」。道時（通時）は経信男。当該歌は経信の代詠。この歌合については、童蒙抄巻十で何度も言及し、例えば「承暦歌合、左方二番家忠歌〈実関白殿〉なり……右歌伊家〈実頼綱作〉」と代詠であることを示している。○**神風トハ**　「三月丁亥朔丙申……時天照大神誨二倭姫命一、是神風伊勢国、則常世之浪重浪帰国也」（日本書紀・垂仁天皇二十五年）、「伊勢をば、神風といふ」（能因歌枕）、「神風とは御神のめくみの事也」（口伝和歌釈抄）、「かみかぜ　神の御めぐみをいふなり」（綺語抄）、「神《秋本》風といへるはふくかせにはあらす。万葉集に神風やとかきたれは、文字にはかられて吹風とよみたる人あまたきこゆ。もろ〳〵のひ《(か)》る事にや。神の御めくみといへる事也」（俊頼髄脳）、「天照太神倭姫命にをしへてのたまはく、この神風伊勢国すなはち常世の浪重浪帰国也。傍国《カタクニ》の可怜国也」（奥義抄）○**又同九云**　「九年春二月、足仲彦天皇崩二於筑紫橿日宮一。時皇后傷下天皇不レ従二神教一而早崩上、以為、知二所レ祟之神一、欲レ求二財宝国一。是以、命二群臣及百寮一、以解レ罪改レ過、更造二斎宮於小山田邑一。三月壬申朔、皇后選二吉日一、入二斎宮一、親為二神主一。則命二武内宿禰一令レ撫レ琴。喚二中臣烏賊津使主一、為二審神者一。因以二千繒高繒一、置二琴頭尾一、而請曰、先日教二天皇一者誰神也。

願欲レ知二其名一。逮二于七日七夜一、乃答曰、神風伊勢国之百伝度逢県之拆鈴五十鈴宮所居神、名撞賢木厳之御魂天疎向津媛命焉」（日本書紀・神功皇后摂政前紀）。但し「仲哀天皇ノ神ノシヘニシタカヒテ」の箇所は、日本紀本文とは意味が逆になっている。抄出の際の混乱か。

【参考】「風　神風〈伊勢国〉」（八雲御抄）

366

キミカヨハアマノコヤネノミコトヨリ　イハヒソ、メシヒサシカレトハ

寛治八年八月十九日、高陽院殿上ノ七番ノ哥合ニ右大弁藤原通俊卿ノヨメル也。

日本紀云、天児屋命《アマノコヤネノ》ハ、神事ヲツカサトレル宗源《モト》ナリ。故ニ高皇《タカミ》彦霊《ムスヒ》ノ尊ミコトノリシテノタマハク、ヤツカレスナハチ天津《アマツ》神籬及《ヒモロキヲヨヒ》天津盤境《イハサカヒ》ヲタテ、、マサニ吾孫ノタメニイハ、レマツレイマシテ、天児屋命太玉ノ命、ヨロシクアマツヒモロキヲモテ、葦原ノ中国ニクタシテ、吾孫ノタメニイハヒマツラシムヘシ。

【本文覚書】945に重出

【出典】高陽院七番歌合・五八・みちとしの卿

【他出】金葉集初度本・四六二、金葉集二度本・三二四、金葉集三奏本・三二九、袋草紙・四五八、古来風体抄・五一七、色葉和難集・七八五

【注】**○寛治八年八月十九日**　作者名を右大弁通俊とすること不審。当時の右大弁は基綱。通俊は中納言。童蒙抄巻十では「左中納言、右通俊卿歌也」として引く。**○日本紀云**　「且天児屋命、主二神事一之宗源者也。故俾下以二太占之卜事一、而奉上レ仕焉。高皇産霊尊因勅曰、吾則起二樹天津神籬及天津磐境一、当為二吾孫一奉レ斎矣。汝天児屋命・太玉命、宜持二天津神籬一、降二於葦原中国一、亦為二吾孫一奉レ斎焉」（日本書紀・神代下）

367 神風ヤイセノウラワニシキヨスル　トコヨノナミヤキミカヨノカス
古哥也。日本紀垂仁天皇廿五年云々。天照大神誨和姫命曰、是神風伊勢国即常世之浪重帰国也。
【出典】古歌
【他出】袖中抄・四九一
【注】○**日本紀垂仁天皇廿五年**　365歌注参照。

368 *ミモロヤマス《アハモルト》、メシヨセシトヒクナハノ　*ウチハヘ《ヨモニシナヘル》ナカキ、ミカミヨカナ
崇神天皇卌八年、勅豊城命活目《イクメ》尊曰、二子*応愛共斉《ヒトシ》。不知曷為嗣。各宜夢。朕以夢占《ハム》之。二皇子被命《ウケタマハテミコト》浄沐《ユカハアミテ》、*新寐、各得夢。会明《アケホノニ》兄豊城命、以夢奏曰、自登三諸山自東八廻弄槍以廻撃刀。弟活目尊奏曰、三諸山之嶺縄緝四方。遂食粟雀。即天皇相夢曰、兄則一片当活東国、弟是臨四方。宜継朕位。*四月三活目尊為皇太子。豊城命令*活東。是上毛野君、下毛野始給也。活目尊垂仁天皇是也〈九十九年／治〉。秋七月崩於纏向宮。時年百卌《廿或》。冬十二月、葬於菅原伏見陵。
【本文覚書】○ミモロヤマ《アハモルト》…筑A・筑B、右傍記なし　○ウチハヘナカキ《ヨモニシナヘル》…ヨモニシナヘル（筑A）、筑B右傍記なし　○応愛…慈愛（筑B・刈・東）　○新…祈（刈・東・大）　○四月三…四月立（刈・東・大）　○活東…治東（刈・東・大）
【出典】明記せず
【注】○**崇神天皇**　「卌八年春正月己卯朔戊子、天皇勅㆓豊城命・活目尊㆒曰、汝等二子、慈愛共斉。不㆑知、曷為㆑嗣。

各宜レ夢。朕以レ夢占之。二皇子、於是、被レ命、浄沐而祈寐。各得レ夢也。会明、兄豊城命以二夢辞一奏二于天皇一曰、自登二御諸山一向レ東、而八廻弄槍、八廻撃刀。弟活目尊以二夢辞一奏言、自登二御諸山之嶺一、縄絙二四方一、遂二食レ粟雀一。則天皇相夢、謂二二子一曰、兄則一片向レ東。当治二東国一。弟是悉臨二四方一。宜継二朕位一。四月戊辰朔丙寅、立二活目尊一、為二皇太子一。以二豊城命一令レ治レ東。是上毛野君・下毛野君之始祖也」（日本書紀・崇神天皇四十八年）、「九十九年秋七月戊午朔、天皇崩二於纏向宮一。時年百卌歳。冬十二月癸卯朔壬子、葬二於菅原伏見陵一」（同・垂仁天皇九十九年）

本

元久三年十二月七日於喜多院御所屯爐

馳筆書了

同三年四月十日於長尾房以証本

一校畢

和哥童蒙抄第五

居処部

都　宮　殿　門　戸　牆　庭　橋　井　舟〈付水／手〉車

宝貨部

玉　錦　綾　糸　綿　布

文部

書　筆

武部

弓　矢　鞆　剣

伎芸部

画

飲食部

酒　飯　薬

居処部

都

369
金《アキ》ノ野ノミクサカリフキヤハレリシ　ウチノミヤコノカリイホヲモホユ

万葉十一ニアリ。ヤハレリシトハ、ヤトレリシトイフコヽロナリ。

【出典】万葉集巻第一・七「金野《あきのの》乃《の》　美《み》草刈葺《くさかりふき》　屋《や》杼《ど》礼《れ》里《り》之《し》　兎《う》道《ぢ》乃《の》宮子《みやこ》能《の》　借五百《かりいほ》磯《し》所レ念《おもほゆ》」〈校異〉①は元、類、古が一致。冷、廣「アキノヽニ」。紀「アキノヽ」②「ミクサ」は類、古及び元（「美草」右赭）、廣（「オハナ」右或本）が一致。元、冷、廣、紀及び類（「みくさ」右或本）「をはな」。なお、西「美草」左「オハナ古」あり。⑤は類が一致。元及び類（漢右）、廣（「イホ」右）「かりほしそおもふ」。冷、廣、古「カリイホシソヲモフ」。冷、廣は「ヲモフ」右「或本ヲモホユ」。紀「カリイホソオモフ」。元漢右赭「カリホヽソヲモフ」

【他出】綺語抄・三〇一（二句「をばなかりふき」）、五代集歌枕・一七七四（二句「みちをかりふき」）、新勅撰集・四九六（初句「秋の野に」）、以上三句「やどれりし」

370
ヒサカタノミヤコヲヽキテクサマクラ　タヒユクキミヲイツシカマタム

万葉十三ニアリ。ヒサカタトハ、月ヤソラナトヲコソヨメレ、ミヤコヲヨメルハ、ヒサシクカタシトイフ義歟。マタミカトノ都ナレハ、天闕ナトイフニヒカレテヨメルカ。日本紀ニハ、帝宅トカキテ*ミ□□トヨメ□カユヘナリ。

【本文覚書】○ミ□□トヨメ□（墨汚れのため三字判読不明）…諸本「ミヤコトヨメル」、「みやことよめる」

【出典】万葉集巻第十三・三二五二「久堅之《ひさかたの》　王都《みやこ》乎《を》置而《おきて》　草枕《くさまくら》　羈往君乎《たびゆくきみを》　何時可《いつとか》将レ待《またむ》」〈校異〉⑤「イツシカ」

は元、天、廣が一致。類「いつとか」

【他出】人麿集Ⅲ・六一八、綺語抄・二九五、袖中抄・八三三、和歌色葉・一〇九、色葉和難集・九四七

【注】○ヒサカタトハ「ひさかたのみやこ」（綺語抄）。「ひさかたの都」は近世まで用例未見。○ヒサシクカタシ「久堅」は万葉集に多く見える。2歌注参照。○天闕「用二清明心一、事二奉天闕一」（「天闕《みかど》に事へ奉らむ」）日本書紀・敏達天皇十年）。「ひさかた」が「天」にかかることから、天闕、すなわち帝都にかけたと解する。○帝宅トカキテ「是月、即命二有司一、経二始帝宅一」（「帝宅《みやこ》を経り始む」）日本書紀・神武天皇即位前紀）

371

宮

ヨノナカハトテモカクテモスクシテ《ヲナシコト》ム　ミヤモワラヤモハテシナケレハ

コレハアフサカノセミ丸カ哥也。琵琶ヲヨクナラヒテ、流泉啄木ナトヲツタヘタリト博雅ノ三位キ、テ、サフラヒヲツカヒニテ、ナトカクヤマノアラシモハケシク、、サノイホリモツユケキニ、サテノミスクシタマフソ、京ニ人ノイトヲシクシタテマツラム、トヲホセラル、ニ、イサ、セタマヘカシ、トコシラヘケレト、ミ、ニモキ、イレテ、コノ哥ヲナカメテ琵琶ヲカキナラシケリ。カヘリテコノアリサマヲカタルヲキ、テ、博雅アフサカニユキテ、コノ流泉啄木ヲウケナラハム、トイヘトキ、モイレネハ、モシヒクトキヤアルトテ、三年マテ日コト、イフハカリ行テタチキケト、エキクコトヲタニセサリケリ。三年トイフ十月廿日コロ、カセサヒシク月ヲホロニサシノホリテ、ヨカラノアハレナリケレハ、今夜コソトヲモヒテマタイニケリ。蝉丸ヲモヒツルナヘニコ、ロスメルケシキニテ、アハレモノ■*コ、ロホソキヨカナ、コヨヒ心アラム人*ヲカナ、

モノカタリセム、トイフヲキヽテ、ウレシトヲモヒテサシヨルマヽニ、博雅コソマイリタレ、トイフ。トハタレ、トイフ。シカ〳〵ナリ。コノ二三年ツネニマイリキツルコトナムトイフニ、フカク感シテ、コノ曲トモヲヽシヘケレハ、譜許ヲクシタリケルニ、ミナウツシヘテ、イマノヨニツタヘタリ。ミチヲコノム人、イニシヘハカクナムアリケル。

【本文覚書】○■…「〻」を墨消　○人ヲカナ…人モガナ（刈）、もがな（大）

【出典】明記せず

【他出】江談抄・七、今昔物語集・六二。和漢朗詠集・七六四、新古今集・一八五一、定家八代抄・一五二六、以上三句「おなじこと」。俊頼髄脳・八五、古本説話集・五二、時代不同歌合・一四九、以上三句「ありぬべし」

【注】○**アフサカノセミ丸カ哥也**　和漢朗詠集には作者名なし。説話集の類は作者蝉丸とし、新古今集では作者を「蝉丸」と明記する。○**琵琶ヲヨクナラヒテ**　類話は俊頼髄脳以下に見えるが、本話と近いのは、江談抄巻三、今昔物語集巻二十四所収話。○**ミチヲコノム人**　「諸道の好者はただかくのごとかるべきなり。近代の作法は誠にもつて有るべからず」（江談抄巻三）

372

殿

アサクラヤキノマロトノニワカヲレハ　ナノリヲシツヽ、ユクハタカコソ

昔皇極天皇ノ百済ヲタスケムカタメニ、ツハモノヲヒキヰテツクシニミユキセシメヲハシマセリシトキ、天智天皇ミコト申シ時、マツリコトヲヽサメテシタカヒヲハシマシテ、詠セシメ給御製也。アサクラトハ、筑

前国ニアルトコロナリ。マ《キノ》ロトノトハ、マロキシテツクレルナリ。タヒノ御ヤスマリニテ、ウチトケサセタマハサラム・ユ《カ》ヘニ、イテイル人ナノリヲシケリ。蔵人*惟規大斎院ノ女房ニシノヒテモノ申ケルヲ、アヤシカリテサシコメタリトキコシメシテ、ウタヨミトコソキケ、ユルセ、トヲホセラレケレハイツトテ、

373
カミカキハキノマロトノニアラネトモ　ナノリヲセヌハヒト、カメケリ

トヨメリケレハ、アハレカラセタマヒケリ。

【本文覚書】○惟規…惟親（内・和・筑A・筑B・谷・刈・東・書・狩・岩・大）

【出典】明記せず

【他出】372 綺語抄・四八七、俊頼髄脳・二八四、奥義抄・三五九、万葉時代難事・二二、袖中抄・二六七（五句「ゆくやたれぞも」）、和歌色葉・一三〇、新古今集・一六八九、定家八代抄・一六三五、色葉和難集・七八三、新時代不同歌合・九　373 俊頼髄脳・二八五、金葉集二度本・五四七、金葉集三奏本・五四〇、今昔物語集・一五一（四句「なのりをせぬは」）

【注】○**昔皇極天皇ノ**　当時は重祚して斉明天皇であった。「此哥は昔天智天皇太子にておはしましける時、筑後国にあさくらといふ所にしのひてすみ給けり」（俊頼髄脳）、「よにつゝみたまふことありて、筑前国上座郡あさくらと云所に」（奥義抄）○**アサクラトハ**　「五月乙未朔癸卯、天皇遷㆓居于朝倉橘広庭宮㆒。是時、斮㆓除朝倉社木㆒、而作㆓此宮㆒之故、神忿壊㆑殿。亦見㆓宮中鬼火㆒、由㆑是、大舎人及諸近侍、病死者衆」（日本書紀・斉明天皇七年）○**キノマロトノトハ**　「きのまろどの　筑前国にある也……きをまろにしてつくりたる也」（綺語抄）、「其屋をことさらによろつの物をまろにつくりてをはしけるより、木のまろとのとはいひそめたりける也」（俊頼髄脳）、「きのまろとのといふ。丸木にてつくれる故也」（奥義抄）○**タヒノ御ヤスマリニテ**　この説未見。「ひとのおぼしきことはいひ、あるはこた

へなどするこゝろなり」（綺語抄）、「世につゝませ給事ありて、宮こにはえをはせて、さるはるかなるところにをはしけるなり。さるつゝみ給事あるかゆへにいりける人に必とはぬさきになのりをしていりこと、起請をせられたりけれは、必いて入ひとのなのりをしけるとそいひ傳たる」（俊頼髄脳）○**蔵人惟規**「大斎院と申しける斎院の蔵人惟規、女房にもの申さむとて、しのひて夜参りたりけるに、侍共みつけてあやしかりて、いかなるひとそとひたつねけれは、かくれそめて候、たれともいはさりけれは、御門をさしてとゝめたりけれは、かたらふ女房院にかゝる事こそ侍れと申けれは、哥讀ものとこそきけ、とくゆるしてやれと仰られけれは、ゆるされてまかり出とて讀る哥　かみかきは木の丸とのにあらねともなのりをせぬは人とかめけり　とよめりけれは、大斎院き聞食てあはれからせ給て」（俊頼髄脳）

【参考】「殿　きのまろとの〈むかしのなのりゝける也。つくし也。天智御在所也〉」（八雲御抄）

マキハシラホメテツクレルトノ、コト　イマセハ、トシヲメカハリセス

万葉廿ニアリ。ホメテツクレルトノトハ、昔神武天皇三月辛酉朔丁卯ニ令《ノリコト》ヲクタサシメテノタマハク、ワカヒムカシウチシヨリ、コヽニ六年ニナリニタリ。マサニ山林ヲヒラキハラヒ、宮室ヲヲサメツクリテ、ツヽシミテ宝位ニノソミテミタカラヲシツムヘシ。視《ミレハソレウネメ》夫畝傍山《ヤマノヒツシサルノカシハラ》東南橿原ノ地ハケタシ国ノ墺区《モナカノクシラ》ナリ。ミヤコツクルヘシ。コノ月ニ即ツカサ〳〵ニヲホセテ、経二始帝宅一《ツクリハシメムミヤコヲ》故古語称《フルコトニホメ》マシテイハク、ウネメノカシハラニシテ、シタツイハネニ宮ハシラフトシキタテ、、タカマノハラニチキタカシリテ、ハツクニシラススメラミコト、、イヘリ。委見日本紀第三。

イマセハ、トシトハ、八年トイフナリ。オメカハリセストハ、ヲモカハリトイフナリ。メトモトハ、カヨフ

コヱナリ。神武天皇ト申ハ、畝火《ウネヒ》橿原宮也。在大和国。
【出典】万葉集巻第二十・四三四二「麻気婆之良《まけばしら》　宝米弖豆久礼留《ほめてつくれる》　等乃能其等《とののごと》　已麻勢波々刀自《いませははとじ》　於米加波利勢受《おめがはりせず》」〈校異〉⑤は類、廣、古及び元（「も」右赭、「て」右赭）が一致。元「おもかはりせて」
【他出】和歌色葉・一一〇
【注】○**ホメテツクレルトノトハ**　「三月辛酉朔丁卯、下レ令曰、自二我東征一、於茲六年矣……且当披二払山林一、経二営宮室一、而恭臨二宝位一、以鎮二元元一……観夫畝傍山……東南橿原地者、蓋国之墺区乎。可レ治之。是月、即命二有司一、経二始帝宅一……故古語称之曰、於二畝傍之橿原一也、太二立宮柱於底磐之根一、峻三峙搏二風於高天之原一、而始馭天下之天皇、号曰二神日本磐余彦火々出見天皇一焉」（日本書紀・神武天皇即位前紀）○**イマセハ、トシトハ**　「いませはとは御坐也。はとしとは八年といふ也。或人云、いませはいます也。は、としとは母の刀自也といへり。いか、とおほゆ」（和歌色葉）○**オメカハリセストハ**　童蒙抄は音通と解するが、「ヲメ（オメ）」は「おも（面）」の東国語形と見られる。○**神武天皇ト申ハ**　「辛酉年春正月庚辰朔、天皇即二帝位於橿原宮一。是歳為二天皇元年一」（日本書紀・神武天皇元年）

375
門

ワキモコカヤトノマカキヲ*ミマユケハ　ケタシカカトヨリカヘシテムカモ
万葉六ニアリ。ケタシトハ、スナハチトイフナリ。蓋トカケリ。
【本文覚書】○ミマ…ミテ（内、和、筑A、筑B、刈、書、岩、大）
【出典】万葉集巻第四・七七七「吾妹子之《わぎもこが》　屋戸乃籬乎《やどのまがきを》　見尓往者《みにゆかば》　蓋従レ門将二返却一可聞《けだしかどよりかへしてむかも》」〈校異〉③未見。桂、元、

類、廣、紀及び古（「ケ」右）「みにゆかは」。古「ミニユケハ」。仙覚本は「ミニユカハ」で、温「ミニユケハ」、西「ミニユケハ」で「ケ」を「カ」に訂正。

【他出】袖中抄・七六二（三句「見にゆかん」）

【注】○**ケタシトハ**　「蓋　古太反　ケタシ　又作蓋」（色葉字類抄）

戸

イハトワルタチカラヲカモエテシカナ　タヲヤメナレハスヘモシラナクニ

万葉第三ニアリ。ムカシアマテル大神、アメノイハヤニイハトヽヲサシテカクレマス。クニノウチトコヤミナリ。時ニ*ラロツノ神タチ、アメノヤスノカハラニツトヒテマストコロノカキヲイフナリ。

【本文覚書】○ラロツノ…万ノ（和・筑A）、よろつの（筑B、岩）、ヨロヅノ（刈）

【出典】万葉集巻第三・四一九「石戸《いはと》破《わる》　手力《たぢから》毛《も》欲得《がも》　手弱寸《たよはき》　女有者《をみなにしあれば》　為便乃《すべの》不レ知苦《しらなく》」〈校異〉②「ヲカモ」未見。類、紀「をのも」。細二、廣、古「ヲ、モ」。仙覚本は「モカナ」で紺青（西、矢、京）。ただし、西「カナ」の上に墨を重ね書き）「カナ」紺青（陽）。京漢左赭「ヲ、モ」④は類、細二、廣、古、紀が一致。紀漢左朱「オトメニシアレハ」⑤「シラナクニ」は紀が一致。類、細二、廣、古「しらなく」

【他出】奥義抄・三五七、和歌色葉・一九四、色葉和難集・三七四（五句「すべもしらじな」）

【注】○**マストコロノカキヲイフナリ**　この注存疑。本文に欠脱あるか。

【参考】「河内王葬豊前国鏡山之時手持女王作哥　石戸破手力雄毛得手鉋弱寸女有者為便乃不知苦（イハトヤフルタチカラヲ、モエテシカ　タヲヤメナレハスヘシシラナクニ）　日本紀云、昔スサノヲノミコト中神ノ、イタクアシクテ、伊勢ノオホカミノ、アマテル御神ト申テオハシマシケル時ニ、スサノヲノミコト、中アシクオハシマシテ、アマテル御神ノ為ニ、コトノ外ニアシキコト、モアリテ、イケハキサカハキアヲハチシキマキクシサレナト如此。方々ノアシキコトトモノアリケレハ、ヨシナシトテ、アマテル御神空ニノホリテ、アマノイハトヲ閉タマヒテ、カクレ給ニケレハ、月日モミエス、世間トコヤミニシテ、夜昼モハキカタカリケルニ、ヨロツ神達アツマリテ、嘆アヒテ、イカ、スヘキハカラヒ給ケルニ、オモヒカネノ神、ヲモヒカネテ、タハカリノ神ニ申合給ケレハ、タハカリノ神申給ケル様、此御神ハ、イミシウ遊ヲコソ面白カリ給シカ。サラハ、此イハトノ前ニテ、遊ヲシテキカセタテマツラム。宝物トモソ入ヘキト云テ、神達ヤヲヨロツアツマリテ、鏡三大刀三アタラシウマウケテ、神木ノ枝ニ付テ、石戸ノ前ニ火ヲタキテ、神達ヲシケルニ、タチカラヲノミコト、テ、イシク力ツヨカリケル神ヲ、石戸ノ口ニタテ、、スコシニテモヒマアラハ、石戸ヲ破トテタチタルニ、ヨク〳〵遊ヲキコシメシテ、タ、スコシ石戸ヲアケテノソカセ給ケルニ、タチカラヲノミコト石戸ヲワリテケリ。サテ、其ヲ次ニテ、アマテル御神セムカタナクテ、アラハレ給ニケレハ、月日モアラハレテケリ。其ニ神達ノ面モシロクナリニケレハ、面白シト云アヒテナムアリケル。今ニセラル、神楽ト云事也。ナカトハラヘトテアルヲノハ是也。サテ其ノタチソノ時ニ石戸ノ前ニシテ申アケ、ル三アルハ今ニアリ。鏡三ハ、一ハ宇佐宮、一ハ紀伊国日前宮懸タリ。一ハ内裏内侍所也。大刀三ハ、一ハ尾張国アツタノ宮ニアリ。一ハ大和国ニオハシマス布留社也。一ハ内裏宝剣也」（万葉集抄）

388

377

檣

ヲトメコカソテフルヤマノミツカキノ　ヒサシキヨ、リヲモヒソメテキ

万葉二《四》ニアリ。人丸詠也。人丸ハ天平之時ノ人也。崇神天皇三年秋九月ニ都ヲ磯城《シキ》ニウツサシメタマフ。コレヲ瑞籬宮《ミツカキノ》トイフ也。委見日本紀第五。サレハミツカキノヲコリ彼ノ時也。サレハヒサシキヨ、リトハ、ムカ

シヨリトイハムトテ、ミツカキノ、トハヨメルカ。オトメコカソテフルトイヘルニソ松浦ノ明神ノイカキトヨメルトミエタルヲ、ミツカキトハマタ神ノメクリヤミカトノヲハシマストコロノカキヲイフナリ。仍ヒサシキコトニヨセテヨム、トイフモイハレタレト、此ノウタニテハサモミエヌカ。

【出典】万葉集巻第四・五〇一「未通女等之《をとめらが》 袖振山乃《そでふるやまの》 水垣之《みづかきの》 久時従《ひさしきときゆ》 憶寸《おもひき》吾者《われは》」〈校異〉①「コ」は類、紀が一致。元、金、細、廣「ら」⑤未見。元、金、類、紀「おもひきわれは」。細、廣「ヲモヒキワレル」。仙覚本は「オモヒキワレハ」

【他出】人麿集Ⅲ・三一九（五句「オモヒキワレ」）、古今六帖・二五四九、拾遺集・一二一〇、奥義抄・五九四、和歌色葉一一一、俊成三十六人歌合・三、定家八代抄・九六〇、時代不同歌合・五、色葉和難集・八七四。五代集歌枕・五一〇、人麻勘文・七、古来風体抄・四七二、色葉和難集・二四四・四二四、以上五句「おもひきわれは」

【注】○**人丸ハ天平之時ノ人也** 「人丸カ、ナラノミカトノサルサハノイケニミユキシタマヒテ、ウネメノミナケタルヲアハレヒテ、ヒトニウタヨマセタマウケルニ、御トモニテヨメル也」（323歌注）ともあり、童蒙抄は人丸を文武・聖武時代の人と解していたか。○**崇神天皇三年秋九月** 「三年秋九月、遷二都於磯城一。是謂二瑞籬宮一」（日本書紀・崇神天皇三年）○**ミツカキノヲコリ** 「瑞籬宮」を「みづがき」の起源とする説未見。「みづがきをば、ひさしきものをいふ」（能因歌枕）、「ひさしき事には ミヅガキ」（和歌初学抄）、「彼垣は神の前にある垣なれは、神はふるき物にいませは、彼垣をも久しき事によむ也」（奥義抄）○**オトメコカソテフル** 松浦佐用姫の領巾振り伝承から、ふる山を松浦に比定する説があったか。和歌色葉は奥義抄に拠りつつ、「この山をはまつら山といふ。又まつらかたともいふ也。松らの明神とて今におはするは、かのまつらさよひめのなれる也とそ云伝たる」を付加する。「みつかきとよめるにかしこき神おはしぬと聞えぬ」（奥義抄）、「ふる山といふは大和国にあり。あなしな（ノ）山とを《お》なしところ也。そのふる山に神のをはすれは、みつかきのひさしきよにはつゝ、けたるなるへし」（和歌色葉）、「をとめごがそでふる

山のとは、まきもくのあなしの山をよめるなり」（色葉和難集）○**ミツカキトハマタ**「みつかきとわいかきをいふ。あけのたまかきともいふ。又あかきたまかきともいふ」（口伝和歌釈抄）、「和云、みづがきとは神の社のかきなり。みづとは御なり、つは助言なり」（色葉和難集）、「瑞垣《スイリ》《イカキ》　イカキ　又ミツカキ　社垣也」（色葉字類抄）

【参考】「垣　みつ〈神殿也。久き事によむ〉」「山　そてふる《同 袖振》〈或異名歟。一説在対馬。吉野也〉……まつら《肥前万通良》〈異名曰、ひれふる山〉」（八雲御抄）

ホリエニハタマシカマシヲミツカキノ　ミフネコカムトカネテシリセハ

＊高野姫天皇《孝謙天皇也天平之比帝也》、ナニハノ宮ニミユキシタマヒシ時、左大臣橘諸兄卿ノタテマツレル哥也。コノウタニモカナラスヒサシトイフコトニハアラストミエタリ。崇神天皇ノミツカキノ宮ニスミタマヒシニヨリソノミナヲミツカキトイヒツレハ、ミカトヲホメタテマツルナニテヨメルカ。

【本文覚書】○高野姫天皇《孝謙天皇也天平之比帝也》…筑B・狩・岩・大、傍記ナシ

【出典】明記せず

【他出】万葉集・四〇五六（「保里江尓波《ほりえには》　多麻之可麻之乎《たましかましを》　大皇乎《おほきみを》　美敷祢許我牟登《みふねこがむと》　可年弓之里勢婆《かねてしりせば》」）、奥義抄・五九五、和歌色葉・一一二、色葉和難集・八七五。新撰朗詠集・六二二、五代集歌枕・九七七、古来風体抄・一九〇、秋風集・一一四六、以上三句「おほきみの」

【注】○**高野姫天皇**《孝謙天皇也天平之比帝也》「太上皇御㆓在於難波宮㆒之時歌七首〈清足姫天皇也〉、左大臣橘宿祢歌一首」（万葉集・四〇五六・題詞）、高野姫天皇は孝謙天皇であるが、万葉集のいう太上皇は元正天皇である。「元正天皇幸難波、左大臣諸兄」（新撰朗詠集作者注記）、「高野姫の天皇なにはのみやに幸給ふ時、左大臣卿の奉る哥」（奥義抄）、「是は孝謙天皇

なにはのみやに幸給し時、左大臣橘諸兄卿の奉れる哥也」（和歌色葉）○**コノウタニモ**　前注を受けて、「みづがき」が「久し」を意味しない例とする。童蒙抄は、別説をあげながら、「みづがき」を神垣と解し、「久しき」にかかるとは解さない。「崇神天皇の瑞垣宮にすみ給しによりて、そのなをみつかきといへは、帝をほめたてまつることは也」（和歌色葉）○**崇神天皇ノ**　377歌注参照。

379

ミツ《楉ミツ》カキノヒサシキヨ、リコヒスレハ　ワカヲヒユルフアサユフコトニ

万葉十三ニアリ。コレモ恋ヲシテイトヒサシクナリタルコ、ロヲヨメルナリ。イケニトリヰシトイフコ、ロニテ、ヒトヘニヒサシキコトニヨセテハヨマヌナリ。コレヲタ、ヒサシトイフトコ*、ロエリケルニヤ。公誠朝臣ノ周防国ヨリ花山院ニマイラスル哥ニ、379' ナニコトカヲハシマスラムミツカキノヒサシクナリヌミタテマツラテ、トヨメリ。ヒカコト、モヤイフヘカルラムトキコエタリ。

【本文覚書】○コ、ロエリケル…コ、ロヘタリケル（刈）、心得たりける（岩・大）

【出典】379 万葉集巻第十三・三二六二「楉垣《みづかきの》　久時従《ひさしきときゆ》　恋為者《こひすれば》　吾帯緩《あがおびゆるふ》　朝夕毎《あさよひごとに》」〈校異〉非仙覚本（元、天、類、廣）異同なし。なお、「掿」は天、類に見え、元、廣は「掿」。379' 明記せず

【他出】379' 和歌初学抄・一〇四

【注】○**イケニトリヰシトイフコ、ロニテ**　「かつまたの池にとりゐしむかしよりこふるいもをぞけふいまにみぬ」（古今六帖・一〇六六）の二句。この歌は夫木抄に二首見え、初句がそれぞれ「かつまたの」（一〇七一）、「みづがきの」（一〇八三八）で、いずれも出典を古今六帖とする。また「かつまたのいけらんかぎりわすれめや又とりのゐるせにかはるとも」（林下集・三三九）、「かつまたのいけにとりゐしいにしへのすぎにしほどや君がゆくすゑ」（千

五百番歌合・二二二六・具親）と見え、初句を「かつまたの」とする本文が知られていたと考えられる。当該歌は古今六帖では「やしろ」の項目に位置しており、「かつまたの」とする本文には疑問が残る。童蒙抄は初句を「みづがきの」とする詠を念頭においているか。**○ヒトヘニヒサシキコトニヨセテハヨマヌ**　377歌、378歌で展開された説の確認。奥義抄が「彼垣は神の前にある垣なれは、神はふるき物にいませは、彼垣をも久敷き事によむ也」としたように、「瑞垣」は単純に「久し」に掛かるのではない、とする。**○公誠朝臣**　平公誠。元平男。従五位下周防守。拾遺集に四首入集。拾遺抄には「判官代公誠」として一首入集。花山院との関係未詳。**○ヒカコト、モヤイフヘカルラム**　公誠詠の「瑞垣の」が単純な時間の長さを表現するのみであることを批判したもの。

【参考】「池　下総清輔抄在美作云々　かつまたの〈万にはすなしともよめり。又ありとも。万にみえたり〉」（八雲御抄）

380

アシカキノスヱカキワケテキミコユト　人ニナツケソコトハタナシリ*事ハ棚利タナ、リトヨメリ

万葉十三ニアリ。コレハ催馬楽ノ呂ノ哥ニ、アシカキマカキカキワケ、トウタフコ、ロヲヨメルニカナヘリ。サテヒトニナツケソ*事将《ハナ》ナシリ、トヨメリ。ナシリトハ、ナシリソトイフ意歟。

【本文覚書】○コトハタナシリ事ハ棚利タナ、リトヨメリ…筑B、傍記ナシ。○事将《ハナ》…事将《ハタ》（和）

【出典】万葉集巻第十三・三二七九「葦垣之《あしかきの》　末掻別而《すゑかきわけて》　君越跡《きみこゆと》　人丹勿告《ひとになつげそ》　事者棚知《ことはたなしれ》」〈校異〉⑤「タナシリ」は天、廣が一致。類「たな、り」で童蒙抄の傍記と一致。元「たなし和」。古「タナナシ」。なお、廣及び元赭「知」、元「和」、天、類「利」、古「梨」とあり、天「利」右「或本知讃本也」とある。

【他出】綺語抄・四九二、袖中抄・三九五（五句「ことはたななり」）

【注】**○催馬楽ノ呂ノ哥ニ**　「蘆垣真垣　真垣かきわけ　てふ越すと　負ひ越すと　たれ　てふ越すと　誰か誰か　こ

のことを　親に申よこし申しし　とどろける　この家　この家の　弟嫁　親に申よこしけらしも」（催馬楽・葦垣）
○**事将《ハナ》ナシリ**　「将」に「ハナ」の訓を付する伝本が多いが存疑。和歌本文からは「ハタ」の訓が妥当か。○**ナシリトハ**　童蒙抄は「棚知」とする本文に基づいて「ナシリソ」と同様の禁止表現と解し、これに「事将なしり」を当てた。但し、380歌五句傍記の如く「棚利」とする異文もあったか。「ことはたなゝりとは棚利と書けり。たなゝりとは常なりといふ歟。たとつと、ねとねと同音也。又ことはたなしりと書ける本もあり。それなれば事は常に知《（シル）》と可《（キ）》レ云《（フ）》也」（袖中抄）

381

庭

ヲモフヒトコムトシリセハヤヘムクラ　オホヘルニハニタマシカマシヲ

万葉十一ニアリ。タマシクニハトハ、本文ニ玉墀トイヘリ。タマトハ、ウルハシクヨシトイフコトハナリ。

【出典】万葉集巻第十一・二八二四「念人《おもふひと》　将レ来跡知者《こむとしりせば》　八重六倉《やへむぐら》　覆庭尓《おほへるにはに》　珠布益乎《たましかましを》」〈校異〉④「オホヘル」未見。非仙覚本（嘉、類、廣、古）及び仙覚本は「はひたる」

【他出】古今六帖・一三五四（四句「はびこる庭に」）

【注】○**本文ニ**　「玉墀」は漢籍に用例多数あり。○**タマトハ**　「玉といへることは、よろつの物をほめんとおもふをりに、なにゝも玉といへることはをそえてよむなり」（俊頼髄脳）、「又物をほめて玉と云事あり」（奥義抄）、「妖　媄俗歟　ウルハシ　ナマメイタリ　カホヨシ　ヨキヲムナ……タマ」（名義抄）

橋

382
マノ、ウラノヨトノツキハシコ、ロニモ　ヲモフヤイモカユメニシミユル
万葉四ニアリ。ツキハシトハ、タエストイフコ、ロニテヨミスエタルヘシ。

【出典】万葉集巻第四・四九〇「真野之浦乃《まののうらの》　与騰乃継橋《よどのつぎはし》　情由毛《こころゆも》　思哉妹之《おもへやいもが》　伊目尓之所レ見《いめにしみゆる》」〈校異〉①「マノ、」は金、類、細、廣、古、紀が一致。元「まの」③「ニモ」は元、細、廣、古、紀が一致。金、類「たも」（金は「に」を直す。同筆か）。なお、「田」は元、金、類、「由」は細、廣、古、紀。⑤「ユメ」は金、細、廣、紀及び元（「い」右赭）、古（「伊」左）が一致。元、類、古「いめ」。なお、紀「ユメニシ」の「ニ」は朱。

【他出】古今六帖・一六一八（五句「ゆめにみえつる」）、五代集歌枕・一〇〇六

【注】○ツキハシトハ　被注歌で初二句が三句以下の序になることを言う。本来「安能於登世受《あのおとせず》　由可牟古馬母我《ゆかむこまもが》　可豆思加乃《かづしかの》　麻末乃都芸波思《ままのつぎはし》　夜麻受可欲波牟《やまずかよはむ》」（万葉集・三三八七）の如く、「次々に」、「絶えず」などを導く語であったが、後には「絶えるもの」として詠まれる事が多くなる。「ふみみてもものおもふみとぞなりにけるまののつぎはしとだえのみして」（後拾遺集・八八〇・相模）、「かきたえしままのつぎはしふみみればへだてたるかすみもはれてむかへるがごと」（千載集・一一六五・俊頼）

【参考】「橋　つきはし」（八雲御抄）

383
オハタ、ノイタ、ノハシノコホレナハ　ケタヨリユカムコフナワカイモ
同十一ニアリ。

【出典】万葉集巻第十一・二六四四「小墾田之《をはりだの》　板田乃橋之《いただのはしの》　壊者《こぼれなば》　従レ桁将レ去《けたよりゆかむ》　莫恋吾妹《なこひそわぎも》」〈校異〉①は嘉、類、

廣、古が一致。類「た、」右朱「リタ」。廣「タ、」右「リタ」③は類、廣が一致。嘉及び廣（「ホレ」右）「くつれなは」。古「コホ□ナハ」⑤「ワカイモ」は嘉、類が一致。廣、古「ワキモコ」。類「いも」右朱「セコ」

【他出】古今六帖・一六一九（五句「こふなわぎもこ」）、俊頼髄脳・一三三二（三句「くづれなば」五句「かへれわがせこ」）、五代集歌枕・一八八（五句「こふなわぎもこ」）、古来風体抄・一三〇二（五句「こふな吾妹」）、色葉和難集・七〇〇（初句「をはりだの」五句「こふなわぎもこ」）

【参考】「小墾田之板田橋之壊者従桁将去莫恋吾妹（ヲハタ、ノイタ、ノハシノコホレナハケタヨリユカンコフナワカイモ）　ヲハタ、ノイタ、ノハシトハ、ヲハタ、ト云所ニ、イタ、ノ橋ト云ハシノアルナリ。ヲハタ、ハ、フルキミヤコニテ有也。其ハシコホレテ、エワタラヌモノレハ、ケタヨリユカント云事也」（万葉集抄）

イハ、シノヨルノチキリモタヘヌヘシ　アクルワヒシキカツラキノカミ

三斎略記云、秦始皇ウミノナカニイシノハシヲツクル。海神コレカタメニハシラヲタツ。始皇アヒミムコトヲモトム。海神ノイハク、我カタチミニクシ。我カタチヲウツスコトナカレ。帝スナハチ海ニイルコト卅里ニシテ海神ヲミル。左右ノ人ヲシテ*伝手ヲウコカスコトナシ。ヱニタクミナル人、ヒソカニアシヲモチテソノカタチヲカク。神イカリテ、帝約ヲソムケリ。ハヤクサリネ、ト。始皇馬ヲハヤメテカヘル。馬ノシリアシヲヒクニシタカヒテハシツクル。ニワカニキシニノホルコトヲエタリ。絵カキツルモノ、水ニオホホレテウミニシヌト云々。サレハ神ノワタスイシハシハ、イツコニモワタシエヌコト、ヲモヒアハスルカニタレハカキノスルナリ。

【本文覚書】〇伝手ヲ…縛手ヲ（刈）、縛《シバリテ》レ手ヲ（狩）、縛し手を（大）
【出典】明記せず
【他出】拾遺抄・四六九、拾遺集・一二〇一、小大君集・一二、金玉集・六四、前十五番歌合・二二、三十人撰・九九、三十六人歌合・一一九、玄玄集・四一、俊頼髄脳・二六四、相撲立詩歌合・一五、奥義抄・二六九、五代集歌枕・一八六九、和歌初学抄・一四三、袖中抄・二六一、俊成三十六人歌合・九一、色葉和難集・一五、新時代不同歌合・一一六、女房三十六人歌合・五五
【注】〇**三斉略記云**「三斉略記曰、始皇作石橋、欲過海観日出処、於時有神人、能駆石下海、城陽一山石、尽起立、嶷嶷東傾、状似相随而去、云石去不速、神人輒鞭之、尽流血、石莫不悉赤、至今猶爾、又曰、始皇於海中作石橋、非人功所建、海神為之竪柱、始皇感其恵、通敬其神、求与相見、海神答曰、我形醜、莫図我形、当与帝会、乃従石塘上入海三十余里相見、左右莫動手、巧人潜以脚尽其状、神怒曰、帝負我約、速去、始皇転馬還、前脚猶立、後脚随崩、僅得登岸、画者溺於海、衆山之石皆住、今猶岌岌、無不東趣」（芸文類聚巻七十九）。三斉略記は日本国見在書目録に未見、逸書か。百詠注も当該説話を引用する（栃尾武編『百詠和歌注』、なお栃尾氏は頭注に広博物志を引用するが、同書は三斉要略に依拠する）。袖中抄はこの箇所を引くが、「馬のしり足をひくに《前脚猶立後脚僅得登岸云々》」の如き広博物志所引三斉要略本文と一部一致する傍記がある（『袖中抄の校本と研究』）。

385

コヒセシトナレルミカハノヤツハシノ　クモテニモノヲ、モフコロカナ

コノウタノ心伊勢物語ニヨクミエタリ。クモテトハ、ハシラニチカヘテ、ユルカサシト《ウ》チタル木ヲイフナリ。サレハコノヤツハシハ、タ、イタヲウチタルヤウニテアルナレハ、クモノテハヤツアレハ、ヤツトイヘルコ、ロニツキテヨメルナリ。

【出典】明記せず
【他出】古今六帖・一二五九、（初句「恋ひせんと」）、綺語抄・一八七（初句「こひせよと」）、俊頼髄脳・二二二、袖中抄・八八六、別本童蒙抄・八五、続古今集・一〇四四（初句「こひせんと」）
【注】○**コノウタノ心**　当該歌を伊勢物語と関わらせて注するのは奥義抄、袖中抄。○**クモテトハ**「雲てといへるははしのしたに、よはくてよろほひたふれもそするとて、はしらをたよりにて、木をすちかへてうちたるをいふなり」（俊頼髄脳）、「橋にはくもてといひて柱にちかへてうちたるもの、あれは、かくよむなりとあるものにはか、れてはへれと」（奥義抄）○**タ、イタヲウチタルヤウニテ**「た、いたをさためたることもなく所々にうちわたしたるなり」（俊頼髄脳）○**クモノテハヤツアレハ**「くもての八あれは、それによそへてよめり」（口伝和歌釈抄）、「物のかすはかならすしもやつなかれ《けイ》とも、いひよきにつきて八橋とはよみけるにや」（俊頼髄脳）、「クモハ足ノ八アルニヨソヘテ読也」（別本童蒙抄）
【参考】「蜘蛛　くもてとは又無風情　くもてに似也」（八雲御抄）

カミノヨノアマノウキハシナラネトモ　イカ、ハスヘキミトノマクハヒ
大江匡房卿ツクシヨリノホリテ周防内侍ノモトニツカハシタルウタナリ。
伊弉諾尊伊弉冉尊、アマノウキハシノウヘニテ、ホコヲサシヲロシテサクリタマヒキ。コ、ニ滄溟《アヲウナハラ》ヲエタマヘリキ。ソノホコノサキヨリシタ、レルシホコリテ、ヒトツノシマトナル。ナツケテ磤馭慮嶋《ヲノコロシマ》トイフ。コノフタハシラノ神、カノシマニアマクタリマシテ共為夫婦《ミトノマクハヒ》シテクニツチヲウマシメタマヘリ。人ノメマキ、コウムコト、コレヨリハシマレリ。

【出典】明記せず
【他出】江師集・四五一（二三四句「あまのいはばしならなくにいかにかすべき」）、和歌色葉・一五八
【注】○**大江匡房卿ツクシヨリノホリテ**　江師集には四五〇歌詞書に「すはうのないしのもとへつかはす」、四五一歌詞書に「又ないしのもとへ」とある。○**伊弉諾尊伊弉冉尊**　「伊弉諾尊・伊弉冉尊、立二於天浮橋之上一、共計曰、底下豈無レ国歟、廼以二天之瓊〈瓊、玉也。此云努〉矛一、指下而探之。是獲二滄溟一。其矛鋒滴瀝之潮、凝成二一嶋一。名之曰二磤馭盧嶋一。二神、於是、降二居彼嶋一、因欲三共為夫婦、産二生洲国一」（日本書紀・神代上）○**メマキ**　妻婚く。「㛹　メマク」（色葉字類抄）、「娉　トツク　ヨバフ《ヒ》　ムカフ……メマク」「㛹婚　トツギ《ク》……メマク……マク」（名義抄）

ヲモフコトハシ〳〵ラニソカキツケテ　ムカシノヒトハクラヒマシケル
堀川院百首隆源阿闍梨詠也。コレハ琱玉集志節篇、相如字長卿、前漢蜀郡成都人也。初名犬子、慕藺相如為人、乃更名相如。蜀城北有升遷橋送客館。相如初向長安、逕度号橋。乃題柱曰、大丈夫今向京師。不乗大車肥馬、不復過此。相如乃至長安。武帝善其才徳、拝為武騎常侍。後遷中郎将、奉使蜀郡。太守聞之乃出郡迎。題令人具弩矢先駈。蜀人見之莫不差差《嘆》。
【本文覚書】○底本「初名」は一文字として書かれたとおぼしいが、二文字に開いた。
【出典】堀河百首・一四三七・隆源
【他出】和歌色葉・四六八
【注】○**琱玉集志節篇**　日本国見在書目録に「琱玉集十五巻」とあるが、崇文目録等は二十巻とする。現在日本に巻十二、十四が残存するが、志節篇は含まれない（西野貞治「琱玉集と敦煌石室の類書―スタイン蒐集漢文々書中の琱

玉集残巻をめぐって―」〈『人文研究』8-7、一九五七年七月〉、柳瀬喜代志、矢作武『琱玉集注釋』、汲古書院、一九八五年）。当該譚は敦煌文書に見える。「司馬相如、字長卿、蜀郡成都人、初名〈犬子〉、慕蘭相如爲人、乃名相如。蜀郡城北有升僊橋、過客舘。相如初向長安、逕度其橋、乃題橋曰、大夫今向京師、不乗駟馬高車、不度此橋。及至長安、帝善其才、拝武騎常侍中郎將、史歸蜀、〻守郊迎、縣令負弩前駈、時人以爲榮。前漢書」（S.2072）。童蒙抄が琱玉集を引用するのはこの箇所のみ。琱玉集は類書にもほとんど引用されておらず、童蒙抄が直接琱玉集に拠ったか否かは判断できない。『琱玉集注釋』が「〈附〉本邦書籍に残存する琱玉集佚文」としてあげる十三条のうち十二条（重複を除く）が三教指帰注であることは注意される。和歌色葉は漢書を引き蒙求に言及する。なお、髙橋伸幸氏が童蒙抄に琱玉集の逸文が見えることを指摘されている（同氏「『琱玉集』の逸文一條」『説話文学研究』25、一九九〇年六月）

井

イニシヘヲコフルトリカモヨロツハノ　ミヰノウヘヨリナキワタリユク

万葉二ニアリ。ヨロツハトハ、弓弦葉トカケリ。ユツルトカヨヘルナリ。

【出典】 万葉集巻第二・一一一「古尓《いにしへに》　恋流《こふる》鳥鴨《とりかも》　弓絃葉乃《ゆづるはの》　三井能上従《みゐのうへより》　鳴済遊久《なきわたりゆく》」〈校異〉①「ヲ」未見。非仙覚本及び仙覚本は「に」③未見。元、金、類、廣、紀「ユツルハノ」。紀「乃」左「フイ」。仙覚本は「ユツルハノ」。なお、「弦」は矢、京にあり、他本は「絃」。

【他出】 五代集歌枕・一七二二（初句「いにしへに」三句「ゆづるはの」）

【注】 ○**ヨロツハトハ**　「或人云、ゆつるはをはよろつはといへり。万葉集には弓絃葉と書り。俗にはゆつりはといふ」（和歌色葉）

【参考】「井　ゆ《大》つるはのみゐ〈万、鳥〉」（八雲御抄）

アサカヤマカケサヘミユルヤマノヰノ　アサクハヒトヲ、モフモノカハ
万葉廿ニアリ。葛城王ノミチノクニヘクタルニ、近江守ナルモノ、クリヤノコトヲロカナリ。王コ、ロヨカラス。仍采女王ノヒサヲタ、キテ此哥ヲウタフ。王ノ心トケテ心*ユクナリヌ、トカケリ。サレハ古今ノカナノ序ニモ、アサヤ《カ》マノコトハ、ウネメノタハフレヨリヨミイテ、、トアリ。而大和物語ニハ、大納言ノムスメヲウトネリナルモノヌスミテ、アサカノコホリアサカヤマニコモリテ、イヘヲツクリテスエテサトニイテツ、モノヲモトメテクハセアリク。イテ、二三日コサリケリ。マチワヒテイテ、ヤマノヰニカケヲミレハ、*アリカタチニモアラスイトヲソロシケナリ。サテコノウタヲ木ニカキツケテイホニキテシニケリ。ヲトコカヘリテ、イトアサマシトヲモフ。ヤマノヰナリケルウタヲミテ、ヲモヒシニ、シニケリ。コノフルコト、ソレニナムアリケルトカケルハ、物語ノヒカコト、イフヘキナメリ。

【本文覚書】○心ユク…心ヨク（刈）、心よく（大）○アリ…アリシ（和、刈）、ありし（筑Ｂ・大）

【出典】万葉集巻第十六・三八〇七「安積香山《あさかやま》　影副所《かげさへみゆる》㆑見　山井之《やまのゐの》　浅心乎《あさきこころを》　吾念莫国《わがおもはなくに》」〈校異〉④未見。類、古、廣「あさきこゝろを」。尼「あさくはこゝろを」で「くは」を「き」に訂正。仙覚本は「アサキコ、ロヲ」⑤未見。非仙覚本及び仙覚本は「わかおもはなくに」で、細、宮は「吾念莫」左「ワレオモワハナ」

【他出】別本童蒙抄・六七。小町集・一〇三、古今六帖・九八五、大和物語・二六〇、俊頼髄脳・三七、今昔物語集・一六五、和歌色葉・一〇七、古来風体抄・六・二一四。綺語抄・二一六、古来風体抄・一七二、八雲御抄・一六三、以上下句「あさきこころをわがおもはなくに」。五代集歌枕・三八八（下句「あさき心はわがおもはなくに」）

【注】**○葛城王ノ**　「葛城王遣㆓于陸奥国㆒之時国司祇承緩怠異甚、於㆑時王意不㆑悦怒色顕㆑面、雖㆑設㆓飲饌㆒不㆓肯宴楽㆒、

於レ是有二前采女一、風流娘子、左手捧レ觴右手持レ水撃二之王膝一而詠二此歌一、尓乃王意解悦楽飲終日」（万葉集・三八〇七・左注）、「此歌は、かづらきの王をみちのくに、つかはしし時に、くにのかみのまうけ事おろそかなりとて、心ゆかぬさまに見えければ、さきのうねめなりける女の、左の手にはさかづきをもたせ、右の手には水をもたせて、王のひざによりて、此歌を詠じければ、王の心ゆきて、ひねもすにあそびけると、万葉集に見えたるなり」（綺語抄）○**古今ノカナノ序ニモ**「安積山の言葉は、采女の、戯れより詠みて」（古今集仮名序）○**而大和物語ニハ**　大和物語百五十六段。○**コノフルコト**　大和物語百五十六段末尾の「世の古ごとになむありける」の一文を指すか。つまりは大和物語の語る伝承を否定して、万葉左注の正当性を言うかと思われる。

【参考】「安積香山影副所見山井之浅心乎吾念莫国（アサカヤマカケサヘミユル　アサキコ、ロヲワレオモハナクニ）哥伝云、葛城《カツラキノオホキミ》王遣于陸奥之時、国司祗《シヲ》承緩怠異甚。於時王意不悦怒色顕面。隠設飲饌不肖宴楽、於是有前采女、風流娘子、左手捧觴右手将水、撃之王膝而詠此哥。香尓乃王意解悦楽飲」（万葉集抄）

舟　付水手

ヲホフネニマカチシケヌキヲホキミノ　ミコトカシコミイソメクリカモ*

万葉三ニアリ。マカチシケヌキ、トヨメリ。天磐船、日本紀曰、嘗有天神之子、乗天磐船自天降止テ曰、*櫛玉饒速日命《クシタマニヤハヤヒノ》云々。

【本文覚書】○メクリカモ…底本「モ」字、「シ」との判別困難　○饒《ニヤ》…饒《ニキ》（内・和）、饒《ニギ》（刈）

【出典】万葉集巻第三・三六八「大船二《おほぶねに》　真梶繁貫《まかぢしじぬき》　大王之《おほきみの》　御命《みこと》　恐《かしこみ》　礒廻為鴨《いそみするかも》」〈校異〉②「シケ」は類、廣、古一、紀が一致。古一「シシ」⑤未見。類、廣、古一、古二「いそめくるかも」が近い。紀「イソワスルカモ」。仙覚本は「アサリスルカモ」

【注】○**マカチシケヌキトヨメリ**　16歌注参照。「大船はまかぢしげぬきいそぐめりあかしの月にいかりおろすな」（田多民治集・二一五）、「磯がくれまかぢしげぬきこぐ舟のはやくうき世をはなれにしかな」（長秋詠藻・一九二）など、若干の用例がある。○**天磐船**　「嘗有二天神之子一、乗二天磐船一、自レ天降止。号曰二櫛玉饒速日命一」（日本書紀・神武天皇即位前紀）

【参考】「舟　いは〈国見するなといへり。天神駕歟〉《万　ひさかたのあまのさくめかいは舟のとめしたかつはあせにけるかも、といへり》」（八雲御抄）

アマヲトメタナ、シヲフネコキイツラシ　タヒノヤトリニカチノヲトキコユ

同六ニアリ。タナ、シヲフネトハ、ウラウヘノフナハタニウチタルイタヲイフ。舷《フナタナ》トカケリ。ソレモナキコフネトイヘルナリ。

【出典】万葉集巻第六・九三〇「海未通女《あまをとめ》　棚無小舟《たななしをぶね》　榜出良之《こぎづらし》　客乃屋取尓《たびのやどりに》　梶音所レ聞《かぢのおときこゆ》」〈校異〉③は細、廣、紀及び元（緒）が一致。類「こきつらし」。なお、元この歌なく、緒で漢字本文を記入し、その左に緒で訓を記す。

【注】○**タナ、シヲフネトハ**　「棚無し小舟……船には棚とてあるなるべし。それうたぬ小舟を云歟」（隆源口伝）、「たなゝしをぶね　ちひさき船のしりたなゝきをいふ」（綺語抄）。「タナ、シ小舟トハ、ツクリナキ船ノ、板ト云物ナキヲ云。和泉紀伊国ノ船ナリ」（別本童蒙抄）○**ウラウヘノ……舷**《フナタナ》**トカケリ**　「舷　布奈太奈」（新撰字鏡）、「舷　フナタナ　和名フナハタ」（色葉字類抄）、「枻　野王案枻〈音曳字亦作レ栧和名不奈太那〉大船旁板也」（箋注倭名類聚抄）。「奈呉能安麻能《なごのあまの》　都里須流布祢波《つりするふねは》　伊麻許曾婆《いまこそば》　敷奈太那宇知弖《ふなだなうちて》　安倍弖許芸泥米《あへてこぎでめ》」（万葉集・三九五六）

【参考】「舟　たなゝしを〈小舟也〉」（八雲御抄）

392

シマツタフアシハヤヲフネカセマツト　トシハヤメナムアフトハナシニ

同七ニアリ。フネノハラヲハアシトイフナルヘシ。ヲホキナルフネヲハ、アシカタトソイフメル。

【出典】万葉集巻第七・一四〇〇「嶋伝《しまづたふ》　足速乃小舟《あばやのをぶね》　風守《かぜまもり》　年者也経南《としはやへなむ》　相常歯無二《あふとはなしに》」〈校異〉①は元、類、廣、古、紀が一致。古「傳」左「ツテニ」②は廣、古、紀が一致。元、類「あしはやのをふね」④未見。非仙覚本及び仙覚本は「としはやへなむ」

【他出】人麿集Ⅳ・六〇（四句「としはやへなむ」）

【注】○フネノハラヲハ　ここでいう「アシ」は喫水線か。「御舟の足深くて湊へかゝりしかば、端舟三艘をあみて」（高倉院厳島御幸記）○ヲホキナルフネヲハ　未詳。

【参考】「舟　あしは《万走速》やを〈嶋伝といへり〉」（八雲御抄）

393

マツラフネクタルホリエノ《ミ》・ヲハヤミ　＊ミカチトルマナクヲモホユルカナ

同十二ニアリ。肥前国松浦ノ津ノフネヲマツラフネトハイフナリ。ソレニツキテ、ツクシフネヲハカクイフトモイヒツタヘタリ。

【本文覚書】○ミカチトルマナク…ウチトルマナク（和）、カチトルマナク（筑A・東）、かちとるまなく（筑B）、カヂトルマナク（刈）

【出典】万葉集巻第十二・三一七三「松浦舟《まつらぶね》　乱穿江之《さはくほりえの》　水尾早《みをはやみ》　檝取間無《かぢとるまなく》　所レ念鴨《おもほゆるかも》」〈校異〉②「クタル」未見。元、尼、類、古、西「ミタル」。廣及び古（「ル」右）「ミタレ」。仙覚本は「ミタレ」で、細、宮「ミタル」で宮「乱」左「レ」③「ミヲ」は元、尼、類、廣、西が一致。古「ミノ」④未見。非仙覚本及び仙覚本は「かちとるまなく」

⑤「カナ」未見。非仙覚本及び仙覚本は「かも」だが、類は「かな」で「な」を「も」に訂正。

【他出】俊頼髄脳・三三九（二句「みだれほそ江の」）。綺語抄・五五七、五代集歌枕・九七五（二句「みだるほりえの」）、以上五句「おもほゆるかも」

【注】○肥前国松浦ノ津ノフネヲ　「まつらぶね　於二摂津一作」（綺語抄）、「まつらふね、是はつくしにある松浦と云所の舟也」（奥義抄）○ツクシフネヲハ　万葉以来の用例はあるが、松浦船の別称との説未見。「筑紫船《つくしぶね》　未毛不レ来《いまだもこね》者《ば》　予《あらかじめ》　荒振公乎《あらぶるきみを》　見之悲《みるがかなしさ》　左」（万葉集・五五六）、「つくしぶねまだともづなもとかなくにさしいづる物はなみだなりけり」（後拾遺集・四九五）、「つくしぶねうらみをつみてもどるにはあしやにねてもしらねをぞする」（散木奇歌集・七九二）

カツシカノマ、ノウラマヲコクフネノ　フナヒトサハクナミタツラシモ

同十四ニアリ。カツシカノマ、ノウラトハ上総国ニアルナリ。*

【本文覚書】○上総…上《下イ》総（岩）、下総（大）

【出典】万葉集巻第十四・三三四九「可豆思加乃《かづしかの》　麻万能宇良未乎《ままのうらみを》　許具布祢能《こぐふねの》　布奈妣等佐和久《ふなびとさわく》　奈美多都良思母《なみたつらしも》」

〈校異〉非仙覚本（元、類、廣、古）異同なし。

【他出】五代集歌枕・一一一〇、和歌初学抄・二五二、新勅撰集・一三〇一

【注】○カツシカノマ、ノウラトハ　上総国説未見。五代集歌枕は国名を明記せず。「葛飾わせとは下総国に葛飾といふ所あり」（袖中抄）

【参考】「井　ま《上総》、のゐ〈万かつしかの〉」「浦　ま《同（下総）》ゝの〈万かつしかの〉」（八雲御抄）

395
ホリエヨリミヲヒキシツ、ミフネサス　シツヲノトモハカハノセマウセ

同十八ニアリ。ミヲヒキトハ、水引ナリ。シツヲトハ、イヤシキヲトコトイフナリ。

【出典】万葉集巻第十八・四〇六一「保里江欲里《ほりえより》　水乎妣吉之都追《みをびきしつつ》　美布祢左須《みふねさす》　之津乎能登母波《しづをのともは》　加波能瀬麻宇勢《かはのせまうせ》」

〈校異〉非仙覚本（類、廣、古）異同なし。

【他出】五代集歌枕・九七九

【注】○**ミヲヒキトハ**　「水脈船楊氏漢語抄云水脈船〈美乎比岐能布彌〉」（二十巻本倭名類聚抄）、「水脈船　ミヲヒキノフネ」（色葉字類抄）、「水脈船　ミヲビキノフネ」（名義抄）○**シツヲトハ**　「古歌枕云、賤男《イヤシキヲトコ》、かくかきてしつのをしつの（ママ）をとよめり。やまかつとゐふ同事也」（口伝和歌釈抄）、「賤男　シヅノヲ」（和歌初学抄）

【参考】「人　しつのを〈しつをとも〉」（八雲御抄）

396
アサコトニキケハ、ルケシイミツカハ　アサコキシツ、ウタフアマ人

同十九ニ有。アサコキシテウタフ、トヨメリ。

【出典】万葉集巻第十九・四一五〇「朝床尓《あさとこに》　聞者遥之《きけばはるけし》　射水河《いみづかは》　朝己芸思都追《あさこぎしつつ》　唱船人《うたふふなびと》」〈校異〉①「コトニ」は類、廣が一致。元「とこに」。古「トコ□」③「イミツ」は類、廣、古及び元（「へみ」右赭）が一致。元「いへみ」。古「射水」左「イツミ」⑤「アマ人」未見。非仙覚本及び仙覚本は「ふなひと」

【他出】古今六帖・一五四六（下句「あさくききつつうたふふな人」）、五代集歌枕・一三六四（五句「うたふふな人」）

【注】○**アサコキシテ**　「あさこぐふね」（綺語抄）。「よる花をあさこぎいでて尋ぬればおきつのいそのわかぎなりけ

り」（出観集・九四）、「いづかたへあさこぎ出でてなごのあまの雪をかづきて帰るなるらん」（清輔集・二〇四）など、院政期の用例が目立つ。

サキモリノヲホエコキイツルイツテフネ　カチトルマナクコヒハシテマシ

同第廿ニアリ。イツテフネトハ、カチヒトツロヨツアルフネヲイフナリトソイヘト、ナヲ・《フ》ネハ伊豆国ヲモト、シタレハ、イツテフネトイフニヤ。イツヨリイテキタルフネトコ、ロエラレタリ。

日本紀第十応神天皇五年ノ冬十月、伊豆国ニヲホセテ、ナカサ十丈ノ船ヲツクラシム。試海ニウカフ。スナハチカロクウカヒテ、トクユクコトハシルカコトシ。故ニ其名ヲ枯野《カラノ》トイフ。軽野トハ、後ノヒトノ訛也《ヨコナマレルナリ》。同卅一年秋八月、官船《ミヤケ》枯野《カラノ》朽テ用ニタエス。其船ノ名ヲタ、スシテ、後葉ニツタヘムトテ、有司ニ令シテ、其船材ヲ薪トシテ塩ヲヤカシム。五百籠《イホコ》ノ塩ヲエタリ。則諸国ニ賜テ船ヲツクラシム。初枯野船ヲ塩ノタキ、ニセシ日、余燼《アマリノモヘクヒ》アリ。スナハチソノモエサルヲアヤシムテ天皇ニ致*ス。琴ニツクラシム。其音鏗鏘《サヤカニ》シテ遠聆云々。

【本文覚書】○致ス…谷以外「献ス」

【出典】万葉集巻第二十・四三三六「佐吉母利能《さきもりの》　保理江己芸豆流《ほりえこぎづる》　伊豆手夫祢《いづてぶね》　可治登流間奈久《かぢとるまなく》　恋波思気家牟《こひはしげけむ》」

〈校異〉②未見。元、廣、古「ほりえこきつる」。類、春「ほりえにきつる」だが、類は「に」を「こ」に訂正。仙覚本は「ホリエコキツル」④「カチトル」は類、廣、春、古が一致し、元「かちとりる」で「り」を墨及び緒で消す。⑤「シテマシ」未見。非仙覚本及び仙覚本は「しけ、む」

【他出】俊頼髄脳・三三五、奥義抄・三九五、五代集歌枕・九九六、袖中抄・四九三、和歌色葉・一六四（五句「恋ひはじめけむ」）、色葉和難集・五三

【注】○**イツテフネトハ**　「船こくものをはいくてと云也。かた〳〵に一人つゝあはせて二人をはひとてと云也。いつてのふねは十人してこく舟也」（奥義抄）、和歌色葉もほぼ同じ。「顕昭云、いづてぶねとは万葉集に伊豆手船と書けり。ふねは伊豆国より造り出だしたれば、しか詠めるにや」（袖中抄）、また、同書は和語抄の説として「いづて船とは梶ひとつ櫓よつある船をいふなり」を引用する。○**日本紀第十**　「冬十月、科㆓伊豆国㆒、令㆑造㆑船。長十丈。船既成之。試浮㆓于海㆒。便軽泛疾行如㆑馳。故名㆓其船㆒曰㆓枯野㆒。〈由船軽疾名枯野、是義違焉。若謂軽野、後人訛歟〉」（日本書紀・応神天皇五年）○**同卅一年秋八月**　「卅一年秋八月……是朽之不㆑堪㆑用、然久為㆓官用㆒、功不㆑可㆑忘。何其船名勿㆑絶、而得㆑伝㆓後葉㆒焉。群卿便被㆑詔、以令㆓有司㆒、取㆓其船材㆒、為㆑薪而焼㆑塩。於是、得㆓五百籠塩㆒。則施之周賜㆓諸国㆒。因令造㆑船……初枯野船、為㆓塩薪㆒焼之日、有㆓余燼㆒。則奇㆓其不㆒㆑焼而献之。天皇異以令㆑作㆑琴。其音鏗鏘而遠聆」（日本書紀・応神天皇三十一年）

【参考】「舟　[万]いつて〈伊豆より出舟也〉」（八雲御抄）

シラナミニアキノコノハノウカヘルヲ　アマノナカセルフネカトソミル

古今第五ニアリ。寛平后宮哥合ニ興風カヨメルナリ。コノハヲフネトヨメルハ、コノハノ水ニウカヘルヲミテ、船ヲハツクリハシメシナリ。サテニタルカユヘニ、船ノ名ヲ一葉トイフナリ。船ニテトヲクユクヒトヲ餞スル詩ニ、一葉舟飛不待秋トツクレリ。

【出典】古今集・三〇一・ふぢはらのおきかぜ

【他出】寛平御時后宮歌合・九七（三句「うかべるは」）、興風集・六、古今六帖・一八二五（五句「舟かとぞ思ふ」）、奥義抄・四七八、色葉和難集・六七九

【注】**○寛平后宮哥合ニ** 「寛平御時きさいの宮の歌合のうた」（古今集詞書）**○コノハヲフネトヨメルハ** 「船は木葉の水にうきたるを見て知発してつくり出したる也。されはかくよめる。又百詠に、仙人は葉而舟と云文あり。いつれを思ひてもよみてん」（奥義抄）、色葉和難集もほぼ同じ。黄帝の時に舟が作られたことは漢籍に見えるが、一葉を見て舟を思いついたことは未見。また院政期以前の成立と考えてよいとされる見聞系朗詠注に「黄帝ノ時、貨狄ト云者、木ノ葉ノ水ニ浮タルヲ見テ作タリシ故ニ、船ヲ一葉ト云也」（国会図書館本）とある。「世本曰、共鼓貨狄作舟〈共鼓貨狄、黄帝二臣〉」（芸文類聚巻七十一）、「侠客条為馬　仙人葉作舟」（李嶠百二十詠・桂）**○船ニテトヲクユクヒトヲ餞スル詩ニ** 「九枝灯尽唯期暁　一葉舟飛不待秋」（和漢朗詠集・六三六）

スミヨシノカミモウレシトヲモフラム　ムナシキフネヲサシテキタレハ

後拾遺十八ニアリ後三条院御製也

延久五年三月ニ住吉ニマイラセヲハシマシテ、詠シメタマヘリ。ホトモナクカクレヲハシマシニケレハ、世ノ人ノマウシケルハ、帝位ノ重裁*ヲ令脱ヌレハ、太上天皇ヲハ、ムナシキフネトマウスコトナレト、ヤマトコトハニ、ムナシキフネトヨマセタマヘルカ、コトサマノヨカラヌニヨリテナリトソ。舟ヲハ大人ニタトヘテ、頭陀寺碑ニ*蔵舟易《ヤスサカリ》レ遠トイヘルハ、マカ〳〵シキコトナリ。サレハ、ムナシキフネトイフコト、ヨロシカラヌナルヘシ。

【本文覚書】○裁…諸本、「載」「裁」の判別困難。　○蔵舟…虚舟（刈・大）、蔵虚舟（東）
【出典】明記せず
【他出】今鏡・一九（二句「神はうれしと」）。後拾遺集・一〇六二、五代集歌枕・八七二、和歌色葉・四〇〇、色葉和難集・五一二、以上二句「かみはあはれと」。栄華物語・五六四、俊頼髄脳・四三二、奥義抄・二三四、以上二句「かみもあはれと」五句「さしてきつれば」。綺語抄・二九二（二句「神はあはれと」五句「さしてきつれば」）。口伝和歌釈抄・一七〇、別本童蒙抄・一四〇（二三句「かみもあはれとをほすらん」五句「さしてきつれは」）
【注】○**延久五年三月ニ**　後拾遺集詞書に「延久五年三月に住吉にまゐらせたまひてかへさによませたまひける」とある。○**ホトモナク**　後三条院の崩御は延久五年五月七日。「ほとなく後三条院うせさせ給て」（口伝和歌釈抄）○**世ノ人ノマウシケルハ**　俊頼髄脳等の所説を言うか。「重載」は漢籍に頻出する。「重載之舟不レ犀、那堪二済川之用一」（本朝文粋「為二入道前内大臣一辞二関白一表」）。虚舟を「むなし」と訓じた点が、不吉を招いたとの立場。石清水歌合で「よろづ代に四方のうら吹く風もゐでむなしき舟ぞしづかなるべき」（実快）に対して、判者通親は「右虚舟の事、後三条院の住吉の後いとよまずや侍りてん」と述べる。○**ムナシキフネ**　「むなしきふねとわ、院のゝらせ給ふねをいふなり。ある人のいはく、むなしきふねとわ大上天王を申也」（口伝和歌釈抄）、「むなしきふねといふ・《は》、みかとの位さらせ給ふをはむなしき舟と申すことのあるなり。其こゝろはほとはふねににをつみたるは、うみをわたるにおそれのあるなり。にをゝろしつれは、をそりなくて、やすらかにうみをわたるなり」（俊頼髄脳）○**舟ヲハ大人ニタトヘテ**　「君者舟也。庶人者水也」（荀子巻五）○**頭陀寺碑ニ**　「高軌難追、蔵舟易遠〈郭象曰、方言死生変化之不可逃〉」（文選巻五十九「頭陀寺碑文」）。蔵舟と虚舟に混乱あるか。
【参考】「院　むなしき舟〈延久〉」（八雲御抄）

400
碇《イカリ》

ヲホフネノタユタフウミニイカリヲロシ　イカニシテカハワカコヒヤマム

万葉十一ニアリ。タユタフトハ、ウカヒタリトイフコトハナリ。

【出典】万葉集巻第十一・二七三八「大船乃《おほぶねの》　絶多経海尓《たゆたふうみに》　重石下《いかりおろし》　何如為鴨《いかにせばかも》　吾恋将レ止《あがこひやまむ》」〈校異〉④「カハ」は類が一致。嘉、廣、古「かも」⑤「ヤマム」は嘉、廣、古が一致。類「やめむ」

【他出】古今六帖・一八三七、色葉和難集・四〇四（五句「わが恋やめん」）

【注】○**タユタフトハ**　「やすらふ心也」（顕注密勘）、「和云、たゆたふとは、集には浮動とかけり……大船のたゆたふうみにいかりおろしといへるは、浮動とかきたるにかなへり。ゆられうかべるなり」（色葉和難集、但し「浮動」という表記については未詳）

【参考】「たゆたふ　絶多とかけり。舟なとの動ゆるく也」（八雲御抄）

401
水手

ツキヨミノヒカリヲキヨミユフナキニ　カコノコヱヨフウラマコクカモ

万葉十五ニアリ。カコトハ、水手トカケリ。応神天皇十三年日向ノ諸県《モロアカタ》ノ君牛、朝廷ニツカヘテ、年既耆《オヒ》テ、仕コトアタハス。仍本ノ国ニマカル。始テ播磨ニ至時、天皇淡路嶋ニ幸シテ遊猟《カリ》シタマフ。是《コヽニ》天皇西ノカタチヲ望《ミソナハ》スルニ、数十ノ麋鹿《ヲシカ》海ニ浮テ来レリ。播磨ノ鹿子《カコ》ノ水門ニ入。天皇左右《モトコヒト》ニ謂曰ク、其何《イカナル》麋鹿ソ海ニ浮テ多《サハ》ニ来。爰左右使ヲツカハシテミルニ皆人也。唯着角鹿皮《ツノツケルシカノカハ》ヲ以テ衣服ニ為耳。問曰誰人。対曰ク諸県ノ君牛也。是年耆テ仕コトアタハストイヘトモ、朝ヲワスレタテマツルコトエス。故ニヲノレカムスメ髪長媛《カミナカヒメ》ヲ以貢上《タテマツル》ル。天皇悦テ喚テ御船ヲツカマツラシムト《ト本ニ無》云々。時人其ノ着《ツキ》シ所ヲ鹿子ノ水門ト号スル。凡水手《フナコ》ヲ鹿子トイフハ、兼《ケタシ》是ノ時ヨリ始也。在日本紀第十巻。コノ鹿皮ヲフナコニキスルコトモ、鹿皮ハイロノキナレハナルヘシ。漢書曰、鄧*通以櫂船為黄頭郎、注曰、守*勝水ハ其色黄故耶。船郎皆着黄帽也。

【本文覚書】〇鄧…劉（和・岩）〇守勝水…勝水（筑A）、守トシテ勝レ水ニ（刈・東）

【出典】万葉集巻第十五・三六二二「月余美乃《つくよみの》　比可里乎伎欲美《ひかりをきよみ》　由布奈芸尓《ゆふなぎに》　加古能己恵欲妣《かこのこゑよび》　宇良未許具可聞《うらみこぐかも》」

〈校異〉④「ヨフ」未見。非仙覚本及び仙覚本は「よひ」⑤「カモ」は廣、古が一致し、類は「ふね」を「かも」に訂正。

【他出】色葉和難集・四五三（四句「かこのこゑよび」）

【注】**〇カコトハ**「かこ　ふねこぐもの也」（綺語抄）、「カコトハ、船漕人ヲ云」（別本童蒙抄）、「かこのこゑよびとは、日本紀に水手をかこといふとみえたり。かこのものいひあひたりとよめるなり」（色葉和難集）。「朝名寸二《あさなぎに》　水手之音喚《かこのこゑよび》」（万葉集・五〇九）、「海中尓《わたなかに》　鹿子曽鳴成《かこそなくなる》　唸怜其水手《あはれそのかこ》」（同・一四一七）。「水手〈カコ　舟人也〉」（色葉字類抄）**〇応神天皇十三年**「一云、日向諸県君牛、仕二于朝庭一、年既耆耈之不レ能レ仕。仍致仕退二於本土一……始至二播磨一。時天皇幸二淡路島一、而遊猟之。於レ是、天皇西望之、数十麋鹿、浮レ海来之。便入二播磨鹿子水門一。天皇謂二左右一曰、其何麋鹿也。泛二巨海一多来。爰左右共視而奇、則遣レ使令レ察。使者至見、皆人也。唯以二著レ角鹿皮一、為二衣服一耳。問曰、誰人也。対曰、諸県君牛、是年耆之、雖二致仕一、不レ得レ忘レ朝。故以二己女髪長媛一而貢上矣。天皇悦之、則喚令レ従二御船一。是以、時人号二著レ岸之処一、曰二鹿子水門一也。凡水手曰二鹿子一、蓋始起二于是時一也」（日本書紀・応神天皇十三年）**〇漢書曰**「鄧通、蜀郡南安人也、以櫂船為黄頭郎〈師古曰、濯船、能持濯行船也。土勝水、其色黄、

故刺船之郎皆著黄帽、因号曰黄頭郎也。濯読曰櫂、音直孝反〉」（漢書巻九十三）、「鄧通持櫂以雝容〈漢書曰、鄧通以櫂船為黄頭郎。注曰、土勝水、其色黄、故刺船郎皆著黄帽〉」（事類賦巻十六）

【参考】「月余美乃比可里乎伎欲美由布奈芸爾加古能己恵欲妣宇良末許具可聞（ツキヨミノヒカリヲキヨミユフナケニカコノコヱノミウラニウラマコクカモ）月ヨミノハ、日本紀私記ニ多云様アリ。月ヨミト申神ノオハスル也。其ニツイテ也。イフ様ハ、月ヨミトハ神ノメオトコ相給シ時、月ヨカトミヨトノ給シカハ、タノカミヲ月ヨミルカト申也ト云リ。又云様ハ、タ、女神ノハラミ給ヘリシヲ申也。ハラミテハ、月ヲカソヘヘヨミ給トテ申也。松尾ナトモ月ヨミハオハシマスト云リ、又コト所ニモ月ヨミハ多オハシマスト云也。又月ヨミトハ、タ、月ノ名ナリトモ云リ。又云、カコノコヱヨミトハ、日本紀云、水手ヲカコト云也トミエタリ。サレハ、フナコノモノナヒタルヲ云也」（万葉集抄）

車

402

モロトモニミツノクルマニノリシカト　ワレハイチミノアメニヌレニキ

後拾遺廿ニアリ。*三車トハ、

一味雨トハ、釈迦如来一音ニテトイタマヘトモ、衆生ハシナ〴〵ニシタカヒテサトリヲウルコト、アメハ一味ナレト草木ハクサ〴〵ニウルヲヒヲウクルカコトシ。サレハワレハサトリハエツトヨメルナリ。

【本文覚書】○三車トハ…三車とは、羊車鹿車大白牛車也（岩・大）

【出典】後拾遺集・一一八七・よみ人しらず

【他出】奥義抄・二四八、宝物集・五一五（三句「のりしかば」）、和歌色葉・四一四

【注】○**三車トハ**　「父知諸子。先心各有所好。種種珍玩。奇異之物。情必楽著。而告之言。汝等所可玩好。希有難得。

汝若不取。後必憂悔。如此種種。羊車。鹿車。牛車。今在門外。可以遊戯。汝等於此火宅。宜速出来。随汝所欲。皆当与汝」（法華経巻三・譬喩品）、「法華経の三車のたとへの心也」（奥義抄）、「かどでにはみつの車と聞きしかど果は思ひの外にぞ有りける」（公任集・二六一）、「もゆる火の家をいでてぞさとりぬるみつの車はひとつなりけり」（赤染衛門集・四二九）〇一**味雨トハ**「如是迦葉　仏所説法　譬如大雲　以一味雨　潤於人華　各得成実」（法華経巻三・薬草喩品）、「いちみの雨は法花経也。我はのりのあめにあひにきとよめり」（奥義抄）、「一味のあめは法花経也。あめには大小の木草もうるをうやうに、平等大会の法には正見邪見も三乗利益にあつかるにたとふるなり」（和歌色葉）、「草も木も一味の雨にうるふなり世にふる人もたのもしきかな」（久安百首・釈教・一二八七・待賢門院安芸）

【参考】「車　うしの車〈法花経大白牛車也〉」（八雲御抄）

イマハトテクルマカケテシニハナレハ　ニホフクサハモオホヒ*、ケリ

寛平御時菊合哥也。懸車。

【本文覚書】〇オホヒ、ケリ…おひしけりけり（岩・大）〇筑B、和歌四句欠。

【出典】寛平御時菊合・一三

【注】〇**懸車**　致仕すること。また、七十歳の別称。漢書「薛広徳伝」に見える。「七十になりてのちむかしみし人のもとにまかりて、ふるき物がたりなどしけるついでによめる　かぞふれば車をかくるよはひにてなほこのわにぞまはりきにける」（散木奇歌集・一三〇八）、「石見介成仲、七十賀すとてうたこひしかば　ゆくすゑのなほながらにもみゆるかなくるまをかくるよはひなれども」（重家集・三九五）

宝貨部

玉

404 ヨルヒカルタマトイフトモサケノミテ　コヽロヲヤルニアニシカメヤハ

万葉三ニ有。夜光ハタマノ名也。捜神記曰、隋侯行見大虵傷救而夜給之。其後*地衘珠以報之。*径盈寸純白而夜光可以燭堂。故歴也称焉。続漢書曰、大秦*閨有夜光璧。

【本文覚書】○地衘珠…地衘珠（内・谷・刈・東・書・狩）、蛇衘珠（和・筑B）、蛇衘珠（筑A）、蛇啣珠（岩）○径…径《ワタリ》（刈・東）、径（岩・大）○閨…国（刈・東・大）

【出典】万葉集巻第三・三四六「夜光《よるひかる》　玉跡《たまと》言十方《いふとも》　酒飲而《さけのみて》　情乎《こころを》遣尓《やるに》　豈若《あにしかめ》目八方《やも》」〈校異〉②「イフトモ」未見。非仙覚本（類、廣、古、紀）は「いへとも」。仙覚本は「イフトモ」で童蒙抄と一致。

【注】**○夜光ハ**　夜光璧のこと。「夜光之璧何如琢磨乎」（明衡往来）**○捜神記曰**　当該箇所は散佚。「捜神記卅巻〈干宝撰〉」（日本国見在書目録）。「又（捜神記）曰、随侯行、見大蛇傷、救而治之、其後籬衘珠以報之、径盈寸、純白而夜光、可以燭堂、故歴世称焉」（芸文類聚巻八十四）**○続漢書曰**　「土多金銀奇宝、有夜光璧、明月珠、駭雞犀」（後漢書巻八十八）、「続漢書曰、大秦国有夜光璧」（芸文類聚巻八十四）

【参考】「珠　よるひかる」（八雲御抄）

405 トシヲヘテニコリタエセヌサヒエニハ　タマモカヘリテイマソスムヘキ

後撰十五ニ有。忠房朝臣ツノカミニテ、屛風ニカノ国ノ名アルトコロ〳〵ヲヱニカキテハヘリケルニ、サヒエトイフトコロヲ壬生忠峯カヨメルナリ。タマカヘルトハ、謝承後漢書云々*。モロコシニ孟嘗トイフ物合浦ノ太守タリキ。其所モトヨリ珠ヲトリテ米ニカフ。而サキノ時二千石ムサホリテ民ヲシテタマヲトラシム。*ツミテミツカライルタマ、タチマチニウツリサリヌ。合浦ニタマナシ。ウ《へ》・シヌルモノミチニミテリ。孟嘗ユキノソミテ一年《之》・間ニサリタル玉マタカヘレリ。

【本文覚書】○云々…云（筑B・岩・大）○ツミテミツカラ…ミチミツカラ（内・和・書）、みてみつから（筑B）、ミテミツカラ（谷）、ミナミツカラ（刈・東）、皆みつから（岩・大）、みちみつから（狩）

【出典】後撰集・一一〇五・ただみね

【他出】忠岑集☆・七九、五代集歌枕・九九一、色葉和難集・二九四

【注】○**忠房朝臣ツノカミニテ**　後撰集詞書に「忠房朝臣つのかみにて、新司はるかたがまうけに屏風てうじて、かのくにの名ある所所ゑにかかせて、さび江といふ所にかけりける」とある。○**謝承後漢書云々**　「謝承後漢書曰、孟嘗君為合浦太守、郡境旧採珠、以易米食、先時二千石貪穢、使民採珠、積以自入、珠忽徙去、合浦無珠、餓死者盈路、孟嘗行化、一年之間、去珠復還」（芸文類聚巻八十四）

【参考】「江　さひ〈忠岑〉」（八雲御抄）

406
コロモナルタマトモカケテシラサリキ　ヱヒサメテコソウレシカリケレ

後拾遺廿ニアリ。赤染哥也。法花経五百弟子品ノ心ナリ。タトヘハ*ヒトリアリテ、シタシキトモノイヘニイタリテ酔テフセリ。親友無価ノ宝珠ヲモテ其衣ノウラニカケテサリヌ。酔フシ不覚。赴テ遊行シテ他国ニイタリヌ。衣食甚艱難也。後ニ親友アヒテ、ツタナキカナ、我昔無価ノ宝珠ヲ汝衣裏ニカケキ。汝シラスシテ

憂悩シテ、ミツカライノチイカムコトヲモトムル。甚痴也云々。コレハ衆生ノ仏性アリトイフコトヲシラヌニタトフルナリ。

【本文覚書】○ヒトリ…人（岩・大）

【出典】後拾遺集・一一九四・赤染衛門

【他出】赤染衛門集・四三四、新撰朗詠集・五六二（二三句「しらざりつ酔さめてこそ」）

【注】○**法花経五百弟子品ノ心ナリ**　「世尊。譬如有人。至親友家。酔酒而臥。是時親友。官事当行。以無価宝珠。繋其衣裏。与之而去。其人酔臥。都不覚知。起已遊行。到於他国。為衣食故。勤力求索。甚大艱難。若少有所得。便以為足。於後親友。会遇見之。而作是言。咄哉丈夫。何為衣食。乃至如是。我昔欲令。汝得安楽。五欲自恣。於某年日月。以無価宝珠。繋汝衣裏。今故現在。而汝不知。勤苦憂悩。以求自活。甚為痴也」（法華経巻四・五百弟子受記品）

○**衆生ノ仏性アリト**　法華義疏は法華経当該箇所について「昔有大乗之機感説大乗教故称為至。同有仏性又曽受化為出世法親」とする。

【参考】「珠　衣のうらの〈法花経事也〉」（八雲御抄）

錦

407 ミルヒトモナクテチリヌルヲクヤマノ　モミチハヨルノニシキナリケリ

古今五ニアリ。キタヤマニ紅葉ヲリニマカリテ貫之カヨメルナリ。ヨルノニシキトハ、漢書云、朱買臣、字翁子、会稽人。武帝賢之。後遷会*太守。帝謂買臣曰、富貴不還故郷如衣錦夜行。与*為本郡意何。買臣稽首行謝而也。

【本文覚書】○会…会稽（筑A・筑B・刈・東・岩・大）○与為本郡意何…子為本郡意何（谷）、今子如何（岩・大）
【出典】古今集・二九七・つらゆき
【他出】新撰和歌・八二、古今六帖・四〇六三、宇津保物語・五五八（三句「山ざとの」、下句欠）、金玉集・三〇、三十人撰・一六、深窓秘抄・五四、和漢朗詠集・三一六、三十六人撰・一五、綺語抄・五〇二、奥義抄・一五八・四七七
【注】**○キタヤマニ**「北山に紅葉をらむとてまかれりける時によめる　つらゆき」（古今集詞書）**○ヨルノニシキトハ**「朱買臣字翁子……拝買臣会稽太守、上謂買臣曰、富貴不帰故郷、如衣繍夜行、今子何如。買臣頓首辞謝」（漢書巻六十四）、「又（漢書）曰、朱買臣字翁子。拝会稽太守。上謂買臣曰、富貴不帰故郷、如衣錦夜行、今子何如。買臣頓首辞謝」（太平御覧巻二五九）。他に蒙求注等にも見えるが、「武帝賢之」の一文が見えない。蒙求注では「武帝説之拝中大夫」とする。
【参考】「錦　よるの〈せんなき者、本文也〉」（八雲御抄）

408

モミチハノナカル、アキハカハコトニ　ニシキアラフトヒトヤミルラム

後撰第七ニアリ。

益州有青衣水。益州人織錦。既竟先須此水洗之、然後緩銖。及左思蜀都賦曰、貝錦斐然濯色江波。

【出典】後撰集・四一五・よみ人しらず
【他出】是貞家歌合・六九（五句「ひとはみるらん」）、古今六帖・三五二九
【注】**○益州有青衣水**　226歌注参照。**○左思蜀都賦曰**「貝錦斐成、濯色江波、黄潤比筒」（文選巻四「蜀都賦」）、なお226歌注参照。

409

ヲクルマノニシキノヒモノ《ヲ》トケムトキ　キミモワスレヨワレモワスレシ《タノマム》

六帖第三ニアリ。オクルマノニシキトハ、コクルマヲチカヘテ文ニオレリ。伊勢大神宮ノ御衣ニハコノニシキヲモチヰルトミエタリ。

モロコシニハ、オトコニアフトテハ、ニシキノハカマヲキルナリ。ソノハカマニヨツヲトイフモノ、ツキタルヲ、ヒモトハイフナリ。

【出典】存疑

【他出】口伝和歌釈抄・三二三、袖中抄・六〇七

【注】**○オクルマノニシキトハ**　「おくるまとは、歌枕にはくるまをいふ。又おくるまとはをとこの、りたるくるまをいふ。又をくるまとわこくるまをいふ」（口伝和歌釈抄）、「をぐるまのにしき　小車錦也。高名のにしきの名也」（綺語抄）、「めでたきにしき也。大神宮のみそにもちゐるにしき也。文に車のかたのある也」（奥義抄）、「をぐるまの錦とは、小車《コグルマ》をちがへてまろにて文にをれる錦なり。伊勢太神宮の御衣《ゾ》には、此錦を用ゐるといへり。をぐるまとは小車也」（袖中抄）、なお袖中抄所引の童蒙抄被注歌本文は「錦のひもの《を》解《か》けむ時」「我も頼まむ《わすれじ》」**○モロコシニハ**　未詳。

【参考】「錦　をくるま　伊勢の御張にまいる、紺地也」（八雲御抄）

410

綾

クレハトリアヤニコヒシクアリシカハ　フタムラヤマモコエスナリニキ

後撰第十二有。ヲホヤケノツカヒニテアツマヘマカルアヒタニ、アヒシレル女ニイヒチキリテイテタチニケリ。ノチニアラタメサタメラレテ、メシカヘサレテ京ヘマテキニケルヲ、コノ《女歟》ヨロコヒテトヒニヲコセテハヘリケレハ、ミチニ人ノコ、ロサシタリケルクレハトリトイフアヤヲ、クリハヘル、トテヨメルナリ。クレハトリトハ、アヤノナ、リ。軽嶋豊明宮《カロシマトヨアカリ》応神天皇卅七年春二月戊午朔、河知使主《*カチシム》都加ノ使主ヲ呉《クレ》ニツカハシテ、絹工女《キヌヌヒメ》ヲ求シム。爰河知使主於高麗国ニ度テ、呉ニ達《イタラム》トス。則道路ヲ知《シラ》ス。道ヲ知者高麗ニ乞。高麗ノ王《コキシ》ノ久礼波、久礼志二人ヲ副テ導《シルヘ》トス。是ニヨテ、呉ニ通コトヲ得タリ。呉王、是ニ工女《ヌヒメ》兄媛、弟媛、呉織《クレハトリ》、穴織《アナハトリ》、四婦女《ヨタリノヲムナ》ヲ与タリ。委見日本紀十巻。コノ工女ヲハ、ヌヒメトヨメレト、タ、モノヲヌフニハアラス。女タクミニテキヌアヤヲ、ル。ソノヲルモノ、ナヲアヤノナニイヒツケタルヘシ。鳳竹ヲリタルヲイフトモ申スメルハヲシハカリニイフナメリ。タシカナラス。

【本文覚書】○河知使主《カチシ》…阿知使主（筑B）、阿知使主《アチスクリ》（刈・東・大）、河知使至《カチシ》（書）、河知使主（岩）

【出典】後撰集・七一二・清原諸実

【他出】古今六帖・四四九五、口伝和歌釈抄・三〇三、綺語抄・五〇三、俊頼髄脳・二七一、別本童蒙抄・一六二、奥義抄・三〇一、五代集歌枕・三九〇、和歌初学抄・五六、袖中抄・二二四、和歌色葉・三二五、色葉和難集・五八四

【注】**○ヲホヤケノツカヒニテ**　「おほやけづかひにてあづまの方へまかりけるほどに、はじめてあひしりて侍る女に、かくやむごとなきみちなれば、心にもあらずまかりぬるなど申してくだり侍りけるを、のちにあらためさだめら

るる事ありてめしかへされければ、この女ききてよろこびながらとひにつかはしたりければ、みちにて人の心ざしおくりて侍りけるくれはどりといふあやを、ふたむらつつみてつかはしける」(後撰集歌詞書)、俊頼髄脳も詠歌事情を記すが、童蒙抄とは若干の違いがある。○**クレハトリトハ**　「くれはとりとは、古歌枕にわあやをいふ也。ある人云、すゝ（ママ）めやをいふ」(口伝和歌釈抄)、「くれはとりは綾の名也」(奥義抄)、「クレハトリトハ、アヤヲ云」(別本童蒙抄)○**軽嶋豊明宮**　「卌七年春二月戊午朔、遣二阿知使主・都加使主於呉一、令レ求二縫工女一。爰阿知使主等、渡二高麗国一、欲レ達二于呉一。則至二高麗一、更不レ知二道路一。乞二知レ道者於高麗一。々々王乃副二久礼波・久礼志、二人一、為二導者一。由レ是、得レ通レ呉。呉王、於是、与二工女兄媛・弟媛、呉織、穴織、四婦女一」(日本書紀・応神天皇三十七年)○**コノ工女ヲハ**　「令レ求二縫工女一」(「縫工女《きぬぬひめ》を求めしむ」前掲日本書紀)○**女タクミ**　女工か。「工　タクミツカサ」(名義抄)○**鳳竹ヲリタル**　未詳。

カクハカリセキテカクテフタチマイトノ　マメ《ユ》カキテハウレシカリケリ

糸

六帖第五ニアリ。タチマイト、、ヨメリ。伊弉諾尊曰、聞葦原中国有保食神。月夜見尊*就《ユイテミトノ》候之。月夜見尊也、到保食神許、保食神乃廻首嚮国。則毛《ケ》鹿《アラシ》ノ毛ノ柔《ニコモノ》。亦自口出、貯《アサヘ》之百机饗《モヽトリツクヘニニヤヘタテマツル》之。我抜剣殺。然後復命《カヘリコトマウス》時ニ、*天坐大神怒曰汝《イカリマウシテイマシメハ》是悪キ神ナリ。不須相見《アヒアハシト》。乃一日一夜隔テ離レ住タマフ。復遣天熊人往看之。保食神実死。其神頂化為牛馬。顱《カハラノ》上為レリ粟、眉上生繭。眼メ中生稗《ヒエ》、腹中生稲、陰《ホト》生麦及大小豆《マメアツキ》。天熊人悉取而奉《タテマツル》之。天照太神善曰ク、是物者顕蒼生《ウツクシキアヲヒトクサ》可食而活也。乃以粟稗以其稲種《イナタネ》、始殖天狭田及長田。其秋ノ垂穎《ホタリ》八握莫《ヤツカニシナヒ》然其快《コヽロヨシ》也。又口裏*令繭*使得タリ抽《ヒクコト》糸。自此始有養蚕《カヒコ》之道焉。

【本文覚書】○就《ユイテミトノ》候…同じよみを付す伝本は谷・刈・東、就《ユイテミヨ》候（刈・東）○天坐大神…天照大神（刈・大）、天聖大神（東）○令…含（筑B・刈・東）○使…便（刈・東）
【出典】古今六帖・三五三五、二句「やめにかくてふ」
【注】**○タチマイト** 但馬糸を詠んだ和歌はほとんどない。他に「たじまいとのよれどもあはぬおもひをばなにのたりにつけてはらへん」（古今六帖・三五三四）。後世の資料だが、毛吹草「但馬」の項に「糸」とある。**○伊弉諾尊曰** 「伊弉諾尊、勅二任三子一曰……聞三葦原中国有二保食神一。宜爾月夜見尊、就候之。月夜見尊、受レ勅而降。已到二于保食神許一。保食神、乃廻レ首嚮レ国……則毛鹿毛柔亦自レ口出……貯二之百机一而饗之……廼抜レ剣撃殺。然後、復命……時天照大神、怒甚之曰、汝是悪神。不レ須二相見一、乃与二月夜見尊一、一日一夜、隔離而住……復遣二天熊人一往看之……保食神実已死矣……唯有三其神之頂、化二為牛馬一。顱上生レ粟。眉上生レ蠒。眼中生レ稗。腹中生レ稲。陰生二麦及大小豆一。天熊人悉取持去而奉進之。于時、天照大神喜之曰、是物者、則顕見蒼生、可二食而活一之也、乃以二粟稗麦豆一、為二陸田種子一。又因定二天邑君一。即以二其稲種一、始殖二于天狭及長田一。其秋垂穎、八握莫莫然、甚快也。又口裏含レ蠒、便得レ抽レ糸。自レ此始有二養蚕之道一焉」（日本書紀・神代上）

綿

412
シラヌヒノツクシノワタハミニツケテ　イマタハキネトアタ、カニミユ
万葉第三ニアリ。シラヌヒノトハ、ツクシノワタノヒロクヨキヲ、キヌニモイレスシテタ、ヌヒテムカシハキケリ。イマヤウモサルヘキヤムコトナキ人ナト、サテキルコトアマタキコユヘシ。
【出典】万葉集巻第三・三三六「白縫《しらぬひ》　筑紫《つくし》乃《の》綿者《わたは》　身著而《みにつけて》　未者《いまだは》伎祢杼《きねど》　暖《あたたけく》　所レ見《みゆ》」〈校異〉①「ヌヒ」は類、古、

紀が一致。廣「ヌキ」。なお、古「シラヌヒ□」③は廣、紀が一致。類「みにはつけて」。古「□ハツケテ」④は類、古、紀が一致。廣「マタハキネトモ」⑤は類、古、紀が一致。廣「ヌク、ソミユル」

【他出】古今六帖・三五三七（三句「みにつきて」）

【注】○**シラヌヒノ**　以下の注、依拠資料未詳。仙覚抄は本注を引く。筑紫の綿については三代実録に以下の記述がある。「大宰府年貢綿十万屯。其内二万屯。以㆑絹相博進㆑之」（元慶八年五月条）○**キヌニモイレスシテ**　未詳。「白縫の」の「白」に拠る解か。

【参考】「綿　しらぬひのつくしのわた」（八雲御抄）。

~~布~~

~~タマカハニサラステツクリサラ〳〵ニ~~

【本文覚書】この二行すべて取り消し線を付す。

ナニソコノヨノコ、タカナシキ

万葉十四ニアリ。ヌノヲハカハニアラヒテサラスナリ。テツクリトハ、ヨキヌノヲイフナリ。コ、タトハ、コ、ラトイフナリ。華嶠華嶠漢書曰、崔寔五原太守タリ。ソノ地ニ麻ヲホ・《カ》リ。民ウフルコトシラス。ウムコトアタハスシテ、衣ナシ。冬ニナリヌレハ、

シラヌヒノツクシノワタハミニツケテ　イマタハキネトアタ、カニミユ

万葉第三ニアリ。シラヌヒノトハ、ツクシノワタノヒロクヨキヲ、キヌニモイレスシテ、タ、ヌヒテムカシハキケリ、イマヤウモサルヘキヤムコトナキ人ナト、サテキルコトアマタキコユヘシ

【本文覚書】この十行、すべて削除の指示あり。各行冒頭一字にミセケチを付す。

413

布

タマカハニサラステツクリサラ〳〵ニ　ナニソコ*ノヨノコ、タカナシキ

万葉十四ニアリ。ヌノヲハカハニアラヒテサラスナリ。テツクリトハ、ヨキヌノヲイフナリ。コ、タトハ、コ、ラトイフナリ。華嶠*々々漢書曰、崔寔五原太守タリ。ソノ地ニ麻ヲホカリ。民ウフルコトシラス。ウムコトアタハスシテ衣ナシ。冬ニナリヌレハ、ヲ*ソキクサヲウヘテソノナカニフス。吏モ草ヲソノミニキル。寔ハシメテ麻ヲウミテヲラシメタリ。布ハコレヨリヲコレルコト、ミヘタリ。

【本文覚書】○コノヨノ…このこの（岩・大）○々々…続（東・大）、ナシ…刈、和・筑B・書は「今」あるいは「令」かと思われる字　○ヲソキ…細き（岩・大）

【出典】万葉集巻第十四・三三七三「多麻河伯尓《たまがはに》　左良須弖豆久利《さらすてづくり》　佐良左良尓《さらさらに》　奈仁曾許能児乃《なにそこのこの》　己許太可奈之伎《ここだかなしき》」

〈校異〉④「コノヨノ」未見。非仙覚本及び仙覚本は「このこの」⑤「コ、タ」は類、廣、春、古及び元（「こ」右）が一致。元「こた」

【他出】古今六帖・三五三八（下句「むかしのいもがこひしきやなぞ」）、拾遺集・八六〇（下句「昔の人のこひしきやなぞ」）、綺語抄・五〇六（五句「ここらかなしき」）、五代集歌枕・一三七〇（下句「なにぞこのごろここだかなし

き」)、袖中抄・六六一、定家八代抄・一四二八(下句「むかしの人の恋しきやなぞ」)
【注】○テックリトハ 「彼河《(ノ)》に布を曝也《(さらす)》……てづくりとはよき布なり」(袖中抄)○コ、タトハ 175歌注参照。○華嶠々々漢書曰 「華嶠後漢書曰、崔寔為五原太守。地宜麻枲而民不知種植。又不能緝績率無衣被。冬月止種細草臥其中。吏以草衣其身乃得出。寔至教之績織」(太平御覧巻九九五)、「出為五原太守。五原土宜麻枲、而俗不知織績、民冬月無衣、積細草而臥其中、見吏則衣草而出。寔至官、斥売儲峙、為作紡績、織絍、練縕之具以教之、民得以免寒苦〈杜預注左伝曰、織絍、織布者、孔安国論語注曰、縕、枲也〉」(後漢書巻五十二)

414

ミチノクノケフノホソヌノホトセハミ　ムネアヒカタキコヒモスルカナ

陸奥国ノケフノコホリヨリヲリイタシタルヌノヲイフナリ。ソノヌノハタハリセハシ。サレハ、ムネアヒカタキ、トハヨメルナリ。

【出典】明記せず
【他出】口伝和歌釈抄・二七二(初句「みちのくに」四句「またむねあはぬ」)、綺語抄・五〇五(初句「みちのくに」)、俊頼髄脳・二二七、袖中抄・九一二、別本童蒙抄・一六五
【注】○陸奥国ノ 「けふのほそぬのとは、むつのくに、けふのこほりにをるぬのの也《な》。いとせはきなるへし。されはかくむ《(ママ)》あはしとやとはそへたる也」(口伝和歌釈抄)、「けふのほそぬの　みちのくにのみつぎもつに狭布といふ布のある也」(綺語抄)、「このけふのほそぬのといへる、これもみちのくに、鳥の毛しておりけるぬのなり。おほからぬ物しておりけるぬのなれは、はたはりもせはくひろもみしかけれは、うへにきることはなくて、小袖なとのやうにしたにきるなり。されはせなかはかりをかくして、むねまてはか、らぬよしをよむなり」(俊頼髄脳)、「けふのほそ布

はみちの国のけうの郡よりいてたる布也。はたはりせはき布なれはむねあはすと云也」（奥義抄）、「ケウノホソ布トハ、セハキ布也。ミチノ国ノケフノ郡ヨリ出タリトナンカケリ」（別本童蒙抄）

【参考】「布　けふのほそ〈陸奥〉、俊頼云、鳥毛にてをりたるといへり。さてせはくてむねあはすと云り」（八雲御抄）

415

文部

書

タマツサノアルカナキカニユクミツノ　タエセスキミヲアヒミテシカナ

六帖第五ニアリ。タマツサトハ、フミヲイフニ、イカニコノ五文字ニハ・《スヘタルニカ》コ、ロヘカタシ。張泊莢《*芝カ》カ池ニノソミテ書ヲマナヒシニ、水ノクロクナリケルコトヲヨメルカトヲモヘト、ソレモカナヌ《ハ》ニヤアラム。

【本文覚書】○莢《芝カ》…英（和・東）、芝（筑A・筑B・刈・岩・狩）

【出典】古今六帖・三三八〇、四句「たえせぬ君を」

【注】○**タマツサトハ、フミヲイフニ**　「書、たまづさと云」（喜撰式）、「たまづさとはふみをいふなり」（能因歌枕）。玉章、玉梓があり、万葉には「たまづさの」が「妹」に掛かる例がある。「玉梓能《たまづさの》　妹者珠氈《いもはたまかも》」（一四一五）、「玉梓之《たまづさの》妹者花可毛《いもははなかも》」（一四一六）。415歌は古今六帖では「ふみ」の項に入る。○**コノ五文字**　「ユクミツノ」を指す。「たまづさの」が「水」にかかることに対する不審。但し、中世になると「露」と「玉章」を併せ詠む例が見られる。○**張泊莢《芝カ》カ**　「王羲之書曰、張芝臨池学書、池水尽黒」（芸文類聚巻九）、他に蒙求注、法書要録、晋書に見える。

ワカコヒハカラスハニカクコトノハノ　ウツサヌホトハシル人モナシ

堀河院百首ニ忍恋ヲ顕季卿ノヨメル也。敏達天皇元年四月甲戌五月、高麗上《タテマツリ》ケル表疏、カラスノハニカケリ。クロクシテシル人ナシ。三日ヨムコトヲエス。爰船史ノ*祖《ソ》王辰トイフモノアリ。スナハチ羽ヲ飯ノケニナラヘテ、帛《ネリキヌ》ヲモテ羽ニヲシテ、悉ニ字ヲウツシテヨクヨメリ。朝廷コレヲコトナリトス。委見日本紀第廿巻。

【本文覚書】○王辰…王辰爾（刈・東）

【出典】堀河百首・一一四一・顕季

【他出】六条修理大夫集・二五二、金葉集二度本・二四一二

【注】○**忍恋を**　堀河百首に「忍恋」題なし。当該歌の歌題は「初恋」○**敏達天皇元年**「丙申、天皇、執二高麗表疏一、授二於大臣一。召二聚諸史一、令レ読二解之一。是時、諸史、於二三日内一、皆不レ能レ読。爰有二船史祖王辰爾一、能奉二読釈一……又高麗上表疏、書二于烏羽一。字随二羽黒一、既無二識者一。辰爾乃蒸二羽於飯気一、以レ帛印レ羽、悉写二其字一。朝庭悉異之」（日本書紀・敏達天皇元年）

【補説】「誉能那呵尼《よのなかに》　吉美那賀利勢婆《きみなかりせば》　嘉羅須皤爾《からすばに》　加気流古登皤皤《かけることばは》　那褒幾斎奈麻志《なほきえなまし》　こまより、からすのはにもじをかきて、たてまつれり、そのはくろければしりがたきを、この王辰爾、はをいひのけにむして、しろききぬにおしうつしてわきまへよめり」（延喜六年日本紀竟宴和歌・得王辰爾・一一・藤原博文）。竟宴和歌に対して「是も同竟宴の哥也。敏達天皇の時、高麗の表、烏の羽にかきてをくる。哥（ママ）よむ人なし。王辰尒と云人、からすの羽をむしてふくさのきぬにておしけれは、かけることうつりてよく見えけること也」（奥義抄）、和歌色葉、色葉和難集もほぼ同じ。五代簡要は顕季歌を注して、竟宴和歌を引く。

417

筆

ミツクキノカヨフハカリヲスクセニテ　クモヰナカラニキエネトヤサハ

六帖第五ニアリ。筆ヲミツクキトハイヘハ、カキタルフミハカリヲカヨハシテ、トヨメルナリ。

【出典】古今六帖・三三八二、四五句「きくもながらにはてねとやきく」

【他出】伊勢集・三三九（二句「かよふばかりの」五句「はてねとやかく」）

【注】○**筆ヲミツクキトハイヘハ**　「筆、みづくきと云」（喜撰式）、「水くきとは、ふでを云ふ」「筆をば、水ぐき、はまちどりの跡とも」（能因歌枕）、「筆　みつくきのと云」（俊頼髄脳）、「筆　みつくき」（奥義抄）

【参考】「筆　水くき」（八雲御抄）

418

武部

弓

アツサユミツリヲトリハケヒクヒトハ　ノチノコ、ロヲシルヒトソヒク

万葉第二ニアリ。久米禅師カヨメル也。アツサユミトハ、ミチノクニノアツサノヤマニトリタル弓ヲイフ。マタハアツサノキトイフ木ノ、マユミニ、タルヲモテツクレルヲイフ。梓弓トカケリ。

【出典】万葉集巻第二・九九「梓弓《あづさゆみ》　都良絃《つらを》取波《とりは》気《け》　引人者《ひくひとは》　後心乎《のちのこころを》　知人曽《しるひとそ》引《ひく》」〈校異〉②「ツリヲ」未見。元、金、類、古、紀「つらを」で、廣「ル」を「ラ」に訂正。元「ら」右朱「ル」。廣「ラ」右「ル」。紀「都良絃」左「ツルヲ」。仙覚本は「ツラヲ」

【他出】古今六帖・三四二二

【注】○久米禅師カ　この箇所、万葉集九六から一〇〇の久米禅師と石川郎女の贈答歌群。久米禅師の歌は九六、九九、一〇〇。○アツサノヤマ　未詳。「あつさやま」は「あまつかぜふかずぞあらましなつの日のあづさのやまにくものどけし」（能宣集・二一五、詞書「六月ばかりにみのへまかるに、あづさの山こゆるに、くものおりゐたるところをみて」）によれば美濃か。また歌枕名寄では「天つかぜふかずもあるらし夏の日のあつさの山に雲ものどけし」（六三〇九）に「熱佐山　今案云、長門国厚佐郡歟、或云梓山歟」と注する。五代集歌枕には見えない。

【参考】「弓　あつさ」（八雲御抄）

419 ミコモカルシナノ、マユミヒカスシテ　シヒサルワサヲシルトイハナクニ

同巻二有。同人ヨメリ。シナノ、マユミトヨメリ。

【出典】万葉集巻第二・九七「三薦刈《みこもかる》　信濃乃真弓《しなぬのまゆみ》　不レ引為而《ひかずして》　弦作留行事乎《をはぐるわざを》　知跡言莫君二《しるといはなくに》」〈校異〉①「ミコモ」は元、金、類、廣、古が一致。紀「ミカモ」で「三薦」左朱「ミクサ」④は元、金、類、廣、古、紀が一致。廣「ヒサユワサヲ」で「ヲ」右「ル」⑤元、金、類、廣、古、紀が一致。廣は「シルト《ワサヲ》イハナクニ」とある。なお、廣訓の頭に「伊云依御本讀入」とあり。

【注】○同人ヨメリ　419歌は石川郎女の歌。○シナノ、マユミ　平安期の用例は殆どなく、鎌倉初期に至り詠歌例が見える。「心ひくしなののまゆみすゑまでもよりこば君をいかがわすれん」（為家千首・七六三）、「さみだれのふりゆく身こそかなしけれしなののまゆみひくひともなし」（如願法師集・一七三）

【参考】「弓　しなの、ま」（八雲御抄）

420
マスラヲノユハスフリタテイツルヤノ　ノチミムヒトハカタリツ*チカネ
同三ニアリ。
【本文覚書】〇ツチカネ…つくかね（筑B）、ツテカネ（東）
【出典】万葉集巻第三・三六四「大夫之《ますらをの》　弓上振起《ゆずゑふりおこし》　射都流矢乎《いつるやを》　後将レ見人者《のちみむひとは》　語継金《かたりつぐがね》」〈校異〉②未見。類、古、紀「ゆみとりたてて」。廣「ユスエフリタテ」。仙覚本は細、宮、西及び京（「起」左赭）「ユスエフリタテ」。矢、京及び細（「起」左）、宮（「起」左）「ユスエフリオコシ」で「オコシ」紺青（矢、京）③「ノ」未見。非仙覚本及び仙覚本は「を」⑤「ツチカネ」未見。類、廣、古、紀「つけかね」。紀「継金」左朱「ツクカネ」。仙覚本は「ツクカネ」で、細「継」左「ツケイ」、宮「継」左「ツケ」、京「継金」左赭「ツケカネ」
【他出】古今六帖・三四三〇（二句「ゆずゑふりたて」四五句「のちみん人をかたりつぐがに」）、綺語抄・三三七（初二句「ますらをがゆみとりたてて」五句「かたりつげなん」）

421
ミチノクノア*タシラマユミツルツケテ　ヒカハカヒトノワカコトナサム
同七ニアリ。アタシラマユミトハ、アタチノシラマユミトイフ歟。
【本文覚書】〇アタシラマユミ…あだゝら真弓（大）
【出典】万葉集巻第七・一三二九「陸奥之《みちのくの》　吾田多良真弓《あだたらまゆみ》　著レ絃而《つらはけて》　引者香人之《ひかばかひとの》　吾乎事将レ成《わをことなさむ》」〈校異〉②「アタシラ」未見。元、廣、紀「あたゝら」。類、古「あたちの」。仙覚本は「アタタラ」で、宮「吾」左「ハ」③「ツケテ」は廣及び元（「す」右赭）が一致。元、類、古、紀「すけて」⑤未見。元「わかことならむ」。類、廣、古、紀「われをことなさむ」。元右赭「ワレヲコトナセム」。仙覚本は「ワレヲコトナサム」

【他出】和歌一字抄・一一三五（二三句「あだちのま弓つるかけて」五句「我をことなん」）、袋草紙・八二五（二三句「あだちのま弓つるすげて」五句「我をことなさん」）、袖中抄・七二一（二三句「あだたらまゆみつるすげて」）

【注】○アタシラマユミトハ　童蒙抄の被注歌本文存疑か。袖中抄は「童蒙抄云、あだしらまゆみと此歌を書きて、あだちのしらまゆみといへり。不(ル)レ知(ラ)二案内(ヲ)一歟」とするが、童蒙抄が「アタチノシラマユミトイフ歟」と疑問を呈しているところから、童蒙抄の拠った本文の被注歌、あるいは注文が「アタシラマユミ」であった可能性が高い。

【参考】「弓　あたちのま弓〈是は木也〉」（八雲御抄）

タツカユミテニトリモチテアサカリニ　キミハタ、レヌタマクラノ、ニ

六帖第二有。

【出典】古今六帖・一一六六、四五句「たたしらぬたなくこの木」

【他出】万葉集・四二五七（「手束弓《たつかゆみ》　手尓《てに》取持而《とりもちて》　朝獦尓《あさがりに》　君者《きみは》立去奴《たたしぬ》　多奈久良能野尓《たなくらののに》」）、隆源口伝・四七（下句「あさかりの君は立たれぬ手枕のうし」）、綺語抄・五三三（下句「きみたちいぬのたなぐらののに」）、俊頼髄脳・二一五（下句「君はたちきぬたなくらの野に」）、五代集歌枕・七七二（下句「君はたちいぬたなくらののに」）、袖中抄・二二一（下句「きみはたちいぬたなくらの野に」）

【参考】「左大弁紀飯麻呂朝臣家宴哥、手束弓手爾取持而朝猲爾君立之奴多奈久良能野爾（タツカユミテニトリモチテアサカリニキミタチユキヌタナクラノ、ニ）　タツカユミトハ、紀伊国ニ有。風土記ニ見タリ。弓ノトツカヲ大ニスル也。其ハ、紀伊国ノ雄山ノ也。木守ノ持弓也トソ云ヘル」（万葉集抄）、「野　たまくらの、〈万、狩、たつかゆみてにとりもちて〉」（八雲御抄）

423

矢

マスラヲノトモヤタハサミタチムカヒ　イルマトカタハミルニサヤケシ

万葉第一ニ有。トモヤトハ、モノニアタルヤヲイフナリ。得物矢トカケリ。タハサミトハ、フタツミツモテニハサミヌキテイルヲイフ。

【出典】万葉集巻第一・六一「大夫之《ますらをの》　得物矢手挿《さつやたばさみ》　立向《たちむかひ》　射流円方波《いるまとかたは》　見尓清潔之《みるにさやけし》」〈校異〉②「タハサミ」は類、古、冷、廣、紀及び元（朱）が一致。元「手挿」右緒「ユミカケ」④「マトカタハ」は類、廣、古、紀及び元（朱）が一致。冷「マトカタル」。元「マト」左緒「ヒマ」⑤「サヤケシ」は類、廣、古、紀及び元（朱）が一致。冷「マヤケシ」。なお、元は平仮名訓なく、漢字本文左に朱訓あり。

【他出】綺語抄・五三七、袖中抄・三九三、色葉和難集・一七四

【注】○モノニアタルヤ「物を得る矢」（袖中抄）○タハサミトハ「やぶさめにたばさみといふは、矢を一度にふたすぢ抜きて、一つをば手に挟みて、まづ一つを射て後に、挟みたるをば射るなり……たゞ弓にさしはげたらんをもいふべきにや」（袖中抄）

【参考】「大夫之得物矢手挿立向射流円方波見爾清潔之（マスラヲノトモヤタハサミタチムカヒイルマトカタハミルニサヤケシ）トモヤトハ、弓イルニハフタリ立向テイルニ、箭ヲオホユヒニハサミテイル也。ソノハサミタル矢ヲトモヤトハ云也」（万葉集抄）、「もとや（ママ）〈たはさみといへり〉」（八雲御抄）

424

キノクニノ昔弓ヲノカフ《ラ》*ト《ヒ、ク》ヤノ　シカトリナヒクサカノウヘソミル*

万葉九ニアリ。弓ヲノトハ、ユミイルヲトコトイフナリ。ヒ、クヤ、トヨメリ。

【本文覚書】○カフト《ヒ、ク》《ラ》ヤノ…ヒ、クヤノ（筑A）、ひ、くやの（筑B・狩）、他は左右傍記含め底本に同じ。○ミル…しる（岩）

【出典】万葉集巻第九・一六七八「木国之《きのくにの》　昔弓雄之《むかしゆみをの》　響矢用《なりやもち》　鹿取靡《かとりなびけし》　坂上尓曾安留《さかのうへにそある》」〈校異〉②「弓ヲノ」は類、廣、古、紀が一致。藍「ゆみを□」。壬「ゆみをは」③未見。壬右「ヒ、クカモ」が童蒙抄の傍記に近い。藍、類、壬、古、紀「なるやもて」。廣「ナルヤモチ」。仙覚本は細（漢左）、宮（左）「ヒ、クヤモ」とあり童蒙抄の傍記に近い。西、文、矢「カフラモテ」で「カフラ」紺青（文、矢。西もと紺青）。温、陽「カフラモチ」で「カフラ」紺青（陽）。温「響矢」左「ナルヤ」。京「□モテ」④は類、壬、古、紀が一致。藍「ししかとりなひく」。廣「シカリトリナヒク」。壬右「カトリナヒカシ」⑤未見。類「さかのうへにそさる」。藍、廣、古「さかのうへにそある」。壬、紀「さかのへにそある」。壬「へ」右「ウ」、「ある」左「サル」。仙覚本は細、宮、西「サカノウヘニソアル」。温、文、矢、京、陽「サカノヘニソアル」

【他出】古来風体抄・九六（下句「響く矢もかとりなびかし坂の上にぞある」）、袖中抄・二二二（下句「なる矢もてしかとりなびくさかのうへにぞある」）

【注】○弓ヲノトハ　422歌注所引万葉集抄参照。「私《（ニ）》云《（ク）》、紀の国のむかし弓雄は、かの紀の関守を言ふ歟。雄の山といふもその心歟。なる矢はかぶら矢を言ふなるべし」（袖中抄）

【参考】「人　ゆみを《万 弓雄》」（八雲御抄）

鞆

425 マスラヲノユトリノカタニクル、テフ　トモスレハナトモノ、ウレタキ
古哥也。ユトリノカタトハ、左ナリ。トモヲハムカシホムタトソイヒケル。

応神天皇既ニ産《ウマレマシス》ス時ニ、宍腕《シヽタヽムキ》ノ上生タリ。其形鞆《トモ》ノ如ナリ。此《コヽ》ニ母ノ皇太后ノ雄装《オヨソヲヒ》ヲ為テ鞆ヲ負《ハキ》タマヘルニ肖《アヘ》タマヘリ。故其名誉田《ホムタノ》天皇ト号。是・《上》古ノ時ノ俗、鞆ヲ褒武多《ホムタ》ト号スルニ因テ也。委見日本紀第十巻。

【出典】古歌

【注】○**ユトリノカタ**　「左《ひだり》手《て》之《の》執レ弓方之《ゆみとるかたの》」（万葉集・二五七五）、「弓手」。なお万葉集に「ユトリ」の訓は見えない。○**トモヲハ**　後掲日本紀の注記が「鞆」を「褒武多」と訓ずる根拠か。○**応神天皇**　「既産之、宍生二腕上一。其形如レ鞆。是肖下皇太后為二雄装一之負上レ鞆……故称二其名一、謂二誉田天皇一。〈上古時俗、号レ鞆謂二褒武多一焉…〉」（日本書紀・応神天皇即位前紀）

426

剣

ナキアトニカケ、ルタチモアルモノヲ　サヤツカノマニワスレハツヘキ

俊頼朝臣、タチヲコテ*、ヲコセヌヒトノモトヘツカハシケルウタナリ。史記曰、呉・《季》札之物使北過徐君。々々好季札剣。口弗敢言。季札コレヲシレリ。国ニツカヒトシテユキヌ。カヘリテ徐ニイタルトキニ徐君ステニシニタリ。スナハチソノタチヲトキテ、徐君ノ冢ノキニカケテサリヌト云々。コレヲナキアトニカクトハヨメルナリ。

【本文覚書】○コテ、…コフニ（和・筑A・刈・東）、こてし（筑B）、こふに（大）

【出典】明記せず

【他出】金葉集二度本・二五七五、散木奇歌集・一三四三（四句「わすれはてける」）。金葉集三奏本・五六五（五句「わするべしやは」）、中古六歌仙・六五（二句「うけけるたちも」五句「わすれはてける」）、色葉和難集・三四一、以上初句「なきかげに」。宝物集・四二〇（初句「無き跡に」）

【注】○**俊頼朝臣**「経信卿がぐしてつくしにまかりたりけるに、肥後守盛房たちのある見せんと申しておともせざりければ、いかにとおどろかしたりければわすれたるやうに申したりければよめる」（金葉集詞書）「つくしに侍りけるころ、肥後守盛房が剣身のよきありたまはんと申しけるがおともせざりければ、いかにかと尋ねけるに、忘れにけりと申すを聞きてよめる」（散木奇歌集詞書）○**史記曰**「史記曰、呉季札之初使、北過徐、徐君好季札剣、口不敢言、季札知之、為使上国、未献、還至徐、徐君已死、乃解其宝剣撃徐君塚樹而去」（芸文類聚巻六十）、史記・呉太伯世家にあるが、芸文類聚の記事に近い。蒙求、三教指帰注等にも見える。

434

427

伎芸部　碁　画図

画図

ワキモコカスカタニ、タルヱモアラハ　コヒニコ、ロハナクサメテマシ

*説蒙暦王起九重之台。慕国中有能画者賜之銭。有敬君者、居常飢寒。其妻有妙色。敬君工画。貧賜画台。去家日久、思憶其妻。乃画仆妻、像向之而咲。傍人見以白王。々召問之、対曰、有妻如此。去家日久。心常念之、竊画其像、以慰離心云々。

【本文覚書】○説蒙…説蒙《苑カ》（岩）

【出典】明記せず

【注】○**説蒙**　該当文献未見。説苑の誤写か。刈・東は「説蒙暦」を書名とする加点あり。日本国見在書目によれば「説苑廿（劉向）」とあるが、現存説苑に当該記事未見。「説苑曰、斉王起九重之台、募国中能画者、賜之銭、有敬君、居常飢寒、其妻妙色、敬君工画台、貪賜画台、去家日久、思憶其妻、像向之而笑、傍人見以白王、王召問之、対曰、有妻如此、去家日久、心常念之、窃画其像、以慰離心、不悟上聞」（芸文類聚巻三十二）によれば、「暦王」は「斉王」の誤りか。

飲食部

酒

ヲモフナカサケニヱヒニシワカナカハ　アフヒナラテハヤムクスリナシ

六帖第六ニアリ。ヱヒタルニハアフヒノミヲクヘハサムトイヘリ。

【出典】古今六帖・三九五二、三句「我なれば」

【注】○**ヱヒタルニハ**　ここでいう葵は、冬葵を指すか。薬効について、利尿効果があるとされるが、酔いを醒ますとの説未見。「冬葵子……和名阿布比乃美」（本草和名、続群書類従第三十輯下に拠る）、「葵　本草云葵〈音逵和名阿布比〉味甘寒無毒者也」（箋注倭名類聚抄）

429

飯

イヘニアレハケニモ・《ル》イヒヲクサマクラ　タヒニシアレハシヰノハニモル

万葉二ニアリ。ムカシハケニイヒヲハイレテクヒケルナリ。勧学院ナトニハ、学生トモ、コノコロモケイヒクフナリ。

【出典】万葉集巻第二・一四二「家有者《いへにあれば》　笥尓盛飯乎《けにもるいひを》　草枕《くさまくら》　旅尓之有者《たびにしあれば》　椎之葉尓盛《しひのはにもる》」〈校異〉①「アレハ」は元、金、類、廣及び古（「ラ」右）、紀（「ラ右」イ）が一致。古、紀及び廣（「レ」右）「アラハ」。元「れ」右朱「ル」⑤「シヰ」は元、金、類、廣、古、紀が一致。廣「ヒ」右「サ」

【他出】古今六帖・二四一〇、俊頼髄脳・二二九、古来風体抄・三五、八雲御抄・一三二、色葉和難集・一三

【注】**○ムカシハケニイヒヲハイレテ**　「飯などいふ事は、此ころの人もうち〳〵にはしりたれど、うたなどにはよむべくもあらねど、むかしの人はこゝろのけはれなくて、かくよみけるなるべし」（古来風体抄）。三代実録貞観二年五月十一日の項に、「笥飯五百合」とある。**○勧学院ナトニハ**　未詳。

薬

430 ワカサカリイタク、タケヌクモニトフ　クスリハムトモマタヲチメヤモ

431 クモニトフクスリハムヨハ《トモ歟》ミヤコニハ　イヤシキアカミマタシヲチヌヘシ

万葉第五ニアリ。雲部ニミエタリ。

【出典】430 万葉集巻第五・八四七「和我佐可理《わがさかり》　伊多久々多知奴《いたくくたちぬ》　久毛尓得夫《くもにとぶ》　久須利波武等母《くすりはむとも》　麻多遠知米也母《またをちめやも》」

〈校異〉②「クタケ」未見。非仙覚本及び仙覚本は「くたち」⑤「ヲチメ」は類、古、紀が一致。細、廣「ヲチヌ」

431 万葉集巻第五・八四八「久毛尓得夫《くもにとぶ》 久須利波牟用波《くすりはむよは》 美也古弥婆《みやこみば》 伊夜之吉阿何微《いやしきあがみ》 麻多越知奴倍之《またをちぬべし》」〈校異〉②は非仙覚本は「よは」で童蒙抄と一致。童蒙抄の傍記「トモ」未見。仙覚本は「ヨハ」③「ニハ」は類及び古（「弥」左）が一致。細、廣、古、紀「ミハ」④「アカ」は古、紀が一致。類、細、廣「わか」⑤未見。非仙覚本及び仙覚本は「またをちぬへし」

【他出】430 色葉和難集・五八三（二句「いたくくだちぬ」五句「またをちめかも」）

【注】**○雲部ニミエタリ**　淮南王昇天の故事を言う。45'歌注参照。

和哥童蒙抄第六

音楽部
琴　笛
漁猟部
鵜河　夜河　網代　網　栲縄　筌　羅　照射
服飾部
衣　裳　帯
資用部
鏡　玉匣　櫛　枕　簾　筵　薦　蓑　笠　枰　籠　鍋　針　斧　機　絡糸　反転　火
仏神部
寺　仏　経　僧　鐘　念珠　神　祝部　巫　端出縄　木綿　繖　手嚮

音楽部
琴

コトノネニミネノマツカセカヨフラシ　イツレノヲヨリシラヘソメケム

文集詩ニ、松風入夜琴、トイフコトヲ題ニテ斎宮女御ノヨメルナリ。琴ニ入松風之曲ノアルナリ。

【出典】明記せず

【他出】古今六帖・三三九七、斎宮女御集・五七、深窓秘抄・八七、和漢朗詠集・四六九、以上三句「かよふなり」。拾遺抄・五一四（三句「かよふなり」五句「しらべそむらん」）。拾遺集・四五一、金玉集・五七、前十五番歌合・二一、三十六人撰・八三、相撲立歌合・九、和歌一字抄・六五一、和歌初学抄・四九、和歌色葉・四〇八、別本童蒙抄・二一八

【注】**〇松風入夜琴、トイフコトヲ**「野の宮に斎宮の庚申し侍りけるに、松風入夜琴といふ題をよみ侍りける　斎宮女御」（拾遺集・四五一・詞書）、「のの宮にてきんに風のおとかよふといふだいを」（斎宮女御集・五七・詞書）、童蒙抄は文集詩とするが、李嶠百二十詠の誤りか。「落日正沈沈　微風生北林　帯花疑鳳舞　向竹似竜吟　月影臨秋扇　松声入夜琴　若至蘭台下　還払楚王襟」（李嶠百二十詠・風）**〇入松風之曲**「又有河間雑歌二十一章、琴歴曰、琴曲有蔡氏五弄、双鳳……楚妃嘆、風入松、烏夜啼」（初学記巻十六）、「又琴ニ入松ノ曲アリ、琴ノ譜ニアリ、入松風石上流泉ノ二曲」（体源抄八）

【参考】「箏　松風」（八雲御抄）

433
アシヒキノヤマシタミツハユキカヨヒ　コトノネニサヘナ・《カ》ルヘラナリ

後撰第四ニ有。夏夜フカヤフカコトヲヒクヲキ、テ貫之カヨメルナリ。是ハ弾箏峡ノコ、ロヲヨメリ。峡水ノナカ・《ル、》コヱ、コトヲシラフルニ、タリ。仍為名也。流水トイフ曲モアレト、ソレハコノウタニサシテカナハス。

酈善長水経注曰、経東南延都、廬山之路之中、常有必弾箏之声。行者経之鼓舞楽而後去。即紘哥之山也。故此峡為弾箏峡也。

【出典】後撰集・一六八・つらゆき

【他出】古今六帖・三三九三（三四句「ゆき返りことのねさへに」）、奥義抄・二八一

【注】○**夏夜フカヤフカ**　「夏夜、ふかやぶが琴ひくをききて」（後撰集・一六七・詞書）○**弾箏峡ノコ、ロヲ**　後掲太平御覧所引水経注参照。○**峡水ノナカル、コヱ**　原拠となる資料未見。○**流水トイフ曲モアレト**　「流水」は、434歌注文中にいう、「伯牙絶弦」（蒙求）等に見える「流水」か。奥義抄は433歌を注して、「琴には流水曲と云ものあれは、それをこときけはわかなかるゝにもよせてよめる也」とする。流水の曲については、芸文類聚他に、温子昇、陳周弘詩が見える。新しいものだが御選唐詩は、温子昇「春日臨池」詩の「莫知流水曲」句の注釈に、「呂氏春秋、伯牙鼓琴鐘子期善聴之志在流水」と、伯牙の故事を引く。「或ハ別鶴ノ曲ナミタヲモヨフシ、流水ノヒ、キソテヲシボルト云ヘリ」（体源抄八）また、「文選注ニ、琴ニ有流水曲トイヘリ」（和漢朗詠集永済注）とあるが、管見に入った文選注に未見。「月館清談流水曲」（江吏部集「冬日同賦琴酒因客催」）○**ソレハコノウタニサシテカナハス**　ここにいう流水の曲が、流水高山を指すならば、一首の意味とは異なる。○**酈善長水経注曰**　「又（水経注）曰、涇水東南涇都廬山山路之中、常有如弾箏之声。行者鼓舞楽而後去。即紘歌之山也。故謂此山峡為弾箏峡」（太平御覧巻五三）。御覧は水経注を抄出しているが、童蒙抄は御覧により近い。修文殿御覧によったか。

434　タエニケルハツカナルネヲクリカヘシ　カツラノヲコソキカマホシケレ

後拾遺十九ニアリ。能宣哥也。或所ニテ御簾中ノ琴ノネノアカヌコ、ロヲヨミケルニヨメリ。タエニケリト

ハ、モロコシニ伯牙トイフヒト琴ヲヒク。鐘子期コレヲキ、テイハク、山ノ曲ヲヒケハ巍々タルコト泰山ノコトシ。水曲ヲヒケハ洋々タルコト流水ノコトシ。鐘子期シニテキ、シレル人ナシ。伯牙身ヲフルマテコトノヲタチテヒカストイヘリ。マタカツラノヲトハ、葛絃也。陶潜、葛ヲ絃ニシテヒク。コ、ロニ曲ヲアヤツレハコヱナケレト同コトナリトテ、マタ絃モナクテ琴ヲモテアソフトイヘリ。

【出典】後拾遺集・一一四九・大中臣能宣朝臣

【他出】能宣集☆・二六八（四句「かへらむをこそ」）・三一二（下句欠）、能宣集・四二八（五句「ひかまほしけれ」）、難後拾遺・九三、奥義抄・二四三、袋草紙・五七七、六百番陳状・一九四、和歌色葉・四〇九、色葉和難集・二九五

【注】**○或所ニテ**　「あるところに庚申し侍けるにみすのうちの琴のあかぬ心をよみ侍ける　大中臣能宣朝臣」（後拾遺集・一一四九詞書、作者名）**○タエニケリトハ**　かなり省筆、和文化されており、直接の資料は特定し難い。よく知られた逸話であるが、もと列子、呂氏春秋にあり、蒙求は、古注、準古注、新注ともに、呂氏春秋に拠る。類書、また世俗諺文（列子に拠る）にも見える。「伯牙善鼓琴、鍾子期善聴。伯牙鼓琴、志在登高山。鍾子期曰、善哉、峩峩兮若泰山。志在流水。鍾子期曰、善哉、洋洋兮若江河。伯牙所念、鍾子期必得之。伯牙游於泰山之陰、卒逢暴雨、止於巌下心悲。乃援琴而鼓之。初為霖雨之操、更造崩山之音。曲毎奏、鍾子期輒窮其趣。伯牙乃舎琴而嘆曰、善哉善哉、子之聴夫。志想象、猶吾心也。吾於何逃声哉」（列子巻五）、「伯牙鼓琴、鍾子期聴之、方鼓琴而志在太山、鍾子期曰、善哉乎鼓琴、巍巍乎若太山、少選之間、而志在流水、鍾子期又曰、善哉乎鼓琴、湯湯乎若流水。鍾子期死、伯牙破琴絶絃、終身不復鼓琴、以為世無足復為鼓琴者」（呂氏春秋・本味）、「鍾子期死伯牙絶絃　列子云、伯牙鼓琴志存高山、鍾子期曰美哉峨々若大山、志存流水、鍾子期曰洋々善江河、及鍾子期死、伯牙絶絃不復鼓琴、痛知音之永絶」（世俗諺文、本文は「観智院本『世俗諺文』の研究」〈山根対助・リラの会、北海学園大学『学園論集』35、一九

七九年十二月〉に拠る）、「又（呂氏春秋）曰、伯牙鼓琴、鐘子期善聴之、方鼓琴志、在太山、鐘子期曰、善哉乎鼓琴、巍巍乎如太山……鐘子期死、伯牙擗琴絶絃、終身不復鼓琴」（芸文類聚巻四十四）「又伯牙鐘子期といふ琴の上手ありけり。しかる間。明暮ふたり申合つゝ。なく〳〵ひきあそびける程に。鐘子期死ぬ。伯牙聞しる人もあるまじければとて。琴の緒をきりてすてて。やがてひかずなりたる事候。まことにさここそおぼえぬべけれ」（夜鶴庭訓抄、群書類従本に拠る）○**カツラノヲトハ**　「琴にはかつらのをと云事あり。隠逸なとはことの絃たえぬれはくすかつらなとをもちゐる故也。古詩にも・排《風ヲシヒラケハ》琴上葛絃鳴とつくれり」（奥義抄）、「琴にかづらをと申物あり。絃きれぬれば。くづのかづらをもちゆる事の候ぞ。それにとりて。古詩に。風排二琴上一葛絃鳴。日落二洞中一松樹静〈江中納言詩也。〉」（夜鶴庭訓抄）、なお両書の引く古詩は「日落澗中松樹静　風排琴上葛絃鳴　家資只見栽花去　産業応知採薬行」（類聚句題抄「不遇」紀納言）。「「葛の緒」とは、葛絃と云ふ事侍りとこそ覚ゆれ。葛絃は陶潜の琴とこそ思ひ給ふれ。この琴はまことには弾かず、心中の曲を労《つと》むなどぞいひはべる」（袋草紙）。陶潜の琴に関する故事は「無絃琴」として広く伝わる。例えば李白の「贈臨洺県令皓弟」、張随の「無絃琴賦」など。また陶淵明伝には「淵明不解音律而蓄無絃琴一張。毎酒適輒撫弄」（昭明太子集「陶淵明伝」）とある。但し、「葛絃」は僅少で「嘯侶入山家　臨春翫物華　葛弦調緑水　桂醑酌丹霞」（御定全唐詩「晦日宴高氏林亭」）を見る程度。日本の詩においては「野酌頻巡唯任酔　葛絃一曲嬾調春」（本朝無題詩「暮春長秋監亜相山庄尚歯詩」藤原基俊）などがあることから葛弦の事は和製の説話か。なお古今六帖「こと」部に「山のをのかづらはたえてなけれどもこゑはのこせりきく人のため」（三三八七）があることが指摘される（川村晃生『後拾遺和歌集』）。

【参考】「箏　隠士絃は陶潜琴也。かつらのをといへり」（八雲御抄）

笛

イツカマタコチクナルヘキウクヒスノ　サエツリソ*ヘシヨハノヨコフエ

後拾遺十九ニアリ。相模哥也。入道一品宮ニテ、式部卿敦貞ノミコナト、フエフキアソヒハヘリケリ。次ノ日タテマツリケルナリ。コチクハ、呉竹トイフナリ。モロコシニ、呉ノ国トイフトコロヨリイテタルナリ。ウクヒスノサヘツリソヘシトハ、春鶯囀トイフ楽ニヨセテヨメルナリ。

【本文覚書】○ソヘシ…そめし（筑B）
【出典】後拾遺集・一一五〇・相模、二句「こちくなるべき」五句「よはのふえたけ」
【他出】奥義抄・二四四、和歌色葉・四一〇（二句「こちくなるべき」下句「さへづりそめしよはのふえ竹」）
【注】○**入道一品宮ニテ**　「入道一品宮に人人まゐりてあそび侍けるに式部卿敦貞親王ふえなどをかしうふき侍ければ、かのみこのもとに侍ける人のもとに又のひよべのふえのをかしかりしよしいひにつかはしたりけるをみこつたへききて、おもふことのかよふにや人しもこそあれききとがめけるなど侍けるかへりごとに」（後拾遺集・一一五〇詞書）○**コチクハ**　胡竹。童蒙抄は呉竹との理解。○**ウクヒスノ**　「楽の中に春鶯囀と云楽のあれはよめり。囀はさえつるとよむ也」（奥義抄）、「春鶯囀……此曲モモロコシ舞也、作者未㆓勘出㆒ニ、或書云、合管青《ガックハンセイ》云人造㆑之。大国ノニテ、春宮《とうぐう》ノ立給日ハ、春宮殿大楽管ニ、此曲奏スレバ、必ズ鶯ト云鳥来アツマリテ、百囀《もゝさえづり》ヲス、コノ朝ニモサルタメシ侍ル。興福寺僧円憲得業ト申ケル人ハ、僧ノミナリケレドモ、管弦ノ道ニ無双ナリケレバ、天下ニユルサレタリケリ。春ノ朝ニハ住坊〈浄明院〉ノマガキノ竹ニ向テ、此曲ヲ吹給ケレバ、ウグヒス来リアツマリテ、笛音トオナジキウニ囀侍ケル」（教訓抄、日本思想大系に拠る）
【参考】「笛　こちく《胡竹也》」（八雲御抄）

コトノネニカヨヒシコヱヲキ、ナカラ　ソナラヌソレニアフハアフカハ

コレハ山駅記ニ、昔モロコシヨリ箏ヲヨクヒクヒトワタレリ。ソノ曲調ヲナラヒウケムカタメニ、ヨクソノミチヲシレルモノヲ勅使ニツカハス。ホトヤウ〳〵トヲクナリテ、ヤマノナカニアルムマヤニト、マレリ。ヒトアリテ、コノ駅ハアシキモノアリテ、ヒト、マルコトナシ、トイヘト、日モクレヌ、ユクヘキヤウモナケレハト、マリヌ。トコロサマサモイハムヤウニモノヲソロシ。モシノコトモアラムニトヲモヒテ、ウルハシクカフリヲシ装束シテ、ツキノ《ア》・カケレハ、火ヲトリヤリテ、コトヲヒキナラシテヰタルニ、コ、ロノスメルコトカキリナシ。ヨナカニモスキヌラムトヲモフホトニ、カセウチフキ、タ、ナラヌソラノケシキナリ。トハカリアリテ、エモイハスナツカシキサマシタル女房ヰサリイテ、ヰタリ。ヲソロシトソヲモフヘキニ、ツユサモヲホエス。アハレニヲホユルコトツキセス。コノ女ノイハク、御コトノシラヘノメテタサニマイリタルナリ。タマハリテ、ムカシノコトワスレテモヤトコ、ロミム、トイヘハ、コトヲサシヤリタルニ、カキナラシタルテサシ、ツマヲト、コノヨナラスメテタシ。チカクヨリテアハレニウチカタラフ。ヨニメツラシキ曲調ヲ、コノ女ニナラヒウクルコトカスヲホカリ。サテシタシクナリテフシヌ。ラウアリコ、ロサシフカシ。アケカタニナリテ、女イト《イタク》・ナキテイハク、我ハ大弐ニテクタリシヒトノメナリ。コノムマヤニテコトヲヒキシニヨリ、ヤマノカミニトラレテ、カ、ルトコロニアルナリ。苦ヲウクルコトヲホカリ。ネカハクハワカタメニ法花経ヲ供養シタマヘ。アケナムトスレハカヘリナムトスルニ、コノヲトコカクテモチトセヲ

ヘムノコ、ロサシアレト、ト、ムヘキニアラネハ、ヲコシテヤリツ。ナコリシモカナシクテ、ヲツルナミタツキセス。日タカクナリヌ、ト、モナルモノイソカセハ、コ、ヲタ、ムコトサヘモ《モ》ノウクヲホユレト、カキリアルミチレ《ナ》ハタチヌ。ミチスカラモワスル、ヒマナシ。カラクシテツクシニユキツキテ、モロコシノヒトニアヒテ、コトヲウケナカラ、モロコシノ人ニマタヒカセテキクニ、コノムマヤニナラヘリシ、ラヘヲキ、テ、感シメツルコトツキセス。サテアノイヒシマ、ニコ、ロヲイタシテ、経ヲカキ仏ヲ供養シツ。*サテイソキノホルモ、トクアリシムマヤニユキテ、イマヒトタヒ《ア》ハムコトヲ、モフ。サテソノムマヤニトマリヌ。ハシメノヤウニヒヲトリノケテ、コトヲヒキスマシテ、イマヤ〱トマツニミエス。クチヲシクコ、ロウクヲモフコトカキリナシ。ヨアケカタニナリテ、ノキチカク、モタナヒクヤウニミユ。アリシコヱニテ、申シニカナヒテウレシク善根ヲ修セサセタマヒタリシチカラニテ、天人ニウマレテ候ナリ、トイヒテサリヌ。イト〱カナシキコトタクヒナシ。サテコノウタヲハ、ムマヤノカヘニカキツケテソタチニケル。京ニノホリテモ、、ロコシノヲナラヒウケタルヨリモ、コノムマヤニテナラヒタリシヲソ、ミカトヨリハシメテ、メテタキコトニホメアヘリケル。コレヲ、モヒアハスレハ、世説ニ、王敬伯トイフ人、洲渚ノウチニト、マリ《レ》。イヘニノホリテヤトレリ。コヨヒ月アカク風スサマシ。敬伯琴ヲヒク。劉原明カ[redacted]女ノ霊イタリツキテ、アリサマイケリシ時《ニ》タカフコトナシ。敬伯琴ヲナテ、ヨクウタフ、トイヘルカ、ヨクニタルコソアハレナレ。サカヒハコトナレト、コ、ロハヲナシカルヘシ。

【本文覚書】○イソキノホルモトクアリシムマヤニユキテ…「モトクアリシ」を筑B、大は「もとくたりし」とする。刈は「イソキノホルモ、トク、アリシムマヤニ」と読点を付す。
【出典】明記せず
【注】○山駅記ニ　「山駅記」は未詳。但し、体源抄は漢文体の山駅記記事を載せ、末尾に「琴の音にかよひしこゑは聞はかりそならぬ雲にあふはあふかは」の歌を置く。○世説ニ　本話の出典を世説新語とするものは山堂肆考（明、彭大翼）。太平御覧は晋書の説とする。また説郛にも見える。「晋書曰、王敬伯会稽余姚人。洲渚中昇亭而宿。是夜月華露軽。敬伯鼓琴感、劉恵明亡女之霊告敬伯、就体如平生、従婢二人。敬伯撫琴而歌曰、低露下深幕垂、月照孤琴、空絃益宵涙、誰憐此夜心。女乃和之曰、歌宛転情復哀、願為煙与霧、氛氳同共懐」（太平御覧巻五七七）

漁猟部

鵜河

437

トシコトニアユシハシレハセキツカハ　ウヤツカツケテカハセタツネム
万葉第十九ニ有。家持哥也。ウヤツカトハ、鵜ヲ八頭ツケテトヨメルナリ。

鵜川《ウカハ》〈第六　漁猟部〉

176 年毎にあゆしはしれはせきつかはうやつかつけてかはせ尋ん
万十九に有。家持歌也。うやつかとは、鵜をは（ママ）頭つけてとよめるなり。

【出典】万葉集巻第十九・四一五八「毎年尓《としのはに》　鮎之《あゆし》走婆《はしらば》　左伎多河《さきたがは》　鸕八頭可頭気氐《うやつかづけて》　河瀬多頭祢牟《かはせたづねむ》」〈校異〉②

「ハシレハ」は元、類が一致。廣「ハレレハ」③「セキツ」未見。非仙覚本及び仙覚本は「さきた」

【他出】古今六帖・一五〇六（三句「さはた川」）、五代集歌枕・一三六六（三四句「さきたがはうやつかづきて」）

【注】○**家持哥也**　童蒙抄では、万葉集を出典とする歌が四百首以上あるが、作者名を示すのは十数首に過ぎない。そのうちの四首が家持である。○**ウヤツカトハ**　「頭」を「ツカ」と解する説未詳。

438 シラカハノセヲタツネツ、ワカセコハ　ウカハタ、セハコ、ロナクサム

六帖第三ニアリ。同人哥也。ウカハタ、ストイヘリ。

177 しら川のせを尋つゝわかせこはうかはたゝせは心なくさむ

六帖第三に有。同人哥なり。うかはたゝすといへり。

【出典】古今六帖・一五〇七、四五句「うかはたゞせめこころなぐさに」

【他出】万葉集・四一九〇（「叔羅河《しくらがは》　湍乎《せを》　尋都追《たずねつつ》　和我勢故波《わがせこは》　宇可波多々佐祢《うかはたたさね》　情奈具左尓《こころなぐさに》」）

【注】○**同人哥也**　古今六帖では一五〇六歌に「やかもち」の作者名を付す。○**ウカハタ、ス**　「鵜川」を「立たす」と受けることを言うか。「ウカハタツトヨメリ」（詞花集注）、「ウガハタツ」の用例は僅少。440歌参照。

【参考】「鵜　う川《うつをたて、と云》をは、たつと云。暗夜につかふ事なり」（八雲御抄）

439 ウカハタチトリハムアユノシタハタエ　ワレハカキリニヲモヒヲモヘハ

同二ニアリ。同人哥也。*シタハ《膚》タエトハ、ミツキヨキヒトヲアユハタトイヘハ、ヨソヘタルニヤ。

178 うかはたちとりはむあゆのしたはたえわれはかきりにおもひ思へは

同二に有。同人歌也。したはたえ《膚》とは、みつよき人をあゆはたといへは、よそへたるや。

【本文覚書】○シタハタエトハ…「ハタエ」に「郎」と傍記するもの、和・筑B・谷・刈。筑Aは「布」のごとき字に見える。

【出典】古今六帖・一五〇八、二句「とりさむあゆの」四五句「我にかぎりにおもひしおもへば」

【他出】万葉集・四一九一（「鸕河立《うかはたち》　取左牟安由能《とらさむあゆの》　之我波多波《しがはたは》　吾等尓可伎无気《われにかきむけ》　念之念婆《おもひしおもはば》」）

【注】○**同人哥也**　古今六帖一五〇六歌作者名が当該歌にまでかかると解したもの。○**シタハタエトハ**　下肌と解したか。○**ミツキヨキヒトヲ**　「見付き良き人」か。「見付き」は外見。但し、和歌の用例未見。○**アユハタ**　鮎肌か。未詳。以上、歌語に見えず。

夜河〈或本ニ河字アリ〉

メヒカハノハヤキセコトニカヽリサシ　ヤソトモノヲハウカハタチケリ

万葉第十七ニアリ。八十伴男《ヤソトモノヲ》トハ、ヤソウチ人トイフカコトシ。

夜河《ヨカハ》〈漁猟部鵜川下〉

179 めひかはのはやきせことにかゝりさしやそとものおはうかは立けり

万葉第十七に有。八十伴《ヤソトモノヲ》男とは、やそうち人といふかことし。

【出典】万葉集巻第十七・四〇二三「売比河波能《めひがはの》　波夜伎瀬其等尓《はやきせごとに》　可我里佐之《かがりさし》　夜蘇登毛乃乎波《やそとものをは》　宇加波多知家里《うかはたちけり》」

〈校異〉①「メヒ」は元、廣が一致し、類「おもひ」で「おも」を「め」に訂正。⑤「タチケリ」は類、廣が一致し、元「たちにけり」で「に」を消す。

【他出】五代集歌枕・一三六二、古来風体抄・一八九

【注】○**八十伴男トハ**　「八十」については273、「伴」については151参照。「伴男能八十伴男乎始氐　官官爾仕奉留人等能」（延喜式・六月晦大祓）

【参考】「人　やそのとも《万八十伴男》を〈仕朝男也〉」（八雲御抄）

441 カ、リヒノカケシウツレハカハタマノ*　ヨカハノミツノソコモミエケリ

六帖第三ニアリ。貫之哥也。カハタマノヨカハ、トイヘリ。

180 かゝり火のかけしうつれはかはたまのよかはの水の底もみえけり

六帖第三に有。貫之歌なり。かはたま《玉》のよかは、といへり。

【本文覚書】○カハタマノ…ウハタマノ（刈・東）、カハクマノ（和・筑A）、河たまの（筑B）、うば玉の（大）

【出典】古今六帖・一六四三、三四句「むばたまのよかはの水は」

【他出】貫之集・一〇（かがり火のかげしるければ烏羽玉のよかはのそこは水ももえけり）、袖中抄・四四八（童蒙抄引用箇所）

【注】○**貫之哥也**　古今六帖では一六四一番歌に「つらゆき」の作者名を付す。○**カハタマノヨカハ**　「私《（ニ）》云《（ク）》、この歌はうばたまのよかはなり。僻書の本に付《（ケル）》歟」（袖中抄、童蒙抄当該箇所を引用しての評語）、「かはたまの」は用例未見。

442 カツラカハヨル*カヒノホルカ、リ火ノ　カ、リケリトモイマコソハシレ

同二二アリ。ヨルカヒノホル、トヨメリ。

181 かつらかはよるかひのほるか、り火のか、りけりとも今こそはしれ

同三にあり。よるかひのほる、とよめり。

【本文覚書】○カヒノホル…かはのぼる（大）

【出典】古今六帖・一六四四

【注】**○ヨルカヒノホル**　用例未見。「かひのぼる」の用例は、「かひのぼるう舟のなはのしげければせぶしのあゆの行かたやなき」（永久百首・鵜河・一八八・常陸）、「かひのぼるうぶねをしげみしくら河せぜの浪やくかがりびのかげ」（千五百番歌合・八九八・顕昭）がある。

【参考】「河　よ川〈鵜飼也〉……鵜川」（八雲御抄）

網代

443 モノ、フノヤソウチカハノアシロキニ　タ、ヨフナミノユクヘシラスモ

万葉第三ニアリ。物部ノ八十氏河。

網代

340 もの、ふのやそうちかはのあしろきにいさよふなみの行衛しらすも　人丸

万葉第三に有。物部ノ八十氏河《ヤソウチカハ》。

【出典】万葉集巻第三・二六四「物乃部能《もののふの》　八十《やそ》氏河乃《うぢかはの》　阿白木尓《あじろきに》　不知代経浪乃《いさよふなみの》　去辺《ゆくへ》白不母《しらずも》」〈校異〉④は紀（「不知」左朱）が一致。廣、古、紀「イサヨフナミノ」で、類「いさよふなみや」の「や」を「の」に訂正。⑤「ユクへ」は類、古が一致。廣、紀「ヨルへ」

【他出】新撰和歌・三〇一、三十六人撰・一〇。奥義抄・三六七、五代集歌枕・一一四四、袋草紙・八一九、人丸勘文・四八、袖中抄・九三八、和歌色葉・一三六、色葉和難集・八、以上四句「いさよふなみの」。人麿集Ⅰ・二二、古今六帖・一六四五、古来風体抄・三七、袖中抄・九五八、以上五句「よるべしらずも」。人麿集Ⅱ・二一四、新古今集・一六五〇、定家八代抄・一六四八、西行上人談抄・四五、色葉和難集・九六五、以上四句「いさよふなみの」

【注】**○物部ノ八十氏河**　定型的表現であることを言うか。「ものゝふとは人の惣名なり。人の姓は多かれば、八十氏《ヤソウヂ》といふなり」（袖中抄）

444

341 ミヨシノ、ヨシノ、カハノアシロキハ　タキノミナアハソ*ヲチモリケル

六帖第三ニアリ。ヨシノカハニアシロアリトミヘタリ。

341 みよしの、よしの、かはのあしろきはたきのみなあはそおちつもりける

六帖第三に有。よしの川にあしろありと見えたり。

【本文覚書】○ヲチモリケル…落つもりける（筑A）、オチツ《マサ》リケル（刈）、落まさりける（岩）

【出典】古今六帖・一六四九、三句「あじろには」五句「おちまさりける」

【他出】貫之集・五一八（三句「あじろには」）

【注】**○ヨシノカハニ**　吉野川の網代を詠むものに、「故郷のよし野の川のはやくよりくちやしにけんせぜのあじろ

木」（新撰六帖・あじろ・一〇二八・知家）、「よしのがはせぜのあじろ木あとばかりいまもかはらずくちのこるかな」（顕氏集・一一一）がある。

網

445 アフコトノカタヨセニヒクアミノメニ　イハケナキマテコヒカヽリヌル

六帖第三ニアリ。

【出典】古今六帖・一八四三、二句「かたよせにする」

446 スミヨシノツモリノアミノウケノヲノ　ウカヒカユカムコヒツヽアラハ

万葉第十一ニアリ。

【出典】万葉集巻第十一・二六四六「住吉乃《すみのえの》　津守網引之《つもりあびきの》　浮笑緒乃《うけのをの》　得干蚊《うかれか》将レ去《ゆかむ》　恋管《こひつつ》不レ有者《あらずは》」〈校異〉②「アミ」は古が一致。嘉、類、廣「アマ」なお、西貼紙別筆「アマ古点」あり。③は嘉、類、古が一致。廣「ウケヲノ」④「ウカヒカ」未見。廣「ウカヒヤ」が近い。古「ウケヒカ」。嘉及び廣（「ウカヒ」右）「タカヒニ」。類「たかひか」。仙覚本は「ウカヒカ」で童蒙抄と一致。⑤「アラハ」未見。非仙覚本及び仙覚本は「あらすは」

【他出】古今六帖・一八四一（二三句「つもりあびきの釣のをの」五句「こひつつあらずは」）、綺語抄・二四九（二句「つもりのあまの」四句「こひごひあらずは」）、五代集歌枕・八六四（二句「つもりの蜑の」下句「うかびにゆかむこひつつあらずは」）、和歌初学抄・二八一（二句「つもりあびきの」五句「こひつつあらずは」）

447

網子

ヲホミヤノウチ*ニテキケハアヒキスト　アコト、ノフルアマノヨヒコヱ

万葉三ニアリ。アヒキトハ、アミヒクトイヘリ。アコトハ、アミヒク人ヲイフ。

【本文覚書】○ウチニテキケハ…刈、「イニマデ聞ユトアリ」と傍記する。

【出典】万葉集巻第三・二三八「大宮之《おほみやの》　内二手所聞《うちまできこゆ》　網引為跡《あびきすと》　網子調《あごととのふる》　流　海人之呼声《あまのよびこゑ》」〈校異〉②未見。類、廣、古、紀「うちにてきこゆ」。紀「二手」左朱「マテ」。仙覚本は細、宮、温、陽「ウチニテキコユ」で「ニテ」紺青（陽）。西、矢、京「ウチマテキコユ」で「マテ」紺青。京「二」左赭「ニ」

【他出】古今六帖・一七七四（二句「うちまできこゆ」四句「かこととのへる」）

【注】○**アヒキトハ**　「あひきとは、網引と云也。万葉に見えたり」（奥義抄）○**アコトハ**　「あこ、あみひく事也」（能因歌枕）、「あみひくものをはあこともいふ」（奥義抄）

【参考】「人　あこ〈あみ引〉」（八雲御抄）

448

栲縄

イセノアマノチヒロタクナハクリカヘシ　ミテコソユカメヒトノコ、ロヲ

六帖第三ニアリ。タクナハトハ、アミノテナハヲイフナリ。日本紀ニ云、天神《アメ》ノミツカヒノフタハシラノ神、出雲ノ五十田狭《イソタサ》ノ小汀《ヲハマ》ニクタリマシテ、*大巳貴《ヲホミテモチ》ノ神ニミコトノリセシメタマフ。汝天日隅《アメノヒノクマ》ノ宮ニスムヘシ。イマサラニツクリマツラム。スナハチ・《チ》ヒロノ栲縄ヲモテ、モ、ムスヒアマリヤソムスヒニシテ、ソノミヤ

ヲツクラムノリニスヘシトイフ。

【本文覚書】○大已貴《ヲホミテモチ》…大已貴《オホナモチ》（刈）、大已貴《オホアサモチ》（東）

【出典】古今六帖・一七八〇、初句「伊勢のうみの」四句「みてこそやまめ」

【注】○タクナハトハ「たくなはとは、あみのつなをいふ」（能因歌枕）、「たくとはくると云事也。たくなはなど云、此心也。たくるなと云こともはへり」（奥義抄）、「タクナワトハ、網ニ付タルヲ云也」（別本童蒙抄）○日本紀ニ云「既而二神、降二到出雲五十田狭之小汀一、而問二大己貴神一曰……又汝応レ住天日隅宮者、今当供造、即以二千尋栲縄一、結為二百八十紐一。其造レ宮之制者、柱則高大、板則広厚」（日本書紀・神代下）

【参考】「縄　たく〈海人くる也〉」（八雲御抄）

筌

ヤマカハニウヱフセヲキテモリカヘニ　トシノヤトセヲワカヌスマヒシ

万葉十一ニアリ。*ウヘトハ、イヲトルモノナリ。

【本文覚書】○ウヘ…かへ（大）

【出典】万葉集巻第十一・二八三二「山河尓《やまがはに》　筌乎伏而《うへをふせて》　不レ肯レ盛《もりもあへず》　年之八歳乎《としのやとせを》　吾窃儛師《わがぬすまひし》」〈校異〉①「ニ」は類、廣が一致。嘉「の」②「ウヱフセ」未見。非仙覚本及び仙覚本は「うへをふせ」③は類が一致。嘉「まもりかへ」。廣「モワカヘニト」で右「マモリカへ」

【他出】古今六帖・二六五六、二三句「うつをふせおきてもりかつき」

【注】○ウヘトハ「筌　野王案筌〈且沿反、和名宇倍〉捕レ魚竹笱也」（箋注倭名類聚抄）、「筌（セン）ウヱ　捕魚竹

器也」（色葉字類抄）。「作レ筌有ニ取レ魚人一」（「筌《うへ》を作《ふ》せて」古事記・中巻）

【参考】「うゑふせをきて〈うゑは筌也。川にしつめて魚とる物也〉」（八雲御抄）

羅

450 トリアミノキサルイトマハヲホカレト　カヽルハ、ヤクヒトメナリケリ

万葉ニ有。キサルトハ、クサルトイフコトハナリ。

鸚鵡賦、跨《アフトク》　崐崘而播弋《ヨク》、冠《ラシメ》　雲霓ニ而張《ル》羅《アミヲ》。雖網維之備設《ツフサニマウケ》、終一日之所加也云々。カヽルハ、ヤクヒトメナリケリ、トイヘルコヽロコレニカナヘリ。

【本文覚書】○一日…一日（内・刈）

【出典】存疑

【注】○キサルトハ　五音相通説による理解か。○鸚鵡賦「跨崑崙而播戈、冠雲霓而張羅。雖綱維之備設、終一日之所加」（文選巻十三「鸚鵡賦」）

照射

451 サツキヤミトモシニカクルトモシヒノ　ウシロメタキヲシヤ《カ》ミルラム

長元八年関白家卅講之次哥合、赤染カヨメル右方ノ哥也。輔親判者ニテ、コノ右ノ哥ヨシトヲモ・《フ》アヒタニ、左人々、トモシヒトハイカニヨメルソ、ヒトノヤトニトモスヲコソサハイフメレ、ト申スニ、右人ノ、フル

クモトモストハヨメリ、トマウセト、コノトモスヒヨリホカニホクシトイフコトナシ、トテ右ヲマクルニナシツ。ノチニナカタニ、四条大納言ノ入道シテヰタマヘリケルカミテ、赤染*カカマケタルハ、マコトニミシリタル人ノヨノスヱニナリテウセタルニコソアメレ、トソノタマヒケル。

照射

134　さつきやみほくしにかくるともし火のうしろめたきを鹿や有《(ママ)》らん

長元八年関白家卅講之次歌合に、赤染かよめる右方の歌なり。輔親判者にて、此右の歌よしと思ふ間に、左の人々、ともし火とはいかによめるぞ、人のやとにともすをこそさはいふめれ、と申に、右の人、ふるくもともす火とはよめり、申せと、此ともす火より外にほくしといふ事なし、とて右をまくるになしつ。後に長谷に四条大納言の入道してゐ給へりけるか見給て、赤染かまけたるは、まことにみしりたる人のよのすゑになりてうせたるにこそあめれ、とその給ひける。

【本文覚書】927に重出。○カカ…諸本「カ」、「か」

【出典】賀陽院水閣歌合・一六・赤染

【他出】栄花物語・四〇一（下句「うしろめたくや鹿は見るらん」）、袋草紙・三八〇（四句「うしろめたくや」）、別本童蒙抄・二二〇（下句「ウシロメタサヲシ、ヤミルラン」）

【注】**○長元八年関白家卅講之次哥合**　「長元八年五月十六日、於賀陽院水閣有和歌合、三十講聴聞之余有此興矣」（同歌合序）、「高陽院歌合、宇治殿長元八年五月　輔親判」（童蒙抄第十巻）。同歌合の名称については『平安朝歌合大成』三に詳しい。**○赤染カヨメル**　当該歌は八番「照射」、左大江公資、右赤染衛門。**○コノ右ノ哥**　「右はことば

のきこえいみじうをかしとあるほどに」（同歌合判詞）○**左人々トモシヒトハ、イカニヨメルソ**「ひだりともしびをとあるうたがひあげてまうせば」（同）○**ヒトノヤトニ**「ともしびはただいへなどにともしたるをなんいふとてかたうまうせば」（同）○**右人ノ**「ともすひはとふるきにいひたり、ともしといはねどもともしといふもただおなじことなり、ほぐしにかけたりといひたれば、ことびざるにほぐしといふことなしとますに、ともしびはただいへなどにともしたるをなんいふとてかたうまうせば」（同）○**右ヲマクルニナシツ**「おもふよにたがひて事わりとて左かちぬ」（同）、「高陽院長元八年宇治殿歌合、左方赤染詠也。左トモシヒトアル、ウタカヒアリト申セハ、右方トモス火ハトフルキニイヒタリ。トモシトイハネトモ、トモストイフモヲナシコトナリト申ニ、トモシヒトハ、タ、イヱナトニトモシタルヲナムイフトキ、《ママ》カタク申セハ、コトハリトテマケヌ」（童蒙抄巻十）、「右はことばのきこえいみじうをかしとあるほどに、左「ともしび」とあるうたがひあげて申せば、右「「ほぐしにかけたり」といひたれば、こと火さらにほぐしと云ふ事なし」と申すに、「ともしびは家などにともしたるをなんいふ」とかたく申せば、ことわりとて左勝つ」（袋草紙）○**ノチニナカタニ、**　公任の長谷籠居は万寿二年、但し公任の評については他に資料未見。

452 ヤマノヘニアサルサツヲハアマタアレト　ヤマニモノニモサヲシカナクモ

万葉十二有。アサルトハ、カルヲイフナリ。サツヲトハ、五月ニカリスル人ヲイフ事ソトイヒナラヒタルハ、ヒカコトナリ。サツヲトハ、シツノヲトイフコトハナリ。サトシトハ、ヲナシコヱナリ。サレハ、ヲナシマキノウタニ、

453 ヤマヘニハサツヲノネラヒヲソロシ、■《ミ》*　ヲシカナクナリツマノメヲホリ

コノウタノコ、ロハ、シカナキテツマヲ、モフ、トイヘリ。サレハ五月ニハアラストキコエタリ。ホリトハ、

ヲモフトイ*フナ。

【本文覚書】○■…不明文字を墨消。諸本ナシ。○イフナ…云ナリ（和）、イフナリ（刈・東）、いふ也（筑B・岩）

【出典】452万葉集巻第十・二二四七「山辺尓《やまのへに》　射去薩雄者《いゆくさつをは》　雖《おほ》二大有《かれど》一　山尓文野尓文《やまにものにも》　紗小壮鹿鳴母《さをしかなくも》」〈校異〉②「アサル」は元、紀及び類（「いゆく」右）が一致。類「いゆく」③「アマタ」は元、紀及び類（「おほく」右）が一致。類「おほく」　453万葉集巻第十・二二四九「山辺庭《やまへには》　薩雄乃祢良比《さつをのねらひ》　恐跡《かしこけど》　小壮鹿鳴成《をしかなくなり》　妻之眼乎欲焉《つまがめをほり》」〈校異〉③未見。元、類「おそろしみ」で童蒙抄の傍記と一致。紀「オソロシニ」。元「み」右赭「ト」。仙覚本は「オソルレト」で「ルレト」紺青（陽。西もと紺青か）。細（漢左）、宮（漢左）「ヲソロシミ」。京漢左赭「オソロシト」で「ト」右赭「ミ」⑤「メヲホリ」は類、紀が一致。元「めをおほり」

【他出】452綺語抄・六四五（初句「山のはに」下句「のにもやまにもさをしかぞなく」）、色葉和難集・八二一　453古今六帖・一一六四（上句「山のべにさをちのねらひいをろしみ」）、口伝和歌釈抄・三三一（上句「やまのへにさちをのねひはをそろしみ」）、綺語抄・六四四（三句「おそらみと」）、袖中抄・四六四

【注】○**アサルトハ**　「アサレトハ、モトムト云」（別本童蒙抄）、「茹　アサル　捜　同」「大索　アサリ　アサル　捜也」（色葉字類抄）、「捜　サグルアサルアナグルトルモトム」（名義抄）○**サツヲトハ**　「さつを、山のかりうど也」（能因歌枕）、「さつをとわ、かり人をいふなるへし」「さちをとは、ともしするものをいふ。れうしをいふなるへし」（口伝和歌釈抄）、「さつをのねらひ　れうしともしするをいふ」（綺語抄）、「和云、さつをとはれうしを云ふなり。さつはあさるなり。をとは人なり、士の字をよめり」（色葉和難集）、「サツヲトハ、シツヲトイフ也。サトシトハ、ヲナシコトナリ。コレヲ五月ノレウトイフナト申人ノアルハ、ムケノヒカ事ナメリ」（823歌注）。五月に狩する人の説、また賤男説も未詳。袖中抄はこの説を否定する。「今云、しつをさつを別事なり。しづのをは下すなり。五音同《おなじ》にはよる事もあり。さらぬ事もあり。又五月狩するをさつをといふ事いはれず。五月農人をこそさをとめとは申せ」（袖

中抄）
【参考】「さつ《薩》ほ〈山のかり人〉」「さつ《薩》ほのねらひ〈山をあさる者也、かり人也〉」（八雲御抄）

454 アツサユミスヱノ、ハラニトカリスル　キミカユツルノタヘムトヲモヘヤ
六帖ニアリ。トカリトハ、*トカリト云也。
【本文覚書】○トカリ…とかり《鳥狩》（刈・東・大）
【出典】古今六帖・一一六五、二句「すゑのとはけに」五句「たえんと思へばや」
【他出】万葉集・二六四〇（「梓弓《あづさゆみ》　引見《ひきみ》弛見《ゆるへみ》　不レ来者《こずは》不レ来《こず》　来者《こば》来其乎奈何《こそをなぞ》　不レ来者《こずは》来者其乎《こばそを》」）、五代集歌枕・七六六（五句「たえんと思へば」）、新勅撰集・八七〇、色葉和難集・二〇三
【注】○トカリトハ　「和云、とがりとは鳥田と書けり。とりとるをいふなり」（色葉和難集）。「とがりするさつをのゆづるうちたえてあたらぬこひにやまふ比かな」（散木奇歌集・一〇七〇）、「いづかたにまだとがりするおとすなりをぶさのすずのこゑもはるかに」（林葉集六四六）など、万葉以降は院政期からの用例が見られる。
【参考】「狩　と〈鳥也〉」「野　すゑのはら〈万、あつさゆみ、とかりする〉」（八雲御抄）

服飾部

衣

455 タナハタノイヲハタ、テ、ヲルヌノ、　アキサリコロモタレカトカ*ミム
万葉第十二ニアリ。イヲハタトハ、五百ノハタト云也。

【本文覚書】○トカミム…取みん（岩）

【出典】万葉集巻第十・二〇三四「棚機之《たなばたの》 五百《いほ》機立而《はたたてて》 織布之《おるぬのの》 秋去衣《あきさりごろも》 孰取見《たれかとりみむ》」〈校異〉②は元が一致し、類「いほはたて、」で「たて」右「タ」。紀「イヲハハタタテ、」⑤は類（「り」右朱）が一致。類「たれかとりみむ」。元「われかとかみむ」。紀「タレカトリミム」で「リミ」右朱「カキ江」。なお、元「孰欤見」とあり「欤」右「取《トリ》イ」とある。

【他出】赤人集・二九八（三四五句「おるぬのはあきたつころもたれかとめけん」）、古今六帖・三二五七（四句「あきゆくころも」）、別本童蒙抄・一八七（五句「誰カトリキン」）、八雲御抄・一一二、色葉和難集・八〇一

【注】○イヲハタトハ「イヲハタトハ、五百ノハタト云事也」（別本童蒙抄）、「機（キ）ハタ　織絹布器也」（色葉字類抄）。「五百機」を詠む例は平安期にはほとんど見えない。「けふきてやたちかさぬらんあまのがはいほはたにおる雲のころもで」（新撰六帖・たなばた・一二二・為家）

456

ヒトツマニイフハタカコトスコロモノ　コノヒモトクトイフハタカコト

万葉十二ニアリ。ス衣トハ、ワタナトモイレテムナシキ衣ヲイフナリ。

【出典】万葉集巻第十二・二八六六「人妻尓《ひとづまに》 言者《いふは》誰事《たがこと》 酢《さ》衣乃《ごろもの》 此紐解跡《このひもとけと》 言者《いふは》孰言《たがこと》」〈校異〉④「トクト」は廣、古、西が一致。類「とけと」⑤「タカコト」は類、古、西が一致し、廣「タコト」で「タコ」右「カ欤」

【他出】猿丸集・九（初句「人まつを」三四句「すかのねのこのひもとけてと」）

【注】○ス衣トハ　平安期の用例未見。

【参考】「衣　す」（八雲御抄）

457
ツクハネノニヰクハマユノキヌハアレト　*キミカケシカヤカニキホシモ
万葉十四ニアリ。ニヒクハマユトハ、アタラシキクハマユトイフナリ。

【本文覚書】○キミカケシカヤカニキホシモ…キミカケシカヤカマキホシモ（和）、君か丶けしかあやにきほしも（筑B）、キミガミケシカアヤニキホシモ（刈）、キミカミケシシアヤニキホシモ（東）、君かみけしとあやにきほしも（岩）、きみか□□□□にきほしも（狩）

【出典】万葉集巻第十四・三三五〇「筑波祢乃《つくはねの》　尓比具波麻欲能《にひぐはまよの》　伎奴波安礼杼《きぬはあれど》　伎美我美家思志《きみがみけしし》　安夜尓伎保思母《あやにきほしも》」

〈校異〉②「マユ」は元、類、廣、春及び古（「欲」左）が一致。古「マヨ」④未見。非仙覚本及び仙覚本は「きみかみけし丶」⑤「ヤカニ」未見。非仙覚本及び仙覚本は「あやに」

【他出】古今六帖・三三六八（五句「あやにきましを」）、俊頼髄脳・二六九（五句「あやに着まほし」）、綺語抄・五〇四（五句「あやにしほしも」）、奥義抄・三六〇（五句「あやにきまほし」）、五代集歌枕・五七二（初句「つくばねに」）、和歌色葉・一三一（五句「あやにきまほし」）、色葉和難集・一三四・八八九

【注】○ニヒクハマユトハ　「・《に》ゐくはまゆと云へる・《は》、くはの木のわかきなるはをはしめてこきくはせ、かいこのまゆしてをりたるきぬと云る也」（俊頼髄脳）、「にゐくはまゆとは、桑はたひ〳〵こくものにて有に、はしめてこきたる桑にてかひたるこのまゆ也。それはことによき物にてあれは」（奥義抄）

【参考】「絹　にゐく《新桑》はまゆのきぬ〈新絹也〉」（八雲御抄）

458
フルユキノミノシロコロモウチキツ、　ハルキニケリトヲトロカレヌル
後撰第一ニアリ。藤敏行正月一日二条后宮ニテ、シロキヲホウチキヲタマハリテ、ヨメルナリ。ミノシロコ

ロモトハ、雪ナトノフルトキニ、ウヘニキタルヲイフナリ。

【本文覚書】 109に既出

459 ヤマサトノクサハノツユハシケカラム　ミノシロコロモヌハストモキヨ

中原師興カ哥也。コレニモミノ、カハリノコロモトミヘタリ。

【本文覚書】 109'に既出

460 ソラヲトフアマノハコロモエテシカナ　ウキヨノナカニカラモト、メシ

六帖第五ニアリ。アマノハコロモトハ、天人ノ衣也。天人ハ飛天《ソラトフ》トテカクヨメルナリ。殿上人ヲハ天人ニタトフレハ、ソノコロモヲアマノハコロモトイフ。

【出典】 古今六帖・三三二八、初句「そらにとぶ」五句「かくものこさじ」

【注】 ○**アマノハコロモトハ**　「あまのはごろも　天人衣と」（綺語抄）、「天ノハコロモトハ、天人ノ衣ヲ云。其ニヨソヘテ殿上人ノ衣ヲハ天ハ衣ト云ナリ」（別本童蒙抄）、「アマノハゴロモトハ、天人ノ羽衣ト云也。衣ヲハネニテトビアリケバ、トリノ羽ニタトフル也」（後拾遺抄注）、「是は天人の衣なり。天をばあまといへり。羽衣とは其衣をきて空を自在にとべば、その衣鳥の羽のやうに見ゆ。さればかく云なり」（色葉和難集）○**殿上人ヲハ**　「天人によそへて殿上人のきぬをもあまのはころもと云」（奥義抄）、「衣　アマノハゴロモ〈殿上人〉」（和歌初学抄）

【参考】 「衣　あまのは〈天又侍臣〉」（八雲御抄）

461 タナハタノクモノコロモヲヒキカサネ　カヘサテヌルヤコヨヒナルラム

後拾遺四ニアリ。堀河右大臣哥也。雲衣ハ、本文也。ヒトヲコフルニハコロモヲカヘセハユメニミユ、トイヘハカクヨメル。

【出典】後拾遺集・二四一・堀川右大臣（頼宗）

【他出】入道右大臣集・三九、相撲立歌合・三一、新撰朗詠集・二〇一、別本童蒙抄・一四三、和歌一字抄・一〇三二

【注】○**雲衣**「天漢《あまのがは》　霧立上《きりたちのぼる》　棚幡乃《たなばたの》　雲衣能《くものころもの》　飄袖鴨《かへるそでかも》」（万葉集・二〇六三）、「雲衣范叔羈中贈　風櫓瀟湘浪上舟」（和漢朗詠集・三三三）、「雲ノ衣トハ、コレモ天人ノ衣ヲ云」（別本童蒙抄）、「くもをば衣にたとふる也　又書云、織女以雲為衣以月為鏡云々」（後拾遺抄注）○**ヒトヲコフルニハ**「いとせめてこひしき時はむば玉のよるの衣を返してぞきる」（古今集・五五四）、「衣をかへしてぬれはこひしき人のゆめにみゆといへり」（和歌色葉）、「コヒスル人ハヨルキタル衣ヲカヘシテキレバ、ソノ人ノユメニカナラズミユルナリ」（古今集注）、「恋スル人ハ夜ル衣ヲカヘシテキツレハ其人カナラス夢ニ逢トミユル也」（別本童蒙抄）。また袖を折り返す説もあったらしい。「白細布之《しろたへの》　袖折反《そでをりかへし》　恋者香《こふればか》　妹之容儀乃《いもがすがたの》　夢二四三湯流《ゆめにしみゆる》」（万葉集・二九三七）

【参考】「衣　衣かへすはゆめ見んため也。きぬかへすともよめり」（八雲御抄）

462 クレナヰノウスソメコロモアサハカニ　アヒミシヒトニコフルコノコロ

万葉十二ニアリ。

【出典】万葉集巻第十二・二九六六「紅《くれなゐの》　薄染衣《うすぞめごろも》　浅尓《あさらかに》　相見之人尓《あひみしひとに》　恋比日可聞《こふるころかも》」〈校異〉⑤未見。元、類、

古、西「こふるころかも」。廣「アハヌコロカモ」。仙覚本は「コフルコロカモ」
【他出】綺語抄・五一二（五句「こふるころかも」）
【参考】「衣　うすそめ〈紅也〉」（八雲御抄）

463
イカニシテコヒヲカクサムクレナヰノ　ヤシヲノ衣マクリテニシテ
古今十九ニアリ。住吉ノ国基ハ、クレナヰニマフリテトイフ色ノアレハマフリテトイフヘキソ、マクリテトイフコトナシ、トイヒケレハ、良暹法師ハ、463' カサコシノミネヨリヲル、シツノヲノキソノアサキヌマクリテニシテ、トイヘレハ、マクリテイフコトナキニアラス、トソ申ケル。カサコシノミネハ、シナノヽクニヽアリ。カセツネニフキコス所也。キソノアサキヌモヤカテシナノヽ国ノキソノコホリニヲリイタセル也。
【出典】463 古今集元永本・一〇六八、志香須賀本・一〇二二、基俊本・一〇二二。463' 未詳。
【他出】463 古今六帖・三四八八、色葉和難集・六四〇　463' 口伝和歌釈抄・一〇一（三句「シツノヲカ」）、別本童蒙抄・三四〇、袋草紙・九四
【注】○住吉ノ国基ハ　当該話を伝えるものに、口伝和歌釈抄、袋草紙、別本童蒙抄がある。「わかこひをいかてかしらせんくれないのやしほのころもまくりてにして、これは良暹法師哥歟。住吉　国基《スミヨシノクニモト》、これは字《し》のあやまちなり。くれないにまくりてといふ事やあるへき。ふりてといふいろこそあれ、いみしうこきいろ也。それをいかてかくさんとよめるにこそあめれといゝけれは、良暹、まくりてといふことのなきをいゝて古哥ヲ詠《エイ》して云、かさこしのみねよりおるゝしつのをかきそのあさきぬまくりてにして、これをもやまふ《(ママ)》りてといふへきに、いかにいわんや。くれないのふるてつ□なくなみたにはたもとのみこそいろまさりけん、とよめるは、くれないにはふりてとゐふものゝあるとこ

そおほゆれ。まくりてとわいはぬにや、といゝけれ、はてにものの《ママ》もいわてやみにけり、となん。かさこしのみねとは、しなの、みさかのたうけなり。つねに風のふけは、かさこしとはいふ也。きそのあさきぬとわ、かのくにのいなのこほりにきそといふところにをるぬのなり」（口伝和歌釈抄）、「住吉神主国基、良暹が歌を難じて云、「まくりでと云詞やはある」と云々。良暹云はく、「やしほの衣まくりでにして」、如何」。国基云、「僻事也。紅にはまふりでと云ふ事あり。それを書き誤るなり」と云々。良暹暫く案じて、また云はく、「かざこしの峰よりおるるしづの男の木曾の麻衣まくりでにして、と侍るは、これもまふりでを誤るか」と云々。国基閉口すと」（袋草紙）、「マクリテトハ、袖マクリト云事也。カサコシノ峯ヨリヲル、シツノヲノキソノアサキヌマクリテニシテ、カサコシノ嶺トハ、信乃国ニアリ。国基ノ云マクリテニシテト云事ヤアル、マフリテトコソ云事ハアレ、シカル故ハ、紅ニマフリテト云事有也、ソレヲイカクサントコソハ古哥ニハ読タレトテ、其哥ヲ出シケリ」（別本童蒙抄）**○カサコシノミネヨリヲル、**出典未詳。別本童蒙抄参照。**○カサコシノミネハ**「かさこしのみねとは、しなの、みさかのたうけなり。つねに風のふけは、かさこしとはいふ也。きそのあさきぬとわ、かのくにのいなのこほりにきそといふところにをるぬのなり」（口伝和歌釈抄）

【参考】「衣　紅のやしほの」「まくりて〈袖まくり也〉」（八雲御抄）

464

ツクマノニヲフルムラサキ、ヌソメハ　イマタキスシテイロニイテニケリ

万葉第三ニアリ。ムラサキノコロモトハ、上達部ノ衣ヲイフナリ。

【出典】万葉集巻第三・三九五「託馬《つくま》野《の》尓《に》　生流《おふる》　紫《むらさき》　衣染《きぬにしめ》　未レ服而《いまだきずして》　色尓《いろに》出来《いでにけり》」〈校異〉③は古一が一致。類、細二、廣、古二、紀「きぬにそめ」

【他出】古今六帖・三五〇（三四五句「きぬにすりまだもきなくにいろにいづらん」）、五代集歌枕・七一七

【注】**○ムラサキノコロモトハ**　「衣　ムラサキノ衣〈同〉〈已上四位〉」（和歌初学抄）
【参考】「衣　むらさきの〈四位已上〉」（八雲御抄）

465

ヲモヒキヤキミカ衣ヲヌキカヘテ　ワカムラサキノイロヲミムトハ

六帖第五ニアリ。九条右大臣ノヨミタマヘル也。コレハ大臣ノ衣トミヘタリ。可尋也。

【出典】存疑
【他出】後撰集・一一一一、九条右大臣集・一、以上下句「こき紫の色をきむとは」。奥義抄・三二六、袖中抄・七九四、以上三句「ぬぎしとき」、五句「いろをきむとは」
【注】**○九条右大臣ノ**　後撰集詞書、また九条右大臣集に見える。**○コレハ**　「ワカムラサキノ衣」は、「若紫の衣」（浅紫衣）と解するならば、大臣の衣としては不適。「九条殿四位になりたまひけるとき、ひろはたの中納言のうへのきぬをかりたまひて、大臣になりたまふ、同中納言は二位になりたまへる、うへのきぬをつかはすとて」（九条右大臣集・一）によれば、「濃き紫の衣」（深紫衣）が適当であり存疑。なお僻案抄が考証する。**○可尋也**　奥義抄は童蒙抄と同じく465歌の四句を「わがむらさきの」とした上で、以下のごとく注する。「これは庶明朝臣中納言になれるとき、うへのきぬやるとて九条殿のよみたまへる歌なり。もし除名の人にてありけるが中納言になれるにや。官位をとくには、位にしたがひてきるころもをぬがすることなれば、除名のときにはむらさききるべしとおもはざりしとよみたまへるにや」

466

ツルハミノアハセノキヌノウラニセハ　ワレシヰメヤモキミカキ*マセヌ

万葉十二ニアリ。ツルハミトハ、四位ノウヘノキヌヲイフナリ。サテワレシヰメヤモトハヨメルナリ。

【本文覚書】○キマセヌ…キマセス（筑A）、きまさぬ（筑B）

【出典】万葉集巻第十二・二九六五「橡之《つるばみの》　袷衣《あはせのころも》　裏尓為者《うらにせば》　吾将レ強八方《われしひめやも》　君之不二来座一《きみがきまさぬ》」〈校異〉④「シヰメヤモ」は廣、西が一致。元、尼、類、古及び廣（「メ」右）「しひむやも」⑤「キマセヌ」未見。非仙覚本「きまさぬ」。仙覚本は「キマサヌ」で、細、宮「キマサス」

【他出】人麿集Ⅱ・二九三（下句「わか袖ひめやきみかきまさぬ」）、古今六帖・三三八四（三四五句「うらにゐばわれこひめやは君たちまさぬ」）

【注】○ツルハミトハ「つるばみ　四位已上人衣也」（綺語抄）、「四位のきぬをは、つるはみのころもと云。つるはみといふものにてそむる故也」（奥義抄）、「衣　ツルバミノコロモ〈已上四位〉」（和歌初学抄）、「ツルハミノ衣トハ、四位已上ノ衣也」（別本童蒙抄）○サテ「四位」と「強ひ」を掛けたとの解か。

【参考】「絹　つるはみの〈有幃。四位已上にも〉」（八雲御抄）

467

ツルハミノキヌキルヒトハコトナシト　イヒシトキヨリキマホシクヲモフ

六帖五・ニアリ。ムカシハ四位シタル人ハ、トカアリケレトヲホロケニテハトカヲ、コナハレサリケレハ、カクヨメルトソ。

【出典】古今六帖・三三八三、二句「きぬよる人は」五句「きまほしみおもほゆ」

【他出】万葉集・一三一一（「橡《つるばみの》　衣人皆《きぬはひとみな》　事無跡《ことなしと》　曰師時従《いひしときより》　欲レ服所レ念《きほしくおもほゆ》」）

【注】○**ムカシハ四位シタル人ハ**　未詳。名例律に言う天皇による処罰の軽減を言うか。後の資料だが河海抄には「橡衣は四位以上衣也。哥の心は、橡は上﨟の着する物なれは、此衣着する程の人は、科なとにもあたらねは、着たくおほゆるとよめる也」とある。

タマクシケフタトセアハヌキミカヨヲ　アケナカラヤハアハムトヲモヒシ

公忠哥也。アケナカラヤハトハ、五位ノ緋衫*ヲキナカラヤハトイヘルナリ。委見大和物語。

【本文覚書】○緋衫…緋袍（刈・東）

【出典】明記せず

【他出】公忠集・二九、後撰集・一一二三、大和物語・七、三十人撰・六四、和漢朗詠集・六八九、三十六人撰・七九、俊頼髄脳・三二九、俊成三十六人歌合・四九、定家八代抄・一四六六、世継物語・三一

【注】○**公忠哥也**　「近江の守公忠の君の文をなむもてきたる……奥の方にかくなむ。玉くしげふたとせあはぬ君が身をあけながらやはあらむと思ひし」（大和物語四段《ママ》）○**アケナカラヤハトハ**　「あけなからやはといふは、五位のうへのきぬといふなり。さてあけといはむとてたまくしけとはおもひよりたるなり」（俊頼髄脳）、「アケノ衣とは、五位以上人ノ衣也」（別本童蒙抄）

【参考】「衣　あけの〈五位〉」（八雲御抄）

カラアヒノヤシホノコロモアサナ〱　ナルトハキケト*マシメツラレキミ

六帖第五ニアリ、カラアヒノヤシホノコロモトハ、*緑衫《ロクサン》ヲイヘリ。六位ノウヘノキヌナリ。

【本文覚書】○マシメツラレキミ…マシメツラレキミ（内・谷）、マシメツラシキミ（和・筑A）、ましめつらしきみ（筑B・狩）、マシメツラレキシ（書）、マシメヅラシキミ（刈）、マシメツラシキミ（東）、ましめつらしみ（岩）○緑衫《ロクサン》…緑袂（和・筑A・岩）

【出典】古今六帖・三二六五、五句「まつめづらしみ」

【他出】万葉集・二六二三（「呉藍之《くれなゐの》　八塩乃衣《やしほのころも》　朝旦《あさなさな》　穢者《なれは》雖レ為《すれども》　益希将見裳《いやめづらしも》」）、口伝和歌釈抄・一〇九（下句「なるこはとましめく覧」）、綺語抄・五一〇（下句「なれはすれどもいやめづらしも」）、別本童蒙抄・一五〇（下句「キルトハキケトアワヌツラシモ」）

【注】○**カラアヒノヤシホノコロモ**　濃い藍色の衣。「からあゐの」に「やしほ」と続ける措辞は多くない。「ヤシホノ衣トハ、紅ノキヌメテ色コキヲ云」（別本童蒙抄）。「やしほの衣」については諸説あったようで、「からあゐのやしほのころもいろふかくなどあながちにつらきこころぞ」（六百番歌合・寄衣恋・一一二七・季経）に対し、「からあゐのやしほといふもじ、くれなゐのことにや、然れば、かちにはいかが」「確かにくれなゐと見えたる事なし」などの応酬があった。「鶏冠草　和名加良阿為」（本草和名）○**緑衫**《ロクサン》　「緑衫　ロウサウ」（色葉字類抄）○**六位ノウヘノキヌ**　「みどりのころも　六位衣也」（綺語抄）、「ミトリノ衣トハ、六位ノキヌナリ」（別本童蒙抄）、「みどりといふ事はさかりめでたき事なり。六位はわかき人のする事なり。故に六位の衣をばみどりの衣といふなり。これはよくもしらざる事なり」（色葉和難集）

【参考】「衣　みとりの〈六位〉　からあひのやしほの」（八雲御抄）

470

トキナラヌマタコロモノキマホシキカ＊　シマノハリハラトキニアラストモ

万葉七ニ有。斑衣、トイヘリ。

【本文覚書】○マタ…マタラ（内・和・刈・書・東）、またら（筑B・岩・狩・大）、マクラ（筑A）

【出典】万葉集巻第七・一二六〇「不レ時《ときならぬ》　斑衣《まだらのころも》　服《き》欲香《ほしきか》　嶋針原《しまのはりはら》　時二《ときに》不レ有鞆《あらねども》」〈校異〉②未見。元、類、廣、古、紀「またらころもの」。元「らこ」右赭「ノ」、「の」を赭で消す。仙覚本は「マタラコロモノ」③は古が一致。元、類、紀「きほしきか」。廣「キマホシ、」④「シマノ」は元、類、古が一致。紀「コロモ」。廣「シマノ」なし。なお、元「○《嶋》針原」、古「嶋針原」、紀「衣服針原」、類、廣「針原」のみで「嶋」「衣服」なし。

【他出】袖中抄・五三三（二三句「まだらころもはきほしきか」）

【注】○**斑衣**　万葉集・一二九六歌では「斑衣服《まだらごろもは》」。「マダラゴロモ」の万葉以後の用例未見。但し、八雲御抄が指摘する「すれる衣」の用例は多数。

【参考】「衣《万》　またら〈非時といへり〉、斑衣《万》とかきてすれる衣とよみたり」（八雲御抄）

471

スミヨシノトヲサトヲノ、マハキモテ　スレルコロモノサカリスキユク

万葉第六ニアリ。マハキモテスル、トヨメリ。

【出典】万葉集巻第七・一一五六「住吉之《すみのえの》　遠里小野之《とほさとをのの》　真榛以《まはりもち》　須礼流衣乃《すれるころもの》　盛過去《さかりすぎゆく》」〈校異〉②「トヲサト」は類、廣、紀及び元（「りの」右赭）が一致。元「とをりの」⑤「スキユク」は元、廣、紀が一致。類「すくすな」で「すな」を消す。

【他出】古今六帖・三三二一、五代集歌枕・七一三、袖中抄・一〇六六

【注】○マハキモテスル　「はぎがはなずり　法住寺にもするとかや。如本。万葉集云、はぎのはなして衣をすれる也」（綺語抄）、「あだしののまはぎおしなみまろねしてかたみをすれるたびごろもかな」（万代集・八三六）
【参考】「野　と《同》をさとをの〈万、すみよし〉」（八雲御抄）

472
ツキクサニコロモハスラムアサツユニ　ヌレテノ、チハウツロヒヌトモ
同第七ニアリ。月草トハ、移花也。サレハウツロフトヨムナリ。
【出典】万葉集巻第七・一三五一「月草尓《つきくさに》　衣者《ころもは》将レ揩《すらむ》　朝露尓《あさつゆに》　所レ沾《ぬれ》而後者《てののちは》　徙去《うつろひぬ》友《とも》」〈校異〉非仙覚本（元、類、廣、古、紀）異同なし。
【他出】人麿集Ⅰ・一一八、人麿集Ⅱ・三九八、古今集・二四七、拾遺集・四七四、古今六帖・三八三九（四句「ぬれての色は」）、古来風体抄・八一、定家八代抄・三六五
【注】○月草トハ　「つきくさ　鴨頭草、亦作二鶏冠草一。万葉、月草、唐振草」（綺語抄）、「ツキクサハツユクサナリ。ウツシゴ、ロトイハムトテオケリ。ウツシバナトハ、紙ニソメツケオキテ、又ソレヲカヘシテモノヲソムレバ、ツキクサウツロヒヤスシナドハヨムニコソ」（古今集注）。「つきくさはさのみなつみそ名にしおはば人の心のうつりもやする」（小侍従集・五四）の如く恋に寄せて読まれることが多い。
【参考】「露草〈鴨頭《ツキクサ》〉　つきくさ〈うつろふ物にいへり〉」（八雲御抄）

473
スミヨシノアサ、ハヲノ、カキツハタ　キヌニスリツケキムヒシラスモ
同ニアリ。カキツハタキヌニスル、トヨメリ。

472
【出典】万葉集巻第七・一三六一「墨吉之《すみのえの》　浅沢小野之《あささはをのの》　垣津幡《かきつはた》　衣尓揩著《きぬにすりつけ》　将レ衣日不レ知毛《きむひしらずも》」〈校異〉④は元、類、廣が一致。元右赭「コロモニスリテ」。紀「キヌニスリキム」⑤は紀及び元（右赭）が一致し、元「きむ人しらすも」で「人」を「ひ」に訂正。類「きるひしらすも」。廣「キムヒハシラム」
【他出】古今六帖・三七九八（初句「すみのえの」）、五代集歌枕・七一二、和歌初学抄・一九五（五句「きる人しらずも」）
【注】**○カキツハタキヌニスル**　「加吉都播多《かきつはた》　衣尓須里都気《きぬにすりつけ》　麻須良雄乃《ますらをの》　服曾比獦須流《きそひかりする》　月者伎尓家里《つきはきにけり》」（万葉集・三九二一）、「狩人の衣するらむかきつばた花さくばかり成りにけるかな」（堀河百首・杜若・二一六七・基俊）
【参考】「杜若　万十七　きぬにぬ《（ママ）》りつけますらをのといへり」「野《摂》　あさゝはをの〈万、すみよし也。かきつはた〉」（八雲御抄）

ミチノクノシノフモチスリタレユヘニ　ミタレソメニシワレナラナクニ

古今十四ニアリ。河原大臣ノ哥也。モチスリトハ、ミチノクニノシノフノコホリニスリイタセルナリ。ウチ、カヘテミタレカハシクスレリ。遍照寺ノアシスタレノヘリニテアリ。

【出典】古今集・七二四・河原左大臣（源融）
【他出】業平集・六一、古今六帖・三三一二、口伝和歌釈抄・三〇、綺語抄・五一三、俊頼髄脳・二八七、袖中抄・二〇九、伊勢物語・二、古来風体抄・二八〇、千五百番歌合・二五三九判、定家八代抄・八五三、百人一首・一四、色葉和難集・八九四、別本童蒙抄・三七九。五代集歌枕・一七六八、和歌初学抄・一一二、袖中抄・九一六、百人秀歌・一七、以上四句「みだれんとおもふ」

【注】○**モチスリトハ**「みちのくにゝ、しのふのこほりに、するすりなり」（口伝和歌釈抄）、「しのび（ママ）もぢずり　みちの国のしのぶのこほりにするすり也」（綺語抄）、「陸奥国に信夫郡といふ所にみたれたる摺をもちすりといふ也」（俊頼髄脳）、「陸奥国の信夫《シノブノ》郡といふ所に、もぢずりとて乱れたるすりを摺るなり」（袖中抄）、「シノフモチスリトハ、ミチノ国ニシノフノ郡ニスル也。モチスリトハ根スリナトノヤウニウチ、ラシタル也」（別本童蒙抄）○**遍昭寺ノ**「遍照寺のみすのへりにそすられて候しは、四五寸はかりきりとりて、故帥大納言のせいわ院のみすのへりにまねはれて候しかは、世人見けうせし」（俊頼髄脳）

475
ヲモフトモシタニヲ、モヘムラサキノ　ネスリノコロモイロニイツナユメ

六帖第五ニアリ。

【出典】古今六帖・三五〇五、二句「したにやあはん」

【他出】古今集・六五二、奥義抄五二〇、袖中抄八八九、和歌色葉二六一、定家八代抄・一一四三、色葉和難集・四五八・五〇五、以上初句「恋しくは」。別本童蒙抄・一五二（二句「下ニヤイワン」五句「色ニ出ナト」）

476
ヒトシラテネタサモネタシムラサキノ　ネスリノコロモウハキニヲセム

後拾遺第十六ニアリ。堀河右大臣ノ哥也。ムカシムラサキノキヌシタニキテヲトコトネタリケルニ、アセニヌレテミニウツリナムトシテ、キ*ヌモスリノヤウニナレリケリ。ネタルニウツリタレハネスリトイフナリ。タ、シムラサキハネニイロノアリテ、ソレヲホリテソムルモノナレハ、ネスリトイフトソイハレタル。

【本文覚書】○キヌモスリノヤウニ…キヌモス《ジ》リノヤウニ（刈）、きぬもちすりのやうに（岩・大）
【出典】後拾遺集・九一一・堀河右大臣（頼宗）
【他出】入道右大臣集・二三（二句「くやしかりけり」五句「うはぎにぞせん」）、口伝和歌釈抄・二四〇（初句「人しれず」）、難後拾遺・八〇（五句「うはぎにはせん」）。袖中抄・八九〇、宝物集・一四五、色葉和難集・五〇六、以上五句「うはぎにもせむ」
【注】○**ムカシムラサキノキヌシタニキテ**　寝摺り説。「是はある物には、むかしむらさきのきぬをしたにきて人をねたりければ、あせにかへりてすりたるやうに、身にもつき、人のきぬにもうつりたりしより、むらさきのねにてすれるころもとよめるにや」（奥義抄、傍線部「紫のねすりの衣とはいふなりとぞ侍る」、大東急記念文庫蔵本）、「ねすりのころもといふに、二ツノ心あり……二に□、たゝむらさきのきぬをきて人とねたりけるに、あせにぬれて、すりなんとしたるやうに、ころもにうつりたりけるを、かくいゝつたへたる也」（口伝和歌釈抄）、「ネスリノ衣トハ、紫ノキヌヲキテ人ノフタリ伏タリケルカアセニヌレテスリシタルカヤウニカヘリタリケルヲ云伝テ、ネスリノ衣ヲハ下にキルナリ」（別本童蒙抄）、袖中抄は「古き物」の説として載せる。また袖中抄所引綺語抄は「紫は汗などに色かへるべきものにあらず、いかゞと聞こゆ」とある。○**タヽシムラサキハ**　根摺り説。「又たゝ紫の根にてすれる衣と読めるかや」（奥義抄、大東急記念文庫蔵本）、「或ハ　紫紅ハイカニスレトモカヘル物ニハアラス　ネスリノ衣トハアセニヌレテカヘルヲ云ト云伝タルイト心得ス只紫ノネシテスル也　是ヲ紫ノネスリノ衣トハ云也ト　四条大納言ハイワレケリ」（別本童蒙抄）
【参考】「衣　むらさきのねすりの衣は人とねてうつりたる也」（八雲御抄）

477

コトシユクニヰシマモリノアサコロモ　カタノマヨヒハタレカトリミム

万葉七ニアリ。ニヒシマモリトハ、アタラシキシマモリトイフナリ。カタノマヨヒトハ、メユヒトイフコヽロナリ。

【本文覚書】264に既出

【出典】万葉集巻第七・一二六五。

【注】○**ニヒシマモリトハ**　264歌注参照。264歌注は「ニヒシマモリトハ、アタラシキシマモリトイフ也」とほぼ本注と同文の注を載せ、「カタノマヨヒ」以下を載せない。○**カタノマヨヒトハ**　「まゆひ」は万葉集・一二六五歌では「間乱」、二六〇九歌では「間結」と表記する。「紕〈万与布、一云与流〉」（箋注倭名類聚抄）。「めゆひ」と同義である点については未詳。刈は、「メユヒ」に「目結」と傍記する。

478

ヨヲイトヒコノモトコトニタチヨリテ　ウツフシソメノアサノキヌナリ

古今第廿ニアリ。フシ、テハ僧ノ衣ヲソムルニヨソヘテ、ウツフシソメトハヨメルナリ。

【出典】古今集・一〇六八・よみ人しらず

【他出】古今六帖・一四四八（五句「苔のころもぞ」）、古来風体抄・二九八（三句「立ち寄れば」）、定家八代抄・一五〇九、色葉和難集・五四二

【注】○**フシ、テハ**　平伏しては。○**ウツフシソメ**　空五倍子染。「教長卿云、コノモトニノミタチヨレバ、ソノ木ノフシノシルニソマリタルアサノキヌトヨメリ。私云、アサギヌヲフシニテソムルコトヲ、コノモトニウツブシゾメトツゞケタルナリ。其木ノフシノシルニソマルトイフベカラズ。此歌遍昭集ニアリ」（古今集注）、「清云、ふしぞめと

は衣のくろくそめたるをいふなるべし。うつぶしぞめとは人のうつすによそへてよめるにや。解難集云、ふしぞめのきぬとは、くろききぬなり」（色葉和難集）。

【参考】「衣　うつふしそめの〈有憚〉」（八雲御抄）

479

ケコロモハ、ルフユマケテミユキセシ　ウタノオホノハヲモホユルカモ
万葉第二ニアリ。ケコロモトハ、ケニキルコロモトイフナリ。褻服、トカケリ。ツルノケコロモトイフハ、毛衣ナリ。

【出典】万葉集巻第二・一九一「毛許呂裳遠《けころもを》　春冬片設而《ときかたまけて》　幸之《いでましし》　宇陀乃大野者《うだのおほのは》　所レ念武鴨《おもほえむかも》」〈校異〉①未見。類、紀「けころもを」が近い。金、廣、古「こけころも」。仙覚本は「ケコロモヲ」で、温、矢、京は「毛」左「コケ」。類、なお、金「毛許呂裳呂」、類「毛許呂裳乎」、廣「毛許呂」、古「許毛呂裳呂」、紀「毛許呂裳」とある。②は類、廣、古及び紀（「片設而」左）が一致。金「はるふみまけて」。紀「ハルフユカケテ」。なお、廣（右）「伊云御本云無片字」あり。⑤「オモホユル」は金、廣が一致。類、古及び廣（「ユル」右伊云御本云）「おもほえむ」。紀「オホシエム」

【他出】五代集歌枕・六八八（初句「けごろもを」）

【注】**○ケコロモトハ**　「すべ神は　よき日祭れば　明日よりは　あけの衣を　褻衣にせん」（神楽歌）、「ふるさとへあきはかへりぬぬさひける山のにしきをけごろもにきて（賀茂女集・一〇四）、「このきぬのいろしろたへになりぬともしづ心あるけごろもにせよ」（和泉式部集・四三一、詞書「菊のいろしたるきぬ、おやのもとにやるとて」）**○ツルノケコロモ**　「ひさしき事には　ツルノケゴロモ」（和歌初学抄）。479歌の「ケゴロモ」には「褻衣」「毛衣」両説あり。

【参考】「衣　け〈つるのともつるならても〉　つるのけ」「野　うたの《同　宇陀》おほ〈万《たかゝりによむ》、うたの、とも。ゆき、け衣を春、冬まけて〉」（八雲御抄）

480

アツフスマナコヤカシタニネタレトモ　イモトシネ、ハ、タヘサムシモ

万葉第四ニアリ。アツフスマトハ、蒸被、トカケリ。ナコヤトモフスマヲイフナリ。日本紀ニ見タリ。

【出典】万葉集巻第四・五二四「蒸被《むしぶすま》　奈胡也我下丹《なごやがしたに》　雖レ臥《ふせれども》　与レ妹不レ宿者《いもとしねねば》　肌之寒霜《はだしさむしも》」〈校異〉③未見。非仙覚本及び仙覚本は「ふせれとも」④「ネ、ハ」は桂、元、類、廣、古が一致。紀「ネスハ」⑤は桂、元、古、紀が一致。類「はたさむしかも」。廣「タエシサムシモ」。なお、西貼紙別筆「ハタヘ古」あり。

【他出】古今六帖・三三三〇（三句「ねたれども」）、綺語抄・五二六

【注】○アツフスマトハ　「きたれどもうすくれなゐのあつぶすま色によりせばさむからましを」（永久百首・衾・三八九・忠房）○日本紀ニ　古事記を誤るか。「牟斯夫須麻《むしふすま》　爾古夜賀斯多爾《なごやがしたに》　多久夫須麻《たくぶすま》　佐夜具賀斯多爾《さやくがしたに》」（古事記・五）

【参考】「被〈衿〉　あつふすま」（八雲御抄）

481

裳

イカナラムヒノトキニカモワキモコカ　モヒキノスカタアサニケニミム

万葉十二ニアリ。裳引容儀、トカケリ。

【出典】万葉集巻第十二・二八九七「何《いかにあらむ》　日之時可毛《ひのときにかも》　吾妹子之《わぎもこが》　裳引之容儀《もびきのすがた》　朝尓食尓将レ見《あさにけにみむ》」〈校異〉⑤「アサニ」は廣、西及び元（「こ」右赭）が一致。元「あさこ」

【他出】古今六帖・三三三七（五句「あさあけにみん」）、僻案抄・四

【注】○裳引容儀　万葉集の表記を示す。「もびきのすがた」の用例は僅少。「をとめごがもびきのすがたのみならずふりあふぎつるかほもうらめし」（久安百首・恋・五七三・隆季）

482 ヲトメコカタマモスソヒクコノニハニ　アキカセフキテハナハチリツ、

同廿ニアリ。

【出典】万葉集巻第二十・四四五二「乎等売良我《をとめらが》　多麻毛須蘇婢久《たまもすそびく》　許能尓波尓《このにはに》　安伎可是不吉弖《あきかぜふきて》　波奈波知里都々《はなはちりつつ》」

〈校異〉①「コ」未見。非仙覚本及び仙覚本「ら」③「ニハ」は元が一致。類「かは」④は元が一致し、類「あきかさはきて」の「さは」を「セフ」に訂正。なお、廣は訓なし。

【他出】古今六帖・一三五五

483 タチテヲモヒヰテモソヲモフクレナヰノ　アカモタレヒキイニシスカタヲ

六帖第五ニアリ。

【出典】古今六帖・三三三三

【他出】万葉集・二五五〇（「立念《たちておもひ》　居毛《ゐても》曾《そ》念《おもふ》　紅之《くれなゐの》　赤裳《あかも》下引《すそびき》　去之《いにし》儀乎《すがたを》」）、新勅撰集・九四〇

帯

484 ムラサキノオヒノムスフモトクモミス　モトナヤイモニコヒワタテナム*

万葉十二ニアリ。ムラサキノヲヒ、トヨメリ。モトナヤトハ、コ、ロモトナシトイヘルコ、ロカ。

【本文覚書】〇コヒワタテナム…コヒワタラナム（内・書）、こひわたらなむ（筑B・狩）、コヒワタリナム（和・筑A・刈・東・岩・大）

【出典】万葉集巻第十二・二九七四「紫《むらさきの》帯之《おびの》結毛《むすびも》解毛《ときも》不レ見《みず》本名也《もとなや》妹尓《いもに》恋度南《こひわたりなむ》」〈校異〉②「ムスフモ」は元、古、西が一致し、類「むすひて」の「て」を「も」に訂正し、「ひ」右朱「フ」。廣「ムスフノ」⑤「ワタテ」未見。非仙覚本及び仙覚本は「わたり」

【他出】袖中抄・七七九・九七一（五句「恋ひわたりなん」）

【注】○**ムラサキノヲヒ**　用例は僅少。定家は「むらさきのこぞめの帯のかたむすびとけてぬるよのかぎりしらせよ」（光明峯寺摂政家歌合・寄帯恋・一一八・忠俊）に対して「紫のこぞめの帯、珍しくをかしく侍るよし各申」と判じている。○**モトナヤトハ**　「モトノ（ママ）トハ、コ、ロモトナシトイフコトハナリ」（702歌注）、「もとなとはよしなといふ心と見えたり……或人云、もとなとは心もとなしといふ事かと申せど、歌どもの心にかなはず」（袖中抄）。平安期以降の用例未見。

アツマチノミチノハテナルヒタチヲヒノ　カコトハカリモアヒミテシカナ

六帖第五ニアリ。紀友則哥也。ヒタチヲヒトハ、両説アリ。カノクニノ人、カコト、イフクミヲヒラナルヲヒノヤウニシテ、ニヲオフヲニスルヲ云也。コレハワロキ説ナルヘシ。ヒタチノクニカシマノ明神ノマツリノ日、女ノケサフ人アマタアルニハ、ソノナヲヌノ、ヲヒニカキアツメテ、*ヲマヘテヲクニ、ソレカナカニスヘキヲトコノナカキタルヲヒノウラカヘルナリ。ソレヲトリテヤカテヲマヘニテカケヲヒノヤウニスルナリ。ソレヲキ、ツレハ、ソノヲトコカコチカ、リテシタシクナルナリ。サレハ、カコトトハ、カコツトイフコト、ロナリ。

【本文覚書】○ヲマヘテ…ヲマヘニ（内・和・筑A）、おまへに（筑B・岩・大）、オマヘニ（刈・東）、をまへに（狩）
【出典】古今六帖・三三六〇
【他出】袖中抄・三三一。綺語抄・五三二（二句「みちのおくなる」）。俊頼髄脳・二三八、和歌色葉・七六、新古今集・一〇五二、定家八代抄・九一八、以上五句「あはむとぞおもふ」。奥義抄・六一五、色葉和難集・二九〇・九四三、以上二句「みちのおくなる」、五句「あはむとぞおもふ」
【注】○**紀友則哥也**　古今六帖では当該歌の前の三三五九歌に「とものり」の作者名あり。綺語抄も友則歌とする。
○**カコト、イフクミヲ**　「ひたちおび　こをいふ也」（綺語抄）、「かことゝいふはかこつと云事也。又帯にもかことい ふ物あれは、そへてよめり」（奥義抄）、「帯にはかことといふ物のあれば、かこといはんれうにひたち帯とはいへる也。今案《（スル）》に、かこちごとゝもちかごととも覚えぬ歌どもあり。又詞もあり」（袖中抄）、「鉸具　楊氏漢語抄云鉸具〈上音古巧反、一音教、此間云賀古、今案唐令所レ謂玉鈎是也、已二見上文一〉腰帯及鞍具以レ銅属レ革也」（箋注倭名類聚抄）
○**ヒタチノクニ**　以下の説、俊頼髄脳に拠る。「これは常陸國鹿嶋明神と中神のまつりの日、女のけさうする人のあまたあるときに、その男の名とも布のをひにかきあつめて《イその人の数にしたかひて》・、神の御まへにをく也。それかおほかるなかに、すへき男の名かきたるおひのおのつからかへるなり。それをとりてねきかとし《(ら)》せたるを女みて、さもとおもふおとこの名ある帯なれは、やかて御まへにてうゐのかけをひのやうにうちかつくなり。それをきゝておとこかこちかゝりてしたしくなりぬ。たとへはうらなとのやうなることなめり」（俊頼髄脳）、「ヒタチヲヒトハ、国ニカシマノ明神ト中神ノマツリノ日、ケシヤウ人ノ名ヲカキテ其人ノ数ニシタカイテ神ノ御前ニ置ナリ。ソノカ多有物ノ中ニ、男ニスヘキモノ、名カキタルヲヒノヲノツカラカヘル也。女ソレヲミテサモト思男ノヲヒナレハヤカテ御前ニテヲヒニシツル。後思カヘシテセシトスレトモカナワヌ也」（別本童蒙抄）○**カコトトハ**　337歌注参照。
【参考】「帯　ひたち〈かしまの也〉」「ひたちおひ〈俊頼抄曰…〉」（八雲御抄）

資用部
鏡

マスカ、ミアカサルキミ《ニ》テヲクレテヤ　アシタユフヘニサヒツ、ヲラム
万葉四ニアリ。マスカ、ミトハ、マスミノカ、ミ同事也。真澄トカケリ。日本紀ニハ、白明鏡トカケリ。

【出典】万葉集巻第四・五七二「真十鏡《まそかがみ》　見《み》不レ飽《あかぬ》君尓《きみに》　所レ贈哉《おくれてや》　旦夕尓《あしたゆふへに》　左備乍将レ居《さびつつをらむ》」〈校異〉①「マス」は桂、元、廣、古一、古二、紀が一致。類及び元（「す」右赭）「まと」②未見。桂、元、類、廣、古二、紀「あかさるきみに」で童蒙抄の傍記と一致。古一「ミアカサルキミニ」。仙覚本は「ミアカヌキミニ」で「ヌ」紺青（矢、京、陽。西も紺青）。京「不飽」左赭「アカサル」③は桂、元、廣、古一、古二、紀が一致。類「おくれゐてや」⑤は桂、元、廣、古一、古二及び廣（「ツヲラム」右）が一致。廣「サヒツヲラムヤ」。なお、紀は第四、五句訓なし。

【他出】袋草紙・八二七（初句「まと鏡」五句「わがさびをらん」）

【注】○マスカ、ミトハ　「ますか、みはますみのか、みを略したる也。万葉には十寸鏡とそかける。又真澄鏡とかけり」（奥義抄）、「マスカ、ミトハ、クマナク明ナル鏡ヲ云也」（別本童蒙抄）、「祐云、ますかゞみとは万葉には、真寸鏡とかけり。まことによくすみたる鏡なりと、古語拾遺にも見えたり」（色葉和難集、古語拾遺には、石凝姥神が鋳造した「日像之鏡」について「其状美麗」とあり、また太玉命による石窟の天照大神への称詞に「吾之所レ捧宝鏡明麗」とある。色葉和難集「まことによくすみたる鏡」に即応する文言未見）。また万葉集に「十寸鏡」の表記未見だが、後世の節用集、和歌等にマスカガミを「十寸鏡」と表記する例が見られる。○**真澄トカケリ**　万葉集に「真澄」の表記未見。○**日本紀ニハ**　日本書紀に未見。

【参考】「鏡　ます〈真十、十寸、摩蘇、真素、犬馬、白銅、已上書様也。心様々〉……ますみのか、み」（八雲御抄）

487 ハシタカノ、モリノカ、ミエテシカナ　ヲモヒヲモハスヨソナカラミム

雄略天皇御時ニ、タカヲウシナヒテモトメアリクホトニ渇ニヲヨヘリ。爰野中ニ一ノヲキナアリ。問テイハク、ナム人ソ。答テイハク、野モリニハヘリ。又問テ云ク、水ノ所ヲシレリヤ。答テ曰ク、シレリ。スナハチオホキナル樹ヲサシテカノシタニ水アリ。仍テイタリテノマムトスルニタカノカケウツレリ。アフキテミレハウシナヒタルワカタカナリ。サレハ、シタカノ、モリノカ、ミトヨメリ。或秘抄云、此哥古哥二首也。

488 ハシタカノ、モリノカ、ミエテシカナ　コヒシキヒトノカケヤウツルト

489 アツマチノ、モリノカ、ミエテシカナ　ヲモヒヲモハスヨソナカラミム

トヨメルソ一首ニカケリト云々。

西京雑記云、高祖初入咸陽宮。周行府庫有方鏡。四尺九寸、表裏有明。人宜来照之影倒見。以手掩心而来、即腸胃五蔵歴然、無礙。人有病則掩心而照之、即知病所在。又女子邪心膽張心動。秦始皇常以照宮人膽。

【出典】明記せず

【他出】487 口伝和歌釈抄・二五〇、綺語抄・六三〇、俊頼髄脳・二一一、奥義抄・四〇六、袖中抄・八七〇、和歌色葉・一七八、新古今集・一四三二、色葉和難集・五七〇、別本童蒙抄・一九六　488 袖中抄・八七一　489 袖中抄・八七二

【注】○**雄略天皇御時ニ**　以下の伝承、出典未詳。俊頼髄脳は天智天皇とする。○**或秘抄云**　487歌が古歌二首より成るとの説は、袖中抄では「或古抄」の伝えるものであったとする。○**西京雑記云**　「高祖初入咸陽宮、周行庫府……有方鏡広四尺、高五尺九寸、表裏有明、人直来照之、影則倒見、以手捫心而来、則見腸胃五臓、歴然無礙。人有疾病

……則知病之所在。又女子有邪心、則膽張心動。秦始皇常以照宮人」（西京雑記巻三）。なお当該箇所芸文類聚に未見。西京雑記は845歌注でも引用するが、太平御覧抄出部分より長文である。日本国見在書目録に「西京雑二巻（葛洪撰）」とあり、童蒙抄は直接西京雑記を参看した可能性がある。黒田「野守鏡考」（『中世和歌論攷　和歌と説話と』Ｉ2）参照。なお、別本童蒙抄も照膽鏡に関わる注説を載せる。「野守ノ鏡トハ、昔野マモル鬼有ケリ。鏡ヲ以テ万ノ事ヲシルシテミル。其時ノ王此由ヲキコシメシテ、其鬼ノ鏡メサレケルニ惜ミテマイラセサリケレハ重テセメラレケルニ、チカラナクテタテマツリケリ。ソレヲ野守ノ鏡ト云ツタエタル也。秦始皇帝之照之鏡」

【参考】「鏡　のもりの〈水也〉」（八雲御抄）

ヤマトリノヲロノナカ《ハツ》ヲニカ、ミカケ　トナヘツ、コソナキユスリケレ

古哥也。本文山鳥ノトコロニミヘタリ。

【出典】古歌

【他出】万葉集・三四六八（「夜麻杼里乃《やまどりの》　乎呂能波都乎尓《をろのはつをに》　可賀美可家《かがみかけ》　刀奈布倍美許曾《となふべみこそ》　奈尓与曾利鶏米《なによそりけめ》」）、俊頼髄脳・二六一、綺語抄・六一二、袖中抄・五一二、色葉和難集・六八・二三七、以上二句「をろのはつをに」、五句「なによそりけめ」。奥義抄・三四八、袖中抄・五一二・五一八（五句「なによそりけめ」）、和歌色葉・一一八（五句「なきおそりけめ」）、古来風体抄・一六一（五句「なき寄そりけめ」）、以上四句「となふべみこそ」

【注】○本文　784歌注に異苑を引く。

【参考】「此鏡の事、俊頼かいへるはたしかにみえたることなし。昔となりの国より山とりをたてまつりて、なくこゑたえにして、きくものうれへをわするると云り。みかとこれをえてかひ給に、さらになくことなし。あまたの女御にこの山とりなかせたらん人を后にたてんとおほせられけれは、やう〳〵になかせんとし給ける中に、一人女御、ともを

はなれてなかぬなめりと思えて、あきらかなる鏡をこのうちにたてたりければ、よろこへるけしきにて、なくことをえたり。おをひろけてか、みのおもてにあて、なきけり。それによりてこの女御后にゐ給にけり。かたへの女御たちねたみそねみ給事かぎりなし」（八雲御抄）

491

ミルカラニカ、ミノカケノツラキカナ　カ、ラサリセハカ、ラマシヤハ

後拾遺十七ニアリ。王昭君ヲ懐円法師カヨメルナリ。昔漢王三千人ノ妃アリ。胡ノエヒス奏シテイハク、妃一人タマハラム。モシタハスハクニノタメニアシク、タマハリタラハクニノカタメトナラム、ト申ス。王コレヲキ、テ、ミメクラムニカスヲホ《ケ》レハ、画工ヲメシテ三千人ノカタチヲカキウツサセテ、ナカニミニクカラムヲタマハムトス。仍画工ニワレモ〳〵ト黄金ノマヒナヒヲ、クル。王昭君カ、ミヲミルニカタチヨニスクレタルヲミツカラタノミテマヒナヒヲセス。コノユヘニフテヲイツハリテ、昭君ヲミニク、カケリ。仍エヒスニタフトキミタマフニカタチタクヒナケレト、エヒスミツレハト、メカタシ。ツヒニヰテサル。コロハ八月ハカリ、月アカ、リケリ。昭君フルサトヲカヘリミツ、ナケトカヒナシ。漢書ニミエタリ。

詩云、愁苦辛勤憔悴尽　如今却似画図中　白

昭君若贈黄金賂　定是終身奉帝王　江相公

【出典】後拾遺集・一〇一八・懐円法師

【他出】新撰朗詠集・六五九（初句「見るたびに」）、俊頼髄脳・四一四、奥義抄・一三一、和歌色葉・三九七、色葉和難集・三一二、宝物集・二七九（四句「かからましかば」）

【注】○王昭君ヲ　後拾遺集歌題は「王昭君」○昔漢王　本話は、今昔物語集、俊頼髄脳、唐物語、奥義抄等、また和漢朗詠集諸注にも見えるが、童蒙抄所引の説とは一致しない箇所が多い。特に、「コロハ八月ハカリ」などの具体的な叙述に関して、直接の典拠となるものを見出し得ない。また、漢書とも直接の書承関係にはない。○詩云　和漢朗詠集・六九八、七〇三。

492

玉匣

ミツノエノウラシマノコカタマクシケ　アケテノ、チソクヤシカリケル

此哥ハ浦嶋子伝ニアリ。昔ウラシマノコトイフ人アリキ。ヨハヒ三百歳ニスキタレト、カタチワカシ。ミツノエノウラニアソヒテイヲ、ツルニ、ヲノツカラヲホキナルカメヲツリエタリ。ヲソレタマフテフネノウ*ニネフレリ。トキニコノカメ、化シテタマノカホナル神女ニナリヌ。シマノコトフ。神女コタヘテイハク、ワレハ蓬莱宮ノ仙女也。サキノヨニメヲトコニナラムトチキレリ。仍コ、ニキタレリ、トイフ。シマノコ此事ヲ信セリ。神女ノイハク、シハラクネフレ。シハラクネフルホトニ蓬莱ニイタレリ。ヲトロキテミルニ奇妙ナラヌコトナシ。カクテアリフルホトニ、シマノコフルサトコヒシクナリヌ。神女コノケシキヲシリテ、ハヤクカヘレ。我ヲクラム、トイヒテ、玉匣ノニシキヲモチテツ、ミ、タマヲモテムスヒタルヲトラセテイハク、コノ蓬莱ヘカヘラムトヲモハ、、カタクツ、ミテアクヘカ・《ラ》ス。アヒカタクシテワカレヤスシ、マコトニアハレナルカナ、トイヒテ、テツカラカヒテナミタヲノコフ。シマノコカヘリテミルニ、ソノサトモナク、

ミシヒトモナクナレリ。クヤシクヲモヒテカノ蓬莱ヲコヒテヲリ。ナクサムルカタナクテ、神女ノモタセタルハコヲアケテミルニ、サセルモノナクテ、タ、ムラサキノ雲ソイテ、イニケル。ソノ、チシマノコトシニハカニヨリテ、アケツル事ヲクヤシクヲモヒケレテ《ト》《ミ》、カヒナクテハテニケリ。委見延喜三年浦嶋子伝。

【本文覚書】〇ウニ…谷以外の諸本「ウチニ」

【出典】明記せず

【他出】続浦嶋子伝末尾の和歌十四首の第一首。「水の江の浦島の子が玉笥開ての後ぞくやしかりける」

【注】〇**浦嶋子伝**　続浦嶋子伝記の要点を摘記したものか。重松明久『浦島子伝』（現代思潮社、一九八一年）、生井真理子「古事談―浦島子伝―」（『同志社国文学』46、一九九七年三月）参照。〇**延喜三年浦嶋子伝**　続浦嶋子伝に「延喜三年」を冠する書名未見。

【参考】「箱　うらしまのこか」（八雲御抄）

イニシヘノウラシマノコカツリ舟ハ　ヲナシウラニソミトセコクテフ

四条大納言抄ニ、浦嶋子ハ雄略天皇ノ時ノ人也。三年コクトイヘル事、可尋也。

【出典】明記せず

【他出】古今六帖・一八一九（初句「みづのえの」三句「つり舟も」）、口伝和歌釈抄・一〇（下句「をなしうらにやみとせゆく覧」）

【注】〇**四条大納言抄ニ**　浦嶋子を雄略天皇の時の人とするのは、浦嶋子伝。また、丹後国風土記の浦嶋子は長谷朝倉宮御宇とする。〇**三年コクトイヘル事**　未詳。海宮滞在を三年とするのは、浦嶋子、万葉集所収浦嶋伝。

櫛

494 ヲトメコカタマクシケナルタマクシノ　メツラシケナルイモニアハムアレハ
万葉第四ニアリ。タマクシトハ、ヨキクシト云也。

【出典】万葉集巻第四・五二二「娍嬬《をとめら》等之《が》　珠篋有《たまくしげなる》　玉櫛乃《たまくしの》　神《かむさび》家《け》武《む》毛《も》　妹尔《いもに》阿《あ》波《は》受《ず》有者《あれば》」〈校異〉①「コ」は類、紀及び古（「等之」左）が一致。桂、元、廣、古は「ら」③「クシノ」は桂、類、古、紀及び元（「け」右）が一致。元「くしけ」。廣「クシケノ」④「ナル」未見。桂、廣「なむ」。元、類、古、紀「むも」。仙覚本は「ムモ」⑤「アハム」未見。非仙覚本及び仙覚本は「あはす」

【他出】古今六帖・三一七九（四五句「いぶかしいまもいもにあはざれば」）、袖中抄・六四〇

【注】○タマクシトハ　「此は櫛をほめて玉の詞を添へたる《タル》也」（袖中抄）

【参考】「櫛　たま」（八雲御抄）

495 キミナクハナソミノカサリハコニアル　ツケノヲクシモトラムトヲモハヌ
同九ニアリ。ツケノヲクシトハ、ツケノキノクシトイフナリ。

湯津爪櫛

神代上、素戔烏尊、天ヨリ出雲国簸之河上ニクタリマス時、川ニナクコエアリ。コヱヲタツネテ覔《マテイテマシ、》往者《カハ》、老公老婆《オキナトヲムナ》トナカニヒトリノヲトメヲスエテカキナテツ、ナク。問テ曰、誰也、ナクコトナムソ。コタエテイハク、吾《ヤツカレ》者国ッ神也。童女《ヲトメハ》吾児也。号奇稲田《ナハクシイナタ》姫《ヒメ》。吾児有ニキ八《ヤノ》ケ小女《ヲトメ》、年コトニ八岐《ヤマタノ》大蛇《*ヲロチ》タメニノマレニキ。

イマコノヲトメマタノマレナムトス。素戔烏尊、勅曰《ミコトノリシテ》、然者汝以女奉吾耶《ワレニタテマツラムカトノ給フ》。対曰、ミコトノリノマヽニ。故素戔烏尊、立化テ奇稲田姫為湯津之枛櫛、挿《サシタマフ》於御《ミ》髻《ツラニ》云々。遂相与遘《クミトモミトノマクハヒシ》令生児大己貴《ミナムチノ》神云々。

【本文覚書】○大蛇《オロチ》…大虵の（筑B・岩・大）、大虵ノ（刈）

【出典】万葉集巻第九・一七七七「君無者《きみなくは》　奈何《なぞ》身《み》将二装餝《よそはむ》一　匣有《くしげなる》　黄楊之小梳毛《つげのをぐしも》　将レ取跡毛不レ念《とらむともおもはず》」〈校異〉③は藍、元、類、廣、古、紀が一致。廣「ハコニアル」右「クシケナ」④「モ」は藍、元、類、古が一致。廣、紀「ヲ」⑤「ヌ」未見。藍、元、類、廣、古、紀「す」。廣「ス」右「ム」。仙覚本は「ス」

【他出】古今六帖・三一七八（五句「とらんと思はず」）

【注】**○ツケノヲクシトハ**　歌学書に注説未見。**○湯津枛櫛**　底本この語から改行する。諸本も、改行、あるいは、当該語注を独立させている。袖中抄が「ゆつのつまぐし」の項でいう「次第已相違歟」は、童蒙抄が「つげのをぐし」から「湯津枛櫛」の注に転じたことを指摘するか。**○神代上**　「素戔嗚尊、自レ天而降二到於出雲国簸之川上一。時聞三川上有二啼哭之声一。故尋レ声覓往者、有三一老公与二老婆一、中間置二一少女一、撫而哭之。素戔嗚尊問曰、汝等誰也。何為哭二之如此一耶。対曰、吾是国神。号脚摩乳。我妻号手摩乳。此童女是吾児也。号奇稲田姫。所二以哭一者、往時吾児有二八箇少女一。毎レ年為二八岐大蛇一所呑。今此少童且臨被呑。無レ由二脱免一。故以哀傷。素戔嗚尊勅曰、若然者、汝当以レ女奉レ吾耶。対曰、随レ勅奉矣。故素戔嗚尊、立化二奇稲田姫一、為二湯津爪櫛一、而挿二於御髻一……乃相与遘合、而生二児大己貴神一」（日本書紀・神代上）

【参考】「櫛　つけのを　ゆつのつまくし〈一説群行時別櫛只櫛にも詠之〉はいなたひめを櫛になして頭にさす。蛇にのませしゆへ也」（八雲御抄）

496
枕

アシカリ《ラ》ノマノ、コスケノスカマクラ　*アセカニカサムコロセタマクラ

万葉十四ニアリ。

【本文覚書】○アセカニカサム…あかせにかさん（筑B）、アゼカマカサム（刈）、アセカマカサム（東）、あぜかまかさん（大）

【出典】万葉集巻第十四・三三六九「阿之我利乃《あしがりの》　麻万能古須気乃《ままのこすげの》　須我麻久良《すがまくら》　安是加麻可左武《あぜかまかさむ》　許呂勢多麻久良《ころせたまくら》」

〈校異〉①は非仙覚本が「あしかりの」で一致し、童蒙抄の傍記「ラ」未見。仙覚本は「アシカリノ」②「マノ、」は類、廣が一致。元、古「ま丶の」なお、元「麻万能」、古「麻万ノ」、類「麻万乃能」、廣「麻乃能」とある。④「ニ」未見。非仙覚本及び仙覚本は「ま」

【他出】綺語抄・五五三（初句「あしがらの」四句「あせかまかせん」）

497
簾

タマタレノコスノマトホシヒトリヰテ　*ミルシナシナキ*ユフツフツクヨカナ

万葉ニアリ。玉垂、トカケリ。タマタレトハ、タマスタレトイフナリ。玉簾、珠簾、ト本文ニイヘリ。コレハタマタレタルコストイヘルナリ。マトホシトハ、間通トイフナリ。

【本文覚書】15に既出。○ミルシナシナキ…ミルシルシナキ（和、筑A・刈・東）、みるしるしなき（筑B、岩）、みるし□□なき（狩）　○ユフツフツクヨ…谷以外「ユフツクヨ」、「夕月夜」

【出典】万葉集巻第七・一〇七三
【注】○**玉垂トカケリ**　万葉集の表記「玉垂」○**タマタレトハ**　「簾、たまだれと云」（喜撰式）、「たまだれとは、すだれを云」（能因歌枕）、「たまだれ　みすといふ」（綺語抄）、「簾　たまだれと云」（俊頼髄脳）、「又タマダレトハ、スダレヲモイヘリ。タマノスダレトイフハ、玉ヲツラヌキタレバイフ」（古今集注）、「玉タレトハ、又ハスタレヲモ云」（別本童蒙抄）。○**玉簾、珠簾**　漢詩文に頻出。○**タマタレタルコス**　「和云、こすとはすだれなり。玉だれもすだれなり」（色葉和難集）○**マトホシトハ**　「間通」は万葉集歌の表記。

498

タマタレノアミメノマヨリフクカセノ　サムクハソヘテイレムヲモヒヲ

後撰十六ニアリ。カレコレ女ノモトニマカリテモノイヒケルニ、女ノ、アナサムノカセヤ、トイヒケレハヨメルナリ。コレハタマノスタレヲタ、タマタレトヨムトミエタリ。古今十七ニ、タマタレノコカメハイツラ、トヨメリ。ソレハタマノヤウナルモノヲヤキタレタルカメ*ヲイヘハ、コレニタカヘリ。

【本文覚書】○カメ…カタ（内・書・東）、カタ《形》（刈）、かた（筑B・岩・狩）
【出典】後撰集・一一五七・よみ人しらず
【他出】和歌一字抄・一一三七、袋草紙・八二六、和歌初学抄・一〇三
【注】○**カレコレ女ノモトニ**　後撰集詞書「これかれ女のもとにまかりて物いひなどしけるに、女のあなさむの風やと申しければ」○**タマノスタレヲ**　497歌注参照。「たまだれ」で「簾」を表す例に、「あれはてて風もとまらぬたまだれのひまもるゆきにぬるるそでかな」（為忠家後度百首・簾中雪・五三九・為業）、「あらはにや内もみゆらん玉だれの山のはいづる月の光に」（和歌一字抄・六四九）などがある。○**古今十七ニ**　「玉だれのこがめやいづらこよろぎの

いその浪わけおきにいでにけり」（古今集・八七四）、詞書に「寛平御時うへのさぶらひに侍りけるをのこども、かめをもたせてきさいの宮の御方におほみきのおろしときこえにたてまつりたりけるを」○タマノヤウナルモノヲ「瓶、たまだれと云、たまやきたる也」（喜撰式）、「玉タレトハ、コカメヲ云也」（別本童蒙抄）、「玉たれのかめとはぬりたる物の玉のやうにさかりたる瓶を云也」（奥義抄）、「瓶ヲバタマダレトイフ。ヌリタルモノニ、タマノヤウニカザリタレバイフトイヘリ」（古今集注）

【参考】「たまたれはこかめといはんれう也」（八雲御抄）

499

筵

*ヒトリヌト、コクチメヤモアヤムシロ　ヲニナルマテニキミヲシマタム

万葉十一ニアリ。アヤムシロトハ、文アルムシロトイフナリ。

【本文覚書】○ヒトリヌト…独りぬる（大）

【出典】万葉集巻第十一・二五三八「独寝《ひとりぬ》等《と》　茭朽目《こもくちめ》八《や》方《も》　綾席《あやむしろ》　緒《を》尓《に》成及《なるまでに》　君乎《きみを》之《し》将レ待《またむ》」〈校異〉①「ヌト」未見。非仙覚本は「ぬる」。仙覚本は細、宮「ヌル」。西、文、温、矢、京「ヌト」で童蒙抄と一致し、「寝」左「ヌル」②は類、古が一致。嘉「とこくちめやは」。廣「ヤトクチメヤモ」

【他出】人麿集Ⅱ・四三九（初二句「ひとりぬるとこくちめやは」五句「君をしのはむ」）、人麿集Ⅳ・二一一五（初句「ひとりぬる」五句「きみを、しまむ」）、古今六帖・一三八九（二句「床くちめやは」四五句「をになるまでも君をばまたむ」）・四四九六（初二句「独ねのこもくちめやも」）、綺語抄・五四七（二句「とこくつらめや」）、古来風体抄・一二七、色葉和難集・七九三、以上初句「ひとりぬる」

【注】**○アヤムシロトハ**　「或云、あやむしろとは、文ある筵をいふといへり」（色葉和難集）
【参考】「席　あや」（八雲御抄）

イナムシロカハソヒヤナキミツヒケハ*　ナヒキヲキフシソノネハウセス
イナムシロトハ、ミツノソコニムシロヲシキタルヤウナルイシヲイフナリ。マタイハク、水ノソコニヤナキノハノヤウナルクサノ、ムシロヲシキタルヤウニヲヒタルヲイフナリ。†コレソサモトキコユル。カハソヒヤナキトハ、タ、ヨミナラヘテ、物フタツヲイヘルニヤアラム。

顕宗天皇御製在日本紀十五巻。


【本文覚書】658に重出。○ヒケハ…ユ《ミ》ケ《ヒ》ハ（和）、ゆけは（筑B）、ユケハ（刈・東）　○コレソ…底本「コソレ」として入れ替え記号を付す。

【出典】明記せず。658に重出。但し五句が異なる。

【他出】日本書紀・八三（四句「儺《な》弭《び》企《き》於《お》己《き》陀《た》智《ち》」）。古今六帖・四一五五（下句「おきふしすれどそのねたえせず」）。口伝和歌釈抄・一二七（初句「みなむしろ」四句「をきふしまろべど」）。童蒙抄・六五八（五句「そのねたえせず」）。俊頼髄脳・二三五、袖中抄・二四三、色葉和難集・二〇、以上五句「その根はうせず」。奥義抄・四〇二、万葉時代難事・一七、和歌色葉・一七三、別本童蒙抄・一八九、以上五句「そのねはたえず」

【注】**○イナムシロトハ**　水底の石とする説は、能因歌枕にあったらしい。「みなむしろとは、水のそこなる石の名なり。能因入道歌枕かく云へり」（口伝和歌釈抄）、「又能因歌枕云、みなむしろとは水下なる石なり云々。是は水下の石を筵によするなり」（袖中抄）　**○マタイハク**　「イナムシロトハ、水ノシタニアヲキ物ノナミヨリテアルヲイフ」

（658歌注）、「いなむしろと云ることは、いねのほのいてと、のほりて田になみよりたるなん筵をしきならへるに、たるにといふなり」（俊頼髄脳）、「イナムシロトハ、稲ノ穂ノ出ソロイテナミヨルヲ云」「イナ筵トハ、水ノソコニカキノヤウキル（ママ）物ノ筵ノ様ニヲヒタルヲ云」（別本童蒙抄）、「川のそこにみしかき草の莚をしきたるやうにおひたるを、稲莚とは云也」（奥義抄）**○カハソヒヤナキトハ**　「イナムシロカハソヒヤナキハ、モノフタツナリ。此ハ、難義ニテヒトシラヌコトナリ」（658歌注）によれば、「いなむしろ」と「かはぞひ柳」という二つの異なる要素を併置したにすぎないことを言うか。**○顕宗天皇御製**　「寿畢乃赴ㇾ節歌曰、伊儺武斯廬　呵簸泝比野儺擬　寐逗喩凱麼　儺弭企於己陀智　曾能泥播宇世儒」（日本書紀・顕宗天皇即位前紀）。なお658歌注では、「ミカトノナカレナル人」の歌とする伝承を載せる。

【参考】「柳　かはそひ……いなむしろ　是は水の底にある枝　いねのむしろに、たる也」（八雲御抄）

薦

ミチノクノトフノスカコモナ、フニハ　キミヲシナシテミフニワレネム

古今廿ニアリ。カノクニ、トフノコホリトイフ所ノアレハ、ソレニツキテ、トフノスカコモトヨミテ、ヤカテ、フノトヲアルニトリナセルトソキコヘタル。タ、トフアルコモトイハ、、ミチノクニ、カナラスアルヘシトミエタルコトナシ。

【出典】存疑。夫木抄は「六五」（古今六帖に未見）、歌枕名寄は「古歌」と出典注記する。

【他出】口伝和歌釈抄・一一〇、綺語抄・五四九。俊頼髄脳・一三四、千五百番歌合・二五〇七判詞、色葉和難集・一九八、別本童蒙抄・一九〇、以上四句「君をねさせて」。袖中抄・六二〇（四句「君をねさして」）

【注】○カノクニ、「みちのくに、とふといふところにあむみこものことなり」（口伝和歌釈抄）、「トフノスカコモトハ、ミチノ国ニトフノ郡ト云所ニアルコモヲ云也」（別本童蒙抄）、童蒙抄が陸奥に「トフノコホリ」があると述べる点については、袖中抄、五代勅撰が批判している。「一説ニ、ミチノクニ、トフト云所ノコモノ、ヤガテトフアミタルヲ云ゾト云ハ、アマリノコト、オボユ。所名ニツカバ十フト云義アルベカラズ」（五代勅撰）○**フノトヲアルニ**「とふのすがごも　とふのすがごもとは、こもをとふしまでこめてあみたるなり。ひろくせんとてしたる也」（綺語抄）、「長明文字鎖云、とふのすがごもといふは、みちのくの国とふの郡といふ所に有るこもなり。それをあみふの十有るによせて、とふのすがごもみふにねてなどは読なり」（色葉和難集、但し現存長明文字鎖とは本文が一致しない）○**タ、トフアルコモ**　前半の注文とは矛盾する。異説併記か。この点についても袖中抄が批判している。同説は、陸奥にトフノコホリはないが、トフノスガゴモが陸奥で好まれた、という解に立つ。

【参考】「とふのすかこも〈十ふにあみたる也。陸奥ならでも但馬なるともいへり云々〉」（八雲御抄）

蓑

ワカセコカ、サノカリテノワサミノニ　我ハイリヌトイモニツケコソ

万葉十ニアリ。ワサミノ、トヨメリ。ツケコソトハ、ツケコセトイフコトハナリ。ソトセトハ同コトハナリ。

【出典】万葉集巻第十一・二七二二「吾妹子之《わぎもこが》　笠乃《かさの》借手乃《かりての》　和射見野尔《わざみのに》　吾者《われは》入跡《いりぬと》　妹尔《いもに》告乞《つげこそ》」〈校異〉①は嘉、廣、古が一致。類及び古（漢左）「わきもこか」⑤「ツケコソ」は廣、古が一致。嘉、類「つけこせ」

【他出】古今六帖・三四五八（三句「わすみのに」）、奥義抄・三七四、和歌色葉・一四三、色葉和難集・二七〇、以上初句「わぎもこが」、五句「いもにつげこせ」

【注】○**ワサミノト**「わざみのはの、名也」（奥義抄）。平安期における詠歌例は「ますげよき笠のかりてのわさみのを打ちきてのみや恋渡るべき」（堀河百首・初恋・一一二一・公実）を見る程度。なお、和歌色葉は良い菅を選んで作った簑のこととする異説を記す。○**ツケコソトハ**　音通ではなく語の変化（活用）と捉えているか。

503

笠

ヲホキミノカサニヌフテフアリマスケ　アリツ、ミレトコトナキワキモコ
万葉十一ニアリ。ツノクニノアリマノコホリノスケ、トヨメルナリ。

【出典】万葉集巻第十一・二七五七「王之《おほきみの》 御《み》笠尓《かさに》縫有《ぬへる》 在間《ありま》菅《すげ》 有管《ありつつ》雖レ看《みれど》 事無《ことなき》吾妹《わぎも》」〈校異〉②未見。非仙覚本及び仙覚本は「みかさにぬへる」⑤「ワキモコ」未見。嘉、類「わかいも」。廣、古「ワキモ」。仙覚本は「ワキモ」

【他出】古今六帖・三九四三（初句「大宮の」五句「ことなきわぎもこ」）

【注】○**ツノクニアリマノコホリノ**　有馬菅の詠歌例は多くない。「みな人のかさにぬふてふありますげありての後もあはんとぞ思ふ」（万葉集・三〇七八、人丸集・二〇〇、古今六帖・三九四八、拾遺集・八五八、綺語抄・六七五など）、「山川にいはこす浪のありま菅おのづからおく露ぞみだるる」（承久元年内裏百番歌合・九四・道家）。なお、503 歌の二句「かさにぬふてふ」は、万葉集二七五七歌と三〇七八歌が一部混同したか。綺語抄では「おほきみのかさにぬふてふありますげありてのちにもあはむとぞおもふ」。「アリマスケトハ、笠ニヌウスケナリ」（別本童蒙抄）

【参考】「菅　ありま」（八雲御抄）

504
ヲシテルヤナニハスカ、サヲキフルシ　ノチハタカキムカサナラナクニ
*同二二アリ。コレモツノクニノナニハナリ。

【本文覚書】○同二…同十二（刈）、同（大）

【出典】万葉集巻第十一・二八一九「臨照《おしてる》　難波《なには》菅笠《すがかさ》　置古之《おきふるし》　後者《のちは》誰《たが》将レ著《きむ》　笠有莫《かさならな》国《くに》」〈校異〉非仙覚本（嘉、類、廣、古）異同なし。

【他出】古今六帖・三四五七、口伝和歌釈抄・三二四（二三四句「なひくすけかさをのふるしのちはたれきん」）、袖中抄・一五一

【参考】「笠　なにはすかか」（八雲御抄）

505
ミシマスケイマタナヘナリトキマタハ　キスヤナリナムミシマスカ、サ
同二二アリ。コレモツノクニノミシマナリ。

【出典】万葉集巻第十一・二八三六「三《み》嶋菅《しますげ》　未苗在《いまだなへなり》　時待者《ときまたば》　不《き》レ著《ず》也《や》将レ成《なりなむ》　三《み》嶋菅笠《しますがかさ》」〈校異〉非仙覚本（嘉、類、廣、古）異同なし。

【他出】綺語抄・五三九

【注】○**三島菅笠**　古辞書、歌学書、注釈書に、淀川沿いの三島江の菅と明記するもの未見。万葉集で難波の三嶋江を詠んだ二歌はいずれも「薦」を詠む。「はるさめのふるののみちをわけゆけばみしますがさかわくまぞなき」（行宗集・一九三）

【参考】「笠　みしますか」（八雲御抄）

506

ワキモコカソテヲタノミテマノ、ウラノ　コスケノカサヲキステキニケリ

同ニ有。ソテカサヲタノミテ、トイヘル也。

【出典】万葉集巻第十一・二七七一「吾妹子《わぎもこ》之《が》　袖《そで》乎《を》憑《たのみ》而《て》　真野浦之《まののうらの》　小菅乃《こすげの》笠乎《かさを》　不レ著而来二来有《きずてきにけり》」〈校異〉非仙覚本（嘉、元、類、廣、古）異同なし。

【他出】古今六帖・三四六二（二句「たもとをたのみ」五句「きでぞきにける」）。綺語抄・五三八、続後撰集・一三一九

【注】○ソテカサ　「袖笠」を詠む歌には、「時雨には色ならぬ身の袖笠もぬるればかをる物にぞ有りける」（元永元年内大臣家歌合・時雨・五・少将公）、「あめふればまちしもせじなおしたがへこよひはゆかむそでがさをきて」（行宗集・一三四）、「しぐるとも紅葉ふみ分け尋ねこんわびたるころも袖かさにきて」（基俊集・一四八）など、院政期に若干見える。

【参考】「笠　そて……こすけの」（八雲御抄）

507

杯*《ハカリ》

クレハカリワレヲナ、*メニタノメツ、　サヤニヤキミカワレヲハカルナ

六帖第五ニアリ。クレハカリトハ、カロハカリトイフナリ。タ*ケヲシテ、ヲモキヲイフソト申ス人ノアルハヨキヒカ事ナリ。クレトイヒ、カロトイフハ、ヲナシコヱナリ。

【本文覚書】○杯《ハカリ》…杯（刈・東）　○ナ、メニ…諸本「ナ、メテ」、「なゝめて」　○タケ…タテ（内・和・筑A・刈・東・書・岩・大）、たて（筑B・岩・狩）

【出典】古今六帖・三四四三、下句「さよちか君がかけてはかるか」

【他出】袖中抄・二二七（初句「くれはどり」四句「さやかに君は」）

【注】○**クレハカリトハ**　袖中抄の一本（学習院大学蔵本）に「古今云《歌歟》　くれはとりわれをなら《な、歟》めにたのめ筒さやかに君は我をはかるな　又くれはとりと云事有　是は織にはあらず　竹を読ルなり　さてなゝめにとは云り。こゝ《か歟》ろしと云をくれとも云　かろはかりと云也　かとくと同音也　又呉竹とも云　権衡《ケンコウ》と書てかうばかりと云り　権衡をば竹おもしとも読り　おもき竹也」とある。「権衡　広雅云錘〈音垂〉謂之権〈和名波加利乃於毛之〉。兼名苑云銓〈音全〉、一名衡称也。楊氏漢語鈔云権衡〈加良波可利〉」（二十巻本倭名類聚抄）。「カロハカリ」はあるいは「カラハカリ」かとも思われるが、未詳。○**タケヲシテ**　この箇所、童蒙抄諸本に揺れがあるが、袖中抄記事によるならば「タケ」か。ただし袖中抄のいう「竹おもし」については未詳。○**ヨキヒカコト**　「よき持」などと同類の表現か。○**クレトイヒ**　「クレ」は権衡が中国渡来のものであることによるか。また前引倭名抄によれば、「カラ」とあるべきか。

籠

ウミヲナトナミタニヌル、コトモウシ　マナシカタマヲイカテクミ、ム

古哥也。日本紀、兄、火闌降命《ホソスソリノ》、有海ノ幸《サチ》。弟彦火之出見尊、有《マス》山幸。*相語テ曰、試欲易《カヘ》幸ヲ。遂相易之各不得其利《サチヲ》、弟失釣《チヲ》一。無由覔。兄忽急責《セメハタル》。故弟憂苦《ウレヘクルシヒマスコト》　甚深。行《ユイツ、》吟*海畔ニ。時逢塩土老翁《シホツノヲチニ》。々々問曰、何故在此ニ愁乎。*対以事之本主《カタチヲ》。老翁曰、勿復憂《マタウレヘマシソ》。乃作*無自籠《マナシカタマ》、内彦火々出見尊於籠《カタマノウチニ》　中沈于海ニ。即有可怜小汀《ウマシヲハマ》、*爰葉籠　遊行《カタマヲイテマス》。忽至海　神《ワタツミノ》之宮ニ。門前有一ノ井。々上ニ有一湯津杜《カツラ》　樹。就其樹下、彷徨。海神於鋪八重席薦《タヽミヲ》延内《ヰル》之。即語情《アルカタチ》　之委曲。海神乃集大小魚逼問之。亦赤女〈々々鯛／魚名也〉有口疾不来《マウコ》。探

口者、果テ得失鉤《チヲ》。已娶海神女豊玉姫ヲ。已終《ナリヌ》三年ニ。海神乃曰、天孫《アメマコ》若欲還郷者、吾当奉送。便誨《ヲシヘマツリテ》曰、与鉤《チヲ》兄ニ之時、陰呼此鉤ヲ曰貧鉤《マチ》ヲ、然後与《ヘタマヘ》之。又授潮満瓊《シホミツタマ》及洲《潮》瓊凋《ヒル》瓊、誨曰、溺《ヲホラセ》兄。如此道悩《ナヤマサハ》、兄伏《シタカヒナム》。已還宮。随《マヽニス》教ノ。兄伏罪曰、吾将為俳優《ワサヲキノ》之民云々。一云、海神尽ニ召鰭広《ハタノヒロモノ》鰭ノ狭《セハモヲ》問之、口鯔《ナヨシ》女口疾云々。立得鉤ヲ。海神制《カメ》曰、付《ヲレ》口女、従今以往《ユクサキ》、不得呑《ツリヲノムコト》餌。又不得預《アツケシ》天孫之饌《タテマツリ》。即以口女、所以不進御者、此縁也。一云、海神曰、宜在海浜、仆《シタカヘカナサテ》風招〈々々即蕭也〉。如此則吾起瀛風辺風、以奔波ヲ溺悩《ナヤマサム》。今帰来居浜嘯之。時迅風忽起。兄溺苦云々。

【本文覚書】○相語テ…松語テ（内・書）、私語（和・筑A）、時語（大）○海畔…海辺（岩・大）○対以事之本主《カタチヲ》…対以事也去主（和・筑A）、対以事之本末（筑B・東）、答以其事（岩・大）、対以事之（狩）○無自籠《マナシカタマ》…無目籠（和・筑B・刈・東・狩）、大目荒籠（岩・大）○爰葉…爰棄（筑B・刈・東・狩）○仆…作（筑B・刈・東・大）

【出典】古歌

【注】○**日本紀**「兄火闌降命、自有ニ海幸一。幸、〈此云ニ左知一〉……弟彦火火出見尊、自有ニ山幸一。始兄弟二人相謂曰、試欲ニ易幸一、遂相易之。各不レ得ニ其利一。兄悔之、乃還ニ弟弓箭一、而乞ニ己釣鉤一。弟時既失ニ兄鉤一。無レ由ニ訪覓一……故彦火火出見尊、憂苦甚深。行吟ニ海畔一。時逢ニ塩土老翁一。老翁問曰、何故在レ此愁乎。対以ニ事之本末一。老翁曰、勿復憂。吾当為レ汝計之、乃作ニ無目籠一、内ニ彦火火出見尊於籠中一、沈ニ之于海一。即自然有ニ可怜小汀一……於是、棄レ籠遊行。忽至ニ海神之宮一……門前有ニ一井一。井上有ニ一湯津杜樹一。枝葉扶疏。時彦火火出見尊、就ニ其樹下一、徙倚彷徨……海神、於是、鋪ニ設八重席薦一、以延内之。坐定、因問ニ其来意一。時彦火火出見尊、対以ニ情之委曲一。海神乃集ニ大小之魚一逼問之。僉曰、不レ識。唯赤女〈赤女、鯛魚名也〉。比有ニ口疾一而不レ来。固召之探ニ其口一者、果得ニ失鉤一。已而彦火火出見尊、因娶ニ海神女豊玉姫一。仍留ニ住海宮一、已経ニ三年一……天孫若欲レ還レ郷レ者、吾当レ奉レ送。便

授二所レ得釣鈎一。因誨之曰、以二此鈎一与二汝兄一時、則陰呼二此鈎一曰二貧鈎一、然後与之。復授二潮満瓊及潮涸瓊一、而誨之曰、漬二潮満瓊一者、則潮忽満。以レ此没二溺汝兄一、若豈悔而祈者、還漬二潮涸瓊一、則潮自涸。以レ此救之。如此逼悩、則汝兄自伏……彦火火出見尊已還レ宮、一遵二海神之教一。時兄火闌降命、既被二厄困一、乃自伏罪曰、従レ今以後、吾将為二汝俳優之民一」「時海神便起二憐心一、尽召二鰭広鰭狭一而問之。皆曰、不知。但赤女有二口疾一不レ来。亦曰、口女有二口疾一。即急召至、探二其口一者、所失之針鈎立得。於是、海神制曰、儞口女、従レ今以往、不レ得二呑餌一。又不レ得レ預二天孫之饌一。即以二口女魚一、所二以不レ進レ御者、此其縁也」「時海神授二鈎彦火火出見尊一、因教之曰、還二兄鈎一時、天孫則当言、汝生子八十連属之裔、貧鈎・狭狭貧鈎。言訖、三下唾与之。又兄入レ海釣時、天孫宜在二海浜一、以作二風招一。風招即嘯也。如此則吾起二瀛風辺風一、以二奔波一溺悩。火折尊帰来、具遵二神教一。至二及兄釣之日一、弟居レ浜而嘯之。時迅風忽起。兄則溺苦」（日本書紀・神代下）

509

鍋

アフミナルツクマノマツリハヤセナム　ツレナキ人ノナヘノカスミム

伊勢物語ノ哥也。コ、ロカケタル女ノシノヒテコトヒトニモノイフトキ、テ、ホトヘテノチニツカハストテヨメルナリ。

カノツクマノヤシロノマツリニハ、ソノサトノヒト、ヲトコシタルカスニシタカヒテ、ナヘヲツクリテイタスナリ。サレハカクヨメリ。

【出典】伊勢物語・二〇二、三句「とくせなむ」

【他出】口伝和歌釈抄・三七三、奥義抄・四一七、袖中抄・五七一、和歌色葉・二〇九、色葉和難集・四三七。拾遺

集・一二二九、以上初句「いつしかも」。俊頼髄脳・一二三六（二句「ちくまの祭」）、別本童蒙抄・一九九、以上三句「とくせなむ」

【注】○**コヽロカケタル女ノ**　伊勢物語本文とは一致しない。また、他の歌学書は、伊勢物語に言及しない。「むかし、男、女のまだ世経ずとおぼえたるが、人の御もとにしのびてもの聞えて、のち、程へて」（伊勢物語）○**カノツクマノヤシロノ**　「これは近江国ちくまの明神と申神の御ちかひにて、女の男したる員にしたかひて《つちイ》　してつくりたるなへを、其神のまつりの日たてまつる也」（俊頼髄脳）

【参考】「つくまのなへ〈是近江つくまの明神祭。男かすになへをたてまつると云り〉」（八雲御抄）

針

510

クモヰヨリクタレルイトモスケツヘシ　ウミノソコナルハリヲエツレハ

類聚抄ニ有。赤染哥也。ヒトノミトナリ仏教ニアフコトハ、梵天ノウヘヨリサカレルイトノ、大海ノソコニアルハリノミヽニツラヌカムヨリモカタシ、ト法文ニイヘリ。サレハ、ヒトノミニウマレタレハ、仏教ニアヒテ生死ハイテヌヘシトヨメルナリ。

【出典】類聚抄

【他出】赤染衛門集・二六三（二句「くだせるいとも」）

【注】○**類聚抄**　未詳。和歌色葉上巻に「疑開類聚問答抄」とあり、三書を続き書きにした可能性もある。また、国朝書目下巻に「類聚抄」の名が見える。○**ヒトノミトナリ**　「提謂経云、如有一人在須弥山上以繊縷下之。一人在下持針迎之。中有旋嵐猛風。吹縷難入針孔。人身難得甚過於是」（法苑珠林巻五十三）、「人ノ身ト成リ、仏ノ教ニ値事、

梵天ノ上ヨリ垂ル糸ノ大海ノ中ニ有ル針ヲ貫ムヨリモ難カナレバ」（三宝絵序文）

511

斧

オノ、エハクチナハマタモスケカヘム　ウキヨノ中ニカヘラスモカナ

六帖第二ニアリ。

【出典】古今六帖・一〇一九

【他出】俊頼髄脳・三五六

512

機*

アシタマモテタマモユラニヲルハタハ　キミカコロモニヌハムトソヲモフ

六帖第五ニアリ。テタマモユラニトハ、日本紀第二云、天孫事勝《カツ》神ニトフテノタマハク、ソノサキタツルナミノホノウヘニシテ、ヤヒロトノヲタテ、手玉玲瓏《テタマユラ》ハタフル*ヲトメハ、コレタレカムスメソ。答テマウサク、大山祇神《ヲホヤマツミ》ノムスメトモナリト云々。

【本文覚書】底本、「機」を行間に細字補入。　○フル…内・谷・書・狩以外「ヲル」「おる」

【出典】古今六帖・三二五三、五句「たたむとぞ思ふ」

【他出】万葉集・二〇六五（「足玉母《あしだまも》　手《て》珠毛《たまも》由良尓《ゆらに》　織旗乎《おるはたを》　公之御衣尓《きみがみけしに》　縫《ぬひも》将レ堪《あへむ》可聞《かも》」）。赤人集・三二六（五句「ぬひきせんかも」）、俊頼髄脳・二七〇（五句「ぬひきけむかも」）、以上三句「おるはたを」

【注】○テタマモユラニトハ「天孫又問曰、其於秀起浪穂之上、起二八尋殿一、而手玉玲瓏、織経之少女者、是誰之子女耶。答曰、大山祇神之女等、大号二磐長姫一、少号二木花開耶姫一。又号豊吾田津姫、云云」（日本書紀・神代下）。この箇所、俊頼髄脳所説は引用せず、和歌にも異同がある。「ゆらにとは、ひまなきをいふ、ゆらしと云もおなじ事也」（能因歌枕）
【参考】「ゆらに〈ひまなき也、ゆらしといへるも同事也〉」（八雲御抄）

絡染　タ、リ

ヲトメコカウミヲノタ、リウチヲカケ　ウムトキナシニコヒワタルカモ
万葉十*一ニアリ。

【本文覚書】○十一…十二（大）
【出典】万葉集巻第十二・二九九〇「𡢳嬬等之《をとめらが》　続麻之多田有《うみをのたたり》　打麻懸《うちそかけ》　続時無二《うむときなしに》　恋度鴨《こひわたるかも》」〈校異〉①は類、廣が一致。西、古及び元（「めか」右赭）「ヲトメラカ」。元「をとめか」。なお、廣のみ「𡢳嬬古」とある。②は類、廣、古、西及び元（「をた」右赭）が一致。元「うみをたゝり」③は類、廣、古、西が一致し、元「うちをけ」で「け」を消し右赭「カケ」④「トキナシニ」は類、古、西及び元（「くも」右イ）が一致。元「ときなくも」。廣「トモナシニ」⑤「カモ」は類、廣、古、西及び元（「な」右赭）が一致。元「かな」
【他出】八雲御抄・一四一
【注】○絡染「絡挆　楊氏漢語抄云絡挆〈多々理、下他果反〉」（箋注倭名類聚抄）、「絡垜、多々利と謂ふ」（肥前国風土記）。「染」字、諸本異同ナシ。

【参考】「これはしつのをたまきの事也。それをうみ《績》をうち《打》をとはいへるなり。たゝりとは多田有とかけり。木をみつまたにしてを、まく物なりといふ。神宝なとにもあるもの也。くはしくはけすの所知也。それに恋の心をよせたるなり。在万葉十二」（八雲御抄）

514

反転《クルメキ》

ワキモコニコヒテミタル、クルメキニ　カケテシヨリナワレコヒソメシ

万葉第四ニアリ。クルメキトハ、イトヲカケテクルモノナリ。ヌノヲルニモコレハアリ。

【出典】万葉集巻第四・六四二「吾妹児尓《わぎもこに》　恋而乱者《こひてみだれば》　久流部寸二《くるべきに》　懸而縁与《かけてよらむと》　余恋始《あがこひそめし》」〈校異〉②「ミタル、」は古が一致。元、金、類、廣、紀及び古（「ル、」右）「みたれる」③未見。非仙覚本及び仙覚本は「くるへきに」④「ヨリナ」未見。元、金、類「よりそ」。廣、古、紀及び元（「そ」右イ）「ヨリヨ」。仙覚本は宮、温、矢、京、陽「ヨシト」で「ヨシ」紺青（矢、京、陽）。西「ヨリト」で「ヨリ」もと紺青、「ト」右「ヨイ」。宮、西、温は「縁与」左「ヨリソ」。京「ヨシト」を赭で消し、右赭「ヨリヨ」、「縁与」左赭「ヨレト」⑤「ワレ」は古が一致。元、金、類、廣、紀「わか」

【注】○クルメキトハ　「反転〈久留戸木〉」（新撰字鏡）、「反転　弁色立成云、反転〈久流閉枳、楊氏漢語抄説同〉」（箋注倭名類聚抄）。和歌における用例未見。万葉歌、古辞書等では「くるべき」だが、童蒙抄諸本すべて「くるめき」

火

日本紀一書説曰、伊弉諾尊、斬軻々爰智命、各五段。此各化成五々山祇。斬血激灑染於石礫樹草。此草木沙石ノ同含火之縁也。

【注】○**日本紀一書説曰**「一書曰、伊弉諾尊、斬二軻遇突智命一、為二五段一。此各化二成五山祇一……是時、斬血激灑、染二於石礫樹草一。此草木沙石自含レ火之縁也」（日本書紀・神代上）

キミマモルヱシノタクヒノヒルハキエ　ヨルハスカラニモエコソワタレ

六帖ニアリ。衛士トハ、諸陣ニアリ、ミカキヲモル物也。ヒタキヤニ・《テ》ヨルハヒヲタクヘキナリ。サレトツネニタクコトハミエス。クラヰニツカセタマフ時ヒタクマネヲスルナリ。

【出典】古今六帖・七八一、「君がもるゑじのたくひのひるはたえよるはもえつつ物をこそ思へ」

【他出】口伝和歌釈抄・三五四（初句「きみこふる」下句「よるわもへつゝものをこそ思へ」）。詞花集・二二五、俊成三十六人歌合・九八、定家八代抄・一〇〇九、八代集秀逸・五七、百人一首・四九、百人秀歌・四八、色葉和難集・九三一、以上「みかきもりゑじのたくひのよるはもえひるはきえつつものをこそおもへ」。後葉集・二九四、和歌色葉・二九、時代不同歌合・二一三、初句「みかきもる」、以下詞花集等に同じ。

【注】○**衛士トハ**「トノヘトハ外衛也。左右衛門ハオホガキノ外ヲマボレバ、トノヘトイヒ、ミカキモリトナヅクルナリ」（古今集注）、「左右衛門をばみかきもりといふ。その下部をば衛士といふ。衛士のたく火ともよめり。ひたきやにてたくなり」（散木集注）○**ヒタキヤニテ**「ヱジハ夜々ヒタキヤニテ火ヲタク也」（詞花集注）、「和云、内裏にゆふ暮になれば火焼屋と云ふ所のうちにあやしき男の火を焼くなり。それをゑじと云ふ。昼になれば焼かねば、ひる

はきゆと云へり」（色葉和難集）、「凡黄昏之後。出入内裏五位已上称名。六位已下称姓名。然後聴之。其宮門皆令衛士炬火。閤門、亦同。」（左右衛門府式）○**サレトツネニ**　未詳。

【参考】「左右衛門　みかきもり〈惣衛士名歟〉」（八雲御抄）

寺

アヒヲモハヌ人ヲ、モフハオホテラノ　カキノシリエニヌカツクカコト

*万葉　ニアリ。昔ハテラニ餓鬼ヲツクリスヱタリケリ。ソレヲシラテ、ヲロカナル人、仏トヲモヒテヌカヲツキタリケルナリ。サレハ、ヲモハヌヒトヲ、モフナムニタルトイヘリ。

【本文覚書】○万葉　…和・筑A、一字分空白ナシ。

【出典】万葉集巻第四・六〇八「不二相念一《あひおもはぬ》　人乎《ひとを》思者《おもふは》　大寺之《おほてらの》　餓鬼之《がきの》後尓《しりへに》　額衝如《ぬかつくごとし》」〈校異〉④「シリエニ」は元、金、廣、紀が一致。元「しりゑ」右赭「ウシロ」

【他出】古今六帖・二六三二、古来風体抄・五五、八雲御抄・一五〇、色葉和難集・二二〇。俊頼髄脳・三六二（四句「がくゐのしりへに」）

【注】○**昔ハテラニ**　「これはむかしの寺には餓鬼《かくゐ》をつくりてすゑたりけるなり。その餓鬼にむかひておろかなる人の、佛のおはするぞ《と》・思ひぬかをつきてたてまつるなり。それなんおもはぬ人をおもふはにたるなりとよめる」（俊頼髄脳）

【参考】「これは、あひおもはぬ人をおもはん、せんなき事也。大てらにては、仏にこそぬかをもつくへきに、かきのしりへにぬかつかむは、せんなき事なりといへり」（八雲御抄）

仏

【本文覚書】○「仏」は標目のみあり、底本は半丁と二行分の空白あり。和は「以下脱文」と記す。書・狩は標目そのものを欠く。岩・大は、「仏」の前に「仏神部」を置く。

517

経

コフツクスコノミタラシノカハカメハ　ノリノウキ、ニアハヌナリケリ

玄々集ニアリ。女院御八講ニ、捧物ヲカネシテホウライヲツクリテタテマツラセタマフトテ、前*ニ斎院選子ノ内親王ノヨミ給ヘルナリ。法花経第八ニ如一眼之亀値浮木吼*トイヘル心也。

【本文覚書】○前ニ…前ノ（刈・東）、前（筑B）○吼…孔《アナ》（刈・東）、孔（岩・大）

【出典】玄々集・五七・（前斎院二首）

【他出】拾遺集・一三三七

【注】**○女院御八講ニ**　東三条院詮子法華八講、長保三年九月十四日に道長主催で行われた。「女院御八講捧物にかねしてかめのかたをつくりてよみ侍りける　斎院」（拾遺集詞書）。玄々集の詞書は「前の一宮より、亀のかたをつくりて、一眼のなどありてたてまつり給へりければ」で、童蒙抄注文の典拠となる資料未見。**○法花経第八ニ**　「仏難得値。如優曇波羅華。又如一眼之亀。値浮木孔」（法華経巻八・妙荘厳王本事品）

518 クラキヨリクラキミチニソイリヌヘキ　ハルカニテラセヤマ・《ノ》ハノ月
玄々集ニアリ。和泉式部哥也。従冥入於冥永不聞仏名トイヘル法花経ノ・《三》巻之文ノ心也。
【出典】玄々集・一二九・（和泉式部六首）
【他出】拾遺集・一三四二、後十五番歌合・四、麗花集・一一三、和泉式部集・一五〇・八三四、相撲立詩歌合・七、新撰朗詠集・五六一、後六々撰・一〇、古本説話集・二三、宝物集・五六四、古来風体抄・三八九、無名草子・八九、発心集・二九、定家八代抄・一八〇九、西行上人談抄・四三、時代不同歌合・二九五、世継物語・一七、女房三十六人歌合・五一（三句「入りにける」）
【注】○従冥入於　「衆生常苦悩　自冥無導師　不識苦尽道　不知求解脱　長夜増悪趣　減損諸天衆　従冥入於冥　永不聞仏名」（法華経巻三・化城喩品）

僧

519 コノミユキチトセヲカヘテアラセハヤ　カ、ルヤマフシ*トキハアフヘク
六帖ニアリ。素性哥也。

【本文覚書】○トキハ…トキニ（内・刈・東・書）、ときに（筑B・狩）、時に（岩）

【出典】古今六帖・一四四四、五句「時にあふべく」

【他出】素性集・四五（三句「あらぬかな」）、後撰集・一〇九二（二三句「ちとせかへでも見てしかな」）

【注】○素性哥也　現存本古今六帖では五首続きの第三首目、第一首の作者名は貫之。

520
シラカシノシラヌヤマチヲソミカクタ　タカネノツ、キフミカ*ナラセル
長能ウタナリ。ソミカクタトハ、ヤマフシヲ云也。
【本文覚書】○カ…カ《ヤ》（和）、ヤ（筑A、刈）、や（岩・狩）
【出典】明記せず
【他出】綺語抄・三二五、奥義抄・四二五、和歌色葉・二二一、色葉和難集・四一六（二句「しらぬ山路の」四句「たかねのつゞみ」）、別本童蒙抄・一三三（二句「シラヌ山路ニ」四句「ツカネノツ、シ」）
【注】○**長能ウタナリ**　「長能歌云、しらかしの…」（綺語抄）、奥義抄、和歌色葉も長能歌とする。○**ソミカクタトハ**　「そみかくた　行者をいふ也」（綺語抄）、「そみかくたとは修行者を云也とぞ静円僧正はまうしける」（奥義抄）、「ソミカクタトハ、山川《ママ》ヲ云。修業者ヲモ云」（別本童蒙抄）。平安期の用例は少ない。「あやぶまで嶺よりくだす柴車法に心やそみかくだなる」（久安百首・羇旅・一三九五・小大進）、「月ひとりすむ山寺にそみかくだ誰に尋ねてやどをかるらん」（出観集・四二二）
【参考】「僧　そみかくた〈山ふし也〉」（八雲御抄）

521
ミネタカミヤマニシマロフソミカクタ　サ、ラエヲトコヒトリマツラシ
公実卿、独待山月トイフ題ノ詠也。サ、ラエヲトコ、見月解*　部歟。
【本文覚書】○見月解…内・筑A・筑B・谷・刈・書・東・岩、狩、一字空白なし。
【出典】明記せず
【注】○**公実卿**　三条大納言公実。○**独待山月**　当該歌題未見。○**サ、ラエヲトコ**　17歌注参照。○**見月解部歟**　この

一文不審。17歌注ではサ、ラエヲトコに関する詳細な注はない。また「月解部」の称不審。刈は「月ノ解部ニ」とする。

鐘

シモマツカネ

山海経曰、豊山有九鐘。是和霜鳴。郭璞注曰、霜降則鐘鳴、故言和也。物有自然感。不可為也。

【注】○**シモマツカネ**　和歌における用例は僅少。南宮歌合に雅兼の詠として「秋深み霜まつ峰の鐘の音に声うちそへてをしか鳴くなり」があり、同歌合を引く夫木抄は、以下の判詞を引く。「此歌判者大僧正行尊云、左歌本文をよまれたるに侍るめり、あさましくとほみみききける人かな、しかや鳴くらんなど、おしはかられたらばこそあらめ、唐朝のかねのおとに日本のしかの声うちそへて鳴くなりと侍ればよと云云」○**山海経曰**　84歌注参照。

522

念珠

コノヨ《ニ》・テ菩提ノタネヲウヘツレハ　キミカヒクヘキミトソナリヌル

朗詠下ニアリ。御八講ノヲクリモノニ、菩提子ノ念珠ヲツカハストテ、左相府ノヨミタマフナリ。

【出典】和漢朗詠集・六〇三

【注】○**御八講ノヲクリモノニ**　「読法文畢贈師菩提子念珠、左丞相府」（朗詠江注）。なお暦応二年藤原師英書写本（和歌文学大系所収）の和漢朗詠集は、作者注記を「読法文畢、贈菩提提子念珠、左相府」とする。江注などの古注が本文化したか。

523

ツラヌケルタマノヒカリヲタノムトモ　クラクマトハムミチソカナシキ

赤染哥也。

【出典】明記せず

【他出】赤染衛門集・二一四

神

524

ヤチホコノカミノミヨ、リトモシヘノ　ヒトシリニケリツキテヲモヘハ

万葉十ニ有。ヤチホコノ神トハ、

【本文覚書】138に既出。底本「神トハ」以下を欠き一行半分余白あり。諸本も「神トハ」以下を欠く。

【出典】万葉集巻第十・二〇〇二「八千戈《やちほこの》　神《かみの》自二御世《みよより》一　乏孋《ともしづま》　人知尓来《ひとしりにけり》　告思者《つぎてしおもへば》」〈校異〉②「カミノミヨ」は類、紀及び元（「のよ」右）が一致。元「かみのよ」③は紀が一致。元、類及び紀（「孋」左江）「ともしつま」⑤未見。元「つきて、みれは」で「、みれ」右赭「シオモヘ」。類「つけてしおもへは」。紀「ツケテオモヘハ」。仙覚本は「ツキテシオモヘハ」で、京「ツケテシオモヘハ」で「テシ」右赭「江本」、「告」左赭「ツキ」。なお、京歌頭に赭「江本告《ツケテシ》」あり。西貼紙別筆「ツキテシ古本同」あり。

【他出】人麿集Ⅲ・一三九（三四句「トモシツマヒトリニケリ」）

【注】○**ヤチホコノ神トハ**　以下脱文。諸本ともなし。

【参考】「神　やちほこのた、《（ママ）》もひめ〈神名〉」（八雲御抄）

525　カミノマスハヤセニシノフカラフネノ　ヲトニタテシトツ、ムワリナサ
古哥也。荊州記曰、魚腹県瞿唐灘上、有神廟先極霊。刺史二千石経過、皆不得鳴鼓角高。*旅恐触石有、乃以布裹*槁是。

【本文覚書】○旅…振（刈・東）○槁…揚（和・筑A・刈・東・岩・大）

【出典】古歌

【注】○荊州記曰　荊州記（宋・盛弘之撰）は佚書。日本国見在書目録にも未見。「盛弘之荊州記曰、魚復県瞿唐灘上、有神廟先極霊験。刺史二千石経過、皆不鳴鼓角篙。旅恐触石有声。乃以布裹篙是」（太平御覧巻七七一）、同様の文は、水経注等にも見えるが、出典を明記せず。

【参考】「舟　から」（八雲御抄）

【補説】童蒙抄に荊州記が引用されるのは、当該箇所と、588歌注の二箇所である。525歌注引用箇所は、芸文類聚に見えず、仮に太平御覧に引用されたものを掲出した。あるいは修文殿御覧を参照したものであろうか。被注歌も他に所見なく、注文も漢文体であるから、加注も範兼が直接行った可能性は高い。一方の588歌注は、以下の如く、訓読体と漢文体が混在している。

588　シツクモテヨハヒノフテフハナ、レハチヨノアキニソカケハシケラム
後撰第七ニアリ。友則哥也。菊トヨマテ、ハナトハカリヨメリ。シツクニヨハヒノフトイフコトハ、モロコシニ、酈県ノキタ五十里ニ菊谿アリ。ミナモト石澗ヨリ出タリ。山ニ甘菊アリ。村人コノミツヲノムテイノチオホシ。見荊州記。
又云、南陽酈県ニ甘谷アリ。タニノ水アマクヨシ。其山ノウヘニ菊花アリ。水山ノウヘヨリナカレクタレリ。ソノコキシルヲエテ、タニノウチニ三十余家井ヲホラシメテ、コノミツヲノム。上寿ノモノハ二千歳也。中ノモノハ百余

歳也。見風俗通。威和之荊州記曰、酈県有菊水。其源悉芳菊。復岸水其甘馨。大尉胡広久患風羸恒汲飯《ママ》（飲―異本）此水。後疾遂瘳年延百歳。非唯天寿□（忽―異本）菊延云々。

注文は菊水について書くが、傍線部の典拠は荊州記、波線部の典拠は風俗通であるとする。その後、荊州記曰として漢文体の記事を置く。芸文類聚には二箇所（巻九、巻八十一）にわたり荊州記の菊水記事を載せるが、その内容は異なる。

荊州記曰、酈県北五十里、有菊谿、源出県西北五十里石澗山、東南流、会専水、両岸多甘菊（巻九）

盛弘之荊州記曰、酈県菊水、太尉胡広、久患風羸、恒汲飲此水、後疾遂瘳、年近百歳、非唯天寿、亦菊延之、此菊甘美、広後収此菊実、播之京師、処処伝埴（巻八十一）

童蒙抄に荊州記の所説が二度書かれるのは、おそらく、荊州記の菊水に関する記事が、傍線部だけではなく、二重傍線部のものもあるための追補であろう。但し、芸文類聚の引く荊州記は、「其源悉芳菊。復岸水其甘馨」の部分がない。ほぼ同じ箇所を引用するのは、太平御覧、記纂淵海等だが、いずれも当該箇所を有する。したがって芸文類聚は抄出している可能性が高く、童蒙抄が同書に拠ったとは断定できない。より完全な記事を例えば修文殿御覧のようなものが載せていた可能性もある。いずれにしても、傍線部が訓読文であり、二重傍線部が漢文であることから、傍線部は依拠資料を引き継ぎ、二重傍線部は童蒙抄が補った可能性が高い。

526 カハヤシロシノヲオリハヘホスコロモ　イカニホセトモナヌカヒサラム

527 ユクミツノウヘニイノレルカハヤシロ　カハナミタカクアソフナルカナ

河社難義也。河神楽トテ、河ノ上ニヤシロヲイハイテ、シノヲオリフセテ、ソノウヘニモノヲウカフルコト*

528

クニクニ、アルヘシ。サレハカハヤシロトハ、タ、カハノウヘニイハフヲイフトノミ、カクイヒナラハシタルヲ、江中納言集ニ、*シミツノミテクラノチムトカキテ

ホサハヤナシノヲ、リハヘホス衣　シミツノミヤノナカレタヘセテ

トヨメリ。モロコシヤマトノコトヨク〱フカクシリタル人ノヨマレタレハ、アタ〱シキコトハアラシ。此哥ノ心ナラハ、カハヤシロトハ、*■■■■■ヤハタヲ申スニヤ。シミツノ宮トハ、コト、コロヲイフヘキナラス。アラハニソレトミヘタリ。イツレモヒカコトニハアラヌナルヘシ。古今ニハ、シノニヲリハヘ、トモカキタル本アリ。*シノヲ、リソヘ、トヨメルハ、シノタケヲ、リシキテ、トイフナルヘシ。ナヌカヒサラム、トイフ事ハ、ナキナタテルヲハヌレキヌトイフヲ、七日マテイノレトナキナトイフコトノアラハレネハ、ホセトモヒス、トハヨメルナリ。

【本文覚書】○コトクニ、…コトクニ（筑B・刈）、コトクニクニ、（東）ことくにくに《本》、（岩）○シミツ…シモツ（筑A）○■■■■■…底本「ヤシロトハ」を墨消　○シノヲ、リソヘ…シノヲオリハヘ（刈・東）、しのを、りはへ（岩）

【出典】526明記せず　527明記せず　528江帥集・三〇二

【他出】526貫之集・四一五、綺語抄・二六五、俊頼髄脳・三三〇、袖中抄・一九五、六百番陳状・二〇八、古来風体抄・一一一、新古今集・一九一五、僻案抄・五一、八雲御抄・一六九、色葉和難集・二七六。古今六帖・二一六（二句「しのにをりかけ」）、口伝和歌釈抄・三一八（初二句「かわはしやしのにをりそへ」四句「いかにをせはや」）。奥義抄・六三五（二句「しのにをりはへて」）、六百番歌合・一一一八判詞（二句「しのをりはへて」四句「いかにほ

せばか」)。六百番陳状・二〇八(二句「しのにをりはへ」)、和歌色葉・一九二(二句「しのをりはへて」)、別本童蒙抄・三二六(二句「シノニヲリハヘ」四句「イカニホセハカ」) 527古今六帖・二一七(二句「うへにいのれる」下句「かみなりたかくあそぶこゑかな」)。貫之集・四八四、俊頼髄脳・三三一、袖中抄・一九六・二〇一、僻案抄・五二、以上二句「上にいはへる」。奥義抄・六三六、和歌色葉・一九三、以上二句「うへにいはへる」五句「あそぶこゑかな」。六百番陳状・二〇九、古来風体抄・一一二、以上二句「うへにいはへる」四句「岩浪たかく」。口伝和歌釈抄・三一九(二句「うへにいわゐる」、五句「あそふころかな」)、綺語抄・二六六(二句「うへにいはへる」下句「かみなびたかくあそぶころかな」)、六百番歌合・一一一八判詞(二句「うへにいはへり」) 528袖中抄・二〇二、六百番陳状・二一四(二句「しのをりはへて」)

【注】○**河社難義也** 「このかはやしろのこと、いかにもしれる人なし」(俊頼髄脳)、河社に関する議論については、川村『袖中抄』補注85参照。○**河神楽トテ** 「かわはしろとは、かわのかみをいふ也」(口伝和歌釈抄)、「かはやしろかはのうへにあるやしろをいふ。かものたゞすのやしろをいふとも」(綺語抄)、「たゝ人のをしはかり申すは、みつのうゑに神のやしろをいはゐて、かくらをするなり。されはかはやしろとは、水のうゑにあるやしろといふなり」(俊頼髄脳)、「かはやしろのことさま〳〵に申すめれと、皆ひか事也。是は夏神楽のこと也……川の瀬にさかき四本をたて、それをはしらにて、しの竹をたなにかきてそれは神供をはそなふ。是をかはやしろと云也」(奥義抄)。和歌に用例なし。○**シミツノミテクラノチム** 清水の幣の陣か。あるいは川村『袖中抄』の指摘するように、「清水のみ寺の陣」か。いずれにしても、「しみづでらのろむ」(江帥集詞書)とあり不審。○**モロコシヤマトノコト** 童蒙抄は、匡房の和歌六首(異本にさらに一首)、詩数首を注する。○**ヤハタヲ申スニヤ** この箇所の誤解については、袖中抄が批判する。「範兼卿義につきて、清水のみてらのちむといひたるを、石清水とおぼめかるゝ、いさと聞こゆ。石清水ともみやてらともこそさらば書かれめ。若都《(シ)》督の時、しみづ寺などの訴ある時、かの寺の陣状に詠まれたる事歟とこそ聞こゆれ」とし、夫木抄は「しみづのみや、豊前」として匡房歌を載せる。○**古今ニハ** 童蒙抄は526歌が古今

集にあるとするが、現存本には見えず。同じく袖中抄は、「又古今には、しのにをりはへとも書きたる本ありとある、如何。古今には無(シ)二此(ノ)歌一、僻事歟」とする。

【参考】「かはやしろ〈夏神楽也。俊成説有。滝川上にてすといへり。夏川上にてする也〉」「是は貫之哥に夏神楽をよめる也。河の上にて夏神楽をして祈なり。俊頼は心えぬよしをいへれとも無風情夏の神楽也。しのにはひまなしなり。無実なとある人の祈にする事をよめるなるへし」（八雲御抄）

イナリ山*シツノタマカキウチタ、キ　*ワキネキコトヲ神モコタヘヨ

後拾遺廿ニ有。恵慶法師哥也。ミツノタマカキトハ、瑞籬トハ、神カキヲイフコ、ロナレト、マタイナリノミツノヤシロニテヲハシマスコ、ロニヨメルナルヘシ。

【本文覚書】○シツ…ミツ（筑A・刈・東）、みつ（筑B・岩・狩・大）○ワキ…ツキ（内・和・筑A・刈・書）、わか（筑B）、我（岩・大）、うき（狩）

【出典】後拾遺集・一一六六・恵慶法師

【他出】恵慶集・五八（初句「いなりのや」）

【注】○**ミツノタマカキトハ**「垣　ミヅノタマガキ」（和歌初学抄）、底本及び内閣本以下、和歌二句を「シツノタマカキ」とするが、注文によれば誤写か。377歌注参照。○**瑞垣トハ**「或人云、みつかきとは神の社のかきをいふ也」（和歌色葉）○**イナリノミツノヤシロ**「みづのたまがき」が、「瑞垣」と「稲荷の三社」を掛けているとの解。「かみのやくみつのやしろにいのりすとけふよりきみがさかはゆかなむ」（忠見集・三七、詞書「いなりまで」）、「祈ることみつの社のしるしにはむらむらたてる杉をこそみれ」（定頼集☆・一九四）

【参考】「垣　みつのたまかき〈神也〉」（八雲御抄）

530 アメノシタハク、ムカミノミソナレハ　ユタケニソタツミツノヒロマヘ
同ニアリ。読人不知。大弐成章肥後守ニハヘリケル時、アソノヤシロニ御サウソクタテマツリ侍ケルニ、カノクニノ女ノヨミハヘリケルナリ。ユタケニソタツトハ、ユタカニソタツトイフナリ。ミツノトハ、瑞ナリ。
已上見日本紀。

【出典】後拾遺集・一一七三・よみ人しらず

【他出】奥義抄・二四七、蔵玉集・一一七。和歌色葉・四一三、秘蔵抄・三六（初句「天が下」、三句「みそならば」）、別本童蒙抄・三三九（初二句「アメカ下イックモ神ノ」）

【注】○**読人不知**「大弐成章肥後守にて侍ける時阿蘇社に御装束してたてまつり侍けるにかのくにの女のよみ侍けるよみ人しらず」（後拾遺集詞書）○**ユタケニソタツトハ**「伽〈…豊也饒也由太介之〉」（新撰字鏡）、「衣　ヒロマヘ」（和歌初学抄）、「又きねにゆたけと云ことあり。まへをわらてひろなからある也。ひろまへともいふ」（奥義抄、「きぬ」大東急記念文庫蔵本）、「きぬにもろゆたけといふことあり。まへをわらてひろなからある也。古今にいふかことし。これをはひろまへともいへり」（和歌色葉）、「弓タケノ衣トハ、七尺五寸ニタツ衣也。神ノ御衣也」（別本童蒙抄）。530歌の「ゆたけ」は「豊け」「弓丈」を掛けるか。平安末期の用例は僅少。「うれしさをつつみぞかぬる旅ごろもゆたけにたてるかひもなきかな」（頼政集・三二二）○**ミツノトハ**「ミツノヒロマヘトハ神ヲ云也」（別本童蒙抄）
○**已上見日本紀**「瑞」の語は日本紀に多数見える。

アマカタノヲカノク*ヤタチキヨケレハ　ニコレルタ*ミカハネス、シキ

日本紀第十、ホムタノ天皇九年武内宿禰ヲツクシニツカハス。ソノヲト、甘美内《ウマシウチノ》宿禰コノカミヲ讒《ヨコシマ》言《マウサク》、武内宿禰アメノシタヲネカフコ、ロアリト。コレニヨリテツカヒヲツカハシテ、武内ヲコ*ロシム。爰壹伎直《ノ》祖真根子《マワコトイフ》モノ、ヨク武内カ、タチニ似《タウハレリ》。ヒトリ武内カツミナクテムナシクシナムコトヲナケキテイハク、大臣ステニ黒《キタナキ》心ナシ。ネカハクハヒソカニミヤコニマウテマシテ、ツミナキコトヲワキタメヨ、ヒトノイハク、僕《ヤツカレ》カタチ大臣ニ似。大臣ニカハリテシナムトテ、剣ニアタリテシヌ。武内ヒトリカナシムテ、フネヨリミカトニマウテテ、ツミナキコトヲワキタム。二人アラカフ。是非《マコトイツハリ》サタメカタシ。勅シテ神祇ニ申テ、探湯《クカタチセシム》。二人トモニ磯城《シキ》ノ河ノホトリニイテ、、クカタチス。武内カチヌ。スナハチヲト、ヲウチタヲシテコロサムトス。天皇勅シテユルサシム。

【本文覚書】○クヤタチ…クカタチ（内・刈・東・書）、くかたち（筑B・狩）、くがだち（大）　○タミ…たみの（筑B）、タミカ（書）、た《本》みかそね（岩）、たみが（大）　○コロシム…コロサシム（筑A）、ころさしむ（狩・大）

【出典】明記せず

【他出】延喜六年日本紀竟宴和歌・四一（初句「あまかしの」下句「にごれるたみもかばねすましき」）、俊頼髄脳・三二一（初句「あかしのの」三句「にごれる民も」）、色葉和難集・五八八（初句「あまかしの」四句「にごれるたみも」）

【注】○**日本紀第十**　「九年夏四月、遣二武内宿禰於筑紫一、以監二察百姓一。時武内宿禰弟甘美内宿禰、欲レ廃レ兄、即讒二言于天皇一、武内宿禰、常有下望二天下一之情上……天皇則遣レ使、以令レ殺二武内宿禰一……於是、有二壱伎直祖真根子者一。其為人能似二武内宿禰之形一。独惜二武内宿禰無レ罪而空死一、便語二武内宿禰一曰、今大臣以レ忠事レ君。既無二黒心一、天下

共知。願密避之、参二赴于朝一、親弁レ無レ罪、而後死不レ晩也。且時人毎云、僕形似二大臣一。故今我代二大臣一而死之、以明二大臣之丹心一、則伏レ剣自死焉。時武内宿禰、独大悲之、竊避二筑紫一、浮海以従二南海一廻之、泊二於紀水門一。僅得レ逮レ朝、乃弁レ無レ罪……於是、二人各堅執而争之。是非難レ決。天皇勅之、令下請二神祇一探湯上。是以、武内宿禰与二甘美内宿禰一、共出二于磯城川湄一、為二探湯一。武内宿禰勝之。便執二横刀一、以殴二仆甘味内宿禰一、遂欲レ殺矣。天皇勅之令レ釈。（日本書紀・応神天皇九年）

祝

532 アチサケヲミワノハフリカイハヒヲキテ　レフ・シツミカキミヤアヒカタキ

万葉四ニアリ。

【出典】万葉集巻第四・七一二「味酒呼《うまさけを》　三輪《みわ》之《の》祝《はふり》我《が》　忌杉《いはふすぎ》　手《て》触之《ふれし》罪歟《つみか》　君二《きみに》遇難寸《あひがたき》」〈校異〉①「アチ」は廣、古、紀が一致。元「みち」②「ハフリカ」は元、廣、古が一致。紀「ハフリワカ」③未見。元、廣、紀は「いはふすき」。古「イハヒスキ」。元「いはふ」右赭「イム」。仙覚本は「イハフスキ」で、宮、西、矢、京は「忌」左「イハヒ」。なお、桂（本文のみ存）の「杉」は「於」に似る。なお、童蒙抄は「イハヒヲキテ」で改行するが、校異では万葉集にあわせて「イハヒヲキ」「レテフ・シツミカ」とする。⑤「ヤ」未見。非仙覚本及び仙覚本は「に」

533 ウトハマニアマノハコロモムカシキテ　フリケムソテヤケフノハフリコ

後拾遺廿ニアリ。式部大輔資業伊与守ナリケル時、彼国ノ三嶋明神ニアツマアソヒシテタテマツリケルヲ、能因法師ノヨメル也。昔スルカノ国ノウトハマニ、神女ノアマクタリテマヒシヲウツシテ、イマノヨニハスルカマヒトテアツマアノ《*ツ》ヒニスルナリ。
【本文覚書】〇底本、「ノ」を墨消
【出典】後拾遺集・一一七二・能因法師
【他出】能因集・二三二、奥義抄・二四六、五代集歌枕・一五五七、袖中抄・一〇七七、和歌色葉・四一二、色葉和難集・五三七
【注】〇**式部大輔資業**　「式部大輔資業伊与守にて侍ける時かのくにのみしまの明神にあづまあそびしてたてまつりけるによめる」（後拾遺集詞書）〇**昔スルカノ国ノ**　「駿河の国のうとはまに神女のをりてまへりしこと也。あつまあそひとていまにあるは是也。野叟のみてまねひつたへたる也」（奥義抄）、「昔するがの国のうどはまに、神女のあま降りて舞ひしを、野叟のまねび伝へて舞ふを、今は駿河舞とて、あづま遊びにするは是なり」（袖中抄）
【参考】「浜　うと《駿》〈後拾、駿河舞於此浜也〉」（八雲御抄）

巫

534
ヤヲトメノソテカトミユルヲミナヘシ　キミヲイハヒテナテハシメテヨ
六帖ニアリ。ヤヲトメトハ、八人ノカムナキヲイフナリ。
【出典】古今六帖・二二七四、五句「なではじめつる」
【他出】亭子院女郎花合・四九（二句「そでかとぞみる」五句「なではじめてき」）
【注】〇**ヤヲトメトハ**　「巫女〈やをとめみこ〉」（和歌色葉）、「神楽には巫女はつねにはなけれど、やをとめとて八人の巫女相具たり」（顕注密勘）、「めづらしきけふのかすがのやをとめを神もうれしとしのばざらめや」（拾遺集・六二

○・忠房）。院政期の詠歌例は僅少。「やをとめのたちまふにはにゆきふればみなしろたへのそでかとぞみる」（広田社歌合・社頭雪・三二一・通清）

【参考】「人　やと《（ママ）》をとめ〈拾遺〉」（八雲御抄）

535

端出縄

ユフタスキシメナハカケテイノレハソ　カミモカタヒクコヽロツキケム

寛治七年五月五日郁芳門院ノ根合ノ哥アリテノチ、左方ノ人ノ賀茂御社ニマイリテ、キホヒムマシケルカノ院ノ女房ノ車ヨリイタシタリケルナリ。読人不知。日本紀第一天照大神、アメノイハトヲアケテミソナハスルトキニ、手力雄ノ神ミテヲウケタマハリテ、ヒキイタシタテマツルコヽロニ、中臣ノ神、忌部ノ神、端出《シリクメ》之縄《ナハ》ヲヒキワタシテ、スナハチ・申《コヒウケ》テ、マタナカヘリ、幸ヲ、トイヒテ、*聞ニ云、太玉《フトタマノ》命《ミコト》ヲシテ、弱《ヨハ》*肩《カヒナニヒカケ》　蘿ノ太手《フトタ》襁《スキ》ヲ*トリケテ御代手《ミトシロ》ニシテ、皇孫《スヘミムマコ》ヲマツリハシメテマツリキ。

【本文覚書】○聞ニ云…ニ云（筑B）、同ニ云（刈・東・大）○肩《カヒナニ》…扇（内・和・筑A・谷・書・狩）、但し以上の諸本「カヒナ」の訓を付すものが多い。○トリケテ…とりかけて（筑B・岩・大）、トリカケテ（刈・東）、取て（狩）

【出典】明記せず

【注】**○寛治七年五月五日**「又於下御社、自女房以薄様作標書和歌、被送殿上人之中、其詞云、ユフタスキシメヒキカケテイノレハソカミモカタヒクコヽロツキケル　返事懐紙返送右大弁、アヤメ草ヒキマサリニシナコリヲハカミモウレシトヲモハサラメヤ　又於上御社、女房和歌於少将忠、云、タチナラフヒトヤアラマシチハヤフル我カタヲカ

ノカミナカリセハ、返歌云、ミソキシテイノリシコトノカヒアレハ我カタヲカノ神ソウレシキ」（進献記録抄纂所収中右記。現存中右記には当該記事見えず。なお本文は大日本史料に拠る）○**日本紀第一**　「天照大神……乃以二御手一、細開二磐戸一窺之。時手力雄神、則奉二承天照大神之手一、引而奉出。於是、中臣神・忌部神、則界二以端出之縄一……乃請曰、勿レ復還幸」（日本書紀・神代上）○**聞二云**　「乃使二太玉命一、以弱肩被二太手繦一、而代二御手一、以祭二此神一者、始起二於此一矣」（日本書紀・神代下）

木綿

ミワノヤマ山ヘマソユフミシカユフ　カクノミユヘニ*《ナ》・カレトヲモヒテ

万葉二ニアリ。マソイフトハ、マヲノユフトイフナリ。日本紀二云、天日鷲命《アメノヒワシノミコト》ヲシテ、仆木綿《ユフスリ》トストイヘリ。呉録地理志曰、交趾定安県有木綿樹。高大実如須林。中有綿如蚕綿。又可作布。名曰緤。一名毛布。羅浮山記曰、木綿正月則花大如芙蓉花、落結子。方生葉。即子内布綿。綿甚白。蠶成熟尚人以為蘊如*立。

【本文覚書】○ナカレト…長しと（筑B）、なかくと（岩、大）○仆…内・和・書以外「作」○如立…絮（大）

【出典】万葉集巻第二・一五七「神山之《みわやまの》　山辺《やまへ》真《ま》蘇《そ》木綿《ゆふ》　短木綿《みじかゆふ》　如此《かく》耳故尓《のみゆゑに》　長等《ながくと》思伎《おもひき》」〈校異〉①未見。金、類、廣、古及び紀（漢左）「ミワヤマノ」。紀「ミソヤマノ」。仙覚本は「ミワヤマノ」で「ミワ」紺青（矢、京）。温「ミ□ヤマノ」②「マソ」は金、類、廣、古及び紀（「真蘇」左）が一致。紀「ニソ」④「ユヘ」は金、類、廣、古及び紀（「故」左）が一致。紀「ユフ」⑤未見。金、類及び紀（「長」左朱）「なかくとおもひき」。廣、古、紀「ナカシトオモヒキ」。仙覚本は「ナカクトオモヒキ」で、細、宮「ナカシトオモヒキ」で「長」左「ナカク」。京「長」左赭「ナカシ」。矢「ナカクトオモヒキ」

【他出】五代集歌枕・一三三〇（初句「三輪山の」五句「ながしと思ひき」）

【注】○日本紀二云「天日鷲神為レ作木綿者一」（日本書紀・神代下）○呉緑地理志曰「呉録地理志曰、交阯定安県、有木綿樹高大。実如酒杯、中有綿、如蚕之綿、又可作布。名曰緤、一名毛布」「羅浮山記曰、木綿正月、則花大如芙蓉。花落結子、方生綿耳。子内有綿、甚白蠶成則熟、南人以為縕絮」（太平御覧巻九六〇）、呉緑地理志、羅浮山記を引用するのはこの箇所のみ。二書ともに日本国見在書目録に見えない。芸文類聚、初学記に未見。

【参考】「神　まそゆふはをのゆふ也」（八雲御抄）

繖

チハヤフルカミノヤシロニワカ、ケシ　ヌサヲハタマヘイモニアハナクニ

六帖ニアリ。日本紀第二云、天稚彦ノ神ニミコトノリシテノタマハク、豊葦原《トヨアシハラ》ノ中国《ナカツクニ》ハ、コレヤツカレカミコノ王《キミ》タルヘキ地《クニ》ナリ。シカルヲ、＊モムハルニ、残賤強暴《チハヤフル》アシキカミトモアルラム。故イマシサキニユキテタヒラケヨト云々。チハヤフルトイフコト、コレヨリハシマレリ。ヌサトハ、幣ヲイフナリ。

【本文覚書】○、モムハルニ…おもんみるに（筑B）、、モ《憶》ムカルニ（刈）、おもんはかるに（岩・大）、オモムハカルニ（東）、、もんはかるに（狩）

【出典】古今六帖・二三八七、四句「みぬさはたまへ」

【他出】万葉集・五五八（「千磐破《ちはやぶる》　神之社尓《かみのやしろに》　我挂師《わがかけし》　幣者将レ賜《ぬさはたばらむ》　妹尓不レ相国《いもにあはなくに》」）

【注】○日本紀第二云「一書曰、天照大神、勅二天稚彦一曰、豊葦原中国、是吾児可レ王之地也。然慮、有二残賊強暴横悪之神者一。故汝先往平之」（「残賊強暴横悪《ちはやぶるあ》しき神者」日本書紀・神代下）○チハヤフルトイフコト「日本紀ニハ、

残賊強暴横悪之神トカキテ、チハヤブル神トヨメリ」（古今集序注）○**ヌサトハ**　「ぬさとは、神にたてまつるきぬ也」（能因歌枕）。「ヌサトイフハ、五色ノキヌノキレナリ」（教長古今注）

【参考】「ちはやふる〈神とも、松とも、久心也〉」「幣　ぬさ」（八雲御抄）

手嚮

モ、タラスヤソスミサカニタムケセハ　スキユク人ニサシアハムカモ

万* ニアリ。日本紀ニ云、大巳貴神《ヲホミナモチノ》マシク、ヤツカレ*コノコノ広弟《ヒロホコ》ヲモテナセルコトナリ。天孫《アメミマコ》コノホコヲモテ、クニヲ、サメタマフヘクハ、カナラス常平安《サキノマシマサン》。イマヤツカレマサニ百不足之《モヽスタラ》八十隈《ヤソクマ》ニカクレナムコトヲ終テ、ツヰニカクレタマヌト云々。

【本文覚書】○万（以下、二文字分空白）…万葉（筑B）○底本「コノ」を墨消。

【出典】万葉集巻第三・四二七「百不レ足《ももたらず》　八十隅坂尓《やそくまさかに》　手向為者《たむけせば》　過去人尓《すぎにしひとに》　蓋相牟鴨《けだしあはむかも》」〈校異〉①「ス」は廣、古、紀が一致。類、細ニ「ぬ」③「セハ」は類、細ニ、廣が一致。古、紀「スハ」⑤「サシ」未見。非仙覚本は「いかゝ」。仙覚本は「ケタシ」

【他出】古今六帖・二三九七、五代集歌枕・六四〇（下句「道行人にけだしあはんかも」）

【注】○**日本紀ニ云**　「故大己貴神……乃以二平一レ国時所杖之広矛一、授二二神一曰、吾以二此矛一卒有レ治レ功。天孫若用二此矛一治レ国者、必当平安。今我当於百不レ足之八十隈、将隠去矣……言訖遂隠」（日本書紀・神代下）

以書本一校了

和哥童蒙抄第七

草部

春草　蕨　躑躅　菫菜　杜若　款冬　藤花

夏草　卯花　葵　瞿麦　蓮　昌蒲　早苗　萍

秋草　萩　女郎花　蘭　薄　刈萱　菊　稲

冬草

雑草　竹　黄蓮　忘草　忍草　鶏頭草　紫　阿千左井　百合　葎　茅〈付茅／花〉　苧　朮　莪　山橘

麦門冬　菅　蒋　葦　菱　蓴　芹　葱　蓼　海藻　浜木綿

木部

春

梅　柳　桃　桜　花〈付余花〉

夏

樗　花橘

秋

紅葉　落葉

夏
樗　花橘
秋
紅葉　落葉
冬
雑
桂　松　檜　杉　椿　榊　柏　槻　桑　石楠草

【本文覚書】〇「葱」は、底本等「䓗」だが、異体字と見て「葱」とする。〇目録と本文の対応、及び、目録の書式に関しては、黒田「和歌童蒙抄の配列と目録」（『愛知文教大学論叢』19、二〇一六年十一月）参照。

草部

春草

539 *オモロキノオハナ、ヤキソフルクサニ　ニ井《ヒ》クサマシリオイハオフルカニ

万葉十四ニアリ。フルキクサニアタラシキクサオヒマシレル、トヨメルナリ。新草《ニヒクサ》、トカケリ。

草部

春草

344　おもろきのをはな丶やきそふる草ににひ草ましりおひはおふるかに
万第十四にあり。ふるき草にあたらしき草おひましる、とよめるなり。

新草、とかけり。


【本文覚書】○オモロキノ…オモシロキ（内・刈・東・書）、オモ・《シ》ロキノ《野》（岩）、おもしろき（大）

【出典】万葉集巻第十四・三四五二「於毛思路伎《おもしろき》　野乎婆奈夜吉曽《のをばなやきそ》　布流久左尓《ふるくさに》　仁比久佐麻自利《にひくさまじり》　於非波於布流我《おひばおふるが》尓《に》」〈校異〉①未見。非仙覚本及び仙覚本は「おもしろき」②「オハナ」未見。非仙覚本及び仙覚本は「のをは」④は元、類、廣が「にひ」で童蒙抄の傍記と一致、古は「ニヰ」で童蒙抄本文と一致。

【他出】疑開抄・二、六百番陳状・一一三（初二句「おもしろきを花なやきそ」）

【注】○フルキクサニ　疑開抄参照。○新草《ニヒクサ》　万葉集に「新草」の表記未見。

【参考】「2おもしろき野をはなやきそふるくさにくゐくさましりおひわふるかに　同巻にあり。ふる草ににゐくさましり、とよめり」（疑開抄）、「草　に《万》ゐ《新》」（八雲御抄）

蕨

540　イハソ、クタルヒノウヘノサワラヒノ　モエイツルハルニナリニケルカナ
万葉八ニアリ。志貴ノ皇子ノ哥也。イハノウヘニソ、ク水ノ、イハヨリタル、コホリタルアタリニ、サワラヒモエイツトヨメルカ。又*垂見トカキテタル本アリ。タルミトイフ野ノアルトイフヘシ。サレトヲナシキ第

十二云、540′ 石走垂水之《イシハシルタルミノミツノ》早敷八師《ハシキヤシ》君爾《キミニ》恋良久《コフラク》吾情柄《ワカコヽロカラ》トヨメリ。コレニテコ、ロウルニ、イシヨリタルミツノホトリトミエタリ。ウヘトホトリトハ、ソノコ、ロカヨヒタリ。上トイフ文字ヲホトリトヨムナリ。

蕨　〈草部　春草下〉

77 岩そゝくたるひのうへのさわらひのもえ出る春に成にけるかな

万葉八ニ有。志貴皇子の歌也。いはのうへにそゝく水の、こほりたるあたりに、さわらひもえいつとよめるか。又垂見とかきたる本あり。たるみのといふ野のあるといふへし。されとおなしき第十二云、78 石走《ハシルタル》　垂水之《ミノ》早敷八師《ハシキヤシ》君爾《キミニ》恋良久《コウラク》吾情《ワカコヽロカラ》　柄とよめり。是ニテ心うるなり。いしよりたる水のほとりと見えたり。うへとほとりとは、其こゝろかよひたり。上と云文字をほとりとよむなり。

【本文覚書】○カキテタル…カキタル（内・刈・東・書）、書タル（和・筑A・岩）、かきたる（筑B・狩）

【出典】540 万葉集巻第八・一四一八「石激《いはばしる》　垂見之上乃《たるみのうへの》　左和良妣乃《さわらびの》　毛要《もえ》出春尓《いづるはるに》　成来鴨《なりにけるかも》」〈校異〉②「タルヒ」未見。非仙覚本（類、廣、紀）及び仙覚本は「たるみ」⑤「カナ」未見。非仙覚本及び仙覚本は「かも」540′ 万葉集巻第十二・三〇二五「石走《いはばしる》　垂水之水能《たるみのみづの》　早敷八師《はしきやし》　君尓恋良久《きみにこふらく》　吾情柄《わがこころから》」〈校異〉①は元、類、廣、西及び古（漢左）が一致。古「イハ、シル」②「タルミ」は元、廣、古、西が一致。類「たるみ」。なお、②の漢字本文は、元、廣、西「垂水之水能」（但し、廣は「氷」の「、」を消すか）、古「垂水之水」、類「垂氷之」で、類が近い。④の漢字本文は古のみ「爾」なし。⑤の漢字本文は廣のみ「吾惜柄」

【他出】540 古今六帖・七、和漢朗詠集・一五、口伝和歌釈抄・五六、綺語抄・二〇一、定家八代抄・六六、別本童蒙抄・二二二。袖中抄・一三三、和歌色葉・七四、古来風体抄・八四、新古今集・三二、色葉和難集・三六二、以上二

句「たるみの上の」。俊頼髄脳・一七一（二句「たるみの上の」五句「あひにけるかも」）
【注】○**志貴ノ皇子ノ**　万葉集題詞「志貴皇子懽御歌一首」、俊頼髄脳は作者を書かない。○**イハノウヘニソヽク水ノ**　「いわそゝくとわ、いわのうへにみつのたりかゝるをいふ」（口伝和歌釈抄）、「岩そゝぐとはいはのうへにみづのかゝりたるをいふ。たるひとは、その水のこほりたるをいふ。それがそばよりさわらびおひいづ。或説云、たるひとは、近江国甲賀郡にあるところのなをいふ。そのところにはたるひさがる事あり。わらびもとくおふるにやあらん。此説可レ思」（綺語抄）、「タルヒトハ、水ノコヲリテサカリタルヲ云也」（別本童蒙抄）○**又垂見ト**　袖中抄は本注を引用して、「此両説ともに、垂水の上といふ事を心得ずして、ひとへに垂水といはむと釈するゆゑに、上をほとりとも釈し、たるひのそばともいふなり。また近江国などいふも、垂水を不（ル）レ知（ラ）之故也」とする。また、和歌色葉は摂津に「垂水御牧」があることを指摘する。○**石走**　「石走《いはばしる》　垂水《たるみ》之《の》水能《みづの》　早《は》敷八《しきや》師《し》　君尓《きみに》恋良《こふら》久《く》　吾情柄《わがこころから》」（万葉集・三〇二五）○**上トイフ文字ヲ**　「上　ホトリ」（名義抄）
【参考】「いはそゝくとは、いはのうゑに、水のそゝくをいふ」（松か浦嶋）

541 ムラサキノチリウチハラヒハルノヽニ　アサルワラヒモ、ノウケニシテ
堀川院百首、顕季卿哥也。古詩云、紫塵嬾蕨人拳手、トイヘリ。或説ニ、*嬾字ハワカキトヨムヘキナリ、トイヘルハ、僻事也。嬾字ヲコソワカシトハヨムメレ。作ヲ不弁歟。

79 むらさきのちりうちはらひ春のゝにあさるわらひも物うけにして
堀川院百首、顕季卿歌也。古詩云、
紫塵嬾蕨人拳手、といへり。中疑抄《或説トモ》云、嬾字はわかきとよむへきなり。懶といへるは、僻事也。嬾字を

こそわかしとはよむめれ。作を不弁歟。

【本文覚書】〇嬾字ハ…「嬾」に「懶歟」を傍記（筑A）、懶字ハ（刈・東・大）

【出典】堀河百首・一三三・顕季、四句「あさる蕨の」

【他出】六条修理大夫集・一八九、和歌色葉・四一七、色葉和難集・五〇九、以上下句「あさるわらびは物うかりけり」

【注】〇古詩云「紫塵嫩蕨人拳手　碧玉寒蘆錐脱嚢」（和漢朗詠集・一二）〇或説ニ　異本はこの箇所「中疑《或説》抄《トモ》云」、浅田論文3参照。〇嬾字　尊経閣本、「嬾字ハ」「嬾字ヲコソ」いずれも同字。あるいは、「嫩」字の誤写を想定するべきか。「嬾　オコタル　オロカナリ　モノウシ　モノクサシ　イトフ」「懶　オコタル　ユルナリ」「嫩　脆而易破　ワカシ」（名義抄）。

542

躑躅

ハルヤマノツヽシノハナノニクカラヌ　キミニハシヱヤヨソフトモナシ

万葉第十ニアリ。シヱヤトハ、ウレシトイフナリ。思咲《シヱヤ》、トカケリ。喜　哉《アナウレシヤ》。委見リ日本記第一。

躑躅〈草部　蕨下〉

106 春山のつゝしの花のにくからめ君にはしゑやよそふともよし

万葉第十に有。しゑやとは、うれしといふ也。思咲《シヱヤ》、とかけり。憙　哉《アナウレシヱヤ》。委見日本紀第一。

【本文覚書】題の下に「イカ、草ノ部ニ入ルニヤ」（岩）、「いかゞ草の部に入るにや」（大）と注記する。

【出典】万葉集巻第十・一九二六「春山之《はるやまの》　馬酔花之《あしびのはなの》　不レ悪《あしからぬ》　公尓波思恵也《きみにはしゑや》　所レ因友好《よさゆともよし》」〈校異〉②「ツ、シ」は元（「あせみ」右赭）、類（「あせみ」右朱）、紀（「馬酔」左）が一致。元、類、廣、紀「あせみ」④「シヱヤ」は元、廣、紀が一致。類「しめや」⑤未見。元「よそふともよし」。類「よにふともよし」。廣、紀及び元（「よそふとも」右赭）「ヨリヌトモヨシ」。仙覚本は「ヨリヌトモヨシ」

【他出】古今六帖・四三二一（五句「よりぬともよし」）。赤人集・二〇七「はるやまのあせみのはなにくからぬきみにはしめよ、かれはこひし」は異伝歌か。

【注】○**思咲トカケリ**「思咲《しゑ》八《や》更ゝ《さらさら》」（万葉集・二八七〇）。300歌注参照。○**喜哉**「憙哉。遇可美少男焉」（「憙哉《あなうれしゑや》」日本書紀・神代上）

菫菜

チハナヌクアサチカハラノツホスミレ　イマサカリナリワカコフラクハ

万葉第八ニアリ。チハナ、ツハナ、ヲナシコトナリ。チトツトハ同音也。ツハナマシリノツホスミレ、トハ、此哥ヲミテヨメルナリ。

菫菜　〈草部　ツ、シカ下〉

117 ちはなぬくあさちかはらのつほすみれ今さかりなりわかこふらくは

万葉第八に有。ちはな、つはな、同事也。ちとつとは同音なり。つはなましりのつほすみれ、とは、この歌をみてよめるなめり。

【出典】万葉集巻第八・一四四九「茅花抜《つばなぬく》　浅茅之原乃《あさぢがはらの》　都保須美礼《つほすみれ》　今盛有《いまさかりなり》　吾恋苦波《あがこふらくは》」〈校異〉①「チ」は廣、紀が一致。類及び廣（「チ」右）「つ」

【他出】家持集・三二九（初句「つはなぬく」下句「いまさかりにもしけきわかこひ」）、古今六帖・三九〇八（初句「つばなつむ」）

【注】○チハナ、ツハナ　音通説による解。○ツハナマシリノ　二句が一致する歌未見。「むかしみしいもが垣ねはあれにけりつばなまじりの菫のみして」（堀河百首・菫菜・二四一・公実）○此哥ヲミテ　堀河院百首和歌鈔は家持集歌を引用したあと「此哥ヨリ思ヒヨリテナルヘシトソ」とする。

【参考】「菫菜　つほ」（八雲御抄）

544

杜若

カキツハタニホヘルキミヲイサナミニ　オモヒイテツ、ナケキツルカナ
万葉第十一ニアリ。イサナミハ、引率《イサナミ》トカケリ。イサナハレテトイフコ、ロナリ。催字ヲハ、イサホヒ、トソ日本記ニハヨミタル。

118

杜若〈草部　すみれか下〉

かきつはたにほへるきみをいさなみに思ひ出つゝなけきつる哉
万葉第十一ニ有。いさなみは、引率《イサナミ》とかけり。いさなはれてといふ心なり。催字をは、いさなひ、とそ日本紀にはよみたる。

【出典】万葉集巻第十一・二五二一「垣幡《かきつはた》　丹頬経君叫《につらふきみを》　率尓《ゆくりなく》　思出乍《おもひいでつつ》　嘆鶴鴨《なげきつるかも》」〈校異〉③は廣が一致。嘉、類及び廣（「イサナ」右）「たちまちに」⑤「カナ」未見。非仙覚本及び仙覚本は「かも」

【他出】古今六帖・三八〇一（二句「にほへるいもを」五句「なげきけるかも」）、袖中抄・一六七（二句「丹頬経君を」五句「なげきつるかも」）

【注】○イサナミハ「大臣引㆓率八腹臣等㆒」（八腹臣等を引《ひ》き率《ゐ》て）日本書紀・推古天皇二十年）、「引㆓率諸将㆒而征討」（「諸将を引率《ひきゐ》て」同・天武天皇元年）、いずれも「いさなみに」という訓未見。但し出典歌三句の「率尓」に「イサナミ」の訓がある（廣瀬本）。「いざつみ（イサナミ）とはともなうといふき也、引率とかきていさなみとよめり」（和歌色葉）、「誘　イザナフ　率倡唱シヤウ　已上同」「引唱　イサナフ」（色葉字類抄）、「率　ミチヒク　イサナフ」「倡　イザナウ　―導　イザナヒ　ミチヒク」「唱　ウナカス　イザナフ」「引唱　イサナフ」（名義抄）○催字「逼令催入（「せめてをひいれしむ」日本書紀・神武天皇即位前紀）、「催　ウナガス」（名義抄

カキツハタキヌニスリツケマスラヲノ　キソフカリスルツキハキニケリ

同十七ニアリ。マスラヲトハ、イヤシキモノ、タケキモノナトヲイフナリ。健男、又ハ、大夫、トカケリ。キソフトハ、アラソフトイフナリ。

119　かきつはたきぬにすりつけますらおのきそふかりする月はきにけり

同十七に有。ますらおとは、いやしき物、たけきものなとを云也。健男、又は、大夫、とかけり。きそふとは、あらそふといふなり。

【出典】万葉集巻第十七・三九二一「加吉都播多《かきつばた》　衣尓須里都気《きぬにすりつけ》　麻須良雄乃《ますらをの》　服曾比獦須流《きそひかりする》　月者伎尓家里《つきはきにけり》」〈校

異〉④「キソフ」未見。非仙覚本及び仙覚本は「きそひ」⑤「ハ」は類、廣及び元（「に」右）が一致。元「に」

【注】○**マスラヲトハ**　「ますらをとは弘決には大夫と書り。此集には賤男と書り」（和歌色葉、但し万葉集に「賤男」の表記見えず）、「ますらをとはいやしきをとこをいふなり」（口伝和歌釈抄）、「和云、ますらをとはをとこなり。日本紀にみえたり。大夫とかけり」（色葉和難集）、「マスラヲ　是ハ、男ヲ云也」（信西日本紀鈔）、「男　一云　万葉集云　万須良乎　大人之称也」（新撰字鏡）、「夫　イヤシ　マスラヲ　丈―マスラヲ」（名義抄）○**健男、又ハ**「健男」（万葉集二二三五四、二二三七六）、「大夫」の用例多数。○**キソフトハ**　「競　キホフ　クラフ　イトムキシロフ　アラソフ」（名義抄）

【参考】「人　ますらを〈大夫とかけり。又遠男《（ママ）》とも。ますらをおとことも〉」（八雲御抄）

款冬

ヤマフキハナラヘツ、ヲホサムアリツ、モ　キミキマシツ、カサシタリケリ

万葉第廿ニアリ。*ナラヘ《ナテ或本》ヲホストヨメリ。

款冬　〈草部　かきつはたか下〉

120 やまふきはなて《ラヘ》つゝおほさむ有つゝも君きましつゝかさしたりけり

万葉第廿に有。ならへおほすとよめり。

【本文覚書】○ナラヘ《ナテ或本》…ナラへ（和・筑Ａ・岩）、ならへ（筑Ｂ）、ナラベ（刈）、なて《ナラ或本》（狩）

【出典】万葉集巻第二十・四三〇二「夜麻夫伎波《やまぶきは》　奈涅都ゝ《なでつつ》於保佐牟《おほさむ》　安里都ゝ母《ありつつも》　伎美伎麻之都ゝ《きみきましつつ》　可射之多里家利《かざしたりけり》」〈校異〉②「ナラヘツ、」未見。非仙覚本（②のみ春を含む）及び仙覚本は「なてつゝ」④は類、廣が一致。元

「きみはましつゝ」
【注】○ナラ《ナテ或本》ヘヲホスト　異本は「なて《ラヘ》つゝ」とあり、注文にずれがある。注文によって傍記を施したか。

藤花

547 イモカイヘニイクリノモリノフチノハナ　イマコムハルモツネカクシミム
万葉第十七ニアリ。イクリノモリニサクトミエタリ。

藤花　〈草部　やまふきか下〉

121 いもか家にいくりのもりの藤の花今こむ春もつねかくしみん
万葉十七に有。いくりの杜にさく花と見えたり。

【出典】万葉集巻第十七・三九五二「伊毛我伊敝尓《いもがいへに》　伊久里能母里乃《いくりのもりの》　藤花《ふぢのはな》　伊麻許牟春母《いまこむはるも》　都祢賀久之見牟《つねかくしみむ》」〈校異〉②は元、類が一致。廣「モリノ」なし。③は元、廣が一致し、類「山ふちのはな」で「山」を朱で消す。
【他出】五代集歌枕・八五〇
【注】○イクリノモリニ　「いくりのもり」の用例は僅少。五代集歌枕は「所不審」、夫木抄は「国未勘之」とする。「いづかたにいくりのもりの春ならんあかれぬふぢの花をみすてて」（現存六帖・八三・知家）、「家集、聞郭公忘帰
修理大夫顕季卿　ほとときすこゑあかなくにたづねきていくりのもりにいくよへぬらん」（夫木抄・九九八九）
【参考】「杜　い《石》くりの〈万、藤〉」

548

タコノウラノソコサヘニホフ藤ノハナ　カサシテユカムミヌ人ノタメ

同第九ニアリ。タコノウラハスルカノクニ、アリ。フチ、ヤマ《フキ》・ナトサク所也。此哥ハ藤哥ノ本体ニヒクト匡房卿ノ承暦ノ哥合ニイヘルナリ。

122 たこの浦のそこさへ匂ふ藤の花かさしてゆかんみぬ人のため

同第十九ニ有。たこの浦は駿河国にあり。藤、款冬なとさく所なり。この歌は藤の歌の本体ニひくと匡房卿の承暦の歌合にいへるなり。

【出典】万葉集巻第十九・四二〇〇「多祜乃浦能《たこのうらの》　底左倍尓保布《そこさへにほふ》　藤奈美乎《ふぢなみを》　加射之氏将《かざしてゆかむ》レ去　不《み》レ見《ぬ》人之為《ひとのため》」〈校異〉③未見。非仙覚本（元、類、廣）及び仙覚本は「ふちなみを」

【他出】人麿集Ⅰ・一七二、人麿集Ⅱ・二八、古今六帖・四二三九、拾遺集・八八、五代集歌枕・一〇九一、古来風体抄・一九八。三十人撰・四、和漢朗詠集・一三五、秀歌大体・三〇、以上初句「たごのうらに」。口伝和歌釈抄・二三一（初句「たこのうら」）。以上全ての他出歌、三句「ふぢなみを」

【注】〇タコノウラハ　「たこのうらは、するかのくに、あり。ふちはなおほかるへし」（口伝和歌釈抄）、五代集歌枕では当該歌に「越中守時於布勢浦詠之、家持于時越中守」の注記がある。〇此哥ハ　承暦二年四月内裏歌合五番「藤」右歌「みなそこもむらさきふかくみゆるかなきしのいはねにかかるふぢなみ」（仲実）に対し、「実政がいふやう、かげうつるといはでは、いかでか、みなそこむらさきふかきとはよむべきとまうすほどに、右のひと、ふぢのうたの本にするうたには、たごのうらのそこさへにほふとよめるは、いつか、うつれるなどよみたるとまうすに」と左右の論難がなされた。右方人として匡房が多く発言しているが、当該箇所についての発言者を匡房とする資料未見。童蒙抄巻十には、「左人実政カケウツルコトハイハテ、ミナソコ紫ナリトヨムヘキト申ニ、右人藤哥ノ本、ウツレリトヨミ

タルト申」とあり、匡房の名は見えない。
【参考】「浦　たこ《同》の〈駿川のたに（ママ）、此たこは始古今〉……たこ《同》の〈万、越中のたこ、有藤、家持国司遊所也。水海也〉」（八雲御抄）

549 イサ、メニヲモヒシモノヲタコノウラニ　サケルフチナミヒトヨヘニケリ
イサ、メトハ、シハシトイフコトナリ。
【出典】明記せず
【他出】万葉集・四二〇一（「伊佐左可尓《いささかに》　念而来之乎《おもひてこしを》　多祜乃浦尓《たこのうらに》　開流藤見而《さけるふぢみて》　一夜可レ経《ひとよへぬべし》」）、口伝和歌釈抄・七一、俊頼髄脳・二九八、奥義抄・四九〇、僻案抄・四一、能因歌枕・一〇（初句「いさ、めと」五句「ひとよへぬべし」）、綺語抄・一四一（五句「ひとよへぬべし」）
【注】〇イサ、メトハ　191歌注参照。

夏草

550 ヒトコトハナツノ、クサノシケクトモ　イモトワレトシタツサハリナハ
万葉第十二アリ。
夏草〈草部　藤下〉
149 ひとことは夏の、草のしけくともいもとわれとしたつさはりなは

万葉第《（ママ）》に有。

【出典】万葉集巻第十・一九八三「人言者《ひとごとは》　夏野乃草之《なつののくさの》　繁友《しげくとも》　妹与《いもと》レ吾師《あれとし》　携宿者《たづさはりねば》」〈校異〉⑤は元（「ね」右赭）、類（「宿者」右朱）が一致。元、類「たつさはりねは」。類「宿」左朱「ネ」。紀「タトサハリネハ」

【他出】人麿集Ⅰ・六五（五句「たへさわりなは」）、人麿集Ⅱ・四〇四、人麿集Ⅲ・四四八、赤人集・二五三（三句「なつの丶くさに」）、古今六帖・三五五一、拾遺集・八二七、八雲御抄・二〇二、六百番陳状・八六（五句「たづさはりねば」）

551

ワカセコニワカコフラクハナツクサノ　カリハラヘトモヲヒシクカコト

同第十一ニアリ。ヲヒシクトハ、ヲヒシケルトイフ也。

150 わかせこにわかこふらくは夏草のかりはらへともおひしくかこと

同第十一に有。おひしくとは、おひしけるといふなり。

【出典】万葉集巻第十一・二七六九「吾背子尓《わがせこに》　吾恋良久者《あがこふらくは》　夏草之《なつくさの》　苅除十方《かりそくれども》　生及如《おひしくごとし》」〈校異〉④「ハラヘ」は類、廣が一致。嘉「はらふ」

【他出】人麿集Ⅳ・一八八（二句「わかこひらくは」）

【注】○ヲヒシクトハ　生ひ及く。「苅掃友《かりはらへども》　生布如《おひしくごとし》」（万葉集・一九八四）。平安期の和歌に用例未見。

卯花

552 ケフモマタノチモワスレシ、ロタヘノ　ウノハナニホフヤト、ミツレハ
六帖第一ニアリ。貫之哥也。ニホフ、トヨメリ。

卯花〈草部　夏草下〉

127 今日もまた後もわすれし白妙の卯花匂ふやと、みつれは
六帖第一ニ有。貫之歌なり。にほふ、とよめり。

【出典】古今六帖・八〇
【他出】元輔集・二四〇、貫之集・一四七（四句「卯花さける」）、別本童蒙抄・三一二（五句「宿トミユレハ」）
【注】○**貫之哥也**　古今六帖・八〇の作者名「つらゆき〈或本としゆき〉」○**ニホフ**　「卯の花」と「にほふ」を取り合わせた詠歌例はそれほど多くない。「宇《う》乃《の》花《はな》能《の》　尓《に》保《ほ》敝《へ》流《る》山《やま》乎《を》」（万葉集・三九七八）、「白妙ににほふかきねの卯花のうくもきてとふ人のなきかな」（後撰集・一五四）、「卯花のにほふさかりは月きよみいねずきけとやなくほととぎす」（伊勢集・四四三、家持集・七〇にも）
【参考】「卯花　後撰に、ほふとよめり」（八雲御抄）

553 トキワカスフレルユキカトミルマテニ　カキネモタワニサケルウノハナ
後撰第四ニアリ。カキネモタワニトハ、タワムマテサキタルトイフナルヘシ。又、タワトハ、タヘニトイフニヤトモ。

128 時わかすふれる雪かとみるまでに垣ねもたはにさける卯花
後撰第四に有。かきねもたはにとは、たはむまてさきたりといふなるへし。又、たはとは、たへにといふにやとも。

【出典】後撰集・一五三・よみ人も（読人不知）
【他出】古今六帖・八二、拾遺集・九四、定家八代抄・二〇〇
【注】**○カキネモタワニトハ**「古今、枝もたわゝとよめる、おなじ心也」（僻案抄）、「タワニトハ、タワムマデト云也」（詞花集注）、「たわにとはたわゝともいふ、たわむこゝろなり」（散木集注）、「たはにとはたはむ也」（和歌色葉）、「又タワムニトハ、タワ、ニト云。ヨソニミハチリモシヌヘシ秋萩ノ枝モタワヽニヲケル白露」（別本童蒙抄）**○タワトハ**　未詳。「たわやかなり」を想定しているか。

554

葵

アフヒクサテルヒハカミノコ、ロカハ　カケサスカタニマツナヒクラム
堀河院百首基俊作也。向日葵トテ、ヒノカケニカタフクナリ。

葵〈草部　卯花下〉
129 あふひ草てるひは神の心かはかけさすかたにまつなひくらん
堀河院百首基俊作也。向日葵とて、日の影に傾なり。

【出典】堀河百首・三六三・基俊

【他出】松か浦嶋、千載集・一四六、古来風体抄・五八一
【注】○**向日葵トテ**　葵を向日葵とするのは、漢籍の影響か。「傾心比葵藿　神山のみねの朝日にあふひ草おのがかげのみかたぶきにける　あふひ草は日影のめぐるかたにはをかたぶけて根をかくすなり、朝には東北、夕には西南に葉をかたぶけて、おのが根をあらはさざるなり、あふひの葉をかたぶけて日にむかへるがごとく、人も心を傾けて君にむかひたてまつるとなり」（百詠和歌）。和歌において、554歌は葵を日に向かう花と詠んだ初例か。以後葵を向日葵と詠んだ例は多くない。「うらやまし入日の影のさそふにはにしへもなびくあふひ草かな」（久安百首・夏・一三二三・小大進）、「あふひ草日影になびく心あれば天つやしろも哀かくらん」（五社百首・葵・一二三）、「むら雨の風にぞなびくあふひ草むかふ日影はうすぐもりつつ」（老若五十首歌合・夏・一三七・家隆）
【参考】「あふひくさてるひは神のこゝろかはかけさすかたにまつなひくらん　あふひは、日の光のさすにしたかひて、ひんかしよりさせは、ひんかしにむかひてかたふき、にしよりさせは、にしにむかひてかたふく也」（松か浦嶋）

瞿麦

555 ワカヤトノナテシコノハナサキニケリ　タヲリテ人メミセム*トモカナ
万葉第八ニアリ。ナテシコヲオル、トヨメリ。

瞿麦　〈草部　葵下〉

167 わかやとのなてしこの花咲にけり手折てひとめみせんこも哉
万葉第八にあり。なてしこをゝる、とよめり。

【本文覚書】○トモカナ…コモガナ（刈・東）

【出典】万葉集巻第八・一四九六「吾屋前之《わがやどの》　瞿麦乃花《なでしこのはな》　盛有《さかりなり》　手折而《たをりて》一目《ひとめ》　令レ見児毛我母《みせむこもがも》」〈校異〉③は廣が一致。類、紀及び廣（右或）「さかりなり」④「人メ」は類が「人め」で一致し、紀「ヒトメ」で訓は一致。廣「ヒトリ」。類「め」右朱「エ」、左朱「ヒ欤」⑤「トモカナ」未見。廣、紀「コモカモ」で、類「にもかも」の「に」を朱で「コ」に訂正。仙覚本は「コモカモ」

【他出】古今六帖・三六一七（下句「たをりて人にみせんこもがも」）

【注】○ナテシコヲオル　「撫子を折る」という表現は少ない。「ふた葉よりわがしめゆひしなでしこの花のさかりを人にをらすな」（後撰集・一八三）、また歌題に「朝折瞿麦」がある（「あさなあさなませのうちなるなでしこををりてもあかにたむけつるかな」（拾玉集・三三〇〇））

【参考】「たをりてとは、てをりてといふ也」（松か浦嶋）

ミワタセハムカヒノ、ヘノナテシコノ　チラマクヲシモアメナフリコソ

同第十二アリ。アメニチル、トヨメリ。

168　みわたせはむかひの、へのなてしこのちらまくをしも雨なふりこそ

　同十に有。あめにちる、とよめり。

【出典】万葉集巻第十・一九七〇「見渡者《みわたせば》　向野辺乃《むかひののへの》　石竹之《なでしこが》　落巻惜毛《ちらまくをしも》　雨莫零行年《あめなふりそね》」〈校異〉②は元、廣が一致し、類「むかひの、へに」の「に」を「ノ」に訂正。天「むゐの、への」紀「ムカヘノ、ヘノ」④「も」は元、天、廣、紀が一致し、類「み」を「も」に訂正。

【注】○アメニチル　なでしこが散ることについて顕昭は、「ナデシコノ花チルトモミエズ、タヾシボムナリ。サレド花ニナリヌレバ皆チルト読也」として「なでしこの花ちりがたになりにけりわがまつ秋ぞちかくなるらし」（後撰集・二〇四）をあげる（五代勅撰）。

アナコヒシイマモミテシカヤマカツノ　カキホニオフルヤマトナテシコ

古今十四ニアリ。本文ニ、鍾愛勝衆草、トイヘレハ、ナテシコトイフナリ。サレハヲモハシキモノニヨセテヨメルカ。

169 あな恋し今もみてしか山かつの垣ほにおふるやまとなてしこ

古今十四に有。本文に、鍾愛勝衆草、といへれは、なてしことい ふ也。されはおもはしきものによせてよめる歟。

【出典】古今集・六九五・よみ人しらず（四句「かきほにさける」）。四句を「かきほにおふる」とする伝本は、本阿弥切、大江切、関戸本。また「カキヲ《ネ》ニサケ《オフ》ル」（寛親本）

【他出】新撰和歌・二七〇。古今六帖・三六三〇、綺語抄・六八九、和泉式部日記・一三六、定家八代抄・一一七三、以上四句「かきほにおふる」。口伝和歌釈抄・二四六（初句「あきこひし」）

【注】本文ニ「本文云、鍾愛勝衆草《シヨウアイスクレタリシユサウニ》。故云撫子」（口伝和歌釈抄）、「本文云、鍾愛勝二衆草一。故云二撫子一。艶契二千年一。故云二常夏一」（綺語抄）、「瞿麦をば鍾愛抽二衆草一、故曰二撫子一。艶装千年、故曰二常夏一と、家経朝臣の和歌序にかけり。此草すがたまことにちひさやかにうつくしく、色々なる匂めでたくて、他花よりもすぐれたれば、なづる子といひて、人のこによせてよむ也」（顕注密勘）、「ナテシコヲハ、トコナツト云。芳数契千年故之常夏鍾愛勝泉草。仍名撫子云」（別本童蒙抄）。家経の和歌序は未詳。但し、家経集に「詠瞿麦勝衆花、序者」と題する一首がある。

558

蓮

ハチスハ、カクコソアルモノヲイキ丸カ　イヘニアルモノカイモノハニアラシ

万葉第十六ニアリ。イキマロトハ人ノ名也。蓮葉ト芋葉トハニタリトイヘハ、カクヨメルカ。

蓮〈草部　瞿麦下〉

*みのはちのすににたれは、はちすといふ。

170 はちすは丶かくこそ有物をいきまろか家に有ものかいものはにあらし

万第十六に有。いき丸とは人のな也。蓮はと芋とはにたりといへれは、かくよめるか。

【本文覚書】異本「みのはちすに…」は題注か。流布本諸本になし。
【出典】万葉集巻第十六・三八二六「蓮葉者《はちすばは》　如是許曾有物《かくこそあるもの》　意吉麻呂之《おきまろが》　家在物者《いへなるものは》　宇毛乃葉尓有之《うものはにあらし》」〈校異〉①「ハチス」は尼、類、古が一致。廣「ハスノ」④未見。非仙覚本及び非仙覚本は「いへなるものは」⑤未見。尼、類「うものはにあるらし」。廣、古「ウモノハニアラシ」。仙覚本は「イモノハニアラシ」で童蒙抄と一致し、近及び細（「宇」左）、宮（「宇」左）「ウモノハニアラシ」。京「宇」左赭「ウ」。なお、「宇」を西、紀、温は「芋」とする。
【注】○**イキマロトハ**　558歌は、長忌寸意吉麻呂歌八首のうちの一首。○**蓮葉ト芋葉ト**　「芋　葉似レ荷其根可レ食レ之」（箋注倭名類聚抄）○**みのはちのすに**　異本のみにあり。「はすをはちすといふもたゝいふにあらす。はすのみのはちといふむしのすにゝたれは、はちすといふなり」（俊頼髄脳）
【参考】「荷　はちすとは丶ちのすに似ゆへと云、一説也」（八雲御抄）

ハチスハノニコリニシマヌコ、ロモテ　ナニカハツユヲタマトアサムク
古今第三ニアリ。僧正遍照哥也。経云、不染世間法如蓮花在水。サレハ、イサキヨキコ、ロニ露ヲタマトアサムク、トヨメリ。

171 はちすはのにこりにしまぬ心もてなにかは露をたまとあさむく
古今第三に有。僧正遍昭歌なり。経云、不染世間法如蓮花在水。されは、いさきよき心に露を玉とあさむく、とよめるなり。

【出典】古今集・一六五・僧正へんぜう
【他出】遍昭集・三四、古今六帖・三七九五、和漢朗詠集・一八一（二句「にごりにそまぬ」四句「などかはつゆを」）、俊頼髄脳・四一九、和歌色葉・二四〇（二句「にごりにそまぬ」）、定家八代抄・二五〇、八雲御抄・一六一
【注】**○経云**　「不染世間法　如蓮華在水」（法華経巻五・従地涌出品）**○イサキヨキコ、ロニ**　「ニコリニシマヌ心ハ、カノハチスノコトクキヨキニ、アサムクトハ、マコトニアラヌヲマコト、ミ、思フナリ」（教長古今集注）、「あさむくとはすかすと云事也。詐の字をよむ也」（奥義抄）、「あさむくとはあさけるなり」（和歌色葉）、「あざむくとは、あざける心也。あざわらふといふも、あざけりわらふなり。にごりにしまぬこゝろと云は、蓮は泥の中より出て泥にしまぬ物なれば也」（顕注密勘）
【参考】「はちすはのにごりにしまぬといへるは、法華経涌出品云、不染世間法如蓮花在水といへる心也。よにそまさる心をは、はちすの水にはおひなから、水にしまさるにたとふる也。さる心にてはなとかは露をも玉とあさむくと云也。あさむくはたゝあいするなり。なへて人のあさむくといへる心にはあらす」（八雲御抄）

560 ハチスハノウヘハツレナキウラニコソ　モノアラカヒハツクトイフナレ
後撰第十三アリ。消息カヨハシケレトマタアハスアリケルヲトコヲ、アヒニタリトイヒサハクヲキ、ナカラ、アハサリ、ト女ノコ、ロヤミツカハシケレハヨメル。ハチスノウラニカヒツクトミエタリ。

172 はちすはのうへはつれなきうらにこそ物あらかひはつくといふなれ
後撰第十三に有。消息かよはしけれとまたあはすありけるおとこを、あひにたりといひさはくをき、なから、あはさなり、と女の心やみつかはしけれはよめるなり。はちすのうらにかひつくと見えたり。

【出典】後撰集・九〇三・よみ人しらず

【他出】奥義抄・三一二、和歌色葉・三三一、色葉和難集・九二、以上初句「はすなはの」

【注】○**消息カヨハシケレト**「せうそこはかよはしけれど、まだあはざりけるをとこを、これかれあひにけりといひさわぐを、あらがはざなりとうらみつかはしたりければ」（後撰集詞書）○**ハチスノウラニカヒツク**「物諍ひ」と「ものあら貝」を掛けた。実態は不明ながら、以下の用例がある。「いほぬし、なにごとにかあらん、ものうたがひはつみうなりとて、ひろひたる貝を手まさぐりになげやりたれば、ものあらがひぞまさるなる、かうなあらがひ給ひそとて、がうなのからをなげおこせたり」（増基法師集・一二・詞書）、「そらごとをいぶきのやまのひろふてふものあらがひとけふみゆるかな」（時明集・九）、「よさのうらにもしほぐさをばかきつめてものあらがひはひろはざらなむ」（相模集・一九七）、また560歌に依拠した歌として「いさぎよきはちすばならばうらにつくものあらがひもまことなるらし」（安嘉門院四条五百首・三三八）がある。なお、奥義抄、和歌色葉は初句を「はすなはの」とし、「はすなはと云物はうみにあり。かつらのやうにてうらうへあるへくもなしときくに、いかによめるにや。尋へし」（奥義抄、版本は「はすなは、かつらのやうにて、うみのおもてにうきておひたるもの也。それかうらにはちいさきかいとものつ

きたる也。うへにはさりけも見えて、うらにつきたれはかくそへよめる也」。川上氏はこれを再案とする〈川上新一郎『六条藤家歌学の研究』、汲古書院、一九九九年〉、「はすなは、かつらのやうにて、うみのをもてにうきてをいたる物也。それからうらにはちゐさきかいとものつきたる也。うへにはさりけもみえすして、うらにはかいのつきたれはかくよめり」（和歌色葉）とある。定家本後撰集には初句に「他説はすなはの」「可付家説」の傍記がある。

昌蒲

561 ホト、キスイトフトキナシアヤメクサ　カツラセムヒモコ、ナキワタレ

万葉第十ニアリ。聖武天皇天平十九年五月ニ南蒙観《ナムモウクワン》ニ御シテ騎射走馬セシメタマフニ、コノ日詔シテノタマハク、昔五日ノ節ニ昌蒲ヲモチテ蘰《カツラ》トセリ。今《イマ》ヨリノチ、アヤメノカツラセサラムモノハミヤノウチニ・イ《マ》ルコトナカレ、トイヘリ。委見日本記。

昌蒲　〈草部　蓮下〉

135 時鳥いとふときなしあやめ草かつらせむにもこ、鳴わたれ

万葉第十ニ有。聖武天皇天平十九年五月に南蒙観《ナムムクワン》に御して騎射走馬せしめ給に、此日詔して曰《ノタマハク》、昔五日節に昌蒲を用て鬘《カツラ》とせり。今《イマ》より後《ノチ》、あやめのかつらせさらむものは宮《ミヤ》の中にまいることなかれ、といへり。委見日本紀。

【出典】万葉集巻第十・一九五五「霍公鳥《ほととぎす》　厭時無《いとふときなし》　菖蒲《あやめぐさ》　縵《かづらに》将《せむ》レ為日《ひ》　従《こゆ》レ此鳴度礼《なきわたれ》」〈校異〉②は類、廣、紀が一致。元「あくときもなし」で「も」を赭で消す。紀「厭時」左「アクトキ」④は類及び元（右赭）が一致。廣、紀

「カツラニセンヒ」。元「かさむひより」で「ひ」右「コ、イ」⑤「コ、」は類、廣が一致。元「きて」。紀「コ、ニ」

【他出】袋草紙・七八七、袖中抄・四七（下句「かづらにきむひ許由なきわたれ」）

【注】○**聖武天皇天平十九年五月**　「戊辰。天皇御《シテ》二南苑《ニ》一観《ル》二騎射走馬《ヲ》一。是《ノ》日。太上天皇詔《シテ》曰《ク》。昔者五月《ノ》之節《ニハ》常《ニ》用《テ》二菖蒲《ヲ》一為《ス》レ縵《カツラト》。比来已《ニ》停《ム》二此《ノ》事《ヲ》一。従《リ》レ今而後。非《ル》二菖蒲《ノ》縵《ニ》一者《ヲハ》勿《レ》レ入《ル、コト》宮中《ニ》一」（続日本紀・聖武天皇天平十九年）○**委見日本記**　日本書紀ではなく、続日本紀。ここまで続日本紀を引用する箇所はなく、845では「国史」として続日本紀を引く。

【参考】「菖蒲　万に、あやめくさかつらにきん《芸武》日云り」（八雲御抄）

562
サハヘナルミコモカリソケアヤメクサ　ムヘモネナカクヲヒソメニケリ

六帖第一ニアリ。貫之哥也。カリソケトハ、カリサケトイフナリ。ミコモトハ、水蒋トイヘル也。

136
さはへなるみこもかりそけあやめ草むへもねなかくおひそひにけり

六帖第一に有。貫之歌也。かりそけとは、かり避《サケ》といふなり。みこもとは、水蒋といへるなり。

【出典】古今六帖・九十七、二句「みこもかりては」、下句「袖さへひちてけふやとるらん」

【他出】貫之集・三六（二句「まこもかりそけ」下句「袖さへひちてけふやくらさん」）

【注】○**貫之哥也**　古今六帖九七歌は「あやめぐさ」の第一首で、「つらゆき」の作者名を記す。但し二句は「みこもかりては」。下句は古今六帖九八歌「さ月てふさつきにあへるあやめ草うべもねながく思ひそめけり」（貫之集・四〇二）。また、類似の下句を有する歌（「年ごとにけふにしあへばあやめぐさむべもねながく生ひそひにけり」）が貫之集・五二八にある。○**カリソケトハ**　「かりそく　刈掃也」（奥義抄）、「和云、そきてとはのきてといふにや。そけと

いふはのけといふがごとし……のくれどもといはんとて、そくれどもといへり」（色葉和難集）、和歌における用例は近世まで未見。○**ミコモトハ**　貫之集では「まこも」。「みこも　水薦也」（奥義抄）、万葉集の表記では、「水薦」、「三薦」。「水蒋」の表記未見。

563　ミカクレテヲフル五月ノアヤメクサ　カヲタツネテヤ人ノヒクラム
同二二アリ。同人哥也。アヤメハフカキミツニヲヒカタケレハ、カクレタルコトナケレトカクヨメリ。

137　みかくれておふるさつきのあやめ草かをたつねてや人のひく覧
同二に有。同人の歌なり。あやめはふかき水におひかたけれは、かくれたることなけれとかくよめり。

【出典】古今六帖・一〇〇
【他出】続古今集・二二二九（下句「ながきためしに人はひかなん」）
【注】○**同人哥也**　古今六帖では、作者名を貫之とする歌群に位置する。続古今集では作者名貫之。○**アヤメハ**　同じような趣向の歌に「みがくれにおふるあやめはけふごとにたれにひかれてふべきちとせぞ」（定頼集・八〇）などがある。「みがくれて」については、「水隠れて」「見隠れて」両用の解があることが指摘されている。童蒙抄の説は、「水隠れて」の解に基づくもの。「ミガクルハ水ニカクル、也」（後拾遺抄注）、「ミカクレテトハ、水ニカクレタルト云也」（別本童蒙抄）。西村加代子「歌合判詞と和歌の創作―歌語「みがくれて」の論争を中心に―」（『平安後期歌学の研究』、和泉書院、一九九七年）
【参考】「みかくれて　如万葉は水隠也。寄水可詠存之、而近曽哥合或哥合、無何みかくれてと詠。歌合座にて予、水離みかくれ如何、違万葉本意之由謂出、定家々隆共、俊頼か、たまくしのはにみかくれてと証哥を申。其上は予不及

謂子細。但彼作者そこを思てよむほとの人にもなかりき。両人か出証事はゝ、しけれと此条猶如何。近日哥人は皆基俊流也。何忘先師乎。奈良花林院哥合といふものを、基俊判、其時代教縁俊頼詠哥曰、雪ふれはあおはの山もみかくれてときはの名をやけさはおとさん、といへるを基俊云、みかくれてとは水にかくれてと云なり。万葉には、水隠とそかける、しかれは浪下草かはつなとそみかくれてとはよめる。山をみかくれてとよめる、未曽聞と云。俊頼へらぬよしに又詠歟。可為難。其上基俊流人不可存之」(八雲御抄)

564
ツクマヘノソコノフカサヲヨソナカラ　ヒケルアヤメノネニテシルカナ

後拾遺第三ニアリ。永承六季五月五日殿上根合ニ良暹法師カヨメルナリ。アヤメクサトヨマテ、タゝ、アヤメ*トトハカクヨメリ。アヤメトハ、メノワラハヘヤ、クチナハナトヲコソイヘ、ト右大臣殿ハ難シタマヒケル。サレト集ニイレル、イト難ニスヘカラヌコトナリ。

138
つくまえのそこのふかさをよそなからひけるあやめのねにてしる哉

後拾遺第三ニ有。永承六年五月五日殿上の根合に良暹法師かよめる也。あやめ草とよまて、たゝあやめとはかりよめり。あやめとは、めのわらはへや、くちなはなとをいへ、とそ右大臣殿は難し給ける。されと此集にいれり。凡いと難にすへからぬことなり。

【本文覚書】○トハカク…諸本「トハカリ」
【出典】後拾遺集・二一一・良暹法師
【他出】内裏根合・二、栄花物語・五二二、俊頼髄脳・四一八、五代集歌枕・九七三

【注】○**永承六季五月**　「永承六年五月五日殿上根合によめる　良暹法師（後拾遺集詞書及び作者名）、但し廿巻本歌合では信房の詠とする。○**アヤメクサトヨマテ**　「なをもしやうふをよまは、あやめ草とつゝくへきなりとそ、中ころの人々申ける」「たゝくさとつゝけすともよむへしとそうけたまはる」（俊頼髄脳）○**アヤメトハ**　「菖蒲をあやめといふは、しやうふの名にはあらす。あやめといふはひとつのくちなはの名なり。そのくちなはににたれはしやうふをあやめと申すは、たゝあやめとよみて草といふ文字よますは、くちなはをよめる哥にてあるへき」（俊頼髄脳）、「左方右大弁被申云、右之歌、偏ニあやめと読テ、無草字、是あやめは、本蛇の名なり、此草、依似彼体、あやめぐさといふなり、不具草之時、偏蛇也、如何、右方判者被申云、以菖蒲、あやめといふ、」（郁芳門院根合・一番判詞）、「菖蒲ヲハ、アヤメクサト云。アヤメトハ、クチナハヲ云。菖蒲根ノクチナワニ似タルハ《ママ》ソレニヨソエテアヤメト云也」（別本童蒙抄）○**右大臣殿**　未詳。歌合判者は内大臣頼宗であるが、判詞が残らず未詳。永承六年根合には、右大臣は参加していない。あるいは、歌合とは別の文脈か。

【参考】「菖蒲　あやめくさ、抑只あやめとはもと云り。但くちなはの名なりといへり。通俊匡房等有種々相論。但あやめといへる哥多。非難、通俊難無由」「虵　あやめと云」（八雲御抄）

早苗

565 ミタヤモリケフハサツキニナリニケリ　イソケヤサナヘヲヒモコソスレ

後拾遺ニアリ。好忠詠也。ミタヤモリトハ、田モルモノナリ。オヒモコソスレトハ、時モソスクルト云也。

早苗

139 みたやもりけふはさ月に成にけりいそけやさなへおいもこそすれ

後拾遺に有。好忠詠也。みたやもりとは、田もるものなり。おひもこそすれとは、時もそすくるといふなり。

【出典】後拾遺集・二〇四・曾禰好忠

【他出】好忠集・一二五、新撰朗詠集・五三四、後六々撰・五五、定家八代抄・二一五、別本童蒙抄・一一五（初句「ミタヤモル」）

【注】○**ミタヤモリトハ**　「みたやもりとは、をんたもりとゐふ事なり」（口伝和歌釈抄）、「ミタヤモリトハ御田ヲ守人也。御田マモリト云也」（後拾遺抄注）、「ミタヤ守、ミタシルモノヲ云」（別本童蒙抄）

【参考】「みたやもりとは、田《タ》まもれる物をいふ」（松か浦嶋）、「田　田植はみたやもりと云。其中の主人也」（八雲御抄）

ハツナヘニウスノタマエヲトリソヘテ　イクシマツラムトシツクリエニ

堀河院百首俊頼朝臣詠也。ウスノタマエトハ、

140 はつなへにうすのたまえをとりそへていくしまつらむとしつくりえに

堀河院百首、俊頼朝臣詠なり。うすのたまえとは、

【本文覚書】○諸本「ウスノタマエトハ」以下を脱する。

【出典】堀河百首・四〇八・俊頼、二句「うずの玉かず」、五句「たちつくりえに」

【他出】散木奇歌集・二七九、松か浦嶋、袖中抄・四〇、色葉和難集・四一二、別本童蒙抄・三三五（初二句「神苗ニウスノタマカス」五句「トシツ、クヘニ」）

【注】○**ウスノタマエトハ**　諸本以下欠文。566歌の注は、散木集注等に見える。「うずは錺馬の尾の上にある物なり。いぐしは、五十串をたてて祀るなり。年つくりえ、としつくりはえむといふなり　うずも雲聚とかけり。俊頼髄脳云、うずのたまかげとは、大豆をつらぬきてうずのやうにしてかざりにするとぞかける」（散木集注）、「ウスノタマカストハ、田植時田中ニ立ル物ヲ云」（別本童蒙抄）。215歌注参照。「雲珠　弁色立成云、雲珠〈宇須、今案雲母一名也、為二馬飾一、未レ詳〉」（箋注倭名類聚抄）

【参考】「はつなえにくすのたまえをとりそえていくしまつらんとしつくりえに　くすのたまえとは、くすのたまのやうに、まろなるつゆのあるえたをいふ、いくしとは、五十くしといふ也」（松か浦嶋）

567

ノコリタハソシロニスキシアスハタ、　ユヒモヤトハテサナヘトリテム

同百首隆源詠也。ソシロトハ、十代トイフ也。ユヒトハ、タウフトテ人ヲヤトヒテタヲウヘサセテ、又ソノカハリニカナラスウフルヲイフナリ。

141　のこりたはそしろにすきしあすはたゝゆひもやとはてさなへとらせん

同百首隆源詠也。そしろとは、十代と云なり。ゆひとは、田うふとて人をやとひて田をうへさせて、又そのかはりにかならすうふるをいふなり。

【出典】堀河百首・四一三・隆源

【他出】和歌色葉・四二六、色葉和難集・四二二・八四〇

【注】○**ソシロトハ**　「そしろとは、田を五十代を一反とするに、十代はそしろ、廿代ははしろ、三十代はみを（ソ）しろ、四十代はよを（ソ）しろ、五十代はいを（ソ）しろ也」（和歌色葉）。田令では「凡田、長三十歩、広十二歩為

段、十段為町」（田長条）とあり、和歌色葉の言うところは令前の制。「代」は「一束代」。堀河百首で567歌が詠出されて以後、永久百首で「そしろだのわさどかりての粮いねのいさらいさらにあきとみゆらむ」（一八二一・仲実）、為忠家初度百首で「なは草をやまだのをだにかりしきてそしろのむろのたねはまきける」（一〇三・為業）が詠まれた。

○ユヒトハ「田うゝるものをはゆいといふ也。田うへんとては人をやとひてうへて、そのやとひたる人のをのか田をうふるには、かはりにやとはるゝをいふなり」（和歌色葉）

【参考】「田　田にはそしろはしろと云物也」（八雲御抄）

568
サナヘトルコラカモスソモヒチニケリ　ウナテノミツノアクカキリシテ

日本記第九、神功皇后識神ノ教ノ有コトヲ験、定メ神田《ミトシロ》ヲ而佃《タツクル》時ニ、引雔《ナカ》河水一ヲ欲掘溝《ウナテヲ》。及千迹驚《トヽロキノ》崗一ニ、大盤塞《フサカレリ》。召武内宿禰、捧剣鏡一ヲ令祈神之。当時雷《カムトヽロキ》電蹴裂其盤令通水。故人号其溝曰裂田《サクタノウナテ》溝ト。

142
さなへとるこらかもすそもひちにけりうなての水のあくかきりして

日本紀第九、神功皇后識神乃教ノ有コトヲ験一、定メ神田《ミトシロ》二而佃《タツクルニ》時、引儺《ナカ》河水一ヲ欲掘溝《ウナテヲ》。及于迹驚《トヽロキノ》崗一ニ、大盤塞《フサカレリ》。召武内宿禰、捧剣鏡令祈神之。当時に雷《カムトヽキ》電蹴裂其磐令通水。故人号其溝曰裂《サクタノウナテト》田溝。

【出典】明記せず

【注】**○日本記第九**「既而皇后、則識二神教有一レ験、更祭二祀神祇一、躬欲二西征一。爰定二神田一而佃之。時引二儺河水一、欲レ潤二神田一、而掘レ溝。及二于迹驚岡一、大磐塞之、不レ得レ穿レ溝。皇后召二武内宿禰一、捧二剣鏡一令レ祷二祈神祇一、而求レ通レ溝。則当時、雷電霹靂、蹴二裂其磐一、令レ通レ水。故時人号二其溝一曰二裂田溝一也」（日本書紀・神功皇后摂政前紀）

萍

569 ナツノイケニヨルヘサタメス*ウキクサハ　ミツヨリホカニユクカタモナシ
或本云、延喜十三年亭子院哥合ノ第廿三番ニ、左ニテ興風カヨメルナリ。

ウキクサハネモナクテウカレアリクナリ。晋司馬歒詩曰、汎々江漢萍　飄蕩永無根。

萍〈草部　早苗下〉

147 夏の池によるへさためぬうき草はみつより外に行かたもなし
延喜十三年亭子院歌合の第廿三番に、左にて興風かよめるなり。

うき草はねもなくてうかれありくなり。晋司馬詩曰、汎々江漢萍　飄蕩永無根云々。


【本文覚書】○サタメス…同一本文は谷のみ。他本は「サタメヌ」　○司馬歒…「歒」、諸本「歒」

【出典】亭子院歌合・五十・興風、三句「うきくさの」

【他出】続後撰集・二二七（二三句「よるべさだめぬうき草の」）

【注】○或本云　流布本にのみあり。○延喜十三年亭子院哥合　569歌は、十巻本、廿巻本ともに、五〇番歌、すなわち二十五番右にあたるので、「廿三番ニ左ニテ」とするのは不審。また、童蒙抄巻十に本歌合を引くが番数は書かない。あるいは、この箇所のみ別の資料に拠ったか。○ウキクサハ　「うき草とは、はたにうきたる事たとふ」（能因歌枕）、○晋司馬彪詩曰　「晋司馬彪萍詩曰、汎々江漢萍、飄蕩永無根」（芸文類聚巻八十二）。司馬彪の詩は類書に当該二句のみ見えるが、原詩は不明。

【参考】「萍　ねをたえたると云り」（八雲御抄）

570 秋草

萩

ソマカタノハヤスハシメノサノハキノ　衣《キヌ》ニツクナリメニツクワカセ
万葉第一ニアリ。綜麻形《ソマカタ》、トカケリ。狭野榛《サノハキ》、トカケリ。

萩　〈草部　萍下〉

211 そまかたのはやすはしめのさのはきのきぬにつくなりめにつくわかせ
万葉第一に有。綜麻形《ソマカタ》、とかけり。又、狭野榛《サノハキ》、とかけり。

【出典】万葉集巻第一・一九「綜麻《へそ》形乃《かたの》　林始乃《はやしのさきの》　狭野《さの》榛能《はりの》　衣尓《きぬに》著成《つくなす》　目尓都久和我勢《めにつくわがせ》」〈校異〉①は廣、古及び元（朱）が一致。紀及び元（漢右赭）「ミヲカタノ」。元（「綜麻」左赭）「ウミヲ」。紀「綜」左「ウミ」②「ハヤス」は古及び元（朱）が一致。廣、紀及び元（漢右赭）「ハヤシ」④は元（漢右赭）「キヌニツクナル」に「成」左赭「ナリ」とあるのが一致。紀「キヌニツクナル」。廣、古及び元（朱）「コロモニキナシ」⑤「ツク」は廣、古、紀及び元（漢右赭）が一致。元（朱）「ムク」で「ム」右赭「ツ」。なお、類、冷は訓なし。元は平仮名訓なく、漢字本文右及び左に赭訓、漢字本文左の余白に朱訓あり。現存本では当該歌に平仮名訓はない。

【注】○**綜麻形《ソマカタ》ト**　万葉集の表記を示す。当該表記万葉集中一例のみ。○**狭野榛《サノハキ》ト**　万葉集の表記を示す。当該表記万葉集中一例のみ。

571 ワカヤトノヒトムラハキヲ、モフコニ　ミセスホト〳〵チラシツルカナ

万葉第八ニアリ。ハキチル、トヨメリ。又、ヒトムラハキ、ト*イヘリ。

212 わかやとのひとむらはきを思ふこにみせす程々ちらしつるかな

万葉第八に有。はきちる、とよめり。又、ひとむらはき、といへり。

【本文覚書】◯イヘリ…ヨメリ（和・筑A・筑B・刈・岩・大）

【出典】万葉集巻第八・一五六五「吾屋戸乃《わがやどの》　一村芽子乎《ひとむらはぎを》　念児尓《おもふこに》　不レ令レ見《みせず》殆《ほとほと》　令レ散都類香聞《ちらしつるかも》」〈校異〉④「ス」未見。非仙覚本（類、廣、紀）及び仙覚本は「て」⑤未見。非仙覚本は「ちらしつるかも」。仙覚本は「チラシツルカモ」で、矢、京「チラセツルカモ」。京赭で「セ」を消しその右赭「シ」

【他出】古今六帖・三六三七（下句「みせでほとほとちらしつるかも」）

【注】◯**ハキチルト**　萩が散ることを詠む歌は極めて多い。◯**ヒトムラハキト**　詠歌例は僅少。「ふるさとのひとむらはぎの花ざかりたれきてみよといろこかるらん」（殷富門院大輔集・五三）、「これのみとをしむもくるし我がやどの一むら萩に秋風ぞふく」（正治初度百首・三四一・守覚法親王）など。

572 テモスマニウヘシモシルクイテミレハ　ヤトノワサハキチリニケルカモ

同第十ニアリ。テモスマニトハ、テモヤスマストイフナリ。又、ワサハキ、トイヘリ。

213 てもすまにうへしもしるくいてみれはやとのわさはき咲にけるかも

同第十に有。てもすまにとは、てもやす（ママ）ますといふなり。又、わさはき、といへり。

【出典】万葉集巻第十・二一一三「手寸十名相《てもすまに》　殖之毛知久《うゑしもしるく》　出見者《いでみれば》　屋前之早芽子《やどのはつはぎ》　咲尓家類香聞《さきにけるかも》」〈校異〉④「ワサ」は紀（「早」左）が一致。類及び紀（下或）「さとはき」。紀「ハツハキ」⑤「チリ」未見。非仙覚本及び仙覚本は「サキ」。なお、元は第三句「いてみ」まで存し以下欠。

【注】○テモスマニトハ　「すまにといふことは、ひまなきこゝろとみえたり。てもすまになどよめるは、てにひまなくとよめるなり」（散木集注）○ワサハキト　「早芽子」を「早萩」と訓じたもの。但し用例は未見。歌題に「早萩」あり。「こはぎはら花さきにけりことしだにしがらむしかにいかでしらせじ」（雅兼集・早萩・二五）

【参考】「てもすまにとは、てもやすますといふ也」（松か浦嶋）、「てもすま《手寸厂》〈手もやすめす也。てもすまにうへしはきなとよめり〉」（八雲御抄）

214　はきか花さくらんをの、露霜にぬれてをゆかんさよはふく共

ハキカ花サクラムオノ、ツユシモニ　ヌレテヲユカムサヨハフクトモ

万葉ニアリ。露シモトハ、毛詩ニ、蒹葭蒼々　白露為霜、イヘリ。露ノシモトハナレハ、ツユシモトイフナリ。露ト霜ト。*フタツニハアラヌナリ

万葉に有。露しもとは、毛詩ニ、蒹葭蒼々　白露為霜、いへり。露のしもとはなれは、露しもと云也。露と霜とふたつにはあらぬ也。

【本文覚書】○フタツニハアラヌナリ…底本、行間補入。

【出典】存疑。万葉集・二二五二（「秋芽子之《あきはぎの》　開散野辺之《さきちるのへの》　暮露尓《ゆふつゆに》　沾乍来益《ぬれつつきませ》　夜者深去鞆《よはふけぬとも》」）に似るためか。

【他出】古今集・二二四（二句「ちるらむをのの」）。家持集三〇二（五句「よはふけぬとも」）。猿丸集・四二、綺語

抄・七一、以上初二句「はぎのはなちるらんをのの」）、定家八代抄・三三七（二句「ちるらん小野の」）、詠歌大概・三三（二句「ちりしくをのの」）、古来風体抄・二四七（四句「触れてを行かむ」）

【注】○露シモトハ　「露霜とは、秋のしもをいふ」（能因歌枕）、「つゆじも　あきのしもをいふ」（綺語抄）、「ツユシモトハ、古物ニ秋ノシモヲイフトアリ。本文ニ露結為レ霜トイフ心歟。但、此歌新院御本ニハ、ツユシゲミヌレテヲユカントアリ」（古今集注、古今集雅経本は「つゆしけみ」、永治本、前田本、天理本は「つゆしけみ）と傍記する。67歌注参照。○毛詩ニ　「蒹葭蒼蒼　白露為霜」（詩経・秦風「蒹葭」）

ミマクホシワカマチコヒシアキハキハ　エタヲシミ、ニ花サキニケリ

同ニアリ。シミ、トハ、シケミトイフナリ。

215 お《(ママ)》まくほしわかまちこひし秋はきは枝をしみゝに花咲にけり

同に有。しみゝとは、しけみといふなり。

【本文覚書】異本は「み」とあるべき文字を「お（於）」とする箇所がある（113番など）

【出典】万葉集巻第十・二一二四「欲レ見《みまくほり》　吾待恋之《あがまちこひし》　秋芽子者《あきはぎは》　枝毛思美三荷《えだもしみみに》　花開二家里《はなさきにけり》」〈校異〉①未見。元、類、紀「みまほしみ」。元右赭「ミマクホ□ミ」が近い。紀下の「ミ」右「ク或」。仙覚本は「ミマクホリ」で「クホリ」紺青（陽、西もと紺青）、「ホリ」紺青（矢、京）。京漢左赭「ミマクホシ」で童蒙抄と一致。③「ハ」は類、紀及び元（「の」右赭）が一致。元「の」④未見。非仙覚本及び仙覚本は「えたもしみゝに」で、西「エタモシミミミ」

【他出】俊頼髄脳・三一八、綺語抄・七〇六（初句「見まほしみ」）、色葉和難集・九一一（初句「みまくほり」）

【注】○同ニアリ　573歌との関係から出典は万葉集になる。○シミ、トハ　「しみゝと申事はしけしと申すことはなめ

り」（俊頼髄脳）、「しみみ　繁也」（奥義抄）
【参考】「えたをしみ、とは、えたもしけみといふ」（松か浦嶋）、「しみゝ〈しけき也〉」（八雲御抄）

575
アキハキノフルエニサケルハナミレハ　モトノコ、ロハワスレヤハスル
古今第四ニアリ。躬恒哥也。ハキハカラテヲキタレハ、又ノ秋花ノヲナシクサクナリ。

216
秋はきのふるえにさける花みれはもとの心はわすれやはする
古今第四に有。躬恒歌なり。はきはからてをきたれは、またの秋花のおなしく咲なり。

【出典】古今集・二一九・みつね
【他出】松か浦嶋、躬恒集☆・二七七（五句「わすれざりけり」）、古今六帖・三六四六、口伝和歌釈抄・八七（下句「もとの心そはすれさりける」）、綺語抄・六九八（五句「かはらざりけり」）
【注】○**ハキハカラテヲキタレハ**　「もとの心はかはらすといふは、ゝきはかならすふるきゐたにはなのさく也」（口伝和歌釈抄）、「はぎにもとの心はとよめり」（綺語抄）
【参考】「あきはきのふるゐにさけるはなみれはもとのこゝろはわすれやはする　はきはからてをきたれは、またのとしのあき、はなのさく也」（松か浦嶋）

女郎花

576 ヲミナヘシヲフルサハヘノマスケハラ　イツカモウミテワカコロモキム

万葉第七ニアリ。サハニヲフル、トイヘリ。

女郎花

217 をみなへしおふるさはへのますけはらいつかもうみてわか衣きん

万葉第七に有。さはにおふる、といへり。

【出典】万葉集巻第七・一三四六「姫押《をみなへし》 生《さき》沢辺之《さはのへの》 真田葛原《まくずはら》 何時《いつ》鴨絡而《かもくりて》 我衣《わがきぬに》将レ服《きむ》」〈校異〉③「マスケ」未見。元、類、古及び廣（「スカ」左）「まくす」。廣「マスカハラ」で右「或クラ、ハラ」。紀「スカハラノ」で漢左「マスカラハラ」。仙覚本は「マクスハラ」で、温「葛」左「クラ、」。なお、「真田葛原」の「葛」は廣「管」、紀「菅」とあり、温歌頭「菅イ」④は廣、古及び元（「くりし」右緒）が一致。元「いつかもくりし」。類及び元（「し」左緒）「いつかもくりて」。紀「イツシカモミテ」⑤は古が一致。元、紀「わかきぬにきむ」。類、廣「わかきぬにせむ」。元右緒「コロモキム□キ」

【他出】古今六帖・三八八五（三四句「まくず原いつかもくりて」）

【注】○サハニヲフルト　女郎花と沢を合わせた歌は少ない。「をみなへしさくさはにおふる花かつみみやこもしらぬこひもするかな」（古今六帖・三八一五、625）など。

【参考】「女郎花　又沢に生と云り」（八雲御抄）

577 アキノ、・《ノ》ツユニオカル、ヲミナヘシ　ハラフヒトナミヌレツ、ヤフル

後撰第六ニアリ。ツユニオカル、、トヨメリ。

218 秋の野の露にをかる、をみなへしはらふ人なみぬれつ、やふる

後撰第六に有。露にをかる、、とよめり。

【出典】後撰集・二七五・よみ人しらず

【他出】亭子院女郎花合・一七、興風集・一二、古今六帖・三六八九、（五句「ぬれつつやへん」）、袖中抄・一一〇（五句「ぬれつつぞふる」）

【注】○**ツユニオカル、ト**　袖中抄は「しらつゆのおけるめ」で、当該歌について、「女によせて露におかる、とよめり」とする。用例は僅少。「徒に露におかるる花かとて心もしらぬ人やをりけん」（後撰集・四三一）、「いたづらに露におかるるあきはぎのはなふみしだきしかぞなくなる」（光経集・五一五）

蘭

578 ヌシ、ラヌカハニホヒツ、アキノ野ニ　タカヌキカケシフチハカマソモ

朗詠ニアリ。素性法師哥也。*カハニホツ、トハ、

蘭

219 ぬししらぬかはにほひつ、秋の、にたかぬきかけしふちはかまそも

朗詠にあり。素性法師歌なり。かはにほひつ、とは、

【本文覚書】○カハニホツ、トハ…カハニホヒツト（和・筑A・刈・東・岩）、かは匂ひつとは（筑B）、かはにほひつ、とは（狩）、かはにほひつと（大）
【出典】和漢朗詠集・二九〇、二句「かこそにほへれ」
【他出】古今集・二四一、素性集・二〇、古今六帖・三七二七、和歌初学抄・八八、定家八代抄・三四一、以上二句「かこそにほへれ」。口伝和歌釈抄・六五（二句「かにこそにほへ」）
【注】○カハニホツ、トハ　二句本文と一致する和歌未見。「やどりせし人のかたみかふぢばかまわすられがたきかはにほひつつ」（古今六帖・三七二六）との混同あるか。

579
薄

イモカリトワカ、ヨヒチノシノス、キ　ワレシカヨハ、ナヒケシノハラ
万葉第七ニアリ。シノス、キトハ、モトニハノナキヲイフ。又ホノイテヌヲモイフ。

220
薄

いもかりとわかかよひちのしのす、きわれしかよは、なひけしのはら
万葉十七に、しのす、きとは、もとにはのなきをいふ。又《また》・ほのいてぬもいふ。
【出典】万葉集巻第七・一一二一「妹等《いもら》所《がり》　我通路《わがゆくみちの》　細竹為酢寸《しのすすき》　我通《われしかよはば》　靡細竹原《なびけしのはら》」〈校異〉①「カリト」は類、紀、廣及び元（「わ」右赭イ）が一致。元「かわと」②「ワカ」は元、類、紀が一致。廣「ワレ」
【他出】古今六帖・三七一一、隆源口伝・四一（初句「妹がもと」）、口伝和歌釈抄・二九二（初句「いもかもと」三四五句「花す、きわれしもよは、なひけの、はら」）

【注】○シノス、キトハ「しのすゝきとは、かるかやともいふ。一本すゝきとも」（能因歌枕）、「ある人云、しもかれのふゆのすゝきをいふ。しのすゝき、はなすゝき、おの〳〵こと也。いまたほにいてぬをしのすゝきといふなるへし」（口伝和歌釈抄）、「しのすゝきと云ふに、人々やう〳〵に不同に云ふなり。或人云、霜がれの冬野すゝきをいふ。六帖にははなすゝき、しのすゝきと各別に書けり。心うるにことなるべし」（隆源口伝）、「しののをすゝきとは、いまだほにいでぬを云ふなり」（散木集注）、「シノ薄トハ、信ノ国ニホヤ野ト云所ニ有也。チヒヤ《（マ》マサカ《マ）》ナル薄也」（別本童蒙抄）

【参考】「しのゝをすゝきとは、花もいてぬすゝきをいふ」（松か浦嶋）、「薄　しのすゝきはたゝ薄名也。ほにいてぬを云といふ、正説也」（八雲御抄）

ハタス、キオ《ホイ》ハナサカフキクロキモテ　ツクレルヤトハヨロツヨマテニ

同第八ニアリ。ハタス、キトハ、ア*ノシノス、キヲイフナリ。カハ《皮》ス、キトモイフカ《又ナミス、キトモイフ》。委見仙部。

221 はたすゝきおはなさかふきくろきもてつくれるやとはよろつよまてに

同第八に有。はたすゝきとは、あのしのすゝきを云也。皮《カハ》すゝきとも云歟。又なみすゝきともいふか。

委見仙部。

【本文覚書】○アノシノス、キ…カノシノス、キ（和）、はのみのすゝき（筑B）、カ《河》ハシノスキ（刈・東）、アノ《河》ミ《シ》ノス、キ（岩）

【出典】万葉集巻第八・一六三七「波太須珠寸《はだすすき》　尾花逆葺《をばなさかふき》　黒木用《くろきもち》　造有室者《つくれるむろは》　迄二万代一《よろづよまでに》」〈校異〉①「ハタ」は類、廣、古、紀が一致。廣「タ」右「或ナ」②は非仙覚本及び仙覚本は「をはな」で一致するが、童蒙抄の傍記「ホイ」

未見。

【他出】袖中抄・八八、古来風体抄・九三、色葉和難集・八四

【注】○ハタス、キトハ　「顕昭云、はたすゝきとは花すゝき歟。たとなと同ひゞきの字なり……或万葉裏書云、はたすゝきとは穂の出《いで》て旗をさゝげたるうなるすゝきを云ふとぞ能因申《まうし》ける云々」（袖中抄）、なお袖中抄は「皮すゝき」もあげ、綺語抄説（膚すゝき説）を引用するが、綺語抄に当該記事は見えない。童蒙抄の言う「皮ス、キ」説と同じか。袖中抄所引童蒙抄はこの箇所を「なみすゝき」とする。○ナミス、キ　未詳。○委見仙部　童蒙抄に仙部なし。巻六「仏神部」の「仏」は標題のみで、諸本空白を残す。あるいはこの箇所にあったか。または、依拠資料の記述に拠った可能性もある。

【参考】「はたすゝきとは、しのすゝきをいふ、かわすゝきともいふ」（松か浦嶋）、「薄　はた又旗とも万波太」（八雲御抄）

カヘリキテミムトヲモヒシワカヤトノ　アキハキス、キチリニケムカモ

同十五ニアリ。ス、キチル、*トイヘリ。

222　かへりきてみむと思ひしわかやとの秋はきすゝきちりにけんかも

同十五に有。すゝきちる、といへり。

【本文覚書】○トイヘリ…トヨメリ（和・筑A・刈・東・岩・大）

【出典】万葉集巻第十五・三六八一「可敝里伎弖《かへりきて》　見牟等於毛比之《みむとおもひし》　和我夜度能《わがやどの》　安伎波疑須々伎《あきはぎすすき》　知里尓家武可聞《ちりにけむかも》」

〈校異〉非仙覚本（天、類、廣）異同なし。

【注】○ス、キチル　「薄、散る」とする詠歌例は少ない。「すすきちる秋の野風のいかならんよるなくむしの声ぞさ

むけき」（夫木抄・四三八三・土御門院）、「薄ちるあはづの野べの秋風にみぎはの外もさざ浪ぞたつ」（建長八年百首歌合・一二三四・伊平）

582 サヲシカノイルノ、ス、キハツヲハナ　イツシカイモカタマクラニセム
古今第十一ニアリ。ハツヲ花、トヨメリ。

223 さをしかのいるのゝすゝきはつをはないつしか君か手枕にせん
古今第十一に有。はつをはな、とよめり。

【出典】存疑
【他出】万葉集・二二七七（「左小牡鹿之《さをしかの》入野乃《いりのの》為酢寸《すすき》初尾花《はつをばな》何時加《いつしか》妹之《いもが》手将レ枕《てをまくらかむ》」）、人麿集Ⅰ・二一八、人麿集Ⅱ・三五一、人麿集Ⅲ・一七四、古今六帖・三六九一、五代集歌枕・七六五、古来風体抄・一一四、袖中抄・五四四、新古今集・三四六、定家八代抄・三四二
【注】○**古今第十一**　存疑。○**ハツヲハナ**　用例は多いが、この語に言及する歌学書未見。
【参考】「野　いる〈万、すゝき、さをしかの、、、〉」（八雲御抄）

583 ハナス、キホニチリヤスキクサナレハ　ミニナラムトハタノマレナクニ
後撰第七ニアリ。ホニチリヤスキ、トイヘリ。

224 花すゝきほにちりやすき草なれはみにならんとはたのまれなくに

後撰第七に有。ほにちりやすき、といへり。

【出典】後撰集・三五四・よみ人も（読人不知）、二句「ほにいでやすき」。

【注】○ホニチリヤスキ　後撰集諸本に「ホニチリヤスキ」とするもの未見。また「ほにちる」の用例未見。

584 コテフニモニタルモノカナハナス、キ　コヒシキヒトニミスヘカリケリ

拾遺抄第三ニアリ。＊来白似《コテフニニタリ》、トヨメリ。

225 こてふにもにたる物かな花すゝき恋しき人にみすへかりけり

拾遺抄第三に有。来《コテフニ》　曰似《ニタリ》、とよめり。

【本文覚書】○来白似《コテフニニタリ》…来曰似（筑B）

【出典】拾遺抄・一〇九・読人不知

【他出】拾遺集・一一〇三、松か浦嶋、色葉和難集・七〇三

【注】○来白似《コテフニニタリ》「我屋戸之《わがやどの》　梅咲有跡《うめさきたりと》　告遣者《つげやらば》　来云似有《こといふににたり》　散去十方吉《ちりぬともよし》」（万葉集・一〇一一）、「コテフニ、タリトハコトイフニ、タリト云也」（古今集注）、「コ、ロエヌ人ハ多ク胡蝶トカキテ、人ニアザケラル、コトナリ」（拾遺抄注）、「和云、こてふとはことい ふといふなり」（色葉和難集）

【参考】「こてふにもにたる物哉はなすゝきこひしき人にみすへかりけり　こてふにもとは、ことい ふにもにたる物かなといふ也」（松か浦嶋）、「蝶　こてふに、たりと云は非蝶。来といふに似也」（八雲御抄）

585 アキカセノフクタヒコトニアナメ〳〵　オノトハナラシス、キオヒケリ

小野小町集ニアリ。昔野中《ノナカ》ヲユク人アリ。風ノヲトノヤウニテ此哥ヲナカムルコヱキコユ。タチヨリテタツネキ、ケレハ、シロクサレタルヒトカシラノナカヨリ、ス、キオヒイテタルカナカメケルナリ。ソノス、キヲトリステ、、ソノカシラヲキヨキトコロニヲキテカヘリヌ。ソノヨノユメニ、ワレハコレムカシ小野小町トイハレシモノナリ。ウレシク恩ヲカウフリヌル、トイヘリケリ。サテコノ哥ヲ彼集ニイレルトソ。アナメ〳〵トハ、アナメイタトイフ也。

226 あき風のふくたひことにあなめあなめをのとはならしすゝきおひけり

小野小町集にあり。昔野中を行人あり。かせのをとのやうにて此歌をなかむるこゑきこゆ。立よりてたつねきゝけれは、しろくされたる人のかしらのなかより、すゝきおひいてたるかなかめけるなり。そのすゝきをとりすてゝ、そのかしらをきよきところにをきてかへりぬ。其夜の夢に、われはこれ昔小野小町といはれしものなり。うれしく恩をかふりぬる、といへりけり。さて此哥を彼集にいれたるこそ。あなめ〳〵とは、あなめいたといふなり。

【出典】小町集Ⅱ類本・六八、四句「をのとはなくて」

【他出】袋草紙・二五八（二句「打ちふくごとに」四句「をのとはいはじ」）、袖中抄・七五一（二句「ふくにつけても」五句「すすき出でけり」）、無名草子・八一（四句「小野とは言はじ」）

【注】○**昔野中ヲユク人アリ**　当該小町説話が何に依拠したか不明。先行するものとして、江家次第の記事があるが、同書との違いについては、袖中抄が補説する。

586
刈萱

ミヨシノ、カケロフノヲノニカルカヤノ　ヲモヒミタレテヌルヨシ*ソナキ《ヲホキ》

万葉第十二ニアリ。

227
刈萱

みよしの、かけろふをの、かるかやのおもひみたれてぬるよしそおほき

万葉第十二にあり。

【本文覚書】〇ソナキ《ヲホキ》…ヲホキ（内）、ヲホキ《ソナキ》（筑A）、そなき（筑B）、ゾナキ（刈・岩）、ぞなき（大）

【出典】万葉集巻第十二・三〇六五「三吉野《みよしの》之《の》　蜻乃《あきづの》小《を》野《の》尓《に》　刈草之《かるかやの》　念乱而《おもひみだれて》　宿夜《ぬるよ》四《し》曾《ぞ》多《おほき》」〈校異〉②「カケロフ」は廣、古、西及び元（「あけ」右赭）が一致。元「あけろふ」。類「かたち」。西「蜻」左「アキツイ」③「カルカヤ」は類、古及び西（「クサ」右イ）が一致。元、廣、西「かるくさ」⑤「ソナキ」未見。非仙覚本及び仙覚本は「そおほき」で童蒙抄の傍記と一致。

【他出】五代集歌枕・六九九（五句「ぬるよしぞおほき」）、和歌初学抄・一九三（二句「かたちのをのに」五句「ぬるよしぞおほき」）、袖中抄・一三八（五句「ぬるよしぞおほき」二句「かたちのをのに」）

587
菊　広志曰菊有白菊

ウヱシウヱハアキナキトキヤサカサラム　ハナコソチラメネサヘカレメヤ

古今第五ニアリ。キクノハナチル、トヨメリ。業平哥也。

菊〈草部　刈萱下〉

271 うへしうへは秋なきときやさかさらん花こそちらめねさへかれめや

古今第五に有。菊花ちる、とよめり。

業平歌なり。

【本文覚書】○広志曰…広志（内・和・筑A・筑B・刈・東・狩・岩・大）

【出典】古今集・二六八・在原なりひらの朝臣

【他出】業平集・六、業平集☆・六八、伊勢物語・九七、大和物語・二七二、古今六帖・三七三一、和歌一字抄・一一二三、袋草紙・七九四（初句「うつし植ゑば」）、定家八代抄・四二七

【注】**○広志曰**　「広志曰、菊有白菊」（太平御覧巻九九六）、初学記にも同様の記事を載せるが出典を本草とする。「本草経曰、菊有筋菊、有白菊」（巻二十七）。ここは修文殿御覧に拠ったか。**○キクノハナチル**　菊花は散らないものと詠むのが通例か。「咲くかぎりちらではてぬる菊の花むべしも千世の齢のぶらむ」（貫之集・一九）、「わがこころちりせぬきくにたとふれば花こそいたくうつろひにけれ」（長能集・九一）**○業平哥也**　「人のせんざいにきくにむすびつけてうゑけるうた　在原なりひらの朝臣」（古今集詞書）

【参考】「菊　ちる事なし。旁祝物也。業平は、花こそちらめといへり。花こそかれめといへる心也」（八雲御抄）

588 シツクモテヨハヒノフテフハナ、レハ　チヨノアキニソカケハシケラム

後撰第七ニアリ。友則哥也。菊トヨマテハナトハカリヨメリ。シツクニヨハヒノフトイフコトハ、モロコシニ、酈県ノキタ五十里ニ菊谿アリ。ミナモト石澗ヨリ出タリ。山ニ甘菊アリ。村人コノミツヲノムテイノチ

オホシ。見荊・《州》記ニ。
又云、南陽酈県ニ甘谷アリ。タニノ水アマクヨシ。其山ノウヘニ菊花アリ。水山ノウヘヨリナカレクタレリ。ソノコキシルヲエテ、タニノウチニ三十余家井ヲホラシメテコノミツヲノム。上寿ノモノハ二千歳也。中ノモノハ百余歳也。見風俗通。盛弘之荊州記曰、酈県有菊水。其源悉芳菊。複岸水其甘馨。大尉胡広久患風羸。恒汲*飯此水。後疾遂瘳。年延百歳。非唯天寿亦菊延云々。

272　しつくもてよはひのふてふ花なれは千世の秋にそかけはしけらん

後撰第七に有。友則歌也。菊とよめて《(ママ)》花とはかりよめり。しつくによはひの、ふといふことは、もろこしに、酈懸《テキクエン県歟》のきた五十里に菊谿《タニ》あり。源《ミナモト》石潤より出たり。山に甘菊あり。村人此水をのむていのちおほし。見荊州記。又云、南陽の酈懸《(ママ)》にたにの水あまくよし。その山の上に菊花あり。水山の上よりなかれくたれり。そのこきしるをえて、谷のうちに卅余家井をほらすしてこの水をくむ。上寿のものは二千歳なり。中のものは百余歳也。見風俗通。盛弘之荊州記曰、酈懸《(ママ)》有菊水。其源悉芳菊、祓《(ママ)》岸岸水其甘馨。大尉胡広久患風羸。恒汲飲此水。後疾遂瘳。年延百歳。非唯天寿忽菊延之。

【本文覚書】○飯此水…飲此水（和・筑A・刈・岩・東・狩・大）
【出典】後撰集・四三三・とものり
【他出】友則集・六一（五句「かげはみつらん」）、色葉和難集・八三二（四句「千千の秋にぞ」）
【注】○**菊トヨマテ**　後撰集の詞書に「返事に菊花ををりてつかはしける」とある。○**シツクニヨハヒノフ**　後出の

盛弘之荊州記とほぼ同内容。荊州記（宋・盛弘之撰）は逸書。日本国見在書目録にも見えない。○**又云**「風俗通曰、南陽酈県有、甘谷、谷水甘美、云其山有大菊、水従山上流下、得其滋液、谷中有三十余家、不復穿井、悉飲此水、上寿百二三十、中百余、下七八十者」（芸文類聚巻八十一）。風俗通は日本国見在書目録にも見える。216歌注では漢文体で引用する。○**盛弘之荊州記曰**「荊州記曰、酈県北五十里、有菊谿、源出県西北五十里石澗山、東南流、会専水、両岸多甘菊」（芸文類聚巻九）、「盛弘之荊州記曰、酈県菊水、太尉胡広、久患風羸、恒汲飲此水、後疾遂瘳、年近百歳、非唯天寿、亦菊延之。此菊甘美広後収。此菊実播之京師処処伝植（同巻八十一）。黒田「和歌童蒙抄はいかなる歌学書か」（『和歌文学研究』102、二〇一一年六月）参照。

稲

オシテイナトイネハツカネトナミノホノ　イタフラシモヨキソヒトリネテ

万葉集第十四ニアリ。

276　稲〈菊下〉

をしていなといねはつかねとなみのほら（ママ）いたふらしもよきそひとりねて

万葉集第十四に有。

【本文覚書】○注文に付加…蕉下庵曰キソトハ昨日也シモヨトアレハ昨日ノ夜也（刈、上部余白に「是モ解落タリト見タリ」と記す）、キソトハ昨日也シモヨトアレハ昨日ノ夜ナリ（岩）、きそとは昨日也。しもよとあれば昨日の夜なり（大）

【出典】万葉集巻第十四・三五五〇「於志弖伊奈等《おしていなと》　伊祢波都可祢杼《いねはつかねど》　奈美乃保能《なみのほの》　伊多夫良思毛与《いたぶらしもよ》　伎曽比登里宿《きそひとりね》

而《て》」〈校異〉①「ト」は元、廣が一致し、類「は」を「と」に訂正。

590 アラキタノ子師《シシ》タノイネヲクラニツミテ　アナウタ〱シワカコフラクハ

同第十六ニアリ。

277 あらきたの子師たのいねをくらにつみてあなうた〱しわかこふらくは

同第十六にあり。

【本文覚書】○注文に付加…猪田ナルヘシ。同集ニシ、タ守コト、アリ（刈・岩）、猪田なるべし。同集にし、だ守ごと、あり（大）

【出典】万葉集巻第十六・三八四八「荒城田乃《あらきだの》　子師田乃稲乎《ししだのいねを》　倉尓挙蔵而《くらにあげて》　阿奈干稲干稲志《あなひねひねし》　吾恋良久者《あがこふらくは》」〈校異〉④「ウタ〱」は尼、古が一致。類「そた〱」で「た」右「本」とあるが消し、「〱」下に「シ」を補う。廣「アナウク〱シ」⑤「コフラクハ」は尼、類が一致。廣「フララクハ」

【他出】五代集歌枕・七七九（三四句「くらにつみあなかたがたし」）、袖中抄・一〇六

591 トキシマレイナハノカセニナミヨレル　期ニサヘヒトノウラムヘシヤハ

御カヘシ　女御

592 イカテカハイナハモソヨトイハサラム　アキノミヤコノホカニスムミハ

ムラカミノ御時、斎宮ノ女御ナカヲカトイフトコロニスミタマヒケルニタテマツラセタマヒケル御哥也。コ

ノウタノコ、ロハ、イナコマロトイフムシハ、イネノイテクルトキニアルナリ。御モノネタミモセサラムトヨマセ給ヘリ。御集ニハ、チテノセラレストイヒツタヘタリ。

278 ときしまし（ママ）いなはのかせになみよれる期にさへひとのうらむへしやは

御返　女御

279 いかてかはいなはもそよといはさらん秋のみやこのほかにすむ身は

村上御時、斎宮の女御なかをかと云所にすみ給けるにたてまつらせ給ける御歌也。此歌の心は、いなこ丸といふ虫は、稲のいてくる時にあるなり。御物ねたみやありけん、その虫とおほしくて、稲葉のかせに、とよませ給へるを、心得させ給て、秋のみやこの外にあるとかへさせ給なり。秋のみやとは、后を申せは、后にもあらねはなとか物ねたみもせさらんとよませ給へり。御集にははちてのせられすといひつたへたり。

【出典】明記せず

【他出】591 俊頼髄脳・三五一（初句「時しもあれ」）　592 俊頼髄脳・三五二

【注】本注は俊頼髄脳に依拠し、漢籍を引用しない。后妃の嫉妬と蝗については詩経「螽斯」の注に以下の如くある。「螽斯羽　詵詵兮〈凡物有陰陽情欲。無不妬忌。維蚣蝑不耳。各得受気而生子。故能詵詵然衆多。后妃之徳。能如是則宜然〉　宜爾子孫　振振兮〈后妃之徳。寛容不嫉妬。則宜女之子孫。使其無不仁厚〉」（詩経国風周南「螽斯」、括弧内は鄭箋）、「これは村上の御時に、斎宮の女御と申ける人のなる［か］をかといふ所にすみたまひけるとき、いつかまいらせ給ふへきなとをとつれ申させたまひたりけるとき、いか丶御返り申させ給たりけむ・《申させ給たりける》哥なり。この哥の心きかさらむ人のさとるへきにあらす。后といなこまろといふ虫はものねたみせぬものとふみに申たるとかや。この御返に

ものねたみのけしきやありけむ、かく申させ給たりけるなり。いなこまろといふむしは、田のいねのいてくるときこのむしもいてくれはいなこ丸といへは、この虫の名とおほしくて、いなはのかせになみよる期とはよませたまへるを・なと《心を得て我は后にもあらねは》ものねたみもせさらむとおほして、秋のみやこのほかなる身はとよませたまへるなり。后をのそませたまふけしきなりと、よの人申けれは、さて御集にはのそかれにけるとそうけたまはりし」（俊頼髄脳）○**御モノネタミ**

流布本は、この箇所から目移りによる脱文がある。

イナシキノフセヤヲミレハニハモセニ　カトタノワセハカリホシテケリ

堀川院百首ニ肥後君カヨメルナリ。イナシキトハ、ヰナカヲイフナルヘシ。垂仁天皇四年秋九月、皇后ノ母兄《ハラカラ》狭穂彦ノ王《ミコ》、謀反《ミカトカタフケム》トシテ、皇后ノ燕居《ワタクシニマシテウカヽフ》ヲ伺テ語テ曰ク、汝兄《コノカミ》ト夫《ヲフト》トイツレカ愛《イツクシウ》スル。対曰、兄ヲ愛ス。則皇后ニ誂《アトラヘ》曰、色ヲ以人ニ事《ツカフルハ》、色衰テ寵緩《メクミユルフ》。今天下ニ佳人《カホヨキ》多シテ遞《タカヒ》ニ進《スヽム》テ寵ヲ求ム。永ク色ヲ恃《タノムコト》得ヤ。吾《ヤツカレ》鴻祚ニ登テ汝ト天下ニ照臨シテナカク百年ヲ終ム。願ハ我カ為ニ天皇ヲ殺タテマツレト。匕首《ヒシカタナ》ヲ皇后ニ授テ曰ク、袖《コヽロ》ノ中ニ佩《ハイ》テ天皇ノ寝《ミイネ》シ給覧時ニ頸《クヒ》ヲ刺《サセ》。於是《コヽニ》皇后不知所如《ヤムスヘカラシ》。兄ノ王ノ志ヲ視《ミル》ニ諫事《アサムクコトヲ》ウヘカラス。五年冬十月、天皇来*曰幸シテ高宮ニ居給ヘリ。時ニ皇后ノ膝枕シテ昼寝《ヒルネ》セリ。於是兄ノ王ノ謀ル所ハ是時也ト思ニ、即眼ヨリ涙流テ帝ノ面ニ落。天皇即寤テ皇后ニ語テ曰ク、朕今日夢ラク、錦色小蛇《スコシキナルニシキヲロチ》朕カ頸ニ繞《マツハレ》テ火雨《ヒサメ》狭穂ヨリ発来《フリ》テ面ヲ濡《ウルホ》ス。是何祥ソ。皇后不得匿《エカクスマシウ》シテ地ニ伏テ曲《ツハヒラカニ》奏シテ曰、兄ノ王ノ志ニモタカフコト*アラハス、天皇ノ恩ヲモソムクコトエス。涙溢テ帝面ヲウルホス。今日ノ夢是ノ応《コタエナラム》歟。錦色小蛇《チ》ハ妾ニ授《サツケツル》匕首也。火雨発ハ妾之涙也。天皇曰、汝ノ罪ニ非也。即近県ノ卒ヲ発《ヲコ》シテ八綱田ニ命テ狭穂彦ヲ撃ツ。時ニ狭穂彦師《イクサ》ヲ興シテ距テ、忽ニ稲ヲ積テ城ヲ作ル。其堅事破ヘカラス。是稲城ト謂也。委見日本紀第六。

280 いなしきのふせやをみれはにはもせにかと田のわせはかりほしてけり

堀河院百首に肥後君か読也。いなしきとは、ゐなかをいふなるへし。垂仁天皇四年秋九月、皇后の母兄《ハラカラ》狭穂彦ノ王《アフ》、謀反《ミマ(カ歟)トカタフケム》として、皇后の燕居《ワタクシニマシフ》を伺《ウカヽフ》テ語て曰ク、汝兄《コノカミ》と夫《ヲツト》といつれか愛《イツクシウ》する。対曰、兄を愛す。即皇后に誂《アトラヘ》曰、色《イロ》をもて人に事《ツカフルコトハ》、色衰て寵緩《メクミユルフ》。今天下に佳人《カヲヨキ女ヲホク》多して遞進《タカヒニスヽム》て寵を求む。永く色を恃《タノムコト》得也。吾《ヤツカレ》鴻祚に登て汝と天下に照臨して永百年を終《ヲ》へむ。願は我か為に天皇を殺たてまつれ。匕首《ヒシカタナ》を皇后に授て曰く、袖《コヽロ》の中に佩て天皇の寝《ミイネ》し給時に頸《クヒ》を刺《サセ》。於是《コヽニ》皇后不知所《ヤムスヘシラス》如。兄の王の志を視《ミル》に諫《アサムク》事ウヘカラス。五年冬拾月、天皇来目に幸して高宮に居給へり。時に皇后の膝に枕して昼寝《ヒルネ》せり。於是兄の王の謀る所は是時也と思に、即眼より涙流て帝の面に落。天皇即寤て皇后に語て曰く、朕今日夢《ラク》、錦色小蛇《スコシキナルニシキノヲロチ》朕か頭に繞《マツハ》て火雨《ヒサメ》狭穂より発《フリ》来て面を濡《ウルヲ》ス。是何祥そ。皇后不得匿《エカクスマシウ》して地に伏て曲《ツハヒラカニ》奏して曰、兄の王の志にもたかふ事あたはす、天皇の恩をもそむく事えす。涙溢て帝の面をうるほす。今日の夢是乃応《コタヘナラム》歟。錦色小蛇《スコシキナルニシキヲロチ》は妾に授《サツケ》たる匕首也。火雨発は妾之涙也。天皇曰、汝の罪に非也。即近県の卒を発《ヲコ》して八綱日《(ママ)》に命テ狭穂彦を撃つ。時狭穂彦師《イクサ》を興して距《(ママ)》を、忽に稲を積て城を作り、其堅事破へからす。是稲城と謂也。委見日本紀第六。

【本文覚書】○来日…ナシ（筑Ｂ）、来目《クメ》ニ（刈・東・岩）、来目（大）○アラハス…あたはす（筑Ｂ・狩・大）、アタハス（和・筑Ａ・刈・東・岩）

【出典】堀河百首・一五一八・肥後

【注】**○イナシキトハ**「ゐなかをば、いなしき…」（能因歌枕）、「田舎　いなこきのと云」（俊頼髄脳）、「ゐなかなとにやとれるものは稲なととりをきたるを引敷なとにしてぬる心也。ゐなかをいなしきと云も其心也」（奥義抄）○**垂仁天皇四年秋九月**「四年秋九月丙戌朔戊申、皇后母兄狭穂彦王謀反、欲レ危二社稷一。因伺二皇后之燕居一、而語之曰、汝孰二愛兄与レ夫焉。於是、皇后不レ知二所問之意趣一、輙対曰、愛レ兄也。則誂二皇后一曰、夫以レ色事レ人、色衰寵緩。今天下多二佳人一。各遞進求レ寵。豈永得レ恃レ色乎。是以冀、吾登二鴻祚一、必与レ汝照二臨天下一。則高レ枕而永終二百年一、亦不レ快乎。願為レ我殺二天皇一。仍取二匕首一、授二皇后一曰、是匕首佩二于衵中一、当天皇之寝、廼刺レ頚而殺焉。皇后於是、心裏兢戦、不レ知二所如一。然視二兄王之志一、便不レ可レ得レ諫。故受二其匕首一、独無二所蔵一、以著二衣中一。遂有レ諫レ兄之情一歟。五年冬十月己卯朔、天皇幸二来目一、居二於高宮一。時天皇枕二皇后膝一而昼寝。於是、皇后既无レ成レ事。而空思之、兄王所レ謀、適是時也。即眼涙流之落二帝面一。天皇則寤之、語二皇后一曰、朕今日夢矣、錦色小蛇、繞二于朕頚一。復大雨従二狭穂一発而來之濡レ面、是何祥也。皇后則知レ不レ得レ匿レ謀、而悚恐伏レ地、曲上二兄王之反状一。因以奏曰、妾不レ能レ違二兄王之志一。亦不レ得レ背二天皇之恩一。告言則亡二兄王一。不レ言則傾二社稷一。是以、一則以懼、一則以悲。俯仰喉咽、進退血泣。日夜懐悒、無二所訴言一。唯今日也、天皇枕二妾膝一而寝之。於是、妾一思矣、若有二狂婦一、成二兄志一者、適遇是時、不レ労以成レ功乎。茲意未レ竟、眼涕自流。則挙レ袖拭レ涕、従レ袖溢之沾二帝面一。故今日夢也、必是事応焉。錦色小蛇、則授レ妾匕首也。大雨忽発、則妾眼涙也。天皇謂二皇后一曰、是非二汝罪一也。即発二近県卒一、命二上毛野君遠祖八綱田一、令レ撃二狭穂彦一。時狭穂彦興レ師距之。忽積レ稲作レ城。其堅不レ可レ破。此謂二稲城一也。」（日本書紀・垂仁天皇

四年）。
【参考】「鄙　いなしき同（ゐ中也）」（八雲御抄）

冬草

594 トシヲヘテナニタノミケムカツマタノ　イケニオフトイフツレナシノハナ

雑草

万葉ニアリ。

345 としをへてなにたのみけんかつまたのいけにおふてふつれなしの草

雑草

万第二にあり。

【出典】存疑
【他出】古今六帖・三五九二、疑開抄・五（五句「つれなしのくさ」）
【参考】「5としをへてなにたのみけむかつまたのいけにおふといふつれなしのくさ　同巻にあり。つれなしのくさ、とよめり」（疑開抄。出典注は前注を受け「万葉集第二十巻」）

595 モロコシヤニハニオヒケムクサノハノ　サシモマネカヌワカコ、ロカナ

古哥也。田休子曰、黄帝時クサアリテ帝ノ庭若ハ階ニ*オタリ。佞人入朝ハ、スナハチクサカ、マリテコレヲサス。名ヲ屈軼草トイフ。コノユヘニ佞人アヘテス、ムコトナシ。

346 もろこしや庭におひけん草のはのさしもまねかぬわか心なり

古哥なり。田休子曰、黄帝時草ありて帝の庭に若は階におひたり。佞人八《(ママ)》朝は、即くさかゝまりて是をさす。名を屈軼草といふ。此故に佞人あへてすゝむことなし。

【本文覚書】○オタリ…オヒタリ（和・筑A・刈・岩・東）、おひたり（筑B・大）、生たり（狩）

【出典】古歌

【注】○田休子曰　田休子は逸書。隋書経籍志三に「胡非子一巻（非似墨翟弟子梁有田休子一巻亡）」とある。文選注にも引用され、太平御覧も引くが（各一例）、屈軼草についての記事ではない。後の類書は、概ね屈軼草の話を博物志、あるいは論衡から引く。童蒙抄中田休子を引用するのはこの箇所だけであり、依拠資料は未詳。「堯時有屈軼草生于庭、佞人入朝、則屈而指之、一名指佞草」（博物志巻三）

596 竹

ワカヤトノイサヽムラタケフクカセノ　ヲトノサヤケキコノユフヘカナ

万葉廿ニアリ。大伴家持卿哥也。イサヽムラタケトハ、イサヽカニスクナキ心ナリ。イ*ヒサヽトイフハワロシ

竹

397 わか宿のいさゝむら竹ふく風の音のさやけきこの夕かな

万葉第廿にあり。大伴家持卿哥也。いさゝむら竹とは、いさゝかにすくなき心也。いさゝ（ママ）と云はわろし。

【本文覚書】○イヒサヽ…イヒサク（内・書）

【出典】万葉集巻第十九・四二九一「和我屋度能《わがやどの》　伊佐左村竹《いささむらたけ》　布久風能《ふくかぜの》　於等能可蘇気伎《おとのかそけき》　許能由布敝可母《このゆふへかも》」〈校異〉②「イサヽ」は類、廣、古が一致し、元「いさし」で「し」を「サ」に訂正。④「サヤケキ」未見。非仙覚本及び仙覚本は「かそけき」⑤「カナ」未見。非仙覚本及び仙覚本は「かも」

【他出】古今六帖・四一一六、疑開抄・六二（二句「吹かせに」）、和歌色葉・九〇、綺語抄・七四七（四句「おとのかすけき」）、色葉和難集・五二（五句「この夕かも」）

【注】○イサヽ、ムラタケトハ　「いさゝむらたけとはいゐさゝなり。又いさゝかにすくなき心也ともいへり」（和歌色葉）、「和云、いさゝむら竹、ふるくもさたしたることみえず。一にはいさゝは、すこし有る竹といふにや。一むら竹なり。又いひさゝといふさゝ有り、是をいふにや」（色葉和難集）○イヒサヽトイフハ　疑開抄の説。

【参考】「竹付笋　62わかやとのいさゝむらたけ吹かせにをとのさやけきこのゆふへかな　同第廿巻にあり。大伴家持卿のよめる也。いさゝむらたけとは、いひさゝと云也」（疑開抄）、「竹　万いさゝむら」（八雲御抄）

597 ヲクツユハソノナミタニモアラナクニ　マ*クラニミユルマノ、ムラタケ
張華博物志、舜*死ニ、妃涙下染竹即斑ナリ。妃為湘水神。故曰湘妃竹。

398 置露はそらの（ママ）なみたにもあらなくにまたらにみゆるまの、村竹

張華博物志、舜死、二妃涙下染竹即斑。妃為湘水神、故曰湘妃竹。

【本文覚書】○マクラ…マタラ（内・和・筑A・書・岩）、またら（筑B・狩）、まだら（大）○舜死ニ…舜死（和・筑A・刈・岩・大）、舜死二（筑B・狩）
【出典】明記せず。異本の出典注記は存疑。
【注】○**張華博物志**「張華博物志、舜死、二妃涙下、染竹即斑、妃死為湘水神、故曰湘妃竹」（初学記巻二十八）。75歌注参照。

598 タマサヽノハワケニムスフシラツユノ　イマイクヨヘムワカミナラナクニ
六帖ニアリ。

396 たまさゝのはわけに結ふ白露のいまいくよへむ我みならなくに

六帖にあり。

【出典】古今六帖・三九五〇、二句「はわきにおける」、五句「我ならなくに」
【他出】疑開抄・六一（四句「いまいくかへむ」）
【参考】「61たまさゝの葉わけにむすふ白露のいまいくかへむわか身ならなくに」（疑開抄）

黄連《カクモクサ》

599 ウカリケルミキハカクレノカクモクサ　ハスヱモミエスユキカクレナム

六帖ニアリ。カクモクサハ、黄連也。

黄蓮

347 うかりける秋はかくれのかくも草は末もあはすゆきかくれなん

六帖にあり。かくも草は黄蓮なり。

【出典】古今六帖・三五九一

【他出】疑開抄・七

【注】○**カクモクサハ**「黄蓮　一名王蓮〈本条。〉一名石髄。一名金竜子〈以上出兼名苑。〉和名加久末久佐」（本草和名）、「黄蓮　本草云、黄連一名王蓮〈加久末久佐〉」（箋注倭名類聚抄）。但し蓬説もある。「蓬をば、かくも草といふ」（能因歌枕）、「かくもぐさ　蓬をいふ」（綺語抄）、

【参考】「7うかりけるみきはかくれのかくもくさはすゑも見えすゆきかくれなむ　同巻にあり」（疑開抄）

忘草

600 ワスレクサカキモシミ、ニウヘタレト　ヲニノシコクサナヲ、ヒニケリ

万葉十二ニアリ。ワスレクサトハ、萱草也。萱草ヲハ忘憂草トイヘリ。

説文曰、萱令人忘憂也。博物志曰、合歓蠲忿、萱草忘憂。

忘草

348　わすれ草かきもしあき（ママ）にうへたれとおにのしこ草猶こひにけり

万十二にあり。わすれ草は、萱草也。萱草をは忘憂草といへり。説文云、萱令人忘憂也。博物志云、合歓蠲忿、萱草忘憂。

【出典】万葉集巻第十二・三〇六二「萱草《わすれぐさ》　垣毛繁森《かきもしみみに》　雖殖有《うゑたれど》　鬼之志許草《しこのしこぐさ》　猶恋尓家利《なほこひにけり》」〈校異〉②「シミ、ニ」は元、廣、古、西が一致。類「しけみしに」。廣「ミ、ニ」左「ケミニ」③は廣、古及び元（「は」右）、西（右）が一致。元「うゑたれは」。類、西及び廣（左）「おふれとも」④は類、古、西及び廣（左）が一致。元「おもひしこくさ」。廣「オモヒシラクサ」で右「或ヲニノコレクサ」⑤「、ヒ」は元、類が一致。廣、古、西「コヒ」。なお、元「戀」右「生イ」とある。

【他出】俊頼髄脳・二一三。綺語抄・四七七・六六一、以上三句「おふれども」。疑開抄・九、袖中抄・五、和歌色葉・一二七、以上五句「なほこひにけり」。古来風体抄・一四五（三句「おふれども」五句「猶恋ひにけり」）

【注】○**ワスレクサトハ**　「忘草とは、萱草をいふ。すみよしのきしにおふ」（能因歌枕）、「わすれくさとは萱草を云也」（奥義抄）、「ワスレ草ヲハ、住吉ノ岸ニヲウト云。俊頼口伝ニ萱草ヲ忘草ト云」（別本童蒙抄）○**萱草ヲハ**　「兼名苑には忘憂草とかけり」（奥義抄）、「萱忘憂自結叢　萱草の一の名、丹棘なり、丹棘をりて、人、憂を忘る、忘憂草これなり、瀛州に生ひたり、名長楽、即萱草なり」（百詠和歌）○**説文曰**　「藼　令人忘憂草也」（説文解字）○**博物志曰**　75歌注参照。

【参考】「9わすれくさかきもしみゝにうへたれとおにのしこくさなおこひにけり　万葉集第十二巻にあり。おにのしこくさといふくさのあるなり」（疑開抄）

601 忍草
ワスレクサヲフルノヘトハナルラメト　コハシノフナリノチモタノマム
*伊勢語ニアリ。弘徽殿ノハサマヲワタリケレハ、アルヤムコトナキ人ノ御ツホネヨリ、ワスレクサソシノフクサトヤイフ、トテイタサセ給ヘリケレハ、業平カヨメル也。コノ御ツホネハ二条ノキサキ・《ト》ナム。

349 忍草
忘れ草おふるのへとはなるらめとこは忍ふなり後もたのまん
伊勢物語にあり。弘徽殿のはさまをわたりけれは、あるやむことなき御局より、わすれ草を忍ふ草とやいふ、とていた（ママ）せ給へりけれは、業平かよめるなり。その御つほねは二条の后となむ。

【本文覚書】○伊勢語…谷以外は「伊勢物語」

【出典】伊勢物語・一七六
【他出】疑開抄・一二一、業平集☆・九二、続古今集・一二六二。業平集・二七、和歌色葉・一二八、世継物語・六五、以上三句「見ゆらめど」。伊勢物語・一七六、大和物語・二七一、袖中抄・六六七、千五百番歌合・二五七五判詞、以上三句「みるらめど」

【注】○**伊勢語ニ**　「むかし、男、後涼殿のはさまを渡りければ、あるやむごとなき人の御局より、忘れ草を忍ぶ草とやいふ、とて、いださせたまへりければ」（伊勢物語百段）○**弘徽殿ノ**　本注は弘徽殿と清涼殿の違いがあるが、疑開抄に拠るか。伊勢物語諸本に弘徽殿とするもの未見。

【参考】「12わすれくさおふる野辺とはなるらめとこはしのふなりのちもたのまむ　伊勢物語にあり。清涼殿のはさまをわたりけれハ、あるやむことなき人の御つほねより、わすれくさをしのふ草とやいふ、と問いたさせ給へりけれハ、業平かよめるなり。そのつほねは二条のきさきなんいへる」（疑開抄）

602　ヒトリノミナカメフルヤノツマナレハ　ヒトヲシノフノクサソヲヒケル

六帖ニアリ。シノフトハ、垣衣、トカケリ。苔類也。ヤトノ、キカキナトニヲフルナリ。本草ニ、ワスレクサノ一名ヲシノフクサトイフナリ、トミエタリ。サレハノキノツマニモ、又スミヨシノキシニモヲフトヨメルワスレクサハ萱草ニハアラス。コケノタクヒナルヘシ。

350　独りのみなかめふるやのつまなれは人を忍ふの草そ生ける

六帖にあり。忍ふとは、垣衣、とかけり。苔類なり。やとののきかきなとにおふるなり。本草に、わすれ草の一名をしのふ草といふなり、とみえたり。されはのきのつまにも、又住吉のきしにもおふとよめるわすれ草は萱草にはあらす。こけのたくひなるへし。

【出典】古今六帖・三八五四

【他出】古今集・七六九、新撰朗詠集・五八二、疑開抄・一三、袖中抄・六七一

【注】○シノフトハ　「おなじ草を忍ぶ草、忘れ草といへば、それによりなむ、よみたりける」（大和物語百六十二段）、「本草には忘れ草しのふくさは同物と見えたり。伊勢物語にもしか侍り。又屋の、きにをふる草をも忍草とはいふ也」（奥義抄）、「スミヨシノトアマハイフトモ　コレハ萱草ニハアラヌニヤ。シノブグサトイフモノナリ。垣衣トカケリ。烏韮トモカケリ。苔類也。ヤドノ、キ、カキナドニオフルナリ。而本草ニワスレグサノ一名ヲ、シノブグサトイフナ

リトミエタリ。奥義并童蒙抄ニ、如レ此注セリ」（古今集注）、「童蒙并奥義に、忘草の一名を忍草といふと書ける、おぼつかなし。本草に萱草のほかに又忘草と見ゆるものなし。又垣衣に忘草と見ゆる事見えず。是は問答抄云《(ク)》、伊勢物語のこはしのぶなりといふ歌に付《つき》て、忘草の一の名を忍草といふ事あらはなり。本草に記せるなむ。萱草一名忘草といふ。まことのくさにはあらず云々。此童蒙奥義は慥《(ニ)》不レ考《(ヘ)》二本草《(ヲ)》一、只付《(キテ)》二問答之説《(ニ)》一如《(ク)》レ此《(ノ)》書《(ク)》歟」（袖中抄）**○本草**

ニ「垣衣　一名昔耶〈楊玄操音以奢反。〉一名烏韮。一名垣嬴〈楊玄操音盈。〉一名天韮。一名鼠韮。一名天蒜〈出陶景注。〉一名青苔衣。一名屋遊。〈屋上者也。已上二名出蘇敬注。〉一名悪首。一名小核。〈出雑要決。〉和名之乃布久佐。一名古介」（本草和名）、「垣衣　本草云、垣衣、一名烏韮〈之乃布久佐〉」（箋注倭名類聚抄）。本草綱目には「集解別録曰、垣衣、生古垣牆陰、或屋上。三月三日采陰乾恭曰、此即古牆北陰青苔衣也…」とある。**○サレハ**　本条は、「忍草」として立項されているが、童蒙抄は、「シノブグサ」が萱草の場合と垣衣の場合があるとする。なお、疑開抄は、602歌の項目を「垣衣」とし、601歌は「萱草」の項に入れる。

【参考】「13ひとりのみなかめふるやのつまなれは人をしのふのくさそおひける　六帖第六巻にあり。しのふくさは、やとのつまにおふるなり。又云、しのふくさとはわすれくさの一名なり。委見本草」（疑開抄）、「忍草　山と物語には、しのふわすれくさ同物なりと云り。但わら〳〵と有はわすれ也。業平がこはしのふ也と云るも、又別者ともこゝろえつへし。忍はほそ長にて星のやうなるものゝある也。しのふくさほにいつ。古哥云、恋しきをいはてふるやのしのふくさしけさまされはいまそほにいつる、是也。但ほにいつる事如何。わら〳〵と有物はほにいつ。いま一はほにいつへきにあらす。猶可決」（八雲御抄）

鶏頭草

603 カクハカリコヒシワタラハクレナヰノ　スヱツムハナノイロニイテナム

六帖ニアリ。クレナヰハサキタルツトメテスヱヲツムナルヘシ。ニハトリノサカニハナノニタレハ鶏頭草トカケリ。

鶏頭草

351 かくはかりこひしわたらはくれなゐのすゑつむ花の色に出なん

六帖にあり。くれなゐはさきたるつとめてすゑをつむなるへし。にはとりのさかにはなのにたれは鶏頭草とかけり。

【出典】古今六帖・三四八六、五句「いろにいでぬべし」

【他出】疑開抄・一六、口伝和歌釈抄・一〇六（五句「いろにいてなまし」）

【注】**○クレナヰハサキタルツトメテ**　「くれないはすゑをつむ也」（口伝和歌釈抄）、「紅花ハ末ヨリサケバ末ヨリツム。サレバスヱツム花ト読也」（古今集注）、「末ツム花トハ、クレナイヲ云也」（別本童蒙抄）

【参考】「16かくはかりこひしわたらはくれなゐのすゑつむ花のいろにいてなむ　同巻にあり。紅花はさきたるつとめてすゑをつむなり」（疑開抄）、「くれなゐのすえつむはなとは、くれなき《(ママ)》の花は、さきたるつとめてすえをつむ也、又ふりいてといふ物あり、色こと色也」（松か浦嶋）、「紅　すゑつむはなと云り。すゑつむゆへ」（八雲御抄）

紫

604 ムラサキノネハフヨコノ、ハルノニハ　キミヲカケツ、ウクヒスナクモ
万葉十ニアリ。ネハフ、トヨメリ。

紫

352 紫のねはふよこの、春のにはきみをかけつ、うくひすなくも
万十にあり。ねはふ、とよめり。

【出典】万葉集巻第十・一八二五「紫之《むらさきの》　根延横野之《ねばふよこのの》　春野庭《はるのには》　君乎懸管《きみをかけつつ》　鶯名雲《うぐひすなくも》」〈校異〉②「ネハフ」は元、天、類、廣、紀が一致。元（右赭）、類（右朱）は「はふ」右「ヒキ」③は天、類、廣、紀が一致し、類「はるの、、には」で「、」を朱で消す。

【他出】人麿集Ⅲ・七二、疑開抄・一七、綺語抄・一六七（二句「ねびきよこのの」）、五代集歌枕・七四〇（三句「春の野は」）

【注】○ネハフ「ねはふ」は604歌の他、人麿集、万葉集に見える。平安期の和歌には、「紫のねはふよこ野にてる月はその色ならぬ影もむつまし」（清輔集・一四九）、「むらさきのねはふよこの、つほすみれまそてにつまむ色もむつまし」（長秋詠藻・八）などがある。「むらさきは、うちまかせては、むさし野にをふる也」（松か浦嶋）

【参考】「17むらさきのねはふよこの、春のにはきみとつけつ、うくひすなくも　万葉集第十巻にあり。紫のねはふ、とよめり□。又云、つくまのにおふるむらさき、とよめり。其哥は野部にあり」（疑開抄）、

605 辛藍　此両字端ノ目録ニナシ。然而付或本書之

コフルヒノケナカクアレハミソノフノ　カラアヰノハナノイロニイテニケリ

同ニアリ。

辛藍

353 こふるひのけなかくあれはあ《（ママ）》そのふのからあひの花の色に出にけり

同にあり。

【出典】万葉集巻第十・二二七八「恋日《こふるひ》之《の》 気《け》長有者《ながくしあれば》 吾苑圃《わがその》能《の》 辛藍花之《からあゐのはなの》 色出尓《いろにいでに》来《けり》」〈校異〉①「コフル」は元、類、古が一致。紀「コユル」③は類、古及び元（右赭）が一致。元、紀「わかその丶」。なお、「吾苑圃能」は類、古「三苑圃能」、元「吾苑圓能」紀「吾苑國能」とある。

【他出】人麿集Ⅱ・三二五、人麿集Ⅲ・二七九（三句「ワカソノ、」）、疑開抄・一九（二句「けなかく見れは」五句「いろにいてたり」）

【注】○此両字　「或本」がいかなる本か不明。底本目録に「辛藍」は見えない。諸本中、内は「辛藍《アラフヰ》」と細字で補い、筑Aは数字分の余白を置く。浅田論文2参照。

【参考】「19こふるひのけなかく見れはみそのふのからあひの花のいろにいてたり　万葉集第十巻にあり。からあひ、とよめり」（疑開抄）

606 阿千左井

アチサヰノヤヘサクコトクヤツヨニヲ　イマセアカセコミツ、シノハム

万葉廿ニアリ。アチサヰヤヘサク、トヨメリ。

354 阿千佐井

あちさゐのやへさくことくやつよにをいませあかせこみつゝしのはん

【本文覚書】○異本は注文を欠く。

【出典】万葉集巻第二十・四四四八「安治佐為能《あぢさゐの》　夜敝佐久其等久《やへさくごとく》　夜都与尓乎《やつよにを》　伊麻世和我勢故《いませわがせこ》　美都〻思努波牟《みつつしのはむ》」

〈校異〉④「アカセコ」未見。非仙覚本（元、類）及び仙覚本は「わかせこ」。なお、廣は訓なし。

【他出】古今六帖・三九一一（三句「やへよにも」）、疑開抄・二〇（三句「かつよにを」）、松か浦嶋（初句「あちさへの」三句「かつよにを」）、和歌一字抄・一一一七、袋草紙・七八六（三句「やつをにも」）、

【注】○**アチサヰヤヘサク**　用例は未見。「あぢさゐ」については、「よひらさく」と詠む例が多い。「あぢさゐの花は四葉なり。さてよひらとはよめり……又万葉には、あぢさゐのやへさくごとくともよめり」（散木集注）

【参考】「20あちさゐのやへさくことくかつよにをいませあかせこ見つゝしのはむ　同第廿巻にあり。あちさゐはやへさく、とよめり」（疑開抄）、「あちさへのやへさくことくかつよにをいませあかせこみつゝしのはん　あちさえ、やえさくとよめり」（松か浦嶋）

百合

607 ＊ミチノクノクサフカユリノハナヱミニ　ヱミセシカラニツマトイフヘシ
同七ニアリ。クサフカユリ、トヨメリ。

百合

355 道のへの草ふかゆりの花ゑみにゑみせしからたにつまといふへしや
同七にあり。くさふかゆり、とよめり。

【本文覚書】○ミチノクノ…ミチノベノ（刈・東）

【出典】万葉集巻第七・一二五七「道辺之《みちのへの》　草深由利乃《くさぶかゆりの》　花咲尓《はなゑみに》　咲之柄二《ゑまししからに》　妻常可レ云也《つまといふべしや》」〈校異〉①未見。元、類、廣、極、紀「みちのへの」。元「のへ」右「ウ」。仙覚本は「ミチノヘノ」③は廣、極、紀が一致。元、類「花ゆへに」④「ヱミセシ」は元、類、廣及び極（漢左）が一致。極、紀「ヱミニシ」⑤「ヘシ」未見。非仙覚本及び仙覚本は「へしや」で、細、宮「ヘキヤ」

【他出】古今六帖・三九二七（初句「みちの辺の」三句「はなゆゑに」五句「つまといはましや」）、疑開抄・二一（下句「えみにしからにつまといふへしや」）

【注】○クサフカユリ　「路辺《みちのへの》　草深百合之《くさぶかゆりの》　後云《ゆりもといふ》　妹命《いもがいのちを》　我知《われしらめやも》」（万葉集・二四六七）。平安期の用例は、「わきかねし草ふかゆりもありけれど花さきてこそ人もしるらめ」（正治初度百首・夏・一〇三五・経家）など僅少。「草ふかゆりとも、万葉にはよめり」（散木集注）

【参考】「21みちのくのくさふかゆりの花ゑみにえみにしからにつまといふへしや　同第七巻にあり。くさふかゆり、とよめり」（疑開抄）

608 サユリハナユリモアハム《ト》・シタハフル　コヽロシナクハケフモヘメカモ
同十八ニアリ。サユリノ花、トヨメリ。
356 さゆり花ゆりもあはむとしたはふる心しなくはけふもへめやは
同十八にあり。さゆりはな、とよめり。

【出典】万葉集巻第十八・四一一五「佐由利花《さゆりばな》　由利母相等《ゆりもあはむと》　之多波布流《したはふる》　許己呂之奈久波《こころしなくは》　今日母倍米夜母《けふもへめやも》」〈校異〉⑤「ヘメカモ」未見。元「つめやも」。類「つめやは」。廣「ヘメヤモ」が近い。仙覚本は「ヘメヤモ」

【他出】疑開抄・二二（五句「けふもへめやも」）

【注】○サユリノ花　平安期の用例は僅少。「わぎもこがやどのさゆりのはなかづらながきひぐらしかけてすずまむ」（秋篠月清集・七三〇）

【参考】「22さゆりはなゆりもあはむとしたはふる心しなくはけふもへめやも　同第十八巻にあり。さゆり花、とよめり」（疑開抄）
609 ナツノ野ノシケミニマシルヒメユリノ　シラレヌコヒハクルシカリケリ
六帖ニアリ。坂上女郎カ哥也。ヒメユリ、トヨメリ。
357 夏の丶のしけみにましるひめゆりのしられぬこひはくるしかりけり
六帖にあり。坂上女郎カママ《本ノマヽ》也。ひめゆり、とよめり。

【出典】古今六帖・三九二五、二句「しげみにさける」

【他出】万葉集・一五〇〇（「夏野乃《なつのの》　繁見丹開有《しげみにさける》　姫由理乃《ひめゆりの》　不レ所レ知恋者《しらえぬこひは》　苦　物曾《くるしきものぞ》」）。疑開抄・一二三（初句「なつくさの」）、六百番陳状・九〇、古来風体抄・九〇（二句「繁みに咲ける」五句「苦しきものぞ」

【注】○**坂上女郎カ哥也**　古今六帖では作者名なし。万葉集では「大伴坂上郎女歌一首」とあり。○**ヒメユリ**　「ひめゆり」が詠まれるのは永久百首頃から。「くだら野のちがやが下のひめゆりのね所人にしられぬぞうき」（永久百首・一四二・仲実）

【参考】「23なつくさのしけみにましるひめゆりのしられぬ恋はくるしかりけり（以下一葉白紙）」（疑開抄）

610

葎

イカナラムトキニカイモヲムクラフノ　ケヤ《カ》《ミ》シキヤトニイリマサシメム

万葉集四ニアリ。

358

葎

いかならむ時にかいもをむくらふのけかしきやとにいりまさしめん

万第四にあり。

【出典】万葉集巻第四・七五九「何《いかならむ》　時尓《ときに》加妹乎《かいもを》　牟具良布能《むぐらふの》　穢　屋戸尓《きたなきやどに》　入将レ座《いれいませてむ》」〈校異〉④は桂、元、類、廣、紀が一致。ただし、紀「ケカシキ□トニ」。なお、古「ケ□キヤトニ」

611
茅
アキクレハヲクシラツユニワカヤトノ　アサチカハラハイロツキニケリ
万葉十二アリ。アサチトハ、浅茅、トカケリ。

茅
359 秋くれは置白露にわかやとのあさちか原はいろつきにけり
万十にあり。あさちとは、浅茅、とかけり。

【出典】万葉集巻第十・二一八六「秋去者《あきされば》　置白露尓《おくしらつゆに》　吾門乃《わがかどの》　浅茅何浦葉《あさぢがうらば》　色付尓家里《いろづきにけり》」〈校異〉①「クレハ」は元（「さ」右赭）が一致。元、類、春、古、紀「されは」③「ヤト」は元、類が一致。春、古、紀「カト」④「ハラ」未見。非仙覚本及び仙覚本は「うら」

【他出】人麿集Ⅰ・一二七（三四句「我宿をを《の》かの《あさち》かうれは」）、人麿集Ⅱ・一〇四、家持集・一一五（四句「あさちかうれは」）、家持集・一二四（四句「あさちかくれは」）、綺語抄・八九（四句「あさぢがうへは」）、新古今集・四六四、定家八代抄・三五七、秀歌大体・七四（四句「あさぢがうはば」）、以上初句「秋されば」

【注】○アサチトハ　「アサヂフハ浅茅原也。茅ノミジカクオヒタルヲアサヂト云也……万葉ニハオホヤウハ浅茅トカキタルニ」（古今集注）、

【参考】松か浦嶋に「あさちとは、あさきちといふ也、あかきちともいふ」とあるが、611歌に関わるものか不明。
「茅　あさ《浅》」（八雲御抄）

612 アキハキハサキヌヘカラシワカヤトノ　アサチカハラ《ナ歟》ノチリユクヲミレハ

同ニアリ。

360 秋はきはさきぬへからし我宿のあさちか花のちり行をみれは

同にあり。

【出典】万葉集巻第八・一五一四「秋芽者《あきはぎは》　可レ咲有良之《さきぬべからし》　吾屋戸之《わがやどの》　浅茅之花乃《あさぢがはなの》　散去見者《ちりゆくみれば》」〈校異〉②は廣（「ニケ」左）が一致。類「さくへくもあらし」。廣、紀「サキニケラシモ」。廣右「或アクヘキアラシ」④未見。非仙覚本及び仙覚本は「あさちかはなの」で童蒙抄の傍記と一致。⑤未見。非仙覚本及び仙覚本は「ちりゆくみれは」

【他出】古今六帖・三九〇四（五句「ちり行くみれば」）

613 アヌカタメワカテモスマニハルノ、ニ　ヌケルツハナノクヒテコエマセ

同八ニアリ。アヌカタメトハ、ワカタメトイヘルコトハナルヲ、サテハタカフヤウニコソキコユル。キミカタメトイフコ、ロカ。テモスマニトハ、マタモナクヒトリツメリトイフ。

361 あぬかためわかてもすまにはるの、にぬけるつな《（ママ）》らそくひてこゐませ

同八にあり。あぬかためとは、わかためといへることはなるを、さてはたかふやうにそきこゆる。きみかためといふ心か。てもすまにとは、またもなくひとりつめりといふ。

【本文覚書】○ツハナヲ…つはなを（筑B）、ツバナゾ（岩）

【出典】万葉集巻第八・一四六〇「戯奴《わけ》変云、和気之為《わけがため》　吾手母須麻尓《あがてもすまに》　春野尓《はるのに》　抜流茅花曽《ぬけるつばなそ》　御食而肥座《めしてこえませ》」〈校異〉

①「アヌ」は類、廣が一致。紀及び廣（「ア」右或、「アヌ」左）「ケヌ」。春「ケ□」④「ノ」未見。類、紀「そ」。廣「ヲ」。仙覚本は「ソ」⑤「クヒテ」は廣、紀が一致。類及び廣（「クヒテ」右）「みけて」

【他出】古今六帖・三九〇六（初句「君がため」四句「ぬけるつばなぞ」）、疑開抄・二四（四句「ぬけるつはなを」）、袖中抄・六九八（下句「ぬけるつばなをみけてこえませ」）

【注】○**アヌカタメトハ**　顕昭は「あぬ」を一人称と解する。「顕昭云（ク）、あぬは戯奴変云。和気。あぬもわけも、ともに我といふ詞なり。筑紫のものは我をばあぬと申す。されば我がために我が摘みたるつばなぞといふなり……童蒙に云（ク）……私（ニ）云（ク）、我がために我が摘めるといはむ事、たがふべからず」（袖中抄）。疑開抄は「あこかため」と解釈しているから二人称で「君がため」と意味は同じか。○**キミカタメトイフ**　古今六帖所収歌では初句「君がため」。○**テモスマニトハ**　572歌注参照。

【参考】「24あぬかためわかてもすまにはるの、にぬけるつはなをくひてこえませ　同第八巻にあり。あぬかためとは、あこかためと云也。てもすまにとは、てかろくといふなり」（疑開抄）

ワカキミニケヌハコフシタ《ラ》マヒタル　ツハナヲクヘトイヤ、セニヤス

同ニアリ。コレモクヒテコユヘシトミエタリ。

362　わか君にけぬはこふらしたまひたるつはなをくへといや、せにやす

同にあり。是もくひてこゆへしとみえたり。

【出典】万葉集巻第八・一四六二「吾君尔《あがきみに》　戯奴者恋良思《わけはこふらし》　給有《たばりたる》　茅花乎《つばなを》雖レ喫《はめど》　弥痩尔夜須《いやゃせにやす》」〈校異〉②「コフ」は類、廣、様が一致。紀「コヒ」④「ツハナ」は類、様が一致。廣、紀「チハナ」⑤「、セ」は類、廣、様が一致。紀

「トセ」
【他出】古今六帖・三九〇七、袖中抄・六九九
【注】○**クヒテコユヘシ**　平安期以降は「つばなを食ひてこゆ」という趣向の歌は殆ど見られない。

615

苧

サクラアサノオフノシタクサツユシアラハ　アカシテユカムヲヤハシルトモ

万葉十*ニアリ。サクラアサトハ、アサヲノサクラニ、タルカアル也。オフトハ、苧生《ヲフ》ト云也。

【本文覚書】○十…十一（刈）
【出典】万葉集巻第十一・二六八七「桜麻乃《さくらあさの》　苧原之下草《をふのしたくさ》　露有者《つゆしあれば》　令レ明而射去《あかしていゆけ》　母者《ははは》雖レ知《しるとも》」〈校異〉①「アサ」は嘉、類、廣、古が一致。古「麻」左「ヲ」③は嘉、類、廣が一致。古「ツユアラハ」④「ユカム」は嘉、廣、古が一致。類「いかむ」
【他出】人麿集Ⅱ・三五三、古今六帖・三五七七（初句「さくらをの」）、袖中抄・四三三、新勅撰集・八七七、別本童蒙抄・二九三（初句「桜アサ」三句「露シアレハ」五句「ヲヤヲシルトモ」）、色葉和難集・八一一
【注】○**サクラアサトハ**　「綺語抄云《(ニ)(ク)》、さくらあさとは、あさをの中に桜の色したる麻をいふなり」（袖中抄、現行綺語抄に当該部分なし）、「さくらあさとは桜の色したるあさのある也」（奥義抄）、「サクラアサトハ、アサヲト云物ノ中ニ桜ニ似タル草ヲアルナリ」（別本童蒙抄）○**オフトハ**　「サクラアサノヲフノシタクサトイフハ、桜麻トイフ苧ノハベル」（古今集注）
【参考】「麻　さくらあさ〈あさの名也〉」（八雲御抄）

616
朮

ワキモコニアトカモイハム、サシノ、　ウケラカハナノトキナキモノヲ

万葉十四ニアリ。アトカモトハ、イツカモトイフナリ。ウケラトハ、香薬也。トコナツニ花アリ。ツホミタルヤウニテサクナリ。集注爾雅曰、朮ハ花アリトイヘトヒラケサルコトシ、トイヘリ。サレハ時ナキモノヲトヨメリ。ヲケラヲウケラトイフナリ。ウトヲトハヲナシコヱ也。

363
朮

わきもこにあとかもいはんむさしの、うけらか花のときなき物を

万十四にあり。あとかもとは、いつかもといふなり。うけらとは、香薬なり。とこなつにはなあり。つほみたるやうにてさくなり。集注爾難《（ママ）》云、朮は花ありといへとひらけさるかことし、といへり。されは時なき物をとよめり。おけらをうけらといふなり。うとおとはおなしこゑなり。


【出典】万葉集巻第十四・三三七九「和我世故乎《わがせこを》　安杼可母伊波武《あどかもいはむ》　牟射志野乃《むさしのの》　宇家良我波奈乃《うけらがはなの》　登吉奈伎母能乎《ときなきものを》」

〈校異〉①未見。非仙覚本及び仙覚本は「わかせこを」②「アト」は元、類、古及び廣（「ヤ」右）が一致。廣「ヤト」

【他出】疑開抄・二五、五代集歌枕・七四四（初句「わがせこを」）、袖中抄・一三〇、和歌色葉・一二六（三四句「しぎの野のをけらが花の」）、色葉和難集・五二〇（初句「わぎもこを」）

【注】○**アトカモトハ**　「アド」は疑問の言葉。疑開抄が「などか」と解したものを、「いつか」とした理由不明。○

ウケラトハ　「顕昭云《(ク)》、うけらが花とはをけらなり。朮と書けり」（袖中抄）。「朮　一名山荊〈仁諝音計。〉一名山薊。一名山連白朮。赤朮。〈陶景注云。此物有二種。〉一名山精。〈出抱朴子。〉一名山家。一名蘇。〈已上二名出釈薬性。〉一名地脳。〈出兼名苑。〉成練紫芝。〈練伏之朮名也。〉出神仙服餌方。〉和名乎介良」（本草和名）○**トコナツニ花アリ**　「図経曰。状青赤色。長三二尺。以来夏開花」（香要抄末）、「むさし野のうけらが花のおのづから開くる時もなき心かな」（清輔集・三八三）○**集注爾雅曰**　日本国見在書目録には「々々集注十巻（沈旋撰）」とあるが現存せず。また佚文に童蒙抄の注文と一致するもの未見。356歌注参照。○**ヲケラヲウケラト**　音通説による。

【参考】「25わきもこにあとかもいはむむさしの、うけらか花のときなきものを　同第十四巻にあり。あとかもとは、なとかと云なり。うけらとは、くすりなとにもちゐる草なり。とこなつに花あり。つほみたる様にてさくなり。うけらかうとはこれなり」（疑開抄）「うけらかはなは、たゝひらけぬ花なれは、色にいてぬためしにいはんゆへにいへる也。うけらかはなはをけらといふ物也」（八雲御抄）

我

617 カスカノニケフリタツミユヲトメコカ　ハルノ、ヲハキツミテクフラシ

*万葉ニアリ。

我

364 かすかのにけふりたつみゆおとめこか春の野をはきつみてくふらし

万十にあり。

【本文覚書】○底本「万葉ニアリ」は行間細字補入。○万葉…万葉第十（内・書・狩）

【出典】万葉集巻第十・一八七九「春日野尓《かすがのに》 煙立所レ見《けぶりたつみゆ》 𡢳嬬等四《をとめらし》 春野之菟芽子《はるののうはぎ》 採而煮良思文《つみてにらしも》」〈校異〉①は元、類が一致。紀「カスカノノニ」③「コカ」未見。元、紀及び類（「らよ」右朱）「らし」。類「らよ」。仙覚本は「ラシ」⑤「クフラシ」未見。元、類、紀「にらしも」。紀「煮良思」左「ニルラシ江」。仙覚本は「ニラシモ」

【他出】人麿集Ⅲ・六八一（三句「ヲトメコシ《ラ》」五句「ツミテニラシモ《ルラシ》」）、古今六帖・三九一九（三句「をとめごし」五句「つみてくるらし」）、疑開抄・二六（五句「つみてこふらし」）、五代集歌枕・六五九（三句「をとめらし」、五句「つみてにらしも」）

【参考】「莪 26かすかのにけむりたつ見ゆをとめこかはるの、をはきつみてこふらし 同第十巻にあり。をはき、とよめり」（疑開抄）

山橘

ワカコヒヲシノヒカネテハアシヒキノ ヤマタチハナノイロニイテヌヘシ

古今十三ニアリ。山橘イロニイツ、トヨメリ。

山橘

365 わか恋を忍ひかねてはあしひきの山たち花の色に出ぬへし

古今第十三にあり。山橘色にいつ、とよめり。

【出典】古今集・六六八・とものり

【他出】友則集・三二、新撰和歌・二三八、古今六帖・三九三五、色葉和難集・六〇二

【注】○**山橘イロニイツ** 用例は僅少。「足引之《あしひきの》 山橘乃《やまたちばなの》 色丹出与《いろにいでよ》 語言継而《かたらひつぎて》 相事毛将レ有《あふこともあらむ》」（万葉集・六六九）、

「あしひきの山たちばなのいろにいでて我がこひなんをやめん方なし」（古今六帖・三九三七）
【参考】「牡丹　一説に、やまたちはなといへるは牡丹也」（八雲御抄）

619
ケノコリノユキニアヒタルアシヒキノ　ヤマタチハナヲツトニツヽメリ
六帖ニアリ。ケノコリトハ、キエノコリトイフ也。又、ツトニツヽム、トヨメリ。

366
けのこりのゆきにあひたるあしひきの山橘をつとにつゝめり
　六帖にあり。けのこりとは、消のこりといふなり。又、つとにつゝむ、とよめり。

【出典】古今六帖・三九三六、五句「つとにつめらな」

【他出】万葉集・四四七一（「気能己里能《けのこりの》　由伎尓安倍弖流《ゆきにあへてる》　安之比奇之《あしひきの》　夜麻多知波奈乎《やまたちばなを》　都刀尓通弥許奈《つとにつみこな》」）。疑開抄・二九（五句「つとにつゝめれ」）

【注】〇ツトニツヽム　六帖歌、万葉歌ともに「つとに摘む」であり不審。疑開抄以来の異伝か。用例もまた未見。

【参考】「山橘　29けのこりのゆきにあひたる足引の山たちはなをつとにつゝめれ　六帖第六巻にあり。けのこりのゆきとは、消残ると云也。□又云、たちはなつとにつゝむ、とよめり」（疑開抄）

麦門冬

620 ヤマスケノミナラヌコトヲワレニヨリ　イハレシキミハタレトネタラム

万葉四ニアリ。ヤマスケミナラス、トヨメリ。

麦門冬

367 やますけのみならぬことをわれにひに（ママ）いはれし君は誰とねたらん

万四にあり。やますけみならす、とよめり。

【出典】万葉集巻第四・五六四「山菅乃《やますげの》　実不成事乎《みならぬことを》　吾尓所依《わによそり》　言礼師君者《いはれしきみは》　与孰可宿良牟《たれとかぬらむ》」〈校異〉⑤「ネタラム」未見。桂、廣、古、紀「ねぬらむ」。元、類「かぬらむ」。仙覚本は「カヌラム」

【他出】綺語抄・六七七（二句「みならぬ事は」五句「たれとかぬらん」）、疑開抄・三〇

【注】○ヤマスケミナラス　用例は多くない。「いたづらに花のみさきて山すげのみならぬこひも我はするかな」（保安二年閏五月二十六日長実歌合・五、袋草紙・七九六）。「麦門冬　和名也末須介」（本草和名）、「麦門冬　本草云、麦門冬〈夜末須介〉」（箋注倭名類聚抄）、「麦門冬〈ヤマスゲ〉」（名義抄）。

【参考】「麦門冬　30やますけのみならぬことをわれによりいはれしきみはたれとねたらむ　万葉集第十四巻にあ（ママ）。やますけのみ、とよめり」（疑開抄）、「菅　山すけは実ならすと（ママ）云り。花のみさきてと云。又実なるとも云り。普通山すけ実あり」（八雲御抄）

菅

621 ヲクヤマノイハホノスケヲネフカメテ　ムスヒシコ、ロワスレカネツモ

万葉三ニアリ。*ネフシ、トヨメリ。

菅

368 奥山のいはほのすけをねふかめて結ひし心忘れかねつも

万三にあり。ねふかしとよめり。

【本文覚書】○ネフシ…ネフカシ（内・和・筑A・刈・東・岩）、ねふかし（筑B・狩・大）ネフシ《カ》（書）

【出典】万葉集巻第三・三九七「奥山之《おくやまの》　磐本菅乎《いはもとすげを》　根深目手《ねふかめて》　結之情《むすびしこころ》　忘不得裳《わすれかねつも》」〈校異〉②未見。細二、廣、紀「イハモトスケヲ」。古「イハモトスケノ」。類「いはもとすけの」で「の」を「を」に訂正。仙覚本は「イハモトスケヲ」

【他出】疑開抄・三二一

【注】○ネフシ「奥山之《おくやまの》　石本菅乃《いはもとすげの》　根深毛《ねふかくも》　所レ思鴨《おもほゆるかも》　吾念妻者《あがおもひづまは》」（万葉集・二七六一）。当該歌は、古今六帖・三九四五、綺語抄・六六八にも見える。他に「しるらめやいはかげにおふるしらすげのねふかくおもふこころありとは」（顕輔集・一三）

【参考】「菅　32おくやまのいはほのすけをねふかめてむすひしこ、ろわすれかねつも　同第三巻にあり」（疑開抄）

622 浅葉野《アサハノ》ニタツ神古菅《ミワコスケ》ネカクレテ　タレユヘニカハワカコヒサラム
万葉十二ニアリ。

369 浅葉野にたつ神古菅ねかくれて誰ゆへにかはわかこひさらん
万十二にあり。

【出典】万葉集巻第十二・二八六三「浅葉野《あさはのに》　立神古《たちかむさぶる》　菅根《すがのねの》　惻隠誰故《ねもころたがゆゑ》　吾不レ恋《あがこひなくに》」〈校異〉非仙覚本（類、廣、古、西）異同なし。
【他出】疑開抄・三四、五代集歌枕・七六二
【参考】「34あさはのにたつみわこすけねかくれてたれゆへにかはわかこひさらん　同第十二巻にあり。みわこすけ、とよめり。神古菅、とかけり。又云、残《（ママ）》葉野、とかけり」（疑開抄）

蒋

623 マヲコモノフノミシカクテアハナコハ　ヲキツマカモノナケキソアカス
同十四ニアリ。*マヲコモトマコモトイフナリ。ヲモシハタヽイヒクハ《へ》・タルナリ。コレツネノコトナリ。アハナコトハ、人ノ名歟。

蒋

370 まをこものふのみしかくてあはなこはおきつまかものなけきそあかす
同十四にあり。まをこもとはま■《こ》もと云なり。をもしはたゝいひくはへたる也。これつねのこと也。あ

はなこは、人の名歟。

【本文覚書】○マヲコモトマコモト…マヲコモハマコモヲ（和・東・岩）、マヲカマハマコモヲ（筑A）、蒋《マ■コモ》マヲハマコモヲ（刈）、まをごもはまこもを（大）
【出典】万葉集巻第十四・三五二四「麻乎其母能《まをごもの》　布能末知可久弖《ふのまちかくて》　安波奈敝波《あはなへば》　於吉都麻可母能《おきつまかもの》　奈気伎曽安我《なげきぞあが》須流《する》」〈校異〉②「ミシカク」は元、廣及び古（「未」左）「みちかく」で一致。類「みにかく」。古「マチカク」。③「コ」未見。非仙覚本及び仙覚本は「へ」⑤「アカス」未見。非仙覚本及び仙覚本は「あかする」
【注】○マヲコモトマコモトイフナリ　「マ」「ヲ」ともに接頭語。○アハナコトハ　未詳。

サツキマツヌマニオヒタルワカコモノ　ソヨ〳〵ワレモイカテトソオモフ
六帖ニアリ。ワカコモ、トヨメリ。

371　さつきまつぬまに生たるわかこものそよ〳〵われもいかてとそ思ふ
　六帖にあり。わかこも、とよめり。

【出典】古今六帖・三八一四
【他出】疑開抄・三六
【注】○ワカコモ　「わかごも」は、古今集に一首用例が見えるが、以後使用例は少なく、院政期以降に若干の例を見ることができる。「かはづなくゐでのわかごもかりほすとつかねもあへずみだれてぞふる」（好忠集・一一八）、「見わたせばよどのわかごもからなくにねながらはるをしりにけらし」（同・四八九）、「これもこれふかきえにしと思ひしれ淀のわかごもかりねなりとも」（長秋詠草・五〇八）

【参考】「36さつきまつぬまにおひたるわかこものそよそよわれもいかてとそおもふ　六帖第六巻にあり。わかこも、とよめり」（疑開抄）

625
ヲミナヘシサクサハニヲフルハナカツミ　ミヤコモシラヌコヒモスルカナ
万葉四ニアリ。ハナカツミトハ、ハナサキタル*ヲコモヲイフ。

372
女郎花さくさはにおふるはなかつみみやこもしらぬ恋もする哉
万四にあり。花かつみとは、花さきたるこもを云。

【本文覚書】〇ヲコモヲ…コモヲ（和）、コモヲ（筑A・刈・東・岩）、まこもを（筑B）

【出典】万葉集巻第四・六七五「娘子部四《をみなへし》　咲沢二《さくさはに》生流《おふる》　花勝見《はなかつみ》　都毛《かつても》不ㇾ知《しらぬ》　恋裳《こひも》揩可聞《するかも》」〈校異〉③は元、類、古、紀が一致。廣「ハナツミ」④「シラヌ」は元、類、廣、古が一致。桂、紀「しらす」⑤は類「かな」で一致するが、「な」を「も」に訂正。桂、元、廣、古、紀「カモ」。なお、京「カナ」

【他出】古今六帖・三八一五、綺語抄・六七九、疑開抄・三七、袖中抄・二九一

【注】〇ハナカツミトハ　「こもの花をば、はながつみといふ」（能因歌枕）、「はながつみとはこもの花なるべし」（隆源口伝）、「はながつみ　あしの花をいふ……又こもの花といふ」（綺語抄）、「花カツミトハ、コモノ花ヲ云」（別本童蒙抄）

【参考】「37をみなへしさくさはにおふる花かつみみやこもしらぬこひもするかな　万葉集第四巻にあり。花かつみとは、こもの花をいふなり。委見沼部」（疑開抄）

626 ミチノクノアサカノヌマノハナカツミ　カツミル人ノコヒシキヤナソ
*アノクニノフソク《風俗》ニテ、カツミトハ、コモヲイフナリ。ムカシアヤメノナカリケレハ、五月五日ニハカツミフキトテ、コモヲフクナリ。橘為仲任ニコモヲフキケレハ、ハラタチテミヲコナヒテ、フカセケル在庁ノモノヲメシイタシテミレハ、トシオイシラカシロキモノニテアリ。イカテトシノミヨリテ、カヽルコトハセサスルソ、トイマシメケレハ、中将ノミタチノ御時ニ、昌蒲ヤサフラハサリケム、アサカノヌマノカツミヲフクヘキヨシ候ケレハ、ソノヽチカクレイニナリテツカマツル也、トイヒケレハ、為仲ハチテヒキイリニケリ、トソカタリツタヘタル。サレハ、実方中将ノ時ヨリフクナルヘシ。

373 みちのくのあさかのぬまのはなかつみかつみる人の恋しきやなそ
あの国の風俗にて、かつみとは、こもをいふなり。昔あやめのなかりけれは、五月五日にはかつみふきとて、こもをふくなり。橘為仲任にこもをふきけれは、はらたちてみをこなひて、ふかせける在庁のものをめしいたしてみれは、としをひしらかしろき物にてあり。いかに年のみよりて、かゝる事はせさ《（ママ）》るそ、といましめられけれは、中将のあたち《（ママ）》の御時に、昌蒲や候はさりけむ、あさかのぬまのかつみをふくへきよし候けれは、そのゝ《ち》かく例に成てつかまつる也、といひけれは、為仲はちてひきいりにけり、とそかたりつたへたる。されは、実方中将の時よりふくなるへし。

【本文覚書】245に既出。○アノ…カノ（和・岩）、かの（筑B・大）

【出典】明記せず

【注】○アノクニノ「かやうの物もその名も所にしたかひてかはれは、伊勢・のくに、はこもを《にあしをははまをきといへることにみちのイ》かつみといふなめり」（俊頼髄脳）○ムカシアヤメノナカリケレハ「彼國には昔昌蒲のなかりけるとそうけ給はりしに」（俊頼髄脳）。袖中抄は顕輔が橘為仲から聞いた説として「陸奥には菖蒲なし、五月五日にはかつみ葺きとてこもをなん葺くといひけるなり」とする。○橘為仲　同類話は、今鏡巻十、無名抄に見える。「陸奥守為仲と申し、が、国に罷り下りて、五月の四日、館の庁官とかいふもの、年老いたる出て来て、菖蒲葺かするを見れば、例の菖蒲にはあらぬ草を葺きけるを見て、今日はあやめこそ葺く日にてあるに、これは如何なる物を葺くぞと問はせければ、伝え承るは、この国には、昔五月とてあやめ葺く事も知り侍らざりけるに、中将の御館の御時、今日はあやめ葺くものを、いかにさる事もなきにかと宣はせければ、国の例、さることも侍らずと申しけるを、さみだれの頃など、軒の雫も、あやめよりこそ、今少し見るにも聞くにも、心澄む事なれ。はや葺くべきなりと侍りけれど、この国には生ひ侍らぬなりと申しければ、さりとても、いかでか替ひなくてはらむ。浅香の沼の花がつみといふものあり。それを葺けと宣はせけるより、こもと申すものをなむ葺き侍るとぞ、武蔵入道隆頼と申すは語り侍りける。もししかあらば、引く手もたゆく長き根といふ歌ぞおぼつかなく侍り」（今鏡巻十）

627

葦

アシツノ、オヒテシトキニアメツチト　*ヒトヒトノシナハサタマリニケリ

六帖ニアリ。昔開闢《アメツチヒラクル》ハシメニ、国土《クニツチ》ノウカヒタ、ヨヘルコト、タトヘハアソフイヲノミツニウカヘルカコトシ。時ニ天地ノナカニヒ・《ト》ツノモノナレリ。カタチ葦牙《アシカヒ》ノコトシ。スナハチ化シテ神トナル。国・《ノ》常立《トコタチ》ノ尊《ミコト、》ト号《ナツクル》ナリ。見日本紀第一。

374　あしつの丶おひ出し時にあめつちと人とのしなはさたまりにけり

六帖にあり。昔開闢はしめに、国土のうかひたゝよへる事、たとへはあそふ魚の水にうかへるかことし。時に天地のなかにひとつのものなれり。かたち葦牙のことし。即化して神となる。国常立尊と号也。見日本紀第一。

【本文覚書】〇アシツノ、…アシツ〱（内）、あしつ〱（筑B）〇ヒトヒトノシナハ…ヒト、ノシナハ（刈・岩・東）、ひととのしなは（大）

【出典】古今六帖・三八一八、初句「あしづのの」、四句「人とのしなは」

【他出】疑開抄・三八（四句「人のしなとは」）

【注】〇昔開闢《アメツチヒラクル》ハシメニ　「故曰、開闢之初、洲壌浮漂、譬猶三遊魚之浮二水上一也。于時、天地之中生二一物一。状如二葦牙一。便化二為神一。号二国常立尊一」（日本書紀・神代上）

【参考】「38あしつゝのおひてしときにあめつちと人のしなとはさたまりにけり　六帖の第六巻にあり。昔天地いまたひらけす、陰陽わかさりし時に、まろかれたる鳥のこのことくして、くゝもりて葦牙をふくめり。其角あきに及て、うるハしくたへらなるかあへるハ、あふきやすくさかりなり。にこれるかこれる（ママ）ハかたまりかたし。故に天まつなりて、地のちにさたまる。然して後に神そのなかに生焉。開闢のハしめにくにつちのうかひたゝよへること、たとへハ遊魚のミつのうへにうかへるかことくして侍る（ママ）。天地の中にひとつのものなれハ、かたち葦牙のことし。則化して神となる国常□尊と号ル」（疑開抄、末尾欠脱）

628 *ヒトシレスモノオモフトキハツノクニノ　アシノシ、*ネノシ、ネヤハスル
同巻ニアリ。シ*、ネ、トヨメリ。

375 人しれす物思ふときはつのくにのあしの下ねのしらねやはする
同巻にあり。しらね、とよめり。

【本文覚書】○ヒトシレス…ヒトシラス（内・刈・東・書）、ヒトシラヌ（和）、人しらす（狩・大）、ヒトスラス（岩）
○シ、ネノシ、ネ…シラネノシ、ネ（内・書）、しらねのしらね（筑B・狩）、シラネノシラレ（刈・東・岩）、しらねのしられ（大）　○シ、ネト…シラネト（内・刈・東・書・岩）、しらねと（筑B・狩・大）
【出典】古今六帖・三八二〇、三四五句「なにはなるあしのしらねのしらねやはする」

【他出】袖中抄・七三三。躬恒集Ⅰ・三二九（三句「なにはなる」）、躬恒集Ⅲ・三五三（三四五句「ナニハナルアシノシラネノシラネヤハスル」）、躬恒集☆・三五四（三四五句「なにはなるあしのしじねのしじねやはする」）、貫之集・五五二（三四五句「難波なる蘆のそらねもせられやはする」）

【注】○シ、ネ　袖中抄が「しゞね」の項を立てて詳述する。用例は僅少。袖中抄は俊頼の「つくしぶねうらみをつみてもどるにはあしやにねてもしらねをぞする」（散木奇歌集・七九二）五句を「しゞねをぞする」として「しゞね」の傍証とするが、ここは「しらね」（独り寝、あるいは浅い眠り）か。

629 ナツカリノタマエノアシヲフミシタキ　ムレヰルトリノタツソラソナキ
タマエハ越前国ニタマノエトイフトコロノアル也。葦ハアキカルモノヲ、夏カリヲキタルウヘニムレヰル、トヨメルナリ。又ソノタマエシヲトヲクヒルカタニテアルニ、アシヲヒタリ。シ、ヲカリヲロシテ、カリヒ

トノフミシタクニヨリテ、ムレヰルトリナムタチワツラフトイフ。

376　夏かりのたまえのあしをふみしたきむれゐる鳥の立空そなき

たまえは越前国たまえと云所のある也。葦は秋かるものを、夏刈（ママ）かりをきたるうへにむれゐる、とよめり。又そのたまえしほとをくひるかたにてあるに、あしおひたり。し丶をかりおろして、かり人ふみしたくによりて、むれゐるとりなんたちわつらふと云。

【出典】明記せず

【他出】古今六帖・四三三四、後拾遺集・二一九、口伝和歌釈抄・二七〇、綺語抄・三五九、俊頼髄脳・二九九、奥義抄・二〇三、五代集歌枕・九七〇、袖中抄・六一一、和歌色葉・三七三、俊成三十六人歌合・六四、定家八代抄・二三三五、時代不同歌合・二二三、色葉和難集・四六六、別本童蒙抄・二六四

【注】○**タマエハ**　「たまへ越前国《エチセムノクニ》にあるところあり」（口伝和歌釈抄）、「たまえとは越前国にある所也」（綺語抄）、「玉へとは越前國にある所也」（俊頼髄脳）○**葦ハアキカルモノヲ**　「あしは秋かる物なるをとくかるほとになり《る本》あしのあるを夏かりをきてつみをきたるうゑに鳥のむれゐる也」（俊頼髄脳）○**又ソノタマエ**　以下の記述、綺語抄、俊頼髄脳等の所説にも見えない。「玉へとは玉の江といふ也。水のある江にあらす」（俊頼髄脳）○**シ、ヲカリヲロシテ**　鹿狩りの説、俊頼髄脳以下否定するところ。安井重雄「俊成判詞の影響力と規制—源重之歌一首の享受をめぐって—」（『藤原俊成判詞と歌語の研究』第七章、笠間書院、二〇〇六年）参照。

【参考】「江　たまえ〈越前国、なつかりのたまえのあしといへるは、越前のよし、在俊頼抄。みしまえのたまえと別所也…〉」「葦　たまえのあしと云は、玉枝也。非江但寄江多詠也……なつかりは夏かりたる也。一説雁と云り。又鶴と云。可咲。凡夏鴈不可然之由、殊に匡房称之」（八雲御抄、但し匡房説については未詳）

神風ヤイセノハマヲキオリフセテ　タヒネカスラムアラキハマヘニ

ハマヲキトハ、カノクニ、アシヲイフナリ。神風ハ、神風イセノクニ、ト日本紀ニイヘリ。

377 神風や伊勢のはまをき折ふせて旅ねやすらんあらきはまへに

はまをきとは、彼国にあしを云也。神風は、神かせいせの国、と日本紀にいへり。

【出典】明記せず

【他出】万葉集・五〇〇（「神風之《かむかぜの》 伊勢乃《いせの》浜荻《はまをぎ》 折伏《をりふせて》 客宿也将レ為《たびねやすらむ》 荒浜辺尓《あらきはまへに》」）、人麿集Ⅱ・二一五（初句「神風の」三四句「おりしきてたひねやすらむ」）、奥義抄・六一六、千五百番歌合・二四四五判詞。俊頼髄脳・三〇〇、綺語抄・二五八、袖中抄・四八六、伊勢物語・二三七、六百番陳状・一五八、和歌色葉・七九、新古今集・九一一、定家八代抄・八〇〇、定家十体・二六八、以上四句「たびねやすらん」。古今六帖・二四〇七（三句「をれふして」五句「たびねやすらむ」）、色葉和難集・九四・二七八（三句「をりしきて」五句「旅ねやすらん」）

【注】○**ハマヲキトハ**　「はまをぎとは、あしをいふ」（綺語抄）、「はまをきとめる［ママ］はをきにはあらす。あしをかの國にははまをきといひならはしたるなり」（俊頼髄脳）、「浜荻は芦の名也」（奥義抄）、「伊勢国ニアシヲハマヲギト云ルガゴトクニ」（古今集注）○**神風ハ**　「伽牟伽筮能、伊斉能于瀰能」（日本書紀・神武天皇即位前紀）、「是神風伊勢国、則常世之浪重浪帰国也」（同・垂仁天皇二十五年）、「神風伊勢国之百伝度逢県之拆鈴五十鈴宮所居神」（同・神功皇后摂政前紀）

【参考】「葦　いせには浜おきと云」（八雲御抄）

菱

631 キミカタメウキヌノイケニヒシトルト　ワカソメシソテヌレニケルカモ

万葉七ニアリ。ヒシトルトハ、採菱ノ哥トイフコトアリ。

菱

378 君かためうきぬの池にひしとるとわか染しそてぬれにけるかな

万七にあり。ひしとるとは、採菱の哥といふ事あり。

【出典】万葉集巻第七・一二四九「君為《きみがため》　浮沼池《うきぬのいけの》　菱採《ひしつむと》　我染袖《わがそめしそで》　沾在哉《ぬれにけるかも》」〈校異〉②「ニ」は古が一致。元、類、廣「の」④「ソメシソテ」は廣が一致。元、類、古「そめそての」。元「そての」右緒「シタモト」⑤「カモ」未見。非仙覚本及び仙覚本は「カナ」。第五句「哉」とあるため、仙覚本を含む伝本は「かな」とする。なお、紀は訓なし。

【他出】人麿集Ⅲ・七二四（四句「ワカソメタモト」）、古今六帖・三八二四（四句「わがそめ袖の」）、疑開抄・四〇、五代集歌枕・一四五四（二句「うきぬのいけの」五句「ぬれにけるかな」）、古来風体抄・八〇（下句「我が染袖の濡れにけるかな」）

【注】〇**ヒシトルトハ**　採菱を和歌に詠む例は僅少。「ふなばたをたたくもさびしよひの間にひしとる舟や江にかへるらむ」（藤谷集・九一）〇**採菱ノ哥**　芸文類聚は、簡文帝、江淹等の「採菱詩」等を載せる。

【参考】「40きみかためうきぬの池にひしとるとわかそめしそてぬれにけるかも　万葉集第七巻にあり。ひしとるに袖ぬる、とよめり」（疑開抄）、「菱　ひしをはとるといふ」（八雲御抄）

トヨクニノヒシノイケナルヒシノコヲ　トルトヤイモカソテヌレニケリ

六帖ニアリ。菱ノ子トハ、*子《ミ》トイフナリ。左思呉都賦曰、*或緑水次之。郭璞江賦曰、忽忘夕而宵帰、詠採菱*次叩船。

379 とよくにのひしの池なるひしのこをとるとやいもか袖ぬれにけん

六帖にあり。菱の子とは、子《ミ》と云也。左思呉都賦曰、或踰緑水以て（ママ）。郭璞江賦曰、忽忘夕向宵帰、詠採菱以叩船。

【本文覚書】○子《ミ》（「子」、「ネ」との判別困難）…子（内・和・筑A・谷・刈・書・岩）、ね（筑B・大）○或緑水次之…或ハ踰二緑水ヲ〈採菱ス〉（刈）、或二踰緑水一而採菱ス（東・岩）、或踰緑水而採菱（大）○次…以（筑A・刈・岩・東・大）

【出典】古今六帖・三八二六、二三句「きくのいけなるひしのうれを」、五句「みそでぬるらん」

【他出】万葉集・三八七六（「豊国《とよくにの》　企玖乃池奈流《きくのいけなる》　菱之宇礼乎《ひしのうれを》　採跡也妹之《つむとやいもが》　御袖所沾計武《みそでぬれけむ》」）、疑開抄・四一（五句「そてぬれにけむ」）、五代集歌枕・一四五三、（二句「きくの池なる」五句「みそでぬるらん」）、古来風体抄・一八二（二句「企玖の池なる」五句「みそでぬるらん」）、以上三句「ひしのうれを」

【注】○**子《ミ》といふなり**　「子」「ネ」か。底本も判別困難。「菱の子」「菱のね」、いずれも和歌における用例未見。○**左思呉都賦曰**　「或踰緑水而採菱」（文選巻五「呉都賦」）○**郭璞江賦曰**　「或中瀬而横旋、忽忘夕而宵帰、詠採菱以叩舷」（文選巻十二「江賦」）。いずれも芸文類聚に見える。

【参考】「41とよくにのひしのいけなるひしのこをとるにやいもかそてぬれにけむ　六帖第六巻にあり。ひしのこ、とよめり。とよくには、美作国にあり。又、とよくにのこと、委見□部」（疑開抄）。

633　蕁

ワカコ、ロユタニタユタニウキヌナハ　ヘ《辺》ニモヲキニモヨリヤカネマシ

六帖ニアリ。人丸詠也。ユタニタユタニトハ、ウコキタユタウコ、ロナリ。

380　蕁

わか心ゆたにたゆたにうきぬなはへにもおきにもよりやかねまし

六帖にある《り》。人丸詠也。ゆたにたゆたにとは、うこきたゆたふこゝろなり。

【出典】古今六帖・三八二七、二句「ゆたのたゆたに」

【他出】万葉集・一三五二（「吾情《あがこころ》　湯《ゆ》谷絶谷《たにたゆたに》　浮蓴《うきぬなは》　辺毛《へにも》　奥毛《おきにも》　依勝益士《よりかつましじ》」）、人麿集Ⅰ・二九（五句「よりやしなまし」）、疑開抄・四二、奥義抄・五〇四、袖中抄・六四六、和歌色葉・二五二、僻案抄・八、八雲御抄・二〇八、以上二句「ゆたのたゆたに」。人麿集Ⅱ・三四八（三句「うきぬれは」五句「よらんかたなし」）

【注】**○人丸詠也**　古今六帖・三八二七歌の作者名注記は「人丸」**○ユタニタユタニトハ**　「ゆたのたゆたとは浪にうきてとかくゆるく也。うきてとかく物おもふ心也。万葉云、我＼（朱）心ゆたにたゆたにうきぬなはへにも沖にもよりやかねまし　是同心也。同集には、猶予と書てたゆたひとよめり」（奥義抄）、「顕昭云（ク）、ゆたのたゆたとは船の浪に揺られてゆたひたゆたふ心歟」（袖中抄、同書は隆縁説を引く）、なお、平安以降の和歌は、古今集の「いで我を人なとがめそおほ舟のゆたのたゆたに物思ふころぞ」（五〇八）以降、殆ど「ゆたのたゆたに」で、「ゆたにたゆたに」とするのは、顕昭の指摘するように「よきことをゆたにたゆたにつくるらんひとことをしるまさらざりけり」（長能集・一六三）を見るのみ。44歌注参照。

【参考】「吾情湯谷浮蓴辺爾毛奥爾毛依勝益士（ワカコ、ロユタノタユタイウキヌレハヘニモオキニモヨリヤカネマ

シ）ユタノタユハ古ヨリ知カタキ事ナリ。舟ニユノ入タルヲ取カ、手ノタユキト云事モ有。此ハ、イト心エラレヌト人ハイヘトモ、イハレナキニアラス。又、ウカミテタユタフ心ソ、打任テハアルヘキトソ申伝タル」（万葉集抄）、「42わかこゝろゆたにたゆたにうきぬなはへにもおきにもよりやかねまし　同第六巻にあり。人丸か哥なり」（疑開抄）

634
コモリエノソコヨリヲフルネヌナハノ　ネヌナハタ、テクルナイトヒソ
六帖ニアリ。ソコヨリヲフルネヌナハ、トヨメリ。

381
こもりえのそこよりおふるねぬなはのねぬなはた、てくるないとひそ
六帖にあり。そこよりおふるねぬなは、とよめり。

【出典】古今六帖・三八二九、初句「かくれぬの」、四句「ねぬなはたてじ」

【他出】疑開抄・四四（四句「ねななはたて、」）。忠岑集・六八（四句「ねぬなはたたじ」）、忠岑集☆・四八（四句「ねぬなはたてじ」）、以上初句「かくれぬの」

【注】○**ソコヨリヲフル**　蓴が池の底から生うという直接的な表現未見。「池水のそこにあらではねぬなはのくる人もなしまつ人もなし」（拾遺集・一二二一）

【参考】「44こもりえのそこよりおふるねぬなはのねななはたて、くるないとひそ　同巻にあり。そこよりおふるねぬなわ、とよめり」（疑開抄）

635 芹
アカネサスヒルハタ、ニテヌハタマノ　ヨルノイトマヤツメルセリコレ《*カ》　諸兄歟*
万葉廿ニアリ。左大臣橘清光ノ詠。

芹
382 あかねさすひるはた、にてぬはたまのよるのいとまにつめる芹哉
万廿にあり。左大臣橘諸兄の詠なり。


【本文覚書】○コレ《カ》…カレ（内）、コレ（和・筑A・刈・東・岩）、これ（筑B）○諸兄歟…諸本すべてあり。和歌の下部に置くもの、注文の最後に置くもの、又頭書するものあり。

【出典】万葉集巻第二十・四四五五「安可祢佐須《あかねさす》　比流波多々婢弖《ひるはたたびて》　奴婆多麻乃《ぬばたまの》　欲流乃伊刀末仁《よるのいとまに》　都売流芹子許礼《つめるせりこれ》」

〈校異〉②「ニテ」未見。非仙覚本（元、類、春、古）及び仙覚本は「ひて」④「ヤ」未見。非仙覚本及び仙覚本は「に」⑤は非仙覚本及び仙覚本は「これ」で一致するが、童蒙抄の傍記「カ」未見。

【他出】古今六帖・三八六一、疑開抄・四六、以上五句「つめるせりこれ」

【注】○**左大臣橘清光ノ詠**　「天平元年班田之時使葛城王従二山背国一贈二薛妙観命婦等所一歌一首　副二芹子嚢一」（万葉集題詞）、流布本諸本すべて「諸兄歟」の注記を有する。同時代に橘清光は確認出来ない。

【参考】「46あかねさすひるはた、にてぬはたまのよるのいとまにつめるせりこれ　万葉集第二十巻にあり。左大臣諸兄のよめる也」（疑開抄）

セリツミシムカシノヒトモワカコトヤ　コヽロニモノハカナハサリケム

コレヲニハノ草ヲケツルモノ、ソノイヱノイツキムスメノセリクフヲミテ、コヽロサシワリナキカユヘニ、セリヲツミテタテマツリケリ、ナトムカシヨリイヒツタヘタル。タシカニミエタルコトヤハアラム。文選ノ与山巨源絶交嵆叔夜書ニ、野人セナカヲアフルコトヲタクマシウシテ、芹子ヲウマムスルモノ至尊ニ献セムトヲモフ。区々ノ意アリトイフ《へ》ト、又ステニオ*ロソカナ。注曰、博物記曰、宋ニ田夫アリ。ミツカラ日ニサラス。カヘリミテソノ妻ニイハク、日ノアタヽカナルコトヲオモヘリ。ヒトコレヲシルコトナシ。ワカキミニタテマツルモノナラハ、カナラスアツキ賞ヲカフラム。妻ノイハク、昔セリヲホメテアマシトスルモノアリ。コレヲソノサトノオサニタテマツル。サトノオサ、ナメテニカシトシテワラフ。シカモコレヲウラミキ。コノヒトマタナムチカタ*クヒアリト云々。サレハコノウタノ心ハ、ワカ心ニヨシトヲモヒテイフコトヲモチヰラレヌコトヲウラミテヨメルナルヘシ。

383 せりつみし昔の人もわかことやこゝろに物はかなはさりけむ

是を庭草をけつるもの、其家のいつきむすめのせりをくふをみて、こゝろさしわりなきかゆへに、芹をつみてたてまつりけり、・《な》とむかしよりいひつたへたる。たしかにみえたることやはあらん。文選の与山巨源絶交敬山（ママ）叔夜書に、野人せなかをあふることをたくましうして、芹子をうまむするもの至尊に献せんと思ふ。区々の意ありといへとも、又すてにおろそかなり。注曰、博物記曰、宋に田夫あり。みつから日にさらす。かへりみてその妻にいはく、日のあたゝかなる事をおもへり。人これをしることなし。

わかきみにたてまつるものならは、かならすあつき賞をかふらん。妻のいはく、昔せりをほめてあましとするものあり。これをその里のおさにたてまつる。さとのおさ、なめてにかしとしてわらふ。しかもこれをうらみき。この人又なむちかたくひなりと云。されは此哥のこゝろは、わか心によしとおもひていふことをもちいられぬ事をうらみてよめるなるへし。

【本文覚書】○オロソカナ…おろそかなる（筑B）、オロソカナ・《リ》（刈）、オロソカナリ（岩）、おろそかなり（大）○タクヒアリ…タクヒ也（和・筑A）、たくひなり（筑B）、たぐひなり（大）

【出典】明記せず

【他出】四条宮主殿集・六四（四句「心に物の」）、俊頼髄脳・二八八、綺語抄・三五七（三四句「わがごとくこころにものや」）、疑開抄・四八、和歌初学抄・一四〇、和歌色葉・一八六、奥義抄・六二九、袖中抄・二六八、色葉和難集・九七二、別本童蒙抄・三七二（三四句「我カコトク心ニ物ヤ」）

【注】○**ニハノ草ヲケツルモノ**　以下童蒙抄の所説と一致する資料未見。綺語抄の説が近いか「此歌は、むかしあさましかりし山のをのこの、殿ばらのみなみおもてにて掃除などせしに、おもひかけず、みすを風のふきあげたりけるに、内にいつくしきむすめのせりをくひてありけるを見て、わりなく心ざしありけり。おもへどもかひあらでありけり。人しれずめし、せりをつみありきけれど、この生さし心にかなはでやみにけり、それをかくよめり」（綺語抄）○**タシカニミエタルコト**　当該話については、諸説あり。「家々の髄脳にさまぐ〳〵にいひたれども、確かなる証文も見えず」（袖中抄）○**文選ノ**　「野人有快炙背、而美芹子者。欲献之至尊、雖有区区之意、亦已疏矣」（文選巻四十三「与山巨源絶交書」）○**注曰、博物記曰**　「博物記」の書名不審。博物志の誤りか。童蒙抄中に博物記の書名はこれ以外に見えない。文選注は李善注以下、当該箇所には列子を引き、博物志を引くもの未見。列子は当該話よりは相当詳

細で一部話柄が異なる。あるいは、「博物記曰」以下の記述は文選とは関わらないか。また、現行博物志に当該話未見。太平御覧、春秋戦国異辞に博物志を引くが、両者の本文は一致しない。「博物志曰、宋有田夫、自曝背於日。其妻曰負日之喧。今献必蒙重賞。田夫曰、昔人有美戎菽甘芹、子献之。郷豪嘗苦於口、笑而棄之」（太平御覧巻三七一）
【参考】「48せりつみしむかしの人もわかことやこゝろにものはかなはさりけり　（一行空白）」（疑開抄）、「芹　…又恋こゝろによむは有因縁。心に物のかなはぬなり」（八雲御抄）

葱

637 ナハシロノコナキノハナヲキヌニスリ　*ナル〳〵マニ〳〵アセカ、ナシモ
万葉十四ニアリ。アセカトハ、ヲノレカト云心也。

葱

384 なはしろのこなきの花をきぬすり《（ママ）》なる丶まに〳〵あせか丶なしも
万十四にあり。あせかとは、をのれかと云。

【本文覚書】〇ナル〳〵…ナル、（和・筑A）、なる丶（筑B・大）、ナルル（東）
【出典】万葉集巻第十四・三五七六「奈波之呂乃《なはしろの》　古奈宜我波奈乎《こなぎがはなを》　伎奴尓須里《きぬにすり》　奈流留麻尓未仁《なるるまにまに》　安是可加奈思家《あぜかかなしけ》」
〈校異〉②未見。非仙覚本（元、類、廣、古）及び仙覚本は「こなきかはなを」で、西、温「キナキカハナヲ」。西上の「キ」及び「告」を朱で消し、「告」左「コ」。温「吉」左「コ」。なお、西、温は歌頭「古イ」あり。④「ナル〳〵」未見。非仙覚本及び仙覚本は「なる丶」⑤「モ」未見。非仙覚本及び仙覚本は「け」
【他出】古今六帖・三八六六（下句「なるるまにこ《（ママ）》あぜかくかなしき」）、綺語抄・六六四（五句「あせがかなしき」）、

疑開抄・四九（四句「なる〻まにまに」）

【注】○アセカトハ　「あぜか」は疑問詞、東国方言。童蒙抄の説の根拠不明。あるいは「吾兄」と理解したか。

【参考】「水葱　49なわしろのこなきか花をきぬにすりなる〻まにまにあせかかなしも　万葉集第十四巻にあり。こなきか花をきぬにすりつけ、とよめり。あせかとは、人といふなり」（疑開抄）

蓼

638 ワカヤトノホタテヒト《フル》モトツミハヤシ　ミニナルマテニキミヲシマタム

同十一ニアリ。

蓼

385 わか宿のほたてふるもとつみはやしみになるまてに君をしまたん

万葉十一にあり。

【出典】万葉集巻第十一・二七五九「吾屋戸之《わがやどの》　穂蓼古幹《ほたでふるから》　採生之《つみおほし》　実成左右二《みになるまでに》　君乎志将レ待《きみをしまたむ》」〈校異〉②は古が一致。嘉、類、廣及び古（「幹」左）「ふるから」。「ヒトモト」未見。仙覚本は「フルカラ」で、西、温、矢、京は「幹」左「モト」③は類及び古（漢左）が一致。嘉「かりはやし」。廣、古「トリオホシ」④「ミニ」は廣、古が一致。嘉、類「みの」

【他出】人麿集Ⅱ・五四七（二句「ほたてふたから」五句「君をこそまて」）、人麿集Ⅳ・一八四（二句「ほたてふるから」四句「みのなるまてに」）、古今六帖・三八六八（二三四句「ほたでふるともとりうゑしみちなるまでに」）、疑開抄・五〇

【参考】「蓼　50わかやとのほたてふるもとつみはやしみになるまてにきみをしまたむ　同第五巻にあり。ほたて、とよめり。ほのたてるを云なり」（疑開抄）

【補説】本注で童蒙抄は疑開抄の注文を取っていない。あるいは疑開抄が「ほたて」を「ほのたてる」と解することに疑問を持ったからか。疑開抄の注は「蓼」の項目にあり、「蓼」と解さず「立てる」とする点に疑問が残る。

ワラハヘモクサハナカリソヤホタテヲ　ホツミノアソカワキクサヲカレ

同十六ニアリ。ヤホタテトハ、八穂蓼、トカケリ。ヤツホノタチタルタテノアルナリ。

386　わらはへもくさはなかりそやほたてをほつみのあそかわき草をかれ

同十六にあり。やほたてとは、八穂蓼、とかけり。やつほのたちたるたてのありなり（ママ）。

【出典】万葉集巻第十六・三八四二「小児等《わらはども》　草者《くさは》勿《な》刈《かりそ》　八穂蓼乎《やほたでを》　穂積乃《ほづみの》阿曾我《あそが》　腋草乎《わきくさを》可礼《かれ》」〈校異〉④「アソカ」未見。尼、類、古「あそむか」。廣「アソヤ」。仙覚本は「アソカ」で童蒙抄と一致。

【他出】古来風体抄・一八〇

【注】○ヤホタテトハ　用例は僅少。「やほたでもかはらをみればおいにけりからしやわれも年をつみつつ」（好忠集・一〇七）

【参考】「小児等草者勿刈八穂蓼牟穂積乃阿曽我腋草乎可礼（ワラハヘモクサハナカリソヤホタテムホツミノアソムカワキクサヲカレ）ヤホタテトハ、ノホノヤスチタツカアル也。本文也。ホツミトハ、人ノ姓也。其腋ニカ《香》ノアリケルヲヨメル也。コレハ、タハフレ事也」（万葉集抄）、「蓼　やほたて《万八穂》」（八雲御抄）

海藻

スミヨシノシキツノウラノナノリソノ　ナハツケテシヲアハヌアヤシモ

万葉十二ニアリ。ナノリソトハ、神馬草ヲイフトナム。

海藻

387 住吉のしきつの浦のなのりそのなはつけてしをあはぬあやしも

万十二にあり。なのりそとは、神馬草を云となむ。

【出典】万葉集巻第十二・三〇七六「住《すみ》吉《のえ》之《の》　敷《しき》津《つ》之《の》浦《うら》乃《の》　名《な》告《のり》藻《そ》之《の》　名《は》者《は》告《のり》而《て》之《し》乎《を》　不レ相《あはなく》毛《も》恠《あやし》」〈校異〉⑤未見。尼「あはぬもあやしも」が近い。尼下の「も」右「ク一本」。類、廣、古及び元（赭）「あはぬもあやし」。仙覚本は「アハヌモアヤシ」で、京「ヌ」を赭で消し、右赭「ス」。なお、元は平仮名訓なく、漢字本文左に赭訓のみあり。

【他出】疑開抄・五一、和歌初学抄・二五一（五句「あはぬもやあやし」）、袖中抄・七〇三、和歌色葉・八八

【注】○ナノリソトハ　「なのりそ　神馬藻也」（奥義抄）、「神馬草　ナノリソ」（和歌初学抄）。なお、袖中抄が「なのりそ」「なつげも」等について補説している。「莫鳴菜　ナノリソ」（色葉字類抄）。「莫鳴菜　本朝式云莫鳴菜〈奈々里曾漢語抄云神馬藻三字云奈乃里曾今案本文未詳但神馬莫騎之義也〉」（二十巻本倭名類聚抄）

【参考】「莫鳴菜　51すみよしのしきつの浦のなのりそのなはつけてしをあはぬあやしも　同第十六巻にあり。なのりそはいそにもおふるなり。□又云、神馬草を云なり」（疑開抄）、「なのりそとは、いそにもをふる也。又は神馬草《シンハサウ》をいふ也」（松か浦嶋）、「海物　なのりそ〈神馬草〉」（八雲御抄）

641 オホトモノミツニハオヒシ、ラナミノ　ヲキヨリキマセナノリソノハナ
古万葉集ニアリ。ハナサクトミヘタリ。

388 おほとものみつにはおひし白波のおきよりきませなのりその花

古万葉集にあり。花さくとみえたり。

【出典】未詳
【他出】疑開抄・五二
【注】○**ハナサクトミヘタリ**　「なのりそのはな」を詠んだ歌に、「梓弓《あづさゆみ》　引津辺在《ひきつのへなる》　莫謂花《なのりそのはな》　及レ採《つむまでに》　不レ相有目八《あはざらめや》方《も》　勿謂花《なのりそのはな》」（万葉集・一二七九）などがあるが、以後の用例未見。
【参考】「52おほとものみつにはおひし白浪の奥よりきませなのりその花　古万葉集にあり。なのりその花、とよめり」（疑開抄）

642 トコシヘニキミモアレヤモク《ネ》サナトリ　ウミノハマモノヨルトキ〳〵ヲ
衣通姫哥也。日本紀十三云、允恭天皇十一年春三月ニ、天皇茅渟《チヌ》ノ宮ニ幸シタマヘルニ、衣通姫此哥ヲヨミ給。時ニ天皇ノ、タマハク、是哥ハ他人ニキカシムヘカラス。皇后《キサキ》キ、タマヒテハ、カナラスオホキニウラミテム。故ニ時ノ人浜藻《ハマモ》ヲナノリソモトイフト云々。
イサナトリトハ、イソナトルトイフ也。サトソトハ同意也。

389 とこしへにきみもあれやもいさなとりうみのはく《(ママ)》ものよるとき〳〵を

衣通姫哥也。日本記十三云、允泰《恭》天王十一年春三月に、天皇茅渟宮に幸し給へるに、衣通姫此哥をよみ給。時に天皇曰、此哥は化人《（ママ）》にきかしむへからす。皇后給て《（ママ）》は、おほきに恨てむ。故に時人浜藻をなのりそもと云とも。いさなとりとは、いそなと云也。さとそとは同音なり。

【本文覚書】○ク《イ》サナトリ…クサナトリ（内・和・筑A・書）、いさなとり（筑B・大）、イサナトリ（刈・東）、クサト、リ《イサナトリ》（岩）

【出典】明記せず

【他出】日本書紀・六八「等虚辞陪邇《とこしへに》 枳弥母阿閇椰毛《きみもあへやも》 異舎儺等利《いさなとり》 宇弥能波摩毛能《うみのはまもの》 余留等枳等枳弘《よるときときを》」

【注】○**衣通姫哥也** 「十一年春三月癸卯朔丙午、幸㆓於茅渟宮㆒、衣通郎姫歌之曰、等虚辞陪邇 枳弥母阿閇椰毛 異舎儺等利 宇弥能波摩毛能 余留等枳等枳弘。時天皇謂㆓衣通郎姫㆒曰、是歌不㆑可㆑聆㆓他人㆒。皇后聞必大恨。故時人号㆓浜藻㆒、謂㆓奈能利曽毛㆒也」（日本書紀・允恭天皇十一年）○**イサナトリトハ** 「いさな」は日本書紀では鯨の意（新大系頭注）で、「いさなとり」で海にかかる枕詞と解する。童蒙抄はこれを音通により「磯菜」と解した。

643 シカノアマノイソニカリホスナツケモノ　ナハツケテシヲイカニアヒカタキ

万葉十二ニアリ。シカノアマトハ、ツクシニアリ。然海部《シカアマノ》、トカケリ。ナツケモトハ、名告藻《ナツケモ》、トカケリ。

390 しかのあまのいそにかりほすなつけものなはつけてしをいかにあひかたき

万葉集十二にあり。しかのあまとは、つくしの、然海部、とかけり。なつけものとは、名告藻、とかけり。

【出典】万葉集巻第十二・三一七七「然海部之《しかのあまの》 礒尓刈干《いそにかりほす》 名告藻之《なのりその》 名者告手師乎《なはのりてしを》 如何相難寸《なにかあひがたき》」〈校異〉③は西

(「キ」左)が一致。元「なつききもの」。類、西「なつきもの」。廣、古及び西(「ツキモ」右)「ナノリソノ」⑤未見。元、類、廣、西「なそあひかたき」古「ナトアヒカタキ」。仙覚本は「ナソアヒカタキ」で、細、宮「イソアヒカタキ」で「如」左「ナ」

【他出】疑開抄・五三、袖中抄・七〇一(五句「なそあひがたき」)、和歌色葉・八九、定家物語・一六

【注】○シカノアマトハ 「しかのあまはつくしにあり」(和歌色葉)、「近江水海ニ、志賀海人ハアリ。筑紫潮海ハ、シカノ海人ナリ」(拾遺抄注) ○ナツケモトハ 「なつけもとは名告藻とかけり」(和歌色葉)。ナノリソ、ナツゲモ、ナナリソについては、袖中抄に詳述されている。

【参考】「53しかのあまのいそにかりほすなつけものなはつけてしをいかにあひかたき 万葉集第十三巻にあり。しかのあまのとは、つくしにあり。然海部、とかけり□なつけも、とよめり。名告藻《ナツケモ》、とかけり」(疑開抄)、「しかのあまとは、つくしにあり」(松か浦嶋)

ムラサキノナタカノウラノ*ナツヒキモノ　コヽロハイモニヨセテシモノヲ

六帖ニアリ。

391 紫のなたかのうらのなひきもの心はいもによせてし物を

六帖にあり。

【本文覚書】259に既出。○ナツヒキモ…なひきも(筑B)、ナビキモ藻(刈)、ナビキモ(東)、ナツビキモ(岩)、なびきも(大)

【出典】古今六帖・一八四八、三句「なびきもの」、五句「よりにしものを」

【補説】644歌は、259に既出。但し、259歌では出典を万葉集・二七八〇とする。644歌では出典を古今六帖・一八四八とするが、現行本文によれば五句は「よりにしものを」で万葉集本文に一致する。袖中抄は、「むらさきのなだかの浦のなびき藻の心は妹に寄せてしものを」と五句が童蒙抄と一致する本文を掲出し、「此歌は万葉歌二首歟。上下句にて作《(リ)》立《(ツ)》歟。如何」、すなわち「紫之《むらさきの》　名高浦乃《なたかのうらの》　名告藻之《なのりその》　於レ礒《いそに》将レ靡《なびかむ》　時待吾乎《ときまつわれを》」（一三九六）と「明日香河《あすかがは》　瀬湍之《せぜの》珠藻之《たまもの》　打靡《うちなびき》　情者《こころは》妹尓《いもに》　因来鴨《よりにけるかも》」（三二六七）の混体したものかとの説を示す。

645　ケフモカモオキツタマモハシラナミノ　ヤヘヲルウヘニミタレテアラム

同ニアリ。

392　けふもかもおきつたまもは白波のやへをるうへにみたれてあらん

同にあり。

【出典】古今六帖・一八六一、下句「やへをわがうへにみだれてをあらん」。出典は644歌注のそれを受け、六帖と考えられるが、四句が一致せず、むしろ万葉集・一一六八歌に一致する。また、疑開抄は出典を「同第十三《(ママ)》巻」とするが、同書の出典注は、53「万葉集第十三巻」、54「六帖第十三巻」、55「同第十三巻」で不審。
【他出】万葉集・一一六八（「今日毛可母《けふもかも》　奥津《おきつ》玉藻者《たまもは》　白浪之《しらなみの》　八重《やへ》折之《をるが》於丹《うへに》　乱而《みだれて》将レ有《あるらむ》」）、疑開抄・五五
【参考】「55けふもかもおきつたまもは白浪のやへをるうへにみたれてあらむ　同第十三《(ママ)》巻にあり。たまもとは、しろくてまろなるみのあるを云なり」（疑開抄）

646 シラナミヲオリカケアマノコクフネハ　イノチニカフルミルメカリニカ
同三ニアリ。

393 白波をおりかけあまのこく船はいのちにかふるみるめかりにか
　同三にあり。

【出典】古今六帖・一八六三
【他出】興風集・二九（初句「しらなみに」）、疑開抄・五六（初句「しらなみの」）
【参考】「海松　56しらなみのおりかけあまのこくふねはいのちにかふるみるめかりにか　同第三巻にあり。いのちにかふるみるめ、とよめり」（疑開抄）

　浜木綿

647 ミクマノ、ウラノハマユフイクカサネ　ワレヨリ人ヲ、モヒマスラム
同ニアリ。ハマユフトハ、ハセウニ、タルクサノミクマノ、ハマニオフルナリ。クキノカハノウスクテ、オホクカサナルナリ。人丸モ、ウラノハマユフモ、ヘナル、トヨメリ。コノミクマノヲハ、ミナヒトキノクニノクマノ、ウラトシレリ。コレハイセニミクマノ、ウラトイフウラノアルナリ。又、クマノ、ウラトイフ。大饗ノ時ハ、トリノアシツ、ムレウニ、イセノクニミクマノ、ウラヘハマユフヲメストイフ。

　浜木綿

394 みくまの、浦の浜ゆふいくかさねわれより人を思ひますらん

同にあり。はまゆふとは、はせうはににたる草のみくまの、はまにおふる也。くきのかはのうすくて、おほくかさなれるなり。人丸も、うらのはまゆふも、へなる、とよめり。このみくまのをは、皆人紀伊国の熊野の浦としれり。是は伊勢にみくまの、浦といふうらの有也。・《みま又イイ》くまの、うらといふ。大饗の時は、鳥のあしつ、むれうに、伊勢の国みくまの、浦へはまゆふをめすといふ。

【出典】古今六帖・一九三五

【他出】疑開抄・五八、和歌色葉・二一三。口伝和歌釈抄・一五〇は六帖歌として「みくまの、うらのはまゆふいくかさもわれをはきみか思へたつる」を引く。

【注】○**ハマユフトハ**　袖中抄に「和語抄云、はまゆふは芭蕉ばに似たる草の浜に生ふるなり。葉のも、重ねあるなり。み熊野は紀伊国の熊野の浦をいふなり」とあり、注文が似るが、後掲の如く、熊野を紀伊国とする点が異なる。○**人丸モ**　「みくまの浦の浜ゆふもも、へなる心はおもへただにあはぬかも」（人丸集・五）、万葉集・四九六、拾遺集・六八八他に入る。○**コノミクマノヲハ**　紀伊説、伊勢説があったらしい。五代集歌枕は伊勢国に入れる。「ミクマノトハ、或人云、熊野ナリ。クマノノウラニアルハマユフナリ。顕昭伝承侍シハ、ミクマノトイフニツキテ世人多、紀伊国ノ熊野トオモヘリ。僻ゴトナリ。コレハ伊勢国ノミクマノノ浦ナリ。又クマノノ浦トモイヘリ」（拾遺抄注）○**大饗ノ時ハ**　「大饗ノカイシキニスル物ナリ　大饗ノ時ハ鳥ノアシヲツ、ムトテ、伊勢国ニメサル、なり　大饗ニコトカ、リタレバ、誰モ可レ知コトナレド、和歌ニハイトモ不二沙汰一コトナリ。尤可二秘蔵一云々」（拾遺抄注）、但し童蒙抄に先行する資料未見。

【参考】「58みくまの、浦のはまゆふいくかさねわれより人をおもひますらむ　同巻にあり。みくまのとは、紀伊国の熊野の浦をいふなり」（疑開抄）

春

梅

648

ナニハツニサクヤコノ《木也》ハナフユコモリ　イマハヽルヘトサクヤコノハナ

古万葉集云、新羅ノ人王仁カ、大鷦鷯《オホサヽキ》《仁徳天皇是也。応神天皇ノ次帝也》ノ天皇ニタテマツレルウタナリ。

彼天皇難波《ナニハトハ難波ト云也或本如此注書也》ノ朝ノ高津ノ宮ニヲハシマスニヨリテ也。コノ帝《ミコト》正月ニ位ニ即給レハ、梅花ニヨセテヨメリ。

古万葉集云、蘆荻花トカキタリ。蘆荻ノ花ハスナハチ大根也。又コモリトハ、畠ノナ、レハ大根トモイヘトワロシ。神武天皇卅五歳〈甲／寅〉冬十月ニ、日向国ヲサリテ筑紫菟《チクシノウ》狭《サ》ニイタリタマフ。十二月ニオナシ崗《ヲカ》ノ水門《ミナト》ニイタリタマフ。十二月ニアキノクニ、イタリテ埃《ネ》ノ宮ニ居タマヘリ。乙卯年三月、吉備《キヒ》ノクニ、イテマシテ行館《カリミヤ》ヲツクリテ居《イマス》。コレヲ高嶋《タカシマ》ノ宮トイフ。三年《ミトセ》フルアヒタニ、舟檝《シウセウ》ヲオサメ、兵食《ツハモ》天　下《アメノシタ》ヲタヒラケムトス。戊午年春二月、皇帥《ミイクサ》ヒムカシニユク。舳艫《トモヘ》アヒ接《ツケリ》。難波ノ碕《ミサキ》ニイタリテ奔湖《*ナミハ》ハナハタハヤシ。ヨリテ浪速《ナミハヤ》ノ国トナツク。亦ハ浪花《ナミハナ》トモイフ。今難波《ナニハ》トイフハ訛《ヨコナマレル》ナリ。応仁《神歟》天皇・八《秋》月ニ、上毛野君ノ祖荒《*アラタ》　田別巫《ワケカムナキワケ》　別ヲ百済《クタラ》ニツカハシテ王仁ヲメス。同十六年二月ニ王仁来《マウケリ》。太子菟道《ウチ》ノ稚郎子《イラシ》コレヲ師トシテモロ〳〵ノフミヲナラヒタマフニ、トホリサトラストイフコトナシ。而新羅ノ人王仁トイフハヒカコト也。百済人也。高麗《コマ》、百済《クタラ》、新羅《シンラ》、コレヲ三　韓《ミツノカラクニ》　ト云也。見日本紀第九。

梅〈木部　春梅云々〉

65
難波津にさくやこの《木也》花冬こもり今は春へと咲やこの花

古万葉集云、新羅の人王仁か大鷦鷯《仁徳天皇是ナリ》の天皇にたてまつれる歌なり。・難波とは《なにはとは》いふなり。彼天皇難波の高津宮におはしますに依て也。此帝《ミカト》正月に位につき給れは、梅花によせてよめり。古万葉に云、蘆荻花とかきたり。蘆荻の花は即大根なり。又こもりとは、畠の名なれは大根ともいへとわろし。神武天皇卅五年甲寅冬十月に、日向国をさりて筑紫の菟狭《ウサ》にいたり給。十二月におなしき岡《ヲカ》の水門《ミナト》にいたり給。十二月に安芸国にいたりて埃《ネ》の宮に居《キヨ》し給へり。乙卯年三月、吉備のくに、いてまして行館《カリミヤ》を作《テ》居《イマス》。これを高嶋宮《タカシマノ》と云。三年《ミトセ》ふる間に、舟檝《セウ》をおさめ、兵《ツハモノ》食天下《アメノシタ》をたひらけむとす。戊午年二月、皇師東《ミイクサヒムカシ》に行《ユク》。舳艫あひ接《ツケリ》。難波碕《ミサキ》に至《テ》奔潮《ナミハ》甚《ハナハタ》はやし。仍て浪速《ナミハヤ》の国となつく。または浪花ともいふ。今難波といふは訛《ヨコナマレル》なり。

応神天皇秋八月に、上毛野君ノ祖荒田別《アラタワケ》巫別《カムナキワケ》を百済《クタラ》につかはして王仁をめす。同十六年二月に小来《*王仁マウケリ》。太子菟道《ウチ》ノ稚郎子《イラシ》是を師としてもろ〳〵の文をならひ給に、とほりさとらすといふ事なし。而新羅の人王仁といふは僻事也。百済の人なり。高麗《コマ》、百済《クタラ》、新羅《シンラ》、是三韓《ミツノカラカミ》と云也。〈見日本紀／第九〉

【本文覚書】○筑B・岩・大は、「春」の前あるいは後に「木部」と書く。○奔湖…奔潮（筑B・大）、奔潮《ハヤキナミ》（刈・岩・東）○底本「荒田別《アラタワケ》」の傍記「ラ」は「ソ」をミセケチして右傍に書く。○異本、「小」左傍にミセケチあるか。

【出典】古万葉集。

【他出】古今集仮名序、古今六帖・四〇三二、和漢朗詠集・六六四、俊頼髄脳・三六、奥義抄・一二、万葉時代難事・

一六、古来風体抄・四、和歌色葉・一、八雲御抄・一、別本童蒙抄・二九七

【注】○新羅ノ人王仁カ　「おほさざきのみかどのなにはづにてみことききこえける時、東宮をたがひにゆづりてくらゐにつきたまはで三とせになりにければ、王仁といふ人のいぶかり思ひてよみてたてまつりけるうたなり」（古今集仮名序）、「此哥は大鷦鷯天皇おと、のみことたかひに位をゆつりて一年まて位につきたまはぬをいふかり思ひに、つゐに正月に位につきたまへる時に、新羅の王仁か奉る哥也。梅の花にみかとをそへてたてまつれり。この花とはむめの花なり。たかつのみやにて位につきたまへれは、なにはつにさくやこのはなとはよめり」（奥義抄）**○古万葉集云**　現行万葉集に「蘆荻花」未見。また、「あしをぎのはな」の用例未見。**○蘆荻ノ花ハ**　未詳。**○コモリトハ**　未詳。秘蔵抄、蔵玉集に、「こもり」を「畑」とする証歌「片山のしづがこもりにおひにけりすぎなまじりの土筆かな」をあげる（秘蔵抄は家持詠とする）。**○神武天皇卅五歳**　「神武天皇卅五歳甲寅冬十月」存疑。「日向国ヲサリテ」存疑。「十有一月丙戌朔甲午、天皇至二筑紫国岡水門一。十有二月丙辰朔壬午、至二安芸国一、居二于埃宮一。乙卯年春三月甲寅朔己未、徙二入吉備国一。起二行館一以居之。是曰二高嶋宮一。積二三年一間、脩二舟楫一、蓄二兵食一、将欲三以一挙而平二天下一也。戊午年春二月丁酉朔丁未、皇師遂東。舳艫相接。方到二難波之碕一、会下有二奔潮一太急上。因以、名為二浪速国一。亦曰二浪花一。今謂二難波一訛也」（日本書紀・神武天皇即位前紀）○同十六年二月「十五年秋八月壬戌朔丁卯……時遣二上毛野君祖、荒田別・巫別於百済一、仍徴二王仁一也……十六年春二月、王仁来之。則太子菟道稚郎子師之。習二諸典籍於王仁一。莫レ不二通達一。所謂王仁者、是書首等之始祖也」（日本書紀・応神天皇十五年、十六年）「二月壬子朔、遣二於三韓〈三韓、謂二高麗・百済・新羅一〉学問僧一」（日本書紀・孝徳天皇大化四年）

649 イモカイヘニユキカモフルトミルマテニ　コ、タモマカフムメノハナカモ
万葉五ニアリ。コ、タトハ、ソコラトイフナリ。

66 いもかいへに雪かもふるとみるまてにこ、たもまかふむめの花かも
万第五ニ有。こ、たとは、そこらといふなり。

【出典】万葉集巻第五・八四四「伊母我陛迩《いもがへに》　由岐可母不流登《ゆきかもふると》　弥流麻提尓《みるまでに》　許ゝ陀母麻我不《ここだもまがふ》　烏梅能波奈可毛《うめのはなかも》」〈校異〉①は類が一致。細、廣、紀「イモカヘニ」④類は「むめ」で一致するが、「む」を「ウ」に訂正。細、廣、紀「ウメ」

【注】○コ、タトハ　175歌注参照。

650 ムメノハナイメニ*イタラクミヤヒタル　花ト*ミレトモフサ・《ケ》ニウヘコソ
同巻ニアリ。イメトハ、イモトイフ也。
古詩ニ、落梅浮酒盃トイヘリ。

67 梅の花いめにかたしくみやひたる花とみれ《あ》ともふさ《（ママ）》けにそへ《うか》こそ
同春《巻か》にあり。いめとは、いもといふなり。古詩に云、落梅浮酒盃といへり。

【本文覚書】○イタラク…かたらく（大）　○ミレトモフ…みれども（大）

【出典】万葉集巻第五・八五二「烏梅能波奈《うめのはな》　伊米尓加多良久《いめにかたらく》　美也備多流《みやびたる》　波奈等阿例母布《はなとあれもふ》　左気尓于可倍許曽《さけにうかべこそ》」

〈校異〉①「ムメ」は類が一致するが、「む」を「う」に訂正。細、廣、紀「ウメ」②「イタラク」未見。非仙覚本及

び仙覚本は「かたらく」④「ミレトモフ」未見。類「あれおもふ」。細、廣、紀「アレモフ」。仙覚本は「アレモフ」⑤未見。非仙覚本及び仙覚本は「サケニウカヘコソ」
【他出】 奥義抄・六二三、袖中抄・二二〇、和歌色葉・八四、色葉和難集・八六三、以上二句「ゆめにかたらく」、五句「さけにうかべこそ」
【注】 ○**イメトハ**　未詳。松か浦嶋に同文が見えるので、疑開抄説を受けたか。○**古詩ニ**　漢詩に未見。あるいは、「白片落梅浮澗水」（和漢朗詠集・八七）などを五言に仕立てたか。
【参考】「いめとは、いもといふ」（松か浦嶋）

ワカヤトノムメハコタリヌウヱシコカ　*テヲシフレテハナハチルトモ
万葉第　ニアリ。コタリヌトハ、ハナノヤウ〳〵チリカタニナルトイフナリ。ウヱシコトハ、ウヱシ人ト云也。

68 わかやとの梅はこたりぬうへしこかてをしふれては花はちるとも
万葉に有。こたりとは、花のやう〳〵ちりかたになるといふ也。うへしことは、うへし人といふ也。

【本文覚書】 ○テヲシフレテ…手をしふれては（筑B）
【出典】 存疑
【他出】 口伝和歌釈抄・三一一（二句「むめはこたありぬ」五句「はなはちりぬと」）、能因歌枕に上句のみ掲出。
【注】 ○**コタリヌトハ**　「こだりぬとは、花のやう〳〵ちりがたになりておとろへたるをいふ」（能因歌枕）、「こたりぬとは、古歌枕云、花のやうやくちるをいふ」（口伝和歌釈抄）、「木足《こたる》」（万葉集・三二一〇）。○**ウヱシコトハ**　「うゑ

しこのとは、うゑし人のといふ事也。わがやどの梅はこだりぬうゑしこら」（能因歌枕）、「うへしことは、うへし人をいふ」（口伝和歌釈抄）、「うゑしこもあはずなりにしを山だを秋のかりにもこぬやなになり」（順集・九八）

【参考】「こたりぬとは、花のやう〳〵ちりかたになるといふ」（松か浦嶋）

フユコモリハルヒサク花ヲタヲリモテ　イヘノカキリモコヒワタルカナ

万葉第十二アリ。コレハ、梅ヲ、フユコモリ、トヨメリ。

69 冬こもり春さく花をた折もてちへのかきりもこひわたる哉

万葉第十に有。是は、梅を、冬こもり、とよめり。

【出典】万葉集巻第十・一八九一「冬隠《ふゆごもり》　春開花《はるさくはなを》　手折以《たをりもち》　千遍限《ちたびのかぎり》　恋渡鴨《こひわたるかも》」〈校異〉②「ハルヒサク」未見。非仙覚本及び仙覚本は「はるさく」④「イヘ」未見。非仙覚本及び仙覚本は「ちへ」⑤未見。類、廣、紀「こひわたるかも」。元「こひしかるらむ」。仙覚本は「コヒワタルカモ」。なお、元、廣「渡鴨」なし。

【他出】人麿集Ⅱ・四九九（「冬こもり春さくはなを手にとりて千かへりうらみ恋もするかな」）、人麿集Ⅲ・二二六（二句「ハルサクハナヲ」下句「チエノカキリモコヒモスル《シカルラン》カナ」）、人麿集Ⅳ・二八五（三四五句「てにおりてちかへりうらみこひつ、そをる」）

【注】**○梅ヲフユコモリ**　「冬ごもる」と「梅」の取り合わせは、648歌の影響もあり、詠出例は多い。

653
ハルサメノフラハノヤマニカクレナム　ムメノハナカサアリトイフナリ

後撰第二ニアリ。ハナカサ、トヨメリ。

70 春雨のふらはの山にかくれなむ梅の花かさ有といふなり

後撰第一に有。はなかさ、とよめり。

【出典】後撰集・三二・よみ人しらず、三句「まじりなん」。三句を「カクレナム」とする伝本は別本系統堀河具世本。

【他出】色葉和難集・五〇〇。古今六帖・四七九（二三句「ふらば山べにまじりなん」）

【注】○ハナカサ　「あをやぎをかたいとによりて鶯のぬふてふ笠は梅の花がさ」（古今集・一〇八一）以来、「梅の花笠」の用例は多い。

【参考】「梅　梅のはなかさ」「笠　梅のはな鶯」（八雲御抄）

柳

654
アヲヤキノエタキリヲラシユタネマキ　イロ〳〵キミニコヒワタルカモ

万葉十五ニアリ。ユタネマキ。

柳　〈木部　梅下〉

80 青柳の枝きりおろしゆたねまき色々きかひ（ママ）恋わたるかも

万第十五にあり。ゆたねまき。

【出典】万葉集巻第十五・三六〇三「安乎楊疑能《あをやぎの》　延太伎里於呂之《えだきりおろし》　湯種蒔《ゆだねまき》　忌忌伎美尔《ゆゆしききみに》　故非和多流香母《こひわたるかも》」〈校異〉

②「ヲラシ」未見。非仙覚本（天、類、廣）及び仙覚本は「おろし」④「イロ〳〵」未見。非仙覚本は「いみ〳〵」。仙覚本は「ユユシキ」で紺青（西、矢、京、陽）

【注】○**ユタネマキ** 「湯種蒔《ゆだねまく》 荒木之小田矣《あらきのをだを》 求跡《もとめむと》 足結者所レ沾《あゆひはぬれぬ》 此水之湍尓《このかはのせに》」（万葉集・一一一〇、五代集歌枕・七七八にも入る）、室町期以降若干の用例を見る。

【参考】「田 ゆたねまくとは、田種蒔也」（八雲御抄）

ワカヤトノイツモトヤナキイツモ〳〵　オモカコヒスナナリマシツトモ

万葉第廿ニアリ。イツモトヤナキトハ、昔*モロシニ陶令トイフモノ、閑居ヲコノミテ琴ヲヒキサケヲノミキ。門ニ五柳オヒタリ。仍五柳先生トイヒキ。ナリマシツトモトハ、アリサマシツルナリト云也。南史曰、陶潜宅辺有五柳樹。嘗自著五柳先生伝。或本説。

81 わか門のいつもとやなきいつも〳〵おもか恋すななりましつし《ト歟》も

万廿ニ有。いつもとやなきとは、昔もろこしに陶令と云者、閑居をこのみて琴《かハ》をひきさけをのみき。門に五柳おひたり。仍五柳先生といひき。なりましつともとは、ありさましつるなりといふなり。南史曰、陶潜宅辺有柳樹。嘗自著五柳先生伝。

【本文覚書】○モロシニ…モロコシニ（内・和・筑A・刈・東・書・岩）、もろこしに（筑B・大）

【出典】万葉集巻第二十・四三八六「和加〻都乃《わがかづの》 以都母等夜奈枳《いつもとやなぎ》 以都母〻〻《いつもいつも》 於母加古比須〻《おもがこひすす》 奈理麻之都之母《なりましつしも》」〈校異〉①未見。非仙覚本及び仙覚本は「わか〻との」で、細、宮「ワカ、ツノ」③「イツモ〳〵」は元、類が一致。廣下の「イツモ」なし④「ナ」は類、廣が一致。元「ヽ」。なお、類、廣は「ミ」が「奈」とある。⑤「ト」未見。非仙覚本及び仙覚本は「し」

【注】○イツモトヤナキトハ　万葉集歌が、陶潜の故事に拠っているとの指摘未見。「五本柳（五柳）」が詠歌の素材になった事が確認出来るのは、久安百首の「吹く風にいとみだれぬる我が宿の五本柳をりてこそみめ」（春・一一六・公能）、「我がかどの五もと柳いかにして宿によそなる春をしるらん」（春・九一一・清輔）である。なお仙覚抄は童蒙抄に拠るか。○南史曰　南史には以下の如くあるが、日本国見在書目録には南史は見えない。「宅辺有五柳樹、故常著五柳先生伝」（南史巻七十五）。芸文類聚、白孔六帖所引の本文とは若干の違いがある。太平御覧には以下のごとくある。「南史隠逸伝曰、陶潜字淵明。有高趣、宅辺有五柳樹、故嘗著五柳先生伝」（太平御覧巻九五六）。南史は730歌注にも引用されるが、一部本文を略し、その中略箇所は太平御覧のそれに一致する。

ウクヒスノイトニヨルテフタマヤナキ　フキモミタルカハルノヤマカセ
後撰第三ニアリ。古詩曰、春嫋黄珠嬾柳風、トイヘリ。

82　鶯のいとによるてふ玉柳ふきもみたるか春の山かせ
　後撰第三に有。古詩云、春嫋黄珠嬾柳風、といへり。

【出典】後撰集・一三一・読人不知、四句「ふきなみだりそ」、四句「フキモミタルカ」とするもの、別本系片仮名本、堀河本。

【注】○古詩曰　「雲擎紅鏡扶桑日　春嫋黄珠嫩柳風」（和漢朗詠集・一〇七）

657 サヲヒメノウチタレカミノタマヤナキ　タヽハルカセノケツルナリケリ

堀河院百首ニ匡房卿ヨメル哥也。古詩ニ、気霽風梳新柳髪、トイヘリ。

83 さほ姫のうちたれかみの玉柳たゝ春かせのけつる成けり

堀河院百首に匡房卿のよめる歌なり。古詩ニ、気霽風梳新柳髪、といへり。

【出典】堀河百首・一一四・匡房

【他出】和歌色葉・四一五、色葉和難集・三六九・八二〇

【注】○古詩ニ「気霽風梳新柳髪　氷消浪洗旧苔鬚」（和漢朗詠集・一三）

658 イナムシロカハソヒヤナキミツユケハ　ナヒキヲキフシソノネタエセス

コレハ、ムカシミカトノナカレナル人、アヤシキワラハニナリテ、ヤナキノモトニヰテツリストテウタヒオリケルトイヒツタヘタリ。イナムシロトハ、水ノシタニアヲキ物ノナミヨリテアルヲイフ。又、カハソヒヤナキモ水ニヒカレテ、ソノネハタエテアルヲ、ワカアヤシクナリテマトヒアリクニヨセテヨメルニヤ。イナムシロカハソヒヤナキハ、モノフタツナリ。此ハ難義ニテヒトシラヌコトナリ。

84 いなむしろ川そひ柳みつゆけはなひきおきふしそのねたえせす

是は、むかしみかとのなかれたる人（ママ）、あやしきわらはになりて、柳のもとにゐてつりすとてうたひをりけるといひつたへたり。いなむしろとは、水のしたにあをき物のなみよりてあるをいふ。又、かはそひ

柳も水にひかれてなひけとも、そのねはたえてあるを、わかあやしく成て迷ひありくによせてよめるにや。

いなむしろ河そひ柳は、ものふたつなり。此は難儀にて人しらぬことなり。

【出典】明記せず。500に既出

【注】○**コレハ、ムカシ**　「昔のみかとのすゐなりける人の、あやしき童になりて、つりする物になりて、其柳の本にゐてつりすとてくちすさみに《イ此哥をひとりことに》うたひおりけるとそ云つたえたる」（俊頼髄脳）、○**イナムシロトハ**　童蒙抄の説と同じもの未見。500歌注参照。童蒙抄は、500歌注で「水底の石」説を、本注では別説を立てる。依拠資料が複数であることを示すか。○**水ニヒカレテ**　異本「水にひかれてなひけとも」。流布本諸本「なひけとも」を欠く。○**ワカアヤシクナリテ**　「その柳の木のもとははたらかて、枝の水になかれてなみよるなんわかゝくあやしくなりてまとひありくににたると」（俊頼髄脳）○**イナムシロカハソヒヤナキハ**　童蒙抄の説に対しては袖中抄が「水下の石をばみなむしろといふなり。いなむしろといふは僻事なり。水下の草をいなむしろとはいひて、川ぞひ柳はたゞ物二《（ふたつ）》をよみてならぶといへるはさもと聞ゆ」とする。また綺語抄は「いなむしろ」の項を立て、「みなむしろといふべしとぞ。みづのそこにやなぎのやうなるものゝ、むしろしきたるやうにてあるもの也」とする。

659

ヲシナヘテコスヱニカセハフカネトモ　ヒトリシウコクタマヤナキカナ

ヒトリウコクトハ、古今注ニ、柳一名高飛、一名独揺、トイヘリ。

85 をしなへてこすゑにかせはふかねともひとりしうこく玉柳哉

ひとりうこくとは、古今注に、柳一名高飛、一名独揺、といへり。

【出典】明記せず

【注】○**古今注ニ**　「移楊円葉弱帯、微風大揺、一名高飛、一名独揺」（古今注巻下）、初学記巻二十八に同文を引用する。古今注（崔豹）は日本国見在書目録に「古今注三（崔豹撰）」と見える。童蒙抄で古今注を引用する箇所はここのみであり、類書に拠ったか否かの判断は難しい。

660
ハルカセニシタルヤナキノカタヨリニ　キミニナヒケハクニソサカエム
同百首ニ、国信卿ノヨメル哥也。本文ニ、帝徳如柳順風、トイヘルコ、ロナリ。

86 春かせにしたるやなきのかたよりに君になひけは国そさかへん
同百首に、国信卿のよめる歌なり。本文に、帝徳は如柳順風、といへるこゝろ也。

【出典】堀河百首・一一五・国信、二句「しだり柳の」

【注】○**本文ニ**　未詳。堀川院百首和歌鈔は、以下の如く、論語「顔淵」に拠るかとする。「君ノ徳風ヲ春風ニソヘ楊ノナヒクヲ万民ニタトヘテ云ル也。論語云、君子之徳ハ風ナリ、小人之徳ハ草ナリ。草ニ上《クハフル□ハ》之風一必偃《フス》云々」

桃

661
カノヲカニマテルモ、ノキナラムヤト　ヒトノサ、メクナカ心ユメ
万葉第七ニアリ。マテル

桃〈木部　柳下〉

88 かのをかにまてるも、のきならむやと人のさゝめくなか心ゆめ

万第七に有。まてる

【本文覚書】○諸本、「マテル」以下本文を欠く。

【出典】万葉集巻第七・一三五六「向峯《むかつを》尓《に》　立有《たてる》桃樹《もものき》　将レ成哉等《ならめやと》　人曾《ひとそ》耳言焉《ささやく》　汝情勤《ながこころゆめ》」〈校異〉①「ヲカ」は類、廣が一致。元、紀「みね」②「マテル」未見。非仙覚本及び仙覚本は「たてる」④未見。元、類、紀「ひとそさゝめく」。廣「ヒトソサ、メリ」類「さ、めく」左朱「キ、メク」。仙覚本は「ヒトソサ、メキシ」で「キシ」紺青（矢、京、陽。西もと紺青）。温「耳言為」左「サ、メシ」。京「耳言為」左赭「サ、ムク」⑤「ユメ」は元、廣、紀及び類（「ゑ」右朱）が一致。類「ゆゑ」

ヒノモトノモロフノケモ、モトシケミ　ワカオホキミヲナラスハ*ヤナシ

同第十一ニアリ。室原《ムロフ》、トカケリ。

89　ひのもとのもろふのけもの《(ママ)》もとしけ《(ママ)》ゝみわかおほきみをならすはやまし

同十一に有。室原《ムロフ》、とかけり。

【本文覚書】○ヤナシ…やまし（筑B）、ヤマジ（刈・東）、ヤナジ（岩）、やなじ（大）

【出典】万葉集巻第十一・二八三四「日本之《やまとの》　室原《むろふ》乃《の》毛《け》桃《もも》　本繁《もとしげく》　言《いひて》大王《し》物乎《ものを》　不レ成不レ止《ならずはやまじ》」〈校異〉④「ワカ」は廣及び類（「れ」右朱）が一致。類「われ」⑤「ヤナシ」未見。非仙覚本及び仙覚本は「やまし」で、紀「ヤマン」。なお、嘉は訓なし。

【注】○室原《ムロフ》　諸本中、刈・東・岩・大は「モロフ」と傍記する。

ミチヨヘテナルテフモ、ノコトシヨリ　ハナサクハルニアヒニケルカナ

拾遺第五ニアリ。延喜十三年亭子院哥合ニ躬恒カヨメル也。ミチトセトイフヘキヲ、ミチヨトヨメリトテ、マケタルナリ。

昔漢武帝コノムテ桃実ヲ食ス。春イタテモ、ノミナシ。トキニ一足ノ青鳥トムテ帝ノマヘニト、マレリ。*オホキカラスノコトシ。帝東方朔ニトフ。朔カマウサク、西王母カキタラムトスルナリ。ワレカクレナム、トテ屏風ノウシロニカクレヌ。シハラクアリテ王母キタテ、桃実二七枚ヲモテ帝ニ奉ル。アチハヒ甚美*□□□ヲウヘムトス。王母申サク、下土ノモノニ・上界《アラス》ノ菓也。三千年ニヒトタヒミナルナリ。タ、コノ屏風ノウシロニアルワラハナムミタヒヌスミテクラヘル耳。委見漢志。

又漢武故事曰、東郡献短人。帝呼東方朔ヲ。々至トキニ短人指テ東・方朔ヲ謂テ上曰、王母種桃ヲ三千歳ニ一為子ヲ。此児不良三過偸之矣。後西王母下出桃七枚。*目噉二ヲ。次五枚与帝ニ。留テ核ヲ着前。母問曰、用此何為。上曰、此桃美ナリ。欲種之。母咲曰、此桃ハ三千歳一着子。非下土ニ所ニ植也。又王子年拾遺記曰、磅礴山去扶桑五万里、曰所不及。其地寒。有桃樹。*千囲万年一実。

90 三千世へてなるてふもゝのことしより花咲春にあひにけるかな

拾遺第五に有。延喜十三年亭子院の歌合に躬恒かよめる也。みちとせといふへきを、三千世とよめりとて、まけたるなり。

昔漢武帝このむて桃実を食す。春にいたて桃のみなし。時に一足の青鳥飛て帝のまへにと、まれり。おほきさ鳥のことし。帝東方朔にとふ。朔かまうさく、西王母かきたらむとするなり。われかくれなむ、とて屏風のうしろにかくれぬ。暫くありて王母来て、桃実二七枚をもて帝に奉る。あひ《ち歟》はひ甚美。仍是をうへむとす。王母申く、下土のものにあらす。上界の菓なり。三千年ニひとたひみなる也。たゝこの屏風のうしろにある童なんみたひぬすみてくらへる耳。委見漢志。又漢武故事曰、東郡献短人ヲ。帝呼東方朔。々至トキニ短人指テ東方朔ヲ謂テ上ニ曰、王母種桃ヲ三千歳ニ一為子ヲ。此児不良三過偸之矣。後ニ西王母下テ出桃七枚。自散二ヲ。次五枚与帝ニ。今留テ核ヲ着前。母問曰、用此何為。上曰、此桃美ナリ。欲種之。母咲曰、此桃三千歳一着子。非下土に所ニ殖也。又壬子《（ママ）》年拾遺記曰、磅磄山者扶桑五万里、曰所不及。其地寒。有・《桃》樹。千国《（ママ）》万年一実矣。

【本文覚書】913に重出。○オホキ…大キサ（和・筑A）、オホキ・《サ》（刈）、大サ（岩）、大さ（大）○□□□…諸本「仍コレ」、「仍これ」○目瞰二ヲ…目赦二ヲ（内）、曰□（口＋口＋散）二（和）、曰□（口＋口＋取）二（筑A）、目厳二（筑B）、自ラ瞰《クラフ》レ二ヲ（刈・東）、□□二（狩、二字分空白）、自瞰三（大）○千囲万年一実…千囲其花青黒万歳一実（刈・東・大）

【出典】拾遺抄・一八四・読人不知、初句「みちとせに」、五句「あひぞしにける」

【他出】亭子院歌合・六（二句「なるてふもは」五句「あひぞしにける」）。是則集・六、拾遺集・二八八、以上初句「みちとせに」。忠岑集・一五〇、俊頼髄脳・三三、奥義抄・二五六、袋草紙・三三三、和歌色葉・三五五、色葉和難集・八六〇、以上五句「あひぞしにける」。忠岑集☆・七七（五句「なりぞしにける」）、古今六帖・五八（初句

「みちとせに」五句「なりぞしにける」）

【注】○**延喜十三年亭子院哥合ニ**　亭子院歌合における作者は坂上是則。童蒙抄巻十には、「ミチヨヘムナルテフモ、ノコトシヨリハナサクハルニアヒソメニケリ　亭子院延喜十三年哥合是則詠也。トシトイフコトヲヨトヨメリトテマケタリ。三千年ヲ三千世トイヘルナリ。サレト後撰ニイリタリ」とあり整合性を欠く。「としとよむべきことをよといへりとて、まく」（同歌合判詞）○**昔漢武帝**　漢志未詳。奥義抄所引説話は色葉和難集「祐説」と同じ。童蒙抄の注文とは前半部分が異なる。「漢ノ武帝は仙の法をならひてとけさりし人也。七月夜漏に西王母と云仙人紫雲にのりて武帝の承華殿に至る時に、東方朔と云もの御前にありし時、かくれて屛風のうしろにおり。みかと不死の薬をこふ。いきへ《たすイ》からすといひて桃七枚をとりてみつから二枚をはくゐつ。みかとのたまはく、此桃かうはしくむまし。うゑんとおもふ。王母わらひていはく、是は三千年に一度なるもゝ也。下土うふへきものにあらす。此屛風のうしろにはへるわらはかみたひぬすみてたへたるものと云。東方朔も仙人也。かの仙宮の桃をよめる也。王母きたらんとする時、まつあをき鳥つかひにきたる。是によせて使をは青鳥と云也」（奥義抄）、「青鳥使　漢武故事云、七月七日於承花殿斉。正中忽有一鳥従西方来、集殿前。上問東方朔々曰、此西王母欲来也。有頃王母来、有青鳥如烏、侍王母旁」（世俗諺文）○**漢武故事曰**　漢武故事に当該記事はあるが、童蒙抄の注文はこれを抜き書きした行文になっており、完全には一致しない。童蒙抄注文とよく一致するのは、芸文類聚である。漢武故事は、「漢武帝故事二巻」として日本国見在書目録に載るが、現行本は一巻である。344歌注で類書に一致する点を考慮すると、本注も芸文類聚等の類書に拠ったかと思われる。「漢武故事曰、東郡献短人、呼東方朔、朔至、短人因指朔謂上曰、西王母種桃、三千歳為子、此児不良也、已三過偸之矣、後西王母下、出桃七枚、母因噉二、以五枚与帝、帝留核著前、母問曰、用此何、上曰、此桃美、欲種之、母笑曰、此桃三千年一著子、非下土所植也」（芸文類聚巻八十六）。「東方朔三偸西王母桃　漢武帝故事云、西王母指東方朔曰、仙桃三熟。此小児三度偸去。亦云、王母費桃五枚以献帝。々以核欲種之。王母笑曰、此樹一千年生、一千年華、一千年実。人寿幾何能及之乎」（世俗諺文）。三教指帰成安注は漢武内伝を引く。○王

子年拾遺記曰　拾遺記は、日本国見在書目録に「王子年拾遺記十巻（蕭綺撰）」とあるが、童蒙抄が拾遺記を引用するのは本注のみであり、直接拾遺記に拠ったか否かの判断は難しい。「扶桑東五万里、有磅磄山。上有桃樹百囲、其花青黒、万歳一実」（拾遺記巻三）、「拾遺記曰、磅磄山去扶桑五万里、日所不及、地寒則桃樹千囲、其花青黒色、万歳一実」（芸文類聚巻八十六）

【参考】「桃　みちとせのもゝ〈王母桃也〉」（八雲御抄）

664

キミカタメワカヲルハナハ、ルトホク　チトセヲミタヒオリツヽ、ソサク

六帖第一ニアリ。上哥心ヲ貫之カヨメル也。

91　君かためわかおる花は春とほく千とせをみたひおりつゝ、そさく

六帖第一に在。上の哥の心を貫之かよめる也。

【出典】古今六帖・五九、五句「ありつつぞ咲く」

【他出】貫之集・一七六（四句「千年みたるを」）

【注】〇**上哥心ヲ**　貫之集詞書は「ももの花女どものをる所」で、屏風歌。ここは663歌の西王母の桃の故事を詠んだという意味か。

665 フルサトノハナノモノイフヨナリセハ　イカニムカシノコトヲトハマシ
後拾遺第二ニアリ。世尊寺桃花ヲミテ出羽弁カヨメル也。本文ニ、桃李不言下成蹊、トイヘリ。

92 ふるさとの花の物いふよなりせはいかに昔のことをとはまし
後拾遺第一ニ有。世尊寺の桃の花をみて出羽弁かよめる也。本文ニ、桃李不言下成蹊、といへり。

【本文覚書】○上部余白に「蕉下庵曰、成蹊故事史記ニモ出セリ」（刈）、注文末尾に同文（岩・大）
【出典】後拾遺集・一三〇・出羽弁、詞書「世尊寺のもものはなをよみはべりける」
【他出】奥義抄・二〇二、和歌色葉・三七二
【注】**○世尊寺桃花ヲミテ**　「世尊寺のもものはなをよみはべりける　出羽弁」（後拾遺集詞書、作者名）**○本文ニ**　「諺曰、桃李不言下自成蹊」（史記・李将軍列伝）、漢書巻五十四にも。「桃季不レ言シテ下ニ自ヲラ成レ蹊《ミチヲ》と云事のある也。それはもろこしに李広といひし武士のみちなし、させるいふこともなかりしかと徳ある物にて、これかもとに人のつとひしを、桃季は物いふことなけれと人あつまりきたりて見るにたとへしよりいふこと也。もろこしには桃李をめでたき花にする也。但いつれの花をもよみてむ。詩には石松なとをも物いはすと作れり」（奥義抄）

桜

666 イモカナニカケタルサクラハナサカハ　ツネニヤコヒムイヤトシノハニ
万葉第十六ニアリ。
桜〈木部　桃下〉

94　いもかなにかけたる桜花さかはつねにやこひんいやとしのはに

万葉十六にあり。

【出典】万葉集巻第十六・三七八七「妹之名尓《いもがなに》　繋有桜《かけたるさくら》　花散者《はなちらば》　常哉将レ恋《つねにやこひむ》　弥年之羽尓《いやとしのはに》」〔其二〕〈校異〉③「サカハ」は類が一致。尼、廣、古「ちらは」。なお、尼「散」とあり、類、廣、古「開」とある。

【他出】古今六帖・四二一四（三句「はなちらば」）

667

ナコリナクチルソメテタキサクラハナ　ウキヨノナカハ、テシナケレハ

ナコリナクチルソメテタキサクラハナ　ウキヨノナカハ、テシナケレハ

古今哥也。花ノアタナルヲメテタル。文選九井詩ニ　浮栄甘二ス夙殞《ハヤクヲツルヲ》一何以テカ標二セム貞脆一ヲ　トツクレルニカヨヒタルコソマコトニメテタケレ。

95　なこりなくちるそめてたき桜花憂よのなかははてしなけれは

古今歌也。花のあたなるをめてたる。文選九井詩に　浮栄甘二ス夙殞《ハヤクソツルヲ》一何以《テカ》標二サム貞カ脆一ヲ　とつくれるにかよひたるこそまことにめてたけれ。

【本文覚書】○底本、被注歌を二度書き、二度目の一首に抹消の指示あり。○異本「殞《ソツルヲ》」の傍記、あるいは「ヲツルヲ」か。

【出典】古今集・七一・よみ人しらず、初句「のこりなく」、下句「ありて世中はてのうければ」

【他出】俊頼髄脳・一五三（下句「ありて世の中はてのうければ」）

【注】○花ノアタナルヲ　文選詩に趣向が通うと指摘している点から、「アタナル」は「浮栄」の意に解していたのであろう。「哀鬢山陰多歳雪　浮栄花下一時春」（新撰朗詠集・春興・二〇・藤原知房）。「散ればこそいとど桜はめでたけれ憂き世に何か久しかるべき」（伊勢物語八二段）に通ずるものとの理解。○文選九井詩ニ　「歳寒無早秀　浮栄甘夙殞　何以標貞脆　薄言寄松菌」（文選巻二十二「南州桓公九井作」）

タレコメテハルノユクヱモシラヌマニ　マチシサクラハウツロヒニケリ

古今第二ニアリ。典侍因香哥也。サクラウツロフ、トヨメリ。タレコメテトハ、オロシコメテトイフコトトハナリ。コ、チソコナヒテ風ニアタラテコモリヰ侍ケルニ、ヲレルサクラノチリカタニナリニケルヲミテヨメル也。

96 たれこめて春の行衛も知らぬまにまちし桜はうつろひにけり

古今第二ニ有。典侍因香哥也。さくらうつろふ、とよめり。たれこめてといふことは、おろしこめてといふことは。心地をそこなひて風にあたらてこもりゐ侍けるに、おれるさくらのちりかたになりにけるをみてよめるなり。

【出典】古今集・八〇・よるかの朝臣四句「まちし桜も」

【他出】古今六帖・四二〇三（四句「まちし桜は」）、俊頼髄脳・一一二、綺語抄・四四八、定家八代抄・一四九、色葉和難集・三五四

【注】○タレコメテトハ　「たれこめて　おろしこめてといふ也」（綺語抄）、「タレコメテトハ、詞ニカケル、オロシ

コメテトイヘル詞也」(古今集注) **○コ、チソコナヒテ** 「心地そこなひてわづらひける時に、風にあたらじとておろしこめてのみ侍りけるあひだに、をれるさくらのちりがたになれりけるを見てよめる」(詞書)

669 ヤマサトニチリナマシカハサクラハナ　ニホフサカリモシラレサラマシ

後撰第二ニアリ。右衛門ミヤス所ノ家ノウツマサニハヘリケルニ、花ヲモシロカナリトテ、ヲリニツカハシタリケレハ、キコヘタルウタナリ。オリニヲコシタルニツケテナム*ナミタオツルトイヘルナリ。*ハルシクレス*トイヘルニハアラス。

97 山里にちりなましかは桜花にほふさかりもしくれ《ママ》さらまし

後撰第二ニ有。右衛門のみやす所の家のうつまさに侍けるに、花おもしろかなりとて、おりに遣したりければ、きこえたる哥なり。おりにをこせたるにつけてなむ涙おつるといへるなり。春しくれすといへるにはあらす。

【本文覚書】○ナミタオツル…刈、頭注に「詞ヲツトイヘルナリトイフ言葉イカヽ」とする ○ハルシクレス…「ハルシ□リレス」(和)、「ハルシラレス」(刈)、「春シクレヌ」(岩)、春しられず(大) ○イヘル…スル(和) 「ハルシクレス」以下の本文ナシ(筑B) 刈、頭注に、岩、末尾に「此哥ノ御返　匂ヒコキハナノカモテゾシラレケル植テ見ルラン人ノコ、ロハ」の一文あり。

【出典】後撰集・六八・(作者名ナシ)

【注】**○右衛門ミヤス所ノ家ノ** 「衛門のみやすん所の家うづまさに侍りけるに、そこの花おもしろかなりとてをりに

つかはしたりければ、きこえたりける」（詞書）　○**オリニヲコシタルニ**　「ナミタオツルト」以下の注文については、刈が頭注で疑問を呈するように669歌に即さない。あるいは、別歌の注文が混入したか。

670 サクラカリアメハフリキヌヲナシクハ　ヌルトモハナノカケニカクレム

拾遺第一ニアリ。サクラカリトイフコト、アラソヒカタ〳〵ニアリ。スコシクラカルトイフ。又、ハナノモトニアメフリキタルトイフ。サレト哥ノコトハ万葉集ナトニコソイタハラスヨミタレ、拾遺ハサカリタルニイカテカサルコトハヨマム。タ、モノヲコ、カシコニミアリクカナトイフコトハナレハサクラカリトイフソ、コトハモコ、ロモヨキ。

98 桜かり雨はふりきぬおなしくはぬるとも花のかけにかくれん

拾遺第一ニ有。さかり《ママ》といふ事、あらそひかた〳〵にあり。すこしくらかるといふ。又、花のもとに雨ふりきぬといふ。又花のもとに雨ふりきたるといふ。されと哥の詞万葉集なとにこそいたはらすよみたれ、拾遺はさかりたるにいかてかさることはよまむ。たゝものをこゝかしこに見ありくかなといふことはなれはさくらかりといふそ、詞もこゝろもよき。又は、さくらの花こゝかしこにみありくをさくらかりといふなり。此哥の心は、すこしくらかりて、雨はふりきぬとよめるなりと、中疑にはかけり。

【出典】拾遺抄・三一・読人不知

【他出】古今六帖・四五九、拾遺集・五〇、和漢朗詠集・八五、奥義抄・二四九、袖中抄・九六四、和歌色葉・三五

〇、定家八代抄・一一六（五句「かげにやどらん」）、詠歌大概・一二、近代秀歌・三二、色葉和難集・八〇九
【注】〇**サクラカリトイフコト**「サクラカリ」の釈義については、袖中抄が簡潔にまとめ、顕昭は「さ暗がり」説に立つ。童蒙抄は、「桜狩」、「さ暗がり（スコシクラカル）」、「桜のがり（ハナノモトニアメフリキタル）」の三説を網羅して提示した上で「桜狩」説に立つ。〇**中疑には**　54歌注参照。「又は」以下、異本独自本文。
【参考】「桜　抑さくらかりは、さとくらかり雨のふるといふ正説あれとも、只桜をかりありく説に付也。子細雖多可足之」（八雲御抄）

ユクホトニタマユラチラヌモノナラハ　ヤマノサクラヲマチカクテミム
*中務宮ノ、タマユラトハナニコトソ、ト、四条大納言ニトハセタマヒケル哥也。タマユラトハ、ワクラハトイフ同事也。ワクラハトハ、タマサカトイフナリ。又云、マレナリトモ云。

99 行程にたまゆらちらぬ物ならは山の桜をまちかて《クテ》にみん
中務宮の、たまゆらとは何事そ、と、四条大納言にとはせ給ける歌也。たまゆらとは、わくらはといふ同事也。わくらはとは、たまさかといふ也。又云、まれなりともいふ。

【本文覚書】〇中務宮…上部余白に「考中務宮ハ具平親王也」（刈）、中務宮《具平親王ナリ》（岩）、中務宮〈具平親王なり〉（大）
【出典】明記せず
【他出】口伝和歌釈抄・二七六（二句「たまゆらさかぬ」、五句「まちくらしむ」）隆源口伝・三八（二句「たまゆら咲かぬ」五句「まちか誰がこむ」）
【注】〇**中務宮ノ**「具平親王《クヘイシムワウ》、このうたを四条大納言にといたまいけれは、たまゆらとは、わくらはといふやうの事

也、とそ申給いける。たゝこゝろうるにひさしき事をいふ也」（口伝和歌釈抄）、「或る古双紙云、具平親王此歌を四條大納言にとひ給ひければ、たまゆらとはわくらはといふやうなる事也とぞ申しける云々。唯心うるに久しきことを云給イ本云」（隆源口伝）○**タマユラトハ**　「暫といふ事をば、たまゆらといふ」（能因歌枕）、「たまゆら　しばしといふ事也」（綺語抄）、「玉のをにあまたの心ありと知べし。玉の緒みじかけれども、ながしともよみたり。玉の緒みだるともよみたり。うたかたも、たまゆらも、二様あるがごとし」「ふるき物に、たまゆらはしばしと云詞也など書たれど、なにの故にたまさかをわくらはといひ、しばしをたまゆらといふぞといふゆゑをばしるさねば、たゞふる歌にまかせて読侍にや」（顕注密勘）○**ワクラハトハ**　「わくらはゝ、たまさかと云事也。たまゆらなといふも同し事也」（奥義抄）

【参考】「たまゆら〈しはし也。公任説。わくらは同事云々。不可然歟〉」（八雲御抄）

タカサコノヲノヘノサクラサキニケリ　トヤマノカスミタヽスモアラナム

後拾遺第一ニアリ。二条関白殿ニテ遥望山花トイフ心ヲ江中納言ノヨメルナリ。タカサコトハ、山ノ惣名ナリ。本文ニ、石砂長成山、トイヘリ。ハリマノタカサコニハアラス。オノヘトハ、峯上トソ万葉集ニハカキタル。

100 高砂の尾上のさくら咲にけりと山のかすみたゝすもありなん

後拾遺第一ニ有。二条関白殿にて遥望山花と云心を江中納言のよめるなり。高砂とは、山の惣名なり。本文に、石砂《イサコ》長成山、といへり。幡磨《(ママ)》のたかさこにはあらす。おのへとは、峯《ミネ》のうへ《上》とそ万葉集にはかきたる。

【出典】後拾遺集・一二〇・大江匡房朝臣
【他出】江帥集・一二三、匡房集☆・二〇、和歌一字抄・一二五、一三二、五代集歌枕・五四三、古来風体抄・四一四・一七七、定家八代抄・九八、西行上人談抄・二六、時代不同歌合・二四八、百人秀歌・七二、百人一首・七三
【注】○**二条関白殿ニテ**　「内大まうちぎみのいへにて人人さけたうべてうたよみ侍けるに、はるかに山ざくらをのぞむといふ心をよめる」（詞書）○**タカサコトハ**　「高砂とはよろづの山をいふなるべし」（隆源口伝）○**本文ニ**　「タカサゴトハ山ノ惣名也。砂積テ成レ山心ナリ」（古今集注）、「本文云、積砂成山と云へり」（口伝和歌釈抄）、「本文云、積砂成山といへり。然ればいふなるべし」（隆源口伝）、「砂積成山といふ本文也」（和歌色葉）、「積徳成王、積怨成亡、積石成山、積水成海、不積而能成者未之有也」（文子巻上）、文子は日本国見在書目録に見える。○**ハリマノタカサコ**　「たかさこのをのへといふこゝ《（とこ）》ろは、播磨國にある所なり」（俊頼髄脳）、「高砂のをのへとよめるにつきて、二の様あり。一には播磨国に高砂といふ所にをのへの里といふ所あり。かの浜づらに松あり、これ高砂のをのへの松とよめり……又高砂は山の惣名也。いさごつもりて山となる心也」（顕注密勘）○**オノヘトハ、峯上トソ**　万葉集に「峯上」の表記と「桜」を併せ詠むものは以下の三首、「峯上之《をのうへの》　桜花者《さくらのはなは》」（一七五一）、「山之《やまの》峯上乃《をのうへの》　桜花《さくらばな》」（一七七六）、「峯上之《をのうへの》桜《さくら》」（四一五一）

華

673
ハナノイロハカスミニコメテミセストモ　カヲタニヌスメハルノヤマカセ
古今第二ニアリ。良峯宗貞哥也。サクラヲハ、ニホフ、トハヨメト、ウチマカセテカヲハヨマサメリ。フミニハ

花

101 花の色はかすみにこめてみせすともかをたにぬすめ春の山風

古今第二に有。良峯宗貞哥也。さくらをは、にほふ、とよめと、うちまかせてかをはよまさめり。ふみには

【本文覚書】○「フミニハ」以下諸本欠文。筑Bは「フミニハ」なし。

【出典】古今集・九一・よしみねのむねさだ

【他出】遍昭集・一、寛平御時中宮歌合・六（三句「みえずとも」）、新撰和歌・五五、古今六帖・三八〇、和歌体十種・三七（三句「みえねども」）、新撰朗詠集・三七五、和歌十体・一六（三句「みえずとも」）、口伝和歌釈抄・二〇七（三句「みえすとも」）、隆源口伝・二〇、奥義抄・一二〇・一二六、定家八代抄・一一二

【注】○**サクラヲハ**　隆源口伝は「さくらの香」の一項を立てる。「さくらのか、めつらしき事也」（口伝和歌釈抄）。「さくら」を「にほふ」と詠む例は、「さくらばなにほふともなく春くればなどか歎のしげりのみする」（後撰集一・五五・読人不知）のように、桜の咲き誇る様を言い、匂うの意で詠まれることは少ない、の意。

674 ヤマタカミカスミヲワケテチルハナハ　ユキトヤヨソニヒトハミルラム

後撰第三ニアリ。カスミヲワケテモチル、トヨメリ。

102 山高みかすみを分てちる花をゆきとやよその人はみるらん

後撰第三に有。かすみをわけてちる、とよめり。

【出典】後撰集・九〇・よみ人しらず、三四句「ちる花を雪とやよその」
【注】○**カスミヲワケテモチル**　674歌の影響下にある歌に、「あまのはらかすみをわけてふる雪はちりくるはなの心ちこそすれ」（行宗集・一八五）がある。

675
フシテヲモヒオキテナカムルハルサメニ　ハナノシタヒモイカニトクラム
六帖第一ニアリ。春花ヲ、シタヒモトク、ト読リ。秋花ヲコソ、シタヒモトクトハヨメレ。同心歟。

103 ふしておもひおきてなかむる春雨に花のしたひもいかにとくらん
六帖第一に有。春の花を、したひもとく、とよめり。秋の花をこそ、したひもとく、とはよみためり。同意歟。

【出典】古今六帖・四五五
【他出】新古今集・八四、定家八代抄・八八
【注】○**シタヒモトク**　「花の下紐とく」は秋花に寄せて詠まれることが多い。また、朝光集（四〜一〇）のように、人事に寄せて詠む場合もあるが、春の花に寄せて詠む例も、院政期頃から見られる。「みよし野の山井のつららむすべばや花のした紐おそくとくらん」（基俊集・一九三）、「ながめても日かずふり行くはるさめにまだとけやらぬはなのしたひも」（建保二年内裏歌合・三・為家）、「よしの河こほりのひまにとけにけり打ちいづるなみの花の下紐」（道助法親王家五十首・七・家隆）。「ハナノヒモトクトハ、花ノヒラクルヲ人ノヒボトクニヨセテヨメリ」（古今集注）。

676 ハルカセニコスヱサキユクキノクニヤ　アリマノサトニハナマツリセヨ

日本記第一、伊弉冉尊為大《火》神ヤカレテ神サカリマシ*、又紀伊国熊野ノ有馬村ニ葬。土俗《クニヒト》コノ神ヲマツル。花ノ時ハハナヲモチテストイヘリ。

104 春風にこすゑさきゆくきのくにや有まの里にはなまつりせよ

日本紀第一、伊弉冉尊為火神やかれて神さりましぬ。紀伊国有馬村に葬。土俗《クニヒト》この神をまつる。花の時花をもちてすといへり。

【本文覚書】○マシ、又…マシヌ（和・筑A・刈・東）、マス（岩）、ましぬ（狩・大）

【出典】明記せず

【注】○**日本記第一**　「一書曰、伊弉冉尊、生二火神一時、被レ灼而神退去矣。故葬二於紀伊国熊野之有馬村一焉。土俗祭二此神之魂一者、花時亦以レ花祭。又用二鼓吹幡旗一、歌舞而祭矣」（日本書紀・神代上）。なお「花祭」の詠出例は稀少。「花祭を、明玉　光俊朝臣　神まつる花の時にやなりぬらんありまのむらにかくるしらゆふ」（夫木抄・一四八五〇）

677 タツネキテアル・《シ》ヲトヘトモノイハテ　ツユニノミナクハナノイロカナ

古哥也。ナキヒトノフルサトニマカリテ花ヲミテヨメリケルウタナリ。ハナノモノイハストハ、漢書曰、李広将軍恂々《トシテ》如鄭*人、口不能出辞。及テ死之日ニ、天下知皆流涕。諺曰、桃李不言下自成蹊。

105 尋きてあるしをとへは物はいはてつゆにのみなく花の色かな

古歌なり。なき人のふる里にまかりてはなをみてよめりける歌なり。花物いはすとは、漢書曰、李将軍坸々《トシテ》如鄙人。口不能出辞。及《テ》死之曰、天下知与不知皆為流涕。諺曰、桃李不言下自成蹊。

【本文覚書】○鄭人…鄙人（刈・岩・東・大）○注文末尾に「史記列伝ニアリ」の一文あり（刈・岩・大）

【出典】古歌

【注】○ハナノモノイハストハ　665歌注参照。なお、665歌注では、「本文云」として「桃李不言下成蹊」の一文をあげる。「賛曰、李将軍恂恂如鄙人、口不能出辞、及死之日、天下知与不知皆為流涕、彼其中心誠信於士大夫也。諺曰、桃李不言、下自成蹊」（漢書巻五十四）。李将軍の話は、史記、漢書をはじめ様々の類書、蒙求、百詠にも見え、和漢朗詠集の「誰謂花不語」の詩句（花付落花・一一七）は、当該故事に基づくものとして解された。

678　余花

アハレテフコトヲアマタニヤラシトヤ　ハルニヲクレテハナノサクラム

古今第三ニアリ。大内記紀利貞カ四月ニサキタルサクラヲミテヨメルナリ。コレハカタ〳〵ノ心アルウタナリ。アハレトイフコトヲサクラニノミアラセムトイヘルナリ。*又ノ木ノヒトキノミアハレトイハムトイフナリ。又、此ミル人ノミアハレトミムトイフコトナリ、トソマシオキタル。

余花〈木部　花下〉

126　哀てふことをあまたにやらしとや春にをくれて花のさくらん

古今第三に有。大内記紀利貞か四月にさきたる桜をみてよめるなり。是はかた〳〵のこゝろある哥なり。

あはれといふ事をさくらのみにあらせむといへるなり。又、この木のひときのみあはれといはむといふ也。又、このみる人のみあはれと見んといふ事なり、とそ申をきたる。

【本文覚書】○又ノ木ノ…又ハ木ノ（刈・東）、又は木の（大）
【出典】古今集・一三六・紀としさだ、五句「ひとりさくらむ」
【他出】如意宝集・四、口伝和歌釈抄・一六六（初句「あはれといふ」四句「はるをゝくれて」）、隆源口伝・一五、奥義抄・四五一、定家八代抄・一九七、追加・三、色葉和難集・七四五、以上五句「ひとりさくらむ」
【注】○**大内記紀利貞カ**　「う月にさけるさくらを見てよめる」（詞書）○**コレハカタ〳〵ノ心アル**　「あまたにやらしとやとわ、ある人いはく、あはれといふ事を、さくらのみにあらせて、よのはなよりもこれかのこりていふ心なるへし」（口伝和歌釈抄）、「あまたになさじとやといふに、あまたの義あり。或人云、あはれと云事を桜のみにあらせて、余の花よりもこれが残りてといふ心なるべし。或人云、この一つをあはれとや言はせてむといふ心也。こと木は皆散り失せたる故なるべし。或人云、よろづの春を惜む人あまたにはあらじ、唯この見る人のみあはれといふ心なるべし」（隆源口伝）、「或物云、めでたしと云事をあまたにやらし、我一人にてあらんとこそ。花みな散てのゝち、此木一本は咲たるにやとよめる也とぞ」（奥義抄）、「あまたにやらじとは、花めづらしと云事をあまたとなさじ、我ひとりあはれなりといはれむとて、春の花の多さきあひたるをりにはさかで、夏になりて此木一本、さきたるにやとよめるなるべし」（顕注密勘）、「祐云、このあはれてふといふは、哀の心にはあらず。ほむる詞也」（色葉和難集）

夏

樗《アフチ》

679 タマニヌク*アフチノイヱニウヱタレハ　ヤマホト、キスカレスコムカモ

万葉十七ニアリ。

樗　〈木部　余花下〉

143 玉にぬくあふちを家にうへたれは山時鳥かれすこむかも

万葉十七にあり。

【本文覚書】○アフチノ…アフチヲ（刈・東）、あふちを（大）

【出典】万葉集巻第十七・三九一〇「珠尓《たまに》奴久《ぬく》　安布知乎《あふちを》宅尓《いへに》　宇恵多良婆《うゑたらば》　夜麻《やま》霍公鳥《ほととぎす》　可礼受許武可聞《かれずこむかも》」〈校異〉②「ノイヱニ」未見。元、廣「をいへに」。類「をいかに」で「か」を朱で「へ」に訂正。仙覚本は「ヲイヘニ」③「タレ」は類が一致。元、廣「たら」⑤「かれす」は元が一致。類「たえす」。廣「カレヌ」

花橘

680 タチハナニミサヘハナサヘソノハサヘ　エタニシモオケト*マストキハノヨ

万葉第六ニアリ。ハナタチハナ、モロコシニアリカタキニヤ。

*呉緑曰、*朱光緑曰、建安ヲ庭有橘。冬覆其樹、春夏色変青黒、味絶美ト。所ヲサシテイヘリ。花橘ヲ盧橘ト

ハニタレハイフナリ、トイヒツタヘタレハ、相如伝、橘夏熟ナル。注曰、蜀中有給客橙。似橘而非。若柚而香。冬夏花実相繫。或如練《弾》丸、或如*奉。通歳食之。即盧橘也、トイヘル、タシカニミエタルニ、御覧三百十一云、橘部曰、李広七穎曰、梁土青麗、盧橘是生金衣。素裏斑々理内充。サレハ又花橘ニアラストイハムコトイカ、・《ト》ヲホユ。橘ニハアラテニタラムモノヲ御覧橘部ニハマサニイルヘカラヌコトナリ。此ヲミテ、四条大納言《之》朗詠集ニハ、盧橘子低トイヘル詩ヲハイレタルニヤ。

144

花橘〈木部〉

たちはなにみさへ花さへそのはさへ枝にしもをけとますときはよの（ママ）

万葉第六にあり。

はなたちはな、もろこしにも有かたきにや。呉録曰、朱光録曰、建安を（ママ）庭安を（ママ）庭有橘。冬覆其樹、春夏色変青黒、味絶美ト。所をさしていへり。花橘を盧橘とはにたれはいふなり、といひつたへたるは、相如伝、橘夏熟。注曰、蜀中有給客橙。似橘而非。若柚而香。冬夏華実相繫。或如弾丸、或拳。通歳食之。即盧橘也、といへると慥に見えたるに、御覧三百十一云、橘部曰、李広七款曰、梁土青麗、盧橘是生金衣。素裏斑々理内宛（ママ）。されは又花橘にあらすといはむ事いか、とおほゆ。橘にはあらてにたらむものを御覧橘部にはまさ（ママ）いるへからぬ事也。これをみて、四条大納言も朗詠集には、盧橘子低といへる詩をはいれたるにや。

【本文覚書】○マストキハノヨ…マシテトキハキ（筑A）、ますときはのき（筑B）、マストキハノキ（刈・岩・東）　○呉緑…呉録（和・筑A・刈・岩・東）○朱光緑…朱光録（和・筑A・岩）○如奉…如拳（和・筑A・刈・東・岩・狩・大）

【出典】万葉集巻第六・一〇〇九「橘者《たちばなは》　実左倍《みさへ》花左倍《はなさへ》　其葉左倍《そのはさへ》　枝尓霜雖レ降《えだにしもふれど》　益常葉之樹《いやとこはのき》」〈校異〉①「二」未見。非仙覚本及び仙覚本は「は」④は元、類、細、廣、紀が一致。元右赭「エニシモフレト」⑤未見。元、細、廣、紀「ましときはのき」。類「ましとこはのき」。元漢左赭「マストキハノキ」が近い。仙覚本は「マシトキハノキ」

【他出】家持集・一五八（下句「ふたさへいれとまさる時なき」）、古今六帖・四二五〇（下句「えだにしもふれどはやときはの木」）、古来風体抄・七二

【注】**○呉録曰**　「呉録朱光為建安太守、有橘、冬月樹上覆裹之、至明年春夏、色変青黒、味尤酸、正裂人牙、絶美、盧橘夏熟、蓋近是乎」（芸文類聚巻八十六）。呉録は張勃撰、逸書か。同様の記事は漁隠叢話（宋・胡仔撰）にも見える。**○相如伝**　「於是乎、盧橘夏執〈集解郭璞曰、今蜀中有給客橙、似橘而非、若抽而芬香、冬夏華実相継。或如弾丸、或如拳。通歳食之。即盧橘也…〉」（史記・司馬相如列伝、括弧内は史記集解）**○御覧橘部**　修文殿御覧か。同様の記事は淵鑑類函にも見える。**○四条大納言**　和漢朗詠集に「盧橘子低山雨重　栟櫚葉戦水風涼」（一七一）を収める。朗詠江注の題注に「盧橘花橘也。而宋人周良史為枇杷、不覚也」とする。

【参考】「かこのこのみとは、花たちはなをいふ也」（松か浦嶋）

681 トコヨモノコノタチハナノイヤテリニ　ワカオホキミハイマモミルコト
同第＋八ニアリ。垂仁天皇巻向玉樹宮也《マキムクタマキノ》九十年春二月、田道間守《マモリ》ニ命シテ、常世《トコヨ》ノ国ニツカハシテトキナラヌ香菓〈此八ケ／倶能末〉オモトシム。＊今ノタチハナコレナリ。九十九年秋七月、天皇纏向《マキムク》ノ宮ニ崩《ホウ》シタマヒヌ。年百三十歳。冬十二月癸卯朔王子＊、菅原《スカハラ》ノ伏見ノ陵《ミサヽキ》ニ葬《ハフリ》タテマツル。明年春三月辛未朔壬午、田道間守常世ノ国ヨリ齎物《モテルモノ》ヲ至《イタス》。非時《トキナラス》香菓八竿八縵《カケ》焉。田道間守泣悲テ曰ク、命《ミコト》ヲ天朝ニウケテトホクタエタルサカヒニマカル。万里《トヲク》浪ヲ踏《フミ》テハルカニ弱水ヲワタル、是常世ノ国ハ神仙ノ秘区《クマ》、俗《タヽヒト》ノイタルトコロニアラス。是以往来之間自《ヲノツカラ》十年ヲヘタリ。シカルヲ聖帝ノ神霊ニ頼《ヨ》テカヘリキタルコトヲエタリ。今崩シタマフ。復命《カヘリコトマウス》コトヲエス。イケリトモヤクナシ、トテミサヽキニムカヒテ叩哭《ヲラヒ》テミツカラシヌト云々。

145 とこよものこのたち花のいやてりにわかおほきみは今も有事(ママ)
同十八に有。垂仁天皇《マキムクタマキノミヤナリ》九十年春二月、田道間守《マモリ》に命して、常世《トコヨ》の国に遣テときならぬ香菓〈此云八固(ママ)／倶能末〉をもとめしむ。今の橘これなり。

九十九年秋七月、天皇纏向《マキムク》の宮に崩し給ひぬ。年百卌歳、冬十二月癸卯朔壬子、菅原《スカハラ》の伏見《フシミ》の陵《ミサヽキ》に葬《ハフリ》たてまつる。明年春三月辛未朔壬午、田道間守常世の国より貢物を至す。非時香菓ハ(ママ)竿八縵焉。田道間守泣悲て曰、命《ミコト》ヲ天朝にうけてとほくたえたるさかひにまかる。万里《トヲク》浪を踏《フミ》て遥《ハルカ》に弱水をわたる。これ常世の国は神仙の秘区《クニ》、俗《タヽヒトノ》ういたる所にあらす。是以往来の間自《ヲノツカラ》十年をへたり。然を聖帝の神霊に頼《ヨ》てかへりきたることをえたり。今崩し給テ復命《カヘリコトマウス》ことをえす。いけりともやくなし、とてみさゝきにむかひて叫哭《ヲラヒテ》みつからしぬ云々。

【本文覚書】○此八ケ倶能末…此ハテ倶能末（和・筑A）、此云箇倶能末（筑B・刈・東）、此八个倶能末（狩）○モトシム…モトメシム（和・筑A・刈・東）、もとめしむ（筑B・大）○王子…壬子（筑B・大）

【出典】万葉集巻第十八・四〇六三「等許余物能《とこよもの》　己能多知婆奈能《このたちばなの》　伊夜弖里尓《いやてりに》　和期大皇波《わごおほきみは》　伊麻毛見流其登《いまもみるごと》」〈校異〉非仙覚本（類、廣）異同なし。

【他出】八雲御抄・一四九

【注】○**垂仁天皇九十年**　「九十年春二月庚子朔、天皇命二田道間守一、遣二常世国一、令レ求二非時香菓一。〈香菓、此云二箇倶能未一。〉今謂レ橘是也。九十九年秋七月戊午朔、天皇崩二於纏向宮一。時年百卌歳。冬十二月癸卯朔壬子、葬二於菅原伏見陵一。明年春三月辛未朔壬午、田道間守、至レ自二常世国一。則齎物也、非時香菓八竿八縵焉。田道間守、於レ是、泣悲歎之曰、受二命天朝一、遠往二絶域一。万里踏レ浪、遥度二弱水一。是常世国、則神仙秘区、俗非レ所レ臻。是以、往来之間、自経二十年一。豈期、独凌二峻瀾一、更向二本土一乎。然頼二聖帝之神霊一、僅得二還来一。今天皇既崩、不レ得二復命一。臣雖レ生之、亦何益矣。乃向二天皇之陵一、叫哭而自死之」（日本書紀・垂仁天皇九十年、九十九年）

【参考】「清足姫天皇幸難波宮〈于時上皇〉応製也。彼宮は左大臣橘諸兄家也。江上御舟遊宴時人々哥よめり。御製にも、橘の十の橘やつよりもとあり。是は彼公事也。但其時まことの橘もありける也。それによせてよめり。とこよ物はとこよの国よりたてまつれるものなれは、橘をはとこよ物といへり。いやてりにわか大君なとは祝言・《事》也」（八雲御抄）

682 サツキマツハナタチハナノカヲカケハ　ムカシノヒトノソテノカソスル
古今第三ニアリ。伊勢物語ノ哥也。
146 五月待花たちはなのかをかけはむかしの人の袖のかそする
古今第三に有。伊勢物語の歌なり。
【出典】古今集・一三九・よみ人しらず
【他出】新撰和歌・一二七、伊勢物語・一〇九、古今六帖・四二二五、和漢朗詠集・一七三、口伝和歌釈抄・二五三、綺語抄・七三〇、奥義抄・四五三、和歌色葉・二三六、定家八代抄・二〇八、色葉和難集・五〇二、別本童蒙抄・二九四
【注】**〇伊勢物語ノ**　伊勢物語六十段。

秋

紅葉

683 ワカキヌノイロニソメタルアチサケノ　ミムロノヤマハモミチシニケリ
万葉集第七ニアリ。

紅葉〈木部〉

281 わかきぬの色にそめたるあちさけのみむろの山は紅葉しにけり
万葉第七に有。

【出典】万葉集巻第七・一〇九四「我衣《あがころも》　色取染《いろどりそめむ》　味酒《うまさけ》　三《み》室山《むろのやまは》　黄葉《もみち》為在《しにけり》」〈校異〉②は廣及び元（赭）が一致。類、紀「いろきそめたり」。古「イロキソメナリ」③は元、廣、古、紀が一致。類「むまさけの」。なお、西「アチサケノ古」あり。④「ハ」未見。類、廣、紀及び元（赭）「ノ」。古「ニ」。仙覚本は「ノ」⑤「シニケリ」は古が一致。廣及び元（赭）「シテアリ」。類、紀「したるに」。なお、元は平仮名訓なく、漢字本文右に赭訓のみあり。廣は片仮名別提訓ではなく、漢字本文右に片仮名傍訓あり。

【他出】五代集歌枕・一九三（下句「みむろの山のもみぢしてあり」）

ムマサケノミワノヤシロノヤマテラス　アキノモミチノアラマクヲシモ

同第八ニアリ。

此二首ハ万葉七、八ニアリ。アチサケノトハ、アチハヒアルサケトイヒ、ムマサケノトハ、ムマキサケトイヘル也。旨酒トイヘル、旨字ハムマシトヨムナリ。カクサケトヨミヲキテ、ミワトモミムロトモイヒツヽケタルコトハ、サケヲミキトイフニヨリテモノヲイヒサスハツネノナラヒナリ。又、酒ニハミノアレハ、昔ハカヽルコトヲモマサナシトハイハヌコトナレハ、アチサケ、ムマサケ、ナトヨムハカリニナリナムニ、ミヲヨマムコトサラナルコト也。コノハノ春ハミトリニテ、秋ハク*クレナヰニナルコト、イトコヽロエヌヲ、此南州ハ火ヲ地ノ性トシテ、銅ヲ地ノ体トセリ。カルカユヘニ、ウマルヽ人アタヽカニチアカシ。オヒタル草木サカリナルトキハ、アヲキイロナリ。アカヽネノアカヲアラハス。ノチニハアカキイロナリ。火ノイロヲ表スル也。是諸経ノナカニアマタカクイヘリ。

むまさけのみわの社の山てらす秋の紅葉のちらまくをしも

同第八にあり。

此二首は、万葉七、八にあり。あちさけのとは、あちはひある酒といひ、むまさけのとは、むまきさけといへるなり。旨酒といへる、旨字をはむましとよむなり。かくさけとよみをきて、みわともみむろともいひつゝけたることは、さけをみきといふに依てものをいひさすは常習也。又、酒にはみのあれは、昔はかゝる事をもまたなしとはいはぬ事なれは、あちさけ、むまさけ、なとよむ許になりなむに、みをよまむことさらさる事也。このはの春は緑にて、秋はくれなゐになる事、いと心えぬを、此南州は火を地の性として、銅を地の体とせり。かるかゆへに、うまるゝ人身あたゝかに血あかし。おひたる草木さかりなる時は、あをき色なり。あかゝねのあかをあらはす。後にはあかき色也。火の色を表する也。是諸経の中に、あまたかくいへり。

【本文覚書】○ククレナヰ…クレナヰ（和・筑A・刈・東）、くれなゐ（筑B）、紅（岩・狩・大）○サラナルコト也…さらなり（筑B）

【出典】万葉集巻第八・一五一七「味酒《うまさけ》　三輪乃社之《みわのやしろの》　山照《やまてらす》　秋乃黄葉乃《あきのももちの》　散莫惜毛《ちらまくをしも》」〈校異〉①「ムマ」は類及び廣（「アマ」左）が一致。廣「アマ」で右「或ウマ」。紀「アチ」②「ヤシロ」は類が一致。廣、紀「ハフリ」。なお、類は「社」、廣、紀は「祝」とある。③は類、廣、紀が一致。類「す」右朱「ニ」⑤未見。紀及び廣（右或）「チラマクヲシモ」が近く、類も「ちらまくをしみ」の「み」を「も」に訂正。廣「チリユクミレハ」。仙覚本は「チラマクオシモ」で、京「散莫」左赭「チリユク」

【注】○**此二首**　683歌は万葉集巻第七、684歌は万葉集巻第八にある。二首まとめて出典に言及する理由は不明。○**アチサケノトハ**　「あぢざけ」は上代語「うまさけ（味酒）」を誤読して生じた語。○**ムマサケノトハ**　「和云、むまざけとは味酒とかけり。むまきさけといふなり」（色葉和難集）○**旨酒**　「士卒ニ下流ヲノマシムルニ、アヂハヒヨキサケナリケリ、士卒タタカフチカラ百倍セリ、トイヘリ、醇ハ清、醪ハ濁ナリ、トモニ旨酒也」（蒙求和歌・一九一詞）、「旨…ムネ　アマシ　ムマシ」（名義抄）○**カクサケトヨミヲキテ**　転じて「みわ（神酒）」の「み」と同音の「身」にかかる。○**酒ニハミノアレハ**　「和云、むまざけとは味酒とかけり。むまきさきといふなり。さけにはみといふ物あれば、むまざけのみもろとはつゞけたり」（色葉和難集）。「醪　玉篇云醪〈力刀反漢語抄云濁醪　毛呂美〉汁滓酒也」（二十巻本倭名類聚抄）○**コノハノ**　書承関係にある先行資料未見。○**此南州ハ**　書承関係にある先行経典未見。童蒙抄の言う「諸経」は、院政期聖教類の仏教的宇宙観、身体論に関わる記述に拠るか。

685

シクレノアメマナクナフリソクレナヰニ　ニホエルヤマノチラマクヲシモ

同ニアリ。モミチニホフ、トヨメリ。

283　しくれの雨まなくなふりそくれなゐににほへる山のちらまくをしも

同に有。もみちにほふ、とよめり。

【本文覚書】58に既出

【注】○**モミチニホフ**　58歌注にも同文あり。

686 ヒラヤマヲニホハスモミチタヲリモテ　コヨヒカサシツチラハチルトモ
同ニアリ。

284 ひら山をにほはす紅葉たをりもてこよひかさしつちらはちるとも
同にあり。


【出典】万葉集巻第八・一五八八「平山乎《ならやまを》　令レ丹黄葉《にほはすもみち》　手折来而《たをりきて》　今夜挿頭都《こよひかざしつ》　落者雖レ落《ちらばちるとも》」〈校異〉①は類、廣が一致。紀「ヒラノヤマヲ」。類「ひ」右「ナコ」とあり、これは朱の上から墨を重ね書き。②は紀が一致。類「あかむるもみち」。廣「ニホハスモミチヲ」③「モテ」未見。非仙覚本及び仙覚本は「きて」⑤「チルトモ」は類、紀及び廣（「チラハ」右或）が一致。廣「チラナム」。なお、紀の「雖」は「隆」に近く、廣は「降」で右「雖欤」とある。

【他出】五代集歌枕・六九（初句「なら山を」）・三三一九

687 タカシキノウラマノモミチワレユキテ　カヘリクルマテチリコスナユメ
同第十五ニアリ。

285 たかしきの浦まの紅葉われ行てかへりくるまてちりこすなゆめ
同十五にあり。


【出典】万葉集巻第十五・三七〇二「多可思吉能《たかしきの》　宇良未能毛美知《うらみのもみち》　和礼由伎弖《われゆきて》　可敝里久流末侶《かえりくるまで》　知里許須奈由米《ちりこすなゆめ》」

〈校異〉非仙覚本（天、類）異同なし。なお、廣訓なし。

【他出】五代集歌枕・一一一九

688 オクヤマノイ*ハカケモミチ、リヌヘシ　テルヒノヒカリミルトキナクテ
古今第五ニアリ。藤原関雄哥也。

286 おく山のいはかけ紅葉ちりぬへみてるひの光みるときなくて
古今第五に有。藤原関雄歌なり。

【本文覚書】 イハカケ…イハカキ（和・筑A・刈・東・岩）、いはがき（大）
【出典】 古今集・二八二・藤原関雄
【他出】 家持集・三〇三（三句「ちりぬへみ」五句「みるよしなくて」）、古今六帖・二七三（二句「いはかげもみぢ」）、口伝和歌釈抄・六六（三句「さきぬへし」）、綺語抄・一五七（五句「やむときなしに」）、古来風体抄・二五三、色葉和難集三六、別本童蒙抄・一七四（五句「ミル事ナクテ」）
【注】 ○**藤原関雄哥也**　家持集に入るためか。古今集等の作者名は関雄。
【参考】「紅葉〈はつ　下　うす　石かき　はし〉」（八雲御抄）

689 コノハチルソラニナミタツアキナレハ　モミチニハナモサキマカヒケリ
後撰第七ニ、興風哥也。

287 このはちる空になみたつ秋なれは紅葉に花もちりまかひけり
後撰第七に有。興風歌なり。

【出典】 後撰集・四一八・藤原興風、二句「浦に浪たつ」

【他出】 興風集Ⅱ・一三、興風集Ⅲ・四（三句「あきくれは」）、古今六帖・四〇八六（二句「うらになみたつ」）

690 ワタツミノカミニタムクルヤマヒメノ　ヌサヲソヒトノモミチトイヒケル

同ニアリ。読人不知。

288 わたつみの神にたむくる山ひめのぬさをそ人のもみちといひける

同にあり。読人不知。

【出典】 後撰集・四一九・よみ人しらず、四句「ぬさをぞ人は」

691 イロモカモミエヌモミチハアシヒキノ　ヤマミツヨリヤナカレイツラム

六帖第六ニアリ。モミチハカヤハアル。サレトカク貫之カヨメリ。

289 色もかもみえぬ紅葉はあしひきの山みつよりやなかれきつらん

六帖第六に有。紅葉はかやはある。されと貫之かくよめり。

【出典】 古今六帖六・四〇六〇、初句「色もまだ」、五句「ながれきつらん」

【注】 **○モミチハカヤハアル**　現行古今六帖本文は「色もまだ」**○モミチハカヤハアル**　「きみならで誰にか見せむもみぢ葉のいろをも香をもしるひとぞしる」（範永集・一一二、但し贈答歌）**○貫之カヨメリ**　古今六帖では、四〇六〇歌の前に「つらゆき十一首」とある。貫之集には当該歌未見。

692 イモカソテマキモクヤマノアサキリニ　シホムモミチノチラマクモオシ
同ニアリ。キリニモシホム、トイヘリ。

290 いもか袖まきもく山の秋霧にしほむ紅葉のちらまくをしも
同に有。霧にしほむ、といへり。

【出典】古今六帖六・四〇五九、下句「しほふもみぢのちらまくをしも」
【他出】万葉集・二一八七（「妹之袖《いもがそで》　巻来乃山之《まききのやまの》　朝露尓《あさつゆに》　仁宝布黄葉之《にほふもみちの》　散巻惜裳《ちらまくをしも》」）。五代集歌枕・二〇五、和歌口伝・二五七、以上下句「にほふもみぢのちらまくをしも」
【注】○キリニモシホム　四句を「しほむもみちの」とする歌未見。刈は「しほむ《凋》」とする。古今六帖では「しほふもみぢの」だが、「しほふ」の語義不明。「慕ふ」あるいは「爲敢ふ」か。なお古今六帖版本は「匂ふ」とする。

落葉

693 チハヤフルカミヨモキカスタツタカハ　カラクレナヰニミツクヽルトハ
古今第五ニアリ。業平哥也。クレナヰニ水クヽルトハカリニテ落葉トヨメリ。

落葉〈木部　紅葉下〉

292 ちはやふる神よもきかすたつた河からくれなゐに水くゝるとは
古今第五に有。業平歌なり。くれなゐに水くゝるとはかりにて落葉とよめり。

【出典】古今集・二九四・なりひらの朝臣

【他出】業平集・一八、業平集☆・一、伊勢物語一八二、五代集歌枕・一二五八、和歌初学抄・九一、古来風体抄・二五七、千五百番歌合・二五一五判詞、定家八代抄・四六五、詠歌大概・五二、百人一首・一七、百人秀歌・一〇

【注】○**クレナヰニ水ク、ルトハカリニテ**　童蒙抄が「ク、ル」をどのように解していたかは不明だが、定家、顕昭等の解は「潜」。注文は下句の趣向を評価したもの。

木部

埋木

694 アマタアラヌナヲシモオシミムモレキノ　シタニソコフルユクヱシラステ

万葉十一ニアリ。ムモレキトハ、タフレタル木ノヤマノタニ水ノシタナトニフシタルヲイフナリ。

木部〈春梅春部ニ在〉

埋木

399 あまたあらぬなをしもおしみ埋木の下にそこふる行衛知らすて

万十一にあり。埋木とは、たふれたる木の山の谷水の下なとにふしたるをいふなり。

【出典】万葉集巻第十一・二七二三「数多《あまた》不ㇾ有《あらぬ》　名《な》乎《を》霜惜三《しもをしみ》　埋木《うもれぎ》之《の》　下従《したゆ》其《そ》恋《こふる》　去方《ゆくへ》不ㇾ知而《しらずて》」〈校異〉②「ナヲシモ」は嘉、類、古が一致。廣「ナヲ、シモ」④「シタニソ」は嘉、類、古が一致。廣「シタヨリソ」

【他出】疑開抄・六四、和歌色葉・九三

【注】○**ムモレキトハ**　「谷の木を、むもれ木といふ」（能因歌枕）、「埋木トカキテムモレギトヨメリ。谷ノムモレギ

ナドモヨメリ。水ニモ土ニモウヅモレタル木也」（古今集注）
【参考】「木　64あまたあらぬなとしもおしみむもれきのしたにそこふるゆくへしらすて　万葉集第十一巻にあり。むもれきのとは、山の谷や水のそこなんとにふしたる木を云なり。□又云、ふかき谿のそこにおひて人にしられぬ木をも云也」（疑開抄）、「むもれ木とは、山のたにや、水のそこなとにふしたる木をいふ。又、ふかきたにのそこにをひて、人にしられぬをもいふ」（松か浦嶋）

695
箒木
ソノハラヤフセヤニオフルハヽキヽノ　アリトハミレトアハヌキミカナ
ソノハラハ、シナノヽクニヽアリ。フセヤトハ、ソノカタハラニアルトコロナリ。ハヽキヽトハ、カノフセヤニオヒタル木也。ソノコスヱ、トホクテミレハ、ハヽキヽニヽタリ。チカクテミレハ、コシケクテミエヌナリ。イヒフルシタルコトナリ。

箒木
400 そのはらやふせやにみゆるはゝ木々のありとはみれとあはぬ君哉
そのはらは、信濃国にあり。ふせやとは、そのかたはらにある所なり。はゝきゝとは、かのふせやにおひたる木なり。その樾をとをくてみれは、はゝきゝににたり。ちかくてみれは、木繁くてみえぬなり。

いひふるしたる事なり。

【出典】明記せず

【他出】定文家歌合・二八、古今六帖・三〇一九、以上四句「ありとてゆけど」。俊頼髄脳・二八六、綺語抄・七二九、疑開抄・六五、和歌初学抄・一三八、袖中抄・九二六、和歌色葉・三九二。新古今集・九九七、定家八代抄・九一三、色葉和難集・六九、以上四句「ありとはみえて」。口伝和歌釈抄・一一一（五句「あかぬきみかな」）

【注】〇ハ、キ、トハ　「それをとをくてありとみて、もりのしたにいたりてみれは、きのしけりあはぬとよむなり」（口伝和歌釈抄）、「信濃國にそのはらふせやといふ所はあるに、そのところ・ある《に》・を《もり》よそにみれは、庭は、は〔く〕ゝきに、たる木のこすゑの見ゆるか、ちかくよりてみれはうせて、みなときはの木にしてなんみゆるといひ傳たるを」（俊頼髄脳）、「信濃の国に、そのはらふせやと云所には、きぎのやうなる木のこすゑの、よそにては見ゆるか、このもとへ行ぬれは、いつれの木とも見えぬ也」（奥義抄）、「ハ、キ、トハ、信ノ国ニソノハラトテ云所ニ有ナリ」（別本童蒙抄）

【参考】「65そのはらやふせやにおふるはゝきゝのありとは見れとあはぬきみかな　そのはらとは、信乃国にある所なり。ふせやとは、そのはらのかたはらにある所をいふ也。はゝきゝとは、彼ふせやにおひたる木なり。その木えたなくて、はゝきににたり。とをくて見るにはありて、ちかくて見るには葉しけりて見えぬなり。されはかくよめる也」（疑開抄）、「木　はゝき」（八雲御抄）

桂

696

メニハミテ、ニハトラレヌツキノウチノ　カツラノコトキ*、ミソアリケル

伊勢物語ニアリ。ソコニハアリトキケト、セウソコヲタニイフヘクモアラヌ女ノアタリヲ、モヒテ・ヨメル《業平カ》也。兼名苑云、月中有河、々水之上有桂樹。高五百丈云々。外典云、月中有桂樹、不然。楼炭経云、閻浮提

地有閻浮樹、一名波利質多、一名竜樹、高八万四千里、樹影現月中。世又《人歟》見月有、実無樹。即是閻浮樹之影也。

桂

401　めにはみて手にはとられぬ月のうちの桂のことき君にそ有ける

伊勢物語にあり。そこにはありときけと、消息をたにいふへくもあらぬ女のあたりを思て、業平かよめる也。兼名苑曰、月中有河、々水之上有桂樹。高五百丈云々。外典云、月中有桂樹、不然。楼炭経曰、閻浮提地有閻浮樹、一名波利質多、一名竜樹、高八万四千里。樹影現月中。世人見月有、樹実無樹。即是閻浮樹之影也。


【本文覚書】○、ミソ…谷以外「キミニソ」

【出典】伊勢物語・一三三
【他出】万葉集・六三二（「目二破見而《めにはみて》　手二破不レ所レ取《てにはとらえぬ》　月内之《つきのうちの》　楓如《かつらのごとき》　妹乎《いもを》奈何《いかに》責《せむ》」）。古今六帖・四二八八（五句「いもにもあるかな」）、疑開抄・七〇（五句「君そありける」）、新勅撰集・九五三（五句「いもをいかにせむ」）

【注】○**ソコニハアリトキケト**　疑開抄参照。「むかし、そこにはありと聞けど、消息をだにいふべくもあらぬ女のあたりを思ひける」（伊勢物語七十三段）。○**兼名苑云**　逸文集成中に見えず。兼名苑については328歌注参照。八雲御抄については31歌注参照。○**外典云**　李嶠百二十詠「桂生三五夕」（天象部・月）の注に「南中記曰、南洲有八桂樹、生月中也」とある。○**楼炭経云**　現行大楼炭経に一致せず。1歌注参照。

【参考】「桂　70めには見ててにはとられぬ月のうちのかつらのことき君そ（ママ）ありける　伊勢物語にあり。そこにはありときけと、せうそこをたにいふへくもあらぬ女のあたりをおもひて、業平よめるなり」（疑開抄）

松

697 イハシロノハマ、ツノエヲヒキムスヒ　マコトサモ《チ》アラハマタカヘリコム
698 イハシロノ野中ニタテルムスヒマツ　コヽロモトケスムカシオモヘハ
699 ノチミムトキミカムスヘルイハシロノ　コマツノウレヲマタモミムカモ

万葉ニアリ。此ハ孝徳天皇ト申ケルミカトノ、クラヰヲサリタマハムトシケルトキニ、アリマノ皇子ノクラヰヲタモツマシキケシキヲミシリタマヒテ、ユツリタマハサリケレハ、世ヲウラミテウカレアリキタマヒテ、イハシロトイフトコロニテ、マツノエタヲムスヒテヨミタマヘルウタナリ。

松

402 いはしろのはま松のえをひき結ひまことさも《(ママ)》あらは又帰みん
403 いはしろのゝなかにたてる結ひ松心もとけすむかし思へは
404 後見むと君か結へるいはしろの小松のうれを又もみんかも

万葉第二にあり。これは孝徳天皇と申ける御門の、くらゐをさり給はんとしける時に、有馬皇子の位をたもつましきけしきを見しり給て、ゆつり給はさりけれは、よをうらみてうかれありき給て、石代といふ所にて、松枝を給《(ママ)》てよみ給へる哥なり。

【出典】697 万葉集巻第二・一四一「磐白乃《いはしろの》　浜松之《はままつが》枝《え》乎《を》　引結《ひきむすび》　真《ま》幸有者《さきくあらば》　亦還見《またかへりみ》武《む》」〈校異〉②「ノエヲ」は元、金、類、廣が一致。古及び紀（「乎」左イ）「カエヲ」。紀「カエノ」。天「の」か「か」か不明。④未見。元、古及

び元（下朱御本云）、天（漢右或本）、類（漢右朱）、廣（右伊云御本云）「まことさちあらは」で童蒙抄の傍記と一致。類下「又まことにさちあらは」。金、天、類、廣、紀及び古（「真幸」左）「まさしくあらは」。紀「シ」右朱「キイ」。仙覚本は「マサキクアラハ」で「サキク」紺青（矢、京）。細及び京（「マサキク」右赭）「マサシクアラハ」で、宮「キ」を「シ」に訂正。細、宮は「幸」左「サキクイ」。京「真幸」左赭「マコトサチ」⑤「コム」未見。非仙覚本及び仙覚本は「みむ」698万葉集巻第二・一四四「磐代之《いはしろの》 野中尓《のなかに》立有《たてる》 結松《むすびまつ》 情毛《こころも》不レ解《とけず》 古《いにしへ》所レ念《おもほゆ》」〈校異〉⑤は元、金、類、紀が一致。元「おもへは」右朱「ヲソオモフ」。廣「ムカヘシヲモヘハ」で「ヲモ」右「ヲ」、その右に「伊云無ヲ一字」とあり。なお、廣「ムスヒマツ」右「マツカエ　ムスヒケムイ」とあるが、これは直前一四三に関する書入か。699万葉集巻第二・一四六「後将レ見跡《のちみむと》 君之結有《きみがむすべる》 磐代乃《いはしろの》 子松之宇礼乎《こまつがうれを》 又将レ見香聞《またみけむかも》」〈校異〉④「ノ」は元、金、廣、紀が一致し、類「か」を「の」に訂正。古及び廣（左伊云御本云）、紀（「ノ」左古本）「カ」。ただし、古「コマツカ□レヲ」⑤は元、類、古、紀及び廣（伊云御本云）が一致。金、廣「またみつるかも」。類（下又）、紀（漢左イ）「またみけむかも」。廣「ツルカモ」右「又或ミム《ケム》カモ」

【他出】697疑開抄・七二（二句「はま丶つかえを」）。五代集歌枕・一五五〇、古来風体抄・三四（四句「まさしくあらば」）。古今六帖・二九〇〇（四句「まとさちあらば」）、俊頼髄脳・二二八、奥義抄・二七二（四句「まさしくあらば」）、袖中抄・八一六（四句「真幸あらば」）、和歌色葉・三六九、色葉和難集・二二（四句「まさきくあらば」）、以上二句「浜松が枝を」698人麿集Ⅱ・二三〇、拾遺集・八五四、綺語抄・七一八、新撰朗詠集・六九七、五代集歌枕・七二六、袖中抄・八一五。人麿集Ⅰ・三（五句「むかしおもは丶」）、古今六帖・二八九七（五句「むかしをぞ思ふ」）、別本童蒙抄・二九六（四句「コ、ロシトケス」）699古今六帖・二九〇二（二句「君もむすべる」）、疑開抄・七四（下句「こまつのうれをまた見けむかも」）、俊頼髄脳・二三一、古来風体抄・三六、袖中抄・八一七、人麻勘文・五（下句「こまつのうれをまたみつるかな」）。

【注】**○此ハ孝徳天皇ト申ケルミカトノ**　「これは孝徳天皇と申けるみかとの位をさり給はんとしけるときに有馬の皇

子に位をゆつりたまふへきを、えたもつましき《イく》・《イけしきを》御覧してゆつりたまはさりけれは、うらみ申《給ふてイ》て山野にゆきてま《イ无》とひたまひて、いはしろといふ所にまいりて松の枝をむすひてよみ給へる哥也」（俊頼髄脳）。綺語抄は異説を載せる。

【参考】「72いはしろのはまゝつかえをひきむすひまことさもあらハまたかへりこむ　同巻にあり。73いはしろのきしのまつえをむすひたるひとハかへりてまた見けむかも　同巻にあり。74のち見むと君かむすへるいはしろのこまつのうれをまた見けむかも　同巻にあり。いはしろのおこり、たつぬへし」（疑開抄）、「松　いはしろの松は斉明御宇に有馬皇子結之。（ママ、吉歟）非昔事。仍心もとけすとは云り」（八雲御抄）

ミヨシノ、タマ、ツノエハハシキカモ　キミカミコトヲモチテカヨハム

同巻ニアリ。タマ、ツ、トヨメリ。マロナルミナリタルヲイフヘキニヤ。タ、タマトハヨシトイヘルコ、ロナリトモ。ハシキカモトハ、ヨシ~~トイヘルコ、ロナリトモハシキカモ~~トイフナリ。

405 みよしの、たま松のえははしきかも君かみことをもちてかよは、

同巻に有。たま松、とよめり。まろなるみなりたるをいふへきにや。た、たまとはよしといへる心なりとも。はしきかもとは、よしといふなり。

【本文覚書】○底本「トイヘル……ハシキカモ」に取り消し線を施す。

【出典】万葉集巻第二・一一三「三《み》吉野《よしの》乃《の》　玉松《たままつ》之《が》枝《え》者《は》　波《は》思《し》吉《き》香《か》聞《も》　君《きみ》之《が》御《み》言乎《ことを》　持而《もちて》加《か》欲《よ》波《は》久《く》」〈校異〉②「ノ」は元、金、類、廣及び紀（「之」左）が一致。古、紀及び廣（「ノ」右伊云御本云）「カ」⑤「ム」未見。元、金、類、廣、古、紀「ク」。廣「ク」右「或本ス」。仙覚本は「ク」

【他出】綺語抄・七一九、五代集歌枕・七〇一、古来風体抄・三一、以上五句「もちてかよはく」

【注】○**タマ、ツトヨメリ**　タマは美称の接頭辞と解する。実のなっている松という解は未見。○**ハシキカモトハ**
ハシキカモをヨシと解する説未見。
【参考】「松　たま〈みよしの〉」（八雲御抄）

701
ワキモコニヰナ《ノ》ハミセツナツキヤマ　ツノ、マツハライツカシメサム
万葉三ニアリ。ヰナノハ、ツノクニ、アリ。名次山、トカケリ。ツノノマツハラヲ*ヨメリ。

406
わきもこにゐなのはみせつなつき山つのゝ松原いつかしめさん
万葉集第三に有。ゐなのは、摂州にあり。名次山、とかけり。つのゝ松原、とよめり。

【本文覚書】ヲ…ト（和）、と（大）
【出典】万葉集巻第三・二七九「吾妹児二《わぎもこに》　猪名野者《ゐなのは》令レ見都《みせつ》　名次山《なすきやま》　角松原《つののまつばら》　何時可将レ示《いつかしめさむ》」〈校異〉③は廣、古、紀が一致。類「なすな山」
【他出】古今六帖・八五九（五句「いつしかゆかん」）、五代集歌枕・三〇〇
【注】○**ヰナノハ**　「いなのとわつのくにゝあるのなり」（口伝和歌釈抄）。五代集歌枕の「野」に立項せず。和歌初学抄は「野」の項に「摂津ゐな野　コヤノイケアリ、サ、アリ、アシハラアリ」とする。奥義抄は「しながどりゐなのをゆけば」に対して、「雄略天皇のかのゝにてかりし給ひしに」と注する。袖中抄は、「ゐな野」、「ゐなの」両方あるとする。○**名次山ト**　五代集歌枕に立項する。摂津。○**ツノノマツハラ**　五代集歌枕に立項する。摂津。
【参考】「山　なつき《同名次》〈ゐなの近、つゝ《（ママ）》の松原〉」「原　つのゝまつ〈万　いさりたくひ〉」（八雲御抄）

702　マツノハナ〳〵カスニシモワカセコカ　ヲモヘラナクニモトナサキツ、

万葉十七ニアリ。松花ハ千年ニ一度サク也。サレハ、モトナサキツ、、トヨメル也。*モトノトハ、コ、ロモトナシトイフコトハナリ。

407　松の花はなかすにしもわかせこか思へらなくにもとなさきつゝ

万第七（ママ）にあり。松花は千年に一度さくなり。されはもとなさきつゝ、とよめる也。もとなとは、心もとなしといふ詞なり。

【本文覚書】○モトノ…モトナ（内・刈・東・書・岩）、もとな（筑B・狩・大）

【出典】万葉集巻第十七・三九四二「麻都能波奈《まつのはな》　花可受尓之毛《はなかずにしも》　和我勢故我《わがせこが》　於母敝良奈久尓《おもへらなくに》　母登奈佐吉都追《もとなさきつつ》」

〈校異〉④「オモヘラ」は元、廣、古が一致し、類「おもふへら」で「ふ」を消す。

【他出】疑開抄・七五

【注】○松花ハ　「千歳松樹、四辺披越、上杪不長、望而視之」（抱朴子内篇巻三）。但し千年に一度花咲くこと未見。

○モトナサキツ、　この語を「心許なし」と解すること存疑。484歌注にも見え、「もとなや」を同様に解する。

【参考】「75まつのはな花かすにしもわかせこかおもへらなくにもとなさきつゝ　同第十七巻にあり」（疑開抄）

703　ユキフリテトシノクレヌルトキニコソ　ツヒニモミチヌマツモミエケレ

論語曰、歳寒シテ然テ後ニ松柏ノ、チニシホムヲシル、トイヘリ。

408　雪降てとしの暮ぬる時にこそつゐにもみちぬ松もみえけれ

論語云、歳寒然後松柏の、ちにしほむを知る、といへり。

【出典】明記せず

【他出】寛平御時后宮歌合・一二三、古今集・三四〇、宗于集・一〇、古今六帖・二四四、俊頼髄脳・三五四、奥義抄・四七九、古来風体抄・二六一、千五百番歌合・二〇四七判詞、定家八代抄・五七〇。新撰万葉集・一八七（二句「年之暮往《トシノクレユク》」四句「遂緑之《ツヒニミドリノ》」）、古来風体抄・三一八（四句「つひに緑の」）

【注】◯論語曰「子曰、歳寒、然後知松柏之後彫也」（論語・子罕）

704 ウヘシトキチキリヤシケムタケクマノ　マツニフタ、ヒアヒミツルカナ

宮内卿藤元良カミチノクニノカミノハシメノ任ニウヘテ、ノチノ任ニヨメル也。ソノ松ノ火ニヤケテウス。満正任ニウフ。ソノノチ又ウス。道貞カ任ニウフ。ソノ、チ孝義キリテハシニツクリテノチウセヲハリタリト云々。

409 うへし時契りやしけむたけくまの松をふた、ひあひみつる哉

宮内卿藤元善か陸奥守のはしめの任にうへて、後任によめるなり。その松の火にやけてうす。満正か任にあふ《(ママ)》。その、ち又うす。道貞か任にうふ。其後孝義きりてはしにつくりて後うせをはりたりと云々。

【出典】明記せず

【他出】後撰集・一二四一、疑開抄・七七、奥義抄・三三四、袖中抄・八〇三、和歌色葉・三四四、色葉和難集・三七一。五代集歌枕・六一四（四句「松にふたたび」）

【注】○宮内卿藤元良カ　同様の説、奥義抄、袖中抄にも見える。ここは疑開抄に拠ったか。
【参考】「77うへしとき契やしけむたけくまのまつをふたゝひあひ見つるかな　宮内卿藤原元良かみちのくにの守のはしめの任にうへて、後の任によめる也。其松の火にやけてうせにけるを、其後満正か任にうふ。其後またうす。道貞か任にうふ。しかるを孝義きりてはしにつくりて後うせおはりにけり。（一行空白）」（疑開抄）、「松　たけくま」（八雲御抄）

檜

705 イニシヘノアリケムヒトモワカコトヤ　ミワノヒハラニカサシヲリケム
万葉七ニアリ。ヒハラニカサシヲオルトミエタリ。

檜

410 いにしへの有けん人もわかことやみわのひはらにかさし折けん
万葉第七にあり。ひはらにかさしをおるとみえたり。

【出典】万葉集巻第七・一一一八「古尓《いにしへに》　有険人母《ありけむひとも》　如二吾等《わがごと》一架《か》　弥和乃檜原尓《みわのひばらに》　挿頭《かざし》折兼《をりけむ》」〈校異〉①「ノ」未見。非仙覚本及び仙覚本は「に」。なお、古「□シヘニ」②「アリ」は元、類、古、紀が一致。廣「カリ」③「ヤ」は類が一致。元、廣、古、紀「か」
【他出】人麿集Ⅰ・二二二、人麿集Ⅱ・二二二、古今六帖・二三二六、拾遺集・四九一、定家八代抄・一六四四、人麿集Ⅲ・七〇五（三句「ワカコトカ」）、疑開抄・七八、五代集歌枕・七九六（三句「わがごとか」）、以上初句「いにしへに」

【注】○**ヒハラニカサシヲオル**　当該注疑開抄に拠るか。三輪の檜原にかざしを折る、という趣向は、千五百番歌合の「いくよへぬかざしをりけんいにしへにみわのひばらのこけのかよひぢ」（二七七七・定家）に見え、建保百首には三首詠まれる。。

【参考】「檜　78いにしへにありけむ人もわかことやみわのひはらにかさしおりけむ　万葉集第七巻にあり。ひはらにかさしおると見えたり」（疑開抄）、「原　同みわのひ〈万　かさしおる〉」（八雲御抄）

706

ユク*カタノスキニシヒトノタヲラネハ　ウラフレタテリミワノヒハラハ

同ニアリ。コレニモ、タヲラネハ、トヨメリ。ウラフレトハ、ウレヘテトイフコトハナリ。

411 行かたの過にし人のたをらねはうらふれたてりみわのひはらは

同にあり。是にも、たをらねは、とよめり。うらふれとは、うれへてといふ詞なり。

【本文覚書】○カタ…カハ（刈・大）

【出典】万葉集巻第七・一一一九「往川之《ゆくかはの》　過去人之《すぎゆくひとの》　手不レ折者《たをらねば》　裏触立《うらぶれたてり》　三和之檜原者《みわのひばらは》」〈校異〉①「カタ」未見。非仙覚本及び仙覚本は「かは」。なお、古「□カハノ」②「ニシ」は類、廣、古、紀が一致。③「ネ」は廣が一致。元、類、古、紀及び廣（右或）「す」④は類、廣、古、紀が一致。元「をらふれたてる」で「をら」右緒「ウラ」⑤「ヒハラハ」の下の「ハ」は元、廣、古、紀が一致。類「に」

【他出】五代集歌枕・七九七、色葉和難集・五五〇。疑開抄・七九（二句「すきにし人を」）

【注】○**ウラフレトハ**　「シナヘウラフレトハ、ナケキモノヲモフトイフナリ」（29歌注）、「うらふれは物をおもひなつみたる心也」（奥義抄）

【参考】「79ゆくかはのすきにし人をたおらねはうらふれたてりみわのひはらは　同巻にあり。これもみわのひはらおらねは、とよめり。うらふれは、なけくといふなり」（疑開抄）

707

杉

ワカイ*ヘハミワノヤマモトコヒシクハ　トフラヒキマセスキタテルカト

古今十八ニアリ。ムカシイセノクニアフキノコホリニハヘリケルヒトノ、フカキヤマニイリテシカマチハヘリケルホトニ、カセフキアメフリケシキタ、ナラスシテキタルモノアリ。カタチクロクシテタケタカシ。メハテレルホシノコトクニシテ、イナツマノヒカリニ、タリ。レウシコレヲ《イ本無》イテアテツ。ト、マラスシテナヲキタリムカフ。又イテアテツ。ソノタヒ風雨ヤミテカヘリヌ。アクルマ、ニチノアトニツキテタツネイタル。ハルカナル山中ニ*スコシハレテノ、ナカニツカアリ。ソノウチニイレリ。ツカノマヘニ神女アリテ、コノレウシヲマネク。スナハチユミニヤヲハケテス、ミヨル。神女ヲソル、ケシキナクテイハク、ナムチカイタリツルモノハコノツカニスムオニナリ。ワレコノヲニ、トラレテ、トシコロコノツカニスメリ。ナムチコノヲニヲコロスヘシ。コ、ニレウシ、ハヲカリテソノツカノクチニイレテ、火ヲツケテヤキコロシツ。ソノ、チコノ神女ヲクシテイヘニカヘリヌ。アヒスムコト三年ニナルニ、レウシトミサカヘヌ。マタチコヒリ《ト》ヲウマシメ・《タ》リ。其時コノオトコアカラサマニアリケ《ルキ歟》リ。ソノマニコノ女ウセヌ。カヘリキタリテミルニ、女ハナクテチコヒトリアリ。ナキカナシムテタツネアリケトユキカタヲシラス。シハラクアリテコノチコマタウセヌ。イヨ〳〵ナキカナシムホトニ、コノ女ツネニヰタリケルトコロヲミルニ、ミワノヤマモトスキタテルカト、、ハカリカキツケタリ。コレニヨリテヤマトノ国ニタツネ・《イ》タリテ、ミワノ明神ノヤシロニマイリテ、コノ女ニアフヘキヨシヲイノリ申ホトニ、ソノヤシロノミトヲ、シヒラキテミエタマフ。チコモオナシクミユ。コノオトコノコ、ロサシセチナルコトヲミテ、トモニチカヒテ神ニナレリトミエタリ。コレニヨリテ、ソノ神ノマツリヲハイセノクニアフキノコホリノヒトオコナフナリ。ソレヨリシルシノスキトハイフナルヘシ。諺ニイハク、オニ、カミトラル、トイフハコレナリ。

杉

412 わか家はみわの山もと恋しくはとふらひきませ杉たてるかと

古今十八にあり。昔伊勢国にあふきのこほりに侍ける人の、ふかき山に入てしかまち侍りける程に、風ふき雨ふりけしきた、ならすしてきたるものあり。かたちくろくしてたけたかし。目はてれる星のことくにして、いなつまのひかりに、たり。れうしこれを射あてつ。そのたひ風雨やみてかへりぬ。夜のあくるま、に血のあとにつきてたつねいたる。はるかなる山中にすこしはれてのなかにつかあり。その内にいれり。そのつかのまへに神女ありて、このれうしをまねく。すなはち弓にやをはけてす、みよる。神女をそる、けしきなくていはく、汝かいたりつる物は此墓にすむ鬼なり。われこの鬼にとられて、年比此つかにすめり。なむちこの鬼をころすへし。爰れうし柴をかりてそのつかの口にいれて、火をつけてやきころしつ。その、ち此神女をくして家にかへりぬ。あひすむこと三年になるに、れうしとみさかへぬ。又ちこ一人をうましめたり。その時この男あからさまにありきけり。そのまに此女うせぬ。返来てみるに、女はなくてちこひとりあり。なきかなしむ。たつねありけとゆきかたをしらす。しはらくありてこの児又うせぬ。弥なきかなしむ程に、この女のつねにゐたりける所をみるに、みわの山もとすきたてる門、とはかりかきつけたり。是によりて大和国に尋いたりて、三輪明神の社にまいりて、此女にあふへきよしをいのり申すほとに、その社の御戸をおしひらきてみえ給。児もおなしくみゆ。此男の志の切なる事を見て、ともにちかひて神になれりとみえたり。これによりて、其神の祭をは伊勢国あふきの郡の人のをこなふなり。それよりしるしの杉とはいふなるへし。諺にいはく、鬼に神とらるゝ、とは是なり。

【本文覚書】〇イヘ…イホ（刈・東）、イ个《ホ》（岩）、いほ（大）。〇異本「れうしこれを射あてつ」の箇所から目移りによる脱落がある。〇スコシハレテノ、ナカニ…スコシハナレテノナカニ（刈・東）、スコシハレテ野ノ中ニ（岩）、すこられて野の中に（狩）、すこしはれて野の中に（大）

【出典】古今集・九八二・よみ人しらず、初句「わがいほは」

【他出】新撰和歌・三二六、古今六帖・一三六四、古来風体抄・二九四、以上初句「我が宿は」。奥義抄・三九〇、五代集歌枕・二三四、袖中抄・三五八、和歌色葉・一五七、定家八代抄・一六四三、八雲御抄・一九五、色葉和難集・二三九、以上初句「わがいほは」。疑開抄・八一（初句「わかいほは」四句「とふてもきませ」）

【注】〇**ムカシイセノクニ**　当該話、疑開抄に拠る。疑開抄以前にこの話未見。袖中抄、顕秘抄では「童蒙抄云」として、顕注密勘抄では「或書云」として当該話を引く。袖中抄、顕秘抄では、「童蒙抄の説につきて、これは古き物

語なり。されどかの明神の鬼にとられ給事《（たまふ）》もかたじけなく聞こゆ」（袖中抄）とする。〇**オニ、カミトラル**　未詳。「鬼に神とられたるやうにて、ともに行程に」（宇治拾遺物語上・二十八）、「鬼神ニ被取ルト云ラム様ニテ」（今昔物語集巻二十五・七）

【参考】「81わかいほはみわの山もとこひしくはとふてもきませすきたてるかと　古今第十八巻にあり。宇治山僧喜撰かよめるなり。昔伊勢国あふきのこほりに侍ける人の、ふかき山にいりて鹿まち侍けるほとに、風吹雨ふりけしきた、ならすしてきたれるものあり。形黒か長たかくして、目はてれるほしのことし。ひかりはいなつまに似たり、れうしこれを射に猶と、まらす来りむかふに、また射あてつ。其たひ風雨やみてかへりおはりぬ。明るま、に血のあとにつきてたつねいたるに遥なる山の中にいれり。すくしはなれて野中につかありけり。其内にいれり。前に神女ありて、このれうしをまねく。則弓に矢をはけてす、みよる。神女おそる、けしきなくしていはく、汝かこよひ射たりつる所のものはこれこのつかにすむ鬼なり。我この鬼にとられて、年来このつかにすめり。汝このおにをころすへし。こ、にれうし柴をかりて其塚のくちに入て、火をつけてやきころしつ。其後この神女をくして家にかへりぬ。あひすむ事三年になるに、れうしいとさかへぬ。ちこひとりをうましめたり。其時この男あからさまにありきけり。其間にこの女うせにけり。帰て見るに女はなくて児ひとりあり。なきかなしむてたつぬれと更にゆきかたをしらす。しはらくありてこの児またうせぬ。いよ〳〵なきかなしむほとに、此女のつねに居たりける所を見るに、みわの山もとすきたてる門、とはかり書付て侍けり。是によりて大和国にたつねいたりて、三輪明神の社にまいりて、この女にあふへきよしを祈申ほとに、そのやしろの御戸をおしひらきて見え給。ちこもおなしく見ゆ。この男のこ、ろさしのせちなるを見て、ともに誓て神になれりといへり。慥なる事見えす。たつぬへし。但しこれによりて、其神のまつりをは彼伊勢国あふきの郡の人のおこなふといへり。又それよりしるしの杦ともいへり。諺に云く、おに、神とらるとはこれなり」（疑開抄）

【補説】俊頼髄脳・六四、袋草紙・二〇三（三句「わが宿は」）、和歌色葉・一五五、色葉和難集・八四九、別本童蒙

抄・三六九（三句「大和ナル」）等は、「恋しくはとぶらひ来ませちはやぶる三輪の山もと杉たてるかど」とする。袋草紙は、「古今の歌か。ただし上下せり。またかの集にこの由を注せず」と注記する。

椿

708 アシヒキノヤツヲノツハキツラ〳〵ニ　ミルトアカメヤウヘテミルキミ
万葉第廿ニアリ。ヤツヲトハ、八峯トイフナリ。

椿

413 あしひきのやつをの椿つら〳〵にみるもあかぬやうへてける君
万葉廿二《（ママ）》にあり。やつをとは、峯《（ママ）》といふなり。


【出典】万葉集巻第二十・四四八一「安之比奇能《あしひきの》　夜都乎乃都婆吉《やつをのつばき》　都良〻〻尓《つらつらに》　美等母安可米也《みともあかめや》　宇恵弖家流伎美《うゑてけるきみ》」

〈校異〉②「ヤツヲ」は元、古が一致し、類「やまを」で「ま」を「つ」に訂正。④「ミルト」未見。非仙覚本及び仙覚本は「みとも」⑤「ミル」未見。非仙覚本及び仙覚本は「ける」。なお、廣は訓なし。

【他出】古今六帖・四三〇一（二句「やへらのつばき」四句「みともあかめや」）、疑開抄・八二（下句「見れとあかすやうへてけるかも」）

【注】○ヤツヲトハ　「峯〈やつを、万葉にやつをのつはき、又やみねのつはきともいへり。もしはの尾歟云々（モシハノ尾歟《イ》　モシハヤツノ尾歟云々）〉」（和歌色葉）

【参考】「椿　82あしひきのやつをのつはきつらつらに見れとあかすやうへてけるかも　万葉集第廿巻にあり。やつをとは、八のみねといふなり」（疑開抄）、「椿　つ《万》ら〳〵つはき」（八雲御抄）

キミカヨハシラタマツハキヤチヨトモ　ナニカ、ソヘムカキリナケレハ
後拾遺第七ニアリ。永承四年内裏哥合ニ式部大輔資業カヨメルナリ。シラタマトハ、シロキミノタマノヤウニテナレルヲイフナリ。
大椿之木八千歳ヲモテ春トシ、八千歳ヲモテ秋トスルナリ。委見庄子。

414 君か代はしら玉椿やちよともなにかかそへんかきりなけれは
後拾遺第七にあり。永承四年内裏の哥合に式部大輔資業かよめる也。しらたまとは、しろきみのたまのやうにてなれる云也。大椿之木八千歳をもて春とし、八千歳をもて秋とするなり。委見庄子。

【出典】後拾遺集・四五三・式部大輔資業。
【他出】永承四年内裏歌合・二五、口伝和歌釈抄・一〇五。疑開抄・八三、古来風体抄・四四一、定家八代抄・五八九、以上四句「何か祈らん」。別本童蒙抄・三〇五（二句「白椿」四句「ナニ限アラン」）
【注】○永承四年内裏哥合ニ　「同じ歌合（永承四年内裏の歌合）によめる　式部大輔資業」（後拾遺集詞書、作者）○シラタマトハ　疑開抄に拠るか。当該所説、疑開抄以前に未見。○大椿之木　「上古、有大椿者。以八千歳為春、八千歳為秋」（荘子・逍遙遊）、「古有二大椿者一以テ二八千歳ヲ一為シレ秋ト以八千歳ヲ一為レ春ト也。されはしらたま椿やちよなともよめり」（奥義抄）
【参考】「83君か代はしらたまつはきやちよともなにかいのらむかきりなけれは　後拾遺第七巻にあり。永承四年内裏の哥合に式部大輔資業かよめるなり。しらたまつはきとは、しろきみのたまのやうにてなれるを云也。やち代とは、椿の木八千歳をもて春とし、八千歳をもて秋とするなり。委見」（疑開抄）、「しらたまつはきとは、しろきみの、たまのやうにてなれるをいふ。八千さいをもて春とし、八千さいをもて秋とする也」（松か浦嶋）

710
榊
シモヤ*タトオケトモカレヌサカキハノ　タチサカユヘキカミノキネカモ
古今第廿ニアリ。

榊
415 しもやたひをけとかれせぬ榊はのたちさかゆへき神のきねかも
古今第廿にあり。

【本文覚書】〇ヤタオ…ヤタヒ（和・筑A・刈・東・書・岩）、やたひ（筑B・大）、八度（狩）
【出典】古今集・一〇七五・（とりもののうた）
【他出】古今六帖・二二二二、定家八代抄・一七五五、疑開抄・八五（五句「神のきねかな」）、以上二句「おけどかれせぬ」
【参考】「榊　85しもやたひをけとかれせぬさかきはにたちさかゆへき神のきねかな　古今第廿巻にあり」（疑開抄）

711
柏
イソノカミフルカラオノ、モトカシハ　モトツコ、ロハワスレヤハスル
万葉第　ニアリ。

柏
416 いそのかみふるからをの、もとかしはもとつ心は忘れやはする

万葉第　にあり。

【本文覚書】○底本、異本とも「第」の次、一文字分空白。

【出典】存疑
【他出】疑開抄・八六。古今集・八八六、継色紙・二六、古今六帖・四三〇四、五代集歌枕・七〇七、定家八代抄・一四九三、色葉和難集・九六六、以上四五句「もとのこころはわすられなくに」

【参考】「柏　86いそのかみふるからをの、もとかしはもとのこゝろはわすれやはする　万葉集にあり。もとかしは、とよめり」（疑開抄）、「柏　もと」（八雲御抄）

712

ワカセコカサ、ケテモタルホヲカシハ　アタカモニタルアヲキ*、ヌカナ
同十九ニアリ。

417 わかせこかさゝけてもたるほをかしはあたかもにたるあをきゝぬかさ
同十九にあり。

【本文覚書】○、ヌカナ…キヌガサ（刈・東・岩）、ゝぬかさ（筑B・大）
【出典】万葉集巻第十九・四二〇四「吾勢故我《わがせこが》　捧而持流《ささげてもてる》　保宝我之婆《ほほがしは》　安多可毛似加《あたかもにるか》　青　蓋《あおききぬがさ》」〈校異〉④「ニタル」は廣が一致。元「にたり」。類「けるか」。古「ニタルカ」③未見。非仙覚本及び仙覚本は「ほゝかしは」⑤「ナ」未見。非仙覚本及び仙覚本は「さ」
【他出】古今六帖・四三〇五（下句「あだにもにるかあをきかさには」）、疑開抄・八七（五句「あをきゝぬかさ」）
【参考】「87わかせこかさゝけてもたるほとかしはあたかもにたるあをきゝぬかさ　同第九巻にあり。ほとかしは、と

よめり」（疑開抄）、「柏　ほを」（八雲御抄）

713 イナミノ、アカラカシハ、トキハアレト　キミヲアカオモフトキハサネナシ
同第廿ニアリ。

418 いなみの、あからかしは、時はあれと君をあか思ときはさねなし
同第廿にあり。

【出典】万葉集巻第二十・四三〇一「伊奈美野乃《いなみのの》　安可良我之波ゝ《あからがしはは》　等伎波安礼騰《ときはあれど》　伎美乎安我毛布《きみをあがもふ》　登伎波佐祢奈《ときはさねな》之《し》」〈校異〉①「ミ」は廣、古及び元（「ひ」右）が一致。元、類「ひ」④「アカモフ」は類、古が一致。元、廣「あかおもふ」

【他出】疑開抄・八八。古今六帖・四三〇二（初二句「いなびののあからがしはの」四句「きみにこひせぬ」）。五代集歌枕・七二四（四句「君をわがおもふ」）

【参考】「88いなみの、あからかしは、ときはあれと君をあかおもふときはさねなし　同第廿巻にあり。あからかしは、とよめり」（疑開抄）、「柏　あから」同（初学抄）（八雲御抄）

714 チハノヌノコノテカシハノホ、マレト　アヤニカナシミオキテタカキヌ
*同ニア。児手《コノテ》柏《カシハ》、トカケリ。オサナキヒトノテホトニハチヰサキヲイフナルヘシ。

419 ちはのぬのこの手かしはのほ、まれとあやにかなしみをきてたかきぬ

同にあり。児手柏、とかけり。おさなき人のてほとにはちゐさきをいふなるへし。

【本文覚書】○同ニア…谷以外「同ニアリ」

【出典】万葉集巻第二十・四三八七「知波乃奴乃《ちばのぬの》　古乃弖加之波能《このてかしはの》　保々麻例等《ほほまれど》　阿夜尓加奈之美《あやにかなしみ》　於枳弖他加枳奴《おきてたかきぬ》」

〈校異〉①「チハ」は元、類、廣及び古（「知波」左）が一致。古「チヌ」

【他出】疑開抄・八九、袖中抄・三〇九、色葉和難集・一四八・六六八。奥義抄・三七二（三句「ふふまれど」五句「おきてかたぎぬ」）

【注】○**児手柏トカケリ**　「奈良《なら》山乃《やまの》　児手《このて》柏之《かしはの》」（万葉集・三八三六）○**オサナキヒトノ**　コノテカシハについては、女郎花説等複数ある。本注は疑開抄に拠るか。「かしはをば、やひらでといふ、この手がしはといふ」（能因歌枕）、「或物には女郎花の異名也と書たれとも、いかゞはへらん……かしはのなとそ見え侍る」（奥義抄）、「コノテカシハトハ、多ク哥ニヨミタレトモ、イニシヘヨリイマニイタルマテ、其物ト人ノシリカタカリケルニ、範永朝臣ノ、大和ノ守ニテクタリケルニ、奈良坂ノホトニテ、花ノイミシク多クサキタリケルヲ、国トネリノトモナリケルカ、ユ、シクサキタルコノテカシハカナト云ケルヲ聞テ、範永馬ヲト、メテ、イカニイフソト問ケレハ、オホトチト申物也。其ヲハ、此国ニハ、コノテカシハト申也ト云ケレハ」（万葉集抄・三八三六歌注）、「をさなき人のてほとなるはちゐさきなるへし。或云、児共の手に、たるかしはといへり」（和歌色葉）、「コノテカシハトハ、奥儀抄ニハ、女郎花ノ異名也」（別本童蒙抄）

【参考】「89ちはのぬのこのてかしはのほゝまれとあやにかなしみをきてたかきぬ　同巻にあり。このてかしは、とよめり」（疑開抄）、「知波乃奴乃告乃弖加之波能保々麻例等阿夜爾加奈之美於枳弖他加枳奴（チハノヌノコノテカシハノ□マレトアヤニカナシミヲキテタカキヌ）　チハノヌトハ、下野国ニ在所也。コノテカシハノ事ハ、上ニ委ミエタリ。其ヲナヘテハ奈良坂ニヨムヘシト云ニ、カク他所ニモヨメリトテ、アカスナリ。ホ、マレトトハ、ツホミタル

ヲ云也」（万葉集抄）、「柏　こ《万》の《児手》てかしは〈ならやま〉」（八雲御抄第三）

715 ヒトコフルナカメカシハ、フルサトノ　カキネニノミソシケクサキケル

六帖第六ニアリ。ナカメカシハ、トヨメリ。

420 人こふるなかめかしは、古里のかきねにのみそしけくさきける

六帖第六にあり。なかめかしは、とよめり。

【出典】古今六帖六・四三〇七、下句「うきねにのみぞしげくみえける」

【注】○**ナカメカシハ**　斎宮女御集に、ながめがしはの贈答に際しての詠（斎宮女御集・二〇八、二〇九、二二六、二二七）、俊忠の詠（俊忠集・五二）があるが、平安期にはそれほど詠歌素材とはなっていない。のち、新撰六帖では歌題となった。

【参考】「柏　なかめ《初学抄》」（八雲御抄）

槻

716 アマトフヤカルノヤシロノイハヒツキ　イクヒアルヘキカクシツマソモ

万葉十一ニアリ。斎槻《イハヒツキ》、トカケリ。神ナトイハヒタルモリノ木ナルヘシ。

槻

421 あまとふやかるのやしろのいはひつきいくひ有へきかくれつまそも

万十一にあり。斎槻、とかけり。神なといはひたる杜の木なるへし。

【出典】万葉集巻第十一・二六五六「天飛也《あまとぶや》　軽乃《かるの》社之《やしろの》　斎槻《いはひつき》　幾世《いくよ》及将レ有《まであらむ》　隠嬬其毛《こもりづまぞも》」〈校異〉②「カル」は嘉、古、廣が一致。類「かり」④未見。嘉、廣、古「いくよまてあらむ」。類「いくよまてあるへき」。仙覚本は「イクヨマテアラム」⑤「カクシ」未見。非仙覚本は「かくれ」。仙覚本は西、温、矢、京、陽及び細（「隠」左）、宮（「隠」左）「コモリ」で紺青（西、矢、京、陽）。細、宮及び西（「隠」左）、温（「隠」左）、京（「隠」左赭）「カクレ」

【他出】古今六帖・三一〇八（二句「神のやしろの」下句「いくよまであらんかくれづまはも」）、疑開抄・九〇（五句「かくれつまそも」）

【注】○斎槻《イハヒツキ》ト　万葉集における表記例は二六五六番歌のみ。平安期の和歌に用例未見。○神ナトイハヒタル　斎槻の語義に言及するもの未見。

【参考】「槻　90あまとふやかるのやしろのいはひつきいくひあるへきかくれつまそも　万葉集第十一巻にあり。いはひつき、とよめり」（疑開抄）、「槻　いはひこ〈かろの社〉」（八雲御抄）

717 桑

ヒキマユノカクフタコモリセマホシミ　クハコキタレテナクヲミセハヤ

六帖ニアリ。

422 桑

ひきまゆのかくふたこもりせまほしみくはこきたれてなくをみせはや

六帖にあり。

【出典】古今六帖・四三一六
【他出】後撰集・八七四、疑開抄・九一、奥義抄・三一一、色葉和難集・六六一
【参考】「桑　91ひきまゆのかくふたこもりせまほしみくはこきたれてなくを見せはや　六帖第六巻にあり。くはこきたれて、とよめり」(疑開抄)、「桑　くわこきたれて」(八雲御抄第三)

718 石楠草
ウヘタテ、アケクレミレトシラサリキ　トヒラノキトハケフソキ、ツル
類聚抄ニアリ。山寺ノミナミヲモテニシヤクナウ《ム》サウノアリケルヲ、客人、コレハシリタマヒタリヤ、ト、ヒケレハ、トヒラノ木トナム申ス、トイヒケレハ、房主ノヨメル也。トヒラノ木トイフヘキカ。

423 石楠草
うへたて、あけくれみれと知らさりきとひらのきとはけふそき、つる
類聚抄にあり。山寺のみなみおもてにしやくなんさうの有けるを、客人、是はしり給たりや、ととひければ、とひらのきとなむ申、といひけれは、坊主のよめるなり。とひらの木と可謂歟。
【本文覚書】○底本、注文の後、二行及び一丁白紙。
【出典】類聚抄
【他出】疑開抄・九五、和歌色葉・二〇一
【注】**○類聚抄**　未詳。**○トヒラノ木**　「石南草　志麻木　又云　止比良乃木」(新撰字鏡)、「石南草　一名鬼目　和

名止比良乃岐」（本草和名）、「石楠草　本草云、石楠草〈楠音南、止比良乃岐、俗云、佐久奈无佐〉」（箋注倭名類聚抄）

【参考】「石楠草　95うえたてゝあけくれ見れとしらさりきとひらのきとはけふそきゝつる　類聚抄にあり。山寺の南おもてに、さくなむさうのありけるを、客人、これはしり給ひたりや、といひけれは、とひらのきとなん申す、といひけれは、房主のよめるなり。とひらの木と云歟」（疑開抄）

和哥童蒙抄第八

鳥部

鳥　鶯　喚子鳥　鷰　郭公　雁　千鳥　水鳥　鳧　鴛　鶴　鸊鷉　鵜　鴫鳩　鸗　雲雀　鷲　鷹　山鶏

雉　鶏　烏　鵲

和歌童蒙抄巻第八

鳥部

鳥　鶯　喚子鳥　鷰　郭公　雁　千鳥　水鳥　鳧　鴛　靏　鸊鷉　鵜　鴫鳩　鸗　雲雀　鷲　鷹

雉　山鶏　鶏　烏　鵲

鳥部

鳥

719 シキミヤノトマリノイケノハナチトリ　ヒトメニコヒテイケニク、ラス

万葉二ニアリ。ハナチトリトハ、ハネヲキリテハナチタルトリヲイフナリ。サレハイセカ哥ニ、719' ハナチトリツハサノナキヲトフカラニクモヰヲイカテヲモヒカクラム、トヨメリ。

鳥部

鳥

427 しきみやのとまりのいけのはなちとり人めにくひて（ママ）いけにくゝらす

万葉第二にあり。はなちとりとは、はねをきりてはなちたる鳥を云也。されはいせか哥に、428 はなちと

りつはさのなきをとふからにくもゐをいかて思ひかくらむ、とよめり。

【出典】719 万葉集巻第二・一七〇「嶋宮《しまのみや》　勾乃池之《まがりのいけの》　放鳥《はなちどり》　人目尓恋而《ひとめにこひて》　池尓不レ潜《いけにかづかず》」〈校異〉①未見。金、類、廣、紀「シマミヤノ」。廣（右伊云御本云）、紀（漢左）「シマノミヤ」。仙覚本は「シマノミヤ」で、温（漢左）、京（漢左赭）「シマノミヤノ」②は類、紀及び廣（左）が一致。金、廣、紀（漢左）「まなのいけなる」。廣（右伊云御本云）、紀（漢左イ）「マカリノイケノ」。なお、仙覚本には「二条院御本也。御本云シマノミヤマカリノイケ」がある。また、「勾」は、金「勺」、類「勾」で右「留」、廣「匀」で右「留」、紀「留」で左「勾」とある。⑤「ク、ラス」は類、廣、紀が一致。金「くゝらむ」。廣「ク、ラス」右「同云ハスマス」719' 明記せず

【他出】719 五代集歌枕・一四四〇、人麿集Ⅰ・四二（「しまみやの《まイ》みかりの池のはま千とり人めにみえて《をちかみ》いな《おき》に及はす」）、人麿集Ⅲ・六五八「シマノミヤ《宮ノ》ミカリ《勾乃池》ノイケノハナチトリヒトメニコヒテイケニス《ハ》マス《タ、テス》」、五代集歌枕・一七九七（初句「しまのみや」）、袖中抄・一〇四八（初二句「島宮の勾乃池之」）719' 伊勢集・一八九（初句「はまちどり」四句「くもぢにいかで」）。古今六帖・三一一九（四句「くもぢをいかで」）。俊頼髄脳・三一〇、奥義抄・二九九、袖中抄・一〇五〇、色葉和難集・七二、以上四句「いかで雲居を」

【注】○**ハナチトリトハ**「かひてはなちたる鳥をば、はなちどりといふ」（能因歌枕）、「ハナチ鳥トハ、日比カイナレタル鳥ヲハナチタルヲ云」（別本童蒙抄）○**ハナチトリツハサノナキヲ**「是はかひなとしたる鳥の、つはさもなきをはなちなとしたるをよむなり」（俊頼髄脳）、「つはさなしとは、こもりてとひもならはす、はねもかなはねはいへるにや。又はねなとをきりてはなちてかふとりもあれは、これはそれをおもひてよめるにや」（奥義抄）、なお袖中抄は羽を切る説に対する異論を述べる。

【参考】「鳥　はなち《万致》〈有憚〉」（八雲御抄）

＊百舌鳥

720 ムメノハナイマサカリナリモヽチトリ　コヘノコヒシキハルキタルラシ

万葉第五ニアリ。本文ニ、百鳥《モヽトリ》、トカケリ。

百千鳥〈鳥部　第二番歌なり〉

110 梅の花今さかりなりもゝ鳥の声の恋しき春きたるらし

万葉第五ニ有。本文に、百鳥、とかけり。

【本文覚書】○百舌鳥…百鳥（内・書・狩）、百舌鳥《千カ》（刈）、百千鳥（岩・大）

【出典】万葉集巻第五・八三四「烏梅能波奈《うめのはな》　伊麻佐加利奈利《いまさかりなり》　毛ゝ等利能《ももとりの》　己恵能古保志枳《こゑのこほしき》　波流岐多流良斯《はるきたるらし》」〈校異〉①「ムメ」は類が一致。細、廣、紀「ウメ」③未見。非仙覚本及び仙覚本は「もゝとりの」④「コヒシキ」未見。非仙覚本及び仙覚本は「こほしき」⑤「キタル」は細、廣、紀が一致し、類「のたる」の「の」を「キ」に訂正。

【他出】綺語抄・五七二、袖中抄・三五二、以上三四句「ももとりのこゑのこほしき」

【注】○本文ニ　万葉集本文に「百鳥」の表記あることを言うか。「百鳥之《ももとりの》　音名束敷《こゑなつかしき》」（万葉集・一〇五九）、「百鳥《ももとり》能《の》　来居弖奈久許恵《きゐてなくこゑ》」（同・四〇八九）

【参考】「烏梅能波奈伊麻佐加利奈利毛々等利乃己恵能古保志枳波流岐多流良斯（ウメノハナイマサカリナリモヽトリノコヱノコホシキハルキタルラシ）　モヽトリハ、鶯ヲ云也。礼記云、百舌鳥一名鶯也。和記之文云、鶯ヲハ、百囀鳥云也」（万葉集抄）

ワカヤトノエノミモリハムモヽチトリ　クレトモキミソキマサヽリケル
同第＋六ニアリ。モヽチトリトハ、モロ〳〵ノトリトイフナメリ。

111　わかゝとのえのみもりはむ百千鳥くれとも君そきまさゝりける
同第十六に有。もゝちとりとは、もろ〳〵のとりといふなめり。

【出典】万葉集巻第十六・三八七二「吾門之《わがかどの》　榎実《えのみ》毛《も》利《り》喫《はむ》　百千《ももち》鳥《とり》　ゝ《ち》ゝ者《とりは》雖レ来《くれど》　君曾《きみそ》不二来座《きまさぬ》一」〈校異〉①「ヤト」未見。非仙覚本及び仙覚本は「かと」④未見。非仙覚本及び仙覚本は「ちとりはくれと」⑤未見。尼、廣、古「きみそきまさぬ」で、類「きみはきまさす」の「は」「す」を「ソ」「ヌ」に訂正。仙覚本は「キミソキマサヌ」で、矢「キモソキマサヌ」。温「ス」裁ち落とされて不明。

【他出】俊頼髄脳・三一三、色葉和難集・九六一（下句「ちどりは来れど君は来まさず」）、袖中抄・三五一（下句「ちどりはくれど君ぞきまさぬ」）

【注】○モヽチトリトハ　「若詠鶯時　もゝちどりと云」（喜撰式）、「もゝちどりとは、百也、千也」（能因歌枕）、「ゑのみもりはむといへるは、もろ〳〵の鳥といへる也。髄脳に鶯をもゝ千鳥とかけるにつけて、うくひすと心えてはあしかりなん」（俊頼髄脳）、「鶯　もゝちどり」「又もゝちとりとは鶯をそいへとも、をしなへて百千の鳥といはんとても、ちとりとよめり。哥の心にてわかつへし」（奥義抄）、「もゝちどりはもゝちの鳥といふなり。百千鳥と書けり。もろ〳〵の鳥といふべし。鶯の名と書けるふみもあまたあれど、それはいかゞと覚ゆ」（袖中抄）、「モヽチ鳥トハ、鶯ヲ云也」（別本童蒙抄）

【参考】「吾門之榎実毛利喫百千鳥々々者雖来君曽不来安座（ワカヽトノエノミモリハムモヽチトリチトリハクレトキ□ソキマサヌ）　吾門爾千鳥数鳴起余々我一夜妻人爾知名（ワカヽトニチトリシハナクオキヨ〳〵ワカヒトヨツマヒトニシラスナ）　モヽ千鳥トハ、人ノナヘテイフ様ハ、鶯ハ、モヽサヘツルノ鳥トイヘハ、ソレヲイフ人モアリ。サレトモ、此哥ニヨリテイヘハ、僻事也。タ、モ、チ、ノトリト云フ心也。エノミハ、アキナル物ナリ。サレハ、モ、チ、ノ鳥ト云フ。又云、其心得ラレス。タ、千鳥トイフ鳥ノアル也。ソレヲヨム也。ソレニ、チ、トイフコ《コヱ歟》、ロノアレハ、モ、チ、ト云事ヲヨメル也。サリ《レイ》トモ云、千鳥ハ、ウタニヨム。浜千鳥、河千鳥、トモヨム。又云、シハナクトハ、シキリナクト云心也。千鳥ハ、暁ニナリテ鳴也。ソレカシキリニナケハ、ヨモアケカタニナリタリト云心ニテ、シハ〱ナクト云ヲ、シハナクト云ナリ。其ニ、此哥ハ、人ノメヲ、シノヒテアヒテアルニ、夜ハアケナントス。人ニミエス不知シテオキナナント云也」（万葉集抄）、

722 モ、チトリサヘツルハルハモノコトニ　アラタマレトモワレソフリユク

古今第一ニアリ。春ハモロ〱ノトリノイテ、ナクナリ。又ウクヒスヲ百舌鳥*トイヘハ、ヒトツノ名ナリトモイフメリ。

易通卦験曰、反舌者百舌鳥也。能反覆其舌、随百鳥之音云々。反舌ヲハ月令ニウクヒストヨメリ。サレトコノウタトモニテ心ウルニ、百千ノ鳥也。ウクヒストハサシテイヒカタシ。春ニナリテヨロツノトリ《諸鳥或本》ノヤハラキナクナルヘシ。

112 百千とりさへつる春は物ことにあらたまれともわれそふりゆく

古今第一に有。春はもろ〱のとりのいてなく也。又鶯を百千とりといへは、ひとつの名也ともいふめり。易通卦験《（ママ）》曰、反舌者百舌鳥也。能反覆其舌、随百鳥也音《モ》。反舌をは月令ニ鶯とよめり。されと此歌ともにて心うるに、百千とりなり。鶯とはさしていひかたし。春になりてよろつの諸鳥のやはらき

なくなるへし。

【本文覚書】〇百舌鳥トイへハ…百千鳥トイへハ（刈）、百舌《千》鳥トイへハ（岩）、百千鳥といへば

【出典】古今集・二八・よみ人しらず

【他出】俊頼髄脳・三一二、袖中抄・三五〇、定家八代抄・三七。色葉和難集・九六〇（二句「鳴くなる春は」）

【注】〇**ウクヒスヲ**　721参照。〇**易通卦験曰**　緯書。日本国見在書目録に「易ノ緯十巻（鄭玄注）」と見える。初学記は易通卦験を引くが当該箇所は未見。太平御覧に引くので、修文殿御覧に拠ったか。「易通卦験曰、反舌鳥。乃能反覆其舌随百鳥之音」（太平御覧巻九二三）〇**反舌ヲハ**　一致する記事月令に見えず。〇**サレト**　易通卦験によれば百舌鳥となるため。

【参考】「鶯　も、ちとり〈是は不限鶯、是春百千鳥之囀也。但鶯に詠有例〉」（八雲御抄）

春

鶯

723 ハルサレハコヌレカクレテウクヒスソ　ナキテイヌナルムメカシツエニ

万葉第五ニアリ。コヌレカクレトハ、シツクニヌルトイフ心也。

鶯〈鳥部　春　鶯〉

57 春されはこぬれかくれて鶯のなきていぬなるむめかしつえに

万第五に有。こぬれかくれとは、しつくにぬるといふこゝろ歟。

【出典】万葉集巻第五・八二七「波流佐礼婆《はるされば》　許奴礼我久利弖《こぬれがくりて》　宇具比須曽《うぐひすそ》　奈岐弖伊奴奈流《なきていぬなる》　烏梅我志豆延尓《うめがしづえに》」〈校異〉②「カクレ」は類、紀が一致。細、廣「カクリ」③「ソ」は細、廣、紀が一致し、類「の」を「そ」に訂正。⑤「ムメ」未見。非仙覚本及び仙覚本は「うめ」

【他出】綺語抄・七二三（三四五句「うぐひすのなきてきつらん梅のしづえに」）

【注】○**コヌレカクレトハ**　綺語抄は「こぬれ」の項目を立て「説あり」とする。「木ノクレトハ、木ノシケリテクラキヲ云。木ノウレトハ木ノ末ヲ云」（別本童蒙抄）。童蒙抄は「木濡」と解したか。

【参考】「梢　うれ〈木草末也。うれはなといふ也〉」（八雲御抄）

カセノヤマコタチヲシケミ朝フハ《アサヽラス》　＊スキ《ス》ナキトヨマスウクヒスノコエ

万葉六ニアリ。カセヤマ、ヤマシロノクニ、アリ。アサ、ラストハ、アシタコトニトイフナリ。スナキトヨマストイヘルハ、巣《ス》ニナクトイヘルナリ。

58　かせの山こたちをしけみあさゝらすすなきとよます鶯の声

万第六に有。かせ山、山城国に有。あさゝらすとは、あしたことにといふなり。すなきとよますといへるは、巣《す》になくといへるなり。

【本文覚書】○スキ《ス》（底本「ス」を墨消する）…スキナキ（内）、スキナキ（和・刈）、スナキ（筑A・東）、きなき（筑B）、スキナキ（谷・岩）、キナキ（書）、すきなき（狩）、すなき（大）

【出典】万葉集巻第六・一〇五七「鹿脊之山《かせのやま》　樹立矣繁三《こだちをしげみ》　朝不レ去《あささらず》　寸鳴響為《きなきとよもす》　鸎之音《うぐひすのこゑ》」〈校異〉③未見。非仙覚本及び仙覚本は「あさゝらす」で童蒙抄の傍記と一致。④未見。元、細、廣、紀「なきとよませる」。類「なきとよまする」。元「寸鳴」右緒「スナク」、「響」右緒「マスル」。仙覚本は「キナキトヨマス」で「キナキ」紺青（矢、京、陽）。非仙覚本では、元緒は「朝不去／寸鳴響為」とし、それ以外は「朝不去寸／鳴響為」とするか。

【他出】五代集歌枕・五二（四句「鳴くぞとよます」）

【注】○**カセヤマ**　「教長卿云、ミカノハラ、イヅミガハ、カセヤマハ大和国ニアリ云々。私云、此三ケ処ハ皆山城国也。瓶原、挑河、鹿背山トカケリ」（古今集注）。五代集歌枕も鹿背山を山城とする。○**アサ、ラストハ**　綺語抄はこの語を立項する。○**スナキトヨマス**　依拠資料により和歌本文を訂したか。同様の解未見。

【参考】「あさゝらすとは、あしたことにといふ也」（松か浦嶋）、「山　かせ《同鹿背》の〈をとめこかうみをく　鶯　いつみかは近〉」（八雲御抄）

ミソノフノタケノハヤシニウクヒスノ　シハナキニシヲユキハフリツヽ

万葉第十九ニアリ。シハナクトハ、アマタ、ヒナクトイフナルヘシ。数鳴、トカケリ。千鳥ニソヨミナラヒタレト、ウクヒスニモヨメリ。

59 みそのふのたけのはやしに鶯のしはなきにしをゆきはふりつゝ

万葉第十九に有。しはなくとは、あまた、ひなくといふなるへし。数鳴、とかけり。千とりにそよみならひたれと、鶯にもよめり。

【出典】万葉集巻第十九・四二八六「御苑布能《みそのふの》　竹林尓《たけのはやしに》　鸎波《うぐひすは》　之波奈吉尓之乎《しばなきにしを》　雪波布利都ゝ《ゆきはふりつつ》」〈校異〉③「ノ」は類、廣が一致するが、類は「の」を「ハ」に訂正。元「は」④「シハ」は元、類、廣が一致。元「は」右緒「キイ」

【他出】古今六帖・四四〇九（四句「しばなかましを」）、色葉和難集・九二二（三句「鶯の」）

【注】○**シハナクトハ**　「しはなく　数啼也」（奥義抄）、「しばなく　数鳴也」（和歌初学抄）、「しばたつ浪といふも、しば鳴と云も、しげき心なれば」（顕注密勘抄）○**数鳴トカケリ**　「容鳥能《かほとりの》　間《ま》無数鳴《なくしばなく》」（万葉集・三七二）など七例見られる。○**千鳥ニソ**　鶯をしば鳴くと詠む例、他に未見。千鳥以外に「かほどり」をしば鳴くと詠む例（万葉集・一八九八）がある。

【参考】「鶯　しはなくと云〈しは〳〵なく也〉」「しはなく〈しは〳〵なく也。数字〉（八雲御抄）

726
ユキノウチニハルハキニケリウクヒスノ　コホレルナミタイマヤトクラム
古今第一ニアリ。二条后哥也。本文ニ、トリハハナケトモソノナミタマナコニミヘス、トイヘリ。シカレトモ、ナクトイフニツケテ、カクモヨメルニヤ。メテタシ。

【本文覚書】104に既出

【出典】古今集・四・（二条のきさきのはるのはじめの御うた）。

【注】○**本文ニ**　本注は104歌注とほぼ同文であるが、「本文ニ……イヘリ」とする点が異なる。

727
ウク《ヒ》スノナキツルコエニサソハレテ　ハナノモトニソワレハキニケル
後撰第一ニアリ。文集ノ、鶯声誘引来花下、トイフ詩心也。

60　鶯のなきつる声にさそはれて花のもとにそわれはきにける

後撰第一に有。文集の、鶯声誘引来花下、といふ詩のこゝろなり。
【出典】後撰集・三五・よみ人しらず
【他出】赤人集・四、千里集・二、古今六帖・四四〇三、定家八代抄・四五
【注】〇文集ノ「炎涼昏暁苦推遷　不覚忠州已二年　閉閣只聴朝暮鼓　上楼空望往来船　鶯声誘引来花下　草色勾留坐水辺　唯有春江看未厭　縈砂遶石淥潺湲」（白氏文集巻十八「春江」、和漢朗詠集・六七に五六句を収める）

喚子鳥

アサキリニシヌヽニヌレテヨフコトリ　ミフネヤマヨリナキワタルミユ

万葉第十ニアリ。キリニヌル、トヨミタリ。ハルノキリハ梅哥ニモアリ。又詩ニモ、咽霧山鶯鳴尚少、ナト作タリ。シヌヽトハ、シト、ニトイフナリ。

喚子鳥〈鳥部　鶯下〉

113 朝霧にしぬゝにぬれてよふことりお《(ママ)》ふね山より鳴わたるみゆ

万葉第十に有。霧にぬる、とよみたり。春の霧は梅歌にもあり。又詩にも、咽霧山鶯啼尚少、など作たり。しぬゝとは、しとゝにといふ也。
【出典】万葉集巻第十・一八三一「朝霧尓《あさぎりに》　之努ゝ尓《しののに》所レ沾而《ぬれて》　喚子鳥《よぶこどり》　三船山従《みふねのやまゆ》　喧渡所レ見《なきわたるみゆ》」〈校異〉②「シヌヽ」は元（「をゝ」右）が一致。元「しをゝ」。類、廣及び元（「をゝ」左赭）「しとゝ」。紀「シヌ〳〵」で「之怒」左「シト」。なお、元、類「之努怒」、廣「之努努」、紀「之怒ゝ」とある。④は廣、紀が一致し、類「みふねのやま

より」で「の」を朱で消す。元「みふねのやまを」で「を」右「より」⑤「ワタルミユ」は類、廣、紀及び元（上の「る」左、下の「る」左）が一致。元「わたるみる」で上の「る」右緒「リ」、下の「る」右緒「ユ」

【他出】人麿集Ⅲ・七七（四句「ミフネヤマヨリ《ノヤマヲ》」）、袖中抄・五八七。五代集歌枕・一五九（二句「しみみにぬれて」四句「みふねの山を」）、色葉和難集・六六六（二句「しののにぬれて」）

【注】○キリニヌル　「夕霧に衣はぬれて草まくらたびねするかもあはぬ君ゆゑ」（古今六帖・六三三）、「秋霧にぬれにし袖のほさずしてひとりや君が山ぢこゆらん」（同・六六一）などがある。○ハルノキリハ　「波流能努尓《はるのに》　紀理多《きりた》知和多利《ちわたり》　布流由岐得《ふるゆきと》　比得能美流麻提《ひとのみるまで》　烏梅能波奈知流《うめのはなちる》」（万葉集・八三九）をいうか。八雲御抄は「春山《はるのやま》　霧《きりに》惑在《まどへる》　鶯《うぐひすも》　我益《われにまさりて》　物念哉《ものおもはめやも》」（万葉集・一八九二）をあげる。○又詩ニモ　「咽霧山鶯啼尚少　穿沙蘆笋葉纔分」（和漢朗詠集・六五）○シヌ、トハ　「しぬゝに濡れてとは、之努々《シヌヌ》と書《（かき）》てしとゞに濡れてともよみ、又しのゝに濡れてともよめり」（袖中抄）

【参考】「霧　万に、はるやまのきりにまとへるうくひすと云」（八雲御抄）

鷰

729　ツハメクルトキニナリヌトカリカネハ　フルサトコヒテクモカクレユク

万葉十九ニアリ。ツハメトハ、ツハクラメトイフナリ。春ノナカハニカリモカヘリツハクラメモキタル也。

燕　〈鳥部　喚子鳥下〉

114　つはめくる時に成ぬとかりかねはふるさとこひて雲かくれなく

万葉十九に有。つはめとは、つはくらめといふ也。春のなかはにかりもかへりつはくらめもきたる也。

【出典】万葉集巻第十九・四一四四「燕来《つばめくる》　時尓成奴等《ときになりぬと》　鴈之鳴者《かりがねは》　本郷思都追《くにしのひつつ》　雲隠喧《くもがくりなく》」〈校異〉④「コヒテ」は元、廣が一致。類及び廣（「コヒテ」右）「おもひつゝ」⑤「ユク」未見。非仙覚本及び仙覚本は「なく」

【他出】古今六帖・四四九四、俊頼髄脳・二八二、以上五句「くもがくれなく」

【注】○ツハメトハ　「つはめはつはくらめといふ鳥也」（奥義抄）、「ツハメトハ、ツハクラメヲ云」（別本童蒙抄）。「鷰《エン》《ツハメ》　銜泥《ツハクロメ》《カムテイ》」（色葉字類抄）

【参考】「鴈　二月に帰云り。つはくらめにかはるよし見万葉」（八雲御抄）

カソイロハアハレトミラムツハメスラ　フタリハ人ニチキラヌモノヲ

昔人ムスメニオトコヲアハセタリケル日*、オトコウセニケレハ、又コトヒトヲムコトラムトシケレハ、ムスメノヨメルナリ。

南史曰、襄陽衛敬瑜妻、年十六而敬瑜已*。父母舅姑感欲嫁之。誓而不許。裁耳置盤中為誓乃上*。所住戸有燕巣。常双来去。後忽跡飛。女感其偏棲、乃以縷繋脚為誌。後歳此燕果《果》後更来。猶帯前縷。女因為誌曰、昔年無偶去、今春猶独婦*。故人恩既重、不忍後双飛云々。出《出》事類賦。

115　かそいろはあはれとみえんつはめすし《（ママ）》ふたりは人にちきらぬものを

昔人むすめにおとこをあはせたりけるか、おとこうせにけれは、又こと人をむことらむとしけれは、むすめのよめるなり。

南史曰、襄陽衛敬瑜妻、年十六而敬瑜亡。父母舅姑咸欲嫁之。誓而不許。裁耳置盤中為誓之止。所住戸

有鷰巣。常双来去。後忽孤飛。女感其偏棲、乃以縷繫脚為誌。後歳此鷰巣（ママ）復更来。猶帯前縷。女因為詩曰、
昔年無偶者、今春猶独帰、故人恩既重、不忍復双飛云々。出事類賦。

【本文覚書】○日…に（筑B）　○已…亡《シス》（刈）、亡《ス》（岩）、亡□□（東）　○乃上…乃止（岩・大）　○独婦…独帰（筑B・岩・狩・大）

【出典】明記せず

【他出】俊頼髄脳・二八一、奥義抄・四二二、今昔物語集・一七〇、和歌色葉・二〇三（三句「つばめそら」）、色葉和難集・二八三（二句「あはれとみてむ」）

【注】○**昔人**　「昔男ありけり。むすめに男をあはせたりけるに、おとこうせにけれは、又こと人にむことらんとしけるを娘のき丶て」（俊頼髄脳）、「つはめはつはくらめといふ鳥也。其鳥はおとりしぬれは又おとこもせすといへり」（奥義抄）○**南史曰**　末尾に「出事類賦」とあるので、事類賦の「衛婦亦聞於繫縷」の注に南史を引用する箇所を引いたか。「衛婦亦聞於繫縷〈南史曰、襄陽衛敬瑜妻年十六而敬瑜亡。父母、舅姑咸欲嫁之、誓而不許、截耳置盤中為誓、乃止。所住戸有燕巣、常双来去、後忽孤飛、女感其偏棲、乃以縷繫脚為誌。後歳此燕果復更来、猶帯前縷、女因為詩曰、昔年無偶去、今春猶独帰、故人恩既重、不忍復双飛〉」（事類賦巻十九）。「又覇城王整之姉嫁為衛敬瑜妻、年十六而敬瑜亡、父母舅姑咸欲嫁之、誓而不許、乃截耳置盤中為誓乃止……所住戸有燕巣、常双飛来去、後忽孤飛。女感其偏栖、乃以縷繫脚為誌。後歳此燕果復更来、猶帯前縷。女復為詩曰、昔年無偶去、今春猶独帰、故人恩既重、不忍復双飛」（南史巻七十四）。なお初学記等に未見。

【参考】「燕　ならひゐたる事によむ。ふたりのめもたさるよし在古哥。本文なり」（八雲御抄）

731
オトツレヌナカタチコ、ロイカナレヤ　ツハメサヘツルトキハキヌルヲ
古哥也。婚嫁ハ夫ハ陽婦陰ナレハ、昼夜ヒトシキユヘニ、二八月ヲトキトスル。ナカニモ二月ノ燕クルホトヲヨシトスルナルヘシ。礼記曰、仲春之月、玄鳥至。々之日、以太牢于高媒。注曰、玄鳥燕。時以其来巣室宇、嫁娶之象也。媒氏以之為作。

116 をとつれぬなかたち心いかなれやつはめさへつる時はきぬるを
古歌なり。婚嫁者夫陽婦陰なれは、昼夜ひとしきゆへに、二八月を時とする。なかにも二月は鷰くるほとをよしとするなり。
礼記曰、仲春之月、玄鳥至。々之日、太牢礼于高媒。注曰、玄鳥鷰。時以其来巣室宇、嫁娶之象也。媒氏以之為作。

【出典】 古歌
【注】 ○**婚嫁ハ**　「白虎通曰、嫁娶以春何也、春天地交通、物始生、陰陽交接之時也」（芸文類聚巻三）○**礼記曰**　110歌注参照。○**媒氏以之為作**　末尾の「作」は鄭玄注、又芸文類聚によれば「候」とあるべきだが、諸本とも「作」字に近い書体であり、「為㆑作ルコトヲ」（刈・岩）、「為㆑作」（大）とする伝本もある。
【参考】 「燕　夫婦之間祝言物也」（八雲御抄）

夏

郭公

732 ホト、キスコヱキクヲノ、アキカセニ　ハナサキニケリオトノトモシキ
万葉第八ニアリ。秋ホト、キスナケリトミヘタル、如何。

時鳥〈鳥部　夏　時鳥〉

151 時鳥声きくをの、秋かせにはきさきにけりをとのさひしき
万葉第八に有。秋時鳥なけりとみえたる、如何。

【出典】万葉集巻第八・一四六八「霍公鳥《ほととぎす》　音聞小野乃《こゑきくをのの》　秋風尓《あきかぜに》　芽開礼也《はぎさきぬれや》　声之乏寸《こゑのともしき》」〈校異〉④未見。類「はきさきたれや」。廣、紀「ハキサキヌレヤ」。仙覚本は「ハキサキヌレヤ」で、細「ハキサキヌルヤ」⑤「オト」は類、廣、紀が一致。廣「ヲト」右「或コヱ」
【他出】古今六帖・四四一四（五句「おとのともしき」）

733 ホト、キスナカナクサトノアマタアレハ　ナヲウトマレヌオモフモノカラ
古今第三ニアリ。ナカナクトハ、ナレカナクトイフ也。

152 時鳥なかなく里のあまたあれは猶うとまれぬ思ふ物から
古今第三に有。なかなくとは、なれかなくと云也。

【出典】古今集・一四七・よみ人しらず
【他出】業平集・一九・八九、猿丸集・三五、口伝和歌釈抄・二二一（五句「思なるらん」）、綺語抄・四三四・六〇三、伊勢物語・八〇、和歌色葉・四六二、定家八代抄・二三七。
【注】○**ナカナクトハ**「ながなけば　なれがなけばといふ」「ながなけば　汝鳴ば」（綺語抄）、「ナガナクトハ、ナレガナクト云也。万葉ニハ汝トカキテナガトヨメリ」（古今集注）、「万葉には汝とかきて、ながとよめり。長鳴と云人はひが事也」（顕注密勘抄）、「和云、万葉集に汝鳴とかけり、なんぢがなくといふなり」（色葉和難集）
【参考】「ほとゝきすなかなくさとのとは、なんちかなくさとゝいふ也」（松か浦嶋）

サミタレノソラモトヽロニホトヽキス　ナニヲウシトカヨタヽナクラム
同ニアリ。貫之哥也。ヨタヽトハ、ヨタヽシクトイフニヤ、可尋之。

153 五月雨の空もとゝろに時鳥なにをうしとかよたゝ鳴らん
同にあり。貫之歌なり。よたゝとは、よたゝしくといふにや、可尋之。

【出典】古今集・一六〇・つらゆき
【他出】家持集・七一、綺語抄・四四九、奥義抄・四六一、万葉時代難事・五五、色葉和難集・一八八・三四五。古今六帖・四四二七（五句「よはになくらん」）、和歌色葉・二三九（四句「何をうれしと」）
【注】○**ヨタヽトハ**「とたゝ（よたゝ）とは或物にはよひとを（夜一よと）云也とあれはと、けにとも聞えす。よたゝは夜るさはきなくと云心にや。人のよるのゝしりをはよたゝらきなと申めるは」（奥義抄）、「よたゝとはよるさわきなくなり。人のよるのゝしるをはよたゝといふ、この心也」（和歌色葉）、「よたゞとは、よるもしづまらず、さわぎなくといふ心也」（僻案抄）、「和云、よたゞとは只よるを云なり」（色葉和難集）

735 イクハクノタヲツクレハカホト、キス　シテノタヲサヲアサナ〱ヨフ

同十二アリ。誹諧哥也。敏行哥也。シテノタヲサトハ、ホト、キスヲイフ也。江中納言哥ニ、

736 イト、〱イリアヒノカネノサヒシキニ　シテノタヲサノコエキコユナリ

154 いくはくの田をつくれはか時鳥してのたおさを朝な〱よふ

同第十九に有。誹諧歌也。敏行哥也。してのたおさとは、時鳥をいふなり。江中納言歌云、

155 いと〻しくいりあひのかねのかなしきにしてのたおさの音きこゆなり

とよめり。

【出典】735 古今集・一〇一三・藤原敏行朝臣　736 明記せず

【他出】735 敏行集・四、口伝和歌釈抄・二五、俊頼髄脳・三〇八、奥義抄・五七八、袖中抄・四六五、和歌色葉・二九一、千五百番歌合・二四五一判詞、色葉和難集・八九七、秘蔵抄・八四。綺語抄・五八三（下句「しでのたをさとなきわたるらん」）　736 江帥集・六三、袖中抄・四七〇。

【注】○**誹諧哥也。敏行哥也**　古今集雑体の誹諧歌に入る。○**シテノタヲサトハ**　「郭公を……しでのたをさとも」（能因歌枕）、「してのたをさとは、四条《テウ》ノ大納言哥枕には、ほと〻きすをいふといへり」（口伝和歌釈抄）、「しでのたをさ　ほと〻ぎすをいふ」（綺語抄）、「郭公　してのにを《（ママ）》さと云」（俊頼髄脳）、「時鳥の一名をはしてのたをさと云也」（奥義抄）

【参考】「郭公　してのたおさ」（八雲御抄）

ホト、キスオチカヘリナケウナヰコカ　ウチタレカミノサミタレノソラ
寛平御時洞院后宮ノ哥合ニミツネカヨメルナリ。オチカヘリトハ、百千カヘリトヨメルナリ。又、オチヨリカヘリナケトイフハ、ムケノヒカコト歟。ウナヰコトハ、ワラハヘトイフコトナレハ、ウチタレカミトヨマムトテオケルコトハナリ。又、ホト、キスハ、シテノヤマヲコヘテクルホトハワラハニテアルナレハ、カクヨメルトイヘハ、カナヒテモヲホエス、ヒカコトナリ。又、ウチタレカミトハ、サツキヤミノソラクロシトイハム心トソイフメレト、コレカナハス。カミウチタレヤウニ、サミタレノフルト云フコ、ロトソミエタル。

156 時鳥をちかへりなけうなゐこかうちたれかみの五月雨の空
寛平御時洞院后宮歌合に躬恒かよめるなり。をちかへりとは、百千《ヲチ》かへりとよめるなり。又、をちよりかへりなけといふは、むけのひか事歟。うなひことは、わらへといふことなれは、うちたれかみとよまむとてをけることはなり。又、ほと、きすは、しての山をこえてくる程はわらはにてあるなれは、かくよめるといふは、かなひてもおほえす、ひかことなり。又、うちたれかみとは、五月やみのそらくろしといはむ心とそいふめれと、是不叶《カナハス》。かみをうちたれやうに、五月雨のふるといふこ、ろとそ見えたる。

【出典】寛平御時中宮歌合・一〇・凡河内躬恒
【他出】拾遺集・一一六、口伝和歌釈抄・二〇、綺語抄・三一九（三句「うなゐこの」）、左兵衛佐定文歌合・一〇（五句「さみだれのこゑ」）。別本童蒙抄・二二九（二句「立帰リナケ」）。躬恒集☆・一六四、袖中抄・四七一、色葉和難集・五五三、以上五句「さみだれのころ」

【注】○**寛平御時洞院后宮ノ哥合ニ**　延喜五年定文歌合における詠か。当該歌合の詠が、寛平八年以前胤子歌合に多数入ること、また童蒙抄の言う「洞院后宮」の称については、歌合大成に詳しい。○**オチカヘリトハ**　「をちかへりとは万葉には百千返とそかける」（奥義抄）、但し万葉集に「百千返」の表記未見。○**オチヨリカヘリナケ**　「又かしこへゆき爰へかへり啼と云義也とはへれど、それはいかゝとおほゆるに」（奥義抄）○**ウナヰコトハ**　「うなゐご　垂髪　謂二童子一也」（綺語抄）、「童　ウナヒゴ　アゲマキ　ウナヒ」（和歌初学抄）「童〈うなゐこ　あけまき〉」（和歌色葉）、「うち垂れ髪の五月雨といはむとて、うなゐごとは置けるなり。さらむからに郭公をうなゐごといふべからず」（袖中抄）。298歌注参照。○**ホトゝキスハ**　「うないこととは、ほとゝきすをいふなり。しての山をすきてくるほとは、はらはにてありといへり。されは、それかゝみをさみたれとそへたるなり。たゝし、うないことはうちたか（ママ）みといわんとていゝたるなり」（袖中抄）、「或書云、ほとゝぎすは死出の山よりわらはになりて来たるゆゑに、うなゐごといふといへり」（口伝和歌釈抄）、「解難集云、うなゐごとはほとゝぎすなり」（色葉和難集）、「郭公トハ、ウナイコト云。其故ハ時鳥ハシテノ山ヲ越テクル鳥也。其山ヲ越体ハ童ニテ有ト云也ワラハヲハウナヒコト申セハ其ニヨセテ云也」（別本童蒙抄）、○**ウチタレカミトハ**　「サツキヤミノソラクロシ」の箇所未詳。また「うなゐこ」参照。

【参考】「うなひことは、わらはをいふ也」（松か浦嶋）、「郭公　うなひこ〈童になるゆへ也〉……をちかへりは無風情」（八雲御抄）

シテノヤマコエテキツラムホトゝキス　コヒシキヒトノウヘカタラナム

拾遺抄第八ニアリ。イセカウミタテマツリケルミコノカクレタマヒニケル又ノトシ、ホトゝキスノナキテワタリケルヲキゝテヨメル也。シテノヤマコユトミヘタリ。本文不見。

157 しての山こえてきつらん時鳥恋しき人のうへかたらなん

拾遺抄第八ニ有。伊勢かうみたてまつりけるみこのかくれ給けるまたのとし、時鳥のなきてわたりけるを聞てよめる也。しての山こゆと見えたる、本文不見。

【出典】拾遺抄・三七〇・伊勢

【他出】伊勢集・二七、拾遺集・一三〇七、口伝和歌釈抄・二一、奥義抄・四五八、袖中抄・四六七。宝物集・二九四（二句「こえてやきつる」）

【注】**○イセカウミタテマツリケルミコノ** 「うみたてまつりたりけるみこのかくれ侍りける又のとし郭公をききて」（拾遺抄詞書）、「ナキテワタリケルヲ」未詳。**○本文不見** 袖中抄に、「寂蓮入道は、郭公しでの山より来といふ事は、慥に経の説なり。地蔵本願経歟、地蔵十輪経歟、地蔵陀羅尼経歟に見えたる由申《まうし》けり。」とするが未詳。「しでの山はよみの国の道也と申せど、法文などにもみえず。独遊広野と云、或は冥途険長とは申せど、法文などにも山とはいはず」（顕注密勘抄）

739
タヒネシテツマコヒスラシホト、キス　カミナヒヤマニサヨフケテナク

後撰ニアリ。ツマコヒス、トヨメル、メツラシ。

158 旅ねしてつまこひすらし時鳥かみなひ山にさよふけてなく

〔後撰或説〕同巻に有。つまこひす、とよめる、めつらし。

【出典】後撰集・一八七・よみ人しらず

【他出】万葉集・一九三八（「客尓為而《たびにして》　妻恋為良思《つまごひすらし》　霍公鳥《ほととぎす》　神名備山尓《かむなびやまに》　左夜深而鳴《さよふけてなく》」）。赤人集・二二〇（初句「たひにして」）、麗花集・三三（二句「つきてえぬらし」）、袋草紙・七四七、和歌一字抄・一〇八八（二句「妻恋すれば」）、五代集歌枕・一八七（初句「たびにして」）、定家八代抄・二四〇、秀歌大体・四〇

【注】**○ツマコヒストヨメル**　郭公と妻恋の取り合わせが珍しいの意。両者を取り合わせた詠歌例は「夜もすがらきけどもあかず時鳥妻こひなかばつまつれなかれ」（林葉集・二五六）、「五月やみ神なびやまのほととぎす妻ごひすらし鳴くねかなしも」（金塊集・一四六五）などが見える程度である。

【参考】「郭公　つまこひ《万　よふとも云》」（八雲御抄）

ホト、キスナキツルナツノヤマヘニハ　クツテイタサヌヒトヤワフラム

寛平御時后宮ノ哥合也。マコトニハモスヲ郭公トイフヘキ也。ムカシクツヌヒニテアリケルトキ、クツレウヲイマ四五・《月》ハカリニタテマツラムトイヒチキリテウセニケリ。ソノ、チミヘサリケレハ、クツヲコソエサセサラメ、クツテヲタニカヘシトラムトテ、トラセムトタノメタル四五月ニキテ、郭公トヨヒアリク。モスマロソノコロハ秋ノヤウニ木ノスヱニヰテ、コヱタカニモナカテ、カキネヲツタヒテ、シノヒヤカニコト〳〵シクトツフヤキナクナリ。コノコトタシカナル本文ミヘス。ソラコトナラムニ、*カシノヒト、哥合ノウタニハヨマシトソヲホエ侍。

伯労

大戴礼曰、五月鴂則鳴。鴂者鶪也。鳴者相命也。左伝昭曰々々。郯子曰、少皡鳥師而鳥伯、趙氏司重・《者》也。

注曰、伯趙労也。夏至鳴冬至止也。

爾雅曰、鶪伯労也。

礼記月令云、仲夏之月々、無声云々。風土記曰、祝鳩之也。祝鳩ハ鶪也。礼記月令、仲夏之月小暑至リ蜋生、鶪始鳴。反舌《ウクヒス》無声。注、賞*蜋ハ螵蛸《ヘウセウ》母也。賜*伯労也。反舌者百舌鳥也。高誘*テ曰、是月陰作於下陽発於上ニ。伯労夏至後応シテ陰ニ而殺蛇ヲ、磔《ハリ》テ之棘上ニ而始鳴也。反舌者百舌也。爰其剋效百鳥之鳴。故謂之百舌也。

159 時鳥鳴つるなつの山へにはくつていたさぬ人やわふらん

寛平御時后宮の歌合哥なり。まことにはもすを時鳥と可謂《イフヘキ》也。昔沓縫《クツヌヒ》にてありける時、沓の料を今四五月許にたてまつらんといひちきりてうせにけり。其後みえさりけれは、くつをこそえさせさらめ、とらせし沓手をたにかへしとらむとて、とらせむとたのめたる四五月にきて、郭公とよひありく。もす丸そのころは秋のやうに木の末にゐて、こゑたかにもなかて、かきねをつたひて、忍ひやかにこと〳〵しくとつふやきなく也。此事慥なる本文不見。そらことならむに、昔の人、歌合の哥にはよましとそ覚侍る。

大載礼曰、五月鴂則鳴。鴂者伯鷯也。鳴者相命也。左伝昨日《(ママ)》云々。郯子曰、少皞鳥師而鳥伯也。文雅《(ママ)》曰、鶪伯労也。礼記月令云、仲夏之月云々、無声。風土記曰、祝鳩之也。祝鳩ハ鷗也。礼記月令、仲夏之月小暑至ル蜋生《ナル》。鶪始《(ママ)》反舌《ウクヒス》無声。注、雲蜋ハ螵蛸《ヘウセウ》母也。鶪伯労也。反舌者百舌鳥也。高誘テ《(ママ)》曰、是月陰候《(ママ)》於下陽散於上ニ。伯労夏至後応シテ陰ニ而殺蛇ヲ。磔《ハリテ》之棘上ニ而始鳴也。反舌者百舌也。爰其剋效百鳥之鳴。故謂之百舌也。

【本文覚書】○カシノヒト…むかしの人（筑B）、昔ノ人（刈）、ムカシノ人（東）、カ《ム》シノ《人》（岩）○賞…蝗（刈・岩・東）、蟷（大）○賜…賜《鵙歟》（和）、鵙（筑A・筑B・谷・刈・東・狩・岩・大）○高誘《テ》…高誘（和・筑A・筑B・刈・狩・大）、高誘《カ》（東）、高《ク》誘（岩）

【出典】寛平御時后宮歌合・六九、五句「人やすむらむ」

【他出】新撰万葉集・五九（二句「鳴立春之《ナキタツハルノ》」）、俊頼髄脳・二六三、奥義抄・五七九（二句「なきつるかたの」五句「人やあるらむ」）、和歌色葉・二九二（五句「人やあるらむ」）、高良玉垂宮神秘書紙背和歌・四（二句「なきつるかたの」五句「ひとやあるらむ」）、色葉和難集・五九一（五句「ひとやすむらん」）

【注】**○マコトニハ**「郭公といえる鳥は實にはもすといふ鳥也。其のもすを郭公とはいふへき也。昔沓ぬひにてありける時、沓の料をとらせたりけれは、いま四五月許に必たてまつ覧と約束してうせにける。其後いかにも見えさりとれはかぬなりけりと心えて、沓をこそゐ《さ》・せさらめとらせし。沓てをたに返とらんと思て、とらせむとちきりし四五月に来て、郭公こそとよひあるく也。もす丸其ころ《も世に》・はあれとも、秋つかたする様に木のすゑにゐて、聲たかにもなかて、おともせす。かきねをつたひて時々しのひやかにことく〱しくとつふやきなく也。此事ひか事ならは、昔哥合に讀て入らんや」（俊頼髄脳）。「ほとゝぎすをば、くつぬひといふ」（能因歌枕）、なお江談抄にも見える。**○コノコトタシカナル本文ミヘス**「此の歌は、なく声につきて、沓手の主の、（ぬしの）鳥をほとゝぎすと名づけたる詞の歌なり。さて沓手の主をば、もとはもずといひけりとかきたる、さもやありけむ。それまではおぼつかなし。若さらば二つの鳥、名がへしたるにてぞあるべき」（散木集注）**○伯労**　110歌注、355、356歌注参照。

秋

雁

741 タレキ、ツミナ、キワタルカリカネノ　ツマヨフコヱハカクシルクソアル

万葉第八ニアリ。ツマヨフ、トヨメリ。

雁〈鳥部　秋雁〉

252 たれき、つかさゝ《ママ》き渡るかりかねのつまよふ声はかくしるくそある

万葉第八に有。つまよふ、とよめり。

【出典】万葉集巻第八・一五六二「誰聞都《たれききつ》　従二此《こ》間《ゆ》一鳴渡《なきわたる》　鴈鳴《かりがね》乃《の》　嬬呼音《つまよぶこゑ》乃《の》　乏知在乎《ともしくもあるを》」〈校異〉①「キ、ツ」は類、廣、紀が一致。春「キツ、」②未見。類及び廣（「キリワ」右或）「こ、なきわたる」。紀「従間此」左「コ、、コヨ」。廣、春、紀「ミナキリワタル」が近いか。仙覚本は細、宮「ココナキワタル」。西、温、陽「コヨナキワタル」で「コヨ」紺青（陽。西もと紺青）。矢、京「コユナキワタル」で「コユ」紺青（矢、京）。京「従此間」左赭「コヨ、コ、ニ」、「コユナキ」を赭で消しその右赭「ミナキリ」⑤は廣（「クサル」左）が一致。類「かくれしたくさる」で、「たくさる」右「ルクソアル」。廣、紀「カクシルクサル」。春「カクシ□クサル」も同じか。紀漢左「ユクヲシラサス」

【他出】綺語抄・六一七（二句「ここなきわたる」四句「つまよぶかりは」）

【注】○**ツマヨフト**　「かりがねにつまよぶとよめり」（綺語抄）。雁に妻よぶと詠む詠歌例未見。

【参考】「雁　万につまよふと云」（八雲御抄）

742 アキノヒノホタヲカリカネナクソラニ　ヨノホトロニモナキワタルカモ

同ニアリ。ホタヲカリカネ、トヨメリ。

253 秋のひのほたをかりかねなく空によの程ろかに・《も》なき渡るかも

同に有。ほたをかりかね、とよめり。

【出典】万葉集巻第八・一五三九「秋田乃《あきのたの》　穂田乎雁之鳴《ほだをかりがね》　闇尓《くらけくに》　夜之穂杼呂尓毛《よのほどろにも》　鳴渡可聞《なきわたるかも》」〈異同〉②「ホタ」は類、廣が一致。紀「ヲタ」③未見。類「くらやみに」。廣、紀「クラヤミノ」。仙覚本は「クラヤミニ」で、京「ソラヤミニ」

【他出】袖中抄・二五一（三句「くらやみに」）

【注】○ホタヲカリカネ　「穂田」を「刈」と同音の「雁」による序の形成をいう。「秋田之《あきのたの》　穂田乃苅婆加《ほだのかりばか》　香縁相《かよりあは》者《ば》」（万葉集・五一二）

【参考】「田　ほ《万穂》」（八雲御抄）

743 ムハタマノヨワタルカリハヲホツカナ　イクヨヲヘテカヲノカナヲヨフ

同ニアリ。ヲノカナヲヨフ、トヨメリ。

254 むはたまのよわたるかりはおほつかないくよをへてかをのかなをよふ

同に有。をのかなをよふ、とよめり。

【出典】万葉集巻第十・二一三九「野干玉之《ぬばたまの》　夜渡雁者《よわたるかりは》　欝《おほほしく》　幾夜乎歴而鹿《いくよをへてか》　己名乎告《おのがなをのる》」〈校異〉①「ム」は類、

紀及び元（「う」右緒）が一致。元「う」②は元、紀が一致。元「は」右緒「ヲ」。類「よはたるかりを」で「は」を「わ」に訂正。

【注】○**ヲノカナヲヨフ**　雁がおのが名を呼ぶと詠む例に「雲ゐよりおのが名をよぶ雁がねはいづくをさしてかきつらぬらん」（堀河百首・雁・六八九・公実）がある。「雁はかり〱となくといへり。よろつの鳥みなわか名を鳴と申侍り」（堀河院百首聞書）

744 アキカセニハツカリカネソキコユナル　タカタマツサヲカケテキツラム

古今第四アリ。紀友則哥也。

史記曰、蘇武在匈奴中。昭帝発使謂単于曰、天子射上林中得雁。足有係帛書。言、武等在其沢中、使者如其言。単于大驚、乃使伝武・《*童》。

255 秋風にはつかりかねそきこゆなるたか玉つさをかけてきつらん

古今第四に有。紀友則歌なり。

史記曰、蘇武在匈■《奴》中。昭帝教《(ママ)》使謂単于目《(ママ)》、天子射上林中得雁。足有係帛書。言、武等在其沢中、使者如其言。単于大驚、乃使伝武童《(ママ)》。

【本文覚書】○・《童》…至（刈・東・岩・大）

【出典】古今集・二〇七・とものり

【他出】新撰万葉集・九一、友則・二二一、三十人撰・七〇、和漢朗詠集・三二四、三十六人撰・五八、俊頼髄脳・二

七五、綺語抄・六二〇、奥義抄・四六三、宝物集・二六二、和歌色葉・二四一、定家八代抄・三六七、秀歌大体・六二、色葉和難集・二九九・三九九、別本童蒙抄・二三三。寛平后宮歌合・七八、古今六帖・一六七（三句「ひびくなる」）。綺語抄・六一八（二句「はつかりがねの」）

【注】○**史記曰**　史記と書承的な一致は見られない。「史記曰、蘇武在匈奴中、昭帝遣使通和、武思帰乃夜見漢使、教使謂単于曰、天子射上林中、得雁、足有係帛書、言武等在其沢中、使者如其言、単于大驚、乃使武還」（芸文類聚巻九十二）。黒田彰「蘇武覚書」（『中世説話の文学史的環境』、和泉書院、一九八七年十月）参照。

【参考】「雁　はつ、帰、はつかりかね、万に、そのはつかりの使とよめり……凡かりの使は蘇武事よりおこる。たかたまつさをかけてきつらんなといへる、此心也」（八雲御抄）

745 マコモカルホリエニウキテヌルカリハ　コヨヒノシモニイカニワフラム

後撰第八ニアリ。ウキテヌ、トヨメリ。

256 まこもかるほりえにうきてぬるかりはこよひの霜にいかにわふらん

後撰第八に有。うきてぬる、とよめり。

【出典】後撰集・四八三・よみ人しらず、三句「ぬるかもの」

【他出】古今六帖・六七七（三句「ぬるかもの」）。五代集歌枕・九八七（二三四句「ほりえにうきねするかものこよひのしもを」）

【注】○**ウキテヌ**　「うきてぬるかものうはげにおくしもの心とけなきよをもふるかな」（古今六帖・六七四）、「うきてぬるかものうはげにおくしものきえてものおもふころにも有るかな」（興風集・四八）。

【補説】童蒙抄諸本すべて三句「ヌルカリハ」。「雁」の項目にあるところから、童蒙抄の参照した本文、あるいは依拠資料では「カリ」であったものと思われる。

746 ミヨシノ、タノムノカリモヒタフルニ　キミカ、タニソヨルトナクナル

カヘシ

747 ワカ、タニヨルトナクナルミヨシノ、　タノムノカリヲイツカワスレム

伊勢物語ノ哥也。ムカシオトコムサシノクニマテマトヒイニケリ。ソノクニ、オムナヲヨハヒハヘリケリ。スムトコロハイルマノコホリミヨシノ、サトナリケリ、トカケリ。コノタノムノカリ、トカク人ノアラソフコトナリ。田ニ向カリトソ俊頼イハレケル。基俊ハ、タノモシノカリトテ、ヨリアヒテカリヲシテムネトヲキテタルヒトニトラセ〱タカヒニスルヲイフ、トイハレケレト、コレハムケニコトタカヒタリ。シ、カリナラムニハナクトヨムヘカラス。又、田ノヲモノカリトモ、フク《ル》イヒツタヘタリ。田ニムカヒ、トモ、田ノウヘ《ヲモ》ニアル、ト・《モ》イフハ、サモトキコエ侍メリ。

257 みよしの、たのむのかりもひたふるに君かかたにそよると鳴なる

かへし

258 わかかたによるとなくなるみよしの、たのむのかりをいつかわすれん

伊勢物語歌なり。昔男武蔵国まてまとひいにけり。その国に女をよはひける。すむ所はいるまの郡み

よしの、さとなりけり。此たのむのかり、とかく人のあらそふことなり。田に向《ムカフ》雁とそ俊頼いはれたる。基俊は、たのもしのかりとて、よりあひてかりをしてむねとおきてたる人にとらせ〳〵たかひにするをいふ、といはれけれと、これはむけにことたかひたり。しゝかりならむにはなくとよむへからす。又、田の面のかりとも、ふるくいひつたへたり。田にむかひ、とも、田のうへ《ヲモ》にある、ともいふは、さもときこえ侍めり。

【出典】746 伊勢物語・十四、747 同十五

【他出】746 業平集・一四、古今六帖・四三八〇、俊頼髄脳・二四三、奥義抄・四一九、袖中抄・四二六、別本童蒙抄・二三二、色葉和難集・三八一、秋風集・七九一。和歌色葉・二一一（三四句「ひとすぢに君がためにぞ」） 747 業平集・一五、三九、古今六帖・四三八一、俊頼髄脳・二四四、袖中抄・四二七、秋風集・七九二。

【注】○**伊勢物語ノ哥也** 「むかし、男、武蔵の国までまどひ歩きけり。さてその国にある女をよばひけり……すむ所なむ入間の郡、みよしのの里なりける」（伊勢物語十段）○**コノタノムノカリ** 「たのむのかりの哥あまたみゆるに、みな雲ゐにはなかせて、まちかくなきたるよしをよめり。たのむといへるは、なを田面といへる事なめり」（俊頼髄脳）、「たのむのかり　あまたの説あり……又は、たのおもてのかりといふ事也とぞ、或人の、給ひし…」（綺語抄）○**田ニ向カリ**　俊頼の「田おもてといへることなめり」を誤解したか。「又俊頼は田の面といへるを、童蒙に俊頼田向かりといへる、如何」（袖中抄）。但し、後文によれば田の面説と理解していたように思われる。○**基俊ハ**　「このた《の》むのかりといへることは、世の人おほつかなかること也。このころある人、かやうのことしりかほに云る人あり。いかゝ申すとた［つ歟］ねしかは、東國に鹿狩する人の、たのもしの狩とてかたみによりあひて狩をして、その日とりたるしゝをあるかきりむねとおこなひたる人にとらするなり。さて後の日、かたみことにてたかひ［に歟］するをたのむかりと

はいふなりとそ申める」（俊頼髄脳、顕昭は顕輔が鹿狩説を主張したのを受けて、鹿狩りとする）、「東国にかりすとて、かたよりにして、おのが日々にし、をとるなり」（綺語抄）○**田ノヲモノカリトモ**　前掲俊頼髄脳等。これによれば、「田向」「田面」両説を前提とするか。

【参考】「たのむのかり〈是は伊勢物語に、みよしの、たのむのかりといへるはしめ也。其定ならは、武蔵国入間郡三芳野郷也。非大和吉野。而近日毎人大和吉野にも詠。これも又常事。これならすも多。基俊説には、鴈にはあらす、狩也と云り。武蔵国し、かりする人のたのもしのかりとて、かたみによりあひて狩をする也と云り。俊頼説には鴈也。非狩田面のかりといへりと推せり。両説難決。而近代はたのむさはなとよめり。只吉野のたのむのかりを、むさしのよしのにてひきよせてよめる。又田面にも多よめり〉」（八雲御抄）

冬

千鳥

748 キヨキセニチトリツマヨフヤマキハニ　カスミタツラムカミナヒノサト

万葉第七ニアリ。キヨキセニツマヨフ、トヨメリ。

310 千鳥〈鳥部　冬千鳥〉

清きせに千とりつまよふ山きはにかすみたつらん神なひの里

万葉第七に有。きよきせにつまよふ、といへり。

【出典】万葉集巻第七・一一二五「清湍《きよきせ》尓《に》　千《ち》鳥《どり》妻喚《つまよび》　山際《やまのま》尓《に》　霞立良《かすみたつら》武《む》　甘南《かむな》備《び》乃《の》里《さと》」〈校異〉②「ヨフ」は類、

廣、紀及び元（「ゆ」右、「ゆ」右緒）が一致。元「ゆふ」⑤「カミナヒ」は類及び元（「ひ」右）、廣（「ム」右或）が一致。元「かひなひ」。廣、紀「カムナヒ」

【他出】五代集歌枕・一七五一、類聚証・一八。能因歌枕・一九（三四五句「山のはに神やたつらんかみなびのもり」）

【注】○**キヨキセニツマヨフ**　千鳥が妻呼ぶという詠歌例は「かれをきけ小夜更行けばわれならでつまよぶちどりさこそなくなれ」（和泉式部集・七三）、「浜風やふけ行くままに寒からんなごの入江に千鳥妻どふ」（久安百首・冬・七五七・実清）などがあるが、「清き瀬」を詠むものは僅少。「月さゆるかみなびがはのきよきせにつまよぶ《どイ》ちどりこゑぞふけぬる」（夫木抄・六八〇三・公朝）。「千鳥つまよぶといふことは順が集に載れり」（類聚証、但し順集の「千鳥なくさほの川霧さほ山のもみぢばかりは立ちなかくしそ」（一六五）を指すか）

ヤソシマノウラニアトフムハマチトリ　キミハカリトソヲモヒケラシナ

六帖第三ニアリ。アトフム、トイヘリ。

311　やそしまの浦に跡ふむ浜千とりきみ許とぞ思ひけらしな

六帖第三に有。跡ふむ、といへり。

【出典】古今六帖・一九三三、四句「きみはありとぞ」

【注】○**アトフム**　千鳥にあとふむと詠む歌は僅少。「なごりとてかくもかひなしはまちどりあとふむべくもあらぬもくづを」（道家百首・九四）

750 ナヘオヒシウミカタ〳〵ノハマチトリ　スタケトキミカヲトタニモセス

万葉第七ニアリ。チトリスタク、トヨメリ。スタクトハ、ヲホクアツマルトイフナリ。文集ニハ、集多《スタク》トソカキタル。

312 なへおひしうみかた〳〵のはま千鳥すたけと君かをとたにもせす

万葉第七に有。千鳥すたく、とよめり。すたくとは、おほくあつまるといふ也。本集には、多とそかきたる。

【出典】万葉集巻第七・一一七六「夏麻《なつそ》引《びく》　海上潟乃《うなかみがたの》　奥洲尓《おきつすに》　鳥者《とりは》簀《す》竹跡《だけど》　君者《きみは》音文《おとも》不レ為《せず》」〈校異〉①未見。元、類、廣「なつをひく」。古、紀及び元（「を」右赭、漢右赭）、類（「を」右）「ナツソヒク」。仙覚本は「ナツソヒク」。②未見。元、類、廣、古「うみかみかたの」。紀及び類（上の「み」右）、廣（上の「ミ」右）「ウナカミカタノ」。元上の「み」右赭「ヒ」。仙覚本は「ウナカミカタノ」③は元及び元（漢右赭）が一致。古、紀「ヲキツスニ」で、類「おきつすき」の下の「き」を「ニ」に訂正。廣「スニ」の上に「ヲキツ」を補い「ヲキツスニ」とするが、本来は「スニトリハ」で第三句と思われる。なお、古「奥津洲尓」、元、類、紀「奥洲尓」、廣「湖尓」で「奥津」なし。④は元、廣及び元（漢右赭）が一致。廣「カ」右「ハ」。類、古、紀「とりはすたけと」⑤は元及び元（漢右赭）が一致。廣「ヲトタニモセヌ」。類「きみかおともせす」。古及び類（「か」右）「キミハヲトモセス」。紀「キミカヲトタモセヌ」。なお、童蒙抄は元のような訓に基づき、それを誤写した本文と思われる。

【注】〇**チトリスタク**　「千鳥すだく」と詠む例僅少。「波のうへにすだく千鳥とみゆるかなとほざかりゆくむろの友舟」（歌枕名寄・八〇一〇・資隆、但し、広田社歌合本文では二句「すだくとりかと」）。「すだく」は33歌注参照。

751 コエヲノミキケハナクサノハマチトリ　フルスワスレスツネニトヒコヨ
六帖第三ニアリ。フルスワスレス、トイヘリ。

313 声をのみさけ（ママ）はなくさのはま千鳥ふるすわすれす常にとひこよ
六帖第三に有。ふるすわすれす、といへり。

【出典】古今六帖・一九二九、初句「こゑをだに」
【注】○**フルスワスレス**　「浜千鳥」に「古巣忘れず」と詠む例、他に未見。多く鶯、燕、鶴に詠む。「あしたづのくものうへにはかよへどもふるすわするるときはなきかな」（道済集・一〇一）

752 ヨクタチテナクカハチトリムヘシコソ　ムカシノヒトモシノヒキニケレ
万葉第十九ニアリ。ヨクタチテ《夜降》トハ、ヨフケテトイフコトハナリ。シノヒキニケレトハ、ムヘ■コソムカシヨリアハレナルモノトハイヒツタヘタレ、トヨメルナリ。

314 よくたちてなくかは千とりむへしこそ昔の人も忍ひきにけれ
万葉第十九に有。夜降《ヨクタチ》てとは、夜ふけてといふ詞なり。しのひきにけれとは、むへこそむかしよりあはれなるものといひつたへたれ、とよめるなり。

【出典】万葉集巻第十九・四一四七「夜降《よくたちて》而　鳴河波知登里《なくかはちどり》　宇倍之許曾《うべしこそ》　昔人母《むかしのひとも》　之努比来尓家礼《しのひきにけれ》」〈校異〉②「カハチトリ」は類、廣、春が一致。元「かはとりの」で「の」を消し、「は」右「ち欤」③「ムヘシ」未見。非仙覚本及び仙覚本は「うへし」。ただし、春「ウ□」⑤「ケレ」は元、類が一致。廣「ケル」
【他出】袖中抄・五八〇、僻案抄・一一九。綺語抄・一一二五（二句「河ちどりなく」）
【注】○**ヨクタチテトハ** 「夜《よ》具《ぐ》多《た》知《ち》尓《に》」（万葉集・四一四六）、「よくだち 夜降也」（和歌初学抄）、「よくだちて 亦、夜具多知爾」（綺語抄）
【参考】「夜裏聞千鳥鳴哥 夜降而鳴河千鳥宇和之許曽昔人母之奴比来爾家毛（ヨクタチテナクカハチトリウワシコソムカシノヒトモシノヒキニケモ） ヨクタチトハ、夜フケテト云也。アカツキヲヨム也」（万葉集抄）、「夜 よ《やう》ひゝうり《〳〵ふくる心也》 よくたち《夜具多知》 同事也」（八雲御抄）

ムハタマノヨハフケニケリヒサキオフル キヨキカハセニチトリシハナク
*同第 ニアリ。赤人哥也。シハナクトハ、アマタ、ヒナクトイフナリ。数鳴《シハナク》、トソカケル。

315 むは玉のよはふけにけりひさきおふる清き河せに千鳥しはなく
同に有。赤人歌なり。しはなくとは、あまたたひなくといふ也。数鳴《シハナク》、とそかける。

【本文覚書】○同第（二字分空白）…同第六（刈）、同第三（岩・大）
【出典】万葉集巻第六・九二五「烏玉之《ぬばたまの》 夜乃深去者《よのふけゆけば》 久木《ひさぎ》生留《おふる》 清河原《きよきかはら》尓《に》 知《ち》鳥《どり》数鳴《しばなく》」〈校異〉①「ムハ」未見。元、類、紀「うは」。細、廣「ウマ」。仙覚本は「ヌハ」で「ヌ」紺青（矢、京、陽）。西もと紺青）。宮「ヌハ」の「ヌ」を塗抹し右に「ウ」②未見。非仙覚本及び仙覚本は「よのふけゆけは」④「カハセ」未見。非仙覚本及び仙覚本は「かはら」
【他出】袖中抄・四三八。新古今集・六四一、秀歌大体・八六、以上初句「うばたまの」
【注】○**シハナクトハ** 725歌注参照。

【参考】「烏玉之夜乃深去者久木生留清河原邇知鳥数鳴（ウハタマノヨノフケユケハヒサキオフルキヨキカハラニチトリシハナク） 清河原トハ、大和国ニ有也。吉野河ノカミヲヤ云ラントソ見タル。チトリシハナクトハ、千鳥ノ夜ノアケカタニ、アマタ、ヒ鳴ヲ云也。シハナクト云ハ、シハ〱ナクト云人モアリ。サレトモ、アマタタヒナクヲ云ナルヘシ」（万葉集抄）

754 ヤマカハノイシマカクレニスムチトリ　ヒトシレネハヤコヱノキコエヌ
六帖第六ニアリ。イシマカクレニスム、トヨメリ。

316 山河の石まかくれにすむ千鳥人しれねはや声のきこえぬ
六帖第六に有。石まかくれにすむ、とよめり。

【出典】古今六帖・四四五八

【注】○**イシマカクレニスム**　千鳥と石まがくれ、岩間がくれを併せ詠む例は、後世のものだが「風寒み磯べの波のあるる夜は岩間隠に鳴く千鳥かな」（菊葉集・八二七・三善為徳）を見る程度。

755 イト、シクモノヲモフヲリハカ*ハチリ　ノニモヤマニモナキミタレツ、
同ニアリ。万葉集哥也。*大伏女王ノ哥也。野山ニモ鳴、トイヘリ。

317 いと丶しく物思ふをりは川千とり野にも山にも鳴みたれつ丶
同に有。万葉集歌也。大壮《ママ》女王の歌なり。野山にもなく、といへり。

【本文覚書】○カハチリ…カハチトリ（内・筑A・書・東）、カハチドリ（刈）、河ちとり（筑B・狩）、川千鳥（岩・大）○大伏女王…大伴女郎（刈・東・大）、大伏女王《イラツメ》《伴郎女》（岩）

【出典】古今六帖・四四六一、初二句「いとどいとどものおもひをれば」、五句「なきみだれけり」

【注】○**万葉集歌也**　万葉集に未見。夫木抄は「六一、読人不知」とする。○**野山ニモ鳴**　「野にも山にも」という歌句の用例は多いが、千鳥とあわせ詠む例未見。

アフミノウミユフナミチトリシハナケハ　コ、ロモシノニイニシヘヲモホユ

万葉集第三ニアリ。

318　あふみのうみ夕波千とりしはなけは心もしのにいにしへおもほゆ

万葉集第三にあり。

【出典】万葉集巻第三・二六六「淡海乃海《あふみのうみ》　夕浪千鳥《ゆふなみちどり》　汝鳴者《ながなけば》　情毛思努尓《こころもしぬに》　古《いにしへ》所レ念《おもほゆ》」〈校異〉③「シハ」未見。非仙覚本及び仙覚本は「なか」④「シノニ」未見・類、廣「しぬに」。紀「シラス」。仙覚本は「シノニ」で童蒙抄と一致。⑤「イニシヘ」は廣、紀及び類（「むかし」右）が一致。類「むかし」

【他出】五代集歌枕・八八七、袖中抄・五七六、古来風体抄・三八、色葉和難集・四七七（三句「ながなけば」）。綺語抄四七一、五八七、以上三句「ながなけば」五句「むかしおもほゆ」。古今六帖・一二六五（三四五句「なくなればば心もしらぬむかし思ほゆ」）

【参考】「淡海乃海夕浪千鳥汝鳴者情毛思怒《奴》爾古所念（アフミノウミノユフナミチトリ　コ、ロモシ　イニシヘオモホユ）」（万葉集抄）

水鳥

757 ナミタカシイ*ヤニカチトリミツトリノ　ウキネヤスヘキナヲヤコクヘシ

万葉第七ニアリ。

水鳥　〈鳥部　千鳥下〉

304 波たかしいかゝか千鳥水とりのうきねやすへきなをやこくへき

万葉第七にあり。

【本文覚書】○イヤニ…イカニ（筑B・刈・岩）、いかに（大）

【出典】万葉集巻第七・一二三五「浪高之《なみたかし》奈何《いかに》梶執《かぢとり》水鳥之《みづとりの》浮宿《うきね》也《や》応《す》レ為《べき》猶哉《なほや》可《こぐ》レ榜《べき》」〈校異〉①「タカシ」は元、類、廣、古、紀が一致。元「か」右赭「ケ」②「イヤニ」未見。元、廣、古、紀「いかに」。類及び元（「いかに」右赭）「いかゝ」。仙覚本は「イカニ」⑤「ヘシ」未見。非仙覚本及び仙覚本は「へき」

758 カセフケハヨトヲムツフルミツトリノ　ウキネヲノミヤワカネワタラム

六帖第三ニアリ。ヨトゝハ、ヨトミトイフ也。万葉集ニハ、不行、トソカキタル。

305 かせふけはよとをむつふる水鳥のうきねをのみやわかねわたらん

六帖第三にあり。よとゝは、よとみと云なり。万葉には、不行《ヨト》、とそ書たる。

【出典】古今六帖・一四七三

【注】○ヨトゝハ「ヨドトハ淀也。ヨドムナリ。水ノナガレモヤラデヌルクトゞマル心ナリ」（古今集注）、「淀　ヨ

ト　ヨドム」「澱　ヨドム　ヨド」「滓　ヨト」（名義抄）。○**万葉集ニハ**　「七瀬《ななせ》之《の》不行《よど》尓《に》」（万葉集・一三六六）

759 イモコフトイネヌアサケニミツトリノ　コエヨヒワタルイモカツカヒカ

同ニアリ。コエヨヒワタルイモカツカヒカ、トヨメリ。

306 いもこふといねぬあさけに水鳥の声よひわたるいもかつかひか

同に有。声よひわたるいもかつかひか、とよめり。

【出典】古今六帖・一四六九、四句「こゑよわり行く」

【他出】万葉集・二四九一（「妹恋《いもにこひ》　不レ寐《いねぬ》朝明《あさけに》　男為鳥《をしどりの》　従レ是《こゆ》此度《かくわたる》　妹使《いもがつかひか》」）、人麿集Ⅲ・五三二（三四句「ヲシトリノコレヨリワタル」）

【注】○**コエヨヒワタル**　一首の趣向を言うか。詠歌例未見。

鳧

760 アシカモノスタクイケミツマサルトモ　マケミソカタニワレコエメヤモ

万葉十一ニアリ。アシカモトハ、アシノナカニスムカモ也。スタクトハ、ヲホクアツマルナリ。

307 鳧〈鳥部〉

あしかものすたく池水まさるともまけみそかたにわれこえめやも

万第十一に有。あしかもとは、あしの中にすむかもなり。すたくとは、おほくあつまる也。

【出典】万葉集巻第十一・二八三三「葦鴨之《あしがもの》　多集池水《すだくいけみづ》　雖レ溢《はふるとも》　儲溝方尓《まけみぞのへに》　吾将レ越八方《われこえめやも》」〈校異〉②「スタク」は嘉、類、古が一致。廣「スタツ」⑤「コエメヤモ」未見。嘉、類、古「こえむやも」。廣「コエムカモ」。仙覚本は「コエメヤモ」で童蒙抄と一致するが、細、宮は「コエムヤモ」

【他出】色葉和難集・九八八。古今六帖・一六七九（下句「ゐせきのかたに我こひめやは」）、綺語抄五八九（五句「われこえんやも」）

【注】○**アシカモトハ**　「アシカモトハ葦ノナカニヰタル鴨ナリ。アシタヅトイフガゴトシ」（古今集注）○**スタクトハ**　33歌注参照。

761

鴛

ハネノウヘノシモウチハラフトモヲナミ　ヲシノヒトリネスルソワヒシキ

六帖ニアリ。鴛鴦ハ、ネヲナラヘテソノチキリフカシ。ヒトツ〳〵ヲノツカラウセヌレハ、又コト、モヲクセヌ也。

308

鴛〈鳥部〉

はねのうへの霜うちはらひともをなみをしのひとりねするそわひしき

六帖に有。鴛鴦ははねをならへてその契りふかし。ひとつ〳〵をのつからうせぬれは、又こと、もをくせぬなり。

【出典】古今六帖・一四七五、三句「人もなし」、五句「今朝ぞかなしき」

【注】○**鴛鴦ハ**「皇太子聞二造媛徂逝一、愴然傷怛、哀泣極甚。於是、野中川原史満、進而奉レ歌。々曰、耶麻鵝播爾、烏志賦拕都威底、陀虞毗預倶、陀虞陛屢伊慕乎、多例柯威爾鶏武」（日本書紀・孝徳天皇大化五年）、「をしをば、山からにすむ、わかれにしとも」（能因歌枕）

【参考】「鴛鴦　ひとりね……夫妻契寄之」（八雲御抄）

762 シロタヘノナミフミナラシヲシトリノ　ハカナキアト、ヒトヤマチミシ

同ニアリ。

309 白妙のなみふみちらしをしとりのはかなきあと、人やまちみし

【本文覚書】○異本、注文なし。

【出典】古今六帖・一四八〇、二句「なみふみちらす」

鶴

763 タツカネノケサナクナヘニカリカネハ　イツクニサシテクモカクルラム

万葉第十一ニアリ。タツカネトハ、ツルノナクヲ云也。

靏

429 たつかねのけさなくなへにかりかねはいつくにさしてくもかくるらん

万第十にあり。たつかねとは、つるのなくを云也。

【出典】万葉集巻第十・二一三八「多頭我鳴乃《たづがねの》　今朝鳴奈倍尓《けさなくなへに》　鴈鳴者《かりがねは》　何処指香《いづくさしてか》　雲隠良武《くもがくらむ》」〈校異〉④未見。仙覚本は元「いつくをさしか」で緒で「か」を「テ」に訂正。類、紀「いつくをさしてか」で、類は「を」を消す。

「イツコサシテカ」

【他出】人麿集Ⅱ・一一二（三四五句「かりかねのいつくをさしてくもかくるらむ」）

【注】○タツカネトハ　平安期以降に「たづがね」の詠歌例は僅少。「たづがねにいとどもおつる涙かなおなじかはべの人をみしかば」（宇津保物語・一四）。「鶴鳴之《たづがねの》　所レ聞田井尓《きこゆるたゐに》　五百入為而《いほりして》　吾客有跡《われたびなりと》　於レ妹告社《いもにつげこそ》」（万葉集・二二四九、古今六帖・一二二八「たづがねのきこゆるなへにいほりしてたびにありきといもにつげなん」）

【参考】「鶴　たつかねとも云」（八雲御抄）

タツカナキアシヘヲサシテトヒワタル　アナタツ〱シヒトリサヌレハ
同十五ニアリ。タツカナキ、トヨメリ。

430　たつかなきあしへをさしてとひ渡るあなたつ〱し独さぬれは
同十五にあり。たつかなき、とよめり。


【本文】○以下の文、刈、上部余白書入・岩、注文末尾に本文化「蕉下庵云タツ〱シトハタト〱シ也同集大伴旅人ウタニモヨメリ」・大、注文末尾に「たづ〱しとはたど〱しなり。同集大伴旅人の歌にもよめり」

【出典】万葉集巻第十五・三六二六「多都我奈伎《たづがなき》　安之敝乎左之弖《あしへをさして》　等妣和多類《とびわたる》　安奈多頭多頭志《あなたづたづし》　比等里佐奴礼婆《ひとりさぬれば》」

〈校異〉③「トヒ」は類が一致。廣「コヒ」

【他出】綺語抄・四二二、袖中抄・六七六。古今六帖・四三五一（初句「たつきなき」三句「とびわたり」）

【注】○**タツカナキト**　「タツカナキ」という歌句を有する和歌は僅少。「たづがなき雲ゐにひとりねをぞ泣くつばさ並べし友を恋ひつつ」（源氏物語・二一五）、袖中抄「あしたづ」参照。

765 イクヨトモサシテハイハシ、ラツルノ　シラヌマテコソアラマホシケレ

六帖ニアリ。シラツル、トヨメリ。

431 いくよともさしてはいはししら鶴のしらぬまてこそあらまほしけれ

六帖にあり。しらつる、とよめり。

【出典】古今六帖・二二六二、三句「しらつゆの」

【注】○**シラツル**　詠歌例はそれほど多くない。「まつがえにすみてとしふるしらつるもこひしきものはくもゐなりけり」（重之集・一）、また「シラタヅ」と詠む場合もある。「しらたづのあまのはらよりとびつるはとほき心をしれるなるべし」（兼盛集・七四）。なお古今六帖では当該歌は「いはひ」の項目に入るが、諸本中三句を「シラツルノ」とするもの未見。

【参考】「鶴　しらつる」（八雲御抄）

766 アサヒコヤケサハウラ、ニサシイツル　タノムノタツノソラニムレナク

堀河院百首ニ前兵衛佐顕仲朝臣ノヨメル也。アサヒコトハ、アサヒカケトイフナリ。ケサハウラ、ニ、トイ

ヒテ、ソラニムレナク、トハヨメルハ、天晴テツルハソラニタカクマフコトナリ。本文ニヲホクミヘタリ。
コノタノムノコト、*カリニ古難義ニテアルヲ、カクヨメル、イカヽ。

432 あさひこやけさはうらゝにさしいつる田面のたつの空にむれなく

堀川院百首前兵衛佐顕仲朝臣のよめる也。あさひことは、あさひかけと云也。けさはうらゝに、といひて、そらにむれなく、とよめるは、天晴て鶴はそらにたかくまふ事也。本文におほくみえたり。このたのむのかりによめる、ふるき難義にてあめるを、かくよめる、いかゝ。

【本文覚書】○カリニ古難義ニテ…流布本諸本異同ナシ。

【出典】堀河百首・一三五四・顕仲、三句「さしつらん」

【他出】和歌色葉・四六四、色葉和難集・三八三、七八七、以上三句「さしつらむ」。別本童蒙抄・九（二三四句「今日ハウラ、ニテリツランタノムノ雁ノ」）

【注】○**アサヒコトハ**「あさひことはあしたの日をいふ也」（和歌色葉）、「和云、あさひことはあしたの月を云なり。うら、とはのどかに、うらゝかなりと云へり」（色葉和難集、静嘉堂文庫本等、「あしたの日」）、綺語抄は「あさひこ」「あさひかげにほふ」を立項するが注文はなし。「いづこにか駒を繋がむ安佐比古がさすや岡辺の玉笹の上に」（神楽歌）○**天晴テ**「帰嵩鶴舞日高見　飲渭龍昇雲不残」（和漢朗詠集・四一四）など。○**タノムノコト**　746歌注参照。「たのむのたづ」は766歌以外に詠歌例未見。「阿倍乃田能毛尓《あへのたのもに》為流多豆乃《ゐるたづの》」（万葉集・三五二三）に拠るか。袖中抄は「これ雁の歌ならねどたづの歌にて、同《（おなじ）》く心得あはするに、田の面と聞こえたり」とする。

【参考】「あさひことは、あしたをいふ」（松か浦嶋）、「日　あさひこ〈異名也〉」（八雲御抄）

767 フルサトヲワスレスキナクマナツルハ　ムカシノナヲモナノリケルカナ

同百首ニアリ。越前守仲実カヨメル也。

433 古里をわすれすきなくまなつるは昔のなをもなのりける哉

同百首に仲実かよめるなり。

【出典】堀河百首・一三五一・仲実

【他出】和歌色葉・四六三（五句「なのるなるかな」）、色葉和難集・六二五（五句「なのるなりけり」）

鸊鷉

768 ハルノイケノタマモニアソフニホトリノ　アシノイトナキコヒモスルカナ

六帖ニアリ。タマモニアソフトハ、鳧藻之楽、トテ、カモ《鳧》ハモニタノシムナリ。アシノイトナキトハ、水鳥ノ水ニアルヲミルハヤスケレト、アシヲハヒマナクカク也。サレハイトナキトハ、イトマナキトヨメル也。

鸊鷉

434 はるのいけのたまもにあそふにほとりのあしのいとなき恋もする哉

六帖にあり。たまもにあそふとは、鳧藻也楽、とて、鳧は藻にたのしむ也。あしのいとなきとは、水鳥の水にあるをみるはやすけれと、あしをはひまなくかくなり。されはいとなきとは、いとまなきとよめるなり。

【出典】古今六帖・五〇四
【他出】後撰集・七二、定家八代抄・九八九
【注】○タマモニアソフトハ　「捨車遵往路　鳧藻馳目成〈…班彪冀州賦曰、感鳧藻以進楽兮〉」（文選巻二十一「秋胡詩」、括弧内は李善注、なお「冀州賦」は佚）。「タマモニアソフ」は、新古今時代から若干詠歌例が見える。「さざ浪や玉藻にあそぶにほの海の霞のひまは春風ぞ吹く」（壬二集・一一五〇）○アシノイトナキトハ　鳰鳥が水中で慌ただしく足を動かすという趣向は、「いでいりこひに　にほどりの　したさわがしう　かよはすを」（忠岑集・八四）、「にほ鳥のしたやすからぬ思ひにはあたりの水もこほらざりけり」（古今六帖・一四九七）、「水とりをみづのうへとやよそにみむわれもうきたる世をすごしつつ」（紫式部日記）等に見える。
【参考】「鳰　たまもにあそふ」「いとなき　暇無也」（八雲御抄）

鵜

769 アヘノシマウノスムイシニヨルナミノ　マナクコノコロヤマトシマミユ

万葉三ニアリ。ウノスムイシ、トヨメリ。ヤマトシマネトハ、日本ノ名也。

鵜

435 あへのしまうのすむ石によるなみのまなくこの比やまとしまみゆ

万第三にあり。うのすむいし、とよめり。やまとしまねとは、日本の名なり。

【出典】万葉集巻第三・三五九「阿倍乃嶋《あへのしま》　宇乃住石尓《うのすむいそに》　依浪《よするなみ》　間無比来《まなくこのころ》　日本師《やまとし》所レ念《おもほゆ》」〈校異〉⑤未見。類、廣「やまとおもほゆ」。古「ヤマトシヲモホユ」。紀「ヤマトシオモホユ」で「シ」を消す。仙覚本は「ヤマトシオモホユ」

【他出】五代集歌枕・一四六九（五句「やまとしおぼゆ」）、和歌色葉・九四（五句「やまとしまねみゆ」）

【注】○ウノスムイシ「うのすむいしとはをきの巌にや」（和歌色葉）、「あべ島のうのすむ石にてる月はたがひに色をもてはやすかな」（田多民治集・一一四）○ヤマトシマネトハ　251歌注参照。

【参考】「鵜　うのゐるいは云は、あら海なとにあり」（八雲御抄）

770
鵙鳩
ミサコヰルフシノヤマヘニワカキナハ　イツチム《ユイ》キテカキミカナケカム
万葉十四ニアリ。ミサコヲフシノヤマニヰルトヨメル、イカニ。

436
鵙鳩
みさこゐるふしのやまへにわかきなはいつちゆきてか君か歎かん
万葉十四にあり。みさこをふしのやまにゐるとよめる、如何。
【本文覚書】○鵙…諸本異同ナシ。
【出典】万葉集巻第十四・三三五七「可須美為流《かすみゐる》　布時能夜麻備尓《ふじのやまびに》　和我伎奈婆《わがきなば》　伊豆知武吉弖加《いづちむきてか》　伊毛我奈気可牟《いもがなげかむ》」
〈校異〉①「ミサコ」未見。非仙覚本及び仙覚本は「かすみ」。④は廣が「ムキテカ」で一致し、春「ムキテ□」も同じか。類は「ゆきてか」で童蒙抄の傍記と一致。⑤「キミ」未見。非仙覚本（春は不明）及び仙覚本は「いも」
【他出】五代集歌枕・四五二（初句「かすみゐる」下句「いづちゆきてかいもがなげかん」）、和歌一字抄・一〇六六「霞ゐる富士の高根にわがへなばいづちへとてかいもがなげかん」、袋草紙・七二二（霞ゐる富士の高根にわがきなばいづちむきてかいもがふしなん）

【注】○ミサコヲフシノヤマニ　万葉集異伝による本文か。

【参考】「鵙　みさこゐるは海也。みさこゐるあらいそと云は水沙也。鳥にはあらす。海鳥也」（八雲御抄）

鸗

771 ハルマケテモノカナシキニサヨケ《フ》テ　ハフリナクシキタカタニカスム

万葉十九ニアリ。ハルマケテトハ、春サリテトイフコ、ロ也。マケテトハ、罷《シリソク》《マケ》、トカケルナリ。

鸗

437 はるまけてものかなしきにさよふけてはふりなくしきたかたにかすむ

万十九にあり。はるまけてとは、春さりてと云詞なり。まけては、罷、とかけるなり。


【出典】万葉集巻第十九・四一四一「春儲而《はるまけて》　物悲尓《ものがなしきに》　三更而《さよふけて》　羽振鳴志芸《はぶきなくしぎ》　誰田尓加須牟《たがたにかすむ》」〈校異〉①「テ」は元、廣が一致。類「し」で右「て欤」⑤「スム」は類、廣及び元（「は」右緒）が一致。元「はむ」

【他出】古今六帖・四四七五（下句「とかはなくしぎたがためかなく」）、和歌色葉・九五（初句「春さげて」）、色葉和難集・一二六（初句「春待ちて」）

【注】○ハルマケテトハ　「はるまけてとは春さかりてといふ心也。罷《シリソク》とかきてまけてとよめり」（和歌色葉）○マケテトハ　「罷道之《まかりぢの》」（万葉集・二一八）「今者将罷《いまはまからむ》」（同・三三七）、「罷　シリソク　マカヌ《ル》」「去　サル　イヌル　マカル」（名義抄）

772 モ、ハカキハネカクシキモワカコトク　アシタワヒシキカスハマサラシ
拾遺抄七ニアリ。貫之哥也。コノトリハ、、ヤシヲスキミネヲワタルトキニ、モ、ハカキハネヲカクトイヘリ。

438 も丶はかきはねかくしきもわかことくあしたわひしきかすはまさらし
拾遺抄七にあり。貫之哥也。此鳥は、林をすきみねをわたる時に、も丶はかきはねをかくといへり。

【出典】拾遺抄・二八五・つらゆき
【他出】貫之集・五一、古今六帖・二五九一、拾遺集・七二四、袖中抄・八八五、定家八代抄・一〇六六
【注】〇**コノトリハ**　童蒙抄と同主旨の注説未見。「鴫の羽かくことのしけき也。されはも丶はかきとは云也」（奥義抄）、「しきといふとりは、あか月にはねをかくことのしけき物なれは、も丶はかきといふ也」（和歌色葉）
【参考】「鸙　朝わひしといへり」（八雲御抄）

雲雀

773 ウラ〳〵ニテレル*ハルカニヒハリアカリ　コ、ロカナシモヒトリヲモヘハ
万葉十九ニアリ。コノトリハ、春*ウラ〳〵カニテルニハルカニソラヘアカルナリ。ウラ〳〵ニトハ、ウラ、カニトイフコトハ也。東行南行雲眇々　二月三月日遅々、トイフ詩ヲ人ノ北野ニマウテ、詠シケルニ、スコシマトロミタルユメニ、トサマニユキカウサマニユキテクモハル〳〵、キサラキヤヨヒ日ウラ〳〵、トコソ

詠スレ、トヲホセラレケルヲオモヘハ、ヲソシトイフコヽロニモヤアラム。

雲雀

439 うら〳〵にてれる春日に雲雀あかり心かなしもひとり思へは

万十九にあり。この鳥は、春うらゝかにてるにはるかに空へあかるなり。うら〳〵にとは、うらゝかにと云詞なり。東行西行雲眇々　二月三月日遅々、と云詩を人の北野にまうて、詠しけるに、すこしまどろみたる夢に、とさまにゆきかうさまにゆきてくもはる〳〵、きさらきやよひ日うら〳〵、とこそ詠すれ、と仰られけるをおもへは、をそしといふ心にやあらむ。

【本文覚書】○ハルカニ…ハカニ（谷）、ハルヒニ（刈・東）、ハルカ《ビ》ニ（岩）、はるひに（大）○ウラ〳〵カニ…ウラヽカニ（和・筑A・刈・東・岩）、うらゝかに（筑B・大）

【出典】万葉集巻第十九・四二九二「宇良〻〻尓《うらうらに》 照流春日尓《てれるはるひに》 比婆理安我里《ひばりあがり》 情悲毛《こころがなしも》 比登里志於母倍婆《ひとりしおもへば》」〈校異〉②「ハルカ」未見。非仙覚本及び仙覚本は「はるひ」⑤は元が一致。類、春「ひとりしおもへは」。廣「ヒトリシオモヘリ」

【他出】綺語抄・五七三。和歌色葉・九六（五句「ひとりおもへば」）、色葉和難集・五六五（四句「心ながしも」）

【注】○コノトリハ「雲雀あがるといふこと、順が集に載れり」（類聚証）、「ひばりあがる　春をいふ」（綺語抄）○**東行南行**　江談抄四、今昔物語巻二十四に見える説話。以上の注、和歌色葉、色葉和難集もほぼ同じ。

774 ヒハリアカルハルヘトサラニナリヌレハ　ミヤコモミ*エヌカスミタナヒク

同廿ニアリ。

440 ひはりあかる春へとさらになりぬれはあやこ（ママ）もみえす霞たなひく

同廿にあり。

【本文覚書】○ミエヌ…みえす（筑B）、ミエズ（刈・岩）、ミエス（東）、みえず（大）○異本「あやにも」の「に」字、「こ」とも読みうる。

【出典】万葉集巻第二十・四四三四「比婆里安我流《ひばりあがる》　波流弊等佐夜尓《はるへとさやに》　奈理奴礼波《なりぬれば》　美夜古母美要受《みやこもみえず》　可須美多奈妣《かすみたなび》久《く》」〈校異〉②「サラニ」は類が一致。元、春「さやに」④「ヌ」未見。非仙覚本及び仙覚本は「す」。なお、廣は訓なし。

【他出】綺語抄・九八、五七四（二句「はるひとさらに」）、以上四句「みやこも見えず」

鷲

775 ツクハネニカ、ナクワシノネヲノミヤ　ナキワタリナムアフトハナシニ

六帖ニアリ。

鷲

441 つくはねにかくる（ママ）、わしのねをのみやなき渡りなんあふとはなしに

六帖にあり。

【出典】古今六帖・一一七一、二二三四句「かくならはしのねをのみかなきわたりなば」
【他出】万葉集・三三九〇（「筑波祢尓《つくばねに》　可加奈久和之能《かかなくわしの》　祢乃未乎可《ねのみをか》　奈伎和多里南牟《なきわたりなむ》　安布登波奈思尓《あふとはなしに》」）、五代集歌枕・五七一（三句「ねのみをか」）、袖中抄・三九九（三句「ねのまをか」）

776 ヒトコフルカ、ヒモ*ワヲハイトヒケリ　ワシノケ、ナクシラネコユレト

越前守仲実哥也。カ、ヒトハ、ヲトコニステラレタル女ヲイフ。*ワヲトハ、ワレヲハトイフナリ。シラネトハ、ヲクヤマヲイフカ。クマノ《熊野》、本宮トナチ《那智》トヘカヨヘルミチニアルヤマヲソカクハイフ。

442 人こふるか、ひもわをはいとひけりわしのけ、なくしらねこゆれは

越前守仲実哥也。か、ひとは、おとこにすてられたる女を云。わをとは、われをわといふなり。しらねとは、おく山を云歟。熊野の本宮と那智とへかよへる道にある山をそかくはいふ。

【本文覚書】○ワヲハ…ワラハ（内・和・筑Ａ・刈・書・東・岩）、わらは（狩・大）　○ワヲトハ…ワラハトハ（内・書）、ワラトハ（和・筑Ａ・刈・東・岩）、わらはとは（狩）、わらとは（大）
【出典】明記せず
【他出】袖中抄・三九八
【注】○**カ、ヒトハ**　「顕昭云《（ク）》、か〻ふか〻ひとは、万葉云《（ニ）（ク）》、嬥歌者東俗語曰《（ニ）（フ）》二賀我比一云《（ト）》々」（袖中抄）　○**シラネトハ**　「山　しこね《（ママ）》、をくやま也」（和歌色葉）、「雪イタウフルヤマナレバシラネト云也……越前ノ白山ヲバ、コシノシラネトモ、シラヤマトモコシノ大山トモヨメリ」（後拾遺抄注）、「しらねを奥山といふ事はいか〻」（袖中抄）
○**クマノ《熊野》、本宮ト**　未詳。「仲実は越前守なれば、越の白根を越ゆる身なれど〻、詠めるにこそ」（袖中抄）

鷹

777 ヤカタヲノタカヲテニスヱミシマノ、　カラヌヒマナク月ソヘニケル

万葉十七ニアリ。ヤカタヲトハ、矢形尾、トカケリ。ヤノカタニ、タルヲノアルナリ。タカ、リハ、仁徳天皇御時ヨリハシマレルコトナリ。日本記十一云、仁徳天皇卌三年、網土倉《アミツチクラ》ノ阿弭古《アヒコ》、異鳥ヲタテマツレリ。天皇秦公酒ヲメシテ曰、何鳥ソ。コタヘテマウサク、ナレヌルコトヲエツレハ人ニシタカフ。又モロ〳〵ノトリヲ接ス。コノトリノナヲ倶知《クチ》トイフナリ。天皇百舌鳥《モス》野ニ幸シテ遊猟シテ、数十ノ雉ヲエタマヘリト云々。

鷹

443 やかたをの鷹を手にすへみしまのにからぬひまなくつきそへにける

万十七にあり。やかたをとは、矢形尾、とかけり。やのかたにゝたるをのあるたかなり。たかゝりは、仁徳天皇の御時よりはしまれる事なり。日本紀十三云、仁徳天皇四十三年、網土倉の阿弭古、異鳥をたてまつれり。天皇泰土（ママ）酒をめして曰、何鳥そ。こたへて申さく、なれぬることをえつれは人にしたかふ。又もろ〳〵の鳥を接す。此鳥のなを倶知と云也。天皇百舌鳥野に幸して遊猟して、数十の雉をえ給へりと云々。

【出典】万葉集巻第十七・四〇一二「矢形尾能《やかたをの》　多加乎手尓須恵《たかをてにすゑ》　美之麻野尓《みしまのに》　可良奴日麻祢久《からぬひまねく》　都奇曾倍尓家流《つきそへにける》」

〈校異〉③未見。元、廣「みしまのに」。類「みしまえに」で「え」を「の」に訂正。仙覚本は「ミシマノニ」④未

見。類、廣及び元（「く」右）「からぬひまねく」。元「かくぬひまねく」。仙覚本は「カラヌヒマネク」で、宮及び細（「ネ」右）「カラヌヒマナク」で童蒙抄と一致。⑤「月」は元及び廣（「ト」右）が一致。類、廣「とき」

【他出】五代集歌枕・七三二、袖中抄・三六九（三句「みしま野に」五句「としぞへにける」）、色葉和難集・五九六（五句「時ぞへにける」）

【注】○**ヤカタヲトハ**「やかたをとは尾のふの矢の羽のやうにさかりふにきりたる鷹也。集には矢形尾とかけり」（奥義抄）、「ナ《ヤ歟》カタヲトハ、尾ニサカリフト云物アル也」（別本童蒙抄）。なお袖中抄に詳説する。○**タカ、リハ**「卌三年秋九月庚子朔、依網屯倉阿弭古、捕二異鳥一、献二於天皇一曰……天皇召二酒君一、示レ鳥曰、是何鳥矣。酒君対言……得レ馴而能従レ人。亦捷飛之掠二諸鳥一。百済俗号二此鳥一曰二倶知一〈是今時鷹也〉……是日、幸二百舌鳥野一而遊猟……忽獲二数十雉一。」（日本書紀・仁徳天皇四十三年）

【参考】「矢形尾能多加乎手爾居美之麻野爾可□奴日□祢久都奇曽倍邇家流〈ヤカタオノタカヲテニスヘミシマノニカ□ネクツキソヘニ□〉ヤカタオノタカトハ、鷹之名也。尾ノ、矢ニ似タルヲ云也」（万葉集抄）、「鷹　やかたおの〈尾のまたらなる也〉」（八雲御抄）

778 ヤカタヲノ・《マ》シロノタカヲトヤニスヘ　カキナテミツ、カハマクモヨシ

同十九ニアリ。マシロトハ、メノウヘノシロキヲイフ。トヤトハ、タカスヱタル屋ヲイフ。トヤカヘルトイヒ、トカヘルトイフハ、カノヤニテカヘルトイフナリ。其哥、

779 「トヤカヘリワカテナラシ、ハシタカノ　クルトキコユルス、ムシノコヱ

後拾遺四ニアリ。大江公資哥也。779' ワレカミハトカヘルタカトナリニケリトシハフレトモコヒハワスレス。

同十一ニアリ。経年恋ノ心ヲ左大臣ノヨミタマヘル也。

444 やかたをのましろのたかをとやにすへかきなてみつゝかはまくもよし

同十九にあり。ましろとは、めのうへのしろきをいふ。とやとは、たかへたる（ママ）やを云。とやかへるといひ、とかへるといふは、かのやにてかへると云也。其哥云、445 とやかへりわかてならしのはしたかのくるときこゆるすゝむしのこゑ、後拾遺四にあり。大江公賢哥なり。

446 われかみはとかへるたかとなりにけりとしをふれとも恋はわすれす、同十一にあり。経年恋の心を左大臣のよみ侍ける也。

【出典】778 万葉集巻第十九・四一五五「矢形尾乃《やかたをの》 麻之路能鷹乎《ましろのたかを》 屋戸尓須恵《やどにすゑ》 可伎奈泥見都追《かきなでみつつ》 飼久之余志毛《かはくしよしも》」〈校異〉③「トヤ」未見。非仙覚本及び仙覚本は「やと」⑤未見。元「かはくしよしも」。類「かはくよしも」で「くよ」右「シ」。廣及び元（「は」右）「カフクシヨシモ」。元「く」右赭「ナク」。仙覚本は「カハクシヨシモ」 779 後拾遺集・一二六七・大江公資朝臣 779' 後拾遺集・六六一・左大臣（源俊房）

【他出】778 口伝和歌釈抄・二七一（三句「てにすへて」五句「日をくらすかな」）、奥義抄・三九六（三句「やどにすゑ」、五句「かはくれよしも」）、袖中抄・三七二（三句「やどにすゑ」、五句「飼はくしよしも」）、和歌色葉・一六五（五句「かわくまもなし」） 779 和歌色葉・一六六（二句「わが手ならしの」）。綺語抄・六二七、袖中抄・三六八、色葉和難集・一六六、口伝和歌釈抄・二七四、以上初二句「とやかへるわかたならしの」 779' 詠歌一体・二三。綺語抄・六二六（初句「わがこひは」下句「としをふれどもこゐをわすれず」）、隆源口伝・三六、袖中抄・三六四（下句「としをふれどもこゐをわすれず」）、色葉和難集・一六五（五句「こゐはまさらず」）

【注】○マシロトハ 「ましろのたかといふ事たつぬへし」（口伝和歌釈抄）、「マシロノ鷹トハ、目ノ上ナドノ白キ鷹

也」（五代勅撰）、「ましろのたかとは、めのうへのしろきたかなり。月《目》白鷹とかけり」（和歌色葉）、「マシロトハ、メノ毛ノ白キナリ」（別本童蒙抄）。袖中抄は、「ましらへのたか」と立項し、「ましろの鷹」と同義とする。○**トヤトハ**　「とやとはたかすへたるやなり」（和歌色葉）、「トヤトハ鳥屋ナリ」（後拾遺抄注）○**トヤカヘルトイヒ**　「とか〻《（ママ）》へるとわ、たかやにてかへるをいふ」（口伝和歌釈抄）、「タカヲバ夏トヤニコメテ飼タルガ、ソノトヤニテ毛ノカハレルヲトヤカヘリトハ云也」（後拾遺抄注）、「とやがへりすとは、鷹の鳥屋にて毛のしろくかはるをば、とやがへりと云ふなり」（散木集注）、「たかはすたかとい〻て、いまたすにあるをりとりて、とやにこめてかひてとしをこしつれはけもかはるをとやかへるとはいふ也……とやかへるといふは、このやにてかへるをいふ也」（和歌色葉）、「ト帰ル鷹トハ、トヤノウチニテ年ヲヘテ毛ノカワルヲ云」（別本童蒙抄）。なお綺語抄は「とがへる」「とやがへる」を同義とし、袖中抄もこれに同ずる。○**経年恋ノ心ヲ**　「関白前左大臣家に人人経年恋といふ心をよみはべりける　左大臣」（後拾遺集・六六一詞書、作者名）

【参考】「鷹　ましろのたか……とやかへり」（八雲御抄）

780 アラタカノイマハクモヰニイリヌレハ　キテモヤヰルトミスルテタヌキ*

六帖ニアリ。アラタカハ、ナラシタルヤウナレトモ、ヤカテソリテクモヰニイルコトモアレハ、カクヨメリ。タカタヌキヲメニアテヽ、タカノユクヘヲミルナリ。テタヌキトハ、タカタヌキナルヘシ。

447 あら鷹のいまは雲井にいりぬれはきてもやゐるとみするてたぬき

六帖にあり。あらたかは、ならしたるやうなれとも、やかてそりて雲井にいる事もあれは、かくよめり。たかたぬきを目にあて〻、鷹のゆくゑをみる也。てたぬきとは、たかたぬきなるへし。

【本文覚書】○ミスルテタヌキ…ミスルテタスキ（岩）、みするてだすき（大）

【出典】古今六帖・一一七四、三句「なりぬれば」

【他出】和歌色葉・一六八。高良玉垂神社紙背和歌・一三（三句「なりぬれば」）

【注】○**アラタカハ**　和歌色葉にほぼ同文あるも、童蒙抄に拠る。「やまがへりまだてならさぬあらたかをけふのみかりにあはせつるかな」（教長集・六一一）○**タカタヌキヲ**「韝　文選西京賦云青骹摯於韝下〈韝音溝訓太加大沼岐又見射芸具〉薛綜曰韝臂衣也」（二十巻本倭名類聚抄）。「韝　タマキ　タカタヌキ……鷹―　タカダヌキ」（名義抄）○**テタヌキトハ**　未詳。

【参考】「鏡　たかたぬき」（八雲御抄）

ミカリスルスヘノニタテルヒトツマツ　タカヘルタカノコヰニカモセム
コノウタ長能カヨメル也。タカヘラムタカハ、コヰニカヽラムコトヤヨシナカルヘキ、トソ宇治殿モヲホセラレケル。

448 みかりする末野にたてるひとつ松たかへるたかのこゐにかもせん
此哥長能かよめるなり。たかへらんたかは、こゐにかゝらむことやよしなかるへき、とそ宇治殿もおほせられける。

【出典】明記せず
【他出】口伝和歌釈抄・二六六、綺語抄・六二九、袖中抄・三六五、色葉和難集・一六七。長能集・二二〇（初二句「みかりののみそのにたてる」四句「とがへるたかの」）。隆源口伝・三四、別本童蒙抄・二四四（二句「裾野に立てる」）。玄玄集・七〇、金葉集三奏本・二九六（四句「とがへるたかの」）、別本童蒙抄・二四四（二句「スソ野ニタテル」五句「声ニカモセン」）

【注】○**タカヘラムタカハ**　「八郎蔵人といふ人のいひけるは、かゝるうたなし。これは長能人たかゐるとは、しかいふにはあらす、たつぬへし。宇治殿もかくその給し。たゝし故若狭守は、てにてかへるをたかつ《（ママ）》るといふとそある。とか、へ《（ママ）》るとわたかやにてかへるをいふ」（口伝和歌釈抄）、「八郎蔵人といひける人のいひけるは、かゝる歌なし。是は長能がよみあつかひたりける歌なるべし。件蔵人たがへるとはしかいふにあらず。委しからず。尋ぬべしといふ。高《（ママ）》治殿かくぞのたまひける。但、故若狭守は手にかへるをいふとぞいひし。とがへる、とやかへるなどを、山などにてかへるをいふにや。かへるとはたか屋にてかへるをいふと云々。かへるとは毛などのかへるを云ふ」（隆源口伝）、「盛房がいひけるは、かゝる歌なし。これは長能がよみあつかひける歌となむいひける。盛房は、たかへるとは田にてかへるといふ也。宇治殿もさぞおほせられける。故若狭守通宗は、てにてかへるをいふ也と云々。とかへるとは、のなどにてかへるをいふ。とやかへるとはとやにてかへるをいふ。このかへるとは、みなけのかはるをいふ也」（綺語抄）、「タカエルタカトハ、手ニカヘルト云」（別本童蒙抄）。袖中抄がこれらの諸説をまとめる。

782
雉
ス、キノニサヲトルキ、スイトシロク*　ナキシモナカムコモリツマカモ

万葉十九ニアリ。家持哥也。大戴礼曰、正月雉震雊《フルヒナク》。礼記月令、律中大呂雉雊鶏乳云々。

449
雉
すゝきのにさをとるきゝすいちしろくなきしもなかむこもりつまかも

万十九にあり。家持哥也。大戴礼曰、正月雉震雊。礼記月令、律中大呂雉雊鶏乳云々。

【本文覚書】○イトシロク…イチシロク（刈・岩）、イチジロク（東）、いちじろく（大）

【出典】万葉集巻第十九・四一四八「榲野《すぎのの》尓《に》 左乎騰流雉《さをどるきぎし》 灼然《いちしろく》 啼《ね》尓《に》之《し》毛《も》将レ哭《なかむ》 己母利豆麻可母《こもりづまかも》」〈校異〉①「ス、キ」未見。非仙覚本及び仙覚本は「すきの」。なお、春「□ノ、ニ」③未見。元、類、廣、春「いちしろく」。元「ろ」右赭「ル」。仙覚本は「イチシロク」④は廣、春及び元（「、」右赭）が一致。元「なき、もなかむ」。類「ねにしもなかむ」

【他出】古今六帖・一一八二（三句「いちしるく」五句「こもりづまはも」）。五代集歌枕・七三三（初句「すぎののに」）

【注】○**大戴礼曰**「正月……雉震呴。呴也者鳴也。震也者鼓其翼也」（大戴礼「夏小正　第四十七」）。なお782歌は万葉集においては三月の詠であり、諸注とも大戴礼と関連づけていない。○**礼記月令**　110歌注参照。

【参考】「雉　さをとるきゝすと云〈おとるよし〉」（八雲御抄）

783

山鶏

アシヒキノヤマトリノヲノシタリヲノ　ナカ〳〵シヨヲヒトリカモネム

六帖哥也。人丸詠也。山トリノ尾ノシタリ尾ノ、トモイハレタルヲ、山トリノ雄ノシタリヲノ、トイフヘキナリ、ト古人申ケルトカヤ。ミネヲヘタテ、ヨルハ雌雄フストリナリ。サレハヒトリヌルコ、ロニモヨセテヨメルナルヘシ。

山鶏

450　あしひきの山とりのをのしたりをのなか〳〵し夜を独かもねん

六帖哥なり。人丸詠也。山鳥の尾のしたりをの、ともいはれたるを、山鳥の雄のしたりをの、といふへきなり、と古今に申けるとかや。みねをへたてゝよるは雌雄ふすとりなり。されはひとりぬる心にもよせてよめるなるへし。


【出典】古今六帖・九二四、五句「わがひとりぬる」。古今六帖諸本五句に異同なし。

【他出】万葉集・二八〇二（或本歌曰「足日木乃《あしひきの》　山鳥之尾乃《やまどりのをの》　四垂尾乃《しだりをの》　長永夜乎《ながながしよを》　一鴨将レ宿《ひとりかもねむ》」）、人麿集Ⅰ・二〇七、人麿集Ⅱ・三三三、拾遺集・七八八、三十人撰・八、深窓秘抄・七四、和漢朗詠集・二三八、三十六人撰・八、綺語抄・六一〇、奥義抄・三五〇、人麻呂勘文・四六、袖中抄・五一五、和歌色葉・一二〇、俊成三十六人歌合・二、定家八代抄・一一二一、詠歌大概・九七、近代秀歌・九一、秀歌大体・九三、八代集秀逸・二六、時代不同歌合・三、百人一首・三、百人秀歌・三。口伝和歌釈抄・三六（四句「中〳〵しきよ」）、俊頼髄脳・二六二（五句「ひとりかもぬる」）、別本童蒙抄・二四〇（四句「ナカナカシキヨニ」）

【注】○**山トリノ雄ノ**　「これはをとりのをゝいふなり」（口伝和歌釈抄）、「やまどりのをどりのしだりをといふなり」（綺語抄）、「此哥に山鳥のおと有は尾にあらす、雄也。をとりのしたりおのといふ也と申す義もはへり」（奥義抄）、「たれが義にても山鳥の雄のといふ義はわろし。山鳥の尾のと書ける故なり」（袖中抄、同書は万葉集の表記から「雄」を排する）、「此鳥はかならずひるはめとぐしてをきへたてゝきたれば、をやまどりはとまるとかや」（色葉和難集）○**ミネヲヘタテヽ**　「やまとりはめとともにあれとも、よるたにをへたてゝひとりぬるなり」（口伝和歌釈抄）、「また山どりは、ひるはめとゝもにあれども、よるははなれてひとりぬる也」（綺語抄）、「山鳥といふ鳥のめをとこはあれと、夜になれはをゝへたてゝひとつ所にはふさぬものなれは」（俊頼髄脳）○**ヒトリヌルコヽロ**　「たゝな

かきによそへたるやうなれとも、ひとりぬるにそへていへるなり」（口伝和歌釈抄）、「ヤマ鳥トハ、ナカキ事ニヨセテ読ヘシ」（別本童蒙抄）

【参考】「山鶏　ひとりぬるは夫妻山の尾を隔てぬる也。さてひるはゆきあふ也」（八雲御抄）

784 ヒルハキテヨルハワカル、ヤマトリノ　カケミルトキソネハナカレケル

同ニアリ。ヨルハヒトリヌルコ、ロヲヨメリ。カケミルトキネヲナクコ、ロハ、委見鏡部。異苑曰、山鳥ハ其毛羽ヲ愛ス。水映スレハスナハチ舞。魏武時、南方竜之*。*呂子蒼舒令人取大鏡看其前。山トリ《鳥》カタチヲカ、ミテマフコトヤムコトエス。

451 ひるはきてよるはわかるゝ山鳥のかけみる時そねはなけ《ママ》れける

同にあり。夜はひとりぬる心をよめり。かけみるときねをなく心は、委見鏡部。異蒙《ママ》云、山鳥は其毛羽を愛す。水に映すれは即舞。魏武時、南方献之。呂子蒼舒令人取大鏡看其前。山鳥かたちをかゝみてまふことやむ事えす。

【本文覚書】○竜之…献之（刈・狩・大）、竜之《献》（岩）　○呂子…公子（刈・東・大）

【出典】存疑。奥義抄は「古歌」とし、夫木抄は「六二」と注する。

【他出】奥義抄・三四九、袖中抄・五一七、和歌色葉・一一九、新古今集・一三七二、定家八代抄・一一一九

【注】○**ヨルハヒトリヌル**　783歌注参照。○**委見鏡部**　491歌注参照。○**異苑曰**　「山鶏愛其毛羽、映水則舞。魏武帝南方献之、帝欲其鳴舞而無由。公子蒼舒令置大鏡其前、鶏鑑形而舞、不知止、遂乏死。韋仲将為之賦其事」（異苑巻三）、

「異苑曰、山鶏愛其毛羽、映水則舞、魏武時、南方献之、公子蒼舒、令以大鏡其前、鶏鑑形而舞、不知止、遂乏死」（芸文類聚巻七十）。異苑は日本国見在書目録に見えない。また、省略部分も一致するのでここは芸文類聚に拠ったか。巻十「返歌」の項でも引く。

【参考】「鏡　山とりのはつおの」（八雲御抄）

785　鶏

ニハトリノカケノタレヲノミタレヲノ　ナカキコ、ロモヲモハサルカモ

万葉七ニアリ。ニハトリカケノトハ、ニハトリヲイフナリ。タレヲ、ミタレヲナトハ、ナカクシタリタルヲイフ也。

452　鶏

にはとりのかけのたれをのみたれをのなかき心も思はさるかも

万七にあり。にはとりのかけのとは、にはとりを云也。たれを、みたれをなとは、なかくしたりたる尾なり。

【出典】万葉集巻第七・一四一三「庭津鳥《にはつとり》　可鶏乃《かけの》垂尾乃《たりをの》　乱尾乃《みだれをの》　長心毛《ながきこころも》　不ㇾ所ㇾ念鴨《おもほえぬかも》」〈校異〉①は廣が一致。類、紀「にはつとり」②「タレ」は類、紀が一致。廣「タリ」③「ミタレ」は類、廣が一致。紀「シタリ」。なお、西「ミタレ古」あり。

【他出】綺語抄・六〇五、袖中抄・五一六、以上初句「にはつとり」

【注】○ニハトリカケノトハ　「鶏　カケノタレヲ……カケ、カケノ鳥」（和歌初学抄）○タレヲ、ミタレヲナトハ歌学書に見えず。尾の長さを踏まえた歌に、「長き夜の雪の朝の庭つ鳥おのがたれをの誰をまつらん」（壬二集・二七八八）、「庭とりのかけのたれをの長き夜をおもひたれてや独かもねん」（信生集・一三九）がある。
【参考】「鶏　かけろ、かけのたれおのみたれおと云、かけ」（八雲御抄）

786
トヲツマトタマクラアケ*テネタルヨハ　トリノネナク・《ナ》アケハアクトモ
同十二アリ。ニハトリトイハテ、タ、トリトイヘリ。鶏ノアカ月ニナクコトハ鶏鳴、春秋説題辞ニイハク、鶏ハ為積陽、南方之象、大陽精初炎上也。故陽出。鶏ノナクハ、類ニ感スレハナリ。又玄中記曰、東南有桃都山上有大樹。名桃都。枝相去三千里。上有天鶏。日初出照此木《樹イ》。鶏即鳴。天下鶏皆随之鳴。

453
とをつまとたまくらかけてねたるよは鳥の音なくなあけはあく共
同十二にあり。にはとりといはて、たゝとりといへり。鶏のあか月になくことは、春秋説題辞云、にはとりは為積陽、南方之象、大陽精物《(ママ)》炎上。故陽出。鶏のなくは、類を感すれは也。又、玄中記曰、東南有桃都巳《(ママ)》上有大樹。名桃都。枝相去三千里。上有天鶏。曰《日》初出照此樹。鶏即鳴。天下鶏皆随之鳴。
【本文覚書】○アケテ…マケテ（刈・東・岩）、まけて（大）
【出典】万葉集巻第十・二〇二一「遥嬬等《とほづまと》　手《た》枕易《まくらかへて》　寐夜《ねたるよは》　鶏音《とりがね》莫《な》動《なき》　明者《あけば》雖レ明《あけぬとも》」〈校異〉②「アケテ」は類が一致。元、紀「かへて」。元「へて」右赭「ハシ」③「ハ」は元、類、紀が一致。元「ハ」右赭「ヲ或」④は類が一致。

元「とりかねなくな」。紀「トリノネナクハ」。
【他出】人麿集Ⅲ・一四七（二句「タマクラカヘテ」）、古今六帖・一四一（二句「たまくらかへて」四句「とりのねなくに」）
【注】○春秋説題辞ニ「説題辞曰、鶏為積陽、南方之象、火陽精物、炎上、故陽出鶏鳴、以類感也」（芸文類聚巻九十一、当該記事の前の出典は「春秋運斗樞」）、春秋説題辞は春秋の緯書。日本国見在書目録に見えない。なお、異本「大陽精物炎上」の「大」はあるいは「火」か。判読困難。○玄中記曰「玄中記曰、東南有桃都山、上有大樹、名曰桃都、枝相去三千里、上有天鶏、日初出、照此木、天鶏即鳴、天下鶏皆随之」（芸文類聚巻九十一）、また初学記、説郛にも引く。玄中記は日本国見在書目録に見えない。両書とも引用はこの箇所のみ。

787
モノヲモフトイネミオキタルアサアケハ　ワヒテナクナリ*アケノトリサヘ
同十二アリ。*アケノトリ、トヨメリ。

454
物思ふといねみをきたるあさあけはわひてなくなりかけのとりさへ
同十二にあり。かけのとり、とよめり。

【本文覚書】○アケノトリサヘ…カケノトリサヘ（内・書）、かけの鳥さへ（筑B・狩）○アケノ…カケノ（内・書）、かけの（筑B・狩）
【出典】万葉集巻第十二・三〇九四「物念常《ものおもふと》不《い》レ宿《ねず》起有《おきたる》旦開者《あさけには》和備弖《わびて》鳴成《なくなり》鶏《にはつとり》左倍《さへ》」〈校異〉②未見。元、廣、西及び尼（「あけ」右朱）「いねすおきたる」。尼、類「いねすあけたる」。仙覚本は「イネスオキタル」③は廣が一致。元「あさあけには」。尼、類「あさあけに」。尼下の「あ」左に「あさけに」と続くべき記号を朱で記す。西及び元

(「あけ」右緒)「アサケニハ」。西(右)「アリアケハ」、漢左「アサカケハ」④「ナリ」は元、類、廣及び尼(「る」右朱)が一致。尼「なる」⑤「アケ」未見。非仙覚本及び仙覚本は「かけ」で、尼漢右「ニハトリサヘニ」

【他出】綺語抄・六〇六(二句「いねずてきたる」五句「かけろとりさへ」)

【注】○アケノトリ　童蒙抄内部でも異同がある。785歌によれば「カケノトリ」が正しいか。平安期の詠歌例未見。

788 アフサカノユフツケトリニアラハコソ　キミカユキゝヲナク〳〵モミメ

古今十四ニアリ。中納言源卿*ノ近江介ニ侍ケル時、閑院ノノコカヨミテツカハシケルナリ。斎宮ノ業平カタメニハラヘシテイタシタリシニハトリヲ、ユフツケテアフサカノセキニハナチタリシニヨセテヨメルトソ。ニハトリニユフツケテイタスハラヘノアルニヨリ、ユフツケトリトハイヒハシメタリ。サレハ、古今十八ニ、

788' タカミソキユフツケトリソカラコロモタツタノ山ニヲリハヘテナク、トヨメリ。大和物語ニクハシクミヘタリ。トリノソラネ。

論衡曰、孟嘗君叛出秦。関鶏未鳴。関不開。下座賤客鼓臂為鶏鳴、而群鶏和之。乃得出焉。未牛馬以同類相応而鶏人。亦以殊音相和之、験*未乙以効同類也。

455 相坂の夕つけ鳥にあらはこそ君かゆきゝをなく〳〵もみめ

古今十四にあり。中納言源昇卿の近江介に侍けるとき、閑院のみこかよみてつかはしけるなり。斎宮の業平かためにはらへして出したりしにはとりを、ゆふつけてあふさかの関にはなちたりしによせてよめ

るとぞ。にはとりにゆふつけていたす祓のあるにより、ゆふつけとりとはいひはしめたり。されは、古今十八に、456たかみそき夕つけとりかからころもたつ田の山におりはへてなく、とよめる。大和物語に委みえたり。とりのそらね。

論衡曰、孟嘗君叛出秦、関鶏未鳴。関不開。下座賤客鼓臂為鶏《ママ》、而群鶏和之。乃得出焉。夫牛馬《ママ》以同類相応而鶏人。只以殊音相和応和応和之、験未足以動同類也。

【本文覚書】○卿…昇（刈・東・岩・大）○験未乙…「乙」字、異本以外の諸本いずれも不鮮明。「是」「之」「乞」等の草体かと推測される文字。東はこの箇所数字分空白とする。

【出典】古今集・七四〇・閑院。

【他出】788 綺語抄・六〇八、奥義抄・五三九、五代集歌枕・六二五、袖中抄・一〇四五、和歌色葉・二七一、定家八代抄・一三四四、色葉和難集・七三三。古今六帖・一三六一（下句「人のゆききをなきつつもみめ」）788' 古今集・九五五、新撰和歌・二一三、大和物語・二五八、猿丸集・四七、俊頼髄脳・三一四、五代集歌枕・一七四、袖中抄・一〇四六、六百番陳状・一三六、俊成三十六人歌合・二一、定家八代抄・一六四九、近代秀歌・一〇八、八代集秀逸・一〇、時代不同歌合・四七、色葉和難集・三六一、八三九、以上二句「ゆふつけ鳥か」。古今六帖・一三六二（五句「うちはへてなく」）。口伝和歌釈抄・二二七、綺語抄・六〇七・六〇九、以上二句「ゆふつけ鳥か」五句「うちはへてなく」

【注】○**中納言源卿ノ** 「中納言源ののぼるの朝臣のあふみのすけに侍りける時、よみてやれりける」（古今集詞書）、「此歌は中納言源昇朝臣の近江の介に侍りける時に、閑院が詠みてやりける歌なり」（袖中抄）○**斎宮ノ** 当該説、他に未見。○**ニハトリニユフツケテ** 「鶏、ゆふつけどりと云、又はなちどりと云、又はこゑのとりと云」（倭歌作式）、

「ゆふつけ鳥とは、神にはとりたてまつるをいゆ。私には、鳥にゆふをつけて神にたてまつるを云」「あふさかのゆふつけ鳥とは、おほやけのまつりせらる、時に、ゆふをつけてあふさかにはなつを云」（能因歌枕）、「ゆふつけとりとは、おほやけのはらへせさせ給に、あふさかにてにはとりにゆふをつけてはなち給也。いふをつけてはなては、しかいふなり。ある人の云、いふかたぬれは、ゆふつけとりといふなん」（口伝和歌釈抄）、「ゆふつけとり　おほやけの御はらへには、にはとりにゆふをつけてあふさかにはなつなり」（綺語抄）、「鶏にゆふをつけて山にはなつ祭あるとかや」（俊頼髄脳）、「世中さはかしき時、四境祭とて帝のし給ふこと也。鶏にゆふをつけて四の関に至りてする祭也。あふ坂は其一の関也」（奥義抄）○**大和物語ニ**　大和物語一五四段。○**論衡曰**　「雲」題注参照。

【参考】「鶏　ゆふつけ鳥〈付木綿相坂に祓故也〉……大和物語に、暁になくゆふつけのわひこゑと云り。ゆふつけともよむへし」（八雲御抄）

789

烏

アカツキトヨカラスナケトコノヤマノ　コスヱノウヘハイマタシツケシ

万葉七ニアリ。夜烏、トカケリ。

457

烏

あか月とよからすなけとこの山の木すゑのうへはいまたしつけし

万七にあり。夜烏、とかけり。

【出典】万葉集巻第七・一二六三「暁跡《あかときと》　夜烏雖レ鳴《よがらすなけど》　此山上之《このもりの》　木末之於者《こぬれがうへは》　未静之《いまだしづけし》」〈校異〉①「ト」は元、類、紀が一致。廣「ノ」④は廣が一致。元「うへのこすへは」で「へは」右赭「ヱノニハ」。類「かみのこすゑは」。

紀「ウヘノコスヱノウヘハ」
【他出】古今六帖・四四七六、綺語抄・五八〇（四句「かみのこずゑは」）
【注】○**夜烏**　万葉集で夜烏と表記するのは一二六三歌のみ。また「夜烏」の詠歌例は鎌倉期まで未見。
【参考】「烏　夜」（八雲御抄）

790 アサカラスイタクナ、キソワカセコカ　アサケノスカタミレハカナシモ
同十二ニアリ。朝烏、トカケリ。

458 あさからすいたくな、きそわかせこかあさけのすかたみれはかなしも
同十二にあり。朝烏、とかけり。

【出典】万葉集巻第十二・三〇九五「朝烏《あさがらす》　早《はやく》勿《な》鳴《なきそ》　吾背《わがせ》子《こ》之《が》　旦開《あさけ》之《の》容儀《すがた》　見者《みれば》悲毛《かなしも》」〈校異〉②「イタク」未見。非仙覚本及び仙覚本は「はやく」④「アサケ」は類、西が一致し、元「あさあけ」で下の「あ」を赭で消す。尼、廣「あさあけ」⑤「みれは」は元、尼、廣、西が一致。類「みなは」で「な」右「れ歟」
【他出】綺語抄・五八一（三句「わがせこの」）
【注】○**朝烏**　万葉集の「朝烏」の表記は当該歌のみ。他に「朝烏《あさひ》指《さす》」（一八四四）。平安期の詠歌例は僅少。「夏のよはすぎのねぐらの程もなく鳴く音はかなき朝烏かな」（壬二集・二二六五）、「霜しろき神の鳥ゐの朝烏鳴く音さびしき冬の山本」（同・二六四〇）
【参考】「烏　あさ」（八雲御抄）

ヤマカラスカシラモシロクナリニケリ　ワカ、ヘルヘキトキヤキヌラム

後拾遺ノ十八ニアリ。増基法師、熊野ニマイリテアスイテムトシケルニ、人々、シハシ候ナムヤ、神モユルシタマハシ、トイヒハヘリケルホトニ、オトナシカハノホトリニ、カシラシロキカラスノ・《ハ》ヘリケレハヨメルナリ。

燕丹子曰、燕太子丹質於秦。々王遇之無礼。不得意欲帰。秦王不聴謬言曰、今烏白頭馬生角乃*可、丹仰テ天ニ歎。烏即白頭馬為生角。秦王不得止而遣之。

459 山からすかしらもしろく成にけりわか帰るへき時やきぬらむ

後拾遺十八にあり。増基法師、熊野にまいりてあすいてんとしけるに、人々、しはしは候なんや、神もゆるし給はし、といひ侍ける程に、おとなしかはのほとりに、かしらしろき烏の侍けれはよめるなり。

燕丹子曰、燕太子丹質於秦、々王遇之無礼。不得意欲帰。秦王不聴謬言曰、今烏白頭馬生角乃可。丹仰天歎。烏即白頭馬為生角。秦坐（ママ）不得已而遣之。

【本文覚書】○乃可…乃可帰（刈・東・岩・大）

【出典】後拾遺集・一〇七六・増基法師

【他出】増基法師集・一九、奥義抄・二三五、宝物集・八一、和歌色葉・四〇一。後六々撰・九六（五句「時やしるらん」）

【注】○**増基法師**「くまのにまゐりてあすいでなんとしはべりけるに人人しばしはさぶらひなむや神もゆるしたまはじなどいひはべりけるほどに、おとなしのかはのほとりにかしらしろきからすのはべりければよめる」（後拾遺集詞

書）○**燕丹子曰**「燕太子丹質於秦、秦王遇之無礼、不得意、欲求帰。秦王不聴、謬言曰、令烏白頭馬生角、乃可許耳。丹仰天嘆、烏即白頭、馬生角。秦王不得已而遣之」（燕丹子）、「燕丹伝曰、燕太子丹質於秦、秦王遇之無礼、不得意、欲帰、秦王不聴、謬言曰、令烏白頭、馬生角乃可、丹仰天嘆、烏即白頭、馬為生角、秦王不得已而遣之」（芸文類聚巻九十二）、「燕丹子一〈晋処士裴啓撰〉」（日本国見在書目録）

【参考】「烏　やま」（八雲御抄）

792 カラステフヲホヨソトリノコヽロモテ　ウツシヒトヽハナニヲモヒケム

此哥ハ、伊勢ノクニヽコホリノツカサナルモノヽイヘニ、烏ノスヲクヒテ子《コ》ヲアタヽメケルホトニ、ヲトコカラスヒトニコロサレニケリ。マテトコサリケレハ、アタヽメケルカヒコヲステヽ、コトヲトコカラスヲマウケテ、イマメカシクウチクシテアリキケレハ、カヒコモカヘラテクサリニケリ。コレヲミテイヘアルシノヲトコ、道心ヲヽコシテ法師ニナリテナムアリケル。コノ心ヲヨメルナルヘシ。オホヨソトリノ《ハ》カラスノ一名也。

460 からすてふおほよそとりの心もてうつし人とはなにおもひけむ

此歌は、伊勢国郡司なるものゝ家に、烏のすをくひて子をあたゝめける程に、おとこ烏人にこゝ（ママ）ろされにけり。まてとこさりけれは、あたゝめける子をすてゝ、ことおとこからすをまうけて、いまめかしくうちくしてありきけれは、かひ（ママ）もかへらてくさりにけり。是をみて家主のおとこ、道心をおこして法師になりてなむありける。此心をよめるなるへし。おほよそとりは、烏の一名なり。

【出典】明記せず
【他出】俊頼髄脳・二八三、奥義抄・三九八、袖中抄・三二六、和歌色葉・一六九、色葉和難集・二三一、以上初句「おほをそどり」
【注】○此哥ハ　「此哥は、伊勢の國の郡司なりける物の家に、烏のすをくひて子をうみてあたゝめけるほとに、男からす人にうちころされにけり。め烏子をあたゝめてまちゐたりけるに、ひさしくみえさりけれは、あたゝめけるこをすてゝ、他《こと》の男烏をまうけて、いまめつ《カイ》くしうちくしてありきけれは、彼かひこかへらてくさりにけり。其を見て家あるしの郡司道心をゝこして法師になりにけり。それか心をよめる也。をゝをそとりとは、烏の名なり」（俊頼髄脳）。奥義抄は同様の話を載せるが、「但させる証文もみえす」とする。袖中抄は、日本霊異記の説話に基づき、一部を「書きたがへ」たものとする。
【参考】「烏　おほおそ鳥〈異名〉」（八雲御抄）

793 ユフサレハコスヱノトコヤマカフラム　コレカ、レカトナクカラスカナ
赤染カ、モニコモリケルニ、ユフクレニカラスノイタクナキケルヲヨメル也。コスヱノトコトハ、ネクラヲヨメル也。

461 夕されはこすゑのとこやまかふらんこれかかれかと鳴からす哉
赤染かかもにこもれりけるに、夕暮にからすのいたくなきけるをよめるなり。木すゑのとことは、ねくらをよめるなり。

【出典】明記せず

【他出】赤染衛門集・二三四（初句「夕暮は」）

【注】○**赤染カ**　「同じ御社にこもりたりしに、くるればからすどものかしましかりしかば」（赤染衛門集・二三四詞書、二三三詞書に、「しりたる人の、かもにまうであひて…」とある）○**コスヱノトコ**　詠歌例は僅少。「むらがらす木ずゑの床をあらそひていなりの杉にゆふかけて鳴く」（正治初度百首・八九五・隆房）

794

鵲

カサ、キノミネトヒコヘテナキユケハ　ナツノヨワタルツキソカクル、

後撰ノ四ニアリ。月ニカサ、キノトヒナクコト、月ノトコロニミエタリ。

鵲

462 かさゝきのみねとひこえてなきゆけは夏のよわたる月そかくるゝ

後撰四にあり。月にかさゝきのとひなくことの、月のところにみえたり。

【出典】後撰集・二〇七・よみ人も（読人不知）

【他出】新撰万葉集・二八九、古今六帖・二八八八、四四九〇、文治二年歌合・四〇判詞、色葉和難集・三〇九

【注】○**月ニカサ、キノ**　22歌注参照。

以書本一校了

【本文覚書】○以書本一校了…諸本になし。

和歌童蒙抄第九

獣部

竜　熊　虎　馬　牛　羊　鹿　猪　猿　鼯　鼠

魚貝部

魚　鱸　鯉　鮒　鮎　貝

虫部

夏虫　蝉〈付晩蝉／空蝉〉　蚊

秋虫　蛬

蝶　蜻蛉　・蚕　蛛　蟇　守宮　蛭

和歌童蒙抄巻第九

獣部

竜　熊　虎　馬　牛　羊　鹿　猪　猿　鼬　鼠

魚貝部

魚　鱸　鯉　鮒　鮎　貝

虫部

夏虫　蝉〈付晩蝉／宮《ママ》蝉〉　蚊　秋虫　蛬　蝶　蜻蛉　蚕　蛛　蟇　守宮　蛭

獣部

竜

795 クチヲシヤクモヰカクレニスムタツノ《モ》 ヲモフ人ニハミヘケルモノヲ

内大臣家ノ哥合、俊頼ヨメルナリ。クモヰカクレニスムタツモトハ、ムカシモロコシニ、庄子曰、子帳見魯哀公、不礼。去曰、君好士也。有似葉公子高之好竜。彫文画之。於是天竜聞而下之。窺頭於牖、抱尾於堂。葉公見之、失其魂魄。五色無主。是葉公非好竜也。好*天似竜而非竜也。今君非好士也。好*天似士者。

獣部

竜

463 くちおしや雲ゐかくれにすむたつも思ふ人にはみえける物を

内大臣家の哥合に、俊頼よめるなり。雲ゐかくれにすむたつもとは、むかしもろこしに、庄子曰、子帳見魯哀公。不礼去曰、君之好士也。有似葉公子高之好竜。彫文画之。於是天竜而下之。窺頭於牖抱尾於堂。葉公見之、失其魂魄、五色無主。是葉公非好竜也。好者似而非・《竜》也。今君非・《好士》也。好夫似士者。

【本文覚書】〇天…夫（和・筑A）　〇天…夫（和・筑A）

【出典】内大臣家歌合・五一・俊頼朝臣

【他出】散木奇歌集・一二二九、疑開抄・一〇二、六百番陳状・一九二、無名抄・一四

【注】**○内大臣家ノ哥合**　元永元年十月内大臣忠通家歌合。**○ムカシモロコシニ**　文の続き具合不自然。疑開抄はこの箇所「くも井にかくれにすむたつとは、昔もろこしに成帝と申御門おはしましき」とする。**○庄子曰**　童蒙抄の依拠資料は芸文類聚と考えられる。「又（荘子）曰、子張見魯哀公、不礼焉、去曰、君之好士也、有似葉公子高之好竜、雕文画之、於是天竜聞而示之、窺頭於牖、拖尾於堂、葉公見之、失其魂魄、五色無主、是葉公非好竜也、好夫似竜非也、今君非好士也、好夫似士者」（芸文類聚巻九十六）。黒田「三教指帰注は和歌童蒙抄の依拠資料か」（『愛知文教大学比較文化研究』9、二〇〇八年十一月）、「和歌童蒙抄はいかなる歌学書か」（『和歌文学研究』102、二〇一一年六月）参照。

【参考】「竜　102くちおしやくも井かくれにすむたつもおもふ人には見えけるものを　内大臣家哥合に、俊頼のよめる也。くも井にかくれにすむたつとは、昔もろこしに成帝と申御門おはしましき。ひとゝなり給まゝに、竜を見まくほしかり給けれとも、得事なし。その形を画にかゝせて見給こと数年のあひた、真竜くたりて皇家の棟梁に蟠て伏せり。帝これを見ておほき驚きをつ。委見晋書□基俊朝臣、彼竜を鶴と見あやまりてかた〳〵に難せる。判詞云、世説と云文に、鶏鳴日下といへる心をよまれたるにや侍らむ。それは日下荀鳴鶏と云てそ侍る。つきの詞に、あをき雲をひらきて白ききしを見るとこそいひたれ。くも井かくれにとふなといはんや、よく侍らんつる、と云なから、いかてかくものうちにすみ侍るへき。淮南の鶏こそ雲のうちにはいり侍けれ。若つると云事にや。然者浮丘相鶴経と云文に、鶴三百八十歳にして雌雄あひ見てはらんといふことは侍れ。されは人といふことはいかによむへきにか、と難せり。彼鶴の雌雄あひ見てはらんによりて、人のめおとこあふをは、つる見すと云なり」（疑開抄）。

796
熊

アラクマノスムテフヤマノシ*ハサヤキ　セメテトフトモナカナハイハシ

万葉十一ニアリ。アラクマトハ、タケキクマトイフ心ナリ。*シハサヤキトハ、シハヲカキトイフカ。又、シハソヨキトイフニヤ。サヤトイヒ、ソヨトイフハ、ヲナシコトナリ。

464
熊

あらくまのすむてふ山のしはさやきせめてとふともなかなはいはし

万葉十一にあり。あらくまとは、たけきくまと云心なり。しはさやきとは、柴をやき《(ママ)》と云歟。又、しはそよきといふにや。さやといひ、そよとは、同事なり。

【本文覚書】○シハサヤキ…シハセヤマ（内・書）、しはせやま（狩）○シハサヤキトハ…シバセヤマトハ（内・書）、しはせやまとは（狩）

【出典】万葉集巻第十一・二六九六「荒熊之《あらくまの》　住云山之《すむといふやまの》　師歯迫山《しはせやま》　責而《せめて》雖レ問《とふとも》　汝名者《ながなは》不レ告《のらじ》」〈校異〉②「テフ」未見。非仙覚本及び仙覚本は「といふ」③は古が一致。嘉「しはせやま」。類、廣「しはをやま」④「セメテ」は廣、古が一致。嘉、類「しひて」。なお、西貼紙別筆「シヒテ古」あり。

【他出】古今六帖・九五四（二句「すむといふなる」五句「ながなはいはじを」）、疑開抄・一一一（三句「しはさかき」）、五代集歌枕・四五〇、五一二（二句「すむといふ山の」五句「ながなはつげじ」）、色葉和難集・八二三、以上三句「しはせ山」。

【注】○アラクマトハ　歌学書、古辞書に未見。院政期頃から若干の詠歌例が見える。「あらくまのすむといふなる

深山にもいもだにあるときかば入りなん」（久安百首・恋・七七〇・実清）、「思ふにはおくれんものかあらくまのすむてふ山のしばしなりとも」（拾遺愚草・七六七）○**シハサヤキトハ**　疑開抄本文は「しはさかき」。あるいは片仮名「カ」「ヤ」の形の類似から生じた誤写か。「さゝのはのさやぐ霜夜とは、そよぐと云詞を、古語拾遺などにはさやぐとかけり」（顕注密勘）、「和云、さやぐとはそよぐ、おなじことにや」（色葉和難集）。用例は「夕とがりかへる野風に柴さやぐあられも鈴も玉の声して」（草根集・五六六六）を見る程度。
【参考】「熊　111あらくまのすむてふ山のしはさかきせめととふともなかなはいはし　万葉集第十一巻にあり。あらくまとは、あしき熊と云なり」（疑開抄）、「熊　あらくま」（八雲御抄）

797

虎

アリトテモイクヨカハフルカラクニノ　トラフスノヘニミヲヤナケマシ
六帖ニアリ。釈迦如来ノ薩埵王子ト申シ時、虎子ヲウミテウヱテフシタリケルヲ*ミマウシテ、衣ヲ竹ノハヤシニカケテ、ミヲトラニ施シタマヒタルヲヨメルナルヘシ。

465

虎

ありとてもいくよかはふるからくにの虎ふすのへに身をやなけまし
六帖にあり。尺迦如来のまたわうし《ママ》と申し時、虎子をうみてうへてふしたりけるを見まうして、衣を竹の林にかけて、みを虎に絶し《ママ》給たるをよめるなるへし。
【本文覚書】○ミマウシテ…ミタマヒテ（刈・東）、ミマウシテ《タマヒ》（岩）、みまへして（狩）、みまうくて（大）

【出典】古今六帖・九五三、五句「身をもなげてん」

【他出】拾遺抄・四五五、拾遺集・一二二七（五句「みをもなげてん」）。疑開抄・一一七。

【注】○**釈迦如来ノ** 「或人、是ハ経ニトケル薩埵王子ノ、ウヱタルトラニ身ヲナゲテアタヘ給ヘルコトヲ思テ、読ナリトマウセドイハレズ。彼は釈迦ホトケノ昔因位ノ苦行ヲ説ナリ。天竺ノコトナレバ、カラ国トイフベカラズ」（拾遺抄注）、三宝絵など多数の説話集に見える。

【参考】「虎　117ありとてもいくよかはふるからくにのとらふすのへに身をやなけまし　六帖第二巻にあり。とらふすのへに身をやなけまし、とは、昔釈迦如来の薩埵王子と申しとき、虎の子をうみてふしたりけるを見つゝ、ころもを竹のはやしにかけて、御身を虎にあたへ給に、虎おそれをなしてくはす。猶ゆるししめしたまふにくひをはりにき。されはかくよめり。委見内典」（疑開抄）、「虎　とらふすのへはおそろしき事のためし也」（八雲御抄）

馬

798 タツノムマヲアレハモトメムアヲニヨシ　ナラノミヤコヘコムヒトノタメ
万葉五ニアリ。タ《*ト》ノムマトハ、竜馬トイフ也。

馬

466 たつの馬をあれはもとめむあをによしならの都へこむ人のため
万五にあり。たつの馬とは、竜馬と云なり。
【本文覚書】○タ《ト》ノ…タツノ（内・和・筑A・刈・書・東・岩）、たつの（狩・大）
【出典】万葉集巻第五・八〇八「多都乃麻乎《たつのまを》　阿礼波毛等米牟《あれはもとめむ》　阿遠尓与志《あをによし》　奈良乃美夜古尓《ならのみやこに》　許牟比等乃多仁《こむひとのたに》」〈校

異〉①未見。類、細、廣「たつのまを」。紀「タツノマモ」。仙覚本は「タツノマヲ」④「へ」未見。非仙覚本及び仙覚本は「に」⑤は類、細、廣、紀が一致。細、廣は「タメ」左「タニ」で、訓右「或ユキテコンタメ」。なお、西、矢、京は「仁」左「メイ六条本同」とある。また、紀のみ「仁」を「米」とする。

【他出】疑開抄・一〇三（二句「あはれもとめむ」）

【注】○タノ《ト》ムマトハ　歌学書、古辞書に未見。「竜馬」の詠歌例は僅少で平安期のものとしては「山たかみいしふむ道のはるけきにたつの馬をも今得てしかな」（久安百首・羇旅・七九四・実清）を見る程度である。

【参考】「馬付駒　103たつのむまをあはれもとめむあをによしならのみやこへこむ人のため　万葉集第五巻にあり。たつのむまとは、竜といふなり□又云、あはれ、とよめり」（疑開抄）

799 カヲサシテムマトイフヒトモアリケレハ　カモヲモヲシトヲモフナルヘシ

拾遺抄十二ニアリ。能宣カモトニクルマノカモヲコヒニツカハシタリケルニ、ナシトイヒテ侍ケレハ、仲文カヨミテツカハシタリケルナリ。ソノ返哥ニ云、

800 ナシトイヘハヲシムカモトカ《ヤ》オモフラム　シカヤムマトソイフヘカリケル

トナム能宣ヨメリケル。ムカシモロコシニ、秦始皇ト申ミカトヲハシマシキ。ソノ子秦ノ二世ト申ミカトヲハス。コ、ロヲロカニツタナシ。趙高マツリコトヲオサメテ天下ヲワカマ、ニス。二世ヲウシナハムノコ、ロイテキヌ。天下ノ人ノ心ヲミムトテ、鹿ヲ彼ノ二世ニタテマツリテ、ムマナリ、トイフ時ニ、シカトイフ人ヲハツミヲ、コナフ。ソノ、チシカトイフ人ナシ。コ、ニ趙高イクサヲ、コシテ、他国ヨリキヨ《ミ》ヲウチタ

テマツラムトテイクサキタレリ、トイフ。二世楼ニノホリテミタマフニ、イクサ四方《ヨモ》ニカコメリ。ノカレムカタナクテ自殺オハリヌ。

467 かをさして馬といふ人も有けれはかもをもをしと思ふなるへし

拾遺抄十にあり。能宣か許に車のかもをこひにつかはしたりけるに、なしといひ侍けれは、仲《文》・かよみてつかはしたりけるなり。その返哥云、468 なしといへはおしむかもとや思ふらんしかや馬とそいふへかりける、となん能宣よめりける。むかしもろこしに、秦始皇と申御門おはしましき。その子秦の二世と申みかとをはします。心おろかにつたなし。趙高まつりことをおさめて天下をわかまゝにす。二世をうしなはんの心いてきぬ。天下の人の心をみむとて、鹿を彼二世にたてまつりて、馬なり、といふ時に、鹿といふ人をは罪をゝこなふ。其後鹿といふ人なし。爰に趙高いくさをおこして、他国より君をうちたてまつらんとていくさきたれり、といふ。二世楼にのほりてみ給に、いくさ四方にかこめり。のかれむかたもなくて自殺をはりぬ。

【出典】799 拾遺抄・五四二・仲文　800 拾遺抄・五四三・よしのぶ

【他出】799 能宣集・四三六。拾遺集・五三五、奥義抄・二七三、和歌色葉・三七〇（二句「むまといふ人」）。俊頼髄脳・二九、二七三、綺語抄・六五四（二句「むまてふ人も」）、疑開抄・一〇四（二三句「馬といひける人もあれば」）、色葉和難集・二八七　800 能宣集・四三七、拾遺集・五三六、俊頼髄脳・三〇、二七四、綺語抄・六五五、和歌一字抄・一一六一、疑開抄・一〇四の次。

【注】**○能宣カモトニ**　「よしのぶがもとにくるまのかもをこひにつかはしたりけるに、はべらずといひてはべりけれ

ば」（拾遺抄詞書）、以下の注文、概ね疑開抄に拠る。

【参考】「104かをさしてむまといひける人もあれはかもをもをしとおもふなるへし　拾遺抄第十巻にあり。大中臣能宣かもとに、車のかもをこひにつかはしたりけるに、なしと云侍けれは、藤原仲文かよみてつかはしたりけるなり。其返哥に云　なしといへはおしむかもとやおもふらむしかやむまとそいふへかりける　となん能宣よみてつかはしける。かをさしてむまと云人も、とは、昔もろこしに、秦始皇と申御門おはしましき。其子に秦二世と申御門御意おろかにはおはしけん、趙高といふものあり。彼二世の御うしろ見として、万機を攝録しけるか、天下をはかりて世をかへさんの心つきにけれは、鹿を馬とて彼二世にたてまつる。于時鹿と云人を[redacted]みしつゝ、徒になしけれは、是を見て鹿と申人なかりけり。其後をのか威勢のほとをこゝろ見て、趙高いくさをおこして、他国より君をうちたてまつらんとてつはもの競来れるよしを奏す。こゝに二世皇楼にのほりて見給に、いくさ四方にかこめり。のかれんかたなしとおほして、則自殺し給にけり。爰に趙高ほしきまゝに位にのほるに、三度まて階こほれたり。後に天のせめをかうふりてをはりにけり。件馬を鹿馬を云なり。委見本記」（疑開抄）、「かをさしてむまといふ〈是は臣量君事也。臣鹿を馬といひてたてまつるに、皆人馬也といふ。聞之われに皆の人は帰たりと思て、乱世事也〉」（八雲御抄）

801

タマキハル《玉剋春》ウチ《菟道》ノオホノニコマナメテ　アサフマスラムソノ草フケノ

万葉一ニアリ。玉キハルト、ソノコロホヒトイフニヤ。イチ《ノ》ノヲハル時ヲソ玉切命《タマキハル》トヨミナラハシタル。サレハ日本記ニ、武内宿禰ノ忍熊《ヲシクマノ》王ヲ、フ。セタノワタリシツミテシヌ。ソノカハネヲカケトモ、数日ヲヘテウチカハニテエタリ。武内宿禰曰《哥》、801′アフミノミセタノワタリニカツクトリタナカミスキテウチニトラヘツ、トイフニヨリタルコトニヤ。サレトセタニテコソシニタレハ、コレモイカ、トキコユ。クサフケトハ、クサフカトイフ。

469 たまきはるうちのおほのにこまなめてあさふますらんそのくさふけの

万第一にあり。たまきはるとは、そのころほひといふにや、いのちのをはる時をそ玉切命とよみならはしたる。されは日本記に、武内宿禰の忍熊王をおふ。せたのわたりにしつみてしぬ。そのかはねを、数日をへて宇治川にてえたり。武内宿禰哥云、

470 あふみのみせたのわたりにかつくとりたなかみすきてうちにとらへつ、といふによりたることにや。されとせたにてこそしにたれは、是もいか、ときこゆ。

くさふけとは、くさふかといふなり。

【出典】801 万葉集巻第一・四「玉剋春《たまきはる》 内乃大野尓《うちのおほのに》 馬数而《こまなめて》 朝布麻須等六《あさふますらむ》 其草深野《そのくさぶかの》」〈校異〉非仙覚本（元、類、冷、廣、古、紀）異同なし。なお、「剋」は類が一致し、元、冷、廣、古、紀は「尅」。また、万葉集諸本は「内」とあり「菟道」は見えない。801' 「阿布瀰能瀰《あふみのみ》 斉多能和多利珥《せたのわたりに》 介豆区苔利《かづくとり》 多那伽瀰須疑氏《たなかみすぎて》 于泥珥等邏倍菟《うぢにとらへつ》」（日本書紀・三一）

【他出】801 俊頼髄脳・二四一、疑開抄・一〇五、五代集歌枕・七〇四、袖中抄・四〇三、和歌色葉・四七〇、色葉和難集・三八六、四九二。綺語抄・三九六（五句「そのくさふちを」）801' 袖中抄・四一三。

【注】〇玉キハルト 「たまきはる 二説あり。いのちのきはまるをいふ……ものをほむる時にもよむべし。たまのうてなどいふさまなるべし」（綺語抄）、「たまきはるとは、たましひきはまるといふを、まの字を略して書歟」「又としきはると詠める事あり」「又大野といへば野をほめたる歟」（袖中抄）、「タマキトハ、タマシヒヲ云……万葉ニハ玉

切ト書テタマノハルト読也」（別本童蒙抄）○日本記ニ「武内宿禰出二精兵一而追之……則共沈二瀬田済一而死之……於是、探二其屍一而不レ得也。然後、数レ日之出二於菟道河一。武内宿禰亦歌曰、阿布瀰能瀰、斉多能和多利珥、介豆区苔利、多那伽瀰須疑氏、于泥珥等邏倍菟」（日本書紀・神宮皇后摂政元年）。当該歌を引くことについて「この歌たまきはるとも詠まねば、この義にかなはず。もし宇治にとらへつといふ詞を、内の大野に思《おもひ》よせたるにや。いはれず」（袖中抄）とする。

【参考】「駒　105たまきはる兎道のおほのにこまなめてあさふますらむその草ふけの　万葉集第一巻にあり。玉剋春とは、歳暮て春をまつと云也」（疑開抄）、「玉剋春内乃大野爾馬数而朝布麻須等六其草深野（タマキハルウチノオホノニコマナメテアサフマスランソノクサフケノ）　玉剋トハ、十節録云、黄帝与蚩尤合戦、坂泉之野有鉄身。黄帝之箭不中。黄帝仰天訴之時、玉女降自天反閇。蚩尤身如湯解被殺了。仍取蚩尤頭毬之取眼射之也云々。又今毬杖是也。以彼例漢土年始用此事。国中無凶事云々。仍日本国学其例。年始打毬杖。然則毬杖玉剋春ト也」（万葉集抄）、「野　うちのおほの〈万、上五字有憚。たまきはる、、、、馬〉」（八雲御抄）

802
シホツヤマウチコエクレハワカレル　コマソツマツクイヘコフラシモ
万葉三ニアリ。フルサトニコフレハコマツマツクトイフナリ。

471　しほつ山うちこえくれはわかのれるこまそつまつくいもこふらしも
万三にあり。古里にこふれはこまつまつくといふなり。

【出典】万葉集巻第三・三六五「塩津《しほつ》山《やま》　打越去者《うちこえゆけば》　我乗有《あがのれる》　馬曾《うまそ》爪突《つまづく》　家恋良《いへこふら》霜《しも》」〈校異〉②「クレ」は類、廣、紀が一致。紀「去」左朱「ユケ」⑤は類が一致し、廣「イモコフラシモ」で「モ」を「ヘ」に訂正するが後人か。紀

「イヱコフルラシ」

【他出】疑開抄・一〇六（五句「いもこふらしも」）、五代集歌枕・三九二、和歌色葉・二一六

【注】○コマツマツク「人にこひらる、人は、のりたる馬のつまつくといへる事のある也」（俊頼髄脳）、「人に恋らる、人はのれる、むまつまつくともよめり」（奥義抄）、但し両書とも「いもが門いでたる（出入の）河の瀬をはやみ駒ぞつまづく家恋ふらしも」に対する注。

【参考】「106しほつ山うちこえくれはわかのれるこまそつまつくいもこふらしも　万葉集第二巻にあり。こまそつまつくとは、ふるさとにいも恋るとき馬つまつくと云なり」（疑開抄）、「こまそつまつく〈是は有、人に恋らる、人の、りたる馬つまつくといへり〉」（八雲御抄）

803 クヱコシニムキハムコマノハツ〱ニ　アシ*ミシコカ《ラ》シアヤニカナシモ

同十四ニアリ。

472 くゐこしにむきはむこまのはつ〱にあひみしこか《(ママ)》しあやにかなしも

同十四にあり。

【本文覚書】○アシミシ…アシニシ（和・筑A・書・東）、アヒミシ（刈）、アシミニ（岩）、なれにし（狩）、あひみし（大）

【出典】万葉集巻第十四・三五三七「久敝胡之尓《くへごしに》　武芸波武古宇馬能《むぎはむこうまの》　波都〻尓《はつはつに》　安比見之児良之《あひみしこらし》　安夜尓可奈思母《あやにかなしも》」〈校異〉非仙覚本（元、天、類、廣）異同なし。

【他出】疑開抄・一〇七、色葉和難集・一二〇

【参考】「107　くゑこしにむきはむこまのはつはつにあひ見しこらしあやにかなしも　同第十四巻にあり。麦はむこま、とよめり」（疑開抄）、「久敝胡之爾武芸波武古宇馬能波都々々爾安比見之児良之安夜爾可奈思毛（クエコシニムキハムコマノハツ〳〵ニアヒミシコラシアヤニカナシモ）　此哥、上ノ五文字ニ多ノ様アリ。マセコシニトモアリ。カキコシニトモアリ。此カキコシ、クエコシ、マセコシ、但同事也。此ハ本文也。昔孔子ノナツ物ヘオハシケルニ、弟子等ヲ引具テオハシケルニ、其弟子トモ、七十人アリ。ソレニ、トホリタマヒケル道ニ、馬ノ頭ヲサシイタシテ、外ノカタナリケル草ヲクハントテ、頭ノハツ〳〵ニ、口ノオヨサリケルヲミテ、孔子ノ給ケルハ、コレヲミヨ、牛ノクサクワントスルヨトノ給ケレハ、弟子共ノミケル様ハ、コハイカニ、馬ヲハ慥見給ナカラ、カヽル僻事ヲハノ給フカト思テ、馬ナリトアラカヒケルヲ、孔子ハ聞給テ、僻事ハ我セス。汝等カシラヌナリトノ給ケレハ、アヤシト思テ、第一ノ弟子顔回ト云者、心エントテ、心ノ中ニ案シケルホトニ、孔子ノ給フ事ハ、コトハリナリケリ、日ヨミノ午ト書文字ハ午也。其ニ此文字頭ヲサシ出シタレハ、ウシトヨメル也。其ヲノ給フナリト心得テ、シリタリト申ケレハ、孔子ヱミ給テ、イクラハカリニカナリヌルトノ給ケレハ、六町カ内ニ心得タリト云ケレハ、シハシナ□カシソトノ給テ、スク〳〵トスキ給ナルニ、第二ノ弟子閔子騫ト云者云、我モ心得タリト申ケリ。孔子問テノ給ハク、イクラハカリニキテカ心得タルト問給ケレハ、十二町ニテ心得タリト申ケレハ、顔回ニオトリタル事六丁ナリケリトノ給テ、猶ソレヲモアカサセテスキ給ケル程ニ、又第三ノ弟子ノ冉伯牛ト云者云、我モ心得タリト申ケレハ、孔子イクラハカリキテ心得タリト問給ケレハ、云、十八町ニテナン心得タリト申ケレハ、閔子騫にオトリタル事又其モ六丁ナリケルトソノ給テ、シハシナアカシソト有ケリ。ソレホトナヲオハシケレハ、第四ノ弟子、仲弓ト云者申サク、我モ心得タリト申ケレハ、孔子ノ、給ハク、イクラハカリニテカ心得タリト問給ケレハ、仲躬云、廿四丁ニテナン心得タルト申ケレハ、冉伯牛ニオトリタル事、此モ六丁ニコソアナレトテ、猶アカサセ給スシテオハシケルニ、六丁又スキテ、十余丁ニナリケレハ、孔子ノ、給ク、此事ニイマハ心得タル者、四人ヨリ外にアルマシキカトノ給ケレハ、コト弟子トモ、アルマシキ事也。イカニシテカ心得ント申ケレハ、今ハ我弟子ハ四人アリ。イカ、心得タル。各カケトノ給ケレハ、四人ノ者トモ、日ヨミノ午ト云文字ヲ先書テ、後ニ頭ヲ指出テ、牛字ニナシケリトソ。サテ、為紀ト云ハカセハ、コレヲ定ニテヨミケルハ、カキコシニ馬ヲ牛トハイハネトモ人々ノ心ノミエモスルナリ」（万葉集抄）

804 カキコシニウマヲウシトハイハネトモ　人ノコ、ロノホトヲシルカナ

四条中納言ノ少*式部ノ内侍ニツカハシケルウタナリ。孔子ノ道ヲ、ハシケルニ、馬ノカキヨリ頭ヲサシイテタル《リ》ケルヲ、ウシヨ、トイ《ノ》タマヒケレハ弟子トモアヤシトヲモヒ、顔回ソ十六町ヲユキテコ、ロヘタリケル。ヒヨミノ午トイフ文字ノカシライタシタルハ、牛トイフナリ。

473 かきこしに馬をうしとはいはねとも人の心の程を知るかな

四条中納言の小式部内侍につかはしける歌なり。孔子の道を、はしけるに、馬のかきよりかしらをさしいてたりけるを、牛、との給ひけれはてしともあやしと思ひ、顔回そ十六丁をゆきて心えたりける。ひよみの午と云文字のかしらいたしたるは、牛と云也。

【本文覚書】○少式部…小式部《本ノマヽ》（和・筑A）、小式部（刈・岩・東・狩・大）
【出典】明記せず
【他出】俊頼髄脳・四二八（五句「ほどをみるかな」）。色葉和難集・五一七
【注】○**四条中納言ノ**　「この哥は、四条の中納言の小式部内侍のもとへかりつかはしける哥なり」（俊頼髄脳）○**孔子ノ道ヲ**　「孔子の弟子ともをくしてみちをおはしけるに、かきよりむまのかしらをさしいて、ありけるを見て、牛よなとのたまひけれは、弟子ともあやしとおもひて、あるやうあらむと思ひけるに、顔回といひける第一の弟子十六

丁をゆきて心えたりけり。日よみの午といふ文字のかしらさしてたるをは牛といふ文字になれは、人《の》・心をみんとてのたまひけるなりと思ひてとひ申けれは、しかなりとこたへたまひける。つき〴〵の弟子ともは次第に十六丁をゆきて心えける。されはそれならねとも人のみ《こゝ》ろを見るとよめるなり」（俊頼髄脳）。当該話は俊頼髄脳他、今昔物語集巻第十、江談抄第二、三教指帰中山法華経寺本等に見える。また、803歌注参照。

805

ユフサレハミチモミヘネト*ワレハタ《フルサ》ハ　モトコシコマニマカセテソユク

コマニマカストハ、韓子曰、桓公伐孤竹。ハルユキテ秋カヘル。マトヒテミチヲウシナフ。管仲曰、老馬之智モチヰルヘシ。スナハチ馬ヲハナチテシタカヒテカヘリヌト云々。

474

夕されは道もみえねと古里はもとみしこまにまかせてそ行

こまにまかすとは、韓子曰、桓公伐孤竹。はるゆきて秋かへる。迷て道をうしなふ。管仲曰、孝（ママ）馬之智もちゐるへし。即馬を放てしたかひてかへりぬ云々。

【本文覚書】○ワレハタ《フルサ》ハ…フルサタハ（内）、ワレハタハ（和）、ワレハタ、（筑A）、ワレハタ《フルサ》ハ（谷・書）、フルサトハ（刈・東）、ワレハタ《フルサトハ》、（岩）、ふるさとは（狩）、われはたゞ（大）

【出典】明記せず

【他出】後撰集・九七八、古今六帖・三七〇、奥義抄・三一八（初句「ゆふやみは」五句「まかせてぞくる」）。大和物語・七五。綺語抄・六五三（初句「ゆふやみは」五句「まかせてぞ見る」）。和歌色葉・三三四、色葉和難集・九二九（初句「夕やみは」五句「まかせてぞ行く」）、八五六（初句「夕されば」）。以上三句「ふるさとは」。俊頼髄脳・三五五（初句「冬されば」三句「ふるさとを」）

【注】○**コマニマカストハ**　「これは管仲といふ人の、夜みちをゆくに、われはくらさにみちも見えねとも、駒にまかせてゆくそ〔と〕いへることのあるをよめるなり。老馬の智といへることは、これより申とそ」（俊頼髄脳）、「此歌は、管仲は信レ馬てゆくといふ事のある也。老馬智などかけり」（綺語抄）、「モトコシ駒トハ、老馬ノシルシトソ書タル」（別本童蒙抄）○**韓子曰**　「管仲隰朋従於桓公而伐孤竹、春往冬反。迷惑失道。管仲曰、老馬之智可用也。乃放老馬而随之、遂得道」（韓非子・説林上）、芸文類聚も同文。歌合判詞にも引用される。「斉桓公北孤行を綱せし時、雪天に失前路、管仲放老馬、其跡にしたがひしなり」（建久六年民部卿家歌合、判者俊成）。但し「雪天に失前路」の箇所、韓非子には見えない。また世俗諺文にも見えるが、韓非子とは本文が一部異なる。

【参考】「馬　道しれると云は老馬智也」（八雲御抄）

キミトワレエモヲキヤラスシラコマヤ　ソノアシウラノツチナケレトモ

此哥、昔ヲトコ女トフセリケルニコ、ロサシフカクヲモヒケレハ、淮南万畢術トイフ、ミニ、東ニユケル馬ノ蹄ノナカナルツチフセル人ヲ、コスコトナシ。注曰、ヒムカシニユケルシロキ馬ノヒツメノシタノツチニ、三家ノ井中ノ泥ヲトリテアハセテ、フシタル人ノヘソノウヘニツクレハヲクルコトアタハス、トイヘルコトヲヨメルナルヘシ。

475 君とわれえもおきやらすしらこまやそのあしうらのつちなけれとも

此歌、昔男女とふせりけるに心さしふかく思ひけれは、淮南万畢術といふふみに、東にゆける馬のひつめのなかなるつちふせる人をおこすことなし。注曰、東にゆけるしろき馬のひつめのしたのつちに、三

家の井中の泥をとりてあはせて、ふしたる人のへそのうへにつくれはおくる事あたはす、といへること
をよめるなるへし。

【出典】明記せず

【注】**○淮南万畢術** 「淮南万畢述曰、東行馬蹄中土、令人臥不起〈取東行白馬蹄下土、三家井中泥合土、和之置臥人臍上、即不能起〉」（太平御覧巻三七）。『淮南万畢術（述）』は日本国見在書目録に見えず、初学記、芸文類聚等に逸文が見える。童蒙抄に引用されるのは当該箇所のみ。「うれしくも恋ぢにまどふあしうらのうき世をそむくかたへ入りぬる」（小侍従集・起道心恋・一一八）

807

ノリカヘシハニムマナラネト

俊頼哥也。ハニ馬ハ、日本紀十四ニ、伯孫ムスメコウメリトキ、テ、ユキテムコノ家ニヨロコフ。ツキヨニカヘル。蓬蔂丘誉田陵ノモトニアカキ駿ニノレルモノニアヒヌ。ソノムマ竜ノコトクニトヒ、カリノコトクニヲトロク。伯孫心ニネカフ。スナハチノレルコ*トノ駿馬ニクツハミヲナラフ。アカムマコエ*ノヒチハセキエヌ。マタラノ馬ヲソクシテヲフヘカラス。ソノ時ニムマニノレルヒト、伯孫カネカフ心ヲシリテ、ムマヲノリカヘテアヒワカレヌ。伯孫ヨロコヒテムマヤニレ《イ》テクラヲトキマクサヲカヒテネヌ。アケテミルニ、アカムマ土馬《ハニムマ》ニ*ノレリ。伯孫心ニアヤシミテカヘリテホムタノ陵ニモトム。スナハチマタラヲノムマオハニムマノナカニミル。トリカヘテカヘタルトコロノ土馬ヲオクト云々。

476
のりかへしはに馬ならねとも

俊頼哥なり。はに馬は、日本記十四に、伯孫むすめこうめりときゝて、ゆきてむこの家によろこふ。月夜にかへる。蓬蔂近誉田陵のもとにあかき駿にのれるものにあひぬ。その馬竜のことくにとひ、かりのことくにおとろく。伯孫心にねかふ。即のれるところの駿馬にくつはみをならふ。あかむまこへのひてはせきえぬ。またらをの馬をそくしておふへからす。その時馬にのれる人、伯孫かねかふ心をしりて、馬をのりかへてあひわかれぬ。又伯孫よろこひてむまやにいれてくらをときまくさかひてねぬ。あけてみるに、あかむま土馬になれり。伯孫心にあやしみてかへりてほむたの陵にもとむ。すなはちまたらおのむまをはにむまのなかにある《（ママ）》。とりかへてかへたるところの土馬をゝく云々。

【本文覚書】○コトノ…トコロノ（刈・東）、コトノ《トコロ》（岩）、ところの（大）○ノヒチ…ノヒテ（刈・岩・東）、のびて（大）○ノレリ…ナレリ（和・筑A・刈・岩・東）、なれり（大）

【出典】明記せず

【他出】散木奇歌集・一四八五（「のがれてしはにまならねど世中をねたくもとのみいはれぬるかな」）

【注】○ハニ馬ハ　「伯孫聞二女産一レ児、往賀二聟家一、而月夜還、於二蓬蔂丘誉田陵下一、〈蓬蔂、此云二伊致寐姑一。〉逢下騎二赤駿一者上。其馬時濩略、而竜翥、欻聳擢、而鴻驚。異体逢生、殊相逸発。伯孫就視、而心欲之。乃鞭二所乗驄馬一、斉レ頭並レ轡。爾乃、赤駿超攄絶於埃塵、駆鶩迅於滅没。於是、驄馬後而怠足、不レ可二復追一。其乗レ駿者、知二伯孫所欲一、仍停換レ馬、相辞取別。伯孫得レ駿甚歓、驟而入レ厩、解レ鞍秣レ馬眠之。其明旦、赤駿変為二土馬一。伯孫心異之、還覓二誉田陵一、乃見二驄馬、在二於土馬之間一。取代而置二所レ換土馬一也」（日本書紀・雄略天皇九年）。「得田辺伯孫　従

五位下守治部大輔藤原朝臣近相、伯孫可　埴爾馬作之　時与利曾　器佐部　豊奈利気留、はくそむがはにむまつくりしときよりぞうつはものさへゆたかなりける　わかたけの天皇のみよに、かうちのくにのまうせる、あすかへのこほりのひとたのへの伯孫、むすめこうむときゝて、むこのいへにゆきて、つきよにかへるときに、ほんたのみささきのもとに、あかきむまにのれるひとあへり、そのむま、たつのごとくにひひる、これをみて、こころにねがひて、わがのれるみだらをのむまにむちうちてならべはしらしむるに、あかむまこえのびて、およびがたし、そののれるもの、伯孫がこころをしりて、むまをかへてわかれざ《ママ》りぬれば、よろこびてむまやにいりて、くらをおろし、まくさをかひて、ねぬ、そのあしたに、あかむまはにむまとなれり、あやしみて、さらにほむたのみささきにもとむるに、わがみだらをのむまあり、それにとりかへてかへれり、といへり、こののち、おなじきすめら、はにしのむらじにみことのりして、あしたゆふべのみけつものもるべききよきうつはものをたてまつらしむ、それよりはにしのむらじ、つのくに、やましろ、いせ、丹波、たぢま、いなばのわたくしのたみをたてまつりて、にへのはしべといへり（日本紀竟宴和歌・天慶六年・五五）

808

牛

アシヒキノヤ*マタコトヒノウシナレハ　ヲモシロクコソケフハヒキケレ

六帖哥也。ヲモシロトハ、天照大神アメノイハトヲヒラカシメシニ、ソラハレ、ヒトノヲモテミナシロカリキ。コレヨリハシマレルコトハナリ。

牛

477 あし引のやまとことひのうしなれはおもしろくこそけふはひきけれ

六帖哥也。おもしろくとは、天照大神あめのいはとをひらかしめしに、そらはれ、人のおもてみなしろかりき。これよりはしまれることはなり。

【本文覚書】○ヤマタコトヒノ…ヤマトコトヒノ（刈・東・岩）、あまたことひの（狩）、やまとことひの（大）
【出典】古今六帖・一四二四
【他出】疑開抄・一〇九（二句「やまとことゐの」五句「けふはひきつれ」）
【注】○ヲモシロトハ　「阿那於茂志呂〈古語、事之甚切、皆称阿那。言衆面明白也〉」（古語拾遺）
【参考】「牛　109あしひきのやまとことゐのうしなれはおもしろくこそけふはひきつれ　六帖第二巻にあり。おもしろくとは、昔天照大神あめのいはとをうちふさいて、あめのいはやにこもりゐさしめしとき、あめのしたとこやみにしてひるよるわくことなし。庭火をたき、やをよろつの神たち神参をしめき。于時天照大神みこゝろゆきて磐戸をおしひらかしめ給に、あめのやへくも、いつのちわきにちわきて、そら晴人のおもてみなしろかりき。されは大和ことゐのうしなれは面白くこそ、とはよめるなり。諺云、みれはおもしろや、と云は、そらはれおもてしろし、といふなり。委見古語拾遺」（疑開抄）、「牛　ことゐの牛〈を牛〉」（八雲御抄）

羊

809 ウラミカネムマヤ〱トオモフマニ　ケフモヒツシニナリニケルカナ

古哥也。イトイタクモノネタミシケル人ノメノ、ヲトコヲ日ノタクルマテマチワヒテ、ヨメルナリ。ヒツシニナルトハ、

妬記曰、*景邑有士人婦。大妬忌、於夫小則罵詈、*大必揺打掌。以長縄繋天*脚。且*喚便牽縄。士人密与巫*嫗為

計。因婦眠。士人入厠以縄繋羊。士人縁*牆走近。婦覚、牽縄而羊至。大驚恠召問巫*、々曰、阿嬢積悪先人恠責。故郎君変成羊。若能改悔、乃可祈請。婦因悲号抱羊慟哭、自咎悔祈*是。師嫗乃令七日斎、挙家大小悉避於室中祭鬼神。師呪羊還後*本形。聟徐還。婦見聟啼*問曰、多日作羊、不辛苦耶。聟曰、猶*憶噉草不美、腹中痛耳。婦愈悲哀。後陰妬忌*。聟因伏地作羊鳴。婦驚起後*跳啼。先人為誓、於此不陰妬忘羊。

羊

478 うらみかねむまや〳〵と思ふまに今日も羊に成にけるかな

古歌也。いといたく物ねたみしける人の妻の、おとこを日のくるゝまてまちわひて、よめるなり。ひつしになるとは、妬記云、京邑有士人婦。大妬忌、於夫小則罵詈、大女■*打。常以長縄繋夫脚。且喚便牽縄。士人密与巫嫗為計。因婦眠。士人厠（ママ）以縄繋羊。士人縁牆走近。婦覚、牽縄而羊至。大驚恠召問巫、々曰、阿嬢積悪先人恠責。故郎君変成羊。若能改悔、乃可祈請。婦因悲号抱羊慟哭、自咎悔誓。師嫗乃令七日斎、挙家大少悉避於室中祭見神（ママ）。師呪羊還後本形。聟徐還。婦見聟啼問曰、多日作羊不辛苦耶。聟曰、猶憶毀（ママ）草不美、腹中痛耳。婦愈悲哀。後陰妬忌。聟因伏地作羊鳴。婦驚起従跳。先人為誓、於此不陰妬忘咩。〈或無此字〉

【本文覚書】○景…素（和・筑A・大）○大必…諸本「大女」○天…天《夫》（刈）、夫（大）○嗳…口＋憂（筑A・大）○巫…家（刈・岩・大、但し、「巫」字はあるいは「巠」か。判読困難）○縁牆…壊《コホチ》レ牆（刈・東）、壊牆（大）○巫々曰…巫々（内・和・筑A）、家嫗（刈・筑A・東・大）○祈是…諸本「祈是」あるいは「折是」。「誓」を誤ったか。○後…復（刈・東・大）○問…而（和・筑A・刈・東・岩・大、内は判読不可）○憶…臆（岩・大）○忌…著（刈・東・岩・大）○後…徒（刈・東・岩）。○岩・大、末尾に以下の文あり。「むまや〳〵とは今や〳〵なるべし。夫れを羊といはむとて、むまと云ふ也。又歌表は午の時と思間に、未の時と云ふにや。此抄の説は未に成たることを云へり」（大）○異本「■」は、「扌＋棄」あるいは「扌＋乗」か。

【出典】古歌

【注】○**イトイタク**　当該話未詳。○**妬記曰**　「又（妬記）曰、京邑有士人婦、大妬忌、於夫小則罵詈、大必捶打、常以長縄繋夫脚、且喚便牽縄、士人密与巫嫗為計、因婦眠、士人入厠、以縄繋羊、士人縁牆走避、婦覚、牽縄而羊至、大驚怪、召問巫、巫曰、娘積悪先人怪責、故郎君変成羊、若能改悔、乃可祈請、婦因悲号、抱羊慟哭、自咎悔誓、師嫗乃令七日斎、挙家大小悉避於室中、祭鬼神、師祝羊還復本形、壻徐徐還、婦見壻、啼問曰、多日作羊、不乃辛苦耶、壻曰、猶憶噉草不美、腹中痛爾、婦愈悲哀、後復妬忌、壻因伏地作羊鳴、婦驚起徒跣、呼先人為誓、不復敢爾、於此不復妬忌」（芸文類聚巻三十五）、「妬記二巻」（日本国見在書目録）、妬婦記とも。南朝宋虞通之撰。散逸か。本話は古小説鈎沈に「京邑士人婦」として採られる。

810

ケフモマタムマノカヒコソフキツナレ　ヒツシノアユミチカツキヌラム

摩耶経云、譬ハ栴陀羅カ牛ヲカヒテホフルトコロニイタル。アユムコトニ死地ニチカツクカコトシ。人ノイノチ又カクノコトシト云々。コノ栴陀羅トイフハ、ワラハナリ。コノウシトイフハ羊也。往生要集ニ屠所ニイタルヒツシノ*ソラニ死ニチカツキ、小水ニアソフウヲ日々ニイノチヲ滅スルカコトシト云々。

479 けふも又むまのかひこそふきつなれ羊のあゆみちかつきぬらん

摩耶経云、辟《ママ》は梅陀羅か牛をかひてほふる所にいたる。あゆむことに死地にちかつくかことし。人の命又かくのことしと云々。

此梅陀羅といふは、わらは也。此うしといふは羊也。往生要集に屠所にいたるひつしのうら《ママ》に死にちかつき、山《ママ》水にあそふ魚を日々にいのちを減するかことしと云々。

【本文覚書】○ソラニ…サラニ（刈・岩）、さらに（大）

【出典】明記せず

【他出】疑開抄・一一六、千載集・一二〇〇、奥義抄・四二七、和歌色葉・二二二。高遠集・三八四（五句「ちかづきにけり」）、発心集・二三（三句「吹きにけれ」）

【注】○**摩耶経云**　「譬如梅陀羅　駆牛就屠所　歩歩近死地　人命疾於是」（摩耶経）、なお同経には、当該偈の前に「如梅陀羅欲屠羊時」の一文があるが、童蒙抄が「コノウシトイフハ羊也」と述べるところから、偈の牛を羊と言い換えていると解するべきだろう。牛ではなく、屠所に赴く羊を無常の例とする経は心地観経である。寺尾美子「羊のあゆみ出典考―『中務内侍日記』から遡る―」（『駒澤大学大学院国文学会論輯』17、一九八九年二月）参照。「是は法文に有事也。ひつしをかひてよくこへぬるおりはとれ《そ歟》をころしてくふ也。ころさんするところへ引ゐてゆくにしたかひてしなんすることのちかつくを、世中の人にたとへてひつしのあゆみとは云也」（奥義抄）○**往生要集ニ**　往生要集も屠所に赴くものを牛とする。「出曜経に云く、この日已に過ぎぬれば　命即ち滅少す　小水の魚の如し　これは何の楽にかあらん　と。摩耶経の偈に云く、譬へば、梅陀羅の　牛を駆りて屠所に至るに　歩々死地に近づくが如し　人の命もまたかくの如しと」（往生要集）

【参考】「羊　116けふまもたむまのかひこそふきつなれひつしのあゆみちかつきにけり　譬は梅陀羅か牛をかりてほふ

る所にいたる。あゆむことに死地にちかつくかことし。人のいのちもまたかれかことき也。委見摩耶経」（疑開抄）、
「羊　ひつしのあゆみとは物をまつたとへ也」（八雲御抄）

鹿

811 コノヲカニヲシカフミヲコシウカネラヒ　ユ*クマチスラムキミユヘニコソ
万葉第八ニアリ。ウカネラヒトハ、ウカ、ヒネラフトイフナリ。

鹿〈第九　獣部　羊下〉

259 このをかにをしかふみをこしうかねらひゆふまちすらんきみゆへにこそ
万葉第八にあり。うかねらひとは、うかゝひねらふといふなり。

【本文覚書】○ユクマチスラム…ユクマテスヲム（和）、ユクマヰ《ネ》スヰ《ラ》ム（岩）
【出典】万葉集巻第八・一五七六「此岳尓《このをかに》　小壮鹿履起《をしかふみおこし》　宇加渥良比《うかねらひ》　可聞可聞為良久《かもかもすらく》　君故尓許曾《きみゆゑにこそ》」〈校異〉①「コノ」は類、春、紀が一致。廣「カノ」②は類が一致するが、「をしかふみおらし」の「ら」を「コ」と訂正する。廣、春「ヲシカフミタテ」。紀「ヲシカフミタテ、」③「ネラヒ」は廣、春、紀が一致し、類「ねうひ」の「う」を「ラ」に訂正。④未見。類、廣、春、紀「かもかくすらく」。仙覚本は「カモカクスラク」で、温「カモカクスシク」で「良」左「ラ」
【他出】綺語抄・六四六（下句「かもかくすらくきみによりこそ」）
【注】○**ウカネラヒトハ**　「窺良布《うかねらふ》」（万葉集・一二三四六）。歌学書、古辞書に未見。

812
キミコヒテウラフレヲレハシキノ、ノ　アキハキシノキサヲシカナクモ
同ニアリ。サヲシカトハ、*メカノツノヲヒタルヲ云、トソ古人申シケレト、ナヲチヒサキヲ、シカトイフナリ。

260 君こひてうらふれをれはしきの丶の秋はきしのきさをしかなくも
同に有。さをしかとは、めかのつのおひたるをいふ、とそ古人まうしけれと、ちいさきををしかといふなり。

【本文覚書】○メカ…メシカ（和・筑A・東・岩）、メ鹿（刈）、めじか（大）
【出典】万葉集巻第十・二一四三「於レ君恋《きみにこひ》　裏触居者《うらぶれをれば》　敷野《しきの》之《の》　秋芽子《あきはぎ》凌《しのぎ》　左小壮鹿《さをしか》鳴裳《なくも》」〈校異〉①未見。非仙覚本及び仙覚本は「きみにこひ」③は元、類が一致。紀「シキノノ」⑤は類、紀及び元（右イ）が一致。元「をりかなくらむ」で「り」を「し」に訂正。
【他出】袖中抄・一〇二九。綺語抄・三五五、五代集歌枕・七五九、袖中抄・六二七、以上初句「きみにこひ」
【注】○**サヲシカトハ**　当該説未見。○**メカ**　牝鹿。「牝鹿曰麀〈音憂、米賀〉」（箋注倭名類聚抄）○**ナヲチヒサキヲ**
「さをしか　わかきしかなり……伊勢大輔も、ちひさきしかをいふとぞいひける」（綺語抄）、「さといふことはものにしたかひて、せはくも、ちいさくも、をさなくもあるものを云也。さむしろ、ころも（さ衣）、さをしかなといへり」（奥義抄）、「おほよそさといふ事は、ものにしたかひてちゐさくもをさなくもある物をいふ也。さころも、さをしかなんといふかことし」（和歌色葉）、「サホ鹿トハ、チヰサキ鹿ヲ云」（別本童蒙抄）
【参考】「鹿　さを……伊勢大輔云、さをしかはかならすちゐさからねとおほきならぬをは可詠」（八雲御抄）

813 アキ《カリ》モキヌハキモ《ハ》チリヌトサヲシカノ　ナクナルコヱモウラフレニケリ

同ニアリ。コヱウラフル、トヨメリ。

261 かりもきぬはきはちりぬとさをしかのなくなる声もうらふれにけり

同に有。声うらふる、とよめり。

【本文覚書】〇アキ《カリ》モキヌハキモ《ハ》チリヌト…谷以外、傍記なし。

【出典】万葉集巻第十・二一四四「鴈来《かりはきぬ》　芽子者《はぎは》散跡《ちりぬと》　左小壮鹿之《さをしかの》　鳴成音毛《なくなるこゑも》　裏触丹《うらぶれに》来《けり》」〈校異〉①未見。非仙覚本は「かりもきぬ」で童蒙抄の傍記と一致。仙覚本は「カリハキヌ」②「モ」は紀が一致し、元、類「は」で童蒙抄の傍記と一致。⑤「フレ」は元、類、紀が一致。元「ふれ」右赭「ナレ」

【他出】古今六帖・九四五（初二句「かりくれば萩はちりぬと」）、綺語抄・六四三（初二句「かりもなきはぎもちりぬと」）、奥義抄・四七〇（初二句「雁もきぬはぎもさきぬと」）、袖中抄・一〇三〇（初二句「かりもきぬはぎはちりぬと」）

【注】〇コヱウラフル　「しかのこゑにも、うらぶれにけりとよめり」（綺語抄）。鹿の声うらぶるの詠歌例は、「なくしかのこゑうらふれはときは今はあきのなかはになりぬへらなり」（家持集・一二二）、「夜もすがら滴の山にうらぶれて妻とのふるさをしかのこゑ」（堀河百首・鹿・七〇九・顕季）など。

814 アキハキニウラコヒヲレハアシヒキノ　ヤマシタトヨミシカノナクラム

古今第四ニアリ。ウラコヒヲレハ、又、山シタトヨミ、トイヘリ。

262 秋はきにうらこひをれはあしひきの山下とよみしかの鳴らん

古今第四に有。うらこひをれは、又、山下とよみ、といへり。

【出典】古今集・二一六・よみ人しらず、二句「うらびれをれば」

【他出】奥義抄・四六九、和歌色葉・二四五、以上二句「うらぶれをれば」。定家八代抄・四二三（二句「うらびれをれば」）、色葉和難集・五五一（二句「うらぶれをれば」五句「鹿の鳴くなる」）

【注】○**ウラコヒヲレハ**　古今集諸本のうち、第二句を「うらこひをれは」とするものは関戸本。他に、筋切れ本、元永本、唐紙巻子本が「つまこひをれは」。また、「いもにわがうらこひをればあしひきの山したとよみ鹿ぞなくなる」（古今六帖・九三四）は異伝歌か。綺語抄は「うらごひし」を立項し「むらさきのねはふよこの、はれの日はうらごひしらにうぐひすぞなく」、「わがせこにうらごひすればあまのがはよふねさしこぎかぢのおときこゆ」の二首をあげる。「うらこひ」の平安期の用例は僅少で、「君が住む浦恋しくぞ我は思ふしのぶ宮こもたれがゆゑそは（頼政集・三二四、続詞花集・七〇二）を見る程度である。○**山シタトヨミ**　鹿と詠む例に「足日木乃《あしひきの》　山下響《やましたとよめ》　鳴鹿之《なくしかの》　事乏可母《ことともしかも》　吾情都末《あがこころつま》」（万葉集・一六一二）、「風さむみはだれ霜ふる秋のよは山したとよみ鹿ぞなくなる」（堀河百首・七一五）などがある。綺語抄は「やましたとよみなくしかの」を立項する。

【参考】「鹿　又山下とよみ　但しこのとよみの言哥合に被咲事也」（八雲御抄）

263 みやきのにつまよふしかそさけふなるもとあらのはきに露やさむけき

815 ミヤキノニツマヨフシカソサケフナル　モトアラノハキニツユヤサムケキ

後拾遺第四ニアリ。藤ノ長能《ナカヨシ》カ哥也。

サケフ、トヨメリ。

後拾遺第四に有。藤長能か歌也。さけふ、とよめり。
【出典】後拾遺集・二八九・藤原長能
【他出】長能集・一九二（二句「つまよぶしかぞ」）、口伝和歌釈抄・八四（二句「つまよふしかそ」）、綺語抄・六九六（二句「つまよぶしかぞ」五句「つゆやおくらん」）
【注】○**サケフトヨメリ**「鹿が叫ぶ」とする詠歌例は多くない。「をちかたにかたぬくしかぞさけぶなる同じ心に月やみるらん」（出観集・三一七）。また歌合においても積極的な評価は受けていない。実国家歌合における成範の「しかさけび山もあらしにむせびつつ秋のをはりはかなしかりけり」（九月尽・四五）に対して、清輔は「しかさけびなど有る五文字よからずと定めあはれたるを、これはと云ふ詩の心にこそ、詩などをよむにはさのみこそと申ししかども」（「これはと云ふ詩」存疑か）と漢詩をそのまま取り入れた詠法と捉えて否定的である。但し、「鹿叫」とする漢詩は未見。「鹿鳴猿叫孤雲惨　葉落泉飛片月残」（和漢兼作集・秋声多在山・具平親王）などを念頭に置くか。

816
シカノネソネサメノトコニキコユ《カヨフ》ナル　オノヽクサフシツユヤヲクラム
同ニアリ。家経カ哥也。ヲノヽクサフシ、トヨメリ。

264 しかの音そねさめのとこにかよふなるをのゝ草ふし露やをくらん
同に有。家経歌なり。をのゝ草ふし、とよめり。

【出典】後拾遺集・二九一・藤原家経朝臣、三句「かよふなる」

【他出】祐子内親王家歌合・三〇、家経輯集・九六（三句「かよふなる」）。新撰朗詠集三一七（三句「きこゆなる」）

【注】○**ヲノヽクサフシ**　この句は「左小壮鹿之《さをしかの》　小野之草伏《をののくさぶし》　灼然《いちしろく》　吾不レ問尓《わがとはなくに》　人乃知良久《ひとのしれらく》」（万葉集・二二六

八）に拠ったものであろう。家経以前には用例未見。院政期以降多用される。「さをしかのこゑのさやけみきこゆるはひとりやぬらむをののくさぶし」（経信集・一〇七）

817

スカルナクアキノハキハラアサタチテ　タヒユクヒトヲイツトカマタム

スカルトハ、鹿ヲイフ。

265 すかるなく秋のはきはらあさたちて旅行人をいつとかまたん

すかるとは、鹿をいふ。

【出典】明記せず

【他出】古今集・三六六、俊頼髄脳・三〇九、綺語抄・六四一、奥義抄・四八三、袖中抄・三七四、定家八代抄・七三〇、色葉和難集・九七七、別本童蒙抄・二五二。古今六帖・二三八八（下句「たびゆく人のをしくもあるかな」）、口伝和歌釈抄・三七五（下句「たひゆくきみかはかれかなしも」）

【注】〇**スカルトハ**　「若詠鹿時　すがると云」（喜撰式）、「すかるとはしかを申なめり」（俊頼髄脳）、「シカヲハ、スカルト云ナリ」（別本童蒙抄）。「すがる」はジガバチ説、鹿説あり、袖中抄が集成している。「このすがるをば、無名抄、綺語抄、奥義抄、童蒙抄等に、皆鹿をいふぞといへり。或は若き鹿ともいへり。確かなる証文は見えねど、かやうに中伝《（まうし）》へつれば、和歌事はさてこそは侍れ」（袖中抄）。なお万葉集の「すがる」はジガバチである。「春之在《はるさ》者《れば》酢《す》軽成《がるなす》野之《の》」（一九七九）、「海神之《わたつみの》　殿蓋《とののいらかに》丹　飛翔《とびかける》　為《す》軽如来《がるのごとき》」（三七九一）。「䴥〈流音須加留〉」（新撰字鏡）

【参考】「鹿　すかる〈異名也〉、はちをもすかるといふといへとも以鹿為正説」（八雲御抄）

818 カコヤマノハワカ、シタニウラトケテ　カタヌクシカハマツコヒナセソ

堀河院百首ニ匡房卿所詠也。カタヌクシカトハ、昔天照大神アメノイハトヲウチフサイテ、アメノイハヤニコモリヰマシ、トキニ、思兼《ヲモヒカネ》ノ神フカクハカリトヲクハカリテ、天香山《アマノカコヤマ》ノシカヲイケナカラトラヘテ、ソノカタヲヌキテ、シカヲハ、*ナチカリテ、アマノカコヤマノワ《ハ歟》カノキ《木》ヲネコシニコシテ、ソノカタノホネヲヤキテ、カノ大神ノイテマサムコトヲウラナフ。、*ミウラノタハリニカナヒテ、イハトヲ、シヒラキイテマシキ。イマノヨニカメノコウヲモチヰタリ。

委見古語拾遺。

彼思兼ノ神ハ、イマノ卜部氏《ウラヘウチ》乃遠《ヱム》祖也。サレハカコヤマハソラニアルナリ。ハワカトハ、木名《キノナ》也。コトノヲコリ、神楽哥ニミヘタリ。又カコヤマハ、大和国ニアリ。日本記ニハ、山ノタカクテアメ《天》ノカソクレハ、天《アマ》ノ香来《カク》山トイフトミヘタリ。

266 かこやまのはわか、したにうらとけてかたぬく鹿はつまこひなせそ

堀河院百首に匡房卿所詠也。かたぬくしかとは、昔天照太神あめのいはとをうちふさいて、あめのいはやにこもりゐまし、時に、*思兼神《ヲモヒカネノカミ》ふかくはかりとをくたはかりて、天香来山の鹿をいけなからとらへて、そのかたをぬきて、しかをはなちやりて、あまのかこやまのはわかのきをねこしにこして、そのかたの骨をやきて、彼大神のいてまさむことをうらなふ。みうらのたはかりにかなひて、いはとを、しひらきいてましき。いまのよに亀の甲をもちいたり。委見古語拾遺。

彼思兼神は、いまの卜部氏之遠祖也。されはかこ山はそらに有也。はわかとは、木名也。ことのおこり、神楽歌にみえたり。又かこ山は、大和国にあり。日本紀には、山のたかくて天のかのくれは、天《アマ》の香来《カク》山といふと見えたり。

【本文覚書】○、ナチカリテ…ハナチヤリテ（刈・東・岩）○、ミウラノ…谷以外の諸本「、」なし。○異本…「時に」の後、数文字分空白あり。

【出典】堀河百首・七〇六・匡房、初句「かぐ山の」五句「妻恋なせそ」

【他出】匡房集☆・六四（五句「妻どひなせそ」）。色葉和難集・三〇四（五句「つまごひなせそ」）、和歌色葉・八七、色葉和難集・五六四、以上初句「かぐ山の」五句「妻恋なせそ」。奥義抄・六二五、袖中抄・三〇〇（初句「かぐ山の」下句「かたのくしかのこゑきこゆなり」）、別本童蒙抄・二五六（下句「カタヌイ鹿ハツマフシナセソ」）

【注】○**カタヌクシカトハ**　「内二抜天香山之真男鹿之肩一抜而、取二天香山之天之波波迦一〈此三字以レ音。木名。〉而、令二占合麻迦那波一而、〈自レ麻下四字以レ音。〉」（「内抜《うつぬ》きに抜きて」古事記・上巻）、「公家に亀甲の御卜と云事あり。卜部の氏のもの、、はりかのきにてかめのこうをやきてうらなふ也。又それにかやうに鹿のかたのほねをやきてうらする事あり……又かたのほねをぬきてやけはかたぬくとはよめるにや」（奥義抄）、「は、かといふ木にて方丈の屋をつくりて、しかを生ながら入て、は、かときをやきて鹿にくはせて百日かひて、右のかたの骨をぬきてものをあはせて、屋のしりにさすなり」（色葉和難集に俊頼云として載せる。但し俊頼髄脳に見えず）○**委見古語拾遺**　「爰、思兼神、深思遠慮、議曰、宜レ令下太玉神、率二諸部神一造中和幣上。仍、令下石凝姥神〔天糠戸命之子、作鏡遠祖也。〕取二天香具山銅一、以鋳中日像之鏡上……掘二天香具山之五百箇真賢木一、〔古語、佐禰居自能禰居自。〕而上枝懸レ玉、中枝懸レ鏡、下枝懸二青和幣・白和幣一」（古語拾遺）。鹿の骨の事は見えない。○**彼思兼ノ神ハ**　占部氏の遠祖を思兼神とする所説未見。○**コトノヲコリ**　該当する神楽歌未見。○**日本記ニハ**　香来山説未見。以上の諸説について袖中抄は「又童蒙

抄《(ニ)》云《(ク)》委《(シクハ)》見《(ユル)》二古語拾遺一《(ニ)》之由、如何。神楽の起りは侍《(はべり)》。この肩ぬく鹿の事は不《(ザル)》レ見《(エ)》歟。又天のかご山天にありといふ事、如何。又日本紀に天の香来《(タル)》事、如何」と難ずる。

【参考】「鹿　かたぬくしかと云は、鹿のかたのほふをとりてえひすかうらをするなり。又占部とも云」（八雲御抄）

819

猪

カルモカキフスヰノトコノイヲヤスミ　サコソネサラメカヽラスモカナ

後拾遺十四ニアリ。和泉式部哥也。カルモトハ、カレタル草也。ソノクサヲカキアツメテ、ヰノシヽハ《フ》スナリ。ヰノナカイ、トテ七日マテフストイヘリ。

480

猪

かるもかきふすゐのとこのいをやすみさこそねさらめかゝらすもかな

後拾遺十四にあり。和泉式部哥也。かるもとは、かれたる草也。その草をかきあつめて、ゐの鹿はふす也。ゐのなかい、とて七日まてふすといへり。

【出典】後拾遺集・八二一・和泉式部

【他出】麗花集・九三、和泉式部集・一二三三、和泉式部続集・三一、口伝和歌釈抄・三一四、俊頼髄脳・四三〇、疑開抄・一一四、後六々撰・五、和歌色葉・二二六、色葉和難集・三〇〇

【注】○**カルモトハ**　「かるもかくとは、かれたるくさをかきあつめて、いのしゝのふす也」（口伝和歌釈抄）、「かるもかくとは、枯れたる草などはかきあつめて、ゐのしゝのふす也」（隆源口伝）、「これはゐのしゝのあなをほりてい

りふして、うゑに草をとりおほひてふしぬれは、四五日もおきあからてふせるなり。かるもといふはかのうへにおほひたる草をいふなり」（俊頼髄脳）○**ヰノナカイ**　この成語未詳。

【参考】「114かるもかきふすゐのとこにいをやすみさこそねさらめかゝらすもかな　後拾遺第十四巻にあり。和泉式部かよめるなり。かるもとは、かれたる草を云なり。その草をかきあつめて猪はふすなり。いをやすみとは、やすくぬるといふなり。ゐのなかい、と云はこれなり。七日ふせる也」（疑開抄）

820 コシラヘテコ、ニヰヨトハイヘトナヲ　シタヒテアリクコヒノヤツコカ

古哥也。*韓子曰、曽子カ妻之市《ユクイチニ》一。其子*随而従《泣》。其母曰、汝*還。反為汝殺彘ノ。妻*迎市来。*曽子欲捕彘殺之。其妻止之曰、持与嬰児戯也。曽子曰、嬰児者有非知之。待父母而学之者也。今子欺之。是教子欺也。母欺子々而不信母。非所以成教也。遂殺彘。

481 こしらへてこゝにゐよとはいへと猶したひてありくこひのやつこか

古哥なり。翰《輸》子曰、曽子妻之市。其子随而泣。其母曰、汝還。反為汝敬︵。妻退市《マ》、米号《マ》子欲捕彘︶《本》殺之。其妻止之曰、持与嬰児戯也。曽子曰、嬰児者有非知之。待父母而学之者也。今子欺、是教子欺也。母欺子々而不信母。所以成教之。遂殺象《本》。

【本文覚書】○韓子…韓非子（刈）、○随…随之（刈）　○還…還顧（刈・岩）　○曾子～児戯也…刈・岩、脱　○迎…適（刈・岩）

【出典】古歌

【注】○韓子曰　「曽子之妻之市。其子随之而泣。其母曰、女還、顧反為女殺彘。適市来。曽子欲捕彘殺之。妻止之曰、特与嬰児戯耳。曽子曰、嬰児非与戯也、嬰児非有知也、待父母而学者也、聴父母之教、今子欺之、是教子欺也。母欺子而不信其母。非所以成教也。遂烹彘也」（韓非子・外儲説左上）、当該記事は芸文類聚等に未見。童蒙抄は韓非子を二箇所に亘って引用する。805歌注に引用される韓非子本文は類書に見えるが、本話は類書等にも見えない。「韓子十」（日本国見在書目録）

猿

821 アシヒキノヤマノタエマニツマコフト　シカニモマサルコエキコユナリ

六帖ニアリ。山ノタエマトハ、断峡ナリ。サルツマコフトミエタリ。

猿

482 あし引の山のたえまにつまこふとしかにもまさる声きこゆなり

六帖にあり。山のたえまとは、断峡也。さるつまこふとみえたり。

【出典】古今六帖・九二八、四句「しかなんまさる」。古今六帖諸本の多くは「なん」に「鳴」の傍記を有し、「しかにも」とする本文は版本のみ。

【他出】疑開抄・一一〇。

【注】○山ノタエマトハ　この箇所、疑開抄に拠ったと思われる。疑開抄は「峡の部に見えたり」とするが、童蒙抄には「峡」部がなく、あるいは疑開抄の該当箇所に拠ったか。「山のたえま」の詠歌例未見。詩に「断峡」の語は多く使われる。○**サルツマコフ**　詠歌例未見。

【参考】「猿　110あしひきの山のたえまにつまこふとしかにもまさるこゑきこゆなり　六帖第二巻にあり。足引の山のたえまとは、峡の部に見えたり。さるつまこふと見えたり」（疑開抄）

822
ワヒシラニマシラナ、キソアシヒキノ　ヤマノカヒアルケフニヤハアラヌ
古今ニアリ。*貫之詠也。大井川逍遥ニ猿叫峡トイフ題也。カヒトハ、峡ヲイフ。又、心ノカヒアリト思ニヨセタルナリ。サル峡ニナクコトハ、宜都山川記曰、峡中猿鳴山谷伝其響、*冷々不絶、行者歌之曰、巴東三峡猿鳴悲、猿鳴三声涙沾衣。

483
侘しらにましらなゝきそあし引の山のかひあるけふにやはあらぬ
古今にあり。貫之詠也。大井河逍遥に猿叫峡といふ題也。かひとは、峡をいふを、又、心のかひありと思ふによせたる也。さる峡になくことは、宜都山川記云、峡中猿鳴山谷伝其響、令々不絶、行者歌之曰、巴東三峡猿鳴悲、猿鳴三声涙沾衣。

【本文覚書】○貫之…貫之《躬恒》（刈）　○冷々不絶…嶮々所絶（筑A）、冷々無所絶（刈・東・岩・大）、冷々所絶（書）、冷二所絶（狩）
【出典】古今集・一〇六七・みつね
【他出】躬恒集・二四、躬恒集☆・二〇六、古今六帖・九二九、和漢朗詠集・四六一、大鏡・七〇、万葉時代難事・五、宝物集・一二一。和歌体十種・四九（二句「ましこはなきそ」）、袖中抄・五四九（二句「ましこなきそ」）。口伝和歌釈抄・九八（二句「ましはなゝきそ」）

【注】○**貫之詠**　古今集は作者名を躬恒とする。刈は上部余白に「蕉下菴曰此哥諸本ミツネトアリ全書写ノ誤歟」と書く。○**大井川逍遥ニ**　「法皇にし河におはしましたりける日、さる山のかひにさけぶといふことを題にてよませたまうける」（古今集詞書）○**カヒトハ**　「やまのかひ　やまのゆきあひをいふ、峡也」（綺語抄）、「山のかひとは、山のゆきあひをば峡と云也。峡をかひと訓じたり」（顕注密勘）、「山ノカヒトハ、山ノフタツカイキアヒヲ云」（別本童蒙抄）、「和云、やまのかひとは峡といふ文字なり。巴峡と云もこれなり。やまのみねのすこしかくれたる所をいふにや。切韻云、峡、両山間云々」（色葉和難集）。「峡　考声切韻云峡山間如処也咸鴂反俗云〈山乃加比〉」（二十巻本倭名類聚抄）、「峡〈ヤマノカイ　山間狭処也〉」（色葉字類抄）○**心ノカヒアリト**　「甲斐」を掛けることをいう。○**宜郡山川記曰**　「宜都山川記曰、峡中猨鳴至清、諸山谷伝其響、冷冷不絶、行者歌之曰、巴東三峡猨鳴悲、猨鳴三声涙霑衣」（芸文類聚巻九十五）。宜郡山川記は日本国見在書目録に未見。逸書、晋袁山松撰。童蒙抄が引用するのはこの箇所のみ。

【参考】「山のかひとは、二の山のゆきあひた《（ママ）》所をいふ」（松か浦嶋）

823

鼯

ムサヽヒハコスヱモトムトアシヒキノ　ヤマノサツヲニアヒニケルカモ

万葉三ニアリ。志貴五*子ノ詠也。サツヲトハ、シツヲトイフ也。サトシトハ、ヲナシコトナリ。コレヲ五月ノレウトイフフナト申人ノアルハ、ムケノヒカ事ナメリ。

484

鼬

むさゝひはこすゑもとむとあし引の山のさつおにあひにける哉

万三にあり。志遺(ママ)王子の詠也。さとおと(ママ)は、しつおといふ也。さとしとは、同事なり。これをさつきのれうしといふなと申人のあるは、むけの僻事なめり。


【本文覚書】○五子…谷以外「王子」

【出典】万葉集巻第三・二六七「牟佐ゝ婢波《むささびは》　木末求跡《こぬれもとむと》　足日木乃《あしひきの》　山能佐都雄尓《やまのさつをに》　相尓来鳴《あひにけるかも》」〈校異〉④「サツヲ」は類及び紀（「都」左朱）が一致。廣「サトヲ」で「ト」を「ツ」に訂正するが後人か。紀「サトヲ」

【他出】古今六帖・九五六、綺語抄・一五二、以上下句「山のさとをにあひにけるかな」

【注】○**志貴五子ノ詠也**　万葉集題詞に「志貴皇子御歌一首」。古今六帖伝本のうち作者名を「志貴皇子」とするものがある。○**サツヲトハ**　452歌注参照。なお袖中抄は、童蒙抄の音通説を否定する。○**コレヲ五月ノレウト**　未詳。

鼠

タノムヨカツキノネスミノサハクマノ　クサハニカ、ルツユノイノチヲ

高光少将詠也。量義述義記下巻云、タトヘハヒトノツミヲ王ニウルナリ。ソノヒトノカレハシル。王、酔象ヲシテヲハシム。ヲソレ急ニシテ自枯井ニ板*ス。ヰノナカハニヒトツノクチタル草アリ。テヲモテコレヲヒカヘタリ。シタニ悪竜アリテ、毒ヲハヒテコレニムカフ。五毒蛇アリテ、又害ヲクハヘムトス。大象ウヘニノソミテマタト*ヘムトス。ソノ人クルシミキハマリテヲホキニヲソル。ヰノウヘニヒトツノ樹アリ。樹ノウヘニ蜜滴アリテクチノウチニヲチイル。アチハヒニツキテ、シカクヲソレヲワスレヌ。枯井ハ生死ナリ。酔象ハ無常也。毒竜ハ悪道也。五蛇五陰也。腐草ハ命根也。二鼠ハ白黒日月也。蜜滴ハ五欲楽也。蜜滴ヲエテ

怖ヲワスルトイフハ、衆生ノ五欲楽ヲエテ、生死ノ無常モヨホシセムルコトヲワスレタルニタトフルナリ。
又、明宿願果報経ニ、コノ*タトヒリ。二白鼠ハ日月也トイヘリ。

鼠

485 たのむよか月のねすみのさはくまのくさはにかゝる露の命を

高光少将詠也。量義述義記〈義家〉下巻云、たとへは人のつみを王にうるなり。その人のかれはしる。王、酔象をしておはしむ。をそれ急にして自枯井に板《（ママ）》す。井のなかはにひとつのくちたる草あり。てをもてこれをひかへたり。したに悪竜あて、毒をはいて是にむかふ。五毒の蛇ありて、又害をくはへむとす。大象はうへにのそみて又とらへむとす。その人くるしみきはまりておほきにをそる。井のうへにひとつの樹あり。樹のうへに蜜滴ありてくちのうへ《（ママ）》におちいる。あちはひにつきて、しかくをそれをわすれ、又《（ママ）》、枯井は生死也。酔象は無常也。毒竜は悪道也。五蛇は五陰也。腐草は命根也。二鼠は白墨二月《（ママ）》也。蜜滴は五欲楽也。蜜滴をえて怖をわするといふは、衆生の五欲楽をえて、その生死の無常のもよをせむることをわすれたるにたとふる也。又、明宿願果報経に、此たとひあり。二白鼠は日月なりといへり。

【本文覚書】○板…投（和・筑A・刈・岩・東・大）○トヘムトス…ナメムトス（刈・東・岩）、なめむとす（大）
○タトヒリ…タトヒアリ（和・筑A・刈・岩・東）、たとひあり（大）
【出典】明記せず
【他出】奥義抄・四二八。高光集・三四（五句「つゆのいのちは」）、綺語抄・四一（初句「たのむよの」）、続詞花集・

四六二（三句「さわぐまに」）、閑月集・五二四（三句「さわぐまに」）、和歌色葉・二二四（三句「さわぐかな」）

【注】**○量義述義記下巻云**　量義述義記は未詳。**○明宿願果報経ニ**　未詳。「月のねずみ」については、小峯和明氏「月のねずみ考」（『説話の声』第四部、新曜社、二〇〇〇年）、伊藤博之氏「月の鼠　譬喩経をめぐる問題」（『成城国文学論集』23、一九九五年三月）参照。「月ノネスミトハ、タトヘハ罪アル人ノ、人ニヲハレテニクルカ、カクルヘキヤウナクテ、道ナル井ニ入テ、中ニ草生タリ。其草トラヘテカクレタリケルホトニ、白ネスミトクロキネスミト二出キタリテトラヘタル草ノ根ヲカフリケリ。若クイキリツル物ナラハ其井ノソコノヲソロシケナルニ落入テ死ナンスルナリ。サレハ草ヲ人ノ命ニタトヘ、ネスミヲ月日ニタトフル也。珱珞経ニ見タリ」（別本童蒙抄）

【参考】「鼠　月のねすみ　子細在他巻。本文也。世無常也」「月のねすみ〈是は経文也。世間の無常をいふに、たとへは人曠野をゆくに、虎きたりてくはんとすれは、この人にけて走。野中に井の有に走入てかくる。底へいらしと草をひかへて底をみれは、わにといふ物上にある。虎にもおとらすおそろしきかたちにて、おちいらんをまちゐたり。うへゝあからんとすれは、又このとら口をあきてまちたてり。このひかへたるくさはたゝたにもたのみかたきに、白黒ふたつのねすみ、このくさのねをかはる〳〵つむ。是をとらをは当時の罪障にたとふ。わにをは地獄にたとふ。さてしろきねすみは日のすくる也。くろきは月のすくる也。これを月のねすみと云也〉」（八雲御抄）

魚貝部

魚

825
ヤマサトハタノキノサイモクムヘキニ　ヲシネホストテケフモクラシツ

万葉ニアリ。タノキトハ、タノキハトイフナリ。サイトハ、チヰサキイヲ、イフ。ヲシネトハ、ヲソイネトイフナリ。

魚

486 山里はたのきのさいもくむへきにをしねほすとてけふもくらしつ

万葉にあり。たのきとは、田のきはと云なり。さいとは、ちいさき魚をいふ。をしねとは、をそいねといふなり。

【出典】存疑。「或云、此哥は万葉集にはなしと云々」（和歌色葉）、同書は万葉古歌の部に入れる。「或云、此歌万葉にはなしと云々」（色葉和難集）。奥義抄は古歌とする。俊頼髄脳は出典を示さない。

【他出】疑開抄・一一九。俊頼髄脳・三六四（初句「山ざとの」）、綺語抄・六三八（初句「やまざとの」五句「けふはくらしつ」）、奥義抄・二五三（三句「すくべきに」）、和歌色葉・九七（四句「おしねかるとて」）、色葉和難集・八一七（四句「おしねかるとて」）。別本童蒙抄・二五一（山人ハタナ井ノサイモシクヘキニヲシネホストテケウ井クラシツ）

【注】**○タノキトハ**　「たのきといふは、たのあせの片原にあるたまり水なり」（俊頼髄脳）、「タナ井トハ、田ノアセナトニタマリタル水ヲ云」（別本童蒙抄）**○サイトハ**　「さゐ　ちひさきうをの田のあぜのたまり水などにある也」（綺語抄）、「さゐといへるは、ちひさき魚ともなり」（俊頼髄脳）、「さゐとはちひさき魚をいふ」（奥義抄）、「サイトハ、チヰサキイネヲ云」（別本童蒙抄）、「つくしには雑魚をはさゐといふなり」（和歌色葉）、「祐云、つくしには雑魚をばさゐと云なり」（色葉和難集）**○ヲシネトハ**　「をゝ（し）ねといへるは、田のいねともなり」（俊頼髄脳）、なお俊頼には「あきかりしむろのおしねを思ひいでてはるぞたなゐにたねもかしける」（散木奇歌集・一六二）がある。「ムロノヲシネトハ、苗ニモミ蒔トキ御幣ヲハサミテ水口ノ神ヲマツルヲ云。サレハヲシネトハ云也」（別本童蒙抄）。「をし

ねはおくての稲なり」（奥義抄）
【参考】「魚介　119山さとはたのきのさゐもくむへきにをしねほすとてけふもくらしつ　万葉集第□巻にあり。たのきとは、田のきはといふ也。せいとは、ちいさき魚と云なり。をしねとは、をそいねといふ也」（疑開抄）、「おしねとは、をそいねといふ」（松か浦嶋）

鱸

826 ＊アラタツノフチエノウラニス、キツル　アマトカミラムタヒユクワレヲ
万葉三ニアリ。

鱸

487 あらたつのふちえのうらにすゝきいゐ（ママ）るあまとかみらんたひ行われを
万葉三にあり。

【本文覚書】○アラタツノ…アラタソノ（内）、アラタツ《ェ》ノ（和）、アラタツノ《ェィ□》（岩）、「蕉下菴云、諸本アラタエノトアリ」（刈、頭書）
【出典】万葉集巻第三・二五二「荒栲《あらたへの》　藤江之浦尓《ふぢえのうらに》　鈴寸釣《すずきつる》　白水郎跡香将レ見《あまとかみらむ》　旅去吾乎《たびゆくわれを》」〈校異〉①「ツ」未見。非仙覚本及び仙覚本は「へ」④「アマトカ」は類、廣が一致。紀「アトトヤ」
【他出】人麿集Ⅲ・六一五、古今六帖・一五二〇（初句「あらいその」）、疑開抄・一二二（初句「あらたえの」三句「すゝきとる」）、五代集歌枕・一〇四〇（初句「あらたへの」）
【参考】「鱸　122あらたえのふちえの浦にすゝきとるあまとか見らむたひゆくわれを　万葉集第三巻にあり」（疑開抄）

827 ス、キトルアマノタクヒノヨソニタニ　ミヌ人ユヘニコフルコノコロ

同十一ニアリ。

488 す丶きとるあまのたくひのよそにたにみぬ人ゆへにこふるこのころ

同十一にあり。

【出典】万葉集巻第十一・二七四四「鈴寸取《すずきとる》　海部之燭火《あまのともしび》　外谷《よそにだに》　不レ見人故《みぬひとゆゑに》　恋比日《こふるこのころ》」〈校異〉②「タクヒノ」は嘉及び廣（「トモシヒ」右）が一致。類、廣「ともしひ」③は類、廣及び嘉（右）が一致。嘉「ほにたにも」

【他出】疑開抄・一二三。人麿集Ⅱ・五四五（三句「ほのにたに」五句「こふるころかな」）、人麿集Ⅳ・一七八（五句「あまのともしひ」）、古今六帖・一五一九（初句「すずきつる」）

【参考】「123す丶きとるあまのたくひのよそにたに見ぬ人ゆへにこふるこのころ　同十一巻にあり」（疑開抄）

鯉

828 ヨトカハノソコニスマネトコヒトイヘハ　スヘテイヲコソネラレサリケレ

六帖三ニアリ。漢書ニ、鯉魚不寝、トイヘリ。

鯉

489 淀川のそこにすまねとこひといへはすへていをこそねられさりけれ

六帖三にあり。漢書に、鯉魚不寝、といへり。

【出典】古今六帖・一五一五

【他出】綺語抄・六三七、疑開抄・一二四

【注】○漢書ニ　未見。「漢書に、魚はいをねず更にといふ事のある也」（綺語抄）

【参考】「鯉　124よと川のそこにすまねとこひといへはすへていをこそねられさりけれ　六帖第三巻にあり。漢書に、鯉魚不寝、といへり。されはかくよめるなり」（疑開抄）

829 イトネタシク、リノミヤノイケニスム　コヒユヘヒトニアサムカレヌル

古哥也。景行天皇四年、幸美濃国。有佳人《カヲヨキ》、曰弟媛。天皇*弟媛之家、弟媛則隠竹林。爰天皇誓令弟媛至、而居于詠*宮〈詠*宮紫区現／利能弥櫛〉鯉魚浮池臨《ミソナハシ》視而戯《アソヒタマフ》遊・時、弟媛欲見其鯉、蜜*来臨池、天皇則留而通之云々。

490 いとねたしくゝりのみやの池にすむこひゆへ人にあさむかれぬる

古歌なり。景行天皇四年、幸美濃国。有佳人。曰弟媛。天皇幸弟媛之家。弟媛則隠竹林。天皇誓令弟媛至、而居于詠宮〈詠宮。此利能／公区玖弥椰〉鯉魚浮池臨視而戯遊時、弟媛欲見其鯉、密来臨池。天皇即尚而通之云々。

【本文覚書】○天皇…天皇幸（刈・岩・東）、幸天皇（大）　○詠宮…泳宮（刈・東・岩・大）　○詠宮紫…泳宮此云（刈・東・岩・大）　○蜜…密（内・和・書・東・岩・大）

【出典】古歌

【注】○景行天皇四年　「四年春二月甲寅朔甲子、天皇幸二美濃一……茲国有二佳人一。曰二弟媛一……天皇欲二得為レ妃、

幸二弟媛之家一。弟媛……則隠二竹林一。於是、天皇権レ令二弟媛至一、而居二于泳宮一之。〈泳宮、此云二区玖利能弥揶一。〉鯉魚浮レ池、朝夕臨視而戯遊。時弟媛欲レ見二其鯉魚遊一、而密来臨レ池。天皇則留而通之。」（日本書紀・景行天皇四年）

鮒

830 オキヘユキヘニユキイマヤイモカタメ　ワカスナトレルモフシツカフナ

万葉四ニアリ。ヘニユキトハ、ホトリヘユキトイフ也。モフシツカフナトハ、モニフシタルヒトニキリノフナトイフナリ。

鮒

491 おきへゆきへにゆきいまやいもかためわかすなとれるもふしつかふな

万四にあり。へにゆきとは、ほとりへゆきと云也。もふしつかふなとは、藻にふしたる人（ママ）にきりのふなといふ也。

【出典】万葉集巻第四・六二五「奥弊《おきへ》往《ゆき》　辺去伊《へをゆきい》麻夜《まや》　為レ妹《いもがため》　吾漁有《わがすなどれる》　藻《も》臥束鮒《ふしつかふな》」〈校異〉①「ヲキヘ」は金、類、廣、紀及び元（「つ」右）が一致。元「おきつ」⑤「ツカフナ」は金、類、廣、紀及び元（「く」右赭）が一致。元「つくふな」

【他出】疑開抄・一二五、和歌色葉・九八。古今六帖・一五一六（五句「もふしつくふな」）

【注】○ヘニユキトハ　「さまべ、さはべ、のべ、いけべ、河べ、そのほとりを云」（能因歌枕）○**モフシツカフナトハ**　「もふしつかふなとはもにふしたるふる《な》といふ也。藻臥束（束）鮒と書けり。もにふなのあつまりたるをつかふ

なといふとみえたり」（和歌色葉）。「束〈ツカ　稲薪等員也〉」（色葉字類抄）

【参考】「鮒　125おきへゆきへにゆきいまやいもかためわかすなとれるもふしつかふな　万葉集第四巻にあり。へにゆきとは、ほとりへゆきと云。すなとれる、とよめり。もふしつかふなとは、もにふしたるひとにきりのふなと云なり。かたなのつかの様にひとにきりにてみしかき鮒を云なり」（疑開抄）、「奥幣往辺吉何麻夜妹吾漁有藻臥束鮒（オキヘユキヘニユキイマヤイモカタメワカスナトレルモフシツカフナ）　此哥ハ、高安王ノ、鮒ヲツ、ミテ、贈娘子作哥也。モフシツカフナトハ、水ノ中ニアル、モトイフモノハ、シタ□（ラ歟）ニフスナトヨメルナリ。ツカト云心ハ、アツマルト云也。又、モフシツカフナトテ、タ、チイサキイヲ、云事モアル也」（万葉集抄）、「鮒　も《万》しふ《藻》し《臥》つか《束》ふな」（八雲御抄、国会図書館本、細川幽斉本、内閣文庫本、いずれも「もふしつかふな」）

鮎

マツラカハカハノセヒカリアユツルト　*タ、ヲルイモカモノスソヌレヌ

万葉集五ニアリ。

日本記九云、神功皇后夏四月壬寅朔甲辰、ヒセムノ国松浦ノコホリニイタリテ、タマシマノサトノ少河ノホトリニ*進食巻。於是皇后針ヲ勾テ釣*ニクリテ粒《イナツヒ》ヲ取テ餌ニシテ、裳《ミモ》ノイトスチヲヌキトリテ縎《ツリノヲ》ニシテ、河ノ中ニ石ノウヘニノホリテ釣ヲナケテ祈《ウケヒ》テ曰、朕《ワレ》ニシノカタ財ノ国ヲモトメムトヲモフ。モシコトナルコトアラハ、カハノイヲツリヲクへ。因テ竿ヲアケテスナハチ細鱗魚《アユ》ヲエタマヘリ。時ニ皇后ノ田、*希見《メツラシキ》物也。故ニ時人ソノトコロヲ号テ梅豆羅《メツラ》ノ国トイフ。今松浦トイフハ訛ナリ。是以其国ノ女人四月上旬《カミノトヲカ》ニ

アタルコトニ年魚《アユ》ヲツルコト、イマニタエス。タ、男夫《ヲノコ》ノツルニウルコトアタハス。サレハカノ皇后ノタカラノ国ヲモトメムトヲホシメシテツリシ給ヒシニトラレタルイヲナレハ、アユトハナツケタル也。

鮎

492 まつらかは川のせひかりあゆつるとた、おるいもかものすそぬれぬ

万葉第五にあり。日本紀九云、神功皇后夏四月壬寅朔甲辰、火の前《ミチ》の国松浦郡にいたりて、たましまの里の小川のほとりに進食《ミヲシ》す。於是皇后針を勾て鈎につくりて粒《イナツヒ》を取て餌《エ》にして、裳《ミモノ》のいとすちをぬきとりて緡《ツリノヲ》にして、河の中に石のうへにのほりて鈎《チ》をなけて折（ママ）て曰、朕《ワレ》にしのかた財の国をもとめんと思ふ。若《モシ》ことなることあらは、かはの魚つりをくへ。因《ヨリ》て竿《サヲ》あけてすなはち細鱗魚《アユ》をえ給へり。時に皇后曰、希《メツラシキ》見物也。故時人その所を号て梅豆羅《メツラ》の国と云。今松浦といふは訛也。是以其国の女人四月上《カミノ》旬《トウカ》にあたることに年魚《アユ》をつる事、今にたえす。た、男夫《ヲノコ》のつるにうることあたはす。されはかの皇后のたからの国をもとめむと思食てつりし給しにとられたる魚なれは、あゆとはなつけたるなり。

【本文覚書】〇タ、ヲル…た、せる（大）〇進食巻…進食奉ル（刈・岩）、進食□《奉ル》（東）、進食奉る（大）〇クリテ…作リテ（刈・岩）、ツクリテ（東）、作りて（大）〇田…曰（和・筑A・刈・東・岩・大）

【出典】万葉集巻第五・八五五「麻都良河波《まつらがは》　可波能世比可利《かはのせひかり》　阿由都流等《あゆつると》　多々勢流伊毛河《たたせるいもが》　毛能須蘇奴例奴《ものすそぬれぬ》」〈校異〉④「ヲル」未見。非仙覚本（類、細、廣、古、紀）及び仙覚本は「せる」

【他出】綺語抄・二七九、疑開抄・一二六、五代集歌枕・一三九〇

【注】〇**日本記九云**「夏四月壬寅朔甲辰、北到二火前国松浦県一、而進二食於玉嶋里小河之側一。於是、皇后勾レ針為レ鉤、

取レ粒為レ餌、抽二取裳縷一為レ緡、登二河中石上一、而投レ鉤祈之曰、朕西欲レ求二財国一。若有レ成レ事者、河魚飲レ鉤。因以挙レ竿、乃獲二細鱗魚一。時皇后曰、希見物也。〈希見、此云二梅豆邏志一。〉故時人号二其処一、曰二梅豆邏国一。今謂二松浦一訛也。是以、其国女人毎レ当二四月上旬一、以レ鉤投二河中一、捕二年魚一、於今不レ絶。唯男夫雖レ釣、以不レ能レ獲レ魚。」（日本書紀・神功皇后摂政前紀）○**アユトハナツケタル**　平安から鎌倉期にかけての歌学書に未見。疑開抄に拠る。なお倭名抄箋注は、鮎の字が「占」「魚」から成ることから、これをもって吉凶を占った故とする。

【参考】「鮎　126まつら川かはのせひかりあゆつるとたゝせるいもかものすそぬれぬ　同第五巻にあり。まつらかはとは、肥前国にあり。いもかものすそぬれぬとは、神功皇后夏四月壬寅早晨に、火の前乃国松浦の県に到り、玉嶋のさとに小河の側に進食す。於是皇后針を勾に為鉤て粒《イナツヒ》をとて餌にして、裳縷を抽取て緡にして、河中の右乃上に登て鉤を投て祈て曰く、朕西のかた財の国を求と思ふ。若こと成事あらは、河魚鉤をくへ。因て竿を挙て彼細鱗魚を獲給へり。于時皇后の曰く、希《メツラ》しき見物なり。故に時人其所を梅豆羅《メツラ》の国と号す。今の松浦と云は訛なり。是をもて其国の女人四月上旬に当ることに鉤をはて河中に投て年魚を捕こと、今にたえす。男夫の鉤には魚を獲事あたはす。委見日本記第廿巻。されは彼皇后たからの国を求とおほして鉤し給しに捕れたる魚なれは、あゆとは名つけたるなり」（疑開抄）

虫部

虫

832　ツヽメトモカクレヌモノハナツムシノ　ミヨリアマレルヲモヒナリケリ

大和物語ニアリ。式部卿宮ノカツラノミヤニスミタマヒケルトキ、ソノサフラヒケルウナキヲトコ、ミヤヲ思カケタテマツリケルヲシロシメサヽリケリ。ホタルノトヒアリキケルヲ、カレトリテコ、トコノワラハニノタマヒケレハ、カサミノスソニツヽミテコラムセサストテ、カクキコエケルナリ。サレハ、夏ムシトハホタルヲイフトミエタルヲ、又、夏夜火ニトヒイルアヲキムシヲモイフ也。

本文、青蛾払燭トイヘリ。

礼記月令曰、季夏之月腐草為蛍。注、蛍ハ飛虫、蛍火也。六帖哥ニ、

833 モユルヒニヲモヒイリニシナツムシハ　ナニ、カサラニトヒカヘルヘキ

蛍《ホタル》虫〈第九　虫部虫〉

160 つゝめともかくれぬ物は夏虫のみよりあまれる思ひ成けり

大和物語ニ有。式部卿宮のかつらの宮にすみ給ける時、そのさふらひけるうなゐおとこ、宮を思ひ懸《カケ》たてまつりけるをしろしめささりけり。蛍の飛ありきけるを、かれとりてこ、と此童《ワラハ》にのたまひけれは、かさみのすそにつゝみて御覧せさすとて、かくきこえける也。されは、夏虫とは蛍をいふと見えたるを、又、夏夜火に飛いるあをき虫をもいふ也。本文に、青蛾払燭といへり。礼記月令曰、季夏之月腐草為蛍。注、蛍ハ飛虫、蛍火也云々。

六帖歌に、

161 もゆる火に思ひ入にし夏虫はなにしかさらにとひかへるへき

とよめり。

【出典】832 大和物語・五三　833 古今六帖・三九八五、下句「なにしかさらにとびかへるべき」

【他出】832 後撰集・二〇九、和漢朗詠集・一九一、古来風体抄・三一二、定家十体・五七、定家八代抄・九九四、瑩玉集・一九、近代秀歌・八二、八代集秀逸・一一、今物語・七、詠歌一体・五六、撰集抄・六、世継物語・三三

【注】○**式部卿宮ノ**「桂のみこに、式部卿の宮すみたまひける時、その宮にさぶらひけるうなゐなむ、この男宮をいとめでたしと思ひかけたてまつりけるをも、え知りたまはざりけり。蛍のとびありきけるを、「かれをとらへて」と、この童にのたまはせければ、かざみの袖に蛍をとらへて、つつみてご覧ぜさすとて聞こえさせける」（大和物語・四十段）○**夏ムシトハ**「蛍〈なつむし〉」（和歌色葉）、「此歌（832歌）ハ蛍ヲ夏虫トヨメリ」「夏虫トハ、飛蛾ナリ。投燭テシヌルヲ身ヲイタヅラニナストハ云也……夏虫トハホタルヲモ、セミヲモヨメリ」（古今集注）○**本文**「秋夜涼風起　清気蕩喧濁　蛸蜊吟階下　飛蛾払明燭」（文選巻二十九「雑詩」）などを念頭に置いたものか。なお浅田論文3は、伝家隆筆古筆切Bの834歌の前に位置する注文を833歌の注文と解し、注文にある「又云　小野篁消息云　不堪宵蛾払灯之迷いへり」とある篁消息がここでいう「本文」に相当するのではないかとする。○**礼記月令曰**　110歌注参照。

【参考】「夏むしとは、ほたるをいふ、又、夏火など、もしたるに、とひいりてしぬるをもいふ」（松か浦嶋）、「蛍夏虫とも云」（八雲御抄）

「クチタル草蛍ト成ト云事アル也。五月雨ニ草ノ庵ハクツレトモ蛍ト成ソウレシカリケル」（別本童蒙抄）

蝉〈付晩蝉／空蝉〉

834 イハ、シルタキモト、ロニナクムシノ　コヱヲシキケハミヤコヲモホユ

万葉七《十五》ニアリ。タキモウコキテナク、トヨメリ。

蝉〈付晩蝉空蝉《ヒクラシウツセミ》〉

162 石はしるたきもと、ろに鳴蝉の声をしきけはみやこおもほゆ

万葉第七に有。滝もうこきてなく、とよめり。

【出典】万葉集巻第十五・三六一七「伊波婆之流《いはばしる》　多伎毛登杼呂尓《たきもとどろに》　鳴蟬乃《なくせみの》　許恵乎之伎気婆《こゑをしきけば》　京師之於毛保由《みやこしおもほゆ》」〈校異〉③「ムシ」未見。非仙覚本（類、廣）及び仙覚本は「せみ」

【他出】古今六帖・三九七四（初句「いしばしる」三句「鳴くせみの」）

【注】○**タキモウコキテ**　「とどろに」を「動」と解しての釈。万葉集には「滝毛《たきも》響動二《とどろに》」（二七一七）、「滝動ゝ《たきもとどろに》」（三二三二）など、「動」を「とどろ」と訓ずる例がある。37歌注では、「タキモト、ロニトハ、コヘニタテ、人ニミナシラレヌトイフ心也」と釈する。蝉の鳴き声を滝の音に見立てた詠歌例は僅少。「なつやまのこのしたとよみなくせみはいはこすたきになみだかるらし」（現存和歌六帖・三一五・基家）

晩蝉

835 ヒクラシハトキトナケトモワカコフル　タヲヤメワレハサタメカネツソ

万葉十一ニアリ。ヒクラシトハ、アキノスヱツカタニ、ヒクレニナクヲイフナリ。タヲヤメトハ、婦女、ト

カキテ日本紀ニハヨメリ。

晩蝉

163 ひくらしはときとなけともわかこふるたをやめわれはさためかねつそ

万第十一に有。ひくらしとは、秋のすゑつかたに、ひくれになくをいふなり。たをやめとは、婦女、とかきて日本紀にはよめり。

【出典】万葉集巻第十・一九八二「日倉足者《ひぐらしは》 時常《ときと》雖レ鳴《なけども》 於レ恋《こふらくに》 手弱女《たわやめ》我者《あれは》 不レ定哭《さだまらずなく》」〈校異〉⑤未見。元、類、紀「さためかねつも」が近い。紀漢左「サタマラスナク江」。仙覚本は「サタマラスナク」で、京右赭「サタメスソナク」、漢左赭「サタメカネツモ」

【他出】人麿集Ⅲ・二九一（五句「サタメカネツモ」）、千五百番歌合・二六四一判詞（五句「さだめかねつも」）。赤人集・二六一（「ひくらしはときになけとも君こひてたをふりしをはなほまたこす」）は異伝歌。

【注】**○ヒクラシトハ** 「ひぐらしとは、蝉のちひさきをいふ」（能因歌枕）、「ヒクラシトハ、秋ナクセミヲ云也」（万葉集抄）、「蝉 ヒグラシ〈秋蝉也〉」（和歌初学抄）、「ヒグラシハチヒサキ蝉也。弟蜩トカケリ。ユフツカタナクナリ」（古今集注）、「茅蜩 爾雅注云、茅蜩、一名蠽〈子列反、比久良之〉……小青蟬也」（箋注倭名類聚抄）、「蠽〈ヒイラシ姉列反小青蟬也〉」（色葉字類抄）**○タヲヤメトハ** 「婦人 日本紀云手弱女人〈太乎夜米〉」（和名抄・十巻本）、「婦《フ》人〈タヲヤメ〉手弱女人〈同〉」（色葉字類抄）。「婦女」は日本書紀に頻出する。「タヲヤメトハ、婦人ヲ云。万葉ニハ手弱女人ト書タリ」（別本童蒙抄）、「和云、たをやめとはわかき女を云なり。日本紀に小婦とかきて、たをやめとよめり」（色葉和難集、但し日本紀に「小婦」は未見）

【参考】「たをやめとは、わかめをいふ也」（松か浦嶋）、「なつせみ〈同物《ひぐらし》也。秋近成鳴はひくらし也〉」（八雲御抄）

836
ユフカケニキナクヒクラシコヽタクノ　ヒコトニナケトアカヌコヱカモ
同巻ニアリ。コヽタクトハ、ソコハクト云也。

164 ゆふかけにき鳴日くらしこゝたくのひことになけとあかぬ声かも
同巻に有。こゝたくとは、そこはくといふなり。

【出典】万葉集巻第十・二一五七「暮影《ゆふかげに》 来《き》鳴《なく》日晩之《ひぐらし》 幾許《ここだくも》 毎レ日聞跡《ひごとにきけど》 不レ足音可聞《あかぬこゑかも》」〈校異〉③は元、類、紀が一致。元右緒「イカハカリ」④「ナケト」未見。元、紀「きけと」で、類「きけは」の「は」を「と」に訂正。仙覚本は「キケト」

【他出】綺語抄・四六四（下句「日ごとにきけどあかぬこゑかな」）、和歌一字抄・一〇九八（三句「ここだくに」五句「あかぬ声かな」）、袋草紙・七六一（初句「夕かけて」四句「ひごとにきけど」）

【注】○コ、タクトハ　175歌注参照。

【参考】「こゝたくとは、そこはくといふなり」（松か浦嶋）、「暮影来鳴日晩之幾許毎日聞跡不足音可聞（ユフカケニキナクヒクラシコヽタクノヒコトニキケトアカヌコヱカモ）　ヒクラシトハ、秋ナクセミヲ云也。夏ノ蟬ニハカハリタリ。ハネノアツクナリタルナリ。又云、ヒクラシトテ、日ノアルト云事アリ。サレトモ、此哥ハ、セミノヒクラシ也」（万葉集抄）

空蟬

837
ウツセミノムナシキカラニナルマテニ　ワスレムトヲモフワレナラナクニ
六帖第六ニアリ。ウツセミトハ、セミノモヌケヲイフナリ。

空蟬

165 うつせみのむなしきからになるまでに忘れんと思ふわれならなくに

六帖第六にあり。うつせみとは、せみのもぬけをいふなり。

【出典】古今六帖・三九七七

【他出】深養父集・三四、後撰集・八九六、以上三句「なるまでも」

【注】**〇ウツセミトハ**　「空蟬とは、むなしきものにたとふ。せみのぬけたるかへりがらとも」（能因歌枕）、「うつせみとは蟬の・《も》ぬけたるから也」（奥義抄）、「ウツセミトハ、万葉、空蟬トソ書タリ」（別本童蒙抄）

【参考】「蟬　うつせみ〈からをいふへし。但自昔なくと云り。たゝせみの惣名也〉」（八雲御抄）

838

蚊火

スクモカキヲノレフスフルカヤリ火ノ　ケフリニムセフシツノヲタマキ

*六帖ニ斎院謀*子内親王哥合ニ宣旨ノヨメル哥也。スクモカキ、トヨメリ。又、シツノヲタマキトハ、只ヤマカツナトヲハイハテ、苧ヲマクヲイフニコソアメレ。クリカヘシナトフルクヨメルハ、此哥ニハサモミヘヌ、如何。

蚊火

166 すくもかきをのれふすふるかやり火の煙にむせふしつのをたまき

六条斎院媒子《ママ》内親王歌合に宣旨のよめる歌なり。すくもかき、とよめり。又、しつのをたまきとは、たゝ山かつなとをはいはて、苧《オ》をまくをいふにこそあめれ。くりかへしなとふるくよめるは、此哥にはさもみえぬ、如何。

【本文覚書】六帖ニ…六條（大）　○謀子…諸本とも「謀子」あるいは「楳子」

【出典】某年五月五日禖子内親王家歌合・二四・せじ、五句「しづのをやなぞ」

【注】○**六帖ニ**　禖子内親王は六條斎院と言われた。出典を「六帖」とする伝本が殆どであるが、年代的に六帖歌とすることは無理であろう。○**スクモカキ**　「すくもかく」という措辞は用例未見。ほとんどが、「すくもたく」あるいは「すくも火」とする。「すくもとは、野にかれたる草をゐのしゝのかきあつめたるを云」「すくも火とは、すくもにつける火を云」（能因歌枕）、「スクモ火トハ、野ニ枯タル草ヲヰノシヽノカキ集タルニ火ヲ付ヲ云」（別本童蒙抄）などの解によれば、枯れ草をかき集める意味で詠まれたものか。「すくもたくひとは、あき（海士）なとはかれたるもなとをかきあつめて也（焼なり）。もえぬものにてしたにこかるれは」（奥義抄）とあるごとく、後世はほとんど「藻」の意味で用いられる。○**シツノヲタマキトハ**　「賤男　しつのをたまきと云」（俊頼髄脳）、「賤男　シヅノヲ　山ガツアヅマヅト〈東国下人也〉　シヅノヲダマキ」（和歌初学抄）、「をゝうみてまきたるへそといふ物を賤のをたまきと云」（奥義抄）、「ヲタマキトハ、ケスナトノヲヽヘソト云物ニマキナスヲ云也」（別本童蒙抄）、「シヅノヲダマキニハ二ノ義アリ。一ニハゲスノ苧ヲウミテ、ヘソトイフモノニマクヲ、手ニマケバタマキトイフトイヘリ。一ニハ、タヾゲスヲトコヲシヅノヲダマキトイフトイヘリ」（詞花集注）。童蒙抄が「ヤマカツナトヲハイハテ」とするのは、俊頼髄脳等の説を前提としたものかと思われるが、俊頼髄脳等の言うところは「しづ」という音を引き出すという意味かと思われる。○**此哥ニハサモミヘヌ**　「いにしへのしづのをだまき繰りかへし昔を今になすよしもがな」（伊勢物語三二段）などにあるように、「くりかへし」と併せ詠むことが通例である。

【参考】「藻　すくも〈是は非藻、馬牛食物也〉」「男　賤男　しつのをたまき　是一説也」「しつたまき《倭文手纒》　けす也　かすならぬ事也」（八雲御抄）

839

秋虫

アキクレハ野モセニムシノヲリツメル　コエノアヤヲハタレカキルラム

後撰第五ニアリ。藤元良ノ朝臣哥也。コエノアヤ、トヨメリ。

虫〈第九　虫部　秋虫　蚊火下〉

267 秋くれはのもせにむしのをりみた《ツメ》る声のあやをはたれかきるらん

後撰第五に有。藤元良朝臣歌也。こゑの綾、とよめり。

【出典】後撰集・二六二・藤原元善朝臣、三句「おりみだる」。二荒山神社宝蔵本は「おりつめる」

【他出】古今六帖・三九七〇。口伝和歌釈抄・二一五（五句「たれかわきるらん」）。奥義抄・二八六、六百番陳状・三四、色葉和難集・六七五、以上三句「おりみだる」。和歌色葉・三一六（初句「秋のくれば」三句「おりみだる」）

【注】○コエノアヤ　虫以外にも、鶯、郭公などにも詠む。「声のあやとはあやしと云こと也。たへなるもあやしと云事はよきことにもわるきことにもかよひて、きはまりぬることを云也」（奥義抄）、「あやとは、綾也。あやしといふ心とは、ならはず」（僻案抄）

840 カセサムミナク秋虫ノナミタコソ　クサハイロトルツユトオクラシ
同巻ニアリ。読人不知トカケリ。秋虫ノナミタイロトル、トヨメリ。

268 風さむみなく秋虫の涙こそ草葉色とる露とをくらし
同巻に有。読人しらすとかけり。秋虫の涙いろとる、とよめり。

【出典】後撰集・二六三・よみ人しらず、五句「つゆとおくらめ」
【他出】寛平御時后宮歌合・一〇三（下句「草に色どる露とおくらめ」）、袋草紙・七五八（五句「露となりけれ」）
【注】○**秋虫ノ**　「虫の涙」が草葉を彩るという趣向、他に未見。

蛬

841 ナケヤナケヨモキカソマノキリ〳〵ス　スキユクアキハケニソカナシキ
後拾遺第四ニアリ。曽丹哥也。ヨモキカソマトハ、ヨモキノムレテタテルカ、ソマ山ノキノムレタテルニ、タルナリ。

蛬

269 なけやなけよもきかそまのきり〳〵す過行秋はけにそかなしき
後拾遺第四に有。曽丹歌也。よもきか杣とは、よもきのむれてたてるか、そま山の木のむれたてるに、たるなり。

【出典】後拾遺集・二七三・曾禰好忠
【他出】新撰朗詠集・三一四、口伝和歌釈抄・三三八、袋草紙・一五一、古来風体抄・四二四、西行上人談抄・二九。好忠集・二四二（四句「くれ行くあきは」）。後六々撰・五六（二句「よもぎがもとの」）
【注】○**ヨモキカソマトハ**　「よもきかそまとは、よもきのを□ほくおいて、そまやまに、たれはかくいふなるへし」（口伝和歌釈抄）、「蓬ノムラガリオヒタル杣山ニ、タリ。但長能云、狂惑ノヤツナリ、蓬杣ト云事ヤ有云々」「ヨモギガソマ、氷ノクサビ、曾丹ガ読イデタルニセゴトヾモナリ」（後拾遺抄注）。203歌注参照。

蝶

842 モヽトセハ、ナニヤトリテスクシテキ　コノヨハテウノユメニ《ャ》アルラム

堀河院百首夢哥ニ江匡房卿ノヨメル也。庄子云、昔庄周夢為胡蝶、栩々然不知也。俄然覚則瞿然周也。不知之夢為胡蝶也。

虫部

蝶

499 もゝとせははなにやとりてすくしてきこのよはてふの夢にや有らん

堀川院百首夢哥に匡房卿のよめるなり。庄子曰、周夢為胡蝶、栩々然不知周也。俄然覚則瞿然非周也。不知周之夢為胡蝶なり。

【出典】堀河百首・一五三八・匡房、五句「夢にぞ有りける」

【他出】匡房集☆・一二五、疑開抄・一三三。詞花集・三七八（五句「ゆめにざりける」）、宝物集・一〇二、和歌色葉・四七二（五句「夢にぞ有りける」）、色葉和難集・七二〇（二三句「花にあそびてくれにけり」五句「夢にぞ有りける」）

【注】○庄子云「昔者、荘周夢為胡蝶。栩栩然胡蝶也。自喩適志与。不知周也。俄然覚、則蘧然周也。不知周之夢為胡蝶与、胡蝶之夢為周与。周与胡蝶、則必有分矣。此之謂物化」（荘子・斉物論）

【参考】「蝶　133もゝとせは花にやとりてすくしてきこの世はてふのゆめにやあるらむ　堀川院の百首の中に夢哥に匡房卿のよみ給へるなり。てふのゆめとは、昔もろこしに荘周と云ものありき。夢に胡蝶と相《サウ》々《セム》然としてとふ。周と云ことをしらす。蝶且夢周となり。故に荘周か夢に周となる。故に荘周が夢に入といへり。委見六帖第廿九巻哥。又云、夢の部にもこの心の哥あり」（疑開抄）

828

843

蜻蛉

ツレ〳〵ノ春ヒニマヨフカケロフノ　カケミシヨリソ人ハコヒシキ

六帖ニアリ。カケロフトハ、クロキトウハウノチヒサキヤウナルモノ、、春ノ日ノウラ〳〵トアルニ、モノカケルコトノヤウニテホノメクナリ。尸子曰、昔荊在王養由基ニ命シテ蜻蛉ヲイサシム。王ノ曰、吾イケナカラコレヲエムトヲモフ。由基弓ヲヒイテイルニ、ヒタリノハネヲハラヒツ。王大ニヨロコフ。

蜻蛉

500 つれ〳〵の春日にまよふかけろふのかけみしよりそ人は恋しき

六帖にあり。かけろふはくろきとうはうのちひさきやうなる物の、春の日のうら〳〵とあるに、ものゝかけなとの様にてほのめく也。尸子曰、昔荊在王養由基ニ命して蜻蛉をいさしむ。王曰、吾いけなから是をえむと思ふ。由基弓をひきているに、左のはねをはらひつ。王大に喜。

【出典】古今六帖・八二七

【他出】疑開抄・一三四。口伝和歌釈抄・四〇九（四句「かけ□」）、綺語抄・九九（二句「はるひにみゆる」）、和歌色葉・二七〇（二句「春日にまがふ」）、色葉和難集・三一九（二句「はるひにかがふ」）

【注】**○カケロフトハ**　120歌注参照。**○尸子曰**　逸書。日本国見在書目録に見えず。蒙求注にも引用されるが、843歌注とは話柄が異なる。「尸子曰、荊荘王命養由基射蜻蛉、王曰、吾欲得之、養由基援弓射之、払左翼、王大喜」（芸文類聚巻七十四）

【参考】「かけろふとは、くろきとうはうの、ちいさきやうなるものをいふ。もの、かけなとのやうにて、ほのめく也」（松か浦嶋）、「蜻蛉　134つれつれのはるひにまよふかけろふのかけ見しよりそ人はこひしき　六帖第一巻にあり。かけろふは、黒きとうはうのちひさきやうなるものを云なり。はるの日のうらうらとあるに、もの、かけなとのやうにてほのめくなり。昔もろこしに、荊在王と申御門おはしましき。養由基に命して、蜻蛉を射しむ。王の曰く、吾いけなから得むとおもふ。養由基弓を授て射に、左の翼を払つ。王大によろこひ給。委見戸部《（ママ）》」（疑開抄）

844

蚕

タラチネノヲヤノカフコノマユコモリ　イフセクモアルカイモニアハステ

万葉十二ニアリ。カフコノマユコモリ、トヨメリ。

馬声蜂《フ》青石花《セ》蜘蛔《クモ》、トカケリ。石花ハ、セイ、ナリ。

蚕

501 たらちねのおやのかふこのまゆこもりいふせくも有かいもにあはすて

万十二にあり。かうこのまゆこもり、とよめり。

馬声蜂音石花蜘蟵、とかけり。石花は、せい、也。

【出典】万葉集巻第十二・二九九一「垂乳根《たらちね》之《の》　母我《ははが》養蚕《かふこ》乃《の》　眉隠《まよごもり》　馬《い》声蜂《ぶ》音石《せ》花蜘蟵《くも》荒鹿《あるか》　異母《いも》二《に》不レ相而《あはずして》」〈校異〉②「ヲヤノ」は元、尼、類、廣が一致。西「ヲヤカ」。なお、京「カフコ」下「御本六条本」、「ハ、カ」右赭「二条院御本」とある。⑤「アハステ」は元、類が一致。尼、廣、西「あはすして」。なお、西は下二句一度すり消し、別筆にて書く。

【他出】人麿集Ⅰ・一八五（五句「君にあはすして」）、人麿集Ⅱ・三二二一、古今六帖・三〇八七、疑開抄・一三五、定家八代抄・一一九〇、色葉和難集・五七・四〇二。人丸集・一八七（五句「君にあはずて」）、古今六帖・一四一一（五句「いもにまかせて」）、拾遺集・八九五（五句「いもにあはずして」）

【注】**○カフコノマユコモリ**　用例は僅少。「まゆごもりおやのかふこのいとよわみくるもくるしきものとしらずや」（実方集・一三二）を見る程度。**○馬声蜂《フ》音石《セ》花蜘蛛《クモ》**　万葉集における表記を示す。**○石花ハセイナリ**　「石花」の訓。ただ「せい」と訓ずるのは疑問。「和云、いぶせしとは鬱の字をかけり。馬鳴とかきていとよみ、蜂音とかきてはぶとよみ、石花と書てせと読り。これらは義よみなり」（色葉和難集）

【参考】「蚕　135たらちねのおやのかふこのまゆこもりいふせくもあるかいもにあはすて　万葉集第十二巻にあり。かふこのまゆこもり、とよめり。馬声蜂音石花蜘蟵、とかけり。馬はいと嘶るにより、蜂はふと鳴により、石花はせいと云によりて、四の物を引合て、いふせくもとはよめるなり」（疑開抄）、「垂乳根之母我養蚕乃眉隠馬声蜂音石花蜘蟵荒鹿異母二不相而（タラチネノヲヤカフコノマユコモリイフセクモアルカイモニアハステ） 此集ハ、ヤスキ事ヲカタクナシ、カタキ事ヲ安クカキナセル集也。ソレニ、此哥ノ文字ノツカヒタル様ノ、イタク心エクルシ事也。馬声ト書テハ、イトツカフ。イナ、クニヨリテ也。蜂音ト書テハフトツカヒタリ。其コヱニヨリテ也。石花ト書テハ、セトツカヒタリ。ウミニ、セトイフカヒノ有ナリ。イソツラノイハホニツキテ、石ノ花ノ様ニテアル也。サレハ、セト云也。ヰナカノ者ハ、タ、セト云テ、クフカヒ也。蜘蛌ト書テ、クモトヨメリ。ノキニスカククモ也。荒鹿トカキテハ、アルカトツカヘリ。アシキカト書ル也。シカヲハ、カト云ルニヨリテ也。異母ト書テハ、イモトヨメリ。コトハ、ト云也」（万葉集抄）

845

蛛

ワキモコカクヘキヨヒナリサ、カニノ　クモノフルマヒカネテシルシモ

古今十四ニアリ。衣通姫ノミカトヲコヒタテマツリテヨメルナリ。クモノフルマヒトハ、アツマルトイフニヤ。*西京雑記曰、樊会問陸賈曰、自古人君皆云*爰命於天、云有瑞応。寔是哉。賈答云、有之。天目明則得酒食、灯火花得銭財、于鵲啄而行人至、蜘蛛集則百事意*。少既有徴、*火亦宜然。故目瞤則咒之。火花則拝之。于鵲啄則餧之。*蜘蛛集則咒之云々。又、蜘蛛垂客人来トイフ文アリ云々。可尋。衣通姫ト云ハ、近江国坂田郡忍坂大中姫之弟也。大中姫ト申ハ、允恭天皇ノ皇后也。允恭天皇ト申ハ、雄朝間稚子宿禰ノ天皇也。天皇七年冬、新室ニ讌之タマフ。天皇ミツカラ琴《コト》ヲ撫給。皇后惶々トシテタチマフ。舞コトヲハテノタマハク、娘子ヲタテマツラム。天皇スナハチ皇后ニトフ。娘子ハ*タレヲ。奏シテノタマハク、妾カ*オト、メヒナリ。

容姿《スカタ》スクレテナラヒナシ。ソノ艶色コロモヲトホリテ、レリ。是以時人衣通姫ト号タルナリ。天皇心サシカ、レリ。時ニ弟姫母ニ随テ近江坂田ニアリ。使ヲツカハシテメス。皇后ノミ心ヲ、ソレテマイラセス。又カサネテナ、タヒメスニナヲマウテス。ヒトリノ舎人中臣ノ烏賊津《イカツ》ニ勅シテメス。弟姫シタカヒテキタレリ。天皇オホキニヨロコムテ、別ニ殿屋藤原ニカマヘテスエタマヘリ。幸《ミユキ》八年春藤原宮ニ幸シタマフテ衣通姫ノ消息《アリサマ》ヲミタマフニ、姫天皇ヲコヒタテマツリテヒトリヰタマヘリ。ソノ天皇ノ臨タマヘルヲシラスシテ、カミノ哥ヲ詠シタマフヲキ、タマヒテ、スナハチ感情アリテ詠シタマフ哥ニイハク、845′サ、ラカタニシキノヒモヲトキサケテアマタハネスニタ、ヒトヨノミ。皇后コレヲキ、タマヒテ大ニウラミタマフ。衣通姫マウサク、ネカハクハ王居ヲハナレテトヲクヰナムトヲモフ。皇后ノネタミ給心ヤスコシヤスミタマハムカ。天皇スナハチ*ミカヲ河内ノ茅渟《チヌ》ニツクリテ衣通姫ヲスエタマフ。委見日本紀十三巻。

国史云、元正天皇霊亀二年五月癸卯ニ河内国ノ和泉日根両郡ヲ別テ珍弩《チヌ》ノ宮ニ供セシム。四年甲子ニ大鳥和泉日根三郡ヲ割テ、始テ和泉ノ監《ケム》ヲ、ケリ。孝謙皇帝天平勝宝九年五月乙卯ニ勅シテ和泉国トイフテ、フルキニヨリテ分立也。サレハ宮ヲ河内ノ茅渟ニ造トイヘルハ今和泉国也。

蛛

502 わきもこかくへきよひなりさゝかにのくものふるまひかねてしるしも

古今十四にあり。衣通姫のみかとを恋奉りてよめる也。くものふるまひとは、あつまるといふにや。西京雑記云、樊会問陸賈曰、自古人君皆曰受命於天云有瑞応。寔哉。賈答云、有之。目《(ママ)》国則得酒食灯火花得銭財。千鵲喙而行人至。蜘蛛集則百事意。小免有徴、大忽宜非（ママ）。故同䀴則呪之。火花則拝之。千鵲啄則餧之。蜘蛛集則呪之云々。又、蜘蛛垂客人来といふ本文あり云々。可尋。衣通姫と云は、近江国坂田郡忍坂大中姫之弟也。大中姫と申は、允泰《恭》天皇の皇后也。允恭天皇と申は、雄朝間雅子宿禰の天皇也。天皇七年冬、新室ニ讌し給。天皇みつから琴を撫給。皇后惶々としてたてまふ。舞ことをはての給はく、娘子をたてまつらん。天皇即ち皇后にとふ。娘子はたれそ。奏して曰、妄て（ママ）おとゝひめなり。すかたすくれてならひなし。その艶色ころもをとほりてれり。是以時人衣通姫と号たるなり。天皇心さしかゝれり。時に弟姫母にしたかひて近江坂田ニあり。使を遣してめす。皇后の御心をおそれてまいらす。又重てなゝたひめすに猶まうてす。ひとりの舎人中臣の烏賊津ニ勅してめす。弟姫随てきたれり。天皇おほきによろこひて、別に殿屋を藤原にかまへてすへ給へり。八年春藤原宮ニ幸し給て衣通姫の消息を見給に、姫天皇を恋たてまつりてひとりゐ給へり。その天皇の臨たまへるをしらすして、かみの哥を詠し給をきゝ給て、即感情ありて詠し給哥曰

さゝらかた錦のひもをときさけてあまたはねすにたゝ一よのみ

皇后是を聞給て大にうらみ給。衣通姫に（ママ）まうさく、ねかはくは王后（ママ）をはなれてとをくゐむと思。皇后のねたみ給心やすこしやすみ給はんか。天皇即宮を河内の茅渟につくり衣通姫をすへしめ給ふ。委見日本記第三巻。国史云、元正天皇霊亀二年五月天卯（ママ）に河内国の和泉日根両郡を割て珍弩の宮に供せしむ。四年甲子ニ大鳥和泉日根三郡を割て、始て和泉監ををけり。孝謙皇帝天平勝宝九歳五月乙卯に勅して和泉国

といふて、ふるきによりて分立也。されは宮を河内の茅渟に造といへるは今の和泉国なり。

【本文覚書】○西京雑記曰…「西京雑記、鵲ハ雨湿ヲ悪鳥ユヱ乾ト云義ヲ以テ、乾鵲ト云。行人至ハ旅行シタル人ノ家ニ帰ル也。唐山ノ文ニハ、帰着ノ事ヲ至ルト書ク事、常ニアリ」（岩）、「西京雑記曰、（鵲は雨湿を悪む鳥ゆゑ乾と云義を以て乾鵲と云。行人至ば旅行したる人の家に帰る也。唐山の文には帰着のことを至ると書くこと常にあり）」（大）○爰…受（刈・東・岩・大）○意…喜フ（刈・東）○火…大（刈・東）○蜘蛛集則咒之云々…（この一文の次に）「況ヤ天下ハ大宝人、君ハ重位非レハ大命ニ何ヲ以テ得ンヤ之ヲ哉。瑞ハ宝也、信也。天以宝為信ト、応ス人之徳ニ。故曰瑞応ト。無天命無トハ宝信不可以力取ル也。餧之ハ米ヲマキテ食ハシムルナリ。飼鳥ト云テハナシ」（岩）、「況天下大宝、人君重位、非大命何以得之哉。瑞、宝也。信也。天以宝為信、応人之徳。故曰瑞応無天命無宝信、不可以力取也。餧之采をまきて食はしむるなり。飼鳥と云てはなし」（大）○タレヲ…タレソ（和・筑A）、タレゾ（刈・東・岩）、たれぞ（大）○オト、メヒ…オト、ヒメ（内・刈）、ヲト、ヒメ（和・筑A・岩）、ヲトトヒメ（東）、おと、ひめ（大）○ミカヲ…シ《ミ》ヤヲ（刈）、宮ヲ（岩）、ミヤヲ（東）、かみを（狩）、みやを（大）

【出典】845 古今集・仮名序、及び墨消歌　845' 日本書紀・六六

【他出】845 古今六帖・三〇九九、俊頼髄脳・三六〇、疑開抄・一三七、奥義抄・六〇六、万葉時代難事・一八、和歌色葉・三二〇、千五百歌合・二五五七判、色葉和難集・二七一・四三六・五七九、代集・一六　845' 古今六帖・三三四〇（三四句「ときそけてあまたはねずみ」）、和歌色葉・三二一

【注】○**古今十四ニアリ**　志香須賀本は巻十四と墨滅歌の両方にある。永暦本は巻十四におきミセケチを付す。基俊本は巻十四に置き傍線を付す。寂恵本、伊達本は墨滅歌とする。○**衣通姫ノ**「衣通姫の、独り居て、帝を恋ひ奉りて」（古今集・一一一〇詞書）○**クモノフルマヒトハ**「蜘蛛か丶りてよろこひきたるといふ心なり」（和歌色葉）、「くものふるまひとは蜘蛛か丶りて、よろこびきたると云ふ心なり。内典云、蜘蛛掛則、吉事来矣」（色葉和難集、但

し内典に未見）〇**西京雑記曰**　「樊将軍噲問陸賈曰、自古人君皆云受命於天、云有瑞応。豈有是乎。賈応之曰、有之。夫目瞤得酒食、灯火華得銭財、乾鵲噪而行人至、蜘蛛集而百事喜。小既有徴、大亦宜然。故目瞤則呪之、火花則拝之、乾鵲噪則餵之、蜘蛛集則放之。況天下大宝人君重位、非天命何以得之哉。瑞者、宝也、信也。天以宝為信、応人之徳、故曰瑞応。無天命、無宝信、不可以力取也」（西京雑記巻三）〇**蜘蛛垂客人来トイフ文**　未詳。〇**衣通姫ト云ハ**　「七年冬十二月壬戌、讌二于新室一。天皇親之撫レ琴……皇后惶之、復起儛。々竟言、奉二娘子一。天皇即問二皇后一曰、所レ奉娘子者誰也。欲レ知二姓字一。皇后不レ獲レ已而奏言、妾弟、名弟姫焉。弟姫容姿絶妙無レ比。其艶色徹レ衣而晃之。是以、時人号曰二衣通郎姫一也。天皇之志、存二于衣通郎姫一……時弟姫随レ母、以在二於近江坂田一。弟姫畏二皇后之情一、而不二参向一。又重七喚……而復勅二一舎人中臣烏賊津使主一曰……則従二烏賊津使主一而来之……天皇大歓之……則別構二殿屋於藤原一而居也……八年春二月、幸二于藤原一、密察二衣通郎姫之消息一。是夕、衣通郎姫、恋二天皇一而独居。其不レ知二天皇之臨一、而歌曰……天皇聆二是歌一、則有二感情一、而歌之曰、佐瑳羅餓多、邇之枳能臂毛弘、等枳舎気帝、阿麻多絆泥受邇、多儴比等用能未……皇后聞之、且大恨也。於是、衣通郎姫奏言……冀離二王居一、而欲二遠居一。若皇后嫉意少息歟。天皇則更興二造宮室於河内茅渟一、而衣通郎姫令レ居」（日本書紀・允恭天皇七年、八年）〇**国史云**　「三月《丁丑朔》癸卯《廿七》。割テ二河内ノ国和泉日根ノ両郡ヲ一。令ムレ供二珍努ノ宮ニ一」（続日本紀巻七、霊亀二年三月）、「甲子《十九》。割テ二大鳥。和泉。日根ノ三郡ヲ一。始テ置ク二和泉ノ監ヲ一焉。」（続日本紀・霊亀二年四月、童蒙抄の「四年」は「四月」の誤りか）、「乙卯《八》。勅シテ曰ク。頃コロ者。上下ノ諸使。惣ベテ附スルコト二駅家ニ一。於テレ理ニ不レ穏カナラ。亦苦シメン二駅子ヲ一。自レ今已後。宜シク二為メニ依ルレ令ニ一。其ノ能登。安房。和泉等ノ国ハ、依テレ旧ニ分チ立テヨ。但馬。肥前ニ加ヘ二介一人ヲ一。出雲。讃岐ニ加フ二目一人ヲ一」（続日本紀・天平宝字元年五月）

【参考】「137わかせこかくへきよひなりさゝかにのくものふるまひかねてしるしも　同第十四巻にあり。御門を恋たてまつりてそとほりひめのよめる也。さゝかに、皇后これをきこしめして大に恨給り。其時衣通姫奏して言く、願は皇后をはなれて遙に居むと思。もし皇后のねたみ給こゝろすこしきやすみ給はんか。天皇則宮を河内の茅渟につくりて衣通姫を居しめたまふ。委見日本紀十三巻。雄朝津間稚子宿禰の天皇と申は、允恭天皇を申也」（疑開抄）、「蜘蛛くものふるまひと云は、まつ人のくるにはのきよりさかり、又衣にかゝりなといふ」（八雲御抄）

846

蓁

アサカスミカヒヤカシタニナクカハツ　シノヒツ、アリトツケムコモカモ

万葉集十ニアリ。カヒヤハ古来難義也。キシナムトノクツレタルトコロニ、シハノネナトサシヲホヒテイヤ*ナルヲイフナトソ申メルハヒカコトナメリ。タ、カハノシタニナクトイフヘキトソコ、ロヘラレタル。ヒトハトハカヨフコエ也。ヤハタ、ヲケル文字也。カ《ヤ》モシハ、モシノタラヌトコロニヲク、哥ノナラヒナリ。アツフスマナコヤカシタトイフカコトシ。

504

蓁

あさかすみかひやかしたになくかはつしのひつ、有とつけんこもかも

万十にあり。かひやは古来難義也。きしなとのくつれたる所に、しはのねなとさしおほひていやなるをいふなとそ申めるは僻事なめり。たゝ川の下になくといふへきとそ心えられたる。ひとはとはかよふ音也。やはた、おける文字也。やもしは、文字のたらぬ所にをく、哥の習也。あつふすまなこやかしたといふかことし。

【本文覚書】〇イヤナルヲ…ヰルナルヲ（刈）、イルナルヲ（東）、イヤ《ヰル》ナルヲ（岩）、ゐるなるを（大）。底本「イヤ

ナルヲ」の「ナ」に墨消あるかに見える。袖中抄所引本文も「イヤナルヲ」（川村『袖中抄』頭注は、「岸の地形や部分名称をいうか」とする）

【出典】万葉集巻第十六・三八一八「朝霞《あさがすみ》　香火屋之下乃《かひやがしたの》　鳴川津《なくかはづ》　之努比管有常《しのひつつありと》　将レ告児毛欲得《つげむこもがも》」〈校異〉④「シノヒ」未見。類、尼、廣「シヌヒ」で、古「□ヌヒ」も同じか。ただし、古は「ノ」を「ヌ」とする。仙覚本は「シノヒ」で童蒙抄と一致⑤「モカモ」は尼、廣、古が一致。類及び廣（「モ」右）「もかな」。なお、廣は当該歌の漢字本文と訓をやや小さい字で書き入れている。

【他出】疑開抄・一三九、袖中抄・一二三・五八一、六百番歌合・一六四判、六百番陳状・五九。古今六帖・二六六〇（五句「つげんこもがな」）、古来風体抄・一七三（二句「かびやが下の」）、八雲御抄・一四八（五句「つげんこらがも」）

【注】○**カヒヤハ**　袖中抄「かひやがした」参照。○**キシナムトノ**　疑開抄の説。これを否定する。○**タ、カハノシタニ**　「かひやのしたになくかはづ」は、川で鳴いている蛙の意とする。○**ヒトハトハ**　音通説。○**ナコヤカシタ**「や」を間投助詞と解するか。480歌注で「ナコヤトモフスマヲイフナリ」としている。

【参考】「蝦　139あさかすみかひやかしたになくかはつしのひてありとつけこむもかも　万葉集第七巻にあり。かひやとは、きしのくつれたる所に、しはのねなとのさしおほいていやなるを云也」（疑開抄）、「かひやは鹿火屋と書り……かひやは水に魚とらんとてつくりたる物なり。清輔抄にもあり」（八雲御抄）

守宮

847 ヌク、ツノカサナルコトノカサナルハ　ヰモリノシルシイマハアラシナ

一条院ノ御時、或人ノメニヨミテトラセケル哥也。世ノ諺ニイハク、メノミソカヲトコスルトキニヌキヲ

ク、ツカサナルトイフ。ヰモリノシルシトハ、兼名苑云、蜥蜴一名守宮形鱓*。器ヲモテカフ。クハスルニハ朱ヲモチヰル。ミニアカキコト、ホリテ、*イフトコロ七斤ニミチテノチ、ウツコト万杵《モヽキネ》シテ女人ノ支体ニ点ス。身ヲ、フルマテキエス。モシ婬スレハスナハチキヘヌ。故ニ守宮ト名ツクルナリ。

守宮

505 ぬく〻つのかさなることのかさなるはゐもりのしるし今はあらしな

一条院の御時、或人のめによみてとらせける歌なり。世の諺にいはく、めのみそかおとこする時にぬきをくくつのかさなるといふ。ゐもりのしるしとは、兼名苑云、蜥蜴一名守宮の形似鱓。器もてかふ。くはするには朱をもちゐる。身にあかきこと、ほりて、くふところ七斤にも（ママ）ちてのち、うつこと万杵して女人の支体に点す。身をこ《ヲ歟》ふるまてきえす。もし婬すれは即きえぬ。故に守宮と名つくるなり。

【本文覚書】○形鱓…「形」脱（東）○イフトコロ…クフトコロ（刈）、くふところ（大）

【出典】明記せず

【他出】疑開抄・一四〇、奥義抄・四三〇、和歌色葉・二一四。俊頼髄脳・二五〇、綺語抄・三五〇、袖中抄・二七二、色葉和難集・二二九・五六八、以上三句「かさなれば」

【注】○**一条院ノ御時** 847歌の成立事情に触れるものは、童蒙抄と疑開抄を見るのみである。○**世ノ諺ニ** これを諺とするもの、童蒙抄と疑開抄のみ。「ゐもりの印とは、もろこしに人のありくに、虫のちをおんなのかひなにつけてゆくなるべし。それにことをとこしつれば、そのむしのちうする也」（能因歌枕）、「ぬぐくつかさなりては、わがめ人にあふといふ事にてかくよむ」（綺語抄）、「ぬく沓のかさなるとよめるは、めのみそかことするをりに、おのつか

らはきたる沓のかさなりてぬきをかるゝ也」（俊頼髄脳）、「女のみそかことするには、おとこのくつかさなると云事のあれは……かやうの事はさせる見えたるところなけれ共、ふるくいひつたへたるにつきてみなよむこと也」（奥義抄）○**兼名苑云**　31歌注参照。袖中抄が当該記事を乗せる文献を博捜し、法華経注釈書類、博物志をあげる。当該記事の典拠に兼名苑をあげるのは童蒙抄のみ。なお同書逸文中に未見。

【参考】「守宮　140ぬくゝつのかさなることのかさなるはゐもりのしるしいまはあらしな　一条院の御とき、或人のめによみてとらせける哥也。諺云、めのみそかおとこする時にぬきをくつかさなると云也。異国人、とをくありく時に、人のかひなに虫の血をぬる。其血、めのみそか男するときにうするなり。其名をゐもりのしるしとは云也。委見四条大納言和哥論議。又、ゐもりとは、蜥蜴と云。ひとつの名を蝘蜓と云なり。器をもてこをかふ。くはするに朱をもてす。躰こと〳〵くあかくなりて、おもさ七斤になりて、うつこと万杵して女人の躰を点す。身をふるまてきへす。婬すれは則しるしおちぬ。故に守宮と名つくるなり。委見博物志第九巻。（疑開抄）、「沓　わかくつのかさなる事の云は、女のほか心するにある事也」「ゐもりのしるし〈是は女淫事せぬほとはつけたるにおちさるもの也〉」「ぬくゝつのかさなる〈是女の他淫するおりの事と云り〉」（八雲御抄）

848

蛭

イチシロクヒルハケシキヲミセシトテ　シノフルムネハイカヽクルシキ

古哥也。コノヒルトヨメルハ蛭ト昼トヲカヨハシテイヘルナリ。賈誼書曰、樊恵王食寒葅ヲ中ニ有水蛭。欲発之。宰夫ノ得罪テシナムコトヲ、ソレテヒソカニ呑。因テ得心心疾《ムネヤムコトヲ》甚。乃以言令尹賀曰、陰徳ナリ。必陽報アラム。コヨヒ恵惋*而蛭吐。心腹之病皆愈。

506 いちしろくひるはけしきをみせしとて忍ふるむねはいか丶くるしき

古歌也。このひるとよめるは蛭と昼とをかよはしていへるなり。賈誼書曰、楚恵王食寒葅中に有水蛭。欲発之。宇《（ママ）》夫得罪て死なんことを丶それて偸に答《（ママ）》し、因得心疾甚。

【本文覚書】○啘…苑（筑A）、東は当該文字を欠く、嘸（大）

【出典】古歌

【注】○**ヒルトヨメルハ**　賈誼書に言う「蛭」に「昼」を掛けたとの解釈。○**賈誼書曰**　賈誼書、新書ともに日本国見在書目録に見えず。引用はこの箇所のみ。「賈誼書曰、楚恵王食寒葅中有水蛭。雖欲発之、恐宰夫得罪当死、遂呑之。因得心疾甚。乃言所中令尹賀曰、陰徳必須陽報。是夜恵王欬而蛭出。心腹之病皆除」（太平御覧巻七四一）。修文殿御覧に拠ったか。

異本独自歌

148 水の上によるへさためぬうき草もこのはなかれておひに（ママ）へらなれ

近江のみやす■に人のさうしにて宮はなといふ題をあはせけるによめるなり。

【出典】近江御息所歌合・一八、二句「よる《ゆく》べさだめぬ」五句「思ふべらなり」

【注】○**近江のみやす□に**　「宮すどころのざうしにて、宮の花といふうたをあはす、右はあはせず」（同歌合）

月

228 見えすともたれこひさらん山のはにいさよふ月をよそにみてしか

万葉第三に有。いさよふとは、不知夜、とそかきたる。されはよをふることをしらすといふこころか。

【出典】万葉集巻第三・三九三「不レ所レ見十方《みえずとも》　孰不レ恋有米《たれこひざらめ》　山之末尓《やまのはに》　射狭夜歴月乎《いさよふつきを》　外見而思香《よそにみてしか》」（校異）②「ん」は類、細、廣が一致。紀「メ」⑤「みてしか」は紀及び細二（「オモフカ」右）、廣（「オモフカ」右）が一致。類、細二、廣「おもふか」

【注】○**いさよふとは**　13歌注参照。

【参考】「いさよふとは、よをふるをいふ也。又、よをふる事しらすともいふ」「いさよふとは、よをふといふ也」（松か浦嶋）

232　はしきやしまちかきことのきみこむとおほのひにかも月のてりたる

同に有。はしきやしとは、よしといふ歟。愛也思《ハシキヤシ》とかけり。いつくしとも云歟。233　よしやよしはなれぬさとのきみきぬとおほのひにかも月のてれるは、是上の哥とおなし歌なり。おほのひにとは、ゆたかにしつかなりといふなり。大能備《ヲホノヒ》にとかけり。是江都督説なり。

【出典】万葉集巻第六・九八六「愛也思《はしきやし》　不遠里乃《まちかきさとの》　君来跡《きみこむと》　大能備尓鴨《おほのびにかも》　月之照有《つきのてりたる》」〈校異〉①未見。細、廣及び元（朱）「ヨシヤヨシ」。紀「ヨシヱヤシ」。仙覚本は「ヨシヱヤシ」②未見。細、廣「ハノレヌサトノ」。紀「ハナレヌサトノ」。元（朱）「ハナレヌセトノ」で「思不遠」左朱「ヲモフマチカキ」。仙覚本は「マチカキサトノ」。紀「ハナレヌ」で「マチカキ」紺青（矢、京、陽。西もと紺青か）。京「不遠」左赭「ハナレヌ」③未見。非仙覚本は「キミキヌト」。仙覚本は「キミクヤト」で「クヤ」紺青（矢、京、陽、西もと紺青）。温「キミ□ト」。京「来跡」左赭「キヌト」⑤「てりたる」未見。細、廣、元（朱）「テレルハ」。紀「テラセル」。仙覚本は「テラセル」。なお、元は平仮名訓なく、漢字本文左に朱訓のみあり。

【他出】232袖中抄・七五三（三句「君みんと」）

【注】**○はしきやしとは**　「若詠女時〈はしけやしと云又わぎもこと云〉」（倭歌作式）、「女　はしけやしと云」（俊頼髄脳）、「はしけやし　をんなをいふ」（綺語抄）、「ハシキヨシトハ、御門ノモトヘマイルヲ云」（万葉集抄）、「女はしけやし《はしちやしイ》」（奥義抄）、「抑清輔朝臣奥義抄に、男をばよしゑやし、女をばはしけやしと書きて侍《(はべり)》しを、万葉の歌ども書き出でゝ、さも見えぬ由を相論じて後書き消ちて、男をばせな女をば我妹子と記して侍《(はべる)》也。されどもとの本どもには、もとの様なればいかゞと見え侍り。喜撰式にぞ女をはしけやしと書きたれば、俊頼髄脳にもその定にて書《(かき)》て侍る……万葉抄云《(ニ)(ク)》、はしきよしとは、帝のもとへ人の参るをいふ也」（袖中抄）、「俊頼云、はしけやしとは、もとのめをいふなり。古女をばをとこにあひてははげしき物となり」（色葉和難集、但し俊頼髄脳に見えない）、川村『袖

中抄』が指摘するように、「はしきやし」については、現存奥義抄には見えない記述があったらしい。○**おなし歌なり** 233歌の訓は元暦校本の朱書入訓に一致する。○**おほのひにとは** 「顕昭云、おほのびとはおほのさびといふ詞歟。又只のさびといふ詞もあり。さればおほのさびを、さの字を略歟(ス)。又おほのさは、おほぬさと同詞歟。のとぬと同音なり……或書云、おほのびにとは豊かにしづかなりといへり。是江都督説也云々。私云、此釈は心許にて詞には不(ル)レ聞歟(カ)」(袖中抄)。

【参考】「おほのひに〈万詞也。ゆたかにしつかなりと云心也。故人説〉」(八雲御抄)

【補説】袖中抄は「はしきやし」の項で万葉歌十五首をあげ、「はしきやし」、「はしきかも」、「はしきよし」の訓みを示すが、そのうち「朝参之《てうさんの》」(四一二一。元暦校本、類聚古集等が「ハシキヨシ」の訓を示す)については、万葉集抄を引き、「義につきても書くこともあれば」とする。232歌は、「おほのび」の項で引くが、「はしきやしま近き事のきみ、むとおほのびにかも月の照りたる」の訓を示す。初句「愛也思」を「ハシキヤシ」あるいは「ハシケヤシ」とする訓は童蒙抄時代には見えない。これを「ハシキヤシ」と訓んだ経緯は、万葉集・六四〇「波之家也思《はしけやし》 不遠里乎《まちかきさとを》 雲居尓也《くもゐにや》 恋管将《こひつつをらむ》レ居 月毛不《つきもへ》レ経国《なくに》」が、九八六歌と初二句がほぼ同じであり、そこから「愛也思」を「ハシキヤシ」あるいは「ハシケヤシ」の訓が導かれたのではないか。釈日本紀にも「波辞枳予辞《ハシキヨシ》〈端清也。一説葉繁之義也 此記端正《キラ・・シ》ト点レ之。一説帝都也 言褒美之詞也。〉」とあり、付箋注に六四〇歌を引く。同歌は袖中抄(七四。初句「はしけやし」)、古来風体抄・五六、色葉和難集・一一三(初句「はしきやし」)に見える。

238 天原ふりさけみれはかすかなるみかさの山にいてし月かけ

古今第九に有。仲丸かもろこしにものならひにまかりわたりて、このくにへかへらむとて、明州といふ所にて船にのるとて月をみてよめるなり。ふりさけとは、ふりあふきといふ也。春日《カスカ》、とかけり。

【出典】古今集・四〇六・安倍仲麿

【他出】新撰和歌・一八二、古今六帖・二五二、新撰髄脳・五、金玉集・五一、深窓秘抄・七九、和漢朗詠集・二五八、和歌体十種・三五、江談抄・五、口伝和歌釈抄・二〇五、綺語抄・一、俊頼髄脳・一七二、奥義抄・八〇、今昔物語集・一二六、五代集歌枕・八四、万葉時代難事・四七、人麻呂勘文・三五、古本説話集・八三、宝物集・二五八、古来風体抄・二六七、定家八代抄・七七一、西行上人談抄・一五、秀歌大体・一一一、百人秀歌・六、百人一首・七、別本童蒙抄・一

【注】○仲丸かもろこしに「この歌は、むかしなかまろをもろこしにものならはしにつかはしたりけるに、あまたのとしをへてえかへりまうでこざりけるを、このくにより又つかひまかりいたりけるにたぐひてまうできなむとていでたちけるに、めいしうといふ所のうみべにてかのくにの人むまのはなむけしけり、よるになりて月のいとおもしろくさしいでたりけるを見てよめるとなむかたりつたふる」(古今集・四〇六左注) ○**ふりさけとは**　283歌注参照。

239　わか心なくさめかねつさらしなやをはすて山にてる月をみて

古今第十七に有。委見大和物語。つねのことなれはかゝす。

【出典】古今集・八七八・よみ人しらず

【他出】新撰和歌・二五七、古今六帖・三二〇、大和物語・二六一、口伝和歌釈抄・二三九、俊頼髄脳・二九一、関白内大臣家歌合・二番判詞、今昔物語集・一六六、五代集歌枕・四四〇、和歌初学抄・一七四、袖中抄・八三四、古来風体抄・二八八、和歌色葉・三〇九、定家八代抄・一六一八、色葉和難集・二三二

【注】○**委見大和物語**　百五十六段。

黄葉

270 秋山にきはむこのはのうつろは丶かはる〳〵や秋をみまほしみけん

万第八に有。きはむ、とよめり。

【出典】万葉集巻第八・一五一六「秋山尓《あきやまに》 黄反《もみつ》木葉《このは》乃《の》 移去《うつりな》者《ば》 更哉《さらにや》秋乎《あきを》 欲レ見世武《みまくほりせむ》」〈校異〉②「きはむ」は類、廣、紀が一致。廣左「モミツ」③は類及び廣（右或）が一致。廣、紀「ウツロヘハ」④は類及び廣（右或）が一致。廣、紀「サラニヤアキヲ」⑤未見。類及び廣（右或）「あきをみまさむ」。類「み」右朱「キ」、ただしすり消す。廣「ミマクホシミセム」。紀「ミマホシミセム」。仙覚本は「ミマクホリセム」で「クホリ」紺青（陽。西もと紺青）。京漢左赭「ミマホシミセム」

【注】○**きはむ** 「黄反」の訓。詠歌側は未見。

擣衣

274 さよふけてころもしてうつ音きけはいそかぬ人もねられさりけり

後拾遺第五に有。伊勢大輔哥也。してうつとは、さけ（ママ）うつといふにや。とかく申すことなり。

【出典】後拾遺集・三三六・伊勢大輔、三句「こゑきけば」

【他出】永承四年内裏歌合・二〇（三句「おとすれば」）。口伝和歌釈抄・二四四（二句「こゝろしてうつ」）、綺語抄五一六（初句「月よよみ」）、俊頼髄脳・三六五（初句「月よよみ」）、後六々撰・四七、御裳濯集・四五四、以上三句「声きけば」

【注】○**してうつとは** 「心してうつとはある人云、しめ〳〵とうつといふなるへし。又しと〳〵とうつといふなるり。

又つちをいふなるへし」（口伝和歌釈抄）、「ころも打つ、しで打つとは、或人云、しと〳〵と打つ也。又云、つちをいふなり」（隆源口伝）、「してうつ　しつかにうつ也」（奥義抄）、「しでうつ　シヅカニウツ也又シゲクウツ也」（和歌初学抄）、「してうつは〈静打也〉」（和歌色葉）、「してうつ〈しけくうつ也　俊頼説　清輔説　又しつかにもかよへり〉」（八雲御抄）、「シデウツトハ、シゲクウツト云也。テトケト同ヒヾキナル故也。イソガヌヒト、ハ、イタク衣打人ヲイソグニナシテ、ウタヌ我身ヲイソガヌ人モネラレズトヨメル也」（後拾遺抄注）

【参考】「してうつとは、しと〳〵とうつといふ也」（松か浦嶋）、「擣衣　してうつはしけくうつ也。しつかとも云り」（八雲御抄）

稲負鳥《ヰナヲホセトリ》

275 やまたもる秋のかりほにをく露はいなおほせ鳥の涙成けり

古今第五に有。忠峯歌なり。

【出典】古今集・三〇六・ただみね

【他出】是貞親王家歌合・一、忠岑集・二八、忠岑集☆・一六、古今六帖・一一三〇、綺語抄・五七五、新撰朗詠集・五三三、和歌一字抄・一〇九四、袋草紙・七五五、袖中抄・一〇五三。新撰万葉集・一四九（五句「涙《ナミダ》那《ナ》留《ル》部《ベ》芝《シ》」）

篠

395 かくしつゝ猶やおひなんみゆきふるおふあらきのゝさゝならなくに

万第七にあり。

【出典】万葉集巻第七・一三四九「如是為而也《かくしてや》　尚哉将レ老《なほやおいなむ》　三雪零《みゆきふる》　大荒木野之《おほあらきのの》　小竹尓不レ有九二《しのにあらなくに》」〈校異〉①「しつ、」未見。非仙覚本及び仙覚本は「してや」④未見。元、類「おほあらきのの」。廣「ヲホカラキ野ノ」。古「ヲホアラキノ野ノ」。紀「オホハラキノ、」。仙覚本は「オホアラキノノ」⑤は元、廣、紀が一致。類、古「さ、にあらなくに」。元上の「さ」右赭「ク」

【他出】五代集歌枕・六四七

合歓木

424 ひるはせきよるはこひぬるねふりのき君のみみむと我さへにみむ

万第八にあり。


【出典】万葉集巻第八・一四六一「昼者咲《ひるはさき》　夜者恋宿《よるはこひぬる》　合歓木花《ねぶのはな》　君耳将レ見哉《きみのみみめや》　和気佐倍尓見代《わけさへにみよ》」〈校異〉①「せき」未見。非仙覚本及び仙覚本は「さき」④未見。非仙覚本及び仙覚本は「きみのみみむや」で、温「キミニミセムヤ」⑤未見。類「われさへにみる」が近い。廣、紀「ワケサヘニミヨ」。仙覚本は「ワケサヘニミヨ」。なお、類「代」なし。

【他出】古今六帖・四二八九（「ひるはさきよるはこひぬるかふくわの木きみのみみむやわけさへにみよ」）、袖中抄・七〇〇（初句「ひるはさき」下句「きみのみみむや和気さへに見よ」）

梩

425 しましくもひとりありうるものにあれやしまのむろの木はなれてあらん

万十五にあり。しましくとは、さまあしくもといふにや。又ものいはてといふなりとも。

【出典】万葉集巻第十五・三六〇一「之麻思久母《しましくも》 比等利安里宇流《ひとりありうる》 毛能尓安礼也《ものにあれや》 之麻能牟漏能木《しまのむろのき》 波奈礼弖安流良武《はなれてあるらむ》」〈校異〉②「うる」は廣、古が一致。天、類「くる」⑤「あらん」未見。非仙覚本（天、類、廣、古）及び仙覚本は「あるらむ」

【注】**○しましくとは**　童蒙抄の解不審。「顕昭云、しましくもとは、しばしもといふ詞にくといふ文字を添へたるなり。○しましは○しばしなり。はとまと同ひゞきなり」（袖中抄）、「しましくは〈さまあしく也。ものいらて也〉」（和歌色葉）

橿

426 もの丶ふのやそをとめこひくみとよむてら井のうへのかたかしの花

【本文覚書】注文なし

【出典】明記せず

【他出】万葉集・四一四三（「物部能《もののふの》 八十孃嬬等之《やそをとめらが》 挹乱《くみまがふ》 寺井之於乃《てらゐのうへの》 堅香子之花《かたかごのはな》」）、古今六帖・四三二六（二三句「やそをとめらがふみとよむ」）、古来風体抄・一九四（上句「もののべの八十の妹らが汲みまがふ」）

493　はるされはわきつのさとのかはとにはあゆこさはしる君待かてに

同にあり。あゆこさはしる、とよめり。

【出典】万葉集巻第五・八五九「波流佐礼婆《はるされば》　和伎覇能佐刀能《わぎへのさとの》　加波度尓波《かはとには》　阿由故佐婆斯留《あゆこさばしる》　吉美麻知我侶尓《きみまちがてに》」〈校異〉②「つ」未見。類、細、廣、古「は」。紀「へ」。仙覚本は「へ」⑤「に」は類、細、廣、紀が一致。古「ラ」

【他出】綺語抄・二八三（二句「わぎへの里の」）

【注】○**あゆこさはしる**　「河湍尓波《カハセニハ》　年魚小狭走《アユコサバシリ》」万葉集・四七五。「ぬばたまのよかはにともすかがりびはさばしるあゆのしるべなりけり」（右兵衛督歌合・一三・顕季）「うかはにはさばしるあゆのかずみえてなみのよるともかぎらざりけり」（貧道集・二六八）

貝

494　ありそ海のうらめしくこそおもほゆれかたかひをのみ人のひろへは

六帖にあり。躬恒か哥なり。

【出典】古今六帖・一九〇〇

【他出】疑開抄・一二八

【注】○**躬恒か哥**　古今六帖では当該歌の前に「みつね」の作者名がある。

【参考】「貝　128ありそうみのうらめしくこそおもほゆれうたかひをのみひとのひろへは　六帖第三巻にあり。躬恒かよめる也」（疑開抄）

495　いせのあまのあさな夕なにかつくてふあはひのかた思にして

万十一にあり。かつくとは、海にいりとりするを云也。あはひのかひはこうのみかたつかたにつきたるよりてかた思とは云なり。

【出典】万葉集巻第十一・二七九八「伊勢乃白水郎之《いせのあまの》　朝魚夕菜尓《あさなゆふなに》　潜云《かづくといふ》　鰒貝之《あはびのかひの》　独念荷指天《かたもひにして》」〈校異〉⑤「思にして」は元、嘉、廣、古が一致し、類「おもひして」で「ひし」右「に」。なお、元は上三句の訓を欠く。

【他出】人麿集Ⅱ・四八三（五句「かた思ひして」）、人麿集Ⅳ・二五三、綺語抄・六三六、疑開抄・一二九、和歌初学抄・一一八、新勅撰集・八七二。人麿集Ⅱ・四八三（五句「かた思ひして」）、古今六帖・二〇二五（五句「かた思ひにて」）、和歌色葉・九九（五句「かた思ひして」）

【注】**○かつくとは**　「カヅクトハ、海人ノ海ニ入テ、モノトルヲイフ」（古今集注）、「かつくとはうみにいりとりするをいふ也」（和歌色葉）**○あはひのかひは**　「あはひのかひはそのみのかたつかたにつきたるによりて、かたおもひとはそへけるなり」（和歌色葉）

【参考】「あまのかつくといふは、海のそこにいるをいふ」（松か浦嶋）、「蚫貝　129いせのあまのあさなゆふなにかつくてふあわひのかひのかたおもひにして　万葉集第十一巻にあり。かつくとは、海のそこにいるを云也。蚫かひは、かた思ひとよむへきなり」（疑開抄）

496　伊勢の海のなきさによするうつせかひむなしたのみによをつくしつる

六帖にあり。貫之歌也。うつせかひみもなき、といへは、むなしきことによそふる也。

【出典】古今六帖・一八九八、五句「よせつくしつつ」

【他出】疑開抄・一一三〇

【注】○**貫之歌**　古今六帖に貫之の歌とする伝本未見。○**うつせかひ**　「うつ蝉《せ》かひなと云もみもなきかひ也」（奥義抄）、「むなしき事には　ウツセガヒ」（和歌初学抄）

【参考】「空貝　130いせのうみのなきさによするうつせかひむなしたのみによをつくしつる　六帖第三巻にあり。ツラ行きかよめるなり。うつせかひとは、みもなきを云也」（疑開抄）、「貝　うつせ　（みもなき也）、いつれのうらのうつせにかましりけん云々」（八雲御抄）

497　いとまあらはひろひにゆかん住吉の岸にありてふこひわすれかひ

同にあり。わすれといふ貝のあるなり。

【出典】古今六帖・一八九九、二句「ひろひてゆかん」

【他出】万葉集・一一四七（「暇《いとま》　有者《あらば》　拾尒将《ひりひにゆかむ》レ往　住吉之《すみのえの》　岸因云《きしによるといふ》　恋忘貝《こひわすれがひ》」）、人麿集Ⅳ・一〇（初句「いとまあらは」四句「きしによるてふ」）、疑開抄・一一三一（初句「いとまあらは」）。五代集歌枕・一六四、新勅撰集・一二七九（三句「すみの江の」）、以上四句「きしによるてふ」

【注】○**わすれといふ**　「忘貝とは、うみによるかひを云」（能因歌枕）、「わすれがひ　うみにあるかひ也」（綺語抄）

【参考】「忘貝　131いとまあらはひろひにゆかむすみよしの岸にありてふこひわすれかひ　同巻にあり。わすれかひと云貝のあるなり」（疑開抄）、「貝　わすれ」（八雲御抄）

498　かひすらもいもせそなへてあるものをうつし人にてわかひとりぬる

かひはふたおほいを、めかひ、をかひと云なり。

【出典】明記せず

【他出】俊頼髄脳・三六六、奥義抄・三三三、和歌色葉・三四三、色葉和難集・一八（二句「いもせさだめて」）

【注】○**かひはふたおほいを**「かひのふたおほひあるは、めかひおかひといへるもの丶あれは」（俊頼髄脳）、「かひにはめかひ、おかひと云事のあれはかくよめり」（奥義抄）

和哥童蒙抄第十

雑体

長哥　短哥　旋頭〈諸本無／書落〉混本

俳諧　相聞　折句　廻文

隠題　連哥　返哥

歌病

七病　四病　八病

哥合判

勝劣難決例

御製勝例

一番左勝例

病難例

詞難例

文字病難不例

題心難例

所名難例

和哥童蒙抄巻第十

雑体

長謌　短哥　旋頭　混本　誹諧

相聞　折句　廻文　隠題　連哥

返哥

哥病

七病　四病　八病

歌合判

勝劣難決例

御製勝例

一番左勝例

病難例

詞難例

文字病難不例

題心難例

所名難例

【本文覚書】「旋頭」の項目は諸本とも本文にはない。

雑体

長哥

849 ヤクモタツイツモヤヘカキツマコメニ　ヤヘカキツクルソノヤヘカキヲ

素戔烏尊出雲詠也。五七五七々ノ句ヲサタムルコト、コレヨリハシマレリ。第三句ノハテノ字ヲ初韻トシ、第五句ノハテノ字ヲ終韻トセリ。コレヲマタ返《*反》哥トイヘリ。カラノ哥ニナスラヘテ六義アリ。一曰風ソヘウタ、二曰賦カソヘウタ、三曰比*ナソヘウタ、四曰興タトヘウタ、五曰雅タ、コトウタ、六曰頌イハヒウタ。コノウタトモ古今仮《名》・序ニミエタリ。

雑体

長哥

507 やくもたついつもやへかきつまこめにやへかきつくるそのやへかきを

素戔烏尊出雲詠也。五七五七七の句をさたむること、これよりはしまれり。第三句のはての字を初韻とし、第五句のはての字を終韻とせり。これをまた返哥といへり。からの歌になすらへて六義あり。一曰風〈そへ哥〉、二曰賦〈かそへ／うた〉、三曰比〈なそらへ／うた〉、四曰興〈たとへ／うた〉、五曰雅〈た丶こと／うた〉、六曰頌〈いはひ／うた〉。この哥とも古今仮名序にみえたり。

【本文覚書】○返《反》哥…反哥（内閣A・内閣B・筑A・刈・書・東・岩・狩）○**ナソヘウタ** 谷以外の諸本、ナソラヘウタ、なそらへ哥

【他出】古事記・一、日本書紀・一、古今六帖・五一四、俊頼髄脳・一、奥義抄・一八、古来風体抄・一、和歌色葉・一四、色葉和難集・四四六・六〇一

【注】○**雑体** 歌経標式の雑体は、聚蝶、讄警、双本、短歌、長歌、頭古腰新、頭新腰古、頭古腰古、古事意、新意体。俊頼髄脳は「哥のすかた」として、反歌、旋頭歌、混本歌、折句、沓冠折句、廻文、短歌、誹諧歌、連歌、隠題、相聞歌をあげる。奥義抄は「和歌六体」として、「長歌、乱句体、旋頭歌、混本歌、折句歌、沓冠折句歌をあげる。○**長哥** 「やくもたつ」詠を長歌とする事については「短歌」参照。○**ヤクモタツイツモヤヘカキ** 「はしめには反《はん》哥のすかた　やくもたついつもやえかきつまこめにやえかきつくるそのやへかきを　是は素盞烏尊と申神の出雲国にくたり給て、あしなつちから《て歟》なつけ《［ち歟］》の神のいつきむすめをとりて、もろともにすみ給はんとて宮つくりし給ふときによみ給へる御哥なり。これなん句をと丶のへ文字のかすをさため給へるはしめなる」（俊頼髄脳）、「短哥といふはこれ卅一字の哥也。本末二句を定てつ丶まやかにいへはなり。この短哥には又長哥と云名もあり。はしめをわりひとすちにいひとをせはなるへし　やくもたついつもやへかきつまこめにやへかきつくるそのやへかきを　長哥といふは……昔し短哥とい丶けるは、詞のつ丶きにひかされて、一二句つ丶これかれみしかくいふかゆへなり。短哥にそへたる例の哥をは反哥といふ也」（和歌色葉）。○**第三句ノ** 「短歌以二第三句尾字一為二初韻一、以二第五句尾字一為二終韻一」（歌経標式）○**コレヲマタ** 「長歌」の項目にあげた事に対して、「やくもたつ」歌を「反歌」ともいう、との主張か。後

掲「短歌」参照。○**カラノ哥ニ**　古今集仮名序は「そもそもうたのさまむつなり、からのうたにもかくぞあるべき」として、「そへうた、かぞへうた、なずらへうた、たとへうた、ただことうた、いはひうた」をあげる。「和歌有二六義一。一曰風。二曰賦。三曰比。四曰興。五曰雅。六曰頌」（古今集真名序）、「故詩有六義焉。一曰風、二曰賦、三曰比、四曰興、五曰雅、六曰頌」（詩序）

短哥

チハヤフル　*カミナツキトカ　ケサヨリハ　クモリモアヘス　ハツシクレ　モミチト、モニ　フルサトノ　ヨシノ、山ノ　ヤマヲロシモ　サムクヒコトニ　ナリユケハ　タマノヲトケテ　コキチラシ　アラレミタレテ　シモコホリ　*イヤカタマレル　ニハノヲモニ　ムラ〳〵ミユル　フユクサノ　ウヘニフリシク　シラユキノ　ツモリ〳〵テ　アラタマノ　トシヲ*アマタモ　スコシツルカナ

躬恒カウタノ短哥也。五七五七ノ句ヲツ、ケテ、イハマホシキコトヲイヒツクシテ、イク句トサタメス。第二句ノハテノ字ヲ一韻トシ、第四句ノハテノ字二韻トシテツラネタリ。ハテニハ七々ノ句ヲ、ケリ。ヨクモシラヌ人、初ノ五七五ノ句トハテノ七々句ヲ卅一字ノ詠ニヨミ*カナフルトイフ、ヒカコトナリ。タ、ヨクヨメル、イヒノコシタルコトモナク、コレヲカクイハムトテ、ナカクイヒツ、ケルトキコエテ、ハテノ句ニイヒキハムヘキナリ。ヲクニ*返哥ヲ一首クハフ。タトヘハ詩ノ序アルカコトシ。短哥ハ序ノヤウニナカクイヒツ、ケテ、反哥ハ詩ノヤウニヲナシコ、ロヲ、句ヲツ、メテカヘサヒツクルナリ。反字ヲハカヘサフトヨメ

リ。コノ反哥ヲヨミカナフルコトカタシ。サレハ古今短哥五首ノ中ニ、忠峯カ古哥ニソヘテタテマツレル、クレタケノヨ、ノフルコトナ・《カ》リセハ、トヨメルニソヘタル、キミカヨニアフサカヤマノイ*ハツ《シミツ歟》、シコカクレタリトイヘルハカリヲソイレタル。

短哥

508 ちはやふる　神な月とや　けさよりは　くもりもあへす　はつしくれ　紅葉とゝもに　ふるさとの　よしの、山の　山おろしも　さむくひことに　なりゆれ《け》《ミ》は　たまのをとけて　こきちらし　あられみたれて　しもこほり　いまやたまれる　にはのおもに　むら〳〵みゆる　冬くさの　うへにふりしく　しらゆきの　つもり〳〵て　あらたまの　としをあまたに　すこしつるかな

躬恒哥の短哥也。五七〳〵の句をつゝけて、いはまほしき事をいひつくして、いく句とさためす。第二の句のはての字を一韻として、第四の句のはての字を二韻としてつらねたり。はてには七々句をゝけり。よくもしらぬ人、初の五七五の句とはての七々句を卌一字の詠によみかなへるといふ、僻事なり。たゝよくよめるはいひのこしたることもなく、これをかくいはむとて、なかくいひつゝけゝるときこえて、はての句にいひきはむへきなり。おくに返哥を一首くはふ。たとへは詩の序あるかことし。短哥は序のやうになかくいひつゝけて、返歌は詩の様に同心を、句をつゝめてかへさひつくる也。返哥をはかへさふとよめり。この返歌をよみかなふることかたし。されは古今の短哥五首の中に、忠岑か古哥にそへて

たてまつれる、くれたけのよゝのふる事なかりせは、とよめるにそへたる、君かよにあふさか山のいはつゝしこかくれたりといへるはかりをそいれたる。

【本文覚書】○カミナツキトカ…カミナツキトヤ（和・筑A）○イヤカタマレル…流布本系諸本異同ナシ。○アマタモ…流布本系諸本異同ナシ。○カナフル…流布本系諸本異同ナシ。○返哥…反哥（内・和・筑A・刈・書・東・岩・狩）○イハツ、シ《シミツ歟》…イハシミツ（内・和・筑A）、いはしみつ（狩）、イハツ、ジ（刈）、イハツツジ（東）

【出典】古今集・一〇〇五（二句「神無月とや」四句「曇りもあへず」五句「うちしぐれ」九句「山あらしも」十三句「こき散らし」）

【他出】八雲御抄・一三（十三句「山あらしも」二十五句「すぐしつるかな」）

【注】○**イハマホシキコトヲ**　「いつもしとつゝけて、秋〔我〕いはまほしきことのあるかきりは、いくらともさためすいひつゝけて、はてには七々《もし》と例の哥のはてのやうにふたつゝつくるなり」（俊頼髄脳）○**第二句ノハテノ字ヲ**　「長歌以二第二句尾字一為レ韻、以二第四句尾字一為二二韻。如レ是展転相望」（歌経標式）○**ヨクモシラヌ人**　未詳。「初の三句を本とし、終の二句は末にて、卅一字の哥一首あるへしといふ人あれとも、古き長哥ともかならすしもなけれ（なければ）、よのすゑに人の今案の義をいへるにや」（和歌色葉）○**反字ヲハ**　「仲字（反字、版本）の訓或かへす或ならふ或そむくとよめり」（奥義抄）、「反　カヘス」（類聚名義抄）○**古今短哥五首**　古今集雑体では「短歌」として長歌五首を配列する。○**クレタケノ**　古今集・一〇〇三「古歌に加へて奉れる長歌」壬生忠岑。○**キミカヨニ**　古今集・一〇〇四。三句を「いはつつし」とする伝本は、雅経本、志香須賀本、雅俗山荘本、前田本、天理本、後鳥羽院本、右衛門切。基俊本は右傍線あり。

長哥短哥ハフルキ論ニテ、ムカシヨリシレルヒトナシ。コノ短哥ヲタ、ウチイフニハ、ナカウタトイフ。浜成中納言ノ式ニハソノ、反哥ヲハ短哥トイヒ、短哥ヲハ長哥トイヘル。サレトモ日本紀ニ卅一字ノ詠ヲ長哥トイヘリ。万葉集ニハ反哥ヲ短*トカケルコトモマシリタ《レ》トモ、タシカニナカクヨミツヽケタルヲ短哥トイヘルコトハ、イマスコシタシカナリ。其人作反哥一首トカキテ、注ニ加短哥トカケルハ、詩トカキテ加序トイフニカハラネハ、ヽシニアル長句ノ哥ヲ短哥トイフトアラハニミエタリ。イカニイハムヤ古今コソエラヘルトキモヤムコトナク、撰所人モアヤマチアルヘクモナキニ、長句ノ哥ヲ短哥五首トカヽレタリ。シタカヒテ長句短哥トムカシヨリノ論ニテ、卅一字ヲ短哥トイフコトハ、ヤムコトナクコノミチニフカキヒト《イ》ハヌナリ。タヽイカナレハナカキヲミシカウタトハイヒ、ミシカキヲ長哥トハイフソトイフウタカヒノコレルナリ。

長短哥はふるき論にて、昔よりしれる人なし。此短哥をたゝうちいふには、なか歌といふ。浜成中納言式にて返哥をは短哥といひ、短哥をは長哥といへる。されとも日本紀に卅一文字の（ママ）詠を長哥といへり。万葉集には返哥を短哥とかけることくもましりたれとも、たしかになかくよみつゝけたるを短哥といへることは、今すこしたしか也。其人の作反哥一首とかきて、注に加短歌とかけるは、詩とかきて加序といふにかはらねは、はしにある長句の哥を短といふとあらはにみえたり。何況古今こそえらへる時もやむことなく、撰所人もあやまちあるへくもなきに、長句の哥を短哥五首とかゝれたり。随て長句を短哥とむかしよりの論にて、卅一字を短歌といふは、やむことなくこの道にふかき人いはぬ也。たゝいかなれはなかきをみしか哥とはいひ、みしかきを長歌とはいふそといふうたかひの、これる也。

【本文覚書】○短…短歌（刈・東・岩）

【注】○浜成中納言ノ式　藤原浜成撰歌経標式のことか。但し、同書に「反哥ヲハ短哥トイヒ、短哥ヲハ長哥トイヘル」に対応する記述は見られない。○日本紀ニ　該当記事未見。

チカクハ俊頼朝臣無名抄トイフモノヲカキト、メタルニハ、短哥トハヲナシコトヲ*ヨミナカサスシテ、ヲキツナミアレノミマサル、トヲモヒヨリナハ、ソノウチノコトニツキテイヒハツヘキニ、ハナス、キシテマネカセ、ハツカリヲナキワタラセナト、アマタノ物ヲイヒツ、ケタルニヨリテイフナメリ、トカケリ。帥大納言ノマウサレケル*コトニカトヲモヘト、コレハイハレナキ儀ナリ。短哥ニモヒトスチヲヨメルヲホカリ。ハシニシルセル忠峯カ短哥モ、冬ノコトヲノミヨミナカシタリ。長哥ニ又、クモノナミタチツキノフネ、ナトサマ〳〵ノモノトモヲイヘルモアリ。短哥トヤイフヘキ。タ、文選文集ノ長哥行短哥行ノコ、ロヲタツネテ、ヲロカナル心ニヲモヒミルニハ、コレハウタトイフハウタフトイフコトナレハ、卅一字作ハ字スクナク、句ノツ、キナカメヨケレハ、ソノ詠ノコエナカシ。長句ノウタハ句ノヲホクツ、ケルユヘニ詠ノコエナカクハアルヘカラス。仍短哥トイフ也。カクヤスキサマニハコ、ロエヌニヨリ、難義ニナリタルニヤコ、ロヘラレ侍。サレトコレホトノコトハ思ヨラヌヒトナカリケムヤハ。サレハイカ、トモヲモフヘケレト、カクイハムヲヒカコト、ハ又イフヒトカタクソアルヘキ。

ちかくは俊頼朝臣無名抄と云物をかきと、めたるには、短哥とは同事をよみなかして、おきつなみあれのみまさる、と思ひよりなは、そのうちの事につきていひはつへきに、はなすゝきしてまねかせ、はつかりをなきわたらせなと、あまたの物をいひつゝけたるによりていふなめり、とかけり。帥大納言の申されける事にやと思へと、是はいはれなき義也。短哥にもひとすちをよめるおほかり。はしにしるせる忠岑か短歌も、冬のことをのみよみなかしたり。長哥に又、くものなみたち月のふね、なとさま〳〵の物ともをいへるもあり。短哥とやいふへき。たゝ文選文集の長哥行短哥行の心を尋て、愚なる心に思みるに、是は歌と云《は》うたふと云事なれは、卅一字の作は字すくなく、句のつゝきなかめよけれは、その詠のこゑなかし。長句の哥は句の多つゝける故に詠のこゑなかくはあるへからす。仍短歌と云也。若依此義卅一字を長哥といひ、長句哥を短哥と云は、かくやすきさまには心得ぬにより、難義になりたるにやとそ心えられ侍。されとこの程のことは思ひよらぬ人なかりけむやは。されはいかゝともおもふへけれと、かくいはんをひかことゝは又いふ人かたくそあるへき。

【本文覚書】○ヨミナカサスシテ…流布本諸本異同ナシ。○コトニカ…流布本諸本異同ナシ。○流布本諸本、「若依此義卅一字を長哥といひ、長句哥を短哥と云は」ナシ。

【注】○**俊頼朝臣無名抄**　書名初出。他に誹諧歌の項に見える。○**短哥トハ**　「たゝうけ給はりしは、なかうたといへるは、なかくくさりつゝけてよみなかせるにつきて、なかうたとはいふなり。詞のみしかきか故に《また》みしか哥とは云なり。詞みしかしと云は、例の卅一字の哥は花とも月とも題にしたかひてよむに、その物をいひはつるなり。たとへは、あさかやまかけさへ見ゆるやまの井の、ともいひつれは、あさくは人をなとなを水の事にかゝりたる詞をいひなかす也。此みしか哥には、哥のうちにいふへき心をはすゑまていひなかせとも、詞をかへつて［ママ］いはる、にしたかひて

わたり《イありく》なり。たとへは、おきつなみあれのみまさる宮のうちに、とおもひよりなは、すゐまてその海の詞につきていひはつへきなり。これは詞にひかされて、なみたのいろのくれなゐは、といひて、またまた《イ无》、はなすゝきにかゝりてうらをまねかせてすゐに、はつかりのなきわたりつゝ、といひはつれは、詞一かうちにあまたの物おいひつくせるよにりてみしかうたとはいふなり、とそ中ころの人申ける」（俊頼髄脳）○**帥大納言**　源経信。但し、俊頼髄脳には「中ころの人」とある。なお、童蒙抄は、巻一～巻九では「経信（卿）」、巻十では「帥大納言」の称を用いている。鈴木徳男「「中頃の人」」（『俊頼髄脳の研究』、和泉書院、二〇〇六年）参照。○**クモノナミタチ**　拾遺集・四八八。童蒙抄4歌。但し注文には「アマノカハトイフニツキテ、フネニ月ヲタトへ、ホシヲハヤシニナセルナリ」とある。○**ウタトイフハ**　楽府の長歌行短歌行を根拠に、長歌短歌の別を、詠ずる声の長短によるものとする説で、前提としては、長歌行短歌行を、人生の長短について歌うものではなく、歌声の長短によるものとの理解か。「詩に短歌行長歌行といへる事あり。されとそれにその心かなはすとそうけ給はりし」（俊頼髄脳）

混本哥

851 アサカホノユフカケマタスチリヤスキ　ハナノヨソカシ

又

852 イハノウヘニネサスマツカヘトノミコソ　ヲモフ《タノム》コヽロアルモノヲ

これは一句ヲステ、ヨマヌナリ。ハシメノハスヱノ七字ヲステタリ。ツキノハスヱノ七文字ヲ五文字ニヨメルナリ。カクモヨムナルヘシ。但四条大納言抄ニ後悔病ノ哥ニソイリタル。イソキテヨミイツルカユヘニ、文字ノカスサタマラヌヲ、ノチニクヤシクヲモフナルヘシ。

混本哥

509 あさかほの夕かけまたすちりやすきはなのよそかし

又

510 いはのうへにねさすまつかえとのみこそたのむ心有物を

これは一句をすて、よまぬ也。はしめのは末の七字をすてたり。つきのは末の七文字を五文字によめる也。かくもよむなるへし。但四條大納言抄に後悔病の哥にそ入たる。いそきてよみいつるか故に、文字のかすさたまらぬを、後にくやしく思なるへし。

【他出】851 新撰和歌髄脳・一〇、俊頼髄脳・八、奥義抄・二五、和歌色葉・一九、八雲御抄・二〇　852 新撰和歌髄脳・九、俊頼髄脳・九、奥義抄・二六・七〇初句「岩がうへに」、袋草紙・六〇一、和歌色葉・四六（初句「いはがうへに」）、八雲御抄・二一

【注】○**混本哥**　「混本歌　失レ心人為二顕詠一耳。いはのうへにねざす松かへと思ひしをあさがほの夕かげまたずうつろへるかな」（喜撰式）、「第八後悔者、混本之詠音韻不レ諧、披二読章句一循環耽味、後見者唯悔恨云々。古歌曰、以八乃宇倍爾　根左須松柏止　於毛比之物乎　槿乃　夕景万他須　宇津呂倍留加奈　韻不レ諧、是也」（和歌式）、「第四に混本歌。さきの三十一字の長歌五句を一句を除くなり。五字も七字も人の心なり」（新撰和歌髄脳）、「次混本哥といへる物あり。例の卅一字哥の中に一句およまさるなり」（俊頼髄脳）、「四根本歌　常歌の一句なき也。七字五字任レ意」「八後悔　混本之詠音韻不レ諧。或云二倭解鐙病一。喜撰式云、心のどかに思ひをめぐらさずして、まだきよみて後悔也……已上出二喜撰幷孫姫式一」「問云、混本哥を喜撰哥孫姫等式ニ後悔病哥と称事、哥其名如何。答云、音韻不叶かゆへ後悔病と称。又わつかに三四句の中に心さしつきて、もしは一句もしは二句をすて、詠之。往者の体ににたるか

故、是を混本哥と名く。本にひた丶くとよむ也。是又昔にかへる儀也。意趣旋頭おなし。かるかゆへ或書には以旋頭哥混本哥と称。文選序云、重於今之作者、異于古昔、古詩之体、今則全取賦名。又菅家末旦求衣賦序云、賦古詩之流、詩蓋志之所レ之《ユク》。歌又如此短哥古歌之流、哥志之所レ之。旋頭混本同古歌之流也」（奥義抄）、「八、後悔病〈混本の詠の音韻皆《かな》はざるなり。あるいは云ふ、和解鐙《カイトウ》病〉（袋草紙）、「公任卿注云、長歌〈注云、即是長歌也。俗以二長歌一称二短歌一、謬也。〉短歌〈三十一字也。又称二反歌一。〉換頭〈其体未詳可レ尋。〉混本〈旋頭歌異名也。〉又私考云、四句混本歌、無レ載二諸式一。件喜撰偽式在レ之。仍俊頼・範兼・清輔等、引二用之一。無二其謂一歟……以二此歌一首一、分為二件四句歌二首一也」（古今集序注）、「混本哥といへるは、本にひた丶くとよむなり。本にひた丶くといへるも昔にかへる心也。五句の一句を除て四句に心をつくす也。句もさためぬむかしににたりといふ詞也。されは古式には意趣相同とて、旋頭哥を又混本哥ともなつけたり。七字五字、これも又心にまかせて除へし」（和歌色葉）、「混本歌　卅一字内一句なき也。又有五字不足。是一体にてはあれと、普通の事にあらす。読たる事もすくなし」（八雲御抄）。混本歌の名称は、古今集真名序に見えるのが古いか。和歌四式では、喜撰式と孫姫式が、851歌と852歌をあわせたような「いはのうへにねざす松がえと思ひしをあさがほの夕かげまたずうつろへるかな」という旋頭歌体の歌をあげ、喜撰式は「混本歌」の項に置き、孫姫式は「後悔」の項に置き「後悔者、混本之詠音韻不レ諧、披二読章句一循環耽味、後見者唯悔恨云々」と「後悔」と「混本」を関係づけるが、なお「混本」の意味は明確ではない。また、新撰髄脳以下、喜撰式孫姫式のあげる歌と共通する句をもつ二首をあげ、句数が不足することを混本歌の意味とする。すなわち「後悔」は句数の不足を言うとされるが、孫姫式は「後悔者、混本之詠音韻不レ諧」と音韻が整わないことを理由としており、句数の不足をいうのではない点に混乱がある。奥義抄及びこれを受ける和歌色葉は、「混本」は「本にひたたく」意であるとし、「句もさためぬむかしににたりといふ詞也。されは古式には意趣相同とて、旋頭哥を又混本哥ともなつけたり」と旋頭歌との類似性を述べる。句の欠脱を旋頭歌のように、第三句を繰り返す事によって補うという理解であったようだ。この理解は一般的ではなく、結果としては一句を読み落とした、故に後に悔いる、という意味に理解されていたようである。また、顕昭の古今集序注には、新撰髄脳以下が混本歌としてあげる二首について「以二此歌一首一、分為二件四句歌二首一也」、すなわち喜撰式、孫姫式のあげる旋頭歌体の歌を分割したのだとする。また「公任卿注云」として引用する「混本〈旋頭歌異名也。〉」は、新撰髄脳の所説とは異なる。その上で、俊頼、範兼、清輔の混本歌理解は誤っているとする。「混　ヒタタケテ　オナシウシテ」（観智院本類聚名義抄）○**一句ヲステ、ヨマヌ**

前項参照。○**スヱノ七字ヲステタリ**　「是はすゑの七文字をよまさる也」（俊頼髄脳）、「是は末七字をよまさる哥」（八雲御抄）○**スヱノ七文字ヲ五文字ニヨメル**　「是は中の七文字の十文字あまりてはての七文字のなきなり」（俊頼髄脳）、「是は中の七文字十一字ありてすゑの七文字無なり」（八雲御抄）、以上は852詠を五句を欠く歌と解する。「又五句体あり」（奥義抄）、奥義抄は、字足らずの句があるものの、五句揃った歌と解しており、童蒙抄の説と同じ。○**四条大納言抄ニ**　新撰髄脳には「第八、後悔と云は、心静に思ひめぐらさで、まだしきに書き出でつるを、後に思ふに悪しかりけりと思はば、後はなげき悔ゆるなり。されば猶しばらく思ふべきなり」とある。四条大納言抄と新撰髄脳が同じものであるかは不明。

俳諧哥

853 ムメノハナミニコソキツレウクヒスノ　ヒトク〳〵トイトヒシモスル

854 アキノ、ニナマメキタテルヲミナヘシ　アナコト〳〵シハナモヒト、キ

オクレムトヲモフワレナラナクニ

855 モロコシノヨシノ、ヤマニコモルトモ　オクレムトヲモフワレナラナクニ

古今雑哥部ニ俳諧哥ノイレルコト五十七首也。此三首ハ其内ノ哥也。俳諧ハイニシヘヨリ人シラス。俊頼無

名抄ニ、宇治殿ノ四条大納言ニトハセタマヒケレハ、コレハタツネサセタマフマシキコトナリ。先達トモニトヒハヘリシニ、サラニマウスコトナカリキトイヒシコトナリ、ト宇治大納言ニカタラセタマヒケルヲ、通俊ノ中納言、後拾遺ヲエラヘルニ俳諧ノ哥ヲイレタリ。モシヲシハカリコトニヤトカキタリ。マシテイカナコトソトタツネ《ム》ニツケテ、ヲコカマシカルヘシ。サレト、俳諧ハ戯言ナリトイフハカリヲコトニテ、俳諧ハ滑稽ナリトイフコトヲミサルヒトノ心エカタクヲモフニヤ。俳者俳優也。日本紀ニワサオキトヨメリ。モノヲカシク*イヒサシタルコトヲイフ。諧ハイフコトノツキモセスキハメカタキナリ。文選ニ、東方朔ハ滑稽ノ雄《也》ト、イヘリ。注ニ、滑稽ハ俳諧ナリ、トイヘリ。古今ノ五十七首ノ哥、ミナコレニカナハヌナシ。アルヒハヲモヒモカケヌフシヲヨミ、アルヒハ・《タハ》フレサレタルコトヲヨメリ。アナコト〳〵シ、トモ、トヘトコタエス、トモイヘルハ、ヒトノシリヤスキスチナリ。モロコシノヨシノ、山ニ、トヨメルハ、ナニコトニイリタルソトウタカフコトナリ。アルイハ金峯山ハ五台山ノ*ワシノ五色ノ雲ニノリテキタレルナリ、ト李部王記ニカ、レタリ。コレニヨリテ江中納言ノミタケノ御塔御願文ニ、五雲ニノリテトヒキタレリ、トカ、レタリ。サレハモロコシトハイヘルナリ。又基俊ハ文彦太子ノ母后ノ太子ノ傅《融大臣可尋》ノモトヘヤルトテ、漢恵帝ノコトヲ、モヒテ、商山四皓ノ心ヲヨメルナリ、トヲモカ《ヒ》カケヌスチニトリナシテマウサレシヲ、アルヒトノ伊勢集ニ、
856
ミワノヤマイカニマチミムトシフトモ
タツヌルヒトモアラシトヲモヘハ、トヨミテ*時《仲》平大臣ノ許ヘツカハシケル返哥トコソミヘタレ、ト申ケレハ、

*ソコソアレナレ、トテモノモマウサレサリケリ。モシ五台山ノ心ニテモ、又商山ノ心ニテモアラハ、俳諧ノ哥ニハアラテ雑部ニイルヘシ。タトヘハコノヨシノ、山ニコモラムハコトモヨロシ。モロコシナラムヨシノ、ヤマト《ナリ》モヲクレシ、トヨメルナリ。サレハコソヲモヒモ*スラスコ、ロア《マ》リタルニヨリ俳諧ニハイリタレ。俳諧ニイリタラムニテ心エムニヤスカルヘシ。

誹諧哥

511 むめの花みにこそきつれ鶯のひとく〳〵といとひしもする

512 秋の、になまめきたてるをみなへしあなこと〳〵し花も一時

513 もろこしのよし野の山にこもるともをくれんと思ふ我ならなくに

古今雑哥部に誹諧哥のいれる事五十七首也。此三首は其内也。誹諧はいにしへより人しらす。俊頼無・名抄に、宇治殿の四條大納言にとはせ給けれは、是はたつねさせ給ましき事也。先達ともにとひ侍しに、更申事なかりきといひし事也、と宇治殿大納言にかたらせ給けるを、通俊の中納言、後拾遺をえらへるに誹諧の哥をいれたり。もしをしはかりことにやとかきたり。ましていかなることそとたつねむにつけて、おこかましかるへし。されと、誹諧は戯言也といふはかりをことにとりて、誹諧は滑稽也といふことをみさる人の心得かたく思にや。誹者誹優也。日本紀にわさをきとよめり。ものをかしくいひ、されたる事をいふ。誹はいふことのつきもせすきはめかたきなり。文選に、東方朔は滑稽の雄也、といへり。注に、

滑稽は誹諧なり、といへり。古今の五十七首の哥、みなこれにかなはぬなし。或はおもひもかけぬふしをよみ、或はたはふれされたることをよめり。あなこと〳〵し、とも、とへとこたへす、ともいへるは、人のしりやすきすちなり。もろこしのよしの山に、よめるは、何事に入たるそとうたかふ事也。金峯山は五台山のわれの五色の雲に乗て来れるなり、と李部王記に被書たり。これにより江中納言のみたけの御塔御願文に、五色に乗て飛来、と被書たり。されはもろこしとはいへる也。又基俊に文彦大子の母后の大子の傅のもとへやるとて、漢恵帝の事を思て、商山四皓の心をよめる也、と不思懸又（マヽ）すちにとりなして申されしを、或人の伊勢集に、514みわの山いかにまちみむとしふともたつぬる人もあらしと思へは、とよみて、時平大臣のもとへつかはしける返哥とこそみえたれ、と申けれは、それこそあむなれ、とてものも申されさりけり。若五台山の心にても、又商山の心にてもあらは、誹諧哥にはあらて雑部に入へし。たとへは此吉野山にこもらむはこともよろし。もろこしならん吉野山なりともをくれし、とよめるなり。されはこそ思ひもよらぬ心あまりたるにより誹諧には入たれ。誹諧に入たらんにて心えむにやすかるへし。

【本文覚書】856、183に既出。○イヒサシタル…イヒサレタル（内）、いひ、ざれたる（大）○ワシノ…ワレノ（刈・東）、ワケ（岩、「ワレノ」の誤写か）、われの（大）○時平《仲》…仲平（内・刈・東・岩）、時平（和・筑A・狩）○ソコソアレナレ…サコソアナレ（刈）、ソコソアナレ（東）○スラス…スラ（内・和・書）、ヨラス（刈）、ヨラヌ（東・岩）

【他出】853俊頼髄脳・一九。古今集・一〇一一、古今六帖・四四〇二、奥義抄・五七七、色葉和難集・一一八、以上五句「いとひしもをる」854家持集・二六〇、遍昭集・二六、俊頼髄脳・二〇、和歌色葉・二五、色葉和難集・一二九。古今集・一〇一六、古今六帖・三六五九、以上四句「あなかしかまし」855 古今集・一〇四九、奥義抄・五八五・六四二、五代集歌枕・一三四、袖中抄・三一〇、古来風体抄・二九六、八雲御抄・一六四、色葉和難集・九六四 855' 新撰和歌・三五八、古今六帖・八七八・二八七〇、金玉集・六三、深窓秘抄・一〇〇、五代集歌枕・一一三三、袖中抄・三二一・二六〇

【注】○**古今雑哥部ニ** 古今集諸本の多くは、誹諧歌は通常一〇一一番〜一〇六八番までの五十八首を収める。五十七首の伝本は、右衛門切。「巻十九は、岡谷家に伝存して何れも完備している」（古今和歌集成立論・研究篇、一五六頁）○**此三首ハ**【他出】参照。○**俳諧ハ**「これよくしれる物なし。又髄脳にもみえたる事なし。」(俊頼髄脳)○俊頼無名抄ニ「宇治殿の四條大納言にとはせ給ひけるに、これはたつねおはしますまし《き》事也。公任あひとあひたりし先達共に随分に尋候しに、さたかに申人なかりき。しかれはすなはち後撰拾遺抄にえらはまる《へ》となし《こ》と申されけれは、無術事なゝりと云てやみにきとぞ、帥大納言に被仰ける。それに通俊中納言の後拾遺抄と云へる集をえらひて、此誹諧歌を撰へり。若をし量事にや。これによりてこと事もをしはかるにいかゝとおほゆるとこそ被申しか。」（俊頼髄脳）○**俳諧ハ戯言ナリ**「古今についてたつぬれは、されことうたと云也。よく物いふ人のされたはふるゝかことし」（俊頼髄脳）、「誹諧の字はわさことゝよむ也。是によりてみな人偏に戯言と思へり。かならずしも不然歟」（奥義抄）○**俳諧ハ滑稽ナリ**「漢書之、誹諧者滑稽《コッケイ》也〈滑ハ妙義也稽ハ詞不／尽也〉」（奥義抄）。但し漢書に見えず。奥義抄は史記滑稽列伝を多数箇所引用して滑稽を釈する。○**俳者俳優也**「吾将為汝俳優之民。」（「吾は汝の俳優《わざをき》の民たらむ」日本書紀・神代下）、「ワサヲキ」（信西日本紀鈔）○**イヒサシタル**「モノヲカシクイヒ、サレタルコトヲイフ」とあるべきか。○**文選ニ**「文章則司馬遷、相如。滑稽則東方朔、枚皐。〈善曰、楚辞曰、突梯滑稽如脂如韋王逸曰輾転随俗也。漢書曰、枚皐字少孺不通経術談笑類俳倡以故得媟黷 向曰、相如与司馬同姓也。滑稽猶俳諧也。〉」（文選巻四十九「公孫弘伝賛」、括弧内六臣注）○**注ニ** 六臣注をさすか。○**古今ノ五十七首ノ哥**「問曰、誹諧の趣如釈はならは古今ニ他部にも誹諧の心ある哥まゝはへる、いかゝ。答云……彼部すくれておほかりぬへけれとよろし

きにしたかひてはからひいれたる也」（奥義抄）**○金峯山ハ**　「承平二年二月十四日、貞崇禅師述、金峯山神区之古老相伝云、昔漢土有二金峯山一。金剛蔵王菩薩住レ之。而彼山飛二移滄海一而来二是間一、金峯山則是彼山也。」（李部王記）**○江中納言ノミタケノ御塔御願文**　「夫、金峯山者、金剛蔵王之所居也。初在西海之西、乗五雲而飛来。今峙南京之南、掩一天而利益。（白河院金峯山詣願文）」、山崎誠『江都督納言願文集注解』（塙書房、二〇一〇年）による。**○基俊ハ**　当該譚未詳。色葉和難集には、誹諧歌に関しての基俊の発言とされる注が記される。「基俊云、誹諧事如レ上に侍るこそおぼつかなく侍れ。その故は史記の滑稽伝とかやに、てをとりてをしへて侍るなれば、四條大納言、文にうとくおはせばや、あふ人毎にもとひ給ふべき。是は人をおとさんとてつくり出給へる事なり。又後撰に誹諧のなきは、ひが事なればいれられぬぞと侍る、ひが事にや。撰集みな必ずしも不レ同。後撰にはひが事なればいれずとならば古今なくなり侍りぬ。つらゆきひが事すとも、延喜のひじりの御門にて御覧ぜましや」**○アルヒトノ**　未詳。**○時平《仲》大臣ノ許へ**　「かく人のむこになりにければ、いまはとはじとおもひて、ありしやまとにしばしあらむとおもひて、かくいひやりける　みわのやまいかにまちみむとしふともたづぬる人もあらじとおもへば　びはのおとどの御かへし　もろこしのよしのの山にこもるともおもはむ人に我おくれめや」（伊勢集・三・四）

【参考】「この哥心あしくこゝろえなさは、不審もありぬへし。古今には題なき哥なれとも、伊勢か世をうらみて吉野山にこもらむといへるに、本院大臣、たとひもろこしの吉野山なりともをくるましとよめるなり。せめてをくるましきよしをたとへはといへるなり。もろこしによしのやまのあるにあらす。たゝせめての事をいへる也。近年通具なとも、ゝろこしのよしのとよめる、如何。其外もあしく心えて多詠也」（八雲御抄）

相聞哥

万葉集ニ古今相聞往来哥類也*上下ト部ヲタテタリ。ソノウタトモハ、多ハ恋心、或述懐、羈旅、悲別、問答ニテ、ソレトタシカニサシタルコトハナシ。タヽ、花紅葉ヲモテアソヒ、雪月ヲ詠セルニハアラテ、ヲモフコヽロヲイカサマニモイヒノヘテ、ヒトニシラスル哥ヲアヒキカスルウタトナツケタルナルヘシ。

相聞哥

万葉集に古今相聞往来哥類之上下の《と》部をたてたり。其歌ともは、多は恋の心、或は述懐、羇旅、悲別、問答にて、それとたしかにさしたる事はなし。只はなもみちをもてあそひ、雪月を詠せるにはあらて、思ふこゝろをいかさまにもいひのへて、人にしらする哥をあひきかする哥となつけたるなるへし。

【本文覚書】○也…流布本諸本異同ナシ

【注】○**万葉集ニ**　万葉集は、巻十一を「古今相聞往来歌類之上」、巻十二を「古今相聞往来歌類之下」とする。他の巻にも「相聞歌」がある。○**ソノウタトモハ**　巻十一、十二には、歌体による分類の他、正述心緒など表現方法による分類がされている。○**ヲモフコヽロヲ**　童蒙抄は「相聞」を互いに思いを伝える意に解している。「万葉集に相聞歌と云るは、恋の哥を云也」（俊頼髄脳）、「俊頼抄　恋哥也云々　但少々非恋も有歟　其も多は思人哥也　然而以恋為本　但万十二　古今相聞姓来哥類之　上とたてゝ其内正述心緒　寄物陳思　問答　羇旅　発思　悲例云々とあり猶々可勘」（八雲御抄）

折句哥

カラコロモキツヽナレニシツマシアレハ　ハル〳〵キヌルタヒヲシソヲモフ

コレハ句コトノハシメニカキツハタトヲキタリ。カフリノウタトイフ。

858 アフサカモハテハユキ、ノセキモヰス　タツネテ*コエコキナハカヘサシ
コレハ句コトノカミシモニ、アハセタキモノスコシ、トスヱテ、仁和ノミカトノカタ〳〵ニタテマツラセタマヘリケルニ、ミナコ、ロモエヌカヘシヲタテマツリケルナカニ、ヒロハタノミヤストコロノ、タキモノヲタテマツラセタマヘリケレハ、コ、ロアルコトニテメテヲホシタリケリトカタリツタヘタルウタナリ。

859 ヲノ、ハキミシアキニ、スナリソマス　ヘシタニアヤナシルシケシキハ
コレハヲミナヘシトイフコトヲ句ノハシメコトニヲキ、ハナス、キトイフモシヲ句ノハテニサカサマニスヱテヨメルナリ。此*二首ヲハ上下ニヲキタレハ、クツカフリノウタトイフ。

折句哥

515 から衣きつゝ馴にし妻しあれははる〳〵きぬる旅をしそ思ふ
これは句ことのはしめにかきつはたとをきたり。かふりの哥といふ。

516 あふ坂もはてはゆきゝの関もゐす尋てとひこきなはかへさし
これは毎句のかみしもに、あはせたき物すこし、とすへて、仁和の御門のかた〳〵にたてまつらせ給けるに、みな心もえぬかへしをたてまつりける中に、ひろはたの御息所の、たき物をたてまつらせ給へりけれは、心ある事にめておほしたりけりとかたりつたへたるうたなり。

517 をのゝはきみし秋にゝすなりそますへしたにあやなしなし《る歟》けしきは

これはをみなへしと云事を句の始ことにをき、はなす、きといふ文字を句のはてにさかさまにすへてよめる也。此二首《（ママ）》をは上下にをきたれは、くつかふりの哥と云。

【本文覚書】○以下の一文、刈・東は上部余白、岩は文末に続ける。「追考　清輔奥儀抄第一云此哥在村上御集広幡御息所許也而載喜撰式尤不審若以古歌歟」。また春水の覚書が刈の上部余白、東・岩の本文中に見える。○コエコ…トヒコ（和・刈・東・岩）○二首…流布本諸本異同ナシ。

【他出】857 業平集・八〇、業平集☆・二三、古今集・四一〇、新撰和歌・一九八、古今六帖・三八〇六、今昔物語集・八二、伊勢物語・一〇、定家八代抄・七九四、八雲御抄・二五　858 新撰和歌髄脳・一三、村上御集・八三、栄花物語・一、俊頼髄脳・一二、奥義抄・二八、和歌色葉・二二、八雲御抄・二七　859 俊頼髄脳・一三、和歌色葉・二三、八雲御抄・二八。新撰和歌髄脳・一四（五句「したのけしきは」）

【注】○**カラコロモキツ、ナレニシ**　伊勢物語九段の歌。この歌を冠歌とするのは歌学書では童蒙抄が最初か。新撰和歌髄脳、俊頼髄脳は「折句の歌」とする。八雲御抄が「折句　毎句上物名を一文字つゝ、をきたるなり」の例歌として引く。○**カフリノウタ**　「冠歌」の名称未見。童蒙抄は、折句を冠歌、沓冠歌に下位分類している。「第六に折句歌。五字あることを出して、句毎の初の字に置くなり」（新撰和歌髄脳）、「次に折句の歌といへるものあり。五文字ある物を五句のかみにすゑてよめるなり」（俊頼髄脳）○**仁和ノミカトノ**　仁和帝とすること不審。新撰和歌髄脳、俊頼髄脳、奥義抄は仁和帝とするが、村上天皇が正しい。奥義抄版本には「此哥在二村上御集一広幡御息所許也。而載二喜撰式一尤不審若以二古哥一歟」の独自本文があり、これが童蒙抄の刈、岩の独自異文と一致する。和歌色葉は「天暦の帝」とする。なお「喜撰式」については、久曽神昇氏「喜撰偽式と新撰和歌髄脳（一）」「同（二）」（『文学』5-6、一九三六年七月、同4-7、一九三七年六月）参照。○**ミナコ、ロモエヌカヘシヲ**　「おもひおもひに御返しをみな申したるに」（村上御集）、「の御返事方々さまざまに申させ給けるに」（栄花物語）、「皆心もえす返しともをたてまつ

らせ給たりけるに」（俊頼髄脳）○**コレハヲミナヘシト**　「是はしものはなすゝきをはさかさまによむへきなり」（俊頼髄脳）、「をみなへしはなすゝきとをきてよめりける哥に、はなすゝきのことはをはさかさまにすへたり」（和歌色葉）、「これはをみなへしをかふりにして、はなすゝきを沓にして、さかさまによませたり」（八雲御抄）○**此二首ヲハ**　「次に沓冠折句の歌といへる物あり。十文字あることを句のかみしもにおきてよめるなり」（俊頼髄脳）、「沓冠折句哥　十字あることを毎句のかみ下にをく也」（奥義抄）、「沓冠の折句は、十文字ある詞を句ことのかみしもにをきてよむなり」（和歌色葉）

廻文

860 ムラクサニクサノナハモシソナハラハ　ナソシモハナノサクニサクラム

コレハサカサマニモヲナシヤウニヨマル、ナリ。

廻文哥

518 むらくさに草のなはもしそなはらはなそしもはなの草にさくらむ

是はさかさまにもおなしやうによまるゝ也。

【他出】俊頼髄脳・一四、奥義抄・五六、和歌色葉・二八、八雲御抄・二二、代集・二

【注】○**コレハサカサマニモ**　「次に廻文の哥といへるものあり……さかさまによめは、すみのまのみすといへることのていにおなし哥よまるゝなり」（俊頼髄脳）、「一廻文哥　さかさまによむに同哥也」（奥義抄）、「廻文哥　これはさかさまにもおなしやうによまるゝ也」（八雲御抄）

隠題哥

861 アタナリナトリノコホリニヲリヰルハ　シタヨリトクルコトヲシラヌカ

コレハナトリノコホリトイフコトヲカクセリ。

862 アキチカウノハナリニケリシラツユノ　ヲケルクサハノイロカハリユク

コレハ桔梗ヲカクセリ。ツネニヒトノイフマ、ニキネトカクサムハヨミニクカルヘキニ、アハセテ文字ヲタツネテヨメルナリ。

隠題哥

519 あたなりなとりのこほりにおりゐるはしたよりとくることを知らぬか

これはなとりのこほりといふことをかくせり。520 あきちかうのはなりにけりしら露のをけるくさはのいろかはり行、これは持■《桔梗歟》をかくせり。つねに人のいふさらにきね《きやうイ》とかくさむはよみにくかるへきに、あはせて文字を尋てよめるなり。

【本文覚書】異本の■は、「扌+更」

【他出】861拾遺集・三八五、拾遺抄・四八一、俊頼髄脳・二一五　862古今・集四四〇、友則集・六八、古今六帖・三七六九、俊頼髄脳・二一七、奥義抄・五二

【注】○**コレハナトリノコホリト**「是はなとりのこほりと云るところの名をかくして、よしなき氷のうゐにとりのおろかにゐるよしをよめるなり」（俊頼髄脳）○**ツネニヒトノイフマ、ニ**「是は常に人のいふさまにもみえす。常に云るさまにはよみにくけれは、誠にかける文字を尋て、そのま、によめるなり」（俊頼髄脳）、「かなにかきにくきもの

をは本字につきてよくよむへし」（奥義抄）

連哥

ヨノツネノコトナレハシルシノス*。上下ノ句ヲキラハス、イヒノコスコトナクテ、ツケニクキヤウニスヘキナリ。ハレナルニツ*、ミテツクヘキ連哥ヲ、ソクツクク《ヒ》ルハ、コトシラケテヤカテイヒイテカタシ。タ、イ*カニモツケヤフリツルハヨシ。良暹カ、モミチハノコカレテミユルミフネヤマ《カナ》、トイヘリケルニ、殿上人アマタアリケルニ、ヤカテサテヤミニケルハウキタメシニイヒナカシタリ。ツケタル人アマタアリケメト、ホトノスキヌレハイヒイテヌワサニナム。

連哥

よのつねのことなれはしるしのせす。上下の句をきらはす、いひのこすことなくて、つけにくきやうにすへきなり。はれなるにつ、みてつくへき連歌を、そくつくるは、ことしらけてやかていひいてかたし。た、いかにもつけやふりつるはよし。良暹か、紅葉々のこかれてみゆるみふねかな、といへりけるに、殿上人あまた有けるに、やかてさてやみにけるはうきためしにいひなかしたり。つけたる人あまたありけめと、ほとのすきぬれはいひいてぬわさになむ。

【本文覚書】○ノス…ノセス（刈・岩・東）○ツ、ミテ…ツ、ミテ《敬歟》（刈）、敬ミテ（岩）○イカニモ…イカニモシ（内・和・筑Ａ・書・刈・東・岩）

【注】○**ヨノツネノコトナレハ**　「連哥こそよのすゑにもむかしにをとらす見ゆるものにては候へ。むかしはありけるをかきをかさりけるにや」（俊頼髄脳）○**上下ノ句ヲキラハス**　「例のうたのなからをいふなり。本来《末》心にまかすへし」（俊頼髄脳）、「連歌は本末ただ意に任せてこれを詠む」（袋草紙）、「連哥は例の哥をなからつゝいひつらぬる也。本末心にまかせたり」（和歌色葉）、「たゝ上句にても下句にても、いひかけつれはいまなからをつけゝるなり」（八雲御抄）○**イヒノコスコトナクテ**　「そのなからかうちにいふへき事の心をいひはつるなり」（俊頼髄脳）、袋草紙はこの説を疑問とし万葉集の例を上げて「必ずしも然るべからざるか」とする。○**ツケニクキヤウニ**　「心のこりてつくる人にいひはてさするはわろし《とす》」（俊頼髄脳）○**ツ、ミテツクヘキ連哥ヲ**　「ツ、ミテ」存疑。刈・岩は「敬」とする。○**イカニモ**　「イカニモシ」とする伝本が多い。刈は「タヾイカニモシ、ツケヤブリツルハヨシ」とするが、「ツケヤブル」の語義不明。○**良暹カ**　当該話は俊頼髄脳、八雲御抄に見えるが、童蒙抄は俊頼髄脳と同じくこれを「ウキタメシ」とする。

返哥

ウタノカヘシ、ツネノ事ナレハカキノセス。ヨキ哥ニハカヘシハセヌコトナリトソフルキ人申ケル、サモアルコトナリ。カヘシノヨキニハサマテモナケレト、本哥モヒカレテ撰集ナトニハイル物ナリ。鸚鵡カヘシトイフコトアリ。本哥ニイトモタカハヌヲイフナリ。モノイヘ《ハ》・ソノクチマネヲスルナリトソイヒツタヘタル。異苑ニハ、張茂先トイフ人鸚鵡ヲカフ。アリキテカヘルコトニソノツカハレヒトノヨシアシキカタルトイヘリ。コレハナヘテナラヌトリニテアリケレハ、コノフミニシルサレタルトミヘタリ。

淮南子ニハ、鸚鵡ヨク物ヲイフ。シカレトモソノイフトコロヲエテイハサルコトハエス、トイヘリ。サレハ

鸚鵡返トハ、本哥ニイヘルコ、ロヲコトサマナラテコタエタルヲイフヘキナリ。ウタノカヘシカナラスサモナキカユヘナリ

返哥

哥のかへし、つねのことなれはかきのせす。よきうたには返はせぬことなりとそ古人申ける。さもある事なり。返のよきにはさまてもなけれと、本歌もひかれて撰集なとには入物也。鸚鵡返と云事あり。本歌にいともたかはぬを云也。物いへはその口まねをする也とそいひつたへたる。異苑には、張茂先と云人あうふ《（ママ）》をかふ。ありきてかへることにそのつかはれ人のよしあしをきかたる《（ママ）》といへり。是はなへてならぬ鳥にてありけれは、此ふみにしるされたるとみえたり。淮南子には、あうむよく物いふ。しかれともそのいふところをえていはさることはえす、といへり。されはあうむかへしとは、本哥にいへる心をことさまならてこたへたるをいふへき也。哥のかへしかならすさもなきか故也。

【注】○**返哥**　「返歌」を歌体の一項目に置くのは童蒙抄が嚆矢か。和歌色葉は「可返哥事」という項目を立てる。○**ヨキ哥ニハ**　「哥のかへしは本の哥によみましたらはいひいたし、おとりなはかくしていたすましきとそ、昔の人申ける」（俊頼髄脳）、「およそ秀歌には劣る返り事は云はず。これ故実なりと云々。かくの如きの輩は恥辱となさざるか……今案ずるに、秀歌には劣りたる返り事を云はざるの由と云々」（袋草紙）、「抑哥の返をは本哥に《イに》よみますへし」（和歌色葉）○**カヘシノヨキニハ**　具体的にどの歌を指すか不明。○**鸚鵡カヘシ**　「哥の返し・鸚鵡返しと申事あり。かきおきたる物はなけれと、人のあまた申す事なり。あまむ《〔ママ〕》かへしといへるこゝろは、本哥の心詞をかへすして、同詞をいへるなり。えおもひよらさらんをりはさもいひつへし」（俊頼髄脳）、「二には、鸚鵡かへし。鸚鵡かへしとい

へるは、別の詞をそへすして、くちまねをしてかへす也。鸚鵡といふ鳥は人のものいふくちまねをたかへするものなれは、かれにたとへていへる也」（和歌色葉）、袋草紙は鸚鵡返しの例として橘太栄職の逸話をあげる。「又あうむかへしといふものあり。本歌の心詞をかへすして同事をいへるなり。あうむといふ鳥は人の口まねをするゆへにかく名つけたり……いたく神妙の事にはあらさるか」（八雲御抄）○**異苑ニハ**「張華有白鸚鵡、華毎出行還、輒説僮僕善悪。後寂無言、華問其故、答曰、見蔵甕中、何由得知。公後在外、令喚鸚鵡、鸚鵡曰、昨夜夢悪、不宜出戸。公猶強之、至庭、為鸇所搏、教其啄鸇脚、僅而獲免」（異苑巻三）、芸文類聚巻九十一、古今事文類聚巻四十三にもあり。○**淮南子ニハ**「鸚鵡能言、而不可使長言。是何則得其所言、而不得其所以言。故遁迹者、非能生迹者也」（淮南子・説山訓）、「淮南子曰、鸚鵡能言、而不可使長言、是得其所言、不得所以言」（芸文類聚巻九十一）

七病〈見浜成中納言宝亀三年奉勅判式〉

　哥病

七病〈見浜成中納言　宝亀三年奉　勅副《（ママ）》式〉

【注】○**哥病**　この見出しは異本にのみ見える。○**浜成中納言**　藤原浜成が中納言であった徴証未見。○**奉勅**　歌経標式真本序文には「宝亀三年五月七日　参議兼刑部省卿……藤原朝臣浜成上」とあり、跋文には「以前歌式奉　制刪定如件」「宝亀三年五月廿五日……」とある。これについて平沢竜介氏は「当初浜成の発意で著され、奏上されたものが、光仁帝の命によって若干の修正を経、改めて勅撰という形で奏上されたと考えられる」（同氏「歌学書としての『歌経標式』」、『歌経標式　注釈と研究』、桜楓社、一九九三年、以下『注釈と研究』と略称する）とする。

一頭尾〈第一句尾字与二句尾字同也〉
赤人春哥云、シモカレノ〈一句〉シタルヤナキノ〈二句〉此者発句尾字、又第二句尾字同也
　一頭尾〈第一句尾字与二句尾字同也〉
　赤人春哥云　しもかれの〈一句〉したる柳の〈二句〉此し《（ママ）》発句尾字、又二句尾字同也。

【注】○**赤人春哥云**「如山部赤人春歌曰」（歌経標式）○**シモカレノ一句シタルヤナキノ二句**　当該歌は万葉集その他に見えない。○**発句尾字又第二句尾字同也**「第一句尾字与二句尾字不得同音」（歌経標式）。以下、歌経標式は、「失」の例として赤人詠を引用し、「得」の例として柿本若子（人麿のことか）詠をあげるが、童蒙抄は「失」の例のみをあげる。

二胸尾〈第一句尾与二句三六字同也〉
大伯内親王応大津親王哥曰、
カミカセノ〈一句〉イセノクニ、モ〈二句〉アラマシヲ〈三句〉
此発句尾字二句三字同也。
高市黒人秋哥曰、
シラツユト〈一句〉アキノハキトハ〈此ト発句尾／二句六字也〉
　二胸尾〈第一句尾与二句三六字同也〉

大伯（ママ）親王　応大津親王哥曰、

かみかせの〈一句〉伊勢の国にも〈二句〉あらましを〈三句〉

此発句尾字二句三字同也。

高市里人秋哥田、

しらつゆと〈一句〉あきのはきとは

此と発句尾二句六字同也。

【注】○**第一句尾与二句三六字同也**　「第一句尾字二句三六等字不得同声」（歌経標式）○**応大津親王哥**　「恋大津親王歌」（歌経標式）○**かみかぜの**　万葉集・一六三（「神風乃《かむかぜの》　伊勢能国尓母《いせのくにも》　有益乎《あらましを》　奈何可来計武《なにしかきけむ》　君毛不レ有尓《きみもあらなくに》」）○**此発句尾字二句三字同也**　「能是発句尾字亦是二句三字他皆效此」（歌経標式）○**高市黒人秋哥**　『歌経標式注釈と研究』は「白露《しらつゆと》　与二秋芽子一者《あきのはぎとは》　恋乱《こひみだれ》　別事難《わくことかたき》　吾情可聞《あがこころかも》」（万葉集・二一七二）かとする。○**此ト発句尾二句六字也**　「等与等是也」（歌経標式）。歌経標式では、二つの例の後に「奉制曰」として、「と」については同字の難とするのは困難との仰せが天皇からあったため、用例を変えたことが書かれているが、これについて言及せず、「と」での用例をそのまま使用している。

三腰尾〈本韻字与他句尾同也〉

鏡女王諷立春哥曰、

ワカヤナキ〈一句〉ミトリノイトニ〈二句〉ナルマテニ〈本韻／三句〉ミナクウレナミ〈四句〉カケテ

クミタリ〈五句〉
此本韻ニノ字ト二句ノ尾字トナリ。少長谷鶊養玉津嶋哥曰、
864 ヤマトニテ〈一句〉ワレハコヒムナ〈二句〉キノクニノ〈三句〉サヒカノウミノ〈四句〉ヲキタ《ミ》ツシマノト〈五句〉
此本韻ノ、字ト四句ノ尾字ト同也。已上為巨病
三腰尾〈本韻字与他句尾字同也〉
鏡女王諷立春哥曰
521 わかやなき〈一句〉みとりのいとに〈二句〉なるまてに〈本韻／三句〉みなくうれなみ〈四句〉かけてくみたり〈五句〉
此本韻二《（ママ）》の字と二句の尾字と也。
小長谷鶊養王《（ママ）》津嶋哥曰
522 やまとにて〈一句〉われはこひんな〈二句〉きの国の〈三句〉さひかのうみの〈四句〉おきつしまのと〈五句〉
此本韻の、字と四句尾字と同也〈已上為巨病〉

【他出】863 歌経標式・一（下句「美那具宇礼太美《みなくうれたみ》　伊気弖倶美陀利《いけてくみたり》」）864 歌経標式・二（二句「和礼婆古非牟非《われはこひむひ》」）

【注】○**本韻字与他句尾字同也**「他句尾字者本韻不得同声」（歌経標式）○**ワカヤナキ**　出典未詳。万葉集には鏡女王

の詠が七首見えるが当該歌は見えない。○**少長谷鵜養玉津嶋哥**　未詳。○**已上為巨病**　童蒙抄の記述によれば、頭尾、胸尾、腰尾が巨病となる。「巨病」の語は歌経標式の使用するもので、同書は黶子が二箇所以上に及ぶもの、遊風において物の名以外に同音が重なるものを巨病とし、それ以外については「不是為巨病」とし、同じ病の中での病の程度によって分けており、歌病自体によって分類してはいない。

【補説】本韻つまり第三句の尾字と同じであってはいけないのは、一句、二句、四句になる。五句は三句と韻を踏むので除外。したがって一句の用例も必要であるはずだが、これがない。歌経標式は「言除本韻余三句」と明確に言い、三例をあげる。

865 四黶子〈五句中ニ本韻ト同字アルナリ／コレヲモキ病ナラス〉

イモカナハ〈一句〉チヨニナカレム〈二句〉ヒメシマニ〈三句〉コマツカエタノ〈四句〉*コケムスマテニ

此本韻ノ二字ト二句中ノニ字トヲ為一黶也。他字准之可知。

四厭黒《（ママ）》子

五句中本韻と同字ある也。是おもき病ならす。

523 いもかなは〈一句〉ちよになかれん〈二句〉ひめしまの《に》〈三句〉

こまつのえたの〈三句《（ママ）》〉こけむすまてに

此本韻のに字と二句中のに字とを為一厭黒《（ママ）》也。他字准之可知。

【本文覚書】○コケムスマテニ…コケムスマテニ〈五句〉（刈・岩・東）
【他出】万葉集・二二八（「妹之《いもが》名《な》者《は》 千代尓《ちよに》将レ流《ながれむ》 姫嶋之《ひめしまの》 小《こ》松之《まつが》末尓《うれに》 蘿生《こけむす》万《ま》代《で》尓《に》」）家持集・一八九（二句「ちなになかさん」下句「こまつかうれへにこけおふるまて」）、歌経標式・四、五代集歌枕・一五二四（二句「ちなになかさん」下句「こまつかうれへにこけおふるまて」）
【注】**○五句中ニ本韻ト同字アルナリ** 「五句中与本韻不得同声」（歌経標式） **○コレヲモキ病ナラス** 歌経標式は、一黶子は巨病ではないが二黶子は巨病であるとする。童蒙抄は一黶子の例のみをあげる。**○本韻ノ二字ト** 「爾是韻字亦是二句中即為一黶」（歌経標式）

五遊風〈一句中二字与尾字同也〉
紀末在判事懐忠哥曰、
トニカクニ〈一句〉 モノハヲモハス〈二句〉 ヒタヒトノ〈三句〉
コレ発句二字ト五字ト同也。コレ巨病トセス。

五遊風〈一句中二字与尾字同也〉
紀末在判事懐忠哥曰、
とにかくに〈一句〉 ものは思はす〈二句〉 ひたひとの〈三句〉
此発句二字と五字と同也。是巨病とせす。

【注】○**一句中二字与尾字同也**　「一句中二字与尾字同声同字是也」（歌経標式）○**紀末在判事懐忠哥**　歌経標式本文は真本が「記末在判事懐忠韻」、抄本はこの項ナシ。『注釈と研究』は「記未在」については「記録がない、不詳であるの意か」とし、懐風藻に「判事　紀末茂」と見える「紀末茂」のことかとする中西進説を引く。○**トニカクニ**　歌経標式真本では「かにかくに」、抄本は「とにかくに」。但し、『注釈と研究』は、童蒙抄は東博本に拠るとする（一四三頁）。万葉集・二六四八（「云〻《かにかくに》　物者《ものは》不レ念《おもはじ》　斐《ひ》太《だ》人乃《ひとの》　打墨縄之《うつすみなはの》　直一道二《ただひとみちに》」、初句の訓は「かにかくに」「とにかくに」がある）、人麿集Ⅳ・一五一では初句「とにかくに」○**コレ巨病トセス**　歌経標式は「とにかくに」について、「是発句二字亦是五字即是為巨病」とする。名詞における音の重複は巨病としないとする同書の説を誤解したか。○**コレ巨病トセス**　歌経標式には「是発句二字亦是五字即是為巨病」とあり、童蒙抄の記述に反している。歌経標式は、巨病にならないのは、「いもがひも」のように「物の名」である場合だとする。

六同声韻〈二韻トモニ同字是也〉
大伯内親王至自斎宮応大津親王哥曰、
ミマクホリ〈一句〉　ワカヲモフキミモ〈二句〉　アラナクニ〈三句〉　ナニ、カキケム〈四句〉　ムマツカラシニ〈五句〉
仁字共韻字同声也。故曰同声韻。コレ巨病ニアラス。長哥ニハミナサルコトナシ。
　六同声韻　二韻ともに同字是也。
大伯内親王至自斎宮応大・《津》親王哥曰

524
見まくほり〈一句〉わか思ふ君も〈二句〉あらなくに〈三句〉なに、かきけん〈四句〉むまつからしに
〈五句〉
二字共韻字同声也。故曰同声韻。是巨病にあらす。長哥にはみなさることなし。

【他出】万葉集・一六四（「欲《みまくほり》レ見　吾為君毛《あがするきみも》　不レ有尓《あらなくに》　奈何可来計武《なにしかきけむ》　馬疲尓《うまつかるるに》」）、歌経標式・七、奥義抄・五八

【注】**○仁字共韻字同声也**　「爾是韻字亦是二韻字。共同声故曰同声韻。不是巨病也。長歌皆得」（歌経標式）**○長哥ニハミナサルコトナシ**　歌経標式では、「失」「得」で、歌病に相当するかどうかを示しており、長歌に関しても「長歌皆得」と表現している。童蒙抄は「失」「得」という示し方は踏襲していない。

867
七遍身〈二韻中ニ本韻ヲノソキテ用同字也〉
但馬内親王答穂積親王哥曰、
イマサラニ〈一句〉ナニ・《カ》ヲモハム〈二句〉ウカナヒク〈三句〉コ、ロハキミニ〈四句〉ヨリニシモノ
ヲ〈五句〉
此ニ*韻ノウチニニノ字ノヨツアルナリ。

七遍身　二韻中に本韻をのそきて用同字也。

525
但馬内親王答穂積親王哥曰、
いまさらに〈一句〉なにかおもはん〈二句〉そ《う》かなひく〈三句〉こ、ろはきみに〈四句〉よりにし物を

〈五句〉

此二韻中ににの字のよつある也。

【本文覚書】○二韻…二韻（刈・岩・狩）

【他出】万葉集・五〇五（「今更《いまさらに》 何乎《なにを》可《か》将レ念《おもはむ》 打靡《うちなびき》 情者《こころは》君尓《きみに》 縁尓《よりに》之《し》物乎《ものを》」）、歌経標式・九、古今六帖・二六二〇（三句「うちなびき」）、綺語抄・三七三（二三句「なにをかおもはんうちなびき」）、奥義抄・五九（三句「わがなびく」）

【注】○二韻　前半三句と後半二句をそれぞれ一単位と把握して、両者を合わせて「二韻」とする（『注釈と研究』）○本韻　ここでは三句の「く」と五句の「を」○同字　歌経標式は「同音」とする。○但馬内親王　『注釈と研究』は万葉集・五〇五歌に拠るかとするが、題注に「安倍女郎歌二首」とあり不審。○此二韻ノウチニニノ字ノヨツアルナリ　「二韻中用四爾是也」（歌経標式）

四病〈見四条大納言抄〉

　四病〈見四条大納言抄〉

【注】○四条大納言抄　四条大納言抄は逸文が残るのみで、全体像は不明であるが、童蒙抄によれば、歌病に関する記載があったことになる。以下四病の定義には、喜撰式、新撰和歌髄脳いずれにも見えない文言がある。それが童蒙抄の新たに付加した文言であるのか、あるいは依拠資料があるのかは不明である。混本歌の箇所には「但四条大納言抄ニ後悔病ノ哥ニソイリタル」という一文がある。早く久曽神昇氏は、「範兼によれば公任の「四条大納言抄」（和歌論義ならん）には、和歌四病、八病があり、殊にその後悔病の條の如く本書と類似した内容もあるが、この両者（新

撰和歌髄脳と四条大納言抄、黒田注）の別なることは多く逸文の證する所であり」とされた（同氏「喜撰偽式と新撰和歌髄脳（二）」、『文学』第四巻七号、一九三六年）。但し、四条大納言抄と、歌論義、あるいは四条大納言歌枕として逸文の残るものが一書であったかについても不明である。

一岸樹〈第一句初字与第二初字同也〉

テルヒサヘテラヌツキサヘトイフナリ。コレハサルヘシ。キ、ニクキカユヘナリ。サレトモヨキウタニヲホクヨメリ。

一岸樹〈第一句初字与第二句初字同也〉

てるひさへてらす月さへといへり。是はさるへし。き、にくきか故也。されとよき哥におほくよめり。

【注】○**第一句初字与第二初字同也**「第一句初字与第二句初字同声也」（喜撰式）、「此病は第一の句の始の字と第二の句の始の字と同じきなり」（新撰和歌髄脳）○**テルヒサヘテラヌツキサヘ**　喜撰式の示す例歌、出典未詳。○**コレハサルヘシ**　以下の文、喜撰式、新撰和歌髄脳ともに見えない。俊頼髄脳は、「　《さ》れとふるきうたによまさるにあらす」として、「白露も時雨もいたくもるやまは」「秋のよのあくるもしらすなく虫は」の二首をあげる。

二風燭〈初ノ句ノ二字与四字同也。同遊風〉

コノトノハサトノトリトル、トイフ也。アナカチニサルヘキニアラス。

二風燭　始の句の二字与四字同也。同遊風也云々。

このとのはさとのとり、といふ也。あなかちにさるへきにあらす。

【注】**○初ノ句ノ二字与四字同也**　「毎句第二字与第四同声也」（喜撰式）、「句毎の第二の字と第四の字と同じきなり」（新撰和歌髄脳）。二書の定義と童蒙抄のそれとは異なるが、あるいは童蒙抄は喜撰式の引く例歌によったか。「毎句第二字と第四五字と同じなり」（袋草紙）○**遊風**　流布本が遊風の語を置き、異本が風燭と遊風を同じとするのは、句中に同音が重複する点が共通する、の意か。遊風は歌経標式のいう七病の第五。五音句の第二、第五の文字が同じであるものを言い、童蒙抄も「一句中二字与尾字同也」と定義している。喜撰式は例にあげた歌句の「このとのは」の「の与の同声也」と言っており、遊風には一致しない。また奥義抄は「のとの、とゝと」とする。○**コノトノハ**　出典未詳。喜撰式では「かのとのはさとのとりとる」とする。○**アナカチニ**　依拠する資料未見。

三浪舟〈初ノ五言ノ第四五字ト次ノ七言ノ／第六七字ト同ナリ〉

三浪舟　始の五言の第四五字と次の七言の第六七字と同也。

【注】**○初ノ五言ノ第四五字ト**　「五言之第四五字与七言之第六七字同声也」（喜撰式）、「五字の句の第四の字と七の字の句第六七の字と同じきなり」（新撰和歌髄脳）、「五言の四五字と七言の六七の字同也」（奥義抄）。童蒙抄は例歌をあげないが、奥義抄、和歌色葉は喜撰式の例歌（「くさのの、わかれにしの、」）を引く。

四落花〈句コトニヲナシ字ヲマセテ／ミタレタルナリ〉

四落花　句ことに同字をませてみたれたるなり。

【注】**○句コトニヲナシ字ヲマセテ**　「毎句交於同文、詠誦上中下文散乱也」（喜撰式）、「句毎に同じ字のやうなる詞

をまじへたるなり。乱れ合ひて詠ずる声の悪しきなり」（新撰和歌髄脳）、「毎句に同詞ましはれる也」（奥義抄）、なお新撰和歌髄脳は、「故に重ね詠む体、これをば重点の歌といふ。かるが故に重ね詠む」の文言を持つが、奥義抄の「但故重読ハ不レ忌」、和歌色葉の「但さらにかさねてよむはいまさる也」はこれと関わるか。

【補説】奥義抄諸本のうち、版本には「新撰髄脳云、毎句同様なる詞交たる也。新撰髄脳落花病証歌云、のちのひのしるしにしつるしらかしのしはしのちや、たつぬはかりそ、のとのしとし也」という独自異文がある。和歌色葉は「いさたの、しきしあしたし」を例歌とする。また、喜撰式は「のちのたのしきあしたの　の与の同声也」と例歌をあげるが出典未詳である。

868 此外ニ畳句連句ト云コトアリ。畳句ヲナシコトヲカサネテイフナリ。

コ、ロコソコ、ロヲハカルコ、ロナレ　コ、ロノアタハコ、ロナリケリ

ト云也。

連句ヲナシ文字ヲツ、ケテイフナリ。春ノ野ノ、秋ノ、、ト云也

526 此外ニ畳句連句といふことあり。畳句同事をかさねていふなり。

こ・《こ》ろこそ心をはかる心なれこゝろのあたは心成けり

といふなり。

連句同文字をつゝけて云也。春の野々、秋の野の、と云なり。

【他出】新撰和歌髄脳・二、古今六帖・二一七三、奥義抄・五一、和歌色葉・二一四

【注】○此外ニ畳句連句ト云コトアリ　喜撰式、新撰和歌髄脳いずれも四病の後に、畳句、連句を置く。また、定義には言及せず例歌、例句をあげて「如此」とするのみ。同句あるいは同音を繰り返す落花病に続けて、技巧的に行う場合は病ではないとしている。そのためか、奥義抄は、歌病の項ではなく、別に項目を立てる。「畳句歌　心こそ心をはかる心なれ心のあたは心なりけり」（版本は「同事をかさねよむなり」の一文がある）「連句哥　春の野夏の野秋の《野》・冬の野　如此可レ続」（奥義抄）、和歌色葉は「種々名体」の項に入れ、奥義抄と同じ例歌を引く。「畳句といふは、かさねて同事をよむ也。ことさらによめるはくるしからぬ事也」（和歌色葉）

八病

八病

一同心〈哥一首ノナカニヲナシコ、ロヲフタツヨメルナリ／タトヘハ〉ヤマサクラサキヌル、トヨミテ、又、ミネノシラクモ、トイヒ、イマソナキサニ、トイヒテ、ミキハノタツノ、トヨメ《ミ》リ《ル》也。此ヤマトミネト、イソトナキサトナリ。

一同心　歌一首か中に同心をふたつよめるなり。たとへは、山さくらさきぬる、とよみて、又、みねのしら雲、といひ、いまそなきさに、といひて、みきはのたつの、とよめるなり。此山と峯と、磯となきさとなり。

【注】○八病　孫姫式、新撰和歌髄脳ともに「和歌八病」とする。八病それぞれの名称は二書に同じ。○哥一首ノナカニ　「一篇之内再用二同辞一」（孫姫式）、「歌一首が中に同じ詞を用ゐるなり」（新撰和歌髄脳）、「おなし心の病と云

るは、もしはか・《は》りたれとこ、ろはへの同きなり」（俊頼髄脳）、「一哥中ニ再同事ヲ用也」（奥義抄）、「一歌中に再び同じ事を用うるなり」（袋草紙）、「哥ひとつか中に同詞をふた、ひもちゐるら也」（和歌色葉）○**タトヘハ**　孫姫式は同心病の例歌を二首、新撰和歌髄脳は三首をあげ、二首は共通する。俊頼髄脳の例歌はこの二書とは異なる。孫姫式四首、新撰和歌髄脳三首を例歌としており、この三首は二書で共通する。この二首を同心病の例とするのは俊頼髄脳と和歌色葉。○**ヤマサクラサキヌル**　「山ざくらさきぬる時は常よりも峰の白雲たちまさりけり」（後撰集・一一八）。俊頼髄脳、和歌色葉が同心病の例歌とする。他に袋草紙が歌合の難として引用するが、当該歌を同心病とすることには疑問を呈しており、同書中の同心病の項には別の歌を例歌としている。○**イマソナキサニ**　「もかり舟今ぞなぎさにきよすなるみぎはのたづのこゑさわぐなり」（拾遺集・四六五）。俊頼髄脳が同心病の例歌とする。奥義抄は当該歌を「四条大納言の新撰髄脳」の掲出する同心病の例歌として引くが存疑。

二乱思〈コトハツ、キツハヒラカナラス、ソノコ、ロミタレテ／ナニトモキコエヌナリ。〉

　二乱思　ことはつ、きつまひらかならす、そのこ、ろみたれて、なにともきこえぬなり。

【注】○**コトハツ、キツハヒラカナラス**　「義非レ優於レ文造次読レ之、去錯二乱思慮一」（孫姫式）、「詞は優なくして常にそへて詠めるなり。その心見えず」（新撰和歌髄脳）、孫姫式は二首、新撰髄脳は一首の例歌をあげる。「詞不優して常ニそへよめる也」（奥義抄）、「詞優ならずして常にまた読むなり」（袋草紙、例歌は前二書とは異なる）、「詞優ならすしてそへよみて心みたれたる也」（和歌色葉）

三欄蝶〈一首ノ中ニフタコトヲナラヘテヨメル也。カスミコムトイヒテ／又クモタツトイヘル等也。〉

　三欄蝶　一首の中にふたことをならへてよめるなり。かすみこむといひて、又くもたつといへる等也。

【注】○**一首ノ中ニフタコトヲ**　「欲レ労二句首一疎二義於末一」（孫姫式）、「歌の初と後との心の相違したるなり」（新撰和歌髄脳）、「句始ハ好テ末タレ疎也（末ヘ疎ナリ）」（奥義抄）、「本の句好みて末の句疎きなり」（袋草紙）、「始の句はよくして末の句の疎なる也」（和歌色葉）○**カスミコムトイヒテ**　孫姫式が欄蝶病の例歌としてあげる「はる霞たなびく山の松がうへにほにはあらずて白雲ぞたつ」か。当該歌は、新撰和歌髄脳、奥義抄（以上作者名を「古小嶋」として掲出）、和歌色葉が例歌とする。

四渚鴻〈ヒトヘニ韻ヲト、ノヘテ、ハシメノ句ノ／コトハヲイタハラヌナリ。〉

　四渚鴻　ひとへに韻をとゝのへて、はしめの句のことはをいたはらぬなり。

【注】○**ヒトヘニ韻ヲ**　「偏拘二於韻一不レ労二其首一」（孫姫式）、「一題に引かれて詞をいたはらざるなり」（新撰和歌髄脳）、「偏ニ題に被引て詞を不レ労也」（奥義抄）、「偏《ひとへ》に題に引かれて詞労せず」（袋草紙）、「偏に題にひかれて詞をいたはらさる也」（和歌色葉）、以上いずれも例歌（「くれのふゆわがみおいゆきこけのはふえだにぞふれるうれしげもなし」）をあげる。

五花橘〈句ノツ、キニコトハヲカケテ読也。タトヘハ／タケトモクチキモエナクニ、トイヘル等也。〉

　五花橘　句のつゝきに詞をかけてよむなり。たとへは、たけともくちきもえなくに、といへる等也。

【注】○句ノツ、キニコトハヲ　「諷㆑物綴㆑詞或直称本名。猶㆔橘之錯㆓花実㆒者也」（孫姫式）、「詞すなほにして、名をすて丶身をいたはらざるなり」（新撰和歌髄脳）、「詞質《すなほ》にして直㆓其本名を用」（奥義抄）、「詞質にして直ちにその本名を用うるなり」（袋草紙）、「詞すなをにして直ちにその本名をもちゐる也」（和歌色葉）**○タケトモクチキ**　「あなつたなたけどもくちきもえなくにたとへばにむやわがこひらくに」（孫姫式、出典未詳）、新撰和歌髄脳は初句「あなづるな」。当該歌を例歌とするのは、奥義抄、和歌色葉で、袋草紙は別の歌をあげる。

六老楓〈コトハナ*タラカナラス、シフ〱シクテ、吟詠ニ／サマタケアルナリ。〉

六老楓　ことはゆたかならす、しふ〱しくて、吟詠にさまたけあるなり。

【本文覚書】○ナタラカナラス…マ《ナ歟》タラカナラス（和）、カタラカナラス（筑A）

【注】○コトハナタラカナラス　「老楓」の定義は、他書とかなり異なる。老楓については、孫姫式、喜撰式（喜撰偽式）が定義する。「一篇終一章上四下三用也。或謂㆓之和齟齬㆒……一篇終章上四下三用㆑之。猶㆘香楓之樹、枝葉先零臨㆓其秋㆒而無㆗夏花色㆖云々」（孫姫式）。同書の引く例歌は「天留月八加礼奈万女三尓不以己乃上加支良奈久介奴留加比《テルツキハカレナマメミニフイコノカギラナクケヌルガヒ》」で、出典未詳歌。「一つ歌の中に籠りて思はぬことなく、皆尽しつるなり。例へばかうばしきかつらの花のまづ少し衰へたるを紅葉といひてはいかでかあらむといふ心なり。小野小町歌云、人心我身を秋になればこそ憂き言の葉もいたく散るらめ」（新撰和歌髄脳）。奥義抄以下の歌学書のうち、奥義抄、和歌色葉の例歌は孫姫式と同じである。袋草紙は例歌を欠く。「篇終一章上四下三用之。式云倭齟齬病。喜撰式云、一哥中にこめ思ひたる事なくいひもらしつる也」（奥義抄）、「篇の終一章、上四下三用うるなり。あるいは云ふ、倭齟齬《わそご》病。喜撰式に云はく、一歌中にこめをはらざる事なり。いひもらしつるなり」（袋草紙）、「老楓者、ひとつ哥の中にこめておもはすなることをいふ也。たとへは花のすこしきしほむをいはんとて、まつ花のかふはしき事をよむら也。」（和歌色葉）。童蒙抄の解はい

ずれとも一致しない上に、本文が一定しない。「ことはゆたかならす」とするのは異本のみで、流布本の多くは「コトハハナタラカナラス」である。

七中飽〈卅一字ニアルヘキヲ、卅二三四五六字ヲヨムナリ。モミチフキヲロスヤマ／ヲロシノカセ、トヨメルハ卅四字アリ。イキモヤスルトコ、ロミニ、トイヘルハ／卅三字アリ。サレトヨクツ、キタレハクセトモキコヘス。〉

七中飽　卅一字にあるへきを、卅二三四五六字をよむなり。もみちふきおろす山おろしの風、とよめるは卅四字あり。いきもやすると心みに、といへるは卅三字あり。されとよくつ、きたれはくせともきこえす。

【注】○**卅一字ニアルヘキヲ**　「雖二五章一分レ句或有二三十一二三四五六言一。猶下人飾二外貌一中有二邪心一、終然被中人飽厭上云々」（孫姫式）、「一つ歌の中に二五三七、五句の中に三十一字が外に、若しは一文字二文字、三四五六字あるなり」（新撰和歌髄脳）、「一篇の中ニ或有卅五六字也」（奥義抄）、「一篇の中、あるいは卅五六字を有するなり」（袋草紙）、「一首のかなに卅二三四五六字をよむなり」（和歌色葉）○**モミチフキヲロス**　「ほのぼのとありあけのつきのつきかげにもみぢふきおろすやまおろしのかぜ」（和漢朗詠集・四〇二）、俊頼髄脳が例歌とする。○**イキモヤスルト**　「しぬるいのちいきもやすると心みに玉のをばかりあはむといはなむ」（古今集・五六八）、俊頼髄脳が例歌とする。○**サレトヨクツ、キタレハ**　「・《イ病さる事大形かくのことし》《イ是ヨリ別段》哥は卅一字あるを卅・四《イ三》字あらはあしくきこゆへけれ・《と》、よくつ、けつれはとかともきこえす」（俊頼髄脳）、「是は深き病にあらず。唯いかなる時にかあらむ、さ詠まる、歌のあるなり……それとがにあらず」（新撰和歌髄脳）

八後悔〈韻ヲト、ノヘスシテ、タトヘハ混本哥也。イハノウヘニネサスマツカエトヲモヒシモノヲ、ナトイヘルナリ。イソキテヨミ／イタスホトニ、句ノカスモカヘリミヌカユヘニ、ノチニクヤシ~~ク~~《キ》ヤマヒト／イフナリ。〉

八後悔　韻をと、のへすして、たとへは混本歌也。いはのうへにねさす松かえとおもひし物を、といへるなり。いそきてよみいたす程に、句のかすもかへりみぬかゆへに、後にくやしき病と云也。

【注】○韻ヲト、ノヘスシテ　「混本之詠音韻不㆑諧、披㆓読章句㆒循環耽味、後見者唯悔恨云々」（孫姫式）、「心静に思ひめぐらさで、まだしきに書き出でつるを、後に思ふに悪しかりけりと思へば、後はなげき悔ゆるなり」（新撰和歌髄脳）、「混本之詠音韻不諧……喜撰式云、心のとかにおもひめくらさすして、またきよみて後悔也」（奥義抄）、「混本の詠の音韻皆《かな》はざるなり」（袋草紙）、「心のとかに思をめくらさすして、またきによみて後になけきかなしむなり」（和歌色葉）。童蒙抄「混本歌」の項に、「但四条大納言抄ニ後悔病ノ哥ニソイリタル。イソキテヨミイツルカユヘニ、文字ノカスサタマラヌヲ、ノチニクヤシクヲモフナルヘシ」とある如く、「後悔病」を「混本歌」と同一視した理解である。混本歌参照。

コノ*ウタトモ、フルキ哥ニサリテヨメルトミユルナシ。マシテイマノ人サルヘキナラネト所注也。シラスハ論談ノ時ナトワロカリヌヘケレハ、タ、サルソトミセムカタメナリ。コノコロノ人ノサルヘキヤマヒハ心ノ病、又コトハノ病也。詞ノヤマヒトイフコトハ、フルキヤマヒニミヘネト、*髄悩ニ同心ト云病ニヲナシコトハフタ、ヒモチヰルヲイフトカキテ、868' ミツカタキタカタノマチニカキストテミツナキヒヰニホト〳〵ニヰ

ヌ、コノミツト云コトヲフタ、ヒイヘルナリトイヘリ。サレハコトハノヤマヒハ同心ノ病ナルヘシ。サレト
*コノロノ人ノワキマヘヨムコトハ、同心ノ病ノ所ニシルシノセタル、山サクラミネノシラ・《クモ》、トヨミ、又、ナキサミキハ、トヨムヲハ心ノヤマヒトシ、

869 ミヤマニハマツノユキタニキエナクニ　ミヤコハノヘニワカナツミケリ、

又、

870 イマコムトイヒシハカリニナカツキノ　アリアケノ月ヲマチイテツルカナ、

トヨメルハ、コノミヤト〱、ツキト〱ハ《ト》ミナ心ハカハリタレト、コトハノ病サリトコロナシ。カクフルキ哥ノヨキタメシトナルニヨミスエタレト、イマノヒトヨミイタスニ、コノフタツノヤマヒハコトノホカノアヤマチトヲモヘルコトナレハ、カナラスサルヘキナリ。

此病とも、古歌にさりてよめるとみゆるなし。ましていまの人さるへきならねと所注也。しらすは論談の時なとわろかりぬへけれは、たゝさるそとみせむかためなり。このころの人のさるへきやまひは心の病、又詞の病なり。詞のやまひと云事は、ふるき病にみえねと、髄脳に同心といふ病に同詞ふたゝひもちゐるをいふとかきて、

527 水かたきたかたのまちにかきすとてみつなきひゐに程々にゐぬ

このみつといふことをふたゝひいへる也といへり。されは詞の病は同心の病なるへし。されとこのころ

の人のわきまへよむことは、同心の病の所にしるしのせたる、やまさくらみねのしら雲、とよみ、又、なきさみきは、とよむをは心の病とし、528 みやまには松の雪たにきえなくにみやこはのへにわかなつみけり、又、529 いまこむといひしはかりになか月のあり明の月を待出つるかな、とよめるは、この宮とみやと、つきと〳〵とは皆心はかはりたれと、詞の病さりところなし。かくふるき歌のよきためしとする《（ママ）》になるによみすへたれと、今人みい《（ママ）》たすに、このふたつの病はことの外のあやまちとおもへることなれは、かならすさるへきなり。

【本文覚書】○ウタ…諸本とも「ウタ」「哥」○髄悩…諸本とも「髄悩」○コノロノ…コノホ（内・和・筑A・谷・書）、コノホト（刈・東・岩）

【他出】868' 和歌式・一（三句「まかずして」）、新撰和歌髄脳・一五（三句「まかすとて」）、奥義抄・六〇（三句「まかすとて」）869 俊頼髄脳・三四、奥義抄・七三・四四〇。古今集・一九、新撰和歌髄脳・一〇、古来風体抄・二二四、定家八代抄・一七、以上三句「みやこは野辺の」870 素性集・二四、古今集・六九一、古今六帖・二八二七、金玉集・四四、前十五番歌合・三。三十人撰・五〇、深窓秘抄・六五、和漢朗詠集・七八九、三十六人撰・五三、和歌体十種・一七、俊頼髄脳・三五、和歌十体・八、奥義抄・一一二、古来風体抄・二七九、和歌色葉・五六、俊成三十六人歌合・二七、定家十体・三一、定家八代抄・一一〇四、詠歌大概・九五、近代秀歌・八九、百人秀歌・二二、百人一首・二一、時代不同歌合・七一

【注】○**コノウタトモ** 古式の四病、八病、七病を列挙した後、より時代に即した歌病の論を展開しようとする。こうした叙述方法は俊頼髄脳から始まる。「うたの病《イ是ヨリ別段》おさる事ふるき髄脳に見えたることくならは、そのかす《員》あまたあり。それをさりてよまは、おほろけの人のよみゆ《う》へきにもあらす」（俊頼髄脳）○**コノコロノ人ノ** 「たゝ世のす

ゐの人のたもちさる《へき》　ことのかきりをしるしまうすへし」（俊頼髄脳）、「但近代所用ハ哥ハ卅一字、病ハ同心病許也」（奥義抄）。なお、和歌色葉の献上本系は古式の病のみを載せるが、草稿本系は同心病、文字病に限定した一節を持つ。○**詞ノヤマヒトイフコトハ**　古式には「詞の病」に相当するものはない。○**髄悩ニ同心ト云病ニ**　「同心、歌一首が中に二度同じ詞を用ゐるなり」（新撰和歌髄脳、八病の同心の項）○**ミツカタキ**　孫姫式、新撰和歌髄脳、奥義抄、和歌色葉が、八病の「同心病」の例歌としてあげる一首。出典未詳。奥義抄は初句「みづたかき」。童蒙抄は八病「同心病」の例歌には、俊頼髄脳が「おなし心の病文字」の例歌と同じものをあげ、この歌はあげない。○**コノミツト云コトヲ**　「再用㆓水辞㆒、是其病也」（孫姫式）○**サレハコトハノヤマヒハ**　古式の言う「同心病」の実態は詞の病であるとの理解。「おなし心の病と云るは、もしはか・《は》りたれとこゝろはへの同きなり」（俊頼髄脳）○**サレトコノロノ人ノ**　八病「同心病」の項。○**山サクラミネノシラ・《クモ》トヨミ**　八病「同心病」参照。○**ナキサミキハトヨム**　八病「同心病」参照。○**ミヤマニハ**　「み山には松の雪だにきえなくに宮こはのべのわかなつみけり」（古今集・一九）。俊頼髄脳が「文字のやまひ」であげる例歌。奥義抄が「避病事」、和歌色葉が「文字の病」の項で例歌とする。但し奥義抄は「みやまとみやこと別事なる故不為病」とする。○**イマコムト**　「今こむといひしばかりに長月のありあけの月をまちいでつるかな」（古今集・六九一）。俊頼髄脳が「文字のやまひ」であげる例歌。俊頼髄脳は「みやまには」歌については「もしはおなしけれと、心はかはれるなり」とし、「いまこむと」詠については、「心はかはれとなを同文字なり」とする。和歌色葉は「文字の病」の項で例歌とし「とがなし」とする。袋草紙は歌病に相当する例を列挙する中の一首とする。○**コノミヤトく**　「このみやことみやまとなり。みやまにと云るはしめの五文字のみやまはおくやまと云、みやこは野へにと云るみやははなのみやこといへは、もしはおなしけれと心はかはれるなり」「この月と月となり。なかつきのとよめる月は月次の月なり。ありあけ月とよめる月はそらにいつる月をいへは、心かはれとなを同文字なり」（俊頼髄脳）

哥合判

勝劣難決例

871 サヨフケテネサメサリセハホト、キス　ヒトツテニコソキクヘカリケレ
872 ヒトナラハマテトイフヘキヲホト、キス　フタコエトタニキカテスキヌル

天徳哥*合左忠見右元真哥也。判云、左、キカムトヲモハテネサメシケムアヤシ。右、人ナリトイマヒトコヱキカムトテマテトハイカ、イハムスル、コトタラヌ心チス。イツレモヲナシホ《ト》ナリ、トテ持ニサタメラル。後ニ人皆、左哥コトノホカニマサリタリ、一日ノ論ニアラス、ト申ケリ。

歌合判

勝劣難決例

530 さよふけてねさめさりせは時鳥人つてにこそきくへかりけれ
531 人ならはまてといふへきを郭公ふた声とたになかて過ぬる

天徳歌合左忠見右元真哥也。判云、左、きかむとおもはてねさめしけむあやし。右、人なりといまひとこゑきかんとてまてとはいかゝいはむする、ことたらぬこゝちす。いつれもおなし程なり、とて持にさためらる。後に人皆、左哥ことの外まさりたり、一日の論にあらす、と申けり。

【出典】871 天徳内裏歌合・二八　872 同・二九
【他出】871 拾遺抄・六六、拾遺集・一〇四、金玉集・二四、前十五番歌合・一〇、深窓秘抄・三〇、和漢朗詠集・一

八五、三十六人撰・一二九、袋草紙・三五一、新時代不同歌合・八六　872 三十六人撰・一一七、袋草紙・三五二、

【注】○天徳哥合左忠見右元真哥　天徳四年内裏歌合、郭公、十四番左忠見右元真。**○判云**「左歌、きかむともおもはでねざめしけんぞあやしき、されど、うたがらをかし、右歌、人なりといまひとこゑきかむとてまてらば、いかがいはんとする、しばしまてなどいふべき心か、ことたらぬみ（ここ）ちぞする、いづれもおなじほどのうたなれば、持にぞ定め申す」（二十巻本歌合）、「左は、きかむとも思はでねざめけむぞあやしき。歌がらをかし。右、人なりともいま一声きかむとて、待てとはいかがいはん。しばし待てなどいふ心か。ことたらぬ心ちぞする。いづれも同じほどの歌なれば、持にぞ」（袋草紙）**○後ニ人皆**「むかしよりいまにいたるまで、歌のはんは、いとかたうはべる事なり、天徳の歌合のほととぎすの歌に、人づてにこそきくべかりけれ、といふうたと、人ならばまて、といふうたを、小野宮大臣、ぢとこそは判せられてはべるを、のちの人人はひとつにもあらぬ歌を、とこそはまうすめるは、いづれかよきならんともしりがたきことにてこそはべめれ」（高陽院七番歌合、経信消息文）、これに対する筑前の消息は「をこがましくかたはらいたきことにはべれど、そらにしられぬ雪やはふるとだにこそなんには侍りければ、げにのたまはせたるやうに、人づてになどはべりけることもおもひなぐさめてこそは」

873 コヒステテフワカナハマタキタチニケリ　ヒトシレスコソヲモヒソメシカ

874 シノフレトイロニイテニケリワカコヒハ　モノヤヲモフトヒトノトフマテ

天徳哥合左忠見右兼盛哥也。*少野宮殿判シワツラハレテ、天気ヲウカ、ハレケルヲ、ヒトハ物ヤヲモフト云哥ハコヨナクマサリタリトソ申メル。又コノモノ思ト云コトハ、*右哥ニ同ヤウニヨマレタルウタヲ、ソノヲリヲホエラレサリケルニヤ、トソ帥大納言ノ伯母ノ哥論ノ返事ニハカ、レタル。已上二番判不可也。寛治八

年大殿哥合判者帥大納言ト伯母ト判是非論消息ニ、此二番ヲソ判者ハアリカタキ例ニヒキノセラレタル。

532 恋すてふわかなはまたきたちにけり人しれすこそ思そめしか

533 忍ふれと色に出にけりわか恋は物や思ふと人のとふまて

天徳の哥合に左忠見右兼盛歌なり。小野宮殿判しわつらはれて、天気をうかゝはれけるを、人は物やおもふといふ哥はこよなくまさりたりとそ申める。又このものや思ふといふことは、古歌におなしやうによまれたる歌を、そのおりおほえられさりけるにや、とそ帥大納言伯母の歌論の返事にはかゝれたる。已上二番判不可也。寛治八年大殿哥合判者帥大納言と伯母と判是非論消息に、此二番をそ判者はありかたき例にひきてせられける。

【本文覚書】○少野宮…小野宮（和・筑A・刈・東・岩・狩）○右哥…諸本異同ナシ
【出典】873 天徳内裏歌合・三九　874 同・四〇
【他出】873 拾遺抄・二二八、拾遺集・六二一、袋草紙・三〇九、古来風体抄・三七四、俊成三十六人歌合・一〇〇、定家八代抄・八八三、百人秀歌・四二、百人一首・四一、新時代不同歌合・八七　874 兼盛集・一〇二、拾遺抄・二二九、拾遺集・六二二、俊頼隋右脳・一七八、新撰朗詠集・七三七、奥義抄・一三八、袋草紙・三一〇、古来風体抄・三七五、俊成三十六人歌合・一〇五、定家八代抄・八八四、百人秀歌・四一、百人一首・四〇、時代不同歌合・一九七、詠歌一体・二〇
【注】○**天徳哥合左忠見右兼盛哥**　天徳四年内裏歌合、恋、二十番番左忠見右兼盛。○**少野宮殿**　「少臣奏云、左右歌伴以優也、不能定申勝劣、勅云、各尤可歎美、但猶可定申云、小臣譲大納言源朝臣、敬屈不答、此間相互詠揚、各

似請我方之勝、少臣頻候天気、未給判勅、令密詠右方歌、源朝臣密語云、天気若在右歟者、因之遂以右為勝、有所思、暫持疑也、但左歌其好矣」（同歌合判詞）○**又コノモノ思ト云コトハ**　「又、おなじきこひの歌に、人しれずこそおもひそめしか、といふ、ものやおもふと人のとふまで、とよめるをはんじわづらはれ、御気色おとられたりとかきおかれたるも、人は、ものやおもふといふこと、こよなくまさりたり、とこそははべめれ、又、この、ものやおもふ、といふことは、ふるき歌におなじやうによまれたる歌もはべれど、そのをりにおぼえざりけるにやあらん、のちのうたのいひつたへられてはべるは」（高陽院七番歌合、経信消息文）、「ものやおもふと」という歌句を有する古歌は、難語拾遺・一六、奥義抄一三七のあげる「こひしきをさらぬがほにてしのぶればものやおもふとみる人ぞとふ」、俊頼髄脳・一七七の「しのぶれどあらはれにけりわかこひはものやおもふとみる人ぞとふ」（顕昭本。定家本二句「色にでにけり」）を言うか。○**已上二番判**　袋草紙はこの二番を「判者の骨法」に入れる。○**寛治八年大殿哥合判者帥大納言**　歌合の名称は、二十巻本歌合では「高陽院殿七番和歌合」、序文には「寛治八年秋八月十五日、大殿高陽院にて、やまとうたをあはせさせたまふ」とある。判者源経信。○**判是非論消息**　筑前と経信の消息は、筑前詠に対する経信判への疑義から起筆し、古来の例を引いて判のあり方を議論している。○**アリカタキ例**　「されば、みなひとの心ゆきてあらんこと、いまもむかしもありがたうはべる事なり」（経信消息）

875 ネノヒスルアマタノヒトヲヒキツレテ　キミカチトセヲマツニソアリケル*ル本ニルト在

876 キミカヨニヒキクラフレハネノヒスル　マツノチトセモカスナラヌカナ

承暦二年内裏哥合一番左実政右公実哥也。イツカタモ難アラムマウセ、トヲホセラル、ニ、右*人々ハチトセヲカ《ス》ナラスト、左ハチトセヲマツトアレハ、コトノホカニヲトレリ。又、松トイフコトカクシタル、ワサトイヒタルニイカテカクラヘム、ト申ニ、師賢講ニテ*、イキノシタニ、アメノシタニアリトアル人ノマタムチトセハスクナクヤハアルヘキ、チ《ト》セニコソアラメ、ト申。右ノ哥ツユハカリ難スル人ナシ。判者皇后宮大夫顕房、ウタハ*イトオシクヨキウタナリ。左ハタ、ヨミタレトカツトサタメラレシコソ心エサリシカトカケリ。

534 ねのひするあまたの人をひきつれて君か千年をまつにそ有ける

535 君か代にひきくらふれはねのひするまつの千とせもかすならぬ哉

永暦二年内裏哥合一番左実政右公実哥也。いつかたも難あらん申せ、とおほせらるゝに、右人々、右は千とせをかすならすと、左は千とせをまつとあれは、事の外にをとれり。又、松といふことかくしたる、わさといひたるにいかてかくらへむ、と申に、師賢講師にて、いきのしたに、あめのしたにありとあらむ人のまたむ千とせはすくなくやはあるへき、ちとせにこそあらめ、と申。右哥をつゆはかり難する人なし。判者皇后宮大夫顕房、歌はいとをかしくよき哥なり。左はたゝよみたれとかつとさためられしこそ心得さりしかとかけり。

【本文覚書】○ル本ニルト在…傍記ナシ、筑A・刈・岩・東・狩　○右人々ハ…諸本異同ナシ。　○講ニテ…諸本異同ナシ。○イトオシク…諸本異同ナシ。

【出典】875 内裏歌合承暦二年・一　876 同・二

【他出】875 袋草紙・四〇八　876 後拾遺集・三一、袋草紙・四〇九

【注】○「いづかたもなんあらむ、まうせとおほせらるるに、みぎのひと、みぎはちとせをかずならずといへり、あれはただちとせをまつとあれば、ことのほかにおとれり、又まつといふことかくしたる、ねのびのうたのためしにあ

らず、そへたるとわざといひたると、いかでかひきくらべむとまうすに、もろかたいきのしたに、あめのしたにありとあらんひとのまたんちとせをば、すくなくやはあるべきとばかりまうすに、みぎのひと、あめのしたに（の）ひとのみなまつとも、おなじをりのちとせにこそあらめ、かずならずといひたるは、ゆくすゑはるかにとほくなむあると、又まつをそへたるとはえのべまうさぬに、みぎのうたのなんをつゆばかりもひだりにまうすひとなし、判者大納言、みぎのうたはいみじうをかしうよきうたなり、ひだりのうたは、ただよみたるにうたなれど、かつとさだめられしこそ心えざりしか」（判詞）

御製勝例

877 ハルカセノフカヌヨニタニアラマセハ　コ、ロノトケキハナハミテマシ

878 チリヌトモアリトタノマムサクラハナ　ハルハスキヌトワレニシラスナ

亭子院哥合ニ左御製右貫之也。判ニ、左ハウチノ御哥也。マサニマケムヤハ、トカケリ。

御製勝例

536 春風のふかぬよにたにあらませは心のとけき花はみてまし

537 ちりぬともありとたのまん桜花春は過ぬと我に知らすな

亭子院の歌合に左御製右貫之也。判に、左は内の御哥也。まさにまけんやは、とかけり。

【出典】877 亭子院歌合・一一・一二、左御（宇多法皇）　878 同右・一二・作者名なし

【他出】877 麗花集・二一、万代集・二九六、続後撰集・一一〇（作者名、延喜御製）　878 新勅撰集・一二五（四句

「はるははてぬと」）

【注】○判ニ「ひだりはうちの御うたなりけり、まさにまけむやは」（同歌合判詞）。「古今の間、御製有るの歌合は、延喜十三年亭子《ていじ》院歌合《いんうたあはせ》に御製二首あり、左右《さう》なく勝となす。件《くだん》の歌合は勅判なり。仰せて云はく、「御製争《いか》で負くべけんや」と云〻」（袋草紙）。877歌は「御製勝」の先蹤と理解されて来たようだが、「うちの御歌」は宇多法皇詠ではなく醍醐天皇詠ではないか等の点からこれを「御製勝例」とすることに疑義が提されている（久保木哲夫「左は内の御歌なりけり、まさに負けむやは―亭子院歌合における二、三の問題」和歌文学会平成二十八年大会、二〇一六年十月）。

一番左勝例

879 ハルタテハマツヒキツレテモロ人モ　ヨロツヨフヘキヤトニコソクレ

880 クモリナキソラノカヽミトミユルカナ　アキノヨナカクスメル月カケ

後冷泉院御時皇后宮哥合、左臨時客*少式部命婦右月伊勢大輔哥也。判者内大臣民部卿二人也。イカニモ一番ハ左カツヘシトサタメラル。一番ハ左ノマケヌニヤ。サレト応和二年内裏哥合一番右勝。承暦右方後番歌合ニ右勝。長久二年（此年号本ニ無歟）弘徽殿女御哥合一番右勝。コノホカニ一番哥右勝コトカソヘツクスヘカラス。サハアレト若事モヨロシクハ持ナトニモ可判歟。頗可有用意故也。

一番左勝例

538 春たてはまつひきつれてかへる人もよろつよふへき宿にこそくれ

539 くもりなき空のか丶みとみゆる哉秋の夜なかくすめる月かけ

後冷泉院御時后宮歌合〈左臨時客小式部命婦／右月伊勢大輔哥也〉。判者内大臣民部卿二人也。いかにも一番は左可勝しとさためらる。一番は左のまけぬにや。されと応和二年内裏哥合一番右勝。承暦右方後番哥合に右勝。長久二年弘徽殿女御歌合一番右勝。此外に一番哥右勝事かすへつくすへからす。さはあれとこともよろしきは持なとにも可判歟。頗可有用意故也。

【本文覚書】○少式部命婦…小式部命婦（刈・岩・東）

【出典】879 皇后宮春秋歌合・一、880 同・二

【他出】879 袋草紙・三九四　880 伊勢大輔集・三〇、伊勢大輔集☆・七二、栄花物語・五三七、袋草紙・三九五、続後撰集・三二七

【注】○**後冷泉院御時皇后宮哥合**　後冷泉院皇后寛子の在所一条院で行われた。○**判者内大臣民部卿二人**　判者は内大臣（藤原頼宗）、方人頭が左内大臣、右民部卿大宮（藤原長家）。錯誤か。○**応和二年内裏哥合**　題は「時鳥をまつ」。一番左博雅の「よもすがらまつかひありてほとときすあやめのくさにいまもなかなん」は「だいのこころたがへりとてまく」とされた。○**承暦右方後番歌合**　一番は「子日」題で右匡房の「今日よりはねのびの松もひきかへてやほ万代の春をこそまて」が勝となった。童蒙抄はこの匡房詠を「文字病難不例」の項にあげ、「二韻ノハテハ字同。サレト難トセラレスカチトサタメラレタリ」とする。なお現存本（類従本）一番には判詞が付されていない。○此年号本ニ無歟**長久二年弘徽殿女御哥合**　一番は「霞」題で、相模の「春のこしあしたのはらのやへがすみ日をかさねてぞたちまさりける」が「このあしたのはら、ひとところにややへよりもまさりてたちそふとはべれば、かしこばかりの春の心いぶせうみえはべめり」として負になった。袋草紙はこの例を特殊なものとして「ただし弘徽殿女御歌合《こきでんのにょうごうたあはせ》は、義忠《のりただ》こ

れを判《わ》く」とする。「右勝事弘徽殿女御謌合〈義忠判〉」（八雲御抄）○**コノホカニ**「一番の右の勝つ例多くは見えざる者なり」「これ等の外は、殊に見及ばざる者なり」（袋草紙）、「一番左哥は不可負　先例負も多為持」（八雲御抄）

病難例

881 サカサラムモノトハナシニサクラハナ　ヲモカケニノミマタキミユラム
882 ヤマサクラサキヌルトキハツネヨリモ　ミネノシラクモタチマサリケリ
亭子院哥合二番左躬恒右貫之カ詠也。判云、左ハラムトイフコトフタツアリ。右ハヤマサクラトイヒテ又ミネトイフコトアリテ持ニナリヌ。

病

540 さかさらむ物とはなしに桜花おもかけにのみまたきみゆらん
541 山桜さきぬる時は常よりも嶺の白雲立まさりけり
亭子院哥合二番左躬恒右貫之か詠也。判云、左はらむといふことふたつあり。右は山とさくらといひて又みねと云事ありとて持になりぬ。

【出典】881亭子院歌合・三・躬恒　882同・四・貫之
【他出】881躬恒集☆・一五三（五句「まだき見えつつ」）、古今六帖・二〇六八、拾遺集・一〇三六、俊頼髄脳・三九、奥義抄・七七、袋草紙・三三二（二句「ものならなくに」）・五九三、和歌色葉・五八　882後撰集・一一八、俊頼髄脳・三一、袋草紙・三三一・四五二・六四二、古来風体抄・三〇七、和歌色葉・五一、定家物語・四

【注】○左ハラムト「ひだりはらんといふことふたつあり、みぎはやまざくらといふことまくとて、ぢになりぬ」（十巻本歌合判詞）、「左はらむ二つあり。右は山ざくらまたげりとて持になす」（二十巻本歌合判詞）○**又ミネトイフコト** 十巻本、二十巻本、いずれの判詞とも書承的には一致しない。二十巻本の「またげり」に拠るか。「右は「山」「みね」と云ふ事またげりとて持になりぬ」（袋草紙）

883 月ミレハヒルカトソヲモフアキノヨヲ　ナカキハルヒトオモヒナシツ、
寛治八年大殿哥合右方〈月〉中納言通俊哥也。経信卿難云、ヒルトヒトハモシヲナシコトニヤ、ト申シカハ、中納言、ヒルトヒトハ文字カハリテ同コトニモハヘラス、トノヘ申《シ》ヲ、コトカハリタレト、883' ヤマサクラサキヌルトキハツネヨリモミネノシラクモタチマサリケリ、トイフ、哥合哥ニテヨキ哥也。サレトサルトコソサタメラレタレ、ト申シカハ、トモカクモノヘ申サリキ、トカ、レタリ。

542 月みれはひるかとそ思秋の夜をなかき春日と思なしつゝ
寛治八年大殿哥合右方月中納言通俊哥なり。経信卿難云、ひると日とは若同事にや、と申しかは、中納言、ひると日とは文字かはりて同事にも不侍、とのへ申しを、ことかはりたれと、543 山桜さきぬる時はつねよりもみねのしら雲たちまさりけり、といふ、哥合歌にてよき哥なり。されとさるところさためられたれ、と申しかは、ともかくものへ申さりき、とかゝれたり。

【本文覚書】883'、882に既出
【出典】883 高陽院七番歌合・三〇　883' 亭子院歌合・四

【他出】883 袋草紙・四五一・六三九、八雲御抄・九一、以上初二句「月かげをひるかとぞみる」。定家物語・三（二句「ひるかとぞ見る」四句「ながき日なりと」）

【注】○**寛治八年大殿哥合**　寛治八年八月十九日、高陽院で行われた歌合。主催者は師実で当時すでに関白を辞していた。○**右方月**　月一番左中納言、右通俊。○**経信卿**　歌合判者。○**ヒルトヒトハ**　「右のうたに、ひるといふこととつきといふことは、もしおなじことにやとましかば、中納言ひるとつきとはみなもじかはり、おなじことにもはべらずと、のべまうししを、ことはかはりたれど……さくらばなさきぬるときはつねよりもみねのしらくもたちまさりけり、といふ、うたあはせのうたにて、いとよきうたなり、それになほさるべし、とこそまうししかば、ともかうものべまうされざりしかど……ぢなどもさだめらるるよしをまうして、ぢと定められぬ」（判詞）。なお、「ひるといふこととつきといふこと」など、童蒙抄と異なる箇所があるが、袋草紙の引用する判詞は以下の通りである。「「昼と日とはもし同じ事にや」と申ししかば、通俊、「皆文字かはりたり。同じ事に侍らず」と陳べ申すを、「詞かはりたれど、義同じ様なれば、なほ避くとこそ聞き給ふるうちに、「山ざくら咲きぬるときはつねよりもみねの白雲立ちまさりけり」と云ふ歌合歌にて、いとよき歌なり。それになほさるべしとこそ定められたれ」と申し侍りしかど、ともかくも人申さざりしかども、左歌のいともまさらざりしかば、殿下にいかがと申し侍りしに、「例などいかが」と侍りしかば、かかる折持《ぢ》などに定められたる折も候ふよしを申して、持とさだめらる」。袋草紙は883'歌を三箇所にわたって引用する。「古今の歌合の難」では判詞を引用した後、「賀陽院歌合に、この例をもって「山」と「峰」とに準拠して「昼」と「日」とを病に疑ふ。また俊頼・基俊同じくこの例を引き、「山」と「峰」とをもつて病と称す。ただし、この評定少しく不審有り。かの判詞は能く了見すべきか。就中《なかんづく》、「山」と「峰」とをもつて病となさば、「河」と読みては「淵瀬」とは詠むべからざるか、如何」とする。

884 アレマサリアシケニミル《ユ》ハルコマハ　ヲノカノ《カ》ケニモヲトロキヤセム 912

永保二年女*四宮侍哥合巻藤保房哥也。若狭守通宗判云、アシケカケトイフコトフタツアレトコレナヲハルコマトハミユレハ、イマスコシヒキトコロアリト云々。

544 あれまさりあしけにみゆる春こまはをのかかけにも驚きやせん

永保二年女四宮詩哥合藤保房哥なり。若狭守通宗判云、あしけかけといふこと二あれと是猶春こまとはみゆれは、いますこしひきところあり云々。

【本文覚書】○女四宮侍哥合巻藤保房哥…刈・岩は「詩哥合」。東は、「詩」「巻」の字を脱しそれぞれ一字分空白とする

【出典】後三条院四宮侍所歌合・六

【注】○**永保二年女四宮侍哥合**　永保三年三月二十日に行われたとされるが、童蒙抄諸本すべて永保二年とする。914歌も同歌合詠だが、「永保二年女四宮哥合」とある。○**若狭守通宗判云**　現存本には判はあるが判詞は残されていない。但し、袋草紙に五番、六番の判詞が、童蒙抄には当該三番右と五番右に対する判詞が載せられる。

885 アル、ムマハミナアシケニソミエツレト　サハニウツレルカケニソアリケル

応徳三年若狭守通宗朝臣女子達哥合一番右〈春／駒／哥／也〉。右《イ本無》大弁通俊卿判云、アシケカケナトタハフレウタナリ。又ヤマヒトヤ申ヘカラム。

545 あるゝ馬はみなあしけにそみえつれとさはにうつれるかけに有ける

応徳三年若狭守通宗朝臣女子達哥合一番右春駒哥也。通俊判云、あしけかけなとたはふれ歌也。又病とや申へからむ

【出典】若狭守通宗朝臣女子達歌合・二

【注】○**応徳三年若狭守通宗朝臣女子達哥合**　名称については久保木哲夫「『若狭守通宗朝臣女子達歌合』の主催者ならびに名称」（『和歌文学研究』105、二〇一二年十二月）参照。○**アシケカケナト**「右歌のあしげかげなど思ひよりたるほど、たはぶれうたなり、又やまひとや申すべからん」（判詞）

詞難例

886 ワカヤトニウクヒスイタクナクナルハ　ニハモハタラニハナヤチルラム

天徳*哥会右方兼盛哥也。左順、マタウチトケヌ鶯ノコエ、トヨメリ。左為勝。*少野宮殿判云、ヨシナキ花チラスモトル興ナクコトハモヨロシカラスト云々。

詞

546 わか宿に鶯いたくなくなるは庭もはたらに花やちるらん

天徳歌合左方（ママ）兼盛哥也。左順、またうちとけぬ鶯の声、とよめり。左為勝。小野宮殿判云、よしなきはなちらすもとる興なくことはもよろしからす云々。

【本本覚書】○哥会…哥合（刈・東・岩）○少野宮殿…谷以外「小野宮殿」

【出典】天徳内裏歌合・四

【他出】兼盛集・九一、麗花集・一四、金葉集初度本・一四（三句「なくなるを」）、金葉集三奏本・一一、袖中抄・二五四（三句「なくなれば」）、万代集・三四八、続後拾遺集・一一四

【注】○天徳歌合　871参照。○左順　左順の歌は「こほりだにとまらぬ春のたに風にまだうちとけぬうぐひすのこゑ」で、勝となった。○少野宮殿判云　「右歌、よしなき花ちらすもことなる興なく、ことばもよろしからず、以左為勝」（判詞）「私云、詞よろしからずとあるは、鶯いたく鳴くなるはといふ詞の事歟。又庭もはだらに花や散るらんといふ言の事歟。又この二つの詞とものよろしからぬにや。然者はだらといふ詞聞きよからずと思ふべし」（袖中抄）

887 トシヲヘテキケトアカヌハワカヤトノ　ハナニコツタフウクヒスノコヱ

888 イカナレハ、ルクルカラニウクヒスノ　ヲノレカナヲハ人ニツクラム

承暦哥会*左政長右匡房作也。ワカヤトノトハ内ニテハヨマヌコトナリ、ト難ス。左、天徳哥会ニヨメリ、トイフ。右、カラニトヨメルイカナルモシソ、トイフニ、右ノ人々、キヽ、ツルカラニヨシノヽヤマ、トヨメル哥会ノ哥ニテ勝ニテ後撰ニモイレル哥ソカシ。ワカヤトハチカクヨマヌコト、イフニ、左ハヨハケナリ。右ハサシウタナリ、トテ持トサタメラル。*サシウタトハイカナルヲイフニカトイハマホシカリシコトカナ。

547 年をへてきけとあぬ（ママ）は我宿の花にこつたふ鶯の声

548 いかなれは春くるからに鶯のをのれかなをは人につくらん

承暦歌合に左政長右匡房作也。わかやとのとは内にてはよまぬ事也、と難す。左、天徳哥合によめり、といふ。右、からにとよめるいかなる文字そ、といふに、右の人々、きゝ、つるからによしの山、とよめ

る歌合の哥にて勝て後撰にもいれる歌そかし。わかやとはちかくよまぬこと、いふに、さはよはけなり。
右はされ哥なり、とて持と被定。され哥とはいかなるをいふにかといはまほしかりしことかな。

【本文覚書】○哥会…哥合（刈・東・岩）○天徳哥会…諸本「天徳哥合」○哥会ノ…諸本「哥合ノ」○サシウタ（底本、「シ」「レ」の判別困難）…サレウタ（谷）、サシウタ（岩）、され哥（狩）

【出典】887 内裏歌合承暦二年・五　888 同・六

【他出】887 袋草紙・六六五（二句「聞くにもわかず」）、万代集・二五三（二句「きけどもあかず」）888 江師集・二

【注】○**承暦哥合**　875参照。○**左政長右匡房作**　同歌合三番「鶯」左政長右匡房、左持。○**ワカヤトノトハ**　「わがやどとは、うちにてはよまぬことなりとなずれば、左、天徳のうたあはせにもよめりなどいひて、右のうたをも、からに、とよめることはいかなることぞといふに、右のひとびと、からにといふことば、ききつるからによしのやまとよめるは、うたあはせのうたにてかちて、後撰などにもいれるうたぞかし、わがやどは、ちかくはよまぬこととなんきく、ことばのもじはふるきよきうたによめりとも、ただいまのうたのさだめにぞしたがふべき、ひだりよわげなり、みぎもざれうたなりとて、持とさだめられしも、ざれうたとはいかなるをいふにかとて、いらへまほしかりし」（判詞）、袋草紙は887歌を「詞両義にわたる歌」の例にあげる。

889 アキカセニナヒクユフヘノハナス、キ　ホノカニマネクタチトマリナム
*天永三年八月規子内親王号女四宮*注也野宮哥合、一番右哥輔正朝臣詠也。順判云、ナヒクマネクヲナシヤウヤウナレハラウタテシタルヤウナリ、トイヘリ。

549 秋風になひく夕のはなす、きほのかにまねくたちとまりなん

天禄三年八月規子内親王号女四宮野宮哥合、一番左哥輔正朝臣詠也。順判云、なひくまねく同程なれはらうたてしたる程なり、といへり。

【本文覚書】○天永…天承（狩）　○注也…住《注イ》也（岩）

【出典】女四宮歌合・二

【他出】順集・一三〇

【注】**○天永三年八月規子内親王号女四宮注也野宮哥合**　天禄三年八月二十八日に規子内親王主催で行われた。流布本の「注也」は「号女四宮」を示す語が本文化したか。規子内親王は天永元年当時未だ斎宮に卜定されていないので野宮歌合の称は不適当だが、童蒙抄は一貫してこの称を用いる。**○一番右哥**　「薄」一番左、侍従御許右みなもとのすけまさのあそん。**○ナヒクマネクヲナシヤウ**　「このすすきのうたは、すけまさがなびくまねくといへるわたり、らうたてたるやうなり、いましばしぞおもひあはせまし、こなたしもなびきおとるは花すすきたままくくずのまくるなるべし」（判詞）、「此すすきの歌は、すけまさが、なびく、まねくといひたるわたり、らうたてたるやうなり、今しばしぞおもひあはせまし」（順集・一三〇）

890 ユフツクヒイレハオクラノヤマノハニ　オチカヘリナクホト、キスカナ

郁芳門院根合匡房卿作也。右大臣判云、右哥イトミ、トヲクカ、ルコトハフルキ哥合ニモヨカラヌコト、ナムアル、トサタメラレタリ。

550 夕つくひいれはをくらの山のはにをちかへりなく時鳥かな

郁芳門院根合匡房卿作也。右大臣判云、右哥いとみ、とをくか、ることはふるき歌合にもよからぬこと、

なむあれ、とさためられたり。

【出典】郁芳門院根合・八

【他出】江帥集・五三、袋草紙・四六六、万代集・六三五

【注】**○匡房卿作**　二番「郭公」左大弐右左大弁匡房。**○右大臣**　判者は顕房。六条右大臣と称された。**○判云**　中右記所載の判詞には「左方申云、右方之歌、詞未聞知、已如梵語、無通事者、何知其義哉、有暫、判者為持、左方之人人、甚有腹立之色、一定勝歌、推敢為持、事之外也」とあり、袋草紙は「右いといと耳とほし。かかることは、ふるき歌合にもよからぬことばとありければ、いづれおとりまさらずなん」と童蒙抄に近似した判詞を引く。

891

チヨヲヘテスムヘキミツヲセキイレツ、イケノコヽロニマカセタルカナ

高陽院《宇治殿》哥合〈長元八年／五月〉、左方資業詠也。輔親判左セキイル、ワロシトテマク。

551

ちよをへてすむへきみつをせきいれつゝいけの心にまかせたる哉

高陽院哥合宇治殿長元八年五月、左方資業詠也。輔親判左せきいるゝわろしとてまく。

【出典】賀陽院水閣歌合・五、二句「すむといふみづを」五句「まかせつるかな」

【他出】栄花物語・三九〇、袋草紙・三七五（三句「せきいれて」五句「まかせてぞみる」）・六〇〇（五句「まかせてぞみる」）

【注】**○高陽院《宇治殿》哥合〈長元八年五月〉**「長元八年五月十六日、於賀陽院水閣有和歌合」（十巻本漢文日記）**○左方資業詠**　三番「池水」左資業右勝公任卿或本四条中納言　**○輔親判**　判者は大中臣輔親。「かかるほどに、三位すけちかめして□せさせ」（廿巻本仮名日記）**○輔親判**「せきいるるわるしとてまく」（十巻本判詞）。袋草紙は二箇所に

当該歌を引き、「古今の歌合の難」では歌合判詞に違いはなく、八病・中飽病の例歌に引く。なお、袋草紙八病箇所での所引歌は、国会本では二、三句「すむといふ水をせきいれつつ」

892 ニハノヲモニカラノニシキヲシクモノハ　ナヲトコナツノハナニソアリケル
同ニ赤染衛門ヨメルナリ。ナヲトコナツノ、トアル、ワロシトテマク。

552 庭のおもにからのにしきをしくものはなをとこなつの花にそ有ける
同に赤染衛門よめる也。なをとこなつの、とある、わろしとてまく。

【出典】賀陽院水閣歌合・一〇、三句「おるものは」（十巻本）
【他出】赤染衛門集・六〇三（四句「おる物は」）、栄花物語・三九五、袋草紙・三七八
【注】○**赤染衛門ヨメルナリ**　五番「瞿麦」左勝四条大納言或四条中納言云云右赤染衛門。○**ナヲトコナツノ**　「猶とこなつのとあるをわろしとてまくるなり」（判詞）、袋草紙も同文。

893 ヤマカハニコ、ロホソクソスタクナル　ヒトツミナル、ヲシニヤアルラム
若狭守通宗女子達哥合鴛鴦ヲ題ニスル右哥也。通宗《俊卿或本》判云、スタクトイフコトヲコ、ロホソシトハイカ、イフヘカラム、モシアマタアルコヱヲイフニヤアラム。カヤウノコト証哥ナトヤイルヘカラムト云々。スタクトイフコトハ通俊卿モヨクモシラサリケルニヤ。サハカリノヒトノカクカ、レケム、アルヤウコトニヤアラム。

553 山河に心ほそくすたくなるひとつみなる、をしにや有覧
若狭守通宗女子達哥合にをしを題にする右哥也。通俊卿判云、すたくと云事を心ほそしとはいか、いふへからむ、もしあまたあるこゑをいふにやあらん。かやうのこと証哥なとやいるへからん云々。すたくといふ事は通俊卿もよくもしらさりけるにや。さはかりの人のかくか、れけん、あるやうある事にやあらん。

【出典】若狭守通宗朝臣女子達歌合・一四

【注】○**鴛鴦ヲ題ニスル右哥**　七番「鴛」左出雲右（作者名なし）○**スタクトイフコトヲ**「右の歌は、すだくといふことを、心ぼそしとはいかがいふべからん、もしあまたあらん声をいふにやあらん、かやうの事は、そうかなどやいるべからん」（判詞）○**スタクトイフコトハ**　童蒙抄では「すだく」について33、750、760歌注で言及している。

894 オチコチノミチミエヌマテアキノ、ハ　シケクモクサノナリニケルカナ
義忠阿波国哥*会野草道滋題也。義忠判云、オチコチトヨメルハ、アシヒキノヤマノミチコソカミヨ・フルコトニモイヒト、メタレト云々。サレハヤマチニノミオチコチトイフコトハ、イフヘキニヤ。
丹後守公基任国哥合霧題ニ、
895 ナカメヤルカタサヘソナキヲチコチノ　ヤマヘニキリノタチシワタレハ
判者範永トカクサタメス。

554 遠近の道みえぬまてなつの〻はしけくも草の成にける哉

義忠阿波国哥合野草道滋題也。義忠判云、をちこちとよめるは、あしひきの山のみちこそ神世のふることにもいひと〻めたれと云々。されは山地にのみをちこちといふことは〻いふへきにや。丹後守公基任国哥合霧題に、

555 なかめやるかたさへそなき遠近の山へに霧のたちし渡れは

判者範永とかくさためす。

【本文覚書】○哥会…諸本「哥合」
【出典】894 東宮学士義忠歌合・一〇、四句「くさばしげくも」（二十巻本） 895 丹後守公基朝臣歌合・一二
【他出】895 丹後守公基朝臣歌合・一二
【注】○**野草道滋題**「野草路滋」題だが作者等は未詳。○**義忠判**「東宮学士阿波守藤原義忠朝臣……おもほゆる人をよびて、勝負の判のうた、みづからさだめよみたるなるべし」（序）○**オチコチトヨメルハ**「そのなかにも右のうたは、をちこちとよめるは、あしひきの山ぢこそかみよのふるごとにもいひとどめたれば」（判詞）○**サレハヤマチニノミ**　童蒙抄の評語か。○**丹後守公基任国哥合霧題**　六番「霧」左持、作者名を書かず。

*文字病難不例

896 ハナノイロヲウツシト、メヨカ、ミヤマ　ハルヨリノチノカケヤミユルト

亭子院哥合是則詠也。此上下ノ句ノハシメノ同字、クセトサタメラレス。

文字

556 花の色をうつしと、めよ鏡山春より後のかけやみゆると
亭子院哥合是則詠也。此上下の句の始の同字、くせとさためられす。

【本文覚書】○文字病難不例…文字ノ病難不レ例（刈）
【出典】亭子院歌合・二四
【他出】拾遺抄・五〇、拾遺集・七三、五代集歌枕・三一七、和歌初学抄・四五。是則集・五（下句「はるのすぎなんのちもみるべく」）
【注】○**亭子院哥合是則詠**　左持躬恒右是則。○**上下ノ句ノ**　上句、下句いずれも「は」であるが持とあるため、この難は指摘されなかったであろうとする。

897 コトナラハクモヰノ月トナリナ、ム　コヒシキカケヤソラニミユルト
天徳哥合中務右方哥也。上下句ノカミノ文字ニオナシ字ソアメル、*ニクサチニイカ、侍ヘキ、ト奏シケレハ、*左方ノ仰ナシ。サセル難ニハアラヌニソ。左モヨケレハ*持ノ。

557 ことならは雲ゐの月と成なゝむ恋しきかけや空にみゆると
天徳哥合中務右方歌也。上下の句のかみの文字に同し字そあめる、にくさけにいかゝ候へき、と奏しけれは、左右の仰せなし。させる難にはあらぬにそ。左もよけれは持とす。

【本文覚書】○ニクサチニ…ニク《憎》サケニゾ（刈）、ニクサケニゾ（岩）、ニクサゲニゾ（狩）○左方ノ…左右ノ（刈・

東・岩）○持ノ…持（筑Ａ・刈・岩・東）
【出典】天徳内裏歌合・三七
【他出】俊頼髄脳・三七、袋草紙・三五六・六三一、千五百番歌合・一八〇五、万代集・二四三八、続古今集・一二四八
【注】○**中務右方哥**　「恋」十八番左持本院侍従右中務。○**上下句ノ**　「右歌のかみしものくのかみに、おなじもじぞあめる、にくさげにぞ、いかがさぶらふべきと奏すれば、左右のおほせなし、左の人申す、左はさるもじさぶらはずとまうすめれど、させる難にはあらぬにぞ、仍為持」（判詞）、袋草紙は「発句の始めと第四句の始めの字と同じ」の項に当該歌をあげ「方人これを難ず。判者これを用ゐずと云〻」とする。

898

ハキノハニオクシラツユノツモリセハ　ハナノカタミハヲモハサラマシ
野宮哥合望城作也。順判、ウタメキタリ、トテ勝トサタム。コノ上下句ノハシメノ同ハノ字難ニセス。

558 はきのはに置しら露のつもりせははなのかたみは思はさらまし
野宮哥合望城作也。順判云、うためきたり、とて勝とさたむ。此上下句の始のおなしはの字難にせす。
【出典】女四宮歌合・六、三句「たまりせば」（二十巻本）
【他出】順集・一三六（三句「とまりせば」）
【注】○**望城作**　三番「萩」左兵部君右たちばなのもちきのあそん。○**順判**　当歌合の判者は源順。○**ウタメキタリトテ勝トサタム**　「もちきのあそんの、はぎのはにおくしらつゆのなどいへるわたり、めづらしからねどうためいたり、つゆをあさみしたばもいまだもみぢねばあかくもみえずかちまけのほど」（判詞及び判歌）、なお十巻本歌合では、

判歌に続けて「とて持に定む」とある。　◯**コノ上下句ノ**　現存判詞では言及していない。

899 アキノヨハイト、ナカクソナリヌヘキ　アクルモシラヌツキノヒカリニ
寛治八年大殿哥合左方兼房女詠也。右*正家ニカケリ。此上下句ノ初字同トテ難ナシ。

559 秋の夜はいと、なかくそ成ぬへきあくるもしらぬ月のひかりに
寛治八年大殿哥合左方兼房女詠也。右方正家にかてり。此上下句の始字同とて難なし。

【本文覚書】◯正家ニカケリ…正家ニカテリ（内・和・書）、正家カテリ（刈・岩・東）、正家にかてり（狩）
【出典】高陽院七番歌合・三五
【他出】袋草紙・四五三、続詞花集・一九三、秋風集・三四二（四句「あくるしられぬ」）
【注】◯**左方兼房女詠也**　二十巻本には「讃岐」、また神宮文庫本、歌合部類本、類従本には「右大臣家讃岐君」。萩谷氏は、この讃岐は兼隆男兼房女であろうと考証されている（歌合大成一三七）。◯**正家ニカケリ**　同歌合「月」四番左勝さぬき右まさいへ。◯**上下句ノ初字**　初句、三句の初字が同じである難は、二十巻本判詞には見えない。

900 アシヒキノヤマカクレナルサクラハナ　チリノコレリトカセニシラスナ
天徳哥合左方少弐命婦哥也。*少野宮殿判ニ、イトヲカシ、トテカチヌ。此二韻ノ同字難ナシ。

560 あしひきの山かくれなる桜花ちりのこれりと風に知らすな
天徳哥合左方小弐命婦哥也。小野宮殿判に、いとをかし、とてかちぬ。此二韻の同字の難なし。

【本文覚書】〇少野宮…小野宮（和・筑A・刈・岩・東・狩）
【出典】天徳内裏歌合・一四
【他出】拾遺抄・四五、拾遺集・六六、俊頼髄脳・四二、袋草紙・六二一、千五百番歌合・二四二九、八雲御抄・七八
【注】〇**左方少弐命婦哥**　「桜」七番左勝少弐命婦右中務。〇**小野宮殿判**　判者左大臣実頼。〇**イトヲカシトテ**　「左歌、いとをかしくて、さてもありなん」（判詞）〇**此二韻ノ**　「桜花と云るなの字と、ちりのこれりとかせにしらすなと云るはてのな文字となり……されとこれをはあしとも不被定。かやうの程の事は謌によるなめり」（俊頼髄脳）。
イこれは物の名とたゝの言葉とはゆるす所か桜花と云は物の名也しらすなと云は詞なれは
袋草紙は当該歌を声韻病の例歌とする。

ヒトヘツ、ヤヘヤマフキハヒラケナム　ホトヘテニホフハナトタノマム
同哥合云右方兼盛作也。又カミシモノ句ノハテニ同字アリト云々。左順勝。

561 ひとへつゝやへ山吹はひらけなむ程へてにほふ花とたのまん
同哥合に右方兼盛作也。左順勝。562春ふかみゐてのかはなみたちかへりみてこそゆかめやまふきの花、判云、右やへ山吹のひとへつゝ、ひらけは、ひとへ山吹にてやへさかすはほいなし。又上下の句のはてに同字ありと云々。

【本文覚書】〇異本は561歌を掲出し、「同哥合に」以下二字下げのまま、続く562歌も、注文の中に入れたかたちで示す。
【出典】天徳内裏歌合・一七
【他出】兼盛集・九五、俊頼髄脳・四一、袋草紙・三四一・六二〇、和歌色葉・四九、千五百番歌合・一八〇五・二

四二九、八雲御抄・七九
【注】○**右方兼盛作**　八番「欸冬」左勝順右兼盛。○**カミシモノ句ノ**「しものくのはて、かみのくのはてと、おなじもじあり」（判詞）、「本のすゑのはての文字と末のはてのもしとおなし。これはうたにとかとするうた《ことか》なりと被定たり」（俊頼髄脳）、袋草紙、八雲御抄は当該歌を声韻病の例歌とする。

902

ハルフカミヰテノカハナミタチカヘリ　ミテコソユカメヤマフキノハナ

判云、右ヤヘヤマフキノヒトヘツ、ヒラケハ、ヒトヘヤマフキニテヤヘサカスハホイナシ。


【本文覚書】異本562歌は、前項参照。

【出典】天徳内裏歌合・一六、初句「春がすみ」（十巻本、また「ふか」の傍記を有する伝本がある）

【他出】順集・一八六、拾遺抄・四七、拾遺集・六八、袋草紙・三四〇・六一一、八雲御抄・六八、時代不同歌合・一九九、別本和漢兼作集・四三八、和漢兼作集・三六六。新撰朗詠集・一二八（初句「春霞」）

【注】○**判云、右ヤヘヤマフキノ**「右歌、やへ山ぶきのひとへづつひらけんは、ひとへなるやまぶきにてこそはあらめ、心はあるににたれども、やへさかずはほいなくやあらん」（判詞）。袋草紙、八雲御抄は当該歌を頭尾病（「ハルフカミ」と「ヰテノカハナミ」）の例歌とする。

【補説】この二首は天徳内裏歌合八番（左順、右兼盛）のもので、流布本901、902歌注は、諸本とも独立した項目として立項しているが、異本では、561歌（流布本901歌）を被注歌とし、562歌（右歌、流布本902歌）を、561歌の注文中に置いている。同歌合の判詞は以下の通りである。

　左歌、いとをかし。さることなりときこゆ。右歌、やへ山ぶきのひとへづつひらけんは、ひとへなるやまぶきにてこそはあらめ、心はあるににたれども、やへさかずはほいなくやあらん、又、しものくのはて、かみのくのはてと、おなじもじあり、仍以左為勝。

異本注文の構成は、まず負歌となった右兼盛詠（561歌）をあげ、作者名を示した後、勝歌である左順詠（562歌）を示し、その後に、右歌に対する判詞を示す。その判詞は歌合本文にほぼ一致している。これに対し流布本は、右兼盛詠を上げ（901歌）、判詞の最後の一文を「又カミシモノ句ノハテニ同字アリト云々」として引く。ところが、異本が注文中に入れた順詠を902歌として立項し、これに対して兼盛詠に対する判詞を、「右ヤヘヤマフキノヒトヘツ、ヒラケハ、ヒトヘヤマフキニテヤヘサカスハホイナシ」として引用する。文頭に「右」の語を置いてはいるものの、右歌に対する判詞を左歌に対して注したと解される書き方になっている。左順歌に対する判詞は「左歌、いとをかし。さることなりときこゆ」であるから、本来「文字難」として立項されるべきではない歌を立項していることになる。

903

ケフヨリハネノヒノマツモヒキカヘテ　ヤヲヨロツヨノハルヲコソマテ

承暦右方後番歌合ニ美作守匡房ヨメル也。二韻ノハテハ字同。サレト難トセラレスカチトサタメラレタリ。

563 けふよりはねのひの松もひきかへてやを万代の春をこそまて

承暦右方後番哥合に美作守匡房よめる也。二韻のはては字同。されと難とせられす勝と被定たり。

【出典】内裏歌合承暦二年・二

【他出】袋草紙・三二四（二三句「ねのびのまつとひきうゑて」）

【注】○**承暦右方後番歌合**　承暦二年四月二十八日に行われた歌合で負方となった右方の方人を中心に行われた後番歌合、判は白河天皇。「此歌はみな右方歌也。廿八日の歌合ばかりの歌、むげにみぐるしきに、かつとさへ定めたる。のちのよのそしられ、わがよのはぢなりとおほせられて、右をかぎりをあはせて、御判にせさせたまふ」（十五番判

詞）、「勅判と云ゝ。尤《もつと》も仰ぐべきなり」（袋草紙、但し顕昭が追補したものか）○**美作守匡房ヨメル也**　一番「子日」左皇后宮美作右勝美作守匡房。○**二韻ノ**　当該歌について歌病に言及する資料未見。同声韻に該当する。

904　オリヤセムオラテヤミマシアキハキニ　ツユモコ、ロヲカケヌヒソナキ

後冷泉院御時皇后哥合美濃君〈頼国女〉詠也。カチトサタメラル。コノ第一二句ノハシメノモシ岸樹病トソイヘト難ニモ《チ》・イ《ラ》・レス。

564　折やせむおらてやみまし秋はきに露も心をかけぬまそなき

後冷泉院御時皇后宮歌合美濃君〈頼国女〉詠也。勝と被定。此第一二句のはしめの文字同は岸樹病とそいへと難に不被用也。

【出典】皇后宮春秋歌合・八、三四句「秋はぎを露もこころに」

【他出】栄花物語・五四三

【注】○**美濃君〈頼国女〉詠也**　廿巻本歌合所収本は「美作―美濃ノ濃ニ重ネテ作ヲ書ク、更ニ「頼国女」ト脚注、スベテ後書キ」（平安朝歌合大成）。四番左「鶯」春宮大夫右勝「鹿鳴草」美作。○**コノ第一二句ノ**　当該歌について歌病に言及する資料未見。

905
ム*ハタマノヨルノユメタニマサシクハ　ワカヲモフコトヲヒトニミセハヤ
天徳哥合中務右方哥也。判云、ムハタマトカケリ。ヨルトイフコトハヌハタマトソイフ。カキアヤマチタリ、ト奏スレハ、アヤマチアラムニハイカテカ、トヲホセラル。仍左為勝云々。コレタツヌヘキコトナリ。万葉集ニ烏玉トカキテ、ムハタマトモウハ玉トモヌハタマトモ、和字ニ順*カキテ侍ケリ。ヨルナラムカラニヌハタマノコ、ロカナフヘシトモヲホヘネ、ト村上聖主ノヲマヘニテ少*野宮殿申サレケルコトアタナラムヤハ。

565
むはたまのよるの夢たにまさしくはわか思ふ事を人にみせはや
天徳哥合中務右方哥也。判云、むはたまとかけり。よるといふことはぬはたまとそいふ。かきあやまちたり、と奏すれは、あやまちあらむにはいかてか、と被仰。仍左為勝云々。是可尋事也。万葉集に烏玉とかきて、むはたまともうはたまともぬはたまとも、和字に順かきて侍めり。よるならむからにぬはたまのこゝろかなふへしとも覚えぬ、と村上聖主の御まへにて小野宮殿申させ給けることあたならむやは。

【本文覚書】○ムハタマノ…刈・岩「烏羽玉」と傍記　○順…順《シタカヒ》（刈・東）、順《ヒ》（岩）　○ヲホヘネト…オホヘネド（刈・東・岩）　○少野…谷以外、小野
【出典】天徳内裏歌合・三三
【他出】金葉集三奏本・四二六、袋草紙・三五四・六七二、袖中抄・四三七、摂政家月十首歌合・四二一

【注】○**中務右方哥**　十六番「恋」左朝忠右中務。○**判云、ムハタマトカケリ**　「右うた、むばたまとかけり、よるといふことは、ぬばたまとぞいふかし、うばたまはおなじやうなれど、かきあやまちたるなめれば、そのよしそうすれば、あやまちあらんにはいかでかと、おほせごとあれば、以左為勝」（判詞）、「黒玉《むばたま》の誤りによりて負け了んぬ」（袋草紙）○**コレタツヌヘキコトナリ**　「うばたま　烏玉之夜　野干玉之よわたるかり　天徳歌合に、むばたまのよるのゆめだにまさしくばわがおもふ事をと中務がよめる歌を、小野宮左大臣判者にて、よるをばぬばたまとこそいへとて、此歌をまけに判ぜられたり。今万葉集には、むばたまといひて、よるとよみ、うばたまとてもよるといひ、又ぬばたまとてくろしといへば、わかぬことばにこそあめれ。などかく判ぜられたるにかありけん。又そのときも此証歌をおぼえざりけるにやあらん」（綺語抄）、「今案《ズルニ》、考《フルニ》二喜撰式《ヲ》一云、夜をばぬばたまといふ、髪をばむばたまのといふ。若《シ》付《キ》二此《ノ》式《ニ》一て、此《ノ》判詞侍《ル》歟。考《フルニ》二万葉集《ヲ》一、夜をば或はむばたまと詠み、或はうばたまと詠み、或はぬばたまと詠めり。然者むばたまの夜と詠める、ひが事にあらず。又髪をむばたまとも詠めり。たがひにかよひて詠めるとぞ見えたる」（袖中抄）、「小野宮清慎《公》判者にて……むはたまは別物の名也とてまかせさせ給へり。善《喜》撰か式のまゝにや」（和歌色葉）

題心難例

春

906 クレナヰノウスハナサクラニホハスハ　ミナシラクモトミテヤスキマシ

907 シラクモトミユルニシルシミヨシノ、　ヨシノ、ヤマノハナサカリカモ

大殿寛治八年八月哥合、一*番左〈筑前伯母〉右中納言匡房哥也。帥大納言判云、左メツラシキヤウニヨマレ

タレト、哥ノコ、ロハ、トヲウテクモトミツレトチカクスキテミレハ*ク《レ》ナヰニサクラナリケリ、トヨマレタルナリ。サラハヤマナトニカケテトヲキコ、ロヤミスヘカラム。右ハメツラシケナレ《ケ》ト別ノ難モミエネト持トヤ申ヘカラム。筑前後日ニ陳テ云、クレナヰトイフサクラヤアルト侍ラハコレヲオホヘサセタマヘ。一条大納言哥合、

908 クレナヰニフカクニホヘルサクラハナ　アメサヘフリテソメテケルカナ

又白雲ハ山ノミネナラネトヤトニモヰル物也。

909 タチネトヤイヒニヤラマシ、ラクモノ　トヒコトモナクヤトニヰルラム

910 シラクモトミエツルモノヲサクラハナ　イナ《マ》ハチルトヤイロコトニナル

ナト貫之カヨミテ侍ハ。花紅葉タツネアリクニハソコ〳〵トヤハヨミシルス、花ノアルトコロヲクモトミルソカシト云々。

又帥大納言ニキコユルフミノナカニ、ノモシイツ、*作哥ニヒ《イ》トシ《ヒ》ト作《候》ニヤ。マサシク輔*親カ、母ニ申サフラヒシヲオサナミ、ニキ・候シハ、ヲナシモシミモシハアリナム。ヨモシハオホヤケウタニエヨマシトコソ申シカ。サクラハミナサヤミマシト申タルヲヒトシクセササセタマヘル。スヱノヨモサタメ人ノ御タメニミエ侍ナムモノヲト云々。

帥大納言ノフミノナカニ、

クレナヰヲサクラトイフコトヲオホロケノ人ハシリハヘラサリケル、イハレタルコトニ侍。サレトコレハフミナトニモツネニツクラレ侍コトナレハ難スルヒトモ侍ラサリケムムカシ。又花ヲ雲トヨマレタルニ、ナヲ山ヤアルヘカラムトイフコトハ、タシカニモヲホヘ侍ラス。タ、シコノヨマレタル御哥ノ心ハ、*トヲクテモトミツレトチカウスクレハアサクレナヰノ花ナリケリ、トハヘレハ、イトヲカシク思ヨラレテ侍メリ。同ハヤマナトイフトホキ所ハヘラマシカハト思給テ申タリケルコトニヤ。サラハコノタテマツラレタルウタハカナヒハヘラス。コレハトホクテ雲トミエツレトミエヌハチリニケルニヤアラム、トアレハ、トモニトホクテヨマレテハヘルナリ。スキヌトヨマレタルハチカキカタニハヘリ。サレハトホキコトノ心ノアラムハマサリモヤセムト思給テ申ケルニヤ。ムカシヨリ哥ノ判ハイトカタク侍事也。チカク殿上哥合《天徳哥合判事也》ニ、能因法師ノ、キナカヌヨヒノシルシカラハ、トイフ哥ハ、ヨキウタトイヒツタヘテ侍ヲ、四条大納言北山ニイマセシホトニテ、コレヲミテ、哥合ノ哥ニハニストテイレラレス侍シナリ。サレハミナヒトノコ、ロユキテアラムコトアリカタク侍。

又祝哥左右ヤムコトナキ神タチヲカケタテマツリテハヘリシカハ、ソレイツレマサリタリト申カタシ、ト申テハヘリシナリ。コレハシメテ申ニハ、ヘラス。殿上哥合侍シニ、左一番哥ニ、カスカヤマイハネノマツモキミカタメ、トヨミアケラレテ侍シニ、二条殿カスカヲカケタテマツリタラム哥ハエマケ侍ラシ、トノタマヒシカハ、カチトサタメラレハヘリシカハ、ソノヨシヲ申テ侍ト判シ申シ、ヲ、ソノ案内シラヌ人アヤシトヤヲモヒハヘリナムト云々。
又筑前ノ君ノフミノ中ニ、
ソノヨノコトハコマカニモウケタマハラス《テ》、山ミエストテナムヒトシクサタメラレタル、トウケタマハリテ、山ノカ、ラヌ雲ノ哥トモヲマヒラセタリシニ、ケフノヲチコチノタメシニナルヘキニモハヘラス。タ、ミワタスニシロタヘニサキマシリタルナカニウスクレナヰニサクラノカホリイテタルニタチト・マリテ、・《カク》ニホハスハクモトミテコソスキマシヤ《カ》ト思テナム、ヤノ、キヨリモノニモタツクモナレハ、サクラノチカキニモトヲキニモヨリハヘルマシクナムカタハライタキコトニ侍レト、ソラニシラレヌユキヤハフル、トタニコソ難ハヘリケレハト云々。ウレシキウタノユカリニヲカシキ御文ヲミハヘリテ、オイノツトニコソハトリオカレ侍リヌレ。

題心

春

566 紅のうす花さくらにほはすはみな白雲とみてや過まし

567 白雲とみゆるにしるしみよしの、吉野の山の花さかりかも

大殿寛治八年八月哥合、二番左筑前伯母右中納言匡房哥也。帥大納言判云、左めつらしきやうによまれたれと、哥のこ、ろは、とをうして雲と見つれとちかくすきてみれはくれなゐに桜なりけり、とよまれ

たる也。されは山なとにかけてとをき心やみすへからむ。右はめつらしけなけれと別の難もみえねと持とや申へからむ。

筑前後日陳云、紅といふ桜や有といへらはこれをおほえさせ給へ。一条大納言哥合、

568 紅にふかくにほへる桜花あめさへふりてそめてけるかな

又しら雲は山のみねならねはやとにもゐる物也。569 たちねとやいひにやらまし白雲のとひこともなくやとにゐるらん

570 白雲とみえつる物をさくらはないまはちるとやいろことになる、なとつらゆきかよみて侍は。花もみちたつねありくにはそこ〳〵とやはよみしるす、花のあるところをくもとみるそかし。

又帥大納言にきこゆるふみの中に、の文字いつゝ候歌にひとしと作にや。まさしく輔親か母に申候しをおさなみゝにきゝ候しかは、同文字三もしはありなむ。四文字はおほやけ哥にえよましとこそ申しか。桜はさやみましと申たるをひとしくせさせ給へる、末のよもさため人の御ためにみえ侍なむ物を云々。帥大納言ふみの中に、紅と桜をいふことをおほろけの人はしりはへらさりさり《(ママ)》ける、いはれたる事に侍。されとこれはふみなとにもつねにつくられ侍ことなれは難する人もはへらさりけむかし。又花を雲とよまれたるに、猶やまやあるへからんといふことは、たしかにもおほえ侍らす。但このよまれたる御歌の心は、とをくて雲とみつれともちかうすくれはあさくれなゐのはなゝりけれ、と侍れは、いとをかしく思ひよられて侍めり。同くは山なといふ遠き所はへらましかはと思給て申たりけることにや。さら

は此たてまつられたる哥はかなひ侍らす。これはとをくて雲とみえつれとみえぬはちりにけるにやあらん、とあれは、とりに（ママ）とをくてよまれて侍也。すきぬとよまれたるはちかきかたにはへめり。されはとをきことの心のあらんはまさりもやせむと思給て申けるにや。むかしより哥の判はいとかたく侍事也。ちかく殿上の哥合に、能因法師の、きなかぬよひのしるからは、といふ哥は、よき哥といひつたへて侍を、四条大納言北山にいませし程にて、これをみて、歌合の歌にはにすとていれられす侍し也。されはみな人の心ゆきてあらんことかたく侍。又祝哥左右やむことなき神たちをかけたち（ママ）まつりて侍しかは、それいつれまさりたりと申かたし、と申て侍し也。これ始て申に侍らす。殿上歌合侍しに、左の一番の哥に、かすか山いはねの松も君かため、とよみあけられて侍しに、二条殿かすかをかけたてまつりたらむ歌はえまけ侍らし、との給しかは、勝とさためられ侍めりしかは、そのよしを申て侍と判し申しゝを、その案内知らぬ人あやしとや思ひ侍りけむと云々。

又筑前君の書の中に、

そのよの申《事》はこまかにもうけ給はらて、山みえすとてなむひとしくさためられたる、とうけ給て、やまのかゝらぬ雲の哥ともをまいらせたりしに、けふのをちこちのためしになるへきにもはへらす。たゝみわたすにしろたえにさきましりたるなかにうすくれなゐにさくらのかほり出たるにたちとゝまりて、かくにほはすは雲とみてこそすきましかと思てなむ、やのゝきよりものにもたつ雲なれは、さくらのちかきにもよりはへるましくなんかたはらいたきことにははへれと、空にしられぬ雪やはふる、とたにこそ難は侍りけれは云々。うれしき歌のゆかりにをかしき御ふみをみ侍て、おいのつとにこそはとりをかれはへりぬれ。

【本文覚書】○一番…二番（刈・東）、二《一イ》番（岩）○クナ《レ》ヰニ…クレナヰニ、ホフ（刈・岩・東）○作…候（和・筑Ａ・書）、作《ル》（刈）○輔親カ、…輔親カ（和・筑Ａ・刈・岩・東）○トヲクテモト…トヲククモト（東）

【出典】906高陽院七番歌合・三、907同・四、908同・消息文、910一条大納言家歌合・七六、911同・七七

【他出】906康資王母集・一五、詞花集・一八、後葉集・四五、袋草紙・四百四十、新時代不同歌合・二五三、和歌口伝・二七四　907江帥集・三九、詞花集・二二、後葉集・四四、袋草紙・四四一・六二四、無名抄・五〇、定家八代集・九六、瑩玉集・一、八代秀歌・五一、八雲御抄・八一　908一条大納言家歌合・二（下句「あめさへいろをふりぞし《しめ》にける」）　909貫之集・二二一（二句「いひややらまし」）、古今六帖・五三七（四句「とふ人もなく」）、和歌初学抄・四（四句「とひごともなく」）　910後撰集・一一九、古今六帖・四一八一

【注】○**大殿寛治八年歌合**　883歌注参照。○**一番左**　二番「桜」左持筑前右中納言匡房。○**帥大納言判云**　「左のうたは、めづらしきやうによまれたれど、うたの心はとほくて、くもとみつればと、ちかくすぎにてみつれば、くれなゐににほふに、にほふさくらなりけりとよまれたるなり、さらば、やまなどにかけて、とほきことなどやはあるべからん、右の歌は、めづらしげなけれど、べちのなんもなければ、ぢとやまうすべからん」（判詞）○**筑前後日ニ陳テ云**「くれなゐなるさくらやある、などはべらば、これをおぼえさせたまへ、一条大納言歌合に、くれなゐにふかくにほへるさくらばなあめさへふりて色をそめける、しらくもは山みねにもかからずはべらんにも、やどにものにもゐるものなり

たちねとやいひにやらじ白雲のとひこともなくやどにゐるらん

白雲とみえつるものをさくらばないまはちるとやいろことになる

など、つらゆきがよみてはべる、はなもみぢたづねありくは、かならずそこそことやはよみいだししるす、花のあるところをくもともみるぞかし、かやうのことは、おぼえたまはざらん、これをおぼえさせたまへ」（「祝」七番の次に付せられる。日本古典文学大系『歌合集』において「消息文1」とされるもの）○**又帥大納言ニキコユルフミノナカニ**　「のもじいつつ、しもじよつさぶらふだにひとしとさぶらふがやましう、すけちかがははにまうしさぶらひしを、をさみみにききさぶらひしかば、おなじもじみもじはありなん、よもじはおほやけうたには、えよまじとこそまうししか……さくらはさやよみしたるを、ひとしくせさせたまへる、すゑのよもさだめみはべらんものを（消息文2）○**帥大納言ノフミノナカニ**　「さて、くれなゐのさくらをいふことは、おぼろけのひとはえしらじとはべりける、いといはれたることにはべなり、されど、これはふみなどにもつくられはべることなればなん、さる人もはべらざりけんかし、又、花をくもとよまれたるに、なほやまやあるべからん、といふことは、たしかにおぼえはべらずし、このよまれたるうたのおほん心は、とほくてくもとみつれども、ちかくすぐれば、あさくれなゐの花なりけりとはべるは、いとをかしくおもひよられてはべめり、おなじくは、くものかたにやまなどいふとほきこころのはべらましかばと、おもたまへて申したりけることにや侍りけん、さらば、このたてまつられたるうたは、かなひはべらず、これは、とほうてくもとみえはべれども、みえぬはちりにけるにやあらんとあれば、ともにとほうよまれてはべるなり、すぎぬとよまれたるは、ちかきかたにははべめり、されば、とほきことばのあらば、まさりもやせんとおもたまへて申しけるにやはべらん、むかしよりいまにいたるまで、歌のはんは、いとかたうはべる事なり」（消息文3）○**チカク殿上哥合ニ**　「又、ちかう殿上の歌合に、能因法師の、きなかぬよひのしるからば、といふ歌は、よき歌といひつたへてはべるを、四条大納言の北山にいませしほどにて、これをみて、歌合の歌にはあらず、とて、いれられずはべりしなり、されば、みなひとの心ゆきてあらんこと、いまもむかしもありがたうはべる事なり、又、いはひの歌に、左右やむごとなきかみをかけたてまつりてはべりしかば、これをいづれまさりたりと申しがたし、とまうしてはべりしなり、それは、はじめて申すにはべらず、殿上の歌合にはべりしに、左の一番の歌に、かすがやまいはねの松も君がため、とよみあげられはべりしに、二条殿、かすがをかけたてまつりたらん歌は、えまけはべらじ、とのたまひしかば、宇治殿も、さること、と御けしきはべりてかちぬ、さだめられはべりしことのおぼえはべりしかば、そのよしをまうして持とのみはじまうししを、そのあないもしらざる人は、あやしとやおもひはべりけん」（消息文3）

○又筑前ノ君ノフミノ中ニ「そのよのことは、こまかにもうけたまはらで、山かからずとてなん、人して、ひとしくさだめられたりとうけたまはりて、山のかからぬくものうたどもまゐらせたりしに、けふのをちこちのためしにもなるべきにもはべらず、ただの山をみわたすに、しろたへにさきまじりたる、うすくれなゐのさくらのかをりいでたるに立ちどまりて、かくにほひりせずは、くもとみてこそはすぎなましか、そこにたちてあらましごとをみなしはべらんは、ゆゑなきしたにくだきはべりしやどののちよりものにもたつくもなれば、さくらのちかきとほきにもよりはべるまじくなん、をこがましくかたはらいたきことにはべれど、そらにしられぬ雪やはふるとだにこそなんには侍りければ……うれしき歌のゆかりに、をかしき御ふみをみはべりて、おいのつとにこそはとりおかれはべりぬれ」（消息文4）

911 ヤチヨヘムヤトニ、ホヘル・《ヤヘ》サクラハナ　ヤソウチヒトハチラテコメミメ*

912 カセノオトモノトケキハルノヤトナレハ　ニホフサクラヲアクマテソミル

大殿寛治八年哥合、四番左讃岐君〈兼房女*〉右正家〈式部権／大輔〉ヨメルナリ。帥大納言判、左ヤソウチ人モチラテコソミメ、トヨマレタルハイマタチラヌコ、ロカ。花ノチラヌカトヲホユルウチニ、二句ノカミコト《ノ》クヤモシヤヲホカラム。

右ハアクマテトイフコトハ、ヨムコトニハアレト、花ノアカムハイカ、アラムトテ持トサタメラレタリ。

571 やちよへんやとににほへるやへ桜やそうち人はちらてこそみめ

572 風の音ものとけき春の宿なれは匂ふ桜をあくまてそみる

大殿寛治八年歌合、四番左讃岐君、匡房女、右正家〈式部権／大輔〉よめる也。帥大納言判、左やそうち人もちらてこそみめ、とよまれたるはいまたちらぬ心歟。花のちらぬ心歟とおほゆるうちに、句のかみことのやもしおほからむ。右はあくまてといふことは、よむことはにはあれと、花のあかむはいかゝあらむとて持と被定也。

【本文覚書】○コメミメ…谷以外「コソミメ」 ○兼房…匡房（内）

【出典】911 一条大納言家歌合・七、912 同・八

【他出】911 袋草紙・四四六（四句「やそうぢ人も」）・六三四（三句「山ざくら」）、八雲御抄・八五

【注】○**四番左讃岐君**〈**兼房女**〉**右正家**〈**式部権大輔**〉「桜」四番左持讃岐君右正家朝臣。讃岐については899歌注参照。正家は嘉保元年には式部権大輔だった（中右記嘉保元年五月二日条）○**帥大納言判**「左のうたの、やそうぢびともちらでこそみれ、とよまれたるは、いきちらぬこころか、ちらでとあれば、にはかになにのちらぬにかおぼゆるうちに、くのかみごとに、やもじやおほからん、又、右の歌は、あくまで、といふことば、よむことばにはあれど、はなあかむは、いかがはあらん、とおぼゆれば、ぢなどやまうすべからん」。袋草紙は911歌を「毎句の始め同字多し」の項に引く。八雲御抄は911歌を引き「毎句上同字ある也。二字は常事、三字を禁也」とする。

913 *ミチヨヘムナルテフモヽノコトシヨリ　ハナサクハルニアヒソメニケリ
亭子院延喜十三年哥合、是則詠也。トシトイフコトヲヨトヨメリトテマケタリ。三千年ヲ三・《チ》世トイヘルナリ。サレト後撰ニイリタリ。

573 みちよへてなるてふもゝのことしより花さく春にあひそめにけり
亭子院延喜十三年歌合に、是則詠なり。としといふことをよとよめりとてまけたり。三千年を三千世といへる也。されと後撰に入たり。


【本文覚書】○ミチヨヘム…流布本諸本異同ナシ。

【出典】亭子院歌合・六、右是則、初句「みちよへて」

【他出】忠岑集・一五〇、俊頼髄脳・三三、奥義抄・一五六、袋草紙・三三三、和歌色葉・三五五、色葉和難集・八六〇、以上五句「あひぞしにける」。忠岑集☆・七七（五句「なりぞしにける」）、和歌童蒙抄・六六三（五句「あひにけるかな」）。是則集・六（五句「あひにけるかな」）、古今六帖・五八（五句「なりぞしにける」）、拾遺抄・一八四（五句「あひぞしにける」）、拾遺集・二八八（五句「あひにけるかな」）、以上初句「みちとせに」

【注】○**亭子院延喜十三年哥合**　同歌合は延喜十三年三月十三日に行われた。○**是則詠**「春二月十首」左勝躬恒右是則。○**トシトイフコトヲ**「としとよむべきことをよといへりとて、まく」（判詞）、「ミチトセトイフヘキヲ、ミチヨトヨメリトテ、マケタルナリ」（663歌注）、「「とし」と云ふべきことを「代」とよめりとて負く」（袋草紙）。「三千年ニヒトタヒミナルナリ」（663歌注）、「是は三千年に一度なるもゝ也」（奥義抄）○**サレト**　拾遺抄の誤りか。拾遺抄・一八四に「亭子院歌合に」として入集。「拾遺第五ニアリ。延喜十三年亭子院哥合ニ、躬恒カヨメル也」（663歌注）

914
夏
ヒニソヘテニホヒソマサルフチノハナ　チトセノハルヲオモヒコソヤレ
永保二年女四宮哥合、源有賢藤哥也。若狭守通宗判云、キミカチトセヲカケテイハヘル、トカクイフヘキニアラス。マサルトサタメタリ。祝ニヨセツレハカツヘキコトカトミエタリ。

574
夏
日にそへて匂ひそまさる藤の花千とせの春を思こそやれ
永保二年女四宮哥合、源有賢藤哥也。若狭守通宗判云、君かちとせをかけていはへる、とかくいふへきにあらす。まさると定たり。祝によせつれはかつへきことかとみえたり。

【出典】後三条院四宮侍所歌合・一〇
【他出】袋草紙・四三五
【注】○**源有賢藤哥**　五番「藤花」左なかざね右かつありかた。○**キミカチトセヲ**　「右、君がちとせと云ひたれば、ともかくもいふまじ」（袋草紙）。なお二十巻本歌合には判詞がない。

915
ミナソコモムラサキフカクミユルカナ　キシノイハネニカヽルフチナミ
承暦哥会、五番右仲実詠也。左人実政、カケウツルコトハイハテミナソコ紫ナリトヨムヘキ、ト申ニ、右人、藤哥ノ本、ウツレリトヨミタルト申。左哥ワロケレトレイノ持トサタメラル。

575 みなそこも紫ふかくみゆる哉きしのいはねにかゝる藤浪
承暦歌合、五番右仲実詠也。左人実政、かけうつることはいはてみなそこむらさき也とよむへき、と申に、
右人、藤哥の本、うつれりとよみたる申。左哥わろけれとれいの持と被定。

【本文覚書】○哥会…谷以外「哥合」
【出典】内裏歌合承暦二年・一〇
【他出】後拾遺集・一五五、作者「大納言実季」
【注】○承暦哥会五番右仲実詠　承暦歌合は875歌注参照。五番「藤」左持中将家忠、右丹後守仲実。なお実季は仲実の父、右念人。後拾遺集作者名を実季とする事に関する資料未見。○左人実政　「実政がいふやう、かげうつるといはでは、いかでか、みなそこむらさきふかきとはよむべきとまうすほどに、右のひと、ふぢのうたの本にするうたには、たごのうらのそこさへにほふとよめるは、いつか、うつれるなどよみたるとまうすに、みちとし、ひだりのうたに、かぜのけしきのどけしとよめるもゆゑなし、ふぢなみににたらんからに、かぜのともかくもあるべきかはなどいふに、れいの持とさだめられぬ」（判詞）。童蒙抄流布本異本とも「藤哥ノ本ウツレリトヨミタルト」の箇所、目移りによる脱文が想定される。548歌注参照。

916 ムラサキニ、ホフ、チナミウチハヘテ　マツニソ千世ノイロモカヽレル
天徳*哥会、左朝忠中納言哥也。水キシイソナトヨマテ、タ、フチナミトヨメル、イハレナシトテマケタリ。

576 紫ににほふ藤なみうちはへて松にそ千よの色もかゝれる
天徳哥合、左朝忠中納言哥也。みつきしいそなとよまて、たゝ藤浪とよめる、いはれなしとてまけたり。

【本文覚書】○哥会…谷以外「哥合」

【出典】天徳内裏歌合・一八、五句「いろはかかれる」

【他出】朝忠集・四二、続千載集・一九九、以上五句「いろはかかれる」。袋草紙・三四二（二句「みゆるふぢなみ」）

【注】**○左朝忠中納言哥**　九番「藤」左朝忠右勝兼盛。**○水キシイソナトヨマテ**　「左歌、みづなくてふぢなみといふことは、ふるきうたにをりをりあり、されど、たづぬる人なければ、とどまれるなるべし、うたあはせにはいかがあらん、ことによせぬはあるまじ、いはれなし、なほ、みづ、いけ、きしなどぞよすべかりける、歌がらはきよげなり、右歌、おなじなみあるに、きしによせたれば、たよりあり、かうぞふるきにもある、ふぢなみとおしなべていふことにはあらず、御気色もさやうにぞみゆる、少臣問源大納言云、尤難也、しばらくぢに疑之、右方人申云、左歌のふぢなみみづによらず、いかがと愁申、事理可然、仍以右為勝」（判詞）

917 アラシノミサムキミヤマノウノハナハ　キエヌユキカトアヤマタレツヽ
同*哥会ニ、右方兼盛詠也。左忠見。
918 ミチトヲミヒトモカヨハヌヲクヤマニ　サケルウノハナタレトオラマシ
判云、*左方右山ニ卯花ヲシモヲモヒケムソイカヽ。サレト右ウタサマ、サレリト云々。

577 嵐のみさむきみやまのうの花は消ぬ雪かとあやまたれつゝ
578 道とをみ人もかよはぬをく山にさける卯花たれとをらまし
同歌合に、右方兼盛詠也。左忠見。判云、左右やまにうの花をしも思ひけむそいかゝ。されと右哥さままされり云々。

【本文覚書】○哥会…谷以外「哥合」○左方右…異同ナシ

【出典】917 天徳内裏歌合・二四、四句「きえせぬ雪と」 918 同・二五

【他出】917 袋草紙・三四九 918 麗花集・三六、後葉集・八六、以上四句「きえせぬゆきと」。袋草紙・三五〇、雲葉集・二八六

【注】○**右方兼盛詠也左忠見**　十二番「卯花」左忠見右勝兼盛。童蒙抄は右歌を先に置く。○**左方右**　異本「左右」。判詞によれば、左歌（918歌）が「（山の）うのはな」に拘泥する点を特に批判しており、右歌（917歌）も山は詠んではいるが、勝っている、と述べている。異本の注文では「左右」歌が問題点を共有しているように解される。流布本では諸本に異同なく、左方が右歌を難じたの意にも解されるが、論難の記録は未見。○**山ニ卯花ヲ**　「左歌、山のうのはなをしもおもひけんぞいかが。右歌、おなじ山なれど、をかしさまされり、仍以右為勝」（判詞）、童蒙抄の依拠資料未詳。あるいは童蒙抄が意を取って略述したか。

919 ホノカニモマツナキソメヨホト、キス　アケハアヤメノネモツクシテム

応和二年五月四日内裏哥合、待郭公心ヲヨメル、四番右方兵庫蔵人哥也。判ニ、時鳥マツナケトイフハ、卯月ヨリナクヲナカヌカトヲモヘルニ、タリトテマク。

579 ほのかにもまつなきそめよ時鳥あけはあやめのねもつくしてん

応和二年五月四日内程(ママ)哥合に待郭公をよめる、四番右方兵庫蔵人哥也。判云、時鳥まつなけといふは、卯月よりなくをなかぬと思へるに、たりとてまく。

【出典】内裏歌合応和二年・八
【注】○**応和二年五月四日内裏哥合**　庚申夜の当座歌合。主催者は村上天皇。「応和二年五月四日庚申の夜、あすは五日、時鳥をまつといふ題をたまはせてよませたまへる」（同歌合御記）○**四番右方兵庫蔵人哥**　十巻本には「兵庫蔵人勝」とあるのみで番数は示されない。○**判ニ**　当該判詞は伝わらない。

920 サミタレニフリテ、ナケトヲモヘトモ　アスノタメトハ《ヤ》ネヲノコスラム
応和二年内裏哥合、左方侍従佐理哥也。ホト、キストイフモシナケレトウタノスカタケウラナリ、トテカチタリ。題字ヲヨマヌ証ナリ。

580 五月雨にふりてゝなけと思へともあすのためとや音を残すらん
応和二年内裏哥合、左方侍従佐理哥なり。郭公といふ文字はなけれと哥のすかたけうらなり、とて勝たり。
題字をよまぬ証なり。

【出典】内裏歌合応和二年・一一
【他出】袋草紙・三五七・七五〇。八雲御抄・一〇二（四句「あすの《あやめの》ためにや」）。和歌一字抄・一〇八九、詠歌一体・三、以上四句「あすのためにや」
【注】○**左方侍従佐理哥**　左むまの命婦右侍従佐理。○**ホト、キストイフ**　「これもだいのこころなしとて持」（判詞）。袋草紙は「異なる事を詠める歌」の例歌とする。八雲御抄は「得花詠落花　得紅葉詠落葉事」の項に当該歌をあげ、「応和哥合侍郭公に、佐理……此哥郭公といはねとも勝了。いつれの題も可准之」とする。○**ウタノスカタケウラナリ**　この一節は現存判詞に見えない。

921 ホト、キスアカテスキヌルコエニヨリ　アトナキソラヲナカメツルカナ
922 ホト、キスアカツキカケテナクコヱヲ　マタヌネサメノヒトヤキクラム
承暦哥*会、左家忠伊《右》家作也。俊綱、アトナキソラハイカニ、ホト、キスハアトアルモノカハ。又マカ〳〵シキヤウナリ、ト申。左ニノフルカタナシ。サレトコレモ持トサタメラルトカケリ。

581 時鳥あかて過ぬる声により跡なき空をなかめつるかな
582 ほとゝきす暁かけて鳴声をまたぬねさめの人やきくらん
承暦歌会、左家忠右伊家作也。俊綱、あとなき空はいかに、時鳥はあとある物かは。又まか〳〵しきやうなり、と申。左にのふるかたなし。されと是も持に被定とかけり。

【本文覚書】○哥会…谷以外「哥合」
【出典】921 内裏歌合承暦二年・一三　922 同・一四
【他出】921 金葉集二度本・一一二、金葉集三奏本・一一五、古来風体抄・四九七　922 詞花集・六〇、後葉集・九五、別本和漢兼作集・五〇八
【注】○**承暦哥合左家忠伊《右》家作**　同歌合七番「郭公」左持左近中将家忠、右蔵人弁伊家。但し、金葉集二度本、古来風体抄は孝善の代詠とする。袋草紙は家忠歌（二番・霞）を孝善詠としている。「承暦〈無地下人其時無指哥人之故歟　青衛門孝善ハ代家忠朝臣詠之〉」（八雲御抄）○**俊綱**　右方人頭。「即分二殿上侍臣一為二左右方人一〈蔵人頭実政朝臣左方ノ頭ト為ル。右方蔵人頭無キニ依ツテ、位階ノ上臈ヲ以ツテ、修理大夫俊綱朝臣ヲ用ウ〉」（承暦二年四月殿上日記、日本古典文学大系『歌合集』に拠る）○**アトナキソラ**　「としつなまうすやう、あとなきそらとはいかによみ

たるぞ、ほとときすはあとあるものかは、又いまいましきやうなりとまうすに、左、ことにのぶるところなし、右のうたもまたぬねざめのといへる、いはれなし、ただおのづからきくらん人をおもひやりたるも、おもへるところなきやうなりとて、ぢとさだめられぬ」（判詞）

923 フタコヱトナトカキナカヌホト、キス　サコソミシカキナツノヨナラメ
924 ナニストテウチモフサレテホト、キス　コヱマツヒトモネカタカルラム
郁芳門院根合、左堀河殿右雅俊卿作也。右大臣判云、左イトヲカシ。右ハカミシモコトタカヒタル心チス。

又時鳥キカス、トテマケヌ。

583 ふた声となとかきなかぬ時鳥さこそみしかき夏の夜ならめ
584 なにすとてうちもふされて郭公声まつ人もねかたかるらん
郁芳門院根合、左堀川殿右雅俊卿作也。右大臣判云、左はいとをかし、右は上下ことたかひたるここちす。

又時鳥きかす、とてさ《ま歟》けぬ。

【出典】923 郁芳門院根合・五、五句「夏の夜ならぬ」 924 同・六、初二句「なかずとてうちもふされず」、五句「ねがたかりけり」
【他出】923 袋草紙・四六三、続詞花集・一一五、万代集・六四三 924 袋草紙・四六四、万代集・五五〇、以上初二句「なかずとてうちもふされず」五句「ねがたかりけり」
【注】**○左堀河殿右雅俊卿作** 二番「郭公」左細川殿右右兵衛督雅俊。**○右大臣判云** 「左方之歌、詞興也、為勝」

（久曽神昇氏蔵本詞書）、「左、いといとをかし。右、上下ことたがひたる心地して、また郭公聞かずとて負け了んぬ」
（袋草紙）

925 ヨヲカサネマチカネヤマノホト、キス　クモノヨソニテヒトコヱソキク
926 アクルマテマチカネヤマノホト、キス　ケフモキカテヤ、マムトスラム
大殿寛治八年哥合、十番左〈周防内侍〉右顕綱。帥大納言《四字或本無》ノ判ニ、左《右》方タ、ヲナシヤウナレト、左ハキ、タリトテカチ、トアリ。

585 夜をかさねまちかね山の時鳥雲のよそにて一こゑそきく
586 あくるまてまちかね山の郭公けふもきかてやくれんとすらん
大殿寛治八年哥合、十番左周防内侍右顕綱。判云、左右只おなしやうなれと、左はき、たりとて勝、とあり。

【出典】925 高陽院七番歌合・一九　926 同・二〇、五句「くれんとすらん」
【他出】925 袋草紙・四四八。周防内侍集・一二、新古今集・二〇五、以上四句「くものよそに」　926 顕綱集・八三、袋草紙・四四九、続後拾遺集・一六八、以上五句「くれむとすらむ」
【注】**○大殿寛治八年哥合**　883参照。**○十番左〈周防内侍〉右顕綱**　「郭公」三番左勝周防内侍右顕綱朝臣。**○帥大納言《四字或本無》ノ判ニ**　「この歌どもは、ただおなじやうにのみきこえはべるを、左は、ほととぎすききたる歌なり、右のは、まだきかねば、さきざきもききたるをぞ、まさるとは申すめる」（判詞）、袋草紙は判詞のあとに「予今これを案ずるに、

在納言家歌合に、聞く歌に合ひて、聞かざる歌、あるいは勝、あるいは持なり」とする。

927
五月ヤミホ*クシカクルトモシヒノ　ウシロメタナキヲシカヤミルラム
高陽院長元八年宇治殿哥合、左方赤染詠也。左トモシヒトアル、ウタカヒアリ、ト申セハ、右方、トモス火ハトフルキニイヒタリ。トモシトイハネトモトモストイフモヲナシコトナリ、ト申ニ、トモシヒトハタ、イヱナトニトモシタルヲナムイフ、*トキカタク申セハコトハリトテマケヌ。

587
さ月やみほくしにかくるともし火のうしろめたきを鹿やみるらん
高陽院長元八年宇治殿哥合、左方赤染詠也。左ともしひとある、うたかひあり、と申せは、右方、ともすひはとふるきにいひたり。ともしといはねともともすといふも同事なり、と申に、ともし火とはたゝ家なとにともしたるをなむいふ、とてかたく申せはことはりとてまけぬ。

【本文覚書】○451に既出。○ホクシカクル…ホクシニカクル（刈・東・岩）○トキ…トキ《時》（刈・岩）
【出典】賀陽院水閣歌合・一六
【注】○左方赤染詠　八番「照射」左勝大江公資右赤染。○左トモシヒトアル　「ひだりともしびをとあるうたがひあげてまうせば、又右方はいかにとあるほどに、ともすひはとふるきにいひたり、ともしといふはね（ママ）どもともしといふもただおなじことなり、ほぐしにかけたりといひたれば、ことびざ（ママ）るにほぐしといふことなしとますに、ともしびはただいへなどにともしたるをなんいふとてかたうまうせば、おもふよにたがひて事わりとて左かちぬ」（判詞）、「左「ともしび」とあるうたがひをあげて申せば、右「「ほぐしにかけたり」といひたれば、こと火さらにほぐしと云ふ

事なし」と申すに、「ともしびは家などにともしたるをなんいふ」とかたく申せば、ことわりとて左勝つ」（袋草紙）。

451歌注参照。

【補説】袋草紙には判詞引用の後、「予今案ずるに、証歌なきに非ず。万葉集に云はく、「山の葉に月傾けば潜《イサリ》する海人のともし火おきになづさふ」云〻」とあり、さらに「同集云はく、ひさかたの月は出にけりいとまなくあまのいさりびともしはえりみゆ。同集また云はく、考に云はく、きの国の雑賀《さいが》の浦に出でみればあまのともす火浪まよりみゆ」とある。後者は本文化した伝本と余白に書く伝本がある。

928 オノカシ、テコトニトモスカリヒトノ　ヲモヒ〱ノシルクモアルカナ
西国受領哥合、左方照射哥也。守判ニ、テコトニトモストイヘルヲカシ、トカケリ。トモシハ人ヲホクテ、コトニトモストハキカヌヲ、イカ丶、*タツネヘシ。

588 をのかし丶て手《か》ことにともすかり人の思ひ〱のしるくもある哉
西国受領哥合、左方照射哥也。守判云、手ことにともすといへるをかし、とかけり。ともしは人おほくてことにともすとはきかぬを、いか丶、可尋之。


【本文覚書】○タツネヘシ…諸本異同ナシ。

【出典】西国受領歌合・一一、四句「をたびをたびの」

【注】○**西国受領哥合**　成立年次未詳。○**左方照射哥**　六番「照射」左勝。○**守判ニ**　仮名日記に「西国の受領の館に四月ばかりに庚申しけるに」とあり、一番判詞に「きみのみてさだめたる」とあるところから、主催者及び判者は国司と考えられる。「左はてごとにともすといへるをかし」（判詞）○**トモシハ**　ともしを手毎にともすという詠歌例未見。

929 ヒヲミテハミナクルムシモアルモノヲ　フスフハカリニウトムカヤナヲ《ソ》
同判云、ヲカシトホメテカチトサタメタリ。カヤリヒハ火ヲサリテノクトミエタリ。
589 火をみては身なくる虫も有物をふすふはかりにうとむかやなそ
同歌合判云、をかしとほめて勝とさためたり。かやり火はひをさりてのくとみえたり。

【出典】西国受領歌合・一五

【注】○**同判云**　当該歌は八番「蚊遣火」左勝歌。「左はをかし」（判詞）
930 タニフカミタツネテソヒクアヤメクサ　チトセアルヘキクスリトヲモヘハ
東宮学士阿波守藤原朝臣朝義・《忠》、任国ニテ哥合ヲセリ。谷中昌蒲*トイフ題ノ左哥也。守判云、為《九歟》節ノ昌蒲ヲヒタル谷中ノ石上*ノ年コトノケフ人アツマリテトリテクスリトス。右ハ題心ナシ、トテマケタリ。
590 谷ふかみ尋てそひくあやめ草ちとせあるへきくすりと思へは
東宮学《ママ》阿波守藤原義忠、任国にて哥合をせり。谷中昌蒲といふ題の左歌也。守判云、九節の昌蒲おひたる谷中の石上にとしことのけふ人あつまりてとりてくすりとす。右は題のこゝろなし、とてまけぬ。
【本文覚書】○昌蒲…内谷書以外、「菖蒲」　○石上ノ…石菖ノ（刈・岩・東）
【出典】東宮学士義忠歌合・一
【注】○**任国ニテ哥合ヲセリ**　「万寿二年五月五日於阿波国有此事」（廿巻本目録）、「義忠朝臣歌合〈万寿二年五月五日　任国においてこれを合はす。自らこれを判す〉」（袋草紙）　○**谷中昌蒲**　一番左負、作者は不明。○**守判云**　「こ

このふしの菖蒲のおひたるたにのうちのいしのうへに、としごとのけふ、人人のあつまりつつ、さうぶのねをとりてくすりとすれば、そのみづの心をくみてぞよむべきを、右のうたおもては、まれにみる人もやあらん、題の心をばしらず、ねのながさをのみひきたれば、まくるをふかきにやとぞ」（判詞）

931 ヨロツヨモトキハナラナムケフノタメ　イハヒテヲホスソノ、ヨモキハ

同哥合、園中蓬トイフ題哥也。判云、昔人ケフノアカツキニトリトモニオキテ、ソノ、ヨモキノ人ニ、タル所ヲトリテ、カケニホシテクスリトシケルヲシラサル《リ》ケルニヤ。ソノコ、ロニカナヘルコトナシ、トカケリ。

591 よろつよもときはならなむけふのためいはひておほす園の蓬は

同歌合、園中蓬といふ題の哥也。判云、昔人けふのあか月にとりとこも《（ママ）》にをきて、園のよもきの人ににたる所をとりて、かけにほしてくすりとしけるをしらさりけるにや。そのこゝろにかなへることなし、とかけり。

【出典】 東宮学士義忠歌合・三

【注】 **○園中蓬トイフ題哥**　二番「園中蓬」**○判云**「むかしの人人、けふのあかつきに、とりとともにおきて、そのよもぎの人ににたるところをとりて、かげにほして、くすりとするを、左右その事をしらざりけるにやあらん、題の心にかなへることのは、露ばかりもかけてなければ、持とやいふべからん」（判詞）

932 キミカヨノナカキタメシニヒケトテヤ　ヨトノアヤメノホ《ネ》《ミ》サシソメケム
寛治七年五月五日郁芳門院根合右方前典侍哥也。左難云、アヤメクサトコソイヘ、アヤメトツカマツレルハナニソトイフ。右大臣判云、アヤメトイフコトケフニハシメス、イハレタリ。

題*不知

592 君か世のなかきためしにひけとてや淀の菖蒲のねさしそめけん
寛治七年五月五日郁芳門院根合右方前典侍也。左難云、あやめ草とこそいへ、あやめとつかまつれるはなにそといふ。右大臣判云、あやめといふことけふにはしめす、といはれたり。

【本文覚書】○題不知…流布本系諸本ナシ。
【出典】郁芳門院根合・四
【他出】袋草紙・四六二
【注】○**右方前典侍哥**　二番「菖蒲」左二位宰相中将雅実右掌侍。○**左難云**　「左方右大弁被申云、右之歌、偏ニあやめと読テ、無草字、是あやめは、本蛇の名なり、此草、依似彼体、あやめぐさといふなり、不具草之時、偏蛇也、如何」（判詞）、「左の人云はく、「あやめとは何をよめるにか。古歌にはあやめ草とこそよめれ、あやめは別者の名なり」」（袋草紙）　○**右大臣判云**　「右方判者被申云、以菖蒲、あやめといふ、古来常事也、尤今始テ不可有此難者」（判詞）、「判者云はく、「さうぶをあやめといふこと、今日はじめず。いはれぬことなり」」（袋草紙）

933 タマノヲノミナヘシヒトノタヽサラハ　ヌクヘキモノヲアキノシラツユ
934 クラフヤマフモトノ、ヘノヲミナヘシ　ツユノシタヨリウツシツルカナ
野宮哥会*、左師君右源有忠作也。順判云、有忠朝臣サカノヲウチスキテクラフヤマ、テモトメアリキケム、アチキナシ。又ヤマトコトニイヒニクキコトヲコソ、ヘテハヨメ、トテ持トサタム。判詞曰、
935 ワキモコカヲミナヘシテフアタラナヲ　タマノヲニヤハムスヒコムヘキ

593 玉緒をみなへし人のたゝさらはぬくへき物を秋のしら露
594 くらふ山ふもとの野への女郎花露の下よりうつしつる哉
野宮の哥合、左師君右源有忠作也。順判云、有忠朝臣嵯峨野をうちすきてくらふやまゝてもとめありきけむ、あちきなし。又やまとことにいひにくきことをこそゝへてはよめ、とて持とさたむ。判詞曰、
595 わきもこかをみなへしてふあたらなを玉緒にやは結ひこむへき

【本文覚書】934は948に重出。○哥会…谷以外「哥合」
【出典】933女四宮歌合・三、初句「たまのをを」、934同・四、935同・判歌
【他出】933順集・一三二（初句「たまのをを」三句「絶えざらば」）、袋草紙・三六三（初句「たまのをを」）935順集・一三四
【注】○**左師君右源有忠作**　「をみなへし」左そちの君右ありただのあそん。○**順判云**　有ただのあそむさがのをうちすぎてくらぶ山にてもとめありきけんもあぢきなし、又、やまとごとにいひにくきことをこそそへては、わぎもこがをみなへしてふあたらなをたまのをにやはむすびこむべき、とてぢになん」。

秋

936 アサチフノツユフキムスフコカラシニ　ミタレテモナクムシノコヱカナ

937 アキカセニツユヲナミタトナクムシノ　ヲモフコ、ロヲタレニトハマシ

野宮哥*会判、左但馬君右橘正通詠。ツユニムスフコカラシノ、ナトイヘルワタリイヒナレタリトサタムルホトニ、正通申、コカラシトハ冬ノカセヲコソイヘ、コノコロノ風ヲイハ、アメヲモシクレトヤイフヘカラム、トイフヲ、ミスノウチニ、フルキコトヲコソタメシニハヒカメトテ、

938 コカラシノアキノハツカセフキヌルニ　ナトカクモヰニカリノオトセヌ

939 ワカヤ*トノワサタモイマタカラナクニ　マタキフキヌルコカラシノカセ

ナトアレハトテ正通マケヌ。

秋

596 あさちふの露ふき結ふ木嵐にみたれてもなく虫の声かな

597 秋風に露をなみたとなく虫の思ふ心をたれにとはまし

野宮哥合、左但馬君・《右》正通詠。露に結ふこからしの、なといへるわたりいひなれたりとさたむる程に、正通申、こからしとは冬の風をこそいへ、このころの風をもいはゝ、あめをもしくれとやいふへからむ、といふを、みすのうちに、ふるきことをこそためしにはひかめとて、598 木からしの秋のはつかせふきぬ

るになとか雲ゐにかりのをとせぬ　599　わか門のわさ田もいまたからなくにまたきふきぬるこからしの風、
なとあれはとて正通負ぬ。

【本文覚書】○哥会…谷以外「哥合」　○ワカヤトノ…ワカヤレノ（筑A）

【出典】936 女四宮歌合・一九、937 同・二〇、938 同判詞、939 同判詞

【他出】936 順集・一五六、袋草紙・三七一、続詞花集・二四五、続古今集・三七九、高良玉垂宮神秘書紙背和歌・二〇五（五句「むしのこゑかな《なり》」）937 順集・一五七、詞花集・一二二、後葉集・一四八、袋草紙・三七二（五句「しる人ぞなき」）、別本和漢兼作集・五六〇、和漢兼作集・六一三　938 古今六帖・一三二（三句「吹きぬるを」五句「雁の声せぬ」）、順集・一五八（三句「吹かぬまに」）、袋草紙・三七三（三句「ふきぬるを」）・七一六（三四句「吹きぬるをなどかくもまに」）、高良玉垂宮神秘書紙背和歌・九〇（三句「ふきぬなり」）・一一二（三句「ふきぬるを」）939 袋草紙・三七四

【注】○**左但馬君右橘正通詠**　「むしのね」左たぢまのきみ右たちばなのまさみち。○**ツユニムスフコカラシノ**　「このむしのうた、つゆふきむすぶこがらしのなどいひたるわたりいひなれたりなどさだむるほどに、まさみちがまうすやう、こがらしのなどは冬のかぜをこそいへ、このごろの風をいはば、あめをしぐれとやいふべからんといふをきこしめして、これかれ、かかることはふることをこそはためしにひかめとて、こがらしの秋のはつかぜふきぬるになどかくもゐにかりのこゑせぬ、我がかどのわさだもいまだからなくにまだきふきぬるこがらしのかぜ、などいへるは」（判詞）○**正通マケヌ**　判歌に「なくむしのなみだになせるつゆよりも草ふきむすぶ風はまされり」とある。

940 タツタヤマチルモミチハヲキテミレハ　アキハフモトニカヘルナリケリ
承暦哥合、右方匡房作也。師賢、フモトノサトノ秋ニソアリケル、トイフ哥ニヽタリ、トイフニ、匡房、サレハ又心モエテ申也。コレコソマコトノコトシラヌハクチヲシケレ。コノウタハカヘルトイフ事ヲヨムナリ。秋ヲモハツルヲハカヘルトイヒ、ハヲモネニカヘルトイフコトナレハ、アキノフモトニカヘルトヨムナリ。フモトノサトノアキナリトイヘル哥、イツコニカニタル、ナトイフト云々。

600 立田山ちる紅葉はをきてみれは秋はふもとに帰るなりけり
承暦哥合、右方匡房作也。師賢、ふもとの秋にそありける、と云歌にゝたり、といふに、匡房、されは又心もえて申也。これこそまことの事しらぬはくちおしけれ。此哥はかへるといふ事をよむ也。秋をもはつるをはかへるといひ、はをもねにかへるといふことなれは、秋のふもとにかへるとよむなり。ふもとの里の秋也といふ哥、いつこにかにたる、なといふ云々。

【出典】内裏歌合承暦二年・二四

【他出】江師集・一一一、匡房集☆・七三、後葉集・一九四、袋草紙・四二四、千載集・三八五

【注】○**承暦哥合右方匡房作**　同歌合十二番「紅葉」左持（「或勝」、類従本妙法院本脚注）師方右匡房。「判者、かずはいづかたのまされるぞとあるに、あやしくなりぬ、みぎ、いまひとつなんまけたるとまうすに、このうたかたば、ひとしくなりなんとて、ぢとさだめられぬ」（判詞）○**師賢**「もろかた、ふもとのさとのあきにぞありけるといふうたににたりといふに、匡房、これはまた心もえでまうすなめり、これこそまことのことしらぬはくちをしけれ、このうたはかへるといふことをよむなり、あきをもはつるをば、かへるといふ、はをもねにかへるといふ事なれば、あき

のふもとにかへるとよむなり、ふもとのさとのあきなりといふうたにいづこかにたるなどいふに」（判詞）。師賢の指摘する歌は「ちりまがふあらしのやまのもみぢばはふもとのさとのあきにざりける」（永承四年内裏歌合、四番右侍従祐家）

941 アキノヨノ月スミワタルヤマノハ、　タチヰルクモノカケルマモナシ

多武峰往生院千世君哥会、閑山秋月ト云題、明尋作也。紀伊入道素意判、皆用哥此哥題心ヨクヨメレハカチトサタメタリ。ノ文字ノ*オホル難トセス。

601 秋のよの月すみわたる山のは、たちゐる雲のかけるまもなし

多武峰往生院千世君哥会、閑山秋・月といふ題、明尋作也。紀伊入道素意判、皆用哥此歌題心よくよめれは勝とさためたり。の文字おほかるなむとせす。

【本文覚書】○オホル…オホキハ（和・筑Ａ・刈・岩）

【出典】多武峰往生院千世君歌合・四、下句「たちよるくものかげだにもなし」

【注】○**多武峰往生院千世君哥合**　千世君の多武峰参詣を機に催された歌会かとされるが未詳。○**閑山秋月ト云題明尋作**　二番「閑山秋月」左長昭右明尋。判歌（「つまこふるしかもしかとはきこゆれど山にはくもやたちまさるらむ」）から勝歌と思われる。○**紀伊入道素意判**　素意が判者である徴証は他に未見。○**皆用哥此哥題心**　歌合証本に判詞はない。○**ノ文字ノ**　童蒙抄の評か。

祝

942 キミカヨハシラクモカヽルツクハネノ　ミネノツヽキノウミトナルマテ

高陽院哥会*、能因作也。輔親判ニ、ウミハウミ、山ハ山ニテアラムコソヨカラメ、イマ〳〵シ、トテマク。

祝

602 君か代はしら雲かゝるつくはねの嶺のつゝきの海となるまて

高陽院哥合、能因作也。輔親判に、海はうみ、山はやまにてあらむこそよからめ、いま〳〵し、とてまく。

【本文覚書】○哥会…内・谷以外「哥合」

【出典】賀陽院水閣歌合・一七

【他出】能因集・一六八、栄花物語・四〇二、詞花集・一六四、後葉集・二四二、袋草紙・三八二、文治二年歌合・二八、摂政家月十首歌合・一三〇

【注】○**能因作**　九番「祝」左能因右勝兼房。○**ウミハウミ**　「うみはうみ、やまはやまにてあらんこそよからめ、いまいましとて、左まけぬ」（判詞）

943 キミカヨハユクヱモシラヌワタツウミノ　ナハシロミツニナリカハルマテ

承暦後番哥会*、匡房作也。長元哥合ニモ山ノ海ニナラムモアチキナシトサタメラレタリ。コレニ心ニタリ、トアリ。

603 君か代は行衛も知らぬわたつみのなはしろ水になりかはるまて

承暦後番哥合、匡房作也。長元哥合にも山の海にならんもあちきなしとさためられたり。これに心にたり、
とあり。

【本文覚書】○哥会…谷以外「哥合」
【出典】内裏後番歌合承暦二年・二八
【他出】袋草紙・三二五（二句「ゆくへもしらず」五句「なりかへるまで」）
【注】○匡房也《作》 十四番「祝」左持美作君右匡房。○長元哥合に「右歌は長元の歌合にも、山のうみとならんあぢきなしと定めたり、これも心に似たり」（判詞）。942歌注参照。袋草紙は「御製は負けず」に続けて「少〻の咎有るといへども、敵の歌劣らば宜しきに随ひて判定するは常の事なり」として、943歌を例とする。

944 キミカヨハヨロツヨマテニサシテケリ　ミカサノヤマノ神ノコ、ロニ
945 キミカヨハアマノコヤネノミコトヨリ　イハヒソ、メシヒサシカレトハ
寛治八年大殿哥会*、左江*中納言右通俊卿。師大納言判ニ、左右ヤムコトナキ神ヲカケタテマツリハヘレハ、
カチマケ申カタク持ニハヘリ。

604 君か代はよろつ世までにさしてけりみかさの山の神の心に
605 君かよはあまのこやねのみことよりいはひそゝめし久しかれとは
寛治八年大殿哥合、左中納言右道俊卿哥也。師大納言判云、左右やむことなき神をかけたてまつりはへれは、勝負申かたく持に侍り。

【本文覚書】○945は366に既出。○哥会…内・谷以外「哥合」○江中納言…帥《江イ》中納言（岩）○流布本諸本、上部余白に「通俊哥ハ一番右也匡房哥ハ二番右也両卿左右之条如何」とあり。
【出典】944 高陽院七番歌合・五七、二句「よろつよまでと」 945 同・五八
【他出】944 袋草紙・四五七、秋風集・六三二
【注】○**寛治八年大殿哥会** 833参照。○**左江中納言右通俊卿** 「祝」一番左持中納言君右みちとしの卿。流布本系諸本の有する注記は、左作者が「江中納言」（匡房）とあることに対するもの。この箇所岩以外の諸本同じ。○**帥大納言判ニ** 「左も右も、やむごとなきかみをかけたてまつりたれば、まうしがたし、ぢにはべめり」

恋

946 ヲモヒカネサテモヤシハシナクサムト　タ、ナヲサリニタノメヤハセヌ

郁芳門院根合、右方少別当《実右大臣作》哥也。左人申云、右ノウタニ恋トイフモシナシ、イカ、、ト申。右方人申、天徳四年哥合ニ、朝忠卿ノ哥ニ、ヒトヲモミヲモウラミサラマシ、トイフ哥ヒトノクチニノリテヨキ哥ニセラル。其時ニ又カツトナムサタメラレケル、ト申セハ、左ノ人又申云、承暦四年哥合左恋哥、ソノコトハナシトハ今日ノ判者大マウチ君*ナムトノ時ニモサタメ申セル、ト申セハ、大臣申云、彼哥ハワタツウミノハルカナルソコニアマノイレルヨシヲノミイヒタリシナリ。フルクモ恋トナケレトソノ心アルハ常コトナリ、トアリ。

恋

606 思ひかねさてもやしはしなくさむとた、なをさりにたのめやはせぬ

郁芳門院根合、右方小別当《実右大臣作》詠也。左人申云、右の哥に恋といふ文字なし、いかゝ申。右方人申、天徳四年哥合に、朝忠卿の哥に、人をも身をも恨さらまし、といふ哥人のくちにのりてよき哥にせらる。其時に又かつとなむさためられける、と申せは、左の人又申云、承暦四年哥合左恋哥、その詞なしとは今日の判者おほいまちきみなむかの時にもさため申せる、と申せは、大臣申云、かの哥はわたつみのはるかなるそこにあまのいれるよしをのみいひたりしなり。ふるくも恋となけれとその心あるは常事也、とあり。

【本文覚書】○ナムトノ…諸本異同ナシ。

【出典】郁芳門院根合・一八、初句「思ひあまり」

【他出】袋草紙・四七〇・六七三（初句「思ひあまり」）、新後拾遺集・一〇八五

【注】**○右方少別当《実右大臣作》哥**　五番「恋」左伊与守顕季右小別当左兵衛督俊実。袋草紙は作者を判者源顕房である「右大臣」「六条右府」、新後拾遺集は「六条右大臣」とする。但し、二十巻本は作者名を「俊実」とし、中右記は「小別当〈左兵衛督俊実〉」とする。小別当は左兵衛督俊実女、殆どの詠が代詠と思われる。**○左人申云**　「左方申云、右方之歌詞中ニ無恋字、已思之歌也、如何」（判詞）、「左の人云はく、「右、恋といふ文字なし、いかが」」（袋草紙）、また袋草紙は当該歌を「恋を得て恋の字なき歌」の例歌とする。**○右方人申**　「右方申云、昔天徳之歌合之中に、あふことのたえてしなくはなかなかに人をも身をもうらみざらまし、者、此歌無恋字」（判詞）、「右の人云はく、「天徳歌合に朝忠の歌に「人をもみをもうらみざらまし」とある歌、世人の口に乗りたる名歌にして、かの時また勝となん定められけるとや」」（袋草紙）**○左ノ人又申云**　「左方重申云、去承暦殿上歌合、左之恋歌云、わたつみのみるめもとむるあまだにもちひろのそこにいらぬものかは、此歌、依無恋詞、已為負」（判詞）、「左の人云はく、「承暦の歌合の時、左の恋の歌その詞なしとて負く。即ち、今日の判者大いまうちぎみなん、かの時も判じ給へる」と申せば、大臣云はく、

「かの歌は、わたつみのはるかなるそこに海人のいれるよしをのみいひて、「思ひ」「たのむ」と云ふ事もなし。古歌にも、詞にも恋となければども、その心あるは皆深きとがとせぬ物なり。左右の歌同じほどなれば、持」となん」（袋草紙）

所名難例

947 キミカヨハスヱノマツヤマハル〳〵ト　コスシラナミノカスモシラレス

義子女御哥会*、永成法師詠也。義忠判云、スヱノ松山スカタハイトヲカシク、シキシマノヤマトコト、ミエハヘレト、男女ノイカニソヤアル、ウラミ哥トオホヘテ祝ノカタニハキコエス、トイヘリ。

所名

607 君か代は末の松山はる〳〵とこす白浪のかすもしられす

義子女御哥合、永成法師詠也。義忠判云、末の松山すかたはいとをかしく、しきしまのやまとことゝみえ侍れと、男女のいかにそやある、うらみ哥とおほえて祝のかたにはきこえす、といへり。

【本文覚書】○哥会…内・谷以外「哥合」
【出典】弘徽殿女御歌合長久二年・一七
【他出】金葉集二度本・三一三、金葉集三奏本・三一九、袋草紙・三八六、袖中抄・九〇四、和歌口伝・四二
【注】○**義子女御哥合**　当該名称は童蒙抄のみが使用する。一条天皇女御義子は時代的に合わない。萩谷氏は袋草紙が「一条院御時、弘徽殿女御歌合に、相模は重服の物なるにこれを読む」（「選者の故実」）とすることから誤ったの

であろうとされるが（平安朝歌合大成一二八）、童蒙抄と袋草紙の関係は明確でない。また、童蒙抄は、「一番左勝例」（879、880歌注）の箇所で「長久二年《此年号本ニ無歟》弘徽殿女御哥合一番右勝」としている。これは一番左の相模詠が右の侍従乳母詠に負けたことを言うが、同じ歌合の九番詠に言及しつつ異なる歌合名を置くことは不審である。〇**スヱノ松山**　「すゑのまつとはべるうたのすがたはいとをかしう、しきしまの山とことばなどみえはべれど、をとこ女いかにぞやある、うらみうたとおぼえて、いはひのかたにはきこえずおぼえはべれば」（判詞）

948 クラフヤマフモトノ、ヘノヲミナヘシ　ツユノシタヨリウツシツルカナ

949 アタシノヽクサムラニノミシケリツヽ　ニホヒハイマヤヒトニシラルヽ

野宮哥合ニ、クラフヤマハ源有忠、アタシノハ和気守近朝臣作也。順判云、有忠サカノヲウチスキテクラフヤマヽテモトメアリキケム、アチキナシ。守近朝臣ノアタシノコトニナタカヽラネハ、アリ所シルヒトスクナシ、ト難セリ。

608 くらふ山ふもとの野への女郎花露の下よりうつしつる哉

609 あたしのゝ草むらにのみましりつゝにほいは今や人に知らるゝ

野宮哥合に、くらふ山は源有忠、あたしのは和気守近朝臣作也。順判云、有忠さかのを打過てくらふ山まてもとめありきけむ、あちきなし。守近朝臣のあたしのことになたかゝらねは、あり所知人すくなし、と難せり。

【本文覚書】948は934に既出

【出典】948女四宮歌合・四、949同・八、三句「まじりつる」

【他出】949順集・一三九、袋草紙・三六六、以上五句「人にしられん」

【注】○**クラフヤマハ源有忠**「をみなへし」右ありただのあそん。○**アタシノハ和気守近朝臣** 十巻本では「守文朝臣」、廿巻本では「守のぶの朝臣」。なお類従本では「和気守延朝臣」とする。順集では「もりふむ」「もりのふ」両様の本文がある。袋草紙は「守文」○**有忠サカノヲ**「このをみなへしのうたは、有ただのあそむさがのをうちすぎてくらぶ山にてもとめありきけんもあぢきなし」(判詞)○**守近朝臣ノ**「このもりのぶのあそんのあだしのは、ののなたかからねばにや、有りどころしる人すくなし、又、かみに花もみえず、しもに花もみえず、おぼつかなあだしのみれば花もなしそらににほふといふやなにそも」(判詞)

950
タニカハノヲトヘ《ハ》タテスマカネフク キヒノナカヤマカスミコムレト
承暦哥会*〈左方二番実関白殿／家忠哥也〉。俊綱申云、サリトコロナキ病ナリ。ヘタツトコムトハ義ノ病也申。又タニカハマカネフクキヒノ中山トイヒツレハ、左《右歟》哥ノコリスクナカ《キ》ナリトイフ。通俊、コノ霞タチ所ハルカナリ。女四宮前栽合ニ、アタシノミレハ、トアルハサカヲスキケムアチキナシトコソサタメタレ、ト申ニ、判者、タ、持ナリ、ト申サル。右方伊家、実頼綱作。950′イツシカトケサハカスミノタナヒケハ春キニケリトソラニ知カナ、無殊難云々。

610
たにかはの音はへたてすまかねふくきひの中山かすみこむれと
承暦哥合〈左方二番実関白殿／家忠哥なり〉。俊綱申云、さりところなき病あり。へたつとこむとは義のやまひなり、と申。谷河はまかねふくきひの中山といひつれは、古歌(ママ)のこりすくなかなりといふ。通俊、この霞たち所はるかなり。女四宮前栽合に、あたしのみみれ(ママ)は、とあるはさかをすきけむあちきなしとこそさためたれ、と申に、判云、たゝ持なり、と申さる。右哥伊家、実頼綱作。611 いつしかとけさはかすみのたなひけは春きにけりと空にしるかな、無殊難云々。

【本文覚書】○哥会…内・谷以外「哥合」
【出典】950 内裏歌合承暦二年・三、950' 同・四
【他出】950 袋草紙・四一〇、続詞花集・二〇、以上作者藤原孝善。950' 袋草紙・四一一、万代集・一二
【注】**○左方二番実関白殿家忠哥也**　二番「霞」左持左中将家忠右蔵人弁伊家。**○俊綱申云**「俊綱、このうたは、まづさしどころ(ママ)なきやまひあり、へだつつへ(ママ、へだつこむ歟)といふはぎのやまひありとまうすほどに、みぎのひとびと、たにがはのおととよみ、まがねふくきびのなかやまといへれば、ふるきうたののこりすくなかなりといふ、みちとし、このかすみはたちどこそはるかなり、女四宮の前栽あはせにも、さがのをすぎてあだしのまでゆきけむもあぢきなしなどこそさだめためれとまうすに」（判詞）。袋草紙は左歌に対する右方の論難をまとめる。**○判者**「判者いづれもいづれも持なりとさだめられぬ」（判詞）**○右方伊家、実頼綱作**　950' 歌を頼綱作とする徴証未見。950 歌は家忠詠とあるが孝善詠の代詠の可能性もあり、951' 歌も同様か。**○イツシカト**　右方伊家詠。**○無殊難**　現存歌合証本とは異なる。

（尊経閣文庫本奥書）
本記云
此抄者範兼所作也以彼本書写

校合了

本

元久三年二月卅日以或証本一校了

印雅

以右大弁禅門本書写了

一校了

以書本一校畢

（書陵部本奥書）

和歌童蒙抄一部十巻

刑部卿藤原範兼卿仁平以往所抄也

此抄三帖以准后本　為氏卿自筆

仰宣胤卿光忠等写之二度加校合尤可秘蔵者也

于時文明十四年十一月十二日

解説

和歌童蒙抄については、早く川瀬一馬氏が、その分類方法、被注歌、引用書目、成立、伝本について概観している①。その後、太田晶二郎氏が、和歌童蒙抄が二条天皇に献上するために書かれたものであることを指摘された②。その後問題となってきたのが、流布本と異本の先後関係、これに付随する成立時期、引用漢籍、依拠資料等の問題である。

伝本については、川瀬氏が「傳本は比較的少く、且つ古寫本は殆ど見當らず、又、その系統も何れの本も略同一本から出たものである。在來知られてゐる傳本で、最も古い寫本は前田家尊經閣文庫藏の一本（五冊）」とされる如く、尊経閣文庫に蔵される一本が最も古く、それ以外の伝本は、「何れも江戸中期以後の書寫本」である③。また、奥義抄、和歌色葉、袖中抄などが江戸期に版行されたのに対し、和歌童蒙抄の版本は管見に入らない。写本のうち、書陵部に蔵される一本（601-810、奥書「和歌童蒙抄一部十巻／刑部卿藤原範兼卿仁平以往所抄也／此抄三帖以准后本為氏卿自筆／仰宣胤卿光忠等写之二度加校合尤可秘蔵者也／于時文明十四年十一月十二日」）が、異本と称され、その組織、注文に流布本との違いが認められる。本書は、流布本である尊経閣文庫蔵本を底本とし、対校本文として異本本文を示したため、異本自体の構成がわかりにくくなっている。異本は、上下二冊（外題「和哥童蒙抄上（下）」）で、上冊には巻一、二、下冊には巻七、八、九、十を収める。流布本とは部立、配列が異なる箇所が多い。また、疑開和歌抄巻九、十、及び松か浦嶋を介することにより明確になる点も多いので、巻末にこれらを一覧にして示した。なお松か浦嶋は主に疑開抄の注文を抄出しており、被注歌を示す事は稀である。そのため、一覧には、浅田徹氏が「歌の主題」に基づいて付せられた通番を使用した④。

流布本と異本の成立の先後関係については、久曽神昇氏が、異本を草稿本、流布本を精選本とされた⑤。これに対して、堀河百首題との関わりから流布本が先行するとし、異本を再構成本とされたのが滝澤貞夫氏である⑥。その後、和歌童蒙抄の依拠資料の一となる願得寺本疑開和歌抄が、巻九、十の零本ながら発見、報告された⑦。疑開和歌抄については、これに先立ち、抄出本である伊達文庫蔵「松か浦嶋」が公刊されていたが⑧、巻九、十がほぼ完全と思われる形で発見されたため、依拠資料の問題が一部解決した。流布本、異本の先後に関する問題は未だ最終的に決着したとはいえないが、疑開抄という新たな資料は流布本、異本の先後関係を検討する際の有効な資料ともなり、草稿本が先行した可能性が高いと考えられる⑨。

引用資料、殊に漢籍は、範兼が漢学者でもあったことから、万巻の書をもって注したかのように見えるものの、その幾分かは類書に拠っている可能性が高いのではないか⑩、との見通しのもと、本書では、引用漢籍については、特に原典と、これを引用する類書の両方を比較検討した。これについては、いちいちの注を参看頂きたい。

被注歌の半数近くを占める万葉歌については、まず範兼がどのような万葉集を見たのか、という問題がある。あるいは範兼自身は直接万葉集を披見しておらず、万葉集を引く先行資料に拠った可能性も否定出来ない。周知の如く、範兼は後年五代集歌枕を編纂するが、そこに見える万葉集の訓は、和歌童蒙抄のそれとはかなり違いがある⑪。和歌童蒙抄と五代集歌枕では、直接にせよ間接にせよ、依拠した万葉集が異なることは間違いのないところであろう。そのため、本書では、和歌童蒙抄の万葉集歌と、当時流布していた万葉集諸本と比較した結果を、可能な限り正確に示すこととした。

和歌童蒙抄の成立時期については、「元永元年十月から大治二、三年までの間」（川瀬氏）、「成立年代は明確にしがたい」（久曽神氏）など、なお定説を見ない。但し、異本奥書の「刑部卿藤原範兼卿仁平以往所抄也」という記述は無視できないとともに、成立時期を特定するためには、流布本、異本がどのような経緯を経て成立したかという問題を解決することが必須であろう。そのことは同時に、和歌童蒙抄という歌学書の性格、平安歌学史における位置をも明らかにすると思われる。

著者範兼については、加畠吉春氏の論考がある。⑫ 範兼の女は後鳥羽院の乳母、父の死後養子とした弟範季の女が修明門院重子である。範兼自身はそうした栄華を見る事はなかったが、範兼の著作が、後鳥羽院、順徳院の周辺で重視された事は無視できない。

注

① 川瀬一馬氏『古辞書の研究』第一編第三章第十八節
② 太田晶二郎氏「和歌童蒙抄はどなたの為に作ったか」（『前田育徳会尊経閣文庫小刊』4、一九七七年五月）
③ 川瀬氏注①前掲書
④ 浅田徹氏「疑開抄と和歌童蒙抄（上）」（『教育と研究』15、一九九七年三月）
⑤ 『日本歌学大系別巻二』解題
⑥ 滝澤貞夫氏「「和歌童蒙抄」について」（『中古文学』24、一九七九年十月）
⑦ 村山識氏「〈翻〉願得寺蔵『疑開和歌抄』解題と翻刻」（『詞林』44、二〇〇八年十月）
⑧ 今井明氏「翻刻伊達文庫蔵「松か浦嶋」―散佚書『疑開抄』の手掛かりとして―」（鹿児島短期大学『研究紀要』48、一九九一年十月）

⑨ 浅田徹氏「疑開抄と和歌童蒙抄（下）—童蒙抄の流布本と異本—」（『国文学研究資料館紀要』24、一九九八年三月）、村山識氏「願徳寺蔵『疑開和歌抄』をめぐって—散佚歌学書『疑開抄』の全体像から『和歌童蒙抄』との関係性に及ぶ—」（第五十四回和歌文学会大会口頭発表、平成二十二〇〇八年十月十九日、於鶴見大学）、同氏「『和歌童蒙抄』異本をめぐって—『疑開抄』との関係を中心に」（大阪大学古代中世文学研究会第二百十一回例会、二〇〇九年六月十三日、口頭発表）、拙稿「和歌童蒙抄の配列と目録」（『愛知文教大学論叢』19、二〇一六年十一月）、「和歌童蒙抄異本攷（承前）」（『愛知文教大学比較文化研究』14、二〇一六年十一月）

⑩ 拙稿「和歌注釈をめぐって—和歌童蒙抄と和歌色葉—」（『和歌文学研究』53、一九八六年十月）

⑪ 拙稿「和歌童蒙抄から五代集歌枕へ—範兼の歌学とその時代—」（『鎌倉室町文学論纂』、二〇〇二年五月）

⑫ 加畠吉春氏「藤原範兼伝の考察」（『平安文学研究』6、一九九七年十二月）

あとがき

本書は、平成十七年から平成二十七年にかけて公刊した、「和歌童蒙抄輪読一（～十六）」（黒田、大秦一浩の共著）をもとにしている。この期間中に、和歌童蒙抄の依拠資料として、早くその存在は知られていたものの、ごく一部の抄出本文が判明するにすぎなかった『疑開和歌抄』の巻九、十が、村山識氏によって発見報告された（平成二十年）ために、それ以前に公刊していた注解部分は、全面的に改訂する必要が生じた。また、並行して検討していた『口伝和歌釈抄』等、平安中期の歌学書との関わりも、次第に像を結ぶようになった。近時めざましい深化を続けている、平安期万葉集の享受について言えば、和歌童蒙抄はその渦中にある歌学書でもある。そこで、輪読が一応完了した段階で、改めて注解の見直しを始めた。この度は、注解全体については濵中祐子氏の、万葉歌訓詁については景井詳雅氏の協力を得て、旧稿を全面的に改訂した。なお未詳の部分はいくつも残るが、一旦ここで区切りをつけ、大方のご批正を乞いたいと思う。

なお本書は、平成三十年度科学研究費補助金（研究成果公開促進費）学術図書の交付を受けて刊行されるものである。

二〇一九年一月

黒田彰子

黒田彰子（くろだ あきこ）

1951年生。博士（日本文学）、佛教大学非常勤講師。
元愛知文教大学人文学部教授。
著書 『上野本和歌色葉』（和泉書院、1985年）、
『中世和歌論攷　和歌と説話と』（和泉書院、1997年）、
『俊成論のために』（和泉書院、2003年）、
『仏教文学概説』（共著、和泉書院、2004年）、
『五代集歌枕』（みずほ出版、2004年）など。

和歌童蒙抄注解

二〇一九年二月二八日　初版第一刷発行
著　者　黒田彰子
発行者　大貫祥子
発行所　株式会社青簡舎
〒一〇一-〇〇五一
東京都千代田区神田神保町二-一四
電　話　〇三-五二一三-四八八一
振　替　〇〇一七〇-九-四六五四五二
装丁　水橋真奈美（ヒロ工房）
印刷・製本　モリモト印刷株式会社

ISBN978-4-909181-14-5 C3092

和歌童蒙抄（流布本・異本）、疑開抄　対照表

流布本					異本					疑開抄	松か浦嶋
巻				歌番号	巻				歌番号	歌番号	項目番号
巻一	天部		天	1	巻一	天部		天	1		
				2					2		
				3					3		
				4					4		
				5					5		
			日	6				日	6		
				7					7		
				8					8		
				9					9		
			月	10		時節部	秋	三日月	246		
				11					247		
				12		天部		月	10		
				13					11		76
				14					12		
				15					13		
				16	巻二	時節部	秋	月	237		95
								火	238		
								水	239		
				17				月	230		47
				18					231		48
									232		
									233		
				19					229		
				20	巻一	天部		月	14		
				21	巻二	時節部	秋	月	235		49
				22	巻一	天部		月	15		
				23					16		
				24					17		
			春月	25	巻二	時節部	春部	春月	48		
				26					49		
			夏月	27			夏	夏月	186		
			秋月	28			秋	月	240		
				29					236		50
				30					241		
				31					244		
				32					242		
				33					245		52
				34					243		

流布本					異本					疑開抄	松か浦嶋
巻				歌番号	巻				歌番号	歌番号	項目番号
第一	天部		冬月								
			風	35	巻一	天部		風	18		
				36					19		
				37					20		
				38					21		
				39					22		
			雲	題注				雲	題注		
				40					23		
				41					24		
				42					25		
				43					26		
				44					27		
				45					28		
				45'					29	101	
				46					30		
				47					31		
			雨	48				雨	32		
				49					33		
				50					34		
			春雨	51	巻二	時節部	春部	春雨	71		
				52					72		
				53					73		
				54					74		
				55					75		
				56					76		
			五月雨	57			夏	五月雨	133		17.18
			時雨	58			冬	時雨	295		
				59					296		
				60					297		
				61					298		
				62					299		
			霞	63			春部	霞	61		
				64					62		
				65					63		
				66					64		
			露	67			秋	露	201		
				68					202		
				69					203		
				70					204		
			霧	71				霧	205		
				72					206		
				73					207		
				74					208		
				75					209		
				76					210		

流布本					異本					疑開抄	松か浦嶋
巻				歌番号	巻				歌番号	歌番号	項目番号
第一	天部		霜	77	第二	時節部	冬	霜	320		63
				78					321		
				79					322		
				80							61
				81					323		
				82					324		
				83					325		64
				84					326		65
			雪	85					327		
				86					328		
				87					330		
				88					331		
				89					332		
				90					334		
				91					333		
				92					329		
				93					335		
				94					336		
			春雪	95			春部	残雪	56		5
			霰	96			冬	霰	300		
				97					301		(61)
				98					302		
				99					303		62
巻二	時節部	春	春	題注				春	題注		1.2
			早春	100			春部	立春	35		
				101					36		
				102					37		
				103					45		
				104					38		
				105					39		
				106					40		
				106'					41		
				107					46		
				108					47		
				109					42		
				109'					43		
				110					44		
			七日	題注				七日	題注		
				111				若菜	52		
			若菜	112					53		
			白馬	題注				白馬	題注		
				113					54		
			子日	114				子日	50		3.4
				114'					51		
			卯杖	題注				卯杖	題注		
				115					55		

流布本					異本					疑開抄	松か浦嶋
巻				歌番号	巻				歌番号	歌番号	項目番号
第二	時節部	春	三月三日	題注	第二	時節部	春部	三日	題注		
				116					93		
			雑春	117				雑春	107		
				118				春草	108		
				119				春駒	109		14
				120				遊糸	87		
			三月尽	121				三月尽	123		
		夏	夏	題注			夏	夏	題注		
			更衣	題注				更衣	題注		
				122					124		
				123					125		
			神祭	124				神祭	130		
			夏夜	125				夏夜	131		16
				126					132		
			納涼	127				納涼	174		
				128					175		
			氷室	題注				氷室	題注		
				129					182		
			晩夏	130				晩夏	183		
				131					184		
			荒和祓	132				荒和祓	185		
		秋	秋	題注			秋	秋	題注		30
			早秋	133				立秋	187		32
				134					188		
				135					189		
				136					190		
			七夕	137				七夕	191		
				138					192		
				139					193		
				140					194		
				141					195		
				142					196		
				143					197		33
				144					198		
				145					199		34.74
				146					200		
			十五夜	147				十五夜	248		
				148					249		
			駒迎	149				駒迎	250		53
				150					251		54
			九日	151				九日	273		
								擣衣	274		57
								稲負鳥	275		
			九月尽	152				九月尽	291		

流布本					異本					疑開抄	松か浦嶋
巻				歌番号	巻				歌番号	歌番号	項目番号
第二	時節部	冬	冬	題注	第二	時節部	冬	冬	題注		59
			初冬	153				初冬	293		
				154					294		
				155							
			冬夜	156				冬夜	319		
			仏名	157				仏名	342		
			歳暮	158				歳暮	343		
巻三	地部		土	159							
			日	160							
			国	161							
				162							
				163							
			山	164							
				165							
				166							
				167							
				168							
				169							
				170							
				171							
				172							
				173							
				174							
				175							78
				176							
				177							
				178							
				179							
				180							
				181							
				182							
				183							
			嶺	184							
				185							
			嵩	186							
			岳	187							
			谷	188							
			杣	189							
				190							
				191							
			坂	192							
				193							
				194							
				194'							
				195							
				196							

流布本					異本					疑開抄	松か浦嶋
巻				歌番号	巻				歌番号	歌番号	項目番号
第三	地部		林	197							
			杜	198							
				199							
				200							
			野	201							
				202							80.81
			原	203							82
			田	204							
				205							
				206							
				207							
				208							102
				209							
				210							
				211							
				212							
				213							
				214							
				215							
			沢	216							89
				217							90.91
			関	218							106
			道	219							
			石	220							
				221							
				222							
			水	223	巻二	時節部	夏	水	173		
			氷	224			冬	氷	337		
				225					338		
				226					339		
			波	227							
				228							
				229							
				230							
			河付柵	231							
				232							
				233							
				234							
				235							
				236							
				237							83.84
			柵	238							
				239							
			滝	240							
				241							
			池	242							

流布本					異本			疑開抄	松か浦嶋
巻				歌番号	巻		歌番号	歌番号	項目番号
第三	地部		沼	243					87
				244					88
				245					
			淵	246					
				247					
			潮	248					97
				249					98
			海	250					
				251					93.94
				252					
				253					95.96
				254					
				255					77
			江	256					
			浦	257					99
				258					100
				259				54	
				260					
				261					
			嶋	262					
				262'					
				263					
				264					
				265					
			浜付塩竃	266					
				267					
			塩竃	268					101
				269					105
			洲	270					
				271					
			潟	272					
			湊	273					
				274					
			津	275					
				276					
			磯	277					
				278					
				279					
				280					
			碕	281					
			岸	282					
巻四	人(倫)部		帝王	283					
				284					
				285					
				286					
				287					

流布本					異本			疑開抄	松か浦嶋
巻				歌番号	巻		歌番号	歌番号	項目番号
第四	人(倫)部		皇子	288					
				289					
			大臣	290					
			兵衛	291					
			聖	292					
			父	293					
			母	294					
			乳母	295					
			児	296					
			童	297					
			童	298					
			男夫	299					
				300					
				301					
				302					
			女	303					
				304					
				305					
				306					
				307					
				308					
				309					
			姑	310					
				311					
			翁	312					
				313					
				314					
			使	315					108
				316					
				317					
			海人	318					
	人体部		面影	319					
			咲	320					
			髪	321					
				322					
				323					
			眉	324					
			涙	325					
				326					
				327					85
				328					
			肝	329					
			命	330					
				331					
				332					

流布本					異本					疑開抄	松か浦嶋
巻				歌番号	巻				歌番号	歌番号	項目番号
第四	人体部		魂	333							
				334							
			詞	335							
				336							
				337							
				338							
			夢	339	巻二	時節部	秋	月	234		
				340							
				341							
				342							
				343							
			述懐	344							
				345							
			別	346							
				347							
				348							
			羇旅	349							
				350							
				351							
				352							
			思	353							
				354							
				355							
				356							
			恋	357							
				358							
				359							
				360							21
				360'							
				361							
				362							
				363							
				364							
	人事		祝	365							
				366							
				367							
				368							
巻五	居所部		都	369							
				370							
			宮	371							
			殿	372							
				373							
				374							
			門	375							
			戸	376							

流布本					異本			疑開抄	松か浦嶋
巻				歌番号	巻		歌番号	歌番号	項目番号
第五	居所部		牆	377					
				378					
				379					
				379'					
				380					
			庭	381					
			橋	382					
				383					
				384					
				385					
				386					
				387					
			井	388					
				389					
			舟付水手	390					
				391					
				392					
				393					
				394					
				395					
				396					
				397					
				398					
				399					
			碇	400					
			水手	401					
			車	402					
				403					
	宝貨部		玉	404					
				405					
				406					
			錦	407					
				408					
				409					
			綾	410					
			絲	411					
			綿	412					
			布	413					
				414					
	文部		書	415					
				416					
			筆	417					
	武部		弓	418					
				419					
				420					

流布本					異本					疑開抄	松か浦嶋
巻				歌番号	巻				歌番号	歌番号	項目番号
第五	武部		弓	421							
				422							
			矢	423							
				424							
			鞆	425							
			剱	426							
	伎芸部		画図	427							
	飲食部		酒	428							
			飯	429							
			薬	430							
				431							
巻六	音楽部		琴	432							
				433							
				434							
			笛	435							
				436							
	漁猟部		鵜河	437	巻二	時節部	夏	鵜川	176		
				438					177		
				439					178		
				440				夜河	179		
			夜河	441					180		
				442					181		
			網代	443			冬	網代	340		
				444					341		
			網	445							
				446							
			網子	447							
			栲縄	448							
			筌	449							
			羅	450							
			照射	451	巻二	時節部	夏	照射	134		
				452							
				453							
				454							
	服餝部		衣	455							
				456							
				457							
				458							
				459							
				460							
				461							
				462							
				463							
				463'							
				464							

流布本					異本			疑開抄	松か浦嶋
巻				歌番号	巻		歌番号	歌番号	項目番号
第六	服飭部		衣	465					
				466					
				467					
				468					
				469					
				470					
				471					
				472					
				473					
				474					
				475					
				476					
				477					
				478					
				479					
				480					
			裳	481					
				482					
				483					
			帯	484					
				485					
	資用部		鏡	486					
				487					
				488					
				489					
				490					
				491					
			玉匣	492					
				493					
			櫛	494					
				495					
			枕	496					
			簾	497					
				498					
			筵	499					
				500					
			薦	501					
			蓑	502					
			笠	503					
				504					
				505					
				506					
			秤	507					
			籠	508					
			鍋	509					

流布本					異本					疑開抄	松か浦嶋
巻				歌番号	巻				歌番号	歌番号	項目番号
第六	資用部		針	510							
			斧	511							
			機	512							
			絡染	513							
			反転	514							
			火	題注							
				515							
	仏神部		寺	516							
			仏	/							
			経	517							
				518							
			僧	519							
				520							
				521							
			鐘	題注							
			念珠	522							
				523							
			神	524							
				525							
				526							
				527							
				528							
				529							
				530							
				531							
			祝	532							
				533							
			巫	534							
			端出縄	535							
			木綿	536							
			繖	537							
			手嚮	538							
巻七	草部		春草	539	巻七		草部	春草	344	2	
			蕨	540	巻二	時節部	春部	蕨	77		13
				540'					78		
				541					79		
			躑躅	542				躑躅	106		
			菫菜	543				菫菜	117		
			杜若	544				杜若	118		
				545					119		
			款冬	546				款冬	120		
			藤花	547				藤花	121		
				548					122		
				549							
			夏草	550			夏	夏草	149		
				551					150		

流布本					異本					疑開抄	松か浦嶋
巻				歌番号	巻				歌番号	歌番号	項目番号
第七	草部		卯花	552	第二	時節部	夏	卯花	127		
				553					128		
			葵	554				葵	129		15
			瞿麦	555				瞿麦	167		28
				556					168		
				557					169		
			蓮	558				蓮	170		
				559					171		
				560					172		
			菖蒲	561				菖蒲	135		
				562					136		
				563					137		
				564					138		
			早苗	565				早苗	139		19
				566					140		20
				567					141		
				568					142		
			萍	569				萍	147		
									148		
			萩	570			秋	萩	211		
				571					212		
				572					213		37
				573					214		
				574					215		38
				575					216		39
			女郎花	576				女郎花	217		
				577					218		
			蘭	578				蘭	219		
			薄	579				薄	220		44
				580					221		42
				581					222		
				582					223		
				583					224		
				584					225		43
				585					226		
			苅萱	586				苅萱	227		
								月	228		46.72
			菊	題注							
				587				菊	271		
				588					272		
			稲	589	第二	時節部	秋	稲	276		
				590					277		
				591					278		
				592					279		
				593					280		

流布本					異本					疑開抄	松か浦嶋
巻				歌番号	巻				歌番号	歌番号	項目番号
			冬草	題目のみ							
			雑草	594				雑草	345	5	
				595					346		
			竹	596				竹	397	62	
				597					398		
				598				藻	396	61	
			黄連	599				黄蓮	347	7	
			忘草	600				忘草	348	9	
			忍草	601				忍草	349	12	
				602					350	13	
			鶏頭草	603				鶏頭草	351	16	111
			紫	604	巻七	草部		紫	352	17	112
			辛藍	605				辛藍	353	19	
			阿千左井	606				阿千佐井	354	20	113
			百合	607				百合	355	21	
				608					356	22	
				609					357	23	
			葎	610				葎	358		
			茅	611				茅	359		(114)
				612					360		
				613					361	24	
				614					362		
第七	草部		苧	615							
			朮	616				朮	363	25	
			莪	617				莪	364	26	
			山橘	618				山橘	365		
				619					366	29	
			麦門冬	620				麦門冬	367	30	
			菅	621				菅	368	32	
				622					369	34	
			蒋	623				蒋	370		
				624	巻七	草部			371	36	
				625					372	37	
				626					373		
			葦	627				葦	374	38	
				628					375		
				629					376		
				630					377		
			菱	631				菱	378	40	
				632					379	41	
			蓴	633				蓴	380	42	
				634					381	44	
			芹	635				芹	382	46	
				636					383	48	
			葱	637				葱	384	49	

流布本					異本					疑開抄	松か浦嶋
巻				歌番号	巻				歌番号	歌番号	項目番号
第七	草部		蓼	638	第七	草部		蓼	385	50	
				639					386		
			海藻	640				海藻	387	51	115
				641					388	52	
				642					389		
				643					390	53	116
				644					391	54	
				645					392	55	
				646					393	56	
			浜木綿	647				浜木綿	394	58	
								藻	395		
	木部	春	梅	648	巻二	時節部	春部	梅	65		
				649					66		
				650					67		9
				651					68		10
				652					69		
				653					70		
			柳	654				柳	80		
				655					81		
				656					82		
				657					83		
				658					84		
				659					85		
				660					86		
			桃	661				桃	88		
				662					89		
				663					90		
				664					91		
				665					92		
			桜	666				桜	94		
				667					95		
				668					96		
				669					97		
				670					98		
				671					99		
				672					100		
			華	673				花	101		
				674					102		
				675					103		
				676					104		
				677					105		
		春夏	余花	678			夏	余花	126		
			樗	679				樗	143		
			花橘	680				花橘	144		22
				681					145		
				682					146		

流布本					異本					疑開抄	松か浦嶋
巻				歌番号	巻				歌番号	歌番号	項目番号
第七	木部	秋	紅葉	683	第二	時節部	秋	紅葉	281		
				684					282		
				685					283		
				686					284		
				687					285		
				688					286		
				689					287		
				690					288		
				691					289		
				692					290		
			落葉	693				落葉	292		
			埋木	694	巻七	木部		埋木	399	64	117
			箒木	695				蒂木	400	65	
			桂	696				桂	401	70	
			松	697				松	402	72	
				698					403		
				699					404	74	
				700					405		
				701					406		
				702					407	75	
				703					408		
				704					409	77	
			檜	705				檜	410	78	
				706					411	79	
			杉	707				杉	412	81	
			椿	708				椿	413	82	
				709					414	83	118
			榊	710				榊	415	85	
			柏	711				柏	416	86	
				712					417	87	
				713					418	88	
				714					419	89	
				715					420		
			槻	716				槻	421	90	
			桑	717				桑	422	91	
			石楠草	718				石楠花	423	95	
								合歓木	424		
								樫	425		
								橿	426		

流布本					異本					疑開抄	松か浦嶋
巻				歌番号	巻				歌番号	歌番号	項目番号
巻八	鳥部		鳥	719	巻八	鳥部		鳥	427		
				719'					428		
			百舌鳥	720	巻二	時節部	春部	百千鳥	110		
				721					111		
				722					112		
			鶯	723				鶯	57		
				724					58		8
				725					59		
				726							
				727					60		
			喚子鳥	728				呼子鳥	113		
			燕	729				燕	114		
				730					115		
				731					116		
			郭公	732			夏	時鳥	151		
				733					152		23
				734					153		
				735					154		
				736					155		
				737					156		24
				738					157		
				739					158		
				740					159		
			雁	741			秋	雁	252		
				742					253		
				743					254		
				744					255		
				745					256		
				746					257		
				747					258		
			千鳥	748			冬	千鳥	310		
				749					311		
				750					312		
				751					313		
				752					314		
				753					315		
				754					316		
				755					317		
				756					318		
			水鳥	757				冬鳥	304		
				758					305		
				759					306		
			鳧	760				鳧	307		
			鴛	761				鴛	308		
				762					309		

流布本					異本					疑開抄	松か浦嶋
巻				歌番号	巻				歌番号	歌番号	項目番号
第八	鳥部		鶴	763	巻八	鳥部		鶴	429		
				764					430		
				765					431		
				766					432		75
				767					433		
			鵃鵤	768				鵃鵤	434		
			鵜	769				鵜	435		
			鴡鳩	770				鴡鳩	436		
			鷺	771				鷺	437		
				772					438		
			雲雀	773				雲雀	439		
				774					440		
			鷲	775				鷲	441		
				776					442		
			鷹	777				鷹	443		
				778					444		
				779					445		
				779'					446		
				780					447		
				781					448		
			雉	782				雉	449		
			山鶏	783				山鶏	450		
				784					451		
			鶏	785				鶏	452		
				786					453		
				787					454		
				788					455		
				788'					456		
			烏	789				烏	457		
				790					458		
				791					459		
				792					460		
				793					461		
			鵲	794				鵲	462		
巻九	獣部		龍	795	巻九	獣部		龍	463	102	
			熊	796				熊	464	111	
			虎	797				虎	465	117	
			馬	798				馬	466	103	
				799					467	104	
				800					468		
				801					469	105	
				801'					470		
				802					471	106	
				803					472	107	
				804					473		

流布本					異本					疑開抄	松か浦嶋
巻				歌番号	巻				歌番号	歌番号	項目番号
第九	獣部			805	第九	獣部		馬	474		
				806					475		
				807					476		
			牛	808				牛	477	109	
			羊	809				羊	478		
				810					479	116	
			鹿	811	巻二	時節部	秋	鹿	259		
				812					260		
				813					261		
				814					262		
				815					263		
				816					264		
				817					265		
				818					266		
			猪	819	巻九	獣部		猪	480	114	
				820					481		
			猿	821				猿	482	110	
				822					483		79
			鼬	823				鼬	484		
			鼠	824				鼠	485		
	魚貝部		魚	825		魚貝部		魚	486	119	11
			鱸	826				鱸	487	122	
				827					488	123	
			鯉	828				鯉	489	124	
				829					490		
			鮒	830				鮒	491	125	
			鮎	831				鮎	492	126	
									493		
								貝	494	128	
									495	129	119
									496	130	
									497	131	
									498		
	虫部		虫	832	巻二	時節部	夏	蛍虫	160		25
				833					161		
			蟬付暁蟬 空蟬	834				蟬	162		
			晩蟬	835				晩蟬	163		26
				836					164		27
			空蟬	837				空蟬	165		
			蚊火	838				蚊火	166		
			秋虫	839			秋	虫	267		
				840					268		
			蛬	841				蛬	269		55
								黄葉	270		

流布本					異本					疑開抄	松か浦嶋
巻				歌番号	巻				歌番号	歌番号	項目番号
第九	虫部		蝶	842	巻九	虫部		蝶	499	133	
			蜻蛉	843				蜻蛉	500	134	120
			繭	844				蚕	501	135	
			蛛	845				蛛	502	137	
				845'					503		
			蟇	846				蟇	504	139	
			守宮	847				守宮	505	140	
			蛵	848				蛵	506		

・803、804の間にある一首は後出本特有歌。注記が本文化したと考えられるので記載しない。
・松か浦嶋項目番号は浅田論文1に拠る。